# 6

# Boris Vian
# Die Romane

## Alle Romane mit einem editorischen Nachwort von Klaus Völker

Zweitausendeins

1. Auflage als Zweitausendeins-Taschenbuch Nr. 6, März 2009.



Herausgeber der dieser Taschenbuchausgabe zugrundeliegenden Einzelausgaben: Klaus Völker.

Korrektorat: Titus Knäpper, Florian Kohl und Ursula Ott.
Umschlaggestaltung: Herburg Weiland, München.
Umschlagbild: © Erwan Frotin / art + commerce.
Satz und Herstellung: Dieter Kohler GmbH, Wallerstein.
Druck und Einband: CPI – Clausen & Bosse, Leck.
Printed in Germany.

Dieses Buch gibt es nur bei Zweitausendeins im Versand, Postfach, D-60381 Frankfurt am Main, Telefon 069-420 8000, Fax 069-415 003.
Internet www.Zweitausendeins.de. E-Mail Service@Zweitausendeins.de.
Oder in den Zweitausendeins-Läden 2 x in Berlin, Düsseldorf, Frankfurt am Main, Freiburg, 2 x in Hamburg, Hannover, Köln, Leipzig, Mannheim, München, Nürnberg und Stuttgart.
Oder in den Zweitausendeins-Shops in Aachen, Augsburg, Bamberg, Bochum, Bonn, Bremen, Darmstadt, Dortmund, Dresden, Düsseldorf, Duisburg, Erfurt, Essen, Göttingen, Gütersloh, Karlsruhe, Kiel, Koblenz, Konstanz, Ludwigsburg, Marburg, Münster, Neustadt an der Weinstraße, Oldenburg, Osnabrück, Speyer, Trier, Tübingen, Ulm und Würzburg.

In der Schweiz über buch 2000, Postfach 89, CH-8910 Affoltern a. A.

ISBN 978-3-86150-832-8

Autorennotiz sowie Copyrightangaben zu den einzelnen Romanen am Schluss des Buches.

# INHALT

BORIS VIAN

# Der Schaum der Tage

*– L'ÉCUME DES JOURS –*

Deutsch von Antje Pehnt
Durchgesehen von Klaus Völker

*Meiner Liebsten*

## VORREDE

*Im Leben kommt es darauf an, über alles a priori Urteile zu fällen. Es hat tatsächlich den Anschein, daß die Massen im Unrecht sind und die einzelnen immer recht haben. Man muß sich hüten, daraus Verhaltensregeln abzuleiten: sie sollten nicht der Formulierung bedürfen, um befolgt zu werden. Es gibt nur zwei Dinge: die Liebe, in allen Spielarten, mit schönen Mädchen und die Musik von New Orleans oder von Duke Ellington. Alles übrige mag verschwinden, denn alles übrige ist häßlich, und die Beweiskraft der folgenden Seiten beruht auf der Tatsache, daß die Geschichte vollkommen wahr ist, weil ich sie von Anfang bis Ende erfunden habe. Ihre Sichtbarmachung geschah im wesentlichen dadurch, daß eine Realität bei feuchtwarmer Atmosphäre auf eine unregelmäßig gewellte, Verzerrungen erzeugende Fläche projiziert wurde. Es wird sich zeigen, daß dies ein durchaus annehmbares Verfahren ist.*

*New Orleans, 10. März 1946*

# I

Colin beendete seine Toilette. Nach dem Bad hatte er sich in ein riesiges, weiches Frottiertuch gewickelt, aus dem nur seine Beine und sein Oberkörper heraussahen. Er nahm den Zerstäuber von der Glasplatte und sprühte wohlriechendes Öl auf sein helles Haar. Sein Bernsteinkamm teilte die seidige Fülle in lange orangene Strähnen, so wie die Gabel des fröhlichen Landmanns Furchen in Aprikosenkonfitüre zieht. Colin legte den Kamm hin, griff zur Nagelschere und schnitt die Ränder seiner schlaffen Augenlider schräg, um seinen Blick mit Geheimnis zu umgeben. Er mußte die Lider häufig stutzen, denn sie wuchsen schnell wieder nach. Er knipste die kleine Lampe über dem Vergrößerungsspiegel an und hielt sein Gesicht dicht vor den Spiegel, um den Zustand seiner Haut zu prüfen. Einige Pickel erhoben sich im Umkreis seiner Nasenflügel. Als sie im Vergrößerungsspiegel ihrer Häßlichkeit gewahr wurden, zogen sie sich behände unter die Haut zurück, und Colin schaltete befriedigt die Lampe aus. Er löste das Frottiertuch, das seine Lenden umhüllte, und rieb mit einem Zipfel des Tuches die letzten Spuren von Feuchtigkeit zwischen den Zehen fort. Im Spiegel konnte man sehen, wem er ähnelte: dem Blonden, der in *Hollywood Canteen* den Slim spielt. Sein Kopf war rund, seine Ohren klein, seine Nase gerade, und sein Teint schimmerte golden. Er lächelte oft wie ein kleines Kind, so daß sich auf die Dauer ein Grübchen in seinem Kinn gebildet hatte. Seine Beine waren lang, er war ziemlich groß, schlank und sehr liebenswürdig. Der Name Colin paßte einigermaßen zu ihm. Er sprach sanft mit Mädchen und fröhlich mit Männern. Er war fast immer bester Laune, die übrige Zeit schlief er.

Er ließ das Badewasser ab, indem er ein Loch in die Wanne machte. Der geneigte hellgelbe Fliesenboden des Badezimmers leitete das Wasser zu einem Abfluß, der genau über dem Schreibtisch des Mieters in der unteren Etage lag. Vor kurzem hatte dieser, ohne Colin davon in Kenntnis zu setzen, seinen Schreibtisch umgestellt. Jetzt lief das Wasser auf sein Speisebuffet.

Colin schlüpfte in seine Sandalen aus Haifischleder und zog seinen eleganten Hosenanzug an, tiefseegrüne Cordsamthosen und eine Jacke aus haselnußbraunem Wollsatin. Er hängte das Handtuch über die Stange, legte den Badeteppich auf den Wannenrand und bestreute ihn mit grobem Salz, um ihm das aufgesogene Wasser zu entziehen. Der Teppich begann zu sabbern und stieß Trauben von kleinen Seifenblasen hervor.

Er verließ das Badezimmer und wandte sich zur Küche, um die letzten Vorbereitungen für das Abendessen zu überwachen. Wie jeden Montagabend kam Chick, der ganz in der Nähe wohnte, zum Essen. Es war zwar erst Samstag, aber Colin verspürte Lust, Chick zu sehen und ihm das Menu vorzusetzen, das sein neuer Koch Nicolas mit Freude und Hingabe zusammengestellt hatte. Chick war Junggeselle wie Colin, genauso alt wie dieser, zweiundzwanzig Jahre, und er hatte die gleichen literarischen Vorlieben, aber weniger Geld. Colin besaß ein Vermögen, das ihm ein gutes Auskommen sicherte, ohne daß er für andere arbeitete. Chick hingegen mußte alle acht Tage seinen Onkel im Ministerium aufsuchen und das Geld von ihm leihen, denn was ihm seine Stellung als Ingenieur einbrachte, reichte nicht für einen Lebensstandard wie den der Arbeiter, deren Vorgesetzter er war. Und es ist schwierig, jemandem Anweisungen zu geben, der besser angezogen und besser ernährt ist als man selbst. Colin half ihm so gut er konnte, indem er ihn möglichst oft zum Essen einlud, aber Chicks Stolz zwang ihn, behutsam vorzugehen, um ihm nicht durch zu häufige Gefälligkeiten zu zeigen, daß er ihn unterstützen wollte.

Der Flur vor der Küche war hell, er hatte auf beiden Seiten Fenster, und auf beiden Seiten schien eine Sonne, denn Colin liebte das Licht. Überall glänzten sorgfältig blankgeputzte Messinghähne. Das Sonnenspiel auf den Hähnen brachte zauberhafte Effekte hervor, wenn die Strahlen mit hellem Klang auf die Wasserhähne prallten, vergnügten sich die Küchenmäuse damit, zu dieser Musik zu tanzen, und wenn die Sonnenfäden wie gelbes Quecksilber am Boden zerstoben, jagten die Mäuse hinter den kleinen Kugeln her. Colin streichelte im Vorbeigehen eine der Mäuse; sie hatte sehr lange schwarze Schnurrhaare, war grau und winzig und hatte ein wunderbar schimmerndes Fell. Der Koch fütterte die Mäuse reichlich, ließ sie aber nicht zu fett werden. Die Mäuse machten tagsüber keinerlei Lärm und spielten nur im Flur.

Colin stieß die emaillierte Küchentür auf. Nicolas der Koch, beobachtete sein Armaturenbrett. Er saß vor einem ebenfalls emaillierten hellgelben Schaltpult, dessen Zifferblätter zu den ringsum aufgereihten Küchengeräten gehörten. Die Zeigernadel des elektrischen Backofens, auf Putenbraten eingestellt, zitterte zwischen »fast gar« und »gar«. Bald war es Zeit, die Pute herauszuziehen. Nicolas drückte auf einen grünen Knopf, der den hochempfindlichen Taster auslöste; dieser drang glatt durch das Fleisch, und der Zeiger sprang auf »gar«. Mit einer schnellen Handbewegung stellte Nicolas den Ofen ab und schaltete den Tellerwärmer ein.

»Wird sie gut?« fragte Colin

»Dessen können Monsieur gewiß sein!« versicherte Nicolas. »Die Pute hatte das richtige Gewicht.«

»Was gibt es als Vorspeise?«

»Ach Gott«, sagte Nicolas, »diesmal habe ich nichts

Neues erfunden. Ich habe mich damit begnügt, Gouffé zu plagiieren.«

»Sie hätten sich ein schlechteres Vorbild aussuchen können«, bemerkte Colin. »Und welchen Teil seines Werkes ahmen Sie nach?«

»Es handelt sich um Seite 638 seines *Livre de Cuisine*. Ich werde Monsieur den betreffenden Abschnitt vorlesen.«

Colin nahm auf einem schaumgummigepolsterten Hocker Platz, dessen glänzender Seidenbezug auf die Farbe der Wände abgestimmt war, und Nicolas begann mit den folgenden Worten:

»Man stellt eine warme Blätterteigpastete her, wie man sie für Vorgerichte verwendet. Man bereitet einen dicken Aal vor und schneidet ihn in Stücke von drei Zentimeter Länge. Die Aalstücke gibt man in eine Kasserolle und fügt Weißwein, Salz und Pfeffer, Zwiebelringe, Petersilienzweige, Thymian, Lorbeer sowie eine Messerspitze Knoblauch hinzu. – Ich konnte sie nicht so anspitzen, wie ich es gern getan hätte», sagte Nicolas, »der Schleifstein ist sehr abgenutzt.«

»Ich werde ihn auswechseln lassen«, sagte Colin.

Nicolas fuhr fort:

»Das Ganze bringt man zum Kochen, nimmt dann den Aal heraus und legt ihn in eine Schmorpfanne. Man passiert die Brühe durch ein Seidensieb, fügt Stärkemehl hinzu und läßt die Soße abbinden, bis sie am Löffel hängen bleibt. Dann seiht man sie durch ein Tuch, gibt so viel über den Aal, daß er bedeckt ist, läßt ihn zwei Minuten kochen und richtet ihn in der Pastete an. Um die Pastete herum legt man geschnitzelte Champignons, als Verzierung kommt in die Mitte ein Sträußchen Karpfenmilchner. Dazu reicht man den zurückbehaltenen Teil der Soße.«

»Einverstanden«, sagte Colin, »ich glaube, Chick wird das gern essen.«

»Ich habe nicht den Vorzug, Monsieur Chick zu kennen«, bemerkte Nicolas, »aber wenn er die Pastete nicht mag, werde ich nächstes Mal etwas anderes kochen, und das wird mir mit an Sicherheit grenzender Wahrscheinlichkeit ermöglichen, seine Neigungen und Abneigungen herauszufinden.«

»Tja! ...«, sagte Colin, »ich verlasse Sie nun, Nicolas. Ich werde mich ums Tischdecken kümmern.«

»Er ging durch den Küchenflur zurück, durchquerte den Anrichteraum und gelangte in das Eßzimmer, das mit seinem blaßblauen Teppich und den beige-rosa-farbenen Wänden empfindsamen Augen Erholung bot.

Der Raum maß ungefähr vier mal fünf Meter, die beiden tiefgezogenen Fenster gingen auf die Avenue Louis Armstrong. Die Spiegelglasscheiben waren seitlich zu verschieben und ließen die Düfte des Frühlings ein, wenn er draußen gerade da war. Gegenüber stand in einer Ecke ein Tisch aus weichem Eichenholz. Rechtwinklig aufgestellte Bänke nahmen zwei Seiten des Tisches ein, passende Stühle mit blauen Maroquinpolstern die beiden anderen. Zur Einrichtung des Zimmers gehörten ferner ein Plattenspieler, ein langer, niedriger Schrank, der als Diskothek diente, und ein gleiches Möbelstück, in dem Schleudern, Teller, Gläser und all das andere Zubehör untergebracht waren, das zivilisierte Menschen zum Essen benutzten.

Colin wählte ein hellblaues, zum Teppich passendes Tischtuch. Mitten auf den Tisch stellte er einen Tafelaufsatz: ein Glasgefäß, in dem zwei in Formalin schwimmende Hühnerembryonen das *Spectre de la Rose* nach der Choreographie von Nijinskij darzustellen schienen. Um den Tafelaufsatz herum legte er einige Streifenmimosen: Ein Gärtner von Bekannten hatte sie durch Kreuzen der Kugelmimose mit schwarzem Lakritzband gezüchtet, wie man es beim Kaufmann holt, wenn man aus der Schule kommt. Dann deckte er für jeden zwei weiße Porzellanteller mit durchscheinendem goldenem Kreuzmuster auf und ein Besteck aus rostfreiem Stahl mit durchbrochenen Griffen; in jeden Griff war zwischen zwei Plexiglasplättchen ein präparierter glückbringender Marienkäfer eingelassen. Er stellte Kristallschalen hin und faltete die Servietten zu Bischofsmützen. Das nahm einige Zeit in Anspruch. Er hatte seine Vorbereitungen kaum beendet, als die Klingel ertönte und ihm die Ankunft von Chick meldete.

Colin strich noch eine Falte aus dem Tischtuch und öffnete dann die Tür.

»Wie geht's?« fragte Chick.

»Und dir?« fragte Colin zurück. »Leg deinen Mantel ab und sieh dir an, was Nicolas vorbereitet.«

»Dein neuer Koch?«

»Ja«, sagte Colin. »Ich habe ihn bei meiner Tante gegen den vorigen und ein Kilo belgischen Kaffee eingetauscht.«

»Ist er gut?« fragte Chick.

»Er scheint seine Sache zu verstehen. Er ist Schüler von Gouffé.«

»Von dem Mann mit dem Koffer?« forschte Chick entsetzt, und sein kleiner schwarzer Schnurrbart sank traurig nach unten.

»Nein, du Schafskopf, von Jules Gouffé, dem berühmten Koch!«

»Oh, du weißt ja, außer Jean-Sol Partre lese ich nicht viel!« sagte Schick.

Er folgte Colin in den Küchenflur, streichelte die Mäuse und träufelte im Vorbeigehen einige Sonnentröpfchen in sein Feuerzeug.

»Nicolas«, sagte Colin, als er in die Küche trat, »hier stelle ich Ihnen meinen Freund Chick vor.«

»Guten Tag, Monsieur«, sagte Nicolas.

»Guten Tag, Nicolas«, antwortete Chick. »Haben Sie etwa eine Nichte, die Alice heißt?«

»Ja, Monsieur, ein hübsches junges Mädchen übrigens, wenn ich mir diese Bemerkung erlauben darf.«

»Sie hat sehr viel Ähnlichkeit mit Ihnen«, sagte Schick. »Obenherum gibt es allerdings ein paar Unterschiede.«

»Ich bin ziemlich breit gebaut«, sagte Nicolas, »und sie ist mehr in der Senkrechten entwickelt, wenn Monsieur mir diese Präzisierung gestatten wollen.«

»Ach, da sind wir ja sozusagen ganz unter uns«, sagte Colin. »Sie haben mir gar nicht erzählt, daß Sie eine Nichte haben, Nicolas.«

»Meine Schwester ist mißraten, Monsieur«, sagte Nicolas. »Sie hat Philosophie studiert. Dessen rühmt man sich nicht gern in einer Familie, die stolz auf ihre Traditionen ist ...«

»Hm ...«, sagte Colin, »ich glaube, Sie haben recht. Jedenfalls verstehe ich Sie. Und nun zeigen Sie uns die Aalpastete.«

»Es wäre gefährlich, den Ofen jetzt zu öffnen«, warnte Nicolas. »Durch das Eindringen von Luft, die weniger Wasserdampf enthält als die im Ofen befindliche, könnte eine Ausdörrung erfolgen.«

»Ich ziehe es vor, die Pastete erst auf dem Tisch zu sehen«, sagte Chick.

»Ich kann Monsieur nur recht geben«, sagte Nicolas. »Darf ich mir erlauben, Monsieur zu bitten, daß er mir gestattet, mich wieder meiner Arbeit zuzuwenden?«

»Tun Sie das bitte, Nicolas.«

Nicolas nahm seine Tätigkeit wieder auf. Er löste die Sülze aus Seezungenfilets und Trüffelstreifen, die als Garnitur für den Fischfang bestimmt war, aus der Aspikform. Colin und Chick verließen die Küche.

»Nimmst du einen Apéritif?« fragte Colin. »Mein Pianocktail ist jetzt fertig, du kannst es ausprobieren.«

»Klappt es?« erkundigte sich Chick.

»Ganz großartig. Ich hatte zuerst Schwierigkeiten mit der Einstellung, aber das Ergebnis übertrifft meine Erwartungen. Ich bin von der *Black and Tan Fantasy* ausgegangen, und es ist eine wirklich verblüffende Mischung dabei herausgekommen.«

»Was für ein Prinzip hast du angewendet?«

»Ich habe jeder Note ein scharfes Getränk, einen Likör oder ein Gewürz zugeordnet. Dem Pianopedal entspricht Eis, dem Fortepedal ein geschlagenes Ei. Für Sodawasser ist ein Triller in der Oberstimme nötig. Die Mengen ergeben sich direkt aus der Länge der Töne: Die Vierundsechzigstelnote entspricht dem sechzehnten Teil einer Einheit, die Viertelnote einer Einheit, die ganze Note vier Einheiten. Spielt man eine langsame Melodie, dann schaltet sich ein Kontrollsystem ein, damit die Flüssigkeitsmenge nicht erhöht wird – was einen zu großen Cocktail ergeben würde –, wohl aber der Alkoholgehalt. Und je nach der Länge des Stückes kann man den Wert einer Einheit beliebig abwandeln, indem man ihn zum Beispiel auf ein Hundertstel reduziert. Das Pianocktail mixt dann mit Hilfe eines Zusatzgerätes ein Getränk, in dem alle Harmonien berücksichtigt sind.

»Sehr kompliziert«, sagte Chick.

»Die Anlage wird durch elektrische Kontakte und Relais geregelt. Ich will dich mit Einzelheiten verschonen, du kennst dich ja aus. Übrigens kann man auch Klavier darauf spielen.«

»Großartig«, sagte Chick.

»Nur eins ist etwas heikel«, sagte Colin, »nämlich das Fortepedal für geschlagenes Ei. Ich muß noch eine besondere Schaltung einbauen, denn wenn man ein zu ›heißes‹ Stück spielt, fallen Omelettestücke in den Cocktail, und die sind beim Trinken lästig. Ich werde das noch ändern.

Vorläufig genügt es, aufzupassen. Für frische Sahne muß man das tiefe G anschlagen.«

»Ich werde mir einen Cocktail auf *Loveless Love* mixen«, sagte Chick. »Der wird herrlich.«

»Der Apparat steht noch in der Rumpelkammer, die ich als Werkstatt eingerichtet habe«, sagte Colin, »die Verkleidung ist nämlich noch nicht angeschraubt. Komm, sieh ihn dir an. Ich stelle ihn auf zwei Cocktails von ungefähr zwanzig Zentilitern ein.«

Chick setzte sich ans Klavier. Nach dem Schlußtakt fiel ein Teil der Vorderwand mit trockenem Knall herab, und eine Reihe von Gläsern kam zum Vorschein. Zwei waren bis an den Rand mit einem appetitlichen Getränk gefüllt.

»Ich hatte schon Angst«, sagte Colin. »Einmal hast du nämlich eine falsche Note gespielt. Zum Glück ist sie in der Harmonie geblieben.«

»Nimmt der Apparat Rücksicht auf die Harmonie?« fragte Chick.

»Nicht immer«, sagte Colin, »das wäre zu umständlich. Nur in ganz bestimmten Fällen. Und nun trink aus und komm zu Tisch.«

# II

»Die Aalpastete ist hervorragend«, sagte Chick. »Wer hat dich auf die Idee gebracht?«

»Nicolas hatte die Idee«, sagte Colin. »Es gibt da einen Aal – oder vielmehr, es gab einen, der jeden Tag durch den Kaltwasserhahn in sein Waschbecken kam.«

»Das ist eigenartig«, sagte Chick. »Was wollte er denn da?«

»Der Aal streckte seinen Kopf heraus und leerte die Zahnpastatube, indem er mit den Zähnen daraufdrückte. Nicolas benutzt amerikanische Ananas-Zahnpasta, und das hat den Aal wohl gereizt.«

»Und wie hat er ihn gefangen?« fragte Chick.

»Er hat anstelle der Tube eine ganze Ananas hingelegt. Wenn der Aal an der Zahnpasta naschte, konnte er sie hinunterschlucken und seinen Kopf sofort wieder zurückziehen, aber mit der Ananas ging das nicht, und je stärker er zog, desto tiefer bohrten sich seine Zähne in die Frucht. Nicolas …«

Colin stockte.

»Nicolas tat was …?« fragte Chick

»Ich möchte es lieber nicht erzählen, es könnte dir den Appetit verderben.«

»Los doch«, sagte Chick, »ich hab sowieso fast keinen mehr.«

»Nicolas betrat in diesem Augenblick sein Zimmer. Er trennte dem Aal mit einer Rasierklinge den Kopf ab. Dann drehte er den Hahn auf, und der Rest kam zum Vorschein.«

»War das alles?« fragte Chick. »Reich mir noch einmal die Pastete. Hoffentlich hat der Aal noch zahlreiche Verwandte in der Leitung.«

»Nicolas hat jetzt Himbeer-Zahnpasta hingelegt, um das festzustellen. Aber sag mal, wer ist diese Alise, über die du mit ihm gesprochen hast?«

»Ich habe auch gerade an sie gedacht«, sagte Chick. »Ich bin ihr bei einem Vortrag von Jean-Sol begegnet. Wir lagen beide platt auf dem Bauch unter dem Podium, und so habe ich sie kennengelernt.«

»Wie ist sie?«

»Ich kann sie nicht beschreiben«, sagte Chick. »Sie ist hübsch ...«

»Ah!« sagte Colin.

Nicolas kam herein, er brachte die Pute.

»Setzen Sie sich doch zu uns, Nicolas«, sagte Colin. »Schließlich gehören Sie ja beinahe zur Familie, wie Chick sagt.«

»Ich werde mich zuvor um die Mäuse kümmern, wenn Monsieur nichts dagegen einzuwenden haben«, sagte Nicolas. »Ich komme wieder, die Pute ist tranchiert ... Hier ist die Soße ...«

»Du wirst staunen«, sagte Colin. »Es ist eine Rahmsoße mit Mango und Wacholder, die Nicolas in Kalbsrouladen eingenäht hat. Wenn man daraufdrückt, spritzt sie heraus.«

»Vorzüglich«, sagte Chick.

»Könntest du mir nicht näher erläutern, auf welche Weise du ihre Bekanntschaft gemacht hast?« fragte Colin.

»Also gut«, sagte Chick, »ich habe sie gefragt, ob sie Jean-Sol Partre schätzt, und sie hat gesagt, daß sie seine Werke sammelt ... Ja, und dann habe ich gesagt: ›Ich auch.‹ Und jedesmal, wenn ich etwas zu ihr sagte, erwiderte sie ›ich auch‹. Und umgekehrt. Zum Schluß sagte ich, nur um eine existentialistische Erfahrung zu machen: ›Ich liebe Sie sehr‹, und da hat sie gesagt: ›Oh!‹«

»Es war also nichts mit der Erfahrung«, sagte Colin.

»Nein«, sagte Chick. »Aber trotzdem ist sie dageblieben. Dann habe ich gesagt: ›Ich gehe jetzt hier weiter‹, und sie hat gesagt: ›Ich nicht‹ und hat hinzugefügt: ›Ich gehe da weiter...‹«

»Erstaunlich«, sagte Colin.

»Dann habe ich gesagt: ›Ich auch‹«, – sagte Chick. »Und ich bin ihr gefolgt auf allen ihren Wegen.«

»Und wie ist es ausgegangen?« fragte Colin.

»Nun ja ...«, sagte Chick. »Es war Zeit, ins Bett zu gehen ...«

Colin verschluckte sich und mußte einen halben Liter Burgunder trinken, bis er sich wieder erholt hatte.

»Morgen gehe ich mit ihr zur Eisbahn, sagte Chick. »Morgen ist Sonntag. Kommst du mit? Wir haben uns für den Vormittag verabredet, weil dann nicht soviel Leute da sind. Für mich ist es ein bißchen langweilig, weil ich schlecht Schlittschuh laufe, aber wir können uns über Partre unterhalten.«

»Ich komme ...«, versprach Colin. »Ich komme mit Nicolas ..., vielleicht hat er noch mehr Nichten ...«

## III

Colin stieg aus der Metro und ging die Treppe hinauf. Er kam auf der falschen Seite heraus und umkreiste die Station, um sich zu orientieren. Mit einem gelben Seidentaschentuch prüfte er die Windrichtung; die Farbe des Tuches wurde vom Wind weggetragen und setzte sich auf einem großen, unregelmäßig geformten Gebäude ab, das so das Aussehen der Molitor-Eisbahn annahm.

Vor ihm lag das Hallenschwimmbad. Er ging daran vorbei und drang von der Seite her durch eine verglaste Doppeltür mit Messinggestänge in den versteinerten Organismus ein. Er zeigte seine Abonnementskarte vor, die dem Kontrolleur mit ihren zwei perforierten runden Löchern zuzwinkerte. Der Kontrolleur gab ein verschwörerisches Grinsen zurück, knipste aber trotzdem ein drittes Loch in den orangefarbenen Karton, so daß die Karte erblindete. Colin legte sie bedenkenlos zurück in sein russisches Taschenbriefleder und wandte sich nach links zu dem gummibelegten Gang, der zu den Kabinen führte. Im Erdgeschoß war keine Kabine mehr frei. Also stieg er die Betontreppe hoch, wobei er großen, weil auf vertikalen Metallstreifen gehenden Wesen begegnete, die sich abmühten, trotz der augenscheinlichen Behinderung möglichst natürlich aussehende Sprünge zu vollführen. Ein Mann in weißem Trikot öffnete ihm eine Kabine und strich das Trinkgeld ein, das ihm zum Essen dienen würde, denn er sah ganz nach einem Lügner aus. Er ließ Colin in seinem Gefängnis allein, nachdem er mit flüchtigen Kreidestrichen die Initialen des Besuchers auf ein schwarzes Rechteck gezeichnet hatte, das zu diesem Zweck im Innern der Kabine angebracht war. Colin bemerkte, daß der Mann keinen Menschenkopf, sondern einen Taubenkopf hatte, und er wunderte sich, daß man ihm den Dienst in der Eisbahn und nicht im Hallenbad zugeteilt hatte.

Von der Eisbahn drang ein ovaler Lärm herauf, der durch die Musik der ringsum verteilten Lautsprecher eingebeult wurde. Das Stampfen der Schlittschuhläufer tönte noch nicht so voll wie in den Spitzenzeiten, wo es den Tritten eines Regiments auf dreckbespritztem Pflaster ähnelte. Colin sah sich suchend nach Alise und Chick um, aber sie waren nicht auf der Eisfläche. Nicolas sollte etwas später nachkommen, er hatte noch in der Küche zu tun, um das Mittagessen vorzubereiten.

Colin löste seine Schuhriemen und stellte fest, daß die Sohlen abgelaufen waren. Er zog eine Rolle Klebpflaster aus der Tasche, doch es reichte nicht mehr. Deshalb stellte er die Schuhe in eine kleine Pfütze, die sich unter der Betonbank gebildet hatte, und bewässerte sie, damit das Leder nachwuchs. Er zog ein paar Wollstrümpfe mit breiten gelben und violetten Streifen an und schlüpfte in seine Schlittschuhstiefel. Die Laufschiene seiner Schlittschuhe war vorn gegabelt, so daß er die Richtung mit Leichtigkeit ändern konnte.

Er verließ die Kabine und stieg wieder eine Etage hinunter. Hier und da verhakte er sich in dem perforierten Gummibelag des Betonfußbodens. Er wollte sich gerade auf die Eisfläche wagen, als er schnell wieder umkehren und die beiden Holzstufen hinaufeilen mußte, um einen Sturz zu vermeiden: Eine Schlittschuhläuferin hatte am Ende eines kunstvollen Schlangenbogens ein dickes Ei fallen lassen, das zu Colins Füßen zerschellte.

Während einer der Platzpfleger die verstreuten Bruchstücke auflas, bemerkte Colin Chick und Alise, die auf der anderen Seite zur Eisfläche gingen. Er machte ihnen ein Zeichen, das sie nicht sahen, und lief auf sie zu, ohne freilich auf den Kreisverkehr zu achten. Daraufhin sammelte sich schnell ein beträchtliches Knäuel von Protestierenden, in das sich von Sekunde zu Sekunde mehr Menschen verwickelten; sie ruderten verzweifelt mit den Armen, den Beinen, den Schultern, dem ganzen Körper und fielen schließlich auf die zuerst Gestürzten. Da die Oberfläche der Eisbahn in der Sonne geschmolzen war, schwappte unter der Menschenmasse Wasser hervor.

Nach kurzer Zeit waren neun Zehntel der Läufer dort versammelt, und Chick und Alise hatten die Fläche beinahe für sich. Sie näherten sich der zappelnden Masse, und Chick, der Colin an seinen gegabelten Schlittschuhen erkannte, zog ihn an den Füßen heraus. Sie schüttelten sich die Hände. Chick stellte Alise vor, und Colin ging an ihre linke Seite, da Chick schon ihre rechte eingenommen hatte.

Als sie am äußersten Rand der Eisfläche ankamen, mußten sie den Platzpflegern ausweichen, die in dem Berg von Opfern nur noch belanglose Stücke zerfetzter Individualitäten gefunden hatten und sich nun mit ihren Schiebern bewaffneten, um die Überreste wegzuschaffen. Die Platzpfleger liefen auf das Loch für die Eisabschabsel zu und sangen dabei die Molitor-Hymne, die Vaillant-Couturier im Jahre 1709 komponiert hatte und die mit den folgenden Worten beginnt:

Messieurs und Mesdames,
würden Sie so freundlich sein,
die Eisfläche zu räumen,
damit wir in der Lage sind,
die Reinigung zu vollziehen …

Ihr Gesang wurde von Hupentönen untermalt, die selbst bei abgehärteten Menschen schieres Entsetzen hervorriefen.

Die Eisläufer, die sich noch auf den Beinen hielten, klatschten den Platzpflegern Beifall, und eine Falltür schloß sich über der Masse. Chick, Alise und Colin sprachen ein kurzes Gebet und nahmen ihre Rundfahrt wieder auf.

Colin betrachtete Alise. Sie war – ein seltsamer Zufall – in einen weißen Pullover und einen gelben Rock gekleidet. Sie hatte weißgelbe Schuhe und Eishockeyschlittschuhe an. Sie trug dunkle Seidenstrümpfe und weiße Söckchen, die über den oberen Rand der Schuhe geschlagen waren. Ihre kurzschäftigen Schuhe waren mit weißer Baumwolle dreimal um den Knöchel herum geschnürt. Hinzu kamen noch ein grellgrünes seidenes Halstuch und ungewöhnlich helles blondes Haar, dessen lockige Fülle ihr Gesicht umrahmte. Zum Sehen benutzte sie große blaue Augen, und ihr Körper war mit einer frischen goldbraunen Haut überzogen. Sie hatte wohlgeformte Arme und Beine, war schlank gewachsen und verfügte über einen so tadellos proportionierten Busen, daß man ihn für eine Fotographie hätte halten können.

Colin blickte in eine andere Richtung und suchte sein Gleichgewicht wiederzufinden. Es gelang ihm, und mit gesenktem Blick fragte er Chick, ob ihm die Aalpastete gut bekommen sei.

»Sprich nicht davon«, sagte Chick. »Ich habe die ganze Nacht in meiner Wasserleitung gefischt, um zu sehen, ob ich auch einen Aal finden würde. Aber bei mir kamen nur Forellen.«

»Nicolas wird schon etwas daraus machen!« sagte Colin. »Sie haben einen außerordentlich begabten Onkel«, fuhr er zu Alise gewendet fort.

»Er ist der Stolz der Familie«, sagte Alise. »Meine Mutter ist untröstlich, daß sie nur einen Mathematiklehrer geheiratet hat, während ihr Bruder so erfolgreich im Leben ist.«

»Ihr Vater ist Mathematiklehrer?«

»Ja, er ist Professor am *Collège de France* und Mitglied des *Instituts* oder so ähnlich …, sagte Alise. »Es ist jammerschade ... mit achtunddreißig Jahren. Er hätte sich ein wenig Mühe geben sollen. Aber zum Glück gibt es ja Onkel Nicolas.«

»Sollte Nicolas nicht heute morgen kommen?« fragte Chick.

Ein köstlicher Duft stieg aus Alises hellen Haaren auf. Colin wandte sich ab.

»Ich glaube, er wird sich verspäten. Er hatte heute morgen irgend etwas vor. Wollen Sie nicht beide zu mir zum Essen kommen? Dann werden wir sehen, was es war ...«

»Sehr gut«, sagte Chick. »Aber wenn du glaubst, daß ich einen derartigen Vorschlag annehme, dann machst du dir eine völlig falsche Vorstellung vom Lauf der Welt. Du mußt noch eine Vierte dazu einladen. Ich lasse Alise nicht allein mit zu dir gehen, du verführst sie sonst mit den Harmonien deines Pianocktails, und das möchte ich nicht.«

»Oh! ...« protestierte Colin. »Haben Sie das gehört? ...«

Er selbst hörte die Antwort nicht, denn ein Individuum von übermäßiger Länge, das seit fünf Minuten Schnellauf demonstriert hatte, war weit nach vorn gebeugt zwischen seinen Beinen hergefahren, und der dadurch entstehende Luftzug hob Colin einige Meter über den Boden. Er klammerte sich an die vorspringende Galerie der ersten Etage, machte einen Aufschwung und fiel neben Chick und Alise wieder herunter, da er ihn in der verkehrten Richtung durchgeführt hatte.

»Es müßte verboten werden, so schnell zu laufen«, sagte Colin.

Dann schlug er ein Kreuz, denn der Schlittschuhläufer war gerade gegen die Wand des Restaurants auf der anderen Seite der Eisfläche geprallt und blieb dort kleben wie eine von grausamen Kindern gevierteilte Qualle aus Pappmaché.

Die Platzpfleger walteten wiederum ihres Amtes, und einer von ihnen pflanzte an der Unfallstelle ein Kreuz aus

Eis auf. Während es wegschmolz, ließ der Platzwart religiöse Schallplatten abspielen.

Dann war die Ordnung wiederhergestellt. Chick, Alise und Colin drehten weiter ihre Runden.

# IV

»Da ist Nicolas!« rief Alise

»Und da ist Isis!« sagte Chick.

Nicolas tauchte gerade am Eingang auf, während Isis auf der Eisfläche erschien. Nicolas wandte sich zu den oberen Etagen, und Isis kam auf Chick, Colin und Alise zu.

»Guten Tag, Isis«, sagte Colin. »Darf ich Ihnen Alise vorstellen? Alise, das ist Isis. Chick kennen Sie ja.

Es gab ein allgemeines Händeschütteln, das Chick benutzte, um sich mit Alise davonzumachen; er ließ Isis in den Armen von Colin zurück, und die beiden fuhren hinterher.

»Ich freue mich, Sie zu sehen«, sagte Isis.

Colin seinerseits freute sich, Isis zu sehen. Die achtzehnjährige Isis hatte es sich nicht nehmen lassen, sich kastanienbraunes Haar, einen weißen Pullover, einen gelben Rock, ein grellgrünes Seidentuch, weißgelbe Schuhe und eine Sonnenbrille zuzulegen. Sie war hübsch. Aber Colin kannte ihre Eltern sehr gut.

»Nächste Woche ist bei uns ein Empfang!« sagte Isis, »Dupont hat Geburtstag.«

»Wer ist Dupont?«

»Mein Pudel. Ich habe alle Freunde eingeladen. Kommen Sie auch? Um vier Uhr?«

»Ja«, sagte Colin, »sehr gern.»

»Bitten Sie doch Ihre Freunde, auch zu kommen!« sagte Isis.

»Meinen Sie Chick und Alise?«

»Ja, sie sind nett … Also bis nächsten Sonntag!«

»Sie gehen schon?« fragte Colin.

»Ja, ich bleibe nie sehr lange. Und dabei bin ich schon seit zehn Uhr hier!«

»Es ist aber erst elf!« sagte Colin.
»Ich war an der Bar! … Auf Wiedersehen! …«

## V

Colin eilte durch die hellerleuchteten Straßen. Ein scharfer, trockener Wind wehte, und unter seinen Füßen zersprangen knackend und knisternd dünne Eisplättchen.

Die Leute verbargen ihr Kinn in allem, was erreichbar war: im Mantelkragen, im Schal oder im Muff; einer benutzte zu diesem Zweck sogar einen Vogelkäfig aus Maschendraht, dessen Türklappe über seine Stirn hing.

»Morgen gehe ich zu den Ponteauzanne«, dachte Colin. Das waren Isis' Eltern.

»Heute abend esse ich mit Chick ...«

»Ich werde nach Hause gehen und mich auf morgen vorbereiten ...«

Er machte einen großen Schritt, um einem gefährlich aussehenden Spalt am Rande des Bürgersteigs auszuweichen.

»Wenn ich zwanzig Schritte gehen kann, ohne daraufzutreten, dann habe ich morgen keinen Pickel auf der Nase ...«, dachte Colin.

»Macht nichts«, sagte er sich, als er mit seinem ganzen Gewicht den neunten Spalt zerquetscht hatte, »diese Tricks sind sowieso völlig idiotisch. Ich werde trotzdem keinen Pickel bekommen.«

Er bückte sich, um eine blau-rosa Orchidee zu pflükken, die der Frost aus dem Boden getrieben hatte.

Sie duftete wie das Haar von Alise.

»Morgen werde ich Alise sehen ...«

Er durfte nicht daran denken. Chick hatte nun einmal die älteren Rechte auf Alise.

»Ich werde morgen ganz bestimmt ein Mädchen finden ...«

Aber seine Gedanken kehrten zu Alise zurück.

»Ob sie wirklich von Jean-Sol Partre sprechen, wenn sie allein sind? …«

Es war sicher besser, gar nicht zu überlegen, was sie taten, wenn sie ganz allein waren.

»Wieviel Artikel hat Jean-Sol Partre im letzten Jahr geschrieben? …«

Auf jeden Fall war der Weg bis zu seiner Wohnung nicht lang genug, um sie alle aufzuzählen.

»Was wird Nicolas zum Abendessen kochen? …«

Bei näherem Nachdenken erschien ihm die Ähnlichkeit zwischen Alise und Nicolas gar nicht so ungewöhnlich, denn sie stammten ja aus derselben Familie. Aber das brachte ihn wieder auf verbotene Gedanken.

»Was, so frage ich mich, wird Nicolas zum Abendessen kochen?«

»Ich weiß nicht, was Nicolas, der Alise ähnlich sieht, zum Abendessen kochen wird …«

»Nicolas ist elf Jahre älter als Alise. Er ist also neunundzwanzig Jahre alt. Er ist ein sehr begabter Koch. Er wird ein Keulenstück zubereiten.«

Colin näherte sich seiner Wohnung.

»Kein Blumengeschäft hat Eisengitter vor den Fenstern. Niemand will Blumen stehlen.«

Das war einleuchtend. Er pflückte eine grau-gelbe Orchidee, deren zarte Blüte erzitterte. Sie schillerte in allen Farben.

»Sie hat dieselbe Farbe wie die kleine Maus mit den schwarzen Schnurrhaaren … Und nun bin ich zu Hause.« Colin erstieg die mit einem Wollteppich belegte Steintreppe. Er steckte einen kleinen goldenen Schlüssel in das Schloß der versilberten Glastür.

»Her zu mir, meine treuen Diener! … Da bin ich wieder!«

Er warf seinen Mantel auf einen Stuhl und begab sich zu Nicolas in die Küche.

## VI

»Gibt es heute abend Keule, Nicolas?« fragte Colin.

»Ach Gott«, sagte Nicolas, Monsieur hatten mir keine Anweisungen gegeben. Ich habe andere Pläne.«

»Himmeldonnerwetter, warum reden Sie mich eigentlich ständig in der dritten Person an?« fragte Colin.

»Wenn Monsieur mir gestatten wollen, den Grund anzugeben, so halte ich eine gewisse Vertraulichkeit nur dann für angebracht, wenn man gemeinsam auf den Barrikaden gestanden hat, und das ist mitnichten der Fall.«

»Sie sind hochmütig, Nicolas«, sagte Colin.

»Ich bin stolz auf meine Stellung, und das können Monsieur mir nicht verübeln.«

»Natürlich nicht«, sagte Colin. »Aber ich sähe Sie lieber weniger zurückhaltend.«

»Ich hege für Monsieur eine tiefe, wenn auch verborgene Zuneigung«, sagte Nicolas.

»Das macht mich stolz und glücklich, Nicolas, und ich erwidere Ihr Gefühl. Also – was kochen Sie heute abend?«

»Ich werde wieder einmal der Tradition Gouffés treu bleiben und eine exotische Wurstel mit Moschusportwein bereiten.«

»Und wie macht man das?« fragte Colin.

»Auf folgende Weise: ›Man nimmt eine Wurstel und zieht ihr trotz ihres Geschreis die Haut ab. Die Wurstpelle bewahrt man sorgfältig auf. Man brät fein zerkleinerte Hummerpfoten kurz in heißer Butter an, spickt die Wurstel damit und legt sie in einer leichten Kasserolle auf Eis. Man erhitzt das Ganze und verteilt in dem dabei gewonnenen Platz ganz vorsichtig kleine Scheiben geschmortes Kalbsbries. Man nimmt den Topf schnell vom Feuer, sobald die Wurstel einen tiefen Ton ausstößt. Dann gießt man einen guten Portwein darüber und verrührt einen Löffel Platin. Man fettet eine Form aus und räumt sie wieder fort, damit sie nicht rostet. Kurz vor dem Anrichten bereitet man aus einem Päckchen Lithiumoxyd und einem Viertelliter Frischmilch eine Brühe. Man verziert mit dem Kalbsbries, trägt auf und zieht sich zurück.‹«

»Ich bin sprachlos«, sagte Colin. »Gouffé war ein großer Mann. Sagen Sie, Nicolas, werde ich morgen einen Pickel auf der Nase haben?«

Nicolas untersuchte Colins Nase und verneinte.

»Und da wir gerade von morgen reden, wissen Sie wie man den Schielston tanzt?«

»Ich bin beim Verrenker im Boissièrestil und beim Mistral stehengeblieben, welcher in der vorigen Saison in Neuilly eingeführt wurde«, sagte Nicolas, »und ich kenne vom Schielston nur die Grundschritte.«

»Glauben Sie, daß man sich die Technik in einer Unterrichtsstunde aneignen kann?« fragte Colin.

»Ich glaube schon«, sagte Nicolas. »Im Grunde ist der Schielston gar nicht schwierig, man sollte nur grobe Fehler und Geschmacklosigkeiten vermeiden und den Schielston beispielsweise niemals auf einen Boogie Woogie tanzen.«

»Wäre das falsch?«

»Es wäre geschmacklos.«

Nicolas legte die Pampelmuse auf den Tisch, die er während des Gesprächs zerpflückt hatte, und hielt die Hände unter fließendes Wasser.

»Haben Sie es sehr eilig?« fragte Colin.

»Ach Gott, nein, Monsieur«, sagte Nicolas, »meine Küche läuft von allein.«

»Dann wäre ich Ihnen sehr dankbar, wenn Sie mir die Grundbegriffe des Schielston beibrächten«, sagte Colin. »Kommen Sie mit ins Wohnzimmer, ich werde eine Platte auflegen.«

»Ich würde Monsieur eine langsame Melodie empfehlen, etwas in der Art von *Chloé* im Arrangement von Duke Ellington oder das *Concerto for Johnny Hodges* …«, sagte Nicolas. »In den Staaten nennt man das *moody* oder *sultry tune.*«

## VII

»Das Prinzip des Schielston, welches Monsieur zweifellos bekannt ist«, sagte Nicolas, »beruht auf der Überlagerung von Wellen, die von zwei Punkten ausgehen, wobei letztere Schwingungen gleicher Phasenlänge vollführen.«

»Ich hatte keine Ahnung, daß so verwickelte physikalische Begriffe dabei im Spiel sind«, sagte Colin.

»Im vorliegenden Falle«, fuhr Nicolas fort, »halten sich der Tänzer und seine Partnerin in einer relativ geringen Entfernung voneinander und versetzen ihre Körper entsprechend dem Rhythmus der Musik in schwingende Bewegungen.«

»Ja?« sagte Colin ein wenig beunruhigt.

»Daraufhin entsteht ein System statischer Wellen, welche wie in der Akustik Schwingungsknoten und Wellenberge bilden, was nicht wenig zur Atmosphäre des Tanzsaales beiträgt.«

»Gewiß«, murmelte Colin.

»Den Experten des Schielston gelingt es bisweilen, Störwellen zu erzeugen, indem sie bestimmte Gliedmaßen unabhängig voneinander phasengleiche Vibrationen ausführen lassen. Aber genug davon, ich werde Monsieur nun zeigen, wie man vorgeht.«

Colin wählte die *Chloé*-Platte, die ihm Nicolas empfohlen hatte, und legte sie auf den Plattenteller. Er ließ die Spitze der Saphirnadel behutsam in die erste Rille gleiten und sah zu, wie Nicolas in Schwingungen verfiel.

## VIII

»Monsieur werden es schon schaffen!« sagte Nicolas. »Noch einmal, bitte.»

»Aber warum muß die Melodie nur so langsam sein?« stöhnte Colin schweißgebadet. »Das ist doch viel schwieriger!«

»Es hat seinen Grund«, sagte Nicolas. »Der Tänzer und die Tänzerin halten im Prinzip einen mittleren Abstand ein. Bei langsamen Melodien läßt sich die Wellenschwingung derart berechnen, daß der konstante Überlagerungspunkt an der Gürtellinie der beiden Partner liegt; der Kopf und die Füße bleiben also beweglich. Zu diesem Ergebnis gelangt man jedenfalls in der Theorie. Leider kommt es aber vor, daß gewissenlose Personen den Schielston wie Urwaldneger auf schnelles Tempo tanzen.«

»Und das heißt?« fragte Colin.

»Das heißt mit einem beweglichen Überlagerungspunkt an den Füßen, einem am Kopf und – bedauerlicherweise – einem mittleren in der Lendengegend, während die konstanten Überlagerungspunkte oder auch Pseudoartikulationen beim Brustbein und in den Knien liegen.«

Colin errötete

»Ich verstehe schon, sagte er.

»Bei einem Boogie«, fuhr Nicolas fort, »ist die Wirkung um so – sagen wir ruhig – obszöner, als die Melodie selbst schon aufdringlich genug ist.«

Colin war in Gedanken versunken.

»Wo haben Sie den Schielston gelernt?« fragte er.

»Meine Nichte hat ihn mir beigebracht«, sagte Nicolas. »Und ich habe in Unterhaltungen mit meinem Schwager eine umfassende Theorie des Schielston aufgestellt. Mein Schwager ist Mitglied des *Instituts*, wie Monsieur zweifellos wissen, und er hat die Methode ohne große Schwierigkeiten begriffen. Mein Schwager sagte sogar, daß er das vor neunzehn Jahren schon gemacht hätte ...«

»Ist Ihre Nichte nicht achtzehn Jahre alt?« fragte Colin.

»Achtzehn Jahre und drei Monate«, stellte Nicolas richtig. »Wenn Monsieur mich nicht mehr benötigen, werde ich mich wieder in meine Küche begeben.«

»Gehen Sie nur, Nicolas, und vielen Dank auch«, sagte Colin, indem er die Schallplatte abhob, die gerade ausgelaufen war.

# IX

»Ich werde meinen beigefarbenen Anzug mit dem blauen Hemd und die beige-rote Krawatte und die abgesteppten Wildlederschuhe und Strümpfe in Rot und Beige anziehen.

Zuerst werde ich mich aber waschen und rasieren und mich aufdonnern.

Und dann werde ich in die Küche gehen und Nicolas fragen: ›Nicolas, wollen Sie nicht mit mir tanzen gehen?‹«

»Ach Gott«, sagte Nicolas, »wenn Monsieur mich ausdrücklich darum bitten, gehe ich mit; aber andernfalls wäre ich froh, wenn ich einige überaus dringliche Angelegenheiten regeln könnte.«

»Ist es indiskret, danach zu fragen, Nicolas?«

»Ich bin Präsident des Philosophischen Zirkels der Hausangestellten in diesem Bezirk und muß deshalb mit einer gewissen Regelmäßigkeit an den Versammlungen teilnehmen.«

»Ich wage kaum, Nicolas, nach dem Thema der heutigen Versammlung zu fragen ...«

»Wir wollen über das Engagement sprechen. Es werden Parallelen zwischen der Theorie des Engagements bei Jean-Sol Partre, dem Engagement oder der Wiederverpflichtung zur Kolonialarmee und dem Engagement oder auch der Anstellung jener Menschen aufgezeigt, welche die Dienstherren als Hausangestellte bezeichnen.«

»Das würde Chick bestimmt interessieren!« sagte Colin.

»Bedauerlicherweise ist unser Zirkel eine geschlossene Gesellschaft«, sagte Nicolas. »Wir könnten Monsieur Chick keinen Zutritt gewähren. Nur die Hausangestellten ...«

»Warum, Nicolas, benutzt man eigentlich immer den neutralen Plural?« warf Colin ein.

»Monsieur werden ohne Zweifel einsehen, daß ›Hausmann‹ zwar noch harmlos klingt, daß aber die Bezeichnung ›Hausfrau‹ zu Mißverständnissen führen könnte«, sagte Nicolas.

»Sie haben recht, Nicolas. Was meinen Sie, werde ich heute wohl eine verwandte Seele finden? Ich suche eine verwandte Seele vom Typ Ihrer Nichte ...«

»Monsieur sollten nicht an meine Nichte denken«, sagte Nicolas, »denn es geht aus den jüngsten Ereignissen hervor, daß Monsieur Chick seine Wahl als erster getroffen hat.«

»Aber, Nicolas, ich habe solche Lust, mich zu verlieben«, sagte Colin.

Dünne Dampfwolken quollen aus der Tülle des Wasserkessels, und Nicolas öffnete die Tür. Der Concierge brachte zwei Briefe herauf.

»Post für mich?« fragte Colin.

»Ich bitte um Entschuldigung, Monsieur«, sagte Nicolas, »aber die beiden Briefe sind an mich gerichtet. Erwarten Monsieur Post?«

»Ich möchte, daß ein junges Mädchen mir schreibt«, sagte Colin, »Ich würde es sehr lieben.«

»Es ist zwölf Uhr«, stellte Nicolas fest. »Wünschen Monsieur sein Frühstück einzunehmen? Es gibt pulverisierten Ochsenschwanz, würzige Punschbowle und Toast mit Sardellenbutter.«

»Nicolas, warum will Chick nur dann mit Ihrer Nichte zum Essen kommen, wenn ich noch ein anderes Mädchen einlade?«

»Monsieur werden entschuldigen«, sagte Nicolas, »aber ich würde es genauso machen. Monsieur sehen wirklich sehr gut aus ...«

»Nicolas«, sagte Colin, »wenn ich mich heute abend

nicht richtig verliebe, dann … dann fange ich an, die Werke der Duchesse de Bovouard zu sammeln, um meinen Freund Chick zu ärgern.«

# X

»Ich möchte verliebt sein«, sagte Colin. »Du möchtest verliebt sein. Er, sie, es möchte *dito* (verliebt sein). Wir, ihr möchten, möchtet. Sie möchten ebenfalls ...«

Er knotete seine Krawatte vor dem Spiegel im Badezimmer.

»Nun muß ich nur noch Jacke, Mantel und Schal, den rechten und den linken Handschuh anziehen. Keinen Hut, damit die Frisur nicht durcheinandergerät. Was machst du denn da?«

Er wandte sich der grauen Maus mit den schwarzen Schnurrhaaren zu, die sich in seinem Zahnputzglas und damit nicht gerade an einem passenden Ort aufhielt, ja sogar die Ellenbogen auf den Rand eben dieses Glases stützte und im übrigen unbeteiligt dreinblickte.

»Nimm einmal an«, sagte er zu der Maus, wobei er sich auf den Rand der (rechteckigen, gelb emaillierten) Badewanne setzte, um ihr näher zu sein, »nimm einmal an, daß ich bei den Ponteauzanne meinen alten Freund Soundso treffe ...«

Die Maus zeigte sich interessiert.

»Nimm weiter an, er hätte – warum auch nicht – eine Kusine. Sie würde einen weißen Pullover und einen gelben Rock tragen und hieße Al ... Onésima ...«

Die Maus schlug überrascht ihre Pfötchen ineinander.

»Das ist kein hübscher Name«, sagte Colin. »Aber du bist eine Maus und hast einen großen Schnurrbart. Nicht wahr?«

Er erhob sich.

»Es ist schon drei Uhr. Siehst du, du hast mich aufgehalten. Chick und ... Chick wird sicherlich schon sehr früh da sein.«

Er feuchtete einen Finger an und hielt ihn hoch, zog ihn

aber sogleich wieder zurück. Oben war es heiß wie in einem Backofen.

»Es ist Liebe in der Luft«, folgerte er. »Das wärmt.«

»Ich erhebe mich, du erhebst dich, er erhebt sich, wir, ihr, sie erheben uns, erhebt euch, erheben sich. Möchtest du aus dem Glas heraus?«

Die Maus bewies ihm, daß sie keine Hilfe benötigte, indem sie ganz allein herauskletterte und außerdem ein Stückchen Seife in Lutscherform abbiß.

»Verschmier es nicht überall«, sagte Colin. »Du bist mir ein Leckermäulchen!«

Er ging hinaus, begab sich in sein Zimmer und zog die Jacke an.

»Nicolas muß zu seinem Zirkel ... Er kennt bestimmt ganz außergewöhnliche Mädchen ... Es heißt, daß die aus Auteuil sich als Mädchen für fast alles bei den Philosophen verdingen ...«

Er schloß die Zimmertür hinter sich.

»Das Futter meines linken Ärmels ist ein wenig ausgerissen ... Ich habe keine Klebestreifen mehr ... Schlimm genug, dann muß ich es festnageln!«

Das Geräusch der zuklappenden Tür klang wie eine nackte Hand auf einem nackten Hinterteil. Er erschauerte ...

»Ich will an etwas anderes denken. Angenommen, ich breche mir auf der Treppe den Hals ...«

Der helle, malvenfarbene Teppich im Treppenhaus war nur auf jeder dritten Stufe abgenutzt, aber diesmal nahm Colin vier auf einmal. Er blieb mit den Füßen in einer Metalleiste hängen und fiel gegen das Geländer.

»Das kommt davon, wenn man Unsinn redet. Tut mir gut. Ich, du, bin, ist er blöd!«

Der Rücken tat ihm weh. Er wußte warum, als er unten ankam und eine ganze Leiste aus dem Mantelkragen herauszog.

Die Haustür schloß sich mit dem Geräusch eines Kusses auf eine nackte Schulter …

»Was gibt es in dieser Straße zu sehen?«

Da waren zunächst einmal zwei Straßenarbeiter, die sich mit einem Hinkespiel vergnügten. Der Bauch des größeren und der Mann selbst hüpften in kontrapunktischen Rhythmen. Als Hinkestein benutzten sie ein rot bemaltes Kruzifix, an dem das Kreuz fehlte.

Colin ging an ihnen vorbei.

Rechts und links erhoben sich prächtige Lehmbauten mit Schiebefenstern. In einem Fenster lehnte eine Frau. Colin hauchte ihr einen Kuß zu, und sie schüttelte über seinem Kopf den Bettvorleger aus schwarzsilbernem Molton aus, den ihr Mann gar nicht mochte.

Die Läden gaben den unmenschlichen großen Wohnblocks eine heitere Note. Ein Schaufenster mit Fakirbedarf erregte Colins Aufmerksamkeit. Er stellte fest, daß die Preise für Glassalat und Polsternägel seit der vergangenen Woche gestiegen waren.

Er begegnete einem Hund und zwei anderen Personen. Die Kälte fesselte die Leute ans Haus. Wem es gelang, sich ihrem Zugriff zu entziehen, der ließ draußen Fetzen seiner Kleidung zurück und starb an Angina.

Der Polizist an der Kreuzung hatte den Kopf unter seine Pelerine gesteckt. Er sah aus wie ein großer schwarzer Regenschirm. Kellner aus den umliegenden Cafés umkreisten ihn, um warm zu werden.

In einem Hauseingang küßte sich ein Liebespaar.

»Ich will sie nicht sehen … ich will nicht, ich will sie nicht sehen … Sie regen mich auf …«

Colin überquerte die Straße. In einem Hauseingang küßte sich ein Liebespaar.

Er schloß die Augen und fing an zu laufen …

Er riß die Augen sehr schnell wieder auf, denn unter seinen Lidern tummelten sich zahllose Mädchen, und das brachte ihn vom Wege ab. Vor ihm ging ein Mädchen in der gleichen Richtung wie er. Er betrachtete ihre wohlgeformten Beine in Stiefelchen aus weißem Lammfell und ihren Mantel aus rauhem Pandurenfell mit dazu passender Kappe. Unter der Kappe quollen rote Haare hervor. Der Mantel polsterte ihre Schultern breit und wippte um sie herum.

»Ich werde sie überholen. Ich möchte ihr Gesicht sehen ...«

Er überholte sie und brach in Schluchzen aus. Sie war mindestens neunundfünfzig Jahre alt. Er setzte sich auf den Rand des Bürgersteigs und weinte weiter. Das erleichterte ihn sehr; die Tränen gefroren leise knisternd und zerplatzten auf den spiegelglatten Steinplatten.

Fünf Minuten später stellte er fest, daß er vor dem Haus von Isis Ponteauzanne saß. Zwei junge Mädchen gingen nahe an ihm vorbei und traten in die Vorhalle des Hauses.

Sein Herz schwoll ungeheuer an, machte ihn leichter, hob ihn vom Boden ab, und er schloß sich den Mädchen an.

## XI

Von der ersten Etage an war das undeutliche Stimmengewirr der Gäste bei Isis' Eltern zu vernehmen. Die Treppe drehte sich dreimal um ihre eigene Achse und vervielfältigte die Geräusche in ihrem Schacht, wie es die Lamellen im zylindrischen Resonanzraum eines Vibraphons tun. Colin stieg nach oben, seine Augen waren auf gleicher Höhe mit den Absätzen der beiden Mädchen: hübsche Absätze aus fleischfarbenem Nylon, hohe Schuhe aus feinem Leder und zarte Knöchel. Darüber die Strumpfnähte, leicht gewunden wie lange Raupen, und die geschmeidigen Mulden der Kniekehlen. Colin hielt inne, blieb zwei Stufen zurück und ging dann weiter. Jetzt sah er bei dem linken Mädchen den oberen Rand der Strümpfe, den doppelten Maschenabschluß und die überschatteten weißen Oberschenkel. Der Rock des anderen Mädchens mit seinen flachen Falten ließ solche Ergötzlichkeiten nicht zu, aber unter dem Bibermantel wölbten sich ihre Hüften runder als die des linken Mädchens, so daß sich wechselweise kleine gebrochene Falten bildeten. Colin blickte züchtig auf seine Füße nieder, die in der zweiten Etage stehenblieben.

Er folgte den beiden Mädchen, denen eine Kammerzofe gerade die Tür öffnete.

»Guten Tag, Colin«, sagte Isis. »Geht es Ihnen gut?«

Er zog sie an sich und küßte sie auf den Haaransatz. Sie roch gut.

»Aber ich habe doch nicht Geburtstag, sondern Dupont!« protestierte Isis.

»Wo ist Dupont? Ich möchte ihm gratulieren!«

»Es ist schrecklich«, sagte Isis. »Heute morgen haben wir ihn zum Scheren gebracht, damit er schön aussieht.

Wir haben ihn baden lassen und was nicht alles, und um zwei Uhr kamen drei seiner Freunde mit ekelhaften alten Knochen und lockten ihn fort. Er wird sicherlich in einem furchtbaren Zustand zurückkehren!«

»Aber schließlich hat er ja Geburtstag«, sagte Colin.

Durch eine Türöffnung sah er die Jünglinge und die Mädchen. Ein Dutzend Gäste tanzten. Doch die meisten standen in gleichgeschlechtlichen Paaren beieinander, hielten die Hände auf dem Rücken und tauschten mit wenig überzeugten Mienen wenig überzeugende Meinungen aus.

»Legen Sie Ihren Mantel ab«, sagte Isis. »Kommen Sie, ich zeige Ihnen die Herrengarderobe.«

Er folgte ihr und begegnete unterwegs zwei weiteren Mädchen; sie kamen mit klappernden Handtaschen und Puderdosen aus dem Zimmer von Isis, das in eine Damengarderobe verwandelt worden war. An der Decke hingen eiserne Haken, vom Fleischer ausgeliehen, und um das Zimmer noch schöner zu gestalten, hatte Isis außerdem zwei säuberlich enthäutete Schafsköpfe ausgeliehen, die vom Ende der Hakenreihe herunterlächelten.

Die Herrengarderobe, die im Arbeitszimmer von Isis' Vater eingerichtet war, bestand aus der Beseitigung der Möbel dieses Zimmers. Man warf seine Klamotten auf den Boden, und damit war die Sache erledigt. Colin brachte das einfach nicht übers Herz und verweilte vor einem Spiegel.

»Kommen Sie, beeilen Sie sich«, sagte Isis ungeduldig. »Ich werde Ihnen wunderhübsche Mädchen vorstellen.«

Er umschloß ihre Handgelenke und zog sie zu sich heran.

»Sie haben ein bezauberndes Kleid an«, sagte er.

Es war ein ganz schlichtes Kleidchen aus grünbraunem Wollstoff mit großen vergoldeten Tonknöpfen und einem schmiedeeisernen Gitter als Rückenverschluß.

»Gefällt es Ihnen?« fragte Isis.

»Es ist bezaubernd«, sagte Colin. »Kann man die Hand durch die Stäbe stecken, ohne gebissen zu werden?«

»Verlassen Sie sich nicht zu sehr darauf«, sagte Isis.

Sie machte sich frei, ergriff Colin bei der Hand und zog ihn mit sich zum Transpirationszentrum. Sie rempelten zwei Neuankömmlinge des aufreizenden Geschlechts an, eilten um die Biegung des Flurs und gelangten schließlich durch die Eßzimmertür in den Mittelpunkt der Gesellschaft.

»Sieh an!« sagte Colin. »Alise und Chick sind schon da!«

»Ja«, sagte Isis. »Kommen Sie, ich stelle Ihnen die anderen vor.«

Die meisten Mädchen waren vorstellenswert. Eine von ihnen trug ein Kleid aus grünbraunem Wollstoff mit vergoldeten Tonknöpfen und einem ungewöhnlichen Rückenverschluß.

»Sie müssen mich unbedingt diesem Mädchen hier vorstellen!« sagte Colin.

Isis schüttelte ihn, um ihn zum Schweigen zu bringen.

»Wollen Sie jetzt wohl brav sein?«

Er erspähte bereits ein anderes Mädchen und zerrte an der Hand seiner Begleiterin.

»Das ist Colin«, sagte Isis. »Colin, darf ich Ihnen Chloé vorstellen.«

Colin schluckte ein paarmal. Sein Mund schmeckte nach verbrannten Pfannkuchen.

»Guten Tag!« sagte Chloé.

»Guten ... Sind Sie von Duke Ellington arrangiert?« fragte Colin. Und dann ergriff er die Flucht, denn er war überzeugt, daß er etwas Dummes gesagt hatte.

Chick hielt ihn an einem Rockzipfel fest.

»Wo willst du denn hin? Du wirst doch nicht schon gehen? Sieh mal!«

Er zog ein kleines Buch mit rotem Ledereinband aus der Tasche.

»Das ist die Originalausgabe von Partres *Paradoxon über das Angewidertsein.*«

»Hast du sie tatsächlich gefunden?« fragte Colin.

Dann fiel ihm ein, daß er ja die Flucht ergreifen wollte, und er ergriff sie.

Alise trat ihm in den Weg.

»Sie gehen einfach fort, ohne auch nur ein einziges Mal mit mir zu tanzen?« fragte sie.

»Entschuldigen Sie«, sagte Colin, »ich habe mich gerade dumm benommen, und ich schäme mich hierzubleiben.«

»Aber wenn man Sie so sieht, dann kann man Ihnen doch nicht böse sein ...«

»Alise ...«, stöhnte Colin, indem er sie umschlang und seine Wange an ihrem Haar rieb.

»Was ist denn, mein guter Colin?«

»Verdammt ... verdammt ... und zugenäht! Himmelkreuzdonnerwetter! Sehen Sie das Mädchen dort?«

»Chloé?«

»Kennen Sie Chloé? Ich habe etwas Dummes zu ihr gesagt, und deshalb wollte ich gehen.«

Er erwähnte nicht, daß er in seiner Brust so etwas vernahm wie deutsche Marschmusik, bei der die große Pauke alles übertönt.

»Ist sie nicht hübsch?« fragte Alise.

Chloé hatte rote Lippen und braune Haare, sie sah glücklich aus, und das lag nicht an ihrem Kleid.

»Ich trau mich nicht!« sagte Colin.

Dann ließ er Alise stehen und forderte Chloé zum Tanz auf. Sie betrachtete ihn. Sie lachte und legte die rechte Hand auf seine Schulter. Er spürte ihre kühlen Finger an seinem Hals. Er verringerte die Entfernung zwischen ihren beiden Körpern, indem er einen Impuls vom Gehirn aus über sorgfältig ausgewählte Nervenstränge leitete und dadurch den rechten Armmuskel kontrahierte.

Chloé sah ihn immer noch an. Sie hatte blaue Augen. Sie warf ihr glänzendes, lockiges Haar nach hinten und lehnte mit einer entschlossenen Bewegung ihre Schläfe an die Wange Colins.

Ringsherum herrschte tiefes Schweigen, und der größte Teil der übrigen Gäste zählte nicht mehr.

Aber dann war die Platte zuende, wie nicht anders zu erwarten. Colin kehrte in die Wirklichkeit zurück und nahm wahr, daß die Mieter der oberen Etage durch Öffnungen in der Decke zu ihnen herunterblickten, daß Wasserlilien in Büscheln an den Wänden entlang wucherten, daß buntschillernde Gase hier und dort aus kleinen Löchern entwichen, daß seine Freundin Isis vor ihm stand und ihm auf einer mecklenburgischen Seenplatte Kleingebäck darbot.

»Danke, Isis«, sagte Chloé, ihr Lockenhaar schüttelnd.

»Danke, Isis«, sagte Colin und griff nach einer besonders klassischen Schillerlocke.

»Sie sollten auch eine nehmen«, sagte er zu Chloé, »sie sind sehr gut.

Und dann hustete er, denn er hatte einen Igelstachel verschluckt, der in dem Gebäck versteckt war.

Chloé lachte auf und zeigte dabei ihre hübschen Zähne.

»Was haben Sie denn?«

Er mußte sie loslassen und zur Seite treten, um in Ruhe zu husten, bis er sich schließlich wieder erholt hatte. Chloé brachte zwei Gläser herbei.

»Trinken Sie, es wird Ihnen guttun.«

»Danke«, sagte Colin. »Ist das Champagner?«

»Ein Mixgetränk.«

Er nahm einen tiefen Zug und verschluckte sich. Chloé geriet außer sich vor Lachen. Chick und Alise kamen hinzu.

»Was ist denn hier los?« fragte Chick.

»Er kann nicht trinken!« sagte Chloé.

Alise klopfte ihm behutsam auf den Rücken, der dumpf wie ein balinesischer Gong widerhallte. Sogleich hörten alle Gäste auf zu tanzen, um sich zu Tisch zu begeben.

»Das hätten wir geschafft«, sagte Chick. »Jetzt sind wir ungestört. Wie wär's, wenn wir eine gute Platte auflegten?«

Er zwinkerte Colin zu.

»Wollen wir nicht Schielston tanzen?« schlug Alise vor.

Chick wühlte in dem Stapel von Platten beim Plattenspieler.

»Tanz mit mir, Chick«, sagte Alise.

»Augenblick«, sagte Chick, »ich lege gerade eine Platte auf.«

Es war ein Boogie Woogie.

Chloé stand wartend da.

»Ihr wollt doch nicht etwa darauf einen Schielston tanzen?« fragte Colin entsetzt.

»Warum nicht?« fragte Chick zurück.

»Sehen Sie nicht hin«, sagte Colin zu Chloé.

Er neigte den Kopf ein wenig und küßte sie zwischen Ohr und Schulter. Sie erbebte, zog aber ihren Kopf nicht zurück.

Colin seinerseits nahm die Lippen nicht weg.

Indessen gaben Alise und Chick eine beachtliche Vorführung des Schielston im Urwaldstil.

Die Platte lief sehr schnell ab. Alise entfernte sich und suchte die nächste aus. Chick ließ sich auf ein Sofa fallen. Colin und Chloé standen vor ihm. Er packte sie an den Beinen und zog sie zu sich heran.

»Nun, meine Lämmer, wie läuft's?« fragte er.

Colin setzte sich, und Chloé schmiegte sich eng an ihn.

»Sie ist ein nettes, kleines Mädchen, nicht«, fragte Chick.

Chloé lächelte. Colin erwiderte nichts, sondern legte seinen Arm um Chloés Nacken und spielte scheinbar achtlos mit dem obersten Knopf ihres Kleides, das vorn geschlossen war.

Alise kam zurück.

»Rück ein wenig, Chick, ich möchte mich zwischen dich und Colin setzen.«

Sie hatte die Platte gut gewählt. Es war *Chloè*, von Duke Ellington arrangiert. Colin biß in die Haare von Chloés Ohr und murmelte: »Genau wie Sie.«

Ehe Chloé antworten konnte, strömten die anderen Gäste wieder zur Tanzfläche, denn sie hatten inzwischen gemerkt, daß es gar nicht Essenszeit war.

»Oh! ...« sagte Chloé, »wie schade ...«

# XII

»Wirst du sie wiedersehen?« fragte Chick.

Sie saßen bei Tisch vor Nicolas' neuester Schöpfung, einem Kürbis mit Nüssen.

»Ich weiß nicht«, sagte Colin. »Ich weiß nicht, was ich tun soll. Sie ist nämlich ein sehr gut erzogenes Mädchen. Letztes Mal bei Isis hatte sie viel Champagner getrunken …«

»Das stand ihr sehr gut«, sagte Chick. »Sie ist ungewöhnlich hübsch. Mach nicht so ein trauriges Gesicht! Stell dir vor, ich habe heute eine Ausgabe von Partres *Urwahl und Übelkeit* auf unperforiertem Toilettenpapier gefunden …«

»Aber woher nimmst du nur das Geld?« fragte Colin.

Chicks Stirn umwölkte sich.

»Die Bücher kosten sehr viel, aber ich kann sie nicht entbehren«, sagte er. »Ich brauche Partre. Ich bin Sammler. Ich muß alles besitzen, was er geschrieben hat.«

»Aber er hört doch gar nicht mehr auf«, sagte Colin. »Er veröffentlicht mindestens fünf Artikel in der Woche!«

»Ich weiß«, sagte Chick.

Colin bot ihm noch einmal Kürbis an.

»Wie kann ich nur Chloé wiedersehen?« fragte er.

Chick sah ihn lächelnd an.

»Du hast recht«, sagte er. »Ich langweile dich mit meinen Geschichten von Jean-Sol Partre. Ich möchte dir gern helfen … Was kann ich denn nur tun?«

»Es ist schrecklich«, sagte Colin. »Ich bin gleichzeitig verzweifelt und überglücklich. Ein angenehmer Zustand, in dieser Hinsicht ein solches Verlangen zu empfinden.«

»Ich möchte in leicht angesengtem Gras liegen«, fuhr er fort, »Ich wünsche mir strohgelbe brüchige Halme mit vielen kleinen Tieren, und außerdem trockenes Moos. Man legt sich auf den Bauch und betrachtet alles. Dann müßte noch ein Wall aus Steinen und verkrüppelten Büschen und kleinen Blättern da sein. Das wäre herrlich.«

»Und Chloé?«, sagte Chick.

»Und Chloé natürlich«, sagte Colin. »Chloé gehört dazu.«

Sie schwiegen eine Weile. Eine Flasche nutzte die Gelegenheit, um einen kristallenen Ton auszustoßen, der an den Wänden widerhallte.

»Nimm noch ein wenig Wein«, sagte Colin.

»Ja«, sagte Chick, »vielen Dank.«

Nicolas trug den nächsten Gang auf: Ananasgebäck in Apfelsinencreme.

»Danke, Nicolas«, sagte Colin. »Was kann ich Ihrer Meinung nach unternehmen, um ein junges Mädchen wiederzusehen, in das ich mich verliebt habe?«

»Ach Gott, Monsieur«, sagte Nicolas, »diese Situation kann sich wohl tatsächlich ergeben ... Ich muß Monsieur gestehen, daß in meinem Fall derartige Bemühungen niemals erforderlich waren.«

»Natürlich nicht«, sagte Chick. »Sie sind ja auch gebaut wie Johnny Weissmüller. Aber es haben schließlich nicht alle Ihre Figur!«

»Ich danke Monsieur für seine wohlwollende Beurteilung, welche mich tief bewegt«, sagte Nicolas. »Ich würde Monsieur raten«, fuhr er zu Colin gewandt fort, »durch die Vermittlung der Person, bei welcher Monsieur die Person, deren Gegenwart Monsieur zu vermissen scheinen, getroffen haben, gewisse Auskünfte über die Gewohnheiten dieser letzteren einzuholen.«

»Sie drücken sich zwar etwas umständlich aus, Nicolas«, sagte Colin, »aber ich glaube, das wäre tatsächlich eine Möglichkeit. Aber wissen Sie, Liebe macht dumm. Deshalb habe ich Chick noch gar nicht erzählt, daß ich schon lange daran denke.«

Nicolas begab sich wieder in seine Küche.

»Der Mann ist unbezahlbar«, sagte Colin.

»Ja«, sagte Chick, »er versteht etwas vom Kochen.«

Sie tranken noch mehr Wein. Nicolas kehrte mit einem riesigen Kuchen zurück.

»Das ist ein zusätzlicher Nachtisch«, sagte er.

Colin ergriff ein Messer und hielt inne, bevor die Schneide die glatte Oberfläche des Kuchens berührte.

»Er ist viel zu schön«, sagte er. »Wir wollen noch ein bißchen warten.«

»Die Erwartung ist ein Präludium in Moll«, sagte Chick.

»Wie kommst du darauf?« fragte Colin.

Er nahm Chicks Glas und füllte es mit dem goldenen Wein, der so schwer und beweglich war wie träger Äther.

»Ich weiß nicht«, sagte Chick, »der Gedanke kam mir plötzlich.«

»Trink mal«, sagte Colin.

Sie leerten die Gläser.

»Unwahrscheinlich ...«, sagte Chick, aus dessen Augen nun rötliche Feuer sprühten.

Colin schlug sich an die Brust.

»Noch viel besser«, sagte er. »So etwas gibt es überhaupt nicht noch einmal.«

»Das hat nichts zu sagen«, bemerkte Chick. »Dich gibt es auch nicht noch einmal.«

»Ich bin sicher, daß Chloé sofort kommt, wenn wir nur genug Wein trinken«, sagte Colin.

»Das ist nicht bewiesen!« sagte Chick.

»Du forderst mich heraus«, sagte Colin und hielt ihm sein Glas hin. Chick füllte beide Gläser.

»Augenblick!« sagte Colin.

Er schaltete den Deckenleuchter und die kleine Tischlampe aus. Nun brannte nur noch das grüne Licht der schottischen Ikone in der Ecke, vor der Colin zu meditieren pflegte.

»Oh!« murmelte Chick.

Der Wein in der Flasche strahlte einen phosphoreszierenden ungewissen Schein aus, den unzählige bunte Lichtpünktchen zu verstreuen schienen.

»Trink!« sagte Colin.

Sie tranken. Der Lichtschein blieb auf ihren Lippen haften. Colin schaltete die Lampen wieder an. Er war anscheinend nicht ganz sicher auf den Beinen.

»Einmal ist keinmal«, sagte er. »Ich glaube, wir sollten die Flasche austrinken.«

»Wie wär's, wenn wir den Kuchen anschnitten?« fragte Chick.

Colin ergriff ein silbernes Messer und ritzte eine Spirale in die weißglänzende Glasur des Kuchens. Er zögerte plötzlich und betrachtete seine Arbeit mit Überraschung.

»Ich werde etwas ausprobieren«, sagte er.

Er pflückte ein Stechpalmenblatt aus dem Strauß auf dem Eßtisch und nahm den Kuchen in eine Hand. Dann ließ er ihn schnell auf der Fingerspitze kreisen und hielt mit der anderen Hand einen Stechpalmendorn auf die Spirale.

»Horch mal!« sagte er.

Chick horchte. Es war *Chloé*, im Arrangement von Duke Ellington.

Chick blickte Colin an. Er war kreidebleich.

Chick nahm ihm das Messer aus der Hand und senkte es entschlossen in den Kuchen. Er zerschnitt ihn in zwei Teile, und er fand in dem Kuchen einen neuen Artikel von Partre für Chick und ein Rendezvous mit Chloé für Colin.

## XIII

Colin stand an der Ecke des Platzes und wartete auf Chloé. Der Platz war rund, und Colin sah eine Kirche, Tauben, ein Blumenbeet, Bänke und ringsherum Autos und Autobusse auf dem Asphalt. Auch die Sonne wartete auf Chloé, aber sie konnte sich damit vergnügen, Schatten zu verteilen, wilde Bohnen in angemessenen Abständen zum Keimen zu bringen, Fensterläden aufzustoßen und eine Straßenlaterne zu beschämen, die ein vergeßlicher Laternenanzünder nicht gelöscht hatte.

Colin zupfte an den Handschuhen und bereitete seinen ersten Satz vor. Dieser änderte sich immer schneller, je näher die verabredete Stunde rückte. Colin wußte nicht, was er mit Chloé unternehmen sollte. Vielleicht sollte er mit ihr in eine Teestube gehen, aber dort war die Atmosphäre gewöhnlich eher trostlos, und diese gefräßigen vierzigjährigen Damen, die mit abgespreiztem kleinem Finger sieben Stücke Sahnetorte verzehrten – das mochte er nicht. Er fand, daß Gefräßigkeit nur den Männern zustand, daß sie bei ihnen einen Sinn bekam, ohne ihnen etwas von ihrer natürlichen Würde zu nehmen. Nicht ins Kino, das würde sie ablehnen. Nicht ins Abgeordnetentheater, das würde ihr nicht gefallen. Nicht zum Kälberrennen, das würde ihr Angst machen. Nicht zum Krankenhaus Saint-Louis, das war verboten. Nicht in den Louvre, da waren Satyre hinter den assyrischen Cherubim versteckt. Nicht zum Bahnhof Saint-Lazare, da gab es nur noch Schubkarren und keinen einzigen Zug.

»Guten Tag!«

Chloé hatte sich von hinten genähert. Er zog schnell seinen rechten Handschuh aus, verfing sich darin, stieß mit der Hand gegen die Nase, rief »Au!« und schüttelte ihr die Hand. Sie lachte.

»Sie sehen aber verlegen aus!«

Chloé trug einen langhaarigen Pelzmantel von der Farbe ihrer Haare, eine Pelzmütze und kurze Stiefelchen mit pelzbesetzten Umschlägen.

Sie faßte Colin am Ärmel.

»Bieten Sie mir den Arm. Sie sind heute wohl etwas steif?«

»Letztes Mal ging es besser«, gab Colin zu.

Sie lachte wieder, blickte ihn an und mußte von neuem lachen.

»Sie machen sich über mich lustig«, sagte Colin traurig. »Das ist nicht nett.«

»Freuen Sie sich, mich zu sehen?« fragte Chloé.

»O ja«, sagte Colin.

Sie gingen nebeneinander und folgten dem nächstbesten Bürgersteig. Eine kleine rosa Wolke schwebte auf sie zu.

»Soll ich kommen?« fragte sie.

»Komm nur«, sagte Colin.

Und die Wolke hüllte sie ein. In ihrem Inneren war es warm, und es roch nach Zimt und Zucker.

»Jetzt sieht uns keiner mehr«, sagte Colin. »Aber wir können die andern sehen.«

»Sie ist ein bißchen durchsichtig«, sagte Chloé. »Passen Sie lieber auf!«

»Das macht nichts, man fühlt sich trotzdem wohler«, sagte Colin. »Was sollen wir tun?«

»Einfach spazierengehen … Oder langweilt Sie das?«

»Erzählen Sie mir irgend etwas …«

»Ich weiß nichts Rechtes«, sagte Chloé. »Wir könnten Schaufenster ansehen. Sehen Sie das hier! … Ist das nicht interessant?«

In der Auslage ruhte ein hübsches Mädchen auf einer Sprungfedermatratze. Ihr Oberkörper war nackt, und ein

Apparat mit langen, seidigen, weißen Borsten bürstete Ihre Brüste nach oben. Auf dem Plakat stand: »Schonen Sie Ihre Schuhe mit dem Antipoden von Hochwürden Charles.«

»Eine gute Idee«, sagte Chloé.

»Aber das paßt doch gar nicht zusammen!« sagte Colin. »Außerdem ist es mit der Hand viel angenehmer.«

Chloé errötete.

»Sagen Sie so etwas nicht. Ich mag keine Männer, die vor jungen Mädchen schreckliche Dinge aussprechen.«

»Es tut mir leid«, sagte Colin, »ich wollte Sie nicht …«

Es tat ihm so leid, daß Chloé lachen mußte und ihn ein ganz klein wenig schüttelte, um ihm zu zeigen, daß sie nicht böse war.

In einem anderen Schaufenster schlachtete ein dicker Mann mit Metzgerschürze kleine Kinder ab. Es war ein Reklameschaufenster der Öffentlichen Wohlfahrt.

»Da sieht man, wo das Geld hingeht«, sagte Colin. »Es muß die allerhand kosten, die Auslage jeden Abend zu reinigen.«

»Die Kinder sind doch nicht echt!« sagte Chloé erschreckt.

»Das kann man nie wissen«, sagte Colin. »Die bekommen sie bei der Wohlfahrt umsonst …«

»Ich mag das gar nicht!« sagte Chloé. »Früher hat es solche Schaufenster nicht gegeben. Ich halte sie nicht für einen Fortschritt.«

»Sie sind im Grunde unwichtig«, sagte Colin. »Die Auslagen wirken nur auf Leute, die an solche Dummheiten glauben.«

»Und was ist das?« fragte Chloé.

In dem Schaufenster war ein wohlgerundeter, praller Bauch auf Gummirädern ausgestellt. Ein Reklameschild verkündete: »Auch Ihr Bauch schlägt keine Falten, wenn Sie ihn mit unserem Elektrischen Eisen bügeln!«

»Aber den kenn ich doch!« rief Colin. »Das ist der Bauch von Serge, meinem früheren Koch! ... Wie kommt der denn hierher?«

»Ich will es gar nicht wissen«, sagte Chloé. »Bitte verschonen Sie mich mit Erläuterungen. Er ist übrigens viel zu dick ...«

»Serge konnte eben sehr gut kochen!«

»Gehen wir«, sagte Chloé. »Ich will keine Schaufenster mehr ansehen, das macht mir keinen Spaß.«

»Was sollen wir denn tun?« fragte Colin. »Sollen wir irgendwo einen Tee trinken?«

»Oh! Jetzt ist nicht die richtige Zeit dafür ... Und außerdem bin ich nicht besonders erpicht darauf.«

Colin atmete erleichtert auf, und seine Hosenträger knackten.

»Was war das für ein Geräusch?«

»Ich bin auf einen dürren Zweig getreten«, sagte Colin errötend.

»Wollen wir nicht im Bois de Boulogne spazierengehen?« fragte Chloé.

Colin sah sie entzückt an.

»Das ist eine sehr gute Idee. Da ist es jetzt ganz menschenleer.«

Chloé wurde rot.

»Nicht deswegen. – Im übrigen werden wir die Hauptalleen nicht verlassen«, fügte sie hinzu, um sich zu rächen, »sonst bekommen wir nasse Füße.«

Er drückte leicht den Arm, den er unter dem seinigen spürte.

»Gehen wir durch die Unterführung«, sagte er.

In der Unterführung waren zu beiden Seiten riesengroße Vogelkäfige aufgestellt, in denen das städtische Ordnungsamt Ersatztauben für die Plätze und Bauwerke züchtete. Auch gab es da Sperlingsbrutkästen und das Piepsen kleiner Spatzen. Die Unterführung wurde kaum benutzt, denn durch den Flügelschlag all dieser Vögel entstand ein sehr starker Luftzug, der winzige weiße und blaue Federn umherwirbelte.

»Ob sie wohl niemals stillhalten?« fragte Chloé und hielt ihre Mütze fest, damit sie nicht davonflog.

»Es sind immer andere«, sagte Colin.

Er kämpfte mit den Schößen seines Mantels.

»Gehen wir schnell an den Tauben vorbei, die Spatzen machen nicht soviel Wind«, sagte Chloé und schmiegte sich an Colin.

Sie eilten weiter und ließen bald die Gefahrenzone hinter sich. Die kleine Wolke war ihnen nicht gefolgt. Sie hatte den Weg abgekürzt und erwartete Colin und Chloé am andern Ende der Unterführung.

## XIV

Die Bank schien ein wenig feucht und dunkelgrün. Aber sie hatten es dennoch gut getroffen, denn auf dieser Allee gingen kaum Leute spazieren.

»Frieren Sie?« fragte Colin.

»Nein, wir haben doch die Wolke«, sagte Chloé. »Trotzdem … möchte ich etwas näherrücken.«

»Oh!« sagte Colin und errötete.

Ein seltsames Gefühl überkam ihn. Er legte seinen Arm um Chloé. Ihre Mütze war auf die andere Seite gerutscht, und ihre glänzenden Haare streiften beinahe seine Lippen.

»Ich bin gern mit Ihnen zusammen«, sagte er.

Chloé antwortete nicht. Sie atmete etwas schneller und rückte kaum merklich näher.

Colin fragte dicht an ihrem Ohr: »Langweilen Sie sich nicht?«

Sie schüttelte verneinend den Kopf, und Colin nutzte diese Bewegung, um sich ihr noch mehr zu nähern.

»Ich …«, flüsterte er ihr ins Ohr. In diesem Augenblick wandte sie wie zufällig den Kopf, und Colin küßte sie auf den Mund. Es war kein sehr langer Kuß; aber der nächste war schon viel länger. Colin wühlte sein Gesicht in Chloés Haar, und sie saßen lange so, ohne ein Wort zu sprechen.

## XV

»Wie nett, daß Sie mitgekommen sind, Alise«, sagte Colin. »Sie werden allerdings das einzige Mädchen sein.«

»Das macht nichts«, sagte Alise. »Chick ist einverstanden!«

Chick nickte. Aber eigentlich klang Alises Stimme nicht mehr fröhlich.

»Chloé ist nicht in Paris«, sagte Colin. »Sie ist mit Verwandten für drei Wochen in den Süden gefahren.«

»Ach«, sagte Chick, »da bist du sicher sehr unglücklich.«

»Ich bin niemals glücklicher gewesen!« sagte Colin. »Ich habe mich mit Chloé verlobt.«

»Herzlichen Glückwunsch«, sagte Chick.

Er vermied es, Alise anzusehen.

»Was ist den mit euch beiden?« fragte Colin. »Irgend etwas stimmt doch da nicht.«

»Es ist gar nichts«, sagte Alise. »Chick benimmt sich dumm.«

»Aber nein«, sagte Chick. »hör nicht darauf. Colin … Es ist gar nichts.«

»Ihr sagt beide das gleiche, aber ihr seid euch nicht einig«, sagte Colin. »Also muß einer von euch lügen, oder ihr lügt sogar beide. Kommt, das Essen ist fertig.«

Sie gingen ins Eßzimmer.

»Nehmen Sie Platz, Alise«, sagte Colin. »Setzen Sie sich neben mich und erzählen Sie mir, was los ist.«

»Chick ist dumm«, sagte Alise. »Er behauptet, daß er mich nicht an sich binden darf, weil er nicht genug Geld hat, um mir ein angenehmes Leben zu bieten. Und er schämt sich, mich nicht zu heiraten.«

»Ich bin ein Schweinehund«, sagte Chick.

»Ich weiß gar nicht, was ich da sagen soll«, sagte Colin. Er war selbst so glücklich, daß er nun tief traurig wurde.

»Es ist nicht nur das Geld«, sagte Chick. »Die Eltern von Alise werden nämlich niemals zulassen, daß ich sie heirate, und sie haben recht. In einem Buch von Partre steht eine ähnliche Geschichte.«

»Ein ausgezeichnetes Buch«, sagte Alise. »Haben Sie es gelesen, Colin?«

»So seid ihr nun«, sagte Colin. »Ich bin sicher, daß ihr dafür euer ganzes Geld ausgebt.«

Chick und Alise senkten die Köpfe.

»Das ist meine Schuld«, sagte Chick. »Alise kauft keine Partre-Bücher mehr. Sie beschäftigt sich kaum noch mit ihm, seid wir zusammenleben.«

Seine Stimme klang vorwurfsvoll.

»Ich habe dich eben lieber als Partre«, sagte Alise.

Sie war den Tränen nahe.

»Du bist sehr nett«, sagte Chick. »Ich verdiene dich gar nicht. Aber ich habe nun einmal das Laster, Partre zu sammeln, und ein Ingenieur kann sich leider nicht alles gleichzeitig leisten.«

»Es tut mir sehr leid«, sage Colin. »Ich wünsche euch, daß alles gut ausgeht. Ihr solltet eure Servietten auseinanderfalten.«

Unter der von Chick lag ein in Stinktierleder gebundenes Exemplar von *Erbrechen*, und Alise fand einen breiten goldenen Ring in der Form des Ekels.

»Oh!« rief Alise.

Sie fiel Colin um den Hals und küßte ihn.

»Du bist ein feiner Kerl«, sagte Chick, »wie soll ich dir nur danken! Aber du weißt ja, daß ich dir nicht so danken kann, wie ich es gern möchte ...«

Colin fühlte sich ein wenig getröstet. Und Alise sah heute abend wirklich bezaubernd aus.

»Welches Parfum benutzen Sie?« fragte er. »Chloé nimmt immer doppelt destillierte Orchideenessenz.«

»Ich benutze kein Parfum«, sagte Alise.

»Bei ihr ist es Natur«, fügte Chick hinzu.

»Wie herrlich!« rief Colin. »Sie riechen nach Wald mit einem Bach und mit kleinen Hasen.«

»Erzählen Sie uns von Chloé!« bat Alise geschmeichelt.

Nicolas brachte die Vorspeise herein.

»Guten Tag, Nicolas«, sagte Alise. »Wie geht's?«

»Danke«, sagte Nicolas.

Er stellte die Platte auf den Tisch.

»Bekomme ich keinen Kuß?« fragte Alise.

»Genieren Sie sich nicht, Nicolas«, sagte Colin. »Ich würde mich im übrigen sehr freuen, wenn Sie mit uns speisten ...«

»O ja«, sagte Alise, »iß mit uns.«

»Monsieur bringen mich in Verlegenheit«, sagte Nicolas. »Ich kann mich in dieser Kleidung nicht an den Tisch setzen ...«

»Hören Sie, Nicolas«, sagte Colin, »ziehen Sie sich um, wenn Sie unbedingt wollen, aber ich erteile Ihnen den Befehl, an unserem Essen teilzunehmen.«

Er ließ die Platte auf dem Tisch stehen und verschwand.

»Sie wollten von Chloé erzählen«, sagte Alise.

»Greift zu«, sagte Colin. »Ich habe keine Ahnung was es ist, aber es ist sicherlich gut.«

»Du spannst uns auf die Folter«, sagte Chick.

»Ich werde Chloé in einem Monat heiraten«, sagte Colin. »Und ich wünschte, es wäre morgen!«

»Oh, Sie Glücklicher!« rief Alise.

Colin schämte sich, weil er so reich war.

»Hör mal, Chick«, sagte er, »willst du etwas von meinem Geld haben?«

Alise blickte Colin zärtlich an. Er war so fein, daß man

seine blauen und malvenfarbenen Gedanken in den Adern seiner Hände kreisen sah.

»Ich glaube nicht, daß mir das helfen würde«, sagte Chick.

»Aber dann könntest du Alise heiraten«, sagte Colin.

»Ihre Eltern wollen es nicht, und ich möchte nicht, daß sie Ärger mit ihnen bekommt. Sie ist noch zu jung ...«

»So jung bin ich gar nicht«, sagte Alise und reckte sich auf der gepolsterten Bank in die Höhe, um ihren herausfordernden Busen zur Geltung zu bringen.

»So meint er das nicht«, warf Colin ein. »Paß auf, Chick, ich habe hunderttausend Dublonen. Wenn ich dir ein Viertel davon abgebe, kannst du bequem leben. Du mußt eben weiterarbeiten, und dann kommt ihr aus.«

»Ich kann dir gar nicht genug danken, sagte Chick.

»Du brauchst mir nicht zu danken«, sagte Colin. »Was mich interessiert, ist nicht das Glück aller Menschen, sondern das Glück des einzelnen.«

Es klingelte.

»Ich werde öffnen«, sagte Alise. »Ich bin die jüngste, das habt ihr mir ja gerade vorgeworfen ...«

Sie erhob sich, und ihre Füße glitten leise über den weichen Teppich.

Vor ihr stand Nicolas, der die Dienstbotentreppe benutzt hatte. Er trug einen Mantel aus piekfeinem Englishman-Tuch mit grünen und beigefarbenen Tressen und einen besonders flachen Ami-Hut. Seine Handschuhe stammten von einem ausgeplünderten Schwein, die Schuhe waren aus klobigem indischen Krokodilsleder. Als er den Mantel auszog, stand er in all seiner Pracht vor Alise: kastanienbraune Samtjacke mit elfenbeinfarbener Einfassung und blaugrüne Hosen mit Aufschlägen, die so breit waren wie fünf Finger und ein Daumen.

»Oh!« rief Alise. »Wie schick du aussiehst!«

»Wie geht's dir, liebe Nichte? Immer noch hübsch?«

Er streichelte ihre Brüste und ihre Hüften.

»Komm zu Tisch«, sagte Alise.

»Guten Tag, Freunde«, sagte Nicolas, als er ins Eßzimmer trat.

»Endlich!« sagte Colin. »Haben Sie sich nun entschlossen, normal zu sprechen?«

»Gewiß«, sagte Nicolas. »Ich kann es tatsächlich. Aber sag mal«, fügte er hinzu, »sollen wir uns nicht alle vier duzen?«

»Einverstanden«, sagte Colin. »Nimm Platz.«

Nicolas setzte sich Chick gegenüber.

»Nimm von der Vorspeise«, sagte dieser.

»Jungs, wollt ihr meine Brautführer sein?« fragte Colin.

»Sehr gern«, sagte Nicolas. »Aber du wirst uns hoffentlich nicht mit unmöglichen Mädchen verkuppeln, oder? Das ist nämlich ein uralter Trick ...«

»Ich möchte Alise und Isis bitten, als Ehrenjungfern anzutreten«, sagte Colin. »Und die Brüder Desmaret könnten die Ehrenpäderasten sein.«

»Einverstanden!« sagte Chick.

»Alise, geh in die Küche und bring das Gericht aus dem Ofen, es müßte jetzt fertig sein«, sagte Nicolas.

Alise folgte seiner Anweisung und trug eine silberne Terrine herein. Als Chick den Deckel hob, wurden im Inneren zwei Gestalten aus modellierter Gänseleberpastete sichtbar: Colin und Chloé im Hochzeitsstaat. Ringsherum war das Datum der Hochzeit zu lesen, und in einer Ecke stand die Signatur: *Nicolas*.

# XVI

Colin eilte die Straße entlang.

»Die Hochzeit wird wunderschön … Sie ist morgen, morgen früh. Alle meine Freunde werden da sein …«

Die Straße führte zu Chloé.

»Chloé, deine Lippen sind süß. Du hast eine zarte Haut. Deine Augen sind bezaubernd, und wenn ich an deinen Körper denke, wird mir heiß …«

Über die Straße rollten Glasmurmeln, und Kinder liefen hinterher.

»Ich werde Wochen, Monate brauchen, bis ich mich satt geküßt habe. Es wird jahrelange Monate dauern, bis du all die Küsse bekommen hast, die ich dir geben möchte, auf deine Hände, dein Haar, deine Augen, deinen Hals …«

Da waren drei kleine Mädchen; sie sangen einen kreisrunden Rundgesang und im Dreieck tanzten sie dazu.

»Chloé, ich möchte deine Brüste an meiner Brust spüren, ich möchte meine Hände auf deinem Rücken verschränken, deine Arme um meinen Nacken spüren und deinen Kopf an meiner Schulter, ich sehne mich nach deinem bebenden Körper und nach dem Duft, den du ausströmst …«

Der Himmel war klar und blau, die Kälte hatte ein wenig abgenommen. Die Bäume sahen ganz schwarz aus, aber an ihren dunklen Zweigen zeigten sich dicke grüne Knospen.

»Wenn du nicht bei mir bist, sehe ich dich immer in deinem Kleid mit den Silberknöpfen vor mir. Wann hast du es nur getragen? Doch nicht beim erstenmal? Nein, bei unserem Rendezvous, du trugst es eng auf dem Körper unter deinem schweren, weichen Mantel.»

Er machte die Tür des Ladens auf und trat ein.

»Ich hätte gern eine Unmenge Blumen für Chloé«, sagte er.

»Wann sollen wir sie schicken?« fragte die Blumenverkäuferin. Sie war jung und schmal und hatte rote Hände. Sie liebte Blumen sehr.

»Schicken Sie die Blumen morgen, und bringen Sie mir auch welche. Unser Zimmer soll voll sein von Lilien, weißen Gladiolen, Rosen und vielen anderen weißen Blumen, und legen Sie vor allem auch einen großen Strauß roter Rosen dazu …«

## XVII

Die Brüder Desmaret kleideten sich für die Hochzeit an. Sie wurden häufig als Ehrenpäderasten eingeladen, denn sie machten ihre Sache gut. Sie waren Zwillinge. Der ältere hieß Coriolan. Er hatte lockiges schwarzes Haar, eine zarte weiße Haut, ein jungfräuliches Aussehen, eine gerade Nase und blaue Augen mit langen gelben Wimpern.

Der jüngere nannte sich Pegasus und ähnelte seinem Bruder; allerdings waren seine Wimpern grün, was gewöhnlich ausreichte, um ihn von Coriolan zu unterscheiden. Umstände und Neigung hatten sie dazu bestimmt, die Päderastenlaufbahn einzuschlagen, aber da sie als Ehrenpäderasten recht gut verdienten, arbeiteten sie kaum noch, und leider trieb sie dieser verhängnisvolle Müßiggang bisweilen dem Laster in die Arme. So hatte sich Coriolan noch am Vorabend an einem Mädchen vergriffen. Pegasus machte ihm heftige Vorhaltungen, während er vor dem großen dreiteiligen Spiegel seine Lendengegend mit einer Salbe aus maskulinen Mandeln massierte.

»Na, und wann bist du nach Hause gekommen?« fragte Pegasus.

»Das weiß ich nicht mehr«, sagte Coriolan. »Laß mich in Ruhe. Beschäftige dich lieber mit deinen Lenden.«

Coriolan zupfte sich mit einer Chirurgenzange die Augenbrauen aus.

»Du bist pervers!« sagte Pegasus. »Ein Mädchen! ... Wenn das deine Tante sähe!«

»Du hast das wohl nie gemacht, wie?« sagte Coriolan drohend.

»Wann denn?« sagte Pegasus, ein wenig beunruhigt.

Er unterbrach seine Massage und vollführte einige Lockerungsübungen vor dem Spiegel.

»Laß nur«, sagte Coriolan. »Ich hör schon auf. Ich will dich nicht in Verlegenheit bringen. Knöpf mir lieber die Hose zu.«

Sie trugen Spezialhosen mit rückwärtigen Hosenschlitzen, die sie ohne Hilfe nicht gut schließen konnten.

»Siehst du?« kicherte Pegasus. »Du kannst gar nichts mehr sagen!«

»Hör bloß auf«, sagte Coriolan. »Wer heiratet eigentlich heute?«

»Colin vermählt sich mit Chloé«, sagte sein Bruder verächtlich.

»Warum sprichst du in solch einem Ton?« fragte Coriolan. »Er ist ein netter Kerl.«

»Ja, er ist nett«, sagte Pegasus neiderfüllt. »Aber sie, sie hat so einen runden Busen, da kann man sich einfach gar nicht vorstellen, daß sie ein Mann ist!«

Coriolan errötete.

»Ich finde sie sehr hübsch«, murmelte er. »Man bekommt richtig Lust, ihre Brüste zu berühren ... Geht es dir nicht so?

Sein Bruder blickte ihn entsetzt an.

»Was für ein Schwein du bist!« sagte er mit Nachdruck. »Du bist das größte Schwein, das ich kenne ... Eines Tages wirst du dich noch mit einer Frau verheiraten!«

## XVIII

Der Priester verließ die Sachristur, gefolgt von seinem Küßter und einem Kirchner. Sie trugen große Pappschachteln mit Dekorationsmaterial unter dem Arm.

»Wenn der Lastwagen der Anstreichler kommt, dann laß ihn bis zum Altar durchfahren, Josef«, sagte der Priester zu dem Küßter.

Die meisten Küßter heißen nämlich Josef.

»Wird alles gelb gestrichen?« fragte Josef.

»Gelb mit violetten Streifen«, erwiderte der Kirchner Emmanuel Judo, ein großer, sympathischer Bursche, dessen Uniform und Goldkette wie kalte Nasenspitzen glänzten.

»Ja«, sagte der Priester, weil der Trischof zur Segnung kommt. Wir wollen die Empore der Musiker mit dem Material aus unseren Kartons schmücken.«

»Wie viele Musiker sind vorgesehen?« fragte der Küßter.

»Dreiundsiebzig«, erwiderte der Kirchner.

»Und vierzehn Glaubenskinder«, fügte der Priester stolz hinzu.

Der Küßter stieß einen langgezogenen Pfiff aus: »Fiiiiuu …«

»Und diesmal heiraten nur zwei!« sagte er bewundernd.

»Ja«, sagte der Priester, »so ist das bei den reichen Leuten.«

»Werden Gäste kommen?« wollte der Kirchner wissen.

»Viele!« sagte der Küßter. »Ich werde meine lange rote Hellebarde und den Stab mit dem roten Knopf benutzen.«

»Nein«, sagte der Priester. »Nimm die gelbe Hellebarde und den violetten Stab, das wirkt vornehmer.«

Sie blieben unter der Empore stehen. Der Priester öffnete die verborgene kleine Tür, die in einen der Stützpfeiler eingelassen war. Nacheinander stiegen sie die enge Treppe hoch, die sich in einer Archimedischen Schraube emporwand. Ein verschwommener Lichtschein drang von oben herunter.

Sie vollführten vierundzwanzig Schraubendrehungen und blieben dann stehen, um Atem zu schöpfen.

»Anstrengend!« sagte der Priester.

Der Küßter, der auf der untersten Stufe stand, pflichtete ihm bei, und der Kirchner auf der mittleren Stufe schloß sich ebenfalls seiner Feststellung an.

»Noch zweieinhalb Windungen«, sagte der Priester.

Schließlich tauchten sie auf der Plattform gegenüber dem Altar auf. Sie befanden sich hundert Meter über dem Boden, der durch den dichten Nebel kaum zu sehen war. Pralle, graue Wolken drangen ohne Umstände in die Kirche ein und segelten durch das Längsschiff.

»Das Wetter wird gut«, sagte der Kirchner, indem er den Duft der Wolken einsog. »Sie riechen nach wildem Thymian.«

»Mit einer Spur Kornblumen«, sagte der Küßter.

»Hoffentlich wird die Feier ein Erfolg«, sagte der Priester.

Sie stellten ihre Schachteln hin und fingen an, die Stühle der Musiker mit dem Dekorationsmaterial zu schmücken. Der Küßter faltete die Teile auseinander, pustete darüber, um den Staub zu entfernen, und reichte sie dem Kirchner und dem Priester weiter.

Die Pfeiler stiegen über ihnen immer weiter in die Höhe und schienen sich in weiter Ferne zu vereinigen. Ihr gelblichweißer, matter Schein verbreitete in dem milden Tageslicht einen sanften, ruhigen Schein. Ganz oben herrschte blaugrüne Dämmerung.

»Wir sollten die Mikrofone blankputzen«, sagte der Priester zum Küßter.

»Ich entfalte gerade die letzte Dekoration«, sagte der Küßter, »dann werde ich mich darum kümmern.«

Er zog ein rotes Wolltuch aus der Tasche und polierte energisch den Sockel des ersten Mikrofons. Insgesamt gab es vier Mikrofone; sie standen in Reih und Glied vor den Stühlen der Musiker und waren so angeschlossen, daß jeder Melodie ein außerhalb der Kirche vernehmbares Glockengeläut entsprach. Im Inneren hörte man indessen nur die Musik.

»Beeil dich, Josef«, sagte der Priester. »Emmanuel und ich sind fertig.«

»Wartet auf mich«, bat der Küßter, »habt fünf Minuten Geduld.«

Der Kirchner und der Priester klappten die Schachteln zu und stellten sie in eine Ecke, damit sie nach der Hochzeit wieder greifbar waren.

»Jetzt bin ich auch fertig«, sagte der Küßter.

Sie schlossen alle drei die Gurte ihrer Fallschirme und ließen sich dann anmutig ins Leere fallen. Die drei großen bunten Blumen öffneten sich mit einem seidig-schnurrenden Geräusch, und die Männer erreichten wohbehalten die blanken Bodenfliesen des Kirchenschiffs.

## XIX

»Findest du mich hübsch?«

Chloé spiegelte sich im Wasser des silbernen Beckens, in dem sich der Goldfisch ungeniert tummelte. Auf ihrer Schulter saß die graue Maus mit den schwarzen Schnurrbarthaaren; sie rieb sich mit den Pfötchen die Nase und beobachtete die Lichtreflexe auf der Wasserfläche.

Chloé hatte ihre hohen Schuhe aus weißem Leder angezogen. Außerdem trug sie Strümpfe, die so fein waren wie Weihrauch und so blond wie ihre Haut. Sonst war sie nackt, abgesehen von einem schweren Armband aus Blaugold, das ihr zartes Handgelenk noch zerbrechlicher erscheinen ließ.

»Meinst du, daß ich mich ankleiden muß?«

Die Maus glitt um Chloés runden Hals herum und hielt sich an einer ihrer Brüste fest. Sie schaute von unten herauf und schien zuzustimmen.

»Gut, dann setze ich dich auf den Boden«, sagte Chloé. »Heute abend kehrst du zu Colin zurück, das weißt du ja. Du mußt dich noch von den anderen hier verabschieden!«

Sie setzte die Maus auf den Teppich, blickte aus dem Fenster, ließ den Vorhang wieder zurückfallen und ging auf ihr Bett zu. Dort lagen weit auseinandergebreitet ihr weißes Kleid und die blauen Gewänder von Isis und Alise.

»Seid ihr fertig?«

Alise half Isis im Badezimmer beim Kämmen. Auch die beiden Mädchen trugen bereits Schuhe und Strümpfe.

»Ihr kommt genauso langsam vorwärts wie ich!« sagte Chloé mit geheuchelter Strenge. »Wißt Ihr eigentlich, daß ich heute morgen heirate?«

»Du hast noch eine Stunde Zeit«, sagte Alise.

»Das reicht vollkommen«, fügte Isis hinzu. »Du bist ja schon frisiert!«

Chloé lachte und warf ihre Locken zurück. Es war heiß in dem dampfigen Badezimmer, und der Rücken von Alise sah so appetitlich aus, daß Chloé sanft mit den flachen Händen darüberstrich. Isis saß vor dem Spiegel und überließ ihren Kopf fügsam Alises geschickten Griffen.

»Du kitzelst mich!« rief Alise und brach in Lachen aus.

Chloé streichelte sie absichtlich genau da, wo es kitzelte, an den Seiten entlang bis zur Hüfte. Alises Haut war warm und glatt.

»Du wirst noch meine Locken verderben«, sagte Isis, die ihre Fingernägel feilte, um sich die Zeit zu vertreiben.

»Ihr seid beide sehr schön«, sagte Chloé. »Schade, daß ihr nicht so mitkommen könnt, ich fände es wunderbar, wenn ihr nur Schuhe und Strümpfe anhättet.«

»Zieh dich an, mein Kind«, sagte Alise, »sonst geht alles schief.«

»Küß mich«, bat Chloé. »Ich bin so glücklich!«

Alise vertrieb sie aus dem Badezimmer, und Chloé setzte sich auf ihr Bett. Sie lachte ganz allein vor sich hin, als sie die Spitzen ihres Kleides sah. Sie zog zuerst einen kleinen Büstenhalter aus Zellophan an und dann ein Höschen aus weißem Satin, das sich leicht nach hinten auswölbte.

## XX

»Geht's?« fragte Colin.

»Noch nicht«, sagte Chick.

Chick knotete nun zum vierzehnten Male Colins Krawatte, und es klappte immer noch nicht.

»Man könnte es mit Handschuhen versuchen«, sagte Colin.

»Warum?« fragte Chick. »Geht es dann besser?«

»Ich weiß nicht«, sagte Colin. »Es war nur so eine Idee.«

»Ein Glück, daß wir früh genug damit angefangen haben!« sagte Chick.

»Ja«, sagte Colin. »Aber wir werden uns trotzdem verspäten, wenn wir es nicht schaffen.«

»Wir werden es schon schaffen«, sagte Chick. Er machte einige schnelle, ineinander übergehende Bewegungen und zog kräftig an den beiden Enden. Die Krawatte riß mittendurch, und er hielt zwei Stücke in den Händen.

»Das ist nun die dritte«, sagte Colin zerstreut.

»Ja«, sagte Chick, »ich weiß ...«

Er ließ sich auf einen Stuhl fallen und rieb sich geistesabwesend das Kinn.

»Ich weiß nicht, was da los ist«, sagte er.

»Ich auch nicht«, sagte Colin. »Es ist jedenfalls nicht normal.«

»Nein«, sagte Chick mit Überzeugung. »Ich versuche es noch mal, ohne hinzusehen.«

Er nahm die vierte Krawatte und schlang sie gleichgültig um Colins Hals, wobei er mit interessierter Miene die Flugbahn eines Brummers verfolgte. Er legte das lange Ende unter das kurze, führte es zu dem Knotenpunkt zurück, gab ihm eine Wendung nach rechts und zog es durch die Schlinge. Unglücklicherweise fielen in diesem Augenblick seine Augen auf sein Werk, woraufhin die Krawatte sich heftig zusammenzog und ihm den Zeigefinger zerquetschte. Chick stieß einen unterdrückten Schmerzensschrei aus.

»Herrgott noch mal!« rief er. »Verdammtes Ding!«

»Hat sie dir weh getan?« fragte Colin teilnahmsvoll.

Chick lutschte heftig an seinem Finger.

»Der Nagel wird bestimmt schwarz«, sagte er.

»Armer Kerl«, sagte Colin.

Chick murmelte irgend etwas und sah auf Colins Hals.

»Augenblick!« flüsterte er. »Der Knoten ist fertig! Rühr dich nicht!«

Er ging vorsichtig rückwärts, ohne den Knoten aus den Augen zu lassen, tastete hinter sich auf den Tisch und ergriff eine Flasche Fixativ. Er führte das Zerstäuberröhrchen langsam zum Mund und näherte sich geräuschlos. Colin summte halblaut vor sich hin und blickte harmlos zur Decke.

Der Strahl des Sprühmittels traf die Krawatte mitten auf den Knoten. Sie bäumte sich noch einmal auf und verharrte dann regungslos, durch das erhärtete Harz an ihren Platz gebannt.

## XXI

Colin verließ mit Chick das Haus. Sie wollten Chloé zu Fuß abholen gehen. Nicolas sollte sich in der Kirche zu ihnen gesellen. Er bereitete gerade ein Spezialgericht vor, das er im Gouffé entdeckt hatte und von dem er sich Wunder versprach.

Unterwegs kamen sie an einer Buchhandlung vorbei, vor der Chick stehenblieb. Mitten in der Auslage leuchtete ein Exemplar des Buches *Moder* mit dem Wappen der Duchesse de Bovouard, wie ein kostbarer Edelstein.

»Oh, sieh dir das an!« rief Chick

»Was denn?« fragte Colin und trat näher. »Ach, das? …«

»Ja«, sagte Chick.

Vor Begierde lief ihm der Speichel aus dem Mund. Zwischen seinen Füßen bildete sich ein kleiner Bach, der sich um die Staubkörnchen herumwand und zum Rande des Bürgersteigs floß.

»Na und?« fragte Colin. »Hast du es?«

»Nicht in dem Einband!« sagte Chick.

»Das ist ja langweilig«, sagte Colin. »Komm, wir müssen uns beeilen.«

»Es kostet mindestens zwei Dublonen«, sagte Chick.

»Bestimmt«, sagte Colin und ging weiter.

Chick wühlte in seinen Taschen.

»Colin!« rief er. »Leih mir doch ein bißchen Geld!«

Colin blieb stehen. Er schüttelte traurig den Kopf.

»Ich glaube, die fünfundzwanzigtausend Dublonen, die ich dir versprochen habe, halten nicht lange«, sagte er.

Chick wurde rot und schlug die Augen nieder, streckte aber trotzdem die Hand aus. Er nahm das Geld und lief in den Laden. Colin wartete unruhig. Als er Chicks strahlende Miene sah, schüttelte er erneut – diesmal mitleidig – den Kopf und lächelte kaum merklich.

»Du bist verrückt, mein armer Chick! Wieviel hast es gekostet?«

»Das ist unwichtig«, sagte Chick. »Gehen wir.«

Sie beeilten sich. Chick schien auf einem fliegenden Drachen zu reiten.

Vor Chloés Haustür standen viele Leute und bewunderten den schönen weißen Wagen, den Colin bestellt hatte und der gerade mit dem Zeremonienchauffeur vorfuhr. Im Inneren war das Auto ganz mit weißem Pelz ausgeschlagen; man saß im Warmen und konnte sogar Musik hören.

Die Wolken waren immer noch dünn und leicht, und der Himmel blieb blau. Es war nicht mehr allzu kalt. Der Winter ging seinem Ende entgegen.

Der Boden des Aufzugs blähte sich unter ihren Füßen und hob sie mit einem sanften Schwung auf die Höhe von Chloés Etage. Die Aufzugstür öffnete sich vor ihnen. Sie klingelten und wurden eingelassen. Chloé erwartete sie.

Abgesehen von ihrem Zellophanbüstenhalter, ihrem weißen Höschen und ihren Strümpfen trug sie zwei Schichten Musselin sowie einen Tüllschleier, der an den Schultern befestigt war und ihren Kopf völlig frei ließ.

Alise und Isis waren genauso gekleidet, aber ihre Gewänder waren eisblau. Ihr lockiges Haar schimmerte im Sonnenschein und fiel in schwerer, duftiger Fülle auf ihre Schultern herab. Man wußte nicht, welcher von ihnen man den Vorzug geben sollte. Doch Colin wußte es. Er wagte Chloé nicht zu umarmen, um ihre Kleidung nicht in Unordnung zu bringen, und hielt sich statt dessen an Isis und Alise schadlos. Die beiden ließen ihn gern gewähren, denn sie sahen ja, wie glücklich er war.

Das ganze Zimmer war voll von den weißen Blumen, die Colin ausgesucht hatte, und auf dem Kopfkissen des aufgeschlagenen Bettes lag eine rote Rosenknospe. Der

Duft der Blumen und das Parfum der Mädchen vermischten sich miteinander, so daß Chick sich vorkam wie eine Biene im Bienenkorb. Alise trug eine malvenfarbene Orchidee im Haar, Isis eine scharlachrote Rose und Chloé eine große weiße Kamelienblüte. In der Hand hielt sie einen Lilienstrauß, und neben ihrem blaugoldenen Armreif glänzte ein Armband aus nagelneuen, frischlackierten Efeublättern. Ihr Verlobungsring war mit winzigen runden und länglichen Diamanten verziert, die in Morsezeichen den Namen Colins darstellten. In einer Ecke des Zimmers tauchte unter einem Pflanzenbüschel der Kopf des Kinematographen auf, der verzweifelt an seiner Kurbel drehte.

Colin ließ sich mit Chloé aufnehmen, dann kamen Chick, Alise und Isis an die Reihe. Schließlich schlossen sich alle Chloé an, die in den Aufzug trat. Die Kabel desselben dehnten sich durch die starke Belastung derartig aus, daß sie gar nicht mehr auf den Knopf zu drücken brauchten; sie mußten allerdings darauf achten, daß alle gleichzeitig ausstiegen, damit keiner mit der Kabine wieder nach oben schnellte.

Der Chauffeur öffnete den Wagenschlag. Die drei Mädchen setzten sich mit Colin nach hinten, Chick nahm vorn Platz, und der Wagen fuhr ab. Auf der Straße drehten sich alle Leute nach ihnen um und schwenkten begeistert die Arme, denn sie glaubten, es sei der Präsident; dann gingen sie weiter und dachten an herrliche und erhabene Dinge.

Die Kirche war nicht sehr weit entfernt. Der Wagen beschrieb eine elegante Herzkurve und hielt vor den Treppenstufen an.

Oben auf der Freitreppe zwischen zwei großen Pfeilern führten der Priester, der Küßter und der Kirchner die Hochzeitsparade vor. Hinter ihnen hingen lange weiße Seidentücher bis zum Boden herunter, und die vierzehn Glaubenskinder tanzten ein Ballett. Sie waren in weiße

Blusen, rote Hosen und weiße Schuhe gekleidet. Die Mädchen trugen statt der Hosen rote Faltenröckchen und eine rote Feder im Haar. Der Priester bearbeitete die große Pauke, der Kirchner spielte Querflöte, und der Küßter schlug mit der Klapper den Rhythmus dazu. Den Refrain sangen sie alle drei im Chor; dann deutete der Küßter einige Step-Schritte an, griff zum Kontrabaß und improvisierte einen fabelhaften Chorus auf eine den Umständen entsprechende Melodie.

Die dreiundsiebzig Musiker auf der Empore hatten ebenfalls zu spielen begonnen, und die Glocken läuteten mit aller Macht.

Plötzlich war ein Mißklang zu hören, denn der Erste Kapellmeister war zu nahe an den Rand der Empore getreten und ins Leere gestürzt. Sogleich übernahm der Zweite Kapellmeister die Leitung des Orchesters. Als der Erste Kapellmeister unten auf den Steinboden prallte, spielten die Musiker einen lauten Tusch, um das Geräusch zu übertönen; aber die Kirche erbebte trotzdem bis in ihre Fundamente.

Colin und Chloé betrachteten verwundert den Aufzug des Priesters, des Küßters und des Kirchners. Im Hintergrund warteten zwei Unterkirchner an der Kirchentür auf das Zeichen zum Präsentieren der Hellebarden.

Der Priester ließ die Paukenschlegel hüpfen und vollführte einen letzten Trommelwirbel, während der Kirchner seine Querflöte ein schrilles Pfeifen entlockte. Daraufhin begann die Hälfte der Betschwestern, die sich auf den Stufen drängten, um die Braut zu sehen, mit den Gebeten. Der Küßter zerriß mit einem letzten Akkord die Saiten seines Kontrabasses. Die vierzehn Glaubenskinder schritten im Gänsemarsch die Stufen hinunter, und die Mädchen stellten sich rechts, die Knaben links von der Wagentür auf.

Chloé stieg aus dem Auto. Sie sah in ihrem weißen Kleid bezaubernd aus. Alise und Isis folgten ihr. Nicolas, der gerade angekommen war, gesellte sich zu ihnen. Colin ergriff den Arm von Chloé, Nicolas den von Isis, Chick den von Alise, und sie gingen alle die Treppe hinauf, gefolgt von den Brüder Desmaret, Coriolan rechts und Pegasus links, sowie den Glaubenskindern, die sich paarweise geordnet hatten und unaufhörlich miteinander schäkerten. Der Priester, der Küßter und der Kirchner packten ihre Instrumente ein und tanzten noch schnell einen kleinen Reigen.

Vor dem Kirchenportal führten Colin und seine Freunde schwierige Manöver aus, bis sie schließlich in der richtigen Reihenfolge aufgestellt waren: Colin mit Alise, Chloé am Arm von Nicolas, dann Chick und Isis und am Ende die Brüder Desmaret. Aber nunmehr Pegasus rechts und Coriolan links. Der Priester und seine Untergebenen beendeten ihr Tänzchen und nahmen die Spitze des Zuges ein. Dann sangen sie alle einen alten gregorianischen Choral und schritten auf die Tür zu. Die Unterkirchner ließen auf ihren Köpfen kleine Glasflaschen mit Waschbenzin zerplatzen und steckten ihnen Räucherstäbchen in die Haare, die bei den Männern gelb und bei den Frauen violett glühten.

Innen standen gleich neben der Tür die kleinen Wagen bereit, Colin und Alise nahmen in dem vordersten Platz, der sich sofort in Bewegung setzte. Sie fuhren durch einen dunklen Gang, der nach Religion roch. Das Wägelchen brauste mit Donnergetöse über die Schienen, und die Musik erschallte mit höchster Lautstärke. Am Ende des Ganges durchstieß der Wagen eine Tür und bog im rechten Winkel nach rechts ab. Vor ihnen erschien der Heilige Geist, in grünes Licht getaucht. Er schnitt eine fürchterliche Grimasse, und Alise schmiegte sich ängstlich an Colin. Spinnweben wehten ihnen über das Gesicht, und sie erinnerten sich plötzlich an einzelne Gebetsfetzen. Als zweite Erscheinung trat die Jungfrau Maria auf; als sie sich bei der dritten Erscheinung Gott gegenüber fanden, der ein blaues Auge hatte und mißmutig aussah, fiel Colin der vollständige Text des Gebetes ein, und er sagte ihn Alise weiter.

Das Wägelchen schoß mit ohrenbetäubendem Lärm unter das Gewölbe des Querschiffs und hielt an. Colin stieg aus, führte Alise an ihren Platz und wartete auf Chloé, die wenig später auftauchte.

Sie blickten um sich. Eine große Menschenmenge hatte sich im Kirchenschiff versammelt. Alle ihre Bekannten waren da, sie hörten der Musik zu und freuten sich über die stimmungsvolle Feier.

Der Küßter und der Kirchner tänzelten in ihren prächtigen Gewändern vor dem Priester einher, der den Trischof führte. Alle standen auf, und der Trischof setzte sich in einen großen Samtsessel. Das Geräusch der Stühle auf den Fliesen ergab eine wohlklingende Harmonie.

Die Musik hörte plötzlich auf. Der Priester kniete vor dem Altar nieder, stieß dreimal mit dem Kopf auf den Boden, und der Kirchner ging auf Colin und Chloé zu, um sie an ihren Platz zu geleiten, während der Küßter die Glaubenskinder zu beiden Seiten des Altars gruppierte. Es herrschte nun tiefes Schweigen in der Kirche, und die Leute hielten den Atem an.

Überall waren hohe Kerzen aufgestellt, deren Schein auf die vergoldeten Gegenstände fiel und sie in strahlenden Glanz hüllte. Mit seinen breiten gelben und violetten Streifen wirkte das Kirchenschiff wie eine riesige schlafende Wespe von innen gesehen.

Hoch oben auf der Empore stimmten die Musiker einen leisen Choral an. Wolken schwebten herein. Sie dufteten nach Koriander und wilden Bergkräutern. Es war sehr warm in der Kirche, und eine gedämpfte milde Atmosphäre umgab die Menschen.

Colin und Chloé knieten Hand in Hand auf zwei Betschemeln vor dem Altar, die mit weißem Samt bezogen waren. Sie warteten. Der Priester vor ihnen blätterte hastig in einem dicken Buch, denn er hatte den Hochzeitsspruch vergessen. Ab und zu wandte er sich um und warf einen Blick auf Chloé, deren Kleid ihm besonders gut gefiel. Schließlich hörte er auf zu blättern, reckte sich und gab dem Kapellmeister einen Wink, woraufhin die Ouvertüre einsetzte.

Der Priester holte tief Luft und begann mit dem Hochzeitschoral; elf gestopfte Trompeten spielten die einstimmige Begleitung. Der Trischof döste vor sich hin, die Hand am Krummstab. Er wußte, daß man ihn wecken würde, sobald er an die Reihe kam.

Die Ouvertüre und der Hochzeitschoral waren auf klassischen Blues-Themen aufgebaut. Für das Ehegelöbnis hatte Colin sich Duke Ellingtons Arrangement einer bekannten alten Melodie gewünscht: *Chloé*.

An der Wand vor Colin sah Jesus von einem großen schwarzen Kreuz herab. Er war offensichtlich glücklich, daß man ihn eingeladen hatte, und verfolgte interessiert das Geschehen. Colin drückte Chloés Hand und lächelte Jesus verstohlen zu. Er war ein wenig müde. Die Zeremonie kostete ihn sehr viel Geld, fünftausend Dublonen, und er war froh, daß alles so gut klappte.

Der Altar war üppig mit Blumen geschmückt. Die Melodie, die gerade erklang, gefiel Colin sehr gut. Er sah den Priester vor sich stehen und erkannte das Thema. Da schloß er die Augen, neigte sich ein wenig nach vorn und sagte: »Ja.«

Auch Chloé sagte: »Ja«, und der Priester schüttelte ihnen kräftig die Hand. Das Orchester setzte von neuem ein, und der Trischof erhob sich, um den Segen zu sprechen. Der Küßter schlängelte sich zwischen zwei Reihen hindurch und schlug Chick mit seinem Stab auf die Finger, weil er ein Buch geöffnet hatte, statt zuzuhören.

## XXII

Der Trischof war fort; Colin und Chloé standen in der Sachristur und ließen Händeschütteln und Beleidigungen über sich ergehen, die ihnen Glück bringen sollten. Einige Leute erteilten ihnen Ratschläge für die Nacht, und ein fliegender Händler bot ihnen Fotografien zur Belehrung an. Sie waren nun beide sehr erschöpft. Das Orchester spielte immer noch; die Hochzeitsgäste tanzten im Kirchenschiff und labten sich zwischendurch an Sterileis und weiteren frommen Erfrischungen, und dazu gab es Kabeljaubrötchen. Der Priester hatte sein Alltagsgewand angelegt, das auf dem Hintern ein großes Loch aufwies, aber er würde sich von dem Überschuß der fünftausend Dublonen ein neues Gewand kaufen können. Im übrigen hatte er das Orchester begaunert, wie das so üblich ist: Er weigerte sich, die Gage für den Leiter auszuzahlen, weil dieser vor dem Beginn der Zeremonie gestorben war. Der Küßter und der Kirchner zogen die Glaubenskinder aus, um die Kostüme wieder einzupacken, wobei sich der Küßter besonders mit den kleinen Mädchen befaßte. Die beiden Unterkirchner, die man als Hilfskräfte eingestellt hatte, waren schon gegangen. Draußen wartete der Lastwagen der Anstreichler. Sie wollen die gelbe und violette Farbe wieder abkratzen, um sie dann in abscheuliche kleine Töpfe zu füllen.

Außer Colin und Chloé wurden auch Alise und Chick sowie Isis und Nicolas mit Händeschütteln traktiert. Die Brüder Desmaret beteiligten sich eifrig. Immer wenn Pegasus bemerkte, daß sein Bruder Isis bedenklich nahe kam, kniff er ihn in die Hüfte, so fest er konnte, um ihn als Schwulen bloßzustellen.

Es waren noch etwa ein Dutzend Gäste zurückgeblieben, die engen Freunde von Colin und Chloé, die nachmittags zum Empfang kommen sollten. Nach einem letzten Blick auf die Blumen des Altars verließen sie alle die Kirche. Auf der Treppe schlug ihnen die kalte Luft entgegen. Chloé hustete und lief schnell die Stufen hinunter, um in das warme Auto zu gelangen. Sie kuschelte sich in die Polster und wartete auf Colin.

Die anderen sahen auf der Treppe der Abfahrt der Musiker zu, die in einem Gefängniswagen wegtransportiert wurden, weil sie alle Schulden hatten. Die Musiker standen gedrängt wie die Ölsardinen und bliesen aus Rache in ihre Instrumente, was seitens der Geiger einen entsetzlichen Lärm auslöste.

## XXIII

Colins Zimmer, ein auffallender, quadratischer Raum mit ziemlich hoher Decke, wurde durch ein fünfzig Zentimeter hohes Fensterband beleuchtet, das etwa einen Meter zwanzig über dem Boden die ganze Breite der Wand einnahm. Auf dem Boden lag ein weicher hellroter Teppich, und die Wände waren mit naturfarbenem Leder bespannt.

Das Bett stand nicht auf dem Teppich, sondern auf einer Plattform in halber Höhe des Zimmers. Es war über eine kleine Leiter aus syrakusierter Eiche mit rotweißen Kupferverzierungen zu erreichen. Der durch die Plattform unter dem Bett geschaffene Raum diente als Salon. Colin hatte ihn mit Büchern, bequemen Sesseln und einer Fotografie des Dalai Lama ausgestattet.

Colin schlief noch. Chloé war gerade aufgewacht und blickte ihn an. Mit ihrem zerwühlten Haar sah sie noch jünger aus als sonst. Auf dem Bett lag nur noch ein Laken, das untere, das übrige Bettzeug war im ganzen Zimmer verstreut. Die Heizpumpen sorgten für behagliche Wärme. Chloé richtete sich auf, zog die Knie unter das Kinn und rieb sich die Augen; dann reckte sie sich und ließ sich auf das Kopfkissen zurückfallen, das sich unter ihrem Gewicht krümmte.

Colin lag auf dem Bauch, hielt sein Kissen umarmt und sabberte wie ein altes Baby. Chloé mußte lachen und kniete sich neben ihn, um ihn kräftig zu schütteln. Er erwachte, stützte sich auf die Hände, setzte sich hoch und küßte sie, bevor er noch die Augen geöffnet hatte. Chloé ließ ihn mit einer gewissen Bereitwilligkeit gewähren und wies ihn zu den bevorzugten Stellen. Ihre Haut war so hell und köstlich wie Mandelpaste.

Die graue Maus mit den schwarzen Schnurrhaaren kletterte die Leiter empor und meldete ihnen, daß Nicolas auf sie wartete. Sogleich fiel ihnen die Reise ein, und sie sprangen aus dem Bett. Die Maus machte sich ihre Unaufmerksamkeit zunutze und griff tief in die große Schokoladenschachtel, die am Kopfende des Bettes stand.

Colin und Chloé wuschen sich schnell, zogen zueinander passende Kleider an und eilten in die Küche. Nicolas hatte sie eingeladen, das Frühstück in seinem Reich einzunehmen. Die Maus folgte ihnen und blieb im Flur stehen. Sie versuchte herauszubekommen, warum die Sonnen nicht so hell wie sonst strahlten, und sie nahm sich vor, ihnen gelegentlich die Meinung zu sagen.

»Nun, habt ihr gut geschlafen?« fragte Nicolas.

Er hatte schwarzumränderte Augen und wirkte überhaupt recht übernächtigt.

»Sehr gut«, sagte Chloé und ließ sich auf einen Stuhl fallen, denn das Stehen strengte sie an.

»Und du?« fragte Colin. Er rutschte aus, saß plötzlich auf dem Boden und bemühte sich gar nicht erst, wieder hochzukommen.

»Ich habe Isis nach Hause gebracht«, sagte Nicolas, »und sie hat mir etwas zu trinken angeboten, wie es sich gehört.«

»Waren ihre Eltern nicht da?« fragte Chloé.

»Nein«, sagte Nicolas. »Nur ihre beiden Kusinen, und die wollten mich unbedingt dabehalten.«

»Wie alt waren sie?« fragte Colin hinterlistig.

»Ich weiß nicht«, sagte Nicolas. »Die eine fühlte sich ungefähr wie sechzehn an und die andere wie achtzehn.«

»Hast du die Nacht dort verbracht?« fragte Colin.

»Naja!« sagte Nicolas. »Sie waren alle drei ein bißchen beschwipst, deshalb … mußte ich sie ins Bett bringen. Das Bett von Isis ist sehr groß … Es war noch Platz für eine Person. Ich wollte euch nicht aufwecken, und darum habe ich bei ihnen geschlafen.«

»Bei ihnen geschlafen?« fragte Chloé. »Das Bett war aber anscheinend sehr hart, du siehst recht mitgenommen aus …«

Nicolas hüstelte auf wenig natürliche Weise und machte sich an den elektrischen Apparaten zu schaffen.

»Probiert mal«, sagte er, um das Thema zu wechseln.

Es gab mit Datteln und Pflaumen gefüllte karamellierte Aprikosen in einer Sirupmasse.

»Wirst du fahren können?« fragte Colin.

»Ich will es versuchen«, sagte Nicolas.

»Das schmeckt ausgezeichnet«, sagte Chloé. »Nimm doch auch etwas, Nicolas.«

»Ich ziehe etwas Herzhafteres vor«, sagte Nicolas.

Er stellte vor den Augen von Colin und Chloé ein fürchterliches Gebräu zusammen: Weißwein, ein Löffel Weinessig, fünf Eigelb, zwei Austern, hundert Gramm Hackfleisch, Rahm und eine Prise Natriumbikarbonat. Als das Getränk durch seine Kehle lief, rasselte es wie ein Zyklotron bei höchster Tourenzahl.

»Nun?« fragte Colin, der vor Lachen fast erstickte, weil Nicolas schreckliche Grimassen zog.

»Schon besser«, brachte Nicolas mit Mühe hervor.

Tatsächlich verschwanden die Ringe unter seinen Augen, als hätte man sie mit Benzin weggewischt, und seine Miene hellte sich zusehends auf. Dann begann er zu schnauben, zu brüllen und die Fäuste zu ballen. Chloé sah ihn beunruhigt an.

»Hast du Bauchschmerzen, Nicolas?«

»Nicht im geringsten!« schrie Nicolas. »Es ist überstanden. Ich trage das nächste Gericht auf, und dann können wir fahren.«

## XXIV

Das große weiße Auto bahnte sich vorsichtig einen Weg in den Fahrrinnen der Straße. Colin und Chloé saßen hinten und betrachteten beklommen die Landschaft. Der Himmel hing tief herunter. Rote Vögel flogen in Höhe der Telegrafenleitungen; sie hoben und senkten sich mit den Drähten, und ihre schrillen Schreie hallten von der bleiernen Wasserfläche der Tümpel wider.

»Warum sind wir diesen Weg gefahren?« fragte Chloé.

»Das ist eine Abkürzung«, sagte Colin. »Außerdem muß man so fahren, weil die normale Straße ausgedient hat. Alle Leute haben sie bevorzugt, weil dort immer schönes Wetter war, und jetzt gibt es bloß noch diese. Hab keine Angst, Liebling. Nicolas fährt gut.«

»Es ist dieses Licht ...«, sagte Chloé.

Ihr Herz schlug so schnell, als sei es in eine zu enge Schale gepreßt. Colin legte seinen Arm um Chloé und nahm ihren schlanken Hals zwischen die Finger, so wie man eine kleine Katze am Fell ergreift.

»Ja, streichle mich, ich habe Angst allein«, sagte Chloé und zog den Kopf ein, denn Colin kitzelte sie.

»Soll ich die gelben Scheiben herauflassen?« fragte Colin.

»Nimm mehrere Farben ...«

Colin drückte auf die grünen, blauen, gelben und roten Knöpfe, und entsprechend gefärbte Scheiben ersetzten die Wagenfenster. Man kam sich vor wie in einem Regenbogen, und immer, wenn ein Telegrafenmast vorbeihuschte, tanzten kunterbunte Schatten über die weißen Pelzbezüge. Chloé fühlte sich besser.

Zu beiden Seiten der Straße wuchs kurzes, dürres, fahlgrünes Moos, und bisweilen kamen sie an einem krummen, zerzausten Baum vorbei. Kein Windhauch kräuselte die Schlammfläche, nur unter den Rädern wirbelten die Körnchen hervor. Nicolas hatte große Mühe, den Wagen zu steuern und auf der ausgefahrenen Straße die Richtung einzuhalten.

Er drehte sich einen Moment um.

»Keine Angst«, sagte er zu Chloé, »es dauert nicht mehr lange. Die Straße wird bald besser.«

Chloé blickte aus dem rechten Seitenfenster und erschauerte. Neben einem Telegrafenmast stand ein schuppiges Tier und starrte sie an.

»Sieh nur, Colin … Was ist das?«

Colin schaute ebenfalls aus dem Fenster.

»Ich weiß nicht«, sagte er. »Es … es sieht aber nicht gefährlich aus …«

»Das ist einer von den Männern, die die Leitungen überwachen«, sagte Nicolas über die Schulter. »Sie sind so angezogen, damit der Staub nicht eindringt.«

»Wie häßlich«, murmelte Chloé.

Colin küßte sie.

»Fürchte dich nicht, Chloé, es war ja nur ein Mensch …«

Der Boden unter den Rädern schien fester zu werden. Ein ungewisses Licht färbte den Horizont.

»Sieh, da ist die Sonne!« sagte Colin.

Nicolas schüttelte den Kopf.

»Das sind die Kupferbergwerke«, sagte er. »Wir müssen da hindurch.«

Die Maus neben Nicolas spitzte die Ohren.

»Ja«, sagte Nicolas. »Da wird es heiß.«

Die Straße machte mehrere Windungen. Der Sand begann nun zu dampfen. Das Auto war eingehüllt in weiße Schwaden, die nach Kupfer rochen. Dann wurde der Sand ganz hart, und die staubige, rissige Straße war wieder zu erkennen. Weit vor ihnen flimmerte die Luft wie über einem großen Ofen.

»Ich mag das nicht«, sagte Chloé. »Können wir nicht einen anderen Weg nehmen?«

»Es gibt nur diesen Weg«, sagte Colin. »Soll ich dir das Buch von Gouffé geben? Ich habe es eingesteckt…«

Sie hatten sonst kein Gepäck mitgenommen, weil sie alles unterwegs kaufen wollten.

»Soll ich die farbigen Scheiben herunterlassen?« fragte Colin dann.

»Ja«, sagte Chloé. »Das Licht wird jetzt besser.«

Die Straße machte eine scharfe Kurve, und plötzlich waren sie mitten in den Kupferminen, die sich im Abstand von einigen Metern zu beiden Seiten der Straße staffelten. Kahle Halden aus grünlichem Kupfer erstreckten sich in unendliche Fernen. Um die Flammöfen liefen Hunderte von Männern in Schutzanzügen herum. Andere errichteten regelmäßige Pyramiden aus dem Brennmaterial, das ständig in elektrischen Loren herangeschafft wurde. Das Kupfer schmolz durch die Hitze, floß in roten Strömen ab und ließ poröse, steinharte Schlacken zurück. An einigen Stellen wurde das Kupfer in riesigen Behältern aufgefangen und von dort aus in ovale Röhren gepumpt.

»Was für eine schreckliche Arbeit!« sagte Chloé.

»Sie wird recht gut bezahlt«, sagte Nicolas.

Einige Männer blieben stehen und sahen dem Auto nach. In ihren Augen war nichts als ein leicht spöttisches Mitleid zu lesen. Sie sahen groß und kräftig und unerschütterlich aus.

»Sie mögen uns nicht«, sagte Chloé. »Laß uns schnell weiterfahren.«

»Sie arbeiten…«, sagte Colin.

»Das ist kein Grund«, sagte Chloé.

Nicolas trat auf den Gashebel. Der Wagen raste über die rissige Straße, vorbei an den lärmenden Maschinen und den Kupferströmen.

»Wir kommen bald auf die alte Straße zurück«, sagte Nicolas.

## XXV

»Warum verachten sie uns denn?« fragte Chloé. »Arbeiten ist doch nichts Besonderes ...«

»Man hat ihnen gesagt, es sei etwas Besonderes«, sagte Colin. »Im allgemeinen finden die Leute Arbeit gut. In Wirklichkeit allerdings denkt das niemand. Sie arbeiten aus Gewohnheit und um eben nicht darüber nachzudenken.«

»Auf jeden Fall ist es blödsinnig, eine Arbeit zu tun, die ebensogut Maschinen ausführen könnten.«

»Maschinen müssen gebaut werden«, sagte Colin. »Wer soll das tun?«

»Ja, natürlich«, sagte Chloé. »Wenn man ein Ei haben will, braucht man ein Huhn, hat man aber einmal das Huhn, so hat man Eier genug. Folglich ist es besser, mit dem Huhn anzufangen.«

»Man müßte wissen, was die Leute daran hindert, Maschinen herzustellen«, sagte Colin. »Wahrscheinlich fehlt ihnen die Zeit. Sie brauchen all ihre Zeit zum Leben, deshalb bleibt für die Arbeit nichts übrig.«

»Ist es nicht gerade umgekehrt?« fragte Chloé.

»Nein«, sagte Colin. »Wenn sie genug Zeit hätten, um Maschinen herzustellen, brauchten sie hinterher nichts mehr zu tun. Ich meine, sie arbeiten, um zu leben, anstatt zu arbeiten, um Maschinen herzustellen, die ihnen ein Leben ohne Arbeit ermöglichen würden.«

»Das ist kompliziert!« meinte Chloé.

»Nein«, sagte Colin. »Es ist sehr einfach. »Natürlich würde es einige Zeit dauern, bis man so weit wäre. Aber man verwendet so viel Zeit darauf, Dinge herzustellen, die wieder verbraucht werden ...«

»Glaubst du den nicht, daß sie lieber zu Hause bleiben

und ihre Frau küssen und zum Schwimmen gehen oder sonst etwas unternehmen möchten?«

»Nein«, sagte Colin. »Darauf kommen sie gar nicht.«

»Aber ist es denn ihre Schuld, wenn sie glauben, daß Arbeit etwas Gutes ist?«

»Nein«, sagte Colin. »Es ist nicht ihre Schuld. Man hat ihnen nämlich gesagt: ›Arbeit ist heilig, gut und schön, Arbeit ist wichtiger als alles andere, und nur der Arbeiter hat ein Recht auf alles.‹ Nur läßt man sie dauernd arbeiten, und deshalb haben sie überhaupt keinen Nutzen davon.«

»Aber dann sind sie doch dumm?« sagte Chloé.

»Ja«, sagte Colin. »Sie sind dumm. Deshalb glauben sie auch den Leuten, die ihnen weismachen, daß Arbeit das Beste auf der Welt ist. Sie brauchen dann nicht darüber nachzudenken, wie sie die Arbeit abschaffen könnten.«

»Laßt uns von etwas anderem sprechen«, sagte Chloé. »Solche Themen sind sehr anstrengend. Sag mir, ob du mein Haar magst ...«

»Das weißt du doch ...«

Er hob sie auf seine Knie. Er war wieder vollkommen glücklich.

»Ich hab es dir doch gesagt, ich liebe dich im allgemeinen und im besonderen.«

»Dann jetzt im besonderen«, sagte Chloé und schmiegte sich schmeichelnd wie ein Kätzchen in Colins Arme.

## XXVI

»Verzeihung, Monsieur«, sagte Nicolas, »wünschen Monsieur, daß wir hier übernachten?«

Das Auto hatte vor einem Hotel am Rande der Straße angehalten. Sie waren nun auf der guten Straße, die sich glatt und eben dahinzog, von Lichtreflexen übersät, mit gleichmäßig zylindrischen Bäumen zu beiden Seiten, frischem Gras, Sonne, Kühen auf den Feldern, wurmstichigen Zäunen, blühenden Hecken, Äpfeln an den Zweigen und welken Blättern auf der Erde, mit Schnee hier und dort, der für Abwechslung sorgte, mit Palmen, Mimosen und nordischen Kiefern im Garten des Hotels und einem zerzausten, rothaarigen Jungen, der zwei Schafe und einen betrunkenen Hund vor sich hertrieb. Auf einer Seite der Straße war es windig, auf der anderen nicht. Man konnte sich also aussuchen, was einem zusagte. Nur jeder zweite Baum spendete Schatten, und Frösche fanden sich lediglich in einem einzigen Graben.

»Wir wollen hier übernachten«, sagte Colin. »In den Süden kommen wir heute nicht mehr.«

Nicolas öffnete die Wagentür und stieg aus. Er trug eine elegante Chauffeurlivree aus Schweinsleder und eine dazu passende Mütze. Er trat zwei Schritte zurück und sah sich das Auto an. Colin und Chloé stiegen ebenfalls aus.

»Unser Wagen ist nicht gerade sauber«, sagte Nicolas. »Das liegt an der staubigen Straße.«

»Macht nichts«, sagte Chloé, »wir können es ja vom Hotel waschen lassen.«

»Geh hinein und erkundige dich, ob sie Zimmer und etwas zu essen haben«, sagte Colin.

»Sehr wohl, Monsieur«, sagte Nicolas aufreizend höflich und führte die Hand zur Mütze.

Er stieß das polierte Eichentor auf, dessen samtverkleideter Griff ihn erschauern ließ. Der Kies knirschte unter seinen Füßen, und er stieg die beiden Stufen hinauf. Die Glastür gab seinem Stoßen nach, und er verschwand im Haus.

Die Rolläden waren heruntergelassen, und es herrschte tiefe Stille. Die Sonne schmorte die heruntergefallenen Äpfel und brütete kleine grüne Apfelbäume aus, die sogleich zu blühen begannen und noch viel kleinere Äpfel hervorbrachten. In der dritten Generation war nur noch eine Art grün-rotes Moos zu sehen, in dem winzige Äpfelchen wie Perlen herumkugelten.

Etliche Tierchen ergingen sich in der Sonne und gaben sich undefinierbaren Tätigkeiten hin, von denen einige in schnellen Drehungen auf der Stelle bestanden. Auf der windigen Seite der Straße schwankten die Gräser hin und her, und leise knisternd segelten Blätter durch die Luft. Kleine Insekten versuchten gegen den Wind zu fliegen, indem sie klatschend mit den Flügeln schlugen, ähnlich wie ein Dampfer seine Schrauben durch die großen Seen schaufelt.

Colin und Chloé standen schweigend nahe beieinander und genossen den Sonnenschein. Ihre Herzen schlugen nach einem Boogie-Rhythmus.

Die Glastür knarrte leicht, Nicolas erschien. Seine Mütze saß quer, und seine Uniform war verrutscht.

»Haben sie dich hinausgeworfen?« fragte Colin.

»Nein, Monsieur«, sagte Nicolas. »Sie können Monsieur und Madame aufnehmen und sich auch um das Auto kümmern.«

»Was ist dir denn zugestoßen?« fragte Chloé.

»Der Besitzer ist nicht da …«, sagte Nicolas. »Seine Tochter hat mich empfangen …«

»Bring dich in Ordnung«, sagte Colin. »Du siehst nicht anständig aus.«

»Ich bitte Monsieur um Entschuldigung«, sagte Nicolas, »aber ich war der Meinung, daß zwei Zimmer ein Opfer wert sind …«

»Zieh deinen Zivilanzug an und sprich um Himmels willen wieder normal«, sagte Colin. »Du machst mich noch völlig verrückt!«

Chloé blieb stehen und spielte mit einem Häufchen Schnee. Die Flocken blieben frisch und weiß und schmolzen nicht.

»Sieh nur, wie hübsch«, sagte sie zu Colin.

Unter dem Schnee wuchsen Himmelsschlüssel, Kornblumen und Klatschmohn.

»Ja«, sagte Colin. »Aber du solltest das nicht anfassen, sonst erkältest du dich.«

»O nein«, sagte Chloé und hustete, und es klang wie das Reißen eines Seidenstoffes.

»Liebes, huste nicht so, das macht mir Angst!« sagte Colin und legte den Arm um ihre Schultern.

Sie ließ die Schneeflocken los, die langsam wie Federn niederfielen und in der Sonne aufglitzerten.

»Mir gefällt dieser Schnee nicht«, murmelte Nicolas. Er fing sich jedoch sogleich wieder.

»Ich bitte Monsieur, die Freiheit meiner Rede entschuldigen zu wollen.«

Colin zog einen Schuh aus und warf ihn nach Nicolas, der sich in diesem Augenblick niederbeugte, um ein Fleckchen auf seiner Hose zu entfernen, und sich beim Klirren der Glasscherben aufrichtete.

»Oh, Monsieur«, sagte Nicolas vorwurfsvoll, »das ist das Fenster des Zimmers von Monsieur! …«

»Da kann man nichts machen«, sagte Colin. »So haben wir wenigstens frische Luft … Aber das soll dich lehren, wie ein Idiot zu reden!«

Er humpelte zur Tür des Hotels, von Chloé gestützt. Die zerbrochene Fensterscheibe begann nachzuwachsen.

Ein dünnes Häutchen bildete sich an den Rändern des Fensterrahmens, es glänzte und schillerte in unbestimmt wechselnden Farben.

## XXVII

»Hast du gut geschlafen?« fragte Colin.

»Nicht schlecht, und du?« sagte Nicolas, der nun seinen Zivilanzug trug.

Chloé gähnte und griff zu der Kanne mit der Kaperntunke.

»Dieses Fenster hat mich nicht schlafen lassen«, sagte sie.

»Ist es nicht zugewachsen?« fragte Nicolas.

»Nicht ganz«, sagte Chloé. »Die Fontanelle ist noch so weit offen, daß der Wind hindurchstreichen kann. Heute morgen war meine Brust völlig mit Schnee bedeckt ...«

»Das ist ja ärgerlich«, rief Nicolas. »Ich werde den Leuten die Meinung sagen. Fahren wir eigentlich heute morgen ab?«

»Am Nachmittag«, sagte Colin.

»Dann muß ich meine Chauffeurlivree wieder anziehen«, sagte Nicolas.

»Mein lieber Nicolas«, sagte Colin, »wenn du so weitermachst, dann ...«

»Ich weiß schon«, sagte Nicolas, »aber bitte nicht jetzt.«

Er trank seinen Becher Kaperntunke leer und aß seine Butterbrote auf.

»Ich werfe eben einen Blick in die Küche«, verkündete er und richtete seinen Krawattenknoten mit Hilfe eines Taschenbohrers.

Er ging aus dem Zimmer, und seine Schritte verhallten auf dem Flur.

»Was sollen wir nun tun, mein Liebling?« fragte Colin.

»Uns küssen«, sagte Chloé.

»Natürlich! Aber dann?«

»Dann ... Das kann ich nicht laut aussprechen ...«, sagte Chloé.

»Gut«, sagte Colin, »und dann?«

»Dann ist es Zeit fürs Mittagessen. Nimm mich in die Arme. Ich friere. Das ist dieser Schnee …«

Die Sonne sandte ihre sanften Strahlen ins Zimmer.

»Es ist doch gar nicht kalt hier«, sagte Colin.

»Nein«, sagte Chloé und drängte sich an ihn, »aber ich friere. Hinterher schreibe ich dann an Alise …«

## XXVIII

Eine unübersehbare Menschenmenge drängte sich auf der Straße, um zu dem Saal zu gelangen, in dem Jean-Sol Partre seinen Vortrag hielt.

Die Leute wandten die vielfältigsten Tricks an, um die Wachsamkeit der Polizisten zu umgehen, die alle Einladungskarten prüfen mußten, weil Tausende von gefälschten Karten in Umlauf waren.

Einige kamen in Leichenwagen an, und die Polizisten stocherten mit langen Eisenstangen in den Särgen herum und spießten die Leute für alle Ewigkeit auf das Eichenholz, so daß man sie zur Beerdigung gar nicht mehr herauszuholen brauchte und nur den gelegentlich vorkommenden echten Toten Unrecht tat, deren Leichenhemden auf diese Weise verdorben wurden. Andere sprangen per Fallschirm von Sonderflugzeugen ab (in Le Bourget schlug man sich ebenfalls um die Tickets für ein Flugzeug). Eine Feuerwehrmannschaft verfolgte die Fallschirme mit Feuerspritzen und trieb sie zur Seine hin, wo die Leute elendiglich ertranken. Wieder andere versuchten, durch die Abwässerkanäle zum Ziel zu gelangen. Eisenbeschlagene Schuhe traten ihnen auf die Handgelenke, sobald sie sich über den Rand der Gullys schwingen wollten; sie fielen wieder zurück, und die Ratten erledigten das übrige. Aber die begeisterte Menge ließ sich nicht entmutigen. Es muß allerdings erwähnt werden, daß die Ertrinkenden nicht mit denen identisch waren, die ihre Bemühungen fortsetzten, und das Geschrei der Menschen stieg bis zum Himmel auf, wo es sich dumpf dröhnend an den Wolken brach.

Nur die Eingeweihten, die Vertrauten besaßen echte Karten, die sich ohne weiteres von den falschen unterscheiden ließen. Sie konnten deshalb ungehindert die schmale Gasse passieren, die dicht an den Häusern entlang freigehalten und alle fünfzig Zentimeter von einem als Ausgleichsbremse verkleideten Geheimpolizisten bewacht wurde. Trotz aller Schwierigkeiten versammelte sich eine große Menschenmenge, und der überfüllte Saal nahm von Sekunde zu Minute immer noch mehr Leute auf.

Chick war bereits seit dem Vorabend da. Er hatte mittels Geld von dem Pförtner das Recht erwirkt, denselben zu vertreten, und um diese Vertretung auch übernehmen zu können, das linke Bein des Pförtners mit einem Stemmeisen gebrochen. Wenn es um Partre ging, warf er mit Dublonen großzügig um sich. Alise und Isis warteten mit ihm auf die Ankunft Partres. Sie hatten ebenfalls die Nacht im Hause verbracht, denn sie wollten sich dieses Erlebnis auf keinen Fall entgehen lassen. Chick sah in seiner dunkelgrünen Pförtneruniform außerordentlich verführerisch aus. Seit er die fünfundzwanzigtausend Dublonen von Colin erhalten hatte, vernachlässigte er seinen Beruf immer mehr.

Das Publikum, das sich im großen Saal des Erdgeschosses drängte, bot einen außergewöhnlichen Anblick: Fliehende Profile mit Brillen, Borstenhaare, gelbe Zigarettenstummel, ausgespuckte Süßigkeiten, und bei den Frauen kümmerliche Haarflechten sowie Pelzwesten auf der nackten Haut, deren Ausschnitte sich bisweilen verschoben und hellen Busen auf dunklem Grund ahnen ließen.

Die Decke des Saales im Erdgeschoß war zur Hälfte verglast und zur Hälfte mit Fresken in schwerem Wasser geschmückt, die durchaus geeignet schienen, bei den Anwesenden Zweifel zu erwecken, ob ein mit so entmutigenden weiblichen Formen bevölkertes Dasein überhaupt erträglich wäre. Der Saal war bereits so voll, daß den Neuankömmlingen nur die Möglichkeit blieb, sich auf ein Bein zu stellen, wobei sie das andere dazu benutzten, sich ihre nächsten Nachbarn vom Leibe zu halten. In einer

Loge thronte die Duchesse de Bovouard mit ihrem Gefolge, den neidischen Blicken der nahezu flachgepreßten Menge ausgesetzt; der gediegene Luxus ihres Platzes war geradezu eine Herausforderung gegenüber den provisorischen Vorkehrungen, die einige Philosophen mit Hilfe von Klappstühlen getroffen hatten.

Der Beginn des Vortrags rückte näher, und die Menge geriet in fieberhafte Erregung. Im Hintergrund des Saales entstand ein Krawall, da mehrere Studenten Zweifel zu säen suchten, indem sie anhaltend verstümmelte Passagen aus dem *Schwur auf dem Berge* der Baronin Orczy laut deklamierten.

Aber da näherte sich Jean-Sol. Auf der Straße trompetete ein Elefant, und Chick beugte sich aus dem Fenster der Pförtnerloge. Er erkannte die Gestalt Jean-Sols in seiner gepanzerten Sänfte auf dem runzligen Elefantenrücken, der im Licht eines roten Scheinwerfers ein befremdliches Aussehen hatte. An beiden Seiten der Sänfte hielt sich ein Scharfschütze mit seiner Axt bereit. Der Elefant bahnte sich mit schweren Schritten einen Weg durch die Menge, und das dumpfe Stampfen seiner Säulenbeine, die in den zerquetschten Leichen wühlten, kam unaufhaltsam näher. Vor der Tür kniete der Elefant nieder; die Scharfschützen sprangen ab. Partre war mit einem anmutigen Satz zwischen ihnen, und sie machten ihm mit wuchtigen Axthieben den Weg zur Bühne frei. Die Polizisten verriegelten die Türen, und Chick eilte, Isis und Alise vor sich her schiebend, durch einen geheimen Gang, der hinter die Bühne führte.

Der rückwärtige Teil der Bühne war durch einen Samtvorhang abgetrennt, in den Chick Gucklöcher gebohrt hatte. Sie ließen sich auf Kissen nieder und warteten. Kaum einen Meter von ihnen entfernt, bereitete sich Partre auf seinen Vortrag vor. Von seinem schlanken, asketischen Körper ging eine außerordentlich starke Strahlung aus. Das Publikum war fasziniert von dem Zauber, den selbst seine kleinsten Gesten ausübten, und wartete begierig auf den Beginn des Vortrags.

Es kam zu zahlreichen Ohnmachten auf Grund der Gebärmuttererregung, die speziell unter dem weiblichen Publikum grassierte. Von ihrem Platz aus vernahmen Alise, Isis und Chick deutlich das Keuchen von vierundzwanzig Zuhörern, die unter das Podium gekrochen waren und sich nun entkleideten, um weniger Platz einzunehmen.

»Erinnerst du dich?« fragte Alise und blickte Chick zärtlich an.

»O ja«, sagte Chick, »da haben wir uns kennengelernt.«

Er beugte sich zu Alise und küßte sie sanft.

»Wart ihr da unten?« fragte Isis.

»Ja«, sagte Alise. »Es war sehr schön.«

»Das kann ich mir denken«, sagte Isis. »Was ist das denn, Chick?«

Chick öffnete gerade einen großen schwarzen Kasten, neben dem er sich niedergelassen hatte.

»Das ist ein Aufnahmegerät«, sagte er. »Ich habe es für den Vortrag gekauft.«

»Eine gute Idee!« sagte Isis. »Dann brauchen wir ja gar nicht mehr zuzuhören!«

»Ja«, sagte Chick. »Zu Hause können wir die ganze Nacht Partre hören, wenn wir wollen, aber das werden wir nicht tun, weil sich sonst die Platten abnutzen. Ich werde sie erst einmal überspielen lassen, und dann beauftrage ich vielleicht die Firma *Der Schrei seines Herrn*, eine Auflage für den Handel herzustellen.«

»Das Gerät war sicher sehr teuer«, sagte Isis.

»Ach, das ist nicht so wichtig«, sagte Chick.

Alise seufzte. Sie seufzte so leise, daß nur sie selbst es hören konnte … und sie hörte es kaum.

»Es ist soweit!« sagte Chick. »Es fängt an. Ich habe mein Mikrofon zu denen der Rundfunkanstalten gestellt, sie werden es gar nicht merken.«

Jean-Sol begann zu reden. Zuerst war nur das Klicken der Kameras zu hören. Die Fotografen und die Reporter von Film und Presse gaben sich freudig ihrer Tätigkeit hin. Aber plötzlich wurde einer von ihnen durch den Rückstoß seines Apparates umgeworfen, und es entstand ein fürchterliches Durcheinander. Seine Kollegen stürzten sich wütend auf ihn und bewarfen ihn mit Magnesiumpulver. Er verschwand zur allgemeinen Genugtuung in einem aufflammenden Blitz, und die Polizisten führten alle seine Kollegen ab.

»Wunderbar!« rief Chick. »Jetzt bin ich der einzige, der eine Aufnahme hat.«

Das Publikum, das sich bis dahin einigermaßen gesittet verhalten hatte, wurde allmählich unruhig und bezeugte seine Bewunderung für Partre in lauten Schreien und Zurufen, sobald er nur ein Wort sagte; was nicht gerade zum besseren Verständnis des Textes beitrug.

»Bemüht euch gar nicht erst, alles mitzukriegen«, sagte Chick. »Wir können uns die Aufnahme ja beliebig oft anhören.«

»Man versteht hier wirklich überhaupt nichts«, sagte Isis. »Er ist so leise wie ein Mäuschen. Gibt es eigentlich Neuigkeiten von Chloé?«

»Ich habe einen Brief von ihr bekommen«, sagte Alise.

»Sind sie endlich angekommen?«

»Ja, sie sind glücklich angelangt, aber sie wollen ihren Aufenthalt da unten abkürzen, weil Chloé sich nicht ganz wohl fühlt«, sagte Alise.

»Und Nicolas?« fragte Isis.

»Dem geht es gut. Chloé schreibt, daß er es mit den Töchtern sämtlicher Hotelbesitzer, bei denen sie abgestiegen sind, schlimm getrieben hat.«

»Nicolas ist ein toller Kerl«, sagte Isis. »Ich möchte nur wissen, warum er Koch geworden ist.«

»Ja«, sagte Chick, »komisch.«

»Warum denn?« fragte Alise. »Immer noch besser als Sammler von Partre-Büchern«, fügte sie hinzu, indem sie Chick ins Ohrläppchen zwickte.

»Aber Chloé ist doch nicht ernstlich krank?« fragte Isis.

»Sie hat nicht geschrieben, was es ist«, sagte Alise. »Sie hat Schmerzen in der Brust.«

»Chloé ist so hübsch«, sagte Isis. »Ich kann mir gar nicht vorstellen, daß sie krank ist.«

»Oh, seht mal!« rief Chick aus.

Ein Teil der Decke über ihnen hob sich, und eine lange Reihe Köpfe tauchte auf. Tollkühne Anhänger Partres hatten sich von oben an die Glasdecke herangeschlichen und sie hochgestemmt. Sie mußten sich mit aller Kraft an die Ränder der Öffnung klammern, weil andere von hinten nachdrängten.

»Sie haben ganz recht«, sagte Chick. »Der Vortrag ist wirklich hervorragend!«

Partre hatte sich inzwischen erhoben und führte dem Publikum Proben von strohdummem Erbrochenem vor. Die schönste Probe, unreifer Apfel mit Rotwein, versetzte das Publikum in helles Entzücken. Man verstand sein eigenes Wort nicht mehr, nicht einmal hinter dem Vorhang, wo Isis, Alise und Chick saßen.

»Wann kommen sie denn wieder?« fragte Isis.

»Morgen oder übermorgen«, sagte Alise.

»Es war eine wundervolle Hochzeit«, sagte Isis.

»Ja«, sagte Alise. »An dem Abend hat Nicolas dich nach Hause gebracht ...«

Glücklicherweise stürzte gerade die gesamte Decke in den Saal, so daß Isis einer Antwort enthoben wurde. Eine dichte Staubwolke stieg auf. In dem Schutt tasteten weiße Gestalten umher, sie taumelten, fielen übereinander und erstickten in der schweren Wolke, die über den Trümmern hing. Partre hatte seinen Vortrag unterbrochen und lachte aus vollem Herzen und schlug sich auf die Schenkel, denn es bereitete ihm Vergnügen, so viele Leute engagiert zu sehen. Er schluckte einen Mundvoll Staub und bekam einen schlimmen Hustenanfall.

Chick drehte aufgeregt an den Knöpfen seines Aufnahmegeräts. Ein großes grünes Licht sprang heraus, lief über den Fußboden und verschwand in einer Ritze. Ein zweites und ein drittes folgten, und Chick schaltete das Gerät gerade in dem Augenblick aus, als ein ekelhaftes Tier mit vielen Füßen aus dem Motor krabbelte.

»Was jetzt?« sagte er. »Das Gerät ist blockiert. Wahrscheinlich ist Staub im Mikrofon.«

Das wilde Durcheinander im Saal hatte seinen Höhepunkt erreicht. Partre trank sein Glas leer und schickte sich an fortzugehen, denn er hatte sein letztes Blatt abgelesen. Chick faßte einen Entschluß.

»Ich werde ihm anbieten, den anderen Ausgang zu benutzen«, sagte er. »Geht schon mal vor, ich komme nach.«

# XXIX

Nicolas blieb im Flur stehen. Die Sonnen kamen tatsächlich nicht richtig durch. Die Kacheln aus gelber Keramik waren trüb, als wären sie in einen leichten Dunstschleier gehüllt, und die Sonnenstrahlen zerstoben nicht mehr in metallische Tröpfchen, sondern sammelten sich nach dem Aufprall in seichten, fauligen Lachen. Die Wände hatten scheckige Sonnenflecken und glänzten nicht mehr so gleichmäßig wie früher.

Die Mäuse schienen sich um diese Veränderung nicht sonderlich zu kümmern, ausgenommen das graue Mäuschen mit den schwarzen Schnurrhaaren, dessen tiefbetrübte Miene gleich auffiel. Nicolas nahm an, daß es sich über die plötzliche Unterbrechung der Reise ärgerte und all den Bekanntschaften nachtrauerte, die es unterwegs hatte schließen können.

»Bist du unglücklich?« fragte er.

Die Maus machte eine hilflose Geste und zeigte auf die Wände

»Ja, das ist nicht wie sonst«, sagte Nicolas. »Früher war es besser! Ich weiß auch nicht, was los ist.«

Die Maus schien einen Augenblick nachzudenken, schüttelte dann den Kopf und zuckte mit den Schultern, als verstünde sie gar nichts mehr.

»Ich verstehe es auch nicht«, sagte Nicolas. »Selbst wenn man daran reibt, wird es nicht besser. Vielleicht ist die Atmosphäre zersetzend …«

Er hielt nachdenklich inne, schüttelte seinerseits den Kopf und ging weiter. Die Maus kreuzte ihre Pfoten und kaute geistesabwesend vor sich hin, dann spuckte sie schleunigst aus, denn sie erkannte den Geschmack des Kaugummis für Katzen. Der Kaufmann hatte sich geirrt.

Im Eßzimmer saß Chloé mit Colin beim Frühstück.

»Na, wie geht's?« fragte Nicolas.

»Sie da«, sagte Colin, »du hast dich entschlossen normal zu reden?«

»Ich habe keine Schuhe an«, erklärte Nicolas.

»Es geht mir gut«, sagte Chloé. Sie hatte glänzende Augen und rote Wangen, und sie schien glücklich, wieder daheim zu sein.

»Sie hat die Hälfte der Geflügeltorte gegessen«, sagte Colin.

»Das freut mich«, sagte Nicolas. »Sie war übrigens nicht von Gouffé.«

»Was möchtest du heute unternehmen, Chloé?« fragte Colin.

»Ja, wie ist das«, sagte Nicolas, »essen wir früh oder spät?«

»Ich möchte mit euch beiden und Isis und Chick und Alise ausgehen«, sagte Chloé. »Ich möchte zur Eisbahn und einkaufen und zu einer Surprise-Party und mir einen grünen Ring aussuchen.«

»Gut«, sagte Nicolas, »dann werde ich mich gleich in die Küche begeben.«

»Koch bitte in Zivil, Nicolas«, sagte Chloé. »Das ist viel angenehmer für uns. Dann bist du hinterher auch gleich fertig.«

»Ich hole etwas Geld aus meinem Dublonentresor«, sagte Colin. »Du könntest inzwischen unsere Freunde anrufen, Chloé. Wir wollen uns einen schönen Tag machen.«

»Ich rufe alle an«, sagte Chloé.

Sie sprang auf und lief zum Telefon. Sie nahm den Hörer ab und ahmte den Schrei eines Käuzchens nach, um die Verbindung mit Chick herzustellen.

Nicolas räumte den Tisch ab, indem er auf einen kleinen Hebel drückte. Daraufhin rutschte das schmutzige

Geschirr durch eine dicke pneumatische Röhre, die unter dem Tischtuch verborgen war, zum Ausguß. Er verließ das Zimmer und ging durch den Flur. Die Maus hatte sich auf die Hinterpfoten gestellt und kratzte mit den Vorderpfötchen an den trüben Kacheln. Da, wo sie gekratzt hatte, kam der Glanz wieder zum Vorschein.

»Sehr gut«, lobte Nicolas, »du schaffst es! Das ist ja phantastisch!«

Die Maus hielt keuchend inne und zeigte Nicolas ihre wunden, blutigen Pfötchen.

»Oh, du tust dir ja weh!« rief Nicolas. »Komm, laß das sein. Schließlich ist immer noch genug Sonne da. Warte, ich werde dich verbinden...«

Er steckte sie in die Brusttasche, und sie ließ ihre armen Pfötchen herausbaumeln und schloß erschöpft die Augen.

Colin drehte an den Knöpfen seines Dublonentresors und summte vor sich hin. Die quälende Unruhe der letzten Tage war von ihm gewichen, und sein Herz war so groß und rund wie eine Orange. Der Tresor bestand aus weißem Marmor mit eingelegtem Elfenbein, die Knöpfe waren aus grün-schwarzem Amethyst. Der Goldpegel zeigte sechzigtausend Dublonen.

Der Deckel klappte lautlos auf, und das Lächeln auf Colins Lippen erstarb. Aus irgendeinem Grunde war der Goldpegel blockiert gewesen; nun schwankte er einige Mal hin und her, um dann bei fünfunddreißigtausend Dublonen zu verharren. Colin senkte die Hand in die Truhe und stellte schnell fest, daß diese Zahl stimmen mußte. Ein flüchtiger Überschlag bestätigte es: Von hunderttausend Dublonen hatte er Chick fünfundzwanzigtausend geschenkt, damit dieser Alise heiraten konnte; fünfzehntausend hatte das Auto gekostet, fünftausend die Hochzeitsfeier, und den Rest hatte er ganz normal nebenher ausgegeben ... Das beruhigte ihn ein wenig.

»Ganz normal«, sagte er laut vor sich hin, und seine Stimme kam ihm seltsam verändert vor.

Er nahm sich, was er brauchte, zögerte dann, legte mit einer resignierten Geste die Hälfte zurück und schloß den Deckel. Die Knöpfe drehten sich und rasteten mit einem klickenden Geräusch ein. Colin klopfte auf die Skala des Goldpegels und vergewisserte sich, daß sie den Inhalt des Tresors richtig anzeigte.

Dann erhob er sich. Er blieb eine Weile stehen und sann darüber nach, welche ungeheuren Summen er ausgegeben hatte, um Chloé alles zukommen zu lassen, was ihrer würdig war. Er lächelte vor sich hin, als er sich Chloé mit wirrem Haar morgens im Bett vorstellte, die Wölbung des Bettuches über ihrem ausgestreckten Körper, ihre bernsteinfarbene Haut, wenn er das Laken wegzog; und er zwang sich, nicht mehr an den Tresor zu denken, denn es war jetzt nicht der richtige Augenblick für solche Überlegungen.

Chloé kleidete sich an.

»Sag Nicolas, er soll Butterbrote machen«, rief sie Colin zu. »Dann können wir gleich gehen ... Wir treffen uns alle bei Isis.«

Colin küßte sie, indem er eine Blöße wahrnahm, auf die Schulter und begab sich dann zu Nicolas. Nicolas hatte gerade die Maus verbunden und bastelte ihr ein Paar Bambuskrücken.

»So«, sagte er, »bis heute abend läufst du an den Krücken, und dann ist alles wieder in Ordnung.«

»Was hat sie denn«, fragte Colin und kraulte die Maus am Köpfchen.

»Sie wollte unbedingt die Kacheln im Flur reinigen«, sagte Nicolas. »Das hat sie auch geschafft, aber sie hat sich dabei wundgescheuert.«

»Mach dir um die Kacheln keine Sorgen«, sagte Colin. »Die werden schon wieder besser werden.«

»Ich weiß nicht«, sagte Nicolas, »mir kommt das sehr merkwürdig vor. Es sieht fast so aus, als bekämen die Kacheln keine Luft.«

»Das wird schon wieder besser werden«, sagte Colin. »Ich hoffe es wenigstens ... Ist das bisher eigentlich nie vorgekommen?«

»Nein«, sagte Nicolas.

Colin blieb vor dem Küchenfenster stehen.

»Vielleicht sind sie einfach nur abgenutzt«, sagte er. »Wir könnten neue Kacheln einsetzen lassen.«

»Das kostet sehr viel«, sagte Nicolas.

»Ja«, sagte Colin. Wir wollen erst einmal abwarten.«

»Was wolltest du eigentlich?« fragte Nicolas.

»Du brauchst nicht zu kochen«, sagte Colin, »Butterbrote genügen ... Wir wollen dann gleich ausgehen.«

»Gut, ich mache mich fertig«, sagte Nicolas.

Er setzte die Maus auf den Boden, und sie humpelte auf ihren winzigen Krücken zur Tür. Ihre Schnurrhaare sahen zu beiden Seiten hervor.

# XXX

Seit Colins und Chloés Reise hatte sich die Straße vollkommen verändert. Die Blätter an den Bäumen waren inzwischen hervorgekommen, und die Häuser legten ihre blassen Farben ab, um sich in lichtes Grün zu hüllen, bevor sie die warme beigefarbene Tönung des Sommers annahmen. Das Pflaster federte weich und elastisch unter den Schritten, und die Luft war von Himbeerduft erfüllt.

Es war noch ein wenig kühl, aber hinter den bläulichen Fensterscheiben ließ sich bereits schönes Wetter erahnen. Grüne und blaue Blumen wuchsen entlang den Bürgersteigen, und der Pflanzensaft plätscherte um ihre Stengel, mit einem feucht schmatzenden Geräusch, das an Schneckenküsse erinnerte.

Nicolas ging voran. Er trug einen Sportanzug aus senffarbenem Wollstoff und darunter einen Rollkragenpullover mit eingestricktem Lachs à la Chambord, wie er auf Seite 607 des *Livre de Cuisine* von Gouffé zu finden ist. Die Kreppsohlen seiner gelben Lederschuhe knickten kein Hälmchen: Nicolas schritt vorsichtig in den beiden Furchen, die für die Fahrzeuge freigehalten wurden.

Colin und Chloé folgten ihm. Chloé hielt Colin bei der Hand und atmete in tiefen Zügen die würzige Luft ein. Sie trug ein weißes Wollkleid und einen Mantel aus benzoliertem Leopardenfell, dessen Flecken durch die chemische Behandlung aufgelöst worden waren und sich nun strahlenförmig ausweiteten oder in seltsamen Kringelformen zusammenflossen. Ihr lockiges Haar hing offen herunter und strömte einen sanften Jasmin- und Nelkenduft aus.

Colin ließ sich mit halbgeschlossenen Augen von diesem Duft leiten, und seine Lippen zitterten bei jedem Atemzug.

Die Hausfassaden wichen von ihrer strengen Starrheit ab und ließen sich ein wenig gehen, was Nicolas derartig verwirrte, daß er bisweilen anhalten mußte, um die Straßenschilder zu lesen.

»Was tun wir zuerst?« fragte Colin.

»Im Warenhaus einkaufen«, sagte Chloé. »Ich habe kein einziges Kleid mehr.«

»Willst du nicht zu den Schwestern Calotte gehen, wie immer?«

»Nein«, sagte Chloé, »ich möchte in ein Warenhaus gehen und Kleider von der Stange und sonst noch allerlei kaufen.«

»Isis wird sich bestimmt freuen, dich wiederzusehen, Nicolas«, sagte Colin.

»Warum?« fragte Nicolas.

»Ich weiß nicht ...«

Sie bogen in die Rue Sidney Bechet ein, und schon waren sie da. Vor der Haustür saß die Concierge in einem automatischen Schaukelstuhl, dessen Motor nach einem Polka-Rhythmus knatterte. Es war ein älteres Modell.

Isis empfing sie an der Tür. Chick und Alise waren schon da. Isis trug ein rotes Kleid und lächelte Nicolas an. Sie umarmte Chloé, und eine Zeitlang küßten sich alle gegenseitig.

»Du siehst gut aus, Chloé, sagte Isis. »Ich dachte, du wärst krank. Aber jetzt bin ich beruhigt.«

»Es geht mir besser«, sagte Chloé, »Nicolas und Colin haben mich sehr liebevoll gepflegt.«

»Wie geht es Ihren Kusinen?« fragte Nicolas.

Isis wurde bis unter die Augen rot.

»Sie fragen jeden zweiten Tag nach Ihnen«, sagte sie.

»Es sind reizende Mädchen«, sagte Nicolas, ohne sie anzublicken, »aber sie sind stärker.«

»Ja ...« murmelte Isis.

»Und wie war die Reise?« fragte Chick.

»Es war schön«, sagte Colin. »Zuerst war die Straße ziemlich schlecht, aber dann wurde es besser.«

»Bis auf den Schnee war es sehr schön«, sagte Chloé. Sie legte die Hand auf ihre Brust.

»Wohin gehen wir?« fragte Alise.

»Ich kann euch von Patres Vortrag berichten, wenn ihr wollt«, sagte Chick.

»Hast du seit unserer Abreise viele Partre-Bücher gekauft«, erkundigte sich Colin.

»Oh! … Nein …«, sagte Chick.

»Und was macht deine Arbeit?« fragte Colin.

»Danke …«, sagte Chick. »Ich habe jemanden gefunden, der mich jedesmal vertritt, wenn ich etwas erledigen muß.«

»Macht er das umsonst?«

»Oh! … Fast«, sagte Chick. »Sollen wir gleich zur Eisbahn gehen?«

»Nein, wir wollen erst einkaufen«, sagte Chloé. »Aber wenn die Männer Schlittschuhlaufen möchten …«

»Das ist eine Idee«, sagte Colin.

»Ich werde die Mädchen zum Warenhaus begleiten«, sagte Nicolas. »Ich habe selbst einiges zu besorgen.«

»Dann machen wir es so«, sagte Isis. »Aber wir sollten gleich losgehen, damit uns nachher noch ein bißchen Zeit zum Schlittschuhlaufen bleibt.«

# XXXI

Colin und Chick liefen seit einer Stunde Schlittschuh, und allmählich füllte sich die Eisfläche. Es waren immer dieselben Mädchen da und immer dieselben Männer, es gab immer wieder dieselben Stürze, und immer wieder kamen die Platzpfleger mit ihren Schiebern. Der Oberordner hatte gerade einen Schlager aufgelegt, den die Stammgäste bereits seit Wochen auswendig kannten. Nun spielte er die andere Seite der Platte ab, worauf alle schon gewartet hatten, denn sie waren inzwischen mit seinen Gepflogenheiten vertraut. Plötzlich hörte die Musik auf, und eine hohle Stimme hallte aus allen Lautsprechern mit Ausnahme eines aufsässigen, der die Melodie weiterspielte. Die Stimme bat Monsieur Colin, sich zum Eingang zu begeben, da man ihn am Telefon verlangte.

»Wer kann das sein?« fragte Colin.

Er eilte zum Rand der Eisfläche, gefolgt von Chick, und faßte auf dem Gummiteppich Fuß. An der Bar vorbei gelangte er zu der Kontrollkabine, wo das Mikrofon angebracht war. Der Mann mit den Schallplatten bearbeitete gerade eine derselben mit der Wurzelbürste, um die Unebenheiten zu entfernen, die durch häufiges Abspielen entstanden waren.

»Hallo«, rief Colin in den Hörer.

Dann hörte er.

Chick sah, wie er zuerst erstaunt blickte und auf einmal die Farbe der Glasscheiben annahm.

»Etwas Schlimmes?« fragte er.

Colin bedeutete ihm zu schweigen.

»Ich komme«, sagte er und hängte den Hörer auf.

Die Wände der Kabine zogen sich zusammen, und er eilte mit Chick hinaus, bevor sie ihn erdrückten. Er lief auf seinen Schlittschuhen. Seine Füße verrenkten sich in allen Richtungen. Er rief einen Wärter.

»Öffnen Sie schnell meine Kabine. Nummer 309.«

»Meine auch, Nummer 311«, sagte Chick.

Der Wärter folgte ihnen, ohne sich allzu sehr zu beeilen. Colin wandte sich um, sah ihn zehn Meter hinter sich und wartete, bis der Wärter nähergekommen war. Dann nahm er Anlauf und versetzte ihm mit dem Schlittschuh einen ungeheuren Tritt unter das Kinn, worauf der Kopf des Wärters wegflog und auf einem Abzugsschlot des Maschinenraums landete, während Colin sich des Schlüssels bemächtigte, den die Leiche geistesabwesend noch in der Hand hielt. Colin öffnete eine Kabine, stieß den leblosen Körper hinein, spuckte darauf und lief zur Kabine 309. Chick schloß die Tür wieder ab.

»Was ist los?« fragte er atemlos, als er Colins Kabine erreichte.

Colin hatte bereits die Schlittschuhe abgeschnallt und war in seine Schuhe geschlüpft.

»Chloé«, sagte er. »Sie ist krank.«

»Schlimm?«

»Ich weiß nicht«, sagte Colin. »Sie ist ohnmächtig geworden.«

Er war fertig und eilte davon.

»Wohin gehst du?« rief Chick ihm nach.

»Nach Hause«, rief Colin, und er lief die hallenden Stufen der Betontreppe hinunter.

Am anderen Ende der Eisbahn taumelten die Maschinisten halberstickt aus ihrem Raum, denn der Abzug funktionierte nicht mehr. Sie brachen erschöpft am Rand der Eisfläche zusammen.

Chick stand völlig verwirrt da, mit einem Schlittschuh in der Hand, und blickte in die Richtung, in der Colin verschwunden war.

Unter der Tür von Kabine 128 schlängelte sich langsam

ein schaumiges rotes Blutbächlein hervor, das in dicken, dampfenden Tropfen auf das Eis sickerte.

## XXXII

Er lief so schnell er konnte, und die Leute schwankten vor seinen Augen hin und her, um dann wie Kegel der Länge nach auf das Pflaster zu fallen, mit dem dumpf schnalzenden Geräusch großer Pappkartons.

Und Colin lief und lief, und der spitze Winkel des Horizonts, der zwischen den Häusern eingekeilt war, raste auf ihn zu. Unter seinen Füßen wurde es dunkel. Eine schwarzwattige, formlose, unnatürliche Dunkelheit; der Himmel war fahl, eine Fläche, ein weiterer spitzer Winkel, und er lief zum Gipfel der Pyramide, angezogen von den lichteren Bereichen der Dunkelheit, aber er war noch drei Straßen von Chloé entfernt.

Chloé lag bleich auf dem schönen Bett ihrer Hochzeitsnacht. Ihre Augen waren geöffnet, doch sie atmete mühsam. Alise war bei ihr, Isis half Nicolas, der ein stärkendes Getränk nach Gouffé zubereitete, und die Maus zerkaute mit ihren spitzen Zähnen Kräuter für den Heiltrank.

Aber das wußte Colin nicht, er lief weiter, er hatte Angst, warum genügt es nicht, immer zusammenzubleiben, man muß auch noch Angst haben, vielleicht ist es ein Unfall, ein Auto hat sie überfahren, sie liegt auf ihrem Bett, ich darf sie nicht sehen, man läßt mich nicht zu ihr, aber ihr werdet vielleicht glauben, daß ich Angst vor meiner Chloé habe, ich muß sie auf jeden Fall sehen, nein, Colin, geh nicht hinein. Vielleicht ist sie nur verletzt, vielleicht ist es gar nicht so schlimm, dann gehen wir morgen zusammen in den Bois de Boulogne, um die Bank wiederzusehen, ich hielt ihre Hand, und ihre Haare waren ganz nahe, ihr Duft auf dem Kopfkissen. Ich nehme immer ihr Kopfkissen, wir werden uns auch heute abend wieder darum schlagen, sie findet meines zu fest, es bleibt unter ihrem Kopf immer ganz rund, und ich ziehe es dann wieder weg, es duftet nach ihrem Haar. Ich werde nie mehr den süßen Duft ihres Haares riechen.

Der Bürgersteig erhob sich vor ihm. Er sprang mit einem Riesensatz darüber hinweg, er war in der ersten Etage, er lief weiter die Treppe hinauf, er riß die Tür auf, und alles war still und ruhig, keine schwarzgekleideten Leute, kein Geistlicher, der Frieden der graublauen Teppiche. Nicolas sagte: »Es ist gar nicht schlimm«, und Chloé lächelte, sie war glücklich, ihn wiederzusehen.

## XXXIII

Chloés schmale Hand ruhte vertrauensvoll in der von Colin. Sie sah ihn an, und ihre hellen, ein wenig erstaunt blickenden Augen beruhigten ihn. Unterhalb der Plattform im Zimmer sammelten sich Ängste an, die sich gegenseitig zu erdrücken suchten. Chloé spürte eine dunkle Gewalt in ihrem Körper, in ihrer Brust, eine feindliche Anwesenheit; sie wußte nicht, wie sie dagegen kämpfen sollte, sie hustete von Zeit zu Zeit, um den Gegner in ihrem Inneren zu vertreiben. Wenn sie tief durchatmete, schien es ihr, als sei sie der blinden Wut des Feindes und seiner hinterhältigen Bosheit völlig ausgeliefert. Ihre Brust hob sich kaum, und das glatte Bettuch auf ihren langen nackten Beinen machte ihre Bewegungen ruhig und gleichmäßig. Colin saß zusammengesunken an ihrer Seite und blickte sie an. Die Nacht kam, sie lagerte sich in konzentrischen Kreisen um den kleinen Lichtkegel der Wandlampe am Kopfende des Bettes, die von einem matten Kristallzylinder umgeben war.

»Leg mir eine Platte auf, Colin«, bat Chloé. »Such eine Melodie aus, die dir gefällt.«

»Das wird dich anstrengen«, sagte Colin.

Seine Stimme klang weit entfernt, er sah elend aus. Er merkte erst jetzt, daß sein Herz die ganze Brust einnahm.

»Aber nein, ich bitte dich darum«, sagte Chloé.

Colin stand nun auf, stieg die kleine Eichenleiter hinunter und stellte den automatischen Plattenspieler an. In allen Zimmern waren Lautsprecher angebracht. Den im Schlafzimmer oben schaltete er ein.

»Was hast du ausgesucht?« fragte Chloé.

Sie lächelte. Sie wußte es schon.

»Erinnerst du dich?« fragte Colin.

»Ich erinnere mich ...«

»Hast du Schmerzen?«

»Nicht sehr …«

Dort, wo die Flüsse ins Meer münden, bilden sich Strömungen, die schwierig zu überwinden sind, und große schaumige Strudel, in denen Treibgut herumwirbelt. Zwischen der Nacht draußen und dem Licht der Lampe fluteten die Erinnerungen aus dem Dunkel, prallten gegen die Helligkeit, tauchten unter und kamen wieder empor, zeigten ihre weißen Bäuche oder ihre silbern schimmernden Rücken. Chloé richtete sich ein wenig auf.

»Setz dich ganz nah neben mich …«

Colin kam zu ihr, er setzte sich auf das Bett, und Chloés Kopf ruhte in seinem linken Arm. Die Spitzen ihres leichten Nachthemdes zeichneten flüchtige Muster auf ihre goldfarbene Haut, die sich am Ansatz der Brüste sanft wölbten. Chloés Hand tastete nach der Schulter von Colin.

»Bist du nicht böse?«

»Warum böse?«

»Weil du eine so dumme Frau hast …«

Er küßte ihre geliebte Schulter.

»Leg deine Arme unter die Decke, Chloé, mein Liebling, du wirst dich erkälten.«

»Ich friere nicht«, sagte Chloé. »Laß uns die Musik anhören.«

Es war etwas Überirdisches in dem Spiel von Johnny Hodges, etwas Unerklärliches und sinnlich Vollkommenes. Sinnlichkeit in reiner Form, vom Körper losgelöst.

Die Ecken des Zimmers veränderten sich und begannen sich beim Klang der Musik abzurunden. Colin und Chloé ruhten nun im Mittelpunkt einer Kugel.

»Was war das?« fragte Chloé.

»*The Mood to be Wooed*«, sagte Colin.

»Das habe ich auch empfunden«, sagte Chloé. »Aber wie soll der Doktor in unser Zimmer kommen, wenn es eine so merkwürdige Form hat?«

## XXXIV

Nicolas ging die Tür öffnen. Auf der Schwelle stand ein Doktor.

»Ich bin der Doktor«, sagte er.

»Gut«, sagte Nicolas. »Wenn Sie so freundlich sein wollen, mir zu folgen ...«

Er zog ihn hinter sich her.

»So«, sagte er, als sie in der Küche angekommen waren, »versuchen Sie einmal diesen Trank und sagen Sie mir, was Sie davon halten.«

Auf dem Tisch stand ein kalk-kieselsauer-alkalisches Glas mit einem Gebräu von merkwürdiger Farbe, die in Purpurrot und das Grün von Wasserblasen hinüberspielte und außerdem einen leichten Stich nach Chromblau aufwies.

»Was ist das?« fragte der Doktor.

»Ein Gebräu ...«, sagte Nicolas.

»Das sehe ich ...«, sagte der Doktor, »aber wofür?«

»Zur Stärkung«, sagte Nicolas.

Der Doktor hob das Glas an die Nase, roch daran, blickte überrascht auf, schlürfte und kostete vorsichtig, nahm dann einen tiefen Zug und hielt sich mit beiden Händen den Bauch, woraufhin sein Doktorisierköfferchen zu Boden fiel.

»Das wirkt, was?« fragte Nicolas.

»Buh! ... Ja«, sagte der Doktor. »Es zerreißt einem die Eingeweide. Sind Sie Tierarzt?«

»Nein«, sagte Nicolas, »ich bin der Koch. Auf jeden Fall wirkt es also.«

»Nicht schlecht«, sagte der Doktor. »Ich fühle mich wie neugeboren.«

»Kommen Sie zu der Patientin«, sagte Nicolas. »Sie sind ja jetzt desinfiziert.

Der Doktor machte sich auf den Weg, aber in der falschen Richtung. Er war offensichtlich nicht mehr Herr seiner Bewegungen.

»He, was ist los?« rief Nicolas. »Sind Sie in der Lage, eine Untersuchung vorzunehmen?«

»Klar«, sagte der Doktor. »Ich wollte nur noch einen Kollegen hinzuziehen, und deshalb habe ich Frißtfrist gebeten.«

»Gut«, sagte Nicolas. »Hier entlang bitte.«

Er öffnete die Tür zur Dienstbotentreppe.

»Gehen Sie drei Etagen hinunter und halten Sie sich nach rechts. Treten Sie ein, und dann sind Sie da ...«

»Jawohl«, sagte der Doktor. Er schickte sich an hinunterzusteigen, und hielt plötzlich inne.

»Aber wo bin ich denn?«

»Da ...«, sagte Nicolas.

»Ach so«, sagte der Doktor.

Nicolas schloß die Tür. Colin kam herbei.

»Wer war das?« fragte er.

»Ein Doktor. Er sah zu blöde aus, deshalb habe ich ihn weggeschickt.«

»Aber wir brauchen einen«, sagte Colin.

»Natürlich«, sagte Nicolas. »Gleich komm Frißtfrist.«

»Ist mir auch lieber«, sagte Colin.

Wieder klingelte eine Klingel.

»Bleib du hier«, sagte Colin. »Ich gehe zur Tür.«

Im Flur kletterte die Maus an seinem Bein hoch und hockte sich auf seine rechte Schulter. Er eilte zur Tür und öffnete dem Professor.

»Guten Tag!« sagte dieser.

Er trug einen schwarzen Anzug und ein leuchtend gelbes Hemd.

»Physiologisch gesehen bietet Schwarz auf gelbem Grund den stärksten Kontrast«, erklärte er. »Ich darf hinzufügen, daß eine solche Farbzusammenstellung die Augen nicht ermüdet und daß man auf diese Weise nicht von einem Auto überfahren wird.«

»Sicherlich«, stimmte Colin zu.

Professor Frißtfrist mochte etwa vierzig Jahre alt sein. Wie er gebaut war, hielt er gerade so viele Jahre aus. Aber auch nicht eines mehr. Er hatte ein glattes Gesicht mit einem kleinen Spitzbart und einer ausdruckslosen Brille.

»Wollen Sie mir bitte folgen?« sagte Colin.

»Ich weiß nicht ...«, sagte der Professor, »ich bin nicht sicher ...«

Er entschloß sich trotzdem.

»Wer ist krank?«

»Chloé«, sagte Colin.

»Oh«. Rief der Professor, »das erinnert mich an eine Melodie ...«

»Ganz recht!«, sagte Colin, »die ist es.«

»Gut«, sagte Frißtfrist. »Gehen wir zu ihr, Sie hätten mir das gleich sagen sollen. Was hat sie denn?«

»Ich weiß es nicht.«

»Ich auch nicht«, gab der Professor zu. »Jetzt kann ich es Ihnen ja sagen.«

»Aber Sie werden es doch herausbekommen?« fragte Colin beunruhigt.

»Kann sein«, sagte Professor Frißtfrist zweifelnd. »Auf jeden Fall muß ich sie untersuchen.«

»Bitte kommen Sie doch«, drängte Colin.

»Aber ja«, sagte der Professor.

Colin führte ihn vor die Tür des Zimmers; doch plötzlich fiel ihm etwas ein.

»Geben Sie acht, wenn sie eintreten«, sagte er. »Es ist rund.«

»Daran bin ich gewöhnt«, sagte Frißtfrist. »Ist die schwanger?«

»Aber nein«, sagte Colin. »Sie sind albern ... Das Zimmer ist rund.«

»Ganz rund?« fragte der Professor. »Haben Sie vielleicht eine Platte von Ellington gespielt?«

»Ja«, sagte Colin.

»Ich habe zu Hause auch eine«, sagte Frißtfrist. »Kennen Sie *Slap Happy*?«

»Ich mag lieber ...«, begann Colin, aber da erinnerte er sich, daß Chloé wartete, und er schob den Professor in das Zimmer.

»Guten Tag!« sagte der Professor.

Er stieg die Leiter hoch.

»Guten Tag!« erwiderte Chloé. »Wie geht es Ihnen?«

»Ach Gott«, sagte der Professor, »bisweilen macht mir meine Leber zu schaffen. Kennen Sie das?«

»Nein«, sagte Chloé.

»Dann haben Sie ganz gewiß keine Leberkrankheit.«

Er trat an Chloé heran und ergriff ihre Hand.

»Ein bißchen warm, wie?«

»Ich spüre nichts.«

»Nein« sagte der Professor. »Das ist aber nicht richtig.«

Er setzte sich aufs Bett.

»Ich werde Sie abhorchen, wenn Sie nichts dagegen haben.«

»Aber ich bitte Sie«, sagte Chloé.

Der Professor nahm ein Stethoskop mit Verstärker aus seinem Köfferchen und hielt die Kapsel an Chloés Rücken.

»Zählen Sie«, sagte er.

Chloé zählte.

»Das stimmt nicht«, sagte der Professor, »nach sechsundzwanzig kommt siebenundzwanzig.«

»Ja«, sagte Chloé, »entschuldigen Sie.«

»Es genügt sowieso«, sagte der Professor. »Husten Sie?«

»Ja«, sagte Chloé, und sie hustete.

»Was hat sie denn, Doktor?« fragte Colin. »Ist es schlimm?«

»Tja …«, sagte der Professor. »Sie hat etwas an der rechten Lunge, aber ich weiß nicht, was es ist …«

»Und was nun?« fragte Colin.

»Sie müßte zu mir in die Praxis kommen, damit ich sie gründlicher untersuchen kann.«

»Ich möchte nicht gern, daß sie aufsteht, Doktor. Wenn ihr nun schlecht wird wie heute mittag?«

»Es ist gar nichts Ernstes«, sagte der Professor. »Ich werde ihr ein Mittel verordnen. Aber sie muß es auch einnehmen.«

»Natürlich, Doktor«, sagte Chloé.

Sie führte die Hand zum Munde und hustete.

»Husten Sie nicht«, sagte Frißtfrist.

»Huste nicht, mein Liebling«, sagte Colin.

»Ich kann doch nichts dazu«, sagte Chloé mit erstickter Stimme.

»In ihrer Lunge sind allerhand komische Geräusche«, sagte der Professor.

Er sah etwas besorgt aus.

»Ist das denn normal, Doktor?« fragte Colin.

»Bis zu einem gewissen Grade …« erwiderte der Professor.

Er zog an seinem Bärtchen, das mit einem trockenen Knall wieder zurückschnellte.

»Wann sollen wir zu Ihnen kommen, Doktor?« fragte Colin.

»In drei Tagen«, sagte der Professor. »Ich muß meine Apparate vorbereiten.«

»Benutzen Sie die sonst nicht?« fragte Chloé.

»Nein«, sagte der Professor. »Ich ziehe es bei weitem vor, kleine Flugzeugmodelle zu bauen, aber die Patienten bedrängen mich immer wieder. Ich bin jetzt schon seit einem Jahr an dem gleichen Modell und habe immer noch nicht die Zeit gefunden, es fertigzustellen. Es ist wirklich zum Verzweifeln!«

»Gewiß«, sagte Colin.

»Sie sind wie die Haie«, sagte der Professor. »Ich vergleiche mich immer gern mit dem unglückseligen Schiffbrüchigen, dem diese gefräßigen Ungeheuer auflauern, um sein leichtes Boot umzustürzen, wenn er einschläft.«

»Das ist ein schöner Vergleich«, sagte Chloé, und sie lachte, ganz leise nur, damit sie nicht wieder husten mußte.

»Wissen Sie, mein Kind«, sagte der Professor und legte ihr die Hand auf die Schulter, »im Grunde ist es ein völlig unzutreffender Vergleich, da nach der Zeitschrift *Génie Civil* vom 15. Oktober 1944 im Gegensatz zu der allgemein geläufigen Auffassung nur drei oder vier der fünfunddreißig bekannten Haifischarten Menschenfresser sind! Noch dazu greifen sie den Menschen viel weniger an als er sie angreift …«

»Sie sprechen gut, Doktor«, sagte Chloé bewundernd. Sie mochte den Arzt gern.

»Das stammt nicht von mir, sondern aus der Zeitschrift *Génie Civil*«, sagte Frißtfrist. »Und nun muß ich gehen.«

Er gab Chloé einen dicken Kuß auf die rechte Wange, tätschelte ihre Schulter und stieg die kleine Leiter hinunter. Er verfing sich mit dem rechten Fuß am linken Fuß und mit dem linken Fuß in der letzten Sprosse, woraufhin er stürzte.

»Das ist wohl eine Spezialeinrichtung«, sagte er zu Colin und rieb sich kräftig den Rücken.

»Entschuldigen Sie bitte«, sagte Colin.

»Und außerdem wirkt dieses kugelförmige Zimmer irgendwie deprimierend«, fügte der Professor hinzu.

»Legen Sie einmal *Slap Happy* auf, dann wird alles wieder normal, oder lassen Sie es aushobeln.«

»Das werde ich tun«, sagte Colin. »Nehmen Sie einen kleinen Apéritif?«

»Warum nicht?« sagte der Professor. »Auf Wiedersehen, mein Kind!« rief er Chloé zu, bevor er das Zimmer verließ.

Chloé lachte immer noch. Von unten sah man sie auf dem großen flachen Bett sitzen wie in einer Prunkloge, und die Lampe leuchtete sie von der Seite an. Die Lichtstrahlen glitten durch ihr Haar wie Sonnenschein durch frisches Gras, und das Licht, das auf ihre Haut gefallen war, legte sich wie ein goldener Schein über alle Gegenstände.

»Sie haben seine sehr hübsche Frau«, sagte der Professor im Flur zu Colin.

»Ja«, sagte Colin.

Er brach plötzlich in Schluchzen aus, denn er wußte, daß es Chloé schlechtging.

»Na, na, na«, sagte der Professor, »Sie bringen mich in eine peinliche Lage ... Ich muß Sie wohl trösten ... Warten Sie ...«

Er wühlte in seiner Brusttasche und zog ein kleines Notizbuch mit rotem Ledereinband heraus.

»Sehen Sie, das ist meine.«

»Ihre?« fragte Colin, der sich bemühte, seine Fassung wiederzugewinnen.

»Meine Frau«, erklärte der Professor.

Colin öffnete mechanisch das Notizbuch und begann schallend zu lachen.

»So ist das«, sagte der Professor. »Es klappt immer. Alle lachen sich halbtot. Aber ... was ist eigentlich an ihr so komisch?«

»Ich ... ich weiß nicht«, stotterte Colin, und ein neuer Lachanfall schüttelte ihn.

Der Professor steckte sein Notizbuch wieder ein.

»Ihr seid alle gleich«, sagte er. »Ihr meint, eine Frau muß unbedingt hübsch sein ... Also, wie ist das mit dem Apéritif?«

## XXXV

Colin, begleitet von Chick, stieß die Tür der Apotheke auf. Sie machte »Klirr!«, und das Glas der Tür zersplitterte auf einer verwirrenden Anordnung von Fläschchen und Laboratoriumsgeräten.

Durch den Lärm aufgeschreckt, eilte der Apotheker herbei. Er war groß, alt und hager, und sein Haupt war mit einem struppigen weißen Haarfederbusch geschmückt.

Er stürzte zum Ladentisch, nahm den Telefonhörer ab und wählte mit der Geschwindigkeit, die das Ergebnis langjähriger Übung war, eine Nummer.

»Hallo!« sagte er.

Seine Stimme klang wie ein Nebelhorn, und der Boden wippte unter seinen langen schwarzen Plattfüßen gleichmäßig auf und nieder, während sich ein Sprühregen über den Ladentisch ergoß.

»Hallo! Firma Gershwin? Würden Sie bitte eine neue Glasscheibe in meine Tür einsetzen?! In einer Viertelstunde? ... Beeilen Sie sich, es könnte ein weiterer Kunde kommen ... Gut ...«

Er legte den Hörer nieder, der sich mit einiger Mühe aufhängte.

»Was kann ich für Sie tun?«

»Dieses Rezept vollstrecken«, stotterte Colin.

Der Apotheker ergriff den Zettel, faltete ihn in der Mitte und machte einen langen, schmalen Streifen daraus, den er in eine kleine Tischguillotine einführte.

»So«, sagte er und drückte auf einen roten Knopf.

Das Fallbeil senkte sich, worauf das Rezept erschlaffte und niedersank.

»Kommen Sie heute abend um sechs Uhr nachmittags wieder vorbei, dann ist das Mittel fertig.«

»Aber wir haben es sehr eilig«, sagte Colin.

»Wir möchten es gern gleich haben«, fügte Chick hinzu.

»Dann warten Sie bitte, ich werde das Medikament sofort zusammenstellen.« sagte der Apotheker.

Colin und Chick setzten sich auf eine Bank mit purpurnen Samtpolstern gegenüber dem Ladentisch und warteten. Der Apotheker bückte sich hinter dem Ladentisch und verließ den Raum, indem er durch eine Geheimtür kroch. Das leise schleifende Geräusch, das sein hagerer Körper auf dem Fußboden hervorrief, wurde immer schwächer und verstummte schließlich.

Sie blickten sich um. Auf langen Regalen aus patiniertem Kupfer reihten sich unzählige Gefäße aneinander, die einfachere Mittel wie auch stark wirkende Medikamente enthielten. Vom letzten Gefäß jedes Faches ging ein heller Schimmer aus. In einem konischen Behälter aus dickem angeätztem Glas drehten sich runde Kaulquappen in Spiralen bis zum Boden, schossen dann wie Pfeile zur Oberfläche und nahmen ihre exzentrierte Drehung wieder auf, wobei sie eine weißliche Spur verdichteten Wassers hinter sich ließen. Daneben hatte der Apotheker in einem mehrere Meter langen Aquarium eine Versuchsanlage für Düsenherzfrösche eingerichtet, und hier und dort lagen unbrauchbare Frösche herum, deren vier Herzen noch schwach klopften.

An der Wand hinter Chick und Colin prangte ein riesiges Fresko, das den Apotheker darstellte, wie er gerade als Cesare Borgia im Turniergewand seine Mutter vergewaltigte. Auf den Tischen standen allerlei Maschinen zum Pillendrehen herum, von denen einige sogar liefen, wenn auch im Leerlauf.

Die Pillen, die sich aus einer blauen Glasröhre hervorschoben, wurden von Wachshänden aufgefangen und in gefaltete Papiertüten gesteckt.

Colin stand auf, um eine Maschine in der Nähe noch

näher zu betrachten, und er hob die rostige Schutzhaube. Im Inneren saß ein zusammengesetztes Tier, halb aus Fleisch, halb aus Metall, das den Rohstoff hinunterschlang und ihn in Form von regelmäßigen Kügelchen wieder ausstieß.

»Sieh nur, Chick«, sagte Colin.

»Was denn?« fragte Chick.

»Das ist sehr merkwürdig!« sagte Colin.

Chick kam heran. Das Tier hatte einen verlängerten Kiefer, der sich mit schnellen Bewegungen seitlich hin- und herschob. Unter der durchsichtigen Haut sah man röhrenförmige Rippen aus dünnem Stahl und einen Verdauungskanal, der sich träge bewegte.

»Das ist ein abgeänderter Hase«, sagte Chick.

»Glaubst du?«

»Man macht das häufig. Dabei läßt man die Funktion bestehen, die man gerade benötigt. Schau, er hat die Bewegungen des Verdauungskanals beibehalten, aber nicht den chemischen Vorgang der Verdauung. Das ist sehr viel einfacher als die normale Pillendreherei.«

»Was frißt das Tier?« fragte Colin.

»Verchromte Mohrrüben«, sagte Chick. »Sie wurden in der Fabrik hergestellt, wo ich gearbeitet habe, als ich von der Schule kam. Und außerdem wird es mit den Grundstoffen der Pillen gefüttert …

»Eine gute Erfindung«, murmelte Colin, »und die Pillen werden besonders hübsch.«

»Ja«, sagte Chick, »sie sind ganz rund.«

»Sag mal …«, begann Colin und setzte sich wieder auf die Bank.

»Was denn?« fragte Chick.

»Wieviel ist eigentlich von den fünfundzwanzigtausend Dublonen übriggeblieben, die ich dir vor meiner Reise gegeben habe?«

»Hm …«, erwiderte Chick.

»Es wird Zeit, daß du dich entschließt, Alise zu heiraten. Für sie ist es sehr unangenehm, wenn du immer so weitermachst …«

»Ja«, sagte Chick.

»Du hast also noch ungefähr zwanzigtausend Dublonen? Immerhin … Das reicht für die Heirat …«

»Aber …«, sagte Chick.

Er zögerte, denn er brachte es kaum über die Lippen.

»Was ist denn?« fragte Colin. »Du bist nicht der einzige, der Geldsorgen hat …«

»Das weiß ich«, sagte Chick.

»Also, was ist?« fragte Colin.

»Ich habe nur noch dreitausendzweihundert Dublonen …«, sagte Chick.

Colin fühlte sich sehr müde. Spitze und stumpfe Gedanken brandeten wie Flutwellen in seinem Kopf. Er richtete sich auf.

»Das ist doch nicht wahr…«, sagte er.

Er war müde, müde, als hätte man ihn auf einem Hindernisrennen mit der Reitpeitsche angetrieben.

»Das ist doch nicht wahr…«, wiederholte er. »Du willst mich auf den Arm nehmen …«

»Nein«, sagte Chick.

Chick war aufgestanden. Er kratzte mit dem Fingernagel an einer Ecke des nächststehenden Tisches. Die Pillen rollten wie Murmeln durch die Glasröhren, und das knisternde Geräusch des Papiers in den Wachshänden erinnerte an Restaurants im Madeleine-Viertel.

»Aber was hast du denn damit gemacht?« fragte Colin.

»Ich habe Partre-Bücher gekauft«, sagte Chick.

Er wühlte in seiner Tasche.

»Sieh dir das an. Ich habe es gestern entdeckt. Ist es nicht ein Prachtexemplar?«

Es war *Blumenrülpsen*, in feinstem Ledereinband, mit Texten von Kierkegaard im Anhang.

Colin nahm das Buch und betrachtete es, aber er sah die Seiten nicht. Er sah Alises Augen bei seiner Hochzeit, den traurig-bewundernden Blick, den sie auf Chloés Kleid geworfen hatte. Aber Chick konnte das nicht verstehen. Seine Augen schauten niemals so weit nach oben.

»Was soll ich dazu sagen …«, murmelte Colin. »Du hast also alles ausgegeben?«

»Ich habe vorige Woche zwei Manuskripte erworben«, sagte Chick, und seine Stimme zitterte vor verhaltener Erregung. »Und außerdem habe ich bereits sieben seiner Vorträge aufgenommen …«

»So …«, sagte Colin.

»Warum fragst du?« sagte Chick. »Alise ist es gleichgültig, ob ich sie heirate oder nicht. Sie ist sehr glücklich so. Ich liebe sie sehr, weißt du, und sie schätzt Partre auch ganz besonders!«

Eine der Maschinen schien nicht mehr zu funktionieren. Die Pillen prasselten wie ein Gewitterregen heraus, und sobald sie in die Papiertüten fielen, zuckten violette Blitze auf.

»Was ist los?« fragte Colin. »Ist das gefährlich?«

»Ich glaube nicht«, sagte Chick. »Auf jeden Fall sollten wir aber zur Seite treten.«

Sie hörten, wie in der Ferne eine Tür zufiel, und plötzlich tauchte der Apotheker wieder hinter dem Ladentisch auf.

»Ich habe Sie warten lassen«, sagte er.

»Das macht nichts«, versicherte Colin.

»Doch«, sagte der Apotheker. »Es war Absicht. Es ist eine Prestigefrage.«

»Eine Ihrer Maschinen scheint nicht mehr zu funktionieren«, sagte Colin und deutete auf das Gerät.

»Oh!« sagte der Apotheker.

Er bückte sich, holte ein Gewehr unter dem Ladentisch hervor, legte an und schoß. Die Maschine schlug einen Purzelbaum und fiel zuckend zu Boden.

»Es ist nichts weiter«, sagte der Apotheker. »Von Zeit zu Zeit gewinnt der Hase die Oberhand über den Stahl, und dann muß man sie abschießen.«

Er hob die Maschine auf, drückte auf den unteren Hebel, damit sie abtropfen konnte, und hängte sie an einen Haken.

»Hier ist Ihr Medikament«, sagte er und zog eine Schachtel aus der Tasche. »Geben Sie acht, es wirkt sehr stark. Halten Sie sich an die vorgeschriebene Dosierung.«

»Ja«, sagte Colin. »Und wogegen ist das Mittel?«

»Keine Ahnung …« sagte der Apotheker.

Er fuhr mit den gewellten Fingernägeln seiner langen Hand durch seinen weißen Haarschopf.

»Es wirkt gegen allerlei …«, sagte er. »Aber eine normale Pflanze kann ihm nicht lange widerstehen.«

»Aha«, sagte Colin. »Was schulde ich Ihnen?«

»Es ist sehr teuer«, sagte der Apotheker. »Sie sollten mich niederschlagen und das Weite suchen, ohne zu bezahlen …«

»Ich bin zu müde«, sagte Colin.

»Dann also zwei Dublonen«, sagte der Apotheker.

Colin zückte seine Brieftasche.

»Wissen Sie«, sagte der Apotheker, »es ist wirklich Diebstahl.«

»Das ist mir egal«, sagte Colin mit leiser Stimme.

Er zahlte und wandte sich zum Gehen. Chick folgte ihm.

»Sie sind dumm«, sagte der Apotheker, als er sie zur Tür begleitete. »Ich bin alt und nicht sehr kräftig.«

»Ich habe keine Zeit«, murmelte Colin.

»Das ist nicht wahr«, sagte der Apotheker. »Dann hätten Sie nicht so lange gewartet.«

»Jetzt habe ich ja das Medikament«, sagte Colin. »Auf Wiedersehen.«

Er ging schräg über die Straße, im Schrägangriff um seine Kräfte zu schonen.

»Weißt du«, sagte Chick, »wenn ich Alise nicht heirate, so heißt das nicht, daß ich mich von ihr trennen werde …«

»Ich kann nichts dazu sagen«, bemerkte Colin. »Schließlich ist es deine Sache.«

»So ist das Leben«, sagte Chick.

»Nein«, sagte Colin.

# XXXVI

Der Wind bahnte sich einen Weg zwischen den Blättern hindurch, er duftete nach Blüten und Knospen, wenn er wieder hervorkam. Die Leute gingen ein wenig schneller und atmeten tiefer, denn es gab Luft im Überfluß. Die Sonne entfaltete langsam ihre Strahlen und tastete sich behutsam zu den Orten vor, die sie nicht direkt erreichen konnte; die Strahlen wanden sich geschmeidig in abgerundeten Winkeln, aber dann stießen sie sich an dunkelschwarzen Dingen und zogen sich mit den flinken, sicheren Bewegungen einer goldenen Krake zurück. Ihr riesiger glühender Rumpf kam allmählich näher, verharrte unbeweglich und machte sich daran, die Binnenseen aufzusaugen. Die Kirchturmuhren schlugen dreimal.

Colin las Chloé eine Geschichte vor. Es war eine Liebesgeschichte, und sie ging gut aus. Der Held und die Heldin schrieben sich gerade Briefe.

»Warum dauert das so lang?« fragte Chloé. »In der Praxis geht es doch immer sehr viel schneller …«

»Hast du da Praxis, du?« fragte Colin.

Er kniff einen Sonnenstrahl, der sich Chloés Augen näherte, kräftig in den Hintern. Der Strahl wich federnd zurück und lief auf den Möbeln des Zimmers spazieren.

Chloé errötete.

»Nein, ich hab keine Praxis …«, sagte sie schüchtern, »aber ich dachte …«

Colin klappte das Buch zu.

»Du hast recht, Chloé.«

Er erhob sich und trat an das Bett.

»Es ist Zeit für deine Pillen.«

Chloé erschauerte.

»Sie sind sehr unangenehm«, sagte sie. »Muß ich sie nehmen?«

»Ich glaube«, sagte Colin. »Heute abend gehen wir zum Arzt, und dann wissen wir endlich, was dir fehlt. Zunächst mußt du aber deine Pillen nehmen. Nachher verschreibt er dir vielleicht etwas anderes …«

»Sie sind schrecklich«, sagte Chloé.

»Du mußt vernünftig sein.«

»Es ist immer, als ob sich in meiner Brust zwei Tiere bekämpften, wenn ich sie nehme. Und im übrigen stimmt das gar nicht … man muß nicht vernünftig sein …«

»Im allgemeinen nicht«, sagte Colin. »Aber manchmal ist es besser.«

Er öffnete die kleine Schachtel.

»Sie haben eine scheußliche Farbe und außerdem riechen sie schlecht«, sagte Chloé.

»Sie sind merkwürdig, das gebe ich zu«, sagte Colin, »aber du mußt sie nehmen.«

»Sieh nur«, sagte Chloé, »sie bewegen sich von allein, und sie sind fast durchsichtig, innen ist sicher etwas Lebendiges.«

»Wenn du Wasser nachtrinkst, lebt es bestimmt nicht lange«, sagte Colin.

»Was du da sagst, ist dumm … Es könnte ja auch ein Fisch sein …«

Colin lachte.

»Auf jeden Fall wird es dich stärken.«

Er beugte sich über Chloé und küßte sie.

»Nimm sie, mein Liebling, sei brav!«

»Gut«, sagte Chloé, »aber dann mußt du mich noch einmal küssen!«

»Natürlich«, sagte Colin. »Wenn du es noch nicht leid bist, einen häßlichen Mann wie mich zu küssen …«

»Schön bist du nicht, das ist wahr«, sagte Chloé schelmisch.

»Ich kann nichts dafür.«

Chloé senkte den Kopf.

»Ich schlafe nicht genug«, sagte er.

»Colin, küß mich, ich bin sehr gemein zu dir. Gib mir zwei Pillen.

»Du bist verrückt«, sagte Colin. »Nur eine. Komm schluck sie hinunter …«

Chloé schloß die Augen, sie wurde bleich und legte die Hand auf ihre Brust.

»Jetzt fängt es wieder an …«, klagte sie.

Dicht unter ihrem schimmernden Haar bildeten sich kleine Schweißperlen.

Colin setzte sich neben sie und legte seinen Arm um ihre Schulter. Sie preßte stöhnend seine Hand.

»Ruhig, mein Liebling, es ist gut für dich«, sagte Colin.

»Ich habe Schmerzen …«, flüsterte Chloé.

Tränen so groß wie Augen lösten sich aus ihren Lidwinkeln und zogen kalte Spuren auf ihren runden, weichen Wangen.

## XXXVII

»Ich kann nicht aufstehen …«, flüsterte Chloé.

Sie hatte die Füße auf den Boden gestellt und versuchte sich zu erheben.

»Es geht einfach nicht …«, sagte sie. »Ich bin ganz schlapp.«

Colin eilte zu ihr und hob sie hoch. Sie klammerte sich an seine Schultern.

»Halt mich fest, Colin, ich falle sonst.«

»Das Liegen hat dich nicht entkräftet …«, sagte Colin.

»Nein«, sagte Chloé. »Es sind diese Pillen von deinem alten Apotheker.

Sie versuchte allein zu stehen, aber sie begann zu schwanken. Colin fing sie auf, und sie zog ihn im Fallen mit sich auf das Bett.

»So ist es gut«, sagte Chloé. »Bleib ganz nah bei mir. Wir haben schon so lange nicht miteinander geschlafen!«

»Das dürfen wir nicht«, sagte Colin.

»Doch, wir dürfen, Küß mich. Bin ich deine Frau oder nicht?«

»Ja, aber es geht dir nicht gut«, sagte Colin.

»Ich kann doch nichts dazu«, sagte Chloé, und ihr Mund zitterte ein wenig, als wollte sie weinen.

Colin beugte sich über sie und küßte sie so sanft, wie er eine Blume geküßt hätte.

»Mehr«, sagte Chloé.»Und nicht nur mein Gesicht … Liebst du mich nicht mehr? Möchtest du keine Frau mehr haben?«

Er zog sie noch näher an sich. Sie war warm und duftete. Wie ein Fläschchen Parfum in einer weiß ausgeschlagenen Schachtel.

»Ja«, sagte Chloé und streckte sich aus …, »mehr …«

## XXXVIII

»Wir haben Verspätung«, stellte Colin fest.

»Das macht nichts«, sagte Chloé. Stell deine Uhr.«

»Sollen wir wirklich nicht mit dem Auto fahren?«

»Nein«, sagte Chloé. »Als du mich eben ... umarmt hast, wurde mir mit einem Schlag besser. Ich möchte gern ein wenig gehen.«

»Ich werde Nicolas bitten, uns mit dem Auto abzuholen«, schlug Colin vor.

»Wenn du willst ...«

Sie trug für den Besuch beim Arzt ein zartblaues Kleid mit sehr tiefem spitzem Ausschnitt und einen Kehlkopfmantel mit passender Pelzkappe. Schuhe aus gefärbtem Schlangenleder vervollständigten ihr Kostüm.

»Komm, mein Kätzchen«, sagte Colin.

»Es ist nicht Katze, sondern Kehlkopf«, protestierte Chloé.

»Das läßt sich nicht so gut aussprechen«, sagte Colin.

Sie verließen das Zimmer und gingen durch den Flur. Vor dem Fenster blieb Chloé stehen.

»Was ist denn hier los? Es ist dunkler als sonst ...«

»Bestimmt nicht«, sagte Colin. »Es ist doch hier sehr viel Sonne.«

»Aber ich erinnere mich, daß die Sonnenstrahlen immer bis zu dem Teppichmuster dort reichten. Und jetzt kommen sie nur bis hierher ...«

»Das hängt von der Tageszeit ab«, sagte Colin.

»Nein, das hängt nicht von der Tageszeit ab, denn damals war es genauso spät!«

»Wir wollen morgen um dieselbe Zeit noch einmal nachsehen«, sagte Colin.

»Sieh doch, das ging immer bis zum siebten Strich. Nun ist es am fünften …«

»Komm«, sagte Colin. »Wir müssen uns beeilen.«

Chloé lächelte sich zu, als sie an dem großen Spiegel des mit Fliesen ausgelegten Korridors vorbeiging. Ihre Krankheit konnte nicht schlimm sein, und sie würden von nun an oft zusammen spazierengehen. Colin würde sparsam mit seinen Dublonen umgehen, und es blieben ihm genug übrig, um ihnen ein angenehmes Leben zu bereiten. Vielleicht würde er arbeiten …

Das stählerne Schloß klickte, und die Tür fiel hinter ihnen zu. Chloé hatte sich bei Colin eingehakt. Sie ging mit leichten kleinen Schritten. Zwei ihrer Schritte entsprachen einem von Colin.

»Ich bin glücklich«, sagte Chloé. »Die Sonne scheint, und es riecht nach Bäumen.«

»Ja«, sagte Colin, »es ist Frühling.«

»Tatsächlich?« fragte Chloé und zwinkerte ihm schelmisch zu.

Sie wandten sich nach rechts. Sie mußten noch an zwei Gebäuden vorbei, bis sie zum Medizinerviertel kamen. Nach hundert Metern stieg ihnen bereits der Geruch der Narkosemittel in die Nase, der sich an windigen Tagen sogar noch weiter verbreiterte. Der Bürgersteig veränderte sich. Sie liefen nun über einen breiten, flachen Kanal, den Betongitter mit schmalen, engen Sprossen bedeckten. Unter dem Gitter floß mit Alkohol vermischter Äther, der eitergetränkte und bisweilen auch blutbefleckte Wattetupfer mit sich führte. Dünne Streifen halbgeronnenen Blutes färbten das Rinnsal hier und dort; verweste Fleischfetzen schwammen langsam vorbei und drehten sich manchmal wie schmelzende Eisberge. Die Luft war vom Geruch des Äthers erfüllt. Auch Mullbinden und Umschläge trieben in der Strömung und entrollten ihre verpackten Ringe. An der rechten Seite eines jeden Hauses ragten Abfallröhren in den Kanal. Wenn man einige Augenblicke die Öffnung einer Röhre beobachtete, konnte man leicht feststellen, worauf sich der Arzt spezialisiert hatte. Ein Auge rollte herunter, starrte sie an und verschwand dann unter einem großen Lappen aus rötlicher Zellwolle, die so weich war wie eine kranke Qualle.

»Hier gefällt es mir nicht«, sagte Chloé. »Die Luft mag ja gesund sein, aber der Anblick ist schrecklich.«

»Nein«, sagte Colin.

»Gehen wir in der Mitte der Straße.«

»Ja«, sagte Colin. »Aber dann werden wir überfahren.«

»Wir hätten doch das Auto nehmen sollen«, sagte Chloé. »Ich spüre meine Beine nicht mehr.«

»Dann sei froh, daß er nicht im Chirurgenviertel wohnt ...«

»Sei still«, sagte Chloé. »Sind wir bald da?«

Sie begann plötzlich wieder zu husten, und Colin wurde blaß.

»Nicht husten, Chloé!« bat er.

»Nein, Colin«, sagte sie und unterdrückte den Husten mühsam.

»Nicht husten ... wir sind da ... hier ist es ...«

Das Schild von Professor Frißtfrist stellte einen riesigen Kinnbacken dar, der gerade eine Schaufel schluckte; nur das stählerne Blatt ragte noch hervor. Chloé lachte, ganz vorsichtig und leise, denn sie hatte Angst vor einem neuen Hustenanfall. An der Hauswand hingen Farbfotos von Wunderheilungen des Professors, durch kleine Lampen beleuchtet, die allerdings gerade nicht funktionierten.

»Siehst du, er ist ein bedeutender Spezialist«, sagte Colin. »Die anderen Häuser sind nicht so großzügig dekoriert.«

»Das beweist nur, daß er viel Geld hat«, sagte Chloé.

»Oder daß er Geschmack hat«, sagte Colin. »Es wirkt sehr künstlerisch.«

»Ja«, sagte Chloé. »Wie ein feiner Fleischerladen.«

Sie traten ein und fanden sich in einer großen, runden, weiß emaillierten Vorhalle. Eine Krankenschwester näherte sich.

»Sind Sie angemeldet?« fragte sie.

»Ja«, sagte Colin. »Allerdings kommen wir vielleicht ein wenig zu spät...«

»Das macht nichts«, sagte die Krankenschwester. »Der Professor operiert heute nicht mehr. Wollen Sie mir bitte folgen?«

Sie gingen hinter ihr her, und ihre Schritte klangen auf dem Emailboden hohl und hell. In die kreisförmige Wand waren mehrere Türen eingelassen; die Krankenschwester führte sie zu der Tür, an der eine goldgetriebene verkleinerte Wiedergabe des riesigen Schildes draußen vor dem Haus angebracht war. Sie öffnete und trat zurück, um sie hineingehen zu lassen. Sie machten eine zweite, durchsichtige und schwere Tür auf und waren im Sprechzimmer des Professors angelangt. Frißtfrist stand vor dem Fenster und parfümierte sein Bärtchen mit einer Zahnbürste, die mit Opoponax-Extrakt getränkt war. Er wandte sich um und ging mit ausgestreckter Hand auf Chloé zu.

»Nun, wie fühlen Sie sich heute?«

»Die Pillen waren fürchterlich«, sagte Chloé.

Die Miene des Professors verdüsterte sich. Er sah nun aus wie ein Oktavon.

»Zu dumm ...«, murmelte er. »Ich dachte schon ...«

Er blieb einige Augenblicke nachdenklich stehen, dann bemerkte er, daß er immer noch seine Zahnbürste in der Hand hielt.

»Hier, halten Sie mal«, sagte er und reichte Colin die Bürste. »Setzen Sie sich, mein Kind«, fügte er zu Chloé gewendet hinzu.

Er schritt auf und ab und setzte sich dann ebenfalls.

»Sehen Sie, Sie haben etwas an der Lunge«, sagte er. »In der Lunge«, genau gesagt. Ich hoffte, es wäre …«

Er unterbrach sich und sprang auf.

»Es hat keinen Zweck, Konversation zu machen. Kommen Sie mit. Legen Sie die Zahnbürste irgendwohin«, sagte er zu Colin, der einfach nicht wußte, was er damit anfangen sollte.

Colin wollte Chloé und dem Professor folgen, aber er fand sich vor einer Art dichtem, unsichtbarem Schleier, der ihn von den beiden trennte. Eine unbekannte Angst überfiel ihn, und sein Herz klopfte heftig. Er raffte sich auf, ballte die Fäuste und machte eine große Anstrengung. Als er all seine Kräfte anspannte, gelang es ihm, einige Schritte vorwärtszukommen, und sobald er Chloés Hand berührte, verschwand der Schleier.

Sie ergriff die Hand des Professors, und dieser führte sie in einen kleinen weißen Raum mit chromblitzender Decke. Ein niedriger glatter Apparat nahm eine ganze Wand des Raumes ein.

»Sie nehmen am besten Platz«, sagte der Professor. »Es dauert nicht lang.«

Gegenüber dem Apparat stand ein Schirm aus Rotsilber mit Kristalleinfassung, und ein einziger Regulierknopf aus schwarzem Email funkelte auf dem Sockel.

»Bleiben Sie da?« fragte der Professor Colin.

»Es wäre mir lieber«, sagte Colin.

Der Professor drehte an dem Knopf. Das Licht verflüchtigte sich in einem hellen Strom, der unter der Tür und in einem Lüftungsschlitz über dem Apparat verschwand. Der Schirm hellte sich langsam auf.

## XXXIX

Professor Frißtfrist klopfte Colin auf die Schulter.

»Keine Aufregung, mein Bester«, sagte er. »Es wird schon werden.«

Colin blickte verstört zu Boden. Chloé hängte sich an seinen Arm. Sie gab sich große Mühe, fröhlich zu erscheinen.

»Aber ja«, sagte sie. »Es dauert nicht mehr lange.»

»Gewiß«, murmelte Colin.

»Wenn sie meine Anweisungen befolgt, wird es ihr vielleicht bessergehen«, sagte der Professor.

»Vielleicht ...«, wiederholte Colin.

Sie standen in der runden weißen Vorhalle, und Colins Stimme hallte von der Decke wider, als käme sie von sehr weit.

»Sei dem, wie ihm sei, ich werde Ihnen dann die Rechnung schicken«, sagte der Professor.

»Selbstverständlich«, sagte Colin. »Ich danke Ihnen für Ihre Mühe, Doktor ...«

»Und wenn es ihr nicht besser geht, kommen Sie wieder zu mir«, sagte der Arzt. »Es besteht immer noch die Möglichkeit der Operation, die wir bisher gar nicht in Betracht gezogen haben.«

»Aber ja«, sagte Chloé und preßte Colins Arm; nun brach sie doch in Schluchzen aus.

Der Professor zerrte heftig an seinem Bärtchen.

»Sehr unangenehm«, sagte er.

Sie schwiegen eine Weile. Auf der anderen Seite der durchsichtigen Tür erschien eine Krankenschwester, die zweimal klopfte. Eine grüne Leuchtschrift »Herein«, flammte vor ihnen in der Türfüllung auf.

»Da ist ein Herr, der mich gebeten hat, Monsieur und Madame mitzuteilen, Nicolas sei da.«

»Danke, Sie Luder«, erwiderte der Professor. »Scheren Sie sich fort!« fügte er hinzu, und die Krankenschwester entfloh.

»Tja …«, murmelte Colin, »dann wollen wir uns von Ihnen verabschieden, Doktor …«

»Gewiß«, sagte der Professor. »Auf Wiedersehen … Pflegen Sie sich … Machen Sie eine kleine Reise …«

## XL

»Geht es ihr schlecht?« fragte Nicolas, ohne sich umzudrehen, bevor er den Wagen in Gang brachte.

Chloé weinte in den weißen Pelz, und Colin sah aus wie eine Leiche. Der Geruch auf den Bürgersteigen wurde immer stärker. Ätherdämpfe erfüllten die Straße.

»Fahr los«, sagte Colin.

»Was hat sie denn?« fragte Nicolas.

»Oh, es könnte nichts Schlimmeres sein!« sagte Colin.

Dann wurde ihm klar, was er gesagt hatte, und er blickte Chloé an. Er liebte sie in diesem Augenblick so sehr, daß er sich für seine unvorsichtige Bemerkung hätte umbringen können.

Chloé hockte in der Ecke und biß sich in die Fäuste. Ihr schimmerndes Haar fiel ihr ins Gesicht, und sie zertrat die Pelzkappe mit den Füßen. Sie weinte aus Leibeskräften, wie ein Baby, aber ganz leise.

»Vergib mir, Chloé«, sagte Colin. »Ich bin ein Scheusal.«

Er rückte näher und zog sie an sich. Er küßte ihre armen, erschrockenen Augen und spürte ihr Herz dumpf und langsam schlagen.

»Du wirst wieder gesund«, sagte er. »Ich meinte eben, nichts Schlimmeres könnte geschehen, als daß du krank bist, gleichgültig, um welche Krankheit es sich handelt ...«

»Ich habe Angst ...«, sagte Chloé. »Er wird mich sicherlich operieren.«

»Nein«, sagte Colin. »Du wirst schon vorher gesund.«

»Was hat sie denn?« fragte Nicolas noch einmal. »Kann ich irgend etwas für sie tun?«

Auch Nicolas sah sehr unglücklich aus. Er hatte einiges von seinem früheren Schwung eingebüßt.

»Chloé, mein Liebling, beruhige dich«, sagte Colin.

»Sie wird ganz bestimmt sehr schnell wieder gesund«, sagte Nicolas.

»Diese Seerose«, sagte Colin, wo hat sie sich die nur geholt?«

»Sie hat eine Seerose?« fragte Nicolas ungläubig.

»In der rechten Lunge«, sagte Colin. »Der Professor glaubte zuerst, es sei irgendein Tier. Aber es ist eine Seerose. Man konnte sie auf dem Schirm sehen. Sie ist schon ziemlich groß, aber wir werden ihr bestimmt beikommen.«

»Aber sicher«, sagte Nicolas.

»Ihr könnt euch gar nicht vorstellen, wie das ist«, schluchzte Chloé. »Es tut so weh, wenn sie sich bewegt!«

»Weinen Sie nicht«, sagte Nicolas. »Das hilft gar nichts und ermüdet Sie nur.«

Das Auto fuhr an. Nicolas steuerte es vorsichtig zwischen den verwinkelten Häusern hindurch. Die Sonne verschwand allmählich hinter den Bäumen, und der Wind wurde frischer.

»Der Arzt meint, daß sie ins Gebirge fahren soll«, sagte Colin. »Er behauptet, die Kälte könnte dieses gemeine Ding abtöten ...«

»Das hat sie sich bestimmt unterwegs geholt«, sagte Nicolas. »Es gab da eine ganze Menge solcher Schweinereien.«

»Er sagt auch, daß sie immer von Blumen umgeben sein soll«, fügte Colin hinzu, »damit sich die andere ... fürchtet.«

Er konnte sich nicht dazu durchringen, den Namen der abscheulichen Pflanze auszusprechen.

»Warum?« fragte Nicolas.

»Wenn sie zu blühen beginnt, dann kommen noch mehr. Aber wir werden sie nicht blühen lassen ...«

»Ist das die ganze Behandlung?« fragte Nicolas.

»Nein«, sagte Colin.

»Was ist denn sonst noch vorgeschrieben?«

Colin zögerte mit der Antwort. Neben ihm weinte Chloé, und er haßte die Quälerei, die er ihr auflegen mußte.

»Sie darf nichts trinken …«, sagte er.

»Was?« fragte Nicolas. »Überhaupt nichts?«

»Nein«, sagte Colin.

»Wirklich überhaupt nichts?«

»Zwei Eßlöffel am Tag …«, murmelte Colin.

»Zwei Eßlöffel! …« sagte Nicolas.

Er fügte weiter nichts hinzu und blickte starr geradeaus auf die Straße.

## XLI

Alise läutete zweimal und wartete. Die Tür kam ihr schmaler vor als sonst. Die Matte wirkte dünner und verblichener. Nicolas öffnete.

»Guten Tag!« sagte er. »Du kommst sie besuchen?«

»Ja«, sagte Alise. »Sind sie da?«

»Ja«, erwiderte Nicolas. »Komm. Chloé ist da.«

Er schloß die Tür. Alise betrachtete den Teppich. »Es ist nicht mehr so hell hier wie früher«, sagte sie. »Wie kommt das?«

»Ich weiß nicht«, sagte Nicolas.

»Seltsam«, sagte Alise. »Hat dort nicht immer ein Bild gehangen?«

»Ich kann mich nicht erinnern«, sagte Nicolas.

Er fuhr sich nachdenklich mit der Hand durch die Haare.

»Man hat tatsächlich den Eindruck, als habe sich einiges geändert«, sagte er.

»Ja, wirklich«, sagte Alise.

Sie trug ein braunes Kostüm und hielt einen großen Strauß Narzissen in der Hand.

»Du siehst blendend aus«, sagte Nicolas. »Geht es dir gut?«

»Ja«, sagte Alise. Chick hat mir ein Kostüm geschenkt, wie du siehst…«

»Es steht dir gut«, sagte Nicolas.

»Ich hatte Glück«, sagte Alise. »Die Duchesse de Bovouard hat nämlich genau dieselben Maße wie ich. Das Kostüm ist gebraucht gekauft. Chick wollte an ein Papier herankommen, das in einer der Taschen steckte, deshalb hat er es erworben.«

Sie sah Nicolas an und fügte hinzu:

»Du siehst nicht gut aus.«

»Ich weiß auch nicht, was mit mir los ist«, sagte Nicolas. »Ich glaube, ich werde älter.«

»Zeig mir deinen Paß«, bat Alise.

Er wühlte in seiner Revolvertasche.

»Hier«, sagte er.

Alise öffnete den Paß und wurde blaß.

»Wie alt warst du da?« fragte sie leise.

»Neunundzwanzig ...« sagte Nicolas.

»Sieh her ...«

Er zählte und kam auf fünfunddreißig Jahre.

»Das verstehe ich nicht ...«, sagte er.

»Es muß ein Irrtum sein«, sagte Alise. »Du sahst nicht älter aus als neunundzwanzig.«

»Aber ich sah aus wie einundzwanzig!« sagte Nicolas.

»Es wird sicherlich wieder besser«, sagte Alise.

»Du hast wunderschönes Haar«, sagte Nicolas. »Komm, komm zu Chloé.«

»Was geht hier nur vor?« fragte Alise nachdenklich.

»Ach, sagte Nicolas, »es ist diese Krankheit. Die bringt uns alle durcheinander. Sobald alles in Ordnung ist, werde ich wieder jünger.«

Chloé lag auf ihrem Bett. Sie trug einen Schlafanzug aus malvenfarbener Seide und einen langen Morgenmantel aus beige-rötlichem Satin. Um sie herum standen unzählige Blumen, vor allem Orchideen und Rosen. Auch Hortensien waren da, Nelken, Kamelien, große Pfirsich- und Mandelblütenzweige und ein Strauß Jasmin. Sie hatte den Oberkörper entblößt, und auf ihrer bernsteinfarbenen rechten Brust lag eine große blaue Blume. Ihre Wangen waren leicht gerötet, ihre Augen hatten einen trockenen Glanz, und ihre feinen knisternden Haare schimmerten wie ein Seidengespinst.

»Du wirst dich erkälten!« sagte Alise. »Deck dich zu!«

»Nein«, murmelte Chloé. »Ich darf nicht. Es gehört zur Behandlung.«

»Was für hübsche Blumen!« sagte Alise. Colin wird sich noch ruinieren«, fügte sie fröhlich hinzu, um Chloé zum Lachen zu bringen.

»Ja«, flüsterte Chloé.

Sie lächelte gequält.

»Er sucht gerade Arbeit«, sagte sie leise. »Deshalb ist er nicht hier.«

»Warum sprichst du so leise?« fragte Alise.

»Ich habe Durst«, hauchte Chloé.

»Trinkst du wirklich nur zwei Löffelvoll am Tag?« fragte Alise.

»Ja«, seufzte Chloé.

Alise beugte sich über Chloé und küßte sie.

»Bald bist du wieder gesund.«

»Ja«, sagte Chloé. »Morgen fahre ich mit Nicolas weg.«

»Und Colin?« fragte Alise.

»Er bleibt hier. Er muß arbeiten. Mein armer Colin …! Er hat keine Dublonen mehr …«

»Warum nicht?« fragte Alise.

»Die Blumen …«, sagte Chloé.

»Wird sie größer?« fragte Alise.

»Die Seerose?« sagte Chloé mit schwacher Stimme. »Nein, ich glaube, sie stirbt ab …«

»Freust du dich?«

»Ja«, sagte Chloé. »Aber ich habe solchen Durst.«

»Warum machst du kein Licht?« fragte Alise. »Es ist dunkel im Zimmer.«

»Das ist schon seit einiger Zeit so«, sagte Chloé. »Schon seit einiger Zeit. Man kann nichts daran ändern. Versuch es einmal.«

Alise schaltete die Lampe ein, und ein schwacher Lichtschein ging von der Birne aus.

»Die Lampen sterben ab«, sagte Chloé. »Und die Wände ziehen sich zusammen. Und das Fenster hier auch.«

»Tatsächlich?« fragte Alise.

»Sieh dir's an …«

Das große Fenster, das früher die ganze Wand eingenommen hatte, bestand nur noch aus zwei länglichen Rechtecken mit abgerundeten Kanten. Dazwischen hatte sich eine Art Laibung gebildet, die beide Öffnungen voneinander trennte und der Sonne den Zutritt versperrte. Die Decke hatte sich merklich gesenkt, und die Plattform, auf der Chloés Bett stand, war nicht mehr sehr hoch über dem Boden.

»Wie kann das nur sein?« fragte Alise.

»Ich weiß es nicht …«, sagte Chloé. »Schau, da kommt ein wenig Licht!«

Die Maus mit den schwarzen Schnurrhaaren war gerade ins Zimmer gekommen. Sie trug einen winzigen Splitter von einer der Flurkacheln, die einen hellen Glanz ausstrahlte.

»Sobald es zu dunkel wird, bringt sie mir ein bißchen Licht«, erklärte Chloé.

Sie kraulte die kleine Maus, die ihre Gabe auf den Nachttisch legte.

»Wie nett, daß du gekommen bist«, sagte Chloé.

»Oh, ich mag dich gern, mußt du wissen«, sagte Alise.

»Das weiß ich«, sagte Chloé. »Und wie geht es Chick?«

»Es geht ihm gut«, sagte Alise. »Er hat mir ein Kostüm gekauft.«

»Es ist hübsch«, sagte Chloé. »Und es steht dir gut …« Sie hielt inne.

»Hast du Schmerzen?« fragte Alise. »Du Arme!«

Sie neigte sich vor und streichelte Chloés Wange.

»Ja«, stöhnte Chloé. »Ich habe solchen Durst …«

»Das glaube ich«, sagte Alise. »Wenn ich dir einen Kuß gebe, hast du vielleicht weniger Durst.«

»Ja«, sagte Chloé.

Alise beugte sich über sie.

»Oh!« seufzte Chloé. »Deine Lippen sind so frisch …«

Alise lächelte. Sie hatte feuchte Augen.

»Wohin fährst du?« fragte sie.

»Nicht weit«, sagte Chloé. »Ins Gebirge.«

Sie drehte sich auf die linke Seite.

»Liebst du Chick sehr?«

»Ja«, sagte Alise. »Aber er liebt seine Bücher mehr als alles andere.«

»Ich weiß nicht«, sagte Chloé. »Vielleicht hast du recht. Hätte ich nicht Colin geheiratet, dann fände ich es schön, wenn du mit ihm leben könntest.«

Alise küßte sie von neuem.

## XLII

Chick verließ den Laden. Er hatte nichts Interessantes gefunden. Er sah auf seine braunroten Lederschuhe hinunter und stellte überrascht fest, daß einer ihn in diese und der andere in jene Richtung zu ziehen suchte. Er dachte eine Weile nach, berechnete im Geiste die Winkelhalbierende und schritt an dieser Linie entlang. Beinahe wäre er von einem dicken, fetten Taxi überfahren worden; er verdankte seine Rettung nur dem anmutigen Satz, der ihn auf die Füße eines Passanten beförderte. Dieser schimpfte und ging zur Behandlung in ein Krankenhaus.

Chick ging weiter. Gerade vor ihm in der Rue Jimmy Noone lag eine Buchhandlung, deren Schild eine Nachahmung von Lulu Whites Mahogany Hall darstellte. Er stieß die Tür auf, die ihm ihrerseits einen heftigen Stoß versetzte, und er ließ es dabei bewenden und trat durch das Schaufenster ein.

Der Buchhändler saß, die Friedenspfeife rauchend, auf den Gesammelten Werken von Jules Romains, die letzterer für diesen Zweck verfaßt hat. Er hatte eine sehr schöne Friedenspfeife, eine Bruyère, die er mit Olivenblättern stopfte. Neben ihm stand ein Spucknapf für den Pfeifensaft; ein feuchtes Handtuch zum Betupfen der Schläfen lag bereit, und ein Fläschchen Pfefferminzessenz sollte die Wirkung der Friedenspfeife steigern.

Er warf Chick einen geistesabwesenden, übelriechenden Blick zu.

»Was wollen Sie?« fragte er.

»Ihre Bücher ansehen«, erwiderte Chick.

»Sehen Sie sich um«, sagte der Mann, und er beugte sich über den Spucknapf, aber es war nur falscher Alarm.

Chick ging in den hinteren Teil des Ladens. Die Atmosphäre schien günstig für Entdeckungen. Unter seinen Füßen knackten Insekten. Es roch nach altem Leder und verbrannten Olivenblättern, die freilich abscheulich stanken.

Die Bücher waren in alphabetischer Ordnung aufgestellt, aber der Buchhändler kannte sich nicht sonderlich gut im Alphabet aus, und so fand Chick die Partre-Abteilung zwischen T und B. Er griff zu seiner Lupe und untersuchte die Einbände. Bald hatte er auf einem Exemplar von *Der Schein und das Licht*, der berühmten Studie über Beleuchtungsanlagen, einen interessanten Fingerabdruck gefunden. Aufgeregt zog er eine kleine Schachtel aus der Tasche, die neben einem weichen Pinsel etwas Düngemehl und den *Leitfaden für den Musterschupo* vom Domherrn Vouille enthielt. Er prüfte behutsam den Abdruck, verglich ihn mit einem Zettel aus seiner Brieftasche und richtete sich keuchend auf. Es handelte sich um einen Abdruck von Partres linkem Zeigefinger, der bis dahin lediglich auf seinen alten Pfeifen nachgewiesen war.

Chick preßte den kostbaren Fund an sein Herz und ging zu dem Buchhändler.

»Was kostet das?«

Der Buchhändler sah das Buch an und kicherte.

»Ah, Sie haben es aufgestöbert …!«

»Was ist daran außergewöhnlich?« fragte Chick mit geheucheltem Erstaunen.

Der Buchhändler lachte laut auf, und die Pfeife entglitt ihm, fiel in den Spucknapf und erlosch.

Er schickte ihr einen Fluch nach und rieb sich zufrieden die Hände, weil er nun nicht mehr an diesem fürchterlichen Sauding zu ziehen brauchte.

»Ich habe Sie gefragt …«, begann Chick.

Sein Herz machte sich selbständig und schlug wild und unregelmäßig auf beiden Seiten.

»Ha ha ha!« rief der Buchhändler, der sich halberstickt auf dem Boden wälzte. »Sie sind vielleicht ein Spaßvogel …«

»Hören Sie«, sagte Chick verwirrt, »wollen Sie mir bitte erklären …«

»Wenn ich daran denke, daß ich ihm für diesen Fingerabdruck etliche Male meine Friedenspfeife anbieten und die Taschenspielerei erlernen mußte, um die Pfeife im letzten Augenblick durch ein Buch zu ersetzen …«

»Also gut«, sagte Chick. »Sie wissen Bescheid. Was kostet das Buch?«

»Es ist nicht teuer«, sagte der Buchhändler. »Aber ich habe noch etwas Besseres. Warten Sie.«

Er erhob sich, verschwand hinter einer Halbwand, die die Buchhandlung teilte, wühlte herum und kehrte zurück.

»Hier«, sagte er, indem er eine Hose auf den Ladentisch warf.

»Was ist das« murmelte Chick erregt.

Ein köstlicher Rausch überkam ihn.

»Eine Hose von Partre!« verkündete der Buchhändler.

»Wie sind Sie daran gekommen?« fragte Chick verzückt.

»Bei einem Vortrag …«, erklärte der Buchhändler. »Er hat es nicht einmal gemerkt. Sie hat Brandlöcher von der Pfeife, wissen Sie …«

»Ich kaufe die Hose«, sagte Chick.

»Wie?« fragte der Buchhändler. »Ich habe da nämlich noch etwas …«

Chick führte die Hand zur Brust. Er konnte sein flatterndes Herz nicht einfangen und ließ es wieder ausschwärmen.

»Hier«, sagte der Buchhändler noch einmal.

Es war eine Pfeife, auf deren Mundstück Chick sogleich die Zahnabdrücke Partres erkannte.

»Wieviel?« fragte Chick.

»Wissen Sie«, sagte der Buchhändler, »zur Zeit bereitet er eine Enzyklopädie des Ekels in zwanzig Bänden mit zahlreichen Abbildungen vor. Ich werde die Manuskripte bekommen …«

»Aber ich kann doch nicht …«, stammelte Chick überwältigt.

»Was geht mich das an?« sagte der Buchhändler.

»Was kosten diese drei Sachen?« fragte Chick.

»Tausend Dublonen«, sagte der Buchhändler. »Das ist mein äußerster Preis. Ich habe gestern ein Angebot von zwölfhundert abgelehnt, aber Sie sehen vertrauenserweckend aus.

Chick zückte seine Brieftasche. Er war totenbleich.

## XLIII

»Du siehst, wir legen gar kein Tischtuch mehr auf«, sagte Colin.

»Das macht nichts«, sagte Chick. »Trotzdem verstehe ich nicht, warum das Holz so fettig ist …«

»Ich weiß es auch nicht«, sagte Colin zerstreut. »Ich glaube, man kann es nicht mehr reinigen. Es kommt immer wieder von innen heraus.«

»War der Teppich früher nicht aus Wolle?« fragte Chick. »Der da sieht wie Baumwolle aus.«

»Es ist derselbe Teppich«, sagte Colin. »Nein, ich finde nicht, daß er anders aussieht.«

»Seltsam«, sagte Chick. »Man hat den Eindruck, daß ringsum alles enger wird.«

Nicolas brachte eine Brühe, in der Brotrinden herumschwammen. Er schöpfte ihnen die Teller voll.

»Was ist das, Nicolas?« fragte Chick.

»Eine Suppe aus Suppenwürfeln und Maismehl«, erwiderte Nicolas. »Sie ist erstklassig.«

»Haben Sie das Rezept im Gouffé gefunden?« fragte Chick.

»Wo denken Sie hin!« sagte Nicolas. »Das ist ein Rezept von de Pomiane. Gouffé ist nur für Snobs. Und außerdem braucht man bei ihm soviel Material …!«

»Aber Sie haben doch alles, was Sie brauchen«, sagte Chick.

»Was?« sagte Nicolas. »Ich habe gerade eben Gas und einen Kühlschrank, wie alle Leute. Was stellen Sie sich eigentlich vor?«

»Oh … Nichts! …« sagte Chick.

Er rutschte auf seinem Stuhl hin und her. Er wußte nicht, wie er die Unterhaltung fortsetzen sollte.

»Nimmst du etwas Wein?« fragte Colin. »Ich habe nur noch diese Sorte im Keller. Er ist nicht schlecht.«

Chick hielt ihm sein Glas hin.

»Vor drei Tagen hat Alise Chloé besucht!« sagte Colin. »Ich habe sie nicht gesehen. Gestern hat Nicolas Chloé ins Gebirge gefahren.»

»Ja«, sagte Chick. »Alise hat es mir erzählt.«

»Professor Frißtfrist hat mir geschrieben«, sagte Colin. »Er verlangt sehr viel Geld. Ich glaube, er ist ein sehr fähiger Mann.«

Colin hatte Kopfschmerzen. Es wäre ihm lieb gewesen, wenn Chick geredet hätte, wenn er irgendwelche beliebigen Geschichten erzählt hätte. Chick starrte zum Fenster hin. Plötzlich sprang er auf, zog einen Zollstock aus der Tasche und maß den Fensterrahmen.

»Hier scheint sich etwas zu verändern«, sagte er.

»Wieso?« fragte Colin gleichgültig.

»Das Fenster wird kleiner«, sagte Chick, »und das Zimmer auch ...«

»Wie stellst du dir das vor?« fragte Colin. »Das ist doch Unsinn.«

Chick antwortete nicht. Er nahm Notizbuch und Bleistift heraus und kritzelte Zahlen auf.

»Hast du Arbeit gefunden?« fragte er.

»Nein ...«, sagte Colin. »Ich muß mich heute nachmittag vorstellen und morgen noch einmal.«

»Was für Arbeit suchst du denn?« fragte Chick.

»Oh, irgendeine«, sagte Colin. »Die Hauptsache ist, daß ich Geld verdiene. Die Blumen kosten sehr viel.«

»Ja«, sagte Chick.

»Und was macht deine Arbeit?« fragte Colin.

»Ich habe mich vertreten lassen, weil ich allerlei zu erledigen hatte ...«, sagte Chick.

»War das möglich?« fragte Colin.

»Ja, es ließ sich einrichten, der Mann wußte einigermaßen Bescheid.«

»Und?« fragte Colin.

»Als ich wieder anfangen wollte, sagte man mir, daß der andere seine Sache sehr gut machte. Man bot mir einen neuen Posten an, aber der war schlecht bezahlt …«

»Dein Onkel wird dir kein Geld mehr geben«, sagte Colin.

Er fragte es nicht einmal. Es war ihm völlig klar.

»Ich kann ihn nicht mehr darum bitten«, sagte Chick. »Er ist tot.«

»Das hast du mir gar nicht erzählt …«

»Es war nicht wichtig …«, murmelte Chick.

Nicolas trug eine fettige Pfanne herein, in der drei schwarze Würste zappelten.

»Man muß sie so essen«, sagte er. »Ich werde nicht mit ihnen fertig. Sie sind außerordentlich widerstandsfähig. Ich habe sie mit Salpetersäure beträufelt, deshalb sehen sie so schwarz aus. Aber es hat nichts genützt.«

Colin gelang es, eine der Würste mit seiner Gabel aufzuspießen, und sie krümmte sich in einer letzten Zuckung.

»Ich habe eine«, sagte er. »Chick, du bist an der Reihe.«

»Ich versuche es«, sagte Chick. »Aber es ist sehr schwierig.«

Ein Fettstrahl ergoß sich über den Tisch.

»Verflucht!« sagte er.

»Macht nichts«, sagte Nicolas. »Das ist gut für das Holz.«

Schließlich gelang es Chick, sich zu bedienen, und Nicolas nahm die dritte Wurst mit in die Küche.

»Ich weiß nicht, was hier vorgeht«, sagte Chick. »War das früher auch so?«

»Nein«, gab Colin zu. »Alles verändert sich. Ich kann nichts dagegen tun. Es ist wie die Lepra. Seit ich keine Dublonen mehr habe …«

»Hast du überhaupt keine mehr?« fragte Chick.

»Fast keine …«, erwiderte Colin. »Ich habe den Aufenthalt im Gebirge und die Blumen im voraus bezahlt, weil ich alles darauf verwenden möchte, um Chloé gesund zu machen. Aber sonst steht es sehr schlecht …«

Chick hatte seine Wurst verzehrt.

»Komm, ich zeige dir den Küchenflur«, sagte Colin.

Zu beiden Seiten des Flurs scheinen die Sonnen matt und fahl durch die Scheiben; sie waren mit schwarzen Flecken übersät und leuchteten nur in der Mitte ein wenig heller. Einigen dünnen Strahlenbündeln gelang es, in den Flur vorzustoßen, aber wenn sie die früher so glänzenden Keramikfliesen berührten, verflüssigten sie sich und zogen sich in feuchten Rinnsalen über den Boden. Dumpfer Modergeruch ging von den Wänden aus. Die Maus mit den schwarzen Schnurrhaaren hatte sich in einer Ecke ein erhöhtes Nest gebaut. Sie konnte nun nicht mehr mit den Sonnenstrahlen spielen. Zitternd hockte sie auf ihrem Lager aus winzigen Stoffetzen, und ihre Schnurrhaare klebten durch die Feuchtigkeit aneinander. Eine Zeitlang hatte sie die Kacheln abgekratzt, damit sie wieder glänzten, aber die Arbeit war zu schwer für ihre kleinen Pfoten, und seitdem saß sie nur noch frierend und erschöpft in ihrer Ecke.

»Funktionieren die Heizkörper nicht?« fragte Chick, und er schlug den Jackenkragen hoch.

»Doch«, sagte Colin, »sie heizen den ganzen Tag, aber es nützt nichts. Hier hat es angefangen …«

»Das ist ja schrecklich«, sagte Chick. »Du solltest den Architekten benachrichtigen.«

»Er war schon hier«, sagte Colin. »Und seit der Zeit ist er krank.«

»Oh!« sagte Chick. »Vielleicht wird alles wieder besser werden.«

»Ich glaube nicht«, sagte Colin. »Komm, wir wollen den Nachtisch bei Nicolas essen.«

Sie traten in die Küche. Auch hier hatten sich die Wände zusammengezogen. Nicolas saß an einem weißlackierten Tisch und aß geistesabwesend, während er in ein Buch blickte.

»Hör mal, Nicolas …«, sagte Colin.

»Ich wollte gerade den Nachtisch bringen«, sagte Nicolas.

»Das meinte ich nicht«, sagte Colin. »Wir essen ihn hier. Ich wollte etwas anderes sagen. Nicolas, soll ich dich hinauswerfen?«

»Kein Bedarf«, sagte Nicolas.

»Du mußt das Haus verlassen«, sagte Colin. »Hier geht es dir immer schlechter. Du bist innerhalb von acht Tagen zehn Jahre älter geworden.«

»Sieben Jahre«, berichtigte Nicolas.

»Ich kann das nicht mit ansehen. Es liegt ja nicht an dir, es liegt an der Atmosphäre.«

»Und wie steht es mit dir, macht es dir nichts aus?« fragte Nicolas.

»Das ist etwas anderes«, sagte Colin. »Ich muß dafür sorgen, daß Chloé gesund wird, und sonst ist mir alles gleichgültig. Mich berührt es also gar nicht. Was macht eigentlich dein Klub?«

»Ich gehe kaum noch hin …«, sagte Nicolas.

»Ich kann das nicht mit ansehen«, wiederholte Colin. »Die Familie Ponteauzanne sucht einen Koch, ich habe schon für dich unterzeichnet. Ich wollte dich nur fragen, ob du einverstanden bist.«

»Nein«, sagte Nicolas.

»Nun gut«, sagte Colin. »Du wirst trotzdem hingehen.«

»Du bist gemein«, sagte Nicolas. »Ich komme mir vor wie eine Ratte, die das sinkende Schiff verläßt.«

»Unsinn«, sagte Colin. »Du mußt gehen. Du weißt, daß es mir nicht leichtfällt …«

»Ja, das weiß ich«, sagte Nicolas, und er klappte sein Buch zu und legte den Kopf auf die Arme.

»Du hast keinen Grund, böse zu sein«, sagte Colin.

»Ich bin nicht böse«, knurrte Nicolas.

Er hob den Kopf. Seine Augen waren naß.

»Ich bin ein Idiot«, sagte er.

»Du bist ein feiner Kerl, Nicolas«, sagte Colin.

»Nein«, sagte Nicolas. »Ich möchte mich in eine Quitte verkriechen. Weil sie schön duftet. Und weil ich dann meine Ruhe hätte …«

## XLIV

Colin stieg die dämmerig beleuchtete Treppe hinauf und blieb auf der ersten Etage stehen. Vor ihm hob sich eine schwarze Tür von der kalten Steinwand ab. Er trat ein, ohne zu läuten, füllte einen Zettel aus und reichte ihn dem Pförtner. Dieser leerte den Zettel, rollte ihn zu einer kleinen Kugel und stopfte ihn in den Lauf einer bereitliegenden Pistole. Er zielte sorgfältig auf ein Guckfenster in der Seitenwand und drückte auf den Abzug, wobei er sich mit der linken Hand das rechte Ohr zuhielt. Der Schuß ging los. Bedächtig lud er die Pistole für den nächsten Besucher nach.

Colin wartete, bis ein Klingelzeichen den Pförtner anwies, ihn zum Büro des Direktors zu führen.

Er folgte dem Mann durch einen langen Korridor mit überhöhten Kurven. Die Wände, die auch in den Kurven senkrecht zum Boden standen und sich entsprechend neigten, bildeten Supplementärwinkel, und Colin mußte sehr schnell gehen, um sein Gleichgewicht zu bewahren. Bevor er wußte, wie ihm geschah, fand er sich im Büro des Direktors. Er setzte sich gehorsam auf einen widerspenstigen Sessel, der sich unter seinem Gewicht aufbäumte und erst auf eine befehlende Geste seines Herrn hin stillhielt.

»Nun?« ... fragte der Direktor.

»Ja, da bin ich ...« sagte Colin.

»Was können Sie?« fragte der Direktor.

»Ich habe die Grundbegriffe gelernt ...«, sagte Colin.

»Ich wollte sagen, womit verbringen Sie Ihre Tage?« fragte der Direktor.

»Die hellsten meiner Tage verbringe ich damit, sie zu verdunkeln«, sagte Colin.

»Warum?« fragte der Direktor nun schon ein wenig zurückhaltender.

»Weil mich das Licht stört«, sagte Colin.

»Aha … Hm …«, murmelte der Direktor. »Sie wissen, welcher Posten hier zu besetzen ist?«

»Nein«, sagte Colin.

»Ich auch nicht«, sagte der Direktor. »Ich muß den stellvertretenden Direktor fragen. Aber Sie sind für den Posten offensichtlich nicht geeignet.«

»Warum nicht?« fragte Colin.

»Ich weiß nicht …«, sagte der Direktor.

Er wirkte beunruhigt und schob seinen Stuhl ein wenig zurück.

»Kommen Sie mir nicht nahe?« rief er schnell.

»Aber … ich habe mich doch gar nicht bewegt …«, sagte Colin.

»Ja, ja …«, stammelte der Direktor. »Das sagt man so … Und dann …«

Er beugte sich mißtrauisch über seinen Schreibtisch, ohne Colin aus den Augen zu lassen, nahm den Telefonhörer ab und wählte hastig.

»Hallo!« rief er. »Kommen Sie her, sofort!«

Er legte den Hörer auf und betrachtete Colin argwöhnisch.

»Wie alt sind Sie?« fragte er.

»Einundzwanzig …«, sagte Colin.

»Das dachte ich mir«, murmelte sein Gegenüber.

Es klopfte.

»Herein!« rief der Direktor, und seine Gesichtszüge entspannten sich.

Ein Mann trat ins Büro. Das ständige Einatmen von Papierstaub hatte ihn ausgezehrt, und es war unschwer zu erkennen, daß seine Luftröhre bis zum Munde hin mit Papierbrei gefüllt war. Er trug einen Aktenordner unter dem Arm.

»Sie haben einen Stuhl zerbrochen«, sagte der Direktor.

»Ja«, sagte der stellvertretende Direktor.

Er legte den Aktenordner auf den Tisch.

»Man kann ihn reparieren, sehen Sie …« Er wandte sich Colin zu. »Können Sie Stühle reparieren?«

»Ich glaube«, sagte Colin verwirrt. »Ist es sehr schwierig?«

»Ich habe nicht weniger als drei Töpfe Büroleim verbraucht, ohne es zu schaffen«, versicherte der stellvertretende Direktor.

»Den Leim müssen Sie bezahlen!« sagte der Direktor. »Ich werde ihn von Ihrem Gehalt abziehen.«

»Ich habe ihn schon vom Gehalt meiner Sekretärin abziehen lassen. Machen Sie sich keine Sorgen, Chef«, sagte der stellvertretende Direktor.

»Suchten Sie jemand zum Reparieren der Stühle?« fragte Colin schüchtern.

»Natürlich«, sagte der Direktor.

»Ich weiß nicht mehr genau«, sagte der stellvertretende Direktor. »Aber Sie *können* ganz bestimmt keinen Stuhl reparieren …«

»Warum nicht?« fragte Colin.

»Einfach deshalb, weil Sie es nicht können«, sagte der stellvertretende Direktor.

»Im besonderen, weil diese Stühle nicht zu reparieren sind, und im allgemeinen, weil er nicht so aussieht, als könnte er einen Stuhl reparieren«, sagte der stellvertretende Direktor.

»Aber was hat ein Stuhl eigentlich mit einer Bürotätigkeit zu tun?« fragte Colin.

»Setzen Sie sich vielleicht auf den Boden, wenn Sie arbeiten?« kicherte der Direktor.

»Aber Sie arbeiten ja sicher nicht sehr viel«, fügte der stellvertretende Direktor hinzu.

»Ich will Ihnen einmal etwas sagen: Sie sind ein Nichtstuer!« sagte der Direktor.

»Jawohl, ein Nichtstuer«, stimmte der stellvertretende Direktor zu.

»Wir können auf gar keinen Fall einen Nichtstuer einstellen«, sagte der Direktor.

»Vor allem, wenn wir ihm nichts zu tun geben können …«, sagte der stellvertretende Direktor.

»Das ist unlogisch«, sagte Colin. Er war völlig benommen von ihrem büromäßigen Ton.

»Warum unlogisch?« fragte der Direktor.

»Weil man einem Nichtstuer ja gerade nichts zu tun geben kann«, sagte Colin.

»So ist es«, sagte der stellvertretende Direktor. »Sie wollen wohl den Direktorposten bekommen?«

Der Direktor brach in Gelächter aus.

»Er ist außergewöhnlich!« sagte er.

Seine Miene verfinsterte sich, und er schob seinen Sessel noch weiter zurück.

»Führen Sie ihn hinaus«, sagte er zu dem stellvertretenden Direktor. »Ich weiß schon, warum er gekommen ist … Gehen Sie, sofort! … Hau ab, du Faulenzer!« schrie er.

Der stellvertretende Direktor eilte auf Colin zu, aber dieser hatte bereits den Aktenordner vom Schreibtisch genommen.

»Wenn Sie mich anrühren …«, sagte er.

Er zog sich langsam zur Tür zurück.

»Scher dich weg!« brüllte der Direktor. »Du Satansbraten!«

»Sie sind ein alter Idiot!« sagte Colin, und er drückte die Türklinke herunter.

Er schleuderte den Aktenordner in die Richtung des Schreibtisches und lief auf den Flur. Als er am Eingang ankam, schoß der Pförtner mit der Pistole hinter ihm her; die Kugel schlug ein totenkopfförmiges Loch in die Tür, die sich gerade geschlossen hatte.

# XLV

»Ein schönes Stück, das muß ich zugeben«, sagte der Antiquar und betrachtete Colins Pianocktail von allen Seiten.

»Es ist aus Ahorn«, bemerkte Colin.

»Man sieht's«, sagte der Antiquar. »Funktioniert es gut?«

»Ich verkaufe nur das Beste vom Besten«, sagte Colin.

»Es fällt Ihnen sicher sehr schwer«, sagte der Antiquar, und er bückte sich, um eine kleine Maserung im Holz zu untersuchen.

Er blies einige Staubkörnchen fort, die den Glanz des Möbels verdunkelten.

»Wollen Sie das Pianocktail nicht lieber behalten und durch Arbeit Geld verdienen?«

Colin erinnerte sich an das Büro des Direktors und an den Pistolenschuß des Pförtners, und er verneinte.

»Sobald Sie nichts mehr zu verkaufen haben, müssen Sie auf jeden Fall arbeiten«, sagte der Antiquar.

»Wenn meine Unkosten zu steigen aufhören ...«, sagte Colin und verbesserte sich sogleich: »Wenn meine Unkosten nicht mehr weiter wachsen, dann kann ich von dem Verkauf meiner Sachen leben, ohne zu arbeiten. Nicht gerade gut leben, aber immerhin leben.«

»Mögen Sie Arbeit nicht?« fragte der Antiquar.

»Arbeit ist fürchterlich«, sagte Colin. »Sie erniedrigt den Menschen und macht ihn zu einer Maschine.«

»Und Ihre Unkosten hören nicht auf zu wachsen?« fragte der Antiquar.

»Die Blumen sind sehr teuer, und der Aufenthalt im Gebirge auch ...«, sagte Colin.

»Aber wenn sie wieder gesund wird?« fragte der Antiquar.

»Oh!« sagte Colin. Er lächelte glücklich.

»Das wäre so wunderbar!« murmelte er.

»Es ist immerhin nicht ganz ausgeschlossen«, sagte der Antiquar.

»Nein, natürlich nicht!« sagte Colin.

»Aber es braucht seine Zeit«, sagte der Antiquar.

»Ja«, sagte Colin, »und die Sonne wird immer schwächer ...«

»Das kann sich wieder geben«, sagte der Antiquar aufmunternd.

»Ich glaube nicht«, sagte Colin. »Es sitzt ziemlich tief.«

Sie schwiegen eine Weile.

»Ist es gefüllt?« fragte der Antiquar, indem er auf das Pianocktail deutete.

»Ja«, sagte Colin. »Die Behälter sind voll.«

»Ich spiele ganz gut Klavier, wir könnten es ja einmal ausprobieren.«

»Wie Sie wünschen«, sagte Colin.

»Ich hole mir einen Schemel.«

Colin hatte sein Pianocktail zu dem Antiquar transportieren lassen, und es stand nun in der Mitte des Ladens. Ringsherum waren merkwürdige alte Gegenstände aufgestellt, Sessel, Stühle, Tischchen und andere Möbelstücke. Es war dämmerig im Laden, und es roch nach Ziegellack und blauen Spirillen. Der Händler zog einen eisenbeschlagenen Holzschemel heran und setzte sich an das Klavier. Er hatte die Tür verriegelt, so daß niemand sie stören konnte.

»Kennen Sie etwas von Duke Ellington?« fragte Colin.

»Ja«, sagte der Antiquar. »Ich werde den *Blues of the Vagabond* spielen.«

»Wie soll ich einstellen?« fragte Colin. »Spielen Sie drei Chorusse?«

»Ja«, sagte der Antiquar.

»Gut«, sagte Colin. »Das ergibt insgesamt einen halben Liter. Einverstanden?«

»Vollkommen«, sagte der Händler, und er begann zu spielen.

Er hatte einen außerordentlich leichten Anschlag, und die Noten schwebten dahin wie die perligen Klarinettentöne von Barney Bigard in der Version Duke Ellingtons.

Colin setzte sich auf den Boden und lehnte sich mit dem Rücken an das Pianocktail. Während er lauschte, rollten große, sanfte, elliptische Tränen über seine Wangen, tropften auf den Anzug und verschwanden im Staub. Die Musik durchdrang ihn und kam gefiltert wieder hervor, und die Melodie ähnelte nun eher *Chloé* als dem *Blues of the Vagabond*. Der Antiquar summte eine zweite Stimme von ergreifender Schlichtheit dazu und wiegte den Kopf wie eine Klapperschlange. Nach den drei Chorussen hielt er inne. Colin blieb sitzen. Er war von Herzen glücklich, und er fühlte sich in die Zeit versetzt, da Chloé noch gesund war.

»Was muß ich jetzt tun?« fragte der Antiquar.

Colin stand auf und öffnete die kleine Klappe. Sie griffen zu den beiden Gläsern, die eine buntschillernde Flüssigkeit enthielten. Der Antiquar trank einen Schluck und schnalzte mit der Zunge.

»Es schmeckt genau wie ein Blues«, sagte der. »Genau wie dieser spezielle Blues. Ihre Erfindung ist wirklich genial, wissen Sie ...«

»Ja«, sagte Colin. »Es hat immer gut funktioniert.«

»Sie können sicher sein, daß ich Ihnen einen guten Preis dafür zahle«, sagte der Antiquar.

»Das wäre mir lieb«, sagte Colin. »Im Augenblick geht es mir ziemlich schlecht.«

»So ist das Leben«, sagte der Antiquar. »Es geht den Leuten nicht immer gleich gut.«

»Aber es sollte ihnen auch nicht immer gleich schlecht gehen«, sagte Colin. Man erinnert sich doch am besten an die guten Zeiten. Wozu gibt es dann überhaupt schlechte?«

»Soll ich einmal *Misty Morning* spielen?« fragte der Antiquar. »Wird das gut?«

»Ja«, sagte Colin. »Das wird fabelhaft. Die Melodie ergibt einen perlgrau-minzgrünen Cocktail mit Pfeffer- und Rauchgeschmack.«

Der Antiquar setzte sich wieder ans Klavier und spielte *Misty Morning*. Sie tranken den Cocktail. Er spielte *Blue Bubbles*, aber dann mußte er aufhören, denn er schlug bereits zwei Noten auf einmal an, und Colin hörte gleichzeitig vier verschiedene Melodien. Colin schloß behutsam den Klavierdeckel.

»Wollen wir nun das Geschäftliche besprechen?« fragte der Antiquar.

»Tja ...«, sagte Colin.

»Ihr Pianocktail ist eine tolle Sache«, sagte der Antiquar. »Ich biete Ihnen dreitausend Dublonen.«

»Nein«, sagte Colin, »das ist zuviel.«

»Ich bestehe darauf«, sagte der Antiquar.

»Aber das ist doch Unsinn«, sagte Colin. »Kommt gar nicht in Frage. Zweitausend, wenn Sie wollen.«

»Nein«, sagte der Antiquar. »Nehmen Sie das Pianocktail wieder mit. Ich will es nicht haben.«

»Ich kann es Ihnen doch nicht für dreitausend verkaufen. Das wäre Betrug!« sagte Colin.

»Aber nein«, sagte der Antiquar. »Ich kann es in einer Minute für viertauend weiterverkaufen.«

»Sie wissen ganz genau, daß Sie es behalten werden«, sagte Colin.

»Allerdings«, sagte der Antiquar. »Hören Sie, teilen wir uns den Braten: zweitausendfünfhundert Dublonen.«

»Gut, einverstanden«, sagte Colin. »Aber was machen wir mit den beiden Hälften dieses verdammten Bratens?«

»Hier ...«, sagte der Antiquar.

Colin nahm das Geld entgegen und verstaute es sorgfältig in seiner Brieftasche. Er schwankte ein wenig.

»Ich kann nicht mehr gerade stehen«, sagte er.

»Natürlich«, sagte der Antiquar. »Wollen Sie ab und zu mal einen Schluck bei mir hören?«

»Gern«, sagte Colin. »Aber jetzt muß ich gehen, sonst schimpft Nicolas.«

»Ich begleite Sie ein Stück«, sagte der Antiquar. »Ich muß sowieso etwas besorgen.«

»Sehr freundlich von Ihnen«, sagte Colin.

Sie machten sich auf den Weg. Der blaugrüne Himmel hing beinahe bis auf das Pflaster herab, und große weiße Flecken bezeichneten die Stellen, wo Wolken zerplatzt waren.

»Es hat ein Gewitter gegeben«, sagte der Antiquar.

Sie gingen ein paar Meter weiter, bis Colins Begleiter vor einem Geschäft stehenblieb. »Warten Sie einen Augenblick«, sagte er. »Ich komme sofort wieder.«

Er trat in das Geschäft. Durch die Schaufensterscheibe beobachtete Colin, wie er einen Gegenstand aussuchte, ihn eingehend gegen das Licht betrachtete und in die Tasche steckte.

»So«, sagte er und schloß die Tür hinter sich.

»Was war das?« fragte Colin.

»Eine Wasserwaage«, erwiderte der Antiquar. »Wenn ich Sie nach Hause gebracht habe, möchte ich mein ganzes Repertoire spielen, und hinterher muß ich noch ausgehen.«

## XLVI

Nicolas sah in seinen Backofen. Er kniete mit einem Schüreisen und einer Lötlampe davor und untersuchte das Innere. Der Ofen verengte sich nach oben hin, und die Bleche waren weich wie dünne Käsescheiben. Er hörte Colins Schritte im Flur und richtete sich auf. Er war müde. Colin machte die Tür auf und trat ein. Er sah zufrieden aus.

»Nun« fragte Nicolas. »Wie war's?«

»Ich hab es verkauft«, sagte Colin. »Zweitausendfünfhundert ...«

»Dublonen?« fragte Nicolas.

»Ja«, sagte Colin.

»Mehr als ich dachte!«

»Ich hatte auch nicht damit gerechnet! Hast du deinen Ofen nachgesehen?«

»Ja«, sagte Nicolas. »Er ist dabei, sich in einen Holzkohleofen zu verwandeln, und ich möchte zum Teufel noch mal wissen, wie das kommt ...«

»Sehr merkwürdig«, sagte Colin, »aber nicht merkwürdiger als alles andere. Hast du den Flur gesehen?«

»Ja, da steht es schlecht ...«

»Ich sage dir noch einmal, daß ich dich nicht länger hier sehen will!«

»Ein Brief ist gekommen«, bemerkte Nicolas.

»Von Chloé?«

»Ja«, sagte Nicolas. »Da auf dem Tisch ...«

Als Colin den Umschlag aufriß, vernahm er Chloés sanfte Stimme, und er brauchte ihr nur zuzuhören, um den Brief zu lesen. Folgendes stand darin:

»Mein geliebter Colin, es geht mir gut, das Wetter ist schön. Das einzig Unangenehme sind die Schneemaulwürfe, das sind kleine Tiere, die zwischen Erde und Schnee herumkriechen, sie haben ein orangefarbenes Fell und stoßen nachts laute Schreie aus. Sie wühlen große Schneehügel auf, und man fällt darüber. Hier ist viel Sonne, und ich komme bald wieder.«

»Gute Nachricht«, sagte Colin. »Also, du gehst zu den Ponteauzanne.«

»Nein«, sagte Nicolas.

»Doch«, sagte Colin. »Sie brauchen einen Koch, und ich will nicht, daß du hierbleibst ... Du alterst zu schnell, und ich habe dir schon einmal erklärt, daß ich für dich unterschrieben habe.«

»Und die Maus?« fragte Nicolas. »Wer wird ihr zu essen geben?«

»Ich werde für sie sorgen«, sagte Colin.

»Das ist unmöglich«, sagte Nicolas. »Und außerdem bin ich dann nicht mehr auf dem laufenden.«

»Aber ja«, sagte Colin. »Die Atmosphäre hier bedrückt dich ... Ihr könnt es alle nicht aushalten.«

»Das behauptest du immer«, sagte Nicolas, »und es erklärt gar nichts.«

»Davon ist jetzt auch nicht die Rede«, sagte Colin.

Nicolas stand auf und reckte sich. Er sah traurig aus.

»Du kochst nichts mehr nach Gouffé«, sagte Colin. »Du vernachlässigst die Küche, du läßt dich gehen.«

»Das ist nicht wahr«, protestierte Nicolas.

»Laß mich ausreden«, sagte Colin. »Du ziehst dich sonntags nicht mehr um, und du rasierst dich nicht mehr jeden Tag.«

»Das ist kein Verbrechen«, sagte Nicolas.

»Es ist ein Verbrechen«, erwiderte Colin. »Ich kann dir nicht soviel bezahlen, wie du wert bist. Aber im Augenblick sinkt dein Wert, und die Schuld daran liegt auch bei mir.«

»Das stimmt nicht«, sagte Nicolas. »Es ist nicht deine Schuld, wenn du Pech hast.«

»Doch«, sagte Colin. »Weil ich geheiratet habe und weil ...«

»Unsinn«, sagte Nicolas. »Wer soll denn kochen?«

»Ich«, sagte Colin.

»Aber du mußt doch arbeiten! Du wirst gar keine Zeit dazu haben.«

»Ich werde nicht arbeiten. Schließlich habe ich mein Pianocktail für zweitausendfünfhundert Dublonen verkauft!«

»Das wird nicht reichen ...«, sagte Nicolas.

»Du gehst zu den Ponteauzanne«, sagte Colin.

»Oh, du machst mich verrückt«, sagte Nicolas.

»Also gut, ich gehe. Aber es ist nicht nett von dir.«

»Du wirst dann deine guten Manieren wieder annehmen.«

»Aber du hast doch über meine guten Manieren immer geschimpft ...«

»Ja«, sagte Colin, »bei mir lohnte es nicht.«

»Du machst mich verrückt«, sagte Nicolas. »Du machst mich verrückt und du machst mich verrückt.«

# XLVII

Es klopfte, und Colin eilte zur Wohnungstür. In einem seiner Pantoffeln war ein großes Loch, und er verbarg seinen Fuß unter dem Teppich.

»Sie wohnen aber hoch!« sagte Frißtfrist, als er eintrat. Er stieß einen tiefen Seufzer aus.

»Guten Tag, Doktor«, sagte Colin errötend, denn er mußte nun seinen Fuß hervorziehen.

»Sie sind umgezogen«, sagte der Professor. »Früher war es nicht so weit.«

»Aber nein«, sagte Colin. »Es ist die gleiche Wohnung.«

»Aber nein«, sagte der Professor. »Wenn Sie einen Scherz machen, sollten Sie ernst bleiben und geistreiche Antworten geben.«

»Ja? …« sagte Colin. »Gewiß.«

»Wie geht es der Patientin?« fragte der Professor.

»Besser«, sagte Colin. »Sie sieht nicht mehr so schlecht aus und sie hat keine Schmerzen mehr.«

»Hm …«, sagte der Professor. »Das ist seltsam.«

Er ging Colin voran in Chloés Zimmer und zog den Kopf ein, um sich nicht am Türrahmen zu stoßen, aber gerade in diesem Augenblick krümmte sich der Rahmen, und der Professor fluchte fürchterlich. Chloé, die den Professor hereintaumeln sah, lachte hell auf in ihrem Bett.

Das Zimmer war ziemlich klein geworden. Der Teppich hatte sich hier im Gegensatz zu den anderen verdichtet, und das Bett stand jetzt in einem schmalen Alkoven mit Satinvorhängen. Die große Glaswand war in vier quadratische Fensterchen unterteilt, doch die steinernen Laibungen wuchsen nicht mehr weiter. Ein grauschimmerndes, aber reines Licht erfüllte das Zimmer. Es war sehr warm.

»Sie behaupten immer noch, daß Sie nicht umgezogen sind, wie?« fragte Frißtfrist.

»Ich schwöre Ihnen, Doktor …«, begann Colin.

Er hielt inne, denn der Professor blickte ihn mißtrauisch an. »Ich habe nur gescherzt!« schloß er lachend.

Frißtfrist trat an das Bett.

»Machen Sie sich bitte frei«, sagte er. »Ich werde Sie abhören.«

Chloé öffnete ihren wolligen Morgenmantel.

»Aha!« sagte Frißtfrist. »Sie sind operiert worden.«

»Ja …«, erwiderte Cloé.

Unter ihrer rechten Brust war eine winzige kreisrunde Narbe zu erkennen.

»Hat man sie da herausgezogen, als sie abgestorben war?« fragte der Arzt. »War sie groß?«

»Einen Meter lang, glaube ich«, sagte Chloé. »Mit einer großen Blüte von zwanzig Zentimetern.«

»Ekelhaftes Ding …«, murmelte der Professor. »Sie hatten wirklich Pech. In der Größe treten sie selten auf.«

»Die anderen Blumen haben sie getötet«, sagte Chloé. »Vor allem eine Vanilleblüte, die man mir zum Schluß gebracht hat.«

»Seltsam«, sagte der Professor. »Ich hätte nie geglaubt, daß Vanille wirksam ist. Ich dachte eher an Wacholder oder Akazien. Wissen Sie, Medizin ist ein ewiges Rätselraten.«

»Das kann ich mir vorstellen«, sagte Chloé.

Der Professor hörte sie ab und richtete sich wieder auf.

»In Ordnung«, sagte er. »Es hat natürlich Spuren hinterlassen …«

»Ja?« fragte Chloé.

»Ja«, sagte der Professor. »Eine Ihrer Lungen ist nun völlig oder beinahe völlig stillgelegt.«

»Das macht mir nichts aus«, sagte Chloé. »Die andere ist ja gesund …«

»Wenn der andere Lungenflügel angegriffen wird, steht es schlecht für Ihren Mann.«

»Nicht für mich?« fragte Chloé.

»Für Sie nicht mehr«, sagte der Professor. »Ich will Sie nicht unnötig ängstigen, aber nehmen Sie sich in acht!«

»Ich nehme mich in acht«, sagte Chloé.

Ihre Augen weiteten sich. Sie strich sich mit zitternder Hand die Haare aus der Stirn.

»Was kann ich denn tun, damit die andere Lunge gesund bleibt?« fragte sie, den Tränen nahe.

»Sorgen Sie sich nicht, mein Kind«, sagte der Professor. »Ich wüßte nicht, warum die andere angegriffen werden sollte.«

Er sah sich um.

»Ihre frühere Wohnung gefiel mir besser. Sie wirkte gesünder.«

»Ja«, sagte Colin. »Aber es ist nicht unsere Schuld ...«

»Was treiben Sie eigentlich?« fragte der Professor.

»Ich lerne alles mögliche«, sagte Colin. »Und ich liebe Chloé.«

»Bringt Ihnen Ihre Arbeit nichts ein?«

»Nein«, sagte Colin. »Ich tue keine Arbeit im üblichen Sinne.«

»Arbeit ist etwas Scheußliches, ich weiß wohl«, murmelte der Professor. »Aber man verdient natürlich nichts mit dem, was man gern tut, denn ...«

Er unterbrach sich.

»Sie haben mir letztes Mal einen Apparat gezeigt, der erstaunliche Sachen hervorbrachte. Haben Sie ihn zufällig noch?«

»Nein«, sagte Colin. »Ich habe ihn verkauft. Aber ich kann Ihnen trotzdem ein Getränk anbieten ...«

Frißtfrist steckte die Finger in den Kragen seines gelben Hemdes und kratzte sich am Hals.

»Ich folge Ihnen. Auf Wiedersehen, junge Dame«, sagte er.

»Auf Wiedersehen, Herr Doktor«, sagte Chloé.

Sie schmiegte sich ganz tief in die Kissen und zog die Bettdecke bis zum Hals. Ihr Gesicht hob sich hell und zart von den lavendelblauen, purpurn eingefaßten Laken ab.

## XLVIII

Chick ging durch die Kontrolle und steckte seine Steckkarte in den Apparat. Wie gewöhnlich stolperte er in dem Gang, der zu den Maschinenhallen führte, über die Schwelle der Stahltür, und eine schwarze Rauchwolke schlug ihm entgegen. Von weit her drangen Geräusche an sein Ohr: das dumpfe Dröhnen der Turbinengeneratoren, das Quietschen der Laufkräne auf ihren Schienengerüsten, das Heulen des Heißwindes, der an den Schutzplatten des Blechdachs rüttelte. Der Gang war düster; alle sechs Meter leuchtete eine rötliche Glühbirne, deren dämmriger Schein die glatten Gegenstände träge umfloß und sich in den Unebenheiten der Wände und des Bodens sammelte. Das Wellblech unter Chicks Füßen war heiß. An einigen Stellen war es aufgeplatzt, und Chick sah durch die Löcher in den feuerroten Schlund der Schachtöfen tief unten. Über ihm floß das Wasser gurgelnd durch dicke graurot gestrichene Röhren; nach jedem Schlag des mechanischen Herzens, das die Heizer unter Druck setzten, erzitterten die Wände und bogen sich leicht vor. Bei einem stärkeren Pulsschlag lösten sich bisweilen die kleinen Tropfen, die sich an der Wand gebildet hatten, und Chick schauderte zusammen, als ihm ein Tröpfchen auf den Hals fiel. Das Wasser war trüb und roch nach Ozon. Ganz am Ende machte der Gang eine Wendung, und Chick blickte nun durch vergitterte Öffnungen im Boden in die Maschinenhallen.

Vor jeder der mächtigen Maschinen focht ein Mann einen erbitterten Kampf, um nicht von dem gierigen Triebwerk zerstückelt zu werden. Alle Arbeiter waren mit dem rechten Fuß an einen Eisenring gekettet, der nur zweimal täglich geöffnet wurde: mittags und abends. Sie fingen die

Metallstücke auf, die rasselnd durch enge Trichter oben aus den Maschinen kamen. Wenn das Metall nicht rechtzeitig aufgefangen wurde, fiel es sogleich in den gähnenden Schlund zurück, wo es wieder verschmolz.

Es gab Maschinen in allen Größen. Chick war mit ihrem Anblick wohl vertraut. Sein Arbeitsplatz lag am Ende einer Maschinenhalle. Er mußte den Gang der Maschinen überwachen und den Arbeitern Anweisungen für die Reparatur erteilen, wenn eine Maschine ihnen ein Stück Fleisch ausgerissen hatte und daraufhin stehengeblieben war.

Für die Luftreinigung sorgten lange Benzinstrahlen, die quer durch die Hallen führten. Sie schillerten an manchen Stellen und zogen den weißen Öldampf und die Metallstäubchen an, die in dünnen geraden Säulen über den Maschinen emporstiegen. Chick hob den Kopf. Die Wasserrohre folgten ihm immer noch. Er erreichte den Schrägaufzug, trat in die Kabine und schloß die Tür hinter sich. Er zog ein Buch von Partre aus der Tasche, drückte auf den Knopf des Aufzugs und vertiefte sich in die Lektüre.

Der dumpfe Aufschlag des Aufzugs auf den metallenen Prellbock schreckte ihn hoch. Er stieg aus und ging zu seinem Büro, einem schwach erleuchteten Glaskasten, von dem aus er die Halle überwachen konnte. Er setzte sich, schlug sein Buch wieder auf und fuhr mit der Lektüre fort, umgeben von dem einschläfernden Rauschen des Wassers und dem Stampfen der Maschinen.

Ein Mißton im allgemeinen Lärm ließ ihn plötzlich aufblicken. Er suchte den Ursprung dieses verdächtigen Geräuschs. Einer der Benzinstrahlen war in der Mitte der Halle hängengeblieben und verharrte wie abgeschnitten in der Luft. Die vier Maschinen, die er bedient hatte, bäumten sich auf. Chick sah, wie sie schwankten und wie vor jeder Maschine eine Gestalt zu Boden sank. Er warf sein Buch hin und stürzte nach draußen. Er lief zu dem Schaltbrett der Strahler und drückte hastig einen Hebel nieder. Der abgerissene Strahl blieb unbeweglich stehen wie ein Sensenblatt, und der Dampf der vier Maschinen wirbelte in die Höhe. Chick eilte zu den Maschinen, die nur langsam zum Stillstand kamen. Die Arbeiter lagen am Boden. Ihre rechten Beine waren durch die Eisenringe zu bizarren Winkeln gekrümmt, und ihre rechten Hände waren am Handgelenk abgetrennt. Das Blut kochte, wo es die Stahlkette berührte, und verbreitete einen ekelhaften Geruch nach lebendig verbrannten Tieren.

Chick öffnete mit einem Schlüssel die Eisenringe und legte die Leichen vor den Maschinen nieder. Er lief in sein Büro zurück und bestellte telefonisch die Sanitäter. Dann ging er wieder zu dem Schaltbrett und versuchte, die Strahlen in Gang zu bringen. Nichts geschah. Das Benzin strahlte aus, aber wenn es bei der vierten Maschine war, verflüchtigte es sich plötzlich, und man sah nur die Schnittfläche des Strahls, so glatt und sauber, als sei sie durch einen Axthieb abgetrennt.

Ärgerlich stopfte Chick sein Buch in die Tasche und begab sich zum Hauptbüro. Als er die Halle verließ, mußte er beiseitetreten, um die Sanitäter vorbeizulassen, die die vier Leichen auf eine kleine elektrische Lore geladen hatten und sie zur Sammelstelle brachten.

Er folgte ihnen durch einen Gang. Weit vor ihm rollte leise schnurrend das Wägelchen, das ab und zu weiße Funken sprühte. An der sehr niedrigen Decke prallte der Lärm seiner Schritte auf dem Metallboden ab. Der Boden stieg leicht an. Um ins Hauptbüro zu gelangen, mußte Chick an drei weiteren Maschinenballen vorbei, und er ging zerstreut seines Wegs. Er gelangte schließlich am Verwaltungsgebäude an und trat in das Büro des Personalchefs ein.

»Ein Unfall an den Nummern siebenhundertneun, zehn, elf und zwölf«, sagte er zu der Sekretärin hinter dem

Schalter. »Vier Arbeiter zu ersetzen und die Maschinen wahrscheinlich unbrauchbar. Kann ich den Personalchef sprechen?«

Die Sekretärin drückte einige rote Knöpfe auf ihrem Schaltbrett aus poliertem Mahagoni.

»Gehen Sie hinein, er erwartet Sie«, sagte sie.

Chick trat ein und setzte sich. Der Personalchef blickte ihn fragend an.

»Ich brauche vier Leute«, sagte Chick.

»Gut«, sagte der Personalchef. »Sie bekommen sie morgen.«

»Einer der Reinigungsstrahlen funktioniert nicht mehr«, fügte Chick hinzu.

»Das betrifft mich nicht«, sagte der Personalchef. »Gehen Sie eine Tür weiter.«

Chick verließ das Büro und brachte dieselben Formalitäten hinter sich, bis er zu dem Chef der Materialabteilung vordrang.

»Einer der Reinigungsstrahlen von Siebenhundert funktioniert nicht mehr«, sagte er.

»Überhaupt nicht mehr?«

»Er läuft nicht ganz durch«, sagte Chick.

»Konnten Sie ihn nicht wieder in Gang bringen?«

»Nein«, sagte Chick. »Nichts zu machen.«

»Ich werde Ihre Halle überprüfen«, sagte der Chef der Materialverwaltung.

»Meine Produktion sinkt«, sagte Chick. »Beeilen Sie sich.«

»Das betrifft mich nicht«, sagte der Chef der Materialabteilung. »Wenden Sie sich an den Chef der Produktion.«

Chick begab sich in das Nachbargebäude und meldete sich beim Chef der Produktion. Dessen Büro war grell erleuchtet, und an der Wand hinter dem Schreibtisch war eine große Tafel aus Mattglas angebracht, auf der sich das Ende einer roten Linie ganz langsam nach rechts schlängelte, wie eine Raupe zum Rand eines Blattes kriecht. Unter der Tafel drehten sich noch langsamer die Zeiger großer roter Meßgeräte mit verchromten Glasdeckeln.

»Ihre Produktion sinkt um 0,7 Prozent«, sagte der Chef. »Was ist bei Ihnen los?«

»Vier Maschinen ausgefallen«, sagte Chick.

»Bei 0,8 Prozent sind Sie entlassen«, sagte der Chef der Produktion.

Er drehte sich auf seinem verchromten Sessel und blickte auf das Meßgerät.

»0,78«, sagte er. »An Ihrer Stelle würde ich mich schon einmal vorbereiten.«

»Das passiert mir zum erstenmal«, sagte Chick.

»Tut mir leid«, sagte der Chef der Produktion. »Vielleicht kann man Sie in eine andere Abteilung versetzen …«

»Ich lege keinen Wert darauf«, sagte Chick. »Ich lege keinen Wert auf Arbeit. Ich hasse Arbeit.«

»Niemand hat das Recht, so zu reden«, sagte der Chef der Produktion. »Sie sind entlassen.«

»Es war nicht meine Schuld«, sagte Chick. »Wo bleibt die Gerechtigkeit?«

»Nie davon gehört«, sagte der Chef der Produktion. »Im übrigen habe ich zu arbeiten.«

Chick verließ das Büro. Er ging zurück zum Personalchef.

»Kann ich mein Geld bekommen?« fragte er.

»Welche Nummer?« fragte der Personalchef.

»Halle 700. Ingenieur.«

»Gut.«

Er wandte sich zu seiner Sekretärin und sagte:

»Veranlassen Sie das Nötige.«

Dann sprach er in den internen Funksprechapparat.

»Hallo! Einen Ersatzingenieur vom Typ 5 für Halle 700!«

»So, bitte«, sagte die Sekretärin und händigte Chick einen Umschlag aus. »Hier sind Ihre hundertzehn Dublonen.«

»Danke«, sagte Chick und ging.

Unterwegs begegnete er dem Ingenieur, der ihn ersetzen sollte, einem mageren jungen Mann mit blonden Haaren und müdem Gesichtsausdruck. Er wandte sich zu dem nächsten Aufzug und trat in die Kabine.

## XLIX

»Herein!« rief der Schallplattendrechsler.

Er blickte zur Tür. Es war Chick.

»Guten Tag«, sagte Chick. »Ich komme wegen der Aufnahmen, die ich Ihnen kürzlich gebracht habe.«

»Ich fasse zusammen«, sagte der Schallplattendrechsler. »Dreißig Plattenseiten, Einrichtung des Geräts, Schneiden von zwanzig numerierten Exemplaren mit Storchschnabel, jeweils auf beiden Seiten, macht insgesamt einhundertacht Dublonen. Ich lasse Ihnen die Platten zu hundertfünf.«

»Gut«, sagte Chick. »Ich habe hier einen Scheck über hundertzehn Dublonen, ich indossiere ihn, und Sie geben mir fünf Dublonen heraus.

»Einverstanden«, sagte der Schallplattendrechsler.

Er öffnete seine Schublade und reichte Chick einen nagelneuen 5-Dublonenschein.

Chicks Augen erloschen in seinem Gesicht.

# L

Isis stieg aus. Nicolas saß am Steuer. Er blickte auf die Uhr und folgte Isis mit den Augen, während sie das Haus von Colin und Chloé betrat. Er trug eine neue Uniform aus weißem Gabardin und eine weiße Ledermütze. Er sah jünger aus, aber sein unruhiger Gesichtsausdruck zeugte von tiefer innerer Verwirrung.

Die Treppe wurde auf Colins Etage ganz plötzlich enger, und Isis konnte gleichzeitig das Geländer und die kalte Wand berühren, ohne die Arme auszustrecken. Der Läufer bestand nur noch aus leichtem Flaum, der kaum die Stufen bedeckte. Isis blieb vor Colins Tür stehen, seufzte leise und klingelte dann.

Niemand öffnete. Es war völlig still im Treppenhaus, nur bisweilen vernahm Isis ein feines Knacken und ein feucht spritzendes Geräusch, wenn sich eine Stufe ausdehnte.

Isis klingelte noch einmal. Sie hörte wie der Stahlklöppel auf der anderen Seite der Tür gegen das Metall hämmerte. Sie rüttelte an der Tür, die plötzlich nachgab.

Sie trat ein und stolperte über Colin. Er lag flach auf dem Boden, mit zur Seite gedrehtem Gesicht, die Arme nach vorn gestreckt. Seine Augen waren geschlossen. Es war dunkel im Flur. Um das Fenster herum ließ sich ein heller Schimmer erahnen, der nicht durchdringen konnte. Colin atmete gleichmäßig. Er schlief.

Isis beugte sich nieder, kniete sich neben ihn und streichelte seine Wange. Seine Haut erzitterte leicht, und unter den Lidern begannen sich seine Pupillen zu regen. Er sah Isis an und schien wieder einzuschlafen. Isis schüttelte ihn behutsam. Er richtete sich auf, fuhr mit der Hand zum Mund und sagte:

»Ich habe geschlafen.«

»Ja«, sagte Isis. »Schläfst du nicht mehr in deinem Bett?«

»Nein«, sagte Colin. »Ich wollte hier auf den Arzt warten und Blumen holen.«

Er sah völlig verstört aus.

»Was ist denn los?« fragte Isis.

»Chloé«, sagte Colin. »Sie hustet wieder.

»Das ist sicher nur noch eine leichte Reizung«, sagte Isis.

»Nein«, sagte Colin. »Es ist die andere Lunge.«

Isis sprang auf und lief zu Chloés Zimmer. Unter ihren Füßen spritzte das Wasser aus dem Fußboden. Sie erkannte das Zimmer nicht wieder, Chloé lag im Bett, sie hatte das Gesicht halb im Kopfkissen verborgen und hustete, geräuschlos, aber ununterbrochen. Als sie Isis kommen hörte, richtete sie sich auf und schöpfte Atem. Sie lächelte Isis schwach entgegen. Isis setzte sich auf das Bett und nahm sie in die Arme wie ein krankes Baby.

»Nicht husten, Chloé«, murmelte Isis.

»Du hast aber da eine schöne Blume«, sagte Chloé leise, und sie roch an der großen roten Nelke in Isis' Haar. »Das tut gut«, fügte sie hinzu.

»Bist du wieder krank?« fragte Isis.

»Ich glaube, es ist die linke Lunge«, sagte Chloé.

»Aber nein«, sagte Isis, »die rechte ist sicherlich noch ein wenig gereizt, und deshalb mußt du husten.«

»Nein«, sagte Chloé. »Wo ist Colin? Holt er mir Blumen?«

»Er wird gleich kommen, ich bin ihm begegnet. Hat er Geld?«

»Ja, er hat noch etwas«, sagte Chloé. »Aber es hilft ja doch nicht mehr, man kann nichts machen!«

»Hast du Schmerzen?« fragte Isis.

»Ja«, sagte Chloé. »Aber es ist nicht sehr schlimm. Das Zimmer hat sich verändert.«

»Mir gefällt es so besser«, sagte Isis. »Früher war es zu groß.«

»Wie sehen die anderen Zimmer aus?« fragte Chloé.

»Oh, gut«, sagte Isis ausweichend.

Sie dachte an den Fußboden, der so feucht war wie ein Sumpf.

»Es macht mir nichts, daß sich alles verändert«, sagte Chloé. »Solange es warm und gemütlich bleibt.«

»Natürlich«, sagte Isis. »Eine kleinere Wohnung ist viel netter.«

»Die Maus leistet mir Gesellschaft«, sagte Chloé. »Siehst du, sie sitzt da unten in der Ecke. Ich weiß nicht, was sie da macht. Sie wollte nicht mehr in den Flur ...«

»Ja«, sagte Isis.

»Gib mir noch einmal die Nelke«, sagte Chloé. »Das tut so gut.«

Isis nahm die Nelke aus dem Haar und gab sie Chloé, die die Blüte an ihre Lippen führte und tief einatmete.

»Wie geht es Nicolas?« fragte sie.

»Gut«, sagte Isis. »Aber er ist nicht mehr so hastig wie früher. Wenn ich wiederkomme, bringe ich dir neue Blumen mit.«

»Ich mochte Nicolas gern«, sagte Chloé. »Wirst du ihn heiraten?«

»Ich kann es nicht«, murmelte Isis. »Ich entspreche nicht seinem Rang ...«

»Das macht doch nichts«, sagte Chloé. »Wenn er dich liebt ...«

»Meine Eltern wagen nicht, mit ihm darüber zu sprechen«, sagte Isis. »Oh!«

Die Nelke verlor plötzlich ihre Farbe, fiel zusammen und verdorrte. Ein feiner Staub senkte sich auf Chloés Brust.

»Oh«, sagte nun auch Chloé, »ich muß wieder husten. Hast du gesehen?«

Sie unterbrach sich, um die Hand vor den Mund zu halten. Ein heftiger Hustenanfall schüttelte sie.

»Diese … dieses Ding in mir … tötet sie alle«, stammelte sie.

»Sprich nicht«, sagte Isis. »Es hat gar keine Bedeutung. Colin wird neue Blumen bringen.«

Das Licht war in der Mitte des Zimmers blau und in den Winkeln beinahe grün. Noch zeigten sich keine Spuren von Feuchtigkeit, und der Teppich war immer noch ziemlich dicht, aber eines der vier quadratischen Fenster begann sich nun völlig zu schließen.

Isis hörte das feucht spritzende Geräusch von Colins Schritten im Flur.

»Da kommt er«, sagte sie. »Er bringt sicher neue Blumen mit.«

Colin trat ein. Er hielt einen Fliederstrauß im Arm.

»Hier, Chloé, mein Liebling«, sagte er. »Blumen für dich!«

Sie streckte die Hände aus.

»Du bist so lieb, Colin«, sagte sie.

Sie legte den Strauß auf das zweite Kopfkissen, wandte sich zur Seite und begrub ihr Gesicht in den süß duftenden Blumen.

Isis erhob sich.

»Willst du schon gehen?« fragte Colin.

»Ja«, sagte Isis. »Man erwartet mich. Ich werde mit Blumen wiederkommen.«

»Es wäre sehr nett, wenn du Chloé morgen besuchtest«, sagte Colin. »Ich muß auf Arbeitssuche gehen, und ich will sie nicht ganz allein lassen, bevor ich mit dem Arzt gesprochen habe.«

»Ich werde kommen«, sagte Isis.

Sie beugte sich vorsichtig über Chloé und küßte ihre zarte Wange. Chloé hob die Hand und streichelte Isis' Gesicht, aber sie wandte den Kopf nicht. Sie atmete gierig den Duft der Fliederblüten ein, der um ihr seidiges Haar herum seine langsamen Spiralen zog.

# LI

Colin kam nur mühsam vorwärts. Die Straße wandt sich zwischen schräg abfallenden Erdhügeln mit Glaskuppeln hindurch, denen das Licht einen graugrünen Schimmer verlieh.

Ab und zu hob er den Kopf und entzifferte die Schilder, um sich zu vergewissern, daß er den richtigen Weg eingeschlagen hatte. Wenn er noch höher blickte, sah er den Himmel, der mit schmutzigbraunen und blauen Querstreifen überzogen war.

Weit vor ihm über den steilen Wällen erhoben sich nebeneinander die Schornsteine des Gewächshauses. In seiner Tasche steckte die Zeitung, in der Männer zwischen zwanzig und dreißig Jahren für die Landesverteidigung gesucht wurden. Er ging so schnell wie möglich, aber seine Füße sanken in die warme Erde ein, die allmählich Häuser und Straßen überzog.

Weit und breit war keine Pflanze zu sehen. Überall Erde, in dichten Ballen, die sich zu beiden Seiten des Weges aufhäuften und schwankende Wälle bildeten. Bisweilen löste sich ein schwerer Klumpen, rollte den Abhang hinunter und klatschte auf die Straße.

An einigen Stellen waren die Wälle niedriger, und Colin sah durch das matte Glas der Kuppeln dunkelblaue Gestalten, die sich vor einem hellen Hintergrund bewegten.

Er beschleunigte seine Schritte und zog immer wieder die Füße aus den Löchern, die im Boden entstanden. Die Erde zog sich sogleich wieder zusammen wie ein ringförmiger Muskel, und es blieb nur ein leichter, kaum wahrnehmbarer Eindruck zurück, der wenig später verschwand.

Die Schornsteine rückten näher heran. Colin spürte sein Herz in seiner Brust rasen wie ein wütendes Tier. Er umklammerte die Zeitung in seiner Tasche.

Der Boden war glitschig und rutschte unter seinen Füßen weg, aber er sackte weniger ein, und der Weg festigte sich merklich. Vor Colin ragte der erste Schornstein empor, er war in die Erde gerammt wie ein Pfahl. Schwarze Vögel umkreisten seine Spitze, aus der eine dünne grüne Rauchsäule aufstieg. Unten war er von einem runden Sockel umgeben, damit er fest stehenblieb. Nicht weit von dem Schornstein entfernt lagen die Gebäude. Es gab nur einen Eingang.

Colin trat ein, strich an einem erleuchteten Rost mit scharfen Klingen die Schuhe ab und folgte einem niedrigen Gang, den pulsierende Glühlampen erhellten. Der Boden war aus roten Ziegeln; der obere Teil der Wände und die Decke bestanden aus zentimeterdicken Glasplatten, hinter denen sich dunkle, unbewegliche Formen abzeichneten. Ganz hinten am Ende des Flurs war eine Tür. Sie trug die Nummer, die in der Zeitung angegeben war, und Colin trat ein, ohne anzuklopfen, wie die Annonce es empfohlen hatte.

Ein alter Mann mit zerwühlten Haaren saß in einem weißen Kittel hinter dem Schreibtisch und las in einem Handbuch. An der Wand hingen viele Waffen, glänzende Feldstecher, Gewehre, Totwerfer verschiedener Kaliber und ein vollständiger Satz Herzausreißer in allen Größen.

»Guten Tag«, sagte Colin.

»Guten Tag«, sagte der Mann.

Seine Stimme klang gebrochen und altersschwach.

»Ich komme wegen der Anzeige«, sagte Colin.

»So?« sagte der Mann. »Seit einem Monat hat sich niemand gemeldet. Die Arbeit ist ziemlich schwer, wissen Sie ...«

»Ja«, sagte Colin, »aber sie wird recht gut bezahlt.«

»Lieber Himmel«, sagte der Mann. »Dafür greift die Tätigkeit Sie an, und das ist vielleicht das Geld nicht wert; aber ich will die Verwaltung nicht anschwärzen. Übrigens sehen Sie ja, daß ich noch lebe …«

»Sie arbeiten schon lange hier?« fragte Colin.

»Seit einem Jahr«, sagte der Mann. »Ich bin neunundzwanzig Jahre alt.«

Er strich mit einer zitternden, runzligen Hand über die Falten seines Gesichts.

»Und jetzt habe ich es geschafft … Sehen Sie, ich kann an meinem Schreibtisch sitzen und den ganzen Tag im Handbuch lesen …«

»Ich brauche Geld«, sagte Colin.

»Das kommt vor«, sagte der Mann, »aber Arbeit macht Sie zum Philosophen. Nach drei Monaten brauchen Sie es schon nicht mehr so nötig.«

»Ich brauche es für meine Frau«, sagte Colin.

»Ach ja?« sagte der Mann.

»Sie ist krank«, erklärte Colin. »Ich mag Arbeit nicht.«

»Tut mir leid für Sie. Wenn eine Frau krank ist, taugt sie nichts mehr.«

»Ich liebe sie«, sagte Colin.

»Klar«, sagte der Mann. »Sonst würden Sie keine Arbeit suchen. Ich werde Ihnen Ihren Posten anweisen. Eine Etage höher, bitte.«

Er führte Colin durch saubere Gänge mit flachen Gewölben und über rote Ziegeltreppen zu einer Tür, die neben weiteren Türen lag und mit einem Zeichen markiert war.

»Da sind wir«, sagte der Mann. »Kommen Sie herein, ich werde Ihnen Ihre Tätigkeit erläutern.«

Colin trat ein. Das Zimmer war klein und quadratisch. Wände und Boden bestanden aus Glas. Von der Erde erhob sich ein großer Erdhügel in Form eines Sarges mit mindestens einen Meter dicken Seiten. Daneben lag eine schwere Wolldecke. Kein einziges Möbelstück befand sich in dem Raum. Eine kleine Nische in der Wand barg einen Kasten aus Blaueisen. Der Mann ging zu dem Kasten und öffnete ihn. Er zog zwölf glänzende zylindrische Gegenstände mit einem winzigen Loch in der Mitte heraus.

»Der Boden ist keimfrei, Sie wissen ja, wie das ist, man braucht erstklassiges Material für die Verteidigung des Landes«, sagte der Mann. »Aber man hat schon vor langer Zeit festgestellt, daß menschliche Wärme benötigt wird, damit die Gewehrläufe gleichmäßig wachsen. Das trifft übrigens auf alle Waffen zu.«

»Ja«, sagte Colin.

»Sie bohren also zwölf kleine Löcher in den Boden, von der Mitte des Herzens und der Leber ausgehend«, sagte der Mann. »Dann entkleiden Sie sich und strecken sich auf der Erde aus. Sie decken sich mit der desinfizierten Wolldecke dort zu und verhalten sich so, daß Sie eine völlig gleichbleibende Wärme ausstrahlen.«

Er lachte blechern und schlug sich auf den rechten Schenkel.

»In den ersten zwanzig Tagen eines jeden Monats habe ich vierzehn produziert ... Oh, ich war stark!«

»Und dann?« fragte Colin.

»Dann bleiben Sie vierundzwanzig Stunden liegen, und nach vierundzwanzig Stunden sind die Gewehrläufe ausgewachsen. Sie werden herausgezogen, die Erde wird mit Öl besprengt, und Sie fangen wieder von vorn an.«

»Wachsen sie nach unten?« fragte Colin.

»Ja, sie werden von unten her beleuchtet«, sagte der Mann. »Sie haben einen positiven Phototropismus, aber sie wachsen nach unten, weil sie schwerer sind als der Boden, und sie werden von unten her beleuchtet, damit keine Krümmungen entstehen.«

»Und die Züge?« forschte Colin.

»Dieses Modell hier wächst mit gezogenen Läufen«, sagte der Mann. »Wir benutzen Spezialsamen.«

»Wozu sind die Schornsteine da?« fragte Colin.

»Für die Lüftung«, sagte der Mann, »und für die Desinfizierung der Decken und der Gebäude. Sie haben eine durchgreifende Wirkung, und wir können deshalb auf weitere Vorsichtsmaßnahmen verzichten.«

»Kann man nicht auch künstliche Wärme verwenden?« fragte Colin.

»Kaum«, sagte der Mann, »sie brauchen menschliche Wärme, um gut zu gedeihen.«

»Beschäftigen Sie Frauen?« fragte Colin.

»Frauen können diese Arbeit nicht verrichten«, sagte der Mann. »Ihre Brust ist nicht flach genug, und deshalb verteilt sich die Wärme nicht. So, nun überlasse ich Sie Ihrer Tätigkeit.«

»Bekomme ich auch bestimmt zehn Dublonen am Tag?« fragte Colin.

»Natürlich«, sagte der Mann, »und außerdem eine Prämie, wenn Sie mehr als zwölf Gewehrläufe produzieren ...«

Er verließ den Raum und schloß die Tür hinter sich. Colin hielt die zwölf Samenkörner in der Hand. Er legte sie beiseite und zog sich aus. Seine Augen waren geschlossen, und seine Lippen zitterten bisweilen.

# LII

»Ich weiß nicht, was los ist«, sagte der Mann. »Am Anfang ging es sehr gut. Aber aus den letzten können wir nur noch Spezialwaffen herstellen.«

»Bekomme ich mein Geld trotzdem?« fragte Colin beunruhigt.

Er verfügte über ein Guthaben von siebzig Dublonen zuzüglich einer Prämie von zehn Dublonen. Er hatte sein Bestes getan, aber bei der Kontrolle machten sich gewisse Unregelmäßigkeiten bemerkbar.

»Sehen Sie selbst«, sagte der Mann.

Er hielt einen Gewehrlauf hoch und deutete auf die ausgestülpte Mündung.

»Das verstehe ich nicht«, sagte Colin. »Die ersten waren doch vollkommen zylindrisch.«

»Man kann sie natürlich für Donnerbüchsen verwenden«, sagte der Mann, »aber das Modell ist nun fünf Kriege alt, und wir besitzen bereits einen großen Vorrat. Sehr ärgerlich.«

»Ich tue mein Bestes«, sagte Colin.

»Selbstverständlich«, sagte der Mann. »Ich zahle Ihnen Ihre achtzig Dublonen aus.«

Er nahm einen verschlossenen Umschlag aus der Schreibtischschublade.

»Ich habe das Geld hierherbringen lassen, damit Sie nicht zur Kasse gehen müssen«, sagte er. »Manchmal dauert es Monate, bis man sein Geld bekommt, und Sie haben es offensichtlich eilig.«

»Ich danke Ihnen«, sagte Colin.

»Ihre Produktion von gestern habe ich noch nicht geprüft«, sagte der Mann. »Sie wird gleich kommen. Wollen sie nicht einen Augenblick warten?«

Seine meckernde, brüchige Stimme tat Colins Ohren weh.

»Ich werde warten«, sagte er.

»Sehen Sie, wir müssen auf diese Einzelheiten sehr genau achtgeben«, sagte der Mann. »Ein Gewehr sollte nämlich genauso sein wie das andere, wenn wir auch keine Patronen haben.«

»Ja ...«, sagte Colin.

»Es gibt nicht viel Patronen«, sagte der Mann. »Die sind mit dem Patronenprogramm im Rückstand. Sie haben zwar ein Riesenlager für ein Gewehrmodell, das gar nicht hergestellt wird, aber sie haben noch keine Anweisung bekommen, Patronen für die neuen Gewehre zu fabrizieren, und deshalb nützt der Vorrat nichts. Im übrigen ist das auch völlig unwichtig. Was soll man mit einem Gewehr gegen einen Sturmbock ausrichten? Für jedes zweite Gewehr, das wir machen, baut der Feind einen Sturmbock. Wir sind dann zwar in der Zahl überlegen, aber was ist ein Gewehr oder was sind zehn Gewehre gegen einen Sturmbock, vor allem, wenn es keine Patronen gibt ...«

»Werden hier keine Sturmböcke hergestellt?« fragte Colin.

»Doch«, sagte der Mann,»aber wir haben noch nicht einmal das Programm des letzten Krieges erfüllt. Außerdem funktionieren sie schlecht, so daß wir sie immer wieder auseinandernehmen müssen, und da sie sehr solide gebaut sind, brauchen wir viel Zeit dafür.«

Es klopfte. Ein Lagerarbeiter trat ein, der einen desinfizierten weißen Karren vor sich herschob. Unter einem weißen Tuch lag Colins Produktion vom vorhergehenden Tage. An einer Seite wölbte sich das Tuch. Bei zylindrischen Läufen hätte das nicht vorkommen dürfen, und Colin wurde unruhig. Der Lagerarbeiter ging wieder hinaus und schloß die Tür.

»Es sieht nicht so aus, als ob es nun besser wäre«, sagte der Mann.

Er hob das Tuch. Zwölf Gewehrläufe aus kaltem blauem Stahl wurden sichtbar, und am Ende eines jeden Laufes entfaltete sich eine wunderschöne weiße Rose mit bräunlichen Schatten an den Ansätzen der samtigen Blütenblätter.

»Oh …«, murmelte Colin, »wie schön …!«

Der Mann sagte nichts. Er hustete zweimal.

»Es ist wohl nicht nötig, daß Sie Ihre Arbeit morgen wieder aufnehmen«, sagte er zögernd.

Er umklammerte nervös mit den Fingern den Karrenrand.

»Darf ich sie mitnehmen?« fragte Colin. »Für Chloé?«

»Sie werden absterben, wenn Sie sie von dem Stahl lösen«, sagte der Mann. »Sie sind aus Stahl, wissen Sie …«

»Das ist doch nicht möglich«, sagte Colin.

Er faßte eine Rose an und versuchte, den Stengel abzubrechen. Er machte eine falsche Bewegung und eines der Blütenblätter riß eine zentimeterlange Wunde in seine Hand. Aus der Hand quollen in langsamen, zuckenden Stößen dicke dunkle Blutstropfen hervor, die Colin zerstreut ableckte. Er blickte das weiße Blütenblatt an, das nun das Zeichen eine roten Sichel trug. Der Mann klopfte ihm auf die Schulter und schob ihn mit sanfter Gewalt zur Tür.

## LIII

Chloé schlief. Tagsüber verlieh ihr die Seerose die zarte bleiche Farbe ihrer Blätter, aber nachts lohnte es nicht, und Chloés Wangen bekamen rote Flecken. Ihre Augen bildeten unter der Stirn zwei bläuliche Höhlen, und von weitem konnte man nicht erkennen, ob sie geöffnet waren. Colin saß auf einem Stuhl im Eßzimmer. Er wartete. Um Chloé herum standen unzählige Blumen. Er hatte noch einige Stunden Zeit, bis er eine neue Arbeit suchen mußte. Er wollte sich ausruhen, um einen guten Eindruck zu machen und um eine wirklich lohnende Beschäftigung zu finden. Es war ganz dunkel im Zimmer. Das Fenster hatte sich bis auf zehn Zentimeter über dem Fensterbrett geschlossen, und das Licht fiel nur noch als schmaler Streifen herein. Nur Colins Stirn und seine Augen waren beleuchtet, sonst lag sein Gesicht im Dunkeln. Sein Plattenspieler lief nicht mehr, er mußte ihn jetzt bei jeder einzelnen Schallplatte mit der Hand aufziehen, und das ermüdete ihn sehr. Auch die Platten nutzten sich ab. Bei einigen erkannte nun Colin kaum noch die Melodie. Er überlegte, daß die Maus ihn sicher gleich benachrichtigen würde, wenn Chloé etwas benötigte. Ob Nicolas wohl Isis heiraten würde? Welches Kleid wohl würde Isis zu ihrer Hochzeit anziehen? Wer läutete an der Haustür?

»Guten Tag, Alise«, sagte Colin. »Kommst du Chloé besuchen?«

»Nein«, sagte Alise. »Ich komme einfach so.«

Sie konnten im Eßzimmer bleiben, denn durch Alises Haar wurde es heller. Zwei Stühle waren noch da.

»Du fühlst dich sicher einsam«, sagte Colin. »Ich kenne das.«

»Chick ist da«, sagte Alise. »Er ist zu Hause.«

»Dann mußt du wohl etwas holen«, rief Colin.

»Nein«, sagte Alise. »Ich kann nicht bei Chick bleiben.«

»Ach so, er streicht die Wohnung an.«

»Nein«, sagte Alise. »Er hat nun alle Bücher, aber mich braucht er nicht mehr.«

»Hast du ihm eine Szene gemacht?« fragte Colin.

»Nein«, sagte Alise.

»Er hat dich sicherlich mißverstanden, aber wenn er nicht mehr böse ist, kannst du ihm alles erklären.«

»Er hat mir ganz einfach gesagt, daß seine Dublonen gerade noch ausreichen, um sein letztes Buch in Nichtshaut binden zu lassen, und daß er mich nicht mehr bei sich behalten will, weil er mir nichts bieten kann, und daß meine abgearbeiteten Hände mich häßlich machten.«

»Er hat recht, sagte Colin, »du solltest nicht arbeiten.«

»Aber ich liebe Chick«, sagte Alise. »Für ihn hätte ich gearbeitet.«

»Das nützt nichts«, sagte Colin. »Außerdem kannst du nicht arbeiten, du bist viel zu hübsch.«

»Warum hat er mich hinausgeworfen?« fragte Alise. »War ich wirklich sehr hübsch?«

»Ich weiß es nicht«, sagte Colin. »Aber ich mag dein Haar und dein Gesicht sehr gern.«

»Sieh mich an«, sagte Alise. Sie erhob sich, löste den kleinen Verschluß ihres Gürtels und ließ das Kleid fallen. Es war ein Kleid aus hellem Wollstoff.

»Ja ...«, sagte Colin.

Es war nun sehr hell im Zimmer, und Colins sah Alise ganz. Ihre Brüste sahen so aus, als wollten sie gleich davonfliegen, und ihre schlanken Schenkel fühlten sich fest und warm an.

»Darf ich dich küssen?« fragte Colin.

»Ja«, sagte Alise. »Ich mag dich sehr gern.«

»Du wirst frieren«, sagte Colin.

Sie kam auf ihn zu. Sie setzte sich auf seine Knie und begann lautlos zu weinen.

»Warum liebt er mich nicht mehr?«

Colin wiegte sie sanft hin und her.

»Er versteht dich nicht. Weißt du, Alise, im Grunde ist er ein guter Kerl.«

»Er hat mich sehr geliebt«, sagte Alise. »Er glaubte, daß seine Bücher sich mit mir teilen ließen! Aber das war nicht möglich.«

»Du wirst dich erkälten«, sagte Colin.

Er küßte sie und streichelte ihr Haar.

»Warum bin ich dir nicht zuerst begegnet?« sagte Alise. »Ich hätte dich ebenso sehr geliebt wie Chick, aber jetzt kann ich es nicht. Ich liebe Chick.«

»Das weiß ich«, sagte Colin. »Ich liebe nun auch Chloé mehr als alle anderen.«

Er ließ sie von seinen Knien gleiten und hob ihr Kleid auf.

»Zieh dich wieder an, mein Kätzchen«, sagte er. »Du wirst dich sonst erkälten.«

»Nein«, sagte Alise. »Und wenn schon, es ist mir gleichgültig.«

Sie kleidete sich mechanisch an.

»Sei nicht traurig«, sagte Colin.

»Du bist so nett zu mir«, sagte Alise, »aber ich bin sehr traurig. Ich glaube, daß ich trotz allem etwas für Chick tun kann.«

»Geh zu deinen Eltern«, sagte Colin. »Sie möchten dich vielleicht wiedersehen … oder geh zu Isis.«

»Chick wird nicht dort sein«, sagt Alise. »Es ist sinnlos, irgendwo hinzugehen, wo Chick nicht ist.«

»Er wird kommen«, sagte Colin. »Ich spreche mit ihm.«

»Nein«, sagte Alise. »Er läßt niemanden herein. Die Tür ist immer abgeschlossen.«

»Ich gehe trotzdem zu ihm«, sagte Colin. »Oder vielleicht kommt er zu mir.«

»Nein«, sagte Alise. »Chick ist nicht mehr der alte.«

»Aber ja«, sagte Colin. »Menschen verändern sich nicht. Nur die Dinge können sich verändern.«

»Ich weiß nicht …,« sagte Alise.

»Ich begleite dich«, sagte Colin. »Ich muß Arbeit suchen.«

»Ich gehe einen anderen Weg«, sagte Alise.

»Ich bringe dich bis zur Haustür«, sagte Colin.

Sie stand vor ihm. Colin legte eine Hand auf Alises Schultern. Er spürte die Wärme ihres Halses und ihr weiches, lockiges Haar ganz nahe. Er folgte mit den Händen den Linien ihres Körpers. Sie weinte nicht mehr. Sie sah aus, als wäre sie weit weg.

»Ich möchte nicht, daß du etwas Dummes anstellst«, sagte Colin.

»Oh, ich werde nichts Dummes anstellen«, sagte Alise.

»Komm wieder zu mir, wenn du traurig bist«, sagte Colin.

»Vielleicht komme ich zu dir«, sagte Alise.

Sie blickte sich um. Colin nahm sie bei der Hand. Sie gingen die Treppe hinunter. Ab und zu rutschten sie auf den feuchten Stufen aus. Vor der Haustür verabschiedete sich Colin von Alise. Sie blieb stehen und sah ihm nach.

## LIV

Das letzte Exemplar war gerade vom Buchbinder gekommen, und Chick streichelte es zärtlich, bevor er es wieder in die Kassette schob. Das Buch hatte einen festen grünen Einband aus Nichtshaut, und auf der Vorderseite prangte in geprägten Lettern der Name Partres. Chick hatte die gesamte Normalausgabe auf einem Regal aufgestellt; alle Varianten, die Manuskripte, Erstausgaben und Sonderdrucke standen für sich in kleinen Wandnischen.

Chick seufzte. Alise hatte ihn am Morgen verlassen. Er mußte sie bitten, fortzugehen. Er besaß nur noch eine Dublone und ein Stück Käse, und ihre Kleider hinderten ihn, die alten Kleidungsstücke Partres, die er durch ein Wunder von dem Buchhändler bekommen hatte, in den Schrank zu hängen. Er konnte sich nicht mehr erinnern, wann er Alise zum letzten Mal geküßt hatte. Er durfte seine Zeit nicht mehr mit Küssen verschwenden. Er mußte seinen Plattenspieler reparieren, um die Vorträge Partres auswendig zu lernen. Wenn eine der Platten zerbrach, mußte er den Text im Kopf haben.

Alle Bücher Partres standen da, alle veröffentlichten Bücher. Den kostbaren Einbänden in ihren ledernen Schutzhüllen mit vergoldeten Eisenbeschlägen, den seltenen Exemplaren mit breiten blauen Rändern und den Vorzugsausgaben auf Fliegenleim- oder Pergamonpapier war eine ganze Wand vorbehalten, die Chick in Nischen unterteilt und mit Samt verkleidet hatte. Jedes Werk nahm eine Nische ein. An der gegenüberliegenden Wand lagerten in Stapeln geheftet Partres Artikel aus Zeitschriften, Zeitungen und den zahllosen Periodika, die der Autor mit seiner fruchtbaren Mitarbeit beehrte.

Chick strich sich über die Stirn. Wie lange hatte Alise

bei ihm gelebt? ... Colins Dublonen waren für ihre Hochzeit bestimmt, doch Alise legte keinen besonderen Wert darauf. Es genügte ihr, auf ihn zu warten, es genügte ihr, bei ihm zu sein, aber man kann von einer Frau nicht verlangen, daß sie bei einem Mann bleibt, nur weil sie ihn liebt. Er liebte sie auch. Aber er durfte nicht zulassen, daß sie seine Zeit in Anspruch nahm, weil sie sich nicht mehr für Partre interessierte. Wie konnte man sich nicht für einen Mann wie Partre interessieren? Für einen Mann, der fähig war alles zu schreiben, über jeden Gegenstand zu schreiben, und dazu mit solcher Exaktheit ... Sicherlich würde Partre kaum ein Jahr brauchen, um seine *Enzyklopädie des Ekels* zu vollenden, und die Duchesse de Bovouard würde an dieser Arbeit beteiligt sein, und es würden ganz außergewöhnliche Manuskripte entstehen. Bis dahin mußte er genügend Dublonen verdienen, damit er dem Buchhändler zumindest eine Anzahlung leisten konnte. Chick hatte seine Steuern nicht bezahlt. Aber der Betrag leistete ihm bessere Dienste in Form eines Exemplars von *Das Loch von Sainte Colombe*. Alise hätte es lieber gesehen, wenn Chick mit den Dublonen die Steuern zahlte. Sie schlug ihm sogar vor, eines ihrer Schmuckstücke zu diesem Zweck zu verkaufen. Er hatte zugestimmt, und die Summe entsprach genau dem Preis eines Einbands für *Das Loch von Sainte Colombe*. Alise kam sehr gut ohne ihre Halskette aus.

Er überlegte, ob er die Tür wieder öffnen sollte. Vielleicht stand sie dahinter und wartete darauf, daß er den Schlüssel umdrehte. Er glaubte es nicht. Ihre Schritte klapperten auf der Treppe immer wie ein kleines Hammerwerk. Sie konnte zu ihren Eltern zurückkehren und ihr Studium wiederaufnehmen. Schließlich war sie kaum im Rückstand. Man kann schnell die Vorlesungen nachholen, die man versäumt hat. Aber Alise arbeitete kaum noch. Sie beschäftigte sich viel zu sehr mit ihm, sie kochte für ihn und bügelte seine Krawatten. Die Steuern würde er nun überhaupt nicht zahlen. Gab es ein Beispiel dafür, daß jemand aus seiner Wohnung geworfen wurde, weil er die Steuern nicht gezahlt hatte? Niemals. Man konnte eine Anzahlung machen, eine Dublone vielleicht, und dann wurde man in Ruhe gelassen und brauchte sich eine Zeitlang nicht darum zu kümmern. Ob ein Mensch wie Partre seine Steuern bezahlte? Wahrscheinlich. War es im übrigen, moralisch gesehen, vertretbar, Steuern zu zahlen, wenn es einem, im Gegenzug, geschehen konnte, daß man verhaftet wurde, weil andere Leute Steuern zahlten, mit denen die Polizei und die höheren Beamten entlohnt wurden? Diesen circulus vitiosus galt es zu durchbrechen, denn wenn niemand mehr zahlte, würden die Beamten an Auszehrung sterben und es gäbe keinen Krieg mehr.

Chick klappte den Decken seines Doppelplattenspielers hoch und legte zwei verschiedene Platten von Jean-Sol Partre auf. Er wollte beide gleichzeitig hören, denn beim Zusammenstoß der beiden alten Gedanken entstanden wieder neue Gedanken. Er setzte sich in die Mitte zwischen den Lautsprechern, damit sich sein Kopf genau an der Stelle befand, wo dieser Zusammenstoß stattfinden würde, und er die Ergebnisse des Aufpralls registrieren konnte.

Die Nadeln spuckten bei Partres erstem Räuspern und ließen sich dann in der Rille nieder. Partres Worte hallten in Chicks Kopf wider. Von seinem Platz aus konnte er durch das Fenster sehen, und er entdeckte hier und dort über den Dächern große blaue Rauchsäulen, die unten wie der Qualm von verbranntem Papier rot gefärbt waren. Er nahm zerstreut wahr, daß die rote Farbe Macht über die blaue gewann, und die Worte vermischten sich mit hellen Lichtern und bereiteten seiner Müdigkeit ein Ruhelager, weich wie das Moos im Monat Mai.

## LV

Der Seneschall der Polizei zog seine Trillerpfeife aus der Tasche und schlug sie gegen einen riesigen peruanischen Gong, der hinter ihm hing. In allen Etagen erklang das Trampeln eisenbeschlagener Stiefel und das Geräusch stürzender Körper, und sechs seiner besten Schutzmannen sausten auf dem Toboggan in sein Büro.

Sie erhoben sich, klopften sich auf die Hintern, um den Staub aufzuwirbeln, und standen stramm.

»Douglas!« rief der Seneschall.

»Hier!« meldete der erste Schutzmann.

»Douglas!« wiederholte der Seneschall.

»Hier!« sagte der zweite Schutzmann.

Der Seneschall rief alle sechs auf. Er konnte nicht die Namen sämtlicher Schutzmannen behalten, und Douglas war eine traditionsreiche Gattungsbezeichnung.

»Sondereinsatz!« befahl er.

Die sechs Schutzmannen legten mit der gleichen Bewegung die Hände auf die Gesäßtasche, um kundzutun, daß sie mit ihren zwölfspritzigen Egalisatoren bewaffnet waren.

»Ich leite den Einsatz persönlich«, betonte der Seneschall.

Er schlug kräftig auf den Gong. Die Tür öffnete sich, und ein Sekretär erschien.

»Ich rücke aus«, verkündete der Seneschall. »Sondereinsatz, Stenogrammblocken Sie.«

Der Sekretär griff zu seinem Block und seinem Bleistift und nahm die nach Dienstordnung vorgeschriebene Haltung Nummer sechs ein.

»Steuereintreibung bei einem gewissen Chick mit vorangehender Verhaftung«, diktierte der Seneschall. »Unrechtmäßiges Verprügeln und strenger Verweis. Vollständige oder sogar teilweise Beschlagnahme in Tateinheit mit Hausfriedensbruch.«

»Geblockt«, sagte der Sekretär.

»Vorwärts, Douglas!« befahl der Seneschall.

Er stand auf und stellte sich an die Spitze des Geschwaders, das sich langsam in Bewegung setzte und mit seinen zwölf Füßen einen verstümmelten Tausendfüßler nachzuahmen schien. Die sechs Mannen trugen enganliegende schwarze Lederuniformen mit Brust- und Schulterpanzern, und ihre Helme aus schwarzem Stahl in Form von Kopfhörern reichten tief auf den Nacken herunter und schützten Schläfen und Stirn. Alle hatten schwere eisenbeschlagene Stiefel an den Füßen. Der Seneschall war ähnlich gekleidet, aber seine Uniform war aus rotem Leder, und auf seinen Schultern glitzerten zwei goldene Sterne. Die Egalisatoren wölbten die Gesäßtaschen seiner Untergebenen; er selbst hielt einen kleinen goldenen Knüppel in der Hand, und an seinem Gürtel baumelte eine schwere vergoldete Granate. Sie stiegen die Ehrentreppe hinab, und die Wache gab den Weg frei, während der Seneschall mit der Hand an den Helm tippte. Vor der Tür wartete ein Spezialauto. Der Seneschall nahm auf dem Vordersitz Platz, und die sechs Schutzmannen stellten sich auf die Trittbretter, die zwei dicken auf eine Seite und die vier mageren auf die andere. Der Fahrer trug ebenfalls eine schwarze Lederuniform, aber keinen Helm. Er gab Gas. Der Wagen hatte keine Räder, sondern unzählige Zitterfüße, so daß verirrte Geschosse nicht in die Reifen treffen konnten. Die Füße eilten über die Straße, und der Fahrer bog an der ersten Kreuzung scharf in die Kurve. Im Inneren des Wagens kam man sich vor wie auf einem Wellenberg, der sich am Ufer bricht.

## LVI

Als Alise Colin fortgehen sah, sagte sie ihm von ganzem Herzen Lebewohl. Er liebte Chloé so sehr, er suchte Arbeit, damit er ihr Blumen kaufen und gegen diese schreckliche Krankheit ankämpfen konnte, die ihre Brust zerfraß. Colins breite Schultern hingen ein wenig herunter, er wirkte müde, und sein blondes Haar war nicht mehr so sorgfältig gekämmt wie früher. Chick war so liebevoll, wenn er von einem Partre-Buch sprach und Partre erklärte. Er konnte wirklich nicht ohne Partre auskommen, es würde ihm gar nicht einfallen, etwas anderes zu suchen, Partre sagte ihm alles, was er wissen wollte. Man durfte nicht zulassen, daß Partre seine Enzyklopädie veröffentlichte, es würde für Chick das Ende bedeuten, er würde stehlen und einen Buchhändler umbringen. Alise ging langsam weiter. Partre hielt sich tagsüber in einem Café auf, wo er trank und schrieb, in der Gesellschaft von anderen, die wie er tranken und schrieben. Sie nahmen Tee und leichte alkoholische Getränke zu sich, dann brauchten sie nicht mehr zu denken, was sie schrieben, und es gingen viele Leute ein und aus, das wirbelte die Gedanken auf, und man erhaschte den einen oder anderen, man mußte nicht alles Überflüssige weglassen, man nahm ein paar Gedanken und ein wenig Überflüssiges und mischte dann. Die Leser verstanden so etwas leichter, vor allem die Frauen waren nicht für Klarheit. Es war nicht weit zu dem Café. Alise sah von fern, wie ein Kellner in weißer Jacke und gelber Hose Don Evany Marqué, dem berühmten Handkußwerfer, einen gefüllten Schweinefuß servierte. Statt zu trinken – was er verabscheute –, aß Marqué scharfgewürzte Speisen, um seine Nachbarn durstig zu machen. Alise trat ein. Jean-Sol Partre saß an seinem gewohnten Platz und schrieb; ringsumher war viel Betrieb, und leises Stimmengewirr erfüllte den Raum. Durch ein ganz gewöhnliches Wunder, was ungewöhnlich ist, entdeckte Alise einen freien Stuhl neben Jean-Sol, und sie nahm Platz. Sie stellte ihre schwere Handtasche auf die Knie und öffnete den Verschluß. Über Jean-Sols Schulter hinweg entzifferte sie den Titel der Seite: *Enzyklopädie*, Band neunzehn. Sie zupfte Jean-Sol schüchtern am Arm; er blickte auf.

»Sie sind schon so weit«, sagte Alice.

»Ja«, sagte Jean-Sol. »Wollten Sie mich sprechen?«

»Ich wollte Sie bitten, das Buch nicht zu veröffentlichen«, sagte Alise.

»Das ist schwierig«, sagte Jean-Sol. »Es wird bereits erwartet.«

Er nahm die Brille ab, hauchte auf die Gläser und setzte sie wieder auf; seine Auge waren nicht mehr zu erkennen.

»Natürlich«, sagte Alise. »Aber Sie könnten die Veröffentlichung ein wenig aufschieben.«

»Oh, wenn es nur das ist, da läßt sich vielleicht etwas machen«, sagte Jean-Sol.

»Sie müßten noch etwa zehn Jahre warten«, sagte Alise.

»Ja?« sagte Jean-Sol.

»Ja«, sagte Alise. »Zehn Jahre, wahrscheinlich sogar noch länger. Wissen Sie, es ist besser, wenn Sie die Leute erst einmal sparen lassen, damit sie Ihr Buch kaufen können.«

»Das Buch wird sehr langweilig«, sagte Jean-Sol Partre. »Ich langweile mich sogar schon beim Schreiben. Ich habe bereits vom Festhalten des Papiers einen schlimmen Krampf im linken Handgelenk.«

»Das tut mir leid für Sie«, sagte Alise.

»Daß ich einen Krampf habe?«

»Nein, daß Sie die Veröffentlichung nicht aufschieben wollen«, sagte Alise.

»Warum?«

»Ich werde es Ihnen erklären: Chick gibt sein ganzes Geld aus, um Ihre Bücher zu kaufen, und nun hat er kein Geld mehr.«

»Er sollte lieber etwas anderes kaufen«, sagte Jean-Sol. »Ich kaufe meine Bücher niemals.«

»Er schätzt Ihre Werke sehr.«

»Das ist sein Recht«, sagte Jean-Sol. »Er hat eben seine Wahl getroffen.«

»Er ist zu sehr engagiert, finde ich«, sagte Alise. »Ich habe auch meine Wahl getroffen, aber ich bin frei, denn er will mich nicht mehr, und jetzt werde ich Sie töten, weil Sie die Veröffentlichung nicht aufschieben wollen.«

»Sie werden mir die Existenzgrundlage nehmen«, sagte Jean-Sol. »Wie soll ich an meine Autorenhonorare kommen, wenn ich tot bin?«

»Das ist Ihre Sache«, sagte Alise. »Ich kann nicht alles in Betracht ziehen, denn vor allem möchte ich Sie töten.«

»Aber Sie geben doch zu, daß ich mich diesem Argument nicht anschließen kann?« fragte Jean-Sol Partre.

»Das gebe ich zu«, sagte Alise. Sie zog Chicks Herzausreißer aus der Tasche, den sie vor einigen Tagen aus der Schublade seines Schreibtischs genommen hatte.

»Wollen Sie bitte Ihren Kragen öffnen?« sagte sie.

»Hören Sie mal, ich finde diese Sache vollkommen blödsinnig«, sagte Jean-Sol und nahm die Brille ab.

Er knöpfte den Kragen auf. Alise sammelte ihre Kräfte und stieß mit einer entschlossenen Geste den Herzausreißer in Partres Brust. Er sah sie an, er starb sehr schnell, und er blickte noch ein letztes Mal erstaunt auf, als er feststellte, daß sein Herz die Form eines Tetraeders hatte. Alise wurde bleich, Jean-Sol Partre war nun tot, und der Tee erkaltete. Sie ergriff das Manuskript der *Enzyklopädie* und zerriß es. Ein Kellner kam, um das Blut und den ganzen schmierigen Mischmasch mitsamt der Füllhaltertinte von dem kleinen rechteckigen Tisch abzuwischen. Sie bezahlte, spreizte die Zange des Herzausreißers auseinander, und das Herz Partres fiel auf den Tisch. Sie klappte das blitzende Instrument zusammen und steckte es in die Handtasche. Dann trat sie auf die Straße. In der Hand hielt sie die Streichholzschachtel, die Partre in der Jackentasche gehabt hatte.

## LVII

Sie wandte sich um. Dichter schwarzer Rauch erfüllte das Schaufenster, und die Leute wurden bereits aufmerksam. Sie hatte drei Streichhölzer angezündet, bis das Feuer ausbrach, die Bücher von Partre wollten einfach nicht brennen. Der Buchhändler lag hinter dem Schreibtisch, neben ihm sein Herz, das zu brennen begann, es kamen schon schwarze Flammen und Strahlen kochenden Blutes hervor. Aus den beiden ersten Buchhandlungen, dreihundert Meter hinter ihr, schlugen prasselnd und knatternd die Flammen, und die Buchhändler waren tot, alle, die Chick Bücher verkauft hatten, sollten auf dieselbe Weise sterben, und ihre Buchhandlungen sollten niederbrennen. Alise schluchzte und hastete weiter, sie erinnerte sich an die Augen von Jean-Sol Partre, als er sein Herz sah, zuerst wollte sie ihn gar nicht töten, sondern nur die Veröffentlichung seiner Bücher verhindern und Chick vor dem Ruin bewahren, der ihm zunehmend drohte. Sie waren alle gegen Chick verbündet, sie wollten ihm sein Geld abnehmen, sie nutzten seine Leidenschaft für Partre aus, sie verkauften ihm wertlose alte Kleider und Pfeifen mit Abdrücken, sie verdienten das Schicksal, das sie erwartete. Zu ihrer Linken sah sie ein Schaufenster mit broschierten Büchern. Sie blieb stehen, holte tief Luft und trat ein. Der Buchhändler kam auf sie zu.

»Sie wünschen?« fragte er.

»Haben Sie Partre?« fragte Alise.

»Oh, ja«, sagte der Buchhändler, »aber Reliquien kann ich Ihnen im Augenblick nicht anbieten, sie sind alle für einen guten Kunden reserviert.«

»Für Chick?« fragte Alise.

»Ja«, sagte der Buchhändler, »ich glaube, so heißt er.«

»Er wird nicht mehr zu Ihnen kommen«, sagte Alise.

Sie ging auf ihn zu und ließ ihr Taschentuch fallen. Als der Buchhändler sich mit knackenden Gelenken bückte, um es aufzuheben, stieß sie ihm schnell den Herzausreißer in den Rücken. Sie weinte und zitterte, er fiel, sein Gesicht war zum Fußboden gewendet, sie wagte nicht, nach ihrem Taschentuch zu greifen, er umklammerte es mit den Fingern. Der Herzausreißer kam wieder hervor, zwischen den Zangen hing das kleine hellrote Herz, sie öffnete die Zange, und das Herz rollte auf seinen Buchhändler zu. Alise mußte sich beeilen. Sie schleppte einen Stapel Zeitungen herbei, zündete ein Streichholz an, warf es unter den Ladentisch und häufte die Zeitungen darüber. Dann schleuderte sie ein Dutzend Nicolas Calas aus dem nächstbesten Regal ins Feuer, und die Flammen begannen an den Büchern entlangzuzüngeln. Das Holz des Ladentisches qualmte und krachte, und dunkle Wolken quollen empor. Alise kippte eine weitere Reihe Bücher in das Feuer und tastete sich aus dem Laden. Sie riß den Türgriff ab, damit niemand hinein konnte, und lief davon. Ihre Augen brannten, und ihr Haar roch nach Rauch. Sie hastete weiter, es rollten kaum noch Tränen über ihre Wangen, weil der Wind sie sogleich trocknete. Sie gelangte in das Viertel, in dem Chick wohnte, zwei oder drei Buchhandlungen blieben noch übrig, die anderen stellten keine Gefahr für ihn dar. Sie wandte sich um, bevor sie in die nächste eintrat; in der Ferne sah sie riesige Rauchsäulen in den Himmel steigen, und die Leute liefen herbei, um die komplizierten Geräte der Feuerwehr zu sehen. Die großen weißen Feuerwehrautos fuhren gerade durch die Straße, als sie die Ladentür hinter sich schloß. Sie beobachtete sie durch die Scheiben. Der Buchhändler kam auf sie zu und fragte nach ihren Wünschen.

## LVIII

»Sie bleiben hier rechts von der Tür«, sagte der Polizeiseneschall, »und Sie, Douglas«, fuhr er fort, indem er sich zu dem zweiten dicken Schutzmann wandte, »Sie stellen sich links hin und lassen niemand hinein.«

Die beiden dicken Schutzmannen zückten ihre Egalisatoren und ließen die rechte Hand am rechten Oberschenkel herunterhängen, wie es die Dienstordnung vorschrieb. Sie schoben den Helmriemen unter das Kinn, das vorn und hinten heraussah. Der Seneschall trat in das Haus, gefolgt von den vier mageren Schutzmannen. Im Flur stellte er wiederum zwei Mannen an die Tür und befahl ihnen, niemand herauszulassen. Er stieg mit den beiden übrigen mageren Schutzmannen die Treppe hinauf. Sie sahen sich ähnlich, sie hatten gebräunte Gesichter, schwarze Augen und schmale Lippen.

## LIX

Chick stellte den Plattenspieler ab, um die beiden Schallplatten auszuwechseln, die er gleichzeitig bis zum Schluß angehört hatte. Er wählte Platten aus einer anderen Serie; unter einer der Schallplatten fand er ein Foto von Alise, das er verloren geglaubt hatte. Sie war im Dreiviertelprofil aufgenommen, von weichem Licht beleuchtet, und der Fotograf hatte einen Scheinwerfer hinter ihr aufgestellt, um Glanzlichter in ihr Haar zu bringen. Chick wechselte die Platten aus und hielt das Foto in der Hand. Als er einen Blick aus dem Fenster warf, stellte er fest, daß ganz in seiner Nähe neue Rauchsäulen aufstiegen. Er wollte sich die beiden Platten anhören und dann den Buchhändler nebenan aufsuchen. Er setzte sich wieder und sah das Foto genauer an. Sie ähnelte Partre; allmählich verwandelte sich Alises Bild in das von Partre. Er lächelte Chick zu, sicherlich würde er ihm alles widmen, was er nur wollte. Auf der Treppe kamen Schritte näher, Chick horchte, und es klopfte an seine Tür. Er legte das Foto hin, stellte den Plattenspieler ab und öffnete. Vor sich sah er die schwarze Lederuniform eines Schutzmannes, ein zweiter folgte, und der Polizeiseneschall trat als letzter ein. Im Halbdunkel des Flurs tanzten flüchtige Lichter auf seiner roten Uniform und seinem schwarzen Helm.

»Sie heißen Chick?« fragte der Seneschall.

Chick trat zurück und wurde blaß. Er zog sich zu der Wand zurück, wo seine schönen Bücher standen.

»Was habe ich getan?« fragte er.

Der Seneschall kramte in seiner Brusttasche und las von dem Zettel ab:

*Steuereintreibung bei einem gewissen Chick mit vorangehender Verhaftung. Unrechtmäßiges Verprügeln und strenger Verweis. Vollständige oder teilweise Beschlagnahme in Tateinheit mit Hausfriedensbruch.*

»Aber ... ich will meine Steuern ja zahlen«, stammelte Chick.

»Ja«, sagte der Seneschall, »zahlen können Sie nachher. Zunächst müssen wir Ihnen unrechtmäßige Prügel verpassen. Es wird starke Prügel setzen; wir wenden das abgekürzte Verfahren an, damit sich die Leute nicht erregen.«

»Ich gebe Ihnen mein ganzes Geld«, sagte Chick.

»Natürlich«, sagte der Seneschall.

Chick trat an den Tisch und zog die Schublade auf; er bewahrte darin einen größeren Herzausreißer und einen schlecht erhaltenen Polypenstecher auf. Den Herzausreißer fand er nicht, aber der Polypenstecher wölbte sich unter einem Papierstapel.

»Sagen Sie mal, suchen Sie auch wirklich das Geld?« fragte der Seneschall.

Die beiden Schutzmannen traten auseinander und hielten ihre Egalisatoren bereit. Chick richtete sich auf und schwang den Polypenstecher.

»Achtung, Chef!« warnte einer der Schutzmannen.

»Soll ich abdrücken, Chef?« fragte der andere.

»So einfach kriegen Sie mich nicht«, sagte Chick.

»Sehr gut«, sagte der Seneschall, »dann werden wir uns Ihre Bücher vornehmen.«

Einer der Schutzmannen ergriff ein Buch und schlug es auf.

»Nur Schrift, Chef«, verkündete er.

»Zerstören Sie es«, befahl der Seneschall.

Der Schutzmann zerrte an dem Einband und riß ihn brutal auseinander. Chick begann entsetzt zu schreien.

»Rühren Sie das Buch nicht an!«

»Sagen Sie mal«, sagte der Seneschall, »warum benutzen Sie eigentlich nicht Ihren Polypenstecher? Sie wissen doch, daß auf dem Zettel Hausfriedensbruch steht.«

»Lassen Sie das Buch los«, brüllte Chick wieder, und er hob seinen Polypenstecher, aber die Stahlklinge schnappte nicht ein.

»Soll ich abdrücken, Chef?« fragte der Schutzmann noch einmal.

Das Buch löste sich aus dem Einband, und Chick stürmte mit dem unbrauchbaren Polypenstecher in der Hand vorwärts.

»Abdrücken, Douglas«, sagte der Seneschall und trat zur Seite.

Chick sank zu Füßen der Schutzmannen nieder; sie hatten beide geschossen.

Sollen wir ihn unrechtmäßig verprügeln, Chef?« fragte der zweite Schutzmann.

Chick bewegte sich noch ein wenig. Er stützte sich auf die Hände und rutschte auf den Knien. Er hielt seinen Bauch, und sein Gesicht verzerrte sich, Schweißperlen tropften ihm in die Augen. Er hatte eine klaffende Wunde auf der Stirn.

»Lassen Sie die Finger von den Büchern ...«, murmelte er. Seine Stimme klang rauh und brüchig.

»Wir werden sie mit den Füßen zertrampeln«, sagte der Seneschall. »Ich glaube, daß sie nur noch einige Sekunden zu leben haben.«

Chicks Kopf sank herab, er versuchte, ihn wieder zu heben, doch sein Bauch tat ihm so weh, als drehten sich dreikantige Klingen in seinen Eingeweiden. Es gelang ihm, einen Fuß auf den Boden zu setzen, aber das andere Knie bewegte sich nicht. Die Schutzmannen machten sich über die Bücher her, während der Seneschall zwei Schritte zu Chick hin machte.

»Rühren Sie die Bücher nicht an«, sagte Chick. Man hörte das Blut in seiner Kehle gurgeln, und sein Kopf sank immer tiefer. Er nahm die Hände vom Bauch, sie waren rot, sie griffen ziellos in die Luft, und Chick fiel mit dem

Gesicht auf den Fußboden. Der Seneschall drehte ihn mit dem Fuß um. Er bewegte sich nicht mehr, und seine offenen Augen blickten weit über das Zimmer hinaus. Sein Gesicht war durch den Blutstrom, der von seiner Stirn floß, in zwei Hälften geteilt.

»Zertrampeln Sie die Bücher, Douglas«, sagte der Seneschall. »Ich werde diesen Lärmapparat persönlich zerstören.«

Er ging am Fenster vorbei und bemerkte, daß vom Erdgeschoß des Nachbarhauses ein Rauchpilz aufstieg.

»Sie brauchen sich keine besondere Mühe zu geben«, sagte er, »das Nachbarhaus brennt. Beeilen Sie sich, das ist die Hauptsache. Es werden keine Spuren zurückbleiben, aber ich lege alles in meinem Bericht nieder.«

Chicks Gesicht war schwarz geworden. Unter seinem Körper gerann die Blutlache zu einem Stern.

## LX

Nicolas kam an der vorletzten Buchhandlung vorbei, die Alise in Brand gesteckt hatte. Er war unterwegs Colin begegnet und wußte deshalb, in welcher Verfassung sich seine Nichte befand. Als er mit seinem Club telefonierte, erfuhr er vom Tode Partres, und er machte sich sogleich auf, um Alise zu suchen. Er wollte sie trösten und aufmuntern und sie bei sich behalten, bis sie wieder so lustig war wie früher. Er sah das Haus von Chick. Eine lange dünne Flamme züngelte im Schaufenster des Buchhändlers nebenan auf und durchbrach wie ein Hammerschlag die Glasscheibe. Vor der Tür entdeckte er den Wagen des Seneschalls und er sah, daß der Chauffeur ein Stück weiterfuhr, um aus der Gefahrenzone zu kommen. Er bemerkte auch die schwarzen Silhouetten der Schutzmannen, im gleichen Augenblick trafen die Feuerwerker ein. Ihr Fahrzeug bremste quietschend vor der Buchhandlung. Nicolas kämpfte mit dem Türschloß. Er trat schließlich die Tür ein und eilte ins Haus. Der hintere Teil des Ladens stand in hellen Flammen. Der Buchhändler lag auf dem Boden, neben ihm sein Herz, die Füße im Feuer, und Nicolas sah Chicks Herzausreißer. Die Flammen stiegen in großen roten Kugeln und spitzen Zungen hervor. Sie stießen plötzlich durch die dicke Wand des Ladens, und Nicolas warf sich zu Boden, um sich zu schützen. In diesem Augenblick spürte er über sich eine heftige Luftbewegung, die von dem Löschstrahl der Feuerwerker herrührte. Das Feuer brach mit doppelter Macht los, als der Strahl hineinzischte. Die Bücher verbrannten prasselnd; lose Seiten flatterten umher und segelten in der entgegengesetzten Richtung des Strahls über den Kopf von Nicolas. Er konnte kaum Atem holen, es war unerträglich laut und heiß in dem Raum. Er überlegte, daß Alise wohl geflohen wäre, aber er sah keine Tür, die sie hätte benutzen können, und das Feuer kämpfte gegen die Feuerwerker und stieg immer höher, es löste sich vom Boden, wo die Flammen zu erlöschen schienen. Mitten in der grauen Asche blieb ein heller Schein zurück, der die Flammen überstrahlte.

Der Rauch verflüchtigte sich schnell, er zog in die obere Etage. Die Bücher verglimmten, aber die Decke brannte lodernd. Am Boden glänzte noch der helle Schein.

Rußverschmiert, mit geschwärzten Haaren und mühsam atmend, taumelte Nicolas auf den hellen Fleck zu. Er hörte die Feuerwerker geschäftig umherlaufen. Unter einem verborgenen Stahlträger entdeckte er schließlich den glänzenden blonden Haarschopf. Das Feuer hatte das Haar nicht verbrennen können, weil es heller strahlte als die Flammen. Nicolas stopfte es in die Brusttasche und verließ den Laden.

Er ging mit schwankenden Schritten davon. Die Feuerwerker sahen ihm nach. Sie waren gerade dabei, den Häuserblock von den umliegenden Gebäuden zu isolieren und ihn den Flammen zu überlassen, denn ihr Löschwasser war zu Ende.

Nicolas ging den Bürgersteig entlang. Mit der rechten Hand streichelte er Alises Haar in seiner Brusttasche. Er hörte das Geräusch vom Wagen des Polizeiseneschalls, der ihn überholte. Auf dem Rücksitz sah Nicolas die rote Lederuniform des Seneschalls. Er öffnete seine Jacke und ließ sich von der Sonne bescheinen, nur seine Augen blieben im Schatten.

## LXI

Colin sah den dreißigsten Pfeiler. Seit dem Morgen lief er durch den Keller der Goldreservenbank. Seine Aufgabe bestand darin, laut zu schreien, wenn er Diebe entdeckte. Der Keller war sehr groß. Wenn man schnell ging, brauchte man einen Tag für eine Runde. In der Mitte war der Panzerraum, wo das Gold in tödlichen Gasen langsam heranreifte. Der Posten brachte viel ein, wenn man es schaffte, in einem Tag herumzukommen. Colin fühlte sich nicht gerade in bester körperlicher Verfassung, und außerdem herrschte tiefe Dunkelheit in dem Keller. Bisweilen drehte er sich um und verlor dadurch Zeit; hinter sich sah er nur den winzigen Leuchtpunkt der letzten Lampe und vor sich die nächste Lampe, die allmählich größer wurde.

Die Golddiebe kamen zwar nicht jeden Tag, aber man mußte trotzdem zur festgesetzten Zeit an der Kontrolle erscheinen, weil sonst der Lohn nicht voll ausgezahlt wurde. Der Stundenplan mußte eingehalten werden, damit man zum Schreien bereit war, wenn die Diebe auftauchten. Sie waren Menschen mit festen Gewohnheiten.

Colin hatte Schmerzen am rechten Fuß. Der Keller war aus hartem Kunststein gemauert, und der Boden war rauh und uneben. Colin beschleunigte den Schritt, als er an der achten weißen Linie vorbeikam, damit er den dreißigsten Pfeiler rechtzeitig erreichte. Er sang laut zum Takt seiner Schritte und blieb stehen, denn das Echo warf drohende, verstümmelte Worte zurück und sang eine völlig andere Melodie.

Mit schmerzenden Füßen ging er unermüdlich weiter, bis er endlich an den dreißigsten Pfeiler gelangte. Er wandte sich um, weil er ein Geräusch hinter sich zu vernehmen glaubte. Dabei verlor er wiederum fünf Sekunden und er legte einige Schritte zu, um die Zeit einzuholen.

## LXII

Das Eßzimmer war nicht mehr zu betreten. Die Decke stieß beinahe an den Fußboden, mit dem sie durch halb-vegetative, halb-mineralische Schlingen verbunden war, die in der feuchten Dämmerung prächtig gediehen. Die Tür zum Flur ließ sich nicht mehr öffnen. Es blieb nur noch ein schmaler Gang, der von der Wohnungstür in Chloés Zimmer führte. Isis zwängte sich durch den Gang, gefolgt von Nicolas. Er sah verstört aus. Seine innere Jackentasche wölbte sich, und manchmal hob er die Hand zur Brust.

Isis blickte auf das Bett, bevor sie ins Zimmer trat. Chloé war immer noch von Blumen umgeben. In ihren ausgestreckten Händen hielt sie mühsam eine große weiße Orchidee, die neben ihrer durchsichtigen Haut bräunlich aussah. Sie hatte die Augen geöffnet und bewegte sich kaum, als Isis sich neben sie setzte. Nicolas sah Chloé an und wandte dann den Kopf ab. Er hätte ihr so gern zugelächelt. Er trat an das Bett und streichelte ihre Hand. Er setzte sich ebenfalls neben sie. Chloé schloß schwach die Augen und öffnete sie wieder. Sie war offensichtlich froh, Isis und Nicolas zu sehen.

»Hast du geschlafen?« fragte Isis leise.

Chloé verneinte mit den Augenlidern. Sie tastete mit ihren mageren Fingern nach Isis' Hand. Unter der anderen Hand hielt sie die kleine Maus, die sich mit ihren schwarzen, lebhaften Augen umsah und über die Bettdecke zu Nicolas trippelte. Er hob sie behutsam auf und küßte sie auf ihr feuchtglänzendes Schnäuzchen, und sie kehrte wieder zu Chloé zurück. Die Blumen im Zimmer erzitterten, sie hielten nicht lange, und Chloé spürte, daß sie von Stunde zu Stunde schwächer wurde.

»Wo ist Colin?« fragte Isis.

»Arbeit …«, hauchte Chloé.

»Sprich nicht«, sagte Isis. »Ich werde meine Fragen anders stellen.«

Sie beugte ihren hübschen Kopf zu Chloé nieder und küßte sie sanft.

»Arbeitet er bei der Bank?« fragte sie.

Chloé senkte die Lider.

Im Flur näherten sich Schritte. Colin erschien in der Tür. Er trug neue Blumen im Arm, aber er hatte keine Arbeit mehr. Die Diebe waren zu früh gekommen, er konnte nicht mehr laufen. Da er sich Mühe gegeben hatte, bekam er ein wenig Geld, und er kaufte Blumen dafür.

Chloé wirkte ruhiger, sie lächelte nun beinahe, und Colin war ganz nahe bei ihr. Er liebte sie viel zu sehr für ihre schwachen Kräfte, und er wagte sie kaum zu streifen, weil er fürchtete, sie zu zerbrechen. Mit seinen armen, abgearbeiteten Händen strich er leicht über ihr dunkles Haar.

Nicolas, Colin, Isis und Chloé waren beieinander. Nicolas begann zu weinen, denn Chick und Alise würden nie mehr kommen, und Chloé war so krank.

## LXIII

Die Verwaltung zahlte Colin sehr viel Geld, aber es war zu spät. Er mußte jetzt jeden Tag Leute besuchen. Er erhielt eine Liste und mußte alle Unglücksfälle einen Tag vorher ankündigen.

Täglich begab er sich in die übervölkerten oder auch in die eleganten Viertel. Er stieg zahllose Treppen hinauf. Er wurde gewöhnlich sehr schlecht aufgenommen. Die Leute warfen ihm schwere Gegenstände oder harte Worte an den Kopf und wiesen ihm die Tür. Er wurde gut dafür bezahlt und erfüllte seine Aufgabe zur Zufriedenheit. Er wollte diese Tätigkeit beibehalten. Das war das einzige, was er konnte: sich hinauswerfen lassen.

Müdigkeit quälte ihn, sie lähmte seine Knie und prägte sein Gesicht. Er sah nur noch das Häßliche an den Menschen. Unaufhörlich kündigte er kommendes Unheil an. Unaufhörlich wurde er hinausgeworfen, mit Schlägen, Schreien, Tränen, Flüchen.

Er stieg die beiden Stufen hoch, ging durch den Flur, klopfte und trat sofort einen Schritt zurück. Wenn die Leute seine schwarze Mütze sahen, wußten sie Bescheid und mißhandelten ihn, aber Colin durfte nichts dagegen sagen, schließlich wurde er für diese Tätigkeit bezahlt. Die Tür öffnete sich. Colin machte seine Mitteilung und ging fort. Ein schwerer Holzklotz traf ihn in den Rücken.

Er suchte auf der Liste den folgenden Namen und sah, daß es sein eigener war. Er warf die Mütze weg, und er ging durch die Straße, und sein Herz war schwer wie Blei, denn er wußte nun, daß Chloé am nächsten Tag tot sein würde.

## LXIV

Der Priester sprach mit dem Küßter, und Colin wartete das Ende der Unterredung ab, dann trat er auf sie zu. Er sah den Boden unter seinen Füßen nicht mehr und schwankte bei jedem Schritt. Er sah Chloé auf ihrem Hochzeitsbett, ihre mattschimmernde Haut, ihr dunkles Haar und die gerade Nase, die leicht gewölbte Stirn, das ovale, sanft gerundete Gesicht, ihre geschlossenen Lider, die sie von der Welt entrückt hatten.

»Kommen Sie wegen der Beerdigung?« fragte der Priester.

»Chloé ist tot«, sagte Colin.

Er hörte, wie Colin sagte: »Chloé ist tot«, und er konnte es nicht glauben.

»Ich weiß«, sagte der Priester. »Wieviel wollen Sie anlegen? Sie wünschen zweifellos eine schöne Trauerfeier?«

»Ja«, sagte Colin.

»Ich kann Ihnen ein sehr gutes Angebot für zweitausend Dublonen machen«, sagte der Priester. »Natürlich habe ich auch noch etwas Teureres ...«

»Ich besitze nur zwanzig Dublonen«, sagte Colin. »Vielleicht kann ich noch dreißig oder vierzig auftreiben, aber das dauert eine Weile.«

Der Priester füllte seine Lungen mit Luft und stöhnte verdrießlich.

»Sie wollen also ein Armenbegräbnis.«

»Ich bin arm ...«, sagte Colin. »Und Chloé ist tot ...«

»Ja«, sagte der Priester. »Aber man sollte es beim Sterben immer so einrichten, daß genügend Geld für eine anständige Beerdigung da ist. Sie verfügen also nicht einmal über fünfhundert Dublonen?«

»Nein«, sagte Colin. »Ich kann mir etwa hundert beschaffen, wenn Sie sich mit einer Ratenzahlung zufriedengeben. Sie wissen nicht, was das heißt, zu sagen: ›Chloé ist tot‹!«

»Ich bin an so etwas gewöhnt«, sagte der Priester, »mir macht es nichts mehr aus. Ich sollte Ihnen eigentlich empfehlen, sich an Gott zu wenden, aber ich fürchte, daß es bei einer so geringen Summe nicht angebracht ist, ihn zu belästigen …«

»Oh, ich werde ihn nicht belästigen!« sagte Colin. »Ich glaube nicht, daß er viel ausrichten kann, denn Chloé ist tot.«

»Sprechen Sie von etwas anderem«, sagte der Priester. »Denken Sie an … ich weiß nicht was, an irgend etwas, zum Beispiel …«

»Kann ich für hundert Dublonen eine anständige Trauerfeier bekommen?« fragte Colin.

»Ich möchte diese Möglichkeit nicht einmal in Betracht ziehen«, sagte der Priester. »Sie müssen schon hundertfünfzig anlegen.«

»Es dauert aber eine Weile, bis ich alles bezahlen kann.«

»Sie haben ja Arbeit … Sie müssen ein kleines Formular unterschreiben …«

»Wie Sie wünschen«, sagte Colin.

»Unter diesen Umständen können Sie vielleicht bis auf zweihundert Dublonen gehen«, sagte der Priester. »Dann stehen Ihnen nämlich der Küßter und der Kirchner zur Seite, während sie bei hundertfünfzig zur Gegenpartei gehören.«

»Ich glaube, das geht nicht«, sagte Colin. »Ich fürchte, daß ich meine Arbeitsstelle nicht lange behalte.«

»Gut, sagen wir also hundertfünfzig«, sagte der Priester. »Sehr bedauerlich, das wird eine unerfreuliche Beerdigung. Sie verleiden mir die Sache, Sie sind wirklich zu knauserig …«

»Ich bitte um Entschuldigung«, sagte Colin.

»Unterschreiben Sie die Papiere«, sagte der Priester und schob Colin derb vor sich her.

Colin stolperte über einen Stuhl. Wütend stieß ihn der Priester in die Sachristur und ging schimpfend hinterher.

## LXV

Colin erwartete die beiden Träger im Flur seiner Wohnung. Sie waren mit Schmutz bedeckt, denn die Treppe verkam immer mehr. Aber sie trugen ihre ältesten Sachen, und auf einen Riß mehr oder weniger kam es ihnen nicht an. Durch die Löcher in ihren Uniformen sah man die roten Haare ihrer häßlichen, knochigen Beine, und sie begrüßten Colin, indem sie ihn in die Seite pufften, wie es in der Beerdigungsordnung für arme Leute vorgeschrieben war.

Der Flur ähnelte nun einem Kellergang. Sie beugten die Köpfe, um in Chloés Zimmer zu gelangen. Die Männer, die den Sarg gebracht hatten, waren schon wieder fort. Von Chloé war nichts mehr zu sehen, nur ein verbeulter schwarzer Kasten stand da, der eine aufgemalte Nummer trug. Sie packten den Kasten wie einen Klotz und warfen ihn aus dem Fenster. Erst von fünfhundert Dublonen aufwärts trugen sie die Toten selbst hinunter.

»Deshalb hat der Kasten so viele Beulen«, dachte Colin, und er weinte, weil Chloé nun sicherlich ganz entstellt war.

Dann fiel ihm ein, daß sie ja nichts mehr spürte, und er weinte noch heftiger. Der Kasten krachte auf das Pflaster und brach das Bein eines Kindes, das vor dem Hause spielte. Sie stießen das Kind beiseite und warfen den Kasten auf den Leichenwagen. Es war ein alter, rotgestrichener Lastwagen, und einer der beiden Träger fuhr ihn.

Nur wenige Leute folgten dem Wagen, Nicolas, Isis und Colin und zwei oder drei andere, die sie nicht kannten. Der Wagen fuhr ziemlich schnell. Sie mußten laufen, um mitzukommen. Der Fahrer sang aus Leibeskräften. Er schwieg erst von zweihundertfünfzig Dublonen an.

Vor der Kirche hielten sie an, und der schwarze Kasten blieb draußen, während sie sich hineinbegaben. Der Priester blickte verdrießlich drein, er wandte ihnen den Rücken zu und begann ohne rechte Überzeugung mit seiner Tätigkeit. Colin stand vor dem Altar.

Er hob die Augen: Vor ihm hing Jesus an seinem Kreuz, das an der Wand befestigt war. Er schien sich zu langweilen, und Colin fragte ihn:

»Warum ist Chloé gestorben?«

»Dafür bin ich in keiner Weise verantwortlich«, sagte Jesus. »Wollen wir nicht von etwas anderem reden?«

»Wer ist denn dafür verantwortlich?« fragte Colin.

Sie unterhielten sich sehr leise, und die anderen konnten nichts hören.

»Wir jedenfalls nicht«, sagte Jesus.

»Ich habe Sie damals zu meiner Hochzeit eingeladen«, sagte Colin.

»Das war eine sehr schöne Feier«, sagte Jesus, »ich habe mich sehr gut unterhalten. Warum haben Sie diesmal nicht mehr Geld ausgegeben?«

»Ich habe keins mehr«, sagte Colin. »Und außerdem ist ja heute nicht meine Hochzeit.«

»Nein«, sagte Jesus.

Er sah verlegen aus.

»Es ist etwas ganz anderes«, sagte Colin. »Diesmal wird Chloé beerdigt … Ich mag diesen schwarzen Kasten nicht!«

»Hmm …« sagte Jesus.

Er blickte in eine andere Richtung und schien sich wieder zu langweilen. Der Priester schwang eine Rassel und brüllte lateinische Verse.

»Warum haben Sie sie sterben lassen?« fragte Colin.

»Ach, lassen Sie mich in Ruhe!« sagte Jesus.

Er suchte eine bequemere Stellung auf seinen Nägeln.

»Sie war so sanft«, sagte Colin. »Niemals hat sie etwas Böses getan, nicht einmal in Gedanken.«

»Das hat nichts mit der Religion zu tun«, murmelte Jesus und gähnte.

Er ruckte ein wenig mit dem Kopf, um die Lage der Dornenkrone zu verändern.

»Ich weiß nicht, was wir getan haben. Das verdienen wir nicht«, sagte Colin.

Er senkte die Augen. Jesus antwortete nicht. Colin blickte wieder auf. Die Brust Jesu hob und senkte sich regelmäßig. Seine Auge waren geschlossen, und Colin hörte ihn leise und zufrieden schnurren wie eine satte Katze. In diesem Augenblick hüpfte der Priester von einem Bein auf das andere und blies in ein Röhrchen, und die Feier war vorüber.

Der Priester verließ als erster die Kirche und kehrte in die Sachristur zurück, um dicke Nagelschuhe anzuziehen.

Colin, Isis und Nicolas gingen hinaus und warteten hinter dem Lastwagen.

Da erschienen der Küßter und der Kirchner, in üppige helle Gewänder gekleidet. Sie überfielen Colin mit Hohngeschrei und tanzten wie Wilde um den Wagen herum. Colin hielt sich die Ohren zu. Er konnte nichts machen, er hatte ein Armenbegräbnis bestellt, und er rührte sich nicht, als sie ihn mit Steinen bewarfen.

## LXVI

Sie mußten sehr lange durch die Straßen gehen. Die Leute drehten sich nicht mehr nach ihnen um, und es wurde dämmerig. Der Armenfriedhof lag sehr weit entfernt. Der rote Lastwagen holperte über die unebene Straße, während der Motor fröhlich knatterte.

Colin hörte nichts mehr, er lebte in der Vergangenheit und lächelte bisweilen, er erinnerte sich an alles. Nicolas und Isis gingen hinter ihm. Isis berührte von Zeit zu Zeit Colins Schulter.

Die Straße hörte auf, und der Wagen blieb stehen; vor ihnen lag eine Wasserfläche. Die Träger holten den schwarzen Kasten herunter. Colin war zum ersten Male auf dem Friedhof; er lag auf einer Insel unbestimmbarer Form, deren Umrisse sich häufig mit der Last des Wassers veränderten. Sie war undeutlich durch den Nebel zu erkennen. Der Wagen blieb am Ufer zurück; man gelangte über einen langen, schmalen, grauen Steg, dessen Ende weit hinten in den Nebelschwaden verschwand, zu der Insel hinüber. Die beiden Träger stießen fürchterliche Flüche aus, und einer von ihnen betrat schließlich den Steg. Er war gerade breit genug für eine Person. Die Träger schleppten den schwarzen Kasten mit Hilfe von breiten Ledergurten, die sich um ihren Hals wanden und von ihren Schultern herunterhingen. Der zweite Träger erstickte beinahe an seinem Gurt, er wurde ganz violett, was zu dem Grau des Nebels sehr trostlos aussah. Colin schritt hinter den Trägern, Nicolas und Isis folgten ihm. Der erste Träger trampelte absichtlich auf dem Steg herum, um ihn ins Schwanken zu bringen und von rechts nach links zu wippen. Dann verschwand er in einer Dunstwolke, die Fäden zog wie schmelzender Zucker. Ihre Schritte hallten in absteigender Tonleiter von dem Steg wider. Ganz allmählich bog sich der Steg, bis sie zur Mitte kamen; dort berührte er das Wasser, und kleine symmetrische Wellen bespülten ihn von beiden Seiten. Das Wasser bedeckte ihn beinahe, es war dunkel und durchsichtig. Colin beugte sich nach rechts, er blickte ins Wasser, er glaubte etwas Weißes wahrzunehmen, das sich in der Tiefe undeutlich bewegte. Nicolas und Isis blieben hinter ihm stehen, es sah aus, als stünden sie auf dem Wasser. Die Träger gingen weiter, die zweite Hälfte des Steges stieg an, und als sie die Mitte hinter sich gelassen hatten, zogen sich die kleinen Wellen zurück, und der Steg hob sich mit saugendem Geräusch aus dem Wasser.

Die Träger begannen zu laufen. Ihre Schritte dröhnten auf dem Steg, und die Griffe des schwarzen Kastens klapperten gegen die Wände. Sie erreichten die Insel vor Colin und seinen Freunden und stapften einen schmalen Pfad entlang, der zu beiden Seiten von dunklen Hecken gesäumt wurde. Der Pfad wand sich in bizarren Kurven, und der Boden war spröde und brüchig. Nach einiger Zeit wurde der Pfad ein wenig breiter. Die Blätter der Pflanzen nahmen eine hellgraue Farbe an, und die Blattrippen hoben sich golden von ihrem samtenen Untergrund ab. Die schlanken Bäume bogen sich von beiden Seiten über den Pfad; unter dem Gewölbe, das auf diese Weise entstand, verbreitete das Tageslicht einen matten, fahlen Schein. Als der Pfad sich in mehrere Abzweigungen teilte, wandten sich die Träger ohne Zögern nach rechts. Colin, Isis und Nicolas mußten sich beeilen, um sie einzuholen. Kein Vogel regte sich in den Bäumen; nur graue Blätter lösten sich bisweilen, um langsam zu Boden zu gleiten. Sie folgten den Windungen des Weges. Die Träger versetzten den Bäumen Fußtritte, und ihre schweren Schuhe hinterließen in der schwammigen Rinde tiefe bläuliche Flecken
Der Friedhof lag genau in der Mitte der Insel. Wenn man

auf die Steine kletterte, so sah man hinter den kümmerlichen Baumwipfeln in der Ferne zum anderen Ufer hin den schwarzgestreiften Himmel und kleine Adlervögel, die über den Dill- und Sternmierenfeldern dahinglitten.

Die Träger blieben an einem großen Loch stehen. Sie stimmten *Auf in den Kampf* an und schwenkten Chloés Sarg hin und her. Dann drückten sie auf einen Hebel, der Deckel sprang auf, und polternd fiel etwas in das Loch; der zweite Träger taumelte halberstickt zur Seite, denn der Gurt hatte sich nicht schnell genug von seinem Hals gelöst. Colin und Nicolas eilten herbei, Isis stolperte hinterher. Plötzlich kamen auch der Küßter und der Kirchner in ölverschmierten Arbeitsanzügen hinter einem Grabhügel hervor. Sie stürzten sich mit lautem Geheul auf das Grab und schleuderten Erde und Steine hinein.

Colin war auf die Knie gesunken. Er verbarg das Gesicht in den Händen, die Steine fielen mit dumpfem Geräusch in das Grab; der Küßter, der Kirchner und die beiden Träger faßten sich bei der Hand. Sie tanzten um das Loch herum und plötzlich liefen sie auf den Weg zu und verschwanden. Der Küßter blies in ein dickes Krummhorn, dessen heisere Töne in der totenstillen Luft nachklangen. Die Erde rutschte langsam zusammen, und nach zwei oder drei Minuten war Chloés Leiche nicht mehr zu sehen.

## LXVII

Die graue Maus mit den schwarzen Schnurrhaaren unternahm einen letzten Versuch, und es gelang ihr durchzukommen. Hinter ihr schlossen sich Decke und Fußboden zusammen, und wo noch Lücken waren, quollen träge Rinnsale hervor. Sie hastete durch den Flur, dessen schwankende Wände sich ebenfalls aneinanderzudrängen begannen, und kroch unter der Tür durch. Sie lief die Treppe hinunter; auf dem Bürgersteig hielt sie an. Sie zögerte einen Augenblick, blickte sich um und schlug dann den Weg zum Friedhof ein.

## LXVIII

»Wirklich«, sagte die Katze, »es interessiert mich nicht besonders.«

»Das ist nicht recht von dir«, sagte die Maus. »Ich bin noch jung, und ich war bis zum letzten Augenblick gut genährt.«

»Aber ich bin auch gut genährt«, sagte die Katze, »und ich habe nicht die geringste Lust, mich umzubringen. Du siehst also, warum ich das nicht normal finde.«

»Du hast ihn eben nicht gesehen«, sagte die Maus.

»Was tut er denn?« fragte die Katze.

Sie wollte es im Grunde gar nicht wissen. Es war warm, und alle ihre Haare waren schön geschmeidig.

»Er steht am Rande des Wassers«, sagte die Maus, »er wartet, und wenn es soweit ist, geht er auf den Steg und bleibt in der Mitte stehen. Er sieht etwas.«

»Da kann er wohl nichts Besonderes sehen«, sagte die Katze. »Eine Seerose vielleicht.«

»Ja«, sagte die Maus. »Er wartet darauf, daß sie herauskommt und ihn tötet.«

»Das ist idiotisch«, sagte die Katze. »Außerdem ist es völlig uninteressant.«

»Wenn die Zeit vorüber ist«, fuhr die Maus fort, »kehrt er ans Ufer zurück und betrachtet die Fotografie.«

»Ißt er niemals?« fragte die Katze.

»Nein«, sagte die Maus, »und er wird immer schwächer, und das kann ich nicht ertragen. Eines Tages wird er einen falschen Schritt machen, wenn er auf den großen Steg geht.«

»Was geht dich das an?« fragte die Katze. »Er ist eben unglücklich, und was weiter!«

»Er ist nicht unglücklich«, sagte die Maus, »er leidet.

Ich kann es nicht ertragen. Und dann wird er ins Wasser fallen, er beugt sich immer zu weit vor.«

»Also gut, wenn das so ist, dann will ich dir diesen Dienst erweisen«, sagte die Katze. »Aber ich weiß gar nicht, warum ich sage ›wenn das so ist‹, denn ich verstehe überhaupt nichts.«

»Du bist sehr gütig«, sagte die Maus.

»Leg deinen Kopf in mein Maul und warte ab«, sagte die Katze.

»Dauert es lange?« fragte die Maus.

»Gerade so lange, bis jemand auf meinen Schwanz tritt«, sagte die Katze. »Es muß eine Reflexbewegung sein. Aber hab keine Angst, ich lege den Schwanz aus.«

Die Maus schob die Kiefer der Katze auseinander, legte ihren Kopf zwischen die spitzen Zähne und zog ihn sogleich wieder zurück.

»Sag mal, hast du heute morgen Haifisch gegessen?« fragte sie.

»Nun hör mal zu«, sagte die Katze, »wenn dir das nicht paßt, dann mach, daß du wegkommst. Die Sache hängt mir langsam zum Halse heraus. Dann mußt du eben allein damit fertig werden.«

Sie sah zornig aus.

»Reg dich nicht auf«, sagte die Maus.

Sie schloß ihre kleinen schwarzen Augen und brachte ihren Kopf wieder in die richtige Stellung. Die Katze legte vorsichtig ihre spitzen Eckzähne auf den weichen grauen Hals. Die schwarzen Schnurrhaare der Maus verflochten sich mit ihren eigenen. Sie streckte ihren buschigen Schwanz aus und legte ihn über den Bürgersteig.

Und es kamen mit Gesang elf kleine blinde Mädchen aus dem Papst-Julius-Waisenhaus.

*Memphis, 8. März 1946*
*Davenport, 10. März 1946*

## *ZU DIESER AUSGABE*

»Der Schaum der Tage« (L'Écume des jours) entstand 1945/46. Einen Teilabdruck des Romans brachte Jean-Paul Sartre im Oktober 1946 in seiner Zeitschrift »Les Temps Modernes«. Die dort gedruckten dreizehn Kapitel enthalten allerdings keine Anspielungen auf Sartre (Jean-Sol Partre) und Simone de Beauvoir (Duchesse de Bovouard). Die Widmung »Meiner Liebsten« (Pour mon Bibi) galt Vians erster Frau, Michelle Léglise. Die Erstausgabe dieses Romans wurde am 20. März 1947 imprimiert. Diese bei Gallimard erschienene Ausgabe diente als Textgrundlage für die Redaktion der Übersetzung von Antje Pehnt, die unter dem Titel »Chloé« 1964 im Rauch Verlag erschienen und 1977 unverändert unter dem Titel »Die Gischt der Tage« vom Suhrkamp Verlag nachgedruckt worden ist.

K.V.

BORIS VIAN

# Herbst in Peking

*– L'AUTOMNE À PÉKIN –*

Deutsch von Eugen Helmlé

# A

*Die Personen, die sich mit der Frage nicht näher befaßt haben, unterliegen leicht einem Irrtum …*
*(Lord Raglan, »Das Inzesttabu«, Payot, 1935, Seite 145)*

## 1

Ohne Überzeugung ging Amadis Dudu durch die enge Gasse, die die längste der Abkürzungen darstellte, über die man zur Haltestelle des Autobus 975 gelangte. Jeden Tag mußte er dreieinhalb Fahrscheine hingeben, denn er sprang vor seiner Haltestelle vom fahrenden Bus, und er tastete seine Westentasche ab, um nachzusehen, ob er noch welche hatte. Ja. Er sah einen Vogel, über einen Abfallhaufen gebeugt, der mit dem Schnabel in drei leere Konservendosen hackte und dem es dabei gelang, den Anfang der Wolgaschiffer zu spielen; und er blieb stehen, doch der Vogel erwischte eine falsche Note und flog wütend davon, wobei er zwischen seinen Schnabelhälften böse Wörter im Vogeljargon brummte. Amadis Dudu setzte seinen Weg fort und sang dabei die Fortsetzung; doch er erwischte ebenfalls eine falsche Note und begann zu fluchen.

Die Sonne schien, nicht sehr, aber genau vor ihm, und das Ende der Gasse glänzte sanft, denn das Pflaster war feucht; er konnte es nicht sehen, denn sie machte zweimal eine Biegung, nach rechts, dann nach links. Frauen mit großen, schlaffen Begierden erschienen auf der Schwelle ihrer Türen, den Morgenrock weit geöffnet über einem beachtlichen Tugendmangel, und leerten ihren Mülleimer vor sich aus; dann schlugen sie alle zusammen auf den

Boden der Abfalleimer, was sich wie Trommelwirbel anhörte, und wie gewöhnlich begann Amadis im Gleichschritt zu marschieren. Aus diesem Grund ging er am liebsten durch die Gasse. Das erinnerte ihn an die Zeit seines Militärdienstes bei den Amis, als sie Pinat-Batter spachtelten aus Weißblechdosen wie die des Vogels, aber größer. Die Abfälle fielen herab und bildeten Staubwolken; er mochte das, weil das die Sonne sichtbar machte. Dem Schatten der roten Laterne der großen Sechs zufolge, wo die getarnten Polizisten wohnten (in Wirklichkeit war es ein Kommissariat; und um jeden Verdacht abzulenken, hatte das Bordell nebenan eine blaue Laterne), ging es ungefähr auf acht Uhr neunundzwanzig zu. Es blieb ihm noch eine Minute, um die Haltestelle zu erreichen; das machte genau sechzig Schritte zu einer Sekunde, aber Amadis machte fünf alle vier Sekunden, und die allzu komplizierte Rechnung löste sich in seinem Kopf auf; normalerweise wurde sie später mit seinem Urin ausgeschieden, wobei sie tock auf dem Porzellan machte. Aber lange danach.

An der Haltestelle des 975 standen schon fünf Personen, und sie stiegen alle in den ersten 975, der gerade angekommen war, doch der Schaffner verweigerte Dudu den Einstieg. Obgleich der ihm ein Stück Papier hinhielt, dessen einfache Inaugenscheinnahme bewies, daß er tatsächlich der sechste war, vermochte der Autobus nur über fünf Plätze zu verfügen und ließ es ihn merken, indem er viermal furzte, um abzufahren. Er brauste sanft dahin, und sein Hinterteil schleifte über den Boden und schlug dabei Funkengarben aus den runden Höckern der Pflastersteine; manche Fahrer klebten Feuersteine drunter, damit es hübscher aussah (es waren immer die Fahrer des Autobusses, der hinterher kam).

Ein zweiter 975 hielt vor Amadis Nase. Er war stark besetzt und schnaufte grün. Eine dicke Frau stieg aus und eine Kuchenhacke, die von einem kleinen, fast toten Herrn getragen wurde. Amadis Dudu klammerte sich an den senkrechten Handlauf und hielt seinen Fahrschein hin, doch der Schaffner schlug ihm mit dem Fahrkartenknipser auf die Finger.

»Lassen Sie das los!« sagte er zu ihm.

»Aber es sind doch drei Personen ausgestiegen!« protestierte Amadis.

»Der Bus war überbesetzt«, sagte der Beamte in vertraulichem Ton und flinkerte dabei mit einer abstoßenden Mimik.

»Das stimmt nicht!« protestierte Amadis.

»Doch«, sagte der Beamte, und er sprang sehr hoch, um den Klingelzug zu erreichen, an dem er sich festhielt, um einen halben Klimmzug zu machen und Amadis seinen Hintern zu zeigen. Der Fahrer fuhr ab, denn er hatte den Zug der rosa Schnur, die an seinem Ohr befestigt war, gespürt.

Amadis sah auf seine Uhr und machte »Puh!«, damit der Zeiger rückwärts gehen sollte, doch nur der Sekundenzeiger begann verkehrt herum zu laufen; die andern drehten sich weiterhin in der gleichen Richtung und das änderte überhaupt nichts. Er stand mitten auf der Straße und sah zu, wie der 975 verschwand, als ein dritter ankam, und seine Stoßstange erwischte ihn direkt an den Hinterbacken. Er fiel hin, und der Fahrer fuhr ein Stück vor, um direkt über ihm zu stehen, und drehte den Warmwasserhahn auf, der Amadis' Hals zu begießen begann. Unterdessen stiegen die beiden Personen, die die nächsten Nummern hatten, in den Bus, und als er wieder aufstand, fuhr der 975 vor ihm davon. Sein Hals war ganz rot, und er spürte einen großen Zorn; er würde mit Sicherheit zu spät kommen. Unterdessen kamen vier andere Personen an, die ihre Nummern nahmen, indem sie auf den Hebel drückten. Die fünfte Person, ein dicker junger Mann, bekam zusätzlich noch den kleinen Parfümstrahl ins Gesicht, den die Autobusgesellschaft jeder hundertsten Person als Zugabe schenkte; schreiend lief er weg, immer geradeaus, denn es war fast reiner Alkohol, und im Auge tut das sehr weh. Ein 975, der in der anderen Richtung vorüberkam, überfuhr ihn zuvorkommenderweise, um seinem Leiden ein Ende zu machen, und man sah, daß er gerade Erdbeeren gegessen hatte.

Ein vierter Bus mit einigen Plätzen kam an und eine Frau, die bei weitem nicht so lange da war wie Amadis, hielt ihre Nummer hin. Der Schaffner rief laut:

»Eine Million fünfhundertundsechstausendneunhundertdrei!«

»Ich habe die neunhundert! ...«

»Gut«, sagte der Schaffner, »die eins und die zwei?«

»Ich habe die vier«, sagte ein Herr.

»Wir haben die fünf und die sechs«, sagten die beiden anderen Personen.

Amadis war schon eingestiegen, aber die Faust des Schaffners packte ihn am Kragen.

»Die haben Sie auf dem Boden aufgelesen, wie? Steigen Sie aus!«

»Wir haben ihn gesehen«, kreischten die andern. »Er war unter dem Autobus.«

Der Schaffner ließ seine Brust anschwellen und stieß Amadis von der Plattform herunter, wobei er ihm die linke Schulter mit einem Blick voller Verachtung durchbohrte. Amadis begann vor Schmerz auf der Stelle zu hüpfen. Die vier Personen stiegen ein, und der Autobus fuhr davon, einen Buckel machend, denn er schämte sich ein wenig.

Der fünfte fuhr voll vorbei, und alle Fahrgäste streckten Amadis und den andern, die dort warteten, die Zunge heraus. Selbst der Schaffner spuckte auf ihn, doch die schlecht gesicherte Geschwindigkeit nutzte dem Auswurf nichts, der nicht auf die Erde zu fallen vermochte. Amadis versuchte ihn mit einem Schnipser im Flug zu vernichten und verfehlte ihn. Er schwitzte, weil ihn das alles wirklich in einen Zustand fürchterlicher Wut versetzt hatte, und als er den sechsten und den siebten verpaßt hatte, beschloß er, zu Fuß weiterzugehen. Er würde versuchen, ihn an der nächsten Haltestelle zu nehmen, wo gewöhnlich mehr Leute ausstiegen.

Er brach auf, wobei er absichtlich schräg ging, damit man sehen konnte, daß er zornig war. Er mußte etwa vierhundert Meter zurücklegen und während dieser Zeit fuhren andere 975, fast leer, an ihm vorbei. Als er endlich den grünen Laden, zehn Meter vor der Haltestelle, erreichte, kamen direkt vor ihm, aus einem Torweg, sieben junge Pfarrer und zwölf Schulkinder, die götzenhafte Lilienbanner und bunte Bänder trugen. Sie stellten sich um die Haltestelle herum auf, und die Pfarrer brachten zwei Hostien-Werfer in Stellung, um den Passanten die Lust auszutreiben, auf den 975 zu warten. Amadis Dudu versuchte sich an das Losungswort zu erinnern, aber seit der Katechismusstunde waren so viele Jahre vergangen, daß er das Wort nicht wiederfinden konnte. Er versuchte, sich rückwärts gehend zu nähern und bekam eine zusammengerollte Hostie in den Rücken, die mit einer solchen Wucht geschleudert worden war, daß es ihm den Atem abschnitt und er zu husten begann. Die Pfarrer lachten und machten sich um die Hostienwerfer herum zu schaffen, die unaufhörlich Geschosse ausspuckten. Es kamen zwei 975 vorbei, und die Kinder nahmen fast alle leeren Plätze ein. Im zweiten waren noch welche frei, doch einer der Pfarrer blieb auf der Plattform stehen und hinderte ihn daran einzusteigen; und als er sich umdrehte, um seine Nummer zu nehmen, warteten schon sechs Personen und er verlor den Mut. Er lief darauf so schnell er nur konnte, um die nächste Haltestelle zu erreichen. Weit vor sich erblickte er das Hinterteil des 975 und die Funkengarben, und er warf sich zu Boden, denn der Pfarrer richtete den Hostienwerfer in seine Richtung. Er hörte die Hostie über sich hinwegfliegen, wobei sie ein Geräusch wie brennende Seide machte, dann rollte sie in die Gosse.

Ganz verdreckt stand Amadis wieder auf. Er zögerte fast, sich in diesem Schmutzzustand in sein Büro zu begeben, doch was würde die Stechuhr sagen? Der rechte Schneidermuskel tat ihm weh und er versuchte, sich eine Nadel in die Backe zu stechen, um den Schmerz zu vertreiben; fast am liebsten vertrieb er sich mit dem Studium der Akupunktur in den Werken des Dr. Bottine de Mourant die Zeit; leider zielte er nicht gut und kurierte damit eine Nierenentzündung an der Wade, die er sich noch gar nicht zugezogen hatte, was ihn aufhielt. Als er an die Haltestelle danach gelangte, war dort wieder alles voller Leute, und sie bildeten eine feindselige Mauer um den Nummernkasten herum.

Amadis Dudu blieb in respektvoller Entfernung stehen und nutzte diesen Augenblick der Ruhe, um zu versuchen, bedächtig diese Überlegungen anzustellen:

»Einerseits, wenn er eine Haltestelle weiterginge, bräuchte er erst gar nicht mehr den Autobus zu nehmen, denn dann wäre er so spät dran, daß.«

»Andererseits, wenn er rückwärts ginge, würde er wieder auf Pfarrer stoßen.«

»Dritterseits wollte er den Autobus nehmen.«

Er lachte sehr laut, denn um nichts zu überstürzen, hatte er es absichtlich unterlassen, eine logische Überlegung anzustellen, und er setzte seinen Weg zur nächsten Haltestelle fort. Er ging noch schräger als vorher, und es war offenkundig, daß sein Zorn nur noch größer geworden war.

Der 975 brummte ihm in dem Augenblick ins Ohr, als er die Haltesäule, an der niemand wartete, fast erreicht hatte, und er hob den Arm, aber zu spät; der Fahrer sah ihn nicht und fuhr an dem Metallschild vorbei, wobei er fröhlich auf sein kleines Gaspedal trat.

»Oh! Scheiße!« sagte Amadis Dudu.

»Das stimmt«, bestärkte ihn ein Herr, der hinter ihm kam.

»Sie glauben, daß sie es nicht absichtlich tun!« fuhr Amadis empört fort.

»Ah! Ah!« sagte der Mann. »Sie sollten es absichtlich tun?«

»Ich bin davon überzeugt!« sagte Amadis.

»Aus tiefstem Herzen?« fragte der Herr.

»Nach bestem Wissen und Gewissen.«

»Und Sie würden es beschwören?«

»Donnerlittchen verflixt! Und ob!« sagte Amadis. »Der Teufel hols! Ja, ich würde es beschwören. Und, Scheiße, jetzt auf der Stelle!«

»Dann schwören Sie mal?« sagte der Herr.

»Ich schwöre!« sagte Amadis und er spuckte dem Herrn in die Hand, die dieser gerade seinen Lippen entgegenstreckte.

»Schwein!« sagte der Herr zu ihm. »Sie haben etwas Schlechtes über den Fahrer des 975 gesagt. Dafür bekommen Sie ein Protokoll.«

»Ach ja?« sagte Amadis.

Sie wurde nicht alt, die Laus auf seiner Leber.

»Ich bin vereidigt«, sagte der Mann und schob den Schild seiner Mütze, die bis dahin herumgedreht war, nach vorn. Es war ein Inspektor des 975.

Amadis warf einen lebhaften Blick nach rechts, dann nach links, und als er das charakteristische Geräusch hörte, nahm er einen Anlauf, um in einen neuen 975 zu springen, der neben ihm dahinkroch. Als er wieder herunterfiel, tat er das mit solcher Wucht, daß er durch die hintere Plattform brach und mehrere Dezizentimeter in die Fahrbahn eindrang. Er konnte noch rechtzeitig den Kopf einziehen; das Hinterteil des Autobusses flog für den Bruchteil einer Sekunde über ihn hinweg. Der Inspektor zog ihn aus dem Loch und ließ ihn die Strafe bezahlen, und während dieser Zeit verpaßte er zwei andere Busse; als er das sah, stürzte er los, um an die Haltestelle danach zu kommen, dies erscheint zwar anormal, und doch ist es so.

Er erreichte sie ohne Zwischenfall, stellte aber fest, daß es zu seinem Büro nur noch dreihundert Meter waren; dazu in den Autobus steigen …

»Darauf überquerte er die Straße und ging, auf dem Bürgersteig, den Weg in umgekehrter Richtung, um den Bus an einer Stelle zu nehmen, wo es sich lohnte.

## 2

Er gelangte ziemlich schnell an den Punkt, von dem er jeden Morgen abfuhr und beschloß, weiterzugehen, denn er kannte diesen Teil der Strecke schlecht. Er hatte den Eindruck, daß es in dieser Gegend der Stadt Gelegenheit zu wesentlichen Beobachtungen gab. Er verlor zwar sein unmittelbares Ziel, den Autobus zu nehmen, nicht aus den Augen, doch wollte er die ärgerlichen Mißgeschicke, denen er sich seit Tagesanfang ausgesetzt sah, zu seinem Vorteil nutzen. Die Strecke des 975 zog sich über eine große Straßenlänge dahin, und überaus interessante Dinge tauchten eins nach dem andern vor den Augen Amadis' auf. Doch sein Zorn legte sich nicht. Er zählte die Bäume, wobei er sich regelmäßig irrte, um seinen Blutdruck zu senken, der, wie er spürte, nahe am kritischen Punkt war, und hämmerte Militärmärsche, die gerade in Mode waren, auf seinen linken Schenkel, um seinen Spaziergang zu skandieren. Und er erblickte einen großen Platz, umgeben von Gebäuden, die aus dem Mittelalter stammten, seitdem aber alt geworden waren; es war die Endhaltestelle des 975. Er fühlte sich wieder heiter gestimmt, und mit der Leichtigkeit eines Uhrpendels schwang er sich auf das Trittbrett der Laderampe; ein Beamter schnitt den Strick durch, der das Fahrzeug noch zurückhielt; Amadis spürte, wie es sich in Gang setzte.

Als er sich umdrehte, sah er, wie der Beamte das Ende der Schnur mitten ins Gesicht bekam, und ein Fetzen seiner Nase flog in einem Milbenblätterwirbel davon.

Der Motor surrte gleichmäßig, denn man hatte ihm gerade einen vollen Teller mit Katzenfischgräten gegeben; Amadis, der in der hinteren rechten Ecke saß, hatte den Wagen für sich ganz allein. Auf der Plattform drehte der Schaffner mechanisch an seiner Maschine zum Verpfuschen der Fahrscheine, die er an die Musikbox im Innern angeschlossen hatte, und der monotone Singsang schläferte Amadis ein. Er spürte das Fahrgestell brummen, wenn das Hinterteil die Pflastersteine leicht berührte, und das Prasseln der Funken begleitete die kleine monotone Musik. Die Läden folgten aufeinander in einem Geschiller leuchtender Farben; es machte ihm Spaß, sein Spiegelbild in den großen Spiegeln der Schaufenster zu sehen, doch er wurde rot, als er sah, daß es seine bequeme Stellung ausnützte, um Dinge zu stehlen, die im Schaufenster waren, und drehte sich nach der anderen Seite.

Er wunderte sich nicht darüber, daß der Fahrer das Fahrzeug noch nicht angehalten hatte: um diese Stunde am Vormittag begibt sich niemand mehr ins Büro. Der Schaffner schlief ein und rutschte auf die Plattform, wo er in seinem Schlaf eine bequemere Stellung suchte. Amadis fühlte sich übermannt von einer Art kühner Schläfrigkeit, die in ihn eindrang wie ein zerstörerisches Gift. Er klaubte seine Beine zusammen, die er vor sich ausgestreckt hatte und legte sie auf die Bank vor ihm. Die Bäume leuchteten in der Sonne wie die Läden; ihre frischen Blätter rieben am Dach des Autobusses und machten dabei das gleiche Geräusch wie die Meerespflanzen am Rumpf eines kleinen Schiffes. Das Schaukeln des Autobusses wiegte Amadis in den Schlaf; der Bus hielt immer noch nicht; genau in dem Augenblick, in dem er das Bewußtsein verlor, erkannte er, daß er an seinem Büro vorbeigefahren war, und diese Feststellung beunruhigte ihn kaum.

Als Amadis wieder wach wurde, fuhren sie immer noch. Draußen war es bei weitem nicht mehr so hell, und er schaute auf die Straße. An den beiden Rinnen grauen Wassers, die sie säumten, erkannte er die Hochseenationalstraße und betrachtete eine Weile dieses Schauspiel. Er fragte sich, ob die Zahl der Fahrscheine, die ihm noch blieben, ausreichen würde, um seinen Platz bezahlen zu können. Er drehte den Kopf um und sah nach dem Schaffner. Von einem erotischen Traum großen Kalibers durcheinandergebracht, bewegte sich der Mann zuckend nach allen Richtungen und rollte sich schließlich spiralenförmig um den leichten, vernickelten Pfeiler, der das Dach trug. Er unterbrach jedoch nicht seinen Schlaf. Amadis dachte, daß das Schaffnerleben sehr anstrengend sein müsse, und er stand auf, um sich die Beine zu vertreten. Er nahm an, daß der Autobus unterwegs nicht gehalten hatte, da er keinen anderen Fahrgast sah. Er hatte Platz in Hülle und Fülle, um ungezwungen umherschlendern zu können. Er ging von hinten nach vorn, kehrte dann wieder nach hinten zurück, und der Lärm, den er machte, als er die Stufe hinunterstieg, weckte den Schaffner; dieser kniete sich plötzlich hin und drehte wie wild an der Kurbel seines Apparats, wobei er zielte und mit dem Mund pengpengpeng machte.

Amadis gab ihm einen Klaps auf die Schulter, und der Schaffner feuerte aus nächster Nähe auf ihn, dann gab er auf; zum Glück war es nur zum Spiel. Der Mann rieb sich die Augen und stand auf.

»Wo fahren wir denn hin?« fragte Amadis.

Der Schaffner, der Denis hieß, machte eine Gebärde der Unwissenheit.

»Das kann man nicht wissen«, gab er zur Antwort. »Es ist der Fahrer 21239 und der ist verrückt.«

»Und?« sagte Amadis.

»Und bei ihm weiß man nie, wie es ausgeht. Gewöhnlich steigt niemand in diesen Wagen. Wie sind Sie eigentlich eingestiegen?«

»Wie jedermann«, sagte Amadis.

»Ich weiß«, erklärte der Schaffner. »Ich war heute morgen ein bißchen eingeschlafen.«

»Haben Sie mich nicht gesehen?« sagte Amadis.

»Das Dumme bei diesem Fahrer«, fuhr der Schaffner fort, »ist, daß man nichts zu ihm sagen kann, er versteht es nicht. Er ist nämlich außerdem noch blöd, wie man zugeben muß.«

»Ich bedauere ihn«, sagte Amadis. »Es ist eine Katastrophe.«

»Sicherlich«, sagte der Schaffner. »Dieser Mann könnte nun angeln gehen, und was tut er? ...«

»Er fährt einen Autobus«, stellte Amadis fest.

»Genau!« sagte der Schaffner. »Sie sind auch nicht dumm.«

»Wovon ist er denn verrückt geworden?«

»Keine Ahnung. Ich gerate immer an verrückte Fahrer. Finden Sie das lustig?«

»Ganz gewiß nicht!«

»Es ist die Verkehrsgesellschaft«, sagte der Schaffner. »Übrigens sind sie bei der Verkehrsgesellschaft alle verrückt.«

»Sie halten aber allerhand aus«, sagte Amadis.

»Oh, bei mir«, erklärte der Schaffner, »ist es nicht das gleiche. Ich bin nämlich nicht verrückt, verstehen Sie.«

Er mußte so schallend lachen, daß er hinter den Atem

kam. Amadis war ein wenig beunruhigt, als er sah, wie er sich auf dem Boden wälzte, erst violett, dann weiß und schließlich ganz steif wurde, aber er beruhigte sich schnell, als er sah, daß es nur Mache war: der andere zwinkerte mit den Augen; bei verdrehten Augen wirkt das sehr hübsch. Nach einigen Minuten stand der Schaffner wieder auf.

»Ich bin ein Spaßvogel«, sagte er.

»Das wundert mich nicht«, sagte Amadis.

»Manche sind traurig, aber ich nicht. Wie könnte man sonst mit einem Kerl zusammenbleiben wie diesem Busfahrer! ...«

»Was für eine Strecke ist denn das?«

Der Schaffner sah ihn argwöhnisch an.

»Sie haben sie doch genau erkannt, oder nicht? Es ist die Hochseenationalstraße. Er nimmt sie jedes dritte Mal.«

»Und wo kommen wir raus?«

»So ist es recht«, sagte der Schaffner, »ich erzähle, ich bin nett, ich spiele den Hanswurst, und dann nehmen Sie mich auf den Arm.«

»Aber ich nehme Sie doch gar nicht auf den Arm«, sagte Amadis.

»Erstens«, sagte der Schaffner, »wenn Sie die Strecke nicht erkannt hätten, hätten Sie mich sofort gefragt, wo wir sind. Ipso facto.«

Amadis sagte nichts, und der Schaffner fuhr fort.

»Zweitens wissen Sie, wo sie hinführt, weil Sie sie erkannt haben ... und drittens haben Sie keinen Fahrschein.«

Er begann mit sichtlichem Fleiß zu lachen. Amadis fühlte sich unwohl in seiner Haut. Er hatte tatsächlich keinen Fahrschein.

»Sie verkaufen doch welche«, sagte er.

»Pardon«, sagte der Schaffner. »Ich verkaufe zwar welche, aber nur für die normale Strecke. Moment.«

»Was kann ich demnach tun?« sagte Amadis.

»Oh, nichts.«

»Aber ich muß einen Fahrschein haben.«

»Den werden Sie anschließend lösen«, sagte der Schaffner. »Vielleicht befördert er uns in den Kanal, nicht? Da können Sie Ihr Geld auch genauso gut behalten.«

Amadis drängte nicht weiter und bemühte sich, das Thema zu wechseln.

»Haben Sie eine Ahnung, weshalb man diese Strecke die Hochseenationalstraße nennt?«

Er zögerte, den Namen der Strecke zu nennen und wieder darauf zurückzukommen, denn er hatte Angst, der Schaffner würde von neuem zornig werden. Dieser betrachtete seine Füße mit sehr traurigem Gesicht, und seine beiden Arme hingen an seinem Körper herab. Er ließ sie dort.

»Wissen Sie es nicht?« fragte Amadis hartnäckig weiter.

»Es wird Sie ärgern, wenn ich antworte«, murmelte der Schaffner.

»Aber nein«, sagte Amadis aufmunternd.

»Na schön! Ich weiß darüber nicht das geringste. Aber wirklich nicht die Bohne. Denn niemand kann sagen, daß es eine Verschiffungsmöglichkeit gibt, wenn man auf dieser Straße fährt.«

»Wo führt sie denn entlang?«

»Sehen Sie selbst«, sagte der Schaffner.

Amadis sah einen großen Mast herankommen, an dem ein emailliertes Blechschild befestigt war. Weiße Buchstaben zeichneten deutlich sichtbar den Namen Exopotamien, mit einem Pfeil und einer Anzahl von Maßen.

»Fahren wir dorthin?« sagte er. »Kann man also auf dem Landwege dorthin gelangen?«

»Selbstverständlich«, sagte der Schaffner. »Man braucht nur weiterfahren und darf keinen Schiß haben.«

»Warum nicht?«

»Weil wir ganz schön angeschissen werden, wenn wir zurückkommen. Sie bezahlen das Benzin ja nicht, oder?«

»Ihrer Meinung nach«, sagte Amadis, »was für ein Tempo haben wir denn drauf?«

»Oh«, sagte der Schaffner, »wir werden morgen früh dort sein.«

## 3

Gegen fünf Uhr morgens ungefähr kam Amadis Dudu auf die Idee wach zu werden, und er tat gut daran; dies gab ihm die Möglichkeit zu der Feststellung, daß er entsetzlich schlecht saß und daß sein Rücken ihm große Schmerzen verursachte. Sein Mund fühlte sich pelzig an, wie wenn man sich nicht die Zähne geputzt hat. Er richtete sich auf, machte einige Bewegungen, um seine Glieder wieder an Ort und Stelle zu bringen und verrichtete seine intime Toilette, wobei er sich bemühte, nicht in das Sehfeld des Schaffners zu geraten. Dieser lag zwischen zwei Bänken und träumte vor sich hin, wobei er an seiner Musikdose drehte. Es war heller Tag. Die gezackten Reifen sangen auf der Straßendecke wie ebenso viele Brummkreisel auf Empfangsgeräten der drahtlosen Telegraphie. Der Motor brummte bei einer unveränderlichen Drehzahl, sicher, daß er seinen Teller Fische bekäme, wenn er ihn bräuchte. Um sich zu beschäftigen, übte sich Amadis im Weitsprung, und sein letzter Anlauf ließ ihn geradewegs auf dem Bauch des Schaffners landen; er sprang mit einer solchen Kraft hoch, daß sein Kopf eine Beule in die Decke des Wagens schlug; schlaff fiel er rittlings auf eine der Lehnen der Bänke: diese letztere Bewegung zwang ihn dazu, das Bein auf der Bankseite sehr hochzuheben, während er das andere im Mittelgang ausstrecken konnte. Genau in diesem Augenblick sah er draußen ein neues Schild: Exopotamien, zwei Maße, und er stürzte sich auf den Klingelknopf und drückte einmal, aber lange drauf; der Autobus machte langsam und hielt am Straßenrand. Der Schaffner hatte sich aufgerichtet und hielt sich lässig auf dem für den Schaffner reservierten Platz, hinten links nahe der Klingelschnur, doch sein schmerzender Bauch ließ ihn die Würde verlieren. Amadis lief durch den Mittelgang, mit der größten Ungezwungenheit und sprang leichtfüßig vom Autobus herab. Er fand sich Auge in Auge mit dem Busfahrer, der gerade seinen Sitz verlassen hatten und heran kam, um nachzusehen, was los war. Er sprach Amadis an.

»Endlich hat sich jemand dazu entschlossen zu klingeln! Es war aber auch höchste Zeit!«

»Ja«, sagte Amadis. »Das ist ein ganz schönes Stück Weg.«

»Na, wie denn, Mann!« sagte der Fahrer. »Jedesmal, wenn ich einen 975 nehme, kann sich niemand dazu durchringen zu klingeln, und gewöhnlich komme ich zurück, ohne ein einziges Mal zu halten. Nennen Sie das vielleicht einen Beruf?«

Der Schaffner zwinkerte hinter dem Rücken des Fahrers mit den Augen und schlug sich an die Stirn, um Amadis auf die Nutzlosigkeit einer Diskussion hinzuweisen.

»Die Fahrgäste vergessen es vielleicht«, sagte Amadis, denn der andere wartete auf eine Antwort.

Der Fahrer lachte höhnisch.

»Sie sehen doch, daß das nicht stimmt, denn Sie haben ja geklingelt. Das Dumme ...«

Er neigte sich zu Amadis herüber. Der Schaffner begriff, daß er zuviel war und entfernte sich, ohne sich zu zieren.

»... es ist nur dieser Schaffner«, erklärte der Fahrer.

»Ach!«, sagte Amadis.

»Er mag keine Fahrgäste. Daher richtet er es so ein, daß wir ohne Fahrgäste abfahren, und er klingelt nie. Ich weiß es ganz genau.«

»Das stimmt«, sagte Amadis.

»Er ist verrückt, verstehen Sie«, sagte der Busfahrer.

»Richtig …«, murmelte Amadis. »Ich fand ihn wunderlich.«

»Die sind alle verrückt bei der Verkehrsgesellschaft.«

»Das wundert mich nicht!«

»Ich«, sagte der Fahrer, »ich führe sie alle hinters Licht. Im Reich der Blinden ist der Einäugige König. Haben Sie ein Messer?«

»Ich habe ein Taschenmesser.«

»Leihen Sie.«

Amadis hielt es ihm hin, und der andere zog die große Klinge heraus, die er sich energisch ins Auge stieß. Dann drehte er sie um. Er hatte große Schmerzen und schrie sehr laut. Amadis bekam es mit der Angst zu tun und lief fort, die Arme eng an den Körper angewinkelt, wobei er die Knie so hoch hob wie er nur konnte: es war nicht der Augenblick, eine Gelegenheit zur Leibesübung zu versäumen. Er lief an einigen Büscheln *scrubus spinifex* vorbei, drehte sich um und schaute. Der Fahrer klappte das Taschenmesser zusammen und steckte es in die Tasche. Von Amadis' Stelle aus sah man, daß kein Blut mehr floß. Er hatte sehr sauber operiert und trug bereits eine schwarze Klappe über dem Auge. Der Schaffner lief im Wagen wagemutig in mittlerer Gangart im Mittelgang auf und ab, und durch die Scheiben sah Amadis, wie er auf seine Uhr schaute. Der Fahrer setzte sich wieder auf seinen Sitz. Der Schaffner wartete einige Augenblicke, schaute ein zweites Mal auf seine Uhr und zog mehrmals hintereinander an seiner Klingelschnur; sein Kollege begriff, daß der Bus besetzt war, und der schwere Wagen fuhr mit allmählich lauter werdendem Geknatter ab; Amadis sah die Funken, und das Geknatter nahm ab, wurde leiser, hörte auf; im gleichen Augenblick sah er auch den Autobus nicht mehr, und er war nach Exopotamien gekommen, ohne einen einzigen Fahrschein auszugeben.

Er ging zu Fuß weiter. Er wollte sich nicht aufhalten, denn vielleicht würde sich der Schaffner eines anderen besinnen, und er wünschte sein Geld zu behalten.

## *B*

Ein Gendarmeriehauptmann schlich sich ins Zimmer, totenbleich (er befürchtete, eine Kugel verpaßt zu bekommen).
*(Maurice Laporie, »Geschichte Okhranas«, Payot, 1935, Seite 105)*

### 1

Claude Léon hörte linkerhand das Trompetensignal des Weckers und er erwachte, um ihm aufmerksamer zu lauschen. Nachdem er dies getan hatte, schlief er unwillkürlich wieder ein und öffnete fünf Minuten später, ohne es absichtlich zu tun, wieder die Augen. Er schaute auf das Leuchtzifferblatt des Weckers, stellte fest, daß es Zeit war und warf die Decke zurück; zärtlich rutschte sie sogleich an seinen Beinen hoch und wickelte sich um ihn. Es war dunkel, und man erkannte noch nicht das Lichtdreieck des Fensters. Claude liebkoste die Decke, die sich nun nicht mehr bewegte und ihn aufstehen ließ. Er setzte sich also auf den Bettrand, streckte den linken Arm aus, um die Nachttischlampe anzuzünden, merkte einmal mehr, daß sie zu seiner Rechten war, streckte den rechten Arm aus und stieß sich, wie jeden Morgen, am Bettgestell.

»Ich werde es noch zersägen«, murmelte er zwischen den Zähnen.

Diese gingen unversehens auseinander, und seine Stimme ertönte plötzlich im Raum.

»Verflixt!« dachte er. »Ich werde das ganze Haus wachmachen.«

Doch als er lauschte, vernahm er den gleichmäßigen Takt, den fügsamen und bedächtigen Atem der Dielen, und er beruhigte sich wieder. Man begann die grauen Linien des Tages um die Vorhänge herum zu sehen ... Draußen war der blasse Schein des Wintermorgens. Claude Léon stieß einen Seufzer aus, und seine Füße suchten auf dem Bettvorleger nach den Pantoffeln. Mühsam stellte er sich. Der Schlaf wich nur widerwillig durch alle seine geöffneten Poren, wobei er ein ganz sanftes Geräusch von sich gab, wie eine Maus, die träumt. Er ging zur Tür und bevor er den Lichtschalter betätigte, wandte er sich dem Schrank zu. Er hatte am Abend zuvor ganz plötzlich das Licht gelöscht, als er gerade vor dem Spiegel eine Grimasse schnitt, und er wollte sie wiedersehen, bevor er ins Büro ging. Er knipste das Licht schlagartig an. Sein Gesicht von gestern war noch da. Er lachte ganz laut, als er es sah, dann löste es sich im Licht auf, und der Spiegel spiegelte den Léon des neuen Morgens wider, der ihm den Rücken zuwandte, um sich rasieren zu gehen. Er beeilte sich, um vor seinem Chef ins Büro zu kommen.

## 2

Zum Glück wohnte er ganz nahe bei der Verkehrsgesellschaft. Im Winter, zum Glück. Im Sommer war es zu kurz. Er hatte genau dreihundert Meter zurückzulegen in der Avenue Jacques Lemarchand, Steuerprüfer von 1857 bis 1870, heldenhafter Alleinverteidiger einer Barrikade gegen die Preußen. Sie hatten ihn schließlich geschnappt, denn sie waren von der anderen Seite gekommen: der Ärmste, vor der allzu hohen Barrikade, die zum Überklettern herausforderte, in die Enge getrieben, hatte sich mit seinem Chassepot zwei Kugeln in den Mund geschossen, und der Rückstoß hatte ihm darüber hinaus noch den rechten Arm abgerissen. Claude Léon interessierte sich wahnsinnig für diese kleine Geschichte, und in der Schublade seines Schreibtischs versteckte er die gesammelten Werke von Doktor Cabanès, in Form von Rechnungsbüchern in schwarzes Leinen gebunden.

Die Kälte ließ die roten Eisstücke auf dem Bordstein der Bürgersteige klirren, und die Frauen zogen ihre Beine unter ihren kurzen Barchentröcken ein. Claude sagte im Vorbeigehen »Guten Morgen« zum Hausmeister und trat schüchtern an den Aufzug Roux-Conciliabuzier heran, vor dessen Gitter bereits drei Stenotypistinnen und ein Buchhalter warteten, die er mit einer reservierten und kollektiven Gebärde grüßte.

## 3

»Guten Morgen, Léon«, sagte sein Chef, als er die Tür aufmachte.

Claude zuckte zusammen und machte einen großen Fleck.

»Guten Morgen, Monsieur Saknussem«, stammelte er.

»Sie Tolpatsch!« schimpfte der andere. »Immer Tintenflecke! ...«

»Entschuldigen Sie bitte, Monsieur Saknussem«, sagte Claude, »... aber ...«

»Entfernen Sie das!« ... sagte Saknussem.

Claude beugte sich über den Fleck und begann ihn eifrig abzulecken. Die Tinte war ranzig und schmeckte nach Seehund.

Saknussem schien fröhlicher Laune zu sein.

»Na«, sagt er, »haben Sie die Zeitungen gesehen? Die Konformisten bereiten uns schöne Tage, wie? ...«

»Hm ... ja ..., Monsieur«, murmelte Claude.

»Diese Halunken«, sagte sein Chef. »Ach, es ist Zeit, daß wir achtgeben ... Und sie sind alle bewaffnet, wissen Sie.«

»Ach …«, sagte Claude.

»Wir haben es ja bei der Befreierei gesehen«, sagte Saknussem. »Sie schafften die Waffen lastwagenweise herbei. Und natürlich haben anständige Menschen wie Sie und ich keine Waffen.«

»Gewiß nicht …«, sagte Claude.

»Sie haben doch keine, oder?«

»Nein, Monsieur Saknussem«, sagte Claude.

»Könnten Sie mir einen Revolver besorgen?« fragte Saknussem geradeheraus.

»Das heißt …«, sagte Claude, »vielleicht durch den Schwager meiner Vermieterin … Ich weiß nicht … hm …«

»Wunderbar«, sagte sein Chef. »Ich zähle auf Sie, ja? Auch nicht zu teuer, und Patronen, ja? Diese Halunken von Konformisten … Man muß eben auf der Hut sein, ja?«

»Sicher«, sagte Claude.

»Danke, Léon. Ich zähle auf Sie. Wann können Sie ihn mir bringen?«

»Ich muß erst mal fragen«, sagte Claude.

»Natürlich … Lassen Sie sich Zeit … Wenn Sie etwas früher weggehen wollen …«

»Oh nein …«, sagte Claude. »Das ist nicht nötig.«

»Gut«, sagte Saknussem. »Und dann passen Sie auf die Flecken auf, ja? Machen Sie Ihre Arbeit sorgfältig, zum Teufel, Sie werden nicht bezahlt, um nichts zu tun …«

»Ich werde achtgeben, Monsieur Saknussem«, versprach Claude.

»Und seien Sie pünktlich«, schloß sein Chef. »Gestern kamen Sie sechs Minuten später.«

»Aber ich war trotzdem neun Minuten früher dran …«, sagte Claude.

»Ja«, sagte Saknussem, »aber gewöhnlich kommen Sie eine Viertelstunde zu früh. Strengen Sie sich etwas an, Herrgottnochmal.«

Er verließ das Zimmer und schloß die Tür. Claude, sehr aufgeregt, nahm wieder seine Feder zur Hand. Da seine Hände zitterten, machte er einen zweiten Fleck. Er war riesengroß. Er hatte die Form eines höhnisch lachenden Gesichts und einen Geschmack nach kriechendem Petroleum.

## 4

Er war fertig mit dem Abendessen. Der Käse, von dem nur noch ein großes Stück übrigblieb, bewegte sich träge in dem malvenfarbenen Teller mit malvenfarbenen Löchern. Er goß sich zum Abschluß ein volles Glas Lithiumoxyd mit Karamel aus und hörte zu, wie es seine Speiseröhre hinunterlief. Die kleinen Luftblasen, die wieder hochstiegen, machten ein metallisches Geräusch, als sie in seinem Rachen platzten. Er stand auf, um auf das Klingelzeichen zu antworten, das man gerade an die Tür geklopft hatte. Es war der Schwager seiner Vermieterin, der hereinkam.

»Guten Tag, Monsieur«, sagte dieser Mann, dessen ehrliches Lächeln und rotes Haar seine karthagische Herkunft verrieten.

»Guten Tag, Monsieur«, antwortete Claude.

»Ich bringe Ihnen das Ding«, sagte der Mann.

Er hieß Gean.

»Ach ja …«, sagte Claude. »Den …«

»Richtig …«, sagte Gean.

Und er zog ihn aus der Tasche.

Es war ein hübscher, zehnschüssiger Gleichmacher von der Marke Walter, Modell ppk, mit einem Magazin, dessen mit Hartgummi ausgelegter Boden genau in die beiden geriffelten Platten paßte, wenn man die Hand drauflegt.

»Gutes Fabrikat«, sagte Claude.

»Feststehender Lauf«, sagte der andere. »Hohe Präzision.«

»Ja«, sagte Claude. »Bequemes Zielen.«

»Liegt gut in der Hand«, fügte Gean hinzu.

»Eine gut konzipierte Waffe«, sagte Claude und zielte auf einen Blumentopf, der sich aus der Schußlinie entfernte.

»Eine ausgezeichnete Waffe«, sagte Gean. »Dreitausendfünf.«

»Das ist etwas viel«, sagte Claude. »Es ist nicht für mich. Ich bin natürlich der Meinung, daß er das wert ist, aber die Person will nicht mehr als dreitausend ausgeben.«

»Für weniger kann ich Ihnen den Revolver nicht überlassen«, sagte Gean. »Es ist das, was er mich kostet.«

»Ich weiß schon«, sagte Claude. »Es ist sehr teuer.«

»Es ist nicht teuer«, sagte Gean.

»Ich will sagen, die Waffen sind teuer«, sagte Claude.

»Das ja«, sagte Gean, »eine Pistole wie diese ist nicht leicht zu finden.«

»Sicherlich nicht«, sagte Claude.

»Dreitausendfünf, letzter Preis«, sagte Gean.

Saknussem würde nicht mehr als dreitausend ausgeben. Wenn Claude sich das Neubesohlen seiner Schuhe sparen würde, könnte er fünfhundert Francs aus der eigenen Tasche drauflegen.

»Vielleicht wird es nicht mehr schneien«, sagte Claude.

»Vielleicht«, sagte Gean.

»Auf ein paar neue Sohlen«, sagte Claude, »kann man wohl verzichten.«

»Und wie«, sagte Gean. »Wir sind mitten im Winter.«

»Ich werde Ihnen das Geld geben«, sagte Claude.

»Ich lasse Ihnen das zweite Magazin zum gleichen Preis«, sagte Gean.

»Das ist liebenswürdig von Ihnen«, sagte Claude.

Er würde fünf oder sechs Jahre lang etwas weniger essen, und damit hätte er die fünfhundert Francs wieder eingespart. Saknussem würde es vielleicht zufällig erfahren.

»Ich danke Ihnen«, sagte Gean.

»Ich habe zu danken«, sagte Claude und begleitete ihn an die Tür.

»Sie haben hier eine gute Waffe«, schloß Gean, und er ging weg.

»Sie ist nicht für mich«, erinnerte ihn Claude, und der andere ging die Treppe hinunter.

Claude schloß die Tür und ging zum Tisch zurück. Der schwarze, kalte Gleichmacher hatte immer noch nichts gesagt; er lag schwerfällig neben dem Käse, der sich, erschreckt, in aller Eile davonmachte, ohne es jedoch zu wagen, seinen Pflegeteller zu verlassen. Claudes Herz schlug etwas mehr als üblich. Er nahm den unfreundlichen Gegenstand und drehte ihn in seinen Händen hin und her. Hinter seiner geschlossenen Tür fühlte er sich stark bis zu den Fingernägeln. Doch er würde aus dem Haus gehen und ihn Saknussem bringen müssen.

Und es war verboten, auf der Straße einen Revolver bei sich zu tragen. Er legte ihn auf den Tisch zurück, und in der Stille lauschte er, wobei er sich fragte, ob die Nachbarn nichts von seiner Unterhaltung mit Gean gehört hätten.

## 5

Er spürte ihn an seinem Schenkel schwer und eiskalt wie ein totes Tier. Das Gewicht zog an seiner Tasche und seinem Gürtel, sein Hemd bauschte sich rechts über seiner Hose. Sein Mantel verhinderte zwar, daß man was sah, doch bei jedem Vorschnellen des Schenkels zeichnete sich auf dem Stoff eine große Falte ab und jedermann würde es bemerken. Es schien klug, einen anderen Weg zu nehmen. Entschlossen wandte er sich also nach links, sobald er aus dem Eingang des Gebäudes war. Er ging in Richtung Bahnhof und beschloß, sich nur in kleine Straßen zu wagen. Der Tag war triste, es war genauso kalt wie am Tag zuvor; er kannte dieses Viertel schlecht, er nahm die erste zur Rechten, doch weil er meinte, er käme zu schnell wieder auf seinen üblichen Weg, lief er dann zehn Schritte weiter in die erste zur Linken. Sie bildete mit der vorhergehenden einen Winkel, der etwas unter neunzig Grad lag, verlief schräg und war voller Läden, die ganz anders waren als die, an denen er gewöhnlich vorüberkam, unauffällige Läden ohne jegliche Besonderheit.

Er ging schnell und das Ding drückte schwer auf seinen Schenkel. Er begegnete einem Mann, der die Augen auf seine Tasche zu richten schien; Claude erschauderte; zwei Meter weiter drehte er sich um, der Mann sah ebenfalls nach ihm. Den Kopf senkend, setzte er seinen Marsch fort und stürzte bei der ersten Kreuzung nach links. Er stieß so heftig gegen ein kleines Mädchen, daß es ausrutschte und sich in den schmutzigen Schnee setzte, den man am Bordstein aufgeschichtet hatte. Er wagte nicht, die Kleine aufzuheben und ging schneller, die Hände in den Taschen vergraben, wobei er verstohlene Blicke nach hinten warf. Er flitzte ganz dicht an der Nase einer Matrone vorbei, die mit einem Besen bewaffnet aus einem Nachbargebäude kam und ihn mit einem schallenden Fluch grüßte. Er drehte sich um. Sie folgte ihm mit den Augen. Er beschleunigte seinen Marsch und wäre beinahe gegen ein viereckiges Gitter gerannt, das Arbeiter des Straßenbauamts gerade über einen Kanalschacht gestellt hatten. Er machte eine heftige innere Bewegung, um dem Gitter auszuweichen, erwischte es jedoch noch mit der Tasche seines Mantels, die einriß. Die Arbeiter schimpften ihn Arschloch und Hinterlader. Rot vor Scham ging er immer schneller, wobei er über vereiste Pfützen rutschte. Er begann zu schwitzen, er stieß mit einem Radfahrer zusammen, der abbog, ohne es anzuzeigen. Das Pedal zerriß ihm den Aufschlag seiner Hose und zerfetzte ihm die Wade.

Mit einem Entsetzensschrei streckte er die Hände nach vorn, um nicht hinzufallen, und schon sank die Gruppe auf die schmutzige Fahrbahn. Ganz in der Nähe stand ein Bulle. Claude Léon hatte sich von dem Fahrrad freigemacht. Seine Wade tat ihm entsetzlich weh. Der Radfahrer hatte sich das Handgelenk verstaucht, und das Blut schoß ihm aus der Nase, er beschimpfte Claude, und Claude packte langsam der Zorn, sein Herz schlug, und Wärme lief ihm durch die Hände, sein Blut zirkulierte sehr gut, es schlug auch in seiner Wade und auf seinem Schenkel hob sich der Gleichmacher bei jedem Pulsschlag. Plötzlich wuchtete ihm der Radfahrer seine linke Faust ins Gesicht, und Claude wurde noch fahler. Er steckte die Hand in die Tasche und zog den Gleichmacher heraus, und er begann zu lachen, weil der Radfahrer stammelte und zurückwich, dann spürte er einen furchtbaren Schlag auf seiner Hand, und der Stock des Bullen fiel herab. Der Bulle hob den Gleichmacher auf und packte Claude am Kragen. Claude spürte nichts mehr in der Hand. Er drehte sich plötzlich um, und sein rechtes Bein entspannte sich auf einen Schlag, er hatte den Unterleib des Bullen angezielt, der sich krümmte und den Gleichmacher losließ. Mit einem Grunzen des Behagens stürzte Claude vor, um ihn aufzuheben, und schoß ihn völlig leer, sorgfältig auf den Radfahrer gerichtet, der beide Hände an seine Gürtellinie hielt und sich sachte hinsetzte, wobei er ganz hinten in der Kehle aaah … machte. Der Rauch der Patronen roch gut, und Claude blies in den Lauf, wie er es im Kino gesehen hatte; er steckte den Gleichmacher wieder in die Tasche und sackte über dem Bullen zusammen, er wollte schlafen.

## 6

»Schön und gut«, sagte der Rechtsanwalt, als er aufstand,

um wegzugehen, »aber warum hatten Sie nun wirklich den Revolver bei sich?«

»Ich habe es Ihnen gesagt …«, sagte Claude.

Und er sagte es noch einmal.

»Er war für meinen Direktor, Monsieur Saknussem, Arne Saknussem …«

»Er behauptet aber, daß das nicht stimmt«, sagte der Rechtsanwalt, »Sie wissen es doch.«

»Aber es ist wahr«, sagte Claude Léon.

»Ich weiß schon«, sagte der Rechtsanwalt, »aber Sie müssen was anderes finden; Sie haben schließlich Zeit genug gehabt! …«

Gereizt ging er zur Tür.

»Ich verlasse Sie jetzt«, sagte er. »Wir müssen halt abwarten. Ich werde versuchen, mein Bestes zu tun; Sie helfen mir ja kaum dabei! …«

»Das ist nicht mein Gewerbe«, sagte Claude Léon.

Er haßte ihn fast ebenso wie den Radfahrer und den Polizeibeamten, der ihm auf dem Kommissariat einen Finger gebrochen hatte. Von neuem wurde ihm warm in den Händen und den Beinen.

»Auf Wiedersehen«, sagte der Rechtsanwalt, und er ging hinaus.

Claude antwortete nicht und setzte sich auf sein Bett. Der Wärter schloß die Tür.

Der Wärter legte den Brief auf das Bett. Claude schlief halb. Er erkannte die Mütze und richtete sich auf.

»Ich möchte …«, sagte er.

»Was?« antwortete der Wärter.

»Schnur. Ein Knäuel.«

Claude rieb sich am Kopf.

»Das ist verboten«, sagte der Wärter.

»Nicht um mich aufzuhängen«, sagte Claude. »Ich habe noch meine Hosenträger, es wäre schon geschehen.«

Der Wärter überdachte dieses Argument.

»Für zweihundert Francs«, sagte er, »kann ich Ihnen zehn oder zwölf Meter besorgen. Mehr nicht. Und ich riskiere! ...«

»Ja«, sagte Claude. »Fordern Sie sie von meinem Rechtsanwalt. Bringen Sie.«

Der Wärter wühlte in seiner Tasche.

»Ich habe sie hier«, sagte er.

Er hielt ihm eine kleine Rolle ziemlich starker Schnur hin.

»Danke«, sagte Claude.

»Was wollen Sie denn damit machen?« fragte der Wärter. »Hoffentlich keine Dummheiten?«

»Mich aufhängen«, sagte Claude und lachte.

»Ah! Ah! ...« sagte der Wärter und lachte dabei aus vollem Hals, wiewohl er ihn nie voll bekam, »das ist glatter Blödsinn, Sie hatten doch Ihre Hosenträger.«

»Sie sind noch zu neu«, sagte Claude. »Sie würden davon kaputtgehen.«

Der Wärter sah ihn bewundernd an.

»Sie machen mir Spaß, Sie«, sagte er. »Sie sind bestimmt Journalist.«

»Nein«, sagte Claude. »Danke.«

Der Wärter begab sich zur Tür.

»Und wegen des Geldes wenden Sie sich an den Rechtsanwalt«, sagte Claude.

»Ja«, sagte der Wärter. »Aber das ist sicher, ja?«

Claude nickte mit dem Kopf, um ja zu sagen, und das Schloß schnappte sachte ein.

## 7

Doppelt gelegt und zusammengeflochten, war sie etwa zwei Meter lang. Das war gerade richtig. Wenn er aufs Bett stieg, würde es ihm gelingen, sie um den Gitterstab zu knoten. Um die Länge zu regulieren, würde er einige Schwierigkeiten haben, denn die Füße durften den Boden nicht berühren.

Er probierte sie aus, indem er daran zog. Sie hielt. Er stieg auf das Bett, klammerte sich an der Wand fest und erreichte den Gitterstab. Mühselig befestigte er den Strick. Dann steckte er seinen Kopf in die Schlinge und schwang sich ins Leere. Er bekam einen Schlag hinter den Kopf, und der Strick zerriß. Er fiel auf die Füße, wütend.

»Dieser Wärter ist ein Halunke«, sagte er laut.

Der Wärter öffnete in diesem Augenblick die Tür.

»Ihre Schnur ist eine Sauerei«, sagte Claude Léon.

»Das ist mir gleichgültig«, sagte der Wärter. »Der Rechtsanwalt hat sie mir bezahlt. Heute habe ich Zucker, das Stück zu zehn Francs, wenn Sie welchen wollen.«

»Nein«, sagte Claude, »ich werde Sie um nichts mehr bitten.«

»Sie werden darauf zurückkommen«, sagte der Wärter. »Warten Sie nur zwei oder drei Monate; und ich übertreibe noch, schon in acht Tagen werden Sie nicht mehr daran denken.«

»Möglich«, sagte Claude. »Trotzdem war Ihre Schnur eine Sauerei.«

Er wartete bis der Wärter gegangen war und entschloß sich dann, seine Hosenträger abzumachen. Sie waren ganz neu, aus Leder und Gummi geflochten. Sie stellten die Ersparnisse von zwei Wochen dar. Etwa ein Meter sechzig; er kletterte wieder auf das Bett und band das Ende am Fuß des Gitterstabs fest. Dann machte er am andern Ende eine Schlinge und steckte seinen Kopf hindurch. Er schwang sich ein zweites Mal ins Leere; die Hosenträger zogen sich ganz in die Länge, und er landete weich unter dem Fenster. Darauf brach der Gitterstab ab und fiel ihm wie ein Blitzschlag auf den Kopf. Er sah drei Sterne und sagte:

»Martell! …«

Und sein Rücken rutschte die ganze Mauer herunter. Auf der Erde sitzend fand er sich wieder. Sein Schädel schwoll entsetzlich an, mit einer furchtbaren Musik, und die Hosenträger hatten nichts abbekommen.

## 8

Abbé Petitjean tummelte sich in den Gängen des Gefängnisses herum, dicht hinter ihm der Wärter. Sie spielten Nachlausen. Als sie in die Nähe von Claude Léons Zelle kamen, rutschte der Abbé auf dem Katzendreck einer neunschwänzigen Katze aus und machte eine vollständige Umdrehung in der Atmosphäre. Seine sich anmutig um seine robusten Beine entfaltende Soutane gab ihm eine so starke Ähnlichkeit mit Loïe Fuller, daß der Wärter voller Respekt an ihm vorbeilief und sich dabei aus Höflichkeit entblößte. Dann fiel der Abbé mit einem langgezogenen Geräusch auf den Boden, und der Wärter sprang ihm rittlings auf den Rücken; der Abbé gab auf.

»Ich habe Sie drangekriegt«, sagte der Wärter. »Sie bezahlen die Runde.«

Abbé Petitjean willigte widerwillig ein.

»Keine faulen Witze«, sagte der Wärter. »Unterschreiben Sie ein Papier.«

»Ich kann nicht unterschreiben, wenn ich auf dem Bauch liege«, sagte der Abbé.

»Gut, ich lasse Sie los …«, sagte der Wärter.

Sobald er sich erhoben hatte, brach der Abbé in lautes Gelächter aus und stürzte geradewegs davon. Eine ziemlich widerstandsfähige Wand befand sich dort, und der Wärter hatte keine Mühe ihn zu fangen.

»Sie sind ein falscher Bruder«, sagte er zu ihm. »Unterschreiben Sie ein Papier.«

»Schließen wir einen Vergleich ab«, sagte der Abbé. »Vierzehn Tage Ablaß?«

»Pustekuchen«, sagte der Wärter.

»Oh, schon gut …«, sagte der Abbé. »Ich unterschreibe.«

Der Wärter riß ein ganz ausgefülltes Blatt aus seinem Kontrollblock und gab Petitjean seinen Bleistift, worauf der unterschrieb, und ging dann zu Claude Léons Tür. Der Schlüssel wurde ins Schloß gesteckt, das sich ihm fügte und sich öffnete.

Auf dem Bett sitzend, meditierte Claude Léon. Ein Sonnenstrahl fiel durch die Leere, die das Fenstergitter zurückgelassen hatte, als es ausgebrochen war, machte eine kleine Runde und verlor sich im Aborteimer.

»Guten Tag, Pater«, sagte Claude Léon, als er den Abbé hereinkommen sah.

»Guten Tag, mein kleiner Claude.«

»Geht es meiner Mutter gut?« fragte Claude Léon.

»Aber gewiß«, sagte Petitjean.

»Ich bin von der Gnade heimgesucht worden«, sagte Claude.

Er fuhr sich mit der Hand über den Hinterkopf.

»Fühlen Sie«, fügte er hinzu.

Der Abbé fühlte.

»Verflixt …«, sagte er, »die hat aber tüchtig zugeschlagen …«

»Gelobt sei der Herr«, sagte Claude Léon. »Ich möchte beichten. Ich will mit sauberer Seele vor meinen Schöpfer treten.«

»… wie mit Persil gewaschen!« sagten sie mit einer Stimme, nach dem katholischen Ritus, und sie machten ein Kreuzzeichen, wie es klassischer nicht mehr geht.

»Aber es ist noch keine Rede davon, daß Sie gewißplagt werden«, sagte der Abbé.

»Ich habe einen Menschen getötet«, sagte Claude. »Obendrein ein Radfahrer.«

»Ich habe Neuigkeiten«, sagte der Abbé. »Ich habe Ihren Rechtsanwalt gesprochen. Der Radfahrer war ein Konformist.«

»Trotzdem habe ich einen Menschen getötet«, sagte Claude.

»Aber Saknussem hat sich bereit erklärt, zu Ihren Gunsten auszusagen.«

»Ich habe keine Lust«, sagte Claude.

»Mein Sohn«, sagte der Abbé, »das können Sie nicht tun, sie müssen der Tatsache Rechnung tragen, daß dieser Radfahrer ein Feind unserer gehörnten und apostillonischen Heiligen Mutter Kirche war ...«

»Ich war noch nicht von der Gnade heimgesucht, als ich ihn getötet habe«, sagte Claude.

»Quark«, versicherte der Abbé. »Wir werden Sie schon aus der Klemme ziehen.«

»Ich will nicht«, sagte Claude. »Ich will Eremit werden. Wo könnte ich das besser werden als im Gefängnis?«

»Wunderbar«, sagte der Abbé. »Wenn Sie Eremit werden wollen, holen wir Sie morgen hier heraus. Der Bischof steht sich sehr gut mit dem Gefängnisdirektor.«

»Aber ich habe doch keine Eremitage«, sagte Claude. »Hier gefällt es mir.«

»Beruhigen Sie sich«, sagte der Abbé. »Wir werden etwas für Sie finden, das noch scheußlicher ist.«

»Dann ist es etwas anderes«, sagte Claude. »Gehen wir?«

»Moment, Sie Gottloser«, sagte der Abbé. »Da sind noch die Formalitäten. Ich komme Sie morgen mit dem Leichenwagen abholen.«

»Wo werde ich denn hinkommen?« fragte Claude ganz aufgeregt.

»In Exopotamien ist noch ein guter Eremitenplatz frei«, sagte der Abbé. »Den werden Sie bekommen. Sie werden ganz schlecht dran sein.«

»Wunderbar! …« sagte Claude. »Ich bete für Sie.«

»Amen!« sagte der Abbé. »Schwumm und Bumm und Ratakrumm! …« schlossen sie im Chor, immer nach dem katholischen Ritus, was, wie jeder weiß, davon entbindet, das Kreuz zu schlagen. Der Priester streichelte Claude die Wange und kniff ihn kräftig in die Nase, dann verließ er die Zelle, und der Wärter schloß wieder die Tür.

Darauf blieb Claude vor dem kleinen Fenster stehen und er machte einen großen Kniefall und begann aus vollem Astralherzen zu beten.

# C

... Sie machen sich eine übertriebene Vorstellung von den Nachteilen der Mischehen.
*(Die Memoiren von Louis Rossel, Stock, 1908, Seite 115)*

## 1

Angel wartete auf Anne und Rochelle; auf dem verwitterten Stein der Balustrade sitzend, sah er zu, wie die Techniker die jährliche Schur der Parktauben vornahmen. Es war ein entzückendes Schauspiel. Die Techniker trugen weiße, sehr saubere Kittel und Schürzen aus rotem Saffianleder mit dem Stadtwappen. Sie waren mit Federschermaschinen ausgerüstet, einem Spezialmodell, sowie einem Erzeugnis zur chemischen Reinigung der Flügel der Wassertauben, von denen das Viertel verhältnismäßig viel hatte.

Angel paßte den Augenblick ab, wo der Flaum dicht auf der Haut zu fliegen begann, um fast gleich darauf von den verchromten, zylindrischen Winderhitzern angesogen zu werden, die die Gehilfen auf kleinen Karren mit Gummirädern bedienten. Mit dem Flaum wurde das Federbett des Ratspräsidenten gefüllt. Das erinnerte an die Gischt des Meeres, wenn der Wind bläst: man sieht sie in dicken weißen Fetzen, die im Wind zittern, auf dem Sand, und wenn man den Fuß darauf stellt, quillt sie einem zwischen den Zehen heraus. Es ist sanft, und es sieht aus, als verfilze es beim Trocknen ein wenig. Anne und Rochelle kamen nicht.

Anne hatte bestimmt Dummheiten gemacht. Er würde sich nie dazu entschließen können, pünktlich zu sein oder seinen Wagen in die Garage zu bringen, um ihn überholen zu lassen. Rochelle wartete wahrscheinlich auf Anne, der bei ihr vorbeikommen sollte, um sie abzuholen. Angel kannte Anne seit fünf Jahren und Rochelle seit nicht so lange. Anne und er kamen von der gleichen Schule, aber Angel hatte einen geringeren Grad erreicht, weil er nicht gern arbeitete. Anne leitete eine Abteilung der Gesellschaft der Fabrikanten von Schotter für die Schweren Schienenwege, und Angel begnügte sich mit einem weniger lukrativen Posten bei einem Glasröhrendreher für Lampengläser. Er hatte die technische Leitung des Unternehmens, während Anne, in seiner Gesellschaft, in der kaufmännischen Abteilung war.

Die Sonne ging am Himmel hin und her und konnte sich nicht entscheiden; der Westen und der Osten spielten in den vier Himmelsrichtungen mit ihren beiden Kameraden, doch um sich einen Spaß zu machen, nahm jetzt jeder eine andere Stellung ein; aus der Ferne konnte die Sonne das nicht erkennen. Die Leute nutzten die Situation aus. Nur die Räderwerke der Sonnenuhren liefen verkehrtherum und gingen eines nach dem andern unter unheilverkündendem Knarren und Ächzen kaputt; doch die Fröhlichkeit des Lichts dämpfte die Gräßlichkeit dieser Geräusche. Angel schaute auf seine Uhr. Sie hatte eine halbe Umdrehung Verspätung. Das zählte allmählich. Er stand auf und wechselte den Ort. Er sah eines der Mädchen, die die zu scherenden Tauben hielten, von vorne. Sie trug einen sehr kurzen Rock, und Angels Blick kroch an ihren glatten, goldenen Knien hoch, um unauffällig zwischen die langen spindelförmigen Schenkel zu dringen; es war dort warm; ohne auf Angel zu hören, der ihn zurückhalten wollte, drang er noch etwas weiter vor und beschäftigte sich auf seine Art. Verlegen beschloß Angel, wenn auch ungern, die Augen zu schließen. Der kleine Leichnam blieb liegen, und das Mädchen ließ ihn fallen, ohne es zu merken, als sie einige Minuten später aufstand und ihren Rock abklopfte.

Die gerupften Tauben machten verzweifelte Anstrengungen, um wieder zu fliegen, aber sie wurden sehr schnell müde und fielen fast sogleich wieder herunter. In diesem Augenblick bewegten sie sich kaum noch und ließen sich ohne Proteste die Flügel in gelbe, grüne, rote oder blaue Seide binden, die die Stadtverwaltung ihnen großzügig lieferte. Danach zeigte man ihnen, wie sie sich ihrer zu bedienen hätten; sie kehrten in ihre Nester zurück, durchdrungen von einer neuen Würde, und ihr natürlicherweise gesetzter Gang wurde hieratisch. Angel wurde dieses Schauspiels langsam überdrüssig. Er dachte, daß Anne nicht kommen würde oder daß er Rochelle in eine andere Gegend geführt hatte, und von neuem stand er auf.

Er durchquerte den Park, wobei er an Gruppen von Kindern vorbeikam, die verschiedene Spiele spielten, Ameisen mit dem Hammer totschlagen, Himmel und Hölle, Baumwanzen miteinander paaren und andere Vergnügen ihres Alters. Frauen nähten Futterbeutel aus Wachstuch, die man den Säuglingen um den Hals bindet, damit sie ihren Brei schlucken oder kümmerten sich um ihren Nachwuchs. Manche strickten; andere taten so, um sich eine Haltung zu geben, doch man sah schnell, daß sie gar keine Wolle hatten.

Angel stieß die kleine Gittertür auf. Sie schlug hinter ihm zu und er war auf dem Bürgersteig. Leute kamen vorbei und auf der Fahrbahn Autos, aber Anne? Er blieb einige Minuten da stehen. Er zögerte wegzugehen. Der Gedanke, daß er Rochelles Augenfarbe noch nicht kannte, hielt ihn in dem Augenblick zurück, als er die Straße überqueren wollte, und ein Fahrer drehte sich ganz furchtbar auf allen Hinterrädern, denn er hatte scharf gebremst, als er Angel kommen sah. Annes Wagen kam dahinter. Er hielt am Bürgersteig, und Angel stieg ein.

Rochelle saß neben Anne, und Angel fand sich allein auf dem mit Sprungfedern und Kapock gefütterten Rücksitz. Er beugte sich vor, um ihnen die Hand zu drücken. Anne entschuldigte sich wegen seiner Verspätung. Der Wagen fuhr wieder an. Anne schlug scharf das Steuer ein, um dem Wrack des auf dem Dach liegenden Taxis auszuweichen.

Sie folgten der Straße bis zu dem Moment, in dem Bäume die Bürgersteige zu säumen begannen und bogen links von der Statue ein. In diesem Augenblick gab Anne Gas, denn es gab weniger Wagen. Die Sonne hatte endlich den Westen gefunden und begab sich im Kreuzfeuer in diese Richtung, wobei sie doppeltes Tempo einlegte, um den verlorenen Weg wieder einzuholen. Anne fuhr geschickt und er vergnügte sich damit, die Ohren der Kinder, die auf dem Bürgersteig spazierten, mit seinen automatischen Winkern zu streifen; er mußte dazu ganz dicht am Bordstein entlang fahren und lief ständig Gefahr, die Farbe seiner Reifen abzuschürfen, doch er kam ohne einen Kratzer davon. Leider kam gerade ein neun- oder zehnjähriges Mädchen vorbei, deren Löffel ganz ungewöhnlich stark abstanden, und der Winker, der sie mitten am Ohrläppchen traf, brach rundweg ab. Der Strom begann am Ende des abgerissenen Kabels in dichten Tropfen zu perlen, und der Amperemeter sank beunruhigend tief. Rochelle klopfte erfolglos drauf. Die Temperatur der Zündung nahm ab und der Motor wurde langsamer. Einige Takte weiter hielt Anne an.

»Was gibt's?« sagte Angel.

Er begriff nicht und merkte, daß er seit langem schon dabei war, Rochelles Haare anzusehen.

»So was Ärgerliches!« wetterte Anne. »Diese verdammte Göre!«

»Ein Winker ist abgebrochen«, erklärte Rochelle und drehte sich nach Angel um.

Anne stieg aus, um zu versuchen, den Schaden zu beheben, und er machte sich an der zerbrechlichen Mechanik zu schaffen. Er versuchte mit einer Darmsaite eine Bindung herzustellen.

Rochelle drehte sich ganz um, wobei sie sich auf den Vordersitz kniete.

»Haben Sie lange auf uns gewartet?« fragte sie.

»Oh, das macht nichts …« murmelte Angel.

Er fand es sehr schwierig, ihr ins Gesicht zu sehen. Sie strahlte zu sehr. Doch ihre Augen … er mußte die Farbe sehen …

»Doch«, sagte sie. »Aber es war dieser Riesengimpel von Anne. Er kommt immer zu spät. Ich war fertig. Und sehen Sie, kaum ist er unterwegs, fängt er wieder an, Dummheiten zu machen.«

»Er amüsiert sich eben gern. Er hat recht.«

»Ja«, sagte Rochelle. »Er ist so fröhlich.«

Anne fluchte währenddessen wie ein Kutscher und sprang jedesmal in die Luft, wenn ihm ein Tropfen Strom auf die Hand rollte.

»Wo fahren wir hin?« fragte Angel.

»Er will, daß wir tanzen gehen«, sagte Rochelle. »Mir ist das Kino lieber.«

»Er sieht eben gern, was er tut«, sagte Angel.

»Oh!« sagte Rochelle. »Sie sollten solche Sachen nicht sagen!«

»Entschuldigen Sie.«

Rochelle war ein wenig rot geworden, und Angel bedauerte diesen perfiden Kommentar.

»Er ist ein braver Kerl«, fügte er noch hinzu. »Mein bester Kumpel.«

»Kennen Sie ihn gut?« fragte Rochelle.

»Seit fünf Jahren.«

»Sie sind sich überhaupt nicht ähnlich.«

»Nein, aber wir verstehen uns gut«, sagte Angel.

»Hat er …«

Sie hielt inne und wurde wieder rot.

»Warum trauen Sie sich nicht, es zu sagen? Ist es nicht korrekt?«

»Doch«, sagte Rochelle. »Aber es ist dumm. Es geht mich nichts an.«

»Ist es das, was Sie wissen möchten?« sagte Angel. »Nun ja, er hat immer Erfolg gehabt bei den Mädchen.«

»Er ist ein sehr schöner Junge«, murmelte Rochelle.

Sie schwieg und drehte sich wieder um, weil Anne in umgekehrter Richtung um den Wagen herumging, um sich wieder ans Steuer zu setzen. Er machte die Tür auf.

»Ich hoffe, es wird halten«, sagte er. »Es tropft nicht viel, aber der Druck ist ganz schön stark. Ich hatte gerade die Batterie aufladen lassen.«

»Pech gehabt«, sagte Angel.

»Warum mußte diese dumme Gans auch solche Ohren haben! …« protestierte Anne.

»Du hättest ja nicht den Heini zu spielen brauchen mit deinem Winker«, sagte Angel.

»Das stimmt«, pflichtete Rochelle ihm bei.

Sie lachte.

»Das war sehr komisch! …«

Anne lachte ebenfalls. Er war nicht wütend. Der Wagen fuhr an, aber von neuem machten sie sehr schnell halt, denn die Straße weigerte sich, weiterzugehen. Dort gingen sie hin.

Es war ein Tanzklub, in dem sich die Liebhaber der echten Musik unter reinen Kennern trafen, um sich in Verrenkungen zu üben. Anne tanzte sehr schlecht. Angel litt jedesmal, wenn er sah, wie Anne den falschen Takt erwischte; er hatte nie zugesehen, wie er mit Rochelle tanzte.

Das fand im Untergeschoß statt. Eine kleine, weiße Treppe führte in Windungen hinunter; ein dicker Knotenstrick, dessen Blätter man jeden Monat schnitt, machte es möglich, daß man hinuntergehen konnte, ohne sich zu Tode zu stürzen. Stellenweise war das Lokal auch mit Rotkupfer und Luken geschmückt.

Rochelle ging als erste hinunter, dann Anne, und Angel schloß den Zug ab, damit die nach ihnen Kommenden auch was davon hatten. Manchmal ließen Unbekümmerte ihn offen, und der Kellner fiel jedes mal auf die Schnauze, weil sein Tablett ihn am Sehen hinderte.

Als sie halb unten waren, spürten sie, wie der Herzschlag der Rhythmusgruppe sie packte. Etwas weiter unten trafen einen die Mischungen der Klarinetten- und Trompetenklänge, die, sich aufeinander stützend, um sich griffen und so in sehr kurzer Zeit eine beachtliche Geschwindigkeit erreichten, mitten ins Ohr. Und dann vernahmen sie am Fuße der Treppe das unbestimmte Tohuwabohu bewegter Füße, geknutschter Oberkörper, vertraulichen und auch weniger diskreten Lachens, tiefen Aufstoßens und nervöser Gespräche unter dem Geklirr der Gläser und des kohlesäurehaltigen Wassers, welche die adäquate Atmosphäre einer halbluxuriösen Bar ausmachen. Anne suchte mit den Augen einen freien Tisch und zeigte ihn Rochelle, die ihn als erste erreichte. Sie bestellten gekräuselten Portwein.

Wegen der Unerschütterlichkeit der Ohreindrücke setzte die Musik nicht aus. Anne machte sich einen mächtig schmachtenden Blues zunutze, um Rochelle zum Tanzen aufzufordern. Eine ganze Reihe von Tänzern hatten sich wieder hingesetzt, angewidert von der Langsamkeit des Musikstückes, während alle Deppen aufstanden, weil sie das an den Tango erinnerte; sie nutzten die Gelegenheit, um Stand- und Stockschritte in die klassischen Verrenkungen der Orthodoxen einzufügen, zu denen Anne sich zählen zu können glaubte. Angel sah ihnen zwei Sekunden lang zu, dann wandte er die Augen ab, nahe daran sich zu erbrechen. Anne war schon aus dem Tritt, und Rochelle folgte ihm, ohne sich verwirren zu lassen.

Sie kehrten an ihre Plätze zurück. Angel forderte Rochelle ebenfalls auf. Sie lächelte, sagte ja und stand auf. Es war wieder eine langsame Melodie.

»Wo haben Sie Anne kennengelernt?« fragte Angel.

»Vor kurzem«, gab sie zur Antwort.

»Vor ein oder zwei Monaten, glaube ich.«

»Ja«, sagte Rochelle. »Bei einer Surprise-Party.«

»Sie mögen es vielleicht nicht, daß ich mit Ihnen darüber rede?« fragte Angel.

»Ich rede gern von ihm.«

Angel kannte sie nur ganz flüchtig, aber er war bekümmert. Es wäre ihm schwergefallen, wenn er hätte erklären sollen, warum. Jedesmal, wenn er ein hübsches Mädchen kennenlernte, verspürte er ein Besitzstreben. Das Verlangen, Rechte über sie zu haben. Immerhin war Anne sein Freund.

»Er ist ein bemerkenswerter Mensch«, sagte er. »Sehr begabt.«

»Das sieht man sofort«, sagte Rochelle. »Er hat dufte Augen und einen schönen Wagen.«

»In der Schule schaffte er es ohne die geringsten Schwierigkeiten, wo andere Stunden brauchten.«

»Er ist sehr kräftig«, sagte Rochelle. »Er treibt viel Sport.«

»Ich habe es in drei Jahren nicht erlebt, daß er bei einer einzigen Prüfung durchgefallen ist.«

»Und außerdem mag ich die Art, wie er tanzt.«

Angel versuchte sie zu führen, aber sie schien fest entschlossen, gegen den Takt zu tanzen. Er war gezwungen, sie weniger eng an sich zu drücken und sie ganz allein zappeln zu lassen.

»Er hat nur einen Fehler«, sagte Angel.

»Ja«, sagte Rochelle, »aber das ist nicht wichtig.«

»Er könnte ihn ablegen«, versicherte Angel.

»Er braucht jemand, der sich um ihn kümmert, und er muß immer jemanden bei sich haben.«

»Sie haben wahrscheinlich recht. Außerdem hat er immer jemanden bei sich.«

»Ich möchte auch nicht, daß es zuviele Leute sind«, sagte Rochelle nachdenklich. »Nur sichere Freunde. Sie zum Beispiel.«

»Bin ich ein sicherer Freund?«

»Sie sind der Mensch, dessen Schwester man gern sein möchte. Genau.«

Angel senkte den Kopf. Sie ließ ihm nicht viele Illusionen. Er konnte nicht lächeln wie Anne. Das war der Grund. Rochelle fuhr fort, gegen den Takt zu tanzen und fand großen Gefallen an der Musik. Die andern Tänzer ebenfalls. Es war warm und verraucht, und die Noten schlängelten sich zwischen den grauen Spiralen der Kippen dahin, die in den letzten Zügen lagen auf Reklame-Aschenbechern der Firma Dupont, Rue d'Hautefeuille, welche in verkleinertem Maßstab Bettpfannen und Bedarfsmaterial für Kranke darstellten.

»Was ich tue, wieso?«

»Im Leben?«

»Ich tanze oft«, sagte Rochelle. »Ich habe nach dem Abitur eine Sekretärinnenschule besucht, aber ich arbeite noch nicht. Meine Eltern wollen lieber, daß ich mich in der Welt zu bewegen weiß.«

Die Musik setzte aus, und Angel wäre gern auf der Tanzfläche stehengeblieben, um gleich wieder anzufangen, sobald die Musiker ein neues Stück in Angriff nehmen würden, aber sie schärften ihre Instrumente. Er folgte Rochelle, die sich beeilte, wieder an den Tisch zurückzukommen und setzte sich neben Anne.

»Na«, sagte Anne,»schenken Sie mir den nächsten?«

»Ja«, sagte Rochelle. »Ich tanze gern mit Ihnen.«

Angel tat so, als höre er nicht. Andere Mädchen mochten ebenso hübsche Haare haben, aber die gleiche Stimme, wie das? Die Figur zählte auch nicht wenig.

Vor allem wollte er Anne keinen Kummer machen. Anne kannte Rochelle, und das war seine Sache. Er nahm die Flasche aus dem Kübel voll grünen Eises und füllte seinen Kelch. Nicht ein einziges dieser Mädchen interessierte ihn. Außer Rochelle. Aber Anne hatte ein Vorrecht.

Anne war ein Kumpel.

## 2

Sie mußten weggehen, um zu Abend zu essen. Man kann nicht die ganze Nacht draußen zubringen, wenn man am andern Tag arbeiten muß. Im Wagen setzte sich Rochelle vorne hin, neben Anne, und Angel stieg nach hinten. Anne benahm sich korrekt gegenüber Rochelle. Er legte nicht den Arm um ihre Taille und beugte sich nicht zu ihr herüber, und er nahm sie auch nicht an der Hand. Angel hätte es getan, wenn Rochelle ihn vor Anne gekannt hätte. Aber Anne verdiente auch mehr Geld als er; Anne war all das wert. Gegen den Takt zu tanzen, erscheint nicht so fehlerhaft, wenn man die Musik nicht mehr hört. Man würde darüber hinwegsehen. Anne sagte manchmal eine Dummheit, und Rochelle lachte, wobei sie ihre leuchtenden Haare über dem grellgrünen Kostüm schüttelte …

Anne sagte etwas zu Angel, aber Angel dachte an etwas anderes, das ist normal. Darauf wandte sich Anne nach Angel um, und seine Bewegung ließ das Steuer ein wenig aus der Richtung kommen. Es ist traurig zu sagen, aber es kam gerade ein Fußgänger auf dem Bürgersteig daher, der den Kotflügel mitten in die Hüfte bekam, als das rechte Vorderrad auf den Bürgersteig kletterte. Der Herr machte einen Mordskrach, als er hinfiel, und er blieb liegen, wobei er sich die Hüfte hielt. Er wurde von krampfhaften Stößen geschüttelt. Angel hatte schon die Tür geöffnet und stürzte hinaus. Tödlich beunruhigt, beugte er sich über den Verletzten. Dieser bog sich vor Lachen und hielt nur für Augenblicke inne, um kräftig zu stöhnen, dann wälzte er sich wieder vor Freude auf dem Boden.

»Haben Sie Schmerzen?« fragte Angel.

Rochelle sah nicht hin. Sie blieb im Wagen sitzen, den Kopf in den Händen. Anne machte ein übles Gesicht. Er war bleich. Er glaubte, der Mann liege im Sterben.

»Waren Sie das?« schluckaufte der Mann und zeigte auf Angel.

Er wurde wieder von einem Anfall unbändigen Gelächters gepackt. Die Tränen liefen ihm übers Gesicht.

Kommen Sie wieder zu sich«, sagte Angel. »Sie haben sicherlich große Schmerzen.«

»Ich leide wie ein Schloßhund«, gelang es dem Herrn zu sagen.

Sein Satz versetzte ihn in ein solches Delirium, daß er um zwei Fuß vorrückte, wobei er sich überschlug. Anne stand immer noch da, sprachlos. Er drehte sich um und sah Rochelle. Sie weinte, denn sie meinte, daß der Mann sich beklage, und sie hatte Angst um Anne. Er trat zu ihr heran; durch das offene Wagenfenster nahm er ihren Kopf in seine beiden großen Hände und küßte sie auf die Augen.

Angel sah das, ohne es zu wollen, doch als sich Rochelles Hände über dem Kragen von Annes Jacke zusammenfügten, lauschte er wieder dem Herrn. Dieser machte Anstrengungen, um seine Brieftasche aus der Tasche zu ziehen.

»Sind Sie Ingenieur?« sagte er zu Angel.

Sein Lachen beruhigte sich ein wenig.

»Ja ...«, murmelte Angel.

»Dann werden Sie mich vertreten. Ich kann nicht mit einer in fünf Stücke zerbrochenen Hüfte auf anständige

Art nach Exopotamien gehen. Wenn Sie wüßten, wie froh ich bin! …«

»Aber …«, sagte Angel.

»Sie fuhren doch, ja?«

»Nein«, sagte Angel. »Das war Anne …«

»Zu dumm …«, sagte der andere.

Sein Gesicht verfinsterte sich und sein Mund zitterte.

»Weinen Sie nicht«, sagte Angel.

»Man kann kein Mädchen an meiner Stelle schicken…«

Es ist ein Junge …«, sagte Angel.

Das peitschte den Verletzten auf.

»Gratulieren Sie der Mutter …«

»Ich werde es nicht versäumen«, sagte Angel, »aber sie ist schon an diesen Gedanken gewöhnt.«

»Dann werden wir Anne nach Exopotamien schicken. Ich heiße Cornélius Onte.«

»Ich bin Angel.«

»Sagen Sie Anne Bescheid«, sagte Cornélius. »Er muß unterschreiben. Zum Glück war der Name in dem Vertrag nicht ausgefüllt!«

»Warum das?« fragte Angel.

»Ich glaube, sie mißtrauten mir«, sagte Cornélius. »Rufen Sie Anne.«

Angel drehte sich um. Er schaute hin, und es tat ihm weh, doch er machte zwei Schritte und legte die Hand auf Annes Schulter. Er war völlig benommen und seine Augen … entsetzlich anzusehen. Die Augen Rochelles blieben geschlossen.

»Anne«, sagte Angel. »Du mußt unterschreiben.«

»Was?« sagte Anne.

»Einen Vertrag nach Exopotamien.«

»Zum Bau einer Eisenbahn«, stellte Cornélius klar.

Er stöhnte am Ende seines Satzes, denn die Stücke seiner Hüfte machten, als sie gegeneinander stießen, einen in seinen Ohren unangenehmen Lärm.

»Werden Sie dorthin gehen?« sagte Rochelle.

Und Anne neigte sich von neuem zu ihr, um sie zu bitten, es noch einmal zu sagen. Und er antwortete mit ja. Er wühlte in seiner Tasche und nahm seinen Füllhalter. Cornélius hielt den Vertrag hin. Anne füllte die Formulare aus und setzte seine Unterschrift unten auf das Blatt.

»Sollen wir Sie in den Wagen setzen, um Sie ins Krankenhaus zu bringen?« schlug Angel vor.

»Das ist nicht nötig«, sagte Cornélius. »Es wird schon ein Krankenwagen vorbeikommen. Geben Sie mir den Vertrag zurück. Wirklich, ich bin froh.«

Er nahm den Vertrag wieder an sich und wurde ohnmächtig.

## 3

»Ich weiß nicht, was ich machen soll«, sagte Anne.

»Du mußt dort hingehen«, sagte Angel. »Du hast unterschrieben.«

»Aber ich werde mich dort wahnsinnig langweilen«, sagte Anne. »Ich werde ganz allein sein.«

»Hast du Cornélius wiedergesehen?«

»Er hat mich angerufen. Ich soll übermorgen abreisen.«

»Ist es dir so unangenehm?«

»Nein«, sagte Anne. »Im Grunde bekomme ich dadurch was von der Gegend zu sehen.«

»Du willst es nicht sagen«, sagte Angel, »aber es ist dir unangenehm wegen Rochelle.«

Anne sah Angel verwundert an.

»Wirklich, daran habe ich nicht gedacht. Glaubst du, daß sie mir böse sein wird, wenn ich gehe?«

»Ich weiß nicht«, sagte Angel.

Er dachte, daß er sie, wenn sie bliebe, von Zeit zu Zeit sehen könnte. Ihre Augen waren blau. Anne wäre fort.

»Weißt du …«, sagte Anne.

»Was?«

»Du solltest mit mir kommen. Sie brauchen ganz bestimmt mehrere Ingenieure.«

»Aber ich verstehe doch nichts von Eisenbahnen«, sagte Angel. Er konnte Rochelle nicht im Stich lassen, wenn Anne wegginge.

»Du verstehst genauso viel davon wie ich.«

»Bei deiner Stellung weißt du zumindest alles, was mit Schotter zu tun hat.«

»Ich verkaufe zwar welchen«, sagte Anne. »Aber ich verstehe nichts davon, glaub mir. Man muß nicht unbedingt kennen, was man verkauft.«

»Wenn wir beide weggehen«, sagte Angel.

»Oh«, sagte Anne, »sie wird genug andere Kerle finden, die sich um sie kümmern ...«

»Aber bist du denn nicht in sie verliebt?« fragte Angel.

Dort wo sein Herz war, bewegte es sich ein wenig unnormal. Er versuchte, sich am Atmen zu hindern, damit es aufhörte, aber es war stark.

»Sie ist ein sehr hübsches Mädchen«, sagt Anne. »Aber es sind Opfer zu bringen.«

»Aber«, fragte Angel, »warum bist du dann so verstört bei dem Gedanken, wegzugehen?«

»Ich werde mich langweilen«, sagte Anne. »Wenn du mitkommst, können wir uns immer zerstreuen. Kannst du nicht mitkommen? Rochelle wird es ja wohl nicht sein, die dich zurückhält?«

»Sicher nicht«, sagte Angel.

Sehr schmerzlich zu sagen, aber es zerbrach nichts.

»Sag mal«, sagte Anne, »wie wärs, wenn ich sie von Cornélius als Sekretärin einstellen ließe?«

»Das ist ein guter Gedanke«, sagte Angel. »Ich werde mit Cornélius darüber reden, wenn ich ihn frage, ob er Arbeit für mich hat.«

»Du entschließt dich also doch?« sagte Anne.

»Ich werde dich doch nicht einfach so hängen lassen.«

»Gut«, sagte Anne. »Ich glaube, wir werden unseren Spaß haben, alter Junge. Ruf Cornélius an.«

Angel setzte sich an Annes Platz und nahm den Hörer ab.

»Na, sollen wir ihn fragen, ob Rochelle mitkommen kann und ob sie mich einstellen können?«

»Mach schon«, sagte Anne. »Genau besehen gibt es Opfer, die man genauso gut nicht zu bringen braucht.«

## *D*

… Dieser Entschluß wurde nach lebhafter Debatte gefaßt; es mag interessant erscheinen, die Positionen jedes einzelnen Diskussionsteilnehmers zu erfahren.
*(Georges Cogniot, »Die Subventionen für die Konfessionsschule«, La Pensée, N° 3 vom April, Mai und Juni 1945)*

### 1

Professor Frißtfrist betrachtete einige Augenblicke das Schaufenster, ohne seine Augen von dem funkelnden Glanzlicht lösen zu können, das die Glühbirne aus Milchglas zerstreut an das polierte Holz eines zwölfblättrigen Propellers häufte; sein Herz tobte vor Freude und bewegte sich so sehr, daß seine Spitze das achtzehnte Paar der temporären Armnerven berührte; und Frißtfrist öffnete die Tür. Der Laden roch gut nach gesägtem Holz. In allen Ecken lagen kleine Stücke Balsa, Hemlock und Hickory herum, in allen Formen zugeschnitten und in jeder Preislage, und in Vitrinen gab es Kugellager, Flugapparate und runde, namenlose Dinger, die der Kaufmann wegen eines kleinen Lochs in der Mitte Räder taufte.

»Guten Tag, Herr Professor«, sagte der Kaufmann.

Er kannte Frißtfrist gut.

»Eine gute Nachricht, Monsieur Cruc«, sagte Frißtfrist. »Ich habe gerade drei Patienten getötet und habe jetzt wieder Zeit zum Arbeiten.«

»Toll!« sagte Monsieur Cruc. »Man darf sie nicht auslassen.«

»Mit der Medizin«, sagte der Professor, »hat man zwar

seinen Spaß, aber an die Modellflugzeuge kommt sie nicht ran.«

»Sagen Sie das nicht«, sagte Monsieur Cruc. »Ich habe vor zwei Tagen mit meinem Medizinstudium angefangen, und es gefällt mir.«

»Oh, Sie werden sich's noch anders überlegen!« sagte Frißtfrist. »Haben Sie den neuen kleinen italienischen Motor gesehen?«

»Nein«, sagte Monsieur Cruc. »Wie ist er denn?«

»Entsetzlich!« sagte Frißtfrist. »Zum Frißtfristfressen.«

»Ah! Ah! Ah!« sagte Monsieur Cruc, »Sie sind immer zum Schießen, Professor.«

»Ja, aber es ist keine Zündung dran«, sagte der Professor.

Crucs Augen wurden in der Breite länger. Das hatte zur Folge, daß er die Lider niederschlagen mußte, und er beugte sich zum Professor vor, die Hände flach auf die Theke gelegt.

»Nein?« keuchte er.

»Es ist wahr …«

Frißtfrist sprach in deutlichem, sanftem, rosigem Ton, was die Unmöglichkeit ausschloß.

»Haben Sie ihn gesehen?«

»Ich habe einen zu Hause, und er funktioniert.«

»Wo haben Sie ihn her?«

»Mein italienischer Brieffreund, Alfredo Jabès, hat ihn mir geschickt.«

»Werden Sie ihn mir zeigen?« sagte Cruc.

Die Hoffnung höhlte seine birnenförmigen Wangen aus.

»Ah«, sagte Frißtfrist, »das kommt drauf an.«

Er fuhr sich mit den Fingern zwischen den Kragen seines butterblumengelben Hemdes und seinen zylindrischkonischen Hals.

»Ich brauche Ersatzteile.«

»Bedienen Sie sich«, sagte Cruc. »Nehmen Sie, was Sie wollen, bezahlen Sie nicht, aber ich werde nachher zu Ihnen kommen.«

»Gut«, sagte Frißtfrist.

Er blähte seine Lungen mit Luft auf und stürzte ins Ladeninnere, wobei er ein Kriegslied sang. Cruc sah ihm zu. Er hätte es zugelassen, wenn er den ganzen Laden mitgenommen hätte.

## 2

»Das ist ungeheuer! …« sagte Cruc.

Der Motor war gerade stehengeblieben. Frißtfrist fummelte an der Schwimmernadel herum und drehte am Propeller, um ihn wieder in Gang zu setzen. Bei der dritten Umdrehung sprang er plötzlich mit einem Ruck an, und er hatte keine Zeit mehr, seine Hand zurückzuziehen. Wimmernd hüpfte er auf der Stelle auf und ab. Cruc nahm seinen Platz ein und warf ihn nun ebenfalls an. Der Motor sprang wieder im Nu an. In der kleinen Treibstoffflasche sah man Luftblasen, die durchs Ventil eindrangen, wie eine Schnecke, die sabbert, und durch die beiden Auspufflöcher rann sachte Öl.

Der Wind des Propellers blies den Rauch des Auspuffs auf Frißtfrist, der sich wieder genähert hatte. Er versuchte, den Schalter des Gegen-Kolbens umzudrehen, um die Kompression zu regeln und verbrannte sich sehr stark die Finger. Er schüttelte seine Hand und steckte sie ganz in den Mund.

»Verfluchte Scheiße!« fluchte er.

Durch seine Finger hindurch verstand man nur schlecht, zum Glück. Cruc versuchte hypnotisiert mit den Augen der Bewegung des Propellers zu folgen, und seine Augäpfel drehten sich zu diesem Zweck in den Höhlen, doch die Zentrifugalkraft schleuderte die Kristallinlinsen nach außen, und er sah nur den inneren Rand seiner Augenlider, daher hörte er auf. Der schwere Tisch, auf den das kleine Aluminiumgehäuse festgeschraubt war, vibrierte und ließ den ganzen Raum erzittern.

»Es klappt! …« begann Cruc zu schreien.

Und er entfernte sich vom Tisch und packte Frißtfrist bei den Händen. Sie tanzten einen Reigen, während der blaue Rauch in den Hintergrund des Raumes entwich.

Das Läuten des Telefons, das sie mitten in einem Salto mortale überraschte, zeigte gewisse Anlagen zur Erzeugung eines schrillen Lärms, der an das Pfeifen einer Qualle erinnerte. Frißtfrist, im vollen Fluge erwischt, fiel flach auf den Rücken, während Cruc kopfüber im Erdreich eines grünen Topfes landete, der eine große akademische Palme enthielt.

Frißtfrist stand als erster auf und eilte den Hörer abzunehmen. Cruc traf seine Maßnahmen, um aus der Erde herauszukommen und stand schließlich mit dem Topf auf, denn er zog am Stiel der Palme, den er für seinen Hals hielt. Er merkte seinen Irrtum, als ihm die ganze Erde in den Rücken rieselte.

Frißtfrist kam mit wütendem Gesicht zurück. Er rief Cruc zu, er solle den Motor abstellen, weil das einen Höllenlärm machte. Cruc trat heran, schloß das Brennstoffventil, und der Motor stand still, wobei er ein böses, schroffes und angesaugtes Kußgeräusch hervorbrachte.

»Ich muß weg«, sagte Frißtfrist. »Ein Kranker verlangt mich.«

»Ist es einer Ihrer Patienten?«

»Nein, aber ich muß trotzdem hin.«

»Es ist zum Davonlaufen«, sagte Cruc.

»Sie können ja bleiben und ihn in Gang setzen«, sagte Frißtfrist.

»Oh, schon gut. Gehen Sie!« sagte Cruc.

»Sie sind ausgekocht!«, sagte Frißtfrist. »Es ist Ihnen doch egal.«

»Vollkommen.«

Cruc beugte sich über den glänzenden Zylinder, schraubte leicht das Brennstoffventil auf und wechselte den Platz, um den Motor wieder in Gang zu setzen. Dieser sprang in dem Augenblick an, in dem Frißtfrist den Raum verließ. Cruc hatte die Einstellung der Kompression verändert, und mit einem wütenden Dröhnen riß der Propeller den Tisch vom Boden; das Ganze zerschellte an der entgegengesetzten Wand. Bei dem Krach war Frißtfrist zurückgekommen. Als er das sah, fiel er auf die Knie und bekreuzigte sich. Cruc war schon in Gebete versunken.

## 3

Das Dienstmädchen von Cornélius Onte führte Professor Frißtfrist in das Zimmer des Verletzten. Dieser strickte, um sich die Zeit zu vertreiben, ein Jacquardmotiv von Paul Claudel, das er in einer Nummer von »Katholisches Denken und Pilger in eins« entdeckt hatte.

»Grüß Sie!« sagte Frißtfrist. »Sie stören mich.«

»Ja?« sagte Cornélius. »Das macht mir Kummer.«

»Das sehe ich. Haben Sie Schmerzen?«

»Meine Hüfte ist fünfmal gebrochen.«

»Wer hat sie behandelt?«

»Perriljohn. Es geht jetzt sehr gut.«

»Warum haben Sie mich dann kommen lassen?«

»Um Ihnen etwas vorzuschlagen«, sagte Cornélius.

»Scheren Sie sich zum Teufel!« sagte Frißtfrist.

»Gut«, sagte Cornélius. »Ich werde gehen.«

Er versuchte aufzustehen und kaum hatte er einen Fuß auf den Boden gestellt, als seine Hüfte wieder brach. Er wurde rundweg ohnmächtig. Frißtfrist bemächtigte sich des Telefons und bat, daß man ihm einen Krankenwagen schicke, um ihn auf seine Station bringen zu lassen.

## 4

»Sie werden ihm jeden Morgen eine Evipan-Spritze verpassen«, sagte Frißtfrist. »Ich will nicht, daß er wach wird, wenn ich in die Abteilung komme. Er geht mir die ganze Zeit auf den Wecker mit ...«

Er unterbrach sich. Der Assistenzarzt sah ihn aufmerksam an.

»Das geht Sie eigentlich nichts an«, sagte Frißtfrist. »Wie geht es seiner Hüfte?«

»Wir haben Schrauben angebracht«, sagte der Assistenzarzt. »Großmodell. Ein herrlicher Bruch, den er da hat.«

»Wissen Sie, wer R. Dahatt ist?« fragte Frißtfrist.

»Hm ...«, sagte der Assistenzarzt.

»Wenn Sie ihn nicht kennen, halten Sie lieber den Mund. Er ist ein finnischer Ingenieur, der ein Dampfablaßsystem für Lokomotiven erfunden hat.«

»Ach? ...« sagte der Assistenzarzt.

»Später von Chaplon perfektioniert«, vervollständigte Frißtfrist. »Aber im Grunde geht Sie das auch nichts an.«

Er verließ das Krankenbett von Cornélius und sein Blick wandte sich dem Nachbarbett zu. Die Reinemachefrau kam herein, und da kein Kranker darin lag, stellte sie einen Stuhl darauf, um sauberzumachen.

»Was hat denn dieser Stuhl?« sagte Frißtfrist als der Witzbold, der er war

»Er hat Fieber«, gab der Assistenzarzt ebenso witzig zur Antwort.

»Sie wollen mich wohl auf den Arm nehmen, wie?« sagte Frißtfrist. »Stecken Sie ihm einen Thermometer rein, dann werden wir schon sehen.«

Er kreuzte die Arme und wartete. Der Assistenzarzt verließ den Raum und kam mit einem Handbohrer und einem Thermometer zurück. Er drehte den Stuhl um, Arsch nach oben, Kopf nach unten, und begann ein Loch unter den Sitz zu bohren. Gleichzeitig blies er darauf, daß das Sägemehl wegflog.

»Beeilen Sie sich«, sagte Frißtfrist. »Ich werde erwartet.«

»Zum Mittagessen?« fragte der Assistenzarzt.

»Nein«, sagte Frißtfrist. »Zum Bau eines Modells der Ping 903. Sie sind heute morgen sehr neugierig.«

Der Assistenzarzt richtete sich auf und steckte das Thermometer in das Loch. Das Quecksilber fiel in sich zusammen, schnellte dann hoch, kletterte in atemberaubender Geschwindigkeit die Skala hinauf, und der obere Teil des Thermometers begann wie eine Seifenblase anzuschwellen.

»Ziehen Sie ihn schnell wieder raus! ...« sagte Frißtfrist.

»Jesus! ...« sagte der Assistenzarzt.

Der kleine Ballon, der sich gebildet hatte, schwoll noch etwas an, dann platzte eine Bruchstelle nahe am Stiel, und ein Strahl brennenden Quecksilbers fiel auf das Bett. Bei seiner Berührung wurden die Bettücher angesengt. Auf dem weißen Stoff zeichneten sich Parallellinien ab, die allerdings zu einem kleinen Quecksilberspiegel zusammenliefen.

»Drehen Sie den Stuhl um und legen Sie ihn ins Bett«, sagte Frißtfrist. »Rufen Sie Mademoiselle Gongourdouille.«

Die Oberschwester eilte herbei.

»Messen Sie diesem Stuhl den Blutdruck«, sagte Frißtfrist.

Er sah zu, wie der Assistenzarzt ihn vorsichtig hinlegte.

»Ein sehr seltsamer Fall«, brummte er noch. »Nun schütteln Sie ihn doch nicht so! ...«

Wütend ging der Assistenzarzt ausgesprochen brutal mit dem Stuhl um, entriß ihm ein furchtbares Knacken. Als Frißtfrists Blicke ihn packten, bemühte er sich mit den zarten Gebärden eines professionellen Eierschlürfers um den Stuhl.

## 5

»Ich halte eher eine aus massivem Holz geschnitzte Leitkante für geeignet«, sagte Cruc.

»Nein«, antwortete Frißtfrist, »eine klassische Holzverkleidung aus vielleicht 15 Zehntel Balsa-Furnier; das ist leichter.«

»Bei diesem Motor«, sagte Cruc, »wenn der auf etwas stößt, ist er im Eimer.«

»Wir werden einen entsprechenden Ort aussuchen«, sagte Frißtfrist.

Sie arbeiteten beide nach einem maßgerechten Plan der Ping 903, den Frißtfrist für den Motor veränderte.

»Das wird gefährlich werden«, bemerkte Cruc. »Ich halte es für besser, wenn wir nicht davorstehen.«

»Sie sind zum Kotzen, Cruc. Dann haben wir eben Pech gehabt. Schließlich bin ich Doktor.«

»Gut. Ich werde die Teile, die noch fehlen, zusammenbringen.«

»Nehmen Sie das beste, ja? Ich werde den nötigen Preis bezahlen.«

»Ich nehme, als wäre es für mich«, sagte Cruc.

»Nein! … Nehmen Sie wie für mich. Das ist mir lieber. Sie haben einen schlechten Geschmack. Ich gehe mit Ihnen weg. Ich muß meinen Kranken besuchen.«

»Gehen wir«, sagte Cruc.

Sie standen auf und verließen den Raum.

## 6

»Hören Sie zu«, sagte Cornélius Onte.

Er sprach mit undeutlicher, unsicherer Stimme und seine Augenlider fielen zu. Frißtfrist machte ein empörtes Gesicht.

»Genügt Ihnen Ihr Evipan nicht? Wollen Sie trotzdem wieder mit Ihren berühmten Vorschlägen anfangen?«

»Aber nein! …« sagte Cornélius. »Es ist … dieser … Stuhl …«

»Na und?« sagte Frißtfrist. »Er ist krank. Wir behandeln ihn. Sie wissen doch, was ein Krankenhaus ist, oder nicht?«

»Oh! …« wimmerte Cornélius. »Nehmen Sie ihn weg! … Er hat die ganze Nacht über geknarrt …«

Der Assistenzarzt, der neben Frißtfrist stand, schien ebenfalls mit den Nerven am Ende zu sein.

»Stimmt das?« fragte ihn der Professor

Der Assistenzarzt bejahte es durch ein Zeichen.

»Man könnte ihn an die Luft setzen«, sagte er. »Es ist ein alter Stuhl.

»Es ist ein Stuhl Louis XV«, sagte Frißtfrist. »Und außerdem, wer von uns hat denn gesagt, daß er Fieber hat, Sie oder ich?«

»Ich«, sagte der Assistenzarzt.

Er war jedesmal wütend, wenn Frißtfrist sich um den Stuhl kümmerte.

»Dann behandeln sie ihn.«

»Aber ich werde verrückt! …« wimmerte Cornélius.

»Um so besser«, sagte Frißtfrist. »Dann werden Sie mir auch nicht mehr auf die Nerven gehen mit Ihren Vorschlägen. Geben Sie ihm wieder eine Spritze«, fügte er hinzu, wobei er sich an den Assistenzarzt wandte und dabei auf Cornélius zeigte.

»Auuu … Auuuu …«, beklagte sich Cornélius. »Ich habe schon kein Gefühl mehr in meinen Hinterbacken! …«

In diesem Augenblick gab der Stuhl eine gräßliche Serie knochigen Knarrens von sich. Ein widerlicher Geruch breitete sich um sein Bett herum aus.

»So ist das die ganze Nacht…«, murmelte Cornélius. »Verlegen Sie mich bitte.«

»Wir stopfen Sie in ein Zimmer mit nur zwei Betten, und trotzdem sind Sie nicht zufrieden?…« protestierte der Assistenzarzt.

»Zwei Betten und ein Stuhl, der stinkt«, sagte Cornélius.

»Oh, es reicht«, sagte der Assistenzarzt. »Glauben Sie vielleicht, daß Sie gut riechen?«

»Seien Sie höflich zu einem Kranken«, wies ihn Frißtfrist zurecht. »Was hat er denn, dieser Stuhl? Etwa eine perforierende Okklusion?«

»Ich glaube«, sagte der Assistenzarzt. »Außerdem hat er Hochdruck, 49.«

»Gut«, sagte Frißtfrist. »Sie wissen ja, was Sie zu tun haben. Auf Wiedersehen.«

Er drückte Cornélius kräftig auf die Nase, um ihn zum Lachen zu bringen und ging hinaus. Cruc wartete auf ihn wegen der Ping 903.

## 7

Cruc kaute nervös an seinen Lippen. Vor ihm lag ein Blatt Papier, das bedeckt war mit ungelösten und unschlüssigen Berechnungen und Gleichungen sechsundzwanzigsten Grades. Frißtfrist lief im Zimmer auf und ab, und um sich nicht umdrehen zu müssen, ging er jedesmal, wenn er an die wanzenblau gestrichene Wand kam, im Rückwärtsgang zurück.

»Unmöglich hier«, behauptete Cruc nach langem Schweigen.

»Cruc«, sagte Frißtfrist, »Sie sind ein Angsthase.«

»Nicht genug Raum. Er wird vier Maße in der Minute machen. Wissen Sie, was das heißt?«

»Also was?« sagte Frißtfrist.

»Wir müssen eine Wüste finden.«

»Ich bin gezwungen, hier zu bleiben, um mich um die Kranken zu kümmern.«

»Lassen Sie sich zum Kolonialarzt berufen.«

»Das ist blöd. Ich müßte ständig von einem Dorf zum andern wetzen, und hätte nie Zeit, mich um die Ping zu kümmern.«

»Nehmen Sie Urlaub.«

»Das tut man nicht.«

»Dann können wir nicht!...«

»Aber was! ...« sagte Frißtfrist.

»Nun, ja! ...« antwortete Cruc.

»Oh, verflucht! ... Ich gehe ins Krankenhaus ... Setzen Sie Ihre Berechnungen fort.«

Er lief die Treppe hinunter, durchquerte die zylindrische Vorhalle und ging hinaus. Sein Wagen erwartete ihn vor dem vergitterten Bürgersteig. Seit dem Tod einer seiner Lieblingspatientinnen empfing er praktisch keine Patienten mehr und begnügte sich damit, im Krankenhaus zu praktizieren.

Als er in Cornélius' Zimmer trat, fand er, auf dem Bett des Stuhls sitzend, einen großen, kräftigen, blonden Burschen vor. Er stand auf, als er Frißtfrist sah.

»Ich heiße Anne«, sagte er. »Guten Tag, Monsieur.«

»Es ist keine Besuchszeit«, bemerkte der Assistenzarzt, der hinter dem Professor hereinkam.

»Er schläft die ganze Zeit«, sagte Anne. »Ich bin gezwungen hier zu bleiben, bis er aufwacht.«

Frißtfrist drehte sich um und sah den Assistenzarzt an.

»Was haben Sie denn?«

»Oh, das wird schon wieder vorbeigehen.«

Die Hände des Assistenzarztes zitterten wie Rammhämmer, und seine Augen waren schwärzlich bis in die Mitte des Gesichts.

»Haben Sie nicht geschlafen?«

»Nein … Wegen dem Stuhl …«

»Ach? Ist was nicht in Ordnung?«

»Dieses Miststück! …« sagte der Assistenzarzt.

Der Stuhl bewegte sich und knarrte, und es fing wieder an zu stinken. Wütend machte der Assistenzarzt zwei Schritte nach vorn, doch Frißtfrist legte ihm die Hand auf den Arm.

»Beruhigen Sie sich«, sagte er zu ihm.

»Ich kann nicht mehr! … Er macht sich über mich lustig!«

»Haben Sie ihm das Stechbecken untergestellt?«

»Er will nichts machen«, jammerte der Assistenzarzt. Nur knarren, quietschen, Fieber haben und mir Scherereien machen.«

»Seien Sie korrekt«, sagte Frißfrist. »Wir werden uns nachher um ihn kümmern. Und Sie?« fuhr er fort und wandte sich dabei an Anne.

»Ich möchte mit Monsieur Onte sprechen. Es ist wegen meinem Vertrag.«

»Davon brauchen Sie mir gar nichts zu erzählen … ich bin nicht auf dem laufenden.«

»Hat Ihnen Monsieur Onte keine Vorschläge gemacht?«

»Monsieur Onte ist so geschwätzig, daß ich ihn von einem Ende des Tages bis zum anderen schlafen lasse.«

»Verzeihung«, sagte der Assistenzarzt. »Das tue ich.«

»Schon gut«, sagte Frißtfrist. »Wenn Sie wollen … das tun Sie.«

»Mir sind diese Vorschläge bekannt«, sagte Anne. »Ich kann Sie Ihnen nennen.«

Frißtfrist sah den Assistenzarzt an und gab ihm ein

Zeichen. Der Assistenzarzt kramte in seiner Tasche. Er stand hinter Anne.

»Ja? Das ist ja interessant«, sagte Frißtfrist. »Schießen Sie los!«

Der Assistenzarzt zog eine dicke Spritze aus seiner Tasche und stach die Nadel mitten in das Fett von Annes Bizeps. Dieser versuchte zu kämpfen, schlief aber fast gleich darauf ein.

»Wo soll ich ihn hinschaffen?« sagte der Assistenzarzt, denn Anne war schwer zu halten.

»Sehen Sie zu, wie Sie klarkommen«, sagte Frißtfrist. »Ich mache jetzt Visite. Bis dahin ist Onte sicherlich wachgeworden.«

Der Assistenzarzt breitete die Arme aus, und Anne glitt auf den Boden.

»Ich kann ihn ja anstelle dieses Stuhls ins Bett legen«, schlug er vor.

Der Stuhl antwortete schlagfertig mit einer Reihe höhnischer Knalle.

»Lassen Sie ihn in Ruhe«, sagte Frißtfrist. »Wenn ich Sie dabei erwische, daß Sie ihn ärgern ...«

»Gut«, sagte der Assistenzarzt. »Dann lasse ich ihn da liegen.«

»Wie Sie wollen.«

Der Professor brachte seinen weißen Kittel wieder in Ordnung und ging mit behendem, geräuschlosem Schritt hinaus. Er verschwand in dem gelackten Flur.

Allein geblieben, ging der Assistenzarzt langsam auf den Stuhl zu und bedachte ihn mit einem Blick, aus dem Bosheit sickerte. Er war so müde, daß seine Augenlider ständig herabfielen. Eine Krankenschwester kam herein.

»Haben Sie ihm das Stechbecken untergeschoben?« sagte der Assistenzarzt.

»Ja«, sagte die Krankenschwester.

»Und?«

»Und, er hat Holzwürmer. Außerdem ist er einmal ganz allein aufgestanden. Er geht im Paßgang. Ein unangenehmer Anblick. Ich war entsetzt.«

»Ich werde ihn abhorchen«, sagte der Assistenzarzt. »Bringen Sie mir ein sauberes Tuch.«

»Hier«, sagte sie.

Er hatte nicht einmal die Kraft, ihr die Hand zwischen die Beine zu schieben, obgleich sie wie üblich ihren Kittel aufgemacht hatte. Verärgert gab sie ihm das Handtuch und ging weg, wobei sie emailliertes Blech bewegte. Der Assistenzarzt setzte sich aufs Bett und deckte den Stuhl auf. Er bemühte sich, nicht zu atmen, denn der Stuhl knarrte immer heftiger.

## 8

Als Frißtfrist von seiner Visite zurückkam, schlief der Assistenzarzt ebenfalls, quer über Anne liegend, am Fuße von Cornélius' Bett. Der Professor entdeckte etwas Ungewöhnliches im Äußeren des Nachbarbettes und deckte eilig den Louis-XV-Stuhl auf. Seine Füße waren steif geworden. Er war um zwanzig Jahre gealtert. Er war kalt, leblos und Louis XVI. Die gespannten und geraden Bogenlinien seiner Lehne gaben Aufschluß darüber, wie qualvoll sein Todeskampf gewesen sein mußte. Der Professor bemerkte die weiß-bläuliche Färbung des Holzes und versetzte, wobei er sich umdrehte, dem Assistenzarzt einen kräftigen Fußtritt an den Kopf, aber der rührte sich nicht. Er schnarchte. Der Professor kniete sich neben ihn und schüttelte ihn.

»Na … was ist? Sie schlafen? … Was haben Sie denn gemacht? …« Der Assistenzarzt begann zu knurren und öffnete ein geädertes Auge.

»Was ist denn los mit Ihnen«, wiederholte Frißtfrist.

»Ich habe mich gespritzt …«, murmelte der Assistenzarzt leise. »Ebenfalls mit Evipan. Zuviel Schlaf.«

Er schloß wieder die Augen mit einem hohlen Schnarchen.

Frißtfrist schüttelte ihn stärker.

»Und der Stuhl?«

Der Assistenzarzt lachte langsam.

»Strychnin.«

»Mistvieh! …« sagte Frißtfrist. »Es bleibt uns nichts anderes übrig, als ihn wieder auf die Beine zu stellen und ausstopfen zu lassen.«

Verärgert stand er auf. Der Assistenzarzt schlief wie ein Seliger. Anne auch und Cornélius auch. Frißtfrist gähnte. Er hob den Stuhl vorsichtig hoch und stellte ihn vors Bett. Er gab ein letztes, sanftes und totes Knarren von sich, und er setzte sich drauf. Sein Kopf schwankte von rechts nach links und in dem Augenblick, in dem er sich in einer bequemen Stellung einrichtete, klopfte es an die Tür. Der Professor hörte es nicht, und Angel klopfte abermals und trat ein.

Frißtfrist wandte ihm zwei glasige, ausdruckslose Augäpfel zu.

»Er wird nie fliegen können«, murmelte er vor sich hin.

»Was sagen Sie?« fragte Angel höflich.

Der Professor hatte Mühe, sich aus seiner Schläfrigkeit herauszuwinden. Er machte eine riesige, mehrere Kilo schwere Anstrengung und es gelang ihm, etwas zu sagen.

»Eine Ping 903 wird in dieser Gegend keinen Platz zum Fliegen haben. Bei Frißtfrist! … Es gibt zuviele Bäume.«

»Aber wenn Sie mit uns kommen?« sagte Angel.

»Mit Ihnen, wem?«

»Mit Anne und mir und Rochelle.«

»Wohin?«

»Nach Exopotamien.«

Morpheus' Schleier öffneten sich ein wenig über Frißtfrists Schädel, und Morpheus selbst ließ einen Kieselstein direkt auf seine Fontanelle fallen. Er wurde vollends wach.

»Verdammt nochmal! Das ist ja eine Wüste! ...«

»Ja«, sagte Angel.

»Das ist genau das, was ich brauche.«

»Dann sind Sie also einverstanden?«

»Ja was denn, Kacke?« sagte der Professor, der überhaupt nichts mehr verstand.

»Aber Monsieur Onte hat Ihnen doch Vorschläge gemacht?«

»Monsieur Onte fällt mir auf den Wecker«, sagte Frißtfrist. »Seit acht Tagen lasse ich ihn mit Evipan spritzen, damit ich meine Ruhe habe.«

»Aber er wollte Ihnen doch nur eine Stelle in Exopotamien anbieten. Als Chef-Arzt des Lagers.«

»Welches Lager? Wann?«

»Das Lager der Eisenbahn, die wir dort bauen werden. In einem Monat. Wir sollten morgen aufbrechen, Anne und ich und Rochelle.«

»Wer ist Rochelle?«

»Eine Freundin.«

»Hübsch?«

Frißtfrist richtete sich wieder auf. Er war aufgemöbelt.

»Ja«, sagte Angel. »Finde ich wenigstens.«

»Sie sind verliebt«, behauptete der Professor.

»Oh nein!« sagte Angel. »Sie liebt Anne.«

»Aber Sie lieben sie?«

»Ja«, sagte Angel. »Deshalb muß Anne sie ebenfalls lieben, weil sie ihn liebt; das wird sie frohmachen.«

Frißtfrist rieb sich die Nase.

»Das ist Ihre Sache, ja?« sagte er. »Aber hüten Sie sich vor dieser Schlußfolgerung. Dann glauben Sie also, daß es dort Platz gibt, um eine Ping 903 in Gang zu setzen?«

»Soviel Sie wollen.«

»Woher wissen Sie das?«

»Ich bin Ingenieur«, sagte Angel.

»Wunderbar!«

Der Professor drückte auf den Klingelknopf am Krankenbett von Cornélius.

»Warten Sie«, sagte er zu Angel. »Wir werden sie aufwecken lassen.«

»Und wie?«

»Oh!...« versicherte Frißtfrist, »mit einer Spritze ist das ganz einfach.«

Er schwieg und dachte nach.

»Woran denken Sie?« fragte Angel.

»Ich werde meinen Assistenzarzt mitkommen lassen«, sagte Frißtfrist. »Er ist ein rechtschaffener Junge...«

Er fühlte sich nicht wohl auf dem Stuhl, aber er sprach weiter.

»Ich hoffe, daß sie auch einen Platz für Cruc haben werden. Er ist ein sehr guter Mechaniker.«

»Ganz bestimmt«, sagte Angel.

Und dann kam die Krankenschwester herein mit allem Nötigen für die Spritzen.

# ÜBERGANG

*Es besteht aller Grund, jetzt eine Minute innezuhalten, denn die Sache verwickelt sich nun und zwar in gewöhnliche Kapitel. Man darf auch wissen warum: Es gibt schon ein Mädchen, ein hübsches Mädchen. Es werden noch andere kommen, und unter diesen Umständen kann nichts von Dauer sein.*

*Andernfalls wäre es sicherlich öfter lustig; aber bei Mädchen muß es auch was Trauriges geben; nicht etwa, daß sie das Traurige lieben – sagen sie wenigstens – aber es kommt mit ihnen. Mit den hübschen. Bei den häßlichen könnte man darüber reden: es ist genug, daß es welche gibt. Übrigens sind sie alle hübsch.*

*Eine wird Cuivre heißen und die andere Lavande, und die Namen von manchen andern kommen später; aber weder in diesem Buch noch in der gleichen Geschichte.*

*Es wird viele Leute geben in Exopodamien, denn es ist eine Wüste. Die Leute versammeln sich gern in der Wüste, denn dort ist genügend Platz. Sie versuchen, dort wieder die Dinge zu tun, die sie überall sonstwo taten, und die ihnen hier neu erscheinen; denn die Wüste bildet einen Bühnenhintergrund, vor dem sich alles gut abhebt, vor allem, wenn die Sonne, mal angenommen, besondere Eigenschaften besitzt.*

*Die Wüste wird oft gebraucht. Arthur Eddington hat das Mittel verraten, wie man alle Löwen einsammeln kann, die sie enthält; man braucht nur den Sand zu sieben, und die Löwen bleiben auf dem Drahtgeflecht zurück. Dies führt zu einer Phase – und zwar der interessantesten – nämlich der Rüttelphase. Am Ende hat man schließlich alle Löwen auf dem Drahtgeflecht des Siebes. Doch Eddington hat vergessen, daß auch Kieselsteine zu-*

*rückbleiben. Ich glaube, daß ich dann und wann von den Kieselsteinen reden werde.*

# *ERSTER SATZ*

# I

> Wir haben es hier mit einem sehr vorteilhaften Verfahren zu tun, dessen Wirtschaftlichkeit, zusammen mit der Qualität der Faserstoffe, diese Methode besonders interessant macht!
> *(René Escourrou, »Das Papier«, Librairie Armand Colin, 1941, Seite 84)*

Weil er also Hunger hatte, legte Athanagoras Porphyrogenetas seinen Archeologenhammer hin, und getreu seiner Devise (sit tibi terra levis) betrat er sein Zelt, um zu Mittag zu essen, wobei er den türkischen Krug, von dem er gerade die letzten Kesselsteine entfernte, stehen ließ.

Dann füllte er, zur Annehmlichkeit des Lesers, den folgenden Personalbogen aus, der, allerdings nur typographisch, weiter unten vollständig abgedruckt wird.

Größe: 1.65 m
Gewicht: gut 69 Kilogramm
Haare: grau
Körperbehaarung: wenig entwickelt
Alter: unbestimmt
Gesicht: länglich
Nase: völlig gerade
Ohren: Universitätsmodell in Amphorenhenkelform
Kleidung: wenig gepflegt und die Taschen ausgebeult durch skrupelloses Hineinstopfen
Sonstige Merkmale: ohne jegliches Interesse
Gewohnheiten: außerhalb der Übergangszeiten seßhaft

Nachdem er dieses Karteiblatt ausgefüllt hatte, zerriß er es, weil er es überhaupt nicht brauchte, da er sich seit frühester Jugend der kleinen sokratischen Übung hingab, die den volkstümlichen Namen *γνωθι σεαυτον* hat.

Athas Zelt bestand aus einem speziell zugeschnittenen Stück Leinwand, das an bestimmten, klug gewählten Punkten mit Ösen versehen war und mit Hilfe von Stangen aus zylindrischem Bazookaholz, die ihm eine feste und ausreichende Grundlage gaben, auf dem Boden ruhte.

Die Montage dieses Zeltes, von Martin Lardier, dem Faktotum Athanagoras' hervorragend ausgeführt, verschaffte dem immer eventuellen Besucher eine Summe von Eindrücken, die einen Zusammenhang hatten mit der Qualität und Schärfe seiner inneren Fähigkeiten, jedoch der Zukunft vorbehalten war. Es bedeckte in der Tat nur eine Fläche von sechs Quadratmetern (und Bruchteile, denn das Zelt kam aus Amerika, und die Angel-Sachsen drücken in Zoll und Fuß aus, was die anderen in Metern messen; was Athanagoras sagen ließ: in diesem Land, in dem der Fuß die Metaherrschaft hat, wäre es gut, wenn der Meter Fuß faßte) und nebendran war noch jede Menge Platz.

Martin Lardier, der sich in der Gegend damit beschäftigte, die Fassung seiner durch eine zu starke Vergrößerung verbogenen Lupe geradezubiegen, begab sich zu seinem Herrn unter das Zelt. Er füllte nun ebenfalls ein Karteiblatt aus; leider zerriß er es zu schnell, als daß man die Zeit gehabt hätte, es abzuschreiben, doch wir werden ihn bei der nächsten Biegung wieder schnappen. Auf einen Blick konnte man feststellen, daß er braunes Haar hatte.

»Tragen Sie das Essen auf, Martin«, bat der Archeologe, der in seinem Ausgrabungsfeld für eiserne Disziplin sorgte.*

* Er erzeugte dabei Induktionsströme, mit deren Hilfe er sich, mittels Solenoide, Licht machte.

»Ja, Herr«, antwortete Martin ohne nutzloses Bemühen um Originalität.

Er stellte das Tablett auf den Tisch und setzte sich Athanagoras gegenüber; die beiden Männer stießen ihre fünffingrigen Gabeln geräuschvoll gegeneinander, als sie einstimmig in die große Dose mit dem kondensierten Ragout stachen, die Dupont, der Neger-Diener, gerade geöffnet hatte.

Dupont, der Neger-Diener, bereitete in seiner Küche eine andere Konservendose vor für die Abendmahlzeit. Zunächst mußte er mit viel Wasser und der zeremoniellen Würze das faserige Mumienfleisch auf einem mit Hilfe von feierlichem Rebenholz fleißig geschürten und im Zustand der Verbrennung gehaltenen Feuer kochen lassen, dann die Schweißnaht aufschwitzen, die verzinnte Blechdose mit der in viel Wasser gekochten Nahrung füllen, nicht ohne das viele Wasser in den kleinen Hebel gegossen zu haben; dann mußte er den Deckel mit dem Lötzinn wie Eisen zuschweißen, und das ergab nun eine Konservendose für das Abendessen.

Dupont, Sohn fleißiger Handwerker, hatte sie getötet, damit sie endlich aufhören und sich in Frieden ausruhen konnte. Um ostentativen Glückwünschen aus dem Wege zu gehen, lebte er im Abseits ein religiöses, aufopferungsvolles Leben in der Hoffnung, vom Papst vor seinem Tod heidnisch gesprochen zu werden, wie Pater de Foucault, der den Kreuzzug predigte. In der Regel drückte er die Brust heraus, im Augenblick jedoch war er eifrig beschäftigt, er schichtete kleine Holzscheite auf ein in labilem Gleichgewicht befindliches Feuer, spickte spaßhalber feuchte Tintenfische, deren Tinte er vor die Säue warf, bevor er sie in dem Mineralogiewasser ertränkte, das in einem Eimer kochte, der aus eng zusammengefügten Lamellen aus Tulpenbaumholz mit rotem Herzen bestand. Bei der Berührung mit dem kochenden Wasser bekamen die Tintenfische eine schöne, indigoblaue Farbe; der Schein des Feuers übertrug sich auf die bebende Oberfläche und setzte an die Decke der Küche Lichtreflexe in Form von Cannabis indica, deren Geruch sich jedoch kaum von dem der Lotions mit Patrelle-Duft unterschied, die man bei allen guten Friseuren findet, vor allem bei André und Gustave.

Duponts Schatten lief mit gekrümmten und abgehackten Gebärden durch den Raum. Er wartete auf das Ende von Athanagoras' und Martins Mahlzeit, um abräumen zu können.

Doch Martin berichtete seinem Herrn in Form eines Dialogs von den Ereignissen des Vormittags.

»Was gibts Neues?« sagte Athanagoras.

»Nichts Neues was den Sarkophag angeht«, sagte Martin. »Es gibt keinen.«

»Gräbt man weiter?«

»Man gräbt weiter. In alle Richtungen.«

»Wir werden uns auf eine einzige Richtung beschränken, sobald wir können.«

»Es wurde ein Mann hier in der Gegend gemeldet«, sagte Martin.

»Was macht er?«

»Er ist mit dem 975 angekommen. Er heißt Amadis Dudu.«

»Ach«, seufzte Athanagoras, »haben sie endlich einen Fahrgast aufgegabelt ...«

»Er ist untergebracht«, sagte Martin. »Er hat sich einen Schreibtisch geliehen und schreibt Briefe.«

»Bei wem hat er einen Schreibtisch geliehen?«

»Weiß ich nicht. Er scheint hart zu arbeiten.«

»Das ist seltsam.«

»Wegen dem Sarkophag?«, sagte Martin.

»Hören Sie zu, Martin, gewöhnen Sie sich nicht an den Gedanken, daß wir alle Tage einen Sarkophag finden werden ...«

»Aber wir haben doch noch gar keinen gefunden! …«

»Das beweist doch nur, daß sie selten sind«, folgerte Athanagoras.

Martin schüttelte angewidert den Kopf.

»Diese Gegend hier taugt nichts«, sagte er.

»Wir haben gerade erst angefangen«, bemerkte Athanagoras. »Sie haben es zu eilig.«

»Entschuldigen Sie, Herr«, sagte Martin.

»Das ist ohne Bedeutung. Bis heute abend schreiben Sie mir zweihundert Zeilen.«

»Welcher Art, Herr?«

»Übersetzen Sie ein lettristisches Gedicht von Isidore Isou ins Griechische. Suchen Sie eins aus, das die entsprechende Länge hat.«

Martin stieß seinen Stuhl zurück und ging hinaus. Er hatte mindestens bis sieben Uhr abends zu tun, und es war sehr warm.

Athanagoras beendete seine Mahlzeit. Er nahm wieder seinen Archeologenhammer, als er aus dem Zelt ging; er legte großen Wert darauf, seinen türkischen Krug vollends vom Kesselstein zu befreien, aber er hatte die Absicht, sich dabei zu beeilen, die Person des Amadis Dudu begann ihn zu interessieren.

Der hohe Krug aus grobem Porzellan war auf dem Boden mit einem Auge bemalt, das Kalkstein und Kieselerde halb verdeckte. Mit leichten, präzisen Schlägen ließ Athanagoras die versteinerten Splitter abspringen, wobei er die Iris und die Pupille freilegte. Ganz gesehen war es ein ziemlich schönes, ein wenig hartes blaues Auge mit gefällig geschwungenen Wimpern. Athanagoras schaute lieber nach einer anderen Seite, um sich dem beharrlichen Verhör zu entziehen, das der Ausdruck dieses keramischen Gegenübers implizierte. Als die Säuberung getane Sache war, füllte er den Krug mit Sand, um das Auge nicht mehr zu sehen, drehte ihn dann um, so daß das Untere nach oben kam und zerschlug ihn mit mehreren Hammerschlägen, anschließend las er die zerstreuten Bruchstücke auf. Der Krug nahm auf diese Weise sehr wenig Platz ein und würde folglich in eine Standardschachtel passen, ohne die Gleichmäßigkeit der Sammlungen des Meisters zu entstellen, der das betreffende Behältnis aus seiner Tasche zog.

Nachdem dies getan war, richtete sich Athanagoras aus der Hocke auf und brach in die mutmaßliche Richtung Amadis Dudus auf. Wenn dieser für die Archäologie Anlagen zeigte, verdiente er es, daß man sich für ihn interessierte. Der unfehlbare Sinn, der den Archäologen bei seinen Schritten leitete, verfehlte nicht, ihn zur richtigen Stelle zu führen. In der Tat telefonierte Amadis Dudu, an einem Schreibtisch sitzend. Unter seinem linken Unterarm sah Atha eine Schreibunterlage, dessen Löschblatt bereits die Spuren einer intensiven Arbeit aufwies; ein Stapel Briefe vor sich, versandfertig, und in einem Korb die bereits eingegangene Post.

»Wissen Sie, wo man hier zu Mittag essen kann?« fragte Amadis, wobei er den Hörer mit seiner Hand bedeckte, sobald er des Archäologen ansichtig wurde.

»Sie arbeiten zuviel«, antwortete Athanagoras. »Die Sonne wird Sie verblöden.«

»Es ist ein bezauberndes Land«, versicherte Amadis. »Und es gibt viel zu tun.«

»Wo haben Sie diesen Schreibtisch gefunden?«

»Man findet immer einen Schreibtisch. Ich kann ohne Schreibtisch nicht arbeiten.«

»Sind Sie mit dem 975 gekommen?«

Amadis' Gesprächspartner wurde sicherlich ungeduldig, denn der Hörer verbog sich heftig in seiner Hand. Mit einem bösen Lächeln ergriff Amadis eine Nadel im Schreibetui und steckte sie in das kleine schwarze Loch. Der Hörer straffte und versteifte sich, und er konnte ihn auflegen.

»Was sagten Sie?« erkundigte sich Amadis.
»Ich sagte: sind Sie mit dem 975 gekommen?«
»Ja. Er ist ziemlich bequem. Ich nehme ihn jeden Tag.«
»Ich habe Sie noch nie hier gesehen.«
»Ich nehme diesen Bus nicht jeden Tag. Wie ich Ihnen schon sagte, gibt es hier viel zu tun. Nebenbei, könnten Sie mir verraten, wo man zu Mittag essen kann?«
»Es sollte möglich sein, ein Restaurant zu finden«, sagte Athanagoras. »Ich muß Ihnen gestehen, daß ich mich seit meiner Ankunft hier noch nicht mit dieser Frage beschäftigt habe. Ich hatte Vorräte mitgebracht und außerdem kann man im Giglyon angeln.«
»Sie sind hier seit?«
»Seit fünf Jahren«, gab Athanagoras genau an.
»Dann müssen Sie die Gegend ja kennen.«
»Ziemlich gut. Ich arbeite eher untendrunter. Es gibt silurisch-devonische Faltungen, regelrechte Wunder. Es gibt gewisse entlegene Orte aus dem Pleistozän, wo ich Spuren der Stadt Glure gefunden habe.«
»Kenne ich nicht«, sagte Amadis. »Das Darüber?«
»Da müssen Sie sich schon von Martin führen lassen«, sagte Athanagoras. »Er ist mein Faktotum.«
»Ist er Päderast?« fragte Amadis.
»Ja«, sagte Athanagoras. »Er liebt Dupont.«
»Das ist mir egal«, sagte Amadis. »Pech für Dupont.«
»Sie werden ihm Kummer machen«, sagte Atha. »Und dann kocht er nicht mehr für mich.«
»Aber es gibt doch ein Restaurant …«
»Sind Sie sicher?«
»Kommen Sie mit«, sagte Amadis. »Ich bringe Sie hin.«
Er stand auf, stellte den Stuhl an seinen Platz zurück. Im gelben Sand war es einfach, den Stuhl geradezustellen.
»Dieser Sand ist sauber«, sagte Amadis. »Ich mag diesen Ort wirklich. Ist es nie windig?«
»Nie«, versicherte Athanagoras.

»Wenn wir diese Düne dort hinuntergehen, werden wir das Restaurant finden.«

Lange grüne, steife und gewachste Gräser befleckten den Boden mit fadenförmigen Schatten. Die Füße der Marschierer machten kein Geräusch und gruben konische Abdrücke mit sanft gerundeten Konturen.

»Ich fühle mich hier wie neugeboren«, sagte Amadis. »Die Luft ist sehr gesund.«

»Es gibt keine Luft«, sagte Athanagoras.

»Das vereinfacht alles. Bevor ich hierher kam, habe ich Augenblicke der Zaghaftigkeit gehabt.«

»Das haben Sie offenbar überwunden«, sagte Athanagoras. »Wie alt sind Sie?«

»Ich kann Ihnen keine Zahl angeben«, sagte Amadis. »Ich kann mich an den Anfang nicht mehr erinnern. Ich könnte höchstens etwas nachplappern, was man mir gesagt hat, wofür ich aber nicht bürgen kann. Also lieber nicht. Auf jeden Fall bin ich noch jung.«

»Ich würde Ihnen achtundzwanzig Jahre geben«, sagte Athanagoras.

»Ich danke Ihnen«, sagte Amadis. »Ich wüßte nicht, was ich damit machen sollte. Sie werden sicherlich jemanden finden, dem sie eine Freude damit machen.«

»Oh, schon gut!« sagte Atha.

Er war ein wenig verärgert.

Die Düne führte jetzt einen steilen Abhang hinunter und eine andere, ebenso hoch, verdeckte den ockerfarbenen Horizont. Kleinere, an ungewohnter Stelle auftretende Dünen bildeten Bodensenkungen, zeichneten Pässe und Durchgänge, durch die sich Amadis ohne das geringste Zögern begab.

»Das ist ziemlich weit von meinem Zelt weg«, sagte Atha.

»Das macht nichts«, sagte Amadis. »Sie brauchen nur unseren Fußspuren zu folgen, wenn Sie zurückgehen.«

»Aber wenn man sich schon auf dem Hinweg im Weg irrt?«

»Na ja, dann verirren Sie sich eben auf dem Rückweg, das ist alles.«

»Das ist dumm«, sagte Atha.

»Haben Sie keine Angst. Ich weiß ganz bestimmt, wo es ist. Da, schauen Sie.«

Hinter der großen Düne erblickte Athanagoras das italienische Restaurant: Inhaber Joseph Barrizone. Man nannte ihn Pippo. Die Markisen aus rotem Stoff hoben sich lustig vom Lackanstrich der Holzwände ab. Weißer Lackanstrich. Um genau zu sein. Vor dem Unterbau aus hellen Backsteinen blühten wilde Moosblumen pausenlos in Töpfen aus glasiertem Ton. Auch an den Fenstern wuchsen welche.

»Man fühlt sich dort bestimmt sehr wohl«, sagte Amadis. »Sie haben sicherlich auch Zimmer. Ich werde meinen Schreibtisch dort hinbringen lassen.«

»Werden Sie dableiben?«

»Wir werden eine Eisenbahn bauen«, sagte Amadis. »Ich habe meiner Firma deswegen geschrieben. Der Gedanke dazu ist mir heute morgen gekommen.«

»Aber es gibt doch gar keine Fahrgäste«, sagte Athanagoras.

»Finden Sie etwa, daß den Eisenbahnen damit gedient ist, mit den Fahrgästen?«

»Nein«, sagte Athanagoras. »Natürlich nicht.«

»Also wird sie sich auch nicht abnutzen«, sagte Amadis. Somit braucht bei der Berechnung der Betriebsunkosten die Amortisierung der Betriebsanlagen nicht berücksichtigt zu werden. Wissen Sie, was das bedeutet?«

»Aber das ist doch nur ein Posten bei der Kostenaufstellung«, bemerkte Athanagoras.

»Was verstehen Sie eigentlich von Geschäften, he?« entgegnete Amadis unverschämt.

»Nichts, sagte Athanagoras. »Ich bin nur Archäologe.«

»Dann kommen Sie mit zum Essen.«

»Ich habe schon zu Mittag gegessen.«

»In Ihrem Alter«, sagte Amadis, »können Sie bestimmt zweimal zu Mittag essen.«

Sie kamen vor der Glastür an. Das ganze Erdgeschoß war an der Fassade verglast, und man sah die Reihen mit den kleinen, sauberen Tischen und den Stühlen aus weißem Leder.

Amadis stieß die Flügeltür auf und ein Glöckchen bewegte sich fieberhaft. Rechts hinter der Theke las Joseph Barrizone, den man Pippo nannte, groß Gesprochenes in einer Zeitung. Er trug eine schöne, funkelnagelneue weiße Jacke und eine schwarze Hose, und sein Kragen stand offen, weil es immerhin relativ heiß war.

»Faccé la barba um sieben Uhr heute matteigno?« fragte er Amadis.

»Ja«, antwortete Amadis.

Wenn er auch unbeleckt war von der Orthographie, so verstand er doch den Dialekt von Nizza.

»Gut!« sagte Pippo. »Kommen Sie zum Essen?«

»Ja. Was gibts denn?«

»Alles, was man in diesem irdischen und diplomatischen Restaurant finden kann«, antwortete Pippo mit einem gewaltigen italienischen Akzent.

»Minestrone?«

»Auch Minestrone und Spaghetti à la Bolognese.«

»Avanti!« sagte Athanagoras, um im gleichen Ton zu bleiben.

Pippo verschwand in Richtung Küche. Amadis wählte einen Tisch in der Nähe des Fensters und setzte sich.

»Ich möchte Ihr Faktotum sehen«, sagte er. »Oder Ihren Koch. Wie Sie wollen.«

»Sie haben Zeit.«

»Das ist nicht so sicher«, sagte Amadis. »Ich habe eine

Menge Arbeit. Wissen Sie, bald wird es viele Leute hier geben.«

»Reizend«, sagte Athanagoras. »Da werden wir ein schönes Leben haben. Werden Sie Routs veranstalten?«

»Was nennen Sie einen Rout?«

»Das ist eine mondäne Abendgesellschaft«, erklärte der Archäologe.

»Wo denken Sie hin!« sagte Amadis. »Als ob wir Zeit für Routs hätten!«

»Oh, verflixt!« sagte Athanagoras.

Ganz plötzlich fühlte er sich enttäuscht. Er nahm seine Brille ab und spuckte darauf, um damit die Gläser sauberzumachen.

II

## *VERSAMMLUNG*

Dieser Liste kann man auch noch Ammoniumsulfat, getrocknetes Blut und Jauche hinzufügen.
*(Yves Henry, »Faserpflanzen«, Colin, 1924)*

1)

Wie gewöhnlich kam der Amtsdiener als erster. Die Versammlung des Verwaltungsrats war für halb elf vorgesehen. Er hatte den Saal zu öffnen, Aschenbecher vor jede Schreibunterlage zu stellen und obszöne Bilder so zu legen, daß die Räte sie gleich zur Hand hatten, stellenweise Desinfektionsmittel zu versprühen, denn mehrere der Herren litten an ansteckenden, schuppenden Krankheiten, und die Stuhllehnen an den Seiten des ovalen Tisches nach gedachten Parallelen anzuordnen. Der Tag war kaum angebrochen, denn der Amtsdiener hinkte und mußte seine Zeit reichlich bemessen. Er war bekleidet mit einem schicken, alten Anzug aus dunkelgrünem Serge und trug eine goldene Kette um den Hals mit einem gravierten Schild, auf dem man, wenn man wollte, seinen Namen lesen konnte. Er bewegte sich ruckweise von der Stelle, und sein lahmes Glied stieß bei jedem seiner fragmentarischen Fortbewegungen spiralenförmig in die Luft.

Er kaperte den gebogenen Schlüssel aus dem Zubehörschrank und gewann an Boden in Richtung auf die Ecke des Raums, der sich an den Versammlungsort anschloß und wo man alle diese sehr notwendigen Dinge aufbewahrte. Die Türfüllung legte die Regale frei, hübsch ausgelegt mit von Leonardo da Vinci in einer fernen Zeit bemaltem rosafarbenem, ausgezacktem Papier. Die Aschenbecher waren in einer diskreten, eher angedeuteten als aufgezwungenen, aber geistig strengen Ordnung aufgebaut. Die obszönen Karten verschiedener Modelle, manche davon mehrfarbig, waren in entsprechenden Täschchen eingeordnet. Der Amtsdiener kannte mehr oder weniger die Vorlieben der Herren vom Rat. Er lächelte aus dem Augenwinkel, als er abseits ein kleines, unschuldiges Päckchen sah, in dem er alle die Bilder versammelt hatte, die ihm persönlich Gefielen, und er deutete die Bewegung an, sich den Hosenlatz aufzuknöpfen, doch die Berührung mit seinem trostlosen Apparat bewirkte, daß sich sein faltiges Gesicht verdüsterte. Er erinnerte sich an das Datum und besann sich darauf, daß er dort vor den nächsten zwei Tagen nichts Ernsthaftes finden würde. In seinem Alter war das gar nicht so schlecht, aber es kam ihm eine Zeit ins Gedächtnis, wo er es bis zu zweimal die Woche tun konnte. Diese Reminiszenz gab ihm ein wenig Fröhlichkeit zurück, und die schmutzigen Winkel seines Mundes in Form eines Hühnersphinkters zeichneten die Andeutung eines Lächelns, während in seinen trüben Augen ein häßliches Licht blinkte.

Er nahm die sechs notwendigen Aschenbecher und stellte sie auf das japanische Tablett mit dem Glasuntersatz, dessen er sich in der Regel für diese Art von Transporten bediente. Sich auf den mit Reißbrettstiften an der Rückseite der Tür befestigten Zeigefinger beziehend, wählte er dann die Karten, eine nach der andern, vier für jeden. Er erinnerte sich, ohne daß er es nachzuprüfen brauchte, daß der Präsident die zyklischen Gruppen mit Zweierverbindung bevorzugte, was eine Folge seines Chemiestudiums war, und voller Bewunderung betrachtete er die erste Karte, denn das stellte wirklich eine akrobatische Leistung dar. Ohne sich länger aufzuhalten, nickte er in geheimem Einverständnis mit dem Kopf und beendete schnell seine Wahl.

2)

Baron Ursus de Janpolent fuhr im Wagen zum Ort des Rats.

3)

Sie kamen gegen Viertel vor zehn gleichzeitig an, drei Persönlichkeiten, die der Amtsdiener respektvoll grüßte. Sie trugen leichte Aktentaschen aus kaum patiniertem Schweinsleder, Zweireiheranzüge mit einer modischen Weste, obgleich unifarben und im Ton zum Stoff des Anzugs passend, sowie Hüte in Bolero-Art. Sie sprachen sehr ernsthaft in einer von klaren und entscheidenden Modulationen durchsetzten Sprache, wobei sie das Kinn ziemlich hoch trugen und mit der rechten Hand, die keine Aktentasche trug, Gebärden machten. Man kann feststellen, ohne über die Folge der Ereignisse eine voreilige Entscheidung treffen zu wollen, daß zwei dieser Aktentaschen mit einem Reißverschluß geöffnet wurden, der über drei ihrer Seiten verteilt war, während die letzte Seite die Rolle des Scharniers spielte. Die dritte hatte einen Griff, zur Schande ihres Eigentümers, der alle drei Minuten auf den für den Nachmittag geplanten Erwerb einer Aktentasche aufmerksam machte, die genauso war, wie die der beiden anderen, einer Voraussetzung, unter der die Besitzer der beiden andern weiterhin bestimmende Modulationen mit ihm austauschten.

4)

Zwei Mitglieder hatten noch zu kommen, ohne Baron Ursus de Janpolent zu zählen, der im Wagen zum Ort des Rats fuhr.

Der eine, Agathe Marion, betrat das Gebäude um zehn Uhr siebenundzwanzig. Er blieb stehen, drehte sich um und betrachtete hartnäckig im Licht der Tür die Spitze seines rechten Schuhs, den ein aufdringlicher Mensch gerade geschrammt hatte; das glänzende Leder trug eine Schmarre, und das kleine Stück dreieckiger Haut, die sich aufrichtete und dabei einen Schatten von anderer Form warf, weil sie der augenscheinlichen Kontur der Sache Rechnung trug, war entsetzlich anzusehen. Agathe Marion erschauderte und mit einer Gebärde der Schultern die Gänsehautvibrationen verscheuchend, die sich zwischen seinen Schulterblättern bewegten, drehte er sich von neuem um die eigene Achse. Er setzte seinen Gang fort, sagte im Vorübergehen guten Tag zum Amtsdiener, und sein erster Fuß nahm eine Minute vor der vorschriftsmäßigen Zeit die leicht materielle Ebene der Tür des Rats in Angriff.

5)

Baron Ursus de Janpolent folgte drei Meter hinter ihm.

6)

Der letzte hatte sich verspätet und die Sitzung begann ohne ihn. Was fünf Personen und einen Amtsdiener ergibt, sowie eine verspätete Person, die trotzdem zählt, mithin sieben im ganzen; in runden Ziffern? Leider nein, denn bei einer Zahl, die geringer ist als zehn, gibt es nur eine runde Ziffer: das ist Null, und das ist was anderes als sieben.

»Meine Herren, die Sitzung ist eröffnet. Ich erteile dem Berichterstatter das Wort, der Ihnen, viel besser als ich selber es tun könnte, den Fortschritt unserer Sache seit der letzten Sitzung darlegen wird.«

»Meine Herren, ich möchte Sie daran erinnern, daß der Zweck unserer Gesellschaft, die auf Betreiben des technischen Direktors Amadis Dudu gegründet wurde, der Bau und Betrieb einer Eisenbahn in Exopotamien ist.«

»Dieser Meinung bin ich nicht.«

»Aber doch, erinnern Sie sich nicht mehr?«

»Ja, es stimmt. Ich habe das verwechselt ...«

»Meine Herren, seit unserer letzten Sitzung haben wir von Direktor Dudu eine Reihe wichtiger Entwürfe bekommen, die von der technischen Abteilung unserer Gesellschaft in allen Einzelheiten geprüft worden sind. Daraus geht die Notwendigkeit hervor, Amadis Dudu schnellstens ein geschultes Personal und ausführende Organe zu schikken.«

»Der Sekretär ist nach der letzten Sitzung mit der Anwerbung beauftragt worden und wird uns jetzt die Ergebnisse seiner Bemühungen mitteilen.«

»Meine Herren, ich habe unserem Unternehmen die Mitarbeit einer der zur Zeit hervorragendsten Fachleute in Eisenbahnfragen gesichert.«

»Dieser Meinung bin ich nicht.«

»Ich bitte Sie, Sie wissen doch genau, daß er davon gar nicht spricht.«

»Ach so!«

»Ich habe Cornélius Onte ernannt.«

»Ist das alles?«

»Leider ist Cornélius Onte Opfer eines Autounfalls geworden. Dennoch ist es mir dank der seit jenem Datum unaufhörlich unternommenen Schritte gelungen, den hervorragenden Fachmann, der Monsieur Onte ist, durch einen äußerst verdienstvollen Ingenieur zu ersetzen. Überdies, zwei Fliegen mit einer Klappe schlagend, habe ich einen anderen talentierten Ingenieur und eine bezaubernde Sekretärin einen Vertrag unterschreiben lassen. Sehen Sie sich die Karte vier von Monsieur Agathe Marion an; das Gesicht oben links hat, obgleich durch die ausgeübte Tätigkeit entstellt, ein Profil, das doch merklich dem der besagten Sekretärin gleicht.«

»Meine Herren, lassen Sie die Karte rundgehen.«

»Ich bin nicht dieser Meinung.«

»Mit Ihren ständigen Unterbrechungen verlieren wir doch nur unsere Zeit.«

»Entschuldigen Sie bitte, ich dachte an was anderes.«

»Und die ausführenden Organe?«

»Das Vorhaben läßt sich gut an.«

»Meine Herren, ich habe an diesem Tag auch einen Arzt und einen Assistenzarzt eingestellt, deren Anwesenheit dann wertvoll sein wird, wenn die Arbeitsunfälle ihren Höchststand erreicht haben werden.«

»Ich bin nicht dieser Meinung.«

»Und die ausführenden Organe?«

»Gemäß einer von Direktor Dudu an Ort und Stelle unterzeichneten Übereinkunft werden Kost und Logis des technischen Personals der Direktion vom Restaurant Barrizone übernommen.«

»Meine Herren, die vom Sekretär erbrachte Arbeit erweist sich bereits jetzt als erfolgreich. Außerdem möchte ich Sie darauf hinweisen, daß einer meiner Neffen, Robert Gougnan du Peslot mir die erträumte Person zu sein scheint, um die Funktionen eines kaufmännischen Direktors zu übernehmen. Ich schlage Ihnen vor, daß wir es ihm überlassen wollen, selber sein Gehalt festzusetzen und seine Sekretärin einzustellen.«

»Aber selbstverständlich.«

»Was das technische Personal angeht, so könnte man ihm den hier geltenden Lohn sowie zusätzlich eine Trennungszulage gewähren.«

»Ich bin nicht dieser Meinung.«

»Wenigstens in diesem Fall hat er recht.«

»Was ist denn ein Techniker? Besondere Qualitäten werden nicht verlangt. Man braucht nur ganz mechanisch fertige Dinge anzuwenden, die man beigebracht bekam.«

»Keine Trennungszulage.«

»Eine kleine Trennungszulage.«

»Wir müssen die Angelegenheit überdenken.«

»Meine Herren, die Sitzung ist aufgehoben.«

»Geben Sie mir meine Karte zurück.«

»Wir haben nicht über die ausführenden Organe gesprochen.«

»Darüber müssen wir bei der nächsten Sitzung reden.«

»Ich bin nicht dieser Meinung.«

Sie standen alle nicht zusammen auf und verließen in einem nicht sehr harmonischen Durcheinander den Saal. Der Amtsdiener grüßte sie im Vorbeigehen, und seine irre Haxe nachziehend, näherte er sich langsam dem Ort der verblichenen Versammlung, den empörende Rauchschwaden verpesteten.

# III

> Es scheint eindeutig erwiesen, daß kleine Kinder und junge Tiere an allem saugen, was ihnen in den Mund kommt, und daß man ihnen beibringen muß, an der richtigen Stelle zu saugen.
> *(Lord Raglan, »Das Inzesttabu«, Payot, 1935, Seite 29)*

Anne fand seinen Koffer recht schwer; er fragte sich, ob es nicht falsch war, sich mit einer gewissen Anzahl entbehrlicher Artikel zu belasten. Aus reiner Unredlichkeit gab er sich keine Antwort, wodurch er die letzte Stufe der gewachsten Treppe verfehlte. Sein Fuß ging nach vorn, und in einer gleichzeitigen Bewegung warf sein rechter Arm den Koffer durch die Scheibe des Oberlichts. Er stand schnell wieder auf, sauste mit einem Satz durch die Tür und fing seinen Koffer auf, als er auf der anderen Seite herunterfiel. Das Gewicht ließ ihn sich krümmen und unter der Anstrengung, die er aufbot, blähte sich sein Hals auf und riß den Kragenknopf aus glänzendem Metall ab, den er fünf Jahre zuvor auf einem Danksagungsbazar gekauft hatte. Sogleich lockerte sich seine Krawatte um mehrere Zentimeter, und er mußte wieder ganz von vorne anfangen. Er hob den Koffer auf, warf ihn unter unmenschlichen Anstrengungen auf die andere Seite des Oberlichts, lief rückwärts hinein, um ihn am Fuße der Treppe in Empfang zu nehmen und kletterte sehr schnell, im Rückwärtsaufstieg, die letzten zehn Stufen hinauf. Er stieß einen Seufzer der Erleichterung aus, als er spürte, wie sich seine Krawatte wieder zusammenzog und der Kragenknopf von neuem seinen Adamsapfel kitzelte.

Diesmal ging er unbehindert aus dem Haus und machte eine Biegung, um dem Bürgersteig zu folgen.

Rochelle verließ ebenfalls ihre Wohnung und sie beeilte sich, um am Bahnhof zu sein, bevor der Zugschaffner den Abfahrtsschuß gab. Aus wirtschaftlichen Gründen benutzte die Nationale Eisenbahn altes, nasses Pulver und drückte eine halbe Stunde vorher ab, damit der Schuß ungefähr im gewünschten Augenblick losging; aber manchmal ertönte er fast gleich darauf. Sie hatte viel Zeit damit verloren, sich für die Reise anzuziehen; das Ergebnis war außergewöhnlich.

Durch die Öffnung eines leichten Mantels aus Kräuselwolle sah man ein Stück ihres lindgrünen Kleides von ganz schlichtem Schnitt. Ihre Beine steckten stramm in einem Paar feiner Nylonstrümpfe und ein Paar Schuhe aus Wildleder umhüllten ihre zarten Füße. Ihr Koffer folgte ihr in einer Entfernung von wenigen Schritten, getragen von ihrem kleinen Bruder; er war gekommen, um ihr freiwillig zu helfen, und um ihn zu belohnen, vertraute ihm Rochelle diese Präzisionsarbeit an.

Ganz in der Nähe war das klaffende Loch der Metro, die Gruppen Unvorsichtiger in ihren schwarzen Schlund zog. In Abständen erfolgte die umgekehrte Bewegung und mühsam spuckte sie ein Paket blaß gewordener, geschwächter Individuen aus, die an ihren Kleidern den Geruch der Eingeweide des Ungeheuers trugen, die stark stanken.

Rochelle drehte den Kopf nach rechts und nach links mit den Augen ein Taxi suchend, denn der Gedanke an die Metro erschreckte sie. Mit einem Sauggeräusch schluckte diese letztere vor ihren Augen fünf Personen, davon drei vom Lande, denn sie trugen Gänsekörbe, und sie mußte die Augenlider schließen, um sich wieder zu fangen. Es war nicht ein einziges Taxi in Sicht. Die Flut der Wagen und Autobusse, die die abschüssige Straße hinuntersausten, machten sie schwindlig. Ihr kleiner Bruder holte sie in dem Augenblick ein, in dem sie, gebrochen, sich ebenfalls von der hinterlistigen Treppe schnappen lassen wollte, und es gelang ihm, sie zurückzuhalten, indem er den Saum ihres Kleides packte. Seine Gebärde hatte zur Folge, daß die hinreißenden Schenkel Rochelles enthüllt wurden und Männer in Ohnmacht fielen; sie stieg die verhängnisvolle Stufe wieder hinauf und küßte ihren kleinen Bruder, um ihm zu danken. Zum Glück für sie war der Körper einer der Personen, denen es gerade schlecht geworden war, vor die Räder eines Taxis gestürzt, dessen Reifen erbleichten und das hielt.

Rochelle lief hin, gab dem Fahrer die Adresse an, ergriff den Koffer, den ihr kleiner Bruder ihr zuwarf. Er sah ihr zu, wie sie wegfuhr, und mit der rechten Hand warf sie ihm durch die Heckscheibe, vor der ein makabrer Plüschhund hing, Küsse zu.

Die von Angel am Vortag gelöste Platzkarte trug charakteristische Nummern, und die Gesamtheit der Angaben, die ihr fünf Bahnbeamte nacheinander machten, stimmten mit der allgemeinen Vorstellung überein, die sie aus der Prüfung der Anschläge gewann. So fand sie auch ohne Mühe ihr Abteil. Anne war gerade angekommen und legte seinen Koffer ins Gepäcknetz; sein Gesicht war schweißgebadet; seine Jacke lag schon auf seinem Platz, und Rochelle bewunderte seine Bizepses durch das gesteifte Baumwollpopelin seines Hemdes hindurch. Er sagte ihr guten Tag, wobei er ihr die Hand küßte, und seine Augen glänzten vor Zufriedenheit.

»Das ist ja wunderbar! Sie sind pünktlich!«

»Ich bin immer pünktlich«, sagte Rochelle.

»Dabei sind Sie es doch gar nicht gewöhnt zu arbeiten.«

»Oh!« sagte Rochelle. »Ich hoffe, daß ich es mir auch nicht zu schnell angewöhnen werde.«

Er half ihr, ihre Sachen unterzubringen, denn sie hatte immer noch ihren Koffer in der Hand.

»Entschuldigen Sie bitte. Ich habe Sie angeschaut …«

Rochelle lächelte. Sie hatte diese Entschuldigung sehr gern.

»Anne ...«

»Was?«

»Dauert diese Reise lange?«

»Sehr lange. Wir müssen anschließend das Schiff nehmen, und wieder einen Zug, dann gehts mit dem Auto durch die Wüste.«

»Das ist wunderbar«, sagte Rochelle.

»Das ist ganz wunderbar.«

Sie setzten sich nebeneinander auf die Bank.

»Angel ist da ...«, sagte Anne.

»Ah!«

»Er ist wieder weggegangen, um was zum Lesen und zum Essen zu holen.«

»Wie kann er nur ans Essen denken, wo wir doch beide da sind ...«, murmelte Rochelle.

»Auf ihn hat das nicht die gleiche Wirkung.«

»Ich mag ihn gern«, sagte Rochelle, »aber er ist überhaupt nicht poetisch.«

»Er ist ein wenig in Sie verliebt.«

»Dann dürfte er nicht an was zu essen denken.«

»Ich glaube nicht, daß er seinetwegen daran denkt«, sagte Anne. »Vielleicht doch, aber ich glaube es nicht.«

»Ich kann an nichts anderes denken als an diese Reise ... mit Ihnen ...«

»Rochelle ...«, sagte Anne.

Er sprach ganz leise.

»Anne ...«

»Ich möchte Sie küssen.«

Rochelle sagte nichts, aber sie rückte ein wenig ab.

»Sie verderben alles«, sagte sie. »Sie sind wie alle andern Männer.«

»Wäre es Ihnen lieber, wenn ich Ihnen sagte, daß Sie überhaupt keinen Eindruck auf mich machen?«

»Sie sind nicht poetisch.«

Ihre Stimme klang enttäuscht.

»Bei einem so hübschen Mädchen wie Ihnen kann man nicht poetisch sein«, sagte Anne.

»Dann würden Sie wohl auch jede dumme Gans gern küssen. Das hab' ich mir doch gleich gedacht.«

»Seien Sie doch nicht so, Rochelle.«

»Wie denn?«

»So … garstig.«

Sie rückte ein klein wenig näher, aber sie schmollte auch weiterhin.

»Ich bin nicht garstig.«

»Sie sind wunderbar.«

Rochelle hatte große Lust, daß Anne sie küßte, aber man mußte ihn ein wenig erziehen. Man darf sie nicht einfach machen lassen.

Anne rührte sie nicht an, er wollte ihr nicht Gewalt antun. Nicht alles zur gleichen Zeit. Und außerdem war sie sehr sensibel. Sehr sanft. So jung. Rührend. Sie nicht auf den Mund küssen. Vulgär. Liebkosungen, die Schläfen, vielleicht die Augen. Am Ohr. Ihr zuerst die Arme um die Taille legen.

»Ich bin nicht wunderbar.«

Sie machte Anstalten, den Arm wegzuschieben, den Anne ihr gerade um die Taille gelegt hatte. Er zeigte sehr wenig Widerstandskraft. Wenn sie gewollt hätte, hätte er ihn weggenommen.

»Falle ich Ihnen auf die Nerven? …«

Sie wollte nicht.

»Sie fallen mir nicht auf die Nerven. Sie sind wie alle andern auch.«

»Das ist nicht wahr.«

»Man weiß doch ganz genau, was Sie jetzt tun werden.«

»Nein«, sagte Anne, »ich werde Sie nicht küssen, wenn Sie nicht wollen.«

Rochelle gab keine Antwort und schlug die Augen nieder. Annes Lippen waren ganz nahe bei ihren Haaren. Er sprach ihr ins Ohr. Sie spürte seinen Atem, leicht und verhalten; sie rückte von neuem ab.

Anne mochte das nicht. Das letzte Mal, im Auto, wie hatte er sie da abgeknutscht ... Und sie hatte es zugelassen. Aber hier, sofort ihre Hochnäsigkeit. Man kann doch nicht jedesmal einen Kerl überfahren, wenn man gern ein Mädchen küssen möchte. Um sie in Empfangsbereitschaft zu versetzen. Er rückte fest entschlossen näher, packte ihren Kopf und drückte seine Lippen auf die rosigen Wangen Rochelles. Ohne draufzudrücken. Sie leistete ein wenig Widerstand. Nicht lange.

»Nein ...«, murmelte sie.

»Ich wollte Ihnen nicht lästig fallen«, sagte Anne in einem Atemzug.

Sie drehte ein wenig ihr Gesicht herum und überließ ihm ihren Mund. Sie biß ihn zum Spiel. Ein so großer Junge. Man muß sie auch Mores lehren. Sie hörte ein Geräusch bei der Tür und ohne die Stellung zu ändern, sah sie hin, was es war. Es war der Rücken Angels, der sich im Seitengang des Eisenbahnwagens entfernte.

Rochelle streichelte Annes Haare.

## IV

> … Ich werde nur noch hier und da so kleine Dinger hinsetzen, weil ich das allmählich zum Kotzen finde.
> *(Boris Vian, »Unveröffentlichte Gedanken«)*

Es brauste auf der Landstraße Professor Frißtfrist dahin, in einem persönlichen Fahrzeug, denn er begab sich auf eigene Faust und mit dem eigenen Verkehrsmittel nach Exopotamien. Das Fabrikat dieses Verkehrsmittels, dem Extrem sehr nahe, spottete jeder Beschreibung, aber eine von ihnen nahm den Fehdehandschuh auf, und das Ergebnis folgt auf dem Fuß:

Es gab: rechts und vorne, ein Rad,
vorne und links, ein Rad,
links und hinten, ein Rad,
hinten und rechts, ein Rad,
in der Mitte und auf einer schiefen Ebene von 45 Grad über der von drei der Zentren dieser Räder bestimmten Ebene (in dem sich zufälligerweise auch das vierte befand) ein fünftes Rad, welches Frißtfrist das Steuer nannte. Unter seinem Einfluß machte das Ganze zeitweilig koordinierte Bewegungen, und das ist ganz natürlich.

Im Innern, zwischen Wänden aus Blech und Guß, hätte man eine große Anzahl anderer, verschiedener Räder zählen können, aber dazu hätte man sich die Finger voller Schmierfett machen müssen.

Zu erwähnen sind noch Eisen, Stoff, Scheinwerfer, Treibstoff erster Ordnung, eine Heizung, eine sogenannte Hinterachse, sich windende Kolben, Kupplungsstangen,

Kurbelwelle, Magma und ein Assistenzarzt, der neben Frißtfrist saß und ein gutes Buch las: Das Leben Jules Gouffés von Jacques Loustalot und Nicolas. Ein merkwürdig sinnreiches System, das sich vom Rübenschneider ableitet, registrierte augenblicklich die unmittelbare Geschwindigkeit des Ganzen, und Frißtfrist beobachtete die dazugehörige Nadel.

»Das haut ja toll hin«, sagte der Assistenzarzt und sah auf. Er legte sein Buch hin und nahm ein anderes aus seiner Tasche.

»Ja«, sagte Frißtfrist.

Sein gelbes Hemd strahlte vor Freude in der Sonne, die ihnen ins Gesicht schien.

»Wir werden heute abend dort sein«, sagte der Assistenzarzt und blätterte schnell sein neues Buch durch.

»Abwarten …«, antwortete Frißtfrist. »Wir sind noch nicht dort. Und die Hindernisse können zunehmen.«

»Wodurch zunehmen?« sagte der Assistenzarzt.

»Durch nichts«, sagte Frißtfrist.

»Dann wird es keine geben«, sagte der Assistenzarzt, »denn etwas, das durch nichts zunimmt, bleibt wie es ist.«

»Sie gehen mir auf den Wecker«, sagte Frißtfrist. »Wo haben Sie denn das her?«

»Aus diesem Buch«, sagte der Assistenzarzt.

Es war das Arithmetiklehrbuch von Brachet und Dumarqué. Frißtfrist riß es dem Assistenzarzt aus den Händen und warf es über Bord. Es versank unter einem großen Gesprüh von Lichtblitzen im Graben.

»Jetzt haben wir's«, sagte der Assistenzarzt. »Brachet und Dumarqué werden sicherlich sterben.«

Er begann bitterlich zu weinen.

»Die haben schon ganz andere Dinge erlebt«, sagte Frißtfrist.

»Wo denken Sie hin«, sagte der Assistenzarzt. »Alle Welt

liebt Brachet und Dumarqué. Das ist Zauber gegen den Strich, was Sie da tun. Das wird vom Gesetz bestraft.«

»Und Stühle, die Ihnen nichts getan haben, mit Strychnin spritzen?« sagte der Professor streng. »Wird das etwa nicht vom Gesetz bestraft?«

»Es war kein Strychnin«,schluchzte der Assistenzarzt. »Es war nur Methylenblausäure.«

»Das ist dasselbe«, sagte Frißtfrist. »Hören Sie auf, mich zu ärgern. Das fällt doch immer wieder auf Sie zurück. Ich bin sehr böse.«

Er lachte.

»Das stimmt«, sagte der Assistenzarzt.

Er schnüffelte und fuhr sich mit dem Ärmel unter der Nase vorbei.

»Sie sind ein gemeiner, alter Mann«, sagte er.

»Das bin ich absichtlich«, gab Frißtfrist zur Antwort. »Und zwar, um mich zu rächen. Ich bin es, seit Chloé tot ist.»

»Oh, denken Sie doch nicht mehr daran«, sagte der Assistenzarzt.

»Ich kann nicht anders.«

»Warum tragen Sie dann immer noch gelbe Hemden?«

»Das geht Sie nichts an«, sagte Frißtfrist. »Das ist auch wieder so ein Satz, den ich Ihnen fünfzehnmal am Tag einbläue, und trotzdem fangen Sie immer wieder damit an.«

»Ich hasse Ihre gelben Hemden«, sagte der Assistenzarzt. »So was den ganzen Tag zu sehen, das kann einen ganz schön kaputtmachen.«

»Ich sehe sie nicht«, sagte Frißtfrist.

»Das weiß ich«, sagte der Assistenzarzt. »Aber ich?«

»Sie, das ist mir völlig wurscht«, sagte Frißtfrist. »Sie haben doch den Vertrag unterzeichnet, oder?«

»Ist das Erpressung?«

»Aber nein. In Wahrheit brauchte ich Sie.«

»Aber ich bin doch eine Null als Mediziner!«

»Ganz Ihrer Meinung«, stellte der Professor fest. »Das ist ein Fakt. Sie sind eine Null als Mediziner. Ich würde sogar sagen eher schädlich. Aber ich brauche einen handfesten Burschen, der den Propeller der Modellflugzeuge dreht.«

»Das ist nicht schwer«, sagte der Assistenzarzt. »Dazu hätten Sie jeden X-Beliebigen nehmen können. Der läuft doch schon bei einer Viertelumdrehung.«

»Glauben Sie das wirklich, ja? Bei einem Explosionsmotor mag das durchaus zutreffen; aber ich werde ja auch welche aus Gummi machen. Wissen Sie, was das heißt, einen Gummimotor mit dreitausend Umdrehungen aufdrehen?«

Der Assistenzarzt rutschte auf seinem Sitz hin und her.

»Es gibt da Systeme«, sagte er. »Mit einer Bohrkurbel ist das überhaupt kein Problem.«

»Keine Bohrkurbel«, sagte der Professor. »Die lädiert den Propeller.«

Der Assistenzarzt machte ein saures Gesicht in seiner Ecke. Er weinte nicht mehr. Er brummte etwas.

»Was?« sagte Frißtfrist.

»Nichts.«

»Nichts«, sagte Frißtfrist, »das bleibt immer nichts.«

Er lachte wieder, als er sah, wie sich der Assistenzarzt der Wagentür zuwandte und so tat, als schlafe er, und fröhlich vor sich hinsingend, trat er aufs Gaspedal.

Die Sonne hatte sich gedreht, und ihre Strahlen trafen schräg auf den Wagen, der einem unter adäquaten Bedingungen plazierten Beobachter auf schwarzem Grund glänzend erschienen wäre, denn Frißtfrist wandte so die Grundsätze der Ultramikroskopie an.

## V

Das Schiff fuhr an der Mole entlang, um einen Anlauf zu nehmen und über die Sandbank hinwegzukommen. Es war krachend voll mit Gütern und Leuten nach Exopotamien und berührte fast den Grund, wenn es das Pech hatte, zwischen zwei Wellen zu sein. Anne, Rochelle und Angel nahmen an Bord drei unbequeme Kabinen ein. Der kaufmännische Direktor, Robert Gougnan du Peslot, reiste nicht mit: er sollte ankommen, sobald der Bau der Eisenbahn beendet wäre. Einstweilen würde er sein Gehalt beziehen, ohne seine alte Stellung aufgeben zu müssen.

Der Kapitän lief auf dem Zwischendeck hin und her und suchte seine Signalflagge, um Befehle geben zu können; es gelang ihm nicht, sie in seine Gewalt zu bekommen, und wenn das Schiff ohne neue Befehle in dieser Richtung weiterfuhr, würde es am Toupie, einem wegen seiner Unbarmherzigkeit bekannten Riff, zerschellen. Schließlich entdeckte er das Gerät hinter einer Schiffstaurolle kauernd und auf den Augenblick lauernd, an dem eine Möwe vorbeiflöge um sich draufzustürzen. Der Kapitän packte es und galoppierte schwerfällig den Laufgang entlang, kletterte dann die Treppe hoch, die zuerst zur Brücke und weiter oben zur Kommandobrücke führte. Es war Zeit, denn man hatte gerade den Toupie gemeldet.

Große schaumige Wellen liefen hintereinander her, und das Schiff schlingerte ein wenig, jedoch in die falsche Richtung, nicht in Fahrtrichtung, so daß das nicht dazu diente, es schneller fahren zu lassen. Ein frischer Wind, von Ichneumon und Jod gesättigt, verfing sich in den Ohrenfalten des Steuermannes, wobei er einen sanften Ton hervorbrachte, wie etwa das Lied des Brachvogels, und sehr ähnlich dem Dis.

Die Mannschaft verdaute langsam die Binnenseebiskuitsuppe, die dem Kapitän auf Grund einer besonderen Gunst von der Regierung zugestanden wurde. Unvorsichtige Fische stürzten sich kopfunter auf die Schiffswandung, und die dumpfen Schläge, die darauf folgten, verfehlten nicht, einige der Passagiere, die ihre erste Reise machten, vor allem Didiche und Olive, zu beunruhigen. Olive, die Tochter Marins, und Didiche, der Sohn von Carlo. Marin und Carlo, die beiden von der Gesellschaft eingestellten ausführenden Organe. Sie hatten noch andere Kinder, die im Augenblick jedoch in den Schlupfwinkeln des Schiffes gut versteckt waren, denn sie hatten eine Menge zu sehen, auf dem Schiff und an sich selber. Der Vorarbeiter Arland war mit von der Reise. Ein richtiger Schweinehund.

Der Vordersteven zerquetschte die Wellen unter sich wie ein Kartoffelstampfer, denn die Handelsform des Dampfers bestimmte ihn nicht zur reinen Geschwindigkeit. Dennoch war die Wirkung auf das Gemüt der Zuschauer eine elegante, weil das Meerwasser salzig ist und weil das Salz alles reinigt. Die Möwen schrien unaufhörlich, wie sich das gehört und kurvten im Spiel scharf um den großen Mast herum, dann setzten sie sich alle in eine Reihe auf die vierte Rahe links oben, um einen Seeraben vorbeisegeln zu sehen, der den Versuch eines Flugs auf dem Rücken unternahm.

In diesem Augenblick ging Didiche auf den Händen, um es Olive zu zeigen, was den Seeraben, als er das sah, verwirrte; er wollte hochsteigen und schlug die falsche Richtung ein. Sein Kopf stieß kräftig gegen die Holzdielen der Kommandobrücke. Das ergab ein hartes Geräusch. Er schloß die Augen, weil der Schmerz ihn zum Blinzeln zwang und er aus dem Schnabel zu bluten begann. Der Kapitän drehte sich um und hielt ihm ein schmutziges Taschentuch hin, wobei er die Achsel zuckte.

Olive hatte den Seeraben herunterfallen sehen. Sie lief hin, um zu fragen, ob man ihn in die Hände nehmen könne. Didiche ging immer noch mit dem Kopf nach unten, und er sagte zu Olive, sie solle sich ansehen, was er jetzt tun würde, aber Olive war nicht mehr da. Er stellte sich wieder auf die Beine und fluchte ohne Großtuerei; ein ziemlich ordinäres, aber wohl proportioniertes Wort; dann folgte er Olive, doch ohne Eile, denn Weiber übertreiben. Mit seiner flachen schmutzigen Hand schlug er ungefähr alle zwei Schritte auf die Reling, und das dröhnte weit hinaus mit einem schönen, vibrierenden Geräusch; gleichzeitig brachte ihn das auf den Gedanken, etwas zu singen.

Der Kapitän hatte es gern, wenn man ihn auf seiner Kommandobrücke stören kam, denn er hatte einen Horror vor dem Gendarmen und es war strengstens verboten, mit ihm zu reden. Er lächelte Olive zu. Er schätzte ihre wohl geformten Beine und ihre glatten, blonden Haare und ihren viel zu engen Pullover mit den beiden Ausbuchtungen, die das Jesuskind ihr drei Monate zuvor zum Geschenk gemacht hatte. Genau in diesem Augenblick fuhr das Schiff am Toupie vorbei, und der Kapitän brachte seinen Schalltrichter an den Mund, um die Befehle zu geben, er wollte sich von Olive und Didiche bewundern lassen, dessen Kopf jetzt unten auf der Eisentreppe auftauchte. Er begann sehr laut zu rufen. Olive verstand nicht, was er sagte, und der Seerabe hatte schon furchtbare Kopfschmerzen.

Der Kapitän ließ seinen Schalltrichter los und drehte sich mit einem zufriedenen Lächeln nach den Kindern um.

»Wen rufen Sie denn, Monsieur«, sagte Olive.

»Nenn mich Kapitän«, sagte der Kapitän.

»Aber Sie«, sagte Olive noch einmal, »wen rufen Sie?«

»Den Schiffbrüchigen«, erklärte der Kapitän. »Auf dem Toupie ist ein Schiffbrüchiger.«

»Was ist denn der Toupie, Kapitän?« fragte Didiche.

»Das ist dieses große Riff«, sagte der Kapitän.

»Ist er immer da?« fragte Olive.

»Wer?« sagte der Kapitän.

»Der Schiffbrüchige«, erklärte Didiche.

»Natürlich«, sagte der Kapitän.

»Warum?« fragte Olive.

»Weil er zu dumm ist«, antwortete der Kapitän, »und auch, weil es sehr gefährlich wäre, ihn holen zu gehen.«

»Beißt er?« fragte Didiche.

»Nein«, sagte der Kapitän. »aber er ist sehr anstekkend.«

»Was hat er denn?«

Das weiß man nicht«, sagte der Kapitän.

Er hob von neuem seinen Schalltrichter an die Lippen und schrie hinein, und Seefliegen fielen im Umkreis von einer Kabellänge herunter.

Olive und Didiche stützten sich mit den Ellbogen auf das Geländer der Kommandobrücke. Sie sahen zu, wie sehr dicke Quallen sich sehr schnell um sich selber drehten, wobei sie Wirbel erzeugten, in denen sich unvorsichtige Fische verfingen, eine von den australischen Quallen erfundene Methode, die im Augenblick an der Küste Furore machte.

Der Kapitän legte seinen Schalltrichter neben sich und hatte seinen Spaß, als er sah, wie der Wind Olives Haare durch eine weiße Linie auf ihrem Kopf trennte. Manchmal flog ihr Rock bis zu den Schenkeln und klatschte, während er ihre Beine umhüllte.

Der Seerabe, der traurig war, als er sah, daß man nicht auf ihn achtete, stieß ein schmerzhaftes Stöhnen aus. Olive erinnerte sich plötzlich, weshalb sie auf die Kommandobrücke gekommen war, und wandte sich dem armen Verwundeten zu.

»Kapitän«, sagte sie, »darf ich ihn nehmen?«

»Natürlich«, sagte der Kapitän, »falls du keine Angst hast, daß er dich beißt!«

»Aber ein Vogel beißt doch nicht«, sagte Olive.

»Ah! Ah! Ah!« sagte der Kapitän. »Das ist nämlich kein gewöhnlicher Vogel!«

»Was ist es denn?« fragte Didiche.

»Das weiß ich nicht«, sagte der Kapitän; und das beweist ganz klar, daß es kein gewöhnlicher Vogel ist, denn die gewöhnlichen Vögel, die kenne ich: da ist die Elster, der Fliegenfanz und die Klüse, der Wachtelpeter und die Möhre, der Sperbes und der Amillenking, die Dumbarde und der Kantropus, und der Grünling der Strände, der Augengeher und der Kokillet; außerdem wäre noch die Möwe zu erwähnen und das gemeine Haushuhn, das auf Lateinisch cocota deconans genannt wird.«

»Verflixt! ...« murmelte Didiche. »Sie wissen aber verdammt viel, Kapitän.«

»Ich habe eben gelernt«, sagte der Kapitän.

Olive hatte schließlich den Seeraben in ihre Arme genommen und wiegte ihn hin und her, wobei sie ihm dummes Zeug erzählte, um ihn zu trösten. Er wickelte sich wieder in seine Federn ein, hochzufrieden, und schnurrte wie ein Tapir.

»Sehen Sie, Kapitän«, sagte sie. »Er ist sehr lieb.«

»Dann ist es ein Sperbes«, sagte der Kapitän. »Die Sperbesse sind bezaubernde Vögel, das steht im Adreßbuch.«

Geschmeichelt nahm der Seerabe mit dem Kopf eine anmutige und vornehme Haltung ein, und Olive streichelte ihn.

»Wann werden wir ankommen, Kapitän?« fragte Didiche, der die Vögel zwar sehr mochte, aber doch nicht so.

»Es ist weit«, sagte der Kapitän. »Wir haben noch ein gutes Stück zurückzulegen, weißt du. Wo wollt ihr beide denn hin?«

»Wir fahren nach Exopotamien«, sagte Didiche.

»Donnerwetter!« staunte der Kapitän. »Dafür werde ich das Rad noch einmal mehr umdrehen.«

Er tat wie er sagte, und Didiche dankte ihm.

»Sind eure Eltern an Bord?« fragte der Kapitän.

»Ja«, antwortete Olive. »Carlo ist Didiches Vater, und Marin ist mein Vater. Ich bin dreizehn Jahre alt, und Didiche ist dreizehneinhalb.«

»Ah! Ah!« sagte der Kapitän.

»Sie werden ganz allein eine Eisenbahn bauen.«

»Und wir fahren auch hin.«

»Ihr seid Glückspilze«, sagte der Kapitän. »Wenn ich könnte, würde ich mit euch kommen. Ich habe die Nase voll von diesem Schiff.«

»Ist das nicht lustig, Kapitän zu sein?«

»Oh nein!« sagte der Kapitän. »Es ist eine Arbeit, wie sie ein Vorarbeiter macht.«

»Arland ist ein richtiger Schweinehund«, versicherte Didiche.

»Du wirst ausgeschimpft werden«, sagte Olive. »Man darf das nicht sagen.«

»Das macht nichts«, sagte der Kapitän. »Ich werde es nicht weitererzählen. Wir sind schließlich unter Männern.«

Er streichelte Olives Hinterbacken. Sie war geschmeichelt, daß sie einem Mann gleichgestellt wurde und hielt das für eines jener Freundschaftszeichen, die sich die Männer gegenseitig bezeigen. Das Gesicht des Kapitäns war ganz rot.

»Kommen Sie mit uns, Kapitän«, schlug Didiche vor. »Die sind dort bestimmt froh, wenn Sie kommen.«

»Ja«, sagte Olive, »das wird lustig werden. Sie erzählen uns Piratenabenteuer, und wir spielen Entern.«

»Das ist eine gute Idee!« sagte der Kapitän. »Glaubst du, daß du stark genug dafür bist?«

»Oh, ich verstehe!« sagte Olive. »Hier, fühlen Sie mal meine Arme!«

Der Kapitän zog sie an sich und machte sich an ihren Schultern zu schaffen.

»Es kann gehen«, sagte er.

Das Sprechen fiel ihm schwer.

»Sie ist ein Mädchen«, sagte Didiche. »Sie wird nicht kämpfen können.«

»Woran siehst du denn, daß es ein Mädchen ist?« sagte der Kapitän. »An diesen beiden kleinen Dingern da bestimmt nicht.«

»Welche Dinger?« fragte Didiche.

»Das ...«, sagte der Kapitän.

Er fuhr dran, um es Didiche zu zeigen.

»So klein sind sie nicht«, sagte Olive.

Um es sehen zu lassen, streckte sie den Oberkörper vor, nachdem sie den Seeraben, der neben ihr eingeschlafen war, hingesetzt hatte.

»Aber nein«, murmelte der Kapitän. »Nicht so klein.«

Er machte ihr ein Zeichen näherzukommen.

»Wenn du jeden Morgen dran ziehst«, sagte er und senkte die Stimme, »dann werden sie noch dicker.«

»Wie?« sagte Olive.

Didiche mochte es gar nicht, daß der Kapitän so rot wurde und daß die Adern an seiner Stirn hervortraten. Ganz verlegen sah er woandershin.

»So ...«, sagte der Kapitän.

Und dann hörte Didiche, daß Olive zu weinen anfing, daß er sie kniffe, und sie wehrte sich und er sah, daß der Kapitän sie festhielt und ihr wehtat. Er nahm den Schalltrichter und schlug damit mit aller Kraft dem Kapitän ins Gesicht, der Olive fluchend losließ.

»Jetzt haut aber schnellstens ab, ihr kleinen Nichtsnutze! ...« grölte der Kapitän.

Man sah dort, wo Didiche beim Zuschlagen hingezielt hatte, ein Mal. Dicke Tränen liefen über Olives Wangen, und sie hielt sich die Brust, in die der Kapitän sie gerade gekniffen hatte. Sie lief die Eisentreppe hinunter. Didiche folgte ihr, er war sehr zornig, wütend und verärgert, ohne genau zu wissen warum, und er hatte das Gefühl, daß man ihn gerade hereingelegt hatte. Der Seerabe flog über ihre Köpfe hinweg, von einem Fußtritt des Kapitäns fortgeschleudert, und ließ sich vor ihren Füßen nieder. Olive bückte sich und hob ihn auf. Sie weinte immer noch. Didiche legte einen Arm um ihren Hals und mit der anderen Hand entfernte er ihre gelben Haare, die auf ihrem nassen Gesicht klebten, und küßte sie, so zart er nur konnte, auf die Wange. Sie hörte auf zu weinen und sie schaute Didiche an und schlug die Augen nieder. Sie hielt den Seeraben dicht an sich gedrückt, und Didiche umschloß sie fest mit seinem Arm.

## VI

Angel kam auf der Brücke an. Das Schiff war jetzt auf hoher See, und der Seewind lief in der ganzen Länge über es hinweg; mal von vorn, mal von der Seite, und das bildete ein Kreuz, eine normale Erscheinung, denn das Himmelreich war päpstlich nahe.

Anne und Rochelle hatten sich gerade in einer ihrer Kabinen eingeschlossen, und Angel ging lieber weg; dabei war es ziemlich anstrengend, an etwas anderes zu denken. Anne war nach wie vor gleich nett zu ihm. Das schlimmste war, Rochelle ebenfalls. Aber beide in einer einzigen Kabine, da würden sie bestimmt nicht von Angel reden. Sie würden überhaupt nicht reden. Sie würden nicht … Vielleicht doch … Vielleicht würden sie …

Angels Herz schlug ziemlich laut, weil er an Rochelle dachte, wie sie da unten mit Anne nackt in der Kabine war, oder andernfalls hätten sie nicht die Tür abgeschlossen.

Sie schaute Anne auf eine für Angel sehr unangenehme Weise an, seit einigen Tagen schon, mit Augen, die so waren wie die Annes, als er sie im Auto küßte, ein bißchen verschwommen, entsetzliche Augen, Augen, die sabberten, mit Augenlidern wie zerquetschte Blumen, mit leicht zerdrückten Blütenblättern, schwammig und durchsichtig.

Der Wind sang in den Flügeln der Möwen und hing sich in die Dinge, die über die Brücke hinausreichten, wobei er kleine Dampfschwänze an jeder Unebenheit zurückließ, wie die Feder des Everest. Die Sonne klemmte sich ins Auge, wobei sie sich in dem blinzelnden und stellenweise weißen Meer spiegelte. Es roch sehr gut nach Seekalbfrikassee und nach in der Hitze gereiften Meeresfrüchten. Die Kolben der Maschine stampften dauerhaft und der Schiffsrumpf vibrierte gleichmäßig, Blauer Rauch stieg aus dem Lamellendach des Lüftungstürmchens hoch, das den Maschinenraum versorgte, und wurde sogleich vom Wind verweht. Angel sah das alles; eine Reise auf dem Meer, das tröstet einen ein wenig, und außerdem stiegen ihm das sanfte Zischen des Wassers, das Scheuern der Gischt an der Schiffswandung, die Schreie und das Flügelschlagen der Möwen zu Kopf, und sein Blut wurde leichter und begann, trotz Anne unten, mit Rochelle, wie Champagner in seinen Adern zu prickeln.

Die Luft war hellgelb und verwaschen türkisblau. Die Fische schlugen auch weiterhin von Zeit zu Zeit gegen die Schiffswandung. Angel wäre gern hinuntergegangen und hätte nachgeschaut, ob sie nicht gefährlich die schon alten Bleche durch Beulen verunstalteten. Aber er verjagte diesen Gedanken und er hatte schon nicht mehr die Bilder Annes und Rochelles in den Augen, weil der Wind herrlich war, und der matte Teer auf der Brücke glänzende Risse hatte wie die Rippen eigenwilliger Blätter. Er ging zum Vorschiff und wollte sich mit dem Ellbogen auf die Reling stützen. Olive und Didiche, die sich darüber beugten, betrachteten die seltsamen Gischtgarben, die auf das Kinn des Vorderstevens weiße Schnurbärte klebten, eine seltsame Stelle für Schnurrbärte. Didiche hielt Olive immer noch um den Hals, und der Wind zerzauste die Haare der beiden Kinder, wobei er ihnen seine Musik ins Ohr sang. Angel blieb stehen und stützte sich neben ihnen auf die Reling. Sie bemerkten seine Anwesenheit, und Didiche betrachtete ihn mit mißtrauischem Gesicht, das sich aber nach und nach aufhellte; auf Olives Wangens sah Angel die trockenen Spuren der Tränen, und sie schnüffelte noch ein wenig über ihrem Ärmel.

»Na«, sagte Angel, »seid ihr froh?«

»Nein«, sagte Didiche. »Der Kapitän ist ein altes Kalb.«

»Was hat er euch denn getan?« fragte Angel. »Hat er euch von der Kommandobrücke verjagt?«

»Er hat Olive weh tun wollen«, sagte das Kind. »Er hat sie dort gekniffen.«

Olive legte die Hand an die bezeichnete Stelle und sie schnüffelte wieder kräftig.

»Es tut mir jetzt noch weh«, sagte sie.

»So ein altes Schwein«, sagte Angel.

Er war wütend auf den Kapitän.

»Ich habe ihm mit dem Trichter einen Schlag auf die Fresse gegeben«, bemerkte der Junge.

»Ja«, sagte Olive, »das war komisch.«

Sie begann ganz sachte zu lachen, und Angel und Didiche lachten ebenfalls, als sie an das Gesicht des Kapitäns dachten.

»Wenn er es noch einmal versucht«, sagte Angel, »dann kommt zu mir. Ich werde ihm eine Abreibung verpassen.«

»Sie«, bemerkte Didiche, »Sie sind wenigstens ein Kumpel.«

»Er wollte mich küssen«, sagte Olive. »Er roch nach Rotwein.«

»Sie werden sie doch nicht auch kneifen? ...«

Didiche bekam es plötzlich mit der Angst zu tun. Bei den Erwachsenen ist Vorsicht geboten.

»Hab keine Angst«, sagte Angel. »Ich werde sie nicht kneifen und ich werde nicht versuchen, sie zu küssen.«

»Oh«, sagte Olive, »von Ihnen wäre ich schon gern geküßt, aber nicht gekniffen, das tut weh.«

»Ich«, bemerkte Didiche, »ich lege nicht den geringsten Wert darauf, daß Sie Olive küssen. Ich kann das sehr gut selber tun ...«

»Du bist eifersüchtig, wie?« sagte Angel.

»Überhaupt nicht.«

Didiches Wangen bekamen eine schöne, purpurrote Farbe, und er sah entschlossen über Angels Kopf hinweg.

Dazu mußte er den Kopf in einem sehr unbequemen Winkel nach hinten legen. Angel lachte. Er packte Olive unter den Achseln, hob sie hoch und küßte sie auf beide Wangen.

»So«, sagte er und stellte sie wieder ab, »jetzt sind wir Kumpels. Drück mir die Pfote«, sagte er zu Didiche.

Der streckte ihm widerwillig seine schmutzige Hand hin, aber er heiterte sich wieder auf, als er Angels Gesicht sah.

»Sie machen sich zunutze, daß Sie älter sind als ich, aber das ist mir im Grunde gleichgültig. Ich habe sie vor Ihnen geküßt.«

»Herzlichen Glückwunsch«, sagte Angel. »Du bist ein Mann mit Geschmack. Sie ist sehr angenehm zu küssen.«

»Fahren Sie auch nach Exopotamien?« fragte Olive.

Es war ihr lieber, wenn von was anderem gesprochen wurde.

»Ja«, sagte Angel. »Ich bin als Ingenieur eingestellt worden.«

»Unsere Eltern«, sagte Olive stolz, »sind ausführende Organe.«

»Sie machen die ganze Arbeit«, vervollständigte Didiche. »Sie sagen immer, daß die Ingenieure allein nichts machen könnten.«

»Sie haben recht«, versicherte Angel.

»Und dann gibt es noch den Vorarbeiter Arland«, schloß Olive.

»Er ist ein richtiger Schweinehund«, machte Didiche klar.

»Das werden wir sehen«, sagte Angel.

»Sind Sie der einzige Ingenieur?« fragte Olive.

Darauf erinnerte sich Angel, daß Anne und Rochelle zusammen unten in der Kabine waren, und der Wind kühlte ab. Die Sonne versteckte sich, und das Schiff tanzte stärker. Die Schreie der Möwen wurden aggressiv.

»Nein …«, sagte er unter Anstrengung. »Einer meiner Freunde kommt auch mit. Er ist unten …«

»Wie heißt er denn?« fragte Didiche.

»Anne«, antwortete Angel.

»Das ist aber lustig«, bemerkte Didiche. »Das ist ein Hundename.«

»Es ist ein hübscher Name«, sagte Olive.

»Es ist ein Hundename«, sagte Didiche noch einmal. »Das ist doch blöd, ein Kerl mit einem Hundenamen.«

»Das ist blöd«, sagte Angel.

»Wollen Sie unseren Seeraben sehen?« schlug Olive vor.

»Nein«, sagte Angel, »es ist besser, wenn man ihn nicht weckt.«

»Haben wir etwas zu Ihnen gesagt, das Ihnen unangenehm ist?« fragte Olive sanft.

»Aber nein«, sagte Angel.

Er legte seine Hand auf Olives Haare und streichelte den runden Kopf, dann seufzte er.

Oben zögerte die Sonne zurückzukommen.

## VII

> … es ist nicht immer schlecht, ein wenig Wasser in seinen Wein zu geben …
> *(Marcel Véron, »Abhandlung über das Heizungswesen«, Dunod Éditeur, Band 1, Seite 145)*

Seit gut fünf Minuten schon klopfte man an Amadis Dudus Tür. Amadis schaute auf seine Uhr, um nachzuzählen, wie lange es dauerte, bis seine Geduld am Ende wäre, und nach sechs Minuten zehn richtete er sich auf und schlug kräftig mit der Faust auf den Tisch.

»Herein«, brüllte er wutschnaubend.

»Ich bin's«, sagte Athanagoras und stieß die Tür auf. »Störe ich?«

»Natürlich«, sagte Amadis.

Er machte übermenschliche Anstrengungen, um sich zu beruhigen.

»Das ist wunderbar«, sagte Athanagoras, »auf diese Weise werden Sie sich an meinen Besuch erinnern. Haben Sie Dupont nicht gesehen?«

»Aber nein, ich habe Dupont nicht gesehen.«

»Oh!« sagte Athanagoras, »Sie tragen etwas dich auf! Also, wo ist er?«

»Ja, Herrgottnochmal!« sagte Amadis. »Geht Martin mit Dupont ins Bett oder ich? Fragen Sie doch Martin!«

»Gut! Das ist alles, was ich wissen wollte«, gab Atha zur Antwort. »Dann ist es Ihnen also noch nicht gelungen, Dupont zu verführen?«

»Hören Sie zu, ich habe keine Zeit zu vergeuden. Die Ingenieure und das Material kommen heute an, und ich bin mitten beim Bakkarat.«

»Sie reden wie Barrizone«, sagte Athanagoras. »Sie sind sicherlich beeinflußbar.«

»Ich schmier' Ihnen gleich eine«, sagte Amadis. »Weil ich nun unglücklicherweise einen diplomatischen Ausdruck Barrizones gebraucht habe, dürfen Sie mich noch lange nicht beschuldigen, beeinflußbar zu sein. Beeinflußbar? Da muß ich ja lachen, Sie!«

Amadis begann zu lachen. Aber Athanagoras sah ihn an, und das machte ihn von neuem wütend.

»Anstatt da stehen zu bleiben«, sagte er, »würden Sie besser daran tun, mir dabei zu helfen, alles vorzubereiten, um sie zu empfangen.«

»Was vorbereiten?« fragte der Archäologe.

»Ihre Schreibtische vorzubereiten. Sie kommen hierher, um zu arbeiten. Und wie sollen sie das tun können, wenn sie keine Schreibtische haben?«

»Ich arbeite sehr gut ohne Schreibtisch«, sagte Athanagoras.

»Sie arbeiten? Sie? … Na ja … Ist Ihnen denn nicht klar, daß es ohne Schreibtisch keine ernsthafte Arbeit gibt, wie?«

»Ich habe den Eindruck, daß ich genauso viel arbeite wie ein anderer«, sagte Athanagoras. »Glauben Sie etwa, ein Archäologenhammer sei leicht? Und den ganzen Tag Töpfe kleinschlagen, um sie in die Standardschachteln hineinzubekommen, stellen Sie sich vielleicht vor, das sei ein Kinderspiel? Und Lardier überwachen, und Dupont anschnauzen, und mein Tagebuch schreiben und herumzusuchen, in welche Richtung man graben müßte, ist das etwa alles nichts?«

»Das ist nicht seriös«, sagte Amadis Dudu. »Dienstanweisungen geben und Berichte abschicken, das nenn' ich gearbeitet! Aber Löcher in den Sand graben? …«

»Was werden Sie letztlich tun?« sagte Athanagoras. »Mit allen Ihren Dienstanweisungen und allen Ihren Berichten? Sie werden eine häßliche, stinkende und rostige Eisenbahn bauen, die alles unter Rauch setzen wird. Ich will nicht sagen, daß sie nichts nützen wird, aber eine Schreibtischarbeit ist es auch nicht.«

»Sie sollten sich lieber sagen, daß der Plan vom Verwaltungsrat und von Ursus de Janpolent gebilligt und genehmigt worden ist«, sagte Amadis selbstzufrieden. »Sie sind gar nicht in der Lage, sich ein Urteil über seinen Nutzen zu machen.«

»Sie gehen mir auf den Wecker«, sagte Athanagoras. »Im Grunde sind Sie ein Homosexueller. Ich sollte nicht mit Ihnen verkehren.«

»Sie haben nichts zu befürchten«, sagte Amadis. »Sie sind zu alt. Dupont, das ist was anderes!«

»Oh, es reicht jetzt mit Dupont. Wen erwarten Sie heute eigentlich?«

»Angel, Anne, Rochelle, einen Vorarbeiter, zwei ausführende Organe und ihre Familien, das Material. Dr. Frißtfrist reist im eigenen Wagen an, mit einem Assistenzarzt, und ein Mechaniker namens Cruc wird in einiger Zeit zu uns stoßen. Die vier anderen unbedingt notwendigen ausführenden Organe werden wir an Ort und Stelle anwerben, wenn Anlaß dazu besteht, aber ich glaube, daß kein Anlaß dazu bestehen wird.«

»Das ergibt eine beachtliche Anzahl von Arbeitern«, sagte Athanagoras.

»Bei Bedarf«, bemerkte Amadis, »werden wir Ihnen Ihre Mannschaft abspenstig machen, indem wir ihr einen höheren Lohn anbieten.«

Athanagoras sah Amadis an und begann zu lachen.

»Sie sind komisch mit Ihrer Eisenbahn.«

»Was ist denn so komisch an mir?« fragte Amadis verärgert.

»Glauben Sie, daß Sie meine Mannschaft so ohne weiteres abwerben werden?«

»Gewiß«, sagte Amadis. »Ich werde Ihnen eine Zulage anbieten, die höher liegt als der Arbeitsertrag, ferner soziale Vorteile und einen Betriebsrat und eine Kooperative und eine Krankenstation.«

Bekümmert schüttelte Athanagoras seinen grauen Kopf. Soviel Bosheit verschmolz ihn mit der Wand, und Amadis glaubte ihn verschwinden zu sehen, wenn es gestattet ist, sich so auszudrücken. Eine Anpassungsanstrengung ließ ihn von neuem in sein brachliegendes Gesichtsfeld treten.

»Das wird Ihnen nicht gelingen«, versicherte Athanagoras. »Die sind nicht verrückt.«

»Sie werden schon sehen«, sagte Amadis.

»Bei mir arbeiten sie umsonst.«

»Ein Grund mehr.«

»Sie lieben die Archäologie.«

»Sie werden den Bau von Eisenbahnen lieben.«

»Nun sagen Sie mir«, sagte Athanagoras, »haben Sie politische Wissenschaften studiert, ja oder nein?«

»Ja«, sagte Amadis.

Athanagoras blieb einige Augenblicke stumm.

»Trotzdem«, sagte er schließlich. »Sie hatten schon Veranlagungen dazu. Die Politischen Wissenschaften allein genügen nicht, um das zu erklären.«

»Ich weiß nicht, was Sie damit sagen wollen, aber es interessiert mich nicht im geringsten. Wollen Sie mich begleiten? Sie kommen in zwanzig Minuten an.«

»Ich folge Ihnen«, sagte Athanagoras.

»Wissen Sie, ob Dupont heute abend da sein wird?«

»Oh!« sagte Athanagoras aufgebracht. »Lassen Sie mich mit Dupont in Frieden.«

Amadis brummte vor sich hin und stand auf. Sein Schreibtisch stand jetzt in einem Raum im ersten Stock des Restaurants Barrizone, und durch das Fenster konnte er die Dünen und die starren grünen Gräser sehen, an die sich kleine, grellgelbe Schnecken hingen und Sandbrimmen in schillernden Regenbogenfarben.

»Kommen Sie«, sagte er zu Athanagoras, und unverschämt ging er voran.

»Ich folge Ihnen«, sagte der Archäologe. »Trotzdem wirkten Sie weniger direktorenhaft, als Sie noch auf den 975 warten mußten ...«

Amadis Dudu wurde rot. Sie gingen die kühle und wenig beleuchtete Treppe hinunter, und dabei tauchten aus dem Schatten Gegenstände aus glänzendem Kupfer auf.

»Woher wissen Sie das?«

»Ich bin Archäologe«, sagte Athanagoras. »Die alten Geheimnisse sind für mich keine.«

»Sie sind Archäologe, einverstanden«, gab Amadis zu, »aber Sie sind keine Hellseherin.«

»Diskutieren Sie nicht lange«, sagte Atha. »Sie sind ein schlecht erzogener junger Mann ... Ich will Ihnen gern beim Empfang Ihres Personals helfen, aber Sie sind schlecht erzogen ... Niemand kann etwas dafür, denn Sie sind zwar schlecht, aber Sie sind auch erzogen. Das ist das Mißliche.«

Sie kamen unten an den Stufen an und gingen durch den Flur. Im Speisesaal des Restaurants las Pippo, hinter der Theke sitzend, wieder seine Zeitung, und er schüttelte den Kopf, wobei er in seinem Dialekt undeutlich vor sich hinbrummte.

»Grüß dich, alter Pfeifenkopf«, sagte Amadis.

»Guten Tag«, sagte Athanagoras.

»Bon giorno«, sagte Pippo.

Amadis und Athanagoras traten vors Hotel. Es war warm und trocken, und die Luft wogte über gelben Dünen. Sie begaben sich zur höchsten von ihnen, einem starken, mit grünen Büscheln gekrönten Sandbuckel, von wo aus man ziemlich weit in die Runde sah.

»Von welcher Seite kommen sie?« fragte Amadis.

»Oh«, sagte der Archäologe. »Sie können von jeder Seite kommen; sie brauchen sich nur unterwegs verirrt zu haben.«

Er schaute aufmerksam und drehte sich um sich selber, dann blieb er unbeweglich stehen, als sein Symmetrieplan durch die Linie der beiden Pole ging.

»Von dort«, sagte er und zeigte nach Norden.

»Von wo?« fragte Dudu.

»Machen Sie Ihre Glotzaugen auf«, sagte Atha, wobei er sich des Archäologenslangs bediente.

»Ich sehe«, sagte Amadis. »Es ist nur ein Wagen. Das muß Professor Frißtfrist sein.«

Man sah erst einen kleinen, grünen, glänzenden Punkt und dahinter eine Sandwolke.

»Sie sind pünktlich«, sagte Amadis.

»Das ist völlig unwichtig«, sagte Athanagoras.

»Und die Stechuhr, was ist mit der?«

»Soll die nicht mit dem Maschinenpark kommen?«

»Doch«, sagte Amadis, »aber solange sie nicht da ist, werde ich selber stechen.«

Athanagoras betrachtete ihn verblüfft.

»Ja, sagen Sie mal, was haben Sie denn im Leib?« fragte er.

»Einen Haufen Schweinereien, wie alle Welt«, sagte Amadis …

Er wandte sich in die entgegengesetzte Richtung.

»… Eingeweide und Scheiße. Dort kommen die andern«, verkündete er.

»Gehen wir ihnen entgegen«, schlug Athanagoras vor.

»Das können wir nicht«, sagte Amadis. »Es kommen welche von zwei Seiten.«

»Wir könnten es ja so machen, daß jeder in eine Richtung geht?«

»Wo denken Sie hin! Damit Sie denen irgendwelche

Märchen erzählen! Außerdem habe ich Anweisungen. Ich soll sie höchst persönlich empfangen.«

»Gut«, sagte Athanagoras. »Dann lassen Sie mich in Ruhe, ich gehe.«

Er ließ den verdutzten Amadis stehen, dessen Füße anfingen, Wurzeln zu schlagen, denn unter der oberen Sandschicht wuchs es gut. Dann stiefelte er die Düne hinunter. Er ging der großen Kolonne entgegen.

Inzwischen kam das Fahrzeug von Professor Frißtfrist zwischen Anhöhen und Mulden mit großer Geschwindigkeit vorwärts. Der Assistenzarzt, völlig zusammengekrümmt durch die Übelkeit, steckte seinen Kopf in ein nasses Frottierhandtuch und rülpste mit der allergrößten Ungebührlichkeit. Frißtfrist ließ sich von solchen Kleinigkeiten nicht kleinkriegen und fröhlich trällerte er ein kleines Ami-Liedchen vor sich hin mit dem Titel »Show me the way to go home«, das in Wort und Ton völlig der Situation angemessen war. Geschickt fuhr er auf den Höhepunkt einer beachtlichen Bodenerhebung mit dem »Taking a chance for love« von Vernon Duke fort, und der Assistenzarzt stöhnte, daß es einen Hagelschutzkanonenhändler hätte erbarmen können. Dann beschleunigte Frißtfrist bei der Abfahrt, und der Assistenzarzt schwieg, denn er konnte nicht gleichzeitig stöhnen und kotzen, eine folgenschwere Lücke, die auf eine allzu bürgerliche Erziehung zurückgeht.

In einem letzten Brummen des Motors und einem allerletzten Röcheln des Assistenzarztes hielt Frißtfrist schließlich vor Amadis, der mit erzürnten Augen dem Fortschreiten des Archäologen beim Entgegengehen der Kolonne folgte.

»Guten Tag«, sagte Frißtfrist.

»Guten Tag«, sagte Amadis.

»Rrrououaah! ...« sagte der Assistenzarzt.

»Sie sind pünktlich, stellte Amadis fest.

»Nein«, sagte Frißtfrist, »ich bin viel zu früh dran. Übrigens, warum trage Sie eigentlich keine gelben Hemden?«

»Das ist abscheulich«, sagte Amadis.

»Ja«, sagte Frißtfrist, »ich muß zugeben, daß es zusammen mit ihrem erdfarbenen Teint eine Katastrophe wäre. Nur hübsche Männer können sich das erlauben.«

»Finden Sie, daß Sie ein hübscher Mann sind?«

»Zunächst einmal könnten Sie mich mit meinem Titel anreden«, sagte Frißtfrist. »Ich bin Professor Frißtfrist und nicht irgendwer.«

»Die Frage ist zweitrangig«, sagte Amadis. »Ich finde jedenfalls, daß Dupont hübscher ist als Sie.«

»Professor«, vervollständigte Frißtfrist.

»Professor«, wiederholte Amadis.

»Oder Doktor«, sagte Frißtfrist, »ganz wie Sie wollen. Ich nehme an, daß Sie Päderast sind?«

»Kann man die Männer nicht auch lieben, ohne Päderast zu sein?« sagte Amadis. »Ihr seid wirklich alle unausstehlich! ...«

»Sie sind ein gemeiner Lümmel«, sagte Frißtfrist. »Zum Glück unterstehe ich nicht Ihren Weisungen.«

»Sie unterstehen einen Weisungen.«

»Professor«, sagte Frißtfrist.

»Professor«, wiederholte Amadis.

»Nein«, sagte Frißtfrist.

»Was, nein?« sagte Amadis. »Ich sage, was Sie mir sagen, was ich sagen soll, und dann sagen Sie mir, ich soll das nicht sagen, was ich sage.«

»Nein«, sagte Frißtfrist, »ich unterstehe nicht Ihren Weisungen.«

»Doch.«

»Doch, Professor«, sagte Frißtfrist, und Amadis wiederholte es.

»Ich habe einen Vertrag«, sagte Frißtfrist. »Ich unterstehe den Weisungen von niemandem. Darüber hinaus gebe ich Anweisungen bezüglich der Gesundheitsbelange.«

»Davon hat man mich nicht in Kenntnis gesetzt, Doktor«, sagte Amadis, der liebenswürdig und puterrot wurde.

»Aha«, sagte der Professor, »jetzt werden Sie ausgesucht höflich.«

Amadis fuhr sich mit der Hand über die Stirn; es fing an heiß zu werden. Professor Frißtfrist ging zu seinem Wagen.

»Kommen Sie und helfen Sie mir«, sagte er.

»Ich kann nicht, Professor«, antwortete Amadis.

»Der Archäologe hat mich hier im Stich gelassen, und solange ich nicht ausgestochen bin, kann ich nicht weggehen.«

»Das ist doch dummes Zeug«, sagte Professor Frißtfrist. »Das ist nur so eine Schreibart.«

»Glauben Sie?« sagte Amadis ängstlich.

»Husch!« sagte der Professor, und blies dabei Amadis, der große Angst bekam und schnell fortlief, plötzlich in die Nase.

»Sehen Sie!« rief ihm Frißtfrist nach.

Amadis kam mit verbittertem Gesicht zurück.

»Kann ich Ihnen helfen, Professor«, schlug er vor.

»Aha! ...« sagte Frißtfrist. »Endlich verhalten Sie sich vereinbarungsgemäß. Fangen Sie das.«

Er warf ihm eine riesige Kiste in die Arme. Amadis fing sie auf, wankte und ließ sie sich auf den rechten Fuß fallen. Eine Minute später bot er dem Professor auf seinem einen Bein eine wirklich überzeugende Nachahmung des jazztollen Flamingos.

»Gut«, sagte Frißtfrist, der sich wieder ans Steuer setzte. »Tragen Sie sie ins Hotel hinunter. Sie werden mich dort wiederfinden.«

Er schüttelte den Assistenzarzt, der gerade eingeschlummert war.

»He! Sie! … Wir sind angekommen.«

»Ach ja! …« seufzte der Assistenzarzt mit einem Ausdruck seligen Glücks.

Und dann brauste der Wagen im Karacho die Düne hinunter, und er hechtete überstürzt in sein unappetitliches Handtuch. Amadis betrachtete das Hinterteil des Wagens und die Kiste und hinkend unternahm er den Versuch, sie auf seine Schultern zu laden. Leider hatte er einen runden Rücken.

## VIII

Mit kleinen Schritten, die zu seinen spitzen Schuhen paßten, deren Schäfte aus beigem Tuch diesen Fußstützen eine Würde aus vergangenen Zeiten verlieh, kam Athanagoras der Kolonne entgegen. Seine kurze Hose aus graubraunem Stoff ließ seinen knochigen Knien dreifachen Platz, um ungehindert durchzukommen, und sein durch schlechte Behandlung blaß gewordenes Khakihemd bauschte sich überm Gürtel. Ferner ein Tropenhelm, der im Zelt hängenblieb. Also trug er ihn nie. Er dachte an die Unverschämtheit von Amadis und daran, daß dieser Bursche eigentlich eine Abreibung verdiente oder mehrere, und das würde noch nicht reichen. Er schaute zu Boden, so tun das gewöhnlich die Archäologen; sie dürfen nichts vernachlässigen, denn oft ist eine Entdeckung die Folge des Zufalls, der üblicherweise über den Boden streift, wie es die Schriften des Mönchs Orthopompus bezeugen; dieser lebte im zehnten Jahrhundert in einem Kloster Bärtiger Männer, deren Superior er war, denn er allein konnte schönschreiben. Athanagoras erinnerte sich an den Tag, an dem Lardier gekommen war, um ihm die Gegenwart des Sieurs Amadis Dudu in dieser Gegend zu vermelden, und an den Hoffnungsschimmer, der in seinem Gehirn, falls das dort geschieht, aufgeflackert war, genährt von der späteren Entdeckung des Restaurants und der durch seine letzte Unterhaltung mit Amadis gerade wieder zu seinem ursprünglichen Zustand des Verlöschtseins zurückgeführt worden war.

Jetzt hatte die Kolonne gerade ein wenig den Staub Exopotamiens aufgewirbelt; wieder mal was anderes, vielleicht liebenswürdige Leute. Athanagoras hatte wahnsinnige Mühe nachzudenken, denn das ist eine Gewohnheit, die man in der Wüste sehr schnell verliert; deshalb kleideten sich seine Gedanken in eine abgedroschene Ausdrucksweise, eine Weise aufflackernder Hoffnungsschimmer und alles übrige im Verhältnis zur Rübe.

Als er nun so auf den Zufall und den flachen Erdboden achtete und dabei an den Mönch Orthopompus und an die Veränderung dachte, erblickte er ein halb vom Sand verdecktes Stück Stein; zur Hälfte mutmaßte er das Weitere, wie er feststellte, kaum auf den Knien liegend, und er bemühte sich, es freizulegen, denn er grub rundherum aus, ohne auf ein Ende zu stoßen. Mit einem harten Schlag seines Hammers traf er den glatten Granit und legte fast gleich darauf sein Ohr an die von der Sonne erwärmte Oberfläche, da ein mittlerer Sonnenstrahl bereits früher auf diese Stelle fiel. Er hörte den Ton sich in den fernen Ausdehnungen des Steins zerstreuen und verlieren und begriff, daß er hier große Dinge finden würde. Er ortete den Ort nach dem Standort der Kolonne, um sicherzugehen, daß er ihn wiederfand und bedeckte den ausgewaschenen Winkel des Monuments sorgfältig mit Sand. Er war kaum fertig, da fuhr schon, mit Kisten beladen, der erste Lastwagen an ihm vorbei. Der zweite folgte dicht dahinter, und auch auf ihm waren immer nur Gepäck und Geräte. Es waren sehr große Lastwagen, mehrere Dutzend Sockel lang, und sie machten einen jovialen Lärm; die Schienen und die Werkzeuge schaukelten zwischen den mit Planen bedeckten Wagenleitern hin und her, und der rote Lappen hinten tanzte vor den Augen des Archäologen. Etwas weiter entfernt kam ein dritter Lastwagen, beladen mit Leuten und Gepäck und schließlich ein gelbschwarzes Taxi, dessen Besetztzeichen den Unvorsichtigen entmutigte. Athanagoras erblickte ein hübsches Mädchen im Taxi, und er grüßte es mit der Hand. Das Taxi hielt etwas weiter entfernt und sah so aus, als warte es auf ihn. Er beeilte sich.

Angel, neben dem Fahrer sitzend, stieg aus und ging auf Athanagoras zu.

»Erwarten Sie uns?« sagte er zu ihm.

»Ich bin Ihnen entgegengekommen«, sagte Athanagoras. »Haben Sie eine gute Reise gehabt?«

»Es war nicht allzu mühsam«, sagte Angel, »außer, als der Kapitän versucht hat, uns zu Lande mit seinem Schiff weiterzubefördern.«

»Ich glaube Ihnen ohne Widerstreben«, sagte Athanagoras.

»Sind Sie Monsieur Dudu?«

»Absolut nicht! Ich möchte Monsieur Dudu nicht für das ganze exopotamische Tongeschirr des British Museummms sein.«

»Entschuldigen Sie bitte«, sagte Angel. »Ich kann das nicht ahnen.«

»Das macht nichts«, sagte Athanagoras. »Ich bin Archäologe. Ich arbeite hier.«

»Angenehm«, sagte Angel. »Ich bin Ingenieur; ich heiße Angel. Dadrinnen sind Anne und Rochelle.«

Er zeigte auf das Taxi.

»Und ich bin auch noch da«, brummte der Chauffeur.

»Gewiß«, sagte Angel. »Sie werden nicht vergessen.«

»Es tut mir leid für Sie«, sagte Athanagoras.

»Warum?«

Ich denke, daß Sie Amadis Dudu nicht mögen werden.«

»Das ist unangenehm«, murmelte Angel.

Anne und Rochelle küßten sich im Taxi. Angel wußte es und er sah schlecht aus.

»Wollen Sie zu Fuß mit mir kommen?« schlug Athanagoras vor. »Ich werde Ihnen alles erklären.«

»Aber ja«, sagte Angel.

»Na, kann ich abfahren?« sagte der Chauffeur.

»Fahren Sie los.«

Der Mann schaltete, nachdem er zuvor einen zufriedenen Blick auf den Taxameter geworfen hatte. Es war ein guter Tag.

Angel schaute gegen seinen Willen nach dem hinteren Fenster des Taxis, als dieses anfuhr. Man konnte feststellen, daß sich Anne, im Profil, nicht um das Übrige kümmerte. Angel senkte den Kopf.

Athanagoras sah ihn erstaunt an. Das feine Gesicht Angels trug die Zeichen des schlechten Schlafs und des täglichen Kummers, und sein schlanker Rücken war ein wenig gekrümmt.

»Es ist komisch«, sagte Athanagoras, »dabei sind Sie ein schöner Junge.«

»Ihr gefällt eben Anne«, sagte Angel.

»Er ist schwerfällig«, bemerkte Athanagoras.

»Er ist mein Freund«, sagte Angel.

»Ja ...«

Athanagoras schob seinen Arm unter den des jungen Mannes.

»Sie werden angeschnauzt werden.«

»Von wem?« fragte Angel.

»Von diesem erbärmlichen Dudu. Unter dem Vorwand, daß Sie zu spät kommen.«

»Oh«, sagte Angel, »das ist mir gleichgültig. Machen Sie Ausgrabungen?«

»Im Augenblick lasse ich sie arbeiten«, erklärte Athanagoras. »Ich bin sicherlich einer großartigen Sache auf der Spur. Ich spüre das. Deshalb lasse ich sie. Mein Faktotum Lardier kümmert sich um alles. In der übrigen Zeit gebe ich ihm Strafarbeiten auf, andernfalls belästigt er Dupont. Dupont ist mein Koch. Ich erzähle Ihnen das alles, damit Sie Bescheid wissen. Auf Grund eines merkwürdigen und ziemlich unangenehmen Phänomens trifft es sich, daß Martin Dupont liebt, und daß Dudu ebenfalls in Dupont verliebt ist.«

»Wer ist Martin?«

»Martin Lardier, mein Faktotum.«

»Und Dupont?«

»Dupont ist das wurscht. Er liebt zwar Martin, aber er ist eine richtige Allerweltshure. Entschuldigen Sie bitte … In meinem Alter dürfte ich solche Ausdrücke nicht in den Mund nehmen, aber heute fühle ich mich jung. Was soll ich also mit diesen drei Schweinen tun?«

»Überhaupt nichts«, sagte Angel.

»Und genau das tue ich auch.«

»Wo werden wir denn wohnen?«, fragte Angel.

»Es gibt ein Hotel. Machen Sie sich keine Sorgen.«

»Warum?«

»Wegen Anne …«

»Oh«, sagte Angel, »da gibt es keine Sorgen zu machen. Rochelle liebt Anne mehr als mich, und das sieht man.«

»Wieso sieht man das? Das sieht man nicht mehr als was anderes. Sie küßt ihn, das ist alles.«

»Nein«, sagte Angel, »das ist nicht alles. Sie küßt ihn und dann küßt er sie, und überall dort, wo er sie berührt, ist ihre Haut nicht mehr dieselbe hinterher. Zuerst glaubt man es nicht, weil sie genauso frisch aussieht, wenn sie aus Annes Armen kommt, und ihre Lippen sind genauso voll und genauso rot und ihre Haare genauso glänzend, aber sie ist abgenutzt. Jeder Kuß, den sie bekommt, nutzt sie ein klein wenig ab, und ihre Brust wird nicht mehr so fest sein, und ihre Haut nicht mehr so glatt und nicht mehr so fein, und ihre Augen nicht mehr so klar und ihr Gang schwerfälliger, und von Tag zu Tag ist es nicht mehr dieselbe Rochelle. Ich weiß; man glaubt; man sieht sie; ich selber habe anfangs auch geglaubt und ich habe nichts von all dem gemerkt.«

»Das ist doch eine fixe Idee, die Sie da haben«, sagte Athanagoras.

»Nein, es ist keine fixe Idee. Sie wissen genau, daß es das nicht ist. Jetzt sehe ich es, ich kann es fast von einem

Tag zum andern feststellen, und jedesmal, wenn ich sie anschaue, ist sie etwas ramponierter. Sie nutzt sich ab. Er nutzt sie ab. Ich kann nichts dagegen tun. Sie auch nicht.«

»Dann lieben Sie sie also nicht mehr?«

»Doch«, sagte Angel. »Ich liebe sie noch genauso. Aber es tut mir weh, und ich empfinde auch ein wenig Haß, weil sie sich abnutzt.«

Athanagoras gab keine Antwort.

»Ich bin hierher gekommen, um zu arbeiten«, fuhr Angel fort. »Ich denke, daß ich mein bestes tun werde. Ich hatte gehofft, Anne würde allein mit mir herkommen und Rochelle würde dort bleiben. Aber ich hoffe nicht mehr, weil das nicht eingetroffen ist. Während der ganzen Reise ist er mit ihr zusammen geblieben, und doch bin ich immer noch sein Freund, und anfangs riß er Witze, wenn ich zu ihm sagte, daß sie hübsch ist.«

Alles, was Angel sagte, rührte sehr alte Dinge in Athanagoras' Innerstem auf, lange, schmale Gedanken und völlig flachgedrückt unter einer Schicht jüngerer Ereignisse, so flach gedrückt, daß er sie, im Profil gesehen wie jetzt in diesem Augenblick, nicht voneinander unterscheiden und weder ihre Form noch ihre Farbe erkennen konnte: er spürte nur, wie sie sich untendrunter schlängelnd und reptilienartig verschoben und fortbewegten. Er schüttelte den Kopf, und die Bewegung brach ab; erschreckt, rührten sie sich nicht mehr und zogen sich zusammen.

Er suchte, was er Angel sagen könnte, er wußte es nicht. Er versuchte es verzweifelt. Sie gingen Seite an Seite, die grünen Gräser kitzelten Athanagoras' Beine und rieben sanft Angels Leinenhose, und unter ihren Füßen zersplitterten die leeren Gehäuse der gelben Schnecken mit einem Sandstrahl und einem hellen, reinen Ton, wie ein Wassertropfen, der auf eine Glasplatte in Herzform fällt, was blöde ist.

Oben von der Düne herab, die sie gerade hinaufgeklettert waren, erblickten sie das Restaurant Barrizone, die dicken Laster, die davor standen, als ob Krieg sei, und nichts anderes drum herum; von nirgendwo konnte man Athanagoras' Zelt sehen, so wenig wie seinen Ausgrabungsplatz, denn er hatte die Stelle sehr geschickt ausgesucht. Die Sonne blieb noch in der Gegend. Man sah sie so selten wie möglich an, wegen einer unangenehmen Eigenschaft: sie gab ein ungleichmäßiges Licht ab; es war umgeben von Strahlenschichten, die abwechselnd hell und dunkel waren, und die Stellen des Bodens, die mit den dunklen Schichten in Kontakt standen, blieben immer düster und kalt. Angel war dieser merkwürdige Aspekt der Landschaft nicht aufgefallen, weil der Taxifahrer es mit Beginn der Wüste so eingerichtet hatte, daß er einem hellen Streifen folgte, aber oben von der Düne herab bemerkte er die schwarze, reglose Grenze des Lichts, und er erschauderte. Athanagoras war daran gewöhnt. Er sah, daß Angel, der sich nicht wohl in seiner Haut fühlte, beunruhigt diese Art Unterbrechung betrachtete und klopfte ihm auf den Rücken.

»Das befremdet zu Anfang«, sagte er, »aber Sie werden sich daran gewöhnen.«

Angel dachte, daß die Bemerkung des Archäologen auch für Anne und Rochelle galt.

»Ich glaube nicht«, antwortete er.

Sie stiegen den sanften Abhang hinunter. Jetzt hörten sie die Ausrufe der Männer, die damit begannen, die Lastwagen zu entladen, und das laute, metallische Aufeinanderprallen der Schienen. Um das Restaurant herum liefen Schatten in ungeordneter Insektengeschäftigkeit hin und her, und man erkannte Amadis Dudu, geschäftig und wichtigtuerisch.

Athanagoras seufzte.

»Ich weiß nicht, warum ich mich für alles das interessiere«, sagte er. »Ich bin immerhin ein alter Mann.«

»Oh«, sagte Angel, »ich möchte nicht, daß meine Geschichten Sie langweilen …«

»Das langweilt mich nicht«, sagte Athanagoras. »Es macht mir Ihretwegen Kummer. Sehen Sie, ich glaubte, ich sei schon zu alt.«

Er blieb einen Augenblick stehen, kratzte sich am Kopf und setzte seinen Marsch fort.

»Es ist die Wüste«, folgerte er. »Das konserviert wahrscheinlich.«

Er legte eine Hand auf Angels Schulter.

»Ich werde Sie hier verlassen«, sagte er. »Ich lege keinen Wert darauf, diesem Individuum wieder zu begegnen.«

»Amadis? …«

»Ja. Er …«

Der Archäologe suchte einen Augenblick nach Worten.

»Ehrlich, der geht mir auf den Arsch.«

Er wurde rot und drückte Angel die Hand.

»Ich weiß, daß ich nicht so reden dürfte, aber das liegt nur an diesem unerträglichen Dudu. Bis bald. Ich werde Sie bestimmt im Restaurant wiedersehen.«

»Auf Wiedersehen«, sagte Angel. »Ich werde mir Ihre Ausgrabungen ansehen kommen.«

Athanagoras schüttelte den Kopf.

»Sie werden nur kleine Schachteln sehen. Aber dafür ist es ein hübsches Modell von einer kleinen Schachtel. Ich mache, daß ich wegkomme. Kommen Sie, wann Sie wollen.«

»Auf Wiedersehen«, sagte Angel noch einmal.

Der Archäologe bog nach rechts ab und verschwand in einer Sandmulde; Angel lauerte auf den Augenblick, in dem sein weißer Kopf wieder auftauchen würde. Von neuem sah er ihn ganz. Seine Socken sahen aus den Tuchschäften seiner Halbstiefel hervor und bildeten so etwas wie helle Flecken an Pferdefesseln. Dann tauchte er hinter einer Anschwellung aus gelbem Sand unter, immer kleiner werdend, und die Linie seiner Fußspuren war schnurgerade wie ein Spinnfaden.

Angel betrachtete von neuem das weiße Restaurant mit den Blumen in lebhaften Farben, die sich hier und da über die Fassade verteilten, und er beschleunigte den Schritt, um zu seinen Kameraden zu kommen. Neben ungeheueren Lastwagen kauerte das schwarzgelbe Taxi, so wenig repräsentativ wie ein altmodischer Schubkarren neben dem »dynamischen« Modell, das von einem bei sehr wenigen Leuten bestens bekannten Erfinder eingeführt wurde.

Nicht weit entfernt davon bewegte sich Rochelles grellgrünes Kleid, von den aufsteigenden Winden um den Fixpunkt gewirbelt, und die Sonne verlieh ihr einen sehr schönen Schatten, trotz der Unebenheit des Bodens.

# IX

»Ich versichere Ihnen, daß es wahr ist!«, sagte Martin Lardier noch einmal.

Sein rosiges und volles Gesicht glänzte vor Erregung, und aus jedem einzelnen seiner Haare kam ein kleines, blaues Wölkchen.

»Ich glaube Ihnen nicht, Lardier«, antwortete der Archäologe. »Ich glaube alles mögliche, aber das nicht. So wenig wie eine ganze Anzahl anderer Dinge, seien wir gerecht.«

»Verdammt noch mal!« sagte Lardier.

»Lardier, Sie werden mir den dritten Gesang des Maldoror abschreiben, wobei Sie die Wörter Stück für Stück umdrehen und die Orthographie ändern.«

»Ja, Herr«, sagte Lardier.

Und aufgewühlt fügte er hinzu:

»Und Sie brauchen ja nur mitzukommen, um es sich anzusehen.«

Athanagoras betrachtete ihn aufmerksam und schüttelte den Kopf.

»Sie sind unverbesserlich. Aber gut, ich will Ihr Strafmaß nicht erhöhen.«

»Herr, ich bitte Sie inständigst darum!«

»Na gut, ich werde hingehen«, brummte Atha, bezwungen von dieser Beharrlichkeit.

»Ich bin sicher, daß es das ist. Ich erinnere mich an die Beschreibung aus dem Lehrbuch von William Bugle, es ist genau das.«

»Sie sind verrückt, Martin. Eine Richtlinie findet man nicht einfach so. Ich verzeihe Ihnen Ihre Eulenspiegelei, weil Sie einfältig sind, aber Sie sollten sich nicht in dieser Weise gehen lassen. Aus dem Alter sind Sie heraus.«

»Ja aber, Herrgottnochmal, das ist kein Witz …«

Athanagoras fühlte sich beeindruckt. Zum ersten Mal seit sein Faktotum mit seinem täglichen Rechenschaftsbericht begonnen hatte, hatte er das Gefühl, daß sich wirklich etwas ereignet hatte.

»Sehen wir nach«, sagte er.

Er stand auf und ging hinaus.

Der flackernde Lichtschein des Gaslämpchens erleuchtete hell den Boden und die Wände des Zeltes und schnitt ein irgendwie konisches Helligkeitsvolumen in die dichte Nacht. Athanagoras' Kopf war im Dunkel, während auf seinen übrigen Körper die dünnen Strahlen trafen, die der Glühstrumpf aussandte. Martin trottete neben ihm her und bewegte dabei seine kurzen Beine und seinen runden Hintern. Sie waren in totaler Nacht, und die Fackel Martins führte sie zu der engen, tiefen Öffnung des Abstiegschachts, durch den man zur Fördersohle gelangte. Martin kroch als erster durch; er atmete schwer, als er sich an die Stäbe aus nielliertem Silber klammerte, die Athanagoras auf Grund eines unbescheidenen, wenngleich entschuldbaren Raffinements zum Zwecke des Zugangs zu seinem Operationsfeld benutzte.

Athanagoras betrachtete den Himmel. Der Sternhöhenmesser funkelte wie gewöhnlich, drei schwarze Lichtblitze, ein grüner und zwei rote und zweimal überhaupt kein Lichtblitz. Der quabbelige, gelbliche große Bär sandte ein gepulstes Licht von schwacher Stromstärke aus, und Orion war gerade erloschen. Der Archäologe zuckte die Achseln und sprang mit geschlossenen Füßen in das Loch. Er zählte auf die Speckschicht seines Faktotums für die Landung. Aber Martin war schon in dem waagrechten Stollen. Er kam zurück, um seinem Arbeitgeber zu helfen, sich aus dem Erdhaufen zu befreien, in den sein magerer Körper ein zylindrisch-plutonisches Loch gebohrt hatte.

Der Stollen gabelte sich nach ungefähr einer Maßeinheit und schickte in alle Richtungen Verzweigungen. Das Ganze stellte eine beachtliche Arbeit dar. Jede Abzweigung trug, ungeschickt auf ein weißes Schild gemalt, eine Merkzahl. Elektrische Leitungen auf dem Dach der Stollen liefen lautlos an dem trockenen Gestein entlang. Hin und wieder leuchtete eine Glühbirne und spendete doppelte Happen, bevor sie zerdeppert wurde. Man hörte den rauhen Atem der Luftdruckpumpgruppe, mit deren Hilfe sich Athanagoras der Mischung aus Sand, Erde, Felsbrocken und zermahlenen Latschenlatschenraken entledigte, die täglich von den Abholzmaschinen ausgespuckt wurden, sie in Form von Aerosol versaftend.

Die beiden Männer folgten dem Stollen Nummer 7. Athanagoras hatte Mühe, Martin nicht aus den Augen zu verlieren, so schnell schritt dieser aus, aufs höchste erregt. Der Stollen war in einem Guß in gerader Linie vorwärtsgetrieben, und ganz am Ende sahen sie allmählich die Schatten der Mannschaft, die mächtige und komplizierte Maschinen bediente, mit deren Hilfe Athanagoras die herrlichen Funde aufhäufte, mit denen seine Sammlung, wenn sie allein war, sich schmücken konnte.

Als Atha die Restentfernung zurücklegte, begann er einen so charakteristischen Geruch wahrzunehmen, daß alle seine Zweifel zerstreut wurden. Ein Irrtum war ausgeschlossen, seine Helfer hatten die Richtlinie entdeckt. Es war dieser geheimnisvolle, vielseitige Geruch der mitten in den Fels gebohrten Kammern, der trockene Geruch der reinen Leere, den die Erde konserviert, wenn sie die Ruinen der verschwundenen Denkmäler entdeckt hat. Er lief hin. In seinen Taschen klingelten Kleingeräte, und sein Hammer, der in einem Lederfutteral steckte, schlug ihm gegen den Schenkel. Die Helligkeit nahm immer mehr zu; und als er ankam, keuchte er vor Ungeduld. Die Gruppe vor ihm funktionierte. Das schrille, durch ein Schalldämpfergehäuse halb erstickte Geheul der Turbine erfüllte die enge Sackgasse, und die Luft dröhnte in dem dicken, ringförmigen Rohr des Entsafters.

Martin folgte mit den Augen gierig dem Vordringen der schneidenden Trennscheiben und neben ihm schauten zwei Männer und eine Frau mit nacktem Oberkörper ebenfalls zu. Manchmal bediente einer der drei mit sicherem und genau genormtem Handgriff einen Schalter oder einen Steuerhebel.

Auf den ersten Blick erkannte Athanagoras den Fund. Die scharfen Zähne der Werkzeuge fraßen sich in den kompakten Verputz, der den Eingang zu einer Pferdestandkammer von riesigen Ausmaßen, nach der Dicke der bereits freigelegten Mauer zu urteilen, versperrte. Geschickt war die Mannschaft der Türverkleidung gefolgt, und stellenweise erschien die Wand, kaum noch von einigen Millimetern hartgewordenem Lehm bedeckt. Kompakte Erdplatten von unregelmäßigen Formen lösten sich von Zeit zu Zeit, und zwar in dem Maße, in dem der Stein wieder zu atmen begann.

Athanagoras schluckte angestrengt, drehte den Schalter herum, und die Maschine lief allmählich aus mit dem schleifenden Geräusch einer Sirene, die verstummt. Die beiden Männer und die Frau drehten sich um, sahen ihn an und kamen näher. In der Sackgasse herrschte jetzt sattes Schweigen.

»Ihr habt sie«, sagte Athanagoras.

Die Männer streckten ihm die Hand hin. Er drückte sie, eine nach der andern, und er zog die junge Frau an sich.

»Cuivre, bist du froh?«

Sie lächelte, ohne zu antworten. Sie hatte schwarze Augen und schwarzes Haar und ihre Haut war von einer merkwürdigen dunkelockrigen Farbe. Die fast violetten Brustwarzen standen spitz vor den beiden glatten, festen Kugeln.

»Es ist vorbei«, sagte sie. »Wir haben sie jedenfalls gekriegt.«

»Ihr könnt jetzt alle drei herauskommen«, sagte Athanagoras und streichelte den nackten, warmen Rücken.

»Kommt nicht in Frage«, sagte er von rechts.

»Warum nicht, Bertil?« fragte Athanagoras. »Vielleicht wäre dein Bruder froh, wenn er herauskönnte.«

»Nein«, gab Brice zur Antwort. »Wir graben lieber noch weiter.«

»Habt ihr sonst nichts gefunden?« fragte Lardier.

»Es ist dort in der Ecke«, sagte Cuivre. »Töpfe und Lampen und ein Pernuklet.«

»Das sehen wir uns nachher an«, sagte Athanagoras. »Komm her«, fügte er, an Cuivre gewandt, hinzu.

»Ja, ausnahmsweise komme ich«, sagte sie.

»Deine Brüder machen einen Fehler. Sie sollten ein wenig Luft schöpfen.«

»Es kommt eine ganze Menge hier rein«, antwortete Bertil. »Und außerdem wollen wir sehen.«

Seine Hand lief über die Maschine hin und suchte nach dem Schalter. Er drückte den schwarzen Knopf ein. Die Maschine gab ein freundliches, unsicheres Brummen von sich, das stärker wurde und an Lautstärke gewann, während gleichzeitig der Ton sich ins Schrille aufschwang.

»Schuftet euch nicht zu Tode«, schrie Athanagoras über den Lärm hinweg.

Die Zähne begannen der Erde schweren Staub zu entreißen, der sofort von den Absorbern angesaugt wurde.

Brice und Bertil schüttelten lächelnd den Kopf.

»Schon gut«, sagte Brice.

»Auf Wiedersehen«, rief der Archäologe ihnen noch zu.

Er machte kehrt und ging weg. Cuivre hakte sich bei Athanagoras unter und folgte ihm. Sie schritt leicht und muskulös aus; beim Vorbeigehen ließen die elektrischen Lampen ihre orangefarbene Haut glänzen. Hinter ihnen kam Martin Lardier, den trotz seiner besonderen Veranlagung die geschwungene Linie der Hüften der jungen Frau erregte.

Schweigend gingen sie bis zum Rondell, an dem alle Stollen zusammentrafen. Sie ließ Athanagoras' Arm los und ging zu einer Art in die Felswand gehauener Nische, aus der sie einige Kleidungsstücke hervorzog. Sie zog ihren kurzen Arbeitsrock aus und schlüpfte in eine Seidenbluse und weiße Shorts. Athanagoras und Martin drehten sich um, der erste aus Respekt, der zweite, um Dupont nicht zu betrügen, nicht einmal in Gedanken, denn unter ihrem Rock hatte Cuivre nichts an. Er hatte wirklich kein Bedürfnis danach.

Sobald sie fertig war, setzten sie ihr schnelles Voranschreiten fort und betraten rückwärts den Zugangsschacht. Martin ging als erster und Athanagoras bildete den Schluß der Gruppe.

Draußen streckte sich Cuivre. Durch die dünne Seide sah man die dunkleren Stellen ihres Oberkörpers, bis Athanagoras Martin bat, den Lichtkegel seiner Taschenlampe anderswohin zu richten.

»Das tut gut ...«, murmelte sie. »Draußen ist alles so ruhig.« Man hörte in der Ferne einen metallischen Schlag, dessen Echo lange über den Dünen widerhallte.

»Was ist das?« fragte sie.

»Es hat sich was Neues getan«, sagte Athanagoras. »Es gibt einen Haufen neuer Leute. Sie kommen, um eine Eisenbahn zu bauen.«

Sie näherten sich dem Zelt.

»Wie sind sie?« fragte Cuivre.

»Es sind zwei Männer«, sagte der Archäologe. »Zwei Männer und eine Frau, und außerdem Arbeiter, Kinder und Amadis Dudu.«

»Wie ist er?«

»Ein hinterfotziger Päderast«, sagte Athanagoras.

Er unterbrach sich. Er hatte Martins Anwesenheit vergessen. Aber Martin hatte sie gerade verlassen, um zu Dupont in die Küche zu gehen. Athanagoras atmete auf.

»Ich möchte Martin nicht verärgern, verstehst du?« erklärte er.

»Und die beiden Männer?«

»Der eine sieht gut aus«, sagte Athanagoras. »Die Frau liebt den andern. Aber der erste liebt die Frau. Er heißt Angel. Er ist schön.«

»Er ist schön …«, sagte sie langsam.

»Ja«, antwortete der Archäologe. »Aber dieser Amadis …«

Er erschauderte.

»Komm, wir gehen was trinken. Dir wird kalt sein.«

»Ich fühle mich sehr wohl …, murmelte Cuivre. »Angel … das ist ein komischer Name.«

»Ja«, sagte der Archäologe. »Sie haben alle komische Namen.«

Das Gaslämpchen strahlte mit seinem ganzen Licht auf den Tisch, und der Eingang des Zeltes stand weit offen, warm und einladend.

»Geh voraus«, sagte er zu Cuivre und stieß sie vor sich her.

Cuivre ging hinein.

»Guten Tag«, sagte der Abbé, der am Tisch saß und aufstand, als er sie sah.

# X

»Wieviele Kanonenkugeln braucht man, um die Stadt Lyon zu zerstören?« fuhr der Abbé fort und richtete die Frage schnurstracks an den Archäologen, der hinter Cuivre in das Zelt hereinkam.

»Elf!« gab der Archäologe zur Antwort.

»Oh, verflixt, das ist zu viel. Sagen Sie drei.«

»Drei«, wiederholte Athanagoras.

Der Abbé ergriff seinen Rosenkranz und sagte ihn in aller Eile dreimal auf. Dann ließ er ihn wieder fallen. Cuivre hatte sich auf das Bett von Atha gesetzt, und letzterer sah den Pfarrer verdutzt an.

»Was machen Sie denn in meinem Zelt?«

»Ich bin gerade angekommen«, erklärte der Abbé. »Wir spielen Nachlausen!«

»Au, prima!« sagte Cuivre und klatschte dabei in die Hände. »Wir spielen Nachlausen!«

»Ich sollte gar nicht das Wort an Sie richten«, sagte der Abbé, »denn Sie sind ein schamloses Geschöpf, aber Sie haben eine ganz tolle Brust.«

»Danke«, sagte Cuivre. »Ich weiß.«

»Ich suche Claude Léon«, sagte der Abbé. »Er muß vor etwa vierzehn Tagen hier angekommen sein. Ich bin der Bezirksinspektor. Ich werde Ihnen meine Karte zeigen. Es gibt eine ganze Menge Eremiten in dieser Gegend, aber ziemlich weit von hier weg. Claude Léon hingegen muß ganz in der Nähe sein.«

»Ich habe ihn nicht gesehen«, sagte Athanagoras.

»Das will ich hoffen«, sagte der Abbé. »Ein Eremit darf laut Vorschrift seine Eremitage nicht verlassen, es sei denn, er hat hierzu vom zuständigen Bezirksinspektor durch Sonderdispens eine förmliche Erlaubnis erhalten.«

Er grüßte militärisch.

»Der Bezirksinspektor bin ich«, sagte er. »Eins, zwei, drei, die Henne legt ein Ei.«

»Vier, fünf, sechs, alte Hex'«, vervollständigte Cuivre. Sie erinnerte sich noch an den Katechismus.

»Danke«, sagte der Abbé. »Ich sagte also, daß Claude Léon wahrscheinlich nicht weit weg ist. Sollen wir ihn zusammen besuchen gehen?«

»Wir müßten etwas zu uns nehmen, bevor wir aufbrechen«, sagte Athanagoras. »Cuivre, du hast nichts gegessen. Das ist unvernünftig.«

»Ich hätte gern ein Sandwich«, sagte Cuivre.

»Trinken Sie einen Cointreau, Abbé?«

»Cointreau macht k.o.«, sagte der Abbé. »Meine Religion verbietet ihn mir. Ich werde mir eine Ausnahmebescheinigung ausstellen, wenn Sie nichts dagegen haben.«

»Aber bitte sehr«, sagte Athanagoras. »Ich werde Dupont holen. Wollen Sie Papier und einen Füllhalter?«

»Ich habe Vordrucke«, sagte der Abbé. »Einen ganzen Block mit Kontrollabschnitten. Da weiß ich auch, wo ich dran bin.«

Athanagoras ging hinaus und wandte sich nach links. Duponts Küche erhob sich gleich nebenan. Er machte die Tür auf, ohne anzuklopfen und zündete sein Feuerzeug an. Im flackernden Lichtschein erkannte er Duponts Bett, und darin lag Lardier, der schlief. Auf seinen Wangen sah man zwei trockene Tränenspuren, und dicke Schluchzer ließen seine Brust anschwellen, wie es so schön heißt... Athanagoras beugte sich über ihn.

»Wo ist Dupont?« fragte er.

Lardier wurde wach und begann zu weinen. Er hatte Athas Frage undeutlich in seinem Halbschlaf gehört.

»Er ist fortgegangen«, sagte er. »Er war nicht da.«

»Ach«, sagte der Archäologe. »Wissen Sie nicht, wo er gewesen ist?«

»Bei dieser Tucke Amadis, ganz bestimmt«, schluchzte Lardier. »Aber das wird sie mir büßen, diese …«

»Na, na Lardier«, sagte Athanagoras streng. Im Grunde sind Sie nicht mit Dupont verheiratet …«

»Doch«, sagte Lardier trocken.

Er weinte nicht mehr.

»Wir haben zusammen die Flöte geblasen, als wir hier ankamen«, fuhr er fort, »wie in Notre Dame de Paris, und seitdem betreiben wir gemeinsam die Archäologie. Er ist noch für sechs Jahre mit mir verheiratet.«

»Zuerst«, sagte der Archäologe, »ist es ein Fehler, Notre Dame de Paris zu lesen, denn das ist schon alt, und dann ist es nur eine Hochzeit, wenn man will. Außerdem bin ich sehr gütig, daß ich mir Ihr Gejammer anhöre. Sie werden mir das erste Kapitel dieses Buches abschreiben, und zwar mit der linken Hand von rechts nach links. Und jetzt sagen Sie mir, wo der Cointreau ist?«

»Im Geschirrschrank«, sagte Lardier, beruhigt.

»Schlafen Sie jetzt«, sagte Athanagoras.

Er ging zum Bett, mummelte Martin ein und fuhr ihm mit der Hand durchs Haar.

»Er hat vielleicht einfach nur eine Besorgung gemacht.«

Lardier schnüffelte und gab keine Antwort. Er schien etwas ruhiger.

Der Archäologe machte den Geschirrschrank auf und fand mühelos die Cointreau-Flasche neben einem Glas Heuschrecken in Tomatensoße. Er nahm drei kleine Gläschen von anmutiger Form, die er einige Wochen zuvor bei einer einträglichen Ausgrabung entdeckt hatte und von denen er annahm, daß die Königin Nefurpitonh sich ihrer einige tausend Jahre früher als Wannen für beruhigende Augenbäder bedient hatte. Er stellte das ganze elegant auf ein Tablett. Dann schnitt er für Cuivre ein dickes Stück Brot ab, stimmte es mit dem übrigen ab und ging mit dem Tablett in sein Zelt zurück.

Der Abbé, der neben Cuivre auf dem Bett saß, hatte dieser halb die Bluse geöffnet und schaute mit gespannter Aufmerksamkeit ins Innere.

»Diese junge Frau ist sehr interessant«, sagte er zu Athanagoras, als er ihn sah.

»Ja?« sagte Athanagoras, »und worin besonders?«

»Mein Gott«, sagte der Abbé, »man kann nicht sagen, worin besonders. Das ganze vielleicht; aber sicherlich auch die verschiedenen konstitutiven Teile.«

»Haben Sie sich für die Untersuchung eine Ausnahmebescheinigung ausgestellt?« fragte Atha.

»Ich habe eine Dauerkarte«, sagte der Abbé. »Die ist bei meinem Beruf notwendig.«

Cuivre lachte ohne jede Verlegenheit. Sie hatte ihre Bluse nicht wieder zugeknöpft. Athanagoras mußte lächeln. Er stellte das Tablett auf den Tisch und hielt Cuivre das Sandwich hin.

»Sind diese Gläser aber klein! ...« rief der Abbé. »Es ist bedauerlich, daß ich dafür ein Blatt aus meinem Block verschwendet habe. Tanquam adeo fluctuat nec mergitur.«

»Et cum spiritu tuo«, antwortete Cuivre.

»Zieh am Seil und schluck die Opferstöck'«, schlossen Athanagoras und der Abbé im Chor.

»Beim Petitjean!« rief dieser fast gleich darauf, »es ist ein Vergnügen, so fromme Leute kennenzulernen wie Sie.«

»Unser Beruf«, erklärte Athanagoras, »bringt es mit sich, daß wir diese Dinge kennen. Obgleich wir eher Ungläubige sind.«

»Sie beruhigen mich«, sagte Petitjean. »Ich war schon dabei, mich im Zustand flüchtiger Sünde zu fühlen. Aber das ist vorbei. Sehen wir jetzt, ob dieser Cointreau kratzt, sobald man ihn ausgießt.«

Athanagoras entkorkte die Flasche und füllte die Gläser. Der Abbé stand auf und nahm eins davon. Er betrachtete es, roch und stürzte es hinunter.

»Hm«, sagte er.

Er hielt sein Glas von neuem hin.

»Wie finden Sie ihn?« fragte Athanagoras und füllte es.

Der Abbé trank das zweite Glas und dachte nach.

»Ekelhaft«, erklärte er. »Er schmeckt nach Petroleum.«

»Dann habe ich mich in der Flasche geirrt«, sagte der Archäologe. »Die beiden sahen sich gleich.«

»Sie brauchen sich nicht zu entschuldigen«, sagte der Abbé. »Er ist trotzdem leidlich.«

»Es ist gutes Petroleum«, versicherte der Archäologe.

»Gestatten Sie, daß ich zum Kotzen rausgehe?« sagte Petitjean.

»Aber bitte sehr … Ich gehe die andere Flasche holen.«

»Beeilen Sie sich«, sagte der Abbé. »Das Gräßliche ist nur, daß mir jetzt das Zeug wieder in den Mund kommt. Da kann man auch nichts machen, ich werde eben die Augen zukneifen.«

Wie der Wind fegte er hinaus. Cuivre lachte, sie lag auf dem Bett und hatte die Hände unterm Kopf verschränkt. Ihre schwarzen Augen und ihre gesunden Zähne fingen im Flug Lichtblitze auf. Athanagoras zögerte noch, doch dann hörte er das Gewürge Petitjeans, und sein pergamentartiges Gesicht heiterte sich wirklich auf.

»Er ist sympathisch«, sagte er.

»Er ist dumm«, sagte Cuivre. »Kann man überhaupt Pfarrer sein? Aber er ist lustig und geschickt mit seinen Händen.«

»Um so besser für dich«, sagte der Archäologe. »Ich gehe den Cointreau holen. Aber warte trotzdem, bis du Angel gesehen hast.«

»Selbstverständlich«, sagte Cuivre.

Der Abbé tauchte wieder auf.

»Kann ich hereinkommen?« fragte er.

»Gewiß«, sagte Athanagoras, der zurücktrat, um ihn vorbeizulassen, und dann ebenfalls hinausging, wobei er die Petroleumflasche mitnahm.

Der Abbé kam herein und setzte sich auf einen Segeltuchstuhl.

»Ich setze mich nicht neben Sie«, erklärte er, »weil ich nach Kotze rieche. Ich habe meine eleganten Schnallenschuhe ganz voll damit gemacht. Es ist eine Schande. Wie alt sind Sie?«

»Zwanzig«, antwortete Cuivre.

»Das ist zuviel«, sagte der Abbé. »Sagen Sie drei.«

»Drei.«

Von neuem leierte Petitjean drei Rosenkränze mit der Geschwindigkeit einer Erbsenenthülsmaschine herunter. Athanagoras tauchte in dem Augenblick wieder auf, in dem er fertig war.

»Ach«, rief der Abbé. »Mal sehen, ob dieser Cointreau zu mir hält.«

»Das ist aber ein ganz schlechter Witz«, fand Cuivre.

»Entschuldigen Sie bitte«, sagte der Abbé. »Man kann nicht ununterbrochen geistreich sein, vor allem, wenn man zwischendurch seinen Gründling ausspuckt.«

»Das ist sicher«, sagte Cuivre.

»Das ist sehr richtig«, sagte Athanagoras

»Na, trinken wir«, sagte der Abbé. »Und anschließend werde ich Claude Léon suchen gehen.«

»Dürfen wir Sie begleiten?« fragte der Archäologe.

»Aber …«, sagte der Abbé. »Gedenken Sie heute nacht nicht zu schlafen?«

»Wir schlafen selten«, erklärte Athanagoras. »Mit Schlafen verliert man irrsinnig viel Zeit.«

»Das stimmt«, sagte der Abbé. »Ich weiß nicht, warum ich Sie das gefragt habe, denn ich schlafe auch nie. Wahrscheinlich bin ich verärgert, denn ich glaubte, ich sei der einzige.«

Er dachte nach.

»Ich bin wirklich verärgert. Aber es ist noch zu ertragen. Geben Sie mir Cointreau.«

»Hier«, sagte Athanagoras.

»Aha!« sagte der Abbé, und prüfte sein Glas vor dem Gaslämpchen, »das, das geht.«

Er kostete.

»Das da ist wenigstens richtiger. Aber nach dem Petroleum schmeckt er nach Eselspisse.«

Er trank den Rest und zog die Nase hoch.

»Es ist scheußlich«, schloß er. »Das wird mir eine Lehre sein, mir einfach so ins Blaue hinein Ausnahmebescheinigungen auszustellen.«

»Ist er nicht gut?« fragte Athanagoras ziemlich erstaunt.

»Doch, selbstverständlich«, sagte Petitjean, »aber es sind eben gleich dreiundvierzig Prozent, und das ist alles. Wenn ich da an einen fünfundneunzigprozentigen Rachenputzer denke oder an einen gute Verbandsalkohol. Als ich noch in der Saint-Philippe-du-Roule-Kirche war, habe ich überhaupt nichts anderes als Meßwein benutzt. Das waren Messen, die hatten Feuer im Arsch, diese Messen, das kann ich Ihnen sagen.«

»Warum sind Sie denn nicht dort geblieben?« fragte Cuivre.

»Weil sie mich rausgeschmissen haben«, sagte der Abbé. »Sie haben mich zum Inspektor ernannt. Das nennt man eine Kaltstellung, oder ich will nicht mehr Petitjean heißen.«

»Aber auf diese Weise können Sie Reisen machen«, sagte Athanagoras

»Ja«, sagte der Abbé. »Ich bin sehr zufrieden. Gehen wir Claude Léon suchen.«

»Gehen wir«, sagte Athanagoras.

Cuivre stand auf. Der Archäologe streckte die Hand

nach der Flamme des Gaslämpchens aus und drehte sie etwas kleiner, um ihr die Form einer Sparflamme zu geben, dann verließen alle drei das dunkle Zelt.

# XI

»Wir gehen nun aber schon sehr lange«, sagte Athanagoras.

»Ach ja?« sagte Petitjean. »Ich habe nicht drauf geachtet. Ich war in eine übrigens klassische Meditation über die Größe Gottes und die Kleinheit des Menschen in der Wüste versunken.«

»Ja«, sagte Cuivre, »das ist nicht sehr neu.«

»Im allgemeinen«, sagte Petitjean, »denke ich nicht in der gleichen Farbe wie meine Kollegen, und das gibt meinen Meditationen Charme und gleichzeitig einen sehr persönlichen Anstrich. In diese hatte ich ein Fahrrad eingeschmuggelt.«

»Ich frage mich nur, wie Sie das gemacht haben«, sagte Athanagoras.

»Nicht wahr?« sagte Petitjean. »Ich habe mich das anfangs auch gefragt, aber jetzt gelingen mir diese Kunststücke spielend. Ich brauche nur an ein Fahrrad zu denken und schwupp, hauts hin.«

»So erklärt«, sagte Athanagoras, »erscheint es einfach.«

»Ja«, sagte der Abbé, »aber verlassen Sie sich nicht drauf. Was ist denn das da vorn?«

»Ich sehe nichts«, sagte Athanagoras und riß die Augenlider weit auf.

»Es ist ein Mann«, sagte Cuivre.

»Ach! …« sagte Petitjean. »Es ist vielleicht Léon.«

»Das glaube ich nicht«, sagte Athanagoras. »Heute morgen war nichts da.«

Während sie diskutierten, kamen sie der Sache näher. Nicht sehr schnell, denn die Sache bewegte sich in die gleiche Richtung.

»Heda! …« schrie Athanagoras.

»Heda! ...« antwortete Angels Stimme.

Es blieb stehen und es war Angel. Sie hatten ihn in wenigen Augenblicken erreicht.

»Guten Tag«, sagte Athanagoras. »Ich möchte Ihnen Cuivre und Abbé Petitjean vorstellen.«

»Guten Tag«, sagte Angel.

Er drückte die Hände.

»Gehen Sie spazieren?« fragte Petitjean. »Sicherlich meditieren Sie.«

»Nein«, sagte Angel. »Ich ging fort.«

»Wohin?« fragte der Archäologe.

»Anderswohin«, sagte Angel. »Sie machen einen solchen Lärm im Hotel.«

»Wer?« fragte der Abbé. »Wissen Sie, ich bin von einer nicht zu überbietenden Indiskretion.«

»Oh, ich kann es Ihnen sagen«, sagte Angel. »Es ist kein Geheimnis. Es sind Rochelle und Anne.«

»Aha!« sagte der Abbé, »sie sind gerade dabei ...«

»Sie kann es nicht tun, ohne dabei zu schreien«, sagte Angel. »Es ist entsetzlich. Ich bin im Zimmer nebenan. Ich konnte es nicht mehr ertragen, länger zu bleiben.«

Cuivre trat nahe an Angel heran; sie legte ihm die Arme um den Hals und küßte ihn.

»Kommen Sie«, sagte sie. »Kommen Sie mit uns, wir gehen Claude Léon suche. Wissen Sie, Abbé Petitjean ist sehr lustig.«

Die lichtgelbe Nacht wurde von fadenförmigen Lichtbündeln, die unter verschiedenen Winkeln von den Sternen herabfielen, zerhackt. Angel ersuchte, das Gesicht der jungen Frau zu sehen.

»Sie sind lieb«, sagte er.

Abbé Petitjean und Athanagoras gingen voraus.

»Nein«, sagte sie. »Ich bin nicht besonders lieb. Wollen Sie wissen, wie ich bin?«

»Ich möchte«, sagte Angel.

»Zünden Sie Ihr Feuerzeug an.«

»Ich habe kein Feuerzeug.«

»Dann tasten Sie mit Ihren Händen«, sagte sie und rückte ein wenig von ihm ab.

Angel legte seine Hände auf ihre geraden Schultern und fuhr dann aufwärts. Seine Finger irrten über Cuivres Wangen, über ihre geschlossenen Augen und verloren sich in ihren schwarzen Haaren.

»Ihr Parfum riecht seltsam«, sagte er.

»Wonach?«

»Nach Wüste.«

Er ließ die Arme wieder fallen.

»Sie kennen ja nur mein Gesicht...«, protestierte Cuivre.

Angel sagte nichts und rührte sich nicht. Sie trat näher an ihn heran und warf ihm von neuem beide Arme um den Hals. Sie sprach ganz nahe an seinem Ohr, ihre Wange an der des jungen Mannes.

»Sie haben geweint.«

»Ja«, murmelte Angel.

Er blieb reglos.

»Sie dürfen nicht wegen einem Mädchen weinen. Das sind die Mädchen nicht wert.«

»Ich weine nicht ihretwegen«, sagte Angel. »Ich weine wegen dem, was sie war und wegen dem, was sie sein wird.«

Er schien aus einem schweren Halbschlaf zu erwachen, und seine Hände legten sich um die Taille der jungen Frau.

»Sie sind lieb«, sagte er noch einmal. »Kommen Sie, wir wollen sie einholen.«

Sie löste seine Umarmung und nahm ihn bei der Hand. Sie liefen über den Sand der Dünen. In der Dunkelheit stolperten sie, und Cuivre lachte.

Abbé Petitjean hatte Athanagoras gerade erklärt, wie Claude Léon zum Eremiten ernannt worden war.

»Verstehen Sie«, sagte er, »daß dieser Junge es nicht verdiente, im Gefängnis zu bleiben.«

»Gewiß«, sagte Athanagoras.

»Nicht wahr«, sagte Petitjean. »Er verdiente es, guillotiniert zu werden. Aber der Bischof hat schließlich einen langen Arm.«

»Um so besser für Léon.«

»Wohlgemerkt, das ändert nicht viel. Eremit zu sein, ist nur komisch, wenn man will. Nun, das gewährt ihm immerhin einige Jahre Aufschub.«

»Warum?« fragte Cuivre, die das Ende des Satzes gehört hatte.

»Weil man nach drei oder vier Jahren Eremitage«, sagte der Abbé, »in der Regel verrückt wird. Dann läuft man geradewegs vor sich hin und bringt das erstbeste kleine Mädchen um, das einem in den Weg läuft, um es zu vergewaltigen.«

»Immer?« sagte Angel verwundert.

»Immer«, behauptete Petitjean. »Es wird nur ein Beispiel erwähnt, das die Ausnahme von der Regel bestätigt.«

»Wer war das?« sagte Athanagoras.

»Ein sehr anständiger Kerl«, sagte Petitjean. »Wirklich ein Heiliger. Eine lange Geschichte, aber verdammt erbaulich.«

»Erzählen Sie sie uns ...«, bat Cuivre in überredendem und flehendem Ton.

»Nein«, sagte der Abbé. »Das geht unmöglich. Das dauert zu lange. Ich werde Ihnen sagen, wie es ausgeht. Er ist geradeaus gelaufen, und das erste kleine Mädchen, das ihm über den Weg gelaufen ist ...«

»Schweigen Sie«, sagte Athanagoras. »Das ist ja entsetzlich! ...«

»Sie hat ihn getötet«, sagte Petitjean. »Sie war eine Wahnsinnige.«

»Oh«, seufzte Cuivre, »das ist ja entsetzlich. Der arme Junge. Wie hieß er denn?«

»Petitjean«, sagte der Abbé. »Nein! Entschuldigen Sie bitte. Ich dachte an was anderes. Er hieß Leverrier.«

»Das ist ja außergewöhnlich«, bemerkte Angel. »Ich kannte einen, dem das gleiche nie passiert ist.«

»Dann ist es nicht derselbe«, sagte der Abbé. »Oder aber ich bin ein Lügner.«

»Natürlich …«, sagte Athanagoras.

»Schauen Sie«, sagte Cuivre, »gar nicht weit weg ist ein Licht.«

»Wir müssen angekommen sein«, verkündete Petitjean. »Entschuldigen Sie, ich muß zuerst einmal allein hingehen. Sie kommen hinterher. Das ist Vorschrift.«

»Es ist doch niemand da, der kontrolliert«, sagte Angel. »Wir könnten Sie begleiten.«

»Und mein Gewissen?…« sagte Petitjean. »Pimpanello, der König der Schmetterlinge …«

»Verfing sich beim Ballspiel in der Schlinge! …« riefen im Chor die drei andern.

»Gut«, sagte Petitjean. »Wenn Sie das Ritual genauso gut kennen wie ich, können Sie alle drei mitkommen. Mir persönlich ist das lieber, denn allein langweile ich mich zu Tode.«

Er machte einen beachtlichen Satz und sich um die eigene Achse drehend, fiel er wieder zu Boden, auf den Fersen hockend. Seine Soutane, die sich um ihn herum entfaltet hatte, bildete eine große schwarze Blume, die man undeutlich auf dem Sand erkannte.

»Gehört das zum Ritual?« fragte der Archäologe.

»Nein!« sagte der Abbé. »Das stammt aus der Trickkiste meiner Großmutter, wenn sie am Strand pinkeln wollte, ohne daß es jemand merkte. Ich muß dazu noch sagen, daß ich meine apostolische Unterhose nicht anhabe. Es ist zu heiß. Ich habe eine Dispens.«

»Alle diese Dispensen müssen Sie doch beschweren«, bemerkte Athanagoras.

»Ich habe sie auf Mikrofilm kopieren lassen«, sagte Petitjean. »Das ergibt eine Rolle von wirklich geringem Umfang.«

Er stand wieder auf.

»Gehen wir!«

Claude Léon war in einer kleinen, schmuck hergerichteten Hütte aus weißem Holz untergebracht. Ein Kieselsteinbett nahm einen Winkel des Hauptraums ein, und das war alles.

Eine Tür führte zur Küche. Durch das verglaste Fenster erblickten sie Claude selber, der vor seinem Bett kniend meditierte, den Kopf zwischen den Händen. Der Abbé ging hinein.

»Kuckuck!« sagte er.

Der Eremit sah auf.

»Aber es ist doch noch viel zu früh«, sagte er. »Ich habe doch erst bis fünfzig gezählt.«

»Spielen Sie Verstecken, mein Sohn?« sagte Petitjean.

»Ja, Pater«, sagte Claude Léon. »Mit Lavande.«

»Aha«, sagte der Abbé. »Darf ich mitspielen?«

»Selbstverständlich«, sagte Claude.

Er stand auf.

»Ich gehe Lavande holen und sage es ihr. Sie wird bestimmt sehr froh sein.«

Er ging in die Küche. Angel, Cuivre und der Archäologe kamen hinter dem Abbé herein.

»Verrichten sie keine Sondergebete, wenn Sie einen Eremiten treffen?« verwunderte sich Cuivre.

»Oh nein«, sagte der Abbé. »Er gehört ja jetzt zur Zunft! Dieser Klamauk ist was für die Laien. Ansonsten halten wir uns an die üblichen Regeln.«

Léon kam mit einer bezaubernden Negerin zurück. Sie hatte ein ovales Gesicht, eine schmale, gerade Nase, große blaue Augen und eine ungewöhnliche Masse roter Haare. Sie war mit einem schwarzen Büstenhalter bekleidet.

»Das ist Lavande«, erklärte Claude Léon. »Oh«, sagte er, als er die drei andern Besucher sah, »guten Tag. Wie geht es Ihnen?«

»Ich heiße Athanagoras«, sagte der Archäologe. Der da ist Angel und das ist Cuivre.«

»Spielen Sie mit Verstecken?« schlug der Eremit vor.

»Wir haben jetzt ein ernstes Wort miteinander zu reden, mein Sohn«, sagte der Abbé. »Ich muß meine Inspektion machen. Ich habe Ihnen Fragen zu stellen, für meinen Bericht.«

»Wir lasse Sie allein«, sagte Athanagoras.

»Mitnichten«, sagte Petitjean. »Ich brauche dafür nur fünf Minuten.«

»Setzen Sie sich«, sagte Lavande. »Kommen Sie mit in die Küche, wir lassen sie arbeiten.«

Ihre Haut hatte genau die Farbe von Cuivres Haar und umgekehrt. Angel versuchte sich die Mischung vorzustellen, und es wurde ihm schwindlig.

»Sie haben es absichtlich getan«, sagte er zu Cuivre.

»Aber nein«, antwortete Cuivre. »Ich kannte sie gar nicht.«

»Glauben Sie mir«, sagte Lavande, »es ist reiner Zufall.«

Sie gingen in die Küche. Der Abbé blieb mit Léon allein.

»Na«, sagte Petitjean.

»Nichts zu melden«, sagte Léon.

»Gefällt es Ihnen hier?«

»Es geht.«

»Wie weit sind Sie mit der Gnade?«

»Die kommt und geht.«

»Gedanken?«

»Schwarz«, sagte Léon. »Aber bei Lavande ist das entschuldbar. Schwarz, aber nicht trübsinnig. Schwarz und feurig.«

»Das ist die Farbe der Hölle«, sagte der Abbé.

»Ja«, sagte Claude Léon, »aber das Innere von ihr ist rosaroter Samt.«

»Wirklich?«

»Die reine Wahrheit.«

»Picoti, picota, hoch den Schwanz und spring hinab.«

»Amen«, antwortete der Eremit.

Abbé Petitjean dachte nach.

»Es sieht mir ganz so aus, als sei das alles in Ordnung«, sagte er. »Ich glaube, daß Sie einen vorzeigbaren Eremiten abgeben. Sie müßten ein Schild anbringen. Dann kämen die Leute Sie sonntags besuchen.«

»Mach ich gern«, sagte Claude Léon.

»Haben Sie sich schon eine heilige Handlung ausgesucht?«

»Eine was?«

»Das hat man Ihnen doch sicherlich erklärt«, sagte der Abbé. »Auf einer Säule stehen oder sich fünfmal täglich geißeln oder ein härenes Hemd tragen oder Steine essen oder jeden Tag vierundzwanzig Stunden lang beten undsoweiter.«

»Davon hat mir niemand was gesagt«, sagte Claude Léon. »Kann ich mir was anderes aussuchen? Das kommt mir alles nicht heilig genug vor, und außerdem ist es schon gemacht worden.«

»Hüten sie sich vor der Originalität, mein Sohn«, sagte der Abbé.

»Ja, Pater«, antwortete der Eremit.

Er meditierte einige Augenblicke.

»Ich kann Lavande ficken ...«, schlug er vor.

Diesmal war es der Abbé, der intensiv nachdachte.

»Ich persönlich«, sagte er, »habe nichts dagegen. Aber haben Sie auch bedacht, daß Sie es jedes Mal tun müssen, wenn Besucher da sind?«

»Das ist angenehm«, antwortete Claude León.

»Dann ist alles in Ordnung. Rosaroter Samt, wirklich?«

»Wirklich.«

Der Abbé erschauderte, und die Haare in seinem Nacken sträubten sich. Er fuhr sich mit der Hand über den Unterleib.

»Entsetzlich«, sagte er. »nun, das ist alles, was ich Ihnen zu sagen hatte. Ich werde Ihnen von der Eremitenhilfe zusätzliche Konserven liefern lassen.«

»Oh, ich hab' noch«, sagte Claude.

»Sie werden viele brauchen. Sie werden eine Menge Besucher bekommen. Sie bauen eine Eisenbahn in der Gegend.«

»Verflixt«, sagte Claude Léon.

Er war bleich, aber positiv entzückt.

»Ich hoffe, daß sie oft kommen werden …«

»Sie jagen mir Entsetzen ein, ich muß es noch einmal sagen«, sagte Abbé Petitjean. »Und dabei bin ich hart im Nehmen. Enne, benne, Tintenfaß …«

»Geh zur Schule, lerne was«, schloß der Eremit.

»Gehen wir zu den andern«, schlug Petitjean vor. »Und mit Ihrer heiligen Handlung bin ich einverstanden. Ich werde meinen Bericht in diesem Sinne abfassen.«

»Danke«, sagte Claude.

# ÜBERGANG

*Amadis Dudu ist, ohne den Schatten eines Zweifels, ein entsetzlicher Bursche. Er geht aller Welt auf die Nerven, und vielleicht wird er in der Mitte aus dem Wege geräumt, einfach weil er unehrlich, hochmütig, anmaßend und überheblich ist. Zu allem Überdruß, homosexuell. Fast alle handelnden Personen haben jetzt ihre Plätze eingenommen, und es werden sich daraus Dinge der verschiedensten Art ergeben. Zunächst einmal der Bau der Eisenbahn, und das stellt ein ganz schönes Stück Arbeit dar, weil sie den Schotter vergessen haben. Dabei ist der ganz wichtig, und man kann ihn nicht durch Schneckenhäuschen kleiner gelber Schnecken ersetzen, wie es niemand vorgeschlagen hat. Die Schienen werden vorläufig an den Schwellen festgeschraubt und in der Luft hängengelassen, bis der Schotter kommt und darunter aufgeschüttet wird. Natürlich kann man ein Gleis auch auf diese Weise bauen. Dabei habe ich nicht diese Geschichte mit dem Schotter im Auge gehabt, als ich angekündigt habe, ich würde auch von den Kieselsteinen der Wüste erzählen. Sicherlich lag darin so etwas wie eine grobe und leicht intellektuelle symbolische Darstellungsweise, doch es versteht sich von selbst, daß sich die Atmosphäre einer solchen Wüste auf die Dauer als leidlich deprimierend erweist, hauptsächlich wegen dieser schwarzstreifigen Sonne. Zum Schluß möchte ich darauf hinweisen, daß noch eine neue Nebenperson hinzukommen sollte: Alfredo Jabès, der genau Bescheid weiß über Modellflugzeuge; aber es ist jetzt zu spät. Crucs Schiff wird untergehen, und wenn er ankommt, wird alles vorbeisein. Daher werde ich erst beim nächsten Übergang davon erzählen oder auch gar nicht.*

## *ZWEITER SATZ*

# I

Das Wetter war kühl und gewittrig, ohne eine Spur von Wind. Die grünen Gräser standen wie gewöhnlich starr und steif, und die Sonne bleichte unermüdlich ihre scharfen Spitzen. Erschöpft schlossen sich die Moosblumen halb; Joseph Barrizone hatte alle Jalousien seines Restaurants, über dem ein Flimmern aufstieg, heruntergelassen. Davor wartete das gelbschwarze Taxi mit hochgeklapptem Schild. Die Lastwagen waren gerade auf der Suche nach Schotter weggefahren, und die Ingenieure arbeiteten in ihren Zimmern, während die ausführenden Organe damit begannen, das Ende der Schienen, die nicht rechtwinklig geschnitten waren, abzufeilen; in der Atmosphäre dröhnte das melodische Quietschen der neuen Feilen. Angel sah von seinem Fenster aus Olive und Didiche, die Hand in Hand weggingen, um einen kleinen braunen Korb mit Brimmen zu füllen. Neben ihm trocknete die Tinte auf seinem Zeichenbrett. In dem Raum nebenan stellte Anne Berechnungen an, und etwas weiter diktierte Amadis Rochelle Briefe, während in der Kneipe unten dieser Schuft von Arland einen trank, bevor er Marin und Carlo wieder anschnauzen ging. Über sich hörte Angel die Schritte von Professor Frißtfrist dröhnen, der den ganzen Speicher zu einem vorbildlichen Krankenrevier umgebaut hatte. Da niemand krank war, benutzte er den Operationstisch, um darauf seine kleinen Flugzeuge zu bauen. Von Zeit zu Zeit hörte Angel ihn vor Freude in die Luft springen, und manchmal drang Geschrei mit einem heftigen Geräusch in die Zimmerdecke, nämlich dann, wenn er den Assistenzarzt anschnauzte, dessen jammerndes Timbre darauf eine Weile summte.

Von neuem beugte sich Angel über sein Zeichenbrett.

Wenn man sich an die Angaben Amadis Dudus hielt, konnte es nicht den geringsten Zweifel geben. Er schüttelte den Kopf und legte seine Reißfeder hin. Er streckte sich und ging mit gelangweiltem Schritt zur Tür.

»Kann ich hereinkommen?«

Es war Angels Stimme. Anne sah auf und sagte ja.

»Grüß dich, alter Junge.«

»Guten Tag«, sagte Angel. »Kommst du voran?«

»Ja«, sagte Anne. »Ich bin fast fertig.«

»Eines finde ich unangenehm.«

»Was?«

»Man wird Barrizone enteignen müssen.«

»Sag nur?« sagte Anne. »Ist das sicher?«

»Absolut sicher. Ich habe meine Dings zweimal gemacht.«

Anne schaute sich die Berechnungen und die Zeichnung an.

»Du hast recht«, sagte er. »Die Bahnlinie wird mitten durchs Hotel führen.«

»Was sollen wir tun?« sagte Angel. »Wir müssen sie umleiten.«

»Amadis wird nicht wollen.«

»Sollen wir ihn fragen gehen?«

»Gehen wir«, sagte Anne.

Er entfaltete seinen massigen Körper und stieß den Stuhl zurück.

»So was Blödes«, sagte er.

»Ja«, sagte Angel.

Anne ging hinaus. Angel folgte ihm und schloß die Tür. Anne gelangte vor der Tür von Amadis an, hinter der man ein Stimmengewirr hörte und die kurzen Explosionen der Schreibmaschine. Er klopfte zweimal.

»Herein!« rief Amadis.

Die Maschine setzte aus. Anne und Angel gingen hinein, und Angel schloß die Tür.

»Was ist los?« fragte Amadis. »Ich mag es nicht, wenn man mich stört.«

»Es haut nicht hin«, sagte Anne. »Nach Ihren Angaben wird die Eisenbahnlinie das Hotel durchschneiden.«

»Welches Hotel?«

»Dieses hier. Das Hotel Barrizone.«

»Na und«, sagte Amadis. »Was macht das schon? Wir werden ihn enteignen lassen.«

»Kann man die Linie nicht umleiten?«

»Sie sind wohl krank, mein Freund«, sagte Amadis. »Und überhaupt, warum mußte sich Barrizone ausgerechnet mitten in der Wüste niederlassen, ohne sich zu fragen, ob das niemanden stören würde?«

»Es störte niemanden«, bemerkte Angel.

»Sie sehen, daß es doch stört«, sagte Amadis. »Meine Herren, Sie werden bezahlt, um Berechnungen und Pläne zu zeichnen. Ist das geschehen?«

»Wir sind dabei«, sagte Anne.

»Nun, wenn Sie noch nicht fertig sind, dann sehen Sie zu, daß Sie damit fertig werden. Ich werde den großen Verwaltungsrat mit dieser Angelegenheit befassen, aber es steht außer Zweifel, daß die vorgesehene Trassierung beibehalten werden muß.«

Er wandte sich an Rochelle.

»Machen wir weiter, Mademoiselle.«

Angel sah Rochelle an. Im Licht der heruntergelassenen Jalousie hatte sie ein sanftes, regelmäßiges Gesicht, doch die Müdigkeit hatte ihre Augen ein wenig überanstrengt. Sie lächelte Anne zu. Die beiden Burschen verließen Amadis' Büro.

»Na?« sagte Angel.

»Wir machen eben weiter«, sagte Anne und zuckte die Achseln. »Was kann uns eigentlich daran liegen?«

»Oh, nichts«, murmelte Angel.

Am liebsten wäre er zu Amadis reingegangen, hätte ihn

getötet und Rochelle geküßt. Der Fußboden im Flur aus ungehobelten Brettern roch ein wenig nach Waschbrühe, und gelber Sand kam aus den Ritzen. Am Ende des Flurs bewegte ein leichter Luftzug einen schweren Moosblumenzweig vor dem Fenster. Angel hatte von neuem dieses Gefühl wachzuwerden, das er an jenem Abend gehabt hatte, als sie Claude Léon einen Besuch abstatteten.

»Ich habe die Nase voll«, sagte er. »Komm, wir machen einen Spaziergang.«

»Wieso das?«

»Laß deine Berechnungen. Wir machen einen Gang.«

»Wir müßten sie trotzdem abschließen«, sagte Anne.

»Wir werden sie hinterher abschließen.«

»Ich bin völlig kaputt«, sagte Anne.

»Deine eigene Schuld.«

Anne lächelte selbstgefällig.

»Es ist meine eigene Schuld«, sagte er, »aber nicht ganz. Wir sind zu zweit bei der Sache.«

»Du hättest sie ja nicht mitzunehmen brauchen«, sagte Angel.

»Dann hätte ich nicht so großen Schlaf.«

»Niemand zwingt dich, jeden Abend mit ihr zu schlafen.«

»Sie hat das gern«, sagte Anne.

Angel zögerte, bevor er es sagte.

»Sie hätte das auch mit jedem anderen gern.«

»Das glaube ich nicht«, antwortete Anne.

Er dachte ein wenig nach. Er sprach ohne Überheblichkeit.

»Mir wäre es lieber, sie würde es so ziemlich mit jedem treiben, und es wäre mir egal. Aber sie will es nur mit mir machen; außerdem wäre es mir noch nicht egal.«

»Warum heiratest du sie nicht?«

»Oh«, sagte Anne, »weil ein Augenblick kommen wird, wo es mir egal ist. Auf diesen Augenblick warte ich.«

»Und wenn er nicht kommt?«

»Es wäre möglich, daß er nicht käme«, sagte Anne, »wenn sie meine erste Frau wäre. Aber es gibt immer so etwas wie einen Abbau. Die erste liebst du sehr heftig, meinetwegen zwei Jahre lang. Und dann stellst du fest, daß sie nicht mehr so auf dich wirkt wie früher.«

»Warum denn nicht?« sagte Angel. »Wenn du sie liebst.«

»Glaub mir«, sagte Anne. »Es ist so. Es kann länger dauern als zwei Jahre, oder weniger lang, falls du eine schlechte Wahl getroffen hast. Du stellst dann fest, daß eine andere so auf dich wirkt, wie die erste auf dich gewirkt hat. Und so fort. Wohlgemerkt, du kannst die erste nach wie vor treffen, lieben, mit ihr schlafen, aber es ist nicht mehr das gleiche. Es wird so etwas wie ein Reflex.«

»Deine Geschichte ist uninteressant«, sagte Angel. »Ich glaube nicht, daß ich so bin.«

»Du kannst gar nichts dagegen tun«, sagte Anne. »Wir sind alle so. Im Grunde braucht man nicht eigens eine Frau.«

»Physisch«, sagte Angel, »vielleicht.«

»Nein«, sagte Anne. »Nicht nur physisch; selbst intellektuell gesehen ist keine Frau unentbehrlich. Sie sind zu verquer.«

Angel sagte nichts. Sie waren im Flur stehengeblieben, Anne lehnte sich an den Rahmen der Tür seines Büros. Angel schaute ihn an. Er atmete etwas heftiger und dann sprach er.

»Das sagst ausgerechnet du, Anne … Das sagst ausgerechnet du? …«

»Ja«, sagte Anne. »Ich weiß.«

»Wenn man mir Rochelle geben würde«, sagte Angel, »wenn sie mich lieben würde, bräuchte mich nie eine andere Frau zu lieben.«

»Doch, in zwei, drei oder vier Jahren. Und wenn sie dich dann noch genauso lieben würde, würdest du es einzurichten wissen, dich zu verändern.«

»Warum?«

»Damit sie dich nicht mehr liebt.«

»Ich bin nicht wie du«, sagte Angel.

»Sie haben keine Phantasie«, sagte Anne, »und sie glauben, daß sie ausreichen, um ein Leben zu erfüllen. Aber es gibt noch soviele andere Dinge.«

»Nein«, sagte Angel. »Ich habe das auch gesagt, bevor ich Rochelle gekannt habe.«

»Daran hat sich nichts geändert. Das hat nicht aufgehört, wahr zu sein, weil du Rochelle kennst. Es gibt soviele andere Dinge. Allein schon dieses grüne, spitze Gras. Allein dieses Gras anfassen und zwischen den Fingern ein gelbes Schneckenhaus zu zerbrechen, hier, auf diesem gelben, heißen Sand und die kleinen, leuchtenden braunen Körner anzuschauen, die in diesem trockenen Sand sind und sie zwischen den Fingern zu spüren. Und eine nackte, blaue, kalte Schiene zu sehen, die hell klingt, und Dampf aus einem Auspuff kommen zu sehen oder was weiß ich was sonst noch ...«

»Und das sagst ausgerechnet du, Anne ...«

»Oder diese Sonne und die schwarzen Zonen ... und wer weiß, was dahinter ist ... Oder die Flugzeuge von Professor Frißtfrist, oder eine Wolke oder in der Erde graben und Dinge finden. Oder eine Musik hören.«

Angel schloß die Augen.

»Laß mir Rochelle«, flehte er. »Du liebst sie doch nicht.«

»Ich liebe sie«, sagte Anne. »Aber mehr kann ich nicht tun, auch nicht, daß alles andere nicht mehr existiert. Ich lasse sie dir, wenn du willst. Sie will nicht. Sie will, daß ich die ganze Zeit über an sie denke und daß ich nur für sie und durch sie lebe.«

»Weiter«, sagte Angel. »Sag mir, was sie will.«

»Sie will, daß die übrige Welt tot und abgestumpft ist. Sie will, daß alles vernichtet wird und wir beide allein zurückbleiben. Sie will, daß ich Amadis Dudus Stelle einnehme. Dann wird sie meine Sekretärin sein.«

»Du richtest sie zugrunde«, murmelte Angel.

»Möchtest du, daß du es tust?«

»Ich würde sie nicht zugrunderichten«, sagte Angel. »Ich würde sie nicht berühren. Sie nur küssen und sie nackt in ein weißes Tuch einschlagen.«

»Sie sind nicht so«, sagte Anne. »Sie wissen nicht, daß es etwas anderes gibt. Sehr wenige wissen es jedenfalls. Es ist nicht ihre Schuld. Sie trauen sich nicht. Sie haben nicht einmal eine Vorstellung von dem, was es zu tun gibt.«

»Aber was gibt es denn zu tun?«

»Auf der Erde sein«, sagte Anne. »Auf der Erde sein auf diesem Sand mit ein wenig Wind und leerem Kopf; oder umhergehen und alles sehen und Dinge tun, Steinhäuser bauen für die Leute, ihnen Autos geben, Licht, alles, was jeder haben kann, damit sie ebenfalls nichts zu tun brauchen und auf dem Sand liegen, in der Sonne, mit leerem Kopf und mit Frauen schlafen.«

»Mal willst du«, sagte Angel, »und mal nicht.«

»Ich will ständig«, sagte Anne, »aber ich will das übrige ebenfalls.«

»Richte Rochelle nicht zugrunde«, sagte Angel.

Er flehte mit zitternder Stimme. Anne fuhr sich mit der Hand über die Stirn.

»Sie richtet sich selber zugrunde«, sagte er. »Du wirst sie nicht daran hindern können. Hinterher, wenn ich sie verlassen haben werde, wird sie sehr ramponiert aussehen, aber wenn sie dich liebt, wird sie sich sehr schnell wieder erholen. Sie wird fast aussehen wie vorher. Allerdings wird sie sich von neuem, verbrauchen und zwar doppelt so schnell, und das wirst du nicht ertragen können.«

»Und dann? …« sagte Angel.

»Und dann, ich weiß nicht, was du dann tun wirst«, sagte Anne. »Jedenfalls wird sie sich mit einer Geschwindigkeit verbrauchen, die mit geometrischer Progression zunimmt.«

»Versuch häßlich zu ihr zu sein«, sagte Angel.

Anne lachte.

»Ich kann noch nicht, ich liebe sie noch, ich schlafe noch gern mit ihr.«

»Halt den Mund«, sagte Angel.

»Ich werde meine Berechnungen fertigstellen«, sagte Anne. »Du bist ein Dummkopf. Hübsche Mädchen gibt es überall.«

»Sie langweilen mich«, sagte Angel. »Mein Kummer ist zu groß.«

Anne drückte mit seiner starken Hand seine Schulter.

»Mach einen Spaziergang«, sagte er. »Geh etwas Luft schöpfen. Und denk an was anderes.«

»Ich wollte ja spazierengehen«, sagte Angel. »Aber du hast nicht gewollt. An etwas anderes kann ich nicht denken. Sie hat sich so stark verändert.«

»Aber nein«, sagte Anne. »Sie weiß nur etwas besser, wie sie sich in einem Bett zu verhalten hat.«

Angel schnuffte und ging weg. Anne lachte. Er machte die Tür auf und ging in sein Büro.

# II

Angels Füße rutschten im heißen Sand aus und er spürte, wie durch das Ledergitter seiner Reformsandalen hindurch die winzigen Körnchen zwischen seine Zehen rannen. Er hatte noch Annes Worte und Annes Stimme in seinen Ohren, aber seine Augen sahen das sanfte, frische Gesicht Rochelles, die in Amadis Dudus Büro vor der Schreibmaschine saß, den klaren Bogen ihrer Augenbrauen und ihren glänzenden Mund.

Weit vor ihm fiel der erste schwarze Streifen faltenlos herab und zerschnitt den Boden mit einer dunklen Linie, die sich gerade und unflexibel eng an die Windungen der Dünen schmiegte. Er ging schnell, so schnell er es auf diesem unbeständigen Gelände tun konnte, wobei er bergan bei jedem Schritt einige Zentimeter verlor, um dann mit hoher Geschwindigkeit die sanft gerundeten Abhänge wieder herunterzupurzeln, physisch glücklich, daß seine Fußspuren die ersten waren, die den gelben Trampelpfad markierten. Allmählich beruhigte sich sein Schmerz, heimtükkisch ausgedörrt von der porösen Reinheit all dessen, was ihn umgab, von der absorbierenden Gegenwart der Wüste.

Die Schattenfranse kam näher, errichtete für alle Zeit eine kahle, matte Mauer, die anziehender war als ein richtiger Schatten, denn es war eher das Fehlen eines Lichtes, eine kompakte Leere, eine Unterbrechung der Kontinuität, deren Strenge nichts zu stören vermochte.

Es blieben Angel nur noch einige Schritte zu tun, bevor er in die Dunkelheit eintauchen würde. Er stand am Fuße der Mauer und schüchtern streckte er die Hand aus. Seine Hand verschwand vor seinen Augen, und er spürte die Kälte der anderen Zone. Ohne zu zögern, drang er völlig ein, und der dunkle Schleier umhüllte ihn plötzlich.

Er ging langsam. Ihm war kalt; sein Herz schlug stärker. Er wühlte in seiner Tasche, fand eine Schachtel Streichhölzer, zündete eins davon an. Er hatte den Eindruck, daß es aufflammte, doch die Nacht blieb total. Ein wenig entsetzt ließ er das Streichholz fallen und rieb sich die Augen. Von neuem strich er sorgfältig mit dem kleinen Stück Phosphor über die rauhe Fläche der Schachtel. Er hörte das Zischen des Streichholzes, das Feuer fing. Er steckte die Schachtel wieder in seine linke Tasche, und tastend, nach Gefühl, näherte er seinen freien Zeigefinger dem dünnen Holzspan. Er zog ihn sofort von der Brandstelle zurück und ließ das zweite Streichholz fallen.

Vorsichtig drehte er sich um und versuchte, an seinen Ausgangspunkt zurückzugehen. Er hatte den Eindruck, daß er länger ging als auf dem Hinweg, und immer noch herrschte undurchdringliche Nacht. Er blieb ein zweites Mal stehen. Sein Blut kreiste schneller in seinen Adern, und seine Hände waren eiskalt. Er setzte sich hin; er mußte sich beruhigen; er schob seine Hände unter die Achselhöhlen, um sich zu wärmen.

Er wartete. Das Klopfen seines Herzens ließ nach. In seinen Gliedern hielt sich der Eindruck der Bewegungen, die er seit seinem Eintritt in die Dunkelheit ausgeführt hatte. Bedächtig, ohne Hast, orientierte er sich von neuem, und mit entschlossenem Schritt ging er der Sonne entgegen. Einige Sekunden später spürte er die Berührung mit dem heißen Sand, und reglos und gelb loderte vor seinen blinzelnden Augen die Wüste. In sehr weiter Entfernung sah er das Flimmern über dem Flachdach des Hotels Barrizone.

Er entfernte sich von der Schattenmauer und ließ sich in den fließenden Sand fallen. Vor seinen Augen glitt eine Brimme träge auf ein langes, gebogenes Gras, das sie mit einem schillernden Film bedeckte. Er streckte sich aus, wobei er für jedes seiner Glieder einen Platz grub, und seine Muskeln und sein Gehirn völlig entspannend, ließ er sich atmen, ruhig und traurig.

## III

### *VERSAMMLUNG*

1)
Präsident Ursus de Janpolent runzelte die Stirn, als er ankam, denn er Amtsdiener war nicht auf seinem Posten. Dennoch ging er hinein und betrat den Versammlungsraum. Er runzelte die Stirn erneut: niemand um den Tisch. Er erreichte mit Daumen und Zeigefinger den Anfang seiner goldenen Uhr, ein Anfang, der sich in Form einer Kette aus dem gleichen Metall materialisierte, und zog daran. Sonderbarerweise zeigte dieses untadelige Getriebe die gleiche Stunde an, die ihn kurz zuvor zu solcher Eile angetrieben hatte. Da er sich somit die kombinierte, nicht aber komplottierte, wie ihm der Verdacht gekommen war, Abwesenheit des Amtsdieners und der Mitglieder des Verwaltungsrats erklären konnte, trat er laufend den Rückweg zu seiner Limousine an und befahl seinem diensteifrigen Chauffeur ausdrücklich, ihn irgendwohin zu fahren weil es nämlich nicht sein durfte, daß man den Präsidenten eines Verwaltungsrates als ersten ankommen sah, zum Donnerwetter, nein!

2)
Der Amtsdiener, ein müdes Grinsen auf den Lippen, tauchte rechtzeitig aus dem Buen Retiro auf, um sich ohne zu trödeln zu dem großen Schrank zu begeben, in dem die Kollektionen mit den obszönen Postkarten verwahrt waren. Ein müdes Grinsen auf den Lippen, mit zitternden Händen und feuchtem Hosenlatz, denn es war sein Tag. Es tropfte noch ein wenig, entflammte sein verlängertes Rückgrat mit disharmonischen und abnehmenden Blitzen und versteifte seine alten Hinterbackenmuskeln, die von Stuhljahren gegerbt waren.

3)
Die Lungen des kleinen Hundes, den Agathe Marion, der wie gewöhnlich ohne hinzusehen drauflosfuhr, überfahren hatte, waren von einer seltsamen grünen Farbe, wie der Straßenaufseher feststellte, dessen behender Besen das Aas in einen Gully beförderte. Kurz darauf fing der Gully an sich zu erbrechen, und man mußte den Verkehr für einige Tage umleiten.

4)
Nach verschiedenen Schwierigkeiten, die sowohl von der Tücke des Menschen oder der Dinge als auch von den unerbittlichen Gesetzen der Wahrscheinlichkeit hervorgerufen worden waren, traf sich vor der Tür die Quasi-Totalität der dorthin Beorderten und betrat diesen Raum nach dem in der zivilisierten Gesellschaft üblichen Handflächengereibe und Auswurf von Speichelteilchen, was die militarisierte Gesellschaft durch das Führen der Hände an den Kopf und sonniges Hakenklappen ersetzt, das in gewissen Fällen begleitet wird von kurzen aus der Ferne geschrienen Zurufen, weswegen man zu der Meinung gelangen könnte, das Militär sei hygienisch, eine Meinung, von der man sich dennoch freimachen muß, wenn man die Latrinen derselben sieht, ausgenommen die Ami-Soldaten, die in der Reihe scheißen und ihre Kackräume in einem Zustand stetiger Sauberkeit und desinfizierenden Geruchs halten, wie es in manchen Ländern vorkommt, wo man viel von Werbung hält und wo man das Glück hat, durch solche Mittel an überzeugbare Bewohner zu geraten, was in der Regel der Fall ist, vorausgesetzt, die so betriebene Werbung wird nicht blindlings betrieben, sondern trägt den von Marktforschungs- und Meinungsinstituten ermittelten Wünschen Rechnung, wie auch den Ergebnissen der Volksbefragungen, welche die glücklichen Regierungen zum noch größeren Glück der von ihnen verwalteten Volksstämme häufig zu veranstalten nicht verfehlen. So

begann der Verwaltungsrat. Es fehlte nur ein Mitglied, das verhindert war und sich zwei Tage danach entschuldigen kam, doch der Amtsdiener war streng.

5)

»Meine Herren, ich erteile unserem ergebenen Sekretär das Wort.«

»Meine Herren, bevor ich Ihnen die Rohergebnisse der ersten Arbeitswochen mitteile, möchte ich Ihnen, da der Berichterstatter abwesend ist, den aus Exopotamien erhaltenen Bericht vorlesen, den er mir glücklicherweise zur rechten Zeit hat zukommen lassen, und ich möchte an dieser Stelle seine Klugheit anerkennen, die seiner Voraussicht zur Ehre gereicht, denn niemand ist gegen eine Verhinderung gefeit.«

»Völlig Ihrer Meinung!«

»Worum handelt es sich?«

»Das wissen Sie doch.«

»Ach ja! Ich erinnere mich!«

»Meine Herren, hier nun die betreffende Aufzeichnung.«

»Trotz der Schwierigkeiten aller Art haben die Bemühungen und der Einfallsreichtum des technischen Direktors Amadis Dudu zur Bereitstellung des gesamten notwendigen Materials geführt, und es braucht wohl nicht ausdrücklich auf die Fähigkeit zur Opferbereitschaft und Selbstverleugnung sowie auf den Mut und die berufliche Geschicklichkeit des technischen Direktors Dudu hingewiesen werden, denn die ungeheueren Schwierigkeiten, die auftraten, sowie ferner die heimtückische Feigheit der ausführenden Organe, der Elemente und der Ingenieure im allgemeinen, mit Ausnahme des Vorarbeiters Arland, bringen es mit sich, daß diese fast unmögliche Aufgabe nur von ihm zu Ende geführt werden könnte.«

»Völlig Ihrer Meinung!«

»Dieser Bericht ist ausgezeichnet.«

»Ich habe nicht begriffen. Worum handelt es sich?«

»Aber ja, das wissen Sie doch!«

»Ach ja! Geben Sie mir Ihre Karten.«

»Meine Herren, nun ist ein Umstand eingetreten, dem weder durch vorbeugende noch durch modifizierende Mittel beizukommen war, und zwar handelt es sich um das Vorhandensein eines Hotel Barrizone genannten Hotels am dortigen Ort und zwar genau in der Mitte der künftigen Bahnlinie, das, wie unser Direktor Dudu vorschlägt, enteignet und dann mit den angemessensten Mitteln teilweise zerstört werden muß.«

»Wissen Sie, was eine Brimme ist?«

»Diese Stellung ist umwerfend!«

»Ich glaube, daß wir unsere Zustimmung dazu geben sollten.«

»Meine Herren, ich werde jetzt zu einer Abstimmung mit erhobener Hand schreiten.«

»Das ist unnötig.«

»Wir sind alle völlig einverstanden.«

»Ganz recht, Barrizone muß enteignet werden.«

»Meine Herren, Barrizone wird also enteignet werden. Unser Sekretär wird sich um die notwendigen Schritte kümmern. Da es sich um ein Unternehmen von öffentlichem Interesse handelt, besteht kein Zweifel, daß die Formalitäten, die zu erfüllen sind, auf ein Mindestmaß beschränkt werden.«

»Meine Herren, ich schlage Ihnen vor, über ein Glückwunschschreiben an die Adresse des Verfassers dieses Berichts abzustimmen, der kein anderer ist als unser technischer Direktor Amandis Dudu.«

»Meine Herren, ich denke, daß Sie alle damit einverstanden sind, ein Glückwunschschreiben an Dudu zu richten, wie es unser trefflicher Kollege Marion vorschlägt.«

»Meine Herren, nach dem Wortlaut des Berichts erweist sich das Verhalten der Untergebenen Dudus als verabscheuungswürdig. Ich glaube, es wäre klug, ihre Gehälter um zwanzig Prozent zu kürzen.«

»Man könnte die gemachten Einsparungen auf das Konto Monsieur Dudus überweisen, und zwar zur Verbesserung seiner Aufwandsentschädigung.«

»Meine Herren, Dudu wird sich mit Sicherheit weigern, auch nur das Geringste anzunehmen.«

»Ich bin völlig Ihrer Meinung.«

»Und außerdem ergeben sich dadurch Einsparungen.«

»Wird Arland auch keine Gehaltserhöhung bekommen?«

»Das ist völlig unnötig. Diese Leute haben ihr Berufsethos.«

»Aber die Gehälter der anderen werden natürlich gekürzt.«

»Meine Herren, alle diese Beschlüsse werden vom Sekretär ins Sitzungsprotokoll aufgenommen. Gibt es irgendeine Bemerkung zur Tagesordnung?«

»Was sagen Sie zu dieser Stellung?«

»Sie ist umwerfend!«

»Meine Herren, die Sitzung ist aufgehoben.«

## IV

Cuivre und Athanagoras eilten Arm in Arm über die Piste in Richtung auf das Hotel Barrizone. Sie hatten Brice und Bertil im Stollen zurückgelassen. Die beiden wollten nicht eher herauskommen, bis sie den einige Tage zuvor entdeckten riesigen Saal völlig freigelegt hatten. Die Maschinen schürften ununterbrochen, und neue Gänge, neue Säle kamen zum Vorschein, die untereinander durch säulenbestandene Zugänge miteinander in Verbindung standen und von kostbaren Gegenständen nur so strotzten, wie Haarnadeln, Spangen aus Seife und Schmiedebronze, Votivstatuetten, ohne Urnen oder mit, und einem Haufen Töpfe. Athas Hammer war nicht arbeitslos. Aber der Archäologe brauchte ein wenig Ruhe und mußte auf andere Gedanken kommen, und Cuivre kam mit ihm.

Sie gingen die sanft gerundeten Abhänge hinauf und hinunter, und die Sonne hüllte sie mit Gold ein. Von der Anhöhe der Düne herab, von wo aus man auch die Baustelle der Eisenbahn übersah, erblickten sie die Fassade des Hotels und die roten Blumen. Die ausführenden Organe machten sich eifrig um riesige Stapel Eisenbahnschienen und -schwellen herum zu schaffen, und Cuivre erkannte die schmächtigeren Silhouetten von Didiche und Olive, die auf den Holzhaufen spielten. Ohne sich aufzuhalten, gingen sie in die Hotelbar.

»Grüß Gott, Pippo«, sagte Athanagoras.

»Bon giorno«, sagte Pippo … »Faccè la barba heute Matteigno um sechs Uhra?«

»Nein«, sagte Athanagoras.

»Porca Madonna beim Sankto Benedetto! …« rief Pippo aus … »Schämen Sie sich nicht, Chef?«

»Nein«, sagte Athanagoras. »Gehen die Geschäfte?«

»Es ist ein Elend«, sagte Pippo. »Es ist ein Elend, das uns verrückt macht. Als ich in Spa Cheftranchierer war, da hätten Sie mal sehen müssen! … Aber hier! … Alles porrrrqui! …«

»Was?« fragte Cuivre.

»Porrrrqui. Schweine, mit einem Wort!«

»Gib uns was zu trinken«, sagte der Archäologe.

»Denen würge ich einen von diesen diplomatischen Fladen rein, daß sie bis in die Warschauer Wüste fliegen«, sagte Pippo.

Er illustrierte diese Drohung mit der entsprechenden Mimik, die darin bestand, die rechte Hand vorzustrecken und dabei den Daumen über die Handfläche zu legen.

Athanagoras lächelte.

»Gib uns zwei Turinos.«

»Hier, Chef«, sagte Pippo.

»Und was haben sie Ihnen getan?« fragte Cuivre.

»Nun«, sagte Pippo. »Die wollen meine Bude in die Luft sprengen. Aus. Sie ist im Eimer.«

Er begann zu singen.

»Als Wilhelm einstmals sah
Daß ihn der Viktor fallen ließ
Schickt' er nach Rom mit viel trara
Den Bülow, daß er das Bündnis pries.«

»Das ist hübsch«, sagte der Archäologe.

»Gib ihm Trient und auch Triest
Und ganz Trentino, wenn's muß sein
Nur mach ihm klar, dem Vittorio
Ich fühl mich ohne ihn ja so allein.
Doch in seinem Bungalow
Sang Gabriel d'Annunzio dieser Gigolo
Chi va piano va sano …«

»Das habe ich irgendwo schon mal gehört«, sagte der Archäologe.

»Chi va sano va lontano
Chi va forte va à la morte.
Evviva la liberta!«

Cuivre klatschte Beifall. Pippo sang Tenor mit dem, was ihm noch an Stimme verblieb, die einigermaßen heiser war. Man hörte dumpfe Schläge an der Decke.

»Was ist das?« fragte der Archäologe.

»Oh, da ist das andere Porco!« sagte Pippo.

Er machte wie immer ein zugleich wütendes und frohes Gesicht. Er fuhr fort:

»Amapolis Dudu. Er mag es nicht, wenn ich singe.«

»Amadis«, berichtigte Cuivre.

»Amadis, Amapolis, Amadou, was kann uns das ausmachen?«

»Was ist denn das für eine Geschichte mit der Bude?« sagte Atha.

»Das sind so die diplomatischen Geschichten von Amapolis«, sagte Pippo. »Er will mich enteiern ... Hols der Teufel, er führt nur solche Wörter im Maul, das Schwein! Er sagt, daß er nichts anderes im Sinn hat.«

»Als dich zu enteignen?« sagte Atha.

»Ganz richtig«, sagte Pippo. »Das ist das irdische Wort.«

»Dann brauchst du nicht mehr zu arbeiten«, sagte Atha.

»Was habe ich denn mit denen ihren Ferien zu schaffen?« sagte Pippo.

»Trink einen mit uns«, sagte Atha.

»Danke, Chef.«

»Steht dein Hotel der Eisenbahn im Wege?« fragte Cuivre.

»Ja«, sagte Pippo. »Ihrer Hureneisenbahn. Prost.«

»Prost«, wiederholte Cuivre, und sie leerten alle drei ihre Gläser.

»Ist Angel da?« fragte Atha.

»Ich glaube, er ist in seinem Zimmer«, sagte Pippo. »Ich bin nicht sicher, ja. Ich glaube nur. Er zeichnet noch.«

Er drückte auf eine Klingel hinter der Bar.

»Wenn er da ist, wird er kommen, ja.«

»Danke«, sagte der Archäologe.

»Dieser Amapolis«, schloß Pippo, »ist ein Porco.«

Er begann wieder zu trällern, während er Gläser abtrocknete.

»Was bekommst du?« sagte der Archäologe, als er sah, daß Angel nicht herunterkam.

»Dreißig Francs«, sagte Pippo. »Es ist ein Elend.«

»Hier«, sagte der Archäologe. »Kommst du mit uns, um dir die Baustelle anzusehen? Angel ist bestimmt nicht auf seinem Zimmer.«

»Ach! Ich kann nicht!« sagte Pippo. »Die schwirren alle wie die Fliegen um mich herum, und wenn ich weggehe, dann trinken sie alles weg.«

»Dann bis bald«, sagte der Archäologe.

»Bis bald, Chef.«

Cuivre schenkte ihm ein schönes Lächeln, und Pippo fing zu stottern an; dann ging sie hinter Atha hinaus, und sie schlugen den Weg zur Baustelle ein.

Die Luft roch nach Blumen und Harz. Grüne Gräser, gefühllos abgeschnitten, häuften sich zu beiden Seiten einer Art von Planierraupen trassierten Piste zu Haufen auf, und aus ihren steifen Stengeln sonderten sie langsam dicke, glasige, duftende Tropfen ab, die in den Sand rollten und sich mit gelben Körnchen überzogen. Die Eisenbahnlinie folgte dieser von den Maschinen nach den Anweisungen von Amadis begonnenen Trassierung. Athanagoras und Cuivre betrachteten mit einer unbestimmten Traurigkeit die geschmacklos hier und da am Weg abgelegten, harten Grasmassen und die auf der glatten Oberfläche der Dünen angerichteten Verwüstungen. Sie stiegen bergan, dann stiegen sie bergab, stiegen wieder bergan und sahen endlich die Baustelle.

Nackt bis zum Gürtel, umklammerten Carlo und Marin, tief gebeugt unter einer Sonne ohne Persönlichkeit, zwei schwerkalibrige Preßlufthämmer. Die Luft hallte vom harten Geknatter der Apparate und vom Brummen des Kompressors wider, der sich in einiger Entfernung von dort drehte. Sie arbeiteten ununterbrochen, halb blind von dem Sandstrahl, den der Auspuff aufwirbelte und der an ihren feuchten Körpern klebenblieb. Ein Maß der Linie war bereits planiert, und die beide Seiten des Aushubs erhoben sich klar und scharfkantig. Sie hatten sich in die Düne hineingegraben und stabilisierten sich auf dem von Anne und Angel nach den zuvor erfolgten topographischen Landaufnahmen errechneten mittleren Niveau der Wüste, das sehr viel niedriger lag als die Oberfläche des Bodens, auf den sie gewöhnlich den Fuß setzten. Man würde sicherlich diesen ganzen Teil der Eisenbahnlinie tiefer legen müssen, und die Sandhaufen sammelten sich auf beiden Seiten an.

Athanagoras runzelte die Stirn.

Das wird ja hübsch! ...« murmelte er.

Cuivre gab keine Antwort. Sie traten an die beiden Männer heran.

»Guten Tag«, sagte der Archäologe.

Carlo sah auf. Er war groß und blond, und seine blutunterlaufenen blauen Augen schienen ihren Gesprächspartner nicht zu sehen.

»Servus! ...« murmelte er.

»Es geht schön voran ...«, urteilte Cuivre.

»Es ist hart«, sagte Carlo. »Ganz hart. Wie Stein. Nur die obere Schicht ist Sand.«

»Das ist zwangsläufig«, erklärte Athanagoras. »Es geht ja nie ein Wind. Der Sand ist versteinert.«

»Warum dann nicht an der Oberfläche?« fragte Carlo.

»Bis zu der Stelle, wo keine Sonnenhitze mehr hindringt«, erklärte Athanagoras, »konnte keine Versteinerung stattfinden.«

»Ach so!« sagte Carlo.

Marin hörte nun ebenfalls zu arbeiten auf.

»Wenn wir aufhören«, sagte er, »werden wir Arland, diesen Drecksack, auf dem Hals haben.«

Carlo setzte seinen Preßlufthammer wieder in Gang.

»Seid ihr ganz allein für diese Arbeit?« fragte Athanagoras.

Er mußte schreien, um den höllischen Lärm des Hammers zu übertönen. Der lange Stahlbohrer griff den Sand an und ließ dabei bläulichen Staub hochsprühen, und auf den beiden waagrechten Griffen verkrampften sich die harten Hände Carlos mit einer Art Verzweiflung.

»Ganz allein ...«, sagte Marin. »Die andern holen den Schotter.«

»Die drei Lastwagen?« brüllte Athanagoras.

»Ja«, antwortete Marin im gleichen Ton.

Er hatte einen braunen, struppigen Haarschopf, Haare auf der Brust und das Gesicht eines verunstalteten Kindes. Seine Augen verließen den Archäologen und verweilten auf der jungen Frau.

»Wer ist das?« fragte er den Archäologen und stellte nun ebenfalls seinen Preßlufthammer ab.

»Ich heiße Cuivre«, sagte sie und hielt ihm die Hand hin. »Wir haben die gleiche Arbeit gemacht wie Sie, aber untendrunter.«

Marin lächelte und drückte ihre kraftvollen Finger in seiner trockenen, rissigen Hand.

»Servus ...«, sagte er nun ebenfalls.

Carlo arbeitete weiter. Marin sah Cuivre bedauernd an.

»Wir können nicht aufhören, wegen Arland, andernfalls wären wir zusammen einen trinken gegangen.«

»Und deine Frau? …« schrie Carlo.

Cuivre begann zu lachen.

»Ist sie so eifersüchtig?«

»Aber nein«, sagte Marin, »sie weiß ganz genau, daß ich seriös bin.«

»Es würde dir auch schwerfallen«, bemerkte Carlo. »Keine große Auswahl in der Gegend …«

»Wir werden uns am Sonntag sehen«, versprach Cuivre.

»Nach der Messe«, sagte Marin, um einen Spaß zu machen.

»Hierzulande geht man nicht zur Messe.«

»Es gibt einen Eremiten«, sagte Athanagoras. »Im Prinzip suchen wir sonntags den Eremiten auf.«

»Wer hat denn das gesagt?« protestierte Marin. »Ich gehe lieber mit der Kleinen einen trinken.«

»Der Abbé wird euch das alles erklären kommen«, sagte der Archäologe.

»Oh, kommt gar nicht in die Tüte«, sagte Marin. »Ich mag keine Pfarrer.«

»Was willst du denn sonst tun?« gab ihm Carlo zu bedenken.

»Willst du mit deiner Frau und den Kindern spazierengehen?«

»Ich mag die Pfarrer auch nicht«, sagte Athanagoras, »aber der hier ist nicht wie die andern.«

»Ich weiß«, sagte Marin, »aber er trägt trotzdem eine Soutane.«

»Er ist ein Spaßvogel«, sagte Cuivre.

»Das sind die gefährlichsten.«

»Mach Dampf dahinter, Marin«, sagte Carlo, »Arland, dieser Schweinehund, wird uns auf die Pelle rücken.«

»Dann also ran …«, murmelte der andere.

Die Preßlufthämmer nahmen ihr brutales Klopfen wieder auf, und von neuem schoß der Sand in die Luft.

»Auf Wiedersehen, Jungens«, sagte Athanagoras. »Trinkt

einen bei Barrizone und laßt es auf meine Rechnung setzen.«

Er entfernte sich. Cuivre bewegte die Hand in Richtung auf Carlo und Marin.

»Bis Sonntag!« sagte Marin.

»Halt's Maul!« sagte Carlo. »Die ist nichts für dich Dussel!«

»Das ist ein altes Arschloch«, sagte Marin.

»Nein«, sagte Carlo. »Er sieht brav aus.«

»Er ist ein gutes, altes Arschloch«, sagte Marin. »Die gibt es auch.«

»Du gehst mir auf die Eier«, sagte Carlo.

Er wischte sich mit dem Armrücken den Schweiß vom Gesicht. Sie drückten leicht auf die schweren Massen. Kompakte Blöcke lösten sich und stürzten vor ihnen herab, und der Sand verbrannte ihnen die Kehle. Ihre Ohren waren an den gleichmäßigen Lärm der Preßlufthämmer gewöhnt, so daß sie murmeln und sich doch verstehen konnten. Gewöhnlich sprachen sie bei der Arbeit miteinander, um sich die Schwerarbeit leichter zu machen, denn es würde kein Ende geben, und schon träumte Carlo laut vor sich hin.

»Wenn wir einmal fertig sind ...«

»Wir werden nicht fertig werden.«

»Die Wüste dauert nicht die ganze Strecke lang ...«

»Dann gibt es andere Arbeit.«

»Wir werden uns ein wenig ausstrecken dürfen ...«

»Wir könnten aufhören zu arbeiten ...«

»Wir hätten unsere Ruhe ...«

»Es gäbe Land, Wasser, Bäume und das schöne Mädchen.«

»Aufhören zu graben ...«

»Wir werden nie fertigwerden.«

»Da ist Arland, dieser Schweinehund.«

»Er tut nichts und er verdient mehr.«

»Das wird nie passieren.«

»Vielleicht dauert die Wüste bis ans Ende.«

Ihre harten Finger umschlossen die Griffe, das Blut trocknete in ihren Adern, und ihre Stimmen waren nicht mehr vernehmbar, ein Gemurmel, ein verhaltener Klagelaut, übertönt von der Vibration ihrer Preßlufthämmer, und summend tanzten die Stimmen um ihre schweißgebadeten Gesichter herum, im Winkel ihrer verbrannten Lippen. Im dichten Gewebe ihrer braunen Haut spielten knotige Muskeln, in gerundeten Erhebungen, die sich wie zusammengespannte Tiere bewegten.

Carlos Augen schlossen sich halb, er spürte in seinen Armen alle Bewegungen des Stahlbohrers und führte ihn, ohne ihn zu sehen, instinktiv.

Hinter ihnen öffnete sich der große Schattenteil des bereits ausgebaggerten Einschnitts, mit dem grob eingeebneten Boden, und sie drangen immer tiefer in die versteinerte Düne ein. Ihre Köpfe reichten gerade noch bis zur Höhe ihres neuen Einschnitts, und weit auf der anderen Düne erblickten sie einen Augenblick lang die verkürzten Gestalten des Archäologen und des orangefarbenen Mädchens. Und dann lösten sich die Blöcke und rollten hinter sie. Bald würden sie aufhören müssen, um den riesigen Haufen Erdaushub wegzuschaffen; die Lastwagen waren noch nicht zurückgekommen. Die wiederholten Stöße des Stahlkolbens auf den Schaft des Bohrers hallten von den Wänden des Einschnitts mit unerträglicher Lautstärke wider, aber weder Marin noch Carlo hörten das noch. Vor ihren Augen lagen frische, grüne Ebenen und stämmige Mädchen, die nackt im Gras auf sie warteten.

## V

Amadis Dudu las noch einmal die Botschaft, die er gerade erhalten hatte und die den Briefkopf der Hauptgesellschaft und die Unterschrift von zwei Mitgliedern des Verwaltungsrates, darunter die des Präsidenten, trug. Seine Augen verweilten mit genießerischer Zufriedenheit auf bestimmten Wörtern, und er begann Sätze in seinem Kopf vorzubereiten, um seine Zuhörer zu beeindrucken. Er mußte sie im großen Saal des Hotels Barrizone zusammenrufen; je früher, um so besser. Am besten und auf jeden Fall nach der Arbeit. Und zuvor einmal nachsehen, ob Barrizone ein Podium besaß. Eine Klausel des Briefes betraf Barrizone selbst und sein Hotel. Mit den Maßnahmen ging es ganz schnell, wenn sich eine große Gesellschaft darum kümmerte. Die Pläne für die Eisenbahn waren praktisch abgeschlossen, aber immer noch kein Schotter. Die Lastwagenfahrer suchten ununterbrochen; manchmal ließen sie etwas von sich hören oder aber einer von ihnen tauchte unverhofft mit seinem Lastwagen auf und fuhr fast gleich darauf wieder ab. Amadis war etwas aufgebracht über diese Schottergeschichte, aber die Eisenbahnlinie wurde trotzdem gebaut, in einiger Entfernung vom Boden, auf Unterlagen. Carlo und Marin machten nichts. Zum Glück gelang es Arland, das Höchstmaß aus ihnen herauszuholen, und sie brachten es beide fertig, dreißig Meter Eisenbahnlinie am Tag zu verlegen in achtundvierzig Stunden würde man damit anfangen, das Hotel zu durchschneiden.

Es klopfte an die Tür.

»Herein!« sagte Amadis knapp.

»Bon giorno«, sagte die Pfeife, als sie hereinkam.

»Guten Tag, Barrizone«, sagte Amadis. »Sie wünschen mich zu sprechen?«

»Ja«, sagte Pippo. »Was fällt denn diesen Säuen von der Eisenbahn ein, daß sie direkt vor mein Hotel legen? Was habe ich denn damit zu schaffen?«

»Der Minister hat gerade ein Enteignungsdekret unterschrieben, das Sie betrifft«, sagte Amadis. »Ich hatte die Absicht, Sie heute abend davon zu verständigen.«

»Das sind wieder so großkopfete diplomatische Geschichten«, sagte Pippo. »Wann wird das da weggeschafft?«

»Wir werden gezwungen sein, das Hotel abzureißen, um die Eisenbahnlinie mitten hindurchgehen zu lassen«, sagte Amadis. »Ich mußte Ihnen Bescheid sagen.«

»Was?« sagte Pippo. »Das berühmte Hotel Barrizone abreißen? Wo alle, die meine Spaghetti à la Bolognese versucht haben, ihr Leben lang bei Pippo geblieben sind?«

»Das ist bedauerlich«, sagte Amadis, »aber das Dekret ist unterzeichnet. Betrachten Sie das Hotel als zu Gunsten des Staates beschlagnahmt.«

»Ja und ich?« sagte Pippo. »Was geschieht mit mir? Ich kann wohl wieder Cheftranchierer werden, wie?«

»Sie werden entschädigt werden«, sagte Amadis. »Sicherlich nicht sofort.«

»Diese Schweine!« murmelte Pippo.

Er drehte Amadis den Rücken zu und ging hinaus, ohne die Tür hinter sich zuzumachen. Amadis rief ihn zurück.

»Machen Sie die Tür zu!«

»He, das ist nicht mehr meine Tür«, sagte Pippo wütend. »Machen Sie sie selber zu!«

Er ging weg, wobei er Flüche mit meridionalem Klang vor sich hin murmelte.

Amadis dachte, daß er Pippo zusammen mit dem Hotel hätte beschlagnahmen lassen sollen, doch das Verfahren war komplizierter, und die Formalitäten hätten zu viel Zeit in Anspruch genommen. Er stand auf und machte einen Gang durch sein Büro. Er stand Auge in Auge vor

Angel, der ohne anzuklopfen hereingekommen war, und das aus gutem Grund.

»Guten Tag, Monsieur«, sagte Angel.

»Guten Tag«, sagte Amadis, ohne ihm die Hand zu geben. Er beendete seinen Gang und setzte sich wieder.

»Machen Sie bitte die Tür zu«, sagte er. »Sie wünschen mich zu sprechen?«

»Ja, sagte Angel. »Wann werden wir bezahlt?«

»Sie haben es aber sehr eilig.«

»Ich brauche das Geld, und wir sollten schon seit drei Tagen bezahlt sein.«

»Ist Ihnen eigentlich klar, daß wir hier in einer Wüste sind?«

»Nein«, sagte Angel. »In einer richtigen Wüste gibt es keine Eisenbahn.«

»Das ist ein Sophismus«, meinte Amadis.

»Und genau das wollen wir von Ihnen«, sagte Angel. »Der 975 kommt oft hier vorbei.«

»Ja«, sagte Amadis, »aber man kann einem verrückten Fahrer keine Sendung anvertrauen.«

»Der Schaffner ist nicht verrückt.«

»Ich bin mit ihm gefahren«, sagte Amadis. »Ich kann Ihnen versichern, daß er nicht normal ist.«

»Das ist lange her«, sagte Angel.

»Sie sind ein netter Junge«, sagte Amadis … »Physisch, meine ich. Sie haben … eine ziemlich angenehme Haut. Deshalb werde ich Ihnen anvertrauen, was Sie erst heute abend wissen werden.«

»Aber nein«, sagte Angel, »den Sie werden es mir ja jetzt sagen.«

»Ich werde es Ihnen nur sagen, wenn Sie wirklich ein netter Junge sind. Kommen Sie her.«

»Ich rate ihnen, mich nicht anzurühren«, sagte Angel.

»Jetzt schau sich das einer an! Er ist sofort eingeschnappt!« rief Amadis aus. »Seien Sie doch nicht so steif, Mann!«

»Das sagt mir überhaupt nichts.«

»Sie sind jung. Sie haben noch Zeit genug, sich zu ändern.«

»Sagen Sie mir jetzt, was Sie mir zu sagen haben oder soll ich gehen?« sagte Angel.

»Nun gut, Ihr Gehalt wird um zwanzig Prozent gekürzt werden?«

»Wessen Gehalt?«

»Ihres, das von Anne, den ausführenden Organen und Rochelle. Ausgenommen Arland.«

»So ein Schweinehund, dieser Arland!« murmelte Angel.

»Wenn Sie etwas guten Willen zeigen würden«, sagte Amadis, »hätte ich Ihnen das ersparen können.«

»Ich bin voll guten Willens«, sagte Angel. »Ich war mit meiner Arbeit drei Tage früher fertig, als Sie es von mir verlangt hatten, und mit der Berechnung der Elemente für den Hauptbahnhof bin ich fast fertig.«

»Ich will nicht näher darauf eingehen, was ich unter gutem Willen verstehe«, sagte Amadis. »Wenn Sie näher darüber aufgeklärt werden wollen, könnten Sie sich an Dupont wenden.«

»Wer ist Dupont?«

»Der Koch des Archäologen«, sagte Amadis. »Ein netter Junge, dieser Dupont, aber ein böses Luder!«

»Ach ja! Ich weiß jetzt, wen Sie meinen.«

»Nein«, sagte Amadis. »Sie verwechseln ihn mit Lardier. Lardier widert mich an.«

»Dabei ...«, sagte Angel.

»Nein, wirklich, Lardier ist ekelhaft. Außerdem ist er verheiratet gewesen.«

»Ich verstehe.«

»Sie können mich nicht riechen, wie?« fragte Amadis.

Angel gab keine Antwort.

»Ich weiß genau. Das ist Ihnen unangenehm. Wissen Sie, es ist nicht meine Art, jedem beliebigen vertrauliche Dinge zu erzählen, aber ich werde Ihnen das Geständnis machen, daß es mir völlig klar ist, was ihr alle von mir denkt.«

»Na und?« sagte Angel.

»Nun, es ist mir wurscht«, sagte Amadis. »Ich bin nun mal Päderast, was wollen Sie daran ändern?«

»Ich will nichts daran ändern«, sagte Angel. »In gewisser Hinsicht ist es mir sogar lieber.«

»Wegen Rochelle?«

»Ja«, sagte Angel. »Wegen Rochelle. Es ist mir lieber, daß Sie sich nicht um sie kümmern.«

»Weil ich verführerisch bin?« sagte Amadis.

»Nein«, sagte Angel. »Sie sind abscheulich, aber Sie sind eben der Chef.«

»Sie haben eine merkwürdige Art sie zu lieben«, sagte Amadis.

»Ich weiß, wie sie ist. Auch wenn ich sie liebe, sehe ich sie dennoch.«

»Wie können Sie nur eine Frau lieben?« sagte Amadis.

Er schien zu sich selber zu reden.

»Das ist unvorstellbar! Diese weichen Dinge, die sie überall haben. Diese feuchten Falten, wie man es nennen könnte ...«

Es lief ihm kalt über den Rücken.

»Entsetzlich ...«

Angel begann zu lachen.

»Nun«, sagte Amadis, »auf jeden Fall sagen Sie Anne nicht Bescheid, daß Ihr Gehalt gekürzt wird. Ich habe Ihnen das ganz im Vertrauen gesagt. Von Frau zu Mann.«

»Danke«, sagte Angel. »Und Sie wissen nicht, wann das Geld kommen wird?«

»Ich weiß es nicht. Ich warte darauf.«

»Gut.«

Angel senkte den Kopf, schaute auf seine Füße, fand nichts Besonderes an ihnen und hob wieder den Kopf.

»Auf Wiedersehen«, sagte er.

»Auf Wiedersehen«, sagte Amadis. »Und denken Sie nicht an Rochelle.«

Angel ging hinaus und kam sofort wieder herein.

»Wo ist sie?«

»Ich habe sie an die Haltestelle des 975 geschickt, um die Post abzugeben.«

»Gut«, sagte Angel.

Er verließ den Raum und machte die Tür zu.

# VI

> Warum hatte sich dieser Invarianztypus der gewöhnlichen Tensorenrechnung entzogen?
> *(G.Whitrow, »Die Struktur des Universums«, Gallimard, éd., Seite 144)*

»Fertig!« sagte der Assistenzarzt.

»Drehen Sie«, sagte Frißtfrist.

Mit einer energischen Bewegung warf der Assistenzarzt den Propeller aus Hartholz an. Der Motor nieste, gab einen bösen Rülpser von sich, und der Propeller schnellte zurück. Der Assistenzarzt stieß ein Gekreisch aus und nahm seine rechte Hand in die linke Hand.

»Da haben wir's!« sagte Frißtfrist. »Ich hatte Ihnen gesagt, daß Sie sich in achtnehmen sollen.«

»Herrgottnochmal!« sagte der Assistenzarzt. »Herrgottnochmal verfluchte Scheiße! Was ändert das jetzt noch!«

»Lassen Sie sehen!«

Der Assistenzarzt hielt die Hand hin. Der Fingernagel seines Zeigefingers war ganz schwarz.

»Das ist nicht schlimm«, sagte Frißtfrist. »Sie haben immerhin noch Ihren Finger. Der ist erst beim nächsten Mal dran.«

»Nein.«

»Doch«, sagte Frißtfrist. »Oder aber Sie passen auf.«

»Aber ich passe doch auf«, sagte der Assistenzarzt. »Ich passe unaufhörlich auf, und dieser gottverdammte Scheißmotor haut mir ständig in die Flossen. Ich habe langsam die Nase voll.«

»Wenn Sie nicht getan hätten, was Sie getan haben ...«, sagte der Professor schulmeisterlich.

»Oh, zum Teufel mit diesem Stuhl ...«

»Gut.«

Frißtfrist trat zurück, nahm einen Anlauf und versetzte dem Assistenzarzt einen geraden Schwinger mitten auf die Kinnlade.

»Oh! ...« wimmerte der Assistenzarzt.

»Jetzt spüren Sie Ihre Hand nicht mehr, wie?«

»Grrr ...«, machte der Assistenzarzt.

Er schien beißen zu wollen.

»Drehen Sie!« sagte Frißtfrist.

Der Assistenzarzt hörte auf und begann zu weinen.

»Ah! Nein!« schrie Frißtfrist. »Genug! Sie tun ja nichts anderes als weinen! Das wird noch zur Manie. Lassen Sie mich in Frieden und drehen Sie diesen Propeller ... Ihre Tränen ziehen nicht mehr.«

»Aber das hat doch noch nie gezogen«, sagte der Assistenzarzt verärgert.

»Eben. Ich verstehe nicht, wo Sie die Dreistigkeit hernehmen, es immer wieder zu versuchen.«

»Oh, es reicht«, sagte der Assistenzarzt. »Ich versuche es nicht mehr.«

Er wühlte in seiner Tasche und zog ein sehr unappetitliches Taschentuch hervor. Frißtfrist wurde ungeduldig.

»Geht es nun weiter, ja oder wie?«

Der Assistenzarzt schneuzte sich und steckte das Taschentuch wieder in die Tasche. Dann ging er wieder an den Motor heran und mit zurückhaltendem Ausdruck schickte er sich an, den Propeller anzuwerfen.

»Los!« befahl Frißtfrist.

Der Propeller machte zwei Umdrehungen, der Motor spuckte plötzlich ein wenig und sprang an und die gelackten Propellerblätter verschwanden in einem grauen Wirbel.

»Erhöhen Sie den Druck«, sagte Frißtfrist.

»Ich werde mich verbrennen!« protestierte der Assistenzarzt.

»Oh! …« sagte der Professor aufgebracht, »sind Sie aber …«

»Danke«, sagte der Assistenzarzt.

Er regulierte den kleinen Hebel.

»Stellen Sie ihn ab!« sagte Frißtfrist.

Der Assistenzarzt drosselte die Benzinzufuhr, indem er am Brennstoffventil drehte, und der Motor blieb stehen, wobei er seinen Propeller unschlüssig nachlaufen ließ.

»Gut«, sagte der Professor. »Wir werden ihn draußen ausprobieren.«

Der Assistenzarzt machte weiterhin ein verstimmtes Gesicht.

»Na, na«, sagte Frißtfrist. »Etwas Schwung, zum Teufel! Das ist keine Beerdigung.«

»Noch nicht«, machte der Assistenzarzt deutlich, »aber das kommt noch.«

»Nehmen Sie dieses Flugzeug und kommen Sie her«, sagte der Professor.

»Sollen wir es frei fliegen lassen oder festbinden?«

»Frei natürlich. Sonst bräuchten wir ja nicht in der Wüste zu sein.«

»Ich habe mich nie so allein gefühlt wie in dieser Wüste.«

»Schluß mit dem Gejammer«, sagte Frißtfrist. »Sie wissen, daß hier in der Gegend ein schönes Mädchen ist. Ihre Haut hat zwar eine komische Farbe, aber über die Figur ist nichts zu sagen.«

»Ja?« fragte der Assistenzarzt.

Er schien verständnisvoller.

»Aber gewiß ja«, sagte Frißtfrist.

Der Assistenzarzt sammelte die Einzelteile des Flugzeugs ein, die er draußen zusammensetzen sollte. Der Professor betrachtete den Raum voller Zufriedenheit.

»Ein nettes, kleines Krankenrevier, das wir hier haben«, sagte er.

»Ja«, sagte der Assistenzarzt. »Für das, was wir darin

tun. Niemand ist in dieser verdammten Gegend krank. Ich bin gerade dabei, alles zu vergessen, was ich wußte.«

»Dann werden Sie nicht mehr so gefährlich sein«, versicherte Frißtfrist.

»Ich bin nicht gefährlich.«

»Nicht alle Stühle sind dieser Meinung.«

Der Assistenzarzt wurde königsblau, und die Adern an seinen Schläfen begannen krampfhaft zu schlagen.

»Hören Sie«, sagte er. »Noch ein Wort über diesen Stuhl und ich …«

»Ich was?« spottete Frißfrist.

»Ich werde noch einen umbringen …«

»Wann Sie wollen«, sagte Frißtfrist. »Was glauben Sie eigentlich, was mir daran liegt? Los, kommen Sie.«

Er ging hinaus, und sein gelbes Hemd warf auf der Speichertreppe ausreichend Licht, daß er nicht über die ungleichmäßigen Stufen stolperte. Doch der Assistenzarzt ließ die Gelegenheit nicht aus und peng, auf den Hintern, zum Glück für das Flugzeug. Er kam fast zur gleichen Zeit wie der Professor unten an.

»Sehr schlau«, sagte dieser. »Können Sie sich nicht Ihrer Füße bedienen?«

Der Assistenzarzt rieb sich mit einer einzigen Hand den Hintern. Mit der anderen hielt er die Flügel und das Fahrgestell der Ping 903 fest.

Sie nahmen noch eine Treppe und fanden sich im Erdgeschoß. Pippo leerte hinter seiner Theke methodisch eine Flasche Turino.

»Servus!« sagte der Professor.

»Guten Tag, Chef«, sagte Pippo.

»Wie gehen die Geschäfte?«

»Amapolis schmeißt mich raus.«

»Das darf doch nicht wahr sein?«

»Er enteiert mich. Wieder so was Großkopfetes. Es ist wirklich ernst.«

»Er enteignet dich?«

»Ha, genauso sagte er, der Pfeifenkopf. Er enteiert mich.«

»Was wirst du tun?«

»Ha, das weiß ich auch nicht. Mir bleibt nichts anderes mehr übrig, als mich auf dem Logus zu verstecken, und dann hat sich's, das Haus ist tot.«

»Der ist ja idiotisch«, sagte Frißtfrist, »dieser Kerl.«

Der Assistenzarzt wurde ungeduldig.

»Lassen wir das Flugzeug jetzt fliegen?«

»Kommst du mit uns, Pippo?« sagte Frißtfrist.

»Ha, mir ist dieses Schweineflugzeug völlig wurscht.«

»Dann bis nachher«, sagte Frißtfrist.

»Auf Wiedersehen, Chef. Dieses Flugzeug ist schön wie eine Kirsche.«

Frißtfrist ging hinaus, hinter ihm der Assistenzarzt.

»Wann kann man sie denn sehen?« fragte Letzterer.

»Wen?«

»Die hübsche Kleine.«

»Oh, Sie gehen mir auf den Wecker«, sagte Frißtfrist. »Wir lassen unser Flugzeug fliegen, das ist alles.«

»So ein Scheibenhonig«, sagte der Assistenzarzt. »Erst spiegeln sie mir was vor und dann pffft … nichts mehr. Sie sind hart!«

»Und Sie?«

»Na, ist doch verständlich, daß ich es bin«, sagte der Assistenzarzt. »Wir sind jetzt schon drei Wochen hier. Überlegen Sie doch mal richtig, ich hab's nicht ein einziges Mal getan!«

»Ganz gewiß nicht?« sagte Frißtfrist. »Nicht einmal mit den Frauen der ausführenden Organe? Was tun Sie denn morgens im Krankenrevier, wenn ich schlafe?«

»Ich …«, sagte der Assistenzarzt.

Frißtfrist sah ihn an, ohne zu begreifen, dann brach er in lautes Gelächter aus.

»Donnerwetter!« sagte er. »Sie Sie … dann … Es ist zum Totlachen! … Deshalb sind Sie immer so schlecht gelaunt! …«

»Glauben Sie?« fragte der Assistenzarzt ein wenig beunruhigt.

»Mit Sicherheit. Das ist sehr ungesund.«

»Oh!« sagte der Assistenzarzt. »Haben Sie das etwa nie gemacht, wie?«

»Nie allein«, sagte Frißtfrist.

Der Assistenzarzt schwieg, denn er kletterte eine hohe Düne hinauf und brauchte seinen ganzen Atem. Frißtfrist begann wieder zu lachen.

»Was gibt's denn?« fragte der Assistenzarzt.

»Nichts. Ich denke nur an das Gesicht, das Sie machen müssen.«

Er lachte so laut, daß er sich in den Sand fallen ließ. Dicke Tränen schossen aus seinen Augen und seine Stimme erstickte in einem Gebrüll der Heiterkeit. Der Assistenzarzt drehte schmollend den Kopf um, legte die Flugzeugteile auf den Boden und begann damit, kniend das Ganze recht und schlecht zusammenzusetzen. Frißtfrist beruhigte sich wieder.

»Sie sehen übrigens sehr schlecht aus.«

»Sind Sie sicher?«

Der Assistenzarzt beunruhigte sich immer mehr.

»Vollkommen sicher. Wissen Sie, Sie sind nicht der erste!«

»Ich glaubte …«, murmelte der Assistenzarzt.

Er betrachtete die Flügel und den Flugzeugrumpf.

»Dann meinen Sie, daß andere es schon vor mir getan haben?«

»Natürlich.«

»Selbstverständlich habe ich das auch gemeint«, sagte der Assistenzarzt. »Aber unter den gleichen Bedingungen? In der Wüste, weil es keine Frauen gibt?«

»Ohne Zweifel«, sagte Frißtfrist. »Glauben Sie, daß das Symbol des Säulenheiligen Simeon etwas anderes bedeutet? Diese Säule? Dieser ständig mit seiner Säule beschäftigte Kerl? Aber das ist doch durchsichtig! Ich nehme an, Sie haben Freud gelesen?«

»Aber nein«, sagte der Assistenzarzt. »Das ist doch längst überholt. Nur Zurückgebliebene glauben noch an diese Geschichten.«

»Das ist das eine«, sagte Frißtfrist, »und die Säule ist das andere. Schließlich gibt es in Ihrem besonderen Falle auch Vorstellungen und Übertragungen, wie die Philosophen sagen, und Komplexe und Verdrängung und Onanie.«

»Sie«, sagte der Assistenzarzt, »werden mir natürlich wieder sagen, daß ich ein Kretin bin.«

»Aber nein«, sagte Frißtfrist. »Sie sind eben nicht sehr intelligent, das ist alles. Das kann man Ihnen verzeihen.«

Der Assistenzarzt hatte die Flügel und den Flugzeugrumpf zusammengefügt und brachte nun mit viel Geschmack das Leitwerk an. Er unterbrach sich einige Augenblicke, um über die Worte Frißtfrists nachzudenken.

»Aber Sie«, sagte er zu ihm. »Wie machen Sie es denn?«

»Wie ich was mache?...«

»Ich weiß nicht...«

»Eine verschwommene Frage«, sagte Frißtfrist. »So verschwommen, würde ich sogar sagen, daß sie schon indiskret wird.«

»Ich wollte Sie nicht verärgern«, sagte der Assistenzarzt.

»Oh, das weiß ich. Aber Sie haben eben die Gabe, sich in Dinge einzumischen, die Sie nichts angehen.«

»Ich fühlte mich dort wohler«, sagte der Assistenzarzt.

»Ich auch«, sagte Frißtfrist.

»Ich hab' Heimweh.«

»Das wird vorbeigehen. Es ist der Sand.«

»Es ist nicht der Sand. Es fehlt einfach an Krankenschwestern, Assistenzärzten, Kranken …«

»Auch an Stühlen, wie?« sagte Frißtfrist.

Der Assistenzarzt schüttelte mißbilligend den Kopf, und ein Ausdruck der Bitterkeit breitete sich scheibenweise auf seinem Gesicht aus.

»Sie werden mir diesen Stuhl wohl mein ganzes Leben lang zum Vorwurf machen?«

»Es ist noch nicht sehr lange her«, sagte Frißtfrist. »Sie werden nicht alt werden. Sie haben zu schlechte Gewohnheiten.«

Der Assistenzarzt zögerte, öffnete den Mund und schloß ihn wieder, ohne etwas zu sagen. Er begann am Zylinder und am Motor herumzufummeln und Frißtfrist sah, wie er zusammenzuckte, dann seine Hand betrachtete, wie er es eine halbe Stunde zuvor getan hatte. Auf seiner Handfläche blutete ein breiter Riß. Er wandte sich nach Frißtfrist um. Er weinte nicht, aber er war sehr blaß, und seine Lippen waren grün.

»Er hat mich gebissen …«, murmelte er.

»Was haben Sie ihm denn wieder gemacht?« fragte Frißtfrist.

»Aber … gar nichts …«, sagte der Assistenzarzt.

Er stellte das Flugzeug auf den Tisch.

»Es tut weh.«

»Lassen Sie sehen.«

Er hielt die Hand hin.

»Geben Sie mir Ihr Taschentuch«, sagte Frißtfrist.

Der Assistenzarzt hielt ihm seine unappetitliche Rotzfahne hin, und Frißtfrist verband ihm so gut es ging mit allen Anzeichen tiefen Widerwillens die Hand.

»Geht es?«

»Es geht«, sagte der Assistenzarzt.

»Ich werde ihn selbst anwerfen«, sagte der Professor.

Er packte das Flugzeug und brachte geschickt den Motor in Gang.

»Fassen Sie mich um die Taille! ...« schrie er dem Assistenzarzt zu, um den Lärm des Motors zu übertönen.

Der Assistenzarzt packte ihn mit beiden Armen. Der Professor regulierte die Einlaßschraube, und der Propeller begann sich so schnell zu drehen, daß die äußeren Enden der Propellerblätter anfingen, dunkelrot zu werden. Der Assistenzarzt klammerte sich an Frißtfrist, der schwankte, vom wütenden Wind des Modellflugzeugs geschüttelt.

»Ich lasse los«, sagte Frißtfrist.

Die Ping 903 ging los wie eine Kugel und verschwand innerhalb weniger Sekunden. Ergriffen ließ der Assistenzarzt, der immer noch zog, den Professor los und ging zu Boden. Mit leerem Blick blieb er sitzen, dem Punkt zugewandt, wo das Flugzeug gerade verschwunden war. Frißtfrist zog die Nase hoch.

»Meine Hand tut mir weh«, sagte der Assistenzarzt.

»Machen Sie diesen Fetzen ab.«, sagte der Professor.

Die Wunde klaffte und grünliche Wülste standen ringsum hoch. Die Mitte, schwarzrot, kochte bereits mit kleinen, raschen Bläschen.

»He! ...« sagte Frißtfrist.

Er packte den Assistenzarzt am Arm.

»Kommen Sie, wir müssen das behandeln! ...«

Der andere stand auf und begann auf seinen weichen Beinen zu galoppieren. Sie liefen beide auf das Hotel Barrizone zu.

»Und das Flugzeug?« sagte der Assistenzarzt.

»Es scheint zu funktionieren«, sagte Frißtfrist.

»Wird es zurückkommen?«

»Ich denke schon. Ich habe es so eingestellt.«

»Es fliegt sehr schnell.«

»Ja.«

»Wie wird es denn zum Halten kommen?«

»Ich weiß nicht …«, sagte Frißtfrist. »Daran hatte ich überhaupt nicht gedacht.«

»Das liegt am Sand …«, sagte der Assistenzarzt.

Sie hörten ein durchdringendes Geräusch und einen Meter über ihren Köpfen pfiff etwas dahin, dann gab es eine Art Explosion, und die Fensterscheiben des Schankraums im Erdgeschoß schmückte ein deutliches Loch, das die Form der Ping hatte. Innen hörten sie umeinander Flaschen fallen und auf dem Boden zerschellen.

»Ich laufe schon mal vor«, sagte Frißtfrist.

Der Assistenzarzt blieb stehen und sah die schwarze Gestalt des Professors den Abhang hinunterfegen. Sein grellgelber Kragen leuchtete über seinem altmodischen Gehrock. Er machte die Tür auf und verschwand im Hotel. Dann betrachtete der Assistenzarzt seine Hand und begann wieder mit schwerfälligen, unsicheren Schritten zu galoppieren.

## VII

Angel hoffte, Rochelle anzutreffen und sie bis zum Büro von Amadis zu begleiten, und er beeilte sich auf dem Weg durch die Dünen, wobei er aufwärts schnell ausschritt und abwärts mit langen Sätzen lief. Dabei sanken seine Füße mit einem dumpfen, erstickten Geräusch tief in den Sand ein. Manchmal landete er auf einem Grasbüschel und nahm darauf das Knacken der harten Stengel und den Geruch frischen Harzes wahr.

Die Haltestelle des 975 war ungefähr zwei Maßeinheiten vom Hotel entfernt. Bei Angels Tempo brauchte er nicht lange. Er erblickte Rochelle, die zurückkam, in dem Augenblick, in dem sie sich ganz oben auf der Düne abhob. Er war in der Mulde. Er wollte laufen, um den Hang hinaufzukommen, aber er konnte nicht und traf sie auf halber Höhe.

»Guten Tag«, sagte Rochelle

»Ich bin gekommen, um Sie abzuholen.«

»Arbeitet Anne?«

»Ich glaube.«

Es trat eine Stille ein; die Sache fing schlecht an. Zum Glück verstauchte sich Rochelle den Fuß und hing sich bei Angel ein, um ihrem Gang Sicherheit zu geben.

»In diesen Dünen geht's sich nicht bequem«, sagte Angel.

»Nein, vor allem nicht mit hohen Absätzen.«

»Ziehen Sie immer Schuhe mit hohen Absätzen an, wenn Sie ausgehen?«

»Oh, ich gehe nicht oft aus. Ich bleibe lieber mit Anne im Hotel.«

»Lieben Sie ihn sehr?« fragte Angel.

»Ja«, sagte Rochelle, »er ist sehr sauber und sehr gut

gebaut und sehr gesund. Ich schlafe unheimlich gern mit ihm.«

»Aber intellektuell ...«, sagte Angel.

Er bemühte sich, nicht an die Worte Rochelles zu denken. Sie lachte.

»Intellektuell bin ich bedient. Wenn ich die Arbeit bei Dudu hinter mir habe, fällt es mir im Traum nicht ein, intellektuelle Gespräche zu führen! ...«

»Er ist dumm.«

»Auf jeden Fall kennt er seinen Beruf«, sagte Rochelle. »Und ich versichere Ihnen, was die Arbeit angeht, da kann ihm keiner was vormachen.«

»Er ist ein gemeiner Kerl.«

»Zu Frauen sind die sehr nett.«

»Er widert mich an.«

»Sie denken nur an das Körperliche.«

»Das ist nicht wahr«, sagte Angel. »Bei Ihnen, ja.«

»Sie gehen mir auf die Nerven«, sagte Rochelle. »Ich unterhalte mich gern mit Ihnen; ich schlafe gern mit Anne; und ich arbeite gern mit Dudu; aber ich kann mir einfach nicht vorstellen, daß ich mit Ihnen schlafen würde. Das käme mir obszön vor.«

»Warum?« fragte Angel.

»Weil Sie dieser Sache eine so große Bedeutung beimessen ...«

»Nein, ich messe ihr nur mit Ihnen eine Bedeutung bei.«

»Sagen Sie das nicht. Es ... es ist mir unangenehm ... es widert mich ein wenig an.«

»Aber ich liebe Sie«, sagte Angel.

»Aber ja, Sie lieben mich, selbstverständlich. Es freut mich; ich liebe Sie auch, als ob Sie mein Bruder wären, das habe ich Ihnen schon einmal gesagt; aber ich kann nicht mit Ihnen schlafen.«

»Warum nicht?«

Sie lachte leise.

»Nach Anne«, sagte sie, »hat man zu nichts anderem mehr Lust als zu pennen.«

Angel gab keine Antwort. Es war eine harte Arbeit sie mitzuziehen, denn ihre Schuhe störten sie beim Gehen. Er betrachtete sie im Profil. Sie trug einen dünnen Strickpullover, unter dem die Warzen ihrer ein wenig schlaffen, aber immer noch verführerischen Brüste vorstanden. Ihr Kinn hatte eine ordinäre Rundung, und Angel liebte sie mehr als sonst irgend jemanden.

»Was müssen Sie denn für Amadis tun?«

»Er diktiert mir Briefe oder Berichte. Er hat immer Arbeit für mich. Vermerke über den Schotter, über die ausführenden Organe, über den Archäologen, über alles.«

»Ich möchte nicht, daß Sie ...«

Er sprach nicht weiter.

»Daß ich was?«

»Nichts...Wenn Anne weggehen würde, würden Sie mit ihm gehen?«

»Warum sollte Anne denn weggehen? Die Arbeiten sind noch lange nicht abgeschlossen.

»Oh«, sagte Angel, »ich will nicht, daß Anne weggeht. Aber wenn er Sie nicht mehr lieben würde?«

Sie lachte.

»Das würden Sie nicht sagen, wenn Sie ihn sehen könnten ...«

»Ich will ihn nicht sehen«, sagte Angel.

»Natürlich nicht«, sagte Rochelle. »Das wäre widerlich. Wir verhalten uns nicht immer sehr anständig.«

»Halten Sie den Mund!« sagte Angel.

»Sie gehen mir auf die Nerven. Sie sind immer traurig. Das ist unerträglich.«

»Aber ich liebe Sie! ...« sagte Angel.

»Aber ja. Das ist unerträglich. Wenn Anne genug von mir hat, sage ich Ihnen Bescheid.«

Sie lachte wieder.

»Sie werden noch lange Junggeselle bleiben! …«

Angel gab keine Antwort. Sie näherten sich dem Hotel. Plötzlich hörten sie ein heftiges Pfeifen und den Krach einer Explosion.

»Was ist das?« sagte Rochelle zerstreut.

»Ich weiß nicht …«, sagte Angel.

Sie blieben stehen, um zu lauschen. Es herrschte nur eine tiefe, majestätische Stille, dann hörte man ein unbestimmtes Klirren von Glas.

»Da ist was passiert …«, sagte Angel. »Wir müssen uns beeilen! …«

Es war nur ein Vorwand, um sie noch etwas enger an sich zu drücken.

»Lassen Sie mich los …«, sagte Rochelle. »Laufen Sie hin. Ich würde Sie nur aufhalten.«

Angel seufzte und lief los, ohne sich umzudrehen. Sie ging auf ihren viel zu hohen Absätzen vorsichtig weiter. Jetzt hörte man Stimmengewirr.

Er sah in der Glaswand ein Loch von präziser Form. Glassplitter bedeckten den Boden. Leute liefen im Schankraum hin und her. Angel stieß die Tür auf und ging hinein. Amadis, der Assistenzarzt, Anne und Doktor Frißtfrist waren da. Vor der Theke lag der Körper Joseph Barrizones. Die obere Hälfte seines Kopfes fehlte.

Angel sah auf und erblickte in der Wand, die der Glasfassade gegenüberlag, die Ping 903, die bis zum Fahrgestell im Mauerwerk steckte. Auf der linken oberen Tragfläche lag der Rest von Pippos Schädel, der langsam bis zum schlank zulaufenden äußeren Ende des Flügels abrutschte und mit einem dumpfen Schlag, der vom schwarzen Lockenhaar Pippos gedämpft wurde, auf den Boden fiel.

»Was ist passisert?« sagte Angel.

»Das Flugzeug«, erklärte der Assistenzarzt.

»Ich gedachte gerade«, sagte Amadis, »ihm beizubringen, daß die ausführenden Organe morgen abend damit beginnen werden, das Hotel zu durchschneiden. Es waren Anordnungen zu treffen. Das ist unerträglich, hören Sie.«

Er schien sich an Frißtfrist zu wenden. Dieser hänselte nervös seinen Spitzbart.

»Man muß ihn wegbringen«, sagte Anne. »Helfen Sie mir.«

Er packte den Leichnam unter den Achselhöhlen, und der Assistenzarzt ergriff ihn bei den Füßen. Anne ging rückwärts zur Treppe. Er stieg langsam nach oben; er hielt den blutenden Kopf Pippos weit von sich, und der Körper hing zwischen ihren Armen durch und schleifte reglos und haltlos fast über die Stufen. Der Assistenzarzt hatte große Schmerzen wegen seiner Hand.

Amadis betrachtete den Schankraum. Er betrachtete Doktor Frißtfrist. Er betrachtete Angel. Rochelle, die ganz gemütlich ankam, betrat den Raum.

»Ach!« sagte Amadis. »Da sind Sie ja! Ist Post gekommen?«

»Ja«, sagte Rochelle. »Was ist los?«

»Nichts«, sagte Amadis. »Ein Unfall. Kommen Sie, ich habe Ihnen dringende Briefe zu diktieren. Das hier werde ich Ihnen schon noch erklären.«

Erging rasch zur Treppe. Rochelle folgte ihm. Solange sie sichtbar war, ließ Angel sie nicht aus den Augen, dann richtete er seinen Blick wieder auf den schwarzen Fleck vor der Theke. Einer der weißen Lederstühle war ganz mit ungleichmäßigen Tröpfchen in lockerer Linie bespritzt.

»Kommen Sie«, sagte Professor Frißtfrist.

Sie ließen die Tür offenstehen.

»War es das Flugzeugmodell?« sagte Angel.

»Ja«, antwortete Frißtfrist. »Es funktionierte gut.«

»Zu gut«, sagte Angel.

»Nein, nicht zu gut. Als ich meine Arztpraxis aufgegeben habe, dachte ich, in die Wüste zu kommen. Woher soll ich wissen, daß mitten in der Wüste ein Restaurant steht?«

»Das ist reiner Zufall«, sagte Angel. »Niemand macht Ihnen einen Vorwurf.«

»Glauben Sie? …« sagte Frißtfrist. »Ich werde Ihnen das erklären. Wenn man sich nie mit Modellflugzeugen befaßt hat, stellt man sich vor, das sei ein etwas kindischer Zeitvertreib. Aber das ist unrichtig. Da steckt was anderes dahinter. Haben Sie sich je damit befaßt?«

»Nein.«

»Dann können Sie sich auch keine Vorstellung davon machen. Es gibt tatsächlich eine Modellflugzeugtrunkenheit. Hinter einem Modellflugzeug herlaufen, das schnurgerade vor Ihnen dahinsaust und sich langsam in die Lüfte erhebt oder das mit einem leichten Vibrieren um Ihren Kopf schwebt, so steif und linkisch in der Luft, und das fliegt … Ich dachte zwar, daß die Ping schnell fliegt, aber nicht so schnell. Es liegt wohl am Motor.«

Er unterbrach sich plötzlich.

»Ich dachte nicht mehr an den Assistenzarzt.«

»Schon wieder ein Unfall?« fragte Angel.

»Er hat sich vom Motor beißen lassen«, sagte Frißtfrist.

»Ich habe ihn Pippos Leiche hinauftragen lassen. Er hat das ganz automatisch getan.«

Sie gingen wieder zurück.

»Ich muß ihn behandeln gehen. Können Sie hier auf mich warten? Es dauert nicht lange …«

»Ich warte«, sagte Angel.

Doktor Frißtfrist lief im Laufschritt weg, und Angel sah, wie er das Hotel betrat.

Leuchtend und farbenfroh öffneten sich die Blüten der Moosblumen weit den gelben Lichtpfützen, die auf die Wüste herabfielen. Angel setzte sich in den Sand. Er hatte den Eindruck, im Zeitlupentempo zu leben. Er bedauerte, daß er dem Assistenzarzt nicht geholfen hatte, Pippo zu tragen.

Von seinem Platz aus hörte er die gedämpften Schläge der schweren Hämmer Marins und Carlos, die in die wuchtigen Schwellen die Schwellenschrauben mit den gekrümmten Köpfen einschlugen, die die Schienen zusammenhalten sollten. Von Zeit zu Zeit traf eine der Eisenmassen auf den Stahl der Schienen und entrang ihm einen langen, vibrierenden Schrei, der die Brust durchbohrte. Noch weiter fort vernahm er das fröhliche Lachen Didiches und Olives. Zur Abwechslung jagten sie die Brimme.

Rochelle war ein gemeines Luder. Wie man sie auch nahm. Und ihre Brüste ... Immer tiefer. Anne würde sie völlig kaputtmachen. Sie ausdehnen. Sie aufweichen. Sie auspressen. Eine halbe Zitronenschale. Sie hat immer noch schöne Beine. Das erste, was man ...

Er unterbrach sich und begann 45 Grad weiter links zu denken. Es ist vollkommen sinnlos, obszöne Kommentare über ein Mädchen zu formulieren, das im Grunde nichts weiter als ein Loch mit Haaren drum herum ist und das ... Noch einmal 45 Grad, denn das genügt nicht. Man muß sie packen und ihr alles vom Leib reißen und mit den Fingernägeln hineinkrallen und sie nun ebenfalls ruinieren. Aber wenn sie einmal den Händen Annes entronnen wäre, würde nicht mehr viel übrigbleiben. Schon derart ramponiert, derart entstellt, Ringe um die Augen, blaue Flecken schlaffe Muskeln, abgeschliffen, besudelt, weggeworfen. Die Glocke und ihr Klöppel. Platz dazwischen. Nichts Frisches mehr. Nichts Neues mehr. Sie vor Anne gehabt haben. Das erste Mal. Ihr neuer Geruch. Das hätte zum Beispiel geschehen können, nach dem Besuch in einer kleinen Tanzbar, auf dem Heimweg im Auto, den Arm um ihre Taille gelegt, ein Unfall, sie hat Angst. Sie haben gerade Cornélius Onte überfahren, der auf dem Bürgersteig liegt. Er ist glücklich. Er braucht nicht nach Exopotamien zu gehen, und, meine Damen und Herren, wenn Sie sehen wollen, wie der Mann die Frau küßt, brauchen Sie sich nur umzudrehen; oder im Zug in dem Augenblick anzukommen, in dem der Mann die Frau küßt, denn der Mann küßt die Frau ständig und packt sie mit seinen Händen am ganzen Körper und sucht den Geruch der Frau am ganzen Körper der Frau; aber es ist nicht der richtige Mann. Daraus ergibt sich praktisch der Eindruck der Möglichkeit, und es genügt, sein Leben bäuchlings auf etwas zum Hinlegen zu beenden, und zu sabbern und dabei den Kopf hängen zu lassen und sich vorzustellen, daß man sein ganzes Leben lang sabbern kann; eine unvernünftige Vorstellung allerdings, denn dazu hat man nicht genug Speichel zur Verfügung. Mit hängendem Kopf sabbern hat indes etwas Beruhigendes, und die Leute tun es nicht oft genug. Zu ihrer Entlastung muß gesagt werden …

Es ist vollkommen sinnlos, obszöne Kommentare im Hinblick auf ein Mädchen zu formulieren, das …

Professor Frißtfrist schlug Angel, der zusammenzuckte, mit der Faust leicht auf den Kopf.

»Und der Assistenzarzt?« fragte er.

»Hm …«, sagte Frißtfrist.

»Was?«

»Ich werde bis morgen abend warten, dann werden wir ihm die Hand abschneiden.«

»Ist es so schlimm?«

»Man kann mit einer Hand leben«, sagte Frißtfrist.

»Das heißt ohne Hand«, sagte Angel.

»Ja«, sagte Frißtfrist. »Wenn man diese Schlußfolgerung weiterführt und gewisse Grundhypothesen berücksichtigt, dürfte es wohl möglich sein, auch völlig ohne Körper zu leben.«

»Das sind keine zulässigen Hypothesen«, sagte Angel.

»Auf jeden Fall«, sagte der Professor, »setze ich Sie davon in Kenntnis, daß man mich bald hinter Schloß und Riegel setzen wird.«

Angel war aufgestanden. Erneut entfernte er sich vom Hotel.

»Warum?«

Professor Frißtfrist holte ein kleines Notizbuch aus seiner linken Innentasche. In zwei Kolumnen standen Namen untereinander. Ein Name mehr in der linken Kolumne als in der rechten.

»Sehen Sie«, sagte der Professor.

»Ist das Ihr Krankenbuch?« sagte Angel.

»Ja. Die von links habe ich geheilt. Die von rechts sind gestorben. Solange ich links einen Vorsprung habe, kann ich weitermachen.«

»Wieso das?«

»Ich meine, daß ich solange Leute umbringen kann, bis die Zahl der Leute erreicht ist, die ich geheilt habe.

»Einfach so umbringen?«

»Ja. Natürlich. Eben habe ich Pippo umgebracht und jetzt stehe ich gleich.«

»Aber hatten Sie denn keinen größeren Vorsprung?«

»Nach dem Tod einer meiner Patientinnen«, sagte Frißtfrist, »vor zwei Jahren, habe ich eine Neurasthenie bekommen, und darauf habe ich eine Menge Leute umgebracht. Dummerweise eigentlich; ich habe wirklich keinen Nutzen davon gehabt.«

»Aber Sie könnten doch neue Kranke heilen«, sagte Angel, »und ein ruhiges Leben führen.«

»Hier ist niemand krank«, sagte der Professor. »Ich kann ja keine Kranken erfinden. Hinzu kommt, daß ich die Medizin nicht mag.«

»Aber der Assistenzarzt?«

»Das ist wieder meine Schuld. Wenn ich ihn heile, steht es gleich. Wenn er stirbt…«

»Die abgetrennte Hand, zählt das nicht?«

»Oh, so weit geht es schließlich nicht!« sagte der Professor. »Auch ebenso nicht eine ganz gewöhnliche Hand.«

»Alles klar«, sagte Angel, der hinzufügte: »Warum will man Sie hinter Schloß und Riegel setzen?«

»Das ist das Gesetz. Das müßten Sie doch wissen.«

»Wissen Sie«, sagte Angel, »in der Regel weiß man nichts. Und selbst die Leute, die Bescheid wissen müßten, das heißt jene, die es verstehen, die Ideen zu manipulieren, vorzukauen und sie dergestalt vorzustellen, daß sie sich einbilden, einen originellen Gedanken zu haben, erneuern nie ihre Kenntnis von den Dingen, die sie vorkauen, so daß ihre Ausdrucksweise dem Gegenstand dieses Ausdrucks immer zwanzig Jahre voraus ist. Daraus folgt, daß man von ihnen nichts lernen kann, denn sie begnügen sich mit Wörtern.«

»Ich finde es nicht sehr sinnvoll, daß Sie sich in philosophischen Abhandlungen verlieren, um mir zu erklären, daß Sie das Gesetz nicht kennen«, sagte der Professor.

»Gewiß«, sagte Angel, »aber es ist notwendig, daß diese Betrachtungen irgendwo ihren Platz finden. Falls es sich überhaupt um Betrachtungen handelt. Ich für meinen Teil würde dazu neigen, sie gewöhnliche Reflexe eines gesunden Individuums zu nennen, das in der Lage ist, festzustellen.«

»Was denn festzustellen?«

»Objektiv und ohne Vorurteile festzustellen.«

»Sie können noch hinzufügen: ohne bürgerliche Vorurteile«, sagte der Professor. »Das tut man.«

»Gern«, sagte Angel. »So haben die fraglichen Individuen die Formen des Gedankens so lange und so gründlich untersucht, daß die Formen ihnen den Gedanken selber verstellen. Stößt man sie dann mit der Nase drauf, versperren sie einem die Aussicht mit Hilfe eines anderen Stücks Form. Sie haben die Form selber um eine große Anzahl Zubehörteile und sinnreicher Vorrichtungen bereichert und bemühen sich nun, sie einswerden zu lassen mit dem betreffenden Gedanken, dessen rein physische Anlage als emotionaler und sensorischer Reflex ihnen vollkommen fremd ist.«

»Ich verstehe überhaupt nichts«, sagte Frißtfrist.

»Es ist wie beim Jazz«, sagte Angel. »Die Trance.«

»Mir wird halb klar«, sagte Frißtfrist. »Sie wollen sagen: in der gleichen Weise sind manche Menschen dafür empfänglich und andere nicht.«

»Ja«, sagte Angel. »Es ist höchst seltsam zu sehen, wenn man in Trance ist, wie Leute weiter reden und ihre Formen manipulieren können. Ich meine, wenn man den Gedanken spürt. Die materielle Sache.«

»Sie drücken sich verschwommen aus«, sagte Frißtfrist.

»Ich suche gar nicht, mich klar auszudrücken«, sagte Angel, »denn es kotzt mich derart an, den Versuch zu unternehmen, etwas auszudrücken, was ich so klar verspüre; und außerdem ist es mir völlig wurscht, ob ich den andern meinen Standpunkt mitteilen kann oder nicht.«

»Man kann mit Ihnen nicht diskutieren«, sagte Frißtfrist.

»Ich glaube, daß man das nicht kann«, sagte Angel. »Sie werden mir aber doch diesen mildernden Umstand zugute halten, daß es seit dem Anfang das erste Mal ist, daß ich mich an etwas dieser Art heranwage.«

»Sie wissen nicht, was Sie wollen«, sagte Frißtfrist.

»Wenn ich in meinen Armen und in meinen Beinen zufrieden bin und mich wohlfühle«, sagte Angel, »und wenn ich weich und locker bleiben kann wie ein Sack mit Kleie, dann weiß ich, daß ich das habe, was ich will, denn dann kann ich daran denken, wie ich möchte, daß es sein soll.«

»Ich bin vollkommen erschlagen«, sagte Frißtfrist. »Die unbestimmbare, unbestrittene und unerbittliche Drohung, deren Opfer ich hier und jetzt bin, verzeihen Sie mir die Alliteration, ist sicherlich dem ans Koma grenzenden Zustand des Ekels nicht unbekannt, in dem sich meine Hülle eines bärtigen Vierzigers befindet. Sie würden besser daran tun, über etwas anderes mit mir zu sprechen.«

»Wenn ich über etwas anderes spreche«, sagte Angel, »werde ich über Rochelle sprechen, und das wird das von mir seit einigen Minuten mühsam errichtete Gebäude zum Einstürzen bringen. Ich habe nämlich Lust, Rochelle zu ficken.«

»Aber natürlich«, sagte Frißtfrist. »Ich auch. Ich gedenke es nach Ihnen zu tun, falls Sie nichts dagegen haben sollten, und wenn die Polizei mir die Zeit dazu läßt.«

»Ich liebe Rochelle«, sagte Angel. »Es ist wahrscheinlich, daß mich das dazu verleiten wird, Blödsinn zu machen. Denn allmählich bin ich es satt. Mein System ist zu vollkommen, um je verwirklicht werden zu können: außerdem ist es nicht mitteilbar, so daß ich gezwungen wäre, es ganz allein zur Anwendung zu bringen, und die Leute würden da nicht mitmachen. Infolgedessen sind die Dummheiten, die ich machen kann, ohne Bedeutung.«

»Welches System?« sagte Frißtfrist. »Sie erschlagen mich heute buchstäblich.«

»Mein System zur Lösung aller Probleme«, sagte Angel. »Ich habe tatsächlich für alles Lösungen gefunden. Sie sind ausgezeichnet und haben einen hohen Nutzeffekt, aber ich bin der einzige, der sie kennt, und ich habe keine Zeit, die andern damit bekannt zu machen, denn ich bin sehr beschäftigt. Ich arbeite und ich liebe Rochelle. Verstehen Sie?«

»Es gibt Leute, die machen noch sehr viel mehr«, sagte der Professor.

»Ja«, sagte Angel, »aber ich brauche auch noch Zeit, um bäuchlings auf der Erde zu liegen und zu sabbern. Ich werde es bald tun. Ich erwarte mir viel von dieser Übung.«

»Wenn der Kerl morgen kommt, um mich zu verhaften«, sagte Frißtfrist, »werde ich Sie bitten, den Assistenzarzt zu pflegen. Ich werde ihm die Hand abschneiden, bevor ich weggehe.«

»Man kann Sie ja noch gar nicht verhaften«, sagte Angel. »Sie haben noch ein Anrecht auf eine weitere Leiche.«

»Manchmal verhaften sie einen schon im voraus«, gab der Professor zur Antwort. »Im Augenblick läuft das Gesetz völlig verkehrt.«

## VIII

Mit großen Schritten durchmaß Abbé Petitjean die Piste. Er trug einen schwer bepackten Bettelsack und schlenkerte nachlässig sein Brevier an einem Stück Schnur, wie es die Büffler mit ihrem Tintenfaß machen. Ferner sang er, um sein Gehör zu verzaubern (aber auch, um sich in den Stand der Heiligkeit zu versetzen), ein altes Kirchenlied:

Eine dicke grüne Mahaus
Lief unverfroren durch das Hahaus
Ich packte sie am Schwanz
Empört von so viel Arroganz
Man sagt mir mit Gegröhöl
Tauch sie doch in heißes Öhöl
Tauch sie drauf in weißen Wein
Dann wird aus ihr ein Vögelein
Du ißt davon ein Beinelein
Das schmeckt dir sicherlich sehr fein
Was braucht es mehr zum Glücklichsein.
Am Abend so im Dämmerschein.

Durch kräftiges Aufstampfen mit dem Absatz skandierte er den traditionellen Rhythmus des Liedes, und der physische Zustand, der sich aus dieser Summe von Tätigkeiten ergab, schien ihm zufriedenstellend. Hin und wieder stand tatsächlich ein Büschel spitzer Gräser mitten auf dem Weg und hier und da stechendes und schädliches Scrub spinifex, das ihm die Waden unter der Soutane zerkratzte, doch was bedeuten diese Dinge? Nichts. Abbé Petitjean hatte schon ganz andere Sachen erlebt, denn Gott ist groß.

Er sah eine Katze von links und nach rechts über die Piste laufen und dachte, daß er bald da war. Und dann stand er plötzlich mitten auf Athanagoras' Lagerplatz.

Sogar mitten in Athanagoras' Zelt. Wo letzterer übrigens arbeitete, sehr mit einer seiner Standardschachteln beschäftigt, die nicht aufgehen wollte.

»Grüß Gott!« sagte der Archäologe.

»Grüß Gott!« sagte der Abbé. »Was machen Sie?«

»Ich versuche, diese Schachtel zu öffnen«, sagte Athanagoras, »aber es gelingt mir nicht.«

»Dann lassen Sie sie doch zu«, sagte der Abbé. »Man soll sein Talent nicht überfordern.«

»Es ist eine Fasinschachtel«, sagte Athanagoras.

»Was ist denn das, Fasin?«

»Das ist eine Mischung«, sagte der Archäologe. »Es würde zu weit führen, mehr darüber zu sagen.«

»Ich bitte Sie«, sagte der Abbé. »Was gibt es Neues?«

»Barrizone ist heute morgen gestorben«, sagte Athanagoras.

»Magni nominis umbra ...«, sagte der Abbé.

»Jam proximus ardet Ucalegon ...«

»Oh!« meinte Petitjean, »man darf nicht an Vorzeichen glauben. Wann wird er besandet?«

»Heute abend oder morgen.«

»Da gehen wir hin«, sagte der Abbé. »Bis nachher.«

»Ich komme mit Ihnen«, sagte der Archäologe. »Eine Sekunde.«

»Sollen wir vorher einen trinken?« schlug Petitjean vor.

»Cointreau?«

»Nein! ... Ich habe was mitgebracht.«

»Ich habe auch Zython«, regte der Archäologe an.

»Danke ... wirklich nicht.«

Petitjean schnürte seinen Bettelsack auf und nach kurzem Suchen zog er eine Feldflasche daraus hervor.

»Hier«, sagte er. »Versuchen Sie.«

»Nach Ihnen ...«

Petitjean kam der Aufforderung nach und trank einen guten Schluck. Dann hielt er den Apparat dem Archäologen hin. Der brachte das Mundstück an seine Lippen, legte den Kopf zurück und richtete sich fast sofort wieder auf.

»Es ist nichts mehr drin …«, sagte er.

»Das wundert mich nicht … Ich bin immer noch der gleiche«, sagte der Abbé. »Ein Trinker, indiskret … und dazu noch verfressen.«

»Ich war nicht unbedingt darauf versessen«, sagte der Archäologe, »ich hätte nur so getan.«

»Das macht nichts«, sagte der Abbé, »ich verdiene eine Strafe. Wieviele blaue Bohnen sind in einer Kiste Polentebohnen?«

»Was nennen Sie Polentebohnen?« fragte der Archäologe.

»Ja«, sagte Petitjean, »natürlich, Sie haben das Recht, mir diese Frage zu stellen. Das ist ein bildhafter Ausdruck, der mir eigen ist und dazu dient, die 7,65 mm Patronen zu bezeichnen, mit denen die Polentegleichmacher geladen werden.«

»Dies stimmt mit dem Erklärungsversuch überein, den ich zu unternehmen mich bemühte«, sagte der Archäologe. »Nun, sagen wir fünfundzwanzig.«

»Viel zu viel, Mann!« sagte der Abbé. »Sagen Sie drei.«

»Dann drei.«

Petitjean zog seinen Rosenkranz hervor und sagte ihn dreimal auf, so schnell, daß die glatten Perlen unter seinen behenden Fingern zu rauchen anfingen. Er steckte ihn wieder in die Tasche und schüttelte die Hände in der Luft.

»Mann, brennt das! …« sagte er. »Das hätte ich hinter mir. Auch die Welt ist mir wurscht.«

»Oh«, sagte Athanagoras, »niemand macht Ihnen das zum Vorwurf.«

»Sie reden gut«, sagte Petitjean. »Sie sind ein Mann mit guter Erziehung. Es ist ein Vergnügen, in einer Wüste, die voller Sand und klebriger Brimmen ist, jemand von Ihrem Niveau anzutreffen.«

»Sie vergessen die Elymen«, sagte der Archäologe.

»Ach ja«, sagte der Abbé. »Sind das die kleinen gelben Schnecken? Was ist eigentlich aus Ihrer jungen Freundin geworden, der Frau mit den schönen Brüsten?«

»Sie geht kaum noch aus«, sagte der Archäologe. »Sie gräbt mit ihren Brüdern. Es geht voran. Aber die Elymen sind keine Schnecken. Eher Gräser.«

»Dann werden wir sie also nicht sehen?« fragte der Abbé.

»Heute nicht.«

»Aber wozu ist sie denn hierher gekommen?« sagte Petitjean. »Ein so schönes Mädchen, eine außergewöhnliche Haut, prächtiges Haar, eine Brust, daß man sich exkommunizieren lassen möchte, intelligent und stark wie ein Tier, und nie sieht man sie. Sie schläft doch wohl nicht mit ihren Brüdern?«

»Nein«, sagte der Archäologe. »Ich glaube, daß Angel ihr gefiel.«

»Na? Ich kann sie miteinander verheiraten, wenn Sie wollen.«

»Er denkt nur an Rochelle«, sagte der Archäologe.

»Sie ist nicht mein Typ. Sie ist viel zu satt.«

»Ja«, sagte Athanagoras. »Aber er liebt sie.«

»Liebt er sie?«

»Zu klären, ob er sie wirklich liebt, wäre eine interessante Aufgabe.«

»Kann er sie weiterhin lieben, wenn er sieht, daß sie mit seinem Freund schläft?« sagte Petitjean. »Daß ich mit Ihnen über alle diese Dinge rede, dürfen Sie nicht als die sexuelle Neugier eines Verklemmten ansehen. Auch ich habe in meinen Mußestunden meinen Ständer.«

»Das kann ich mir denken«, sagte Athanagoras. »Da brauchen sie sich nicht zu entschuldigen. Ich glaube tatsächlich, daß er sie im Ernst liebt. Ich meine, daß es so weit geht, daß er ihr weiterhin nachläuft, ohne die geringste Hoffnung. Und daß er sich auch nicht für Cuivre interessiert, obgleich der nichts lieber wäre.«

»Oh! Oh!« sagte Petitjean. Er wird sich wohl begreifen!«

»Sich was?«

»Sich begreifen. Entschuldigen Sie bitte, das ist Sakristeijargon.«

»Ich … Ach! Ja!« sagte Athanagoras. »Ich habe begriffen. Nein, ich glaube allerdings nicht, daß er sich begreift.«

»Unter diesen Umständen«, sagte Petitjean, »sollte man ihn dazu bringen, daß er mit Cuivre schläft.«

»Es wäre mir lieb, wenn er es täte«, sagte Athanagoras. »Sie sind beide lustig.«

»Wir müssen sie beide zum Eremiten führen«, sagte der Abbé. »Wirklich, der macht einen heiligen Akt, das ist schon ein verdammt durchschlagender Erfolg. Oh, verflixt! Schon wieder! Pech gehabt! Erinnern Sie mich daran, daß ich nachher ein paar Rosenkränze aufsage.«

»Was ist denn los?« fragte der Archäologe.

»Ich bin ständig am fluchen und lästern«, sagte Petitjean. »Aber das ist weiter nicht von Bedeutung. Ich werde nachher kurz rekapitulieren. Um auf unser Thema zurückzukommen, ich sagte Ihnen also, daß das Schauspiel des Eremiten ziemlich interessant ist.«

»Ich bin noch nicht dort gewesen«, sagte der Archäologe.

»Auf Sie«, sagte der Abbé, »hätte das keine große Wirkung. Sie sind alt.«

»Ja«, sagte der Archäologe, »ich interessiere mich eher für die Gegenstände und die Erinnerung der Vergangenheit. Doch der Anblick zweier junger, gut gebauter Menschen in einfachen und natürlichen Stellungen stößt mich keineswegs ab.«

»Diese Negerin …«, sagte Petitjean.

Er schloß seinen Satz nicht ab.

»Was ist mit ihr?«

»Sie ... ist sehr begabt. Sehr wendig, meine ich. Würde es Ihnen etwas ausmachen, über etwas anderes mit mir zu reden?«

»Keineswegs«, sagte der Archäologe.

»Ich werde allmählich erregt«, sagte Petitjean. »Und ich möchte nicht Ihre junge Freundin belästigen. Erzählen Sie mir zum Beispiel von einem schönen Glas kaltes Wasser in den Halsausschnitt oder von der Holzhammertortur.«

»Was ist denn das, die Holzhammertortur?«

»Bei manchen Indianern sehr gebräuchlich«, sagte der Abbé, »besteht sie darin, das Skrotum des Patienten so auf einen Holzklotz zu drücken, daß die Hoden hervortreten und sie dann durch einen kurzen Schlag mit dem Holzhammer zu zerquetschen ... Au! Au! ...« fügte er hinzu und krümmte sich auf der Stelle. »Das tut sicherlich sehr weh!«

»Das ist gut ausgedacht«, sagte der Archäologe ... »Das erinnert mich an eine andere ...«

»Reden Sie nicht weiter ...«, sagte der Abbé völlig zusammengekrümmt. »Ich bin wieder ganz beruhigt.«

»Wunderbar«, sagte Athanagoras. »Dann können wir wohl gehen?«

»Wie?« verwunderte sich der Abbé. »Wir sind noch nicht gegangen. Es ist wirklich verblüffend, wie geschwätzig Sie sind.«

Der Archäologe begann zu lachen, und er nahm seinen Tropenhelm ab, den er an einen Nagel hing.

»Ich folge Ihnen«, sagte er.

»Eine Gans, zwei Gänse, drei Gänse, vier Gänse, fünf Gänse, sechs Gänse ...«, sagte der Abbé.

»Sieben Gänse«, sagte der Archäologe.

»Amen!« sagte Petitjean.

Er bekreuzigte sich und ging als erster aus dem Zelt.

## IX

Diese Exzenter sind verstellbar…
*(Die Mechanik auf der Weltausstellung von 1900, Dunod édit., Band 2, Seite 204)*

»Sie sagten, daß das Elymen sind?« fragte Abbé Petitjean und zeigte auf die Gräser.

»Nicht die dort«, bemerkte der Archäologe. »Aber es gibt auch Elymen.«

»Das ist völlig uninteressant«, gab der Abbé zu bedenken. »Was nützt es, den Namen zu kennen, wenn man weiß, was die Sache ist?«

»Es ist nützlich für die Unterhaltung.«

»Es würde doch genügen, der Sache einen anderen Namen zu geben.«

»Natürlich«, sagte der Archäologe, aber je nach dem Gesprächspartner, den man gerade belehren will, würde man mit dem gleichen Namen nicht die gleiche Sache bezeichnen.«

»Sie haben sich da versprochen«, sagte der Abbé. »Sie meinen den Gesprächspartner, den man gerade bekehren will.«

»Aber nein«, sagte der Archäologe. »Erstens wäre es ein Verstoß gegen den guten Geschmack und zweitens ist es überhaupt nicht das, was ich sagen wollte.«

Sie gingen auf das Hotel Barrizone zu. Der Abbé hatte seinen Arm vertraulich unter den Athanagoras' geschoben.

»Ich will Ihnen gern glauben…«, sagte der Abbé. »Aber trotzdem wundert es mich.«

»Das ist Ihre Berufungskrankheit.«

»Abgesehen davon, wie weit sind Sie denn mit Ihren Ausgrabungen?«

»Wir kommen sehr schnell voran. Wir folgen der Richtlinie.«

»Womit stimmt sie eigentlich überein?«

»Oh …«, sagte der Archäologe … »Ich weiß nicht … Darüber muß ich erst mal nachdenken …«

Er schien zu suchen.

»Ich schätze, sie verläuft unweit des Hotels.«

»Haben Sie Mumien gefunden?«

»Wir essen zu jeder Mahlzeit welche. Sie schmecken gar nicht schlecht. In der Regel sind sie gut zubereitet, aber oft sind sie zu stark gewürzt.«

»Ich habe früher mal welche gekostet, im Tal der Könige«, sagte der Abbé. »Es ist dort eine Spezialität.«

»Sie stellen sie fabrikmäßig her. Die unseren sind echt.«

»Ich habe einen Horror vor Mumienfleisch«, sagte der Abbé. »Ich glaube, da ist mir Ihr Petroleum doch noch lieber.«

Er ließ Athanagoras' Arm los.

»Entschuldigen Sie eine Sekunde.«

Der Archäologe sah, wie er einen Anlauf nahm und einen doppelten Salto in der Luft machte. Er landete auf den Händen und begann ein Rad zu schlagen. Seine Soutane, um ihn herum aufgespannt, schmiegte sich an seine Beine und zeichnete die Buckel seiner dicken Waden ab. Er schlug ein Dutzend Räder und blieb auf den Händen stehen, dann stellte er sich mit einem Schlag wieder auf.

»Ich bin bei den Eudisten erzogen worden«, erklärte er dem Archäologen. »Das ist zwar eine strenge, aber für Geist und Körper wohltuende Erziehung.«

»Ich bedauere«, sagte Athanagoras, »daß ich nicht die religiöse Laufbahn eingeschlagen habe. Wenn ich Sie so sehe, wird mir klar, was ich versäumt habe.«

»Sie haben doch auch ganz schön was erreicht«, sagte der Abbé.

»In meinem Alter eine Richtlinie entdecken ...«, sagte der Archäologe. »Jetzt ist es zu spät ...«

»Die jungen Leute werden den Nutzen davon haben.«

»Ohne Zweifel.«

Von der Anhöhe herab, die sie gerade hinaufgeklettert waren, erblickten sie das Hotel. Direkt davor funkelten die Eisenbahngleise, glänzend und neu, auf den Unterlagen in der Sonne. Rechts und links erhoben sich zwei hohe Sanddämme, und das Ende verlor sich hinter einer anderen Düne. Die ausführenden Organe schlugen gerade die letzten Schwellenschrauben in die Schwellen, und man sah die Funken der Hammerschläge auf dem Kopf der Schwellenschrauben, noch bevor man den Schlag hörte.

»Aber die durchschneiden ja das Hotel! ...« sagte Petitjean.

»Ja ... Die Berechnungen haben gezeigt, daß es notwendig war.«

»Das ist doch blödsinnig!« sagte der Abbé. »Es gibt nicht allzu viele Hotels in dieser Gegend.«

»Das habe ich mir auch gedacht«, sagte der Archäologe. »Aber das ist Dudus Idee.«

»Ich würde ja gern ein billiges Wortspiel über den Namen Dudu machen«, sagte der Abbé, »aber dann würde man glauben, man hätte diesen Namen absichtlich gewählt. Und niemand weiß besser als ich, daß das nicht der Fall ist.«

Sie schwiegen, denn der Lärm wurde unerträglich. Das gelbschwarze Taxi war etwas beiseite gefahren, um die Gleise vorbeizulassen; die Moosblumen blühten immer noch mit der gleichen Üppigkeit. Das Hotel ließ wie gewöhnlich ein starkes Luftzittern über seinem Flachdach aufsteigen, und der Sand blieb der Sand, das heißt gelb, pulverförmig und verlockend. Was die Sonne anging, so schien sie unverändert, und das Gebäude verbarg den Blicken der beiden Männer die schwarze, kalte Grenzzone, die sich weit dahinter, von rechts nach links, in ihrer toten Mattheit erstreckte.

Carlo und Marin hörten mit der Arbeit auf, erstens, um den Abbé und Athanagoras vorbeizulassen, und zweitens, weil sie jetzt fertig waren. Erst mußte ein Teil des Hotels abgerissen werden, und dazu mußte zuvor Barrizones Leiche hinausgeschafft werden.

Sie ließen ihre schweren Hämmer fallen und gingen mit langsamen Schritten zu den Stapeln mit Schwellen und Schienen, um unterdessen die Montage des nächsten Abschnitts vorzubereiten. Das schlanke Profil der Hebevorrichtungen aus dünnem Stahl zeichnete sich über den Materialhaufen ab und zerschnitt den Himmel in schwarz umränderte Dreiecke.

Sie erklommen den Damm, wobei sie ihre Hände zu Hilfe nahmen, denn der Hang war steil, und sausten den andern Abhang hinunter, sich den Blicken des Abbés und seines Gefährten entziehend.

Diese betraten den Hauptsaal, und Athanagoras schloß die Glastür hinter sich. Im Innern war es heiß, und ein Geruch nach Medikamenten ergoß sich von der Treppe her über den Boden, sammelte sich in Schafshöhe im Raum und sickerte in die verfügbaren konkaven Winkel. Es war niemand da.

Sie blickten hoch und hörten im oberen Stockwerk Schritte. Der Abbé begab sich zur Treppe und kletterte sie hinauf, gefolgt von dem Archäologen. Der Geruch verursachte ihnen Übelkeit. Athanagoras bemühte sich, nicht mehr zu atmen. Sie kamen im Flur des Stockwerks an, und das Stimmengewirr führte sie in das Zimmer, in dem die Leiche lag. Sie klopften an, und man sagte herein.

Man hatte das, was von Barrizone übrigblieb, in eine große Kiste gelegt, und er paßte genau hinein, weil der

Unfall ihn ein wenig kürzer gemacht hatte. Der Rest seines Schädels bedeckte das Gesicht; an der Stelle seines Antlitzes erkannte man nur noch eine Masse schwarzer Lockenhaare. Im Zimmer war Angel, der allein vor sich hinsprach und sich unterbrach, als er sie sah.

»Guten Tag!« sagte der Abbé. »Wie geht's?«

»Es geht so …«, sagte Angel.

Er drückte dem Archäologen die Hand.

»Sie sprachen, wie mich deucht«, sagte der Abbé.

»Ich habe Angst, daß er sich langweilt«, sagte Angel. »Ich habe versucht, ihm allerhand zu erzählen. Ich glaube zwar nicht, daß er es hört, aber das kann ihn nur beruhigen. Er war ein braver Kerl.«

»Es war ein gemeiner Unfall«, sagte Athanagoras. »Eine solche Geschichte ist zum Heulen.«

»Ja«, sagte Angel. »Dieser Meinung ist auch Professor Frißtfrist. Er hat sein Flugzeugmodell verbrannt.«

»Verflixt!« sagte der Abbé. »Ich hoffte, es fliegen zu sehen.«

»Es sieht ziemlich schrecklich aus«, sagte Angel. »Es hat zumindest den Anschein …«

»Wieso das?«

»Weil man nichts sieht. Es fliegt zu schnell. Man hört nur das Geräusch.«

»Wo ist der Professor?« fragte Athanagoras.

»Oben«, sagte Angel. »Er wartet darauf, daß man ihn verhaften kommt.«

»Warum?«

»Sein Krankenbuch ist ausgeglichen«, erklärte Angel. »Und er befürchtet, daß der Assistenzarzt nicht davonkommt. Er ist wohl gerade dabei, ihm die Hand abzuschneiden.«

»Auch das Flugzeugmodell?« erkundigte sich Petitjean.

»Der Motor hat dem Assistenzarzt in die Hand gebissen«, sagte Angel. »Darauf hat sich sofort eine Infektion in ihr breitgemacht. Deshalb muß er die Hand abgeschnitten bekommen.«

»Schön ist das alles nicht«, sagte der Abbé. »Ich wette, daß noch keiner von Ihnen den Eremiten aufgesucht hat.«

»Nein«, gestand Angel.

»Wie wollen Sie unter solchen Umständen leben?« sagte der Abbé. »Da bietet man Ihnen einen heiligen Akt erster Wahl, der wirklich stärkend ist, und niemand geht ihn sich ansehen ...«

»Wir sind nicht mehr gläubig«, sagte Angel. »Ich persönlich denke vor allem an Rochelle.«

»Sie ist zum Kotzen«, sagte der Abbé. »Wo Sie sich an Athanagoras' Freundin ranmachen könnten! ... Sie sind ja furchtbar mit Ihrem schlaffen Frauenzimmer.«

Der Archäologe schaute aus dem Fenster und beteiligte sich nicht an der Unterhaltung.

»Ich möchte so wahnsinnig gern mit Rochelle schlafen«, sagte Angel. »Ich liebe sie heftig, beharrlich und hoffnungslos. Sie müssen vielleicht darüber lachen, aber es ist nun mal so.«

»Die macht sich doch über Sie lustig«, sagte der Abbé. »Verflixt und Donnerwetter! Wenn ich an Ihrer Stelle wäre! ...«

»Ich will Cuivre gern küssen«, sagte Angel, »und sie in meinen Armen halten, aber ich werde doch genauso unglücklich sein.«

»Oh«, sagte der Abbé, »Sie tun mir richtig weh! Suchen Sie den Eremiten auf, heiliger Strohsack! ... Da kommen Sie auf andere Gedanken! ...«

»Ich will Rochelle«, sagte Angel. »Es wird Zeit, daß ich sie bekomme. Sie sieht immer abgenutzter aus. Ihre Arme haben die Form des Körpers meines Freundes angenommen, und ihre Augen sagen nichts mehr, und ihr Kinn verschwindet, und ihre Haare sind fettig. Sie ist weich und schlaff, das stimmt, sie ist weich wie eine etwas angefaulte

Frucht, und sie hat den gleichen warmen Körpergeruch wie eine etwas angefaulte Frucht, und sie ist genauso anziehend.«

»Machen Sie keine Literatur«, sagte Petitjean. »Eine angefaulte Frucht ist zum Kotzen. Sie ist klebrig. Sie platzt auf.«

»Sie ist nur sehr reif…«, sagte Angel. »Sie ist mehr als reif. In gewisser Hinsicht ist das besser.«

»Das entspricht nicht Ihrem Alter.«

»Es gibt kein Alter. Ich würde ihr Aussehen von vorher vorziehen. Aber das wird sich nie wieder herstellen lassen.«

»Aber so machen Sie doch die Augen auf!« sagte der Abbé.

»Ich mache die Augen auf, und ich sehe sie jeden Morgen aus Annes Zimmer kommen. Noch ganz geöffnet, ganz feucht von allem, ganz warm und klebrig, und ich habe Verlangen danach. Es verlangt mich, sie auf mich zu legen, sicherlich gibt sie nach und dehnt sich wie Kitt.«

»Das ist ja ekelerregend«, sagte der Abbé. »Das ist Sodom und Gomorrha, nur nicht so normal. Sie sind ein großer Sünder.«

»Sie riecht bestimmt nach Algen, die im Meerwasser in der Sonne geschmort haben«, sagte Angel. »Wenn es anfängt, zu verwesen. Und das mit ihr zu machen, ist sicherlich wie mit einer Stute, mit viel Platz und jeder Menge Schlupfwinkel und einem Geruch nach Schweiß und Ungewaschensein. Ich möchte, daß sie sich einen ganzen Monat lang nicht wäscht, und daß sie jeden Tag einmal täglich mit Anne schläft, damit sie ihn anekelt, und dann möchte ich sie nehmen, sofort, wenn sie von ihm kommt. Noch voll.«

»Das reicht jetzt langsam«, sagte der Abbé. »Sie sind ja ein Drecksack.«

Angel sah Petitjean an.

»Sie verstehen nichts«, sagte er. »Sie haben nichts verstanden. Sie ist abgeschlafft.«

»Daß sie das ist, ist mir klar!« sagte der Abbé.

»Ja«, sagte Angel. »In dieser Hinsicht auch. Aber darüber bin ich hinaus.«

»Wenn ich Ihnen den Hintern versohlen könnte«, sagte Petitjean, »würde es nicht so abgehen.«

Der Archäologe drehte sich um.

»Kommen Sie mit uns, Angel«, sagte er. »Sehen Sie sich den Eremiten an. Wir gehen Cuivre holen und gehen dann zusammen hin. Sie müssen auf andere Gedanken kommen, Sie dürfen nicht bei Pippo bleiben. Hier ist alles gelaufen, aber nicht für Sie.«

Angel fuhr sich mit der Hand über die Stirn und schien sich ein wenig zu beruhigen.

»Gern«, sagte er. »Wir nehmen den Doktor mit.«

»Gehen wir ihn zusammen holen«, sagte der Abbé. »Wieviele Stufen müssen wir steigen, bis wir auf dem Speicher sind?«

»Sechzehn«, sagte Angel.

»Das ist zuviel«, sagte Petitjean. »Drei genügen. Meinetwegen auch vier.«

Er zog seinen Rosenkranz aus der Tasche.

»Ich muß meinen Rückstand aufholen«, sagte er. »Entschuldigen Sie. Ich folge Ihnen auf dem Fuß.«

# X

> Wenn Sie Kunststücke mit Tafeln vorführen, wäre es lächerlich, wenn Sie das mit den größten Schiefertafeln tun wollten.
> *(Bruce Elliott, »Lehrbuch der Taschenspielerkunst«, Payot édit., Seite 223)*

Angel ging als erster hinein. Im Krankenrevier waren nur der Assistenzarzt, der lang ausgestreckt auf dem Operationstisch lag, und Doktor Frißtfrist im weißen Veterinärschirurgenkittel, der über der blauen Flamme einer Spirituslampe ein Skalpell sterilisierte, bevor er es in eine Flasche mit Salpetersäure tauchte. Eine vernickelte, viereckige Büchse, halb voll mit Wasser und glänzenden Instrumenten brodelte auf einem Elektrokocher, und aus einem mit einer rote Flüssigkeit gefüllten Glaskolben stieg ungestümer Dampf. Der Assistenzarzt, der ganz nackt war und die Augen geschlossen hielt, zitterte auf dem Tisch, festgeschnallt mit soliden Gurten, die ihm tief in sein vom Müßiggang und Glockenläuten verweichlichtes Fleisch schnitten, und sagte nichts, während Professor Frißtfrist eine Stelle aus *Black, Brown and Beige* vor sich hinpfiff, immer die gleiche, weil er nicht mehr wußte, wie es weiterging. Beim Geräusch von Angels Schritten drehte er sich um; in diesem Augenblick erschienen Athanagoras und Abbé Petitjean ebenfalls.

»Guten Tag, Doktor«, sagte Angel.

»Servus!« sagte Frißtfrist. »Wie klappt's?«

»Es klappt.«

Der Professor grüßte den Archäologen und den Abbé.

»Können wir Ihnen helfen?« fragte Angel.

»Nein«, sagte der Professor. »Es wird gleich vorbeisein.«

»Ist er betäubt?«

»Wo denken Sie hin …«, sagte Frißtfrist. «Doch nicht für so eine Kleinigkeit.«

Er sah beunruhigt aus und warf flüchtige Blicke hinter sich.

»Ich habe ihn durch Schläge mit einem Stuhl auf den Kopf unempfindlich gemacht«, sagte er. »Aber ist Ihnen auf dem Weg hierher nicht ein Polizeiinspektor begegnet?«

»Nein«, sagte Athanagoras. »Es war niemand zu sehen, Professor.«

»Sie kommen sicher, um mich zu verhaften«, sagte Frißtfrist. »Ich habe meine Anzahl überschritten.«

»Ist Ihnen das unangenehm?« fragte der Abbé.

»Nein«, sagte Frißtfrist. »Aber ich habe einen Horror vor Polizeiinspektoren. Ich muß diesem Dummkopf noch die Hand abschneiden, und dann gehe ich.«

»Ist es schlimm?« fragte Angel.

»Sehen Sie selbst.«

Angel und der Abbé traten an den Tisch heran. Athanagoras blieb einige Schritte dahinter. Die Hand sah übel aus. Der Professor hatte sie für seine Operation an den Körper des Assistenzarztes gelegt. Die Wunde klaffte grellgrün, und reichlicher Schaum floß unaufhörlich von der Mitte zu den Rändern hin, die jetzt vollständig verbrannt und zerfetzt waren. Eine flüssige Feuchtigkeit floß zwischen den Fingern des Assistenzarztes und besudelte das grobe Leintuch, auf dem sein von einem raschen Zittern geschüttelter Körper ruhte. Hin und wieder trat eine große Blase an die Oberfläche der Wunde und platzte, wobei sie den Körper des Patienten in der Umgebung seiner Hand mit unendlich vielen kleinen, unregelmäßigen Flecken bespritzte.

Petitjean drehte den Kopf als erster ab und machte ein angeödetes Gesicht. Angel betrachtete den schlappen Körper des Assistenzarztes, seine graue Haut und seine erschlafften Muskeln, und die wenigen armseligen Haare, die er auf der Brust hatte. Er sah die durch Beulen verunstalteten Knie, die nicht sehr geraden Schienbeine und die schmutzigen Füße, und er preßte die Fäuste zusammen, dann drehte er sich nach Athanagoras um, und dieser legte ihm die Hand auf die Schulter.

»So war er nicht, als er angekommen ist...«, murmelte Angel. »Hat die Wüste auf alle eine solche Wirkung?«

»Nein«, sagte Athanagoras. »Machen Sie sich keine Sorgen, mein Kleiner. Eine Operation ist eben nicht angenehm.«

Abbé Petitjean ging an eines der Fenster des langgestreckten Raums und sah nach draußen.

»Ich glaube, sie kommen Barrizones Leiche abholen«, sagte er.

Carlo und Marin marschierten auf das Hotel zu, wobei sie eine Art Bahre trugen.

Professor Frißtfrist machte einige Schritte und warf ebenfalls einen Blick hinaus.

»Ja«, sagte er. »Es sind die beiden ausführenden Organe. Ich glaubte, es seien Polizeiinspektoren.«

»Ich nehme an, daß niemand das Bedürfnis hat, ihnen helfen zu gehen«, sagte Angel.

»Nein«, versicherte Petitjean. »Es genügt, wenn wir den Eremiten besuchen gehen. Wir waren eigentlich gekommen, um Sie dazu abzuholen, Professor.«

»Ich bin ganz schnell fertig«, sagte Frißtfrist. »Meine Instrumente sind bereit. Aber ich komme sowieso nicht mit. Sobald ich fertig bin, gehe ich weg.«

Er krempelte die Ärmel hoch.

»Ich werde ihm jetzt die Hand abschneiden. Schauen Sie lieber nicht hin, wenn es Sie anwidert. Es muß unbedingt sein. Ich glaube, daß er daran krepieren wird, denn er ist in einem beklagenswerten Zustand.«

»Kann man nichts tun?« fragte Angel.

»Nichts«, sagte der Professor.

Angel wandte sich ab; der Abbé und der Archäologe taten das gleiche. Der Professor füllte die rote Flüssigkeit aus dem Glaskolben in eine Art Kristallisiergefäß um und ergriff ein Skalpell. Die drei andern hörten das Sägeblatt auf den Knochen des Handgelenks knirschen, und gleich darauf war alles vorbei. Der Assistenzarzt rührte sich nicht mehr. Der Professor stillte das Blut mit einer Handvoll Watte und Äther, dann packte er den Arm des Assistenzarztes und tauchte das blutige Ende in die Flüssigkeit im Kristallisiergefäß, die sogleich um den Stummel herum erstarrte und so eine Art Kruste bildete.

»Was machen Sie da?« fragte Petitjean, der verstohlen hinsah.

»Das ist Siegellack«, sagte Frißfrist.

Gewissenhaft nahm er die abgeschnittene Hand mit einer vernickelten Pinzette und legte sie auf einen Glasteller, dann übergoß er sie mit Salpetersäure. Roter Rauch stieg auf, und die ätzenden Dämpfe brachten ihn zum Husten.

»Ich bin fertig«, sagte er. »Wir werden ihn losbinden und wachmachen.«

Angel ließ es sich angelegen sein, die Riemen an den Füßen zu lösen und der Abbé den am Hals. Der Assistenzarzt rührte sich immer noch nicht.

»Er ist wahrscheinlich tot«, sagte Frißtfrist.

»Wie ist das möglich?« fragte der Archäologe.

»Die Betäubung … ich habe wohl zu fest draufgeschlagen.«

Er lachte.

»Ich habe Spaß gemacht. Schauen Sie ihn an.«

Die Augenlider des Assistenzarztes gingen auf einen Schlag hoch wie zwei kleine starre Klappläden, und er richtete sich auf.

»Warum bin ich nackt?« fragte er.

»Weiß nicht …«, sagte Frißtfrist und begann, seinen Kittel aufzuknöpfen. »Ich habe schon immer gedacht, daß Sie einen Hang zum Exhibitionismus haben.«

»Es würde Ihnen wohl weh tun, wenn Sie aufhörten, mir Gemeinheiten zu sagen, wie?« stieß der Assistenzarzt gehässig aus. Er betrachtete seinen Stummel.

»Nennen Sie das vielleicht saubere Arbeit?« sagte er.

»Jetzt reichts aber!« sagte Frißtfrist. »Sie hätten es ja selber machen können.«

»Das werde ich das nächste Mal auch tun«, versicherte der Assistenzarzt. »Wo sind meine Kleider?«

»Die habe ich verbrannt …«, sagte Frißtfrist. »Schließlich ist es nicht nötig, daß sich alle anstecken.«

»So, dann bin ich also nackt und bleibe nackt?« sagte der Assistenzarzt. »Das ist ja eine schöne Scheiße!«

»Genug«, sagte Frißtfrist. »Sie gehen mir langsam auf die Nerven.«

»Streiten Sie sich nicht«, sagte Athanagoras. »Es gibt sicherlich andere Kleider.«

»Sie, Alter«, sagte der Assistenzarzt, »halten sich da lieber aus.«

»Schluß jetzt!« sagte Frißtfrist. »Wollen Sie jetzt endlich die Klappe halten?«

»Was ist denn in Sie gefahren?« fragte der Abbé. »Timpel, Tampel, Nagelstock …«

»Pustekuchen«, sagte der Assistenzarzt. »Sie gehen mir auf den Wecker mit Ihren Dummheiten. Ich scheiße euch allen aufs Maul, so wie ihr da seid!«

»Vollkommen falsch«, sagte Petitjean. »Sie müssen sagen: Wieviel Hörner hat der Bock.«

»Reden Sie gar nicht mit ihm«, sagte Frißtfrist. »Er ist ein unzivilisierter Mensch und ein Flegel dazu.«

»Immer noch besser, als ein Mörder zu sein …«, sagte der Assistenzarzt.

»Mit Sicherheit nicht«, sagte Frißtfrist. »Ich werde Ihnen eine Spritze geben.«

Er ging zum Tisch und band die Riemen schnell wieder fest, wobei er den Patienten mit einer Hand festhielt. Aus Furcht, seinen schönen Stummel mit dem ganz neuen Lack zu beschädigen, wagte der sich nicht zu wehren.

»Das dürfen Sie nicht zulassen …«, sagte der Assistenzarzt. »Er wird mich abmurksen. Er ist ein alter Lump.«

»Lassen Sie uns in Ruhe«, sagte Angel. »Wir haben nichts gegen Sie. Lassen Sie sich behandeln.«

»Von diesem alten Mörder?« sagte der Assistenzarzt. »Ist er mir mit diesem Stuhl nicht schon genug auf den Wecker gegangen? Und wer frotzelt jetzt rum?«

»Ich«, sagte Frißtfrist.

Er stach ihm schnell die Nadel in die Wange; der Assistenzarzt stieß einen spitzen Schrei aus, dann entspannte sich sein Körper, und er bewegte sich nicht mehr.

»So«, sagte Frißtfrist. »Ich ziehe jetzt Leine.«

»Wird er jetzt schlafen und sich beruhigen?« fragte der Abbé.

»Dazu bleibt ihm die ganze Ewigkeit!« sagte Frißtfrist. »Es war karpathisches Zyankali.«

»Von der aktiven Sorte?« sagte der Archäologe.

»Ja«, gab der Professor zur Antwort.

Angel schaute, ohne zu verstehen.

»Was? …« murmelte er. »Er ist tot.«

Athanagoras zog ihn zur Tür. Abbé Petitjean folgte ihnen. Professor Frißtfrist zog seinen Kittel aus. Er beugte sich über den Assistenzarzt und bohrte ihm den Finger ins Auge. Der Körper regte sich nicht.

»Niemand konnte etwas dafür«, sagte der Professor. »Sehen Sie her.«

Angel drehte sich um. Der Bizeps des Assistenzarztes war an dem Arm mit dem Stummel geplatzt und hatte sich leicht geöffnet. Um den Riß herum warf sich das Fleisch in grünlichen Wülsten auf, und Millionen kleiner Blasen stiegen brodelnd aus den dunklen Tiefen der klaffenden Wunde.

»Auf Wiedersehen, Kinder«, sagte Frißtfrist. »Ich bedauere das alles. Ich habe nicht geglaubt, daß es so enden würde. Wenn Dudu wirklich verschwunden wäre, wie man gemeint hatte, daß er es tun würde, dann hätte sich nichts so abgespielt wie jetzt, und der Assistenzarzt und Barrizone wären noch am Leben. Aber man kann nicht gegen den Strom an. Zu abschüssig, und außerdem ...«

Er schaute auf die Uhr.

»Und außerdem ist man zu alt.«

»Auf Wiedersehen, Doktor«, sagte Athanagoras.

Professor Frißtfrist lächelte traurig.

»Auf Wiedersehen«, sagte Angel.

»Machen Sie sich keine Sorgen«, sagte der Abbé. »Polizeiinspektoren sind in der Regel Flaschen. Wollen Sie eine Stelle als Eremit?«

»Nein«, sagte Frißtfrist. »Ich bin müde. Es ist gut so. Auf Wiedersehen, Angel. Spielen Sie nicht den Blödmann. Ich werde Ihnen meine gelben Hemden lassen.«

»Ich werde sie tragen«, sagte Angel.

Sie kamen zurück und drückten Professor Frißtfrist die Hand. Dann gingen sie lärmend die Treppe hinunter. Abbé Petitjean als erster. Angel kam als dritter. Er drehte sich ein letztes Mal um. Professor Frißtfrist winkte ihm zum Abschied zu. Seine Mundwinkel verrieten seine Rührung.

## XI

Athanagoras war in der Mitte. Zu seiner Linken ging Angel, dem er den Arm auf die Schulter gelegt hatte, während der Abbé sich rechts bei ihm eingehakt hatte. Sie gingen zum Lagerplatz von Athanagoras, um Cuivre abzuholen und sie zu Claude Léon mitzunehmen.

Zuerst schwiegen sie, doch Abbé Petitjean hielt das nicht lange aus.

»Ich möchte nur wissen, warum Professor Frißtfrist eine Stelle als Eremit abgelehnt hat«, sagte er.

»Er hatte die Nase voll, nehme ich an«, sagte Athanagoras. »Sein ganzes Leben lang Kranke behandeln, um dann zu diesem Ergebnis zu kommen.«

»Aber so ergeht es doch allen Ärzten ...«, sagte der Abbé.

»Bloß werden Sie nicht alle verhaftet«, sagte Athanagoras. »In der Regel verschleiern sie es. Aber Professor Frißtfrist hat nie zu solchen Schwindeleien Zuflucht suchen wollen.«

»Aber wie verschleiern sie es denn?« fragte der Abbé.

»Sie übergeben ihre Kranken jüngeren Kollegen, und zwar in dem Augenblick, in dem sie sterben und so fort.«

»Etwas ist mir da nicht ganz klar. Wenn der Kranke in diesem Augenblick stirbt, ist doch immer ein Arzt da, der eins auf den Deckel kriegen muß.«

»Häufig wird der Kranke in diesem Fall gesund.«

»In welchem Fall?« sagte der Abbé. »Entschuldigen Sie bitte, aber ich kann Ihnen nicht so recht folgen.«

»Wenn ein alter Arzt ihn einem jüngeren Kollegen übergibt«, sagte Athanagoras.

»Aber Doktor Frißtfrist war doch kein alter Arzt ...«, sagte Angel.

»Vierzig, fünfundvierzig ...«, schätzte der Abbé.

»Ja«, sagte Athanagoras. »Er hatte eben kein Glück gehabt.«

»Oh«, sagte der Abbé, »jeder bringt jeden Tag Leute um. Ich verstehe einfach nicht, warum er eine Stelle als Eremit abgelehnt hat. Die Religion ist doch erfunden worden, um die Verbrecher unterzubringen. Also?«

»Sie haben recht gehabt, daß Sie ihm eine Stelle angeboten haben«, sagte der Archäologe, »aber er ist viel zu ehrlich, als daß er sie hätte annehmen können.«

»Er ist blöd«, sagte der Abbé. »Niemand verlangt von ihm, daß er ehrlich ist. Was wird er jetzt tun?«

»Das kann ich wirklich nicht sagen...«, murmelte Athanagoras.

»Er wird fortgehen«, sagte Angel. »Er will sich nicht verhaften lassen. Er wird absichtlich an einen üblen Ort gehen.«

»Reden wir von was anderem«, schlug der Archäologe vor.

»Das ist ein guter Gedanke«, sagte Abbé Petitjean.

Angel sagte nichts. Schweigend gingen alle drei weiter. Von Zeit zu Zeit zertraten sie Schnecken, und der gelbe Sand flog in die Luft. Ihre Schatten bewegten sich mit ihnen vorwärts, senkrecht und winzig. Sie konnten sie sehen, wenn sie die Beine spreizten, aber ein merkwürdiger Zufall wollte, daß der des Abbés an der Stelle des Schattens des Archäologen war.

# XII

Louise:
»Ja.«
*(François de Curel, »Die Löwenmahlzeit«, G. Crès, édit., 4. Akt, 2. Szene, Seite 175)*

Professor Frißtfrist warf einen gradlinigen Blick um sich. Alles schien in Ordnung zu sein. Die Leiche des Assistenzarztes auf dem Operationstisch platzte weiterhin stellenweise auf und warf Blasen, und das war das einzige, was es zu richten gab. In einer Ecke stand ein großer, mit Blei ausgelegter Trog, und Frißtfrist rollte den Tisch dorthin, dann schnitt er die Riemen mit dem Operationsmesser durch und kippte die Leiche in den Behälter. Er ging wieder an das Regal, das voller Ballonflaschen und Flakons stand, suchte sich zwei davon aus und goß ihren Inhalt über das Aas. Dann machte er das Fenster auf und ging weg.

In seinem Schlafzimmer wechselte er das Hemd, kämmte sich vor dem Spiegel, prüfte den Sitz seines Spitzbartes und bürstete seine Schuhe. Er öffnete seinen Spiegelschrank, entdeckte den Stapel mit den gelben Hemden, nahm ihn sorgfältig heraus und trug ihn in Angels Zimmer. Ohne zurückzugehen, ohne sich umzudrehen, im Grunde ohne innere Anteilnahme, ging er dann die Treppe hinunter. Er verließ das Haus durch den Hintereingang. Sein Wagen stand dort.

Anne arbeitete in seinem Zimmer und Direktor Dudu diktierte Rochelle die Post. Sie zuckten alle drei zusammen, als sie das Geräusch des Motors hörten und hingen sich aus den Fenstern. Es war auf der anderen Seite. Neugierig geworden, gingen sie nun ebenfalls hinunter. Anne stieg fast gleich darauf wieder nach oben, denn er hatte Angst, Amadis würde ihm Vorwürfe machen, daß er während der Arbeitszeit seine Arbeit verließ. Professor Frißtfrist drehte eine Schleife, bevor er endgültig abfuhr, doch der Krach des Getriebes war so laut, daß er nicht verstand, was Amadis ihm zurief. Er beschränkte sich darauf, mit der Hand zu winken und schluckte mit Höchstgeschwindigkeit die erste Düne. Die flinken Räder tanzten auf dem Sand und Pulversandstrahlen flogen nach allen Seiten; im Gegenlicht bildeten sich Erdbögen von anmutigster Wirkung. Professor Frißtfrist genoß diese Polychromie.

Oben auf der Düne wich er mit knapper Mühe und Not einem schwitzenden Radfahrer aus, der ein Kakhihemd aus tabakbraunem Tuch von vorschriftsmäßigem Schnitt und handfeste genagelte Schuhe trug, an deren Schäften zwei Socken aus grauer Wolle hervorsahen. Eine Mütze vervollständigte die Uniform des Radfahrers. Es war der Polizeiinspektor, der damit beauftragt war, Frißtfrist zu verhaften.

Sie fuhren aneinander vorbei, und im Vorbeifahren grüßte Frißtfrist den Radfahrer mit einer freundschaftlichen Gebärde. Dann brauste er den Abhang hinunter.

Er betrachtete diese Landschaft, die so geeignet war für den Probeflug von Flugzeugmodellen, und er glaubte, in seiner Hand die rasende Vibration der Ping 903 in dem Augenblick zu spüren, als sie sich zum einzigen gelungenen Flug ihrer Laufbahn aus seiner Umklammerung riß.

Die Ping war zerstört, Barrizone und der Assistenzarzt im Begriffe zu verwesen, und er, Frißtfrist, floh vor dem Inspektor, der kam, um ihn zu verhaften, weil sein kleines Notizbuch in der rechten Spalte einen Namen zuviel hatte oder einen Namen zu wenig in der linken Spalte.

Er versuchte, den leuchtenden Grasbüscheln auszuweichen, um die Harmonie der Wüste mit den so reinen Kurven nicht zu zerstören – dieser Wüste, die keine Schatten kannte, wegen dieser ständig senkrecht stehenden Sonne, die dabei doch nur warm war, warm und weich. Selbst bei dieser Geschwindigkeit gab es keinen Wind, und ohne das Geräusch des Motors würde er in der allergrößten Stille dahinfahren. Hinauf und hinunter. Es machte ihm Spaß, die Dünen schräg anzufahren. Launisch kam die schwarze Zone näher, mal mit einem plötzlichen Ruck, mal mit unmerklicher Langsamkeit, je nach der Richtung, die der Professor seiner Bewegungsmaschine gab. Eine Zeitlang schloß er die Augen. Bald war er da. Und im letzten Augenblick riß er das Steuer um eine Viertel Umdrehung herum und entfernte sich in einem weiten Bogen, dessen Krümmung ganz genau die Schärfe seiner Überlegung annahm.

Zwei kleine Gestalten zogen seinen Blick an, und der Professor erkannte Olive und Didiche. Im Sand kauernd, vergnügten sie sich bei einem Spiel. Frißtfrist gab Gas und hielt direkt neben ihnen. Er stieg aus.

»Guten Tag…«, sagte er. »Was spielt ihr denn?«

»Wir jagen Brimmen …«, sagte Olive. »Wir haben schon eine Million.«

»Eine Million zweihundertzwölf«, verbesserte Didiche.

»Das ist ja großartig!« sagte der Professor. »Seid ihr nicht krank?«

»Nein«, sagte Olive.

»Nicht sehr …«, bestätigte Didiche.

»Was hat er?« sagte Frißtfrist.

»Didiche hat eine Brimme gegessen.«

»Das ist dumm«, sagte der Professor. »Die ist bestimmt faul. Warum hast du das getan?«

»Weil …«, gab Didiche zur Antwort. »Nur so. Es war gar nicht so schlecht.«

»Er ist verrückt«, versicherte Olive. »Ich will mich nicht mehr mit ihm verheiraten.«

»Da hast du recht …«, sagte der Professor. »Wenn er dir Brimmen zu essen gäbe, stell dir das mal vor?«

Er streichelte den Blondkopf des Mädchens. Unter der Sonne waren ihre Haare strähnenweise ausgebleicht, und ihre Haut glänzte in schöner Sonnenbräune. Die beiden Kinder, die vor ihrem Brimmenkorb knieten, sahen ihn etwas ungeduldig an.

»Sagt ihr mir auf Wiedersehen?« schlug Frißtfrist vor.

»Gehen Sie fort?« fragte Olive. »Wo gehen Sie denn hin?«

»Ich weiß nicht«, sagte der Professor. »Darf ich dir einen Kuß geben?«

»Keine Geschichten, ja? …« sagte der Junge.

Frißtfrist begann zu lachen.

»Du hast Angst, wie? Da sie dich nicht mehr heiraten will, könnte sie ja mit mir gehen?«

»Wo denken Sie hin!« protestierte Olive. »Sie sind viel zu alt.«

»Sie zieht den andern Kerl vor, den Kerl mit dem Hundenamen.«

»Aber nein«, sagte Olive. »Du redest dummes Zeug. Der Kerl mit dem Hundenamen heißt Anne.«

»Magst du Angel lieber?« sagte Frißtfrist.

Olive wurde rot und guckte unter sich.

»Sie ist dumm«, behauptete Didiche. »Der ist ja auch viel zu alt. Sie glaubt, daß er sich um ein kleines Mädchen wie sie kümmert …«

»Du bist auch nicht so viel älter als sie«, sagte der Professor.

»Immerhin sechs Monate«, sagte Didiche stolz.

»Ach ja …«, sagte Frißtfrist. »Wenn das so ist …«

Er beugte sich herab und küßte Olive. Er küßte auch Didiche, der ein wenig verwundert war.

»Auf Wiedersehen, Herr Doktor«, sagte Olive.

Professor Frißtfrist stieg in seinen Wagen. Didiche war aufgestanden und besah sich die Maschine.

»Würden Sie mich fahren lassen?« fragte er.

»Ein andermal«, sagte Frißtfrist.

»Wo fahren Sie hin?« fragte Olive.

»Dorthin …«, sagte Frißtfrist.

Er zeigte auf den Schattenstreifen.

»Mannometer!« sagte der Junge. »Mein Vater hat zu mir gesagt, wenn ich mich je unterstehen sollte, einen Fuß dorthin zu setzen, könnte ich mein blaues Wunder erleben!«

»Meiner auch!« bestätigte Olive.

»Habt ihr es nie versucht?« fragte der Professor.

»Oh, Ihnen können wir's ja ruhig sagen … Wir haben es versucht und haben nichts gesehen …«

»Wie seid ihr wieder rausgekommen?«

»Olive ist nicht mit reingegangen. Sie hat mich vom Rand aus festgehalten.«

»Macht das ja nicht wieder!« sagte der Professor.

»Lustig ist es nicht«, sagte Olive. »Man sieht dort nichts. Sieh an, wer kommt denn da?«

Didiche schaute hin.

»Man könnte meinen, ein Radfahrer.«

»Ich fahre los«, sagte Frißtfrist. »Auf Wiedersehen, Kinder.« Er küßte Olive noch einmal. Sie ließ es immer geschehen, wenn man sie sanft küßte.

Der Motor des Wagens heulte schrill auf, und Frißtfrist gab rücksichtslos Gas. Der Wagen schnaubte am Fuße der Düne und schluckte sie auf einen Schlag. Diesmal änderte Frißtfrist nicht die Richtung. Er hielt das Steuer mit sicherer Hand, und sein Fuß drückte den Gashebel durch. Er hatte den Eindruck, sich auf eine Mauer zu stürzen. Die schwarze Zone wurde größer, erfüllte sein gesamtes Sehfeld, und plötzlich verschwand der Wagen inmitten massiver Finsternis. An der Stelle, an der er eingedrungen war, blieb eine Vertiefung zurück, die sich nach und nach wieder füllte. Langsam, wie Plastik, das wieder seine Form bekommt, wurde die undurchdringliche Oberfläche von neuem glatt und völlig eben. Eine Doppelfurche im Sand zeigte noch, wo Professor Frißtfrist vorbeigekommen war.

Der Radfahrer stieg einige Meter vor den Kindern, die ihn kommen sahen, ab. Er näherte sich, wobei er sein Rad schob. Die Räder sanken bis zu den Felgen ein, und das Reiben des Sandes hatte das Nickel so blank poliert, daß es richtig blendete.

»Guten Tag, Kinder«, sagte der Inspektor.

»Guten Tag, Monsieur«, antwortete Didiche.

Olive trat näher zu Didiche. Sie mochte die Schirmmütze nicht.

»Habt ihr nicht einen Mann gesehen, der Frißtfrist heißt?«

»Doch«, sagte der Junge.

Olive stieß ihm den Ellbogen in die Rippen.

»Wir haben ihn heute nicht gesehen«, sagte sie.

Didiche machte den Mund auf, aber sie ließ ihn nicht weiterreden.

»Er ist gestern weggegangen, um den Autobus zu nehmen.«

»Du erzählst mir da Geschichten«, sagte der Inspektor. »Vorhin war doch ein Mann mit einem Auto bei euch.«

»Das war der Milchmann«, sagte Olive.

»Du willst wohl ins Gefängnis kommen, weil du mich anlügst?« sagte der Inspektor.

»Ich will überhaupt nicht mit Ihnen reden«, sagte Olive. »Ich lüge Sie nicht an.«

»Wer war es, hm?« fragte der Inspektor Didiche. »Sag es mir, und ich leihe dir mein Fahrrad.«

Didiche sah Olive an, und das Fahrrad glänzte wunderbar.

»Es war ...«, fing er an.

»Es war einer der Ingenieure«, sagte Olive. »Und zwar der mit dem Hundenamen.«

»Ach ja?« sagte der Inspektor. »Der mit dem Hundenamen, wirklich?«

Er trat auf Olive zu und machte ein drohendes Gesicht.

»Den mit dem Hundenamen, den habe ich dort im Hotel gesehen, du kleiner Nichtsnutz.«

Der Inspektor hob die Hand, als wolle er sie schlagen, und sie machte eine Bewegung der Abwehr, indem sie ihren Arm vors Gesicht hielt. Dabei traten ihre kleinen, runden Brüste hervor, und der Inspektor machte Augen.

»Ich werde eine andere Methode versuchen«, schlug er vor.

»Sie gehen mir auf die Nerven«, sagte Olive. »Es war einer der Ingenieure.«

Der Inspektor trat noch näher.

»Halte mal mein Fahrrad«, sagte er zu Didiche. »Du kannst eine Runde damit drehen.«

Didiche sah Olive an. Sie sah verschreckt aus.

Er ließ das Fahrrad los, das der Inspektor ihm gerade in die Hände geschoben hatte.

»Ich will nicht, daß Sie Olive anrühren«, sagte er. »Alle versuchen, sie zu küssen und anzurühren. Ich habe jetzt langsam genug davon! ... Sie ist meine Freundin, und wenn Sie sie belästigen, mache ich Ihr Fahrrad kaputt.«

»Sag mal«, sagte der Inspektor, »du willst wohl auch ins Gefängnis kommen?«

»Es war der Professor«, sagte der Junge. »Jetzt habe ichs Ihnen gesagt. Lassen Sie Olive in Ruhe.«

»Ich werde sie in Ruhe lassen, wenn ich will«, sagte der Inspektor. »Sie verdient, daß sie ins Gefängnis kommt.«

Er packte Olive an beiden Armen. Didiche nahm einen Anlauf und trat mit aller Kraft ins Vorderrad, mitten in die Speichen hinein. Das machte ganz schön Krach.

»Lassen Sie sie«, sagte er. »Oder Sie bekommen ebenfalls Fußtritte.«

Der Inspektor ließ Olive los und wurde ganz rot vor

Wut. Er wühlte in seiner Tasche und holte einen großen Gleichmacher hervor.

»Wenn du so weitermachst, schieße ich auf dich.«

»Das ist mir egal«, sagte der Junge.

Olive stürzte sich auf Didiche.

»Wenn Sie auf Didiche schießen«, schrie sie, »werde ich einen solchen Krach machen, daß Sie tot umfallen. Lassen Sie uns. Sie sind ein alter Depp. Hauen Sie ab mit Ihrer dreckigen Schirmmütze! Sie sind abscheulich, und Sie werden mich nicht anfassen. Außerdem werde ich Sie beißen, wenn Sie mich anfassen.«

»Ich weiß, was ich tun werde«, sagte der Inspektor. »Ich werde auf euch beide schießen, und hinterher kann ich dich anfassen, solange ich will.«

»Sie sind ein dreckiger alter Bulle«, sagte Olive. »Sie wissen wohl nicht mehr, was zu Ihrem Beruf gehört. Ihre Frau und Ihre Tochter werden nicht stolz auf Sie sein. Auf die Leute schießen, das ist alles, was die Bullen jetzt können. Aber den alten Damen und den Kindern über die Straße helfen, ja denkste! Damit ist nicht zu rechnen! Oder die kleinen Hundchen aufraffen, die überfahren worden sind! Sie haben Gleichmacher und Schirmmützen und Sie können nicht einmal ganz allein einen armen Mann wie Professor Frißtfrist verhaften!«

Der Inspektor dachte nach, steckte seinen Gleichmacher in die Tasche und drehte sich um. Er blieb einen Augenblick stehen, dann stellte er sein Fahrrad wieder auf die Räder. Das Vorderrad drehte sich nicht mehr. Es war verbogen. Er ergriff die Lenkstange und betrachtete den Boden um sich herum. Man sah deutlich die Radspur des Professors. Der Inspektor schüttelte den Kopf. Er sah die Kinder an. Er schien sich zu schämen. Und dann brach er in die Richtung auf, die Frißtfrist eingeschlagen hatte.

Olive blieb bei Didiche. Sie hatten beide Angst. Sie sahen, wie sich der Inspektor entfernte, die Dünen hinauf und hinunterlief, und ganz klein wurde, wobei er sein unbenutzbares Fahrrad vor sich herschob. Er marschierte mit gleichmäßigem Schritt dahin, ohne langsam zu machen, genau zwischen den beiden Radspuren, die der Wagen des Professors hinterlassen hatte, und dann atmete er einmal kräftig durch und drang in die schwarze Zone ein. Das letzte, was man sah, war das Stück rotes Glas am Schutzblech, und es erlosch wie ein Auge nach einem Faustschlag.

Olive lief als erste ins Hotel zurück, Didiche kam hinterher und rief nach ihr, doch sie weinte und hörte nicht hin. Sie hatte den kleinen, braunen Korb vergessen, auf dessen Boden die Brimmen wimmelten, und Olive stolperte oft, weil ihre Augen an etwas anderes dachten.

## XIII

Abbé Petitjean und Angel warteten unter dem Zelt von Athanagoras. Der Archäologe war weggegangen, um das braune Mädchen zu holen, und hatte sie einige Augenblicke allein gelassen.

Petitjean brach als erster die Stille.

»Sind Sie immer noch in der gleichen dummen Verfassung?« fragte er. »Ich meine, sexuell gesprochen.«

»Oh«, sagte Angel, »Sie haben vollkommen recht, daß Sie mir gern den Hintern versohlen möchten. Was ich tun wollte, ist abstoßend. Ich hatte wirklich Verlangen danach, denn physisch brauche ich im Augenblick eine Frau.«

»Bravo!« sagte der Abbé. »Das verstehe ich. Sie brauchen sich nur mit der Kleinen zu beschäftigen, die kommen wird.«

»Das werde ich ganz bestimmt tun«, sagte Angel. »Es gab einen Augenblick in meinem Leben, wo ich es nicht konnte. Ich wollte die erste Frau, mit der ich schlafen würde, lieben.«

»Ist es Ihnen gelungen?«

»Es ist mir gelungen«, sagte Angel, »aber ich bin nicht ganz überzeugt, denn ich habe zweimal den gleichen Eindruck gehabt, jetzt, wo ich Rochelle liebe.«

»Den Eindruck wovon?« sagte Petitjean.

»Den Eindruck zu wissen«, sagte Angel. »Sicher zu sein. Dessen sicher zu sein, was zu tun ist. Sicher, warum ich lebe.«

»Und warum?« sagte Petitjean.

»Gerade das vermag ich eben nicht zu sagen«, sagte Angel. »Man hat eine ungeheure Mühe, es zu sagen, wenn man nicht an die Wörter gewöhnt ist.«

»Kommen wir wieder zum Anfang zurück«, schlug

Petitjean vor. »Sie bringen mich durcheinander, und ob Sie's glauben oder nicht, ich verliere den Faden. Das ist ungewöhnlich. Bin ich nicht Petitjean, wie? Immerhin?«

»Ich habe also«, sagte Angel, »eine Frau geliebt. Es war für uns beide das erste Mal. Es war ein Erfolg, wie ich Ihnen sagte. Jetzt liebe ich Rochelle. Noch nicht sehr lange. Sie … Ich bin ihr gleichgültig.«

»Gebrauchen Sie nicht solche melancholischen Wendungen«, sagte Petitjean. »Sie wissen es nicht.«

»Sie schläft mit Anne«, sagte Angel. »Er macht sie kaputt. Er bringt sie um. Er demoliert sie. Mit ihrem Einverständnis und ohne es absichtlich zu machen. Aber was ändert das an der Sache?«

»Das ändert einiges«, sagte Petitjean. »Sie sind Anne nicht böse.«

»Nein«, sagte Angel, »aber allmählich kommt es soweit, daß ich ihn nicht mehr mag. Er genießt zu sehr. Und zu Anfang hat er gesagt, daß sie ihm gleichgültig sei.«

»Ich weiß«, sagte der Abbé. »Und hinterher heiraten sie sich.«

»Er wird sie nicht mehr heiraten. Sie liebt mich also nicht, und ich liebe sie, aber ich sehe, daß sie fast am Ende ist.«

»Sie sieht noch gut aus. Trotz Ihrer abstoßenden Beschreibungen.«

»Das genügt nicht. Es spielt keine große Rolle für mich, verstehen Sie, daß sie, bevor ich sie kennenlernte, besser ausgesehen hat als jetzt. Für mich genügt es, daß diese nicht von mir verursachte Abnutzung stattgefunden hat, seit ich sie kenne.«

»Aber diese Abnutzung hätte doch auch mit Ihnen auf die gleiche Weise stattgefunden.«

»Nein«, sagte Angel. »Ich bin kein Vieh. Ich hätte sie in Ruhe gelassen, und zwar lange, bevor ich sie zugrunde gerichtet hätte. Nicht meinetwegen, sondern ihretwegen.

Damit sie später einen andern finden kann. Sie haben schließlich nur das, um Männer zu finden. Ihre Formen.«

»Oh«, sagte der Abbé, »da muß ich ja lachen. Sogar Läuse finden Männer.«

»Die zähle ich nicht«, sagte Angel. »Ich bitte Sie da um Verzeihung, aber wenn ich Frau sage, meine ich eine hübsche Frau. Die andern leben in einer so völlig fremden Welt.«

»Wie finden sie dann jemanden?«

»Da ist es genau wie mit den empfohlenen Medikamenten«, sagte Angel. »Diese Medikamente, für die nie Werbung gemacht wird und die die Ärzte ihren Patienten empfehlen. Die einzig und allein auf diese Weise verkauft werden. Durch Mundpropaganda. Diese Frauen, die häßlichen, verheiraten sich mit Leuten, die sie kennen. Oder die sie mit ihrem Geruch kapern. Solche Sachen. Oder mit Faulenzern.«

»Das ist ja entsetzlich«, sagte Petitjean. »Sie enthüllen mir da eine Menge Einzelheiten, die zu erfahren mein keusches Leben und meine langen Meditationen mich gehindert haben. Ich muß sagen, daß es bei einem Priester nicht dasselbe ist. Die Frauen kommen zu einem, und theoretisch bräuchte man nur zu wählen: aber sie sind alle häßlich, und Sie sind gezwungen, nicht zu wählen. Das ist auch eine Art, das Problem zu lösen. Unterbrechen Sie mich, denn ich verliere nun ebenfalls den Faden.«

»Ich sagte also«, fuhr Angel fort, »daß man eine hübsche Frau verlassen oder freilassen sollte, bevor man sie zunichte gemacht hat. Das ist immer meine Verhaltensregel gewesen.«

»Sie werden nicht immer einverstanden sein, einen zu verlassen«, sagte Petitjean.

»Doch. Man kann es mit ihrem Einverständnis tun, denn es gibt welche, die das begreifen, was ich Ihnen erklärt habe, und von diesem Augenblick an können Sie Ihr ganzes Leben lang leben, ohne sie zu verlieren: und zwar entweder, indem Sie absichtlich so böse zu ihnen sind, daß sie Sie von selber verlassen; aber das ist eine traurige Art, denn Sie dürfen nicht vergessen, daß Sie sie zu dem Zeitpunkt, zu dem Sie sie frei lassen, immer noch lieben müssen.«

»Daran erkennen Sie sicherlich, daß sie noch nicht vollständig abgenutzt sind? Daran, daß Sie sie noch lieben?«

»Ja«, sagte Angel. »Deshalb ist es ja so schwierig. Sie können nicht völlig kalt bleiben. Sie lassen sie absichtlich sitzen, Sie finden sogar einen anderen Jungen für sie, und Sie sehen, daß es mit den beiden klappt, worauf Sie eifersüchtig sind.«

Er schwieg. Abbé Petitjean hatte den Kopf zwischen die Hände genommen und legte in angestrengtem Nachdenken seine Stirn in Falten.

»Bis Sie selber eine andere finden«, sagte er.

»Nein. Sie sind auch noch eifersüchtig, wenn Sie selber eine andere finden. Aber Sie müssen Ihre Eifersucht für sich behalten. Sie müssen ganz einfach eifersüchtig sein, da Sie mit der von vorher nicht bis ans Ende gegangen sind. Es bleibt immer noch dieser Rest zurück. Den Sie niemals bekommen werden. Das ist eben die Eifersucht. Ich meine, den Sie nie bekommen werden, wenn Sie ein anständiger Kerl sind.«

»Also eher ein Kerl wie Sie«, merkte der Abbé an, der das Problem überhaupt nicht begriffen hatte.

»Anne ist gerade dabei, bis ans Ende zu gehen«, sagte Angel. »Er wird nicht aufhören. Und es wird nichts mehr übrigbleiben. Wenn man ihn gewähren läßt.«

»Wenn man ihn nicht gewähren läßt«, sagte der Abbé, »wird dann noch genug übrigbleiben?«

Angel gab keine Antwort. Sein Gesicht war ein wenig bleich, und die Anstrengung, wieder einmal zu erklären, hatte ihn erschöpft. Sie saßen beide auf dem Bett des

Archäologen, und Angel legte sich lang, die Hände unter dem Kopf verschränkt und betrachtete über sich das undurchsichtige und feste Tuch.

»Es ist das erste Mal«, sagte Petitjean, »daß ich es so lange aushalte, ohne eine Dummheit zu sagen, die größer ist als ich. Ich frage mich nur, was los ist.«

»Beruhigen Sie sich«, sagte Angel. »Da ist sie.«

## XIV

»Claude Léon hat mir gesagt«, erklärte Abbé Petitjean, »daß die Negerin innen wie rosa Samt ist.«

Der Archäologe schüttelte den Kopf. Sie gingen etwas vor, und hinter ihnen kamen Cuivre und Angel, der sie um die Taille genommen hatte.

»Sie sehen viel besser aus als neulich ...«, sagte sie zu ihm.

»Ich weiß nicht«, gab Angel zur Antwort. »Wahrscheinlich ist es so, wenn Sie es glauben. Ich habe den Eindruck, daß ich einer Sache ganz nahe bin.«

Abbé Petitjean blieb beim Thema.

»Ich bin nicht neugierig«, sagte er, »aber ich möchte doch wissen, ob er recht hat.«

»Er hat es sicher ausprobiert«, sagte Athanagoras.

Cuivre nahm Angels Hand in ihre harten Finger.

»Ich möchte gern eine Zeitlang mit Ihnen zusammen sein«, sagte sie. »Ich glaube, hinterher würden Sie sich wieder völlig wohlfühlen.«

»Ich glaube nicht, daß das genügt«, sagte Angel. »Natürlich, Sie sind sehr hübsch, und es ist etwas, das ich sehr gut tun könnte. Das ist die Grundvoraussetzung.«

»Sie meinen, daß ich hinterher nicht mehr genügen würde?«

»Das kann ich nicht sagen«, sagte Angel. »Ich muß von dieser fixen Idee über Rochelle loskommen. Das ist unmöglich, weil ich sie liebe; und gerade das ist die fixe Idee. Sie würden sicherlich genügen; aber im Augenblick bin ich ziemlich verzweifelt, und ich kann nichts beschwören. Nach Rochelle wird es für mich eine tote Zeit geben, und es ist schade, daß Sie gerade in diesem Augenblick gekommen sind.«

»Ich verlange keine Gefühle von Ihnen«, sagte sie.

»Sie kommen oder sie kommen nicht, aber für diese eine Sache zählen Sie nicht. Es ist an mir, dieses Ziel zu erreichen. Sie sehen, daß ich es bei Rochelle nicht erreicht habe.«

»Sie haben sich vielleicht nicht genug Mühe gegeben.«

»Alles das war verworren in meinem Kopf«, sagte Angel. »Erst seit ganz kurzer Zeit fange ich an, den Knoten zu entwirren. Der katalytische Einfluß der Wüste hat wahrscheinlich sehr dazu beigetragen, und in Zukunft zähle ich auch auf die gelben Hemden von Professor Frißtfrist.«

»Hat er sie Ihnen dagelassen?«

»Er hat mir versprochen, daß er sie daläßt.«

Er betrachtete Petitjean und den Archäologen. Sie gingen mit großen Schritten vorwärts, und Petitjean gab ganz oben auf der Düne, an deren Fuß Cuivre und Angel gerade angekommen waren, Erklärungen ab, wozu er mit den Händen fuchtelte; ihre Köpfe begannen auf der anderen Seite hinunterzusteigen und verschwanden dann. Die trockene Sandmulde war einladend, und Angel seufzte.

Cuivre blieb stehen und streckte sich im Sand aus. Sie hielt immer noch Angels Hand fest und zog den Jungen auf sich. Wie gewöhnlich trug sie nur Shorts und eine Hemdbluse aus leichter Seide.

## XV

Amadis brachte seine Post zum Abschluß, und Rochelle schrieb sie nach Diktat, das einen großen beweglichen Schatten im Raum bildete. Er zündete sich eine Zigarette an und lehnte sich in seinem Sessel zurück. Ein Stapel Briefe türmte sich auf der rechten Ecke des Schreibtisches auf, versandbereit, doch der 975 kam seit mehreren Tagen nicht mehr, und die Post würde Verspätung haben. Amadis war dieser Umstand unangenehm. Entscheidungen mußten getroffen werden, er hatte Rechenschaft zu geben, vielleicht Frißtfrist zu ersetzen, zu versuchen, das Problem mit dem Schotter zu lösen, die Gehälter des Personals, mit Ausnahme von Arland, nach Möglichkeit zu kürzen.

Er zuckte zusammen, denn das Gebäude hatte gerade unter einem heftigen Stoß gezittert. Dann sah er auf seine Uhr und lächelte. Es war genau die Zeit, Carlo und Marin fingen an, das Hotel abzureißen. Der Teil, in dem sich Amadis' Büro befand, würde stehen bleiben, und der, in dem Anne arbeitete, ebenfalls. Nur die Mitte, das Zimmer Barrizones, würde einstürzen. Das Zimmer Frißtfrists zum Teil und auch das des Assistenzarztes. Das Zimmer Rochelles und das Zimmer Angels würden ebenfalls unangetastet bleiben. Die ausführenden Organe wohnten im Erdgeschoß oder in den Kellern.

Die Schläge dröhnten jetzt in unregelmäßigen Abständen, immer in Dreierserien, und man hörte den Steinschlag des Bauschutts und das Splittern von Glasstücken auf dem Boden des Restaurants.

»Tippen Sie mir das alles ab«, sagte Amadis, »und dann sehen wir weiter, was wir mit der Post machen. Wir müssen eine Lösung finden.«

»Jawohl, Monsieur«, sagte Rochelle.

Sie legte ihren Bleistift hin und deckte ihre Maschine ab, die unter ihrer Schutzhülle schön im Warmen war und bei der Berührung mit der Luft zitterte. Rochelle beruhigte sie mit einer Handbewegung und legte ihr Kohlepapier bereit.

Amadis stand auf. Er bewegte seine Beine, um seine Sachen an Ort und Stelle zu legen und verließ den Raum. Rochelle hörte seine Schritte auf der Treppe. Sie sah eine Minute lang ins Leere und machte sich dann an die Arbeit.

Gipsstaub füllte den großen Schankraum im Erdgeschoß, und Amadis sah im Gegenlicht die Silhouetten der ausführenden Organe, deren schwere Hämmer sich mühsam hoben und senkten.

Er verstopfte sich die Nase und ging durch die gegenüberliegende Tür aus dem Hotel; draußen sah er Anne, der, die Hände in den Taschen, eine Zigarette rauchte.

»Guten Tag! ...« sagte Anne, ohne sich stören zu lassen.

»Und Ihre Arbeit?« bemerkte Amadis.

»Glauben Sie vielleicht, daß man bei diesem Lärm arbeiten kann?«

»Das ist hier nicht die Frage. Sie werden bezahlt, um in einem Büro zu arbeiten, und nicht, um mit den Händen in den Taschen herumzuspazieren.«

»Ich kann bei diesem Krach nicht arbeiten.«

»Und Angel?«

»Ich weiß nicht, wo er ist«, sagte Anne. »Ich glaube, er bummelt mit dem Archäologen und dem Pfarrer in der Gegend herum.«

»Rochelle ist die einzige, die arbeitet«, sagte Amadis. »Sie sollten sich schämen und sich daran erinnern, daß ich dem Verwaltungsrat Ihr Verhalten melden werde.«

»Sie verrichtet eine mechanische Arbeit. Sie braucht nicht nachzudenken.«

»Wenn man dafür bezahlt wird, dann sollte man zumindest so tun als ob«, sagte Amadis. »Gehen Sie wieder in Ihr Büro hinauf.«

»Nein.«

Amadis suchte nach einer Entgegnung, aber Anne hatte einen merkwürdigen Ausdruck im Gesicht.

»Sie arbeiten ja selber nicht«, sagte Anne.

»Ich bin der Direktor. Ich überwache vor allem die Arbeit der andern, und ich achte darauf, daß sie ausgeführt wird.«

»Aber nein«, sagte Anne. »Wir wissen doch genau, was Sie sind. Ein Päderast.«

Amadis lachte höhnisch.

»Sie können ruhig so weitermachen, das ärgert mich nicht.«

»Dann mache ich auch nicht weiter«, sagte Anne.

»Was fällt Ihnen überhaupt ein? Gewöhnlich zeigen Sie sich ehrerbietiger, Sie und Angel und alle! Was haben Sie denn? Werden Sie verrückt?«

»Das können Sie nicht richtig verstehen«, sagte Anne. »Erinnern Sie sich bitte, daß Sie normalerweise, das heißt gewöhnlich, anormal sind. Wahrscheinlich erleichtert Sie das. Aber wir, wir sind ziemlich normal, und deshalb brauchen wir von Zeit zu Zeit unsere Krisen.«

»Was verstehen Sie unter Krisen? Das, was Sie gerade tun?«

»Das will ich Ihnen erklären. Meiner Meinung nach …«

Er unterbrach sich.

»Ich kann Ihnen nur meine Meinung sagen. Ich nehme an, daß die andern … die, die normal sind, Ihnen die gleiche sagen werden. Vielleicht aber auch nicht.«

Amadis Dudu stimmte zu und schien Zeichen der Ungeduld von sich zu geben. Anne lehnte sich an die Wand des Hotels, die immer noch unter den brutalen Stößen der Eisenmassen zitterte. Er sah über den Kopf von Amadis hinweg und hatte es nicht eilig zu sprechen.

»In gewisser Hinsicht«, sagte er, »führen Sie sicherlich ein entsetzlich monotones und gewöhnliches Leben.«

»Wieso das?«

Amadis lachte wieder höhnisch.

»Ich glaube, daß Päderast sein eher ein Beweis für Originalität ist.«

»Nein«, sagte Anne. »Das ist dumm. Es schränkt Sie ungemein ein. Sie sind nur noch das. Ein normaler Mann oder eine normale Frau können soviel mehr Dinge tun und in eine soviel größere Anzahl von Persönlichkeiten schlüpfen. Vielleicht sind Sie in dieser Hinsicht beschränkter ...«

»Ein Päderast hat also Ihrer Meinung nach einen beschränkten Geist?«

»Ja«, sagte Anne. »Ein Päderast oder eine Lesbe oder alle diese Leute haben einen entsetzlich beschränkten Geist. Ich glaube nicht, daß es ihre Schuld ist. Aber in der Regel sind sie stolz darauf. Obgleich es eine ganz unwichtige Schwäche ist.«

»Es ist ohne jeglichen Zweifel eine Schwäche der Gesellschaft«, sagte Amadis. »Wir werden von den Leuten, die ein normales Leben führen, ständig schikaniert: ich meine von denen, die mit Frauen schlafen oder die Kinder haben.«

»Sie erzählen idiotisches Zeug«, sagte Anne. »Ich dachte überhaupt nicht an die Verachtung der Leute gegenüber den Päderasten oder an ihr Lachen. Die normalen Leute fühlen sich gar nicht so überlegen; das ist es gar nicht, was Sie schlaucht; was Sie belastet, ist der Lebensrahmen, sind die Individuen, deren Existenz sich auf diesen Rahmen beschränkt; aber das zählt nicht. Ich bedauere Sie nicht, weil Sie sich mit Ihren Manieren, Geschraubtheiten, Konventionen unter Ihresgleichen treffen. Sondern wirklich nur, weil Sie so beschränkt sind. Wegen einer kleinen Anomalie der Drüsen oder der geistigen Einstellung bekommen Sie ein Etikett aufgeklebt. Das ist an sich schon traurig genug. Aber dann bemühen Sie sich auch noch, dem zu entsprechen, was auf dem Etikett steht. Dafür zu sorgen, daß es die Wahrheit sagt. Die Leute machen sich über Sie lustig wie sich die Kinder über einen Krüppel lustig machen, ohne nachzudenken. Wenn sie nachdächten, würden sie Sie bedauern; aber es ist eben ein Gebrechen, das weniger seriös wirkt als blind sein. Die Blinden sind übrigens die einzigen Körperbehinderten, über die man sich lustig machen kann, weil sie es nicht sehen, und deshalb macht sich auch niemand über sie lustig.«

»Warum schimpfen Sie mich dann einen Päderasten und machen sich dabei über mich lustig?«

»Weil ich mich im Augenblick gehenlasse, weil Sie mein Direktor sind, weil Sie über die Arbeit Vorstellungen haben, die ich nicht mehr ausstehen kann, und weil ich mich aller Mittel bediene, selbst der ungerechten.«

»Aber Sie haben doch immer sehr regelmäßig gearbeitet«, sagte Amadis. »Und plötzlich, bums! ... fangen Sie an, ununterbrochen Blödsinn zu reden.«

»Das nenne ich normal sein«, sagte Anne. »Reagieren können, selbst wenn es nach einer Zeit der Verblödung oder der Erschöpfung kommt.«

»Sie behaupten von sich, normal zu sein«, bohrte Amadis weiter, »und dabei schlafen Sie mit meiner Sekretärin, bis Sie von dieser dummen Verblödung überwältigt werden.«

»Ich bin fast am Ende«, sagte Anne. »Ich glaube, bald wird Schluß mit ihr sein. Ich habe Lust, mal diese Negerin aufzusuchen.«

Amadis schüttelte sich vor Ekel.

»Sie können außerhalb Ihrer Arbeitszeit tun, was Sie wollen«, sagte er. »Aber erstens erzählen Sie mir nichts davon und zweitens machen Sie sich unverzüglich wieder an die Arbeit.«

»Nein«, sagte Anne gesetzt.

Amadis verzog das Gesicht und fuhr sich mit der Hand nervös durch das strohblonde Haar.

»Es ist wahnsinnig«, sagte Anne, »wenn man anfängt, an alle diese Kerle zu denken, die umsonst arbeiten. Die acht Stunden lang täglich in ihrem Büro sitzen. Die dort acht Stunden täglich bleiben können.«

»Aber so sind Sie doch bisher gewesen«, sagte Amadis.

»Sie gehen mir auf den Wecker mit diesem Was-gewesen-ist. Hat man etwa kein Recht mehr, endlich zu begreifen, selbst wenn man eine ganze Weile ein Arsch gewesen ist?«

»Sagen Sie nicht solche Wörter«, bemerkte Amadis. »Selbst wenn Sie mich nicht persönlich meinen, woran ich zweifle, wirken sie unangenehm auf mich.«

»Ich meine Sie vor allem als Direktor«, sagte Anne. »Wenn die Mittel, derer ich mich bediene, in Ihnen eine andere Zielscheibe treffen, haben Sie Pech gehabt. Aber Sie sehen ja selbst, wie beschränkt Sie sind, wie sehr Sie Ihrem Etikett entsprechen wollen. Sie sind genauso beschränkt wie ein Mensch, der einer politischen Partei angehört.«

»Sie sind ein gemeiner Kerl«, sagte Amadis. »Und Sie mißfallen mir physisch. Und ein Faulenzer sind Sie auch.«

»Die Büros sind voll davon«, sagte Anne. »Es gibt ganze Massen davon. Sie langweilen sich am Morgen. Sie langweilen sich am Abend. Mittags fressen sie aus einem Alpakakochgeschirr irgendein Zeug, das schon gar nicht mehr menschlich aussieht, und am Nachmittag verdauen sie, wobei sie Löcher in Blätter stanzen, persönliche Briefe schreiben, mit ihren Kumpels telefonieren. Ab und zu ist ein anderer Typ darunter, einer, der nützlich ist. Einer, der etwas produziert. Er schreibt einen Brief, und der Brief kommt in einem anderen Büro an. Es ist wegen eines Geschäfts. Es würde genügen, jedesmal ja zu sagen oder nein, und es wäre vorbei, das Geschäft wäre erledigt. Aber das darf nicht sein.«

»Sie haben vielleicht eine Phantasie«, sagte Amadis. »Und eine poetische, epische und wer weiß was für eine Seele dazu. Zum letzten Mal, gehen Sie an Ihre Arbeit.«

»So gibt es ungefähr für jeden lebenden Menschen einen Büromenschen, einen Parasitenmenschen. Dieser Brief, der das Geschäft des lebendigen Menschen erledigt, ist die Rechtfertigung des Parasitenmenschen. Deshalb zieht er ihn in die Länge, um seine Existenz zu verlängern. Der lebendige Mensch weiß es nicht.«

»Genug«, sagte Amadis. »Glauben Sie mir, was Sie da erzählen, ist dumm. Ich kann Ihnen garantieren, daß es Leute gibt, die sofort auf die Briefe antworten. Und man kann so auch arbeiten. Und nützlich sein.«

»Wenn jeder lebendige Mensch«, fuhr Anne fort, »aufstünde und in den Büros den suchte, der sein persönlicher Parasit ist, und wenn er ihn umbringen würde ...«

»Sie machen mich traurig«, sagte Amadis. »Ich müßte Sie hinauswerfen und Sie ersetzen, aber offen gestanden, ich glaube, daß es die Sonne ist und Ihre Manie, mit einer Frau zu schlafen.«

»Dann«, sagte Anne, »wären alle Büros Särge, und in jedem grün oder gelb gestrichenen Kubus mit gestreiftem Linoleum läge das Skelett eines Parasiten, und die Alpakakochgeschirre würden abserviert werden. Auf Wiedersehen. Ich werde den Eremiten aufsuchen.«

Amadis Dudu blieb stumm. Er sah, wie Anne sich mit langen, kräftigen Schritten entfernte und mühelos die Düne hinauflief, wobei er seine gut regulierten Muskeln entspannte. Er entwarf eine eigenwillige Linie von alternierenden Fußspuren, die ganz oben auf dem abgerundeten Sand aufhörte, und sein Körper setzte den Weg allein fort, verschwand dann.

Direktor Dudu drehte sich um und ging ins Hotel zurück. Der Lärm der Hämmer hatte gerade aufgehört. Carlo und Marin begannen den vor ihnen aufgetürmten

Haufen Material wegzuräumen. Im ersten Stock hörte man das Geklapper der Maschine und das dünne Klingeln am Zeilenende, das übertönt wurde von dem metallischen Kratzen der Schaufeln. Auf dem Schutt wuchsen bereits blaugrüne Pilze.

# ÜBERGANG

*Professor Frißtfrist ist zur Stunde sicherlich tot, und das ergibt bereits ein hübsches Jagdbild. Der Polizeiinspektor, der sich auf die Suche nach ihm gemacht hatte, dürfte es wohl länger ausgehalten haben, denn er war jünger und durch seine Begegnung mit Olive erhitzt. Trotz allem kann man nicht wissen, was ihnen hinter der schwarzen Zone zugestoßen ist. Es bleibt Raum für die Ungewißheit, wie die Händler sprechender Papageien sagen. Eine ziemlich merkwürdige Geschichte, man hat noch nicht der Unzucht zwischen dem Eremiten und der Negerin beigewohnt: in Anbetracht der relativ beachtlichen Anfangsbedeutung der Person Claude Léons scheint dies eine unerklärliche Verzögerung zu sein. Es wäre gut, wenn sie diese Unzucht endlich vor unparteiischen Zuschauern trieben, denn die Folgen dieses wiederholten Aktes müssen auf die Konstitution des Eremiten solche Auswirkungen haben, daß man mit großer Wahrscheinlichkeit voraussagen kann, ob er es aushalten oder ob er vor Erschöpfung sterben wird. Ohne Mutmaßungen über die Folge der Ereignisse anzustellen, sollte man schließlich auch in der Lage sein, genau zu bestimmen, was Angel tun wird. Die Annahme ist erlaubt, daß die Meinungen und Handlungen Annes, seines Kameraden, (der einen Hundenamen hat, aber dieser Faktor spielt strenggenommen keine Rolle) einen ziemlich starken Einfluß auf Angel haben, dem nichts anderes fehlt, als daß er regelmäßig erwacht, anstatt dies in Abständen zu tun und selten, wenn es notwendig wäre; zum Glück fast immer in Gegenwart eines Zeugen. Das Ende der anderen Personen ist in Wahrheit weniger voraussehbar: entweder, weil die unregelmäßige Aufzeichnung ihrer Handlungen zu einer Unbestimmtheit in mehreren Freiheitsgraden führt, oder weil sie, trotz aller Anstrengungen in dieser Richtung, keine wirkliche Existenz besitzen. Es ist zu vermuten, daß ihr geringer Nutzen möglicherweise zu ihrer Beseitigung führt. Man hat sicherlich die schwache Präsenz der Hauptperson festgestellt, die natürlich Rochelle ist, oder auch die des* Deus ex machina, *der entweder der Schaffner oder der Fahrer des 975 oder auch der Chauffeur des gelbschwarzen Taxis ist (dessen Farbe zu erkennen erlaubt, daß es sich hier um ein verurteiltes Fahrzeug handelt). Diese Elemente sind übrigens nur die zusätzlichen Hilfsmittel der Reaktion – sie greifen in deren Prozeß ebenso wenig ein wie in das schließlich erlangte Gleichgewicht.*

# *DRITTER SATZ*

I

Amadis überwachte die Bewegungen Carlos und Marins. Die in das Hotel getriebene Öffnung hatte noch nicht die gewünschte Höhe erreicht, denn sie beschränkte sich noch auf das Erdgeschoß und sollte schließlich das Gebäude völlig teilen, doch die beiden ausführenden Organe säuberten zunächst einmal den Platz, bevor sie weitermachten. An die Wand neben der Treppe im ersten Stock gelehnt, die Hände in den Taschen, dachte Dudu, während er sich kratzte, über die Worte Annes nach und fragte sich, ob er nicht ohne seine Dienste auskommen könnte. Er beschloß also, während er hinaufging, einen Blick auf die Arbeit der beiden Ingenieure zu werfen; wenn sie abgeschlossen oder annähernd abgeschlossen war, schien der Augenblick gekommen, sie zu entlassen.

Er folgte mit dem Blick den zahlreichen bereits verlegten Gleismaßen; derart auf Unterlagen verlegt, sahen sie aus wie Spielzeuge. Der gut planierte Sand unter den Eisenbahnschwellen wartete auf den Schotter; die Waggons und die Lokomotive, auseinandergenommen, ruhten unter Planen neben den Schienen- und Schwellenstapeln der Baustelle.

Carlo unterbrach die Arbeit. Sein Rücken tat ihm weh. Er streckte ihn langsam und legte die Hände auf den Stiel seiner Schaufel, dann wischte er sich mit dem Handgelenk über die Stirn. Seine Haare leuchteten vor Schweiß, und der Staub hatte sich auf seinen feuchten Körper geheftet. Seine Hose, die unterhalb der Lenden hing, bildete an den Knien große, weiche Beulen, und er schaute auf den Boden, wobei er den Kopf langsam nach rechts und nach links drehte. Marin räumte weiterhin Schutt weg, und die Glassplitter tönten auf dem Blech seiner Schaufel; er warf sie mit einem Hüftschwung auf den Schutthaufen hinter sich.

»Nehmen Sie Ihre Arbeit wieder auf«, sagte Amadis zu Carlo.

»Ich bin müde«, sagte Carlo.

»Sie werden nicht bezahlt, um zu faulenzen.«

»Ich faulenze nicht, Monsieur. »Ich schöpfe nur Atem.«

»Wenn Sie nicht genügend Atem haben, um diese Arbeit zu tun, hätten Sie sie nicht annehmen dürfen.«

»Ich habe nicht darum gebeten, sie zu tun, Monsieur. Ich bin gezwungen, sie zu tun.«

»Niemand zwang sie dazu«, sagte Amadis. »Sie haben einen Vertrag unterschrieben.«

»Ich bin müde«, sagte Carlo.

»Ich sage Ihnen, daß Sie Ihre Arbeit wieder aufnehmen sollen.«

Marin unterbrach nun ebenfalls die Arbeit.

»Wir können nicht wie Tiere arbeiten, ohne jemals zu atmen«, sagte er.

»Doch«, sagte Amadis. »Die Vorarbeiter sind dazu da, daß diese unabweisliche Regel eingehalten wird.«

»Diese was?« sagte Marin.

»Diese unabweisliche Regel.«

»Sie gehen uns auf die Nerven«, sagte Marin.

»Ich bitte Sie, höflich zu sein«, sagte Amadis.

»Wenn uns dieser Schweinehund von Arland einmal in Ruhe läßt«, sagte Marin, »dann lassen Sie uns auch in Ruhe.«

»Ich gedenke, Arland zur heiligen Ordnung zu rufen«, sagte Amadis.

»Wir tun unsere Arbeit«, sagte Marin. »Wie wir sie tun, ist einzig und allein unsere Sache.«

»Zum letzten Mal«, sagte Amadis, »ich gebe Ihnen den Befehl, Ihre Arbeit wieder aufzunehmen.«

Carlo ließ den Stiel seiner Schaufel, den er mit den Vorderarmen festhielt, los und spuckte in seine trockenen Hände. Marin ließ seine Schaufel fallen.

»Wir werden Ihnen die Fresse vollhauen«, sagte er.

»Mach das nicht, Marin …«, murmelte Carlo.

»Wenn Sie mich anfassen«, sagte Amadis, »protestiere ich.«

Marin machte zwei Schritte auf ihn zu und sah ihn an, und er ging noch weiter, bis er ihn berührte.

»Ich werde Ihnen die Fresse vollhauen«, sagte er. »Das hat sicherlich noch nie jemand getan. Sie stinken nach Parfum. Sie sind eine gemeine Tunte und ein Schikanierer.«

»Laß ihn, Marin«, sagte Carlo. »Er ist der Boß.«

»In der Wüste gibt es keine Bosse.«

»Es ist keine Wüste mehr«, bemerkte Amadis ironisch. »Haben Sie schon einmal Eisenbahnen in der Wüste gesehen?«

Marin dachte nach.

»Komm arbeiten, Marin«, sagte Carlo.

»Er geht mir auf die Nerven mit seinen Phrasen«, sagte Marin. »Wenn ich damit anfange, auf das zu hören, was er sagt, wird er mich einseifen. Ich weiß, daß ich ihm nicht die Fresse vollhauen darf, aber ich glaube, daß ich es trotzdem tun werde, andernfalls wird er mich einseifen.«

»Eigentlich«, sagte Carlo, »kann ich dir ja dabei helfen, wenn du es tust.«

Amadis machte sich steif.

»Ich verbiete Ihnen, mich anzufassen«, sagte er.

»Wenn wir Sie reden lassen«, sagte Carlo, »dann sind wir mit Sicherheit bald angeschmiert. Das ist Ihnen doch klar.«

»Ihr seid Dummköpfe und grobe Klötze«, sagte Amadis. »Nehmt eure Schaufeln wieder zur Hand, sonst werdet ihr nicht bezahlt werden.«

»Das ist uns ganz egal«, sagte Marin. »Sie haben Moneten da oben, und wir sind immer noch nicht bezahlt worden. Wir werden uns schon nehmen, was man uns schuldet.«

»Ihr seid Diebe«, sagte Amadis.

Carlos Faust beschrieb eine kurze, harte und blitzschnelle Bahn, und Amadis' Wange krachte. Er stieß einen Klagelaut aus.

»Nehmen Sie das zurück«, sagte Marin. »Nehmen Sie das zurück oder Sie sind ein toter Mann.«

»Diebe«, sagte Amadis. »Keine Arbeiter, Diebe.«

Marin schickte sich an, zuzuschlagen.

»Laß«, sagte Carlo. »Nicht zu zweit. Laß mich machen.«

»Du bist zu erregt«, sagte Marin. »Du wirst ihn umbringen.«

»Ja«, sagte Carlo.

»Ich bin auch wütend«, sagte Marin, »aber wenn es soweit kommt, dann gewinnt er.«

»Wenn er Angst hätte«, sagte Carlo, »wäre es soviel einfacher.«

»Diebe«, sagte Amadis noch einmal.

Carlos Arme fielen herab.

»Sie sind eine dreckige Tunte«, sagte er. »Sie können sagen, was Sie wollen. Was meinen Sie, was uns Tuntengeschichten ausmachen? Sie haben Schiß.«

»Nein«, sagte Amadis.

»Warten Sie nur«, sagte Marin. »Ich werde meiner Frau Bescheid sagen, daß sie sich um Sie kümmert.«

»Genug«, sagte Amadis. »Nehmt eure Arbeit wieder auf.«

»So ein gemeines Schwein«, sagte Carlo.

»Diebe und Dummköpfe«, sagte Amadis.

Marins Fuß traf ihn im Unterleib. Er stieß einen erstickten Schrei aus und fiel auf den Boden, völlig zusammengekrümmt. Sein Gesicht war weiß, und er keuchte wie ein Hund vom Laufen.

»Das war falsch von dir«, sagte Carlo. »Ich war besänftigt.«

»Komm, beruhige dich«, sagte Marin. »Ich habe nicht fest zugetreten. In fünf Minuten kann er wieder gehen. Er war ja scharf darauf.«

»Ich glaube«, sagte Carlo. »Du hast recht.«

Sie rafften ihr Werkzeug zusammen.

»Wir werden rausgeschmissen werden«, sagte Carlo.

»Und wenn«, murmelte sein Kamerad. »Wir werden uns ausruhen. Diese Wüste ist voller Schnecken. Sagen die Kinder.«

»Ja«, sagte Carlo.»Wir werden uns ein tolles Gericht daraus zubereiten.«

»Wenn die Eisenbahn fertig ist.«

»Wenn sie fertig ist.»

Sie hörten ein entferntes Brummen.

»Sei mal ruhig«, sagte Marin. »Was ist denn das?«

»Oh«, sagte Carlo. »Das sind sicherlich die Lastwagen, die zurückkommen.«

»Wir werden den Schotter aufschütten müssen«, sagte Marin.

»Unter die gesamten Gleise ...«, sagte Carlo.

Marin beugte sich über seine Schaufel. Das Geräusch der Lastwagen nahm zu, erreichte die höchste Lautstärke, dann vernahmen sie den schrillen Lärm der Bremsen, und es trat Stille ein.

## II

Abbé Petitjean packte den Archäologen am Arm und zeigte ihm mit dem Finger die Hütte des Eremiten.

»Wir sind da«, sagte er.

»Gut. Warten wir auf die Kleinen...«, sagte der Archäologe.

»Oh«, sagte der Abbé. »Die sind sicherlich imstande, ohne uns auszukommen.«

Athanagoras lächelte.

»Ich hoffe das sehr für Angel.«

»Der Glückspilz!« sagte Petitjean. »Ich hätte mir gern einige Ausnahmebewilligungen für dieses Mädchen ausgestellt.«

»Na, na ...«, sagte der Archäologe.

»Unter meinem wattierten Mantel«, machte Petitjean deutlich, »schlägt ein männliches Herz.«

»Es steht Ihnen frei, sie mit Ihrem Herzen zu lieben ...«, sagte der Archäologe.

»Hm ... Natürlich ...«, pflichtete Petitjean bei.

Sie waren stehengeblieben und sahen hinter sich, also das, was fünf Sekunden zuvor hinter ihnen war.

»Da sind sie!« sagte Athanagoras. »Wo ist denn Cuivre?«

»Das ist nicht Angel«, sagte der Abbé. »Das ist sein Kollege.«

»Sie haben gute Augen.«

»Nein«, sagte Petitjean. »Ich denke nur, daß Angel trotz allem nicht blöd genug ist, um es mit einem solchen Mädchen so schnell zu machen.«

»Es ist tatsächlich der andere«, stellte Athanagoras fest. »Kennen Sie ihn?«

»Kaum. Er ist ständig am Schlafen, am Arbeiten oder mit der Sekretärin des Schwulen beschäftigt.«

»Er läuft …«, sagte der Archäologe.

Anne kam schnell näher.

»Es ist ein schöner Junge«, sagte Petitjean.

»Man sieht ihn nie … Was ist denn in ihn gefahren?«

»Die Dinge nehmen im Augenblick eine seltsame Wendung.«

»Sie haben recht«, sagte der Archäologe. »Armer Doktor Frißtfrist.«

Sie schwiegen.

»Guten Tag!« sagte Anne. »Ich bin Anne.«

»Guten Tag«, sagte Athanagoras.

»Wie geht es Ihnen?« fragte Petitjean voller Interesse.

»Besser«, sagte Anne. »Ich werde sie abstoßen.«

»Ihre Biene?«

»Meine Biene. Sie geht mir auf den Wecker.«

»Dann suchen Sie also eine andere?«

»Ganz genau, Monsieur l'Abbé«, sagte Anne.

»Oh! Ich muß doch sehr bitten!« protestierte der Abbé. »Nicht solche geschraubten Vokabeln. Und außerdem …«

Er entfernte sich einige Schritte und begann um die beiden andern herumzulaufen, wobei er kräftig mit den Füßen auf den Boden stampfte.

»Lirum larum Löffelstiel, alte Weiber fressen viel!« sang er.

»Junge müssen fasten, Brot liegt in dem Kasten …«, fuhr der Archäologe fort.

»Messer liegt daneben, so ein lustig's Leben!« sagte Anne und tat es den andern gleich.

Petitjean blieb stehen und kratzte sich an der Nase.

»Er kennt die Formeln ebenfalls!« sagte er zu dem Archäologen.

»Ja …«, stellte dieser fest.

»Na, sollen wir ihn mitnehmen?« sagte Petitjean

»Natürlich«, sagte Anne. »Ich will die Negerin sehen.«

»Sie sind ein Schweinigel«, sagte Petitjean. »Müssen Sie sie denn alle haben?«

»Aber nein«, sagte Anne. »Mit Rochelle ist Schluß.«

»Ist Schluß?«

»Endgültig Schluß.«

Petitjean dachte nach.

»Weiß sie es schon?« fragte er.

Anne schien leicht bekümmert.

»Ich habe es ihr noch nicht gesagt …«

»Woraus ich«, sagte der Abbé, »auf einen einseitigen und plötzlichen Entschluß schließen darf.«

»Ich habe ihn gefaßt, während ich lief, um euch einzuholen«, erklärte der Ingenieur.

Athanagoras schien verstimmt.

»Sie sind lästig«, sagte er. »Da werden wir wieder mit Angel Geschichten bekommen.«

»Aber nein«, sagte Anne. »Er wird höchst zufrieden sein. Sie ist frei.«

»Aber was wird sie denn denken?«

»Oh, das weiß ich nicht«, sagte Anne. »Sie ist kein Verstandesmensch.

»Das ist schnell gesagt …«

Anne kratzte sich an der Wange.

»Vielleicht wird es ihr ein wenig unangenehm sein«, gestand er ein. »Mir persönlich macht es nichts aus, daher kann ich mich auch nicht darum kümmern.«

»Sie regeln die Dinge sehr schnell.«

»Ich bin Ingenieur«, erklärte Anne.

»Selbst wenn Sie Erzbischof wären«, sagte der Abbé, »wäre das kein Grund, ein Mädchen, mit dem Sie gestern noch geschlafen haben, einfach sitzen zu lassen, ohne ihr vorher Bescheid zu sagen.«

»Noch heute morgen«, sagte Anne.

»Sie nutzen den Augenblick aus, indem Ihr Freund Angel anfängt, den Weg der Beruhigung und Befriedung zu finden«, sagte Petitjean, »um ihn wieder in die Ungewißheit zurückzustoßen. Es ist gar nicht sicher, ob er den Weg der Beruhigung und Befriedung für dieses Mädchen verlassen will, das Sie zerstoßen haben wie ein Brikettzertrümmerer.«

»Was ist denn das, der Weg der Beruhigung und Befriedung?« sagte Anne. »Was hat Angel getan?«

»Er jubelt sich gerade eine ganz tolle Biene unter!« sagte Petitjean. »Das Schwein! ...«

Er schnalzte laut mit der Zunge und bekreuzigte sich fast gleich darauf.

»Ich habe wieder ein verbotenes Wort gesagt«, entschuldigte er sich.

»Nur zu ...«, stimmte Anne mechanisch zu. »Wie ist sie denn, diese Frau? Es ist doch hoffentlich nicht die Negerin?«

»Ganz bestimmt nicht«, sagte Petitjean. »Die Negerin ist dem Eremiten vorbehalten.«

»Gibt es noch eine andere?« sagte Anne. »Eine gute?«

»Na«, sagte Athanagoras. »Lassen Sie Ihren Freund in Ruhe.«

»Aber er mag mich sehr«, sagte Anne. »Er wird nichts sagen, wenn ich sie mir unter die Weste jubele.«

»Sie sagen unsympathische Dinge«, bemerkte der Archäologe.

»Aber er wird glücklich sein wie ein Unternehmer, wenn er erfährt, daß Rochelle frei ist!«

»Das glaube ich nicht«, sagte der Archäologe. »Dazu ist es zu spät.«

»Es ist nicht zu spät. Sie ist noch sehr gut erhalten, die Kleine. Und sie weiß jetzt etwas besser Bescheid als vorher.«

»Das ist nicht angenehm für einen Mann. Ein Junge wie Angel wird auf diese Weise nicht gern Lektionen annehmen.«

»Ach?« sagte Anne.

»Es ist merkwürdig«, sagte Petitjean. »Sicherlich wissen Sie manchmal interessante Dinge zu erzählen, aber im Augenblick sind Sie widerwärtig.«

»Wissen Sie«, sagte Anne, »ich mache mit den Frauen das, was man so mit ihnen tut, aber damit hat sich's auch. Ich mag sie gern, aber für jeden Tag sind mir die Kumpels lieber; zum Reden vor allem.«

»Angel ist vielleicht nicht so wie Sie«, sagte Athanagoras.

»Das muß man ihm austreiben«, sagte Anne. »Wenn er mal mit Rochelle schläft, wird er schnell genug von ihr haben.«

»Er sucht etwas anderes«, sagte Petitjean. »Das, was ich in der Religion suche ... ich meine ... im Prinzip ... weil mir manchmal harmlose Verstöße gegen die Vorschrift unterlaufen ... Aber ich sage dann so an die fünfzig zusammenfassende Rosenkränze auf; wenn ich sage an die fünfzig ... na gut, sagen wir drei.«

»Was Sie ihm da anbieten«, sagte der Archäologe, »das kann er mit jedem anderen Mädchen auch haben. Und er hat es im Augenblick.«

»Das Schwein!« sagte Anne. »Das hat er mir nicht gesagt. Dieser Angel!«

»Er sucht etwas anderes«, sagte Petitjean noch einmal. »Denken Sie nicht nur an den Prügel. Es gibt auch ...«

Er suchte.

»Ich weiß nicht, was es noch gibt«, sagte er. »Was die Frauen angeht, so bin ich im Grunde Ihrer Meinung. Man muß an ihnen rumtätscheln; aber man kann auch an was anderes denken.«

»Gewiß«, sagte Anne. »Wie ich Ihnen schon sagte, für alles andere sind mir die Kumpels lieber.«

»Es ist schwer zu sagen«, sagte Athanagoras, »was er sucht. Sie müßten eine Vorstellung davon haben. Was nützt es, daß ich Ihnen Wörter erzähle, mit denen Sie nichts anfangen können, weil Sie nichts Entsprechendes empfinden.«

»Versuchen Sie es nur«, sagte Anne.

»Ich glaube, daß er einen Zeugen sucht«, sagte Athanagoras. »Jemanden, der ihn kennt und der sich soweit für ihn interessiert, daß er sich kontrollieren kann, ohne daß er sich selber beobachten muß.«

»Warum dann nicht dieses andere Mädchen?« sagte Anne.

»Weil er Rochelle zuerst geliebt hat, und die Tatsache, daß sie ihn nicht liebt, schien ihm schließlich ein sicherer Beweis der Unparteilichkeit zu sein. Allerdings mußte es ihm dazu gelingen, daß sie sich genügend für ihn interessiert, um dieser Zeuge zu sein ...«

»Angel ist ein braver Kerl«, sagte Anne. »Es tut mir leid, daß er solche Vorstellungen hat. Er ist immer ein wenig farblos gewesen.«

Der Archäologe zögerte einen Augenblick.

»Vielleicht erfinde ich das alles«, sagte er. »Ich zweifle daran, daß es sich so einfach verhält.«

»Wieso, so einfach?«

»Ich weiß nicht, ob Angel sich so glücklich schätzen wird, daß er Rochelle in aller Freiheit lieben kann. Ich glaube, daß sie ihn jetzt anwidert.«

»Aber nein«, sagte Angel. »Es wäre schwierig.«

»Sie haben sie ruiniert«, sagte Petitjean. »Und vielleicht hat sie eigentlich überhaupt keine Lust, Sie durch ihn zu ersetzen.«

»Oh«, sagte Anne, »ich werde Ihnen das erklären ...«

»Wie wärs, wenn wir weitergingen«, sagte Petitjean.

»Ich folge Ihnen«, sagte Anne.

»Ich möchte Sie um etwas bitten«, sagte der Archäologe.

Sie machten sich alle drei wieder auf den Weg. Anne

überragte seine beiden Gefährten um Haupteslänge. Und zwar um die seines eigenen, um genau zu sein.

»Ich möchte Sie bitten, es Angel nicht zu sagen.«

»Was?«

»Daß Rochelle frei ist.«

»Aber er wird froh sein!«

»Es wäre mir lieber, wenn Rochelle es vor ihm wüßte.«

»Warum?«

»Wegen der Konstruktion der Sache«, sagte der Archäologe. »Ich glaube, daß es nichts bringt, wenn Sie es Angel sofort sagen.«

»Ach so! Gut!« sagte Anne. »Aber ich darf es ihm nachher sagen?«

»Natürlich«, sagte der Archäologe.

»Mit andern Worten«, sagte Anne, »muß ich zuerst Rochelle Bescheid sagen und erst danach Angel?«

»Das ist normal«, sagte Petitjean. »Einmal angenommen, Sie ändern Ihre Meinung, nachdem Sie Angel Bescheid gesagt haben. Für Sie geht dabei nichts kaputt. Für Angel ist es eine weitere Enttäuschung.«

»Selbstverständlich«, sagte Anne.

»Natürlich ist dies nicht der wahre Grund«, erklärte Petitjean. »Aber es ist unnötig, daß Sie ihn kennen.«

»Dieser hier genügt mir«, sagte Anne.

»Ich danke Ihnen«, sagte der Archäologe. »Ich zähle auf Sie.«

»Gehen wir zur Negerin«, sagte Anne.

## III

> So sind zum Beispiel in der Rubrik BALLETT alle unsere Schallplatten mit Ballettmusik aufgeführt; Sie finden sie im alphabetischen Register unter dem Stichwort Ballett in der Abteilung klassische Musik.
> *(Philips-Katalog, 1956, Seite III)*

Rochelle sah Amadis hereinkommen. Er hielt sich mit einer Hand den Unterleib; mit der andern hielt er sich am Türrahmen und an den Wänden, und er hatte Schmerzen. Er hinkte zu seinem Sessel und ließ sich erschöpft hineinfallen. Er blinzelte, und seine Stirn legte sich in sukzessive Falten, die die weiche Oberfläche entstellten.

Rochelle unterbrach ihre Arbeit und stand auf. Sie mochte ihn nicht.

»Was kann ich für Sie tun?« sagte sie. »Sind Sie krank?«

»Fassen Sie mich nicht an«, sagte Amadis. »Einer dieser Arbeiter hat mich geschlagen.«

»Wollen Sie sich hinlegen?«

»Nichts zu machen«, sagte Amadis. »Physisch. Im übrigen werde ich ihnen das heimzahlen.«

Er bewegte sich etwas.

»Ich hätte Dupont gern gesehen.«

»Wer ist Dupont?«

»Der Koch des Archäologen.«

»Wo soll ich ihn denn finden?«

»Er ist bestimmt wieder bei diesem Miststück von Lardier …«, murmelte Amadis.

»Wollen Sie nichts zu sich nehmen?« sagte Rochelle. »Ich kann Ihnen Sainunichstee kochen.«

»Nein«, sagte Amadis. »Nichts.«

»Gut.«

»Danke«, sagte Amadis.

»Oh«, sagte Rochelle, »ich tue es nicht, um Ihnen einen Gefallen zu erweisen. Ich mag Sie nämlich überhaupt nicht.«

»Ich weiß«, sagte Amadis. »Dabei wird immer behauptet, daß Frauen in der Regel die Homosexuellen mögen.«

»Die Frauen, die keine Männer mögen«, sagte Rochelle. »Oder die Frauen, die verallgemeinern.«

»Es heißt, daß sie sich bei ihnen sicher fühlen, daß sie keine Angst haben, belästigt zu werden usw ...«

»Wenn sie schön sind«, sagte Rochelle, »ist das möglich. Ich habe keine Angst, belästigt zu werden.«

»Wer belästigt Sie denn hier, außer Anne?«

»Sie sind indiskret«, sagte Rochelle.

»Das ist ohne Bedeutung«, sagte Amadis. »Anne und Angel werden wieder ganz gewöhnliche Männer, ich habe sie entlassen.«

»Anne belästigt mich nicht«, sagte Rochelle. »Ich schlafe mit ihm. Er faßt mich an. Er massiert mich.«

»Belästigt Angel Sie?«

»Ja«, sagte Rochelle, »weil ich es will. Er sieht nicht so kräftig aus wie sein Freund. Und außerdem habe ich Anne von Anfang an vorgezogen, weil er nicht so kompliziert ist.«

»Ist Angel kompliziert? Ich finde, daß er dumm und faul ist. Dabei sieht er besser aus als Anne.«

»Nein«, sagte Rochelle. »Nicht mein Geschmack. Aber er ist auch nicht schlecht, das gebe ich zu.«

»Könnten Sie mit ihm schlafen?«

»Natürlich!« sagte Rochelle. »Jetzt kann ich. Mit Anne kann ich nämlich nicht mehr viel anfangen.«

»Ich frage Sie das alles, weil Sie für mich eine so völlig fremde Welt sind«, sagte Amadis. »Ich möchte begreifen.«

»Hat der Schlag, den Sie bekommen haben, Sie daran erinnert, daß Sie ein Mann sind?« sagte Rochelle.

»Ich habe große Schmerzen«, sagte Amadis, »und ich habe keinen Sinn für Ironie.«

»Wann hören Sie endlich auf zu glauben, daß man sich über Sie lustig macht?« sagte Rochelle. »Wenn Sie wüßten, wie gleichgültig mir das ist!«

»Lassen wir das«, sagte Amadis. »Sie sagen, daß Angel Sie belästigt; ist Ihnen das unangenehm?«

»Nein«, sagte Rochelle. »Das ist so etwas wie eine Sicherheitsreserve.«

»Aber er muß doch auf Anne eifersüchtig sein.«

»Woher wollen Sie das wissen?«

»Das ist ein Analogieschluß«, sagte Amadis. »Ich weiß genau, was ich mit Lardier tun möchte.«

»Was denn?«

»Ihn umbringen«, sagte Amadis. »Mit Fußtritten in den Bauch. Alles kurz- und kleinschlagen.«

»Angel ist nicht wie Sie. Er ist nicht so leidenschaftlich.«

»Sie täuschen sich ganz bestimmt«, sagte Amadis. »Er ist böse auf Anne.«

Rochelle sah ihn beunruhigt an.

»Das meinen Sie doch nicht im Ernst?«

»Doch«, sagte Amadis. »Es wird so kommen. Mich läßt das kalt. Ich sage es nicht, um Sie zu ärgern.«

»Sie reden, als ob Sie es wirklich wüßten«, sagte Rochelle. »Ich glaube, Sie wollen mich kaufen. Aber das geheimnisvolle Getue zieht bei mir nicht.«

»Da gibt es kein geheimnisvolles Getue«, sagte Amadis. »Ich leide und ich verstehe viele Dinge. Übrigens, wie weit sind Sie mit Ihrer Arbeit?«

»Sie ist fertig«, sagte Rochelle.

»Ich werde Ihnen was anderes geben. Nehmen Sie Ihren Block.«

»So furchtbar können Sie auch wieder nicht leiden«, sagte Rochelle.

»Der Schotter ist angekommen«, sagte Amadis. »Wir müssen die Lohnlisten für die Lastwagenfahrer fertigmachen und ihnen vorschlagen, an den Gleisen zu arbeiten.«

»Das werden Sie ablehnen«, sagte Rochelle.

»Schreiben Sie eine Dienstanweisung«, sagte Amadis. »Man kann es so einrichten, daß sie nicht ablehnen werden.«

Rochelle machte drei Schritte und nahm ihren Block und ihren Bleistift. Amadis stützte einige Augenblicke die Ellbogen auf seinen Schreibtisch, den Kopf in den Händen, und er begann zu diktieren.

## IV

»Dieser heilige Akt ist wirklich erstklassig«, sagte Abbé Petitjean.

Anne, der Archäologe und der Abbé gingen langsam zurück.

»Die Negerin …«, sagte Anne. »Meine Fresse! …«

»Na na«, sagte der Archäologe.

»Lassen Sie Claude Léon in Frieden«, sagte der Abbé. Er zieht sich gar nicht so schlecht aus der Affaire.«

»Ich würde ihm gern dabei zur Hand gehen«, sagte Anne.

»Die Hand ist nicht eigentlich das, was er dabei benutzt«, sagte Petitjean. »Sie haben die Einzelheiten nicht so richtig mitgekriegt.«

»Oh, capito! …« sagte Anne. »Reden Sie von was anderem. Ich kann schon nicht mehr gehen.«

»Das wirkt nach«, sagte der Abbé. »Ich bin ganz Ihrer Meinung. Aber ich habe eine Soutane.«

»Was muß man tun, um Priester zu werden?« fragte Anne.

»Sie«, sagte Petitjean, »Sie wissen nicht, was Sie wollen. Mal dies, mal das. Mal erzählen Sie Dummheiten, mal machen Sie ein intelligentes Gesicht, mal sind Sie sensibel und mal so säuisch wie ein Viehhändler, der an nichts anderes denkt. Entschuldigen Sie bitte, aber meine Sprache ist meinen Gedanken nicht gewachsen.«

»Alles klar«, sagte Anne. »Ich weiß Bescheid.«

Er begann zu lachen und ergriff den Abbé am Arm.

»Petitjean«, sagte er, »Sie sind ein richtiger Mann!«

»Danke«, sagte Petitjean.

»Und Sie, Sie sind ein Löwe«, fuhr Anne fort und wandte sich an den Archäologen. »Ich bin froh, daß ich Sie kennengelernt habe.«

»Ich bin ein alter Löwe«, sagte Athanagoras. »Und der Vergleich wäre zutreffender, wenn Sie ein Wühltier gewählt hätten.«

»Aber nicht doch«, sagte Anne. »Ihre Ausgrabungen, das ist doch ein Witz. Sie reden zwar immer davon, aber man sieht sie nie.«

»Möchten Sie sie sehen?«

»Sicher!« sagte Anne. »Alles interessiert mich.«

»Alles interessiert Sie ein bißchen«, sagte Petitjean.

»Jeder ist so«, sagte Anne.

»Und die Spezialisten?« bemerkte der Archäologe. »Mein bescheidenes Beispiel bedeutet zwar nichts, aber für mich zählt nur die Archäologie.«

»Nicht wahr«, sagte Anne. »Das ist doch Mache.«

»Aber keineswegs!« sagte Athanagoras empört.

Anne lachte wieder.

»Ich nehme Sie nur auf den Arm«, sagte er. »So wie Sie es mit Steinguttöpfen tun, die Ihnen nichts getan haben, bevor Sie sie in Schachteln verfrachten.«

»Halten Sie den Mund, Sie oberflächlicher Mensch!« sagte Athanagoras.

Er war nicht wütend.

»Na«, sagte Anne, »gehen wir uns Ihre Ausgrabungen ansehen?«

»Wir gehen«, sagte Petitjean.«

»Kommen Sie«, sagte der Archäologe.

## V

Angel kam Ihnen entgegen. Er ging etwas schwankend, noch ganz warm vom Körper Cuivres. Sie war in die andere Richtung zurückgegangen, zu Brice und Bertil, um ihnen bei der Arbeit zu helfen. Sie wußte, daß es besser war, nicht bei dem ängstlichen Jungen zu bleiben, der sie gerade in einer Sandmulde zartfühlend, zärtlich genommen hatte, ohne sie verletzen zu wollen. Sie lachte und lief. Ihre zarten Beine flogen elastisch über den hellen Boden hinweg, und ihr Schatten tanzte neben ihr und verlieh ihr vier Dimensionen.

Als Angel ganz nahe bei ihnen war, sah er sie aufmerksam an. Er entschuldigte sich nicht, daß er sie verlassen hatte. Anne war auch da, stark und fröhlich, wie vor Rochelle; mit Rochelle war es also aus.

Bis zum Lagerplatz von Athanagoras war nur noch ein sehr kurzes Stück Weg zurückzulegen. Sie sprachen nur, und die Dinge standen kurz vor der Vollendung.

Denn Angel wußte, was Cuivre war, und er verlor mit einem Schlag alles, was Anne von Rochelle bekommen hatte.

## VI

»Ich steige als erster hinunter«, sagte Athanagoras. »Passen Sie auf. Dort unten liegt ein Haufen Steine zum Einpacken.«

Sein Körper zwängte sich in die Öffnung des Brunnens, und seine Füße fanden eine feste Stütze auf den Silbersprossen.

»Gehen Sie vor!« sagte Anne und trat vor Petitjean zurück.

»Das ist ein lächerlicher Sport«, sagte Petitjean. »He, Sie da unten, schauen Sie nicht hoch. Das tut man nicht!«

Er raffte seine Soutane mit einer Hand zusammen und setzte den Fuß auf die erste Sprosse.

»Es geht«, sagte er. »Ich steige trotzdem hinunter.«

Anne blieb bei Angel.

»Was meinst du, wie tief das hinabgeht?« sagte er.

»Ich weiß es nicht«, sagte Angel mit erstickter Stimme. »Es ist tief.«

Anne beugte sich über die Öffnung.

»Man sieht nicht viel«, sagte er. »Petitjean muß angekommen sein. Der Augenblick ist gekommen.«

»Noch nicht ...«, sagte Angel.

»Aber doch«, sagte Anne.

Er hatte sich neben die Öffnung des Brunnens gekniet und spähte in die dichte Finsternis.

»Nein«, sagte Angel noch einmal. »Noch nicht.«

Er sprach leiser, mit erschreckter Stimme.

»Wir müssen hinunter«, sagte Anne. »Los! Hast du Angst?«

»Ich habe keine Angst ...«, murmelte Angel.

Seine Hand berührte den Rücken seines Freundes und plötzlich stieß er ihn in die Leere. Angels Stirn war feucht von Schweiß. Einige Sekunden später war ein Krachen zu hören und die Stimme Petitjeans, der ganz unten im Brunnen schrie.

Angels Beine zitterten und seine Finger zögerten, bevor sie die erste Sprosse fanden. Seine Füße führten ihn nach unten, und er spürte seinen Körper wie kaltes Quecksilber. Der Eingang des Brunnens über ihm zeichnete sich schwarzblau vor einem Tintenhintergrund ab. Der Untergrund wurde etwas heller, und er beschleunigte seinen Abstieg. Er hörte Petitjean mit monotoner Stimme Wörter aufsagen. Er schaute nicht nach unten.

## VII

»Es ist meine Schuld«, sagte der Archäologe zu Petitjean.

»Nein«, sagte Petitjean. »Ich bin ebenfalls schuldig.«

»Wir hätten ihn nicht davon abhalten sollen, Angel zu sagen, daß Rochelle frei ist.«

»Dann«, sagte Petitjean, »läge jetzt Angel hier.«

»Warum mußten wir ihn wählen?«

»Weil man wählen muß«, sagte Petitjean. »Das ist zwar zum Kotzen, aber es ist so.«

Anne hatte sich den Hals gebrochen, und sein Körper lag auf den Steinen. Sein Gesicht war ausdruckslos und auf der Stirn hatte er eine breite, von seinen wirren Haaren halbverdeckte Schramme. Eines seiner Beine war unter ihm gekrümmt.

»Man muß ihn hier wegschaffen«, sagte Petitjean, »und ihn langlegen.«

Sie sahen Angels Füße kommen und seinen Körper, und dann kam Angel sachte heran.

»Ich habe ihn umgebracht«, sagte er. »Er ist tot.«

»Ich glaube, er hat sich zu weit vorgebeugt«, sagte der Archäologe. »Bleiben Sie nicht da stehen.«

»Ich war's ...«, sagte Angel.

»Fassen Sie ihn nicht an«, sagte Petitjean. »Das ist nicht nötig. Es war ein Unfall.«

»Nein«, sagte Angel.

»Doch«, sagte der Archäologe. »Das können Sie schließlich von ihm annehmen.«

Angel weinte und sein Gesicht war heiß.

»Warten Sie dort auf uns«, sagte Athanagoras. »Gehen Sie den Korridor entlang.«

Er trat zu Anne. Sanft glättete er ihm die blonden Haare

und betrachtete den geschundenen, bedauernswerten Körper.

»Er war jung«, sagte er.

»Ja«, murmelte Petitjean. »Sie sind jung.«

»Sie sterben alle ...«, sagte Athanagoras.

»Nicht alle ... es bleiben welche übrig. Sie und ich zum Beispiel.«

»Wir sind aus Stein«, sagte der Archäologe. »Das zählt nicht.«

»Helfen Sie mir«, sagte Petitjean.

Sie hatten große Mühe, ihn hochzuheben. Der entspannte Körper war erschlafft und lag auf dem Boden. Petitjeans Füße rutschten auf dem feuchten Boden aus. Sie hoben ihn von dem Steinhaufen hoch und legten ihn an die Wand des Stollens.

»Ich bin erschüttert«, sagte Athanagoras. »Es ist meine Schuld.«

»Ich sage Ihnen nochmals, daß das nicht stimmt«, sagte Petitjean. »Es war gar nichts anderes zu machen.«

»Es ist eine Schande«, sagte Athanagoras, »daß wir gezwungen waren, bei so was behilflich zu sein.«

»Wir mußten in jedem Fall enttäuscht sein«, sagte Petitjean. »Es ist nun mal so, daß wir in unserem tiefsten Innern enttäuscht sind. Das ist zwar schwerer zu ertragen, aber es geht auch besser vorbei.«

»Es wird für Sie vorbeigehen«, sagte Athanagoras. »Er war schön.«

»Sie sind schön«, sagte Petitjean. »Sie alle, die zurückbleiben.«

»Sie sind zu hartherzig«, sagte der Archäologe.

»Ein Priester darf kein Herz haben«, sagte Petitjean.

»Ich möchte seine Haare in Ordnung bringen«, sagte der Archäologe. »Haben Sie einen Kamm?«

»Ich habe keinen«, sagte Petitjean. »Das ist nicht nötig. Kommen Sie.«

»Ich kann ihn nicht allein lassen.«

»Nun lassen Sie sich mal nicht gehen. Er ist Ihnen nahe, weil er tot ist und weil Sie alt sind. Aber er ist tot.«

»Und ich bin alt, aber lebendig«, sagte der Archäologe. »Und Angel ist ganz allein.«

»Er wird jetzt kaum noch Gesellschaft haben«, sagte Petitjean.

»Wir werden bei ihm bleiben.«

»Nein«, sagte Petitjean. »Er wird fortgehen. Er wird allein fortgehen. Die Dinge werden sich nicht so einfach klären. Wir sind noch nicht am Ende.«

»Was kann denn passieren?...« seufzte Athanagoras mit müder, zerbrochener Stimme.

»Das wird noch kommen«, sagte Petitjean. »Man arbeitet nicht in der Wüste, ohne daß das Folgen hat. Die Dinge stehen schlecht. Ich spüre es.«

»Sie sind an Leichen gewöhnt«, sagte Athanagoras. »Ich nicht. Nur an Mumien.«

»Sie haben nichts begriffen«, sagte Petitjean. »Sie können nur leiden, ohne daraus Lehren zu ziehen.«

»Ziehen Sie irgendwelche Lehren daraus?«

»Ich?« sagte Petitjean. »Ich leide ja nicht darunter. Kommen Sie.«

## VIII

Sie fanden Angel im Stollen. Seine Augen waren trocken.

»Ist nichts zu machen?« fragte er Petitjean.

»Nichts«, sagte Petitjean. »Lediglich den andern Bescheid sagen, wenn wir zurückkommen.«

»Gut«, sagte Angel. »Ich werde es ihnen sagen. Sehen wir uns jetzt die Ausgrabungen an?«

»Aber gewiß«, sagte Petitjean. »Dazu sind wir ja hier.«

Athanagoras sprach nicht, und sein faltiges Kinn zitterte. Er ging zwischen ihnen hindurch und setzte sich an die Spitze der Kolonne.

Sie folgten dem komplizierten Weg, der zum Stoß führte. Angel betrachtete aufmerksam das Hangende der Stollen und die Nebenpfeiler, und er machte den Eindruck, als versuchte er, das Gelände zu orten. Sie kamen im Hauptstollen an, in dessen hinterem Ende man die Lichtpunkte sah, die die Beleuchtungsapparate bildeten. Angel blieb am Eingang stehen.

»Ist sie dort?« sagte er.

Athanagoras sah ihn an, ohne zu begreifen.

»Ihre Freundin?« sagte Angel noch einmal. »Ist sie dort?«

»Ja«, sagte Athanagoras. »Mit Brice und Bertil, Sie arbeitet.«

»Ich will sie nicht sehen«, sagte Angel. »Ich kann sie nicht sehen. Ich habe Anne umgebracht.«

»Jetzt hören Sie auf«, sagte Petitjean. »Wenn Sie diese Dummheit noch einmal sagen, werde ich mich etwas näher um Sie kümmern.«

»Ich habe ihn umgebracht«, sagte Angel.

»Nein«, sagte Petitjean. »Sie haben ihn gestoßen, und als er auf den Steinen unten ankam, war er tot. Das ist reiner Zufall.«

»Sie sind ein Jesuit …«, sagte Angel.

»Ich glaube, ich habe schon einmal gesagt, daß ich bei den Eudisten erzogen worden bin«, sagte Petitjean ruhig. »Wenn man sich die Mühe machen würde, aufzupassen, wenn ich spreche, wäre vieles besser. Sie machten vorhin den Eindruck, als reagierten Sie völlig normal, und jetzt drehen Sie schon wieder durch. Ich warne Sie, ich werde Ihnen das nicht länger durchlassen. Pitschi, patschi, Peter …«

»Hinterm Ofen steht er …«, sagten Angel und der Archäologe mechanisch.

»Ich nehme an, daß Sie wissen, wie's weitergeht«, sagte Petitjean, »deshalb können wir uns den Rest sparen. Ich will Sie jetzt nicht zwingen, diese drei Typen am Ende des Stollens aufzusuchen. Ich bin kein Henker.«

Athanagoras hustete ostentativ.

»Ganz richtig«, sagte Petitjean, wobei er sich nach ihm umdrehte, ich bin kein Henker.«

»Gewiß nicht«, sagte Athanagoras. Sonst wäre ihre Soutane rot statt schwarz.«

»Und nachts«, sagte Petitjean, »wäre die Wirkung die gleiche.«

»Oder für einen Blinden«, sagte der Archäologe. »Sie geben unaufhörlich Binsenweisheiten von sich …«

»Sie sind wirklich hartnäckig«, sagte Petitjean. »Ich versuche Sie beide aufzumuntern.«

»Das gelingt Ihnen sehr gut«, sagte Athanagoras. »Wir sind beinahe soweit, daß wir Sie am liebsten anbrüllen würden.«

»Wenn Sie ganz soweit sind«, sagte Petitjean, »dann habe ich Erfolg gehabt.«

Angel schwieg und sah zum Ende des Stollens, dann drehte er sich um und nahm aufmerksam die andere Seite unter die Lupe.

»Welcher Richtung sind Sie bei den Ausgrabungen gefolgt?« fragte er den Archäologen.

Er strengte sich an, um natürlich zu sprechen.

»Ich weiß nicht«, sagte der Archäologe. »Etwa zwei Maß östlich vom Meridian…«

»Aha…«, sagte Angel.

Er blieb reglos da stehen.

»Wir sollten uns entscheiden«, sagte Petitjean, »gehen wir nun oder gehen wir nicht?«

»Ich muß mir die Berechnungen ansehen«, sagte Angel.

»Was ist los?« fragte der Archäologe.

»Nichts«, sagte Angel. »Eine Annahme. Ich will nicht hingehen.

»Gut«, sagte Petitjean. »Dann gehen wir wieder zurück.«

Sie machten kehrt.

»Kommen Sie mit ins Hotel«, fragte Angel den Abbé.

»Ich begleite Sie«, sagte Petitjean.

Der Archäologe ging diesmal hinten, und sein Schatten war klein neben dem seiner beiden Gefährten.

»Ich muß mich beeilen«, sagte Angel. »Ich will Rochelle sehen. Ich will es ihr sagen.«

»Ich kann es ihr sagen«, sagte der Abbé.

»Beeilen wir uns«, sagte Angel. »Ich muß sie unbedingt sehen. Ich will sehen, wie sie ist.«

»Beeilen wir uns«, sagte Petitjean.

Der Archäologe blieb stehen.

»Ich lasse Sie allein«, sagte er.

Angel ging wieder zurück. Er stand vor Athanagoras.

»Ich bitte Sie um Verzeihung«, sagte er. »Ich danke Ihnen.«

»Wofür?« sagte Athanagoras traurig.

»Für alles…«, sagte Angel.

»Es ist alles meine Schuld …«

»Danke…«, sagte Angel. »Bis bald.«

»Vielleicht«, sagte der Archäologe.

»Los, schaffen Sie Ihre müden Knochen her; auf Wiedersehen, Atha!« rief der Abbé.

»Auf Wiedersehen, Abbé!« sagte Athanagoras.

Er ließ sie davongehen und in dem Stollen um die Ecke biegen, dann setzte er seinen Weg hinter ihnen fort. Anne wartete ganz allein an dem kalten Felsen; Angel und Petitjean gingen an ihm vorbei und stiegen die Silberleiter hinauf, dann kam Athanagoras, er kniete sich neben Anne und sah ihn an, und sein Kopf fiel auf seine Brust herab; er dachte an frühere, sanfte Dinge mit einem fast verflüchtigten Duft. Anne oder Angel, warum hatte man wählen müssen?

## IX

> Eine intelligente Frau zu lieben,
> ist ein Päderastenvergnügen.
> *(Baudelaire, »Raketen«)*

Amadis betrat Angels Zimmer. Der Junge saß auf seinem Bett und neben ihm explodierte eines der Hemden von Professor Frißtfrist. Amadis blinzelte mit den Augen, versuchte sich daran zu gewöhnen, mußte aber anderswohin schauen. Angel sagte nichts, er hatte beim Geräusch der Tür kaum den Kopf umgedreht, und er regte sich nicht, als Amadis sich auf den Stuhl setzte.

»Wissen Sie, wo meine Sekretärin ist?« fragte Amadis.

»Nein«, sagte Angel. »Ich habe sie seit gestern nicht mehr gesehen.«

»Sie hat das sehr schlecht aufgenommen«, sagte Amadis, »und ich bin mit meiner Post im Rückstand. Sie hätten ja schließlich auch bis heute warten können, um ihr zu sagen, daß Anne tot ist.«

»Es war Petitjean, der es ihr gesagt hat. Ich kann nichts dafür.«

»Sie sollten zu ihr gehen und sie trösten und ihr sagen, daß nur die Arbeit ihr weiterhelfen kann.«

»Wie können Sie das sagen?«, sagte Angel. »Sie wissen genau, daß das eine Lüge ist.«

»Das ist doch ganz klar«, sagte Amadis. »Die Arbeit, ein starkes Ablenkungsmittel, gibt dem Menschen die Möglichkeit, sich zeitweise von den Sorgen und Lasten des täglichen Lebens zurückzuziehen.«

»Nichts ist alltäglicher … Sie wollen mich wohl auf den Arm nehmen«, sagte Angel. »Sie können das nicht sagen, ohne daß Sie lachen müssen.«

»Ich kann schon seit langem nicht mehr lachen«, sagte Amadis. »Ich möchte, daß Rochelle die Briefe abholt und daß der 975 wieder kommt.«

»Schicken Sie das Taxi«, sagte Angel.

»Schon geschehen«, sagte Amadis. »Aber Sie können sich wohl denken, wie ich mit seiner Rückkehr rechne.«

»Sie wären verrückt«, sagte Angel.

»Sie werden mir jetzt sicherlich sagen, daß ich eine Dreckstunte bin?«

»Quatsch!« sagte Angel.

»Wollen Sie Rochelle nicht sagen, daß ich Arbeit für sie habe?«

»Ich kann sie jetzt nicht sehen«, sagte Angel. »Begreifen Sie doch. Anne ist gestern nachmittag gestorben.«

»Ich weiß«, sagte Amadis. »Bevor er bezahlt worden ist. Ich möchte, daß sie Rochelle sagen gehen, daß meine Post nicht mehr länger warten kann.«

»Ich kann sie nicht stören.«

»Aber doch«, sagte Amadis. »Sie ist in ihrem Zimmer.«

»Warum haben Sie mich dann gefragt, wo sie ist?«

»Damit Sie beunruhigt sein sollten«, sagte Amadis.

»Ich weiß genau, daß sie in ihrem Zimmer ist.«

»Dann hat es nichts genützt«, sagte Amadis. »Das ist alles.«

»Ich gehe sie holen«, sagte Angel. »Sie wird nicht kommen.«

»Aber doch.«

»Sie liebte Anne.«

»Sie würde auch mit Ihnen schlafen. Sie hat es mir selbst gesagt. Gestern.«

»Sie sind ein Schweinehund«, sagte Angel.

Amadis gab keine Antwort. Er schien völlig gleichgültig zu sein.

»Sie hätte mit mir geschlafen, wenn Anne noch leben würde«, sagte Angel.

»Aber nein. Sogar jetzt.«

»Sie sind ein Schweinehund«, sagte Angel noch einmal. »Ein Päderastenschwein.«

»Da haben wir's«, sagte Amadis. »Sie haben es gesagt. Das Allgemeine. So, und jetzt werden Sie zu ihr gehen. Das Allgemeine drängt zum Besonderen.«

»Ja, ich werde zu ihr gehen.«

Er stand auf, und die Matratzenfedern des Bettes ächzten sachte.

»Das Bet bei ihr macht keinen Krach«, sagte Amadis.

»Genug ...«, murmelte Angel.

»Das war ich Ihnen schuldig.«

»Genug ... Ich kann Sie nicht mehr ertragen ... Gehen Sie ...«

»Sieh an«, sagte Amadis. »Wissen Sie heute, was Sie wollen?«

»Anne ist tot ...«

»Na, wovon befreit Sie das?«

»Von mir«, sagte Angel. »Ich werde wach.«

»Aber nein«, sagte Amadis. »Sie wissen genau, daß Sie jetzt Selbstmord begehen werden.«

»Ich habe daran gedacht«, sagte Angel.

»Gehen Sie mir zuerst Rochelle holen.«

»Ich gehe sie holen.«

»Sie können sich Zeit lassen«, sagte Amadis. »Wenn Sie sie trösten wollen ... oder sonstwas. Aber ermüden Sie sie nicht allzusehr. Ich habe eine Menge Post zu erledigen.«

Angel ging an Amadis vorbei, ohne ihn anzusehen. Der Direktor blieb auf dem Stuhl sitzen und wartete bis die Tür geschlossen wurde.

Der Flur des Hotels führte jetzt auf der einen Seite direkt ins Leere, und bevor Angel zu Rochelle ging, trat er an den Rand. Zwischen den beiden Hälften des Hotels glänzten die Gleise in der Sonne, und auf der anderen Seite ging der Flur weiter zu den übriggebliebenen Zimmern, Zwischen den Schienen und den Eisenbahnschwellen fing der graue, saubere Schotter an den glimmerhaltigen Spitzen seiner Elemente Lichtblitze auf.

Auf beiden Seiten der Fassade erstreckte sich die Eisenbahnlinie so weit das Auge sah, und die Haufen Eisenbahnschwellen und Schienen, für Angel unsichtbar von der Stelle aus, an der er stand, waren fast verschwunden. Zwei der Lastwagenfahrer montierten gerade noch die letzten Teile der Wagen und der Lokomotive zusammen, die bereits auf den Schienen stand, und das Zischeln der Riemenscheibe der kleinen Hebevorrichtung tickerte über die gleichmäßige Kettenrolle des Dieselölmotors, der sie antrieb.

Angel drehte sich um und ging durch zwei Türen. Er blieb vor der dritten stehen und klopfte.

Die Stimme Rochelles hieß ihn eintreten.

Das Zimmer war genauso möbliert wie die andern, einfach und kahl. Rochelle lag auf dem Bett. Sie trug das gleiche Kleid wie am Tag zuvor, und die Bettdecke war nicht aufgeschlagen.

»Ich bin's …«, sagte Angel.

Rochelle richtete sich auf und sah ihn an. Ihre Augen erloschen in ihrem gezeichneten Gesicht.

»Wie ist es passiert?« sagte sie.

»Ich habe Sie gestern nicht besuchen können«, sagte Angel. »Ich dachte, daß Petitjean es Ihnen gesagt hat.«

»Er ist in den Brunnen gefallen«, sagte Rochelle. »Sie konnten ihn nicht zurückhalten, weil er so schwer war. Ich weiß, wie schwer er war. Wie ist das mit Anne passiert?«

»Es war meine Schuld«, sagte Angel.

»Aber nein … Sie waren nicht stark genug, um ihn zurückzuhalten.«

»Ich habe Sie ungeheuer geliebt«, sagte Angel.

»Ich weiß«, sagte Rochelle. »Sie lieben mich immer noch sehr.«

»Deshalb ist er hinuntergefallen«, sagte Angel. »So sieht es aus. Damit ich Sie lieben kann.«

»Es ist zu spät«, sagte Rochelle mit einer Art Koketterie.

»Es war sogar schon vorher zu spät.«

»Warum ist er dann gefallen?«

»Er hat nicht fallen können«, sagte Angel. »Nicht Anne.«

»Oh«, sagte Rochelle. »Es war ein Unfall.«

»Haben Sie nicht geschlafen?«

»Ich glaubte, daß ich mich nicht hinlegen dürfe«, sagte sie, »weil ein Toter immerhin respektiert werden muß.«

»Und Sie sind eingeschlafen …«, sagte Angel.

»Ja, Abbé Petitjean hatte mir etwas gegeben, das ich eingenommen habe.«

Sie hielt ihm ein volles Fläschchen hin.

»Sie haben Schwein«, sagte Angel.

»Wenn die Leute einmal tot sind, kann man auch durch Jammern nichts daran ändern«, sagte Rochelle. »Wissen Sie, es hat mir großen Kummer bereitet.«

»Mir auch«, sagte Angel.»Ich frage mich, wie wir danach noch leben können.«

»Glauben Sie, daß das nicht recht ist?«

»Ich weiß nicht«, sagte Angel.

Er sah das Fläschchen an.

»Wenn Sie die Hälfte der Flasche eingenommen hätten«, sagte er, »wären Sie nicht mehr wachgeworden.«

»Ich habe sehr schöne Träume gehabt«, sagte Rochelle. »Zwei Männer waren in mich verliebt, die um mich kämpften, es war wunderbar. Es war sehr romantisch.«

»Ich kann mir das vorstellen«, sagte Angel.

»Vielleicht ist es doch noch nicht zu spät«, sagte Rochelle.

»Haben Sie Anne gesehen?«

»Nein! …« sagte Rochelle. »Sprechen Sie nicht davon, das ist mir unangenehm. Ich will nicht daran denken.«

»Es war schön«, sagte Angel.

Rochelle sah ihn beunruhigt an.

»Warum erzählen Sie mir solche Dinge?« sagte sie. »Ich war ruhig, und nun kommen Sie, um mir Angst zu machen und mich zu beeindrucken. Ich mag Sie nicht, wenn Sie so sind. Sie sind immer traurig. Man darf nicht an das denken, was geschehen ist.«

»Können Sie sich daran hindern?«

»Jeder kann sich daran hindern«, sagte Rochelle. »Ich lebe. Und Sie auch.«

»Ich schäme mich, daß ich lebe ...«, sagte Angel.

»Sagen Sie mal«, sagte Rochelle, »haben Sie mich so sehr geliebt?«

»Ja«, sagte Angel. »So sehr.«

»Ich werde bald getröstet sein«, sagte Rochelle.

»Ich kann nicht lange an etwas Trauriges denken. Selbstverständlich werde ich mich oft an Anne erinnern ...«

»Nicht so oft wie ich«, sagte Angel.

»Oh! Sie sind wirklich nicht lustig«, sagte Rochelle. »Schließlich sind wir beide noch am Leben!«

Sie streckte sich.

»Amadis möchte, daß Sie für die Post runterkommen«, sagte Angel und er begann bitter zu lachen.

»Ich habe keine Lust«, sagte sie. »Ich bin ganz zerschlagen von diesen Tropfen. Ich glaube, ich werde mich jetzt im Ernst hinlegen.«

Angel stand auf.

»Sie können bleiben«, sagte sie. »Es stört mich nicht. Wo denken Sie hin! Nach einer solchen Geschichte! Wir werden doch keine Umstände machen ...«

Sie begann ihr Kleid aufzuknöpfen.

»Ich hatte Angst, Sie hätten eine zu starke Dosis genommen«, sagte Angel.

Er hielt immer noch das Fläschchen in der Hand.

»Wo denken Sie hin! Abbé Petitjean hatte mir gesagt, ich solle nicht mehr als fünf Tropfen einnehmen.«

»Sie wissen, was passiert«, sagte Angel,»wenn man die Dosis überschreitet.«

»Man schläft bestimmt sehr lange«, sagte Rochelle. »Das ist bestimmt gefährlich. Vielleicht stirbt man. Das sind Dinge, die man nicht tun darf.«

Angel betrachtete sie. Sie hatte ihr Kleid ausgezogen, und ihr Körper richtete sich auf, voll erblüht und kräftig, aber an allen zarten Stellen von Falten und dem Anschein nach unmerklichen Rissen gekennzeichnet. Ihre hängenden Brüste drückten auf das feine Gewebe des weißen Büstenhalters, und ihre fleischigen Schenkel ließen gewundene und bläuliche Adern durchschimmern. Sie senkte den Kopf mit einem Lächeln, als sie den Augen des Jungen begegnete und kuschelte sich schnell unter die Decke.

»Setzen Sie sich zu mir«, sagte sie.

»Jeder die Hälfte der Flasche einnehmen ...«, murmelte Angel.

Er setzte sich zu ihr und sprach weiter.

»So kann man sich bestimmt auch aus der Affäre ziehen.«

»Was heißt aus der Affäre ziehen?« sagte Rochelle. »Das Leben ist schön.«

»Sie liebten Anne ...«

»Aber gewiß«, sagte Rochelle. »Fangen Sie doch nicht wieder damit an. Sehen Sie denn nicht, daß Sie mir Kummer bereiten, wenn Sie von diesen Dingen sprechen?«

»Ich kann diese Wüste nicht mehr ertragen, in der alle Welt krepiert ist.«

Sie legte sich auf das Kopfkissen.

»Nicht alle Welt.«

»Aber doch ... Frißtfrist, Pippo, der Assistenzarzt, Anne, der Inspektor ... Sie und ich.«

»Nicht wir beide«, sagte Rochelle. »Wir leben.«

»Wie in den Romanen«, sagte Angel. »Gemeinsam sterben. Einer neben dem andern.«

»Zärtlich umschlungen«, sagte Rochelle. »Als Bild ist es hübsch, finden Sie nicht? Ich habe das gelesen.«

»So, einer neben dem andern«, sagte Angel.

»Das steht in den Romanen«, sagte Rochelle … »Das gibt es nicht in der Wirklichkeit.«

»Es wäre schön …«, sagte Angel.

Sie dachte nach und verschränkte die Arme unterm Kopf.

»Es wäre wie in einem Film«, sagte sie. »Glauben Sie, daß man so sterben kann?«

»Vielleicht nicht«, sagte Angel. »Leider.«

»Das wäre wie ein Film, den ich gesehen habe«, sagte Rochelle. »Sie starben aus Liebe Seite an Seite. Könnten Sie aus Liebe zu mir sterben?«

»Ich glaube, ich hätte es gekonnt«, sagte Angel.

»Könnten Sie wirklich? Das ist komisch …«

»Ich glaube nicht, daß man es damit kann«, sagte Angel und korkte das Fläschchen auf.

»Nein? Würden wir nur schlafen?«

»Wahrscheinlich.«

»Sollen wir's versuchen«, sagte Rochelle. »Es wäre so schön, jetzt einzuschlafen. Ich möchte wieder diesen Traum träumen.«

»Es gibt Drogen«, sagte Angel, »die einen die ganze Zeit über so träumen lassen.«

»Das stimmt«, sagte Rochelle. »Vielleicht diese Droge hier?«

»Wahrscheinlich«, sagte Angel.

»Ich hätte schon Lust …«, sagte Rochelle. »Ich möchte diesen Traum wieder träumen. Ich kann nicht ganz allein schlafen.«

Sie warf ihm einen fragenden Blick zu. Er hatte den Kopf gesenkt und schaute das Fläschchen an.

»Sollen wir beide ein wenig davon einnehmen?« sagte sie.

»Man kann sich auch so aus der Affäre ziehen«, sagte Angel noch einmal.

»Das ist lustig«, sagte Rochelle und setzte sich auf. »Ich mag diese Dinge. Ein wenig betrunken sein oder Drogen nehmen und nicht mehr genau wissen, was man tut.«

»Ich glaube, daß Petitjean übertrieben hat«, sagte Angel. »Wenn jeder die Hälfte der Flasche trinkt, dann haben wir sicherlich ganz tolle Träume.«

»Dann bleiben Sie bei mir?« sagte Rochelle.

»Aber ... das tut man doch nicht ...«, sagte Angel.

Sie lachte.

»Sie sind dumm. Wer kommt denn?«

»Amadis erwartet Sie.«

»Oh ...«, sagte Rochelle. »Nach dem Kummer, den ich gehabt habe, werde ich jetzt doch nicht arbeiten. Geben Sie mir das Fläschchen.«

»Achtung«, sagte Angel.»Die Sache ist gefährlich.«

»Wir teilen! ...« sagte Rochelle.

Sie nahm das Fläschchen aus den Händen Angels und brachte es an ihre Lippe. Als sie zum Trinken ansetzen wollte, unterbrach sie sich.

»Bleiben Sie bei mir?« sagte sie.

»Ja ...«, sagte Angel.

Er war weiß wie Kreide.

Rochelle trank das Fläschchen zur Hälfte aus und gab es ihm zurück.

»Es schmeckt nicht schlecht«, sagte sie. »Sie sind dran ...«

Angel behielt das Fläschchen in der Hand. Er ließ sie nicht aus den Augen.

»Was haben Sie?« fragte sie. »Fühlen Sie sich nicht wohl?«

»Ich denke an Anne …«, sagte er.

»Oh! … Jetzt reichts aber! … Schon wieder! …«

Es entstand eine Stille.

»Trinken Sie«, sagte sie, »und kommen Sie neben mich. Hier ist es schön kuschelig.«

»Ich werde es tun«, sagte Angel.

»Dauert es lange, bis man einschläft?« fragte sie.

»Nicht sehr lange«, sagte Angel ganz leise.

»Kommen Sie«, sagte Rochelle. »Halten Sie mich.«

Er setzte sich ans Kopfende und schob seinen Arm hinter den Rücken der jungen Frau, die sich mühsam aufrichtete.

»Ich kann meine Beine nicht mehr bewegen«, sagte sie. »Aber es tut mir nicht weh. Es ist angenehm.«

»Liebten Sie Anne?« sagte Angel.

»Ich mochte ihn gern. Sie mag ich auch gern.«

Sie bewegte sich schwach.

»Ich bin schwer.«

»Nein.«

»Ich liebte Anne … aber nicht allzu sehr«, murmelte sie. »Ich bin dumm …«

»Sie waren nicht dumm«, murmelte Angel ebenso leise wie sie.

»Ziemlich dumm … Werden Sie bald trinken?«

»Ich werde trinken …«

»Halten Sie mich …«, sagte sie in einem Atemzug.

Sie ließ ihren Kopf auf Angels Brust fallen. Er sah von oben ihre feinen, dunklen Haare und die hellere Haut zwischen ihren schweren Locken. Er stellte das Arzneifläschchen hin, das er noch in der linken Hand hielt und packte das Kinn der jungen Frau. Er hob ihren Kopf hoch und zog seine Hand weg. Sanft fiel der Kopf zurück.

Er machte sich mühsam frei und legte sie aufs Bett. Rochelles Augen waren geschlossen.

Er betrachtete vor dem Fenster einen Moosblumenzweig voller orangen farbener Blüten, der sich lautlos bewegte und in der Sonne des Zimmers Flecken bildete.

Angel nahm die braune Flasche und blieb neben dem Bett stehen. Er betrachtete den Körper Rochelles und ihr Gesicht voller Entsetzen und spürte auf seiner rechten Hand die Anstrengung, die er gemacht hatte, um sie in ihrem Bett hochzuheben. Die Anstrengung, die er gemacht hatte, um Anne ins Leere zu stoßen.

Er hörte nicht, wie Abbé Petitjean hereinkam, gab aber dem Druck der Finger auf seiner Schulter nach und folgte ihm auf den Flur.

## X

Sie gingen das, was von der Treppe übriggeblieben war, hinunter. Angel hatte immer noch das kleine braune Fläschchen in der Hand, und Petitjean ging vor ihm, ohne etwas zu sagen. Der Geruch der roten Blumen erfüllte die Öffnung zwischen den beiden Hälften des Hotels. Die letzte Stufe endete jetzt über einer der Schienen, und sie stolperten einer nach dem andern über die scharfen Steine. Angel bemühte sich auf den Schwellen zu gehen, deren Oberfläche glatt und bequemer war. Dann sprang Petitjean von den Gleisen auf den Sand der Dünen, und Angel folgte ihm. Er sah alles mit seinem ganzen Kopf und nicht nur mit den Augen, und er war dabei, wachzuwerden; er spürte, wie seine Betäubung sich im Innern konzentrierte, bevor sie sich auf einen Schlag auflöste, aber irgend jemand mußte eben die Wand durchstoßen, und das hatte Petitjean gerade getan. Er würde also die kleine Flasche austrinken.

»Was gedachten Sie zu tun?« sagte Petitjean.

»Das werden Sie mir erklären …«, sagte Angel.

»Es liegt an Ihnen, es zu finden«, sagte Petitjean. »Ich kann zwar bestätigen, was Sie gefunden haben, aber Sie müssen es von allein finden.«

»Ich kann es nicht finden, wenn ich schlafe«, sagte Angel. »Und jetzt schlafe ich. Wie Rochelle.«

»Es kann doch niemand sterben, ohne das Bedürfnis zu empfinden, lange darüber zu reden«, sagte Petitjean.

»Wenn ich meine Hand dabei im Spiel habe, ist das normal.«

»Sie glauben, daß Sie ihre Hand dabei im Spiel haben?«

»Gewiß«, sagte Angel.

»Sie können jemanden umbringen, aber sie können nicht wachwerden…«

»Das ist nicht das gleiche. Ich habe sie beide im Schlaf umgebracht.«

»Aber nein«, sagte Petitjean. »Sie sagen es nicht richtig. Sie sind gestorben, um Sie aufzuwecken.«

»Ich weiß«, sagte Angel. »Ich verstehe. Ich muß trinken, was übrigbleibt. Aber jetzt bin ich ruhig.«

Petitjean blieb stehen, drehte sich nach Angel um und sah ihm fest in die Augen.

»Was haben Sie gesagt?«

»Daß ich trinken werde, was übriggeblieben ist«, sagte Angel. »Ich habe Anne und Rochelle gemocht, und sie sind tot.«

Petitjean sah seine rechte Faust an, schloß sie zwei- oder dreimal, krempelte seinen Ärmel hoch und sagte:

»Achtung!…«

Und Angel sah eine schwarze Masse, die ihn mitten auf die Nase traf. Er schwankte und setzte sich in den Sand. Sein Kopf klang hell wie eine Silberglocke. Blut rann aus seiner Nase.

»Mensch!…« sagte er mit heiserer Stimme.

»Gehts Ihnen besser?« fragte Petitjean. »Sie gestatten.«

Er nahm seinen Rosenkranz.

»Wieviele Sterne haben Sie gesehen?«

»Dreihundertzehn«, sagte Angel.

»Sagen wir… vier«, sagte Petitjean.

Er betete seinen Rosenkranz mit der Virtuosität herunter, die er bei diesen Gelegenheiten zeigte.

»Wo ist meine Flasche?« fragte Angel plötzlich.

Das kleine braune Fläschchen war auf dem Sand umgefallen, und ein feuchter Fleck breitete sich unter dem Flaschenhals aus. Der Sand fing an, an dieser Stelle schwarz zu werden, und abgefeimter Rauch stieg auf.

Angel hielt seinen Kopf, den er über seine gespreizten Knie vorstreckte, und sein Blut durchlöcherte den Sand mit dunklen Punkten.

»Friede!« sagte Petitjean. »Oder soll ich wieder anfangen?«

»Das ist mir egal«, sagte Angel. »Es gibt andere Arten zu sterben.«

»Ja«, sagte Petitjean. »Auch auf den Riecher zu schlagen, ich warne Sie.«

»Oh«, sagte Angel, »Sie werden nicht die ganze Zeit über hier bleiben.«

»Gewiß nicht. Das wird nicht nötig sein.«

»Rochelle ...«, murmelte Angel.

»Sie machen einen pfiffigen Eindruck«, sagte Petitjean, »wenn Sie mit einer Nase, aus der Blut schießt, Frauennamen aufsagen Rochelle gibt es nicht mehr. Das genügt. Warum glauben Sie wohl, daß ich ihr das Fläschchen gegeben habe?«

»Ich weiß nicht«, sagte Angel. »Dann habe ich also nichts damit zu tun? Auch diesmal nicht?«

»Das ist Ihnen wohl unangenehm, wie?«

Angel versuchte nachzudenken. Dinge gingen ihm nicht sonderlich schnell durch den Kopf, doch so heftig vibrierend, daß er sie nicht erkennen konnte.

»Warum haben Sie nicht gleich getrunken?«

»Ich werde wieder anfangen ...«, sagte Angel.

»Dann los. Hier ist ein anderes.«

Abbé Petitjean wühlte in seiner Tasche und zog ein braunes Fläschchen hervor, das genauso aussah wie das erste. Angel streckte die Hand aus und nahm es. Dann entkorkte er es und goß einige Tropfen auf den Sand. Das ergab einen winzigen Fleck, und gelber Rauch breitete seine träge Spirale in die reglose Luft aus.

Angel ließ den Korken fallen und behielt das Fläschchen fest in der Faust. Mit dem Ärmel wischte er sich die

Nase ab und betrachtete angeekelt den Streifen auf seinem Vorderarm. Sein Blut hatte aufgehört zu fließen.

»Putzen Sie sich die Nase«, sagte Petitjean.

»Ich habe kein Taschentuch«, sagte Angel.

»Sie haben sicherlich recht«, sagte Petitjean. »Sie taugen zu nicht viel und Sie sehen nichts.«

»Ich sehe diesen Sand«, sagte Angel. »Diese Eisenbahn … diesen Schotter … dieses entzweigeschnittene Hotel … Diese ganze Arbeit, die zu nichts nützt …«

»Das kann man wohl sagen«, sagte Petitjean. Und es zu sagen, ist schon etwas.«

»Ist mir klar. Ich weiß nicht. Anne und Rochelle … Sie werden mir wieder auf die Nase boxen.«

»Nein«, sagte Petitjean … »Was sehen Sie sonst noch?«

Angels Gesicht schien sich allmählich aufzuhellen.

»Es gibt das Meer«, sagte er. »Auf dem Hinweg. Die beiden Kinder auf der Brücke. Die Vögel.«

»Allein schon diese Sonne«, sagte Petitjean, »genügt Ihnen das denn nicht?«

»Das ist nicht übel …«, sagte Angel langsam. »Es gibt den Eremiten und die Negerin.«

»Und Athanagoras' Mädchen …«

»Lassen Sie mich suchen«, sagte Angel. »Es gibt einen Haufen Dinge zu sehen.«

Er betrachtete das Fläschchen.

»Aber man sieht auch Anne und Rochelle …«, murmelte er.

»Man sieht, was man sehen will«, sagte Petitjean. »Außerdem, sehen ist zwar gut, aber es genügt nicht.«

»Vielleicht kann man verschiedene Dinge tun …«, sagte Angel. »Den Leuten helfen …«

Er lachte höhnisch.

»Man wird sofort verhaftet«, sagte er. »Verstehen Sie, man kann auch Anne und Rochelle umbringen …«

»Ohne Zweifel«, sagte Petitjean.

»Und Eisenbahnen bauen, die zu nichts nützen.«

»Selbstverständlich«, sagte Petitjean.

»Also? …«

»Also, ist das alles, was Sie sehen?«

Petitjean setzte sich neben Angel in den Sand.

»Dann trinken Sie halt«, sagte er. »Wenn Sie so wenig Phantasie haben …«

Sie schwiegen beide. Angel suchte und sein Gesicht war abgespannt.

»Ich weiß nicht«, sagte er. »Ich finde Dinge zu sehen, zu spüren, aber noch nicht zu machen. Ich kann mir nicht verhehlen, was ich schon gemacht habe …«

»Sie gehen uns auf den Wecker«, sagte Petitjean. »Nörgeln Sie nicht. Trinken Sie.«

Angel ließ das Fläschchen fallen. Petitjean machte eine Bewegung, um es aufzuheben, und es lief schnell aus. Angel war verkrampft und angespannt, dann erschlafften seine Muskeln, und seine Hände hingen träge herunter. Er hob den Kopf und schnüffelte.

»Ich weiß nicht …«, sagte er. »Sehen, das genügt mir für den Anfang. Sicherlich sieht man weit, wenn man zu nichts mehr Lust hat.«

»Sind Sie sicher, daß Sie sehen?« sagte Petitjean.

»Ich sehe einen Haufen Dinge«, sagte Angel. »Es gibt so viele Dinge zu sehen.«

»Wenn man viel gesehen hat«, sagte Petitjean, »weiß man, was man zu tun hat.«

»Man weiß, was man zu tun hat …«, sagte Angel.

»Das ist einfach …«, sagte Petitjean.

Angel sagte nichts. Er wendete in seinem Kopf etwas hin und her.

»Professor Frißtfrist ist in die schwarze Zone gegangen«, sagte er.

»Genau wie Sie, wenn Sie getrunken hätten«, sagte Petitjean. »Sie sehen, daß man das auch tun kann.«

»Aber ist es besser?« sagte Angel.

»Ich finde, daß es danebengegangen ist«, sagte Petitjean. »Aber es dient immerhin als Beispiel. Man braucht auch Beispiele von Dingen, die danebengehen.«

Er sammelte sich einen Augenblick.

»Ein kleines Gebet?« schlug er vor. »Bauer häng den Bummerl an, daß er mich nicht beißen kann ...«

»Wenn ich nur den Bummerl hätt', der mich rupft, der mich zupft ...«

»Der mit mir ins Betterl hupft! Amen«, schloß der Abbé.

»Das Liedchen müssen Sie Amadis vorsingen«, sagte Angel.

»Mein Sohn«, sagte Petitjean, »Sie sind ein Spötter und übelgesinnt.«

Sie standen auf. Vor ihnen zog sich der Zug, fast fertig, auf den Schienen dahin; die Lastwagenfahrer schlugen mit kräftigen Hammerschlägen auf die Bleche des Lokomotivkessels, und der schwarze Stahl dröhnte in der Sonne.

## XI

> Aber es käme mir doch sehr merkwürdig vor, wenn Boris, ein ernsthafter Knabe, 1889 die wunderliche Idee gehabt hätte, solche Albernheiten zu kopieren.
>
> *(Charles Chassé, »Die Ursprünge von König Uhu«, Floury édit., Seite 44)*

»Direktor Dudu hatte das gesamte Personal zusammengerufen, und dieses drängte sich auf dem provisorischen Bahnsteig, den Marin und Carlo eigens errichtet hatten. Der Zug bestand aus zwei Wagen. Es waren da Carlo, Marin und ihre jeweiligen Familien, dieser Schweinehund von Arland, die drei Lastwagenfahrer, von denen einer bereits damit beschäftigt war, Kohle in den Lokomotivkessel zu schaufeln, Amadis selber und Dupont, der Negerdiener von Athanagoras, der speziell eingeladen worden war und der beunruhigt schien, denn Amadis hatte ihm ein Sonderabteil reservieren lassen, in dem sie unter vier Augen sein würden. Es gab einen lauten Pfiff, und alle stürmten die Trittbretter.

Angel und der Abbé schauten von der Düne herab zu. Athanagoras und seine Gehilfen hatten sich nicht stören lassen, und der Eremit fickte wahrscheinlich die Negerin.

Direktor Dudu erschien an der Tür des reservierten Abteils, und seine Hand senkte sich dreimal, um das Zeichen zur Abfahrt zu geben. Die Bremsen kreischten, der Dampf puffte, und der Zug setzte sich langsam mit einem fröhlichen Geräusch in Bewegung. Aus den Fenstern winkten die Taschentücher.

»Sie sollten dabei sein«, sagte Petitjean.

»Ich gehöre nicht mehr zur Gesellschaft«, sagte Angel. »Dieser Zug kotzt mich an.«

»Ich muß zugeben, daß er zu nichts nützt«, sagte Petitjean.

Sie sahen zu, wie er zwischen den beiden Teilen des Ruinenhotels hindurchfuhr. Die Sonne ließ den Lack der Wagendächer hell glänzen, und die Moosblumen betüpfelten die zerstörte Fassade mit rot.

»Warum dröhnt er so auf den Schienen?« sagte Petitjean. »Man könnte meinen, es wäre hohl.«

»Das ist das Geräusch, das er gewöhnlich auf dem Schotter macht«, sagte Angel.

Der Zug verschwand, aber man sah den Rauch, der sich in weißen Wattekugeln in die Luft erhob.

»Er wird zurückkommen«, erklärte Angel.

»Das habe ich mir gedacht«, sagte der Abbé.

Sie warteten schweigend, lauschten auf den hastigen Atem der Lokomotive, der in der Ferne erstarb. Dann war das Geräusch wieder zu hören.

In dem Augenblick, in dem die Lok im Rückwärtsgang wieder ins Hotel einfuhr, entstand ein dumpfes Geräusch. Der Zug schien auf den Schienen zu schwanken, die auf einen Schlag im Boden versanken. Die Lokomotive verschwand. Ein ungeheurer Riß erstreckte sich längs der Eisenbahnlinie, wurde immer größer, und die Wagen schienen vom Sand angesogen zu werden. Der Boden brach mit dem Krach zermahlener Blöcke ein, und die Eisenbahnlinie versank langsam wie ein von der Flut überschwemmter Weg. Der auf beiden Seiten aufgeworfene Sand rutschte in schrägen Schichten nach, in Wellen, die, am Fuße der Böschung entstanden, die Kuppe zu erreichen schienen, indem sie auf einen Schlag den Abhang hoch schwappten, während die gelben Körner die Schräge hinunterkugelten.

Abbé Petitjean hatte voller Entsetzen Angels Arm gepackt, und die beiden Männer sahen, wie der Sand unerbittlich die vor ihren Augen entstandene riesige Spalte füllte. Es kam zu einer letzten Erschütterung an der Senkrechten des Hotels, und ein riesiger Qualm von Dampf und Rauch explodierte geräuschlos, während ein Sandregen das Gebäude bedeckte. Der Rauch riß vor der Sonne in einer Sekunde auseinander, und die grünen, spitzen Gräser bewegten sich leicht im Luftzug.

»Ich hab's mir gedacht«, sagte Angel. »Ich hab neulich noch daran gedacht … und dann hab' ich's vergessen …«

»Sie haben direkt über einem Loch gebaut«, sagte Petitjean.

»Über Athanagoras' Grabungen …«, sagte Angel. »Es war dort … zwei Maße vom Meridianbogen entfernt … und dann ist Rochelle gestorben … und ich habe es vergessen …«

»Wir können nichts machen«, sagte Petitjean. »Hoffentlich ist der Archäologe davongekommen …«

»Es ist meine Schuld«, sagte Angel.

»Hören Sie endlich auf, sich für die ganze Welt verantwortlich zu halten«, sagte Petitjean. »Sie sind teilweise für sich selber verantwortlich, und das genügt. Es ist die Schuld der andern genauso wie Ihre. Es ist auch Amadis' Schuld und die des Archäologen. Und die Annes. Kommen Sie. Wir wollen sehen, ob sie noch leben.«

Angel folgte Petitjean. Seine Augen waren trocken. Er schien wieder zu Kräften zu kommen.

»Gehen wir«, sagte er. »Gehen wir bis ans Ende.«

## XII

Angel wartete auf den Autobus 975. Er saß auf dem Boden, an den Haltestellenmast gelehnt, und Petitjean, der in der gleichen Stellung saß, drehte ihm den Rücken zu. Sie sprachen miteinander, ohne sich anzusehen. Angel hatte seinen Koffer neben sich stehen und dazu ein dickes Päckchen mit Briefen und Berichten, die er auf dem Schreibtisch von Amadis Dudu gefunden hatte.

»Ich bedauere, daß der Archäologe mich nicht begleiten konnte«, sagt Angel.

»Er hat viel Arbeit«, sagte Petitjean. »Seine Ausrüstung hat einen ganz schönen Knacks wegbekommen. Ein Glück, daß sie nichts abbekommen haben, weder er noch die Leute seiner Mannschaft.«

»Ich weiß«, sagte Angel. »Hoffentlich kommt der Autobus! ...«

»In letzter Zeit kam er nicht mehr vorbei«, sagte Petitjean.

»Er wird wieder kommen«, sagte Angel. »Das hing mit dem Jahresurlaub des Schaffners zusammen.«

»Der ist halt in dieser Jahreszeit fällig ...«, sagte Petitjean.

Angel räusperte sich. Er war ergriffen.

»Ich werde Sie nicht mehr sehen«, sagte er. »Ich wollte Ihnen danken.«

»Keine Ursache«, sagte der Abbé. »Sie werden wiederkommen.«

»Darf ich Ihnen eine Frage stellen? Sie kennen sie sicher schon. Warum tragen Sie eigentlich die Soutane?«

Der Abbé lachte leise.

»Genau das habe ich erwartet ...«, sagte er. »Ich werde es Ihnen sagen. Das ist die moderne Methode.«

»Welche Methode?«

»Man muß unterwandern ...«, gab Abbé Petitjean zur Antwort.

»Alles klar ...«, sagte Angel.

Sie hörten den Motor.

»Er kommt ...«, sagte Petitjean.

Er stand auf. Angel tat das gleiche.

»Auf Wiedersehen. Bis bald.«

»Auf Wiedersehen! ...« sagte Angel.

Abbé Petitjean drückte ihm die Hand und ging weg, ohne sich umzudrehen. Er sprang hoch, damit sein Kleid bei jedem Fall die Form einer Glocke annahm. Er war ganz schwarz auf dem Sand.

Angel tastete mit zitterndem Finger nach dem Kragen seines gelben Hemdes und hob die Hand. Der 975 blieb auf der Stelle vor ihm stehen.

Der Schaffner drehte an seinem Bauchladen und eine hübsche Musik kam heraus.

Im Wageninnern war nur ein Fahrgast, und der trug eine kleine Aktentasche bei sich, auf der die Buchstaben A. P. standen, Antenne Pernot; er war so gekleidet, als sei er auf dem Weg ins Büro. Er lief zwanglos durch den Gang und sprang leichtfüßig vom Autobus. Er fand sich Auge in Auge mit dem Fahrer. Dieser hatte gerade seinen Sitz verlassen und kam näher, um nachzusehen, was vorging. Er trug eine schwarze Binde über dem Auge.

»Verflucht und zugenäht!« sagte der Fahrer. »Einer steigt aus und einer steigt ein! ... Und meine Reifen, an die denkt wohl keiner. Ich darf das Fahrzeug nicht überladen.«

Der Mann mit der Aktentasche sah ihn verlegen an. Als er sah, daß der andere mit dem Pfeifenreiniger sein Auge wieder einsetzte, nutzte er die Gelegenheit und ergriff Hals über Kopf die Flucht.

Der Fahrer fuhr sich an die Stirn.

»Ich bin langsam daran gewöhnt«, sagte er. »Das ist schon der zweite.«

Er ging wieder zu seinem Sitz zurück.

Der Schaffner half Angel beim Einsteigen.

»Na, na!« sagte er. »Nur nicht drängeln! … Die Nummern, bitte! …«

Angel stieg ein. Er stellte seinen Koffer auf die Plattform.

»Das Gepäck ins Wageninnere! …« sagte der Schaffner. »Stören Sie bitte nicht den Betrieb! …«

Er hing sich an die Klingelschnur, die er mehrmals bewegte.

»Besetzt! …« rief er.

Der Motor brummte, und der Autobus fuhr an. Angel stellte seinen Koffer unter eine Bank und ging wieder auf die Plattform zurück.

Die Sonne leuchtete über dem Sand und den Gräsern. Büschel von Scrubus spinifex bewuchsen den Boden. Am Horizont erblickte er undeutlich einen schwarzen, reglosen Streifen. Der Schaffner kam zu ihm.

»Endstation! …« sagte Angel.

»Flieg! …« gab der Schaffner zur Antwort und hob den Finger zum Himmel.

# ÜBERGANG

*Kurze Zeit darauf fand im Verwaltungsrat eine Sitzung statt; auf Drängen von Präsident Ursus de Janpolent, der ein Handschreiben Antenne Pernots verlas, wurde beschlossen, eine Gruppe von Technikern und ausführenden Organen zu entsenden, um die Möglichkeit zu untersuchen, in Exopotamien eine Eisenbahn in Vollspurweite an einer anderen Stelle als der vorhergehenden zu bauen, um den ärgerlichen Zwischenfall zu vermeiden, der das Ende der ersten Arbeiten kennzeichnete. Die anwesenden Mitglieder schätzten sich über die Summe der Auskünfte glücklich, die sie dank der Bemühungen des allzu früh verstorbenen Amadis Dudu erhalten hatten, und aus denen der neue Direktor Antenne Pernot, großen Nutzen ziehen wird, weshalb man sein Gehalt in beachtlichem Maße kürzen kann. Die Expedition sollte sich wie folgt zusammensetzen: eine Sekretärin, zwei Ingenieure, zwei ausführende Organe und drei Lastwagenfahrer. Auf Grund der besonderen Eigenschaften, die die Sonne in Exopotamien besitzt und in Anbetracht der Eigentümlichkeit des Bodens besteht die Gefahr, daß sich bemerkenswerte Naturerscheinungen einstellen; es muß auch der Tatsache Rechnung getragen werden, daß sich bereits ein Archäologe und seine Gehilfen in Exopotamien befinden, ferner ein Eremit und eine Negerin und Abbé Petitjean, der viele Eremiten zu inspizieren hat. Die ausführenden Organe brechen mit ihren Familien auf. Die Vielschichtigkeit des Ganzen führt dazu, daß alles, was ihnen passieren kann, trotz der gewonnenen Erfahrung wirklich unmöglich voraussehbar und noch viel weniger vorstellbar ist. Es ist sinnlos, den Versuch einer Beschreibung zu unternehmen, denn alle möglichen Lösungen sind denkbar.*

## *ZU DIESER AUSGABE*

Der Roman »Herbst in Peking« (L'Automne à Pekin) wurde von Sept.–Nov. 1946 geschrieben und erschien in kleiner Auflage im Sommer 1947 bei Éditions du Scorpion. Gegenüber der Handschrift, die 28 Kapitel umfaßt, ist die Erstausgabe in die vier Kapitel A–D, weitere 38 Kapitel (I–XXXVIII) sowie vier »Übergänge« eingeteilt. Eine von Vian leicht überarbeitete Fassung vom »Herbst in Peking« erschien mit dem Druckvermerk Mai 1956 bei Éditions de Minuit. Bis Seite 190 stimmen beide Ausgaben bis auf winzige Abweichungen überein, danach finden sich größere Streichungen und sprachliche Korrekturen. Fast alle Zitatüberschriften wurden erst 1956 eingefügt. Die 38 Kapitel hat Vian durch drei, jeweils in sich noch einmal unterteilte »Sätze« ersetzt, wobei allerdings im zweiten Satz zwischen Kap. XI und XIII die alte Bezeichnung XXIII stehengeblieben ist. Solche ausgesprochenen Druckfehler, zu denen auch eine Textlücke im 4. Abschnitt von Kapitel B gehört, wurden in unsere Ausgabe nicht übernommen, ansonsten liegt der Übersetzung von Eugen Helmlé der Text der Ausgabe von 1956 zugrunde.

K.V.

BORIS VIAN

# Der Herzausreißer

– *L'ARRACHE-CŒUR* –

Deutsch von
Wolfgang Sebastian Baur

## *ERSTER TEIL*

# I

28. August

Der Fußsteig zog sich die Felsküste entlang. Er war verbrämt mit blühenden Kalaminen und schon etwas angewelkten Brujusen, deren schwarz gewordene Blütenblätter den Boden übersäten. Spitzige Insekten hatten den Erdboden durch Tausende kleiner Gänge unterhöhlt; das fühlte sich unter den Füßen an wie erfrorener Schwamm.

Jacquemort schritt ohne Eile voran und betrachtete die Kalaminen, deren tiefrotes Blütenherz in der Sonne pochte. Mit jedem Pulsschlag wirbelte eine Wolke von Blütenstaub auf und sank dann wieder auf die von einem sachten Beben erschütterten Blätter zurück. Zerstreut erfüllten Bienen ihre Bestimmung.

Vom Fuß der Steilküste drang das sanftrauhe Gerausche der Wellen herauf. Jacquemort blieb stehen und beugte sich über den schmalen Rand, der ihn vom Abgrund trennte. Alles war weit weg, lag in Fallinie tief unten, und Schaum glitzerte in den Felshöhlungen wie ein Rauhreif im Juli. Es roch nach verbrannten Algen. Von Schwindel erfaßt, kniete sich Jacquemort ins erdfahle Sommergras, den Boden dabei mit seinen ausgebreiteten Händen berührend; hierbei traf er auf Ziegenkotpillen von absonderlich unregelmäßiger Gestalt und kam zu dem Schluß, daß sich unter diesen Tieren auch der ›Bock von Sodom‹ befinden müsse, dessen Gattung er jedoch bislang für ausgestorben gehalten hatte.

Nun hatte er weniger Angst und wagte von neuem, sich über den Abgrund zu beugen. Die großflächigen Steilwände aus rotem Fels fielen lotrecht in das nicht allzu tiefe Wasser ab, von wo sie fast ebensobald wieder aufschossen, um der Felsküste Form zu geben, auf deren Kamm kniend Jacquemort sich jetzt hinunterbeugte.

Schwarze Riffe ragten hier und dort hervor, gesalbt von der Brandung und gekrönt von einem Dunstreif. Die Sonne zerfraß den Meeresspiegel und besudelte ihn mit obszönen Sgraffiti.

Jacquemort erhob sich und nahm seinen Weg wieder auf. Der Pfad machte eine Kehre. Zur Linken sah er schon rostig sich verfärbende Farnwedel und Heidekraut in voller Blüte. Auf den entblößten Felsen glimmerten Salzkristalle, die vom Fischtransport herrührten. Das Gelände stieg zum Landesinneren hin steil an. Der Pfad umrundete rohe Blöcke schwarzen Granits und zeigte neuerliche Spuren von Ziegendreck; nicht aber von Ziegen. Die Zöllner schießen dieselben ab, eben wegen des Drecks.

Er beschleunigte seine Gangart und fand sich schlagartig im Schatten, da ihm die Sonnenstrahlen nicht mehr zu folgen vermochten. Erleichtert durch die Kühle, ging er noch rascher. Und die Blüten der Kalaminen wischten wie ein endloses Feuerband an seinen Augen vorbei.

An gewissen Anzeichen erkannte er, daß er seinem Ziel näher kam, und machte sich mit aller Sorgfalt daran, seinen zerzausten roten Vollbart in Ordnung zu bringen. Hierauf schritt er wieder rüstig aus. Einen Augenblick lang tauchte das HAUS in voller Größe zwischen zwei Granitzacken auf, die durch die Erosion die Form von Schnullern angenommen hatten und den Pfad wie die Säulen eines riesigen Portals flankierten. Wieder nahm der Weg eine Biegung, und er verlor es aus den Augen. Es stand ziemlich weitab vom Steilhang, ganz hoch oben. Sowie er zwischen den beiden finsteren Blöcken hindurchging, entblößte es sich ganz und gar, sehr weiß und umstanden von ungewohnten Bäumen. Eine helle Linie löste sich vom Eingangstor, schlängelte sich gemächlich über die Anhöhe herunter und vereinigte sich schließlich mit dem Pfad. Jacquemort strebte darauf zu. Beinah auf der Anhöhe angelangt, fing er an zu laufen, weil er die Schreie hörte.

Vom sperrangelweit geöffneten Haustor bis zum Treppenaufgang hatte eine vorsehende Hand ein rotes Seidenband ausgelegt. Das Band stieg die Treppe hoch und endete in der Schlafkammer. Jacquemort folgte ihm. Auf dem Bett lag die Hochschwangere, eine Beute der hundertdreizehn Wehen der Niederkunft. Jacquemort ließ seine Ledertasche fallen, krempelte sich die Ärmel auf und seifte sich die Hände in einem Becken aus roher Lava ein.

## II

Allein in seiner Kammer wunderte sich Angel, daß er nicht litt. Er hörte seine Frau nebenan wimmern, konnte jedoch nicht hinübergehen und ihr die Hand halten, da jene ihn mit ihrem Revolver bedrohte. Sie zog es vor, nicht in Gegenwart von jemand zu schreien, denn sie haßte ihren dicken Leib und wollte nicht, daß man sie in diesem Zustand sähe. Seit zwei Monaten war Angel allein geblieben und hatte darauf gewartet, daß alles zu Ende sei; er hatte über die unerheblichsten Dinge nachgedacht. Er ging ziemlich häufig im Kreise herum, nachdem er aus Berichten erfahren hatte, daß Gefangene im Kreise herumgehen wie Tiere; fragte sich nur welche Tiere? Er schlief oder versuchte einzuschlafen mit dem Gedanken an die Hinterseite seiner Frau, denn in Anbetracht dieses Bauches gedachte er ihrer lieber von hinten. Jede zweite Nacht schrak er aus dem Schlafe auf. Das Leid, ganz allgemein, war zugefügt, und das hatte nun einmal nichts Befriedigendes an sich.

Jacquemorts Tritte hallten im Treppenhaus. Zur gleichen Zeit verstummten die Schreie der Frau, und Angel traf Bestürzung. Vorsichtig näherte er sich der Kammertür und versuchte, etwas zu sehen, aber das Fußteil des Bettes verdeckte alles Übrige, und schmerzhaft verrenkte er sich das linke Auge, jedoch ohne zufriedenstellendes Ergebnis. Er richtete sich wieder auf und spitzte die Ohren, aber nach niemand im besonderen.

## III

Jacquemort legte die Seife auf dem Beckenrand ab und langte nach dem Frotteehandtuch. Er trocknete sich die Hände und öffnete seine Ledertasche. Wasser brodelte in einem elektrischen Kochgefäß. Darin sterilisierte Jacquemort seinen Fingerling, streifte ihn geschickt über und deckte die Frau auf, um zu sehen, wie nun vorzugehen sei.

Nachdem er sich darüber im klaren war, richtete er sich wieder auf und sagte mit angeekeltem Ton:

»Drei sind's.«

»Drei ...«, murmelte die Mutter erstaunt.

Darauf fing sie wieder an zu heulen, denn ihr Bauch erinnerte sich plötzlich daran, daß er ihr sehr weh tat.

Jacquemort holte ein paar Stärkungstabletten aus seiner Tasche und schluckte sie hinunter, er würde sie noch benötigen. Hernach nahm er eine Wärmepfanne vom Haken und schlug damit kräftig auf den Fußboden, damit Dienstboten heraufkämen. Unten hörte er Gelaufe, dann Tritte im Treppenhaus. Das Dienstmädchen erschien in weißer Gewandung, wie zu einem chinesischen Begräbnis.

»Bereiten Sie die Instrumente vor«, sagte Jacquemort. »Wie heißen Sie eigentlich?«

»Ich heiße Culblanc, mein Herr«, antwortete sie mit stark bäurischem Akzent.

»Wenn dem so ist, will ich Sie lieber nicht beim Namen nennen«, knurrte Jacquemort.

Das Mädchen sagte nichts und machte sich daran, die vernickelten Geräte zu putzen. Er trat ans Bett. Mit einemmal schwieg die Frau. Der Schmerz hatte sie überwältigt.

Jacquemort nahm ein Gerät aus der Tasche und rasierte mit kundiger Hand den Schamhügel. Daraufhin umschrieb er mit einem weißen Farbstrich das Operationsfeld. Die Krankenschwester sah ihm dabei etwas verwundert zu, denn ihre Kenntnisse in Geburtshilfe gingen kaum über das Kuhkalben hinaus.

»Haben Sie das Medizinische Handbuch von Larousse da?« fragte Jacquemort, während er seinen Pinsel wegsteckte.

Dies gesagt und getan, beugte er sich über sein Werk und blies auf die Malerei, damit sie schneller trockne.

»Ich habe hier nur das Gesamtverzeichnis der Französischen Waffen- und Fahrradfabrikation von Saint-Etienne«, antwortete das Dienstmädchen.

»Zu dumm«, sagte Jacquemort, »der Larousse hätte uns vielleicht weitergeholfen.«

Ohne auf eine Antwort zu hören, ließ er seinen Blick ziellos im Zimmer umherschweifen, wobei er auf die Türe fiel, hinter der Angel sich langweilte.

»Wer langweilt sich hinter dieser Tür?« fragte er.

»Das ist Herr ...«, antwortete das Mädchen. »Er ist eingeschlossen.«

In diesem Augenblick erwachte die Mutter aus ihrer dumpfen Ohnmächtigkeit und stieß eine Reihe spitzer Schreie aus. Ihre Fäuste verkrampften und lösten sich. Jacquemort wandte sich zum Dienstmädchen:

»Haben Sie eine Waschschüssel?« fragte er.

»Ich geh eine holen«, antwortete das Mädchen.

»Na wird's bald, blöder Trampel«, sagte Jacquemort, »soll sie uns vielleicht dieses gute Paar Leintücher versauen?«

Sie stürzte Hals über Kopf davon, und Jacquemort hörte befriedigt, wie sie sich im Treppenhaus die Fresse einschlug.

Er näherte sich der Frau. Zärtlich streichelte er das verschreckte Gesicht. Mit beiden verkrampften Händen faßte sie ihn am Handgelenk.

»Wollen Sie Ihren Mann sehen?« fragte er.

»Oh, ja«, antwortete sie. »Aber geben Sie mir erst den Revolver, da drüben im Schrank …«

Jacquemort schüttelte den Kopf. Das Hausmädchen kam zurück mit einer flachen ovalen Holzschüssel, wie man sie zum Hundeentlausen verwendet.

»Das ist alles, was ich habe«, sagte sie, »damit müssen Sie zurechtkommen.«

»Helfen Sie mir, sie ihr unters Kreuz zu schieben«, sagte Jacquemort.

»Der Rand ist aber scharfkantig«, warf das Dienstmädchen ein.

»Ganz recht«, pflichtete der andere bei, »genauso kann man's ihnen heimzahlen, den Weibern.«

»Aber das ist doch ganz unsinnig«, maulte das Hausmädchen, »sie hat nichts Böses getan.«

»Und was denn hat sie Gutes getan?«

Der breitgequetschte Rücken der Schwangeren ruhte auf dem Rand des flachen Beckens.

»Wie geht's jetzt hier bloß weiter«, seufzte Jacquemort, »das ist nun wirklich beim besten Willen keine Arbeit für einen Psychiater.«

## IV

Er überlegte unschlüssig hin und her. Die Frau schwieg, und das Hausmädchen starrte ihn regungslos an, ohne jeden Ausdruck im Gesicht.

»Man muß ihr das Fruchtwasser ablassen«, sagte sie.

Jacquemort stimmte teilnahmslos zu, dann hob er betroffen den Kopf. Es wurde plötzlich dunkler.

»Geht die Sonne etwa unter?« fragte er.

Das Dienstmädchen ging nachsehen. Der Tag verflog hinter dem Horizont, und ein lautloser Windhauch hatte sich erhoben. Sie kam beunruhigt zurück.

»Ich weiß nicht, was da noch kommt …«, murmelte sie.

In der Kammer war nichts außer einem phosphoreszierenden Schimmer rund um den Kaminspiegel zu erkennen.

»Setzen wir uns und warten wir ab«, schlug Jacquemort mit leiser Stimme vor.

Durch das Fenster drang der Geruch bitteren Krautes und Staubes herauf. Der Tag war gänzlich gewichen. In der hohlen Düsternis der Kammer fing die Schwangere zu reden an.

»Kein einziges werde ich je mehr kriegen«, sagte sie. »Nie wieder werde ich eins haben wollen.«

Jacquemort hielt sich die Ohren zu. Ihre Stimme klang, wie wenn Fingernägel über Kupferblech kratzen. Das Dienstmädchen schluchzte verstört. Die Stimme fiel über Jacquemorts Schädel her und durchstach ihm das Gehirn.

»Die kommen schon noch heraus«, sagte die Schwangere mit einem harten Lachen. »Herauskommen werden sie und mir weh tun, und das ist erst der Anfang.«

Das Bett begann zu ächzen. Die Schwangere keuchte in die Stille hinein, und wieder hob die Stimme an:

»Über Jahre und aber Jahre wird sich das hinschleppen, und jede Stunde, jede Sekunde ist vielleicht die letzte, und der ganze Schmerz wird zu nichts anderem nütze gewesen sein, als mir die ganze Zeit hindurch Leid zuzufügen.«

»Jetzt reicht's aber«, brummte Jacquemort mit Bestimmtheit.

Die Schwangere schrie jetzt zum Steinerweichen. Die Augen des Psychiaters gewöhnten sich langsam an den Schimmer, den der Spiegel aussandte. Er sah jetzt die Frau, wie sie dalag und sich mit aufgebäumtem Körper aus Leibeskräften anstrengte. Sie stieß langgezogene, aufeinanderfolgende Schreie aus, und ihre Stimme setzte sich wie ein ätzender und klebriger Sprühnebel in Jacquemorts Gehörgängen ab. Mit einemmal erschienen im Zwickel der angewinkelten Beine nacheinander zwei helle Flecke. Nur am Rande nahm Jacquemort die Hantierungen des Dienstmädchens wahr, das sich aus seiner Schreckerstarrung gelöst hatte, um die beiden Kinder aufzunehmen und in Tücher einzuhüllen.

»Noch eins«, sagte er bei sich.

Die gepeinigte Mutter schien dem Ende ihrer Kräfte nahe. Jacquemort stand auf. Sowie das dritte Baby kam, faßte er es geschickt und half so der Frau. Erschöpft sank sie zurück. Lautlos zerriß die Nacht. Licht drang in die Kammer, und die Frau lag nun mit seitwärts gedrehtem Kopf ruhig da. Tiefe Augenringe zeichneten ihr von der Anstrengung abgebrauchtes Gesicht. Jacquemort wischte sich Stirn und Nacken ab und wunderte sich, plötzlich die Geräusche vom Garten draußen zu hören. Das Kindermädchen war gerade mit dem Einwickeln des letzten Babys fertig geworden und legte es zu den beiden anderen aufs Bett. Sie ging zum Schrank, entnahm ihm ein Leintuch und breitete es der Länge nach aus.

»Ich werde ihr den Leib bandagieren«, sagte sie. »Und schlafen muß sie auch. Gehen Sie jetzt bitte.«

»Haben Sie die Nabelschnüre abgetrennt?« erkundigte sich Jacquemort noch. »Binden Sie sie schön knapp ab.«

»Ich habe Schleifchen gemacht«, sagte das Kindermädchen, »das hält genausogut und sieht besser aus.«

Er schwieg düster.

»Gehen Sie doch zu Monsieur nach nebenan«, schlug das Mädchen vor.

Jacquemort ging an die Tür, hinter der Angel wartete. Er drehte den Schlüssel um und trat ein.

## V

Angel saß auf einem Stuhl, das Rückgrat zum stumpfen Winkel gebrochen, sein Körper schwang noch von Clémentines Schreien nach. Beim Geräusch des Türschlosses hob er den Kopf. Der rote Bart des Psychiaters überraschte ihn.

»Ich heiße Jacquemort«, erklärte dieser, »ich kam zufällig auf dem Weg vorbei, und da hörte ich die Schreie.«

»Das war Clémentine«, sagte Angel. »Ist alles gut abgegangen? Ist es vorbei? Sagen Sie!«

»Sie sind dreifacher Vater«, sagte Jacquemort.

Angel war verblüfft:

»Drillinge?«

»Zwillinge und ein Eigenständiger«, präzisierte Jacquemort. »Er ist gleich danach gekommen. Das ist ein Zeichen für eine starke Persönlichkeit.«

»Wie geht es ihr?« fragte Angel.

»Sie ist wohlauf«, sagte Jacquemort, »etwas später werden Sie sie sehen.«

»Sie ist sehr wütend auf mich«, sagte Angel. »Sie hat mich eingesperrt.«

Von den konventionellen Anstandsregeln gegängelt, fügte er hinzu:

»Darf ich Ihnen irgendwas anbieten?«

Er erhob sich umständlich.

»Vielen Dank«, sagte Jacquemort, »im Moment nicht.«

»Was machen Sie hier?« fragte Angel. »Wollen Sie hier Ihre Ferien verbringen?«

»Ja«, sagte Jacquemort. »Ich glaube, ich wäre hier ganz gut bei Ihnen aufgehoben, da Sie mir das ja schon vorschlagen.«

»Ein Glücksfall, daß Sie gerade zugegen waren«, sagte Angel.

»Gibt es hier denn keinen Arzt?« fragte Jacquemort.

»Ich war ja eingesperrt«, sagte Angel. »Ich konnte mich nicht darum kümmern. Das Mädchen vom Bauernhof hat alles machen müssen. Sie ist uns sehr ergeben.«

»Ach so ...!« sagte Jacquemort.

Beide schwiegen. Jacquemort strählte sich den feuerroten Bart mit einen fünf gespreizten Fingern. Seine blauen Augen funkelten im Sonnenlicht des Zimmers. Angel sah ihn aufmerksam an. Der Psychiater trug einen sehr leichten Anzug aus schwarzem Tuch, enganliegenden Hosen mit Steg und einen langen hochgeschlossenen Leibrock, der ihn schmaler erscheinen ließ. An den Füßen hatte er ausgeschnittene Sandalen aus schwarzlackiertem Leder, und ein fliederfarbenes Satinhemd wallte aus seinem Kragenausschnitt. Es war närrisch einfach.

»Ich bin sehr froh, daß Sie dableiben«, sagte Angel.

»Kommen Sie jetzt doch mit hinüber zu Ihrer Frau«, schlug der andere vor.

## VI

Clémentine rührte sich nicht. Sie lag ganz flach da, den Blick zur Decke gerichtet. Zwei der Bälger lagen zu ihrer Rechte, das dritte zur Linken. Das Kindermädchen hatte das Zimmer aufgeräumt. Sonnenlicht rann lautlos über den Rand des offenen Fensters.

»Ab morgen wird man sie entwöhnen müssen«, sagte Jacquemort. »Erstens kann sie nicht zwei und ein weiteres stillen, zweitens geht's dann viel schneller, und drittens wird sie einen schönen Busen behalten.«

Clémentine wurde unruhig, drehte den Kopf zu ihnen hin. Sie öffnete ein hart dreinblickendes Augenpaar und sprach:

»Ich werde sie selbst stillen«, sagte sie. »Alle drei. Das wird mir keineswegs den Busen verunstalten. Und wenn schon, um so besser. Ich habe ja sowieso nicht mehr den Wunsch, irgend jemandem zu gefallen.«

Angel näherte sich ihr und wollte ihr die Hand streicheln. Sie riß sie zurück.

»Genug jetzt«, sagte sie. »Ich habe keine Lust, jetzt wieder von vorn anzufangen.«

»Hör zu …«, murmelte Angel.

»Hau ab«, sagte sie mit müder Stimme, »ich will dich jetzt nicht sehen. Das hat mir alles zu sehr weh getan.«

»Fühlst du dich denn nicht besser?« fragte Angel. »Schau mal … dein Bauch, der dich so gestört hat … der ist doch jetzt weg.«

»Und durch das Leintuch, das Sie da umgebunden tragen«, warf Jacquemort ein, »bleibt Ihnen, wenn Sie später aufstehen, keinerlei Spur zurück.«

Clémentine nahm alle ihre Kraft zusammen und richtete sich halb auf. Sie sprach mit leiser, zischender Stimme:

»Ich sollte mich besser fühlen, nicht wahr? … so wie ich hier bin … gleich danach … mit meinem zerrissenen Bauch … und meinem Rücken, der mir weh tut … und meinen verdrehten und schmerzenden Beckenknochen, und meinen Augen voll geplatzter roter Äderchen … ich sollte mich brav erholen, schön vernünftig sein, wieder zu einer schönen Silhouette abschwellen, wieder feste dralle Brüste kriegen … nur damit du oder ein anderer kommen kann, mich flachzuquetschen und mir euren Rotz einzuspritzen, damit das alles wieder von vorn anfängt, damit ich wieder Schmerzen habe, schwer und unbeholfen werde, blute wie ein Schwein …«

Mit einer gewaltsamen Bewegung fuhr sie mit dem Arm unter die Bettdecke und riß sich das Leintuch, das ihren Leib bandagierte, herunter. Angel machte die Andeutung einer Bewegung.

»Komm mir nicht zu nahe!« sagte sie mit so viel Haß in der Stimme, daß ihr Mann stumm erstarrte. »Verschwindet«, rief sie, »alle beide! Du, weil du mir das angetan hast, und Sie, weil Sie mich so gesehen haben. Los …! Haut ab!«

Jacquemort ging auf die Tür zu, gefolgt von Angel. Sowie dieser seinen Fuß in den Hausflur setzte, traf ihn das zu einer Kugel zusammengerollte Leintuch in den Nacken, das ihm seine Frau soeben nachgeworfen hatte. Er strauchelte und schlug mit seiner Stirn gegen den Türrahmen. Die Tür fiel hinter ihm ins Schloß.

# VII

Sie stiegen jetzt über die mit roten Steinplatten bedeckte Treppe hinunter; diese erzitterte dabei unter ihren Füßen. Das Haus war aus mächtigem schwarzem Balkenwerk und weißgekalkten Wänden gefügt. Jacquemort suchte nach passenden Worten.

»Das wird sich bald wieder einrenken …«, meinte er.

»Hmm …«, antwortete Angel.

»Sie sind ja wirklich allerhand Kummer gewöhnt …?« vermutete der Psychiater.

»Nein«, sagte Angel. »Ich war zwei Monate eingesperrt. Das ist alles.«

Er zwang sich zum Lachen.

»Es kommt mir komisch vor, wieder frei zu sein.«

»Was haben Sie während dieser zwei Monate gemacht?« fragte Jacquemort.

»Nichts«, sagte Angel.

Sie durchquerten eine große Halle, die wie das Stiegenhaus mit roten Sandsteinplatten ausgelegt war. Es standen kaum Möbel da; ein massiver Tisch aus hellem Holz, ein niedriges Buffet aus dem gleichen Holz und an den Wänden zwei oder drei sehr schöne Gemälde in Weiß. Dazu passende Sitzgelegenheiten. Angel blieb neben dem Buffet stehen.

»Sie nehmen doch sicher einen Drink?« sagte er.

»Sehr gern«, sagte Jacquemort.

Angel schenkte zwei Gläser vom hausgemachten Ploustochnik ein.

»Schmeckt famos!« lobte Jacquemort

Da der andere nicht antwortete, fügte er hinzu:

»Alles in allem, wie kommt es Ihnen vor, Vater zu sein?«

»Es ist alles andere als lustig«, sagte Angel.

## VIII

29. August

Clémentine war allein. Nicht das winzigste Geräusch im Zimmer. Nur hin und wieder das leise Plätschern von Sonne um die Vorhangsäume.

Erleichtert, gänzlich abgeschlafft, strich sie sich mit den Händen über ihren flachen Leib. Ihre geschwollenen Brüste hingen schwer herunter. Sie empfand ihrem Körper gegenüber Mitleid, Gewissensbisse, ja Schande, und vergaß das tags zuvor verschmähte Leintuch. Ihre Finger wanderten die Umrisse ihres Halses, ihrer Schultern, der anomalen Schwellung ihrer Brüste ab. Ihr war ein wenig zu heiß. Zweifellos Fieber.

Undeutlich war der ferne Lärm des Dorfes durchs Fenster zu hören. Es war gerade die Zeit, in der man auf dem Feld arbeitete. Aus dumpfen Ställen drang das Brüllen des Viehs herauf, das dort eingepfercht büßte, aber es klang weniger erzürnt, als es sich eigentlich hätte anhören dürfen.

Neben ihr schliefen die kleinen Bälger. Sie nahm eins, unterdrückte dabei einen leichten Ekel und hielt es mit ausgestreckten Armen über sich. Es war rosig, hatte einen kleinen feuchten Polypenmund und fleischerne Falten anstelle von Augen. Sie wandte den Kopf ab, machte eine Brust frei und legte den Kleinen daran. Sogleich ballte er die Fäuste, und seine Wangen höhlten sich. Hatte er einen Mund vollgesogen, schluckte er ihn mit einem ordinären Kehllaut hinunter. Das war nicht sehr angenehm. Es schaffte zwar Erleichterung, ließ aber auch ein wenig das Gefühl von Verstümmelung zurück. Die Brust kaum zu zwei Dritteln leer getrunken, empfahl sich der kleine Racker und ließ sich mit ausgebreiteten Händen und einem dreckigen Schnarchen schlaff hintübersinken. Clémentine legte ihn wieder neben sich, und ohne sein Grunzen einzustellen, machte er mit seinem Mund eine sonderbare Freßreflexbewegung, noch im Schlaf saugend. Sein kleiner Schädel zeigte kümmerlichen Flaumbewuchs, die Fontanellen pulsten auf beunruhigende Weise, unwillkürlich hätte man mitten draufdrücken mögen, um sie zu stoppen.

Das Haus erzitterte unter einem dumpfen Schlag. Das schwere Haustor unten war gerade ins Schloß gefallen, Jacquemort und Angel waren gegangen. Clémentine konnte über Leben und Tod dieser drei Kreaturen, die neben ihr schliefen, verfügen. Es lag alles bei ihr. Sie streichelte ihre schwere und schmerzende Brust. Es würde schon ausreichen, alle drei zu ernähren.

Das zweite stürzte sich gierig auf die braune Brustwarze, von der sein Bruder gerade abgelassen hatte. Er sog nun ganz ohne Hilfe, sie streckte sich dabei. Die Schritte von Jacquemort und Angel knirschten über den Kies im Hof. Das Baby trank. Das dritte regte sich im Schlaf. Sie nahm es hoch und gab ihm die andere Brust.

## IX

Der Garten klammerte sich teilweise an den Steilhang; Pflanzen unterschiedlichster Gattung wuchsen auf den abschüssigen, nur mit Mühe zugänglichen und folglich naturbelassenen Geländepartien. Da gab es die Calaïos, deren Blattwerk auf der Unterseite eine blau-violette, auf der Oberseite hingegen eine zartgrüne, von weißen Rippen durchäderte Färbung aufweist; sodann wilde Ormaden mit monströsen knotenartigen Verdickungen an den fadenförmigen Dünnstengeln, welche in Blüten übergingen, die wie blutige Meringel aussahen; Büschel perlengrau schimmernder Rêviolen; die länglichen Trauben der milchhaltigen Garillien, die sich an den untersten Zweigen der Araukarien festkrallten; Sirten, blaue Mayangen, verschiedene Unterarten der Bachbunge, die als dichter grüner Teppich kleinen lebendigen Fröschen Unterschlupf gewährten; Kormarinhecken, Cannaïs, Sensiären, tausend aufdringliche und bescheidene Blumen, die aus Felslöchern herauswucherten oder wie Vorhänge an den Gartenmauern entlang herunterhingen, nach der Sonne hinkriechend wie die Algen, von überall hervorberstend oder unauffällig sich um die eisernen Gitterstäbe ringelnd. Der waagrecht liegende Garten war weiter oben in üppige und frische Rasenbänke aufgeteilt, die von Kieswegen durchschnitten waren. Vielerlei Bäume sprengten mit ihren zerklüfteten Wurzelstöcken das Erdreich.

Dorthin waren Angel und Jacquemort gegangen, um etwas zu promenieren, abgeschlafft wie sie waren nach der um die Ohren geschlagenen Nacht. Die frische Seeluft überflutete kristallen die ganze Küste. An Stelle der Sonne stand oben eine kümmerlich fahle Flamme von viereckigem Umriß.

»Sie haben einen schönen Garten«, sagte Jacquemort, ohne nach besseren Worten zu suchen. »Leben Sie schon lange hier?«

»Ja«, sagte Angel. »Seit zwei Jahren. Ich hatte Bewußtseinsstörungen. Mir sind damals allerhand Sachen schiefgelaufen.«

»Ganz hautnah ist es zwar nicht gegangen«, sagte Jacquemort, »doch ausgestanden ist das Ganze beileibe noch nicht.«

»Das ist wahr«, sagte Angel, »aber ich habe länger als Sie dazu gebraucht, das herauszufinden.«

Jacquemort schüttelte den Kopf.

»Die Leute sagen mir alles«, bemerkte er. »Am Ende weiß ich dann, was in ihnen steckt. Übrigens, da fällt mir ein … könnten Sie mir irgendwelche Subjekte zum Psychoanalysieren verschaffen?«

»Davon gibt es jede Menge«, sagte Angel. »Das Kindermädchen können Sie haben, wann immer Sie wollen. Und die Leute aus dem Dorf werden sich auch nicht weigern. Sie sind etwas grobschlächtige Geschöpfe, aber durchaus interessant und ergiebig.«

Jacquemort rieb sich die Hände.

»Ich werde sie haufenweise benötigen«, sagte er. »Ich habe einen starken Verschleiß an Gemütern.«

»Wie kommt das?« fragte Angel.

»Dazu muß ich Ihnen erklären, weshalb ich hierhergekommen bin«, sagte Jacquemort. »Ich war auf der Suche nach einem stillen Plätzchen für ein Experiment. Also: stellen Sie sich meine Wenigkeit als eine leere, unausgelastete Kapazität vor.«

»Ein Faß etwa?« meinte Angel. »Haben Sie früher getrunken?«

»Nein«, sagte Jacquemort. »Ich in bin leer. Ich verfüge nur über Gesten, Reflexe, Gewohnheiten. Ich möchte mich füllen. Das ist ja der Grund, weshalb ich Leute psychoanalysiere. Aber mein Faß ist ein Danaidenfaß. Ich nehme nichts auf. Ich nehme den Leuten ihre Gedanken, ihre Komplexe, ihre kleinlichen Verzagtheiten weg, und es bleibt mir dann doch nichts davon übrig. Ich assimiliere nicht; oder vielleicht assimiliere ich viel zu gut … das ist im Grunde dasselbe. Wohlgemerkt, ich behalte natürlich Wörter, Worthülsen, Etiketten; ich kenne die Fachausdrücke, unter welche man die Leidenschaften, die Gefühle einordnet, aber ich empfinde dieselben nicht.«

»Ja und, dieses Experiment«, warf Angel ein, »haben Sie trotzdem den Wunsch, es durchzuführen?«

»Aber selbstverständlich«, erwiderte Jacquemort. »Ich habe richtiggehendes Verlangen nach diesem Experiment. Von welchem Experiment sprach ich gerade? Ach ja. Ich möchte gerne eine *integrale* Psychoanalyse machen. Ich bin ein Erleuchteter.«

Angel zuckte die Achseln.

»Ist das jemals schon gemacht worden?« fragte er.

»Nein«, sagte Jacquemort. »Derjenige, den ich so psychoanalysiere, der muß mir alles sagen. Alles. Seine intimsten Gedanken. Seine herzinnersten Geheimnisse, seine verstecktesten Ideen, all das, was er sich selbst nicht einzugestehen traut, alles, alles und was dann noch übrigbleibt, und dann auch noch das, was hinter alldem verborgen ist. Kein Analytiker hat je so etwas gemacht. Ich will herausfinden, wie weit man überhaupt gehen kann. Ich will Begierden und Wünsche haben, und die werde ich mir von anderen holen. Daß ich bis heute nichts davon für mich behalten konnte, liegt vermutlich daran, daß ich nicht weit genug gegangen bin. Ich möchte eine Art Identifikation zustande bringen. Zu wissen, daß es Leidenschaften gibt und sie nicht zu empfinden, das ist schrecklich.«

»Eines ist aber doch sicher«, sagte Angel, »Sie haben

mindestens diesen einen Wunsch, und der bewirkt doch schon ausreichend, daß Sie nicht so leer sind.«

»Ich habe keinen Grund, weshalb ich eine Sache anstelle einer andren machen sollte«, sagte Jacquemort. »Und ich möchte den anderen die Motivationen wegnehmen, die sie dafür haben.«

Sie näherten sich der hinteren Gartenmauer. Symmetrisch zum Haus und zum Tor, durch welches Jacquemort am Vortag in den Garten vorgedrungen war, erhob sich, die Eintönigkeit des Mauerwerks durchbrechend, ein hohes vergoldetes Gitter.

»Mein lieber Freund«, sagte Angel, »erlauben Sie mir, Ihnen noch einmal zu sagen, daß das Verlangen danach, ein Verlangen zu haben, schon eine ausreichende Leidenschaft darstellt. Nehmen Sie diesen Antrieb zum Handeln als einen Beweis dafür.«

Der Psychiater streichelte seinen roten Bart und fing an zu lachen.

»Das ist gleichzeitig aber auch ein Beweis für das Fehlen von Wünschen«, sagte er.

»Aber nein«, entgegnete Angel. »Um weder Wünsche noch Wunschvorstellungen zu haben, müßten Sie einen gänzlich neutralen Sozialisierungsprozeß durchgemacht haben. Müßten also jeglichem Einfluß unbeschädigt standgehalten haben, sozusagen ohne innere Vergangenheit sein.«

»Das trifft auch zu«, sagte Jacquemort. »Ich bin letztes Jahr geboren, als derselbe, den Sie jetzt vor sich haben. Schauen Sie sich meinen Personalausweis an.«

Er hielt ihn Angel hin, der ihn nahm und aufmerksam untersuchte.

»Stimmt«, sagte Angel, während er ihn zurückgab. »Ein Eintragungsfehler.«

»Passen Sie auf, was Sie da sagen! …« protestierte Jacquemort empört.

»Das paßt doch alles recht gut zusammen«, sagte Angel. »Es stimmt, daß es geschrieben steht, aber was da geschrieben steht, ist ein Fehler.«

»Ich hatte aber doch eine Mitteilung neben mir liegen«, sagte Jacquemort. »›Psychiater. Leer. Bitte füllen.‹ Eine Mitteilung. Da gibt es gar nichts zu diskutieren. Hier steht es schwarz auf weiß.«

»Na und?« sagte Angel.

»Gar nichts, Sie sehen doch, daß er nicht von mir kommt, dieser Wunsch, mich zu füllen«, sagte Jacquemort. »Daß alles von vornherein eine abgekartete Sache war. Daß ich ja gar nicht frei war.«

»Aber gewiß doch«, antwortete Angel. »Da Sie ja einen Wunsch haben, sind Sie auch frei.«

»Und wenn ich überhaupt gar keinen hätte? Nicht einmal diesen da?«

»Dann wären Sie ein Toter.«

»Ach, verdammter Mist!« schrie Jacquemort. »Mit Ihnen diskutiere ich nie mehr. Sie machen mir richtiggehend angst.«

Sie hatten das Gitter durchschritten und trotteten nun den Weg zum Dorf hinunter. Die Sonne war weiß und staubig. Zu beiden Wegseiten wuchsen zylindrische, dunkelgrüne, schwammige Stengelpflanzen, wie Bleistifte aus Gelatine.

»Letzten Endes«, sagte Jacquemort trotzig, »ist es doch das Gegenteil. Man ist nicht frei, wenn man keinen Wunsch nach irgend etwas hat, und ein gänzlich freies Wesen hätte nicht den Wunsch nach nichts. Gerade der Umstand, daß ich nicht den Wunsch nach nichts habe, läßt mich darauf schließen, daß ich frei bin.«

»Aber nein«, gab Angel zurück. »Da Sie ja den Wunsch danach haben, überhaupt Wünsche zu haben, haben Sie ja schon einen Wunsch nach irgend etwas, und das alles ist falsch.«

»Oh! Oh! Oh!« rief Jacquemort immer aufgebrachter. »Etwas wollen heißt, an sein Verlangen angekettet zu sein.«

»Ach nein«, sagte Angel, »die Freiheit ist der Wunsch, der von und aus Ihnen kommt. Im übrigen …«

Er hielt inne.

»Im übrigen«, sprach Jacquemort, »machen Sie sich über mich lustig, und damit hat sich's. Ich werde irgendwelche Leute psychoanalysieren, und ich werde denen wirkliche Wünsche, Begierden und Entscheidungen und alles andere wegnehmen, und Sie bringen mich hier nur ins Schwitzen.«

»Passen Sie auf«, sagte Angel und überlegte, »machen wir doch ein Experiment: versuchen Sie doch einen Augenblick lang, in aller Aufrichtigkeit, vom Wunsch nach den Wünschen anderer abzulassen, sofern und sowie er Sie ankommt. Versuchen Sie es. Seien Sie ehrlich.«

»Einverstanden«, sagte Jacquemort.

Sie blieben am Wegrand stehen. Der Psychiater schloß die Augen, schien sich entspannen zu wollen. Angel überwachte ihn aufmerksam.

Es ließ sich an wie ein Brechen der Farben in Jacquemorts Gesichtstönung. Ganz hauchleicht bekam alles, was von seinem Körper zu sehen war, eine gewisse Transparenz, seine Hände, sein Hals, sein Gesicht.

»Achten Sie mal auf Ihre Finger …«, murmelte Angel.

Jacquemort öffnete ein Paar nahezu farbloser Augen. Er konnte durch seine rechte Hand hindurch einen schwarzen Feuerstein auf der Erde sehen. Sowie er wieder zu sich kam, schwand die Transparenz, und er verfestigte sich wieder.

»Da sehen Sie es«, sagte Angel. »Im Zustand vollständiger Entspanntheit existieren Sie gar nicht mehr.«

»Unsinn«, sagte Jacquemort, »freuen Sie sich bloß nicht zu früh. Wenn Sie ernsthaft glauben, daß ein schäbiger Taschenspielertrick imstande sein soll, meine Überzeugung zu widerlegen, daß … na los, erklären Sie mir schon Ihren Trick …«

»Nun gut«, sagte Angel. »Ich freue mich zu sehen, daß Sie ein Ungläubiger sind und der Offensichtlichkeit gegenüber unempfindlich. Das liegt in der Natur der Dinge. Ein Psychiater muß ein schlechtes Gewissen haben.«

Sie waren bis zum Dorfrand gelangt und machten sich mit beiderseitigem Einverständnis wieder auf den Rückweg.

»Ihre Frau möchte Sie sehen«, sagte Jacquemort.

»Wie wollen Sie das wissen?« sagteAngel.

»Ich ahne es voraus«, sagte Jacquemort. »Ich bin ein Idealist.«

Am Hause angelangt, stiegen sie die Treppe hoch. Das eichene Geländer verformte sich dienstfertig unter Jacquemorts festem Zugriff. Angel trat als erster in Clémentines Zimmer.

# X

Er blieb auf der Schwelle stehen. Jacquemort wartete hinter ihm.

»Willst du auch wirklich, daß ich reinkomme?« fragte Angel.

»Komm rein«, sagte Clémentine.

Sie sah ihn an, weder freundlich noch feindlich. Er blieb stehen, ohne es zu wagen, sich aufs Bett zu setzen, aus Angst, er könnte ihr lästig sein.

»Ich kann niemals mehr zu dir Vertrauen haben«, sagte sie. »Eine Frau kann von dem Moment an keinem Mann mehr vertrauen, wo ein Mann ihr Kinder gemacht hat. Und demjenigen dann erst recht nicht.«

»Meine Clémentine«, sagte Angel, »du hast wirklich Schlimmes durchgemacht.«

Sie schüttelte den Kopf. Sie wollte sich nicht bemitleiden lassen.

»Morgen werde ich aufstehen«, sagte sie. »In sechs Monaten müssen sie das Laufen erlernt haben. In einem Jahr werden sie lesen.«

»Dir geht es schon besser«, sagte Angel. »Jetzt bist du wieder ganz die Alte.«

»Das war keine Krankheit«, sagte sie. »Und jetzt ist es vorbei. Und wird nie wieder vorkommen. Am Sonntag müssen sie getauft werden. Sie werden Joël, Noël und Citroën heißen. Das ist beschlossen.«

»Joël und Noël«, sagte Angel, »das klingt aber gar nicht hübsch. Du hattest doch noch an Azraël, Nathanaël und sogar Ariel oder Prünel gedacht.«

»Du wirst nichts daran ändern«, sagte Clémentine mit entschiedener Stimme: »Joël und Noël für die Zwillinge. Citroën für den dritten.«

Zu sich selbst sagte sie halblaut:

»Den muß ich mir gleich von Anfang an zurechtstutzen. Der wird mir noch allerhand Sorgen machen, aber er ist lieb.«

»Morgen«, fuhr sie mit lauter Stimme fort, »müssen sie jeder ein eigenes Bett kriegen.«

»Wenn Sie Besorgungen zu machen haben«, schlug Jacquemort vor, »stehe ich zur Verfügung. Genieren Sie sich bitte nicht.«

»Das ist eine Idee«, sagte Clémentine, »auf diese Weise werden Sie hier Ihre Zeit nicht mit Nichtstun verbringen.«

»Das ist nicht meine Gewohnheit«, sagte Jacquemort.

»Sie laufen aber Gefahr, ihr hier zu verfallen«, antwortete sie. »Gehen Sie jetzt. Geht alle beide. Bestellt drei Betten beim Tischler. Zwei kleine und ein etwas größeres. Und sagt ihm, er soll gute Arbeit leisten. Wenn ihr runtergeht, schickt mir Blanche herauf.«

»Ja, mein Liebling«, sagte Angel.

Er beugte sich hinunter, um ihr einen Kuß zu geben, und stand auf. Jacquemort ließ Angel an sich vorbei, als dieser hinausging. Der Psychiater schloß die Tür und folgte ihm.

»Wo ist Blanche?« fragte er.

»Unten …«, sagte Angel. »In der Waschküche. Sie hat gerade große Wäsche. Gehen wir erst mittagessen. Um die Einkäufe kümmern wir uns später.«

»Ich gehe«, sagte Jacquemort. »Sie bleiben hier. Ich habe keine Lust, wieder eine solche Diskussion mit Ihnen anzufangen wie vorhin. Das macht mich ganz fertig. Und außerdem ist es nicht mein Metier. Die Aufgabe eines Psychiaters ist ja schließlich ganz klar. Er hat zu psychiatrieren.«

## XI

Jacquemort durchschritt das Gitter nun schon zum zweiten Male in derselben Richtung und schlug erneut den Weg zum Dorf ein. Zu seiner Rechten die Gartenmauer, dann die Küstenflanke und schließlich, in weiter Ferne, das Meer. Linker Hand bestellte Felder, Bäume hier und da, auch Hecken. Ein Ziehbrunnen, den er am Morgen noch nicht bemerkt hatte, fiel ihm nun wegen der Moospatina seiner ringförmigen Steinfassung und wegen der beiden hohen Steinsäulen auf, zwischen denen ein Scheffel aus Eschenholz an einer groben, rostigen Kette herunterhing. Das Brunnenwasser blubberte in der Tiefe und krönte die Brunnenöffnung mit einer Dunstwolke, die sogleich vom blauen Kamm des Himmels zerzaust und zerfasert wurde. Die ersten Häuser tauchten in der Ferne vor ihm auf. Sie verblüfften ihn besonders durch ihre Grobklotzigkeit. Es waren Bauernhöfe in der Form eines U, dessen beide Arme zur Straße hinzeigten. Anfangs waren es nur einer oder zwei auf der rechten Wegseite. Ihre Innenhöfe wiesen die übliche Raumeinteilung auf: viereckig, ein großes Bassin in der Mitte, angefüllt mit einem schwarzen Wasser und bevölkert von Krebsen und Vibrusen; linker Hand der Gebäudeflügel, den der Bauer mit seiner Familie bewohnte; rechts und hinten die Stallungen und die Pferdeställe, welche im ersten Stockwerk untergebracht waren und zu denen das Vieh über eine ziemlich steile Rampe Zugang hatte. Die starken Pfeiler des Untergeschosses umrahmten mächtige Tröge, in denen sich, durch die Schwerkraft, Stallmist und Schreiße sammelten. Die Tröge der unbesetzten Ställe hingegen bargen Stroh, Getreide und Futtermittelreserven. In einem eigens dafür vorgesehenen, gut verborgenen und eingerichteten Kämmerchen wurden die

Mägde aufs Kreuz gelegt. Der Innenhof selbst war gepflastert mit Platten aus grauem Granit, der von wohlgepflegten Rasenstreifen desselben zylindrischen und schwammigen Grases, das auch den Weg säumte, durchbrochen war.

Jacquemort ging weiter, ohne eine Menschenseele zu erblicken. Die Zahl der Gehöfte nahm ständig zu. Nun gab es auch auf der linken Seite welche, und der breitere Weg zweigte nach dieser Seite ab. Er gesellte sich einem roten Bach längsseits zu, dessen Wasserspiegel beinahe bis auf Erdbodenhöhe reichte; glatt und ohne Falte war er, und unidentifizierbare Brocken trieben auf ihm, wie Halbverdautes. Hier und dort ließ sich das leise, hohle Getöse leerer Häuser vernehmen. Jacquemort versuchte, die komplexen Duftschwaden, die ihm rechtwinklig aus jedem Gebäude entgegenschlugen, in ihre Einzelbestandteile aufzuspalten.

Der Bach beunruhigte ihn. Anfangs war gar nichts zu sehen gewesen, und plötzlich floß er breit dahin, voll bis zum Rand, wie unter einer gespannten Haut. Von einer Farbe wie der Auswurf eines bluthustenden Lungenkranken, hellrot und trüb. Wie eine wäßrige Gouache. Jacquemort hob einen Steinbrocken auf und warf ihn hinein. Er versank diskret, ohne einen Plumps, wie in einem Fluß aus Daunen.

Der Weg erweiterte sich zu einem länglichen Platz mit einem erhöhten Plateau, wo in Reih und Glied stehende Bäume einen wohligen Schatten spendeten. Gabelförmig lief die Straße um das Plateau und schloß sich wieder. Rechts gab es etwas Bewegung und Leben, und dorthin lenkte Jacquemort seine Schritte.

Als er näher kam, sah er, daß es nur der Alteleutemarkt war. In der prallen Sonne befanden sich eine Holzbank und einige große Felsbrocken, auf denen die neu Dazugekommenen Platz nahmen. Alte Leute saßen in einer Reihe auf der Bank, und drei der Felsbrocken waren schon besetzt. Man konnte sieben Männer und fünf Frauen zählen. Der Gemeindekuppler stand vor der Bank, sein moleskingebundenes Register unter den Arm geklemmt. Er trug ein altes braunsamtenes Gewand und genagelte Schuhe, und ungeachtet der Hitze war sein Haupt mit einem schäbigen Käppchen aus Maulwurfspelz bedeckt. Er stank, und die Alten noch ärger. Mehrere saßen regunglos da, die Hände über ihren vom Gebrauch glattgewetzten Spazierstöcken gekreuzt, mit schmutzigen und groben Stoffen recht und schlecht bekleidet, unrasiert, verhutzelt und verdreckt, die Augen von der vielen Arbeit in der Sonne ganz verkniffen. Sie mümmelten mit ihren bis auf die faulen Stümpfe zahnlosen Kiefern.

»Zugegriffen«, rief der Kuppler, »der da ist spottbillig und noch gut zu gebrauchen. Was ist mit dir, Lalouët, willst du ihn nicht für deine Gören? Die kann er auf jeden Fall noch hüten.«

»Und zeigen kann er ihnen auch noch einiges!« sagte ein Mann.

»Das ganz gewiß, und ob!« pflichtete der Kuppler bei. »Na, komm schon her, alter Knacker!«

Er hieß ihn aufstehen. Der andere, ganz krumm und gebeugt, trat einen Schritt vor.

»Na, zeig den Herrschaften schon, was du in der Hose hast!« sagte der Kuppler.

Mit zitternden Fingern begann der Alte, seine Hose aufzuknöpfen. Das Innere des Hosenbunds glänzte abgenutzt und fettig. Die Leute brüllten vor Lachen.

»Seht euch das an!« rief Lalouët. »Der hat ja wirklich noch was drin!«

Er beugte sich über den Alten und wog das armselige Schlappgemächt in der Hand, wobei er sich vor Lachen krümmte.

»Ach, ja! Abgemacht! Den nehm ich«, sagte er zum Kuppler. »Ich geb dir hundert Franc dafür.«

»Topp«, sagte der Kuppler.

Jacquemort wußte zwar, daß solches auf dem Lande üblich war, es war jedoch das erste Mal, daß er einem Alteleutemarkt beiwohnte, und das Spektakel nahm ihn wunder.

Der Alte knöpfte sich wieder zu und wartete.

»Marsch, alter Esel!« sagte Lalouët und versetzte ihm einen Fußtritt, daß er strauchelte. »Los, ihr Rangen, amüsiert euch.«

Der Alte setzte sich mit kleinen Schritten in Bewegung. Zwei Kinder lösten sich aus der Gruppe, das eine fing an, ihm mit einer Gerte den Rücken durchzupeitschen, und das andere klammerte sich an seinen Hals, um ihn zu Fall zu bringen. Der Greis fiel der Länge nach hin, mit der Nase in den Staub. Keiner der Umstehenden schaute hin. Nur Jacquemort beobachtete wie gebannt die Kinder. Der Alte erhob sich auf die Knie, seine aufgeschürfte Nase blutete, und er spuckte irgend etwas aus. Jacquemort wandte sich ab und schloß sich wieder der Hauptgruppe an. Der Kuppler war gerade dabei, eine ungefähr siebzigjährige kleine, dicke Frau feilzubieten, deren spärliches fettstarrendes Haar unter einem alten schwarzen Kopftuch hervorlugte.

»Na, wie wär's, die ist noch in einem guten Zustand«, sagte er. »Wer will noch mal, wer hat noch nicht? Und Zähne hat sie auch keine. Das hat seine Vorteile.«

Jacquemort fühlte sich etwas angeekelt. Er musterte aufmerksamer die ihn umgebenden Gesichter. Es waren Männer zwischen fünfunddreißig und vierzig, stämmig, zäh, die Mütze genau waagrecht auf den Kopf gestülpt. Es schien eine ausdauernde und widerstandsfähige Rasse zu sein. Manch einer trug einen Schnurrbart. Zum Beweis dafür.

»Lumpige sechzig Franc für die Adèle!« fuhr der Kuppler fort. »Und auch noch zahnlos, wohlgemerkt, bei dem

Preis. Ein glatter Knüller. Was ist mit dir, Chrëtien? Und dir, Nüfère?«

Er versetzte der Alten einen kräftigen Klaps auf den Rücken.

»Steh auf, dummes Aas, damit man dich sieht! Na also, wenn das kein Geschäft ist!«

Die Alte erhob sich.

»Dreh dich«, befahl der Kuppler. »Zeig den Herrschaften deinen Hintern. Seht euch das an, Leute!«

Jacquemort zwang sich, nicht hinzuschauen. Die Alte stank zu grauenhaft, so daß er sich abwenden mußte. Nur schemenhaft nahm er die schauerliche, krampfadernübersäte Fettmasse war.

»Fünfzig ...«, kreischte eine Stimme.

»Nimm sie, sie gehört dir!« rief der Kuppler.

Noch bevor die Alte Zeit gehabt hätte, ihren Kattunkittel wieder herunterzuschlagen, versetzte er ihr einen gewaltigen Stoß in den Rücken. Jacquemort stand neben einem riesigen braunen Koloß von Kerl, der aus vollem Halse lachte. Er legte ihm die Hand auf den Arm.

»Warum lachen Sie?« fragte er. »Schämen Sie sich denn nicht?«

Der andere brach urplötzlich sein Gelächter ab.

»Was, meinen Sie, soll ich mich ...?«

»Ob Sie sich nicht schämen«, wiederholte Jacquemort sanft. »Es sind alte Leute.«

Noch ehe er wußte, wie ihm geschah, traf ihn ein Faustschlag. Seine Lippe spaltete sich über einem Eckzahn. Blut schoß ihm in den Mund. Er taumelte und fiel vom Gehsteig auf die Straße. Man beachtete ihn nicht. Die Versteigerung ging weiter.

Er rappelte sich auf und klopfte sich mit der flachen Hand den Staub von der Hose. Er stand hinter einem Halbkreis dunkler und feindlicher Rücken.

»Dieser hier«, rief die Stimme des Marktschreiers, »hat

ein Holzbein! So was wird immer wieder gern gesehen. Hundertzehn Franc zum ersten! Hundertzehn!«

Jacquemort entfernte sich. Am Ende des Platzes schien es in einer Nebenstraße einige Läden zu geben. Dahin ging er. Wenige Minuten später betrat er eine Tischlerwerkstatt. Er war noch ganz verstört und fühlte sich hundeelend. Die Tür schloß sich hinter ihm, und er wartete.

## XII

Der Meister befand sich nicht im Raum, einer Art kleinem schmuddligen Büro. Ein abgenutzter, geschwärzter Tannenholzfußboden, ein Tisch aus schwarzem Holz, ein alter Kalender an der Wand; in einer Ecke der Schmutzabdruck eines Ofens, zwei Stühle, deren Strohbezug schon halb zerfetzt war, das war die ganze Möblierung. Trennwände aus Brettern. Hinten eine Türöffnung, aus welcher Werkstattgeräusche drangen, zwei unregelmäßige Schlagfolgen, die sich überlagerten, jedoch nicht durcheinandergerieten.

Jacquemort ging auf die Werkstatt zu.

»Ist jemand da?« fragte er halblaut.

Die Schläge verstummten nicht, und er trat in die Werkstatt ein. Diese empfing das Tageslicht von oben. Es war ein langer, ziemlich geräumiger Schuppen, übervoll von Brettern, starken Bohlen und einem Kunterbunt von halbfertigen Sachen. Es gab drei oder vier Werkbänke, eine kleine Bandsäge, eine Bohrmaschine, eine Fräsmaschine, deren gußeiserner Sockel geborsten schien. An den Wänden verschiedenerlei Werkzeug in nicht zu großer Zahl. Rechts neben der Tür, durch die Jacquemort soeben eingetreten war, ein riesiger Haufen Sägemehl und Späne. Ein starker Geruch von Leim hing in der Luft. Der klebrige Topf, der diesen enthalten mußte, köchelte auf einem kleinen Holzkohleofen am anderen Ende des Schuppens vor einer zweiten Tür, die sich zu einem Garten hinaus öffnete. Von den durchhängenden Deckenbalken baumelten verschiedene Gegenstände, alte Sägeblätter, eine grüne Maus, Werkzeuge in schlechtem Zustand, Schraubenzwingen, alles alter Plunder.

Unmittelbar auf der linken Seite, vom Boden abgehoben durch zwei feste Holzböcke, lag ein enormer Eichenstamm. Rittlings auf diesem mühte sich ein kleiner Lehrling mit großen Beilhieben ab, einen viereckigen Balken daraus zu machen. Er war ganz zerlumpt gekleidet, und seine mageren Arme hatten Mühe, die Axt zu führen. Weiter drüben nagelte der Meister gerade einen ledernen Bezug über die Randleiste einer sonderbaren Konstruktion aus weißem Eichenholz, eine Art Zelle, in der er stand. Diese Kabine war mit einem ganzen System von dicken, schweren Klapp- und Schwingtüren versehen, die im Augenblick offenstanden und bei jedem Hammerschlag leise in ihren Scharnieren knarzten.

Der Mann nagelte, der Kleine arbeitete. Keiner von beiden blickte zu Jacquemort hinüber, der auf der Schwelle innehielt, ohne sich recht auszukennen. Schließlich raffte er sich auf.

»Guten Tag!« sagte er ziemlich laut.

Der Meister hörte auf zu nageln und hob die Nase. Er war häßlich. Er hatte einen großen, schlaff hängenden Mund und eine Knollennase, aber seine Hände waren nervig und kraftvoll und mit einem dichten rötlichen Flaum behaart.

»Was willst du?« fragte er.

»Ich hätte gerne Kinderbetten«, sagte Jacquemort. »Sie sind dort drüben im Haus an der Steilküste zur Welt gekommen. Es werden zwei Betten gebraucht. Ein Doppelbett und ein etwas größeres Einzelbett.«

»Ich mach nur ein einziges«, sagte der Schreiner, »ein dreischläfriges mit zwei Plätzen der Länge nach.«

»Und ein etwas größeres ...«, sagte Jacquemort.

»Ein größeres ... Na ja, mal sehen«, sagte der Schreiner. »Handarbeit oder Maschine?«

Jacquemort sah zu dem kleinen Gehilfen hinüber, der vor sich hin hackte wie im Traum; ein elender Automat, an eine nicht enden wollende Arbeit gefesselt.

»Von Hand kostet es weniger«, sagte der Schreiner.

»Die Maschinen sind nämlich teuer, aber solche kleine Drecksäcke wie der da drüben gibt's wie Sand am Meer.«

»Die werden hier recht streng an die Kandare genommen, wie?« bemerkte Jacquemort.

»Von Hand oder mit der Maschine?« wiederholte der Schreiner.

»Mit der Maschine«, sagte Jacquemort.

»Natürlich ...«, brummte der andere, »damit ich wieder meine Apparate verschleiße ...«

»Bis morgen«, sagte Jacquemort.

Darauf wollte er sich bei dem Mann anbiedern und gab vor, sich für seine Arbeit zu interessieren.

»Was haben Sie denn da gerade in Arbeit?« wollte er wissen.

»Das ist für die Kirche«, sagte der Mann. »Eine Kanzel.«

Er schien gleichzeitig stolz und verlegen zu sein. Seinem großen Mund entkam beim Reden ein veritabler Sprühregen.

»Eine Kanzel?« sagte Jacquemort.

Er ging näher heran, um besser zu sehen. Es war wirklich eine Kanzel. Eine Kanzel mit Deckel. Ein sonderbares Modell, wie es Jacquemort noch nie zu Gesicht gekommen war.

»Ich war noch nie auf dem Land«, sagte er. »Wissen Sie, in der Stadt werden die nicht so gemacht, darum interessiert es mich sehr.«

»In der Stadt«, sagte der Schreiner, »glauben die Leute nicht mehr an Gott.«

Er sah Jacquemort böse an. In diesem Augenblick ließ der kleine Gehilfe sein Beil fallen und sank mit der Nase vornüber auf den Eichenstamm, den er gerade behauen hatte. Die plötzliche Stille ließ Jacquemort stutzen. Er fuhr herum und ging zu dem Kind hin. Der Schreiner hatte sich unterdessen ein paar Schritte entfernt und war mit einer alten Konservenbüchse voll Wasser wiedergekommen, das er dem Jungen brutal in den Kragen schüttete. Als er sah, daß sich das Kind nicht wieder erhob, wiederholte er den Vorgang. Der Lehrling seufzte, und Jacquemort trat empört hinzu, um ihm zu helfen; aber schon begann das kleine schmutzige Fäustchen sich wieder zu regen und zum Hieb auszuholen, schwach und monoton.

»Sie sind zu grob«, sagte Jacquemort zum Schreiner. »Ein Bürschlein in dem Alter! Sie sollten sich wirklich schämen!«

Der Schlag, der ihn am Kinn traf, schaffte es nicht, ihn zu Fall zu bringen, und er taumelte zwei Schritte zurück, um sein Gleichgewicht wiederzugewinnen. Vorsichtig befühlte er seine Kinnlade. Sein Bart hatte den Schlag gedämpft.

Der Schreiner hatte sich wieder an seine Arbeit gemacht, als ob nichts Besonderes vorgefallen wäre. Zwischen zwei Hammerschlägen hielt er inne.

»Komm am Sonntag vorbei und schau sie dir an«, sagte er. »Dann ist sie fertig zusammengebaut. Es ist eine schöne Kanzel.«

Stolz strich er mit der Hand darüber. Das weiße, polierte Eichenholz schien darunter zu erzittern.

»Deine Betten werden morgen fertig sein«, sagte er noch. »Du kommst sie dir dann holen. So um fünf.«

»Abgemacht ...«, antwortet Jacquemort.

Die Schläge setzten wieder ein. Der starke Leimgeruch verdichtete sich. Jacquemort warf noch einen letzten Blick auf den kleinen Lehrling, zuckte die Achseln und ging hinaus.

Die Straße war ruhig. Er machte sich wieder auf den Weg nach Hause. Als er an den Fenstern vorbeiging, bewegten sich sachte die Vorhänge. Ein kleines Mädchen kam singend auf die Straße. Es trug einen Emaillekrug, der ebenso groß war wie es selbst. Auf dem Rückweg würde es nicht mehr singen.

## XIII

30. August

Angel und Jacquemort saßen in der großen kühlen Halle des Hauses. Das Dienstmädchen kam und ging und bereitete Getränke zu. Sie stellte Karaffe und Gläser auf einem Tablett vor Angel hin. Fenster und Tür waren zum Garten hinaus geöffnet. Manchmal kam ein Insekt herein, sein Flügelschlag sirrte durch den hohen Raum. Alles ruhte.

Jacquemort öffnete den Mund:

»Die Betten sollten heut um fünf Uhr fertig sein«, sagte er.

»Dann sind sie auch fertig«, sagte Angel. »Sicher war damit fünf Uhr morgens gemeint.«

»Glauben Sie wirklich?« fragte Jacquemort. »In diesem Falle werden sie allerdings fertig sein.«

Sie schwiegen und tranken still weiter. Jacquemort hielt inne und durchbrach erneut das Schweigen.

»Ich möchte nicht mit Ihnen über Dinge sprechen, die nichts Neues für Sie darstellen und die Sie ganz ohne Zweifel langweilen«, sagte er, »aber was ich gestern im Dorf erlebt habe, hat mich sehr betroffen gemacht. Die Leute in dieser Gegend sind ja äußerst sonderbar.«

»Sonderbar finden Sie sie?« fragte Angel.

Er war höflich, aber sein Ton zeugte von einem flauen Interesse. Jacquemort spürte das und schwenkte sofort um.

»Ja«, sagte er, »sonderbar finde ich sie schon. Aber ich nehme an, ihre Mentalität wird sich mir erhellen, sobald ich sie etwas besser kennengelernt habe. Schließlich und endlich wäre ich anderswo genauso überrascht. Ich bin ja neu hier.«

»Das stimmt zweifellos«, versicherte Angel zerstreut.

Ein Vogel schoß pfeilschnell am Fensterrahmen vorbei. Jacquemort folgte ihm mit dem Blick.

»Wahrscheinlich«, sagte er, »würden Sie sich wohl doch nicht gern psychoanalysieren lassen, oder?«

»Nein«, sagte Angel, »ich würde mich sicherlich nicht analysieren lassen. Außerdem bin ich gar nicht interessant. Ich bin vielmehr interessiert. Da liegt der Unterschied.«

»Woran denn?« fragte Jacquemort, der sich unheimliche Mühe gab, das Gespräch in Gang zu halten.

»An allem und nichts«, sagte Angel. »Am Leben. Ich liebe das Leben.«

»Da haben Sie Glück«, murmelte Jacquemort.

Mit einem Zug trank er, was noch in seinem Glas war.

»Schmeckt großartig«, bemerkte er. »Kann ich noch was davon haben?«

»Fühlen Sie sich ganz wie zu Hause«, sagte Angel. »Nur keine Umstände.«

Und wieder Schweigen.

»Ich sehe mal nach Ihrer Frau«, sagte Jacquemort, indem er sich erhob. »Sie wird sich langweilen so allein.«

»O ja«, sagte Angel. »Gewiß. Kommen Sie nachher wieder zu mir runter, ich hole mittlerweile das Auto aus der Garage, dann fahren wir miteinander die Betten holen.«

»Also bis gleich«, sagte Jacquemort, der nun aus dem Zimmer trat und auf die Treppe zuging.

Er klopfte sachte an Clémentines Zimmertür, und sie antwortete, man möge eintreten. Was er tat.

In Clémentines Bett lagen Clémentine und die drei Säuglinge. Zwei rechts und einer links.

»Ich bin es«, sagte Jacquemort. »Ich bin gekommen, um nachzusehen, ob Sie irgendetwas brauchen.«

»Nichts«, sagte sie. »Sind die Betten bald fertig?«

»Sie müssen fertig sein«, sagte Jacquemort.

»Wie sehen sie aus?« fragte sie.

»Nun ja ...«, antwortete der Psychiater. »Ich glaube, er hat sie mehr oder weniger nach seiner Vorstellung gemacht. Zwei Plätze der Länge nach nebeneinander und einer quer.«

»Ein größeres also?« wollte Clémentine wissen.

»Ich habe es ihm jedenfalls gesagt«, beschied Jacquemort sich klugerweise festzustellen.

»Sind Sie ordentlich untergebracht?« fragte Clémentine nach einer Weile Nachdenkens.

»Mir geht es ausgezeichnet«, versicherte Jacquemort.

»Sie brauchen also nichts?«

»Gar nichts ...«

Einer der kleinen Racker begann sich zu bewegen und unruhig zu werden. In seinem Bauch rumpelte es plötzlich, und sein Affengesichtchen entspannte sich. Clémentine lächelte. Sie tätschelte ihm den Bauch.

»Da drinnen«, sagte sie, »sitzt sie, die böse kleine Blähung, nicht wahr, mein Knirps.«

Das zweite begann zu raunzen. Clémentine hob den Blick zur Pendeluhr und sah hierauf Jacquemort an.

»Zeit zum Stillen«, sagte sie.

»Dann gehe ich jetzt«, sagte Jacquemort leise.

Geräuschlos verließ er das Zimmer.

Clémentine nahm den Säugling und betrachtete ihn. Es war Noël. Sein Mund zog sich in den Winkeln auseinander, und heraus kam dabei ein bibberndes Knarzgeräusch. Schnell legte sie ihn hin und machte eine Brust frei. Darauf nahm sie das Kind wieder hoch und legte es dran. Es fing so zu saugen an, daß es beinah nicht mehr zum Atmen kam. Da nahm sie es mit einem raschen Schwung von der Brustwarze weg. Ein dünner Milchstrahl spritzte hoch im Bogen heraus und fiel auf die feste Halbkugel zurück. Wütend über Clémentines Tat heulte Noël los. Sie legte ihn wieder an die Brust, und er fing, noch etwas quengelnd, sofort wieder mit wilder Gier zu trinken an. Wieder hob sie ihn weg.

Er schrie noch ärger auf. Clémentine faßte neugieriges

Interesse. Sie fing wieder von vorne an. Viermal hintereinander. Halb wahnsinnig vor Zorn nahm Noël eine violette Färbung an. Und auf einmal schien es, als wollte er ersticken. Er hatte den Mund schauderhaft zu einem lautlosen Schrei geweitet, und Tränen kullerten über seine vor Wut schwarzen Wangen herunter. Clémentine packte sogleich fürchterliche Angst, und sie schüttelte ihn.

»Noël … Noël … nun komm schon …«

Sie wurde immer verzweifelter. Sie fing an zu rufen. Und da kriegte Noël plötzlich wieder Luft für ein neues Gebrüll. In aller Eile und mit zitternden Händen gab sie ihm wieder die Brust.

Sogleich beruhigt, begann er wieder gierig zu saugen. Sie strich ihm mit der Hand über die feuchte Stirn. Nie wieder würde sie ihm mit dergleichen kommen.

Endlich gesättigt, hörte Noël wenige Minuten später auf zu trinken. Er schluckte leer, rülpste ein bißchen und fiel fast unmittelbar darauf in einen von großen Seufzern durchsetzten Schlummer.

Als sie den letzten nahm, bemerkte sie, daß er sie ansah. Mit seinem kräuseligen Haarflaum und den schon weit offenen Augen hatte er etwas Beunruhigendes, Hintergründiges an sich, wie ein kleiner fremder Gott. Ein seltsames Lächeln des Einverständnisses spielte in seinem Gesicht.

Er trank seinen Teil. Von Zeit zu Zeit brach er ab, sah sie an, und ohne den Blick von ihr zu wenden, behielt er ihre Brustwarze im Mund, ohne jedoch hinunterzuschlucken.

Als er fertig war, legte sie ihn wieder an ihre linke Seite zurück und kehrte ihm den Rücken. Schwaches Atmen hauchte durchs Zimmer.

Noch verwirrt, streckte sie sich wieder lang hin und ließ ihre Gedanken treiben. Von den drei kleinen Windelbündeln stieg der säuernde Geruch von Schweiß auf. Sie fiel in einen schlechten Traum.

# XIV

Angel hatte gerade den Wagen aus der Garage geholt und wartete auf Jacquemort. Der Psychiater verspätete sich durch die Betrachtung des wunderbaren Panoramas, des violetten Meeres, des dunstflirrenden Firmaments, der Bäume und Gartenblumen, des Hauses, das weiß und wuchtig inmitten dieser Farbenorgien dastand.

Jacquemort pflückte eine kleine gelbe Blume und stieg neben Angel ein. Es war ein altes solides Auto, mit einer Karosserie kanadischer Bauart, nicht sehr komfortabel, aber zuverlässig. Die Heckklappe war offen, gehalten durch zwei Ketten, und frische Luft zirkulierte reichlich.

»Was für ein Land«, sagte Jacquemort. »Was für Blumen! Welche Schönheit! Was für …!«

»Ja«, sagte Angel.

Auf dem staubigen Weg beschleunigte er das Tempo. Eine Wolke von Staub wirbelte hinter dem Wagen auf und setzte sich auf dem schwammigen Grase ab, an das Jacquemort sich inzwischen gewöhnt hatte.

Eine Ziege am Straßenrand machte ein Zeichen mit ihren Hörnern, und Angel hielt an.

»Steig auf«, sagte er zu dem Tier.

Die Ziege sprang in den Wagen und setzte sich auf die Ladefläche hinter ihnen.

»Die fahren alle per Anhalter«, erklärte Angel. »Und da ich keinen Grund sehe, weshalb ich mich mit den Bauern auf Kriegsfuß stellen soll …«

Er führte den Satz nicht zu Ende.

Ein Stück weiter luden sie ein Schwein auf. Die beiden Tiere stiegen am Dorfeingang ab und gingen ein jedes auf seinen Bauernhof zu.

»Wenn sie sich ruhig verhalten«, sagte Angel noch, »erlaubt man ihnen spazierenzugehen. Wenn nicht, bestraft und schlägt man sie. Und sperrt sie ein. Oder macht kurzen Prozeß und ißt sie auf.«

»Ach so«, sagte Jacquemort dumpf.

Angels Wagen hielt vor der Schreinerei. Die beiden Männer stiegen aus. In dem kleinen Büro stand mittlerweile eine längliche Kiste. Der Körper des Lehrlings, der am Vortage damit beschäftigt gewesen war, den Eichenbalken zu behauen, ruhte darinnen, schmächtig und blaß, recht und schlecht mit einem alten Sack zugedeckt.

»Ist jemand da?« rief Angel, indem er auf den Tisch schlug.

Der Schreiner erschien. Aus der Werkstatt hörte man Axthiebe wie am Tag zuvor. Zweifellos ein neuer Lehrling. Der Mann wischte sich die Nase am Jackenärmel ab.

»Kommst du deine Betten holen?« fragte er Angel.

»Jawohl«, sagte Angel.

»Gut, nimm sie nur«, sagte der Mann, »dort drüben sind sie.« Er zeigte zur Werkstatt.

»Komm, hilf mir«, sagte Angel.

Sie verschwanden alle beide. Jacquemort erlegte eine dicke Fleischfliege, die im Kreise um den bleichen Kopf des toten Kindes surrte.

Der Schreiner und Angel luden die Betten auf den Wagen. Sie waren in ihre Einzelteile zerlegt.

»Nimmst du mir das da mit«, sagte der Schreiner, indem er auf die Kiste deutete, in der der Lehrling lag.

»In Ordnung«, sagte Angel. »Lade sie nur auf.«

Der Schreiner hob die Kiste und legte sie in den Wagen. Sie fuhren los und kamen bald darauf am roten Bach entlang. Angel hielt an, stieg aus und nahm die Kiste. Sie war leicht und nicht sehr groß. Mühelos hob er sie hoch und trug sie bis zum Bach. Dann kippte er sie ins Wasser. Das Holz ging sogleich unter. Der Körper des Kindes hingegen schwamm, bewegungslos, von der langsamen Strömung des Baches hinweggetragen, wie auf einem starren Wachstuch.

Die Bretter im Wagen schlugen während der Fahrt auf der holprigen Strecke gegeneinander.

## XV

31. August

Jacquemorts Zimmer lag im ersten Stock, ganz am Ende des fliesenbelegten Flurs, zum Meer hinaus. Im unteren Fensterrahmen zeichneten sich die steifen Fächer einer Dracoenia durch das Glas. Über ihre grünen Blattklingen hinweg sah man das Meer. Das viereckige Zimmer, das nicht sehr hoch und vollständig mit gebeizten Fugenbrettern aus Kiefernholz verschalt war, roch nach Harz. An der Decke ließen lange, ebenfalls gebeizte Kiefernbalken das Gerüst des Daches sichtbar werden, das, ein wenig schräg, in den Ecken von grobbehauenen Strebebalken abgestützt war. Das Mobiliar bestand aus einem niedrigen Bett aus Zitronenbaumholz, einem ziemlich wuchtigen Schreibtisch mit rotem Saffianlederbelag, einem dazu passenden Fauteuil und einem kombinierten Schrank, dessen Spiegel das Fenster reflektierte. Der Fußboden war ganz mit Fliesen ausgelegt, wie auch das ganze übrige Haus, hier aber mit kleinen rhombischen Platten aus porösem hellgelben Material, halb verdeckt von einem dicken Teppich aus schwarzer Wolle. An den Wänden hing nichts, weder Bilder noch Fotos. Eine niedrige Tür führte zum Badezimmer.

Jacquemort beendete seine Toilette und kleidete sich zum Ausgehen an. Er hatte seine psychiatrische Berufskleidung abgelegt und zog nun eine gutsitzende Hose aus weichem Leder, ein purpurfarbenes Seidenhemd und ein weites braunsamtenes und farblich zu der Hose passendes Jackett an. Er band sich die Riemen seiner purpurnen Sandalen zu und verließ das Zimmer. Er mußte ins Dorf hinunter, um sich mit dem Pfarrer über die sonntägliche Zeremonie abzusprechen, und deshalb hatte er sich ganz schlicht angezogen.

Auf dem Flur erhaschte er mit einem Blick Clémentine, die gerade in ihr Zimmer zurückkehrte. Es war das erstemal, daß sie aufgestanden war; sie kam gerade von einem kleinen Rundgang durch den Garten zurück. Sie winkte ihm mit der Hand, bevor sie die Tür hinter sich schloß.

Er stieg die Treppe hinunter. Angel schlief noch. Ohne auf das Frühstück zu warten, ging Jacquemort in den Garten hinaus. Die Blätter der blaßroten Ariolen knirschten leise im frischen Morgenwind.

Die Sinne war trocken wie Asbest. Wie am Tage zuvor blubberte das Wasser im Brunnen, und der gänzlich klare Himmel ließ keine Aussicht auf Regen zu. Jacquemort schlug den Weg zum Dorf ein, den die Gewohnheit schon weniger lang erscheinen ließ.

Noch hatte er die Kirche nicht gesehen, deren Turm sich nur um ein geringes über die Dächer der Häuser und benachbarten Bauernhöfe erhob. Um zu ihr zu gelangen, mußte er lange am roten Bach entlanggehen. Er sah auf das massive Wasser, und die Haare sträubten sich ihm, wenn er an das alles dachte, das da unter der gespannten Oberfläche verborgen lag.

Der Weg machte eine Biegung, und der Bach ebenfalls. Die grauen Wehrmauern, die ihn zur Linken säumten, verwehrten Jacquemort den Blick hinter die Krümmung.

Noch fünfzig Meter, und in weiter Ferne vor ihm tauchte die Kirche auf. Und auf dem roten Bach ein bewegungslos liegendes Boot. Die Ruder hingen zu beiden Seiten herab. Hinter dem Bug des Bootes, das sich ihm zu drei Vierteln zeigte, gewahrte er eine dunkle, von undeutlichen Bewegungen belebte Gestalt. Er ging näher, um sich Klarheit zu verschaffen.

Als er auf der Höhe des Bootes war, sah er den Mann, der sich am Bootsrand festklammerte und bemüht war, wieder an Bord zu klettern. Das Wasser des roten Baches glitt in lebhaften Perlen über seine Kleider hinweg, ohne dieselben jedoch zu benetzen. Sein Kopf erschien über dem Dollbord. Der Kahn schwankte und schlingerte unter seiner Anstrengung. Jacquemort vermochte schließlich das Gesicht des Mannes zu erkennen, der es mit einem letzten Versuch geschafft hatte, einen Arm und ein Bein über den Bootsrand zu kriegen, und nun erschöpft in den Bauch des Bootes sank. Es war ein ziemlich bejahrter Mann. Er hatte ein hohlwangiges, ausgemergeltes Gesicht und blaue, abwesende Augen. Er war glattrasiert, und sein langes weißes Haupthaar verlieh ihm ein gleichermaßen würdiges wie gutartiges Aussehen, nur seinen Mund zeichnete, wenn er ruhig dasaß, ein bitterer Zug. Im Augenblick hielt er zwischen den Zähnen einen Gegenstand, den Jacquemort nicht erkennen konnte.

Jacquemort rief ihm etwas zu:

»Befinden Sie sich in Schwierigkeiten?« fragte er.

Der Mann richtete sich hoch und schaffte es, sich hinzusetzen. Was er gerade mit seinen Kiefern heraufgeholt hatte, ließ er los.

»Was sagen Sie?« fragte er.

Er legte sich in die Riemen und kam mit seinem Boot ans Ufer. Nach ein paar Ruderschlägen legte er an. Bei dieser Gelegenheit konnte Jacquemort feststellen, daß das Ufer senkrecht unter dem Wasser abfiel, wie die Bruchkante eines Erdrisses.

»Brauchen Sie Hilfe?« fragte Jacquemort.

Der Mann sah ihn an. Er war mit einem Sack und unförmigen Lumpen bekleidet.

»Sind Sie fremd hier?« fragte er.

»Ja«, sagte Jacquemort.

»Sonst würden Sie gewiß nicht so mit mir sprechen«, bemerkte der Mann beinah für sich.

»Das hätte aber schlimm ausgehen können«, sagte Jacquemort.

»Nicht in diesem Wasser«, sagte der Mann. »Es verhält

sich ständig anders; manchmal trägt es Holz nicht, manchmal hingegen bleiben sogar Steine auf der Oberfläche; Leichen jedoch schwimmen immer obenauf, ohne unterzugehen.«

»Was ist eigentlich passiert?« fragte Jacquemort. »Sind Sie aus dem Boot gefallen?«

»Ich tat meine Arbeit«, erwiderte der Mann. »Man wirft tote Dinge in dieses Gewässer, damit ich sie wieder herausfische. Mit meinen Zähnen. Dafür werde ich bezahlt.«

»Aber ein Netz würde doch genausogut diesen Dienst leisten«, sagte Jacquemort.

Er fühlte eine Art Unruhe, hatte den Eindruck, mit einem Wesen von einem anderen Stern zu sprechen. Ein hinlänglich bekanntes Gefühl, sicherlich.

»Ich muß diese Dinge aber mit meinen Zähnen wieder herausfischen«, sagte der Mann. »Die toten oder die verwesten Dinge. Deshalb wirft man sie ja hinein. Häufig läßt man sie absichtlich verfaulen, um sie hineinwerfen zu können. Und ich muß sie mit meinen Zähnen herausholen. Damit sie zwischen meinen Zähnen endgültig verkommen. Damit sie mir das Gesicht besudeln.«

»Bezahlt man Sie denn dafür?« fragte Jacquemort.

»Man stellt mir dieses Boot«, sagte der Mann, »und man bezahlt mich mit Schande und mit Gold.«

Bei dem Wort »Schande« machte Jacquemort eine zurückweichende Bewegung, worüber er sich insgeheim ärgerte.

»Ich habe ein Haus«, sagte der Mann, der Jacquemorts Geste bemerkt hatte, und lächelte. »Man gibt mir zu essen. Man gibt mir Gold. Viel Gold sogar. Ich habe jedoch nicht das Recht, es auszugeben. Niemand will mir etwas verkaufen. Ich habe ein Haus und einen Haufen Gold, und dafür muß ich die Schande des gesamten Dorfes verdauen. Sie bezahlen mich dafür, daß ich an ihrer

Stelle ein schlechtes Gewissen habe. Für alles, was sie Böses oder Gottloses tun. Für alle ihre Laster. Für alle ihre Verbrechen. Für ihren Alteleutemarkt. Die Tierquälerei. Die Lehrlinge. Und den ganzen Abfall.«

Er hielt einen Augenblick inne.

»Aber das alles kann Sie ja gar nicht interessieren«, hob er wieder an. »Sie haben doch wohl nicht die Absicht hierzubleiben?«

Es gab ein langes Schweigen.

»Doch«, sagte Jacquemort schließlich. »Ich will hierbleiben.«

»Dann werden Sie sein wie die anderen«, sagte der Mann. »Auch Sie werden Ihr reines Gewissen ausleben und die Last Ihrer Schande auf mich abwälzen. Auch Sie werden mir Gold geben. Aber Sie werden mir nichts für mein Gold verkaufen.«

»Wie heißen Sie?« fragte Jacquemort.

»La Gloïre«, sagte der Mann. »Man nennt mich La Gloïre. Das ist der Name meines Bootes. Ich selber habe keinen mehr.«

»Ich werde Sie wiedersehen«, sagte Jacquemort.

»Sie werden sein wie die andern«, sagte der Mann. »Sie werden nicht mehr mit mir sprechen. Sie werden mich bezahlen. Und mir Ihr Verwestes zuwerfen. Und Ihre Schande.«

»Aber warum machen Sie das alles?« fragte Jacquemort.

Der Mann zuckte die Achseln.

»Vor mir hat es einen anderen gegeben«, sagte er.

»Wie kommt es, daß Sie ihn ersetzt haben?« fragte Jacquemort hartnäckig weiter.

»Der erste, der mehr Schamgefühl hat als ich, kriegt meine Stelle«, sagte der Mann. »Sie haben es in diesem Dorf immer so gehalten. Sie sind sehr gläubig. Sie haben ihr eigenes Gewissen. Und niemals Gewissensbisse. Aber wenn einer einmal schwach wird ... wenn einer sich auflehnt ...«

»Den verfrachtet man auf die *La Gloïre* ...«, ergänzte Jacquemort. »Sie sind ein Empörer.«

»Oh! Das kommt nicht mehr sehr oft vor ...«, sagte der Mann. »Kann sein, daß ich der letzte bin. Meine Mutter war nicht von hier.«

Er setzte sich wieder auf seinen Platz und beugte sich über die Ruder.

»Ich muß wieder an meine Arbeit«, sagte er. »Auf Wiedersehen!«

»Auf Wiedersehen«, sagte Jacquemort.

Er sah ihm nach, wie er langsam auf der seidenschimmernden roten Wasserhaut davonglitt, und nahm seinen Weg wieder auf. Die Kirche, ein Hühnerei in einem Nest, war nicht mehr fern. Kaum angelangt, stieg er schnell die sieben Stufen hoch und trat ein. Bevor er mit dem Pfarrer sprach, wollte er noch einen Blick ins Innere der Kirche tun.

## XVI

Ein verworrenes Verstrebungswerk aus Querbalken und langen Trägern stützte das schwarzschieferne Kuppeldach des eiförmigen Kirchenschiffes ab. Vor Jacquemort ragte, aus dunklem Granit gefertigt, der Altar mit seinen grünen Kultgegenständen auf. Rechts zwischen zwei Balken schimmerte undeutlich die hohe weiße Silhouette der neuen Kanzel mit ihren offenen Klapptürchen hindurch.

Es war das erste Mal, daß Jacquemort eine Kirche in so ausgefallener Bauweise sah, in der Form eines Eis, ohne steinerne Säulen, ohne Bögen, ohne Deckenbalken, ohne Querschiff mit Spitzbögen, ohne Sang und Klang und ohne Rücksicht auf die Zukunft erbaut. Die absonderlich eingepaßten Holzteile schmiegten sich schlangengleich an die wuchtigen Mauern, deren Verkleidung sie dadurch bildeten. Die Hauptbalken waren überladen mit eingeschnitzten Tiefreliefs, deren Vielfarbigkeit er nur ahnen konnte, und die Augen der Heiligen, Schlangen und Dämonen glosten in der Düsternis. Der Raum im Inneren des Kirchenschiffs war gänzlich frei. Ein ovales Kirchenfenster über dem Altar tauchte diesen in ein alles überlagerndes Ultramarinblau. Ohne besagtes Fenster wäre es in der Kirche stockfinster gewesen. Zu beiden Seiten des Altars warfen zwei vielarmige Leuchter zitternde Flammen, die sich mit ihrem milden Schleierlicht in das dämmrige Dunkel fraßen.

Eine dichte Strohschicht bedeckte den Boden vom Eingang bis zum Altar. Jacquemort nahm diesen Weg. Sowie sich seine Augen an das Dunkel gewöhnt hatten, gewahrte er das graue Rechteck einer offenen Tür rechts hinter dem Altar und ging darauf zu in der Annahme, zur Sakristei oder zum Pfarrhaus zu gelangen.

Er ging durch die Tür und drang in einen kleinen, länglichen, mit Schränken und Gegenständen aller Art überfüllten Raum vor. Am anderen Ende eine weitere Tür. Durch diese kam Stimmengemurmel. Jacquemort klopfte dreimal mit den Fingerknöcheln an die hölzerne Wandtäfelung.

»Darf man eintreten?« fragte er halblaut.

Das Gespräch verstummte.

»Herein!« hörte Jacquemort sagen.

Er kam der Aufforderung nach und trat durch die zweite Tür.

Der Pfarrer war zugegen und eben im Gespräch mit dem Küster. Sie erhoben sich, als sie Jacquemort erblickten.

»Guten Tag«, sagte jener. »Der Herr Pfarrer, wenn ich mich nicht irre?«

»Guten Tag, Monsieur«, sagte der Pfarrer.

Er war ein knorriger Mann mit einem Gesicht, aus dessen tiefen Augenhöhlen zwei schwarze, von gleichfalls schwarzen dichten Brauen überwucherte Augen funkelten. Er hatte lange und trockene Hände, die er beim Reden gekreuzt hielt. Als er aufstand und sich anderswo hinsetzte, stellte Jacquemort bei ihm ein leichtes Hinken fest.

»Ich möchte mit Ihnen sprechen«, sagte Jacquemort.

»Rede Sie …«, antwortete der Pfarrer.

»Es geht um eine Taufe«, erklärte Jacquemort. »Wäre es Ihnen am Sonntag recht?«

»Das ist mein Beruf«, sagte der Pfarrer. »Jedem das Seine.«

»Im Haus am Steilhang sind Drillinge zur Welt gekommen«, sagte Jacquemort. »Joël, Noël und Citroën. Es wäre gut, wenn alles bis Sonntag abend vorüber wäre.«

Kommen Sie am Sonntag zur Messe«, sagte der Pfarrer. »Dann sage ich Ihnen den genauen Zeitpunkt.«

»Aber ich gehe doch nie zur Messe …«, protestierte Jacquemort.

»Ein Grund mehr«, sagte der Pfarrer. »Das wird Sie zerstreuen. Wenigstens wird es einen geben, dem das, was ich sage, neu vorkommt.«

»Ich bin gegen die Religion«, sagte Jacquemort. »Wobei ich nicht außer acht lasse, daß sie auf dem Lande in gewisser Weise nützlich sein kann.«

Der Pfarrer lachte höhnisch auf.

»Nützlich! ... Religion ist ein glatter Luxus«, rief er aus. »Diese dummdreisten Idioten sind es, die aus ihr gern etwas Nützliches herausholen möchten.«

Er reckte sich stolz in die Höhe und begann, den Raum mit erregten und hinkenden Schritten zu durchmessen.

»Doch ich verweigere mich«, sagte er mit schneidendem Ton. »Meine Religion wird auch ein Luxus bleiben!«

»Das ist es gerade, was ich hervorheben wollte«, erklärte Jacquemort. »Auf dem Lande nämlich hat der Pfarrer mächtig was zu sagen. Die grobschlächtigen Gemüter der Bauern lenken, sie auf ihre Fehler hinweisen, ihnen die Augen vor der Gefahr eines allzu irdischen Lebenswandels öffnen, den bösen Instinkten einen Riegel vorschieben ... Ich weiß nicht, ob Sie über eine gewisse Sache unterrichtet sind, die sich in diesem Dorf abspielt ... Ich ... äh ... ich bin gerade angekommen und möchte mich keinesfalls hier als Richter aufspielen, noch Sie durch meine Reaktion gegenüber einer Sache schockieren, die Ihnen zweifellos von jeher ganz natürlich vorkommt, ... nun äh ja ... so brandmarkt zum Beispiel ein Pfarrer von seiner Kanzel herab den Diebstahl und verdammt allzu frühen geschlechtlichen Umgang zwischen jungen Leuten, um zu vermeiden, daß Unordnung und Lasterhaftigkeit in seinem Distrikt Einzug halten.«

»In seiner Pfarrei ...«, berichtigte der Küster.

»In seiner Pfarrei ...«, sagte Jacquemort. »Wo war ich stehengeblieben?«

»Ich weiß es nicht«, warf der Pfarrer scharf ein.

»Nun ja«, sagte Jacquemort, sich aufraffend. »Dieser Alteleutemarkt. Das ist doch heller Wahnsinn!«

»Sie leben im 20. Jahrhundert!« rief der Pfarrer aus. »Dieser Alteleutemarkt, na und? Ich schere mich keinen Deut um diesen Alteleutemarkt, Monsieur! Diese Leute machen viel mit, und wer auf Erden leidet, dem ist dereinst ein Plätzchen im Paradies sicher. Im übrigen sind Leid und Entbehrungen nicht nutzlos; mich stört vielmehr die Triebfeder dieses Leidens. Was mir zu schaffen macht, ist der Umstand, daß sie nicht in Gott leiden, Monsieur. Sie sind durch und durch gefühllos. Das sagte ich Ihnen vorhin schon. Die Religion ist ein geeignetes Mittel für sie. Sinnliche Rohlinge wie diese ...«

Mit dem Reden geriet er in Fahrt, und seine Augen schossen feurige Blitze.

»Sie kommen schon als Beherrscher in die Kirche. Und als solche sitzen sie dann leibhaftig da. Und wissen Sie, was sie von mir verlangen? Ich soll den Klee wachsen lassen. Der Frieden ihrer Seele, Monsieur, auf den pfeifen sie! Den haben sie schon! Sie haben La Gloïre! Ich werde bis zum äußersten kämpfen, aber ich werde keinen Fingerbreit nachgeben. Ich werde auch den Klee nicht wachsen lassen. Gott sei Dank habe ich treue Freunde. Nicht viele, aber sie unterstützen mich.«

Er grinste.

»Kommen Sie am Sonntag und Sie werden schon sehen ... Sie werden draufkommen, wie man durch die Materie hinter die Materie kommt. Ich werde diesen Viechern den Spiegel vorhalten ... Ihre Trägheit wird mit einer noch viel größeren zusammenstoßen ... Und aus diesem Zusammenprall wird jene Unruhe entstehen, die sie wieder in den Schoß der Religion zurückführen wird ... zum Luxus! ... Zu jenem Luxus, zu dem der Herrgott in seiner Langmut ihnen den Zugang offengehalten hat.«

»Also«, sagte Jacquemort, »wie steht es nun mit dieser Taufe? Bleibt es bei Sonntag nachmittag?«

»Ich werde Ihnen den genauen Zeitpunkt nach der Messe sagen«, wiederholte der Pfarrer

»Gut«, sagte Jacquemort. »Auf Wiedersehen, Herr Pfarrer. Ich habe vorhin Ihre Kirche bewundert. Eine wirklich sonderbare Konstruktion.«

»Sonderbar«, stimmte der Pfarrer etwas geistesabwesend bei.

Er setzte sich wieder hin, während Jacquemort dort hinausging, wo er hereingekommen war. Er fühlte eine leichte Ermattung.

»Clémentine fällt mir mit ihren Frondiensten auf die Nerven«, dachte er laut. »Ich bin froh, wenn die drei erst groß sind. Und dann auch noch der Zwang, in die Messe gehen zu müssen...«

Der Abend kam.

»Diesen Streich mit dem Zwang zur Messe finde ich wirklich ein starkes Stück.«

»Ein starkes Stück«, pflichtete eine große schwarze Katze bei, die auf einer Mauer saß.

Jacquemort sah sie an. Die Katze fing an zu schnurren, und ihre gelben Augen spalteten sich in zwei dünne senkrechte Schlitze.

»Ein starkes Stück!« schloß Jacquemort, indem er einen der rundlichen, zylindrischen und schwammigen Grasstengel pflückte.

Etwas weiter weg, drehte er sich um. Er sah zur Katze zurück, zögerte einen Augenblick, dann setzte er seinen Weg wieder fort.

## XVII

Sonntag, 2. September

Bereit zum Ausgehen, vertrieb sich Jacquemort die Zeit im Hausflur. Er hatte wieder seine seriöse Kleidung angelegt und fühlte sich verlegen wie ein Schauspieler im Kostüm auf einer leeren Bühne. Endlich kam das Kindermädchen.

»Sie brauchen aber lange«, sagte Jacquemort.

»Weil ich mich noch schöngemacht habe«, erklärte sie.

Sie hatte ein Sonntagskleid aus naturreinem weißen Pikee an, dazu trug sie schwarze Schuhe, einen schwarzen Hut und Handschuhe aus weißer Flockseide. In der Hand hielt sie ein abgegriffenes ledergebundenes Meßbuch. Ihr Gesicht glänzte, und ihre Lippen waren schlecht geschminkt. Ihre großen Brüste weiteten das Mieder, und die kräftigen Rundungen ihrer Hüften füllten gewissenhaft den Rest ihres Kleides aus.

»Gehen wir«, sagte Jacquemort.

Sie brachen auf. Sie schien sehr eingeschüchtert und versuchte vor lauter Unterwürfigkeit, beim Atemholen kein Geräusch zu machen.

»Nun«, fragte Jacquemort hundert Meter weiter, »wann darf ich Sie psychoanalysieren?«

Sie errötete und blickte ihn von unten an. Sie kamen gerade an einer sehr dichten Hecke vorüber.

»Könnte man das nicht gleich machen, vielleicht noch vor der Messe ...«, sagte sie voller Hoffnung.

Der Psychiater fühlte, wie sein Bart erbebte, indem er begriff, was sie begriffen hatte, und er lenkte sie mit sicherer Hand zum Wegrand. Sie verschwanden hinter der Hecke durch einen schmalen Durchschlupf, der mit Dornen bewehrt war, an welchen Jacquemort sich seinen schönen Anzug zerriß.

Nun waren sie an einem gut vor Einblick geschützten

Ort. Vorsichtig nahm das Dienstmädchen seinen schwarzen Hut ab.

»Den darf ich mir ja nicht zerknittern«, sagte sie. »Und bedenken Sie außerdem, daß ich mich ja ganz grün dabei mache, wenn wir uns da hinlegen …«

»Stellen Sie sich auf alle viere«, sagte Jacquemort.

»Selbstverständlich«, sagte sie, da sie einsah, daß dies die einzig mögliche Art war.

Während der Psychiater es ihr tüchtig besorgte, sah er den kurzen Hals des Mädchens sich erst aufrichten und dann entspannen. Da sie schlecht frisiert war, flatterten einige blonde Haarsträhnen frei im Wind. Sie roch streng, aber Jacquemort hatte es seit seiner Ankunft im Haus nicht getrieben, und dieser etwas tierische Geruch mißfiel ihm keineswegs. Aus einer gut verständlichen Regung der Menschlichkeit heraus vermied er es, ihr ein Kind zu machen.

Sie gelangten kaum zehn Minuten nach Beginn der Messe zur Kirche. Das eiförmige Kirchenschiff mußte, der Menge der Wagen und Karren nach zu urteilen, voll Menschen sein. Ehe Jacquemort die Stufen hinaufstieg, sah er das noch etwas schamrote Mädchen an.

»Soll ich heute abend kommen?« hauchte sie.

»Ja«, sagte er, »dann wirst du mir dein Leben erzählen.«

Sie musterte ihn erstaunt, stellte fest, daß er nicht scherzte, und schwieg, ohne zu begreifen. Sie traten ein und mischten sich unter die aufgeputzte Menge, die es eilig hatte. Dabei wurde Jacquemort an sie gedrückt, und ihr animalischer Duft stieg ihm in die Nüstern. Unter den Achselhöhlen hatte sie runde Schweißflecken.

Der Pfarrer war gerade mit dem Introitus fertig und schickte sich an, die Kanzel zu besteigen. Die stickige Hitze benahm den Leuten den Atem, und einige Frauen hakten sich das Mieder auf. Die Männer hingegen behielten ihre schwarzen Leibröcke und ihre Stehkragen bis oben hin zugeknöpft. Jacquemort betrachtete die Gesichter rund um sich; sie hatten alle einen lebhaften, kernigen Ausdruck und waren wind- und sonnengegerbt und irgendeiner Sache sicher. Der Pfarrer stieg die Treppe zur weißen Kanzel hoch, deren Klapptüren offenstanden. Ein sonderbares Modell einer Kanzel. Jacquemort mußte an den Schreiner und an den kleinen Lehrling denken. Wenn er an den Lehrling dachte, widerte ihn der Geruch des Dienstmädchens an.

Im selben Augenblick, als der Pfarrer zwischen den beiden Pfosten aus hellem Eichenholz erschien, stieg ein Mann auf eine Bank und bat mit mächtiger Stimme um Ruhe. Das Stimmengewirr verebbte. In dem Kirchenschiff herrschte jetzt eine aufmerksame Stille. Erst jetzt gewahrten Jacquemorts Augen die unzähligen Ampeln, die in der Kuppel hingen und nun die verwirrende Vielzahl der ineinander verschlungenen und direkt in das enorme Balkenwerk eingeschnitzten menschlichen Figuren sowie das blaue Altarfenster erkennen ließen.

»Laß es regnen, Pfarrer!« sagte der Mann.

Die Menge wiederholte wie aus einem Munde:

»Laß es regnen! …«

»Der Klee verdorrt!« fuhr der Mann fort.

»Laß es regnen!« brüllte die Menge.

Jacquemort sah, schon beinah taub, wie der Pfarrer mit ausgebreiteten Armen ums Wort bat. Das Gemurmel versickerte. Die Vormittagssonne loderte hinter dem blauen Kirchenfenster. Man konnte nur mit Mühe atmen.

»Ihr Leute aus dem Dorf!« sagte der Pfarrer.

Seine mächtige Stimme schien von überall her zu kommen, und Jacquemort vermutete, daß eine Lautsprecheranlage ihm zu dieser Stimmfülle verhalf. Die Köpfe wandten sich hinauf zur Deckenwölbung und zu den Seitenwänden. Nicht die Spur von einem Lautsprecher war zu sehen.

»Ihr Leute aus dem Dorf!« sagte der Pfarrer. »Ihr verlangt Regen von mir, werdet ihn aber mitnichten bekommen. Anmaßend und hochmütig wie die Leghornhühner seid ihr heute dahergekommen, lediglich auf eure fleischlichen Begierden bedacht. Als lästige und freche Bittsteller und Bettler seid ihr gekommen, um etwas zu fordern, was euch nicht zusteht. Es wird nicht regnen. GOtt schert sich nicht um euren Klee! Beuget euren Leib, senket eure Häupter, demütigt eure Herzen, und ich werde euch das Wort GOttes geben. Aber rechnet nicht mit einem einzigen Tropfen Wasser. Dies ist eine Kirche und keine Gießkanne!«

In der Menge wurde Protestgemurmel laut. Jacquemort fand, daß der Pfarrer gut redete.

»Wir wollen Regen!« wiederholte der Mann auf der Bank.

Nach dem Schallgewitter der Stimme des Pfarrers hörte sich sein dünner Schrei lächerlich an, und seine Mitstreiter schwiegen im Bewußtsein ihrer vorübergehenden Unterlegenheit.

»Ihr gebt vor, an GOtt zu glauben!« donnerte der Pfarrer, »weil ihr sonntags in die Kirche geht, weil ihr eure Mitmenschen schlecht behandelt, weil ihr kein Schamgefühl kennt und weil euch das Gewissen nicht drückt ...«

Als der Pfarrer das Wort Schamgefühl aussprach, flakkerten da und dort Protestschreie auf, verdichteten sich durch das Echo und schwollen zu einem langgezogenen Geheul an. Die Männer trampelten mit geballten Fäusten auf der Stelle. Die Frauen, stumm und mit verkniffenem Mund, sahen den Pfarrer aus haßerfüllten Augen an. Jacquemort kannte sich langsam nicht mehr aus. Der Tumult beruhigte sich etwas, und der Pfarrer ergriff erneut das Wort.

»Was kümmern mich eure Felder! Was gehen mich eure Viecher und eure Kinder an!« schrie er. »Ihr führt ein materielles und stumpfes Dasein. Ihr habt keine Ahnung vom Luxus! … Vom Luxus, den ich euch biete: ich biete euch GOtt … aber GOtt mag den Regen nicht … GOtt mag keinen Klee. GOtt kümmert sich wenig um eure miesen Felder und eure miesen kleinen Abenteuer. GOtt ist ein goldbrokatenes Kissen, er ist ein sonnengefaßter Demantstein, er ist ein in Liebe ziselierter kostbarer Zierat, er ist Auteuil, er ist Passy, seidene Soutanen, bestickte Strümpfe, Halsketten und Fingerringe, das Überflüssige, das Wunderbare, die elektrischen Hostienschreine … Es wird nicht regnen!«

»Es soll regnen!« jammerte der Wortführer, diesmal unterstützt von der Menge, die wie ein Gewitterhimmel zu grollen anfing.

»Kehret zu euren Höfen zurück!« tobte die vervielfachte Stimme des Pfarrers. »Kehret zu euren Höfen zurück! GOtt ist die Wonne des Überflusses. Ihr träumt nur von dem Notwendigen. Ihr seid für ihn verlorene Geschöpfe.«

Ein Mann schob Jacquemort plötzlich grob zur Seite, holte aus und schleuderte einen schweren Stein in die Richtung der Kanzel. Doch schon klappten die eichenen Schwingtürchen zu, und die Stimme des Pfarrers tönte unvermindert fort, während der Fußboden vom dumpfen Aufprall der wuchtigen Steinbrocken erzitterte.

»Es wird nicht regnen! GOtt ist kein Gebrauchsartikel. GOtt ist ein Festgeschenk, eine kostenlose Gabe, ein Platinbarren, ein Kunstgebilde, ein köstlicher, bekömmlicher Leckerbissen. GOtt ist eine Zugabe. Er ist weder für noch gegen. Er ist der reinste Überfluß.«

Ein Steinhagel prasselte auf die Klapptür der Kanzel.

»Regen! Regen! Regen!« skandierte nun die Menge in gleichförmigem Rhythmus.

Und Jacquemort, erfaßt von der Leidenschaftlichkeit, die von diesen Menschen ausging, ertappte sich dabei, wie er mitschrie.

Wohin er auch blickte, zur Rechten wie zur Linken marschierten die Bauern auf der Stelle; dieses wilde Schuhgetrampel erfüllte die Kirche wie Soldatenschritte über eine eiserne Brücke. Mächtiges Gedränge von den hinteren Reihen schob einige Männer ganz nach vorne zur Kanzel; dort begannen sie, an den vier massiven Stützpfeilern, mit denen die Kanzel im Boden verankert war, zu rütteln.

»Es wird nicht regnen!« wiederholte der Pfarrer, der hinter seinen Klapptürchen vermutlich in eine totale Trance gefallen war. »Engelflügel wird es regnen! Smaragdene Daunen, Alabastervasen, prachtvolle Kunstgemälde wird es regnen … aber kein Wasser! GOtt schert sich einen Dreck um euren Klee, Hafer, Weizen, Roggen, Gerste, Hopfen, Buchweizen, Sauerklee, Luzerne, weiße Fettwurz und Salbei …«

Jacquemort bewunderte an dieser Stelle des Pfarrers Gelehrsamkeit, doch alle vier Eichenpfosten brachen auf einmal, und man hörte, wie der Pfarrer einen saftigen, von den Lautsprechern vielfach verstärkten Fluch ausstieß, da er sich soeben beim Absturz den Kopf angeschlagen hatte.

»Schon gut! Schon gut!« schrie er. »Es wird regnen! Es regnet, gleich regnet es!«

Augenblicklich strömte die Menge zum Kirchenportal zurück, das sich mit beiden Flügeln öffnete. Der Himmel hatte sich schlagartig verfinstert, und die ersten Tropfen schlugen auf den Stufen auf wie weiche Frösche. Dann wurde es ein leibhaftiger Wolkenbruch, der auf die Schieferplatten des Daches trommelte. Man hatte die Kanzel inzwischen wieder recht und schlecht aufgestellt, und der Pfarrer öffnete wieder sein Klapptürchen.

»Die Messe ist zu Ende«, sagte er schlicht.

Man bekreuzigte sich, darauf setzten sich die Männer wieder ihre Käppchen auf, die Frauen erhoben sich, und alle gingen hinaus.

Jacquemort wollte zur Sakristei, mußte sich jedoch an einer Holzbank festhalten, um nicht von der Menge mitgerissen zu werden.

Im Vorbeigehen wurde er vom Schreiner angerempelt, dessen großen Mund und Knollennase er wiedererkannt hatte. Der Mann lächelte ihm boshaft zu.

»Hast du gesehen?« sagte er. »Hier glaubt man an Gott. Und der Pfarrer wird uns auch nicht daran hindern können. Er weiß nur nicht, wozu Gott da ist.«

Er zuckte mit den Achseln.

»Pah«, schloß er, »soll er nur machen. Das tut uns nichts. Das ist Zerstreuung. Wir hier gehen gern zur Messe. Mit oder ohne Pfarrer. Meine Klapptürchen haben jedenfalls gehalten.«

Er ging vorüber. Jacquemort wußte nicht, wo das Kindermädchen abgeblieben war, und beschloß, sich nicht mehr darum zu kümmern. Der Menschenstrom nahm an Stärke ab, so daß er sich schließlich bis zur Tür der Sakristei durchschlagen konnte. Er trat ein und drang ohne zu klopfen in den hinteren Raum vor.

Der Pfarrer schritt humpelnd auf und ab, glückstrahlend unter den Huldigungen, die ihm der Küster überschwenglich darbrachte; dieser kleine rotgesichtige Mann war dermaßen unauffällig, daß Jacquemort sich nur unter Anstrengung daran erinnern konnte, ihn bei seinem letzten Besuch gesehen zu haben.

»Sie waren großartig!« sagte der Küster. »Sie waren vollendet! Was für eine Darstellung! Das ist Ihre Glanzrolle!«

»Ah!« sagte der Pfarrer. »Denen hab ich's heute wieder gegeben!«

Er hatte eine riesige Beule auf der Stirn.

»Sie waren wirklich sensationell!« sagte der Küster. »Was für einen großen Atem! Was für eine Inspiration! Und welch großmeisterliche Beherrschung der Periode!

Meiner Treu, ich verneige mich jetzt und werde mich immer verneigen.«

»Trotzdem …«, sagte der Pfarrer, »du übertreibst ein bißchen … Ich war gut. Aber war ich wirklich sooo gut?«

»Erlauben Sie«, sagte Jacquemort, »daß ich mich mit meinen Komplimenten denen von Monsieur anschließe?«

»Ah! …«, seufzte der Küster. »Was für ein Talent! … Sie waren einfach … sublim!«

»Hört mal«, sagte der Pfarrer. »Jetzt schmeichelt ihr mir aber.«

Er räusperte sich und lächelte Jacquemort liebenswürdig an.

»Nehmen Sie doch bitte Platz, Monsieur.«

Jacquemort griff sich einen Stuhl.

»Ah! …« hechelte der Küster. »Als Sie zu den Leuten sagten ›Das ist eine Kirche und keine Gießkanne! …‹, wäre ich fast ohnmächtig geworden. Ehrlich. Was für ein Talent, mein Pfarrer, welch überragendes Talent! Und ›Gott mag keinen Klee‹. Welch hohe Kunst!«

»Und dabei stimmt's auch noch!« setzte der Pfarrer nach. »Aber lassen Sie uns keine Zeit verlieren, Monsieur!«

»Ich bin wegen der Taufe gekommen«, erklärte der Psychiater.

»Ich erinnere mich, ich weiß schon«, sagte der Pfarrer eilfertig. »Kommen Sie … das werden wir bald haben. Seien Sie bitte alle um vier hier. Ich werde zwanzig vor vier die Glocken läuten. Also bis dann. Geht alles in Ordnung.«

»Ich danke Ihnen, Herr Pfarrer«, sagte Jacquemort und stand auf. »Und nochmals mein Kompliment. Sie waren geradezu … episch.«

»Ah!« rief der Küster. »Episch! Das ist der passende Ausdruck. Episch. Ach, mein Pfarrer!«

Etwas erstaunt streckte der Pfarrer Jacquemort die Hand hin und schüttelte kräftig die ihm dargebotene.

»Ich bin untröstlich, daß Sie schon so bald wieder wegfahren«, sagte er. »Ich hätte Sie gerne zum Mittagessen bei mir behalten … aber ich fürchte, ich raube Ihnen Ihre kostbare Zeit …«

»Ich habe es ziemlich eilig«, sagte Jacquemort. »Ein andermal. Danke! Und nochmals bravo!«

Er ging mit großen Schritten davon. Das Kirchenschiff lag nun dunkel und schweigend da. Es hatte beinahe zu regnen aufgehört. Draußen kam die Sonne schon wieder hervor. Ein warmer Dunst stieg vom Boden auf.

## XVIII

»Das wird wieder mal für eine Weile reichen«, dachte Jacquemort. »Zweimal am selben Tag in der Kirche! Da werde ich die nächsten zehn Jahre wahrscheinlich keinen Fuß mehr hineinsetzen. Oder wenigstens die nächsten neuneinhalb.«

Er saß in der Halle und wartete. Die zahlreichen Tritte des Dienstmädchens, Angels und Clémentines widerhallten im ersten Stock, abgedämpft durch die dicke Decke und die Sandsteinplatten. Von Zeit zu Zeit bohrte sich der spitze Schrei eines der zwei Bälger mühelos durch das alles und schlängelte sich in Jacquemorts Gehörgänge. Noël oder Joël. Citroën schrie niemals.

Culblanc hatte ein Taufgewand aus rosa Taft mit großen lila Bändern an, dazu trug sie schwarze Schuhe und einen schwarzen Hut. Sie wagte kaum, sich zu rühren. Sie faßte alles mit den Fingerspitzen an. Drei Vasen hatte sie schon zerschlagen.

Angel trug seine gewohnte Kleidung. Clémentine hatte schwarze Hosen und eine dazu passende Jacke an. Die drei kleinen Racker strahlten in ihren schmucken Zellophanhüllen.

Angel ging hinunter, um den Wagen herauszufahren.

Clémentine trug Noël und Joël, Citroën vertraute sie dem Kindermädchen an. Von Zeit zu Zeit sah er seine Mutter an, und sein feiner Mund kräuselte sich schaudernd. Er weinte nicht. Citroën weinte nie. Clémentine warf ihm bisweilen einen ironischen Blick zu und tat so, als wolle sie Noël und Joël liebkosen.

Der Wagen hielt vor dem Treppenaufgang, und alle stiegen ein. Jacquemort als letzter. Er trug die Tüten mit den Bonbons, den Geldstücken und den Schmalzgrieben, die man nach der Zeremonie an die Kinder und Tiere des Dorfes verteilen würde.

Der Himmel war wie gewöhnlich von einem unerschütterlichen Blau, und der Garten erstrahlte in seinem Purpur und Gold.

Der Wagen fuhr los. Angel chauffierte vorsichtig wegen der Kinder.

Jedesmal wenn sich das Kindermädchen bewegte, hörte man das laute Geraschel von Taft. Es war ein sehr schönes Gewand. Jacquemort jedoch zog das andere aus Pikee vor, weil es ihre Formen besser zur Geltung brachte. In diesem hier sah sie wie ein waschechter Bauerntrampel aus.

## XIX

2. September

Der Schatten verdichtete sich um Jacquemort. An seinem Schreibtisch sitzend, meditierte er. Eine gewisse Schlaffheit hinderte ihn daran, das Licht anzuschalten. Es war ein anstrengender Tag gewesen, der letzte einer anstrengenden Woche, und nun suchte er seinen Seelenfrieden wiederzufinden. Während all dieser Tage aufgeregten Fieberns hatte er kaum den Drang zum Psychoanalysieren verspürt; nun jedoch, da er allein und entspannt in seinem Zimmer saß, fühlte er deutlich und beängstigend, wie die Leere und die Abwesenheit jeglicher Leidenschaft, zuzeiten von einem Unmaß an Bildern überwuchert, sich wieder bemerkbar machten. Ungewiß und wunschlos wartete er, daß das Dienstmädchen an seine Türe klopfte.

Es war heiß in seinem gebeizten Zimmer, und deshalb roch es gut nach Holz; das nahe Meer kühlte den brennheißen Atem der Luft und machte ihn wohltuend und erquickend. Draußen hörte man vereinzelte Vogelschreie und das gläserne Flügelsirren der Insekten.

Da scharrte es an der Tür. Jacquemort erhob sich, um zu öffnen. Das Bauernmädchen trat ein und blieb gelähmt vor Schüchternheit wie angewurzelt stehn. Jacquemort lächelte; er betätigte den Lichtschalter und schloß sorgfältig die Tür.

»Nun?« sagte er. »Haben wir etwa Angst?«

Sogleich warf er sich seine eigene Vulgarität vor, verzieh sie sich aber wenige Augenblicke später wieder bei der Überlegung, daß sie eine vulgäre Person bestimmt nicht schockieren konnte.

»Setz dich …«, schlug er vor. »Dort … aufs Bett.«

»Ich trau mich nicht …«, sagte sie.

»Nun komm schon«, sagte Jacquemort, »bei mir

brauchst du dich nicht zu fürchten. Streck dich aus und entspann dich!«

»Soll ich mich ausziehen?« fragte sie.

»Tu, wie du meinst«, sagte Jacquemort. »Zieh dich aus, wenn dich das reizt, und wenn nicht, dann eben nicht. Mach's dir ganz bequem … Das ist alles, worum ich dich bitte.«

»Werden Sie sich auch ausziehen?« fragte sie etwas forsch.

»Also hör mal«, ereiferte sich Jacquemort, »bist du zum Psychoanalysieren oder zum Kopulieren hierher gekommen?«

Sie senkte verschämt den Kopf, und Jacquemort fühlte sich leicht erregt durch so viel Ignoranz.

»Ich verstehe Ihre schwierigen Wörter nicht«, sagte sie. »Ich will gern tun, was Sie mir sagen.«

»Aber wenn ich dir doch sage, du sollst das tun, was du willst«, beharrte Jacquemort.

»Ich mag es aber, daß man mir sagt, was ich zu tun habe … schließlich bin ich es ja nicht, die hier zu befehlen hat.«

»Also leg dich hin, wie du bist«, sagte Jacquemort.

Er setzte sich wieder an seinen Schreibtisch. Sie sah ihn von unten herauf an und streifte, plötzlich entschlossen, mit einer gekonnten Bewegung den Kittel ab. Es war eines ihrer Alltagskleider, das sie sich nach der Taufe wieder angezogen hatte, ein geblümter reizloser Kattunkittel.

Jacquemort musterte sie genau; etwas schwerfällig, aber ansonsten gut gebaut, runde, dralle Brüste, der Bauch noch nicht durch die Arbeit verunstaltet. Sie legte sich auf das Bett, und er stellte sich vor, wie er nach ihrem Weggang von der Ausdünstung dieser Frau beim Zubettgehen irritiert sein würde.

Ihr Gang war etwas linkisch, aber das war zweifellos ein Rest von Scham.

»Wie alt bist du?« fragte Jacquemort.
»Zwanzig«, sagte sie.
»Woher stammst du?«
»Aus dem Dorf.«
»Wie bist du aufgezogen worden? Welches ist dein frühestes Erlebnis, an das du dich zurückerinnern kannst?«

Er sprach leichthin im Plauderton, um ihr Vertrauen zu gewinnen.

»Erinnerst du dich an deine Großeltern?«

Sie überlegte eine Minute lang.

»Weshalb haben Sie mich eigentlich kommen lassen?« fragte sie. »Um mich alle diese Dinge zu fragen?«

»Auch deshalb«, sagte Jacquemort vorsichtig.

»Das sind Dinge, die Sie nichts angehen«, sagte sie.

Sie erhob sich und setzte sich mit den Beinen über die Bettkante auf.

»Besteigen Sie mich nun oder nicht?« fragte sie. »Deswegen bin ich gekommen. Das wissen Sie genau. Ich kann vielleicht nicht gut reden, aber so dumm bin ich nun auch wieder nicht, daß Sie sich über mich lustig machen dürfen.«

»Oh, hör bloß auf!« sagte Jacquemort. »Du hast einen viel zu schlechten Charakter. Morgen kommst du bestimmt wieder.«

Sie stand dennoch auf. Sie ging an dem Psychiater vorüber, und das Profil ihrer Brust machte ihn weich.

»Nun komm schon«, sagte er, »bleib doch im Bett. Ich komm ja schon.«

Leicht keuchend kehrte sie eilig an ihren Platz zurück. Als sich Jacquemort ihr näherte, wandte sie sich ab und kehrte ihm die Hinterseite zu. Er nahm sie in dieser Stellung, wie am Morgen hinter der Hecke.

## XX

Angel ruhte ausgestreckt neben Clémentine. In dem Dreierbett lagen die drei Kinder in einem traumlosen und von kleinen unruhigen Schnarchern durchsetzten Schlummer. Sie schlief nicht. Er wußte das. Seit einer Stunde schon lagen sie nebeneinander in der Dunkelheit.

Auf der Suche nach einer kühlen Stelle wechselte er seinen Platz. Dabei geriet sein Bein an das von Clémentine. Sie schrak auf und schaltete ebenso plötzlich das Licht ein. Angel stützte sich noch etwas schlaftrunken mit den Ellbogen auf dem Kopfkissen auf, um sie anzusehen.

»Was gibt es?« fragte er. »Ist dir nicht gut?«

Clémentine setzte sich auf und schüttelte den Kopf.

»Ich kann nicht mehr«, sagte sie.

»Was kannst du nicht mehr?«

»Ich kann dich nicht mehr ertragen. Ich kann nicht mehr neben dir schlafen. Niemals werde ich je wieder schlafen können, wenn ich mir dabei vorstelle, daß du mich jeden Augenblick berühren könntest. Dich mir näherst. Wenn ich nur spüre, wie die Haare deiner Beine die meinen streifen, werde ich wahnsinnig. Ich könnte schreien.«

Ihre Stimme war gespannt und bebte vor lauter zurückgehaltenen Schreien.

»Geh anderswohin schlafen«, sagte sie. »Hab Mitleid mit mir. Laß mich.«

»Liebst du mich nicht mehr?« fragte Angel dumm.

Sie sah ihn an.

»Ich kann dich überhaupt nicht mehr anfassen«, sagte sie, »und selbst wenn, dann könnte ich mir nicht vorstellen, daß du mich berührst, sei es auch nur für einen Augenblick. Es ist schrecklich.«

»Bist du wahnsinnig?« meinte Angel.

»Ich bin nicht wahnsinnig. Jeder körperliche Kontakt mit dir verursacht mir Grauen. Ich mag dich sonst gern … das heißt, ich möchte, daß du glücklich ist … aber nicht so … das kostet mich zuviel. Nicht um diesen Preis.«

»Aber«, sagte Angel, »ich wollte dir doch nichts tun. Ich habe mich anders hingelegt und dich dabei gestreift. Krieg jetzt bloß keine Zustände.«

»Ich kriege gar keine Zustände«, erwiderte sie. »Das ist ab jetzt mein Normalzustand. Schlaf in deinem Zimmer! … Ich flehe dich an, Angel, hab Mitleid mit mir.«

»Dir geht's wirklich nicht gut«, murmelte er und schüttelte den Kopf.

Er fuhr ihr mit der Hand über die Schulter. Sie zitterte, ließ es aber geschehen. Er küßte sie sanft auf die Schläfe und erhob sich.

»Ich geh jetzt zu mir rüber, mein Liebes«, sagte er, »beruhige dich …«

»Hör zu«, sagte sie noch, »ich … ich möchte nicht … ich weiß nicht, wie ich dir das sagen soll … ich möchte nicht mehr … ich glaube nicht, daß ich jemals wieder von vorne … versuche, eine andere Frau zu finden. Ich bin nicht eifersüchtig.«

»Du liebst mich nicht mehr …«, sagte Angel traurig.

»So nicht mehr«, sagte sie.

Er ging hinaus. Sie blieb auf ihrem Platz sitzen und sah neben sich auf die Delle, die Angel am unteren Rand seines Kopfkissens hinterlassen hatte. Er schlief immer mit dem Kopf ganz unten am Kissen.

Eines der Kinder bewegte sich unruhig im Schlaf. Aufmerksam lauschte sie. Das Kleine schlief wieder ein. Sie hob ihre Hand, um das Licht zu löschen. Nun hatte sie das ganze Bett für sich allein, und niemals mehr würde ein Mann sie berühren.

## XXI

In seinem Zimmer hatte Jacquemort eben seinerseits das Licht gelöscht. Fernab verebbte das leise Matratzengequietsche des Kindermädchens, das sich soeben rundum befriedigt schlafen legte. Einige Augenblicke lang blieb er bewegungslos auf dem Rücken liegen. Die Ereignisse der letzten Tage vollführten einen schwindelerregenden Tanz in ihm, und sein Herz schlug zum Zerspringen. Nach und nach entspannte er sich und glitt ins Unbewußte, wobei er seine müden Augenlider über den ob des ungewohnten Bildeinsturms von rauhen Striemen durchfurchten Netzhäuten schloß.

## *ZWEITER TEIL*

# I

Dienstag, 7. Mai

Weit jenseits des Gartens, ein gutes Stück Wegs hinter dem zerklüfteten Kap, dem das Meer Tag und Nacht wie ein Rauschebart anhing, gab es einen hohen Felsbrocken von unregelmäßiger Pilzform, der sich fest und abweisend, vom Winde zugefeilt und nur von wilden Ziegen und Farnkraut bestanden, in die Höhe reckte. Vom Hause aus war er nicht zu sehen. Man nannte ihn *Hömme de Terre* als Gegenstück zu seinem Bruder, dem *Hömme de Mer*, der etwas weiter links genau gegenüber aus dem Wasser ragte. Der *Hömme de Terre* war leicht von drei Seiten zugänglich; wohingegen die Nordseite dem etwaigen Besteiger ein System von Fallen und schlechthin unüberwindbaren Hindernissen bot, von denen man sagte, sie seien von einem boshaften Corbusier ausgeheckt worden, was die Besteigung von dieser Seite aus zur Glückssache machte.

Bisweilen kamen die Zöllner dorthin, um sich daran zu üben, und waren dann den ganzen Tag über bemüht, eingezwängt in ihre grünweiß gestreiften Baumwollsporthemden, ihrem Nachwuchs die Grundbegriffe des Bergsteigens einzupauken, ohne die der Schmuggel zu einer wahren Landplage werden würde.

An jenem Tag jedoch stand der *Hömme* verlassen da. Ganz allein für Clémentine, die, am Felsen klebend, sich langsam höherarbeitete, ihre Griffe sorgfältig sichernd.

An den vorangegangenen Tagen war es ein Kinderspiel gewesen, den Gipfel über die Ost-, West- und Südflanke zu erreichen. Heute aber würde sie ihr Bestes geben müssen. Nicht einen einzigen Griff, nichts unter den Händen als die Flanke des *Hömme*, den glatten und kompakten Granit.

Sie befand sich bäuchlings an einer praktisch senkrecht abfallenden Steilwand. Drei Meter oberhalb von ihr würde ihr ein Vorsprung Halt gewähren. Dort erst würde die wahre Anstrengung beginnen: denn der ganze obere Teil des *Hömme* war überhängend. Vorderhand jedoch galt es, die drei Meter zu schaffen.

Die Spitzen ihrer geflochtenen Sommerschuhe, die sie in einen quer über die Steilwand sich hinziehenden Spalt gezwängt hatte, hielten sie über dem Abgrund. In dem Spalt angesammelte Erde gab dort kleinen Pflanzen Nahrung. Das ergab einen grünen Streifen auf dem grauen Granit und sah aus wie das Ehrenabzeichen um die Verdienste der Landwirtschaft auf dem Rockaufschlag eines Dorfschullehrers.

Clémentine atmete langsam und tief durch. Höherkommen, wie eine Fliege an der Wand entlang. Drei Meter. Nur noch drei Meter. Weniger als zweimal ihre Körpergröße.

Aus der Nähe betrachtet, gab es da tatsächlich einige Unebenheiten. Es ging nur darum, aus möglichst geringer Entfernung hinzusehen, um sie zu entdecken; jedoch auch wieder nicht aus zu geringer Entfernung, um sich nicht unweigerlich bewußt zu werden, daß das mitnichten hinreichen würde, einen vor dem Absturz zu bewahren.

Sie hakte ihre Hände an zweien dieser unsicheren Vorsprünge ein und beeilte sich.

Durch den trockenen Stoff der Hose, die sie trug, streichelte ihr der Fels die Knie. Ihre Füße hoben sich dreißig Zentimeter über den grünen Streifen.

Sie atmete, schaute und begann von vorne. Zehn Minuten später gelang es ihr, wieder auf dem Felsband Halt zu gewinnen, das die Vorstufe zur letzten Etappe bildete. Ihre Stirn war feucht, und die feinen Schläfenhaare schweißverklebt. Sie roch den vegetabilischen Schweißdunst, der von ihr selbst aufstieg.

Sie konnte sich nicht rühren, weil ihr der Raum eng bemessen war. Bei Drehung des Kopfes sah sie unter einem ungewohnten Blickwinkel den *Hömme de Mer* in seinem Schaumgürtel dastehen. Die Sonne stand mittlerweile schon beinah im Zenit und ließ Wolken von Flitter um die zerklüfteten Klippen der Küste aufstieben.

Der *Hömme de Terre* über ihr lief wie eine Rinne, etwa nach Art eines aufrecht stehenden, zu drei Vierteln geschlossenen Buches zusammen und war überdies nach dem Abgrund zu leicht überhängend. Ein spitz zusammenlaufender Winkel, in den es vorzudringen galt.

Clémentine warf ihren Kopf zurück, sah in den Winkel und schnurrte leise vor Lust. Sie war ganz feucht zwischen den Beinen.

## II

Die drei kleinen Racker galoppierten auf allen vieren in dem Zimmer umher, in das man sie vor ihrer Drei-Uhr-Stillung eingeschlossen hatte. Langsam verloren sie schon die Gewohnheit, von vierundzwanzig Stunden vierundzwanzig zu schlafen, und fanden Vergnügen daran, ihre Hinterglieder etwas zu schonen. Noël und Joël quietschten. Der würdevollere Citroën drehte langsam seine Runden um ein niedriges Tischchen herum.

Jacquemort sah ihnen zu. Er gesellte sich jetzt, da sie lebenden Wesen ähnlicher sahen als Larven, des öfteren zu ihnen. Dank dem Klima und der Pflege waren sie erstaunlich fortgeschritten für ihr Alter. Die beiden ersten hatten glattes, fahlblondes Haar. Der dritte, braunhaarig und gekräuselt wie am Tag seiner Geburt, schien ein Jahr älter als seine beiden Brüder.

Sie sabberten natürlich. Jeder ihrer Haltepunkte auf dem Teppich war durch einen kleinen nassen Fleck gekennzeichnet, der einen Augenblick lang mit dem Mund seines Urhebers durch einen langen, kurzlebigen, dünnen, elastischen, zerreißbaren, kristallinen Faden verbunden blieb.

Jacquemort überwachte Citroën. Jener kroch jetzt, die Nase am Boden, mit letzter Kraft herum. Dann verlangsamten sich seine Bewegungen, und er setzte sich auf. Er richtete den Blick zum Tischchen hinauf.

»Was denkst du gerade?« fragte Jacquemort.

»Bäoh! …« sagte Citroën.

Er streckte seine Hand nach dem Gegenstand aus. Zu weit weg. Er rutschte näher, ohne seine einmal eingenommene Körperhaltung aufzugeben, und zog sich, indem er entschlossen den Tischrand zwischen die Finger nahm, in den Stand.

»Gewonnen«, sagte Jacquemort. »Genauso wird's gemacht.«

»Oh! bäöh!« antwortete Citroën, der losließ, mit einem Schlag wieder auf den Hintern fiel und sehr erstaunt dreinschaute.

»Siehst du«, sagte Jacquemort, »du hättest nicht loslassen dürfen. Es ist ganz einfach. In sieben Jahren wirst du die erste heilige Kommunion erhalten, in zwanzig Jahren wirst du mit deinem Studium fertig sein, und fünf Jahre später wirst du heiraten.«

Citroën hob mit wenig überzeugter Miene den Kopf und richtete sich in Sekundenschnelle wieder auf.

»Gut«, schloß Jacquemort. »Ja, da wird man wohl dem Schuster oder dem Hufschmied Bescheid sagen müssen. Hierorts werden die Kinder sehr hart erzogen, weißt du. Nun ja, die Pferde werden schließlich auch beschlagen, und es geht ihnen deshalb nicht schlechter. Es wird so sein, wie deine Mutter es will.«

Er streckte sich. Was für ein Leben. Und kein Mensch da zum Psychoanalysieren. Das Dienstmädchen zeigte sich nach wie vor unzugänglich. Nicht der geringste Fortschritt.

»Diesmal werde ich euch mitnehmen, meine Süßen«, sagte er. »Es ist ja schon Wochen her, daß ich keinen Fuß mehr ins Dorf gesetzt habe.«

Citroën ging nun schon rund um das Tischchen, aber im aufrechten Gang.

»Sag mal«, bemerkte Jacquemort, »du lernst aber schnell. Möglicherweise bist du meinem Programm schon voraus. Auch gut, dann hab ich bald jemand, mit dem ich spazierengehen kann.«

Joël und Noël zeigten Zeichen von Unruhe, und Jacquemort sah auf die Uhr.

»Ja, ja, es ist Zeit. Sogar schon etwas drüber. Aber was willst du, eine Verspätung, das passiert schließlich jedem einmal.«

Joël fing zu weinen an. Noël gab das Echo dazu ab. Ihr Bruder betrachtete sie unbewegt aus kalten Augen.

Es war fast halb vier, als Clémentine schließlich kam. Sie fand Jacquemort auf derselben Stelle sitzend vor. Er war völlig gelassen und schien die Gebrüllsalven, welche die Zwillinge von sich gaben, nicht zu hören. Citroën auf seinen Knien war nicht minder gelassen und zog im Spiel an Jacquemorts Bart.

»Endlich!« sagte Jacquemort.

Clémentines linkes Hosenbein war völlig zerrissen. Auf dem Backenknochen hatte sie einen großen blutunterlaufenen Fleck.

»Sie haben's ja ganz lustig gehabt, wie ich sehe«, sagte er.

»Es geht«, antwortete sie kühl. »Und Sie?«

Ihr gefaßter Ton stand in krassem Gegensatz zur körperlichen Erregtheit, die ihr noch sichtlich in den Gliedern stak.

»Was für ein Krach!« stellte sie objektiv eine Minute später fest.

»Nun ja«, sagte Jacquemort, »sie haben eben Durst. Sie brauchen Sie, verstehen Sie, genauso wie Sie Ihre Felsen brauchen.«

»Ich habe nicht schneller kommen können«, sagte sie. »Den Vernünftigsten nehme ich zuerst dran.«

Sie nahm Citroën von Jacquemorts Knien weg und setzte sich im zweiten Lehnsessel zurecht. Jacquemort wandte sich diskret ab; er genierte sich, beim Stillen zuzusehen, wegen der bläulichen Venen, die auf der sehr weißen Haut ein richtiges Netz bildeten. Außerdem schien ihm, daß das Stillen den Busen seinem wahren Zweck entfremde.

»Sie wissen, daß er schon gehen kann ...«, fuhr der Psychiater fort.

Sie fuhr hoch und zog mit dieser Bewegung die Brustwarze dem Säugling aus dem Mund ... Schweigend wartete das Kind.

»Er kann gehen?«

Sie setzte ihn auf den Boden.

»Geh! ...«

Citroën klammerte sich an der Hose fest und richtete sich auf. Sie nahm ihn leicht aus der Fassung geraten wieder hoch.

Joël und Noël näherten sich, noch immer heulend, auf allen vieren.

»Und die da?« fragte sie.

»Die nicht«, sagte der Psychiater.

»Gut«, befand sie.

»Es sieht fast so aus, als ginge es ihnen auf die Nerven, daß er gehen kann?« mutmaßte Jacquemort.

»Ach!« murmelte Clémentine, »weit werden sie ja noch nicht kommen, die armen kleinen Würstchen.«

Citroën war fertig. Sie erwischte Joël und Noël an ihren Jäckchen und zog sie heran.

»Also wie steht's«, fragte er, »mögen Sie sie immer noch?«

»Die sehen ja wirklich brav aus«, antwortete Clémentine. »Und dann brauchen sie mich ja auch. Gehen Sie aus?«

»Ich brauche etwas Entspannung«, bemerkte Jacquemort.

»Sie kommen doch sicher beim Hufschmied vorbei«, sagte Clémentine. »Es ist wegen Citroën.«

»Warum ist Ihnen so sehr daran gelegen, daß sie so erzogen werden wie die Bauernkinder?«

»Warum nicht?« sagte Clémentine trocken. »Stört es Sie?«

»Es stört mich«, antwortete Jacquemort.

»Snob!« sagte Clémentine. »Meine Kinder werden einfach erzogen werden.«

Er verließ den Raum. Citroën sah ihm nach, und sein Gesicht war mürrisch wie das einer steinernen Heiligenstatue nach einem Bombenangriff.

## III

Das Dienstmädchen erschien.

»Sie haben nach mir verlangt?« sagte sie.

»Nimm diese drei, leg sie trocken und bring sie zu Bett«, sagte Clémentine.

Sie sah jene aufmerksam an und bemerkte:

»Du schaust aber mitgenommen drein!«

»So …«, sagte die andere, »finden Sie, Madame?«

»Schläfst du immer noch mit Jacquemort?« fragte Clémentine.

»Ja«, sagte das Dienstmädchen.

»Was treibt er denn so mit dir?«

»Och«, sagte das Dienstmädchen, »er besteigt mich.«

»Und fragt er dich aus?«

»Ich komme kaum dazu, was zu spüren«, sagte das Mädchen, »da ist er schon wieder mit Fragen bei der Hand.«

»Gib ihm nie eine Antwort«, sagte Clémentine, »und schlaf nicht mehr mit ihm.«

»Das wird mir schwerfallen«, sagte das Dienstmädchen.

»Du widerst mich an. Wenn er dir ein Kind macht, stehst du schön da.«

»Noch ist es nicht passiert.«

»Das kommt noch«, murmelte Clémentine schaudernd. »Kurz und gut, du würdest besser daran tun, nicht mehr mit ihm zu schlafen. Außerdem ist das sowieso alles ekelhaft.«

»Nun, ich sehe«, sprach das Mädchen, »dabei nichts dergleichen.«

»Ach, scher dich zum Teufel«, sagte Clémentine.

Culblanc nahm die drei Kinder und ging hinaus.

Clémentine zog sich in ihr Zimmer zurück. Sie kleidete sich aus, rieb sich mit Eau de Cologne ab, reinigte sich die Quetschung im Gesicht und streckte sich rücklings auf dem Boden aus, um ihre Gymnastik zu machen.

Sie turnte und verfügte sich direkt vom Boden ins Bett. Diesmal würde sie pünktlich zum Stillen da sein. Es ist nicht gut für Babys, wenn sie so lang warten müssen. Babys haben ihre Nahrung zu kriegen, wann immer es sein mag, alles andere ist Nebensache.

Angel, mit allen Anzeichen vollkommenster Trostlosigkeit auf seinem Lager hingestreckt, hob den Blick, als er es dreimal an der Türe klopfen hörte.

»Ja!?« sagte er.

Jacquemort trat ein und ließ die Bemerkung fallen:

»Natürlich, untätig wie immer …«

»Wie immer«, antwortete Angel.

»Geht's einigermaßen?« fragte der Psychiater.

»Es geht«, sagte Angel, »ich habe Fieber.«

»Mal sehen.«

Er ging zu ihm und fühlte seinen Puls.

»Tatsächlich«, stimmte er bei.

Er setzte sich aufs Bett.

»Rücken Sie mit Ihren Füßen etwas hinüber.«

Angel rückte auf die andere Seite; Jacquemort setzte sich und begann seinen Bart zu kraulen.

»Was haben Sie denn so gemacht die ganze Zeit?« fragte er.

»Das wissen Sie ganz genau«, sagte Angel.

»Ein Mädchen gesucht?«

»Ein Mädchen gefunden.«

»Und mit ihr geschlafen?«

»Ging nicht …«, sagte Angel. »Sowie wir beide im Bett gelandet sind, krieg ich wieder dieses Fieber …«

»Und Clémentine will nichts mehr?« sagte Jacquemort.

»Nichts mehr«, sagte Angel. »Und die anderen hängen mir das Fieber an.«

»Sie haben ein schlechtes Gewissen«, bemerkte Jacquemort.

Angel belächelte diese Bosheit.

»Das hat Ihnen wohl gar nicht gefallen, letzthin, als ich Ihnen das gesagt habe?« sagte er.

»Nun ja«, sagte Jacquemort, »so was hört man nicht gern … besonders dann nicht, wenn man überhaupt kein Gewissen hat.«

Angel antwortete nicht. Es ging ihm sichtlich nicht allzu gut. Er hatte sich seinen Hemdkragen aufgeknöpft und sog gierig die Mailuft ein.

»Ich war eben bei Ihrer Frau«, sagte Jacquemort, der ihn ein wenig von sich selbst ablenken wollte. »Die Kleinen wachsen ja ungeheuerlich. Citroën kann schon aufrecht gehen.«

»Das arme Wurm«, sagte Angel. »In seinem Alter wird er krumme Beine kriegen.«

»Aber nein«, sagte Jacquemort, »wenn er aufrecht gehen kann, so heißt das, daß ihn seine Beine sehr wohl tragen können.«

»Lassen wir der Natur nur ihren Lauf …«, murmelte Angel.

»Ihre Frau will mich zum Hufschmied schicken«, sagte Jacquemort. »Macht es Ihnen denn gar nichts aus, daß sie die Kleinen so brutal erzieht?«

»Ich darf nichts sagen«, sagte Angel. »Sie hat gelitten und nicht ich. Das gibt ihr gewisse Vorrechte.«

»Ich wehre mich nur dagegen«, sagte Jacquemort, »daß etwas so Nutzloses wie das Leid irgendwem irgendwelche Rechte über wen auch immer geben soll.«

»Behandelt sie sie wirklich schlecht?« fragte Angel, ohne auf das soeben Geäußerte einzugehen.

»Nein«, sagte Jacquemort, »mit sich selber geht sie

wesentlich härter um. Aber das ist trotzdem kein Entschuldigungsgrund. All das ist einfach verlogen und doppelzüngig.«

»Ich glaube, sie liebt sie aber doch«, sagte Angel.

»Äh … ja …«, antwortete Jacquemort.

Angel schwieg. Es ging ihm nicht gut, man sah es.

»Sie müßten sich eine Ablenkung suchen«, sagte Jacquemort. »Bootfahren zum Beispiel.«

»Ich hab aber kein Boot …«, gab Angel zurück.

»Dann bauen Sie sich ein Boot.«

»Das ist eine Idee«, brummte der andere.

Jacquemort sagte nichts und stand auf.

»Ich geh jetzt zum Hufschmied«, sagte er. »Weil sie darauf besteht.«

»Gehen Sie doch morgen hin«, schlug Angel vor, »und schenken Sie dem armen kleinen Kerl noch einen Tag.«

Jacquemort schüttelte den Kopf.

»Ich weiß nicht«, sagte er, »wenn Sie dagegen sind, dann sagen Sie doch etwas!«

»Ich befinde mich im Zustand der Unterlegenheit«, sagte Angel, »und außerdem glaube ich, daß sie recht hat; sie ist ja schließlich die Mutter.«

Jacquemort zuckte die Achseln und ging dann hinaus. Die breite plattenbedeckte Treppe erbebte unter seinem eiligen Schritt. Er durchquerte die Halle und trat ins Freie. Der Frühling überlud die Erde mit tausend Wunderherrlichkeiten, die bald hier, bald da buntflammend aufbarsten wie üppig preziöse Risse im Billardtischgrün des Rasens.

## IV

8. Mai

Da der darauffolgende Tag ein Mittwoch war, vermied es Jacquemort, seinen Weg ins Dorf über die Hauptstraße und den Platz zu nehmen, auf dem der Alteleutemarkt abgehalten wurde. Vor der Menschenansammlung bog er schräg in einen Pfad ein, der an der Rückseite der Häuser entlangführte, wo wilde, grüne, brennende und flachsfasrige Pflanzen wuchsen, von den Bauern »böse Nesseln« genannt.

Katzen lagen ausgestreckt auf Mauerrändern und Fensterbänken und ließen sich faul die Sonne auf den Pelz scheinen. Alles lag still und ausgestorben da. Trotz der Langeweile, die ihn ständig quälte, entspannte sich der Psychiater etwas und fühlte, daß er – zumindest was die zellulären Vorgänge betraf – noch einwandfrei funktionierte.

Er wußte, daß rechts jenseits der Häuserreihe der rote Bach randvoll dahinglitt, und er wußte auch, daß noch etwas weiter weg der Bach eine Biegung nach links nehmen würde. So war er auch nicht besonders verwundert, daß der schmale Weg es ihm unter demselben Winkel nachtat, und schlagartig sah er sich in seiner Schlußfolgerung bestätigt, daß der dazwischen liegende Häuserblock eine ziemlich gleichbleibende Tiefe aufweisen müsse.

Eine Gruppe von Leuten schien in einer Entfernung von ein paar Dutzend Metern in einem verwickelten Vorhaben begriffen zu sein. Als er sich schnell dem Ort der Handlung näherte, traf sein empfindliches Trommelfell ein Schrei. Ein Schmerzensschrei, der dem Erstaunen entstammte, dessen Endergebnis nahe an die Wut heranreicht, jedoch mit einem gewissen passiven Unterton, der ihm keineswegs entging.

Er beschleunigte seinen Schritt und damit den Puls. Vor einem hohen Tor aus verwittertem Eichenholz kreuzigten einige Bauern ein Pferd. Jacquemort ging näher heran. Sechs Männer hielten das Tier gegen die Holzplanken. Ein siebter und ein achter waren damit beschäftigt, den linken Vorderfuß anzunageln. Der Nagel hatte sich bereits durch die Fessel gebohrt, ein enormer Zimmermannsstift mit glänzendem Kopf, und ein dünner Faden Blutes rann über das braune Fell des Tieres. Dies war die Erklärung für den Schmerzensschrei, den Jacquemort vernommen hatte.

Die Bauern fuhren in ihrem Tun fort, ohne sich um den Psychiater zu kümmern, gleich als ob dieser sich weit weg, zum Beispiel auf den Antillen, befunden hätte. Einzig das Pferd sah ihn aus seinen großen braunen, tränenüberströmten Augen an und entblößte seine langen Zähne, um ein erbärmliches Entschuldigungslächeln anzudeuten.

»Was hat es denn getan?« fragte der Psychiater leise.

Einer der fünf oder sechs Männer, die zuschauten, antwortete ihm ungerührt:

»Es ist ein Zuchthengst. Er hat Unzucht getrieben.«

»Aber das ist doch nicht schlimm«, sagte Jacquemort.

Ohne eine Antwort zu geben, spuckte sein Gesprächspartner auf die Erde. Nun war man gerade dabei, das rechte Bein des Hengstes anzunageln, und Jacquemort erschauderte, als er sah, wie die Nagelspitze, durch einen Schlag mit dem Hammer eingetrieben, das von der Angst matt gewordene Fell durchbohrte. Wie zuvor entfuhr dem Pferd ein kurzer, fürchterlicher Schrei. Seine Schultern krachten unter der unnatürlichen Spannung, der die Henker sie in ihrem Bemühen ausgesetzt hatten, den Körperteil an der schweren Türe zu befestigen. Das Tier hatte die Ellbogengelenke etwas einwärts gebogen. Die Hufe bildeten einen spitzen Winkel und rahmten den ausdrucksvollen Kopf ein. Schon kamen, angelockt durch das Blut, die ersten Fliegen und blieben im blutnassen Umfeld der Nägel mit den Beinen kleben.

Die Männer, welche den Hinterleib des Tieres festgehalten hatten, ließen jetzt los und befestigten die Innenseiten der Hufe auf dem viereckigen Querbalken, der das Tor unten verriegelt hielt. Jacquemort, ganz schreckerstarrt, ließ sich keine Einzelheit der grausigen Verrichtung entgehen. Er fühlte, wie sich in seiner Kehle eine Rasierklinge bildete, und schluckte sie mit Müh und Not herunter. Der Unterleib des Hengstes zitterte, sein mächtiges Geschlechtsorgan schien zu schrumpfen und sich in sein Hautfutteral zurückziehen zu wollen.

Von der anderen Seite des Weges drang Stimmengemurmel herüber. Zwei Männer, deren Ankunft Jacquemort nicht bemerkt hatte, kamen heran, ein erwachsener und ein junger. Der ältere behielt beim Gehen die Hände in den Hosentaschen. Er war von riesiger Gestalt und zottig behaart, seine Arme schauten aus einem Jerseyhemd hervor, und eine brandfleckige Lederschürze schlug ihm um die Beine. Der junge, ein armselig und kränklich aussehender Lehrling, schleppte einen schweren eisernen Kessel voll glühender Kohlen, aus denen der Griff eines Schürhakens herausragte, den man hineingelegt hatte, um ihn glühend zu machen.

»Ach, da kommt er ja, der Schmied ...«, sagte jemand.

»Ich muß schon sagen«, konnte Jacquemort sich nicht zurückhalten, halblaut zu bemerken, »ihr geht wirklich streng mit dem Tier um.«

»Das ist kein Tier«, sagte der Bauer, »das ist ein Hengst.«

»Er hat nichts Schlimmes getan.«

»Er war frei«, sagte der Mann. »Er hätte nur nicht zu sündigen brauchen.«

»Aber das ist doch seine Pflicht«, sagte Jacquemort.

Der Lehrling stellte den Kessel auf dem Boden ab und fachte mit einem Blasebalg das Feuer an. Sein Meister stocherte einen Augenblick lang mit dem Schürhaken in den Kohlen herum; befand dessen Zustand für zweckdienlich, worauf er ihn herausnahm und sich dem Hengst zuwandte.

Jacquemort wandte sich ab und ergriff die Flucht. Die beiden Fäuste an den Ohren, rannte er linkisch, wegen der an den Hals gepreßten Unterarme, davon, selbst lauthals schreiend, um nicht das verzweifelte Wehgeheul des Pferdes hören zu müssen. Er blieb erst stehen, als er den kleinen Platz erreicht hatte, der sich ganz in der Nähe der Kirche befand. Seine Arme fielen wieder an seinem Körper herab. Der rote Bach, den er soeben auf einer leichten Holzbrücke überquert hatte, glitt faltenlos, ja beinah unbewegt und rein dahin. In einiger Entfernung schwamm keuchend La Gloïre, um in sein Boot einen Fetzen bleichen Fleisches zu bergen, das sich zwischen seinen Zähnen schon zu zerfasern begann.

# V

Zögernd schaute Jacquemort um sich. Niemand hatte seine überstürzte Flucht bemerkt. Die Kirche lag da wie ein Ei, mit ihrem blauen Fenster, das wie das Loch zum Ausschlürfen aussah. Drinnen war Singstimmengewirr zu hören. Jacquemort ging um das Gebäude herum und stieg ohne Eile die Stufen hoch. Er trat ein.

Der Pfarrer stand vor dem Altar und schlug den Takt. Etwa zwanzig Kinder grölten im Chor einen Erstkommunionsgesang, dessen spitzfindig-hinterfotziger Text des Psychiaters Hellhörigkeit aufs lebhafteste entfachte, so daß er – um nur alles recht mitzukriegen – näher an den Altar herantrat.

*Der Weißdorn ist ein Blütenbaum,*  
*Das Öl ist einfach ölig,*  
*Gut sch… ist ein Wonnetraum,*  
*Jesus allein macht selig.*  
*Das Gras ist für das liebe Vieh,*  
*Das Fleisch ist für den Herrn Papa,*  
*Das Haar bedeckt die Kopfpartie,*  
*Doch Jesus steht weit besser da:*  
*Denn Jesus ist der Fluxus,*  
*Geradezu der Pluxus,*  
*Auf jeden Fall ein Luxus.*

Doch da erkannte der Psychiater auch schon, daß der Urheber des Gesangs der Pfarrer selbst sein mußte, und achtete nicht mehr auf das Gedicht, erwägend, daß es ihm ein leichtes sei, davon eine Abschrift zu erbitten. Die Musik hatte etwas Ruhe in sein aufgestörtes Gemüt zurückgebracht. Da er den Pfarrer nicht in seinen Repetitorien stören wollte, setzte er sich geräuschlos hin. Es war kühl in der Kirche; die Kinderstimmen widerhallten in dem weitläufigen Gebäude und verfingen sich echohaft im verwinkelten Zierat der Seitenwände. Indem er seine Augen hin- und herschweifen ließ, bemerkte Jacquemort, daß man die Klapptürenkanzel wieder aufgestellt hatte und daß zwei starke Scharniere ihr jetzt zu kippen erlaubten, ohne dabei etwas zu beschädigen. Er wurde sich bewußt, daß er seit der Taufe der drei kleinen Racker nicht mehr an diesen Ort zurückgekehrt war, und dachte, wie die Zeit vergeht, und die Zeit verging in der Tat, denn schon lagen Schatten mildernd auf der kühlen Härte des blauen Altarfensters, und die Stimmen der Kinder wurden zunehmend leiser; ähnlich verhält es sich mit der Musik und der Dunkelheit, als deren Begleitempfindung sich immer etwas Schauernd-Feierliches einstellt, das einem die Seele heilend umhüllt.

Er ging angenehm beruhigt hinaus und dachte daran, daß er beim Hufschmied vorbeischauen mußte, um sich bei der Rückkehr einen Anpfiff von Clémentine zu ersparen.

Der Abend dämmerte. Jacquemort machte sich zum Dorfplatz auf, wobei er mit der Nase dem Geruch von verbranntem Huf folgte, der undeutlich in der Luft schwelte. Er schloß die Augen, um nicht irregeführt zu werden, und seine Nüstern lenkten ihn bis zur düsteren Werkstatt, wo der Schmiedelehrling mit kräftigen Blasebalgtritten das Feuer in der Esse in Gang hielt. Vor dem Tor wartete ein Pferd auf sein letztes Hufeisen. Man hatte es gerade einer Vollschur unterzogen, abgesehen vom unteren Teil der vier Gliedmaßen, und Jacquemort bewunderte seine schöne wohlgerundete Kruppe, seinen anmutig geschwungenen Rücken, seine mächtige Brust und seine hartbürstige Mähne, die aussah wie eine Buchsbaumhecke.

Der Hufschmied kam aus seiner rußgeschwärzten Höhle. Es war derselbe, den Jacquemort eine Stunde zuvor den Weg hatte heraufkommen sehen, um den Hengst zu foltern.

»Guten Tag«, sagte Jacquemort.

»Guten Tag«, antwortete der Schmied.

In der rechten Hand hielt er mit einer langen Zange ein Stück rotglühendes Eisen. Am unteren Ende seines Arms baumelte ein schwerer Hammer.

»Heb das Bein«, sagte er zum Pferd.

Letzteres gehorchte und wurde im Handumdrehen beschlagen. Eine lebhafte blaue Rauchschwade von verkohltem Horn stieg auf und verfinsterte die Luft. Jacquemort mußte husten. Das Pferd setzte seinen Fuß auf den Boden und probierte sein Hufeisen aus.

»Paßt es?« fragte der Schmied. »Ist es nicht zu klein?«

Das Pferd gab ein verneinendes Zeichen, legte seinen Kopf auf die Schulter des Schmiedes, der ihm die Nüstern streichelte. Sodann entfernte sich das Tier ruhigen Schrittes. Auf der Erde lag eine Menge kleiner Haarhäufchen, wie in einem Friseurladen.

»He du!« rief der Schmied seinen Lehrling. »Komm her und kehr das zusammen! ...«

»Jawohl«, sagte die Stimme des Lehrlings.

Der Hufschmied wollte gerade wieder hineingehen, da legte ihm Jacquemort die Hand auf den Arm.

»Sagen Sie ...«

»Was?« fragte der Hufschmied.

»Könnten Sie im Haus am Steilhang vorbeischauen? Eines der Kinder kann schon laufen.«

»Eilt es sehr?« fragte der Mann.

»Ja«, sagte Jacquemort.

»Kann es nicht herkommen?«

»Nein.«

»Mal sehen«, sagte der Schmied.

Er ging zurück in seine Schmiede und stieß dabei fast mit dem Lehrling zusammen, der sich mit einem alten

Besen bewaffnet daranmachte, die verstreuten Haare zu einem unappetitlich aussehenden Haufen zusammenzukehren. Jacquemort rückte nur bis auf die Schwelle vor. Es war sehr dunkel, und man war geblendet durch das Feuer, dessen orangeroter Fleck die umherliegenden Gegenstände flackernde Schlagschatten werfen ließ. Neben dem Feuerfleck gewahrte Jacquemort den Amboß, und daneben, auf einer eisernen Werkbank, sah er eine verschwommen menschenähnliche Gestalt liegen, der das durch die Tür hereinfallende Licht einen grauen, metallischen Schimmer verlieh.

Doch schon kam der Schmied, nachdem er sein Notizbuch zu Rate gezogen hatte, wieder zurück und auf ihn zu. Er runzelte die Stirn, als er sah, daß sich Jacquemort weiter genähert hatte.

»Bleiben Sie draußen«, sagte er, »das hier ist keine Mühle.«

»Ich bitte vielmals um Entschuldigung«, murmelte Jacquemort peinlich berührt.

»Morgen komme ich vorbei«, sagte der Schmied. »Morgen vormittag um zehn. Und daß mir auch alles bereit ist. Ich habe meine Zeit nicht gestohlen.«

»Selbstverständlich«, sagte Jacquemort. »Und vielen Dank.«

Der Mann ging in seine Schmiede zurück. Der Lehrling war mit dem Zusammenkehren der Haarbüschel fertig und warf sie nun ins Feuer. Jacquemort, bei dem Gestank beinah in Ohnmacht sinkend, entfernte sich eilig.

Auf dem Heimweg bemerkte er einen Laden mit Kurzwaren und Damenmoden. Hinter dem Schaufenster saß eine alte Dame, die deutlich in dem erhellten Raum zu sehen war. Sie war gerade dabei, letzte Hand an ein grünweißes, mit englischer Stickerei verziertes Kleid zu legen. Jacquemort blieb stehen, dachte nach und ging weiter. Kurz bevor er zu Hause angelangt war, erinnerte er sich, daß Clémentine einige Tage zuvor haargenau das gleiche getragen hatte; ein weißgrün gestreiftes Kleid mit einem Kragen und Manschetten aus englischer Stickerei. Je nun, Clémentine ließ ihre Kleider doch nicht im Dorf arbeiten! Oder vielleicht doch?

## VI

9. März

Jacquemort stand auf. Die ganze Nacht hatte er sich damit um die Ohren geschlagen, das Dienstmädchen zum Reden zu bringen, aber ohne Erfolg. Und wie gewöhnlich hatte alles damit geendet, daß man sich gepaart hatte, immer noch in der seltsam vierbeinerhaften Stellung, die einzige, die sie leiden mochte. Jacquemort war diese erschöpfende Stummheit leid geworden, und nur der Hand- und Sexualgeruch dieses Mädchens vermochte ihn damit zu versöhnen, daß sie sich auf präzise Fragen nur ausweichende und vage Antworten entlocken ließ. In ihrer Abwesenheit empörte er sich über sie, legte sich wohl auch eine jungenhaft-lächerliche Schelte für sie zurecht, war aber, kaum wieder mit ihr zusammen, entwaffnet von diesem Schweigen, von dieser Trägheit, beide viel zu naturgegeben, als daß er hätte dagegen aufkommen können, und viel zu einfach, als daß etwas anderes als vollständige Mutlosigkeit in ihm entstanden wäre. Er beroch seine Handfläche, er sah sich im Geiste von ihr Besitz ergreifen und denselben behaupten – schon bei der bloßen Erinnerung daran geriet sein Fleisch in Erregung, trotz seiner Abgespanntheit.

Mit Beendigung seiner Toilette, wobei er vermieden hatte, sich die Hände zu waschen, beschloß er, Angel aufzusuchen. Er hatte das Bedürfnis nach einem Gesprächspartner.

Da Angel nicht in seinem Zimmer war – eine durch die Abwesenheit jeglicher Reaktion auf drei Serien von je drei aufeinanderfolgenden Pochschlägen gegen die Tür sattsam bewiesene Tatsache –, überprüfte er mit der nämlichen Methode verschiedene andere Räume und schloß auf erfolgte Ortsveränderung des fraglichen Individuums.

Vom Garten her klang Sägegeräusch. Dort war er.

Beim Einbiegen in die Allee roch Jacquemort verstohlen an seinen Fingern. Der Geruch hielt sich hartnäckig.

Der Kreischgesang der Säge wurde deutlicher. Bei der Garage sah er Angel in blauen Leinenhosen, ohne Jacke, gerade an einem schweren, auf zwei Böcken ruhenden Balken sägen.

Jacquemort ging zu ihm hin. Das unregelmäßige, zerklüftete Kopfstück des Balkens fiel mit einem dumpfen Aufschlag zu Boden. Schon wuchs ein Haufen des gelben, ganz frischen und harzigen Sägemehls unter den Böcken in die Höhe.

Angel richtete sich auf und legte die Säge beiseite. Er streckte dem Psychiater die Hand hin.

»Wie Sie sehen«, sagte er, »befolge ich Ihre Ratschläge.«

»Ein Boot?« fragte Jacquemort.

»Ein Boot.«

»Können Sie ein Boot bauen?«

»Ich werde ihm keine Höchstleistungen abverlangen«, sagte Angel. »Nur schwimmen muß es können.«

»Dann bauen Sie doch lieber ein Floß«, sagte Jacquemort. »Das ist viereckig und viel leichter zu bauen.«

»Das schon«, sagte Angel, »aber es ist nicht so schön.«

»Wie die Aquarellmalerei«, sagte Jacquemort.

»Wie die Aquarellmalerei.«

Angel legte die Säge weg und hob den Balken auf, den er gerade abgesägt hatte.

»Als was wird der Verwendung finden?« fragte Jacquemort.

»Ich weiß nicht«, sagte Angel. »Vorerst schneide ich die schlechten Teile weg. Ich möchte nur gutes Holz verarbeiten.«

»Sie machen sich doppelte Arbeit ...«

»Das macht gar nichts. Ich habe sowieso nichts anderes zu tun.«

»Das ist eigenartig«, murmelte der Psychiater. »Sie könnten also gar nicht arbeiten, wenn Sie nicht damit beginnen würden, Ihr Material erst einmal gleichmäßig zuzuschneiden?«

»Ich könnte, aber ich möchte das nicht.«

»Und ist das schon lange so mit Ihnen?«

Angel schaute ihn an, einen Schimmer von Bosheit im Blick.

»Sagen Sie mal, soll das vielleicht ein regelrechtes Verhör sein?«

»Bewahre! ...« protestierte Jacquemort und fuhr mit seinen Fingern unter die Nase, unter dem Vorwand, ein Nasenloch durchzublasen, um es von Verstopfung zu befreien.

»Hat Sie der Berufseifer wieder gepackt?«

»Nein«, sagte Jacquemort. »Aber wenn ich mich nicht für andere interessiere, für wen soll ich mich dann überhaupt interessieren?«

»Doch für Sie selber«, sagte Angel.

»Sie wissen doch ganz genau, daß ich leer bin.«

»Und wenn Sie sich einmal fragten, warum? Das würde schon ausreichen, Sie ein bißchen zu füllen.«

»Blödsinn«, sagte Jacquemort.

»Immer noch niemand zum Psychoanalysieren gefunden?«

»Niemand ...«

»Versuchen Sie es doch einmal mit Tieren. So was wird heutzutage gemacht.«

»Woher wissen Sie das?« fragte Jacquemort.

»Ich habe es gelesen.«

»Man darf nicht alles glauben, was man liest«, erwiderte der Psychiater gespreizt und neummalklug.

Die Innenseite seines rechten Daumens hatte fürwahr ein charakteristisches Parfum behalten.

»Versuchen Sie es trotzdem«, sagte Angel.

»Ich werde Ihnen mal was sagen …«, begann der Psychiater, und hielt plötzlich inne.

»Was wollten Sie mir sagen?«

»Nein«, schloß Jacquemort, »ich werde es Ihnen nicht sagen. Ich werde schon selber draufkommen, ob es stimmt.«

»War es eine Annahme?«

»Eine Hypothese.«

»Nun gut«, sagte Angel. »Das geht wirklich nur Sie etwas an.«

Er ging wieder zur Garage zurück. Durch das offene Tor konnte man das Heck des Wagens sehen, und rechts davon, gegen die Wand gelehnt, ganze Stapel von zusammengebundenen Brettern, die sich elastisch durchbogen.

»An Holz werden Sie wahrlich keinen Mangel haben«, sagte Jacquemort anerkennend.

»Es wird immerhin ein großes Boot werden«, sagte Angel.

Er ging hinein und wählte ein Brett aus. Jacquemort sah zum Himmel. Nicht eine einzige Wolke.

»Ich lass' Sie jetzt allein«, sagte er. »Ich geh ins Dorf.«

»Viel Glück!«

Der Sägelärm setzte wenig später wieder ein und wurde leiser, je weiter sich Jacquemort von der Garage entfernte. Beim Gartengitter angekommen, hörte er ihn nicht mehr. Er schlug den staubigen Weg ein. Als er dort hinten mit Angel sprach, war ihm plötzlich die große schwarze Katze wieder eingefallen, die am Dorfausgang auf einer Mauer saß. Eine der wenigen Personen, die ihm Wertschätzung entgegenbrachten.

Diese Mauer war zweifellos der Lieblingsaufenthaltsort der Katze. Er beschleunigte seinen Schritt, um sich davon zu überzeugen. Gleichzeitig führte er seine Daumen unter seine Nase und atmete tief ein. Der Geruch ließ vage Formen Gestalt werden, den breiten Rücken des Dienstmädchens, und ihn selbst, klebend an ihrem rundlichen Hinterleib, der sich unter seinen kraftvoll-zügigen Stößen aufbäumte; das waren Formen, die einen schon zum Gehen anregen konnten.

# VII

24. März

Der Wind trieb Stroh über den Weg, durch schmale Scheunentorritzen aus der Streu gezupfte Strohhalme, auf Tennenböden umherwirbelnde Strohknäuel, altes Stroh von in der Sonne vergessenen Schobern. Schon am Morgen hatte sich der Wind erhoben; über den Meeresspiegel hatte er geschabt, um ihm den weißen Zuckerschaum der Gischt zu nehmen, die Steilküste hatte er erstiegen und dabei das Heidekraut schrill aufsäuseln lassen; nun strich er um das Haus, wobei er sich kleinste Verwinkelungen als Pfeifchen nutzbar zu machen verstand, hob auch hier und da einen der leichteren Dachziegel ab; er scheuchte die Blätter des vergangenen Herbstes vor sich her, bräunliche filigrane Gebilde, die dem Säftesog des Kompostes entkommen waren, zog aus den Wagenspuren heraus grau wehende Staubfahnen hoch und rauhte mit seiner Raspel die Schlammkrusten vertrockneter Pfützen auf.

Am Dorfrand bildete sich ein Windwirbel; Reisig und wildgewordenes Gekräut begannen zu kreiseln und gaben dabei das stumpfe Ende eines taumeligen Kegels ab, der sich auf seiner Spitze launenhaft fortbewegte, wie die Mine des Schreibgerätes, wenn sie die Höhenschichtlinien einer Reliefkarte abwandert. Nahe bei der hohen grauen Mauer zeigte sich etwas Schwarzes, Schwammiges, Hohlplastisches; die Kegelspitze eilte in unberechenbarem Zickzacksprung darauf zu: es war die leere federleichte Hülle einer schwarzen Katze, einer Katze ohne Substanz, ungreifbar und ausgedörrt. Vom Wirbelwind gejagt, rollte sie über die Straße, kraftlos und knitterig, wie ein Zeitungsblatt über den Strand weht, mit großem krakeligen Gebärdenspiel. Der Wind machte seine Brummsaiten an den Spitzen der hohen Gräser fest. Das Katzenphantom hob mit groteskem Satz vom Boden ab und sackte wieder unbeholfen zurück. Eine Windsbraut drückte es flach gegen eine Hecke, forderte den knochenlosen Hampelmann jedoch gleich wieder zum nächsten Walzer. Plötzlich sprang die Katze die Böschung hinunter, da der Weg eine Biegung nahm, und machte sich querüberfeld davon; sie huschte über die grünen Spitzen des keimenden Wintergetreides, bei jeder Berührung elektrische Funken erzeugend, von Stelle zu Stelle purzelnd, wie ein trunkener Rabe und auf die allervollkommenste Weise leer, wie ein ausgetrocknetes Gewächs nur sein kann, dürr wie das alte Stroh von in der Sonne vergessenen Schobern.

## VIII

30. März

Mit einem Satz befand sich Jacquemort auf der Straße und atmete die frische Luft ein. Er empfing vielfältige und neue Gerüche, die in ihm eine Flut unzureichend abgeschüttelter Erinnerungen auf den Plan riefen. Es war eine Woche her, daß er die geistige Substanz der schwarzen Katze in ihrer Gesamtheit aufgesogen hatte; seither fiel er von einer Überraschung in die andere und lernte nur mit großer Mühe, sich in dieser komplexen und von heftigen Gefühlen durchpeitschten Welt zurechtzufinden. Es wäre falsch zu sagen, daß er dadurch wesentlich neue Verhaltensformen erworben hätte; seine körperlichen Gewohnheiten und seine maßgeblichen Reflexe erwiesen sich als schon zu tief eingewurzelt und angelernt, als daß sie sich grundlegend beim Kontakt mit denen der schwarzen Katze hätten verändern können, deren proportional schwache Intensität die geringe Wirkung erklärte; er lachte nun über seine Versuche, glauben zu lassen – und auch sich selbst weiszumachen –, daß er die Notwendigkeit verspürte, sich mit dem Fuß am Ohr zu kratzen oder in Hockstellung zu schlafen, die Fäuste unterm Kinn Jedoch war ihm eine Menge von Wünschen und Empfindungen, sogar Gedanken, verblieben, deren geringen Tiefgang und große Anziehungskraft er bei sich verzeichnete. Da war zum Beispiel der Baldrian: er roch, daß ein paar Meter entfernt eine Baldrianstaude wuchs. Er kehrte ihr jedoch entschlossen den Rücken und ging in die dem Dorf entgegengesetzte Richtung, auf die Steilküste zu. Eine Idee, die er für außerordentlich gut hielt, leitete ihn dabei.

Er gelangte zum steil abfallenden Rand der Küste und entdeckte mühelos einen kaum erkennbaren Pfad, der wahrscheinlich vom Steinschlag gebahnt worden war.

Ohne zu zögern, betrat er ihn, wobei er den Rücken dem Abgrund zukehrte und seine Hände beim Abstieg zu Hilfe nahm. Als sich Felsbrocken unter seinen Tritten lösten, verspürte er leichte Erregung, doch unzweifelhaft war sein Abstieg von einer behenden Sicherheit gekennzeichnet, die er noch nie an sich wahrgenommen hatte. In wenigen Augenblicken war er am Fuß der Steilküste angelangt. Die Ebbe hatte einen schmalen Streifen Schwemmkies zutage treten lassen, der von zerklüfteten Felsriffen eingerahmt und von tiefen Wasserlachen durchsetzt war. Jacquemort ging eiligen Schrittes auf eine zu. Er näherte sich dem Rand, suchte sich ein bequemes Plätzchen und kauerte sich zusammen; den Ärmel hatte er hochgekrempelt. Seine gespannten Finger streiften den Wasserspiegel.

Etwa zehn Sekunden verstrichen. Da streckte ein kleiner gelber Fisch sein Köpfchen hinter einer grünen Wasserpflanze hervor. Auf dem pflanzlichen Grund der Lache war er kaum zu unterscheiden, doch Jacquemort sah seine zarte Kiemen pulsen, und dabei schlug ihm das Herz höher.

Plötzlich schnellte sein Arm vor, er faßte das Tierchen und führte es an seine Nase. Es roch wirklich gut.

Er leckte sich die Lippen, öffnete den Mund und verschlang mit einem Biß den Kopf des zappelnden Fischs.

Es schmeckte vorzüglich. Und die Lache war voll davon.

## IX

16. April

Angel legte Niethammer und Handamboß auf die Werkbank und wischte sich die Stirn am Ärmelaufschlag ab. Er war gerade mit der Beplankung der Steuerbordseite zu Ende gekommen. Die roten Köpfe der Kupfernägel bildeten eine schön gepunktete Linie auf dem hellen geschwungenen Holz. Das Boot nahm Form an. Es ruhte auf einem zum Meer hin ausgerichteten Bock aus Eichenholz, von wo auch zwei eichene Führungsschienen ausgingen, die später den Steilhang hinunterführen sollten.

Die drei Kinder spielten dort in der Nähe mit dem Haufen Sägemehl und Spänen, der eine Ecke der Werkstatt ausfüllte. Ihre Entwicklung war merkwürdig sprunghaft vonstatten gegangen; mittlerweile hatten alle drei, die kleinen Hufeisen an den Füßen, das Gehen erlernt; nur Citroëns Füße bluteten abends noch ein bißchen, Noël und Joël aber, viel gröber und widerstandsfähiger, hielten das aus, und ihre Haut verhornte bereits.

Angel wunderte sich; es war schon Zeit, und das Dienstmädchen kam nicht. Die Kinder mußten doch unbedingt ihr Vesperbrot kriegen. Da fiel ihm plötzlich ein, daß das Dienstmädchen Ausgang hatte. Mit einem Seufzer sah er auf seine Armbanduhr. Wirklich, Clémentine vergaß immer häufiger, ihnen zu essen zu geben, und wenn er ihr den geringsten Vorwurf machte, antwortete sie frech und mit einer Art hassenswerter und beinahe gerechtfertigter Sicherheit. Angel war unangenehm berührt, wenn er sehen mußte, daß ihn die Kinder dann immer fast ironisch ansahen und sich auf die Seite ihrer Mutter stellten.

Er beobachtete sie und begegnete dem finsteren Blick von Citroën, der ihn verwirrte. Mit etwas Wut im Bauch sagte er sich, daß sie das gekriegt hätten, was sie verdienten. Er selbst erlangte nicht mehr, als sie zu hätscheln und abzuküssen, sah sich aber nie dazu ermuntert.

»Sie mögen es wohl, wenn man sie an der Nase herumführt«, dachte er grollend.

Nichtsdestoweniger ging er auf sie zu.

»Kommt zum Vespern, meine Süßen«, sagte er.

Joël und Noël hoben ihre Nasen und brabbelten leise vor sich hin.

»Mag Antine«, sagte Joël.

»Antine«, wiederholte Noël.

»Clémentine ist nicht da«, sagte Angel. »Kommt mit, wir gehen sie suchen.«

Citroën ging ihm mit würdigen Schritten voraus. Angel streckte den Zwillingen die Hände hin. Ohne sie jedoch zu nehmen, rappelten sie sich in einer Wolke von Sägemehl und -spänen auf und liefen ihrem Bruder unbeholfen hinterdrein. Angel fühlte sich beklommen und nervös. Er folgte ihnen aber trotzdem von weitem, denn der abschüssige Garten stellte eine mögliche Gefahr dar, und trotz seiner Verstimmung wäre ihm die Vorstellung, es könnte ihnen etwas zustoßen, grauenhaft gewesen.

Er erreichte die Haustür eine Sekunde nach ihnen und erwischte sie drinnen noch. Noël rief mit spitzer, gellender Stimme nach seiner Mutter, und Joël machte es ihm wie ein Echo nach.

»Genug jetzt«, sagte Angel, einigermaßen energisch.

Sie blieben verwundert stehen.

»Kommt in die Küche«, fuhr Angel fort.

Er war ein wenig erstaunt, als er nichts angerichtet vorfand. Dieses Vesperbrot hätte sie nun wirklich herrichten können. Er setzte die Kleinen ungeschickt vor ihre Milchschalen und Schnittchen, und während sie sich lautstark vollschlabberten, ging er zur Tür hinüber. Dort wäre er um ein Haar mit Jacquemort zusammengestoßen.

»Sie haben nicht zufällig Clémentine gesehen?« fragte er.

Der Psychiater strich sich katzenhaft mit der Hand übers Ohr.

»Äh … was meinten Sie?« antwortete er, ohne sich zu kompromittieren.

»Lassen Sie dieses kätzische Getue«, sagte Angel. »Ihnen ist nicht mehr danach zumute als mir. Und sagen Sie schon, wo meine Frau ist.«

»Ich bedaure«, sagte Jacquemort, »aber ich bin aus Versehen in das Eßzimmer gegangen, dort ist sie.«

»Na und?« brummte Angel.

Er schob Jacquemort zur Seite und ging wütend an ihm vorbei. Der andere folgte ihm. Angel wollte sein Mißbehagen über die eigene Unzuständigkeit gegenüber seinen Sprößlingen in Wut ummünzen, das war deutlich zu sehen, doch Jacquemort vermied es, darauf hinzuweisen.

Angel legte sich einen verletzenden Satz zurecht. Er brauste höchst selten auf, und wenn, dann immer nur wegen der Kinder. Er hätte sich mehr um sie kümmern sollen. Er war gereizt. Sein Herz schlug ihm bis zum Hals. Sie wollte wohl die ganze Welt zum Narren halten.

Er stieß ungehalten die Tür auf und blieb wie angewurzelt stehen. Auf dem Eßtisch, die Hose bis zu den Knien heruntergekrempelt, lag Clémentine, keuchte und warf sich wie besessen herum. Ihre Hände zu beiden Seiten krampften sich zusammen. Auf der lackierten Tischplatte spannten und entspannten sich ihre Hüften in einer Wellenbewegung, sie zuckten und schlingerten, ihre Schenkel öffneten sich, und ein leises Klagegestöhn kam von ihren Lippen. Einen Augenblick lang blieb Angel wie vor den Kopf geschlagen stehen, dann schritt er rückwärts aus dem Zimmer. Sein Gesicht lief nach und nach purpurrot an. Er schloß die Tür wieder und rannte Hals über Kopf in den Garten zurück. Jacquemort blieb auf der Freitreppe stehen und sah ihn gerade noch in die Allee einbiegen. Dann machte auch er kehrt und ging in die Küche zurück.

»Ich frage mich …«, murmelte er.

Mit ein paar gekonnten Griffen brachte er die von den Rackern angerichtete Verwüstung wieder in Ordnung. Nunmehr gesättigt, plapperten sie fröhlich drauflos. Er wischte ihnen die Gesichter ab und schob sie hinaus.

»Geht mit eurem Papi spielen …«, sagte er.

»Will … Antine …«, sagte Noël

»Antine …«, sagte Joël.

Citroën sagte nichts und setzte sich in Richtung des Geräteschuppens in Bewegung, gefolgt von seinen Brüdern. Jacquemort wartete einen Augenblick und runzelte die Stirn. Er zögerte, ging dann aber ins Eßzimmer zurück. Diesmal bäuchlings auf dem Tisch, fuhr Clémentine mit ihrem obszönen Gebärdenspiel fort. Der Psychiater testete die Luft im Zimmer. Dann entfernte er sich nur ungern und ging in sein Zimmer zurück. Er streckte sich auf seinem Bett aus und versuchte sich ohne rechte Überzeugung im Schnurren. Zu seinem Leidwesen mußte er sich eingestehen, daß er nicht imstande war, es auf zufriedenstellende Weise fertigzubringen. Hatte die schwarze Katze, die er wenige Wochen zuvor psychoanalysiert hatte, wirklich schnurren können? Und dann dachte er wieder an den eigentlich interessanten Gegenstand: Clémentine. Vielleicht hätte er sie berühren sollen. Er roch an seinen Fingern. Der Duft des Dienstmädchens war zwar noch schwach vorhanden, stammte aber vom Vortag und war nur noch verschwommen wahrzunehmen. Er fühlte sich recht wohl auf seinem Bett, gewiß. Doch was war mit der Frau unten, die sich zweifellos noch immer in ihren Zuckungen wand? Er setzte sich in seinem Bett auf, stand auf, ging wieder nach unten und blieb vor der Eßzimmertür stehen. Er legte das Ohr dran. Nichts mehr. Er trat ein.

Clémentine, halb nackt, schlief jetzt; wenigstens hatte sie aufgehört, sich zu bewegen, und lag da, die Wange auf dem Tisch, das Hinterteil einladend vorgereckt. Jacquemort wurde ganz anders zumute. Er trat näher heran. Sie wurde unruhig, da sie ihn hörte, und stützte sich auf einen Ellbogen auf. Jacquemort war wie versteinert stehen geblieben.

»Verzeihen Sie bitte«, sagte er. »Mir war, als hätten Sie gerufen.«

Sie sah ganz betreten und mitgenommen aus.

»Was mache ich bloß auf diesem Tisch?« sagte sie.

»Äh ... hmm ...«, murmelte Jacquemort, »ich weiß nicht recht. Es muß Ihnen wohl etwas zu heiß geworden sein.«

Da erst wurde sie sich ihres unordentlichen Aufzugs bewußt.

»Ich hatte einen Traum«, fing sie an.

Und dann, wie Angel kurz vorher auch, errötete sie bis unter die Haarwurzeln.

»Es war nämlich ...«, setzte sie von neuem an.

Ohne den Versuch, ihre nackten Schenkel zu verhüllen, setzte sie sich auf.

»Wie ich gebaut bin«, murmelte sie, »wissen Sie ja nun wohl schon.«

Jacquemort war fassungslos und brachte kein Wort heraus.

»Ich muß ja ziemlich erregt gewesen sein«, sagte sie, indem sie sich wieder anzukleiden begann.

»Ich fürchte, ja ...«

»Also, ich weiß nicht«, sagte Clémentine, »ich wollte gerade den Kindern das Vesperbrot machen und ... hier bin ich nun.«

Sie befühlte ihren Kopf.

»Irgendwie kommt es mir so vor, als sei ich auf diesen Tisch geworfen worden; ich habe eine Beule.«

»Vielleicht ein Sukkubus ...«, sagte Jacquemort.

Sie hatte sich nun ihre Hose wieder zugeknöpft und glättete sich das Haar.

»Nun gut. So was kommt eben vor«, schloß sie. »Ich glaubte, daß mir dergleichen erspart bliebe. Jetzt gehe ich den Kindern ihr Vesperbrot machen.«

»Das haben sie bereits gekriegt«, präzisierte Jacquemort.

Clémentines Gesicht verfinsterte sich.

»Wer hat es ihnen gegeben?«

»Ihr Mann«, sagte Jacquemort. »Und ich war es, der ihnen die Gesichter abgewischt hat.«

»Angel ist hier hereingekommen?«

»Ja«, sagte Jacquemort platt.

Sie stürzte an ihm vorbei und erreichte eiligen Schrittes den Garten. Als sie in die Allee einbog, lief sie schon fast. Jacquemort ging wieder nach oben. Er dachte. Also war er. Aber nur er allein.

# X

Angel hatte seinen Niethammer wieder zur Hand genommen und machte sich nun an der anderen Bordseite zu schaffen. Er legte gerade den Handamboß an der Innenseite an, als Clémentine erschien, rot im Gesicht vom schnellen Laufen. Als sie sie erblickten, stießen die Zwillinge ein Freudengekreisch aus. Citroën lief zu ihr und nahm sie bei der Hand. Angel schaute auf, peilte die Lage und zuckte zusammen.

»Wer hat ihnen das Vesperbrot gegeben?« fragte sie.

»Ich«, antwortete Angel trocken.

Etwas in ihrem Tonfall überraschte ihn.

»Und mit welchem Recht?«

»Jetzt reicht's aber!« sagte Angel heftig.

»Ich frage dich, mit welchem Recht du den Kindern das Vesperbrot gemacht hast, wo wir doch übereingekommen sind, daß du dich nicht darum zu kümmern hast?«

Noch ehe sie Zeit gehabt hätte, den Mund wieder zuzumachen, klatschten die Ohrfeigen nur so auf sie nieder. Sie taumelte unter der Wucht der Schläge. Angel war weiß wie ein Leintuch und zitterte vor Wut.

»Genug!« donnerte er.

Dann schien er sich zu beruhigen, während sie sich zaghaft mit der Hand an die Backe faßte.

»Es tut mir leid«, sagte er schließlich. »Aber du gehst zu weit.«

Die Kinder fingen an zu schreien, Citroën bückte sich und hob einen Nagel auf. Er ging zu Angel und rammte ihm mit allen seinen kleinen Kräften den Nagel ins Bein. Angel verzog keine Miene. Clémentine fing zu lachen an; es war ein schluchzendes Lachen.

»Genug, sag ich«, wiederholte Angel in gereizter Spannung.

Sie hörte auf.

»Eigentlich«, fuhr er fort, »tut es mir nicht leid. Leid tut es mir nur, daß ich nicht fester zugeschlagen habe.«

Clémentine schüttelte den Kopf und ging. Die drei Kinder folgten ihr. Von Zeit zu Zeit wandte sich Citroën um und warf seinem Vater einen vernichtenden Blick zu. Angel blieb in Gedanken versunken zurück. Er ließ die Szene, die sich soeben abgespielt hatte, noch einmal vor seinem inneren Auge abrollen und geriet in betroffene Aufregung; dann sah er im Geist seine Frau auf dem Eßtisch liegen, und Schamröte stieg ihm auf Stirn und Wangen. Er wußte nunmehr, daß er nie wieder nach Hause gehen würde. Im Schuppen gab es genug Sägemehl und Späne, daß man bequem darauf schlafen konnte, und zudem waren die Nächte lau. Er fühlte ein leichtes Jucken am linken Bein. Er beugte sich hinunter und zog den Nagel heraus, eine feine goldgelbe Spitze; auf seiner grünlichen Drillichhose war ein brauner Fleck in der Größe einer Wanze zu sehen. Einfach lächerlich. Die armen Würstchen.

## XI

20. Mai

Seit Angels Entschluß, im Schuppen zu wohnen, hielt sich Jacquemort immer seltener im Hause auf. Er fühlte sich in Gegenwart Clémentines nicht mehr wohl. Sie war zu sehr Mutter, auf einer allzu andersartige Ebene. Nicht, daß er darin etwas Schlechtes gesehen hätte, denn er log nicht, wenn er behauptete, daß er leer war und mit dieser Tatsache ausdrücken wollte, daß er auch keinerlei Kenntnis ethischer Werte besaß. Es störte ihn in rein physischer Hinsicht.

Ausgestreckt in einem Winkel des Gartens, wo im Überfluß das Tatterkraut gedieh, welches dem maßvollen Benutzer Mut und Entscheidungskraft verleiht, kaute Jacquemort zerstreut an einem der kantigen Stengel. Er wartete auf Culblanc, die sich zu ihm gesellen und mit ihm das Ende dieses konturlosen Tages verbringen sollte. Dieser Gedanke an Konturen brachte ihn darauf, mit der Hand den Sitz seiner Hose zu überprüfen. Wie gewöhnlich würde das alles zweifellos wieder ein psychiatrisches Nachspiel haben.

Als er den Kies knirschen hörte, setzte er sich auf. Tolpatschig und drall, in plattfüßigem Gang und mit ausladendem Mieder erschien das Dienstmädchen und setzte sich neben ihm nieder.

»Fertig mit der Arbeit?« fragte er.

»Fertig«, seufzte sie. »Die Kleinen sind im Bett.«

Sie knöpfte bereits ihren Kittel auf, aber Jacquemort bremste sie.

»Wie wär's, wenn wir ein bißchen reden würden?« schlug er vor.

»Deswegen bin ich nicht gekommen«, bemerkte sie. »Das eine möchte ich schon gern, aber plaudern nicht.«

»Ich möchte dir nur eine einzige Frage stellen«, sagte er.

Sie streifte ihr Kleid ab und setzte sich ins Gras. In dem abgelegenen Winkel des Gartens saßen sie wie in einer kleinen Kapsel. Im übrigen gab es nicht das geringste Risiko, überrascht zu werden; weder Angel noch Clémentine würden je hierher kommen. Jacquemort legte seinerseits nun auch die Kleider ab, um sie nicht unruhig werden zu lassen. Sie vermied es, ihn anzuschauen. So ganz nackt im Gras wirkten sie beide etwas lächerlich. Sie wälzte sich erst auf den Bauch, dann stellte sie sich auf alle viere.

»Ich erwarte Sie«, sagte sie.

»Halt die Klappe«, herrschte sie Jacquemort an. »Und außerdem hab ich diese idiotische Stellung langsam satt.«

»Kommen Sie schon«, sagte sie.

»Es ist nicht auszuhalten!« sagte Jacquemort.

Mit einem unvermuteten Stoß brachte er sie aus dem Gleichgewicht. Noch ehe sie Zeit gehabt hätte, sich wieder aufzurappeln, hielt er sie am Boden fest und legte sich auf sie. Sie wehrte sich aus Leibeskräften.

»Nein!« schrie sie. »Das nicht! So nicht! Sie Lüstling!«

Jacquemort drückte sie fest auf den Boden.

»Ich will dich gern wieder loslassen«, sagte er, »aber dafür mußt du mir sagen, warum du es nie anders machen willst!«

»Ich will es nicht«, schnob sie.

Er verlieh seiner Übermachtstellung Nachdruck. Er konnte sie nehmen, wann es ihm beliebte.

»Wenn du es mir nicht sagst, mache ich es so.«

Diesmal fing sie vor Wut zu heulen an und stammelte:

»Nein … Gehen Sie weg. Ich will nicht. Mir ekelt vor Ihnen.«

»Was soll das« protestierte Jacquemort, »bist du völlig übergeschnappt?«

»Ich will nicht reden«, sagte sie.

»Du wirst aber reden«, sagte Jacquemort.

Er neigte den Kopf und erwischte eine Brustspitze mit seinen Zähnen.

»Wenn du es mir nicht sagst, beiß ich dir ein Stück ab«, versicherte er mit vollem Mund und daher mit einiger Schwierigkeit.

Er hatte größte Lust zu lachen, und seine Möglichkeiten erlitten dadurch eine Einbuße. Immerhin mußte er sie doch ein bißchen zu arg gebissen haben, denn sie tat einen Schrei und löste sich endgültig in Tränen auf. Unerbittlich nutzte er das aus, um sie unter Druck zu setzen.

»Ich werde es Ihnen sagen«, jammerte sie. »Aber lassen Sie mich los! Augenblicklich. Augenblicklich!«

»Du wirst mir auch alles sagen?« fragte Jacquemort.

»Ich verspreche es«, sagte sie, »gehen Sie jetzt runter … Schnell … Oh! …«

Jacquemort ließ sie los und streckte sich keuchend aus. Sie war schwer zu halten. Sie setzte sich wieder auf.

»Jetzt rede«, sagte er. »Oder ich fang wieder von vorne an! Warum tust du das? Was steckt da für ein Sinn dahinter?«

»Ich habe es seit jeher so gemacht«, sagte sie.

»Seit wann?«

»Schon ganz von Anfang an.«

»Mit wem hast du es zum ersten Mal gemacht?«

»Mit meinem Vater.«

»Und warum auf diese Weise?«

»Er sagte, er wolle mich dabei nicht anblicken. Er traue sich nicht.«

»Schämte er sich?«

»So was kennt man bei uns nicht«, sagte sie hart.

Sie hielt ihre Brüste in den Händen, behielt aber die Schenkel angewinkelt und gespreizt. »So also sieht das Schamgefühl aus«, dachte Jacquemort bei sich.

»Wie alt warst du damals?«

»Zwölf.«

»Jetzt verstehe ich, warum er nicht wagte, dich anzusehen.«

»Nein, Sie verstehen gar nichts«, sagte sie. »Er wollte es nicht, weil er sagte, daß ich zu häßlich sei. Und da es mein Vater war, der das sagte, so mußte es wohl stimmen; und jetzt haben Sie mich gezwungen, meinem Vater gegenüber unfolgsam zu sein, und jetzt bin ich ein schlimmes Mädchen.«

»Magst du das eigentlich?«

»Was?«

»Die Art, wie du es machst?«

»Ach, das ist doch Nebensache«, sagte sie. »Wollen Sie nun oder nicht?«

»Aber doch nicht immer so«, sagte Jacquemort. »Die besten Dinge werden mit der Zeit langweilig.«

»Dann sind Sie ja wie die Tiere«, sagte sie.

Sie erhob sich und holte ihren Kittel.

»Was machst du?« sagte Jacquemort.

»Ich geh jetzt. Ich schäme mich vor mir selber!«

»Wegen nichts und wieder nichts«, bemerkte Jacquemort.

»Doch«, gab sie zurück, »ich hätte es nicht tun sollen, schon von allem Anfang an nicht.«

»Wenn du mir etwas mehr erzählen würdest«, sagte Jacquemort, »könnte ich versuchen, deinen Gefühlshaushalt ein wenig in Ordnung zu bringen. Aber leider bist du alles andere als gesprächig.«

»Und dabei hatte es mir Madame doch gesagt«, zeterte sie. »Ich will Sie nie wieder sehen!«

»Dann eben nicht«, sagte der Psychiater trocken. »Ich denk mir schon meinen Teil.«

»Und ich werde Ihnen kein Wort mehr verraten. Ich bin schließlich nicht dazu da, Ihre dreckigen Gelüste zu befriedigen!«

Jacquemort grinste und begann, sich wieder anzukleiden. Niemals hatte er im Ernst damit gerechnet, diese Unglückliche psychoanalysieren zu können. Er würde schon etwas Besseres finden. Er schlüpfte in die Schuhe und stand auf. Sie wimmerte immer noch vor sich hin.

»Ach, hau doch ab«, sagte er gelangweilt.

Sie gehorchte schniefend. Sie mußte ihn wirklich abgrundtief hassen. Er lächelte beim Gedanken daran, daß es, so gesehen, eine gelungene Analyse war. Und dann haschte er mit einem leichten Satz einen verspäteten Schmetterling, der gerade vorbeiflatterte, und schluckte ihn befriedigt hinunter.

## XII

13. Juli

Vor der Freitreppe des Hauses gab es einen ebenen, kiesbedeckten Vorplatz, auf dem die drei Kinder nach Beendigung ihrer Mahlzeit gerne spielten, dabei den Augenblick erwartend, wo sie vom Dienstmädchen, das soeben den Erwachsenen das Essen servierte, zu ihrem Nachmittagsschläfchen hingelegt würden. Man konnte sie auch von den Eßzimmerfenstern aus überwachen. Der in dieser Richtung sitzende Jacquemort war es, dem diese Aufgabe zugefallen war. Ihm gegenüber rollte Clémentine zerstreut Toastbrotkügelchen zwischen ihren Fingern, ein undankbares Geschäft, dem sie da nachging (und undankbar war es wirklich). Sie sahen einander fast nur noch zu den Mahlzeiten. Sie schien zu wünschen, daß er noch länger in ihrem Hause wohnen blieb, aber sie beschränkte sich im allgemeinen darauf, ihn mit Allerweltsgesprächen abzuspeisen; er seinerseits wagte es kaum, persönliche Themen anzuschneiden.

Culblanc brachte stumm und mit saurer Miene eine Schüssel herein und stellte sie vor Jacquemort hin. Er hob den Deckel und sagte höflich:

»Nehmen Sie sich zuerst, Clémentine, ich bitte Sie.«

»Das ist für Sie«, sagte sie. »Ganz für Sie allein. Eine Katzenleibspeise.«

Sie lächelte leicht maliziös. Er sah genauer hin.

»Aber ... das ist ja Lunge!« rief er entzückt aus.

»Ganz recht«, sagte Clémentine.

»Roh wäre sie mir eigentlich noch lieber gewesen«, sagte Jacquemort beiläufig, »aber allein Ihre Aufmerksamkeit ist schon so einfühlend ... Clémentine, Sie sind wirklich ein Engel.«

»Ich mag Sie gut leiden«, sagte sie, »aber trotzdem

hätte ich nicht mit ansehen können, wie Sie sie roh essen.«

»Verständlich«, sagte Jacquemort, indem er sich eine große Portion herausschöpfte. »Aber reden wir von Lunge! Sie läßt an Köstlichkeit alle Mäuse und Vögel dieser Erde weit hinter sich.«

»Ich freue mich, daß es Ihnen schmeckt«, sagte sie.

»Ein Vogel«, gab Jacquemort zu bedenken, »ist nicht zu verachten, wohlgemerkt; aber diese schauderhaft lästigen Federn! …«

»Ja, das ist auch wieder wahr. Das ist eben die Kehrseite der Medaille. Aber wie ist es mit Mäusen?«

»Rein zum Zeitvertreib, ja«, sagte Jacquemort, »aber schmackhaft sind sie nicht.«

»Nun, wie auch immer«, sagte sie, »das erweitert Ihre Geschmacksskala. Das bleibt jedenfalls zu wünschen. An wem arbeiten Sie eigentlich im Augenblick, wenn ich fragen darf?«

»Sie sind so liebenswürdig zu mir«, sagte Jacquemort, »weil Sie wissen, daß Ihr Dienstmädchen mir den Laufpaß gegeben hat.«

»Ja«, sagte sie. »Ich muß zugeben, daß mir das Vergnügen macht. Was haben Sie denn im Dorf so aufgetrieben? Sie gehen ja ziemlich häufig hin, wie mir scheint?«

»Oh!« sagte Jacquemort. »Da ist nicht viel los, wissen Sie. Ich treffe mich ziemlich oft mit La Gloïre!«

»Ich meine jetzt Frauen«, sagte Clémentine.

»Darauf bin ich nicht so aus«, sagte Jacquemort. »Sie wissen ja, daß dieser Kater kastriert war? Ich bin mir da zwar nicht ganz sicher, aber ich glaube doch, daß mich das ein bißchen beeinflußt hat.«

Er log.

»Ich weiß aber, daß Sie auf der Suche sind«, sagte Clémentine.

Jacquemort sah den kleinen Kindern zu, wie sie eins

hinter dem anderen im Kreis herumliefen, bis ihnen schwindelte.

»Reden wir von was anderem«, sagte er.

»Sind Sie derjenige, der in meinen Kleiderschränken wühlt?« fragte sie plötzlich.

Jacquemort zögerte erstaunt.

»Wie bitte?«

»Sie haben genau gehört.«

»Nein«, sagte er. »Ich war es nicht. Wie kommen Sie darauf, daß ich in Ihren Kleiderschränken etwas suchen könnte. Ich habe genügend anzuziehen.«

»Oh …! Das tut nichts zur Sache«, versicherte sie. »Vielleicht irre ich mich auch. Ich hatte den Eindruck, daß mir jemand in regelmäßigen Abständen überall die Finger drin hat. Das müssen selbstverständlich nicht Sie gewesen sein.«

Er wies mit dem Kinn auf das Dienstmädchen, das ihnen gerade den Rücken zukehrte.

»O nein«, sagte Clémentine. »Bestimmt nicht. Was sollte es ihr außerdem nützen, wenn sie's verstecken muß? Mir ist es egal. Ich ziehe die Sachen doch nie an. Oder fast nie.«

## XIII

24. Juli

»Das hätten wir«, sagte Angel und richtete sich wieder auf.

Er hatte gerade zur Hälfte den Bremsklotz angesägt, der das Boot auf seinen Schienen zurückhielt. Alles war fertig. Ein Boot von zehn Metern Länge aus hellem Holz, den Bug geschnitten wie ein Phönizierschwert, versehen mit einem leichten Bootssteg, für den im Augenblick nur die bronzen schimmernden Halterungen am Rumpf montiert waren. Das stark gewölbte Deck ließ durch die Ausbuckelung im hinteren Teil auf eine darunter befindliche kleine Kajüte schließen. Jacquemort beugte sich vor und betrachtete den Bootsrumpf. Elf Paar mechanische Füße ragten auf die ganze Länge verteilt daraus hervor.

»Das wird ganz schön dahinflitzen«, bemerkte er.

»Ziemlich«, sagte Angel.

»Für einen Amateur«, fuhr Jacquemort fort, »haben Sie sich außerordentlich gut geschlagen.«

»Ich bin kein Amateur«, sagte Angel.

»Also gut«, sagte Jacquemort erneut, »für einen Fachmann haben Sie sich außerordentlich gut geschlagen.«

»Ich bin kein Fachmann«, sagte Angel.

»Was denn sind Sie dann eigentlich?« fragte Jacquemort etwas gereizt.

»Fangen Sie bloß nicht wieder an, Fragen zu stellen. Das ist eine bedauerliche Unart von Ihnen.«

Jacquemort hätte sich erzürnen mögen, sicher, aber sein Temperament ließ es nicht soweit kommen. Er suchte nach passenden Worten für einen Mann, der wegfährt. Für lange Zeit. Auf einem nicht sehr sicheren Boot. Letzten Endes. Und trotz der elf Paar mechanischen Füße.

»Stehen Sie mit Ihrer Frau noch immer auf demselben Fuß?«

»Ja«, sagte Angel. »Es ist eine …«

Er unterbrach sich.

»Es ist nichts. Ich habe dazu nichts zu sagen. Frauen und Männer leben nicht auf derselben Ebene. Aber ich bedauere nichts.«

»Auch nicht Ihre Kinder?«

»Glücklicherweise«, sagte Angel, »kenne ich sie noch gar nicht. So wird es mich nicht schmerzen.«

»Sie werden Ihnen aber fehlen«, versicherte der Psychiater.

»Ich weiß«, sagte Angel. »Aber es gibt immer irgend etwas, das einem fehlt. Soweit es etwas Wichtiges ist.«

»Kinder, die ohne Vater aufwachsen …«, fing Jacquemort an.

»Hören Sie«, sagte Angel, »kommen Sie mir nicht wieder damit. Ich fahre weg. Ich fahre sowieso weg. Und damit hat sich's.«

»Sie werden absaufen«, sagte Jacquemort.

»Das Glück wird mir nicht beschieden sein.«

»Wie banal Sie sind!« versetzte Jacquemort verachtungsvoll.

»Schamlos banal«, sagte Angel.

»Ich weiß gar nicht, was ich darauf antworten soll.«

»Das versteht sich«, kommentierte Angel sarkastisch. »Jetzt bin ich an der Reihe mit Fragenstellen. Wie weit sind Sie mit Ihren großen Projekten gekommen?«

»Nichts«, sagte Jacquemort. »Bis jetzt habe ich eine Katze gehabt und sonst nichts. Ich habe es auch mit einem Hund versucht, aber die vorangegangene Katze hat einen starken und unangenehmen Konflikt in mir verursacht, und so habe ich damit aufhören müssen. Außerdem hätte ich viel lieber einen Mann. Oder eine Frau; auf jeden Fall ein menschliches Wesen.«

»Mit wem haben Sie im Moment Umgang?«

»Ich werde demnächst das Dienstmädchen vom Hufschmied kennenlernen. Durch die Gemischtwarenhändlerin.«

»Gehen Sie jetzt schon zur Gemischtwarenhändlerin?«

»Nein … ich weiß nicht … die Damenschneiderin, meinte ich. Lustig übrigens, sie macht alle Kleider Ihrer Frau, nicht wahr?«

»Nie im Leben«, sagte Angel. »Clémentine hat alles von auswärts mitgebracht. Sie geht nie ins Dorf.«

»Da tut sie nicht gut daran«, sagte Jacquemort.

»Es gibt da allerhand zu sehen.«

»Ach, hören Sie bloß damit auf«, spottete Angel, »die machen einen ja verrückt, alle, wie sie da sind.«

»Das ist zwar wahr, aber doch auch wieder hochinteressant. Auf jeden Fall … ja … nun gut! … Es ist zumindest verwunderlich: die Schneiderin hat die Modelle von allen Kleidern Ihrer Frau. Von allen jedenfalls, die ich an ihr gesehen habe.«

»Ach ja?« sagte Angel wenig beeindruckt.

Er sah das Boot an.

»Ich werde jetzt langsam wegfahren müssen«, sagte er. »Wollen Sie mit mir zusammen eine Probefahrt machen?«

»Sie werden doch wohl nicht einfach so wegfahren wollen …«, sagte Jacquemort erschrocken.

»Doch. Zwar nicht heute, aber wegfahren werde ich ganz einfach so.«

Er näherte sich dem Bremsbalken, den er zur Hälfte angesägt hatte, und holte mit dem Arm aus. Mit einem gezielten Faustschlag schlug er das Stück Holz entzwei. Ein lautes Knirschen. Das Boot erbebte und setzte sich in Bewegung. Die mit Talg eingeschmierten Eichenschienen führten quer durch den Garten abwärts und dann beinahe senkrecht zum Meer hinunter. Wie ein Pfeil flitzte das Boot davon und traf, in einer stinkenden Rauchwolke von verbranntem Talg verschwunden, außerhalb des Blickfeldes auf dem Wasser auf.

»Jetzt müßte es soweit sein«, sagte Angel nach zwanzig Sekunden. »Kommen Sie, machen wir eine kleine Rundfahrt. Wir wollen sehen, ob es auch schwimmt.«

»Sie sind wohl nicht recht bei Trost«, sagte Jacquemort. »Ein solches Ding von so hoch oben runterschmeißen!«

»Das haut schon hin«, versicherte Angel … »Je höher, desto schöner ist es.«

Sie stiegen, allerdings weniger schnell als das Boot, den Steilhang hinunter. Es war herrliches Wetter, und der Steilhang wimmelte von Pflanzengerüchen und summenden Insekten. Angel hatte Jacquemort freundschaftlich den Arm um die Schulter gelegt. Der Psychiater schwankte in seinen Gefühlen. Er mochte Angel gut leiden, und er hatte Angst.

»Werden Sie auch vorsichtig sein?« sagte er.

»Natürlich.«

»Haben Sie auch Proviant dabei?«

»Ich habe Wasser und Angelschnüre.«

»Sonst nichts?«

»Ich werde Fische fangen. Das Meer hat für alles vorgesorgt.«

»Ah! Sie haben ihn also doch, diesen Komplex«, platzte Jacquemort heraus.

»Kommen Sie mir nicht wieder mit diesen abgeschmackten Plattheiten«, sagte Angel, »ich weiß, die Rückkehr zur Urmutter, dem Meer, immer die gleiche alte Leier. Gehen Sie doch hin und psychoanalysieren Sie Ihre Dorftrottel. Von Müttern hab ich die Schnauze voll.«

»Weil Sie mit dieser Frau da verheiratet sind«, sagte Jacquemort. »Aber Ihre eigene Mutter geht Ihnen doch wohl ab.«

»Nein. Außerdem habe ich gar keine Mutter.«

Sie blieben am Rande des Abgrundes stehen, und Angel

beschritt als erster ein schmales, abwärts führendes Felsband. Das Boot war jetzt zu ihren Füßen in Sicht. Jacquemort sah, daß die Schienen sich – nach beinahe lotrechtem Fall – wieder annähernd horizontal richteten, sowie sie mit dem Wasser in Berührung kamen. In Anbetracht seiner Ankunftsgeschwindigkeit hätte sich das Boot mindestens dreihundert Meter vom Ufer entfernt befinden müssen. Er machte eine diesbezügliche Bemerkung.

»Ich hatte da natürlich ein Rückholkabel angebracht«, sagte Angel.

»Gut gemacht«, lobte Jacquemort, ohne begriffen zu haben.

Unter ihren Schritten bevölkerte sich der Kiesstrand mit Echos. Behend ergriff Angel das Ende eines dünnen und geschmeidigen Taus. Langsam näherte sich das Boot dem Ufer.

»Steigen Sie ein«, sagte Angel.

Jacquemort gehorchte. Das Boot schwankte. Sobald man sich darin befand, erschien es einem größer. Angel sprang nun seinerseits an Bord und verschwand nach unten in die Kajüte.

»Ich lasse das Schwert runter«, sagte er, »und dann geht's los.«

»Aber doch nicht im Ernst, oder?« fragte Jacquemort erschrocken.

Angels Kopf tauchte wieder auf.

»Haben Sie keine Angst«, sagte er lächelnd. »Ich bin noch nicht ganz fertig. Frühestens in einer Woche. Heute wird nur eine Probefahrt gemacht.«

## XIV

27. Junili

So viele Male war Jacquemort nun schon den Weg ins Dorf gegangen, daß er ihm so trostlos vorkam wie der Flur eines Nachtasyls und so kahl wie ein geschorener Bärtiger. Ein einfacher Fußsteig ist ein Weg wie ein Strich, eine Linie ohne Breitenausdehnung und existiert also so gut wie gar nicht. Auch kürzer war der Weg geworden: bekannte Fußtapfen, schon zurückgelegte Schritte (Wanderschritte – nicht Negationsschritte). In Unordnung bringen mußte er sie, umkrempeln – nein, selbst das reichte noch nicht –, besser: mit begriffsspaltenden und sinnzersetzenden Parasiten durchseuchen mußte er seine einschichtig-tumben Gedankenläufe, um die Strecke ohne Langeweile zurücklegen zu können. Und trotzdem brachte er sie immer wieder hinter sich. Dabei sang er wohl auch:

*Kanonen stehn in Reu und Lied*
*Wir singen uns ein Abschiedsglied*
*Und alle Kerzen flennen*

*Der Schanker weicht*
*Der Sänger feucht*
*Die Kammer räucht beim Brennen.*

Und alle bekannten, gerade entstehenden und künftigen Lieder; armer Jacquemort, was war er doch für ein dummer Tropf, aber was machte das schon, er selbst sah sich ja nicht. Er kam also ins Dorf, weil das weiter oben schon erwähnt ist, und die schwere, dumpfe Käseglocke dieses Dorfes senkte sich herab und stülpte sich über ihn, und da stand er auch schon vor der Wohnung der Gemischtwarenhändlerin (wie er dachte), die aber in Wirklichkeit eine renommierte und verdienstvolle Damenschneiderin war, und er machte:

»Klopf!« (Zweimal)

»Herein!«

Jacquemort trat ein. Drinnen war es dunkel wie in allen Häusern des Dorfes. Blankgeputzte Gegenstände schimmerten im Hintergrund. Der abgenutzte mattrote Plattenfußboden war übersät mit Nähgarnresten, Stoffstücken, mit Tausendkorn für Hühner, Hundertkorn für Hähne und Zehnkorn für Liebhaber.

Die alte Schneiderin war alt und nähte ein Kleid.

»Sieh einer an«, sagte sich Jacquemort.

»Sie arbeiten für Clémentine?« fragte er, um die Sache endlich vom Herzen zu haben; denn es genügt, Fragen zu stellen, wenn man ein reines Herz haben will; das Herz ist nämlich ein gut geschütztes und leicht zu unterhaltendes Organ.

»Nein«, sagte sie.

Da gewahrte Jacquemort den Hufschmied.

»Guten Tag«, sagte er freundlich.

Der Hufschmied kam aus seinem Winkel heraus. Er wirkte immer noch furchterregend, aber noch mehr im Dunkeln, denn da war der Eindruck undeutlich und verwischt und vergrößerte sich dadurch noch.

»Was wollen Sie hier?« fragte er.

»Ich komme, um Madame zu besuchen.«

»Sie haben hier nichts verloren«, befand der Hufschmied.

»Ich möchte wissen, wie sich das alles hier zusammenreimt«, fragte Jacquemort. »Diese Kleider hier sind die gleichen wie die von Clémentine, und das gibt mir zu denken.«

»Da haben Sie sich aber umsonst bemüht«, sagte der Hufschmied. »Das sind keine patentierten Kleider, jeder kann sie nachmachen.«

»Man kopiert aber nicht alle Kleider einfach so«, sagte Jacquemort streng. »Das gehört sich nicht.«

»Nur keine losen Reden«, sagte der Hufschmied.

Er hatte wahrhaftig sehr starke Arme. Jacquemort kratzte sich am Kinn, sah zur bauchigen Decke hoch, die mit klebrigen Fliegenfängern voll toter Fliegen verziert war.

»Also, kurz und gut«, sagte Jacquemort, »sie wird es auch weiterhin tun?«

»Ich gebe sie in Auftrag«, sagte der Hufschmied mit flacher und gefährlicher Stimme. »Und ich bezahle sie auch.«

»Ach wirklich?« sagte Jacquemort weltmännisch. »Für Ihre reizende kleine junge Frau, nehme ich an?«

»Hab keine.«

»Hm ... äh ...«, fing Jacquemort wieder an. »Doch verraten Sie mir eines«, sagte er, indem er sich anders besann, »nach welchen Modellen kopiert sie eigentlich?«

»Sie kopiert sie nicht«, sagte der Hufschmied, »sie sieht sie. Sie macht sie aus dem Kopf nach ihrer Erinnerung.«

»Oh! Oh!« spöttelte Jacquemort. »Da binden Sie mir ja einen ordentlichen Bären auf.«

»Ich binde niemandem einen Bären auf«, hufte der Schmied.

In diesem Augenblick stellte Jacquemort fest, daß die alte Schneiderin wirklich falsche Augen auf ihre geschlossenen Lider gemalt hatte. Der Schmied verfolgte seinen Blick.

»Die aufgemalten Augen sind dazu da, daß man von der Straße aus nichts merkt«, sagte er. »Wenn Sie nicht hereingekommen wären, hätten Sie nichts gemerkt.«

»Aber ich habe doch geklopft«, sagte Jacquemort.

»Gewiß«, entgegnete der Hufschmied, »aber da sie nichts sieht, hat sie einfach ›Herein!‹ gesagt, ohne sich bewußt zu sein, daß Sie es waren.«

»Aber sie hat immerhin ›Herein!‹ gesagt.«

»Na und«, sagte der Hufschmied, »sie ist halt gut erzogen, die alte Schlampe.«

Die Schneiderin nähte gerade an einem Schmuckfaltenmuster an der Taille des Kleides, eines schönen einteiligen aus weißem Pikee, wie es Clémentine am Vortage getragen hatte.

»Sie arbeitet also wirklich mit geschlossenen Augen?« beharrte Jacquemort erstaunt und im Behauptungston fragend, wie um sich selbst zu überzeugen.

»Es wäre unrecht zu sagen: ›mit geschlossenen Augen‹«, schmiedete der Hufer. »Man hat die Augen noch lange nicht geschlossen, nur weil man die Lider darüber zuklappt. Darunter sind sie immer noch offen. Wenn Sie einen Felsblock vor eine offene Tür rollen, ist sie deshalb auch nicht geschlossen; und genausowenig das Fenster, denn um in die Ferne zu schauen, benutzt man alles andere als die Augen; aber Sie verstehen das ja alles sowieso nicht.«

»Nun gut!« sagte Jacquemort gekränkt, »wenn Sie glauben, daß ich aus Ihrem Gefasel schlau werde, sind Sie wirklich schiefgewickelt und obendrein gemein.«

»An mir ist nichts Gemeines«, sagte der Schmied. »Und mit Ihnen habe ich schon gar nichts gemein. Lassen Sie die alte Fose endlich arbeiten und scheren Sie sich zum Teufel.«

»Schon gut«, sagte Jacquemort, »schon recht. Ich geh ja schon.«

»Glänzende Idee«, lobte der Schmied.

»Auf Wiedersehen, Monsieur Jacquemort«, sagte die Schneiderin.

Sie biß den Faden mit den Zähnen ab wie eine Parze, die ihre Schere gerade beim Scherenschleifer hat. Ärgerlich, aber dennoch mit Würde ging Jacquemort ab. Er verschoß noch einen letzten Pfeil.

»Ich geh jetzt Ihr Dienstmädchen vögeln.«

»Meinen Segen haben Sie«, sagte der Schmied. »Die hab ich schon längst vor Ihnen gevögelt, und das ist auch nicht weiter aufregend, kann ich Ihnen sagen, die kriegt ihren langweiligen Arsch nicht in Schwung.«

»Aber ich krieg ihn doppelt in Schwung«, versicherte Jacquemort, »und hinterher wird sie psychoanalysiert.«

Stolz erhobenen Hauptes fand er sich wieder auf der Straße. Drei Schweine gingen vorüber, den Marschtakt durch Grunzen vorgebend. Er versetzte dem dritten, das ihm liederlich vorkam, einen kräftigen Fußtritt in den Hintern und setzte seinen Weg fort, Jacquemort.

# XV

27. Junili (später)

Das Dienstmädchen des Hufschmiedes, Nëzrouge genannt, schlief zusammen mit dem jeweiligen Lehrling auf dem Hängeboden oberhalb der Schmiede. Der Lehrling ging ziemlich häufig ein, das schwer schuftende Dienstmädchen jedoch hielt sich gut, besonders seit der Schmied davon Abstand genommen hatte, wie ein über die Ufer tretender Fluß ihr Bett zu überfluten. Der Lehrling kam nicht in Frage. Erschöpft, wie er war, konnte man nichts mit ihm anfangen. Ein armseliger Schlappschwanz, ganz und gar beischlafunfähig. Er schlief einfach ein. In diesem Augenblick schlief er zufällig einmal nicht. Das nicht. Er stand an der Esse und hielt das Feuer in Gang. Jacquemort sah ihn beim Hereinkommen und drang in die Werkstatt vor, die von Ruß starrte, allen Säuberungsversuchen von Nëzrouge zum Trotz.

»Tag, Lehrling«, sagte Jacquemort.

Der Lehrling murmelte »Guten Tag« und hielt sich dabei vorsichtshalber gleich den Ellbogen vors Maul, da nämlich unter den Besuchern der lustige Brauch herrschte, ihm im Vorbeigehen eins draufzuhauen: da dieser Lehrling ja auf Eisen einschlug, war es nur recht und billig, daß er dafür seinerseits auch etwas abkriegte.

»Dein Meister ist nicht da«, stellte Jacquemort fest.

»Nicht da«, bestätigte der Junge nach Überprüfung des Sachverhalts.

»Nun, dann geh ich eben wieder!« sagte Jacquemort.

Er ging aus der Werkstatt, bog nach links ums Haus, betrat den Hof, stieg die Holztreppe am Hause hoch und befand sich in einem öden, mit rohen Dielen bedeckten Flur. Rechts unter der Dachschräge lag die Kammer von Nëzrouge. Gleich daneben gab es eine hohe Tür, dahinter wohnte der Meister. Links war an einem Mauervorsprung erkennbar, daß des Meisters Räumlichkeiten drei Viertel des Stockwerkes einnahmen und mit der rechten Trennwand an Nëzrouges Kammer angrenzten, eine simple, aber praktische Anordnung.

Jacquemort trat ein, ohne anzuklopfen. Das Mädchen saß auf dem Bett und las eine Zeitung von vor sieben Jahren. Die Neuigkeiten brauchten eben ihre Zeit, bis sie ins Dorf gelangten.

»Aha«, sagte der Psychiater, »man tut etwas für die Bildung?«

Die kindlich naive Masche paßte zu ihm wie Gamaschen auf eine Jauchepumpe.

»Lesen wird man doch wohl noch dürfen«, sagte Nëzrouge patzig.

»Was sind diese Bauern doch schwierig handzuhaben«, dachte Jacquemort.

Nëzrouges Kammer wies wenig Komfort auf. Ein abgescheuerter Fußboden, nackte weißgekalkte Wände und Dachbalken mit querverlaufenden Dachsparren, auf denen, von den Verschalungsbrettern getragen, kleine Schiefertafeln ruhten. Alles war tüchtig verstaubt. Möblierung: Bett und Tisch, auf diesem ein Wasserkübel, für jeden nur erdenklichen Zweck. In einer Ecke eine Truhe für die wenigen Habseligkeiten des Mädchens.

Diese mönchische Schlichtheit kitzelte aus Jacquemort den geilen, auf Mädchenfrischfleisch versessenen Atheisten heraus, der er, wenn er sich's nur recht überlegte, durchaus hätte sein können.

Er setzte sich neben sie auf die quietschende eiserne Bettstatt ... einen anderen Platz gab es nicht.

»Was hast du seit dem letzten Mal Schönes gemacht?« fragte er.

»Gar nichts«, sagte sie.

Sie fuhr in ihrer Lektüre fort, las auch ihre Seite zu

Ende, faltete dann die Zeitung zusammen und steckte sie unter das Kopfkissen.

»Zieh dich aus und leg dich aufs Bett«, sagte Jacquemort.

»Oje! Lieber nicht«, sagte das Mädchen, »wenn dann der Meister heimkommt, muß ich mich wieder anziehen und die Suppe kochen.«

»Aber doch nicht um diese Zeit«, sagte Jacquemort. »Und außerdem ist der Meister gar nicht da, er ist bei der Schneiderin.«

»Dann kommt er sicher hinterher gleich nach Hause«, sagte sie.

Sie überlegte einen Augenblick und fügte hinzu:

»Aber wir werden trotzdem unsere Ruhe haben.«

»Warum?« wollte Jacquemort wissen.

»Das ist immer so, wenn er von dort heimkommt«, sagte das Mädchen. »Aber weshalb wollen Sie eigentlich, daß ich mich ausziehe?«

»Das ist die unerläßliche Ausgangsbedingung für jede gute Psychoanalyse ...«, sagte Jacquemort im Oberlehrerton.

Sie errötete. Ihre Hand legte sich auf ihren kleinen spitzen Halsausschnitt.

»Oh ...!« sagte sie und senkte den Blick. »Nicht einmal mein Meister hat sich jemals getraut, so was mit mir zu machen.«

Jacquemort kräuselte eine Augenbraue. Was hatte sie schon davon kapiert? Aber wie sollte man sie überhaupt danach fragen?

»Ääh ...«, murmelte sie, »ich weiß nicht, ob ich dafür sauber genug bin ... vielleicht haben Sie das nicht so gern ...«

Jacquemort ahnte was ... Eine Geheimsprache.

»Die Psychoanalyse ...«, begann er.

»Warten Sie«, flüsterte sie. »Noch nicht.«

Die Kammer war durch eine Luke in der Dachschräge erhellt. Sie erhob sich und hatte wenige Sekunden darauf aus der Truhe einen alten Vorhang geholt, den sie vor dem kleinen viereckigen Fenster befestigte. Das Tageslicht drang schwach durch den bläulichen Stoff und verlieh der Dachkammer das Aussehen einer unterirdischen Grotte.

»Das Bett wird aber quietschen«, sagte Jacquemort und entschloß sich, seine Psychoanalyse auf später zu verschieben. »Wir sollten deinen Strohsack vielleicht lieber auf den Boden legen.«

»Ja …«, sagte sie erregt.

Er roch, wie ihr Schweißgeruch die Kammer erfüllte. Sie mußte schon klitschnaß sein. Das würde der Sache durchaus förderlich sein.

## XVI

27. Junili (noch später)

Schwere Schritte auf der Holztreppe ließen sie aus ihrer erschöpften Umarmung hochfahren. Jacquemort rappelte sich schleunigst auf und löste sich von dem halb auf dem Strohsack, halb auf dem Fußboden liegenden Mädchen.

»Das ist er ...«, flüsterte er.

»Hier kommt er nicht rein«, murmelte sie nur. »Er geht in sein Zimmer.«

Sie ruckelte ein wenig mit dem Becken.

»Hör auf damit!« protestierte Jacquemort. »Ich kann nicht mehr.«

Sie gehorchte.

»Werden Sie wiederkommen und mich psycho... dingsbumsen«, sagte sie mit wohlig rauher Stimme. »Ich mag das. Das tut so gut.«

»Ja, ja«, sagte Jacquemort noch ganz und gar erregt von allem.

Zehn Minuten mußten doch immerhin vergehen, bis sich die Lust wieder einstellte. Frauen haben da leider nicht das nötige Feingefühl.

Die Tritte des Meisters erschütterten jetzt den Hausflur aus nächster Nähe. Seine Zimmertür öffnete sich kreischend und fiel ins Schloß. Jacquemort kniete am Boden und spitzte die Ohren. Auf allen vieren näherte er sich geräuschlos der Wand. Plötzlich traf ein dünner Lichtstrahl sein Auge. Irgendwo in der Trennwand mußte ein Astloch sein. Mit der Hand sich nach der Lichtquelle vortastend, fand er auch sogleich das Loch im Brett und heftete sein Auge daran, nicht ohne ein leichtes Zögern; er zog den Kopf auch sofort wieder zurück. Er hatte den Eindruck, ebensogut gesehen zu werden, wie er selbst sehen konnte. Durch Anwendung seiner Vernunft jedoch erlangte er seine Sicherheit wieder und legte sich erneut auf seinen Beobachtungsposten.

Das Bett des Schmiedes befand sich direkt unterhalb desselben. Eigenartigerweise ein äußerst niedriges Bett und ganz ohne jedes Bettzeug. Nichts als eine Matratze mit straff darüber gespanntem Leintuch, nicht einmal die unvermeidliche rotbezogene und sich busig bauschende Daunendecke, die man sonst auf allen Betten des Landes antrifft.

Er spähte alle Winkel des Zimmers aus und sah als erstes den Schmied mit nacktem Oberkörper und von hinten. Er schien in einem heiklen Vorhaben begriffen. Seine Hände waren nicht zu sehen. Doch da hoben sie sich und vollführten eine Bewegung, als wollten sie mit etwas auf jemanden draufklopfen. Dann kamen sie an seinen Gürtel zurück und machten sich an der Schnalle zu schaffen. Diese gab nach; seine Hose fiel und ließ dabei seine wuchtigen, durchnervten und wie Palmstämme behaarten Beine zutage treten. Er trug eine angeschmutzte baumwollene Unterhose, die ihrerseits nun auch fiel. Jacquemort hörte ein Gemurmel. Er konnte aber nicht gleichzeitig spähen und lauschen.

Der Schmied befreite seine nackten Füße aus Unterhose und Beinkleid, wandte sich um und kam mit schlenkernden Armen zum Bett heran. Dort setzte er sich hin. Wiederum war Jacquemort unwillkürlich zurückgewichen, als er ihn näher kommen sah. Aber er hielt es vor Neugierde nicht aus und legte sich unverzüglich wieder mit dem Auge an die Öffnung. Nicht einmal als er Nëzrouge zu sich herankommen hörte, rührte er sich und sagte sich, er würde ihr schon einen ordentlichen Tritt verpassen, wenn sie ihn in Unannehmlichkeiten brächte. Und dann sagte er sich gar nichts mehr, denn da blieb ihm das Herz stehen. Vor sich erblickte er jetzt das, was ihm der Rücken des Schmiedes bisher verborgen hatte. In einem Kleid aus weißem Pikee stand da ein wunderschöner, menschenähnlicher Roboter aus Bronze und Stahl, dem Bilde Clémentines täuschend nachgeformt, und bewegte sich jetzt in unirdischem Gang auf das Bett zu. Der Schein einer für Jacquemort nicht sichtbaren Lampe zauberte Reflexe auf ihre feinen Gesichtszüge, und das schimmernde, auf Atlaspolitur gebrachte Metall ihrer Hände funkelte wie sündhaft teures Geschmeide.

Der Automat blieb stehen. Jacquemort sah, wie der Schmied vor Ungeduld schwer atmete. Mit einer geschickten Bewegung griffen die metallenen Hände in den Halsausschnitt des Kleides und zerrissen es mühelos. Der weiße Stoff fiel in Fetzen zu Boden. Jacquemort starrte hingerissen auf die straffhäutigen Brüste, die biegsamen Hüften und die wahren Wunderwerke von Knie- und Schultergelenken. Behutsam legte sich die mechanische Puppe auf das Bett. Jacquemort prallte zurück. Er tastete um sich, stieß dann gewaltsam das Dienstmädchen zur Seite, das soeben bemüht war, ihn wieder auf Vordermann zu bringen, und suchte fieberhaft nach seinen Hosen. Er hatte seine Armbanduhr in der Hosentasche gelassen. Beim ungewissen Licht der Dachluke sah er nach: drei Viertel fünf.

Seit dem Tag, da er sie im Eßzimmer überrascht hatte, zog sich Clémentine täglich um halb fünf in ihr Zimmer zurück, um – wie sie sagte – ein Schläfchen zu machen. Im selben Augenblick, da die stählernen Hüften der Puppe den Schmied in Ekstase versetzten, krampfte Clémentine im Haus am Steilhang auf ihren Laken die schlanken Finger zusammen und keuchte ebenfalls vor Lust.

Jacquemort wurde von Mal zu Mal erregter, wenn er sich dem Loch in der Wand näherte. Ohne Scheu blickte er hindurch. Gleichzeitig suchte seine Hand nach dem Körper Nëzrouges, die darüber zwar selig war, aber nichts begriff. »Wirklich, ich muß schon sagen, diese Bauern sind ganz eigenwillig zivilisierte Burschen«, sagte sich Jacquemort, während er dem Schmied zuschaute.

## XVII

39. Junili

Die Füße im Wasser, die Hosenbeine hochgekrempelt und die Schuhe in der Hand, stand Jacquemort da und starrte blöde das Boot an. Er wartete auf Angel, das Boot wartete auch. Angel kam gerade wieder den Steilhang herunter, mit Wolldecken und einem letzten Wasserkanister ausgerüstet. Er hatte sich einen Seemansanzug aus gelbem Ölzeug angezogen. Eilig überquerte er die kleine Kiesbucht und ging auf Jacquemort zu. Dieser fühlte sich sehr beklommen.

»Stehen Sie bloß nicht so mit Ihren Schuhen in der Landschaft herum«, sagte Angel. »Sie sehen ja aus wie ein Ochse im Frack.«

»Mir ist ganz wurscht, wie ich aussehe«, antwortete der Psychiater.

»Und lassen Sie Ihren Bart in Ruhe!«

Jacquemort ging wieder auf trockenen Boden zurück und stellte seine Pantinen auf einem großen Felsbrocken ab. Als er den Kopf hob, sah er den Gleitschienenstrang des Bootes oberhalb der Felskante der Steilküste verschwinden.

»Ich werd ganz trübsinnig, wenn ich das Zeug hier sehe«, sagte er.

»Aber nein«, sagte Angel. »Sorgen Sie sich nicht.«

Er schritt behend über den elastischen Steg, der auf das Boot führte. Jacquemort rührte sich nicht.

»Wozu brauchen Sie Blumentöpfe?« fragte er, als Angel wieder erschien.

»Hab ich vielleicht nicht das Recht, Blumen mitzunehmen?« fragte der andere aggressiv zurück.

»Aber ja, gewiß doch«, sagte Jacquemort. Dann fügte er noch hinzu: »Womit wollen Sie sie eigentlich begießen?«

»Mit Wasser«, sagte Angel. »Wie Sie vielleicht wissen, regnet es auch auf dem Meer.«

»Da haben Sie recht«, bestätigte der andere.

»Und ziehen Sie nicht so eine Fleppe«, sagte Angel. »Sie machen mich ja ganz krank. Sieht ja fast so aus, als würden Sie einen Freund verlieren!«

»Das trifft zu«, sagte Jacquemort. »Ich mag Sie gut leiden.«

»Nun, ich Sie auch«, sagte Angel. »Aber wie Sie sehen, gehe ich trotzdem. Man bleibt nicht etwa, weil man bestimmte Menschen liebt; man geht, weil man andere verachtet. Einzig und allein das Schlimme treibt einen zum Handeln an. Von Hause aus sind wir alle feige.«

»Ich weiß nicht, ob es Feigheit ist«, sagte Jacquemort, »aber es schmerzt mich.«

»Damit es nicht zu sehr nach Feigheit aussieht, habe ich zusätzlich ein paar Schwierigkeitsgrade eingebaut: kein Proviant, ein kleines Leck im Kiel und äußerst wenig Wasser. Ob das reicht? Was glauben Sie?«

»Sie Trottel«, brummte Jacquemort wütend.

»Auf diese Weise«, fuhr Angel fort, »bleibt es, moralisch gesehen, Feigheit, physisch jedoch ein Wagnis.«

»Das ist gar kein Wagnis, das ist einfach idiotisch«, sagte Jacquemort. »Das dürfen Sie nicht verwechseln. Und außerdem, was ist – in moralischer Hinsicht – schon Feiges dran? Man ist nicht feig, weil man jemanden nicht liebt oder weil man ihn nicht mehr liebt. Das ist nun einmal so, oder?«

»Wir reden aneinander vorbei«, sagte Angel. »Immer, wenn wir miteinander zu reden anfangen, entzweien wir uns in unseren Grundauffassungen. Das ist ein weiterer Grund für mich wegzufahren; auf diese Weise pflanze ich Ihnen wenigstens keine schlimmen Ideen mehr ein.«

»Wenn Sie glauben, daß mir die anderen bessere einpflanzen …«, brummte Jacquemort.

»Ach ja, stimmt, verzeihen Sie. Beinahe hätte ich Ihre famose innere Leere vergessen.«

Angel lachte und sprang wieder in den Bauch des Bootes. Fast gleichzeitig tauchte er daraus wieder hervor, während sich ein leichtes Grollen vernehmen ließ.

»Alles in Ordnung«, sagte er. »Ich kann losfahren. Übrigens ist es mir lieber, daß sie sie allein aufzieht. Ich wäre sicherlich mit ihr nicht einer Meinung, und ich hasse Diskussionen.«

Jacquemort schaute ins klare Wasser, das die Kieselsteine und Algenbänke größer erscheinen ließ. Das schöne Meer bewegte sich kaum, ein leichtes Plätschern allenfalls, weich wie feuchte Lippen, die aufeinandertreffen. Er senkte den Kopf.

»Ach was«, sagte er, »machen Sie keine schlechten Witze!«

»Wirklich gute hab ich nie machen können«, sagte Angel. »Hier bin ich wenigstens zu etwas gezwungen. Ein Zurück wird es nicht geben.«

Flink ging er über den Bootssteg an Land und holte aus seiner Hosentasche eine Schachtel Streichhölzer. Er bückte sich, rieb eines an und entflammte das Ende einer mit Talg eingeschmierten Zündschnur, die ein Stück über die Stapellaufschienen hinausreichte.

»Auf diese Weise«, sagte er, »müssen Sie nicht mehr daran denken.«

Die bläuliche Flamme kroch voran, von den beiden sorgsam überwacht. Dann wurde sie gelb, blähte sich, fing an zu laufen, und das Holz begann sich knisternd zu schwärzen. Angel ging wieder an Bord und warf den Bootssteg an den Strand zurück.

»Nehmen Sie den nicht mit?« fragte Jacquemort und wandte den Blick von der Flamme ab.

»Brauch ich nicht«, sagte Angel. »Ich muß Ihnen noch etwas gestehen: Ich kann Kinder nicht ausstehen. Leben Sie wohl, mein Lieber.«

»Auf Wiedersehen, Sie altes Arschloch«, sagte Jacquemort.

Angel lächelte, aber seine Augen glitzerten tränenfeucht. Hinter Jacquemort loderte und zischte das Feuer. Angel ging unter Deck. Man hörte ein gewaltiges Gebrodel, und die mechanischen Füße begannen im Wasser zu stampfen. Er kam wieder herauf und ergriff die Ruderpinne. Schon hatte das Boot einige Fahrt erlangt und legte nun schnell vom Ufer ab, den Bug bei zunehmender Beschleunigung höher und höher aus dem Wasser hebend. Als es seine volle Kraft ausgefahren hatte, schien es, als ob es inmitten einer Gischtkrause auf dem ruhig flachen Wasserspiegel dahinliefe. Angel hob in der Ferne einen Puppenarm. Jacquemort erwiderte das Zeichen. Es war sechs Uhr abends. Das Feuer prasselte nun schon wild, und der Psychiater mußte sich den Schweiß vom Gesicht wischen und das Feld räumen. Ein willkommener Vorwand. Eine dichte Rauchsäule stieg, von Orange durchzuckt, in majestätischen Schwadenschwüngen auf. Sie ließ die Steilküste in mächtigen Spiralwindungen unter sich und fuhr dann nahezu senkrecht in den Himmel.

Jacquemort lief ein Schauer über den Rücken. Er ertappte sich dabei, daß er schon seit einigen Minuten miaute. Ein bedauerndes, mit Schmerz vermischtes Miauen, wie das eines Katers, der gerade kastriert worden ist. Er schloß den Mund wieder und zog sich unbeholfen die Schuhe an. Bevor er sich an den Aufstieg machte, warf er noch einen Blick aufs Meer hinaus. Die noch lebendigen Strahlen der Sonne ließen in weiter Ferne ein schmales Etwas aufblitzen, das wie ein Wasserfloh über den Meeresspiegel lief. Oder wie eine Wasserwanze. Oder eine Spinne. Oder einfach wie etwas, das ganz allein auf dem Wasser dahinkrabbelte, mit Angel ganz allein an Bord.

## XVIII

39. Junigust

Sie saß an ihrem Fenster und betrachtete sich im Leeren. Vor ihr über den Steilhang hingestreckt lag der Garten und ließ sich von der Sonne seinen Graspelz lecken, eine letzte Liebkosung vor Sonnenuntergang. Clémentine fühlte sich sehr abgespannt und verlegte sich ganz auf die Überwachung ihres Innenlebens.

In sich selbst verloren, schrak sie hoch, als es vom fernen Kirchturm Viertel nach fünf schlug.

Eiligen Schrittes verließ sie das Zimmer. Im Garten waren sie nicht. Auf einen Verdacht hin stieg sie die Treppe hinunter und begab sich entschlossen in die Küche. Von der Waschküche her drangen die Echos von Culblancs großer Wäsche herüber, sowie sie die Tür öffnete.

Die Kinder hatten sich einen Stuhl vor das Buffet geschoben. Noël hielt ihn mit beiden Händen. Auf dem Stuhl stand Citroën und reichte Joël ein Stück Brot nach dem anderen aus dem Korb herunter; der Marmeladentopf stand noch auf der Sitzfläche des Stuhles zwischen Citroëns Beinen. Die verschmierten Wangen der Zwillinge verrieten den schon stattgehabten Genuß der Frucht ihrer Expedition.

Sowie sie ihre Mutter kommen hörten, fuhren sie herum, und Joël zerfloß sogleich in Tränen, knapp gefolgt von Noël. Nur Citroën ließ sich nicht aus der Ruhe bringen. Er nahm ein letztes Stück Brot und biß hinein, während er sich umdrehte und neben dem Marmeladentopf Platz nahm. Er kaute bedächtig und ohne Hast.

Beim Gedanken daran, daß sie gerade wieder einmal die Vesperzeit nicht eingehalten hatte, wurde Clémentine von Gewissensbissen gepeinigt, die noch heftiger waren als das Mißvergnügen, das sie empfand, wenn sie bisweilen zu spät nach Hause kam. Citroëns Gebaren, diese frech herausfordernde Miene, setzte das I-Tüpfelchen auf das seiner Brüder; wenn er seinerseits auch klare Front machte, so hatte er doch, wie jene auch, das Gefühl, etwas Verbotenes getan zu haben; er hatte offensichtlich den Eindruck, seine Mutter wolle sie alle drei absichtlich schikanieren, ihm sein Vesperbrot nicht gönnen; und diese Vorstellung schmerzte Clémentine so sehr, daß sie beinah in Tränen ausgebrochen wäre. Im Bemühen jedoch, ihre Küche nicht in ein Jammertal ausarten zu lassen, brachte sie es fertig, ihre überreizten Tränendrüsen zu drosseln.

Sie ging auf die Kinder zu und nahm Citroën in die Arme. Er sträubte sich bockig. Sanft küßte sie ihn auf seine sonnenbraune Wange.

»Mein armer Schnurzel«, sagte sie zärtlich. »Diese böse Mami hat das Vesperbrot vergessen. Kommt mit, dafür gibt's jetzt eine große Tasse Schokolade.«

Sie setzte ihn wieder auf den Boden. Der Tränenfluß der Zwillinge versiegte schlagartig, und freudekreischend stürzten sie ihr entgegen. Sie rieben ihre schmutzigen Gesichter an ihren schwarzbestrumpften Beinen, während sie an den Herd trat, um eine Kasserolle vom Haken zu nehmen und mit Milch zu füllen. Sprachlos sah Citroën sie mit seinem Stück Brot in der Hand an. Seine gerunzelte Stirn glättete sich. Seine Augen glitzerten vor Tränen, aber er blieb noch unschlüssig. Sie lächelte ihm scheinheilig zu. Da lächelte er scheu zurück, wie ein blaues Eichhörnchen.

»Du wirst sehen, wie du mich jetzt liebhaben wirst«, murmelte sie fast zu sich selber. »Du wirst mir nichts mehr vorzuwerfen haben.

Es ist soweit, sie können sich allein ernähren, sie brauchen mich nicht mehr«, sagte sie sich nicht ohne Bitterkeit. »Womöglich können Sie gar schon Wasserhähne allein aufdrehen.«

Nicht weiter schlimm. Das ließ sich alles wettmachen. Sie würde ihnen so viel Liebe geben. Sie würde ihnen dermaßen viel Liebe geben, daß das ganze Leben dieser Kinder, gehäkelt wie es war aus lauter Zuneigung und Fürsorge, ohne ihre Gegenwart den Sinn verlöre.

Gerade als sie ihren Blick zum Fenster schweifen ließ, sah sie dichte Rauchschwaden dort unten beim Werkschuppen aufsteigen. Es war die Stapellauframpe für das Boot, die brannte.

Sie ging hinaus, um nachzusehen; hinter ihr brabbelten die drei Kleinen. Sie ahnte bereits, was der Brand zu bedeuten hatte, ohne es überprüfen zu müssen. Ihr letztes Hindernis war nun aus dem Weg geräumt.

Der Schuppen krachte und prasselte. Verkohlte Holzstücke fielen vom Dach. Unbewegt betrachtete Jacquemort, vor der Tür stehend, die Glut. Clémentine legte ihm die Hand auf die Schulter. Er fuhr zusammen, sagte aber nichts.

»Angel ist fort?« fragte Clémentine.

Er nickte mit dem Kopf.

»Sobald alles niedergebrannt ist«, sagte Clémentine, »werden Sie mit dem Dienstmädchen zusammen die Trümmer wegräumen. Das wird einen herrlichen Spielplatz für die Kleinen abgeben. Ich werde ihnen ein Turn- und Klettergerüst bauen lassen. Das heißt, *Sie* werden es ihnen bauen. Die lieben Kleinen werden sich königlich amüsieren.«

Er war sichtlich erstaunt und sah, daß Widerrede zwecklos war.

»Sie können das«, versicherte sie. »Mein Man hätte es auch gut hingekriegt. Er war sehr geschickt. Ich hoffe, die Kleinen schlagen ihrem Vater nach.«

# *DRITTER TEIL*

# I

55. Janupril

»Jetzt sind es schon vier Jahre und etliche Tage, daß ich hier bin«, sagte sich Jacquemort.

Sein Bart war länger geworden.

## II

59. Janupril

Ein feiner, unangenehmer Nieselregen stäubte nieder, man mußte husten. Der Garten zerfloß klebrig. Das Meer war kaum zu sehen, es war aus demselben Grau wie der Himmel, und in der Bucht beugte sich der Regen der Willkür des Windes und schraffierte die Luft mit schrägen Strichen.

Wenn es regnet, kann man gar nichts unternehmen. Dann spielt man eben in seinem Zimmer. Noël, Joël und Citroën spielten in ihrem Zimmer. Sie spielten Sabbern. Citroën zottelte auf allen vieren den Teppichrand entlang und machte bei jedem roten Fleck halt. Er beugte den Kopf hinunter und ließ den Speichel tropfen. Noël und Joël folgten ihm und versuchten, an denselben Stellen zu sabbern. Ein erlesenes Vergnügen, fürwahr.

Nichtsdestoweniger regnete es. Clémentine stand in der Küche und rührte einen Milchbrei an. Sie hatte zugenommen. Sie schminkte sich nicht mehr. Sie kümmerte sich um ihre Kinder. Als sie in der Küche fertig war, ging sie nach oben, um ihre Überwachung wiederaufzunehmen. Gerade als sie ins Zimmer trat, schimpfte Culblanc mit den Kleinen.

»Ihr seid widerlich. Richtige kleine Schweinigel seid ihr.«

»Es regnet draußen«, bemerkte Citroën, dem gerade ein schöner langer Speichelfaden gelungen war.

»Es regnet draußen«, wiederholte Joël.

»Es regnet«, sagte Noël bündiger.

Allerdings hatte er im selben Augenblick eine erhebliche Kraftanstrengung zu bewältigen.

»Und wer soll eure Schweinereien wegputzen?«

»Du«, sagte Citroën.

Clémentine kam herein. Sie hatte die letzten Worte gehört.

»Selbstverständlich Sie«, sagte sie. »Dafür sind Sie ja da. Die armen kleinen Kerle haben doch wohl noch das Recht, sich zu vergnügen. Finden Sie, daß das Wetter so gut ist?«

»Das ist gegen jeden gesunden Menschenverstand«, sagte Culblanc.

»Jetzt reicht's aber«, sagte Clémentine. »Sie können wieder an Ihre Bügelei gehen. Ich kümmere mich um die Kleinen.«

Das Dienstmädchen ging hinaus.

»Sabbert, meine Schätzchen«, sagte Clémentine. »Wenn's euch Spaß macht, sabbert ruhig weiter.«

»Wir haben aber keine Lust mehr«, sagte Citroën.

Er stand auf.

»Kommt«, sagte er zu seinen Brüdern, »wir spielen Zug.«

»Kriege ich denn kein Küßchen?« sagte Clémentine.

»Nein«, sagte Citroën.

»Nein«, sagte Joël.

Noël sagte nichts. Das war die einzige noch verbleibende Möglichkeit der Aussageverknappung.

»Habt ihr eure Mami denn nicht mehr lieb?« fragte Clémentine und kniete sich hin.

»Doch«, sagte Citroën. »Aber wir spielen jetzt Zug. Du mußt in den Zug einsteigen.«

»Also gut! Dann steig ich eben ein«, sagte Clémentine. »Hoppla! Alles einsteigen!«

»Schrei«, sagte Citroën. »Du bist die Pfeife! Ich bin der Zugführer.«

»Ich auch«, sagte Joël und fing an, »tschu tschu« zu machen.

»Ich ...«, begann Noël.

Dann schwieg er.

»O meine süßen Lieblinge«, sagte Clémentine.

Sie küßte sie rundum ab.

»Schrei«, sagte Citroën. »Wir halten.«

Joël fuhr langsamer.

»Ich muß schon sagen«, sagte Clémentine, vom vielen Schreien ganz heiser, »der fährt verteufelt gut, euer Zug. Kommt jetzt euren Brei essen.«

»Nein«, sagte Citroën.

»Nein«, sagte Joël.

»Mir zuliebe«, sagte Clémentine.

»Nein«, sagte Citroën.

»Nein«, sagte Joël.

»Dann weine ich aber«, sagte Clémentine.

»Das kannst du gar nicht«, bemerkte Noël geringschätzig, durch die wahrhaft anmaßende Bemerkung seiner Mutter aus seiner gewohnten Wortkargheit gerissen.

»Ach so! Ich kann nicht weinen?« sagte Clémentine.

Sie brach in Tränen aus, aber Citroën brachte sie sogleich zum Stillstand.

»Nein«, sagte er, »du kannst es nicht. Du machst nur hu, hu, hu. Wir hingegen machen aaah.«

»Also dann: ah, ah, aah!« sagte Clémentine.

»Das ist es nicht«, sagte Joël. »Paß auf.«

Dann brachte Noël, angesteckt von der Stimmung im Raum, eine Träne zuwege. Spielerisch befeuert, fuhr Joël damit fort. Citroën weinte nie. Aber er war sehr traurig. Vielleicht sogar verzweifelt.

Clémentine wurde unruhig.

»Aber ihr weint ja echt! Citroën! Noël! Joël! Hört auf mit dem Theater, meine Schätzchen! Meine Kleinchen! Meine Lieblinge! Nun weint doch nicht! Was ist denn bloß los mit euch?«

»Du Abscheuliche!« schrie Joël jämmerlich.

»Du Böse!« kreischte Citroën wütend.

»Scheuß!« brüllte Noël am lautesten.

»Aber meine Lieblinge! Nicht doch! Es war nicht so gemeint! Es war ja nur ein Spaß! Also, ihr bringt mich noch ganz durcheinander!«

»Ich will aber keinen Brei!« sagte Citroën und fing erneut an zu kreischen.

»Will aber keinen Brei!« sagte Joël.

»Will kein!« sagte Noël.

Wenn sie aufgeregt waren, fielen Joël und Noël wieder in die Babysprache zurück.

Gänzlich aus der Fassung geraten, liebkoste und küßte Clémentine die drei.

»Meine armen Kerlchen«, sagte sie. »Nun gut, dann essen wir ihn eben später. Jetzt nicht.«

Alles hörte auf, wie von einem Zauber gebannt.

»Komm Boot spielen«, sagte Citroën zu Joël.

»Boot«, schloß Noël.

Sie machten sich von Clémentine davon.

»Laß uns in Ruhe«, sagte Citroën. »Wir spielen.«

»Ich lass' euch ja schon«, sagte Clémentine. »Wollt ihr, daß ich hierbleibe und stricke?«

»Nebenan«, sagte Citroën.

»Geh nach nebenan«, sagte Joël. »Hü, Boot!«

Clémentine seufzte und ging widerwillig hinaus. Sie hätte sie gerne noch ganz klein und brav gehabt. Wie am ersten Tag beim Stillen. Sie senkte den Kopf und hing der Erinnerung nach.

## III

73. Februni

*Jacquemort, versackt in Düsternis,*
*Lenkt hin zum Dorf seine Schritte,*
*Kam näher schon der Lebensmitte,*
*Doch stumpf war des Gewissens Biß.*
*Sein Ich war leer, so viel ist klar,*
*Auch Fortschritt kaum bemerkbar war,*
*Das Wetter grau; es nieselt leise,*
*Und Schlamm bedeckt wie Eierspeise,*
*Des Wandrers Stiefel stellenweise …*

Ein Vogel schrie. – »Ah! Verdammt noch mal«, sagte Jacquemort. »Jetzt hast du mich drausgebracht. Und dabei hatte es so gut angefangen. Von jetzt an werde ich von mir selbst nur mehr in der dritten Person reden. Das inspiriert mich.« – Er ging, er ging immerzu. Die Hecken beiderseits des Weges hatten sich während des Winters mit Eider-Eiderenten (das sind die Kinder der Eiderenten, genauso wie Gentlemen's Gentlemen die Kinder der Gentlemen sind) bevölkert, und all diese kleinen Eiderenten, die sich haufenweise in den Weißdornbüschen aufhielten, ließen es künstlich schneien, wenn sie sich mit heftigen Schnabelbewegungen die Bäuche kratzten. Die frischen grünen Gräben am Wegrand, bis oben hin voll Wasser und von Fröschen nur so wimmelnd, machten sich in Erwartung der Julembertrockenheit noch einen guten Tag.

»Man hat mich drangekriegt«, fuhr Jacquemort fort. »Dieses Land hat mich drangekriegt. Als ich ankam, war ich ein junger Psychiater voll Schwung, und jetzt bin ich ein junger Psychiater ganz ohne jeden Schwung. Das ist gewiß ein großer Unterschied. Und das verdanke ich alles diesem verrotteten Dorf. Diesem verdammten, widerwärtigen Dorf. Meinem ersten Besuch beim Alteleutemarkt. Jetzt finde ich den Alteleutemarkt sichtlich selber schon lustig. Jetzt haue ich den Lehrlingen unbeabsichtigt eine runter, und La Gloïre habe ich auch schon schlecht behandelt, weil ich sonst Scherereien gehabt hätte. Nun ja! Aber jetzt ist Schluß damit! Ich werde mich wieder mit aller Energie an die Arbeit machen.« Dies sagte sich Jacquemort. Was sich in einem Menschenhirn so alles abspielen kann, ist unglaublich, das gibt zu denken.

Der Weg ächzte unter Jacquemorts Tritten. Er quatschelte und glitschelte und glumste und gluckerte. Am Himmel krächzten einige sehr malerische Raben, lautlos jedoch, da der Wind in die andere Richtung wehte.

»Wie kommt es«, dachte Jacquemort plötzlich, »daß es hier keine Fischer gibt? Das Meer ist doch in nächster Nähe und voll von Krabben, Arapeden und anderen eßbaren Schalentieren. Warum nur? Warum? Warum? Warum? Warum?«

Weil es eben keinen Hafen gab. Er war so entzückt darüber, die Lösung gefunden zu haben, daß er sich selbstgefällig zulächelte.

Der Kopf einer großen braunen Kuh ragte aus einer Hecke. Er näherte sich ihr, um ihr einen guten Tag zu wünschen; sie blickte in die entgegengesetzte Richtung, deshalb rief er sie an. Als er ganz nahe herankam, sah er, daß es nur ein abgeschnittener und auf einen Spieß aufgepflanzter Kopf war; eine bestrafte Kuh, ganz ohne Zweifel. Ein Schild war auch dabei, jedoch in den Graben gefallen. Jacquemort hob es auf und las das Gemisch aus Schlamm und Buchstaben: – Das nächste – Fleck – Mal – Fleck – gibst – Fleck – du – Fleck – mehr Milch. – Fleck. Fleck. Fleck.

Er schüttelte gequält den Kopf. Er hatte sich immer noch nicht daran gewöhnen können. Das mit den Lehrlingen mochte ja noch angehen … Aber die Tiere. Er ließ das Schild wieder fallen. Fliegendes Getier hatte Augen und Nase der Kuh zerfressen, daher sah sie einer Krebskranken lächerlich ähnlich.

»Noch eine für La Gloïre«, sagte er. »Auch das wird wieder an ihm hängenbleiben. Und Gold wird er auch wieder kriegen. Nur wird ihm das nichts nützen, weil er sich nichts damit kaufen kann. Also ist es das einzige, was einen Wert hat. Es ist ohne Preis.«

*So hat Jacquemort nach all den Jahren,*
*Als muntren Schritts er weiterlief,*
*Ein Argument als positiv*
*Für wahren Goldeswert erfahren.*

»Da sieh einer an, so was!« sagte sich Jacquemort. »Nun finde ich doch meinen ursprünglichen Schwung wieder. Wobei der Gegenstand dieser Erkenntnis ja eigentlich bedeutungslos bleibt, zumal es eine konstruierte Situation ist, in der La Gloïre sich befindet, und folglich das Gold für ihn keinen Sinn hat. Und außerdem regt mich Gold nicht weiter auf; aber immerhin hat es mir wieder hundert Meter weitergeholfen.«

Das Dorf tauchte auf. Auf dem roten Bach streifte La Gloïre mit seinem Boot auf der Pirsch nach Abfall umher. Jacquemort rief ihn an. Als das Boot ganz nahe bei ihm war, sprang er hinein.

»Nun?« sagte er leutselig. »Was gibt es Neues?«

»Nichts«, antwortete La Gloïre.

Jacquemort fühlte, wie im Hintergrund seines Schädels ein Gedanke Gestalt annahm, den er seit dem Morgen mit sich herumgetragen hatte.

»Sagen Sie«, schlug er vor, »wie wär's, wenn wir zu Ihnen nach Hause gingen? Ich würde Ihnen gern ein paar Fragen stellen.«

»Na gut«, sagte La Gloïre, »warum nicht? Gehen wir. Erlauben Sie?«

Wie von einer Feder geschnellt, sprang er ins Wasser. Dabei zitterte er schon vor Kälte. Keuchend arbeitete er sich zu einem treibenden Brocken Abfall vor und schnappte ihn geschickt mit dem Mund. Es war eine sehr kleine Hand. Mit Tinte befleckt. Er kletterte wieder an Bord.

»Da schau her«, sagte er und besah das Ding eingehend, »hat sich der Bankert von Chärles doch wieder geweigert, seine Schönschreibübungen zu machen.«

## IV

98. Aprigust

»Mir graut wirklich immer mehr vor diesem Dorf«, sagte sich Jacquemort, während er sich im Spiegel betrachtete. Er hatte sich soeben den Bart gestutzt.

## V

99. Aprigust

Clémentine hatte Hunger. Beim Mittagessen nahm sie kaum mehr etwas zu sich, dann war sie nämlich damit beschäftigt, ihre drei Kleinen zu atzen. Sie überprüfte ihre Zimmertür und drehte den Schlüssel im Schloß um. Sie war beruhigt. Niemand würde hereinkommen. Sie ging wieder in die Mitte des Zimmers zurück, lockerte sich leicht den Gürtel ihres Leinengewandes. Verstohlen besah sie sich im Schrankspiegel. Sie trat ans Fenster und schloß es gleichfalls. Dann ging sie an den Schrank. Sie ließ sich jetzt Zeit, kostete das Verstreichen der Minuten voll aus. Den Schlüssel zum Schrank trug sie an einem dünnen Lederriemen am Gürtel. Im Schrank roch es übel. Es roch nach Aas, genauer gesagt. Darin lag ein Schuhkarton, aus dem der Geruch kam. Clémentine nahm ihn heraus und schnupperte daran. In der Schachtel hatte ein Rest Beefsteak auf einer Untertasse gerade den Zustand der Verwesung erreicht. Eine saubere Verwesung, ohne Fliegen und Maden. Es wurde einfach grün und stank. Schauderhaft. Sie strich mit dem Finger über das Beefsteak, betastete es. Es gab leicht nach. Sie roch an ihrem Finger. Ziemlich faulig. Genüßlich nahm sie das Beefsteak zwischen Daumen und Zeigefinger und biß sorgfältig hinein, wobei sie darauf achtete, den Mund schön voll zu bekommen. Das war leicht, weil es sehr zart war. Gemächlich kaute sie und nahm dabei sowohl die etwas seifige Konsistenz des beizig schmeckenden Fleisches wahr, das ihr hinter den Backen ein säuerlich prickelndes Gefühl verursachte, sowie den strengen Geruch, der der Schachtel entströmte. Sie aß die Hälfte davon, legte den Rest in die Schachtel zurück, die sie wieder an ihren primitiven Aufbewahrungsort zurückschob. Daneben lag ein Käsedreieck in ungefähr gleichem Zustand gänzlich verlassen auf dem Teller. Sie tunkte den Finger hinein, leckte ihn ab, das alles mehrmals. Widerwillig schloß sie den Schrank, ging hinüber ins Badezimmer und wusch sich die Hände. Dann legte sie sich aufs Bett. Diesmal würde sie sich nicht erbrechen. Das wußte sie. Jetzt würde sie alles in sich behalten. Man mußte nur Hunger haben, dafür würde sie schon sorgen. Auf jeden Fall mußte das Prinzip triumphieren: die besten Happen für die Kinder; sie lachte beim Gedanken, daß sie sich in ihren Anfängen damit begnügt hatte, Reste aufzuessen, die Fettränder von Koteletts und Schinken von ihren Tellern wegzuholen, die milchgetränkten Butterbrotschnitten, die um ihre Frühstückstassen herumlagen, zu vertilgen. Aber das kann schließlich jeder. Alle Mütter tun das. Das ist durchaus üblich. Mit den Pfirsichschalen war es da schon etwas schwieriger gewesen. Wegen des samtenen Gefühls auf der Zunge. Aber selbst Pfirsichschalen sind ein Klacks; außerdem essen sie die meisten Leute zusammen mit dem Fruchtfleisch. Sie hingegen ließ alle diese Speisereste verfaulen. Ihre Kinder verdienten dieses Opfer wirklich – je schrecklicher es war, je übler es roch, desto mehr hatte sie das Gefühl, ihre Liebe zu ihnen zu festigen, sie zu beweisen, als ob aus den Peinigungen, die sie sich selber zufügte, etwas Reineres und Wahreres erstehen könnte – alle ihre Verspätungen mußte sie wiedergutmachen, jede Minute, die sie nicht an sie gedacht hatte.

Doch blieb sie auf unbestimmte Weise unbefriedigt, da sie sich noch nicht dazu hatte durchringen können, auch Maden zu sich zu nehmen. Es war ihr auch durchaus bewußt, daß sie mogelte, wenn sie die aus der Speisekammer zurückbehaltenen Lebensmittelreste vor Fliegen schützte. Möglicherweise fiel das alles einmal auf die Kleinen zurück …

Morgen würde sie einen Versuch machen.

# VI

107. Aprigust

»Wie bin ich doch unruhig«, sagte sich Clémentine, mit beiden Ellbogen am Fenster aufgestützt.

Der Garten färbte sich unter der Sonne golden.

»Ich weiß nicht, wo Noël, Joël noch Citroën sind. In diesem Augenblick könnten sie in den Brunnen gefallen sein, könnten giftige Früchte gegessen, von einem Jungen, der auf dem Weg mit seiner Armbrust spielt, einen Pfeil ins Auge bekommen haben, die Tuberkulose erwischen, wenn ihnen ein Kochscher Bazillus in die Quere kommt, beim Riechen an zu stark duftenden Blumen das Bewußtsein verlieren, von einem Skorpion gestochen werden, den der Großvater eines Dorfkindes, der unlängst vom Lande der Skorpione zurückgekehrte weltberühmte Forscher, mitgebracht hat, von einem Baum heruntergefallen, zu schnell rennen und sich dabei ein Bein brechen, am Wasser spielen und dabei ertrinken, die Steilküste hinunterklettern, dabei straucheln und sich das Genick brechen, sich an einem alten rostigen Stück Draht aufritzen und sich dabei den Wundstarrkrampf zuziehen; sie werden an das andere Ende des Gartens gehen, dort einen Stein umwenden, unter diesem Stein wird eine kleine gelbe Larve liegen, aus der sogleich ein Insekt ausschlüpft, das ins Dorf fliegen, in den Stall eines wilden Stiers eindringen und diesen in der Nasengegend stechen wird; der Stier bricht aus seinem Stall aus und demoliert alles, und da läuft er auch schon den Weg hoch in Richtung des Hauses, er ist wie von Sinnen und läßt ganze Büschel schwarzen Haares an den Berberitzenhecken zurück, wenn er sich bei den Wegbiegungen in die Kurve legt; genau vor dem Haus rammt er mit gesenktem Kopf einen schweren, von einem alten, halbblinden Gaul gezogenen Karren. Unter dem

Anprall bricht der Karren auseinander, und ein Metallteil wird in schwindelnde Höhen hinaufkatapultiert; vielleicht ist es eine Schraube, ein Bolzen, eine Mutter, ein Nagel, ein Deichselbeschlag, ein Haken vom Geschirr, ein Splint von den Rädern, die, schon einmal kaputt, mit handbehauenen Eschenschienen repariert worden waren; das Eisenstück jedenfalls saust in den blauen Äther hinauf. Es fliegt über das Gartengitter, mein Gott, es fällt, fällt immer tiefer, im Fallen streift es den Flügel einer Flugameise und zerfetzt ihn, die Ameise kann nicht mehr steuern, verliert ihre Flugstabilität, trudelt über den Bäumen, wie eine Ameise mit einem Tragflächenschaden eben, und geht plötzlich auf den Rasen nieder, wo, mein Gott, Joël, Noël und Citroën sitzen; die Ameise fällt auf Citroëns Wange, trifft womöglich auf Marmeladespuren, sticht ihn …

Citroën! Wo bist du?«

Clémentine war aus dem Zimmer gestürzt und schrie wie außer sich, wobei sie die Treppe im gestreckten Galopp hinunterraste. In der Vorhalle unten stieß sie mit dem Dienstmädchen zusammen.

»Wo sind sie? Wo sind meine Kinder?«

»Aber die schlafen doch«, antwortete die andere erstaunt. »Das ist doch die Zeit für ihren Mittagsschlaf!«

Nun ja. Diesmal war alles noch gut abgegangen, aber es wäre doch ganz leicht vorstellbar gewesen. Sie ging wieder in ihr Zimmer hoch. Ihr Herz klopfte. Es ist entschieden zu gefährlich, sie allein im Garten zu lassen. Auf jeden Fall mußte man ihnen verbieten, Steine umzuwenden. Man weiß nie, was man unter so einem Stein findet. Giftige Asseln, Spinnen, deren Stich tödlich ist, Kakerlaken, die Tropenkrankheiten übertragen können, gegen die man bisher kein Mittel gefunden hat, vergiftete Nadeln, von einem mörderischen Arzt bei seiner Flucht ins Dorf dort versteckt, nach der Ermordung von elf Patienten, die er dazu gebracht hatte, ihr Testament zu seinen Gunsten zu ändern, ein niederträchtiger Betrug, von einem diensthabenden jungen Assistenzarzt aufgedeckt, einem sonderbaren Heiligen mit rotem Bart.

»Was Jacquemort wohl gerade treibt?« dachte sie bei dieser Gelegenheit, oder auch umgekehrt. »Ich sehe ihn kaum mehr. Mir soll es recht sein. Unter dem Vorwand, daß er zugleich Psychiater und Psychoanalytiker sei, würde er sich womöglich in die Erziehung von Joël, Noël und Citroën einmischen. Und mit welchem Recht, müßte man sich fragen. Die Kinder gehören ihrer Mutter. Weil sie sie unter Schmerzen zur Welt bringt, gehören sie ihrer Mutter. Und nicht ihrem Vater. Und ihre Mütter lieben sie, folglich haben sie das zu tun, was diese ihnen sagen. Sie wissen nämlich besser als jene, was sie brauchen, was gut für sie ist, was bewirkt, daß sie möglichst lange Kinder bleiben. Das ist ähnlich wie mit den Füßen der Chinesinnen. Den Chinesinnen werden die Füße in ganz spezielles Schuhwerk gesteckt. Vielleicht sind es Bandagen. Oder kleine Schraubstöcke. Oder Gußeisenformen. Auf jeden Fall richtet man es so ein, daß die Füße ganz klein bleiben. Dasselbe müßte man mit den Kindern insgesamt machen. Sie am Größerwerden hindern. In diesem Alter sind sie einfach viel besser dran. Da haben sie noch keine Sorgen. Auch keine Bedürfnisse. Und erst recht keine schlimmen Wünsche. Später werden sie größer. Sie werden ihren Aktionsbereich erweitern. Sie werden hinaus in die Welt wollen. Und das bedeutet lauter neue Risiken. Sowie sie aus dem Garten gehen, kommen tausend neue Gefahren auf sie zu. Was sag ich, tausend? Zehntausend. Und dabei hab ich nicht mal großzügig geschätzt. Man muß um jeden Preis verhindern, daß sie den Garten verlassen. Schon im Garten selber lauert eine unübersehbare Menge von Gefahren. Da kann ein plötzlicher Windstoß einen Ast abbrechen und sie erschlagen. Braucht nur ein Regenschauer niederzugehen, und sie sind gerade in Schweiß gebadet von Pferdspielen oder Zugspielen oder Räuber- und Gendarm-Spielen oder von irgendeinem anderen gängigen Spiel, und sie werden vom Regenschauer überrascht: schon haben sie sich eine Lungenentzündung eingefangen oder eine Rippenfellentzündung oder eine Erkältung, oder einen rheumatischen Anfall, oder Kinderlähmung, oder Typhus, oder Scharlach, oder die Masern, oder die Windpocken, oder diese neue Krankheit, deren Namen niemand weiß. Und wenn ein Gewitter losbricht. Blitz und Donner. Ich weiß nicht, es könnten auch diese Ionisationsphänomene auftreten, von denen in letzter Zeit so viel die Rede ist, der Name allein ist ja schon schlimm genug, erinnert einen immer an Inanition, dementsprechend fürchterlich wird es auch sein. Passieren kann noch allerhand anderes. Wenn sie aber aus dem Garten hinausgingen, wäre es natürlich noch viel schlimmer. Daran wollen wir im Augenblick gar nicht denken. Die haben erst mal genug zu tun, wenn sie alle Möglichkeiten des Gartens ausschöpfen wollen. Aber wenn sie dann einmal größer werden, du liebe Zeit ...! Ja, das sind die zwei Dinge, die mich am meisten schrecken: daß sie größer werden und daß sie sich aus dem Garten entfernen. Gegen wie viele Gefahren man da Vorkehrungen wird treffen müssen! Nun, es ist wahr, als Mutter muß man gegen alles gerüstet sein. Aber lassen wir das. Darüber werde ich mir später noch den Kopf zerbrechen; zwei Dinge aber gehen mir nicht aus dem Kopf: das Größerwerden und das Fortgehen. Aber im Augenblick will ich mich auf den Garten beschränken. Nur auf den Garten allein, die Zahl der Unfälle ist ja enorm. Ach ja, richtig, der Kies auf den Alleen. Wie oft hab ich nicht schon gesagt, daß es unsinnig ist, die Kinder mit dem Kies spielen zu lassen. Wenn sie ihn schlucken? Das kann man gar nicht sofort bemerken. Und drei Tage später setzt es dann eine Blinddarmentzündung. Dann muß schnellstens operiert werden. Und wer soll das machen? Jacquemort? Der ist kein Arzt. Der Dorfarzt vielleicht? Da gibt es nur einen Tierarzt. Sie würden ganz einfach sterben. Nachdem sie Qualen erlitten hätten. Das Fieber. Ihr Wehgeschrei. Nein, schreien würden sie nicht, aber stöhnen, das wäre noch viel schrecklicher. Und kein Eis. Unmöglich, Eis aufzutreiben, um es ihnen auf den Bauch zu legen. Die Temperatur würde steigen und steigen, die Quecksilbersäule würde den Höchstwert übersteigen. Dann platzt das Thermometer. Und ein Glassplitter zerschneidet Joël das Auge, während er mit ansieht, wie Citroën leidet. Er blutet. Er wird das Auge verlieren. Kein Mensch kann ihn verarzten. Alles muß sich um Citroën kümmern, der immer leiser stöhnt. Den allgemeinen Aufruhr ausnutzend, schleicht Noël sich in die Küche. Ein Topf heißes Wasser auf dem Herd. Er hat Hunger. Man hat ihm sein Vesperbrot nicht gegeben, natürlich, wegen der beiden kranken Brüder hat man das einfach vergessen. Er steigt auf den Stuhl vor dem Herd. Um den Marmeladentopf herunterzuholen. Das Dienstmädchen aber hat ihn etwas weiter nach hinten gestellt als gewöhnlich, weil ihr ein Staubkorn ins Auge geraten ist. Das käme nicht vor, wenn sie etwas gründlicher zusammenfegte. Er beugt sich vor. Er rutscht aus. Er fällt in den Topf. Er hat gerade noch Zeit, einen Schrei auszustoßen, einen einzigen, dann ist er tot, aber er zappelt noch mechanisch wie die Krabben, wenn man sie lebendig ins kochende Wasser wirft. Er wird rot wie eine Krabbe. Er ist tot. Noël!«

Clémentine stürzte auf die Tür zu. Sie rief nach dem Dienstmädchen.

»Ja, Madame.«

»Ich verbiete Ihnen hiermit, Krabben zum Mittagessen zu servieren.«

»Aber es gibt gar keine, Madame. Es gibt Roastbeef und Bratkartoffeln.«

»Ich verbiete es Ihnen trotzdem.«

»Ist recht, Madame.«

»Und machen Sie nie mehr Krabben. Auch keine Hummer noch Krebse, noch Langusten.«

»Gut, Madame.«

Sie ging in ihr Zimmer zurück. »Wäre es vielleicht nicht gar besser, alles kochen zu lassen, während sie schlafen, und alles nur kalt zu essen? Damit es niemals Feuer gäbe, wenn sie wach und aufgestanden wären? Versteht sich, daß die Zündhölzer sorgsam unter Verschluß gehalten würden. Das geschieht bereits. Das abgekochte Wasser, das sie immer trinken, könnte man ja am Abend aufsetzen, wenn sie schon im Bett sind. Glücklicherweise war sie auf das Abkochen des Wassers gekommen. Die Mikroben verlieren ihre Virulenz, wenn sie erst einmal gut durchgekocht sind. So weit, so gut, aber was war mit all dem, was sie sich so in den Mund stecken, wenn sie im Garten spielen. Dieser Garten! Man dürfte sie eigentlich gar nicht mehr in den Garten gehen lassen. Der ist ja auch nicht gesünder als ein sauberes Zimmer. Ein wirklich sauberes, täglich gescheuertes Zimmer ist fraglos besser als jeder Garten. Sicher, auf den Bodenfliesen können sie sich erkälten. Aber im Garten nicht weniger. Dort gibt es genauso starke Zugluft. Und nasses Gras noch dazu. Ein sauberes Zimmer dagegen … Ach ja, das ist allerdings wahr: die Gefahr mit den Bodenfliesen bleibt: Daran werden sie sich garantiert schneiden. Die Pulsadern werden sie sich daran aufschneiden, und weil sie eine Dummheit gemacht haben, trauen sie sich wie gewöhnlich nichts zu sagen; das Blut rinnt und rinnt, und Citroën wird ganz blaß. Joël und Noël weinen, und Citroën blutet. Die Tür ist abgesperrt, weil man gerade Besorgungen machen gegangen ist, und Noël fürchtet sich vor dem Blut und versucht, durch das Fenster auszusteigen und um Hilfe zu rufen, und schon klettert er auf die Schultern von Joël, hält sich ungeschickt fest, fällt und verletzt sich seinerseits am Hals, an der Halsschlagader; in wenigen Minuten ist er tot, sein kleines Gesicht ist ganz weiß. Das ist unmöglich, nein, nur kein abgesperrtes Zimmer …«

Wie eine Wahnsinnige stürzte sie aus ihrem Zimmer und brach in jenes hinein, in dem die drei Kleinen schliefen. Die Sonne erhellte die rosaroten Wände durch die Ritzen in den Jalousien; man hörte nichts außer dem leichten Hauch der drei regelmäßigen Atemzüge. Noël regte sich und grunzte. Citroën und Joël lächelten im Schlaf, die Fäuste halb geöffnet, entspannt und harmlos lagen sie da. Clémentines Herz schlug überlaut. Sie verließ das Zimmer und ging in ihr eigenes zurück. Diesmal ließ sie die Türen offen.

»Ich bin eine gute Mutter. Ich denke an alles, was passieren könnte. An alle Unfälle, die sie riskieren, denke ich schon im voraus. Ganz zu schweigen von den Gefahren, die sie laufen werden, wenn sie einmal größer sind. Oder wenn sie einmal aus dem Garten hinauskommen. Nein. Das spare ich mir noch auf. Ich habe schon gesagt, daß ich mich später darum kümmern werde. Ich habe noch Zeit, ich habe noch genügend Zeit. Es gibt jetzt schon genug Katastrophen, die ich mir ausmalen kann. So viele Katastrophen. Ich liebe sie, weil ich immer daran denke, was ihnen Schlimmes zustoßen könnte. Um entsprechende Vorkehrungen zu treffen. Um jetzt schon vorzubauen. Ich gefalle mir nicht etwa darin, blutrünstige Unglücksfälle heraufzubeschwören. Sie drängen sich mir auf. Das beweist, daß ich an ihnen hänge. Daß ich für sie verantwortlich bin. Sie sind von mir abhängig. Sie sind meine Kinder. Ich muß alles tun, was in meiner Macht steht, um sie vor den unzähligen Gefahren zu bewahren, die ihnen auflauern. Die kleinen Engel. Unfähig wie sie sind, sich zu verteidigen, zu wissen, was gut für sie ist. Ich liebe sie. Es geschieht zu ihrem Wohl, daß ich an das alles denke. Mir macht es beileibe kein Vergnügen. Es läuft mir kalt dabei über den Rücken, wenn ich mir vorstelle, sie könnten giftige Beeren essen, sich ins feuchte Gras setzen, einen Ast auf den Kopf bekommen, in den Brunnen fallen, über den Rand der Steilküste hinunterrollen, Steine verschlucken, von Ameisen gebissen, von Bienen, Käfern und Dornen gestochen, von Vogelschnäbeln zerhackt werden, sie könnten auch an Blumen riechen, zu heftig daran riechen, ein Blütenblatt dringt ihnen ins Nasenloch, verstopft die Nase, dringt ins Gehirn, sie sterben, sie sind noch so klein, sie fallen in den Brunnen, ersaufen, ein Ast fällt ihnen auf den Kopf, eine Bodenfliese springt, das Blut, das Blut …«

Sie konnte nicht mehr. Ohne ein Geräusch erhob sie sich und begab sich auf leisen Sohlen ins Kinderzimmer. Sie setzte sich auf einen Stuhl. Von ihrem Platz aus sah sie sie alle drei. Sie schliefen einen traumlosen Schlummer. Nach und nach nickte auch sie ein, verkrampft und unruhig, wie sie war. Manchmal zuckte sie im Schlaf zusammen wie ein Hund, der von der Wildhatz träumt.

## VII

135. Aprigust

»Uff«, sagte sich Jacquemort, als er ins Dorf kam, »das ist nun schon gut das tausendste Mal, daß ich in dieses verfluchte Kaff komme, und diese Strecke kann mir nichts Neues mehr bieten. Allerdings hindert sie mich auch nicht daran, etwas anderes zu erfahren. Nun ja, einmal wird man sich wohl eine Zerstreuung leisten können.«

Überall hingen Anschläge. Weiße Plakate mit violettem Aufdruck, zweifellos mit einer Vervielfältigungsmaschine abgezogen. HEUTE NACHMITTAG LUXUS-VORSTELLUNG ... und so weiter. Die Vorstellung sollte in der Remise hinter dem Pfarrhaus stattfinden. Sie war allem Anschein nach vom Pfarrer veranstaltet.

Auf dem roten Bach keine Spur von La Gloïre. Er mußte sich weiter entfernt, hinter der Biegung befinden. Aus den grauen Häusern kamen Leute im Sonntagsgewand, das heißt wie zu einem Begräbnis angezogen. Die Lehrlinge blieben zu Hause. Damit sie das nicht allzu schwer ankam, bearbeitete man sie an solchen Vorstellungstagen derart mit Fußtritten, daß sie sich glücklich schätzten, den ganzen Nachmittag über allein zu Hause bleiben zu dürfen.

Jacquemort kannte nunmehr jeden Winkel, jeden Umweg und jede Abkürzung. Er überquerte den großen Platz, auf dem nach wie vor der Alteleutemarkt abgehalten wurde, ging am Schulhaus entlang; wenige Minuten später bog er um die Kirche, um sich beim Schalter, an dem einer der Chorknaben des Pfarrers saß, eine Eintrittskarte zu kaufen. Er nahm einen teuren Platz, um gute Sicht zu haben. Dann betrat er die Remise. Einige Personen saßen bereits darin, andere kamen nach ihm. Am Tor der Remise riß ein zweiter Chorknabe die Hälfte seines Billetts ab oder, genauer gesagt, zerriß das ganze Billett in zwei Hälften, wovon er ihm eine zurückgab. Ein dritter Chorknabe wies gerade einer Familie die Sitzplätze an, und Jacquemort wartete darauf, daß er sich seiner annähme, was auch sogleich geschah. Die drei Chorknaben trugen ihre Festtracht, roten Rock, Käppchen und Weißzeug aus reiner Spitze. Der letzte nahm Jacquemorts Billett und geleitete den Psychiater bis zu den Orchesterfauteuils. Der Pfarrer hatte alles, was in der Kirche an Stühlen vorhanden war, in die Remise gepfercht; es waren dermaßen viele Stühle, daß es an manchen Stellen nichts als Stühle gab, die einen auf den anderen, so daß man sich überhaupt nicht hinsetzen konnte; aber um so mehr Karten würde man verkaufen können.

Jacquemort setzte sich auf seinen Platz und gab dem Chorknaben, der sich ein Trinkgeld zu erhoffen schien, widerwillig eine Ohrfeige; er ging, ohne weiteres abzuwarten. Dieses Weitere hätte zweifellos in ein paar ordentlichen Püffen bestanden; es war natürlich, daß sich Jacquemort nicht in aller Öffentlichkeit gegen die Landessitten auflehnte, trotz des Ekels, den er solchen Praktiken gegenüber immer empfand. Verlegen und mißmutig beobachtete er die Vorbereitungen zum Spektakel.

In der Mitte der Remise, zu allen vier Seiten von Kirchenstühlen umringt, war ein Boxring mit allen Schikanen aufgebaut; er wurde von vier geschnitzten und durch starke Metallzüge verankerten Pfosten gebildet, zwischen die man purpurrote Samtkordeln gespannt hatte. Auf zwei gegenüberliegenden Pfosten waren lediglich ein paar vertraute Szenen aus dem Leben Jesu dargestellt: Jesus, wie er sich am Wegrand die Füße kratzt, Jesus, wie er einen Liter Roten aussäuft, Jesus beim Angeln, kurz: eine Zusammenfassung der klassischen sulpizianischen Bildwelt. Die beiden anderen Pfosten hingegen waren von viel originellerem Charakter. Der linke, der Jacquemort am nächsten stand, sah einem großen Dreizack ähnlich, mit den Spitzen nach oben weisend und über und über mit höllischen Schnitzmotiven verziert, von denen einige geeignet schienen, einen Dominikaner zum Erröten zu bringen. Oder gleich mehrere Dominikaner. Oder sogar den Chef der Jesuiten. Der letzte Pfosten, in Form eines Kreuzes, zeigte auf die nichtswürdigste Weise des Pfarrers Ebenbild, nackt und von hinten, wie er gerade einen Kragenknopf unterm Bett sucht.

Pausenlos strömten Leute herein, und der Lärm der hin- und hergerückten Stühle, die Flüche derer, die keinen Platz fanden, weil sie sich zu knausrig gezeigt hatten, die schrillen Schreie der Chorknaben, der strenge Geruch der Füße im Verein mit dem Geächze irgendwelcher auf dem Markt erstandener Greise, die man hierhergeschleppt hatte, um sie während der Pausen zwicken zu können, das alles gab die seichte Atmosphäre einer Sonntagsvorstellung ab. Plötzlich hörte man ein gewaltiges Kratzgeräusch, wie von einer schlecht aufgelegten Schallplatte, und eine donnernde Stimme drang aus einem Lautsprecher, den Jacquemort im Hochblicken, an einem Balken befestigt, direkt oberhalb des Rings gewahrte. Schon nach wenigen Sekunden erkannte er die Stimme des Pfarrers; trotz der schlechten Tonqualität konnte man dem Faden seiner Rede folgen:

»So geht das nicht!« brüllte er zur Einleitung.

»Ah! Ah! Ah!« schrie die Menge, von der Abwechslung entzückt.

»Gewisse unter euch haben durch schmierigen Geiz und unwürdige Knickerigkeit die Lehren der Heiligen Schrift in den Schmutz ziehen wollen. Sie haben schlechte Plätze gekauft. Dafür werden sie sich nicht hinsetzen dürfen! Dies hier ist eine Luxusvorstellung im Zeichen GOttes, eines Luxuswesens, und wer sich unter diesen Umständen weigert, luxuriös zu handeln, dem wird die

Strafe der Bösen widerfahren, die auf ewig in der Hölle auf schäbigen Holzkohlefeuern, auf Torffeuern und sogar auf Feuern von dürrem Gras, wenn nicht gar von trockenem Mist braten werden.«

»Geld zurück! Geld zurück!« schrien diejenigen, die keinen Platz zum Sitzen hatten.

»Euer Geld kriegt ihr mitnichten zurück. Setzt euch, so gut ihr könnt, oder setzt euch auch nicht, GOtt ist das völlig egal. Wir haben auf eure Stühle andere Stühle draufgestellt, mit den Beinen nach oben, um euch klarzumachen, daß sie bei diesen Sitzplatzpreisen selbst für Stühle gerade noch gut genug sind. Schreit, protestiert, wie ihr wollt, GOtt ist Luxus und Schönheit, ihr braucht euch nur teurere Karten zu kaufen. Wer das wünscht, kann sich sein Gewissen dadurch reinwaschen, daß er einen Zuschlag entrichtet, er wird jedoch seinen schlechten Platz trotzdem behalten. Wiedergutmachung hat noch nichts mit Vergebung zu tun.«

Man fand, daß der Pfarrer ein bißchen über die Schnur haute. Jacquemort fuhr herum, da er großen Splitterlärm vernahm. Da sah er den Hufschmied auf den billigen Plätzen stehen. In jeder Hand hielt er einen Stuhl und schlug beide gegeneinander. Beim zweiten Anprall zersplitterten die Stühle zu zündholzgroßen Stücken. Kurzerhand schleuderte er die Trümmer in Richtung der Kulissen, die durch einen gespannten Vorhang angedeutet waren. Das war das Signal. Alle diejenigen, welche schlechte Plätze hatten, packten die Stühle, die ihnen so zuwider waren, und fingen an, sie kurz und klein zu schlagen. Wer nicht die Kraft dazu besaß, reichte sie einfach an den Hufschmied weiter.

Bei all dem Heidenlärm flogen die Trümmer durch die Luft, sich gewaltsam einen Weg durch den Spalt bahnend, der zwischen den beiden Vorhanghälften klaffte. Ei glücklicherer Treffer als die anderen zerbrach die Vorhangstange. Durch den Lautsprecher hörte man den Pfarrer toben:

»Ihr habt kein Recht dazu! Der Luxus-GOtt verachtet eure schlechten Manieren, eure schmutzigen Strümpfe, eure gelbgefleckten Unterhosen, eure schwarzen Hemdkragen und den Belag auf euren Zähnen. GOtt verwehrt das Paradies den mageren Saucen, den schlecht garnierten Hähnchen, den ausgemergelten Karrengäulen, GOtt ist ein herrlicher Silberschwan, GOtt ist ein Saphierauge in einem funkelnden Dreieck, ein Diamantauge auf dem Grunde eines goldenen Nachtgeschirrs, GOtt, das ist die Wollust der Karate, das sind die großen Geheimnisse aus Platin, die hunderttausend Ringe der Kurtisanen von Malampia, GOtt, das ist eine brennende Kerze, getragen von einem Bischof in Samt, GOtt lebt im wertvollen Metall, in flüssigen Perlen, im siedenden Quecksilber, im Kristall des Äthers. GOtt sieht euch, ihr Drecksäue, und er schämt sich für euch …«

Bei dem verbotenen Wort fingen die Leute, und selbst jene, die einen Sitzplatz hatten, zu schimpfen an.

»Jetzt langt's, Pfarrer! Wo bleibt deine Vorstellung?«

Die Stühle flogen immer lebhafter.

»Er schämt sich für euch! Ihr Rüpel, ihr Mistsäue, ihr Schwachköpfe, ihr seid der Schmutzlappen der Welt, die Kartoffeln im Suppentopf des Himmels, die Brennesseln im Garten Gottes, ihr seid … zum Grausen seid ihr, bääääh!«

Ein besser als die übrigen gezielter Stuhl hatte den Vorhang soeben ganz heruntergerissen, und man erblickte den Pfarrer in Unterhosen, wie er vor seinem Mikrophon herumtanzte und sich dabei die Arme über den Schädel hielt.

»Die Vorstellung, Pfarrer!« brüllte die Menge wie aus einem Munde.

»Gut! Drecksgesindel! Schon gut!« sagte der Pfarrer. »Gleich geht's los!«

Der Lärm verstummte sogleich. Die Stühle waren jetzt beinah alle besetzt, und die Chorknaben drängelten sich um den Pfarrer. Einer davon hielt ihm einen braunen, rundlichen Gegenstand hin, in welchen der Pfarrer eine Hand steckte. Dasselbe geschah mit der anderen Hand. Danach zog sich der Pfarrer einen prachtvollen, schreiendgelben Morgenmantel über und sprang hinkend in den Ring. Sein Mikrophon hatte er mitgebracht und befestigte es über seinem Kopf auf einer dafür vorgesehenen Schnur.

»Heute«, kündigte er ohne weitere Umschweife an, »werde ich vor euren Augen in zehn Runden zu je drei Minuten mit Kraft und Standhaftigkeit gegen den Teufel kämpfen!«

Ein ungläubiges Gemurmel wurde in der Menge laut.

»Lacht nicht«, schrie der Pfarrer. »Wer das nicht glaubt, soll herschauen!«

Er gab ein Zeichen, und der Küster kam wie der Blitz aus den Kulissen gefahren. Ein starker Geruch von verbranntem Schwefel breitete sich aus.

»Vor acht Tagen«, erklärte der Pfarrer, »habe ich folgendes herausgefunden: Mein Küster ist der Teufel!«

Der Küster spie lässig eine ziemlich schöne Stichflamme. Trotz seines langen Morgenmantels konnte man recht gut seine stark behaarten Beine und die gespaltenen Hufe sehen.

»Ein Bravo für ihn!« schlug der Pfarrer vor.

Ein ziemlich schlapper Applaus ertönte. Der Küster schien verärgert.

»Was könnte GOtt mehr gefallen«, röhrte der Pfarrer, »als einer jener glorreichen und aufwendigen Kämpfe, in deren Veranstaltung sich die römischen Imperatoren so trefflich hervortaten, sie, die Liebhaber des Luxus schlechthin?«

»Genug«, sagte jemand, »wir wollen Blut sehen!«

»Gut«, sagte der Pfarrer, »oh, sehr gut sogar! Dann sage ich euch nur noch eines: ihr seid elende Banausen!«

Er ließ seinen Morgenmantel fallen; zwei Chorknaben dienten ihm als Betreuer; der Küster hatte niemanden. Die Chorknaben stellten Waschbecken, Fußschemel und Handtuch bereit, und der Pfarrer schob den Gebißschutz in den Mund. Der Küster sprach nur ein kabbalistisches Zauberwort, und schon ging sein nachtschwarzer Morgenmantel auf seinem Leib in Flammen auf und verschwand in einer roten Rauchwolke. Er grinste verschlagen und fing an, sich mit Schattenboxen ein bißchen einzuwärmen. Der Pfarrer sah bleich aus und schlug ein Kreuzzeichen. Da protestierte der Küster:

»Bitte keine Tiefschläge schon vor Beginn, mein lieber Pfarrer!«

Der dritte Chorknabe schlug kräftig mit einem Hammer gegen ein Kupferblech. Der Küster, der sich bislang in seiner Ecke aufgehalten hatte, kam in die Mitte des Rings vor. Beim Marmeladenbüchsendeckelgongschlag gab es ein allgemeines Ah!

Sofort ging der Teufel mit kurzen rechten Haken zum Angriff über und durchbrach bei jedem dritten die Abwehr des Pfarrers. Letzterer jedoch erwies sich als Beherrscher eines beachtlichen Beinspiels; genauer gesagt, zweier fleischiger, feister, aber trotz ihrer Ungleichheit sehr gelenkiger Beine. Der Pfarrer konterte mit gestreckten Geraden von rechts und versuchte, damit seinen Gegner auf Distanz zu halten. Als der Küster seine Deckung aufgab, um eine Serie von Seitenhieben abzufeuern, nutzte er das aus und landete eine Linke in der Herzgegend, worauf der Küster einen abscheulichen Fluch ausstieß. Die Menge applaudierte. Der Pfarrer wollte sich gerade in die Brust werfen, als ihn ein unvermuteter Aufwärtshaken voll in die Kinnlade traf, was ihm schwer zu schaffen machte. Mit einer schnellen Serie von Linken brachte der Teufel ihm sodann eine Verletzung am rechten Auge bei. Er schien begierig darauf zu sein, eine Probe von der Vielseitigkeit seiner Kampftechnik zu geben. Schon traten am Körper der beiden Männer rote Flecken auf, und der Pfarrer war schon etwas außer Atem. Als der Küster ihn umklammerte, sagte er zu ihm:

»Vade retro! …«

Da fing der Küster zu lachen an, daß er sich die Seiten halten mußte; das nutzte der Pfarrer aus, ihm zwei ordentlich Gestreckte voll in die Fresse zu knallen. Das Blut spritzte. Fast zur gleichen Zeit erklang der Gong, und die beiden Gegner zogen sich jeder in seine Ecke zurück. Der Pfarrer war sogleich von seinen drei Chorknaben umringt. Die Menge klatschte Beifall, weil anständig Blut geflossen war. Der Teufel nahm einen Benzinkanister zur Hand, tat einen kräftigen Zug und spie dann eine schöne rußende Feuergarbe in die Luft, wobei das Mikrophonkabel leicht verbrutzelte. Die Menge klatschte noch heftiger. Jacquemort fand, daß sich der Pfarrer wacker schlug, sowohl als Veranstalter als auch als Kämpfer. Die Idee, den Teufel leibhaftig auftreten zu lassen, schien ihm vorzüglich.

Unterdessen tupften die Chorknaben dem Pfarrer sorgfältig den Schweiß ab. Er schien nicht in allzu guter Verfassung zu sein, und große blutunterlaufene Male wurden an verschiedenen Stellen seiner Augen sichtbar.

»Zweite Runde!« verkündete das Kind am Gong, und es machte Bomm!

Diesmal schien der Teufel entschlossen zu sein, die ganze Chose vor Rundenende zu erledigen. Er griff an wie ein Verrückter und ließ dem Pfarrer kaum Zeit zum Atmen. Es war ein richtiger Hagel von Schlägen, der da herabregnete, sofern man vom Regen überhaupt sagen kann, daß er hagelt. Der Pfarrer ging zwischendurch immer wieder in die Knie und hängte sich sogar ein-, zweimal in die Seile, sehr zum Verdruß seiner Helfer.

Doch dann machte er sich eine kleine Unterbrechung zunutze, ergriff mit beiden Händen den Kopf des Küsters und stieß ihm das Knie wuchtig gegen die Nase. Da ging der Teufel seinerseits mit einem lauten Aufschrei zu Boden.

Und wie aus einer Kehle riefen alle Chorknaben glücklich aus:

»Er schummelt! Es lebe der Pfarrer!«

»Es ist eine Schande!« versicherte der Teufel und rieb sich unter allen Anzeichen heftigsten Schmerzes die Nase.

Der Pfarrer war kreuzfidel und bog sich vor Lachen; aber es war eine Finte des Teufels gewesen, der sich jetzt plötzlich auf ihn stürzte und ihm zwei fürchterliche Leberhaken verpaßte und einen aufwärtigen Schwinger, welchen der Pfarrer, ohne es zu wollen, mit Hilfe seines linken Auges abfing. Welches sich daraufhin schloß.

Der Gong ertönte, dem Pfarrer zum Glück. Er spülte sich mehrmals den Mund aus und ließ sich ein großes rohes Beefsteak vors Auge binden, mit einem Loch darin, durch welches er hätte hindurchsehen wollen, wäre sein Auge noch dazu imstande gewesen. Der Teufel gab in der Zwischenzeit eine Reihe von Späßen zum besten, die großen Anklang fanden: besonders als er unversehens die Hose herunterließ und der alten Kolonialwarenhändlerin den Hintern zeigte, erntete er großen Beifall.

Mitten in der dritten Runde, die sich für ihn noch schlechter anließ, zog der Pfarrer heimtückisch, während er mit einer Hand abwehrte, am Mikrophonkabel, das er vorher mit einem Trickmechanismus präpariert hatte. Sogleich klinkte sich der Lautsprecher aus und fiel auf den Kopf des Küsters, der wie vom Blitz gefällt zu Boden ging. Stolz drehte der Pfarrer mit über dem Kopf gekreuzten Fäusten eine Runde durch den Ring.

»Ich bin Sieger durch technischen K.o.«, verkündete er. »GOtt ist es, der durch mich gesiegt hat, dieser GOtt des

Luxus und des Reichtums! GOtt war es! Und das in drei Runden!«

»Oh! Ah! Oh!« erklang es aus der Menge.

Die Dorfbewohner blieben einen Augenblick lang stumm, weil sich alles äußerst schnell abgespielt hatte. Und dann protestierten sie, weil sie die Minute im Durchschnitt teuer zu stehen gekommen war. Jacquemort war etwas unruhig geworden; er hatte das Gefühl, daß alles ein schlimmes Ende nehmen würde.

»Rück das Geld raus, Pfarrer!« schrie die Menge.

»Nein!« sagte der Pfarrer.

»Geld zurück! Pfarrer!«

Ein Stuhl kam geflogen, dann ein zweiter. Der Pfarrer sprang aus dem Ring. Ein wahrer Regen von Stühlen prasselte auf ihn nieder.

Jacquemort verdrückte sich zum Ausgang hin; da erhielt er einen Faustschlag hinters Ohr. Instinktiv ging er in Stellung und erwiderte den Schlag. Er erkannte seinen Widersacher im selben Augenblick, als er ihm mit der Faust die Zähne einschlug. Es war der Schreiner, der, seinen Mundinhalt ausspuckend, niedersank. Jacquemort besah seine Finger; er hatte zwei Knöchel gebrochen. Er leckte das Blut ab. Ein Gefühl der Beschämung überkam ihn. Er schüttelte es jedoch mit einem Schulterzucken ab.

»Was macht es schon ...«, dachte er. »La Gloïre ist dazu da, es mir abzunehmen. Ich hätte ja ohnehin wegen der Ohrfeige, die ich dem Chorknaben gegeben habe, bei ihm vorbeischauen müssen.«

Er verspürte immer noch Lust, sich zu prügeln. Er schlug auf alles ein, was ihm unterkam. Er schlug blindlings um sich; es erleichterte ihn ungemein, Erwachsene zu prügeln.

## VIII

135. Aprigust

Eben als Jacquemort die Türe von La Gloïres Behausung aufmachte, war letzterer im Begriff, sich anzukleiden. Er hatte soeben in der Wanne aus Massivgold ein Bad genommen und schlüpfte nun, da er seine alte Arbeitskleidung weggehängt hatte, in einen prunkvollen, mit Goldbrokat ausgeschlagenen Morgenrock. Überall lag Gold herum, das Innere des alten Hauses schien ganz aus wertvollen Metallen zu bestehen. Gold quoll aus Truhen; Geschirr, Sessel, Tische, alles funkelte golden. Beim ersten Mal hatte das Schauspiel Jacquemort in helles Erstaunen versetzt, nun aber betrachtete er es mit derselben Gleichgültigkeit, die er allen nicht direkt mit seiner Manie verbundenen Dingen gegenüber an den Tag legte; das heißt, er sah es überhaupt nicht mehr.

La Gloïre sagte ihm guten Tag und wunderte sich, ihn in diesem Zustand zu sehen.

»Ich habe mich geprügelt«, sagte Jacquemort. »Bei der Vorstellung vom Pfarrer. Alle haben sich geprügelt. Er selber auch, aber unredlich. Deshalb haben sich die anderen ja auch eingeschaltet.«

»Entzückt über diesen Vorwand«, sagte La Gloïre.

Er zuckte die Achseln.

»Ich ...«, sagte Jacquemort, »äh ... ich schäme mich ein bißchen; weil ich mich auch mitgeprügelt habe; und da ich sowieso bei Ihnen vorbeischauen wollte, habe ich gleich etwas Bargeld mitgebracht ...«

Er hielt ihm eine Rolle Goldmünzen hin.

»Natürlich ...«, murmelte La Gloïre bitter. »Das haben Sie sich ja schnell angewöhnt. Aber bringen Sie Ihre Kleider wieder ein wenig in Ordnung. Sie brauchen nicht zu verzagen. Ich nehme Ihnen Ihr Schamgefühl schon ab.«

»Vielen Dank«, sagte Jacquemort. »Und wie wär's, wenn wir jetzt unsere Sitzung wiederaufnehmen?«

La Gloïre ließ die Rolle Goldmünzen in eine Salatschüssel aus vergoldetem Silber fallen und legte sich, ohne ein Wort zu sagen, auf das niedrige Bett, das im hinteren Teil des großen Zimmers stand. Jacquemort setzte sich neben ihn.

»Erzählen Sie«, sagte er. »Entspannen Sie sich und reden Sie. Wir waren letzthin bis zu Ihrer Geschichte in der Schule gekommen, wo Sie diesen Ball gestohlen hatten.«

La Gloïre legte sich die Hand über die Augen und fing zu sprechen an. Jacquemort jedoch hörte nicht sogleich hin. Er war verblüfft. Im selben Augenblick, da der Alte sich die Hand auf die Stirn gelegt hatte, war es ihm – aber vielleicht war es auch eine Täuschung –, als ob er durch die Handfläche hindurch den fiebrigen und unruhigen Blick seines Patienten gesehen hätte.

# IX

136. Aprigust

An Tagen, an denen Jacquemort sich intellektuell fühlte, zog er sich in Angels Bibliothek zurück und las. Es gab dort nur ein einziges Buch, was auch völlig ausreichte, ein vorzügliches enzyklopädisches Wörterbuch, in dem Jacquemort alphabetisch, wenn auch nicht logisch geordnet und nach Sachgruppen klassifiziert, die wesentlichen Elemente all dessen vorfand, aus dem sich gewöhnliche Bibliotheken zusammensetzen; hier allerdings in einem einzigen, leider so unhandlichen Band versammelt.

Gewöhnlich verweilte er bei der Seite der Flaggen, die farbig war und wo der Text, weil entschieden aufgelockerter als auf den anderen Seiten, dem Geist Entspannung und Erholung gönnte. Die elfte Flagge von links, ein blutiger Zahn auf schwarzem Grund, ließ ihn an jenem Tag an die kleinen wilden Hyazinthen denken, die man in den Wäldern findet.

# X

1. Julember

Die drei Kinder spielten im Garten, knapp außer Sichtweite des Hauses. Sie hatten sich ihr eigenes Plätzchen ausgesucht: dort gab es Steine, Erde, Gras und Sand in zweckdienlichen Proportionen. Auch Sonne gab es da und Schatten, Trockenes und Feuchtes, Hartes und Weiches, Mineralisches und Pflanzliches, Lebendes und Totes.

Sie sprachen wenig. Mit einem eisernen Spaten hoben sie, ein jeder für sich, eine viereckige Grube aus. Von Zeit zu Zeit stieß der Spaten auf einen interessanten Gegenstand, den sein Besitzer sogleich heraushob, um ihn zum Haufen der vorangegangenen Funde zu legen.

Nach hundert Spatenstichen hielt Citroën inne.

»Stop!« sagte er.

Joël und Noël gehorchten.

»Ich habe einen grünen«, sagte Citroën.

Er zeigte ihnen einen kleinen schimmernden Gegenstand, der aussah wie ein Smaragd.

»Hier ist der schwarze«, sagte Joël.

»Und hier ist der goldene«, sagte Noël.

Sie legten die drei Gegenstände in Form eines Dreiecks auf dem Boden aus. Sorgfältig verband sie Citroën mit dürren Reisern. Und dann setzten sie sich ein jeder an die Spitze des Dreiecks und warteten.

Plötzlich brach inmitten der drei Gegenstände das Erdreich auf. Eine winzige weiße Hand erschien, eine zweite folgte. Die Hände klammerten sich an die Ränder der Öffnung, und eine klar durchscheinende Silhouette von zehn Zentimetern Höhe tauchte in dem Dreieck auf. Es war ein kleines Mädchen mit langen blonden Haaren. Es warf den drei Kindern Kußhändchen zu und begann zu tanzen. Es tanzte einige Minuten lang, ohne jemals aus dem Dreieck herauszutreten. Und dann blieb es plötzlich stehen, blickte zum Himmel und versank ebenso schnell im Erdboden, wie es aufgetaucht war. Anstelle der drei farbigen Steine blieben nur drei gewöhnliche Kieselsteine zurück.

Citroën stand auf und zerstreute die Reiser.

»Ich hab genug davon«, sagte er. »Ein anderes Spiel.«

Schon hatten sich Joël und Noël wieder ans Graben gemacht.

»Ich bin sicher, daß wir noch andere Sachen finden«, sagte Noël.

In diesem Augenblick stieß sein Spaten auf etwas Hartes.

»Ein riesiger Kieselstein«, sagte er.

»Laß sehen!« sagte Citroën.

Ein schöner gelber Kieselstein mit schimmernden Äderungen. Er leckte daran, um herauszufinden, ob er auch so gut war, wie er aussah. Fast. Sand knirschte unter seinen Zähnen. In einer Vertiefung des Kiesels klebte eine ebenfalls gelbe, kleine Schnecke. Er sah genau hin.

»Diese hier«, sagte Citroën, »ist keine gute. Du kannst sie zwar essen, aber es ist keine von den guten. Die blauen sind es, die einen fliegen lassen.«

»Gibt es auch blaue?« fragte Noël.

»Ja«, sagte Citroën.

Noël kostete die gelbe. Sehr gesund. Jedenfalls besser als die Erde. Weich. Und klebrig. Kurz gesagt, schmackhaft.

Indessen hatte Joël seinerseits seinen Spaten unter einen schweren Stein gezwängt. Und wie schwer der war! Zwei schwarze Schnecken darunter.

Eine hielt er Citroën hin, der sie interessiert betrachtete, aber dann wieder an Joël zurückreichte. Unterdessen kostete Joël die seine.

»Nicht aufregend«, sagte er. »Schmeckt wie Tapioka, würde ich sagen.«

»Ja«, sagte Citroën, »aber die blauen sind gut. Schmekken wie Ananas.«

»Wirklich?« fragte Joël.

»Und danach kann man fliegen«, sagte Noël.

»Man fliegt aber nicht gleich«, sagte Citroën. »Vorher muß man arbeiten.«

»Man könnte ja vielleicht gleich arbeiten«, sagte Noël. »Wenn man dann eine blaue findet, könnte man immerhin sofort losfliegen.«

»Oh«, sagte Joël, der in der Zwischenzeit gegraben hatte, »ich habe ein ganz schönes, neues Samenkorn gefunden.«

»Zeig her«, sagte Citroën.

Es war ein Samenkorn beinahe von der Größe einer Nuß.

»Man muß fünfmal draufspucken«, sagte Citroën, »dann wächst es.«

»Bist du sicher?« fragte Joël.

»Ganz sicher«, sagte Citroën. »Aber man muß es dabei auf ein frisches Blatt legen. Geh eines holen, Joël.«

Aus dem Samenkorn wuchs ein winziger Baum mit rosaroten Blättern. In dem zierlichen Geäst aus Silberdraht flatterten Singvögel. Der größte war gerade so groß wie der Nagel von Joëls kleinem Finger.

## XI

347. Julember

»Schon sechs Jahre, drei Tage und zwei Stunden ist es her, daß ich mich hier in diesem vermaledeiten Dorf vergraben habe«, sagte sich Jacquemort, während er sein Abbild im Spiegel betrachtete.

Sein Bart hielt sich jetzt in einer mittleren Länge.

## XII

348. Julember

Jacquemort wollte gerade ausgehen, als er Clémentine im Flur begegnete. Er sah sie kaum mehr. Seit Monaten. Die Tage verrannen auf so steitige und verstohlene Weise, daß man ihre Zahl nicht mehr wahrnahm. Sie hielt an.

»Wohin gehen Sie in diesem Aufzug?«

»Wie gewöhnlich«, antwortete Jacquemort, »gehe ich meinen alten Freund La Gloïre besuchen.«

»Psychoanalysieren Sie ihn immer noch?« fragte Clémentine.

»Hm … ja«, sagte Jacquemort.

»Das dauert aber lange.«

»Das muß gründlich gemacht werden.«

»Ihr Kopf wird größer«, bemerkte Clémentine.

Er wich etwas zurück, da sie ihn aus nächster Nähe ansprach, und er aus ihrem Atem einen unbeschreiblich aasigen Gestank herausroch.

»Das kann schon sein«, sagte Jacquemort, »er wird mir aber mit der Zeit so transparent, daß ich mir schon langsam Sorgen mache.«

»Nun, es hat wirklich nicht den Anschein, daß Sie sehr glücklich dabei sind«, sagte Clémentine. »Sie hatten ja ziemlich lange nach jemand Geeignetem gesucht.«

»Alle meine Analysanden haben mich im Stich gelassen, einer nach dem andern«, sagte Jacquemort. »Ich habe auf La Gloïre zurückgreifen müssen, weil er als einziger übrigblieb. Aber ich kann Ihnen sagen, daß sein mentaler Inhalt nicht sonderlich dazu angetan ist, seinen Empfänger zu erheitern.«

»Sind Sie schon weit?« fragte Clémentine.

»Wie meinen Sie?«

»Ist Ihre Psychoanalyse schon weit gediehen?«

»Mein Gott, es geht«, sagte Jacquemort. »Eigentlich sehe ich dem Augenblick, wo ich mit der Sondierung der untersten Schichten beginne, mit ziemlicher Beunruhigung entgegen. Aber das ist ja alles nicht so wichtig. Und Sie, wie geht's denn Ihnen so die ganze Zeit? Man sieht Sie nicht mehr bei den Mahlzeiten. Weder mittags noch abends.«

»Ich esse in meinem Zimmer«, sagte Clémentine mit Befriedigung in der Stimme.

»Ach so!« sagte Jacquemort.

Er musterte die Figur der jungen Frau.

»Es klappt offensichtlich trotzdem ganz gut«, sagte er schlicht.

»Ich esse nicht mehr, als ich muß«, sagte Clémentine.

»Und die allgemeine Verfassung ist gut?« fragte er plump.

»Das kann ich leider, nicht sagen. Ja und nein.«

»Was fehlt Ihnen denn?«

»Wenn ich ehrlich sein soll«, erklärte sie, »ich habe Angst.«

»Angst wovor?«

»Angst um meine Kinder. Ununterbrochen. Es kann ihnen alles mögliche zustoßen. Und das stelle ich mir vor. Oh! Die einfachsten Dinge; wegen irgendwelcher Unmöglichkeiten und Hirngespinste zerbreche ich mir nicht den Kopf; nein, die bloße Aufzählung dessen, was passieren könnte, macht mich schon wahnsinnig. Und ich kann gar nicht umhin, daran zu denken. Und dabei beziehe ich noch nicht einmal all die Gefahren ein, die ihnen außerhalb des Gartens drohen; glücklicherweise sind sie, bis jetzt wenigstens, noch nicht auf den Gedanken gekommen hinauszugehen. Aber im Moment möchte ich mir das gar nicht vorstellen, sonst wird mir jetzt schon ganz schwindelig.«

»Aber denen passiert schon nichts«, sagte Jacquemort.

»Kinder wissen mehr oder weniger unbewußt, was gut für sie ist, und bringen sich kaum je in eine mißliche Lage.«

»Glauben Sie?«

»Ich bin ganz sicher«, sagte Jacquemort. »Sonst wären wir beide wohl kaum da, weder Sie noch ich.«

»Da haben Sie nicht ganz unrecht«, sagte Clémentine. »Aber diese Kinder sind so verschieden von allen anderen.«

»Ja, ja«, sagte Jacquemort.

»Und ich liebe sie so sehr. Ich glaube, ich liebe sie so sehr, daß ich an alles gedacht habe, was ihnen in diesem Haus und in diesem Garten zustoßen könnte, und darüber mache ich kein Auge mehr zu. Sie können sich gar nicht vorstellen, was für eine Menge an Unfallmöglichkeiten da zusammenkommt. Begreifen Sie, welche Prüfung es für eine Mutter bedeutet, die ihre Kinder so liebt, wie ich sie liebe? Aber in einem Haus gibt es dermaßen viel zu tun, daß ich nicht jeden Augenblick hinter ihnen stehen und auf sie aufpassen kann.«

»Und das Dienstmädchen?«

»Die ist dumm«, sagte Clémentine. »Mit ihr leben sie noch gefährlicher als ganz allein. Sie hat überhaupt kein Feingefühl, und ich würde die Kinder am liebsten so schnell wie möglich ihrem Einfluß entziehen. Sie hat nicht die mindeste Eigeninitiative. Nehmen wir nur an, die Kinder graben im Garten mit ihren Spaten etwas tiefer, stoßen auf eine Ölquelle, das Öl spritzt hoch und ertränkt sie alle, da wüßte sie nicht, was tun. Die Ängste, die ich ausstehe! Ach! Und alles nur, weil ich sie liebe.«

»In der Tat«, sagte Jacquemort. »Ich stelle fest, daß Sie in Ihren Vorsichtsmaßnahmen nichts außer acht lassen.«

»Aber da sind auch noch andere Dinge, die mich quälen«, sagte Clémentine. »Ihre Erziehung. Ich zittere bei dem Gedanken, sie in die Dorfschule zu schicken. Selbstverständlich kommt es gar nicht in Frage, daß sie da allein hingehen. Aber ich kann sie doch nicht von diesem Mädchen hinbringen lassen. Da passiert ihnen bestimmt ein Unglück. Ich werde selbst gehen; Sie werden mich von Zeit zu Zeit vertreten, wenn Sie mir versprechen, ganz vorsichtig zu sein. Doch nein, ich glaube wirklich, daß ich da selber hingehen muß. Übrigens braucht man sich im Augenblick gar nicht so sehr den Kopf über ihren Unterricht zu zerbrechen, noch sind sie ja sehr jung; der Gedanke, sie könnten sich aus dem Garten entfernen, bringt mich derart durcheinander, daß mir noch gar nicht zu Bewußtsein gekommen ist, was das alles an Risiken mit sich bringt.«

»Lassen Sie doch einen Hauslehrer kommen«, sagte Jacquemort.

»Daran habe ich natürlich auch gedacht«, antwortete Clémentine, »aber ich muß Ihnen gestehen, daß ich eifersüchtig bin. Es ist ganz blöd, aber doch ganz verständlich; ich könnte es nie ertragen, wenn sie sich an jemand andern binden würden als an mich. Nun, wenn es ein guter Hauslehrer ist, werden sie zwangsweise eine sehr starke Bindung zu ihm eingehen, wenn es ein schlechter ist, lege ich keinen Wert darauf, daß sie ihm in die Hände fallen. Wie auch immer, großes Vertrauen in die Schule habe ich seit jeher nicht gehabt, aber immerhin gibt es dort einen wirklichen Lehrer; wohingegen das Problem mit dem Hauslehrer praktisch unlösbar erscheint.«

»Der Pfarrer würde wohl einen sehr traditionellen Hauslehrer abgeben ...«, sagte Jacquemort.

»Ich bin nicht sehr religiös, und ich sehe keinen Grund, weshalb meine Kinder es werden sollten.«

»Ich glaube nicht, daß sie bei diesem Pfarrer große Gefahr laufen«, sagte Jacquemort. »Er hat eine ziemlich gesunde Auffassung von der Religion und dürfte wohl in den seltensten Fällen eine Bekehrung bewirkt haben.«

»Der Pfarrer würde sich niemals dazu bereit erklären«, fiel ihm Clémentine ins Wort, »und das Problem bleibt bestehen. Sie werden eben ins Dorf gehen müssen.«

»Nun ja«, sagte Jacquemort, »wenn Sie es recht überlegen, es fährt ja sowieso nie ein Auto auf dieser Strecke. Oder höchst selten.«

»Eben«, sagte Clémentine, »es kommt so selten eines vorbei, daß man an gar nichts Böses denkt, und wenn dann zufällig eins daherkommt, ist es um so gefährlicher. Schon beim bloßen Gedanken läuft's mir kalt über den Rücken.«

»Sie reden ja schon wie der heilige Bimbam«, sagte Jacquemort.

»Hören Sie auf zu spotten«, sagte Clémentine. »Ich sehe wirklich keine andere Lösung, als sie selbst hinzubegleiten und wieder abzuholen. Was wollen Sie, wenn man seine Kinder liebhat, nimmt man jedes Opfer auf sich.«

»Damals, als Sie sie noch, ohne sie zu stillen, allein gelassen hatten, um auf Ihren Felsen herumzuklettern, haben Sie diese Konflikte noch nicht so gespürt«, bemerkte Jacquemort.

»Ich kann mich nicht erinnern, so was je gemacht zu haben«, sagte Clémentine. »Und wenn ich es gemacht habe, muß ich wohl krank gewesen sein. Auf jeden Fall steht es Ihnen am wenigsten zu, mir das vorzuhalten. Sie wissen genau, daß es sich um eine Zeit gehandelt hat, wo Angel noch da war und wo seine bloße Gegenwart ausgereicht hat, mich aus dem Häuschen zu bringen. Mittlerweile aber hat sich alles geändert, und ich bin diejenige, der die ganze Verantwortung für ihre Erziehung zufällt.«

»Befürchten Sie nicht, sie zu sehr von sich abhängig zu machen?« gab der Psychiater ein wenig beschämt zu bedenken.

»Was wäre natürlicher? Diese Kinder sind mein ein und alles, sie sind der einzige Grund, weshalb ich existiere;

dafür ist es auch recht und billig, daß sie sich als Gegenleistung daran gewöhnen, sich unter allen Umständen auf mich zu verlassen.«

»Trotzdem meine ich«, sagte Jacquemort, »daß Sie die Gefahr übertreiben … denn unter diesen Umständen können Sie sie überall lauern sehen; nur ein Beispiel … ich wundere mich, daß Sie ihnen den Umgang mit Papier erlauben; mit dem Papier könnten sie sich schneiden, und wer weiß, vielleicht hat die Frau, die damit den Block Briefpapier eingepackt hat, ihre Familie einfach mit Arsenik vergiftet und vorher die genaue Dosis auf dem ersten Blatt abgewogen, dieses Blatt Papier kann also vergiftet und gefährlich sein … bei der ersten Berührung kann eines Ihrer Kinder tot umfallen … warum lecken Sie ihnen da nicht gleich den Hintern? …«

Sie dachte einen Augenblick nach.

»Sie wissen«, sagte sie, »… die Tiere machen das durchaus bei ihren Jungen … vielleicht sollte es eine gute Mutter auch tun …«

Jacquemort sah sie an.

»Ich glaube, Sie lieben sie wirklich«, sagte er sehr ernst. »Und im Grunde ist an der Geschichte mit dem Arsenik ja nichts Ungewöhnliches dran, wenn man es sich recht überlegt.«

»Es ist zum Verrücktwerden«, sagte Clémentine aufgewühlt.

Sie brach in Tränen aus.

»Ich weiß nicht, was ich tun soll … ich weiß nicht, was ich tun soll …«

»Beruhigen Sie sich«, sagte Jacquemort, »ich werde Ihnen helfen. Ich bin mir gerade darüber klargeworden, daß es ein sehr komplexes Problem ist. Aber das läßt sich sicher in Ordnung bringen. Gehen Sie nach oben und legen Sie sich etwas hin.«

Sie ging.

»So also sieht eine Leidenschaft aus«, sagte sich Jacquemort, indem er seinen Weg wieder aufnahm.

Er hätte sie gern am eigenen Leibe erfahren. Aber in Ermangelung dessen konnte er sie immerhin beobachten.

Ein vager Gedanke, den in Worte zu fassen er nicht imstande war, quälte ihn indes. Ein verschwommener Gedanke. Ein nebuloser Gedanke. Auf alle Fälle würde es interessant sein, den Standpunkt der Kinder zu erfahren.

Aber das eilte nicht so sehr.

## XIII

7. Oktember

Sie spielten auf dem Rasen unter dem Fenster ihrer Mutter. Immer weniger duldete sie, daß sie sich entfernten. Vorerst schaute sie ihnen noch zu, verfolgte jede ihrer Bewegungen und versuchte, in ihren Blicken zu lesen. Joël schien weniger lebhaft als gewöhnlich und hängte sich ganz ins Schlepptau seiner Brüder. Mit einemmal stand er auf, befühlte seinen Hosenboden und sah seine Brüder an. Die fingen an, um ihn herumzutanzen, als ob er ihnen etwas besonders Lustiges erzählt hätte. Joël rieb sich mit seinen Fäustchen die Augen und weinte sichtlich.

Clémentine verließ ihr Zimmer, lief die Treppe hinunter und war wenige Augenblicke später auf dem Rasen.

»Was ist los, mein kleiner Liebling?«

»Bauchweh!« schluchzte Joël.

»Was hast du denn gegessen? Hat dir dieses dumme Mensch wieder etwas Unrechtes gegeben, mein armer Engel.«

Joël stand breitbeinig da, zog den Bauch ein und streckte den Hintern heraus.

»Ich hab in die Hose gemacht!« schrie er verzweifelt.

Citroën und Noël setzten eine mißbilligende Miene auf.

»Er ist eben noch ein Baby!« sagte Citroën. »Macht er doch glatt in die Hose!«

»Und was für ein Baby!« sagte Noël.

»Nun kommt schon«, sagte Clémentine, »wollt ihr wohl nett zu ihm sein! Es ist nicht seine Schuld. Komm, mein Goldschatz, jetzt werden wir dir erst mal eine schöne saubere Hose anziehen, und dann kriegst du noch einen großen Löffel Süßwurz-Elixier.«

Citroën und Noël waren vor Neid und Staunen ganz baff.

Joël trottete ganz getröstet hinter Clémentine her.

»Das ist die Höhe«, sagte Citroën, »da macht er in die Hose und kriegt auch noch einen Löffel Süßfurz-Lixier.«

»Ja«, sagte Noël. »Ich will auch was davon.«

»Ich versuch mal zu drücken«, sagte Citroën.

»Ich auch«, sagte Noël.

Beide drückten aus Leibeskräften, daß ihre Wangen violett anliefen, aber es kam nichts.

»Ich schaff's nicht«, sagte Citroën. »Ich habe nur ein bißchen Pipi gemacht.«

»Schade«, sagte Noël, »dann kriegen wir eben keine Lixiere. Dafür verstecken wir aber den Bären von Joël.«

»Sieh mal an!« sagte Citroën, ganz erstaunt darüber, Noël einen so langen Satz sagen zu hören.

Er dachte nach und fügte hinzu:

»Die Idee ist gut, aber er darf ihn auch nicht wiederfinden.«

Noëls Stirn furchte sich angestrengt. Er suchte. Er drehte seinen Kopf nach rechts und nach links auf der Suche nach einer Eingebung. Citroën war auch nicht müßig und ließ seine Neuronen fieberhaft arbeiten.

»Schau mal!« sagte er. »Dort hinten!«

Dort hinten, das war der freie Platz, wo das Dienstmädchen immer auf hochgespannten eisernen Drähten die Wäsche aufhängte. Am Fuße eines der weißgestrichenen Pfosten, zwischen denen die Wäschedrähte gespannt waren, zeichnete sich der Umriß des Schemels ab.

»Wir verstecken ihn auf einem Baum«, sagte Citroën. »Wir nehmen dazu Blanches Schemel. Schnell, bevor sie wiederkommt.«

Sie liefen, so schnell ihre Beine sie tragen konnten.

»Aber«, keuchte Noël im Laufen, »er könnte ihn sich doch wieder herunterholen ...«

»Nein«, sagte Citroën. »Verstehst du, wir zwei zusammen können den Schemel anheben, er allein schafft es nicht.«

»Glaubst du?« fragte Noël.

»Du wirst schon sehen«, sagte Citroën.

Sie kamen zum Schemel. Der war viel größer, als er von weitem ausgesehen hatte.

»Wir müssen aufpassen, daß er nicht umfällt«, sagte Citroën, »sonst können wir ihn nicht wieder aufstellen.«

So gut sie es vermochten, schleppten sie das Ding davon.

»Mensch, ist der schwer!« sagte Noël nach zehn Metern.

»Beeil dich«, sagte Citroën. »Gleich kommt sie wieder.«

## XIV

»So!« sagte Clémentine. »Jetzt bist du wieder ganz sauber.«

Sie warf den Wattebausch in den Topf. Joël stand mit dem Rücken zu ihr. Sie hatte ihn gerade kniend saubergemacht. Sie zögerte und sagte dann zu ihm:

»Bück dich, mein Herzchen.«

Joël beugte sich nach vorn, die Ellbogen auf die Schenkel gestützt. Sie nahm behutsam seine Popobacken, spreizte sie ein wenig auseinander und fing an zu lecken. Sorgfältig. Gewissenhaft.

»Was machst du da, Mami?« fragte Joël erstaunt.

»Ich putze dich, mein Liebling«, sagte Clémentine und unterbrach ihr Geschäft. »Ich möchte, daß du genauso sauber bist wie ein Katzenbaby oder ein Hundebaby.«

Es war nicht einmal erniedrigend. Und im Grunde recht natürlich. Was für ein Trottel, dieser Jacquemort! Unfähig, so was zu begreifen. Dabei ist es das wenigste. Und außerdem würde sie auf diese Weise sichergehen, daß sie sich keine Ansteckung mehr holen würden. Da sie sie ja liebte, konnte ihnen nichts von dem, was sie tat, schaden. Nichts. Eigentlich hätte sie sie ja von oben bis unten so säubern müssen.

Sie richtete sich auf und zog Joël die Hose wieder an, ganz in Gedanken versunken. Ganz neue Horizonte taten sich da auf.

»Geh zu deinen Brüdern, mein Schätzchen«, sagte sie.

Joël rannte davon. Am Fuß der Treppe fuhr er sich mit dem Finger auf der Hose zwischen die Hinterbacken, weil er dort noch ein bißchen feucht war. Er zuckte die Achseln.

Clémentine ging langsam wieder in ihr Zimmer zurück.

So gut hatte das nun auch wieder nicht geschmeckt. Ein Zipfelchen Beefsteak würde ihr jetzt guttun.

Sie von oben bis unten auf diese Weise säubern, ja, das wär's.

Oft hatte sie sich schon gesagt, wie außerordentlich gefährlich es wäre, wenn sie sie baden ließe. Nur einen Augenblick der Unachtsamkeit. Man schaut weg, oder man bückt sich zum Beispiel nach der Seife, die weggeflutscht ist, die sich außer Reichweite hinter den Fuß des Waschbeckens verkrümelt hat. In diesem Augenblick entsteht ein ungeheurer Überdruck in der Wasserleitung, weil wie aus heiterem Himmel ein glühender Meteorit mitten ins Reservoir gefallen ist und sich, ohne zu explodieren, bis in die Hauptleitung hat vorarbeiten können, wahrscheinlich durch seine rasende Geschwindigkeit; da er nun aber festgeklemmt ist, fängt er an, das Wasser in den Röhren zu verdampfen, und eine Schockwelle (schönes Wort übrigens, Schockwelle) pflanzt sich mit großer Geschwindigkeit fort, dadurch fließt natürlich ungleich mehr Wasser als zuvor, so daß, während man sich nach der Seife bückt – außerdem ist es ja ein Verbrechen, Seifen in dieser Form zu verkaufen; eiförmig und rutschig, daß sie einem mir nichts, dir nichts aus der Hand glitschen und weiß Gott wo landen, vielleicht sogar ins Wasser plumpsen und dabei einem Kind eine Mikrobe ins Nasenloch spritzen –; aber da kommen auch schon die Wassermassen daher, der Wasserspiegel steigt, das Kind erschrickt zu Tode, schluckt Wasser, kriegt keine Luft mehr – davon kann man bekanntlich sterben – sein armes Gesicht ganz violett – erstickt …

Sie wischte sich die feuchte Stirn ab und schloß den Kleiderschrank, ohne sich etwas daraus zu nehmen. Ihr Bett. Das brauchte sie jetzt sofort, ihr Bett.

# XV

Etwas verärgert kehrte Joël zu seinen Brüdern zurück. Diese hatten den Spaten wieder zur Hand genommen und gruben, ohne irgendeine Bemerkung von sich zu geben.

»Glaubst du, daß wir auch noch eine blaue finden?« fragte Noël Citroën.

Joël blickte interessiert auf.

»Nein«, sagte Citroën, »ich habe dir ja schon gesagt, daß sie sehr selten sind. Auf fünfhundert Millionen kommt jeweils nur eine blaue.«

»Das ist doch blanker Unsinn«, entschied Joël, der sich wütend wieder an die Arbeit machte.

»Schade, daß er sie gegessen hat«, sagte Citroën. »Sonst würden wir vielleicht auch schon fliegen.«

»Gott sei Dank ist es seiner«, sagte Noël. »Mir würde es sehr auf die Nerven gehen, wenn meiner weg wäre.«

Ostentativ drückte er seinen Plüschteddy an sich.

»Mein Dumuzo!« sagte er zärtlich.

Joël, den Blick hartnäckig zu Boden gerichtet, arbeitete sich gerade verbissen durch eine kleine Kiesader.

Die Anspielung auf den Bären gab ihm einen Stich ins Herz. Wo war seiner? Er wollte den Kopf nicht heben, obwohl er ein leicht prickelndes Gefühl in den Augen verspürte.

»Sehr zufrieden sieht er nicht gerade aus«, stichelte Noël.

»Waren wohl nicht gut, die Lixiere?« fragte Citroën ironisch.

Joël gab keine Antwort.

»Er stinkt immer noch«, sagte Noël. »Kein Wunder, daß Poirogale abgehauen ist.«

Joël wußte, daß seine Stimme zittern würde, wenn er

antwortete; und gerade das wollte er nicht. Er konnte kaum noch sehen, was er tat, sein Blick verschleierte sich immer mehr, aber er konzentrierte sich auf seine Kieselsteine. Und urplötzlich vergaß er den Bären, seine Brüder und alles um sich herum.

Eine hinreißende Schnecke von allerreinstem Kobaltblau kroch langsam über einen der Kiesel, die den Boden seiner Grabungsstelle bedeckten. Mit verhaltenem Atem betrachtete er sie. Mit zitternden Fingern hob er sie behutsam auf und führte sie verstohlen zum Mund. Die Spötteleien seiner Brüder drangen nur mehr durch einen dichten Freudennebel zu ihm.

Er schluckte die blaue Schnecke hinunter und erhob sich.

»Ich weiß ganz genau, daß ihr ihn versteckt habt«, sagte er mit Gewißheit in der Stimme.

»Nie im Leben«, sagte Citroën. »Der ist ganz allein dort hinaufgeklettert, weil er nicht bei einem Papi bleiben wollte, der so übel riecht.«

»Das ist mir gleich«, sagte Joël, »ich geh ihn jetzt holen.«

Alsogleich hatte auch er den Schemel wenige Meter vom Baum entfernt entdeckt, und sodann den Baum selbst, auf dem Poirogale bequem zwischen zwei Ästen sitzend in gemütlichem Plausch mit einem Grünsprecht begriffen war.

Jetzt galt es zu fliegen. Er breitete entschlossen die Arme aus und bewegte die Hände auf und ab. Citroën hatte es gesagt.

Als seine Fersen in Noëls Nasenhöhe waren, packte dieser Citroën beim Arm.

»Er hat eine gefunden ...«, murmelte er.

»Auch gut«, sagte Citroën. »Das beweist mindestens, daß ich recht gehabt habe, wie du ja siehst.«

Der Grünspecht rührte sich nicht von der Stelle, als er Joël daherkommen sah, der sich's jetzt neben seinem

Bären bequem machte und zu seinen Brüdern hinunterrief:

»Na, was ist, kommt ihr nicht?« schlug er spöttisch vor.

»Nein«, sagte Citroën. »Das macht uns keinen Spaß.«

»Uns aber schon«, sagte Joël. Und zum Grünspecht gewandt fragte er: »Oder nicht?«

»O ja, uns macht's großen Spaß«, bestätigte der Grünspecht. »Aber wißt ihr, im Irisbeet drüben gibt's blaue Schnecken haufenweise.«

»Och«, sagte Citroën, »ich hätte auf jeden Fall welche gefunden. Im Notfall kann man sie ja auch mit blauer Farbe anmalen ...«

Er ging auf das Irisbeet zu, gefolgt von Noël. Joël holte sie unterwegs ein. Er hatte Poirogale auf der Astgabel zurückgelassen.

»Wir werden viele davon essen«, sagte er, »dann können wir recht hoch hinauffliegen.«

»Eine tut's auch«, sagte Citroën.

Als Clémentine aus dem Haus trat, bemerkte sie den Schemel auf dem Rasen. Sie lief näher, um besser zu sehen. Sie sah den Baum. Und auf dem Baum Poirogale, gemütlich in seine Astgabel gelehnt.

Sie fuhr sich mit der Hand ans Herz und stürzte in den Garten, dabei lauthals nach ihren Kindern rufend.

# XVI

8. Oktember

»Ich wage kaum, Ihnen nicht recht zu geben«, sagte Jacquemort, »aber man sollte doch nichts überstürzen.«

»Es ist die einzige Lösung«, sagte Clémentine. »Man kann das Problem drehen und wenden, wie man will, das wäre alles nicht passiert, wenn es diesen Baum nicht gegeben hätte.«

»Liegt die Schuld nicht vielleicht eher beim Schemel?« gab Jacquemort zu bedenken.

»Natürlich. Nie hätte sie den so herumstehen lassen dürfen. Aber das ist ein anderes Kapitel. Und dafür wird sie auch bestraft werden, wie sie es verdient. Aber Sie verstehen doch wohl, daß ohne diesen Baum Citroën und Noël niemals auf die Idee gekommen wären, den Bären außer Reichweite von Joël zu verstecken? Dieser Baum ist an allem schuld. Außerdem stellen Sie sich bloß vor, daß er sogar hätte versuchen können, einfach hinaufzuklettern, um seinen Bären herunterzuholen, der arme Kerl.«

»Andererseits gibt es wieder Leute«, sagte Jacquemort, »die der Ansicht sind, daß die Baumkletterei gut für Kinder ist.«

»Nicht für meine Kinder!« sagte Clémentine. »Mit Bäumen kann allerhand passieren. Man kann nie wissen. Da fressen Termiten die Wurzeln an, und plötzlich fallen sie auf einen drauf, oder ein dürrer Ast bricht ab und erschlägt einen, oder der Blitz fährt hinein, der Baum geht in Flammen auf, der Wind schürt das Feuer, trägt Funken ins Kinderzimmer, und sie verbrennen! … Nein, es ist eine viel zu große Gefahr, Bäume im Garten zu haben. Auch möchte ich Sie fragen, ob Sie so freundlich sind, ins Dorf zu gehen und die Männer zu bitten, sie alle umzuhauen.

Die Hälfte davon können sie sich mitnehmen; ich behalte den Rest zum Heizen.«

»Welche Männer?« fragte Jacquemort.

»Oh, was weiß ich, Baumbeschneider, Holzfäller … ja, Holzfäller, ganz recht. Ich bitte Sie zu veranlassen, daß man mir ein paar Holzfäller heraufschickt. Ist das so schwierig?«

»O nein«, sagte Jacquemort. »Ich geh schon. Man soll nichts auf die lange Bank schieben.«

Er erhob sich und machte sich auf ins Dorf.

## XVII

Am Nachmittag kamen die Männer. Sie brachten zahlreiche eiserne Gerätschaften mit, Spitzeisen, Klammern und Kohlenbecken. Jacquemort sah sie daherkommen; er kam gerade von einem Spaziergang zurück, blieb stehen und ließ sie vorbei. Es waren ihrer fünf; überdies hatten sie noch zwei Lehrlinge mitgenommen, der eine etwa zehnjährig, schmächtig und rachitisch, der andere ein wenig älter, mit einer schwarzen Binde über dem linken Auge und einem komisch verdrehten Bein.

Einer der Männer machte Jacquemort ein Zeichen; er war es, mit dem Jacquemort den Preis der ganzen Operation ausgehandelt hatte; sie hatten sich schließlich geeinigt, Clémentines Vorschlag anzunehmen: die Hälfte der Bäume für die Holzfäller, die andere Hälfte für das Haus. Der Schuldbetrag würde sich vergrößern, falls sie wünschte, daß das Holz kleingeschnitten und ins Haus gebracht würde.

Jacquemort war ganz beklommen zumute. Wenn er ihnen auch keinen sentimentalen Wert beimaß – wie es einem ohne Erinnerung geborenen Individuum im Erwachsenenalter ja wohl auch nicht zukommt –, so waren ihm diese Bäume doch wegen ihrer wahrscheinlich funktionellen Schönheit und ihrer anarchischen Einförmigkeit lieb und teuer geworden. Er fühlte sich ihnen innerlich nahe genug, daß er weder das Bedürfnis verspürte, mit ihnen zu reden, noch ihnen Oden zu widmen; aber er liebte den matten Widerschein des Sonnenlichts auf den gelackt anmutenden Blättern, das Schattenpuzzlespiel, für das sich die Blätter dem Tag als Schablonen hingaben, das leise, lebendige Geflüster der Zweige und den Geruch ihrer Ausdünstung am Abend nach einem heißen Tag. Er liebte die spitzen Zungen der Drachenbäume, die schuppig-geriffelten Strünke der stämmigen Palmen, die glatten und frischen Gliedmaßen der Eukalyptusbäume, die hochaufgeschossenen linkischen und zu schnell gewachsenen Mädchen glichen, wie sie liebenswert-ungraziös ihren wertlosen grünspanüberzogenen Kupferschmuck spazierenführen, nachdem sie sich Mutters Parfumfläschchen über den Kopf geleert haben. Er bewunderte die Kiefern, wie sie, bei ihrem unnahbar ernsten Äußeren, schon beim geringsten Berührungskitzel so bereitwillig ihr duftendes Harz verströmen konnten. Und er liebte auch die krüppeligen Eichen, die wie große, bullige und struppige Hunde dahockten. Er liebte überhaupt alle Bäume. Alle hatten eine eigene Persönlichkeit, ihre eigenen Sitten und ihre eigenen Schrullen und Vorlieben, aber alle waren sie sympathisch. Indes, die erstaunliche Mutterliebe Clémentines rechtfertigte ihre Opferung.

Die Männer blieben mitten im Rasen stehen und legten ihre Geräte ab. Sodann griffen zwei von ihnen zur Hacke und begannen zu graben, während die Lehrlinge mit großen Erdschaufeln, die länger waren als sie selbst, die aufgeworfene Erde wegräumten. Schnell zog sich der Graben hin. Jacquemort war denselben Weg wieder zurückgekommen und verfolgte diese Verrichtung mit argwöhnischer Aufmerksamkeit. Die Lehrlinge häuften die Erde am Rand des Grabens auf und stampften sie fest, so daß ein breiter und niedriger Wall entstand.

Als die Arbeiter den Graben für tief genug befanden, hörten sie auf zu hacken und stiegen heraus. Ihre Bewegungen waren langsam und gesetzt, und ihre braunen, erdigen Kleider verliehen ihnen eine Ähnlichkeit mit großen Erdkäfern, die mit dem Vergraben ihrer Nachkommenschaft beschäftigt sind. Die Lehrlinge hoben immer noch Grund aus und häuften die Erde schwitzend und wie besessen an den Grabenrändern entlang auf. Gewissermaßen als

Ermunterung kriegte in regelmäßigen Abständen jeder eine saftige Ohrfeige verpaßt. Unterdessen waren die drei übrigen Erdarbeiter zum Gartengitter gegangen und kamen nun zurück, wobei sie einen Handwagen, hochbeladen mit Knüppelholz von einem Meter Länge, hinter sich her auf das Plateau zogen. Sie stellten das ungefüge Fahrzeug neben dem Graben ab. Dann begannen sie, die Holzknüppel quer über die von den Lehrlingen soeben festgestampfte Erdunterlage zu legen. Sie reihten sie sorgfältig und lückenlos aneinander und versetzten jedem Ende einen kräftigen Hieb, um dem Ganzen festen Halt zu geben. Nachdem der Unterstand fertiggestellt war, nahmen sie wieder die Schaufeln zur Hand und machten sich daran, die Holzknüppel wieder mit Erde zu bedecken. Jacquemort winkte einen der Lehrlinge zu sich heran.

»Was machen die da?« fragte Jacquemort und gab ihm widerstrebend einen Tritt gegen das Schienbein.

»Das ist der Unterstand«, sagte der Lehrling, die Hand schützend vors Gesicht haltend; dann empfahl er sich und rannte zu seinem Kumpanen zurück. Die ihn bei der Ohrfeigenverteilung nicht zu kurz kommen ließen.

An diesem Tag schien keine Sonne, und der bleierne Himmel schimmerte in fahlem und unangenehmem Glanz. Jacquemort fröstelte es ein bißchen, aber er wollte dennoch weiter zusehen.

Der Unterstand schien jetzt fertig zu sein. Nacheinander stiegen die fünf Männer die sanft abschüssige, an einem Grabenende angebrachte Rampe hinunter. Alle fünf fanden im Unterstand Platz. Die Lehrlinge machten gar keinen Versuch, ihnen zu folgen, da sie sich schon im vorhinein das Resultat solchen Unterfangens ausmalen konnten.

Die Männer kamen wieder herauf. Vom Haufen der Gerätschaften nahmen sie Haken und Spitzeisen. Die beiden Lehrlinge machten sich an den Kohlenbecken zu schaffen und fachten aus Leibeskräften die Glut an. Auf einen Befehl des Gruppenführers hin beeilten sie sich, die schweren, glühendheißen Kohlenbecken aufzuheben, und folgten damit den Männern zum ersten Baum. Jacquemort wurde zunehmend unruhiger. Das erinnerte ihn an den Tag, an dem man am Scheunentor den unzüchtigen Hengst gekreuzigt hatte.

Am Fuße einer zehn Meter hohen Dattelpalme stellte man das erste Kohlenbecken ab, und jeder steckte eines seiner Werkzeuge in die Glut. Das zweite wurde auf die gleiche Weise neben einem benachbarten Eukalyptusbaum hingestellt. Die Lehrlinge fingen an, in die Glut zu blasen, diesmal aber mit großen Lederblasebälgen, auf die sie mit aneinandergelegten Füßen sprangen. Unterdessen legte der Anführer sein Ohr vorsichtig an den Stamm der Dattelpalme, bald hierhin, bald dahin. Plötzlich hielt er inne und machte eine rote Markierung auf die Rinde. Der stämmigste der vier Holzfäller zog seinen Haken aus dem Feuer; es war eher ein pfeilförmiges Eisen als ein richtiger Haken, ein gestählter Harpunenspeer, dessen hellrote Zacken in der schweren Luft rauchten. Mit einer entschlossenen Bewegung nahm er erst sicheren Stand, holte weit aus und harpunierte den glatten Stamm genau in der Mitte der roten Markierung. Schon hatten die Lehrlinge im Laufschritt das Kohlenbecken weggebracht, und schon machte einer seiner Kameraden dasselbe beim Eukalyptusbaum. Und dann liefen die beiden Harpuniere, so schnell sie ihre Beine tragen konnten, zum Unterstand zurück und verschwanden darunter. Die Lehrlinge kauerten sich am Eingang, neben den Kohlenbecken, nieder.

Der Blätterschopf der Dattelpalme fing an zu zittern, zuerst kaum merklich, dann lebhafter, und Jacquemort biß die Zähne zusammen. Ein so spitzes und markerschütterndes Klagegeheul brach los, daß man sich die Ohren zuhalten mußte. Der Stamm der Dattelpalme geriet ins Schwingen, und mit jedem Ausschlag beschleunigte sich der Rhythmus der Schreie. Das Erdreich zu Füßen der Dattelpalme barst und öffnete sich. Der unerhörte Ton durchbohrte die Luft, zerriß die Trommelfelle, widerhallte im ganzen Garten und schien sich an der tiefhängenden Wolkendecke zu brechen. Mit einemmal riß sich der Strunk aus der Erde, und der lange gekrümmte Stamm schlug in Richtung des Unterstandes der Länge nach hin. Doch da sprang und tanzte er auch schon über den Boden, näherte sich nach und nach dem Graben und stieß immer noch dieses unerträgliche Geheul aus. Wenige Sekunden später fühlte Jacquemort zum zweitenmal den Boden erbeben. Der Eukalyptus war nun seinerseits auch umgestürzt. Er schrie nicht; er keuchte wie ein wildgewordener Schmiedeblasebalg, und seine silbrigen Zweige schlangen sich um ihn, wühlten tief den Boden auf beim Versuch, den Graben zu erreichen. Die Dattelpalme erreichte in diesem Augenblick das äußere Ende der Knüppeldecke und begann unter schnell aufeinanderfolgenden Kontraktionen darauf herumzuhämmern; aber schon nahm das Wehgeschrei an Stärke ab, und der Rhythmus wurde immer langsamer und langsamer. Der schwächlichere Eukalyptusbaum lag als erster still, einzig seine dolchklingenförmigen Blätter zitterten noch nach. Die Männer stiegen aus dem Graben. Ein letztes Mal schnellte die Dattelpalme hoch. Aber der Mann, auf den sie es abgesehen hatte, sprang lässig beiseite und brachte ihr einen kräftigen Hieb mit der Axt bei. Daraufhin war alles stumm. Nur noch ein paar Schauerwellen durchliefen die graue Säule. Noch ehe alles zu Ende war, hatten sich die Holzfäller zu den benachbarten Bäumen aufgemacht.

Jacquemort stand wie angewurzelt da, außer sich und mit schmerzendem Schädel stierte er sie an. Als er sah, wie die Harpune zum drittenmal ins zarte Holz eindrang, konnte er nicht mehr länger an sich halten, er wandte sich um und floh zur Steilküste. Er lief und lief, und die Luft um ihn vibrierte vom Wutgeschrei und Wehgeheul des Baummassakers.

## XVIII

11. Oktember

Nun war alles still. Alle Bäume lagen mit den Wurzeln in der Luft auf der Erde, die von riesigen Löchern übersät war, wie nach einem Bombenangriff von innen heraus. Es sah aus wie große leere, ausgetrocknete, trostlose Abszesse. Die fünf Männer waren ins Dorf zurückgekehrt, und die zwei Lehrlinge wurden mit dem Auftrag zurückgelassen, die Baumkadaver zu Kleinholz zu verarbeiten und dieses aufzustapeln.

Jacquemort sah sich das Desaster an. Nur noch etwas Buschwerk und Unterholz war übriggeblieben. Es gab nun gar nichts mehr zwischen seinen Augen und dem Himmel, der nun plötzlich befremdlich nackt und schattenlos war. Von rechts hörte man das Klappern einer Heckenschere. Der jüngere der beiden Lehrlinge kam vorüber, eine lange, zweigriffige, weiche Blattsäge hinter sich herschleifend.

Jacquemort seufzte tief und ging ins Haus zurück. Er stieg die Treppe hoch. Im ersten Stock lenkte er seine Schritte sogleich zum Kinderzimmer. Clémentine saß dort und strickte, während sie den Kindern Gesellschaft leistete. Im hinteren Teil des Zimmers besahen sich Noël, Joël und Citroën Bilderbücher und lutschten dabei Bonbons. Die Tüte mit den Bonbons lag in ihrer Mitte.

Jacquemort trat ein.

»Es ist vorbei«, sagte er. »Sie sind umgehauen.«

»Ah! Um so besser«, sagte Clémentine. »Jetzt werde ich um so vieles ruhiger sein.«

»Ist das alles, was Sie dazu zu sagen haben?« fragte Jacquemort. »Haben Sie den Lärm denn nicht gehört?«

»Ich habe kaum darauf geachtet. Ich nehme an, es ist normal, daß Bäume beim Umfallen Lärm machen.«

»Selbstverständlich ...«, sagte Jacquemort.

Er sah die Kinder an.

»Wollen Sie sie immer noch im Haus behalten? Nun sind es schon drei Tage, daß sie nicht hinausgekommen sind. Jetzt laufen sie keine Gefahr mehr, wissen Sie!«

»Haben die Männer aufgehört zu arbeiten?« fragte Clémentine.

»Es ist nur noch das Holz kleinzumachen«, sagte Jacquemort. »Aber wenn Sie Angst um die Kleinen haben, werde ich auf sie aufpassen. Ich glaube, man sollte sie ein wenig frische Luft schnappen lassen.«

»O ja!« sagte Citroën. »Wir gehen mit dir spazieren!«

»Auf geht's«, sagte Noël.

»Seien Sie aber vorsichtig!« empfahl Clémentine. »Verlieren Sie sie auch nicht eine Sekunde lang aus den Augen. Ich würde vor Unruhe sterben, wenn ich denken müßte, daß Sie nicht auf sie aufpassen.«

Jacquemort verließ das Zimmer; die Kinder sprangen vor ihm her. Alle vier liefen sie die Treppe hinunter.

»Vorsicht, daß sie nicht in die Löcher fallen«, rief ihnen Clémentine noch nach. »Und daß sie nicht mit dem Werkzeug spielen.«

»Ja, ja!« sagte Jacquemort auf halber Höhe.

Sowie sie draußen waren, galoppierten Noël und Joël zur Stelle, von wo das Geräusch der Baumhacke herkam. Jacquemort folgte ihnen ohne Eile, in Begleitung von Citroën.

Der jüngere der beiden Lehrlinge, der ungefähr zehn Jahre alt war, hieb gerade einer Kiefer die Äste ab. Der Stahl der Baumhacke hob sich und sauste nieder, feine Späne schwirrten mit jedem Hieb auf, und Harz erfüllte die Luft mit seinem nüsternkräuselnden Duft. Joël suchte sich einen bequemen Beobachtungsposten und blieb fasziniert stehen. Noël verweilte neben ihm, etwas im Hintergrund.

»Wie heißt du?« fragte Noël nach einem Augenblick.

Der Lehrling hob sein armseliges Gesicht.

»Weiß nicht«, sagte er, »Jean vielleicht.«

»Jean!« wiederholte Noël.

»Ich heiße Joël«, sagte Joël, »und mein Bruder heißt Noël.«

Jean gab keine Antwort. Die Baumhacke sauste mit trister Gleichförmigkeit nieder.

»Was machst du da, Jean?« fragte Citroën, der gerade dazugekommen war.

»Das da«, sagte Jean.

Noël hob einen Span auf und roch daran.

»Das muß sicher Spaß machen«, sagte er. »Machst du das immer?«

»Nein«, sagte Jean.

»Schau mal«, sagte Citroën. »Kannst du auch so weit spucken?«

Jean sah leidenschaftslos zu. Eineinhalb Meter. Er versuchte es seinerseits und schaffte mehr als das Doppelte.

»Oh!« sagte Noël.

Citroën war voll ehrlicher Bewunderung.

»Du spuckst ja verflixt weit«, sagte er voll Achtung.

»Mein Bruder spuckt viermal so weit«, sagte Jean, der Wertschätzung von Hause aus nicht gewohnt war und sich daher bemühte, das peinliche Lob auf einen Würdigeren abzuwälzen.

»Nun ja«, sagte Citroën, »dann muß der wirklich auch ganz schön weit spucken!«

Der Ast hing nur mehr an ein paar Fasern. Beim darauffolgenden Hieb wurde er abgetrennt. Er sprang durch die Elastizität der Zweige sogleich wieder hoch und fiel dann zur Seite. Jean schob ihn mit der Hand weg.

»Vorsicht!« sagte Jean.

»Du bist aber stark!« sagte Noël.

»Ach«, sagte Jean, »das ist noch gar nichts. Mein Bruder ist noch viel stärker als ich.«

Trotzdem nahm er den nächsten Ast mit einigem Schwung in Angriff und ließ große Späne auffliegen.

»Sieh dir das an«, sagte Citroën zu Joël.

»Er könnte ihn beinahe mit einem einzigen Hieb abhacken«, sagte Noël.

»Ja«, sagte Citroën.

»Beinahe«, präzisierte Noël. »Immerhin doch nicht ganz mit einem Hieb.«

»Ich könnte ihn mit einem einzigen Hieb abhauen, wenn ich wollte«, sagte Jean.

»Das glaub ich gern«, sagte Citroën. »Hast du schon jemals einen Baum mit einem einzigen Hieb umgehauen?«

»Mein Bruder hat das gemacht«, sagte Jean. »Einen richtigen Baum.«

Er wurde sichtlich lebendiger.

»Wohnst du im Dorf?« fragte Citroën.

»Ja«, sagte Jean.

»Wir haben einen Garten«, sagte Citroën. »Das macht ungeheuer viel Spaß. Gibt es im Dorf noch andere Jungen, die so stark sind wie du?«

Jean zögerte einen Augenblick, aber die Ehrlichkeit obsiegte.

»O ja«, sagte er, »haufenweise!«

»Aber du«, sagte Noël, »du bist doch schon mindestens neun?«

»Zehn«, berichtigte Jean.

»Glaubst du, ich könnte auch Bäume umhauen, wenn ich zehn wäre?« fragte Citroën.

»Das weiß ich nicht«, sagte Jean. »Das ist sehr schwer, wenn man nicht weiß, wie!«

»Würdest du mir das einmal leihen?« sagte Citroën.

»Was?« sagte Jean. »Meine Baumhacke?«

»Ja, deine Baumhacke«, sagte Citroën mit sichtlichem Genuß am Wort.

»Versuch's mal«, sagte Jean großzügig. »Aber sie ist schwer, damit du's weißt.«

Citroën erhob sich respektvoll. Jean benutzte die Gelegenheit, um sich ausgiebig in die Hände zu spucken. Was Citroën sah und ihm die Baumhacke darauf mit einer gewissen Verlegenheit zurückgab.

»Warum spuckst du dir in die Hände?« fragte Noël.

»Alle Männer machen das«, sagte Jean. »Davon werden die Hände härter.«

»Glaubst du, daß meine Hände davon auch härter werden?« fragte Citroën. »Vielleicht werden sie sogar so hart wie Holz ...!«

»Weiß ich nicht«, sagte Jean.

Er machte sich wieder an seine Arbeit.

»Hast du schon einmal in deinem Garten nach Schnecken gegraben?« fragte Citroën.

Jean schniefte den Rotz hoch, während er sich die Frage durch den Kopf gehen ließ, und spuckte dann eine beträchtliche Menge der grünen Masse über eine wahrhaft verblüffende Entfernung.

»Oh!« sagte Noël. »Hast du das gesehen?«

»Ja«, sagte Citroën.

Interessiert hockten sie sich auf den Boden.

»Mein Bruder hat schon einmal einen Totenknochen gefunden«, sagte Jean. »Beim Graben.«

Sie hörten zu, jedoch ohne rechte Leidenschaft. Jacquemort stand daneben und betrachtete das sonderbare Quartett. Er war ein wenig verwirrt.

# XIX

27. Oktember

Er schrak aus dem Schlaf hoch. Es wurde an seine Tür geklopft. Noch ehe er Zeit gehabt hätte zu antworten, trat Clémentine ein.

»Guten Morgen«, sagte sie geistesabwesend.

Sie schien gänzlich verstört.

»Was ist los?« fragte Jacquemort beunruhigt.

»Nichts!« sagte Clémentine. »Es ist zu dumm, ich habe einen Alptraum gehabt.«

»Schon wieder ein Unglück?«

»Nein. Sie gingen aus dem Garten hinaus. Das verfolgt mich richtig.«

»Legen Sie sich wieder hin«, sagte Jacquemort, indem er sich im Bett aufsetzte. »Ich werde mich darum kümmern.«

»Worum?«

»Regen Sie sich nicht auf.«

Sie schien ein wenig beruhigt.

»Wollen Sie damit sagen, daß Sie etwas für ihre Sicherheit tun können?«

»Ja«, sagte Jacquemort.

Immer der gleiche nebulose Gedanke. Aber diesmal würde sie ihm eine konkrete Maßnahme abverlangen.

»Gehen Sie wieder zu Bett«, wiederholte er. »Ich ziehe mich gleich an. Ich komme bei Ihnen vorbei, sobald ich die Angelegenheit in Ordnung gebracht habe. Die Kleinen werden wohl schon auf sein, denke ich?«

»Sie sind im Garten«, sagte Clémentine.

Sie ging hinaus und schloß die Tür hinter sich.

## XX

»Nicht so«, sagte Citroën. »So.«

Er legte sich bäuchlings ins Gras und hob durch eine nicht wahrnehmbare Bewegung der Hände und Füße dreißig Zentimeter vom Boden ab. Dann plötzlich schoß er vorwärts und vollführte zehn Zentimeter weiter einen meisterhaften Looping.

»Nicht zu hoch«, warnte Noël. »Flieg nicht höher als der Busch. Sonst sieht man uns.«

Joël unternahm seinerseits einen Versuch, hielt aber auf dem Scheitelpunkt der Schleife an und glitt wieder in die Ausgangsposition zurück.

»Da kommt jemand!« flüsterte er, sowie er auf dem Boden angelangt war.

»Wer ist es?« fragte Citroën.

»Es ist Onkel Jacquemort.«

»Spielen wir Kieselsteine«, ordnete sein Bruder an.

Alle drei setzten sich nieder, den Spaten in der Hand. Wie vorhergesehen, erschien Jacquemort wenige Minuten später.

»Guten Tag, Onkel Jacquemort«, sagte Citroën.

»Guten Tag, Onkel«, sagte Joël.

»Guten Tag«, sagte Noël. »Setz dich zu uns.«

»Ich komme, ein bißchen mit euch zu plaudern«, sagte Jacquemort und setzte sich zu ihnen.

»Was sollen wir dir denn erzählen?« sagte Citroën.

»Mein Gott«, sagte Jacquemort, »dies und jenes. Was habt ihr gerade gemacht?«

»Wir suchen Kieselsteine«, sagte Citroën.

»Das macht euch großen Spaß, nicht wahr«, sagte Jacquemort.

»Sehr großen Spaß«, sagte Noël. »Das spielen wir jeden Tag.«

»Ich hab ein paar recht schöne gestern auf dem Weg ins Dorf gesehen«, sagte Jacquemort, »aber wie ihr seht, habe ich sie euch nicht mitbringen können.«

»Och, das macht nichts«, sagte Joël, »hier gibt's ja auch genügend.«

»Das ist wahr«, gab Jacquemort zu.

Ein kurzes Schweigen trat ein.

»Es gibt noch eine Menge anderer Dinge auf der Straße«, bemerkte Jacquemort harmlos.

»Ja«, sagte Citroën. »Es gibt überall eine Meng Dinge, das ist schon wahr. Wir sehen sie durch das Gitter hindurch. Wir übersehen den ganzen Weg bis hinunter zur Biegung.«

»Ach ja«, sagte Jacquemort, »aber nach der Biegung?«

»Oh«, sagte Citroën, »nach der Biegung wird es ja wohl das gleiche sein.«

»Dort ist das Dorf, etwas weiter unten«, sagte Jacquemort.

»Mit solchen Jungen wie Jean«, sagte Citroën.

»Ja.«

Citroën schien reichlich angeekelt.

»Er spuckt sich in die Hände«, bemerkte er.

»Er arbeitet«, sagte Jacquemort.

»Spucken sich alle, die arbeiten, in die Hände?«

»Natürlich«, antwortete Jacquemort. »Damit sie den rechten Arbeitseifer kriegen.«

»Und vergnügen sie sich auch«, fragte Joël, »die Jungen im Dorf?«

»Sie spielen zusammen, wenn es Zeit zum Spielen ist. Aber sie arbeiten hauptsächlich. Sonst würden sie Prügel bekommen.«

»Wir«, sagte Citroën, »wir spielen immer zusammen.«

»Und dann gibt es da auch noch die Messe«, sagte Jacquemort.

»Was ist das, die Messe«, fragte Noël.

»Nun ja, das ist ein Haufen Leute in einem Saal, in einem sehr großen Saal, und dann gibt's da auch noch einen Herrn Pfarrer, der wunderschön verzierte Kleider trägt, und der spricht zu den Leuten, und die werfen ihm dann Steine in die Fresse.«

»Du sagst unanständige Wörter«, bemerkte Joël.

»Ist das alles?« fragte Citroën.

»Das kommt darauf an«, sagte Jacquemort. »Gestern nachmittag zum Beispiel hat der Pfarrer eine sehr schöne Vorstellung organisiert. Er hat sich mit dem Küster geschlagen, auf einer Bühne, mit Boxhandschuhen, und sie haben sich gegenseitig Kinnhaken gegeben, und schließlich haben sich alle im Saal gegenseitig verprügelt.«

»Du auch?«

»Na klar.«

»Was ist denn das, eine Bühne«, wollte Joël wissen.

»Das ist eine Art Fußboden, der etwas in die Höhe gebaut ist, damit alle sehen können. Die Leute sitzen ringsherum auf Stühlen.«

Citroën dachte nach.

»Macht man im Dorf auch noch andere Sachen, außer sich zu prügeln?« fragte er ziemlich befremdet.

Jacquemort schien unsicher.

»Du meine Güte«, sagte er, »nein, eigentlich nicht.«

»Na ja«, sagte Citroën, »dann finde ich, sind wir mit unserm Garten doch viel besser dran.«

Jacquemort zögerte nicht mehr.

»Soll das heißen«, sagte er, »daß ihr nun keine Lust mehr habt hinauszugehen?«

»Nicht im geringsten«, sagte Citroën. »Wir sind ja schon draußen. Und dann prügeln wir uns ja nicht. Wir haben anderes zu tun.«

»Und das wäre?« fragte Jacquemort.

»Na ja ...«

Citroën sah seine Brüder an.

»Kieselsteine suchen«, sagte er schließlich.

Sie fingen wieder an zu graben und gaben Jacquemort dadurch zu verstehen, daß sie seine Anwesenheit als eher störend empfanden. Jacquemort erhob sich.

»Macht euch das nichts aus, daß es keine Bäume mehr gibt?« fragte er sie, bevor er ging.

»Oh«, sagte Citroën, »es war hübsch, aber das wächst ja sicher alles wieder nach.«

»Aber wie ist es mit der Baumkletterei?«

Citroën sagte nichts. Noël antwortete an seiner Stelle.

»In unserem Alter«, sagte er, »klettert man nicht mehr auf Bäume.«

Jacquemort war etwas verwirrt und entfernte sich, ohne noch einmal zurückzublicken. Hätte er sich noch einmal umgewandt, hätte er gesehen, wie drei kleine Silhouetten im Steilflug zum Himmel schossen und sich hinter einer Wolke versteckten, um ungestört lachen zu können. Was die Erwachsenen manchmal so daherreden, ist wirklich hirnverbrannt.

## XXI

28. Oktember

Jacquemort kam mit großen Schritten zurück; den Rücken gebeugt, den Bart ganz schmal, den Blick starr zu Boden gerichtet. Er verfügte jetzt über eine beträchtliche Opazität und fühlte sich dementsprechend äußerst materiell. Die Sitzungen hatten Fortschritte gezeitigt und auch an Zahl zugenommen; sicherlich würde es jetzt kaum noch welche geben. Besorgt fragte sich Jacquemort, was das alles wohl für ein Ende nehmen würde. Er mochte tun und sagen, was er wollte, und aus La Gloïre alles mögliche herausquetschen, für sich selbst jedoch gewann er in geistiger Hinsicht rein gar nichts hinzu. An Lebendigem besaß er nur Erinnerungen und eigene Erfahrungen. Die von La Gloïre zu integrieren, gelang ihm nicht. Zumindest nicht alle.

»Genug damit«, sagte er sich. »Die Natur ist frisch und schön, obwohl das Jahr sich schon dem Ende zuneigt. Oktember, der mir am liebsten ist an meerumspülten Gestaden, Oktember voll der Düfte und überreif, mit schwarzen, harten Blättern und rotgezähnten Brombeerhecken und all den Wolken, die am Himmelsrand sich ballen und dahinziehen, Getreidestoppeln in dem Gelb von altem Honig, all das ist doch sehr schön, die Erde ist weich und braun und warm, dabei sich in Aufregung stürzen wäre doch Irrsinn, wo das alles doch allzubald wieder vergangen sein wird. Ach, was ist dieser Weg doch lang!«

Ein Zug Malitten, die zweifellos gerade in den Süden aufbrachen, lenkte seinen Blick nach oben, seines feinen Gehörs wegen. Merkwürdig, diese Gewohnheit, in Akkorden zu singen: die Vögel an der Spitze pfiffen die Baßstimme, die in der Mitte übernahmen die Tonika, die anderen teilten sich untereinander Dominante und Leitton; einige gar versuchten sich in verfeinerten Ausschmückungen, wie zum Beispiel verminderte Septimen. Alle begannen und endeten zur selben Sekunde, jedoch mit höchst unüblichen Intervallen.

»Die Sitten der Malitten«, dachte Jacquemort. »Wer wird sie wohl studieren? Wer mag sie wohl zu beschreiben wissen? Ein dickes Buch würde man füllen können, mit farbigen Kunstdrucktafeln, radiert von der schaffensreichen Hand eines unserer tüchtigsten Tiermaler. Malitten, Malitten, warum erforscht denn keiner eure Sitten? Unselig, wer jemals eine fing, rußfarbene Malitten, mit eurer roten Brust, dem Mondauge und dem leisen Fiepen junger Mäuse! Malitten, die ihr sterbt, sowie man den leisesten Finger an euer unantastbares Gefieder legt, die ihr aus dem geringsten Anlaß eingeht, schon wenn man euch zu lange anschaut, oder dabei gar noch lacht, wenn man euch den Rücken kehrt, wenn man seinen Hut zieht, wenn die Nacht auf sich warten läßt, wenn der Abend allzufrüh hereinbricht. Ihr empfindsamen und zartleibigen Malitten, bei denen das Herz all jenen Platz beansprucht, wo andre Tiere sonst nur nichtswürdige Organe bergen.

Vielleicht sehen andere die Malitten nicht so, wie ich sie sehe«, sagte sich Jacquemort. »Und vielleicht sehe ich sie auch nicht so, wie ich es sage, doch eines ist immerhin sicher, nämlich wenn man die Malitten auch gar nicht sieht, so sollte man zumindest so tun, als sähe man sie. Außerdem sind sie dermaßen sichtbar, daß es lachhaft wäre, sie zu übersehen.

Die Straße nehme ich von Mal zu Mal weniger wahr, so viel steht jedenfalls fest. Weil ich sie zu gut kenne. Und dennoch finden wir hauptsächlich das schön, was uns vertraut ist, heißt es. Ich möglicherweise nicht. Oder vielleicht deshalb, weil mir diese Vertrautheit die Freiheit läßt, an ihrer Stelle etwas anderes zu sehen. Die Malitten eben.

Also wollen wir richtigstellen: wir finden das schön, was uns genügend gleichgültig ist, daß es uns erlaubt, das zu sehen, was wir statt dessen sehen wollen. Vielleicht tue ich unrecht daran, hier die erste Person Plural zu setzen. Also das Ganze noch mal im Singular: ich finde ... (siehe oben).

Ach du meine Güte«, sagte sich Jacquemort, »da bin ich doch plötzlich so unerhört tiefsinnig und spitzfindig geworden. Wer hätte das gedacht. Im übrigen zeugt diese letzte Definition von einem anomal gut entwickelten gesunden Menschenverstand. Und es gibt nichts Poetischeres als einen gesunden Menschenverstand.«

Die Malitten flogen hin und her, wendeten ganz unvermutet, zeichneten auch am Himmel die graziösesten Figuren, unter welchen, bei längerem Verweilen des Bildeindrucks auf der Netzhaut, das Cartesianische Trifolium erkennbar geworden wäre, sowie noch eine Reihe anderer kurzweiliger schnörkeliger Figuren, einschließlich jener verliebt verschlungenen, die man die kardioide, will sagen die herzförmige nennt.

Jacquemort sah ihnen immer zu. Sie flogen mit jedem Mal höher, stiegen in weiten Spiralen auf, bis sie keine eindeutig unterscheidbaren Umrisse mehr zeigten. Es waren jetzt nur mehr einfache schwarze Punkte, in eigenwilliger Anordnung und von kollektivem Leben beseelt. Als sie vor der Sonnenscheibe vorbeiflogen, kniff er geblendet die Augen zusammen.

Plötzlich bemerkte er in Richtung Meer drei etwas größere Vögel, die so schnell flogen, daß man ihre Gattung nicht zu bestimmen vermochte. Mit der Hand als Sonnenschirm über den Augen versuchte er seinen Eindruck zu vertiefen. Aber die drei Flugwesen waren schon vorüber. Er sah sie hinter einem fernen Felsblock wieder auftauchen, wobei sie einen rasanten Bogen beschrieben und dann eines nach dem anderen gen Himmel stachen, immer noch mit der gleichen atemberaubenden Geschwindigkeit. Ihre Flügel mußten so schnell schlagen, daß er sie nicht ausmachen konnte – es waren drei längliche, spindelförmige, nahezu gleich aussehende Silhouetten.

Die drei Vögel hielten in geschlossener Formation auf die Malitten zu. Jacquemort blieb stehen und schaute. Das Herz schlug ihm schneller, eine Gemütsbewegung, für die er keine Erklärung fand. Vielleicht war es die Leichtigkeit und Anmut der Neuankömmlinge – vielleicht die Furcht, sie könnten über die Malitten herfallen – vielleicht auch der Eindruck völliger Übereinstimmung, der von ihrer vollendet synchronen Flugbewegung herrührte.

In steilem Winkel, entlang einem imaginären Luftabhang schossen sie hoch; ihre Geschwindigkeit raubte einem den Atem. »Nicht einmal Schwalben könnten ihnen folgen«, dachte Jacquemort. Und es mußten auch ziemlich große Vögel sein. Die Ungewißheit über die Entfernung, aus der er sie zuerst wahrgenommen hatte, erlaubte ihm nicht einmal eine annähernde Schätzung ihrer Größe; sie hoben sich aber vom Himmel unendlich deutlicher ab als die Malitten, die sich jetzt, fast an der Grenze der Wahrnehmbarkeit, wie Stecknadelköpfe auf dem grauen Samt des Himmels verloren.

## XXII

28. Oktember

»Die Tage werden schon kürzer«, sagte sich Clémentine. »Die Tage werden kürzer, und man redet schon vom Winter und vom Frühling. In dieser Jahreszeit gibt es unendlich viele Gefahren, eine Unmenge neuer Gefahren, die man schon im Sommer mit Schrecken absieht, deren Einzelheiten sich einem aber erst in dem Aguenblick erschließen, wo die Tage kürzer werden, wenn die Blätter fallen, wenn die Erde anfängt zu riechen wie ein nasser Hund im Warmen. Novanuar, Monat des kalten Nieselregens. Der fallende Regen kann eine Menge Unheil an allen möglichen Orten anrichten, er kann die Felder durch Sturzbäche verwüsten, die Hohlwege überschwemmen, die Raben vertreiben. Er kann auch plötzlich gefrieren, und Citroën bekommt eine doppelseitige Lungenentzündung; da liegt er und hustet und spuckt Blut, seine Mutter steht verzweifelt am Kopfende seines Bettchens und beugt sich über sein abgezehrtes armes Gesichtchen, das anzuschauen einem das Herz weh tut, und die anderen, ohne Aufsicht, nutzen das aus und gehen ohne ihr hohes Schuhwerk ins Freie, erkälten sich ihrerseits ebenfalls, jeder erwischt eine Krankheit anderer Natur, unmöglich, alle drei gleichzeitig zu kurieren, man läuft sich die Beine ab beim Hin- und Herlaufen von einem Zimmer zum anderen, aber sogar noch auf Beinstümpfen, auf Stümpfen, aus denen das Blut nur so auf die kalten Fliesen sprudelt, stürzt man sich mit dem Tablett und den Medikamenten von einem Bett zum anderen; und die Mikroben der drei verschiedenen Zimmer treiben durch die Luft und vereinigen sich unversehens, und aus dieser Dreierverbindung entsteht ein scheußlicher Bastard, eine monströse Krobe, auch mit bloßem Auge sichtbar, welche die besondre Eigenschaft besitzt, weiche, schreckliche Nervenknoten wachsen zu lassen, die wie gallertartige Rosenkränze an den Gelenken der darniederliegenden Kinder wuchern; und schon platzen die prall gefüllten Knoten auf, jawohl, und die Mikroben entströmen den Wunden, jawohl, da sieht man es wieder, was so ein Regen alles anrichten kann, der gräuliche Oktemberregen und der Novanuarwind, der ihn begleitet. Ach! Der Wind kann jetzt nicht mehr die schweren Äste von den Bäumen reißen und sie Unschuldigen auf die Köpfe schmeißen. Doch auch wenn der Wind sich rächt, das Meer mit seinem rauhen Atem peitscht und die Brandungswellen hochschlagen, über die ausgewaschene Steilküste hinausschießen? An eine klammert sich ein Tier, eine winzige Muschel. Joël schaut den Wellen zu, und (o nichts! sie streift ihn kaum) die Muschel fliegt ihm ins Auge. Sowie sie hineingeflogen ist, fällt sie auch wieder heraus; er reibt sich mit dem Ärmel das Auge, es ist nichts, gar nichts, nur ein unmerklicher Kratzer; von Tag zu Tag wird dieser Riß größer, und Joëls Auge, mein Gott, dieses Auge sieht aus wie geronnenes Eiweiß, wie die Augäpfel von alten Leuten, die zu lange ins Feuer geschaut haben – und das andere Auge, angesteckt von dem tückischen Leiden, richtet den stumpfen Blick zum Himmel; Joël, mein Gott, erblindet … und die Brandungswellen schlagen an der Steilküste höher und höher, und die Erde weicht unter ihrem Gischtmantel auf wie Zucker, und wie Zucker zerfließt sie, sie schmilzt und bröckelt ab und wird weggeschwemmt, und Citroën und Noël, mein Gott, wie kalte Lava reißt sie die schmelzende Erde mit sich fort, ihre leichten Kinderleiber treiben noch einen Augenblick an der Oberfläche des schwärzlichen Stroms und versinken dann, und die Erde, ach! Die Erde verstopft ihnen den Mund; schreit, schreit doch, damit man weiß, damit man euch zu Hilfe eilt! …«

Das ganze Haus hallte wieder von Clémentines Wehklagen. Ein Echo blieb jedoch aus, indes sie über die Stufen hinunter bis in den Garten stürzte, ganz außer sich und schluchzend nach ihren Kindern rufend. Aber da war nichts außer dem blaßgrauen Himmel und dem fernen Rauschen der Wellen. Wie wahnsinnig rannte sie zur Steilküste. Dann aber fiel ihr ein, daß sie möglicherweise schliefen, und so stürzte sie wieder zum Haus zurück, doch auf halbem Weg hielt sie ein neuer Gedanke zurück und lenkte sie zum Brunnen hin, dessen schweren eichenen Deckel sie inspizierte. Taumelnd und außer Atem fing sie wieder an zu laufen, jagte die Treppe hoch, durchstöberte alle Zimmer vom Keller bis zum Dachboden, lief wieder ins Freie hinaus. Dabei rief sie ständig mit einer Stimme, die vor Aufregung ganz heiser wurde. Dann lief sie, einer letzten Eingebung gehorchend, zum Gartentor. Es stand offen. Sie rannte den Weg hinunter. Nach fünfzig Metern begegnete sie Jacquemort, der gerade aus dem Dorf zurückkam. Er ging langsam, die Nase himmelwärts, ganz in Betrachtung der Vögel versunken.

Sie packte ihn beim Rockaufschlag.

»Wo sind sie? Wo sind sie?«

Jacquemort fuhr zusammen. Es traf ihn so unerwartet.

»Wer?« fragte er und bemühte sich, den Blick auf Clémentine einzustellen.

Geblendet vom hellen Licht des Himmels, wie er war, tanzte ihm alles vor den Augen.

»Die Kinder! Das Gitter ist offen! Wer hat es aufgemacht? Sie sind fort!«

»Aber nein, sie sind nicht fort«, sagte Jacquemort. »Ich war's, der das Gitter geöffnet hat, als ich ausging. Und wenn sie fortgegangen wären, hätte ich sie sicher bemerkt.«

»Sie waren es!« keuchte Clémentine. »Sie Unglücksrabe! Ihnen habe ich es zu verdanken, daß sie verschwunden sind!«

»Aber die denken doch gar nicht daran!« sagte Jacquemort. »Fragen Sie sie nur selbst einmal, die haben nicht die geringste Lust, aus dem Garten hinauszugehen.«

»Ihnen haben sie das vielleicht erzählt! Aber wenn Sie glauben, meine Kinder sind nicht intelligent genug, Sie an der Nase herumzuführen ...! Kommen Sie! Schnell ...!«

»Haben Sie auch überall nachgesehen?« fragte Jacquemort und faßte sie am Ärmel.

Sie brachte ihn langsam aus der Ruhe.

»Überall!« heulte Clémentine. »Sogar im Brunnen.«

»Zu dumm«, sagte Jacquemort.

Mechanisch hob er ein letztes Mal den Blick. Die drei schwarzen Vögel hatten unterdessen aufgehört, mit den Malitten zu spielen, und schossen im Sturzflug zur Erde nieder. Einen flüchtigen Augenblick lang blitzte ihm die Wahrheit durch den Kopf. Und er verwarf sie eine Sekunde später – als ein pures Hirngespinst, eine verrückte Idee –, oder konnten sie es wirklich sein? Nichtsdestoweniger verfolgte er ihren Flug: sie verschwanden hinter dem Rücken des Steilhangs.

»Kommen Sie«, sagte er. »Ich bin sicher, daß sie das Haus nicht verlassen haben.«

Er lief als erster los. Clémentine keuchte schluchzend hinter ihm her. Dennoch nahm sie sich die Zeit, das Gitter hinter sich zuzuziehen, sobald sie es passiert hatte. Als sie am Hause eintrafen, kam Citroën gerade die Treppe herunter. Clémentine stürzte sich auf ihn wie ein wildes Tier. Jacquemort war etwas aufgewühlt und sah diskret zu. Clémentine stammelte unzusammenhängende Worte, während sie ihn rundum abküßte und ausfragte.

»Ich war auf dem Dachboden mit Joël und Noël«, erklärte das Kind, als sie es zum Reden kommen ließ. »Wir haben alte Bücher angeschaut.«

Noël und Joël kamen nun auch die Treppe herunter. Sie hatten eine lebhafte Gesichtsfarbe, aufgepeitschtes Blut –

es war etwas um sie wie ein Geruch von Freiheit. Als Noël sich flink einen flockigen Wolkenzipfel in die Tasche stopfte, der daraus hervorguckte, mußte Joël über den Leichtsinn seines Bruders schmunzeln.

Sie ließ sie bis zum Abend nicht aus den Augen, verhätschelte sie nach Strich und Faden, überschüttete sie mit Tränen und Zärtlichkeiten, als wären sie irgendeinem Moloch gerade noch entkommen. Sie brachte sie in ihr blaues Bett und ging nicht eher weg, als bis sie sich hingelegt hatten und eingeschlafen waren. Erst dann ging sie in den zweiten Stock und klopfte bei Jacquemort. Sie redete eine Viertelstunde lang. Er nickte verständnisvoll. Als sie wieder in ihr Zimmer zurückging, stellte er sich den Wecker zum Aufstehen. Am nächsten Tag würde er ins Dorf gehen und die Arbeiter zusammentrommeln.

## XXIII

67. Novanuar

»Komm her und schau«, sagte Citroën zu Noël.

Er hatte als erster auf die Geräusche reagiert, die vom Gartentor herüberdrangen.

»Ich mag aber nicht kommen«, sagte Joël. »Mama hat's nicht gern und weint dann wieder …«

Citroën versuchte ihn aufzurütteln.

»Es kann dir doch gar nichts passieren«, sagte er.

»Doch. Wenn sie weint«, sagte Joël, »küßt sie einen immer mit ihrem nassen Gesicht. Das ist unangenehm. Und ganz feuchtheiß.«

»Mir macht das nichts«, sagte Noël.

»Wie auch immer, was kann sie schon machen?« sagte Citroën.

»Ich möchte ihr aber keinen Verdruß machen«, sagte Joël.

»Das macht ihr aber doch keinen Verdruß«, sagte Citroën,»es macht ihr doch Spaß, zu weinen und uns in die Arme zu nehmen und uns zu küssen.«

Noël und Citroën entfernten sich, die Arme gegenseitig über die Schulter gelegt. Joël sah ihnen nach. Clémentine hatte verboten, daß man sich den Arbeitern während ihrer Arbeit nähere. Natürlich.

Aber wie gewöhnlich werkelte sie um diese Zeit in der Küche herum, und das Gebrutzel und Topfgeklapper hinderte sie daran, auf etwas anderes zu hören; und außerdem ist es ja gar nicht weiter schlimm, den Arbeitern zuzusehen, wenn man dabei nicht mit ihnen spricht. Was für eine Teufelei hecken die denn da zusammen aus, Noël und Citroën?

Zur Abwechslung vom vielen Fliegen fing Joël, um seine beiden Brüder einzuholen, so schnell zu laufen an, daß er auf dem Kies ausrutschte und beinahe hingefallen wäre. Er erlangte jedoch sein Gleichgewicht wieder und lief weiter. Er lachte ganz allein. Da konnte er doch glatt nicht mehr laufen.

Citroën und Noël standen mit hängenden Armen nebeneinander da; an der Stelle, wo in einem Abstand von einem Meter die Gartenmauer und das goldbronzene Gartentor hätten aufragen sollen, blickten Citroën und Noël etwas erstaunt ins Leere.

»Wo ist sie?« fragte Noël. »Wo ist die Mauer?«

»Ich weiß nicht«, murmelte Citroën.

Nichts. Eine klare Leere. Ein totales Nichts, wie mit einem Rasiermesser abgetrennt, ragte vor ihnen auf. Der Himmelsrand lag etwas darüber. Joël trat verblüfft zu Noël.

»Was ist denn da passiert?« fragte er. »Haben die Arbeiter die alte Mauer mitgenommen?«

»Sicher«, sagte Joël.

»Was ist das hier?« sagte Citroën. »Was haben die denn überhaupt gemacht? Das hat ja gar keine Farbe. Es ist nicht weiß. Schwarz ist es auch nicht, was für eine Farbe hat das eigentlich?«

Er trat etwas vor.

»Nicht anrühren«, sagte Noël. »Rühr das bloß nicht an, Citroën.«

Citroën zögerte und streckte dann den Arm vor, hielt aber inne, ehe er das Leere erreicht hatte.

»Ich trau mich nicht«, sagte er.

»Wo das Gitter war, ist jetzt gar nichts mehr zu sehen«, sagte Joël. »Vorher hat man den Weg und einen Zipfel vom Feld gesehen, erinnerst du dich? Jetzt ist alles leer.«

»Es ist, als ob man die Augen geschlossen hätte«, sagte Citroën. »Und dabei haben wir die Augen offen, das einzige, was man noch sehen kann, ist der Garten.«

»Es ist, als wäre der Garten unser Auge«, sagte Noël, »und als ob das da die Augenlider dazu wären. Es ist nicht schwarz und auch nicht weiß und hat überhaupt keine Farbe, es ist rein gar nichts. Eine Mauer aus nichts.«

»Ja«, sagte Citroën, »das muß es sein. Sie hat eine Mauer aus nichts bauen lassen, damit wir nicht Lust kriegen, aus dem Garten zu gehen. Dadurch ist alles, was nicht Garten ist, nichts, und da kann man dann auch nicht hingehen.«

»Aber«, sagte Noël, »gibt es dann gar nichts anderes mehr? Bleibt dann nichts mehr übrig als der Himmel?«

»Das genügt uns«, sagte Citroën.

»Ich glaubte nicht, daß sie schon fertig seien«, sagte Joël. »Man hatte sie ja noch hämmern und reden hören. Ich dachte, wir würden sie arbeiten sehen. Ich finde das alles überhaupt nicht lustig. Ich geh jetzt zu Mama.«

»Kann es sein, daß sie mit der Mauer noch nicht ganz fertig sind?« sagte Noël.

»Sehen wir einmal nach«, sagte Citroën.

Noël und Citroën ließen ihren Bruder stehen und schlugen den Pfad ein, der an der Mauer entlangführte, als es die Mauer noch gab, und der jetzt den Rundweg um ihr neues geschlossenes Universum darstellte. Sie flogen sehr schnell, knapp über dem Erdboden und unter den niederen Zweigen hindurch.

Als sie auf die Seite der Steilküste kamen, blieb Citroën abrupt stehen. Vor ihnen stand ein langes Stück der ehemaligen Einfriedungsmauer, mit ihren Steinen und Kletterpflanzen, die die obere Mauerpartie mit einer von Insekten summenden Grünbekränzung überzogen.

»Die Mauer!« sagte Citroën.

»Oh!« sagte Noël. »Schau mal! Man sieht den oberen Teil nicht mehr.«

Langsam verschwand die Oberfläche, als würde sie durch einen Trick weggezaubert.

»Sie tragen sie nach vorne zu ab«, sagte Citroën. »Sie sind gerade dabei, das letzte Stück nach vorne zu abzutragen. Bald werden wir überhaupt nichts mehr davon sehen.«

»Wir gehen eben auf die andere Seite«, sagte Noël, »wenn wir wollen.«

»Oh«, sagte Citroën, »wir brauchen sie ja gar nicht zu sehen. Auf jeden Fall werden wir uns jetzt besser mit den Vögeln vergnügen können.«

Noël schwieg. Er war einverstanden, und weiterer Kommentar war überflüssig. Der Fuß der Mauer wich nun seinerseits auch dem Unsichtbaren. Sie vernahmen die Kommandos des Vorarbeiters und Hammerschläge, und daraufhin breitete sich wattige Stille aus.

Eilige Schritte hallten über das Arbeitsgelände. Citroën drehte sich um. Clémentine, gefolgt von Joël, kam daher.

»Citroën, Noël, kommt, meine Kleinen. Mami hat euch einen guten Kuchen zur Vesper gebacken. Na, kommt schon! Wer mir zuerst ein Küßchen gibt, kriegt das größte Stück.«

Citroën blieb auf dem Pfad stehen. Noël blinzelte ihm zu und warf sich dann mit gespielter Erschrockenheit in Clémentines Arme. Sie drückte ihn an sich,

»Was ist denn los mit meinem Baby? Es sieht ja ganz traurig aus. Was fehlt ihm denn?«

»Ich hab Angst«, murmelte Noël. »Die Mauer ist weg.«

Citroën mußte sich das Lachen verkneifen. Was für ein Komödiant, sein Bruder!

Joël, ein Bonbon im Mund, sprach beruhigend auf Noël ein.

»Das macht doch nichts«, sagte er, »ich hab keine Angst. Diese Mauer ist ja viel schöner als die andere, damit wir uns im Garten noch wohler fühlen.«

»Mein Liebling!« sagte Clémentine und umarmte Noël leidenschaftlich. »Glaubst du denn im Ernst, daß Mami dir Angst einjagen möchte? Nun kommt! Eßt jetzt brav euer Vesperbrot.«

Sie lächelte Citroën zu. Er sah, daß ihr Mund zitterte, und schüttelte verneinend den Kopf. Als sie anfing zu weinen, sah er sie verwundert an. Dann zuckte er die Achseln und kam schließlich näher. Sie preßte ihn krampfhaft an sich.

»Du Böser!« sagte Joël. »Jetzt hast du Mami wieder zum Weinen gebracht.«

Er gab ihm einen Hieb mit dem Ellbogen.

»Aber nein«, sagte Clémentine.

Ihre Stimme war tränenfeucht.

»Er ist nicht böse. Ihr seid alle brav, und ihr seid alle drei meine Küken. Kommt jetzt, schaut euch den schönen Kuchen an. Nun kommt schon!«

Joël lief voraus, gefolgt von Noël. Clémentine nahm Citroën bei der Hand und zog ihn hinter sich her. Er ließ es geschehen, blickte aber etwas hart drein; er konnte diese um sein Gelenk gekrampfte Hand nicht ausstehen; sie war ihm lästig. Auch Tränen waren ihm zuwider. Eine Art Mitleid zwang ihn, in ihrer Nähe zu bleiben, aber er schämte sich dieses Mitleids, es war ihm peinlich, wie an jenem Tag, als er ohne anzuklopfen in das Zimmer des Dienstmädchens getreten war und es nackt vor einer Waschschüssel stehen sah mit einem Bauch voller Haare und einem roten Handtuch in der Hand.

# XXIV

79. Dezärz

»Keine Bäume mehr«, dachte Clémentine. »Keine Bäume und ein erstklassiges Gitter. Das sind zwei Sachen. Zwei unbedeutende, geringfügige Sachen, sicherlich, bergen aber alle möglichen Konsequenzen in sich. Eine beträchtliche Anzahl von Unglücksfällen aller Art findet sich schon jetzt in den Bereich des Unmöglichen verbannt. Sie sind hübsch, sie wachsen, sie haben eine umgängliche Art an sich. Und das ist alles dem abgekochten Wasser und den tausend Vorsichtsmaßnahmen zu verdanken. Und wie könnte es ihnen auch schlecht gehen, da ich alles Schlechte mir selbst vorbehalte? Aber man darf niemals in seiner Wachsamkeit lockerlassen, man muß damit fortfahren. Weitermachen. Es gibt ja noch so viele Gefahren! Wenn man die von oben und die in den Räumen ausgeschaltet hat, bleiben immer noch die vom Boden her. Der Boden. Fäulnis, Mikroben, Schmutz, alles kommt vom Boden. Den Boden isolieren. Die beiden Seiten der Mauer durch einen Fußboden verbinden, der gegen jegliches Risiko genauso undurchlässig ist. Diese wunderbaren Mauern, diese abwesenden Mauern, diese Mauern, an denen man sich nicht stoßen kann, die aber auf ideale Weise abgrenzen. Die eine Abgrenzung reinster Form darstellen. Einen ebensolchen Boden bräuchte man, einen Boden, der den Boden ins reine Nichts aufhebt. Dann hätten sie immer noch den Himmel zum Anschauen … und der Himmel ist ja so unbedeutend. Gewiß kann erhebliches Übel auch von oben auf sie hereinbrechen. Aber ohne die immensen Risiken des Himmels verharmlosen zu wollen, kann man doch sagen – und ich glaube nicht, daß ich eine schlechte Mutter bin, wenn ich mich in diesem Punkt etwas gehenlasse – oh! Ich meine das ganz theoretisch –, kann man ruhig zugeben, daß in der Größenordnung der Gefahren der Himmel ganz an letzter Stelle steht. Aber der Boden.

Sollte man den Garten mit Fliesen auslegen? Keramikplatten. Weiß womöglich? Aber der Widerschein der Sonne auf ihren armen Augen; eine bleierne Sonne: plötzlich zieht eine durchsichtige Wolke vor ihr vorbei; unglücklicherweise hat die Wolke die Form einer Linse – also einer Art Lupe –, und das Strahlenbündel konzentriert sich just auf den Garten; die weißen Fliesen werfen das Licht mit unvorstellbarer Intensität zurück, es schießt rings um die Kinder auf – ihre armen Händchen fahren hoch, versuchen, sich schützend vor die Augen zu legen – doch schon taumeln sie, von der unerbittlichen Energie geblendet – sie fallen, sie sehen nichts mehr … O Herr, laß es regnen … Ich werde schwarze Fliesen verlegen lassen, Herr, schwarze Fliesen – dabei sind diese Fliesen doch so hart – wenn sie das Gleichgewicht verlieren, nach einem Regenguß ausrutschen, nur eine falsche Bewegung – und schon fallen sie, na bitte, Noël liegt schon da! Wie es das Unglück will, hat ihn niemand fallen sehen; eine unsichtbare Bruchstelle verbirgt sich unter seinem schönen feinen Haar – seine Brüder indes gehen auch nicht rücksichtsvoller mit ihm um als gewöhnlich – eines Tages jedoch gebärdet er sich plötzlich wie irrsinnig – man versucht alles mögliche – man hat alles längst wieder vergessen, der Doktor weiß auch nicht weiter, da plötzlich klafft sein Schädel auf, die Bruchstelle erweitert sich, wie ein Deckel hebt sich die Schädelkappe ab – und ein zottiges Monster steigt heraus. Nein! Nein! Es darf nicht wahr sein, fall nicht, Noël! … Paß auf! … Wo ist er … Sie schlafen – hier neben mir schlafen sie. Ich höre sie schlafen – in ihren kleinen Betten … beinah hätte ich sie aufgeweckt, Vorsicht, nur keinen Lärm – Vorsicht! … aber das könnte alles nicht passieren, wenn der Boden so weich und nachgiebig wäre wie ein Gummiteppich – genau das brauchen sie ganz ohne Zweifel, Gummi, ganz recht, den ganzen Garten damit überziehen wie mit einem Spannteppich – aber das Feuer – Gummi brennt ja – alles wird dann klebrig, ihre Füße bleiben kleben – und der Rauch erstickt sie – genug, ich will nicht, das ist alles falsch, das geht ja gar nicht – es war falsch von mir, nach etwas Besserem suchen zu wollen – genauso wie die Mauer; wie die Mauer, nichts, den Boden auslöschen – sie müssen kommen, sie müssen wiederkommen, die Mauern müssen durch einen Teppich von unsichtbarer Abwesenheit miteinander verbunden werden – während man ihn mir verlegt, werden sie im Haus bleiben, und wenn dann alles fertig sein wird, ist jede Gefahr gebannt – gewiß, der Himmel, daran habe ich schon gedacht – aber ich war doch eben zum Entschluß gekommen, daß man dafür sorgen müsse, daß der Boden nichts mehr an …«

Sie stand auf – Jacquemort würde sich nicht weigern, die Männer wegen des Bodens zusammenzurufen – zu dumm, daß man nicht alles auf einmal gemacht hatte – aber man kann nicht zugleich an alles denken – man muß suchen – immer auf der Suche sein – sich dafür bestrafen, wenn man es nicht auf Anhieb gewußt hat, und versuchen, durchzuhalten, es unablässig besser zu machen – man muß ihnen eine perfekte Welt aufbauen, eine saubere Welt, eine angenehme, harmlose, wie das Innere eines weißen Eis auf einem Federkissen.

## XXV

80. Dezärz

Nachdem er die Arbeiten in Auftrag gegeben hatte, kam Jacquemort auf seinem Nachhauseweg an der Kirche vorbei, und da ihm die frühe Morgenstunde etwas Muße ließ, beschloß er, ein wenig mit dem Pfarrer zu plaudern, dessen Ansichten ihm außerordentlich gefielen. Er trat in das weiträumige ellipsenförmige Kirchenschiff, wo angenehmes Helldunkel herrschte, sog die religiöse Atmosphäre genießerisch wie ein alter Lebemann ein, gelangte an die nur angelehnte Sakristeitür und schob sie auf. Dreimaliges leises Klopfen hatte seine Ankunft angekündigt.

»Herein«, sagte der Pfarrer.

Er war gerade beim Seilhüpfen, in Unterhosen mitten in dem vollgestellten kleinen Raum. In seinem Lehnsessel saß fachmännischen Blicks der Küster, ein Glas Schnaps in der Faust. Das Hinken des Pfarrers tat der Eleganz seiner Darbietung einigen Abbruch, nichtsdestoweniger erledigte er sie ganz zu seinem Vorteil.

»Guten Tag«, sagte der Küster.

»Meine Ehrerbietung, Herr Pfarrer«, sagte Jacquemort. »Da ich eben vorbeikam, wollte ich die Gelegenheit nutzen, um Ihnen guten Tag zu sagen.«

»Das wäre hiermit erledigt«, bemerkte der Küster. »Wie wär's mit einem Schluck von dem Fusel?«

»Machen Sie hier bloß nicht auch noch auf volkstümlich«, sagte der Pfarrer streng. »Dem Hause des Herrn gebührt eine Luxussprache.«

»Aber die Sakristei, mein Pfarrer«, bemerkte der Küster, »ist doch sozusagen der Abort im Hause des Herrn. Da kann man sich doch ruhig ein bißchen gehenlassen.«

»Teuflische Kreatur«, sagte der Pfarrer und warf ihm

einen vernichtenden Blick zu. »Ich frage mich, warum ich Sie noch immer bei mir behalte.«

»Geben Sie doch zu, daß das eine gute Propaganda für Sie hergibt, mein Pfarrer«, sagte der Küster. »Und für Ihre Veranstaltungen bin ich Ihnen immerhin von Nutzen.«

»Ach ja, richtig«, sagte Jacquemort, »was planen Sie als nächstes?«

Der Pfarrer hörte auf zu hüpfen, legte gewissenhaft sein Springseil zusammen und stopfte es dann unordentlich in eine Schublade. Während er sprach, rieb er sich seinen schwabbligen Brustkorb mit einem leicht angegrauten Frotteehandtuch trocken.

»Das wird grandios«, sagte er.

Er kratzte sich in der Achselhöhle, dann sogleich am Nabel, schüttelte den Kopf und fuhr fort:

»Es wird ein Schauspiel, dessen Luxus den weltlicher Darbietungen verblassen lassen wird, wo entkleidete Gestalten den Vorwand zur Schaffung eines glanzvollen Rahmens abgeben sollen. Darüber hinaus mögen Sie sich vorstellen, daß die Hauptattraktion eine überaus sinnreiche Einrichtung zur Annäherung an den Herrn darstellt. Dabei möchte ich folgendermaßen verfahren: Inmitten einer unvorstellbaren Prachtentfaltung von Dekorationen und Kostümen wird ein Chor von Marienkindern eine goldene Montgolfiere, die durch tausend silberne Schnüre mit dem Boden verbunden bleibt, bis zum Bastiën-Feld schleppen. Unter den Klängen der Dampforgel werde ich in der Gondel Platz nehmen, und sowie dann die passende Höhe erreicht ist, diesen Schurken von Küster hinauswerfen. Und GOtt wird lächeln ob der unvergeßlichen Pracht dieses Festes und angesichts des Triumphes, der seinem Luxus-Wort beschieden ist.«

»He, Moment mal«, sagte der Küster, »davon haben Sie mir ja gar nichts gesagt, mein Pfarrer; da schlage ich mir ja die Fresse ein!«

»Teufelsgezücht« grollte der Pfarrer, »und was ist mit deinen Fledermausflügeln!«

»Ich bin seit Monaten nicht geflogen«, sagte der Küster, »und jedesmal, wenn ich's versuche, schmeißt mir der Schreiner eine Ladung grobes Salz in den Arsch und behandelt mich wie ein Vogelvieh.«

»Pech für dich«, sagte der Pfarrer, »dann wirst du dir eben die Fresse einschlagen.«

»Nun gut, wer den größten Schaden davon haben wird, sind Sie«, brummte der Küster.

»Ohne dich? Was das endlich für eine Erleichterung sein wird!«

»Hm, äh ...«, ließ sich Jacquemort vernehmen, »erlauben Sie eine Bemerkung? Mir scheint, Sie beide stellen die Gegenpunkte eines Gleichgewichtes dar; der eine bringt den andern erst richtig zur Geltung. Ohne Teufel würde Ihre Religion den fahlen Beigeschmack des Kostenlosen und somit Wertlosen erhalten.«

»Da schau her«, sagte der Küster, »ich bin gar nicht böse, wenn Sie das sagen. Hören Sie, mein Pfarrer, geben Sie zu, daß ich eine Rechtfertigung für Sie abgebe.«

»Geh von hinnen, Ungeziefer«, sagte der Pfarrer, »du bist schmutzig und du stinkst.«

Der Küster hatte da schon ganz andere Sachen zu hören bekommen.

»Und besonders ekelhaft Ihrerseits ist es«, fügte er hinzu, »daß ich immer die Rolle des Bösewichts spielen muß, daß ich mich nie beklage und daß Sie trotzdem nicht davon ablassen, mich zu beschimpfen. Wenn wir bloß ab und zu die Rollen vertauschen würden.«

»Und wenn ich die Steine ins Gesicht kriege?« sagte der Pfarrer. »Bist nicht du derjenige, der ihnen einflüstert, mich damit zu bewerfen?«

»Wenn ich etwas dazu tun könnte, würden Sie öfter welche abkriegen«, knurrte der andere.

»Ach komm, ich will nicht nachtragend sein!« schloß der Pfarrer. »Aber fang mir nicht wieder an, deine Pflichten zu vernachlässigen. GOtt braucht Blumen, GOtt braucht Weihrauch, er muß Huldigungen und kostbare Festgeschenke erhalten, Gold und Myrrhe und wunderbare Erscheinungen, und Jünglinge, so schön wie Zentauren, und funkelnde Diamanten, Sonnen, Morgenröten, und du stehst da, häßlich und erbärmlich, wie ein räudiger Esel, der in einem Salon einen Furz läßt … aber reden wir von etwas anderem, sonst machst du mich wirklich noch wütend. Ich werde dich runterschmeißen, da brauchen wir kein Wort mehr zu verlieren.«

»Na gut, dann werde ich eben nicht fallen«, sagte der Küster äußerst trocken.

Er spie eine Flammenzunge, die dem Pfarrer die Haare auf den Beinen versengte. Dieser fluchte.

»Meine Herren«, sagte Jacquemort, »ich muß doch sehr bitten.«

»Ach ja«, knüpfte der Pfarrer sehr weltgewandt wieder an, »was verschafft mir das Vergnügen Ihres Besuches?«

»Ich bin gerade vorbeigekommen«, erklärte Jacquemort, »und da wollte ich die Gelegenheit nutzen, um Ihnen guten Tag zu sagen.«

Der Küster erhob sich.

»Ich geh jetzt, mein Pfarrer«, sagte er. »Ich lasse Sie in Ruhe mit Herrn Soundso plaudern.«

»Auf Wiedersehen!« sagte Jacquemort.

Der Pfarrer schabte sich die Beine ab, um die versengten Haare zu entfernen.

»Wie geht es Ihnen so?« fragte er.

»Mir geht's gut«, sagte Jacquemort. »Ich bin ins Dorf gekommen, um die Arbeiter zu holen. Im Haus gibt es noch allerhand Arbeiten zu verrichten.«

»Immer noch aus demselben Grund?« fragte der Pfarrer.

»Immer noch«, sagte Jacquemort. »Die Vorstellung, es könnte ihnen etwas zustoßen, macht sie verrückt.«

»Sie würde aber genauso verrückt werden bei der Vorstellung, daß ihnen nichts passieren könnte«, bemerkte der Pfarrer.

»Sehr richtig«, sagte Jacquemort. »Das ist auch der Grund, weshalb ich von vornherein der Ansicht war, daß sie die Gefahr übertreibt. Aber ich muß zugeben, daß mir diese Schutzbesessenheit einen gewissen Respekt abringt.«

»Welch bewundernswerte Liebe!« sagte der Pfarrer. »Dieser Luxus der Fürsorge! Sind sich die Kinder wenigstens bewußt, was sie für sie getan hat?«

Jacquemort antwortete nicht sogleich. Dieser Aspekt des Problems war ihm bisher entgangen. Er zögerte:

»Also das weiß ich wirklich nicht ...«

»Diese Frau ist eine Heilige«, sagte der Pfarrer. »Und trotzdem kommt sie nie zur Messe. Erklären Sie mir das einmal.«

»Das ist unerklärlich«, sagte Jacquemort. »In der Tat paßt das mit nichts zusammen, finden Sie sich damit ab. Da liegt auch die Erklärung.«

»Das tu ich ja«, sagte der Pfarrer, »ich finde mich ja schon damit ab.«

Sie schwiegen.

»Nun ja«, sagte Jacquemort, »ich muß langsam gehen.«

»Ja, ja«, sagte der Pfarrer, »Sie werden langsam gehen müssen.«

»Dann geh ich also«, sagte Jacquemort.

Er sagte ihm auf Wiedersehen und ging.

## XXVI

12. Märuli

Der Himmel kachelte sich mit gelblichen Wolken und häßlichem Aussehen. Es war kalt. In der Ferne begann das Meer in einer unangenehmen Tonart zu singen. Der Garten lag in einem stumpfen vorgewittrigen Licht. Seit der letzten Verwandlung gab es keinen Erdboden mehr; einzig ein paar vereinzelte Sträucher und Büsche, die dem Massaker entgangen waren, ragten noch aus dem Leeren. Auch der Kiesweg war noch übrig und intakt und schnitt die Unsichtbarkeit der Erde in zwei Teile.

Verstohlen näherte eine Wolke sich der anderen; bei jedem Zusammenstoß hörte man ein dumpfes Grollen, gleichzeitig flammte ein rötlicher Schein auf. Der Himmel schien sich über der Steilküste zusammenballen zu wollen. Als er nur mehr ein schwerer schmutziger Teppich war, sank eine lastende Stille hernieder. Und hinter dieser Stille hörte man den Wind herankommen, zurückhaltend erst, in kleinen Sprüngen über Mauersimse und Schornsteine, doch schon bald steifer und härter; jeder Mauernische entriß er ein schrilles Winseln, den Pflanzen beugte er die unruhigen Köpfe, und er jagte schon die ersten Wasserklingen vor sich her. Alsogleich durchliefen Sprünge den Himmel wie schadhafte Keramik, und der Hagel setzte ein, derbe Hagelkörner, die an den Schieferplatten des Daches zu einem harten kristallinen Pulver zerstoben; nach und nach verschwand das Haus unter dem dichten Pulverdampf – wild prasselten die Hagelkörner auf die Kiesallee hinab, so daß bei jedem Aufprall ein Funke hochsprang. Unter dem unablässigen Anprall begann das Meer zu kochen und überzulaufen wie schwärzliche Milch.

Den ersten Schreck kaum überwunden, hatte Clémentine nach ihren Kindern gesucht. Zum Glück waren sie in ihrem Zimmer; eilig versammelte sie sie im großen Wohnzimmer im Erdgeschoß um sich. Draußen war es schon ganz und gar Nacht geworden, und der dunkle Nebel, der die Fenster feucht umwaberte, nahm beim Schein der Lampen einen ungewissen phosphoreszierenden Schimmer an.

»Sie hätten bloß wieder draußen sein müssen«, dachte sie, »und schon hätte ich sie gefunden, vom Hagel in Stücke gehauen, erdrückt unter diesen schwarzen Diamanteiern, erstickt vom trockenen Staub, der ihnen den Atem raubt und sich hinterhältig in ihren Lungen absetzt. Welcher Schutz würde da ausreichen? Ein Dach? Soll man ein Dach über den Garten bauen? Das lohnt sich nicht, das Haus erfüllt den gleichen Zweck und ist auch noch solider als jedes zusätzliche Dach – aber das Haus selbst, könnte es nicht etwa einstürzen – wenn dieser Hagelschauer noch stundenlang anhält – oder gar Wochen und Monate – würde nicht der auf dem Dach sich häufende Eisstaub das Gebälk zum Einsturz bringen? Einen stählernen Raum müßte man haben, ein unzerstörbares Zimmer, einen perfekten Schutz – in einem mächtigen Panzerschrank müßte man sie aufbewahren, wie man sündteuren Schmuck aufhebt, man müßte unbeschränkt widerstandsfähige Schmuckkästchen haben, unzerstörbar und hart wie das Skelett der Zeit, genau hier muß man sie ihnen bauen lassen, morgen – noch morgen.«

Sie sah zu den drei Kindern hinüber. Unbekümmert um das Gewitter spielten sie, friedlich und gelassen.

»Jacquemort, wo ist er? Ich muß mit ihm die beste Lösung besprechen.«

Sie rief nach dem Dienstmädchen.

»Wo ist Jacquemort?«

»In seinem Zimmer, glaube ich«, antwortete Culblanc.

»Sind Sie so freundlich und holen Sie ihn?«

Das laute Tosen des schäumenden Meeres legte sich einschläfernd aufs Gehör. Der Hagel ließ nicht nach.

Jacquemort erschien, wenige Augenblicke nachdem das Dienstmädchen hinausgegangen war.

»Da sind Sie ja«, sagte Clémentine. »Ich glaube, ich habe die endgültige Lösung gefunden.«

Sie legte ihm das Ergebnis ihrer Überlegungen dar.

»Auf diese Weise«, sagte sie, »riskieren sie überhaupt nichts mehr. Aber dazu werde ich Sie wohl noch einmal um Ihre Hilfe bitten müssen.«

»Ich gehe morgen ins Dorf«, sagte er. »Ich werde es dem Schmied im Vorbeigehen ausrichten.«

»Ich kann es kaum erwarten, daß es erledigt ist«, sagte sie. »Ich werde mich dann viel weniger um sie sorgen. Ich habe es immer gefühlt, daß ich eines Tages das geeignete Mittel finden würde, sie ganz vor allem Übel zu beschützen.«

»Möglich, daß Sie recht haben«, sagte Jacquemort. »Ich weiß es nicht. Das wird Ihnen Aufopferung zu jeder Sekunde abfordern.«

»Sich für jemanden aufopfern, von dem man sicher weiß, daß er einem erhalten bleibt, ist für mich eine Kleinigkeit«, erwiderte sie.

»Sie werden aber nicht viel Bewegung haben«, sagte Jacquemort.

»Ich bin mir nicht so sicher, ob das gar so gesund ist«, gab Clémentine zu bedenken. »Es sind ja äußerst zart gebaute Kinder.«

Sie seufzte.

»Ich habe das Gefühl, ganz nahe am Ziel zu sein«, sagte sie. »Das ist außergewöhnlich. Das steigt mir fast ein bißchen zu Kopf.«

»Sie könnten sich dann auch etwas ausruhen«, bemerkte er, »in gewissen Maßen, versteht sich.«

»Ich weiß nicht. Ich habe sie dermaßen lieb, daß ich dabei nicht mehr an Ruhe für mich glaube.«

»Wenn Sie die Geduld haben, diesen Zwang auf sich zu nehmen …«

»Das ist weiter nichts mehr«, schloß sie, »nach allem, was ich schon auf mich genommen habe! …«

## XXVII

14. Märuli

Durch die Lücken in den Hecken hindurch sah man das Vieh, wie es langsam und friedlich das niedrige Gras von den Feldern abweidete. Auf dem trockenen und verlassenen Weg war keine Spur mehr vom Hagel des Vortags. Der Wind schüttelte die Sträucher, und die Sonne sprenkelte die tanzenden Schatten mit ihren Lichttupfen.

Auf alledem ließ Jacquemort aufmerksam seinen Blick ruhen; auf all diesen Landstrichen, die er nun bald nicht mehr sehen würde – der Tag kam näher, da er den Platz einnehmen mußte, den das Schicksal ihm zugedacht hatte.

»Wenn ich mich damals nicht auf dem Weg über die Steilküste befunden hätte«, dachte er. Am 28. August. Und jetzt verhält sich das mit den Monaten so sonderbar – auf dem Lande ist die Zeit weiter gefaßt, sie vergeht schneller und ohne merkliche Einschnitte.

Und was habe ich nun eigentlich in mich aufgenommen? Was haben sie mir denn überhaupt zugestanden? Was konnten sie mir schließlich schon mitteilen?

La Gloïre ist gestern gestorben, und ich werde seinen Platz einnehmen. Leer, wie ich war zu Anfang, befand ich mich schwer im Nachteil. Die Scham ist immerhin das am weitesten verbreitete Gefühl.

Aber was hatte ich alles aufspüren, was hatte ich nur alles wissen wollen – warum versuchen, so zu sein wie sie –, muß man ohne Vorurteile notwendigerweise zu diesem Ergebnis kommen und zu keinem anderen?«

Im Geiste stieg ein anderer Tag vor ihm auf, an dem die Malitten in den Lüften tanzten – und alle Schritte, die er auf dem allzu vertrauten Weg gemacht hatte, all die Schritte lasteten an seinen Beinen, und plötzlich fühlte er sich so schwer, nach so oft zurückgelegter Strecke:

»Warum denn braucht man so lange, bis man von der Stelle kommt, warum bin ich bloß im Haus am Steilhang geblieben – morgen muß ich es verlassen, um in La Gloïres Gold zu leben.

Das Haus. Der Garten. Und dahinter die Steilküste und das Meer. Wo ist Angel nur«, fragte er sich, »wohin ist er gefahren auf diesem unsicheren Gefährt, das mitten in den Wellen tanzte?«

Er ließ das goldene Gitter hinter sich, stieg den Pfad über die Steilküste hinunter und gelangte zum Strand, zu den feuchten Kieselsteinen mit dem frischen Duft und ihrem Fransenrand aus feinem Schaum.

Kaum eine Spur von Angels Wegfahrt war verblieben. Nur ein paar geschwärzte Steine, noch vom Brand der Rampe her, das war alles. Mechanisch hob er den Blick. Und blieb wie angewurzelt stehen.

Die drei Kinder liefen, so schnell sie konnten, am Rand der Steilküste entlang, ihre Umrisse waren durch Entfernung und Blickwinkel verkleinert. Sie rannten wie auf ebenem Gelände, unbekümmert um die Steinbrocken, die sich unter ihren Füßen lösten, unempfindlich gegenüber der Nähe des Abgrunds, offensichtlich von Wahnsinn erfaßt. »Eine ungeschickte Bewegung, und sie stürzen. Ein falscher Tritt, und ich muß sie zu meinen Füßen aufheben, mit gebrochenen Gliedern und blutüberströmt.«

Der Zöllnerpfad, den sie entlangliefen, wies etwas weiter vorne eine unvermutete Bruchstelle auf. Keiner der drei gab durch irgendein Zeichen zu verstehen, daß er gezwungen sei anzuhalten. Zweifellos vergessen.

Jacquemort krampfte die Fäuste zusammen. Schreien – und damit die Gefahr heraufbeschwören, daß sie stürzen? Sie konnten die Bruchstelle nicht sehen, die er von seinem Standort aus erkennen konnte.

Zu spät. Citroën erreichte sie als erster. Jacquemorts Fäuste waren ganz weiß, und er stöhnte. Die Kinder wandten den Kopf in seine Richtung, sahen ihn. Und dann warfen sie sich in den Abgrund, beschrieben eine scharfe Flugkurve und setzten neben ihm am Boden auf, lachend und schwatzend wie Einmonatsschwalben.

»Du hast uns gesehen, Onkel Jacquemort?« sagte Citroën. »Aber du wirst uns nicht verraten.«

»Wir haben gespielt, so zu tun, als könnten wir nicht fliegen«, sagte Noël.

»Das macht Spaß, nicht wahr«, sagte Joël. »Wie wär's, wenn du mit uns spieltest?«

Jetzt begriff er.

»Wart ihr das neulich mit den Vögeln?« fragte er.

»Ja«, sagte Citroën. »Wir hatten dich gesehen, weißt du. Aber weil wir gerade Schnellfliegen geprobt hatten, hielten wir nicht an. Und außerdem, weißt du, sagen wir es niemandem, daß wir fliegen. Wir warten, bis wir ausgezeichnet fliegen können, um Mami zu überraschen.«

»Um Mami zu überraschen. Und was für eine Überraschung die erst für euch auf Lager hat. Das ändert natürlich alles.

Wenn es das ist, dann darf sie nicht. Sie muß es wissen. Sie unter diesen Umständen einzusperren … Da muß ich etwas unternehmen. Ich muß … das will ich nicht hinnehmen … mir bleibt nur noch ein einziger Tag … noch bin ich nicht im Boot auf dem roten Bach …«

»Geht wieder spielen, meine Kleinen«, sagte er, »ich muß wieder hinauf zu eurer Mutter.«

Sie stoben knapp über den Wellen dahin, spielten Fangen, kamen wieder zu ihm zurück, gaben ihm für einen Augenblick das Geleit und halfen ihm über die höchsten Felsen hinweg. In wenigen Augenblicken hatte er den Kamm erreicht. Entschlossenen Schrittes ging er auf das Haus zu.

## XXVIII

»Aber hören Sie mal«, sagte Clémentine verwundert, »ich verstehe Sie nicht. Gestern fanden Sie die Idee noch ausgezeichnet, und jetzt kommen Sie daher und finden sie absurd.«

»Ich stimme Ihnen immer noch bei«, sagte Jacquemort. »Ihre Lösung sichert ihnen einen wirksamen Schutz. Aber ein Problem bleibt nach wie vor ungelöst, und Sie haben vergessen, es sich zu stellen.«

»Welches?« fragte sie.

»Nämlich: Haben Sie diesen Schutz überhaupt nötig?«

Sie zuckte die Achseln.

»Das ist doch klar. Ich sterbe vor Unruhe den ganzen Tag über, wenn ich mir denke, was ihnen alles zustoßen könnte.«

»Der Gebrauch des Konditionals«, bemerkte Jacquemort, »ist sehr häufig ein Eingeständnis der eigenen Ohnmacht – oder der Eitelkeit.«

»Verlieren Sie sich nicht in unnützen Abschweifungen. Seien Sie ein wenig normal. Nur ein einziges Mal.«

»Hören Sie«, fuhr Jacquemort unbeirrt fort, »ich bitte Sie ernstlich, es nicht zu tun.«

»Aber aus welchem Grund?« fragte sie. »Erklären Sie mir das einmal!«

»Sie würden es nicht begreifen …«, murmelte Jacquemort.

Er hatte es nicht gewagt, ihr Geheimnis zu verraten. Wenigstens das wollte er ihnen lassen.

»Ich glaube, ich bin besser als irgend jemand in der Lage zu beurteilen, was ihnen guttut.«

»Nein«, sagte Jacquemort. »Dazu sind die Kinder besser als Sie in der Lage.«

»Das ist absurd«, sagte Clémentine trocken. »Diese Kinder sind ständig irgendwelchen Gefahren ausgesetzt, wie übrigens alle Kinder.«

»Sie haben Abwehrmittel, die Sie nicht haben«, sagte Jacquemort.

»Und schließlich«, sagte sie, »lieben Sie sie nicht so, wie ich sie liebe, und Sie können nicht fühlen, was ich fühle.«

Jacquemort schwieg einen Augenblick lang.

»Natürlich«, sagte er schließlich. »Wie soll ich sie auch so lieben wie Sie?«

»Nur eine Mutter könnte mich verstehen«, sagte Clémentine.

»Aber Vögel sterben doch im Käfig«, sagte Jacquemort.

»Die leben ganz gut«, sagte Clémentine. »Es ist sogar der einzige Ort, wo man ihnen eine anständige Pflege angedeihen lassen kann.«

»Nun gut«, sagte Jacquemort. »Ich sehe schon, daß da nichts zu machen ist.«

Er erhob sich.

»Ich werde Ihnen jetzt Lebwohl sagen. Wahrscheinlich sehe ich Sie nicht mehr.«

»Wenn sie erst eingewöhnt sind«, sagte sie, »werde ich vielleicht ab und zu ins Dorf kommen können. Außerdem begreife ich Ihre ablehnende Haltung um so weniger, als Sie sich im Grunde genommen ja auch auf ähnliche Weise einschließen.«

»Ich schließe dafür niemand anderen ein«, sagte Jacquemort.

»Meine Kinder und ich sind eins«, sagte Clémentine. »Ich liebe sie so sehr.«

»Sie haben eine sonderbare Weltanschauung«, sagte er.

»Dasselbe habe ich von Ihnen gedacht. Meine hat nichts Sonderbares an sich. Meine Welt, das sind meine Kinder.«

»Nein, da verwechseln Sie etwas«, sagte Jacquemort.

»Sie möchten gern die Welt Ihrer Kinder sein. In dieser Auffassung liegt das Zerstörerische.«

Er erhob sich und verließ den Raum. Clémentine sah ihm nach, wie er fortging. »Er sieht nicht sehr glücklich aus«, dachte sie, »kein Wunder, er hat wohl keine Mutter gehabt.«

## XXIX

15. Märuli

Die drei gelben Monde, für jeden einer, hatten sich gerade vors Fenster gesetzt und spielten Fratzenschneiden mit den Brüdern. Alle drei hatten sich im Nachthemd in Citroëns Bett zusammengekuschelt, von wo aus man sie am besten sehen konnte. Ihre drei zahmen Bären tanzten am Fußende des Bettes einen Ringelreihen und sangen dazu, aber ganz leise, um Clémentine nicht zu wecken, die Hüterin der Hummer. Citroën, der zwischen Noël und Joël saß, schien nachzudenken. In seinen Händen hielt er etwas verborgen.

»Ich suche nach dem richtigen Spruch«, sagte er zu seinen Brüdern. »Der so anfängt …«

Er hielt inne.

»Das ist's. Ich hab's.«

Er führte die Hände an den Mund, ohne sie auseinanderzunehmen, und sprach mit leiser Stimme ein paar Worte. Dann legte er das, was er in Händen gehalten hatte, auf die Bettdecke. Eine kleine weiße Heuschrecke.

Sogleich kamen die Bären herbeigelaufen und nahmen rund um sie Platz.

»Rückt ein bißchen«, sagte Joël, »man sieht ja nichts.«

Die Bären setzten sich so, daß sie dem Fußende des Bettes den Rücken zuwandten. Und dann machte die Heuschrecke einen artigen Knicks und begann, akrobatische Kunststücke vorzuführen. Die Kinder bewunderten sie rückhaltlos.

Doch schon sehr bald machte sie schlapp; sie warf ihnen ein Kußhändchen zu, sprang sehr hoch und kam nicht wieder herunter.

Es war übrigens niemand sonderlich bekümmert darüber. Citroën hob den Finger.

»Ich weiß was anderes!« sagte er gewichtig. »Wenn wir einmal Pelzflöhe finden, müssen wir uns dreimal beißen lassen.«

»Und dann?« fragte Noël.

»Dann«, sagte Citroën, »kann man sich so klein machen, wie man will.«

»Und unter den Türen durchschlüpfen?«

»Unter den Türen, selbstverständlich«, sagte Citroën. »Wir können so klein werden wie die Flöhe.«

Die Bären kamen interessiert näher.

»Und wenn man die Worte verkehrt herum aufsagt, kann man dann größer werden?« fragten sie wie aus einem Munde.

»Nein«, sagte Citroën. »Außerdem seid ihr so gerade richtig. Aber wenn ihr wollt, kann ich euch Affenschwänze wachsen lassen.«

»Nur zu!« sagte der Bär von Joël. »Schönen Dank auch.«

Der von Noël zog sich zurück. Der dritte überlegte.

»Ich lasse mir die Sache noch durch den Kopf gehen«, versprach er.

Noël gähnte.

»Ich bin müde. Ich geh wieder ins Bett«, sagte er.

»Ich auch«, sagte Joël.

Wenige Minuten später waren sie eingeschlafen. Nur Citroën war noch wach geblieben; er blinzelte mit einem Auge und betrachtete dabei seine Hände. Wenn er auf eine ganz bestimmte Art blinzelte, wuchsen ihm zwei Finger mehr. Morgen würde er das seinen Brüdern beibringen.

## XXX

16. Märuli

Der Schmiedelehrling war elf Jahre alt. Er hieß André. Den Hals und eine Schulter in der ledernen Schlaufe, zog er aus Leibeskräften. Der Hund neben ihm zog auch mit. Hinter ihm gingen gemächlich der Schmied und sein Geselle, schoben auch ein bißchen, wenn es gar zu steil bergauf ging, nicht ohne eine geballte Ladung Flüche und Beleidigungen an Andrés Adresse.

André tat die Schulter weh, aber er zitterte vor Aufregung beim Gedanken, den Garten des großen Hauses am Steilhang betreten zu dürfen. Er zog, was er konnte. Schon tauchten die letzten Häuser des Dorfes vor ihm auf.

Auf dem roten Bach glitt das alte Boot von La Gloïre dahin. André sah hinüber. Das war aber nicht mehr der Alte selbst. Es war ein sonderbarer Heiliger, genauso zerlumpt gekleidet wie der andere, aber mit einem roten Bart. Er saß vornübergebeugt und betrachtete das glatte, undurchsichtige Wasser, ohne sich zu bewegen, und ließ sich dabei von der Strömung treiben. Der Schmied und sein Geselle riefen ihm joviale Beschimpfungen zu.

Der Karren war sehr schwer zu ziehen, da die Eisenrahmen ein erhebliches Gewicht hatten. Dicke Eisenrahmen, mit massiven, vierkantigen, kreuzweise ineinander verflochtenen Gitterstangen, bläulich verfärbt vom Schmiedefeuer. Das war schon die fünfte Fuhre, die letzte; bei den vier anderen zuvor hatte man den Wagen vor dem Gittertor entladen, und andere Helfer hatten das Material in den Garten gebracht. Diesmal würde auch André hineingehen dürfen, um die Botengänge zwischen Haus und Dorf zu versehen, für den Fall, daß der Schmied etwas benötigte.

Von den ungeduldigen Füßen des Kindes getreten, zog sich das graue Band des Weges in die Länge. Mit quietschenden Rädern holperte der Wagen über Pfützen und Wasserrinnen. Das Wetter war trist und unbestimmbar, ohne Sonne und auch ohne die Gefahr eines Regenschauers.

Der Schmied fing fröhlich zu pfeifen an. Mit beiden Händen in den Hosentaschen schritt er lässig voran.

André zitterte zwischen seiner Karrengabel. Er wäre gern ein Pferd gewesen, um schneller laufen zu können.

Er ging schneller. Sein Herz schlug beinah zu stark.

Endlich kam die Wegkehre. Die hohe Mauer des Hauses. Und das Gittertor.

Der Karren blieb stehen. André schickte sich an, ihn zu wenden, um hineinzufahren, aber der Schmied sagte:

»Bleib hier und warte.«

Dabei hatte er ein boshaftes Blitzen in den Augen.

»Wir zwei ziehen ihn jetzt«, sagte er, »du wirst gewiß müde sein.«

Er versetzte André einen gewaltigen Fußtritt, weil er sich nicht genügend beeilte, aus der Schlaufe zu schlüpfen. André stieß einen Schmerzensschrei aus und drückte sich an die Mauer, die Arme über den Kopf verschränkt. Der Schmied lachte rauh auf. Den Karren mit Leichtigkeit ziehend, passierte er das Gitter und schloß es geräuschvoll. André hörte, wie das Knirschen der Räder auf dem Kies sich immer weiter entfernte, und dann vernahm er nur mehr den Wind, der durch den Efeu auf der Mauer strich. Er schniefte, rieb sich die Augen und setzte sich hin. Er wartete.

Ein heftiger Rippenstoß riß ihn aus seinem Schlaf, und schlagartig war er wieder auf den Beinen. Es war schon langsam Abend geworden. Sein Meister stand vor ihm und sah ihn mit spöttischer Miene an.

»Du möchtest wohl gerne da hinein, was?« sagte er.

André war noch nicht richtig wach und antwortete nicht.

»Geh rein und hol mir den großen Hammer, den ich im Zimmer drin vergessen habe.«

»Wo?« fragte André.

»Willlst du dich wohl beeilen?« brüllte der Schmied und hob eine Hand.

André stürzte los, so schnell ihn die Beine nur tragen konnten. Trotz seines Wunsches, den großen Garten zu sehen, konnte er seine Füße nicht daran hindern, in gerader Linie auf das Haus zuzustreben. Im Vorbeilaufen bot sich ihm der gespenstische Anblick des weiten leeren Raumes, der ohne Sonne beunruhigend wirkte; und da war er auch schon an der Freitreppe. Erschrocken blieb er stehen. Doch dann trieb ihn der Gedanke an seinen Meister vorwärts; der Hammer mußte geholt werden. Er stieg hinauf.

Im Wohnzimmer brannte Licht und rieselte durch die offenen Fensterläden auf die Stufen. Die Tür war nicht verschlossen. André klopfte schüchtern an.

»Herein!« sagte eine leise Stimme.

Er trat ein. Vor ihm stand eine ziemlich große Dame in einem sehr schönen Kleid. Sie sah ihn an, ohne zu lächeln. Sie blickte einen auf eine Weise an, die einem die Kehle etwas zuschnürte.

»Mein Meister hat seinen Hammer vergessen«, sagte er. »Ich komme ihn holen.«

»Gut«, sagte die Dame. »Dann beeil dich, mein Kleiner.«

Als er sich umwandte, erblickte er die drei Käfige. Sie ragten im Hintergrund des von allen Möbeln entleerten Zimmers auf. Sie waren gerade hoch genug für einen nicht allzu großen Mann. Ihre eng verflochtenen Gitterstangen verhüllten das Innere zum Teil, doch etwas bewegte sich dahinter. In jeden Käfig hatte man ein kleines, weiches Bett, einen Sessel und ein niedriges Tischchen gestellt. Eine elektrische Lampe erhellte sie von außen her. Während er hinzutrat, um seinen Hammer zu suchen, gewahrte er blondes Haar. Er sah genauer hin, etwas gehemmt jedoch, da er spürte, daß die Dame ihn beobachtete. Doch zur gleichen Zeit hatte er auch schon den Hammer gefunden. Weit riß er die Augen auf, als er sich bückte, ihn aufzuheben. Als sich ihre Blicke trafen, wußte er, daß sich in den Käfigen ebenfalls kleine Jungen befanden. Einer von ihnen fragte etwas, die Dame öffnete die Käfigtür, ging zu ihm hinein und sagte etwas, was André nicht verstand, doch in sehr zärtlichem Ton. Und dann stieß sein Blick erneut mit dem der Dame zusammen, die wieder herauskam, und da sagte er »Auf Wiedersehen, Madame« und machte sich auf den Weg, gebeugt unter der Last des Hammers. Sowie er an der Tür angekommen war, hielt ihn eine Stimme zurück.

»Wie heißt du?«

»Ich heiße …«, fuhr eine andere Stimme fort.

Das war alles, was er hörte, denn man schob ihn nun nicht brutal, doch mit entschiedener Festigkeit hinaus. Er stieg die Steinstufen hinab. In seinem Kopf wirbelte alles durcheinander. Als er zum großen goldenen Gittertor kam, wandte er sich ein letztes Mal um. Mußte das wunderbar sein, so schön beisammen zu sein, mit jemandem, der einen verhätschelt, in einem kleinen, heimelig warmen Käfig voll Liebe! Er machte sich wieder auf den Weg ins Dorf. Die andern hatten nicht auf ihn gewartet. Hinter ihm fiel, vielleicht von einem Luftzug geschoben, mit einem satten Knall das Gittertor ins Schloß. Der Wind strich zwischen den Stäben hindurch.

## *ZU DIESER AUSGABE*

»Der Herzausreißer« (L'Arrache-Cœur) entstand 1950/51. Der Verlag Gallimard lehnte den Druck des unter dem Titel »Die Kleinen der Königin – Band I: Erste Partie, Bis zu den Käfigen« eingereichten Manuskripts ab, der Roman erschien dann 1953 bei Éditions Pro-Francia im Verlag Vrille, mit einem Vorwort von Raymond Queneau. Ein »Herzausreißer« kommt in diesem Roman direkt nicht vor, der Titel verweist auf jenes Instrument, mit dem Alise in »Der Schaum der Tage« die Personen tötet, die ihren Freund Chick auf dem Gewissen haben. Gegenüber der Erstausgabe mit dem Druckvermerk 11. Januar 1953, der die Übersetzung von Wolfgang Sebastian Baur folgt, haben wir die Unregelmäßigkeiten in der Numerierung der Kapitel korrigiert. In der Originalausgabe gibt es im Zweiten Teil zwei Kapitel IX, aber kein Kapitel XII, und im Dritten Teil gibt es zwei Kapitel XX und kein Kapitel XXIX. Obwohl es sich im Fall dieses Romans um beabsichtigte Verwirrspiele des Verfassers handeln könnte, sind wir doch von der Annahme ausgegangen, daß es sich hier um Druckfehler handelt und nicht um bizarre Verstöße gegen Regeln, Ordnungsliebe und Datierungen, die im »Herzausreißer« zur Methode gehören.

K.V.

BORIS VIAN

# Das rote Gras

*– L'HERBE ROUGE –*

Deutsch von Eugen Helmlé

## *ERSTES KAPITEL*

Der Wind, mild und verschlafen, trieb einen Armvoll Blätter gegen das Fenster. Fasziniert lauerte Wolf auf den kleinen Zipfel Tag, der in regelmäßigen Abständen durch das Zurückschwingen des Astes sichtbar wurde. Grundlos stützte er plötzlich seine Hände auf den Schreibtisch und stand auf. Beim Gehen ließ er die knarrende Diele des Fußbodens knarren und machte dafür zum Ausgleich geräuschlos die Tür zu. Er ging die Treppe hinunter, fand sich draußen wieder, und seine Füße nahmen Kontakt auf mit der Backsteinallee, die von zweispaltigen Brennesseln eingesäumt war und durch das rote Gras des Landes zum Karree führte.

Hundert Schritte weiter zerstückelte die Maschine den Himmel mit ihrer Struktur aus grauem Stahl, umzingelte ihn mit unmenschlichen Dreiecken. Der Monteuranzug des Mechanikers Saphir Lazuli bewegte sich wie ein dicker tabakbrauner Maikäfer neben dem Motor. Saphir steckte in dem Monteuranzug. Von weitem rief Wolf ihm etwas zu, und der Maikäfer richtete sich auf und streckte sich.

Zehn Meter von dem Apparat entfernt traf er mit Wolf zusammen, und sie legten den Weg gemeinsam zurück.

»Kommen Sie, um ihn zu kontrollieren?« fragte er.

»Ich habe den Eindruck, daß es Zeit ist«, sagte Wolf.

Er sah sich den Apparat an. Der Kasten war hochgezogen, und zwischen den vier stämmigen Füßen gähnte ein tiefer Brunnen. Er enthielt, richtig angeordnet, die Destruktionselemente, die sich dann, entsprechend ihrer Abnutzung, automatisch gegenseitig nachregulieren sollten.

»Hoffentlich gibt es kein Fiasko«, sagte Wolf. »Genaugenommen kann es auch schiefgehen. Es ist knapp kalkuliert.«

»Wenn wir mit einer solchen Maschine ein einziges Fiasko haben«, brummte Saphir, »lerne ich Brenusisch und rede für den Rest meines Lebens nichts anderes mehr.«

»Ich lerne es auch«, sagte Wolf. »Du wirst ja schließlich mit jemandem reden müssen, nicht wahr?«

»Keine Geschichten«, sagte Lazuli erregt. »Noch ist es nicht soweit mit dem Brenusisch. Setzen wir sie in Gang? Sollen wir Ihre Frau und meine Folavril holen gehen? Sie müssen das unbedingt sehen.«

»Sie müssen das unbedingt sehen«, wiederholte Wolf ohne Überzeugung.

»Ich nehme den Skooter«, sagte Saphir. »Ich bin in drei Minuten zurück.«

Er bestieg den kleinen Motorroller, der brummend losfuhr und über den Backsteinweg rumpelte. Wolf war allein inmitten des Karrees. Klar und deutlich erhoben sich in einer Entfernung von einigen hundert Metern die hohen Mauern aus rosa Stein.

Wolf stand mitten im roten Gras vor der Maschine und wartete. Seit einigen Tagen kamen die Neugierigen nicht mehr; sie schonten sich für den Tag der offiziellen Einweihung und sahen sich in der Zwischenzeit lieber in Eldorami die verrückten Boxer und den Vorführer der vergifteten Ratten an.

Der ziemlich tiefhängende Himmel blitzte geräuschlos. Im Augenblick konnte man ihn mit dem Finger berühren, wenn man auf einen Stuhl stieg; aber eine Bö, ein plötzliches Umspringen des Windes genügten, damit er sich zusammenziehen und ins Unendliche erheben würde …

Er trat an die Schalttafel heran, und seine gestreckten Hände verspürten ihre Festigkeit. Wie immer war sein Kopf leicht geneigt, und sein hartes Profil hob sich von dem weniger haltbaren Blech des Kontrollschrankes ab. Der Wind klatschte das weiße Leinenhemd und die blaue Hose gegen seinen Körper.

Stehend, ein wenig verwirrt, wartete er auf die Rückkehr Saphirs. Alles begann ganz einfach auf diese Weise. Der Tag war genau wie alle andern, und nur ein sehr geübter Beobachter hätte den fadenförmigen Streifen, wie ein goldener Riß, bemerken können, der genau über der Maschine den Azur markierte.

Doch Wolfs nachdenkliche Augen träumten im roten Gras. Ab und zu vernahm man das flüchtige Echo eines Autos hinter der Westwand des Karrees, am Rande der Landstraße. Die Geräusche trugen weit: es war ein Ruhetag, und die Leute langweilten sich in der Stille.

Darauf rüttelte der kleine Motor des Rollers im Schluckauf über die Backsteinstraße; einige Sekunden vergingen, und ohne sich umzudrehen, nahm Wolf an seiner Seite das blonde Parfum seiner Frau wahr. Er hob die Hand, und sein Finger drückte den Schalter ein. Mit einem sehr feinen Pfeifen begann der Motor sich zu drehen. Die Maschine vibrierte. Der graue Kasten nahm wieder seinen Platz über dem Brunnen ein. Sie standen reglos da. Saphir hielt die Hand Folavrils, die ihre Augen hinter einem Gitter gelber Haare verbarg.

## *ZWEITES KAPITEL*

Sie betrachteten alle vier die Maschine, und es entstand ein hartes Knacken in dem Augenblick, in dem das zweite Element, von den Greifern des Hauptelements in Gang gesetzt, an der Basis des Kastens dessen Stelle einnahm. Der steife Schwinghebel schwang ohne Ruck, ohne Erschütterung hin und her. Der Motor hatte seine Drehzahl erreicht, und der Auspuff grub eine lange Rinne in den Staub.

»Sie läuft«, sagte Wolf.

Lil preßte sich an ihn, und er spürte durch den Stoff seiner Arbeitshose hindurch die elastische Form ihrer Hüften.

»Na« sagte sie, »gönnst du dir jetzt ein paar freie Tage?«

»Ich muß nach wie vor herkommen«, sagte Wolf.

»Aber du hast doch die Arbeit gemacht, mit der sie dich beauftragt haben …«, sagte Lil. »Jetzt ist es vorbei.«

»Nein«, sagte Wolf.

»Wolf …«, murmelte Lil. »Also … nie …«

»Danach …«, sagte Wolf. »Zuerst …«

Er zögerte, fuhr dann fort.

»Sobald sie eingefahren ist«, sagte er, »werde ich es versuchen.«

»Was willst du eigentlich vergessen«, sagte Lil mürrisch.

»Wenn man sich an nichts erinnert«, gab Wolf zur Antwort, »ist es sicherlich nicht das gleiche.«

Lil ließ nicht nach.

»Aber du wirst dich ausruhen … Ich möchte zwei Tage von meinem Mann …«, sagte sie halblaut mit Sex im Tonfall.

»Ich will morgen gern bei dir bleiben«, sagte Wolf. »Aber übermorgen ist sie sicherlich so weit eingespielt, daß ich sie überprüfen muß.«

Saphir und Folavril, die umschlungen neben ihnen standen, bewegten sich nicht. Zum ersten Mal hatte er seine Lippen auf die seiner Freundin zu drücken gewagt, und er bewahrte ihren Himbeergeschmack. Er schloß die Augen, und das Surren der Maschine genügte, um ihn anderswohin zu versetzen. Und dann betrachtete er den Mund Folavrils und ihre wie Panther-Reh-Augen in den Winkeln hochgezogenen Augen, und plötzlich spürte er die Gegenwart eines andern. Nicht Wolf und Lil ... Eines Fremden ... Er schaute ... Neben ihm stand ein Mann, der sie beobachtete. Sein Herz hüpfte, aber er machte keine Bewegung. Er wartete und beschloß dann, sich mit den Händen über die Augen zu fahren. Lil und Wolf sprachen. Er hörte das Gemurmel ihrer Worte ... Er preßte heftig die Augen zusammen, bis er funkelnde Sterne sah, und öffnete sie dann wieder. Niemand. Folavril hatte nichts gemerkt. Sie blieb an ihn gepreßt, fast gleichgültig ... er selber hatte kaum an das gedacht, was sie taten.

Wolf streckte den Arm aus und packte Folavril an der Schulter.

»Auf jeden Fall«, sagte er, »kommst du mit deinem Scheich heute abend zum Abendessen zu uns.«

»Oh ja! ...«, sagte Folavril. »Aber einmal wenigstens müssen Sie Senator Dupont dabeisein lassen ... Er ist immer in der Küche, der arme Alte!«

»Der wird sich den Magen verderben und daran krepieren«, sagte Wolf.

»Prima«, sagte Lazuli und strengte sich an, um lustig zu sein. »Das heißt also, daß es einen richtigen Festschmaus gibt.«

»Verlassen Sie sich darauf«, sagte Lil.

Sie mochte Lazuli gern. Er sah so jung aus.

»Morgen«, sagte Wolf zu Lazuli, »mußt du das alles allein überwachen. Ich nehme einen Ruhetag.«

»Keinen Ruhetag«, flüsterte Lil und rieb sich an ihm. »Ferien. Mit mir.«

»Darf ich Lazuli begleiten?« fragte Folavril.

Saphir drückte ihr zärtlich die Hand, um ihr zu sagen, daß sie lieb sei.

»Oh«, sagte Wolf, »ich habe nichts dagegen, aber keine Sabotage.«

Wieder ein brutales Knacken, und der Nocken des zweiten Stummels zog den dritten aus der Reserve.

»Es läuft von ganz allein«, sagte Lil. »Kommt, gehen wir.«

Sie machten kehrt. Alle waren erschöpft wie nach einer großen Spannung. In der Luft der Abenddämmerung erkannten sie die graue, haarige Silhouette von Senator Dupont, den das Dienstmädchen gerade losgelassen hatte und der ihnen entgegenlief und dabei aus vollem Halse miaute.

»Wer hat ihm denn das Miauen beigebracht?« fragte Folavril.

»Marguerite«, gab Lil zur Antwort. »Sie sagt, daß ihr Katzen lieber sind, und der Senator kann ihr nichts abschlagen. Dabei tut ihm das im Hals sehr weh.«

Unterwegs nahm Saphir Folavrils Hand und drehte sich zweimal um. Beim zweiten Mal hatte er den Eindruck gehabt, daß ihnen ein Mann folgte, um sie zu belauschen. Es waren sicherlich die Nerven. Er rieb seine Wange an den langen Haaren des blonden Mädchens, das im gleichen Schritt neben ihm herging. Weit hinter ihnen murmelte die Maschine in den unbeständigen Himmel, und das Karree lag ausgestorben da und menschenleer.

## *DRITTES KAPITEL*

Wolf suchte auf seinem Teller einen schönen Knochen aus und legte ihn mitten auf den Teller von Senator Dupont, der ihm gegenüber thronte, eine Serviette elegant um seinen schäbigen Hals geknotet. Der Senator, der sich wie ein Schneekönig freute, deutete ein joviales Bellen an, das er sogleich in ein prächtig moduliertes Miauen verwandelte, da er den erzürnten Blick des Dienstmädchens auf sich ruhen fühlte. Diese bot nun ebenfalls ihre Gabe dar. Eine dicke Kugel aus Brotkrumen, zwischen ganz schwarzen Fingern gerollt, und der Senator verschlang das Ding mit einem tönenden »flupp«.

Die vier andern unterhielten sich, Genre Tischgespräch, reich mir das Brot rüber, ich habe kein Messer, leih mir deine Feder, wo sind die Murmeln, ich habe eine Kerze, die nichts bringt, wer hat bei Waterloo gewonnen, ein Schelm, wer Arges dabei denkt, und die Kühe werden meterweise gesäumt. Das Ganze in sehr wenigen Worten, denn schließlich war Saphir in Folavril verliebt, Lil in Wolf und umgekehrt, wegen der Symmetrie der Geschichte. Und Lil glich Folavril, denn sie hatten beide lange, blonde Haare, Lippen zum Küssen und eine schmale Taille. Folavril trug sie höher, wegen ihrer vollkommenen Beine, doch Lil zeigte hübschere Schultern, und außerdem hatte Wolf sie geheiratet. Ohne seinen tabakbraunen Monteuranzug wirkte Saphir Lazuli verliebter; es war die erste Phase, er trank reinen Wein. Das Leben war leer und nicht traurig beim Warten. Für Wolf. Für Saphir überschäumend und nicht qualifizierbar. Für Lil folgenreich. Folavril dachte nicht. Sie lebte einfach nur, und sie war sanft, wegen ihrer Panther-Reh-Augen in den Winkeln.

Man trug auf und trug ab. Wolf wußte nicht, wer. Er

konnte einen Dienstboten nicht anschauen, denn das beschämt einen. Er schenkte Saphir, der trank, und Folavril, die lachte, Wein ein. Das Dienstmädchen ging hinaus und kam aus dem Garten mit einer Konservendose zurück, die sie mit einer Mischung aus Erde und Wasser gefüllt hatte und die sie Senator Dupont zu fressen geben wollte, um ihn zu necken. Er begann einen Höllenspektakel zu machen, wobei er jedoch genügend Selbstbeherrschung bewahrte, um von Zeit zu Zeit zu miauen wie eine anständige Hauskatze.

So wie die meisten Handlungen, die jeden Tag wiederholt werden, hatte auch die Mahlzeit keine wahrnehmbare Dauer. Sie verlief, das ist alles. In einem hübschen Raum mit Wänden aus lackiertem Holz, großen Fenstern mit dickem, bläulichem Glas, einer Decke, die mit geraden dunklen Balken gestreift war.

Der Boden, blaßorange gefliest, senkte sich ein wenig zur Mitte des Raums hin, um eine intime Atmosphäre zu zaubern. Auf einem Kamin aus zusammenpassenden Backsteinen thronte das Porträt des Senators Dupont im Alter von drei Jahren, mit einem schönen silberbeschlagenen Halsband, Spiralenblumen aus Kleinasien schmückten eine durchsichtige Vase; zwischen den unebenen Stielen schwammen kleine Meeresfische umher. Durch das Fenster sah man die langen Tränenstreifen der Abenddämmerung auf den schwarzen Wangen der Wolken.

»Reich mir das Brot rüber«, sagte Wolf.

Saphir, der ihm gegenübersaß, streckte den rechten Arm aus, nahm den Brotkorb und hielt ihn ihm mit dem linken Arm hin – warum nicht.

»Ich habe kein Messer«, sagte Folavril.

»Leih mir deine Feder«, gab Lil zur Antwort.

»Wo sind die Murmeln«, fragte Saphir.

Dann hielten sie eine Weile inne, denn das genügte, um das Gespräch bis zum Braten in Gang zu halten. Außerdem gab es an diesem Abend, einem Galaabend, gar keinen Braten zu essen; ein dickes, in Stanniol goldbraun gebratenes Hähnchen gluckste gedämpft in der Mitte einer australischen Porzellanschüssel.

»Wo sind die Murmeln«, sagte Sapir noch einmal.

»Ich habe eine Kerze, die nichts bringt«, bemerkte Wolf.

»Wer hat bei Waterloo gewonnen?« warf, ohne vorher Bescheid zu sagen, Senator Dupont dazwischen und schnitt Lil damit das Wort ab.

Dies rief ein zweites Schweigen hervor, denn das war nicht im Programm vorgesehen. Zum Schein gewissermaßen erhoben sich die vereinten Stimmen von Lil und Folavril.

»Ein Schelm, wer Arges dabei denkt ...«, behaupteten sie mit der größten Ruhe.

»Und die Kühe werden meterweise gesäumt, zweimal«, antworteten in einem perfektionierten Kanon Saphir und Wolf.

Dabei dachten sie ganz offensichtlich an etwas anderes, denn ihre beiden Augenpaare hatten aufgehört, aufeinander abgestimmt zu sein.

Das Abendessen verlief also zur allgemeinen Zufriedenheit.

»Setzen wir den Abend fort?« schlug Lazuli beim Nachtisch vor. »Es behagt mir nicht, wieder zum Schlafen hinaufzugehen.«

Er bewohnte die Hälfte der zweiten Etage, Folavril die andere. Nur so, ganz zufällig.

Lil hätte gern mit Wolf geschlafen, aber sie dachte, daß das Wolf vielleicht amüsieren würde. Ihn zerstreuen würde. Ihn entspannen würde. Ihn kitzeln würde. Seine Freunde zu sehen. Sie sagte zu ihm:

»Ruf deine Freunde an.«

»Welche?« fragte Wolf und nahm den Hörer ab.

Man sagte ihm, welche, und sie waren nicht abgeneigt. Wegen der Atmosphäre lächelten Lil und Folavril währenddessen.

Wolf legte den Hörer auf. Er hatte geglaubt, Lil eine Freude zu machen. Da sie, aus Takt, überhaupt nichts sagte, verstand er sie wenig.

»Was sollen wir tun?« sagte er. »Das gleiche wie die andern Male? Schallplatten, Flaschen, Tanz, zerrissene Vorhänge, verstopftes Waschbecken? Aber schön, wenn es dir Freude macht, meine Lil.«

Lil hätte am liebsten geweint. Ihr Gesicht in einem großen Haufen blauer Flaumfedern versteckt. Sie schluckte ihren Kummer mühsam hinunter und sagte zu Lazuli, er solle den Schrank mit den Getränken aufmachen, um trotz allem froh zu sein. Folavril verstand in etwa, und sie stand auf und drückte Lil im Vorbeigehen das Handgelenk.

Das Dienstmädchen füllte das linke Ohr von Senator Dupont, anstelle des Nachtischs, mit einem Löffelchen voll gezähmtem Colman-Senf, und der Senator schüttelte den Kopf, aus Furcht, eine entgegengesetzte Bewegung, etwa das Wedeln mit dem Schwanz, könne als ein Zeichen der Hochachtung angesehen werden.

Lil wählte eine hellgrüne Flasche unter den zehn, die Lazuli herausgenommen hatte, und goß sich ein bis an den Rand gefülltes Glas ein, ohne Platz zu lassen für das Wasser.

»Ein Glas, Folle?« schlug sie vor.

»Gern«, sagte Folavril, »Freundin.«

Saphir verschwand in Richtung Badezimmer, um einige Einzelheiten seiner Toilette zu verbessern. Wolf sah aus dem westlichen Fenster.

Einer um den andern erloschen die roten Streifen der Wolken, mit einem leichten Gemurmel, dem Zischen eines heißen Eisens im Wasser. Es gab eine Sekunde, in der alles bewegungslos blieb.

Eine Viertelstunde später kamen die Freunde zum Unterhaltungsabend. Saphir kam aus dem Badezimmer, mit roter Nase, weil er dran gedrückt hatte, und legte die erste Schallplatte auf. Sie hatten welche bis halb vier, vier Uhr. Dort drüben, mitten im Karree, brummte die Maschine immer noch, und der Motor durchlöcherte die Nacht mit seinem kleinen steifen Licht.

## VIERTES KAPITEL

Zwei Paare tanzten noch, eines davon war aus Lil und Lazuli gebildet. Lil war zufrieden: man hatte sie den ganzen Abend über zum Tanzen aufgefordert, und mit einigen Gläsern Haltung war alles sehr gut abgegangen. Wolf sah einen Augenblick zu ihnen hinüber und schlich sich dann hinaus, um in sein Büro zu gehen. Dort stand in einer Ecke auf vier Beinen ein großer polierter Silberspiegel. Wolf trat heran und streckte sich der ganzen Länge nach aus, das Gesicht gegen das Metall gepreßt, um von Mann zu Mann mit sich zu sprechen. Ein Silberwolf wartete vor ihm. Er drückte seine Hände auf die kalte Oberfläche, um sich seiner Gegenwart zu versichern.

»Was hast du?« sagte er.

Sein Spiegelbild machte eine Gebärde der Unwissenheit.

»Worauf hast du Lust?« sagte Wolf noch einmal. »Die Luft ist hier doch nicht schlecht.«

Seine Hand näherte sich der Wand und betätigte den Schalter. Der Raum fiel plötzlich in Dunkelheit. Nur Wolfs Bild blieb beleuchtet. Es bezog sein Licht von anderswoher.

»Was willst du tun, um da herauszukommen?« fuhr Wolf fort. »Und außerdem, um wo herauszukommen?«

Das Spiegelbild seufzte. Ein Seufzer des Überdrusses. Wolf begann höhnisch zu lachen.

»Richtig, beklag dich nur. Im Grunde klappt nichts. Du wirst sehen, Kleiner. Ich werde in diese Maschine steigen.«

Sein Bild schien ziemlich gelangweilt.

»Was«, sagte Wolf, »sehe ich hier? Nebel, Augen, Leute … Staub ohne Dichte … und dann dieser verfluchte Himmel wie eine Scheidewand.«

»Bleib ruhig«, sagte das Spiegelbild deutlich. »Du gehst uns gewissermaßen auf den Wecker.«

»Das ist enttäuschend, wie?« spottete Wolf. »Du hast wohl Angst, daß ich enttäuscht bin, wenn ich alles vergessen habe? Es ist besser, enttäuscht zu sein, als ins Unbestimmte hinein zu hoffen. Auf jeden Fall muß man Bescheid wissen. Wenn sich schon einmal die Gelegenheit bietet … Aber so antworte doch, Kerl! …«

Sein Gegenüber blieb stumm, mißbilligend.

»Außerdem hat mich die Maschine nichts gekostet«, sagte Wolf. »Kannst du dir das vorstellen! Das ist meine Chance. Die Chance meines Lebens, ja. Sollte ich sie auslassen? Kommt überhaupt nicht in Frage. Eine Lösung, die einen zerstört, ist besser als irgendeine Ungewißheit. Bist du nicht einverstanden?«

»Nicht einverstanden«, wiederholte das Spiegelbild.

»Es reicht«, sagte Wolf brutal. »Ich habe gesprochen. Du zählst nicht. Du nützt mir nichts mehr. Ich wähle. Die Klarheit. Ah! Ah! Ich rede in Großbuchstaben.«

Er richtete sich mühsam auf. Vor ihm war sein Bild, wie eingraviert in das Silberblatt. Er machte wieder Licht, und langsam verschwand es. Seine Hand auf dem Schalter war weiß und hart wie das Metall des Spiegels.

# *FÜNFTES KAPITEL*

Wolf machte sich ein wenig zurecht, bevor er wieder ins Wohnzimmer zurückging, in dem man beim Tanzen trank. Wusch sich die Hände, ließ sich einen Schnurrbart stehen, stellte fest, daß er ihm nicht stand, rasierte ihn auf der Stelle ab und knotete seine Krawatte auf eine andere, voluminösere Art, denn die Mode hatte sich gerade geändert. Dann ging er, auf die Gefahr hin, ihn zu schockieren, in umgekehrter Richtung durch den Flur. Im Vorbeigehen legte er den Sicherheitsschalter um, der dazu diente, während der langen Winterabende die Atmosphäre zu variieren. Aufgrund dieser Tatsache wurde die Beleuchtung ersetzt von extramilden Röntgenstrahlen, die vorsichtshalber noch abgestumpft worden waren und auf die lumineszierenden Wände das vergrößerte Bild des Herzens der Tänzer warfen. Am regelmäßigen Rhythmus sah man, ob sie ihre Partner liebten.

Lazuli tanzte mit Lil. In dieser Hinsicht lief alles bestens, und ihre Herzen, beide von recht hübscher Form und dennoch sehr verschieden, schlugen zerstreut und ruhig. Folavril lehnte am Buffet, ihr Herz stand still. Die beiden anderen Paare hatten sich durch den Austausch ihres legalen weiblichen Elements gebildet, und das Tempo der Herzschläge bewies unbestreitbar, daß sich dieses System über den Tanz hinaus erstreckte.

Wolf forderte Folavril zum Tanz auf. Sanft, gleichgültig, ließ sie sich führen. Sie kamen am Fenster vorbei. Es war spät oder früh, und die Nacht rieselte mit Wirbeln auf das Dach des Hauses, trieb wie schwerer Rauch an dem rötlich glühenden Licht entlang, das ihn sogleich verdunsten ließ. Wolf blieb allmählich stehen. Sie hatten die Tür erreicht.

»Komm«, sagte er zu Folavril. »Wir machen draußen einen kleinen Gang.«

»Gern«, gab sie zur Antwort.

Im Vorbeigehen griff sie sich auf einem Teller eine Handvoll Kirschen, und Wolf trat zurück, um sie hinausgehen zu lassen. Sie berührten die Nacht mit ihrem ganzen Körper. Der Himmel war von Dunkelheit durchtränkt, sich unaufhörlich verändernd, unbeständig, wie das Bauchfell einer schwarzen Katze mitten bei der Verdauung. Wolf hielt Folavril am Arm; sie gingen den Kieselsteinweg entlang. Ihre knirschenden Füße gaben kleine, schrille Noten in Form von Feuersteinglöckchen von sich. Über den Rand des Rasens stolpernd, hielt Wolf sich an Folavril fest. Sie gab nach, sie fielen aufs Gras, und da sie es warm fanden, streckten sie sich nebeneinander aus, ohne sich zu berühren. Ein Zusammenzucken des Himmels entschleierte plötzlich einige Sterne. Folavril knabberte Kirschen; man hörte, wie der frische, duftende Saft in ihren Mund platzte. Wolf lag flach auf dem Boden, seine Hände zerknitterten und zerdrückten duftende Gräser. Er hätte gern da geschlafen.

»Amüsierst du dich, Folle?« fragte er.

»Ja ...«, sagte Folavril zweifelnd. »Aber Saphir ... ist heute komisch. Er wagt mich nicht zu küssen. Er dreht sich ständig um, als wäre jemand da.«

»Das wird sich jetzt geben«, sagte Wolf. »Er hat zuviel gearbeitet.«

»Ich hoffe, daß es so ist«, sagte Folavril. »Es ist vorbei.«

»Die Hauptsache ist getan«, sagte Wolf. »Aber morgen werde ich sie ausprobieren.«

»Oh, ich würde gern mitkommen«, sagte Folavril. »Wollen Sie mich mitnehmen?«

»Ich kann nicht«, sagte Wolf. »Theoretisch dient sie gar nicht dazu. Und wer weiß, was ich dahinter finden werde? Bist du nie neugierig, Folle?«

»Nein«, sagte sie. »Ich bin viel zu faul. Und außerdem bin ich fast immer zufrieden, folglich ist mir die Neugierde fremd.«

»Du bist die Sanftmut in Person«, sagte Wolf.

»Warum sagen Sie mir das, Wolf?« fragte Folavril mit einer Modulation in der Stimme.

»Ich habe nichts gesagt«, murmelte Wolf. »Gib mir ein paar Kirschen.«

Er spürte die kühlen Finger, die sein Gesicht streichelten und seinen Mund suchten, wobei sie ihm eine Kirsche zwischen die Lippen schoben. Er ließ sie einige Sekunden warm werden, bevor er darauf biß und den beweglichen Kern abnagte. Folavril war ganz nahe bei ihm, und der Duft ihres Körpers vermischte sich mit den Gerüchen der Erde und des Grases.

»Du riechst gut, Folle«, sagte er. »Ich mag dein Parfum.«

»Ich mache keins an mich«, gab Folavril zur Antwort.

Sie sah zu, wie die Sterne am Himmel hintereinander herliefen und mit großen Blitzen zusammentrafen. Drei von ihnen, oben rechts, ahmten einen orientalischen Tanz nach. Nachtspiralen verdeckten sie für Augenblicke.

Wolf drehte sich langsam um, um seine Stellung zu ändern. Er wollte keine Sekunde den Kontakt mit dem Gras verlieren. Seine Hand, die einen Halt suchte, stieß auf das Fell eines unbeweglichen kleinen Tieres. Er riß die Augen auf, versuchte es in der Dunkelheit zu erkennen.

»Ich habe ein sanftes Tier neben mir«, sagte er.

»Danke! ...«, gab Folavril zur Antwort.

Sie lachte sehr still.

»Ich meine nicht dich«, sagte Wolf. »Das würde ich merken. Es ist ein Maulwurf ... oder ein Maulwurfbaby. Es bewegt sich nicht, aber es ist lebendig ... da, hör mal, wenn ich es streichele.«

Das Maulwurfbaby begann zu schnurren. Seine kleinen roten Augen glänzten wie weiße Saphire. Wolf setzte sich und legte es Folavril auf die Brust, dorthin, wo das Kleid anfing, genau zwischen die beiden Brüste.

»Es ist sanft«, sagte Folavril.

Sie lachte.

»Es ist angenehm hier.«

Wolf ließ sich wieder aufs Gras fallen. Er war an die Dunkelheit gewöhnt und begann zu sehen. Einige Zentimeter vor ihm ruhte Folavrils Arm, glatt und hell. Er schob den Kopf vor, und seine Lippen berührten leicht die Schattenmulde der Armbeuge.

»Folle … du bist hübsch.«

»Ich weiß nicht…«, murmelte sie. »Ich fühle mich wohl. Sollen wir hier schlafen?«

»Wir könnten«, sagte Wolf. »Ich habe vorhin schon einmal daran gedacht.«

Seine Wange legte sich auf Folavrils Schulter, die noch ein wenig eckig war von zuviel Jugend.

»Wir werden mit Maulwürfen bedeckt aufwachen«, sagte sie noch.

Sie lachte wieder, mit ihrem leisen, tiefen, ein wenig gedämpften Lachen.

»Das Gras riecht gut«, sagte Wolf. »Das Gras und du. Es ist voller Blumen. Wie riechen denn die Maiglöckchen? Es gibt gar keine Maiglöckchen mehr.«

»Ich erinnere mich an die Maiglöckchen«, sagte Folavril. »Früher war alles voller Maiglöckchen, ganze Felder, dicht wie ein Bürstenhaarschnitt. Man setzte sich mitten hinein und pflückte sie, ohne aufzustehen. Alles voller Maiglöckchen. Aber hier ist es eine andere Pflanze, mit orangefarbenen Fleischblüten, wie kleine runde Scheiben. Ich weiß nicht, wie man sie nennt. Unter meinem Kopf sind Veilchen des Todes, und dort, bei meiner anderen Hand, sind Asphodelen.«

»Bist du sicher?« fragte Wolf mit einer etwas fernen Stimme.

»Nein«, sagte Folavril. »Aber ich habe nie welche gesehen, und da ich diese Namen mag und diese Blumen, bringe ich beide zusammen.«

»Es ist genau das, was man tut«, sagte Wolf. »Man bringt das zusammen, was man liebt. Wenn man sich nicht selber so lieben würde, wäre man immer allein.«

»Heute abend sind wir ganz allein«, sagte Folavril. »Beide ganz allein.«

Sie stieß einen Seufzer des Wohlbehagens aus.

»Wohl fühlt man sich hier«, murmelte sie.

»Das ist der Wachzustand«, sagte Wolf.

Sie schwiegen. Folavril streichelte das Maulwurfbaby, das vor Zufriedenheit brüllte … ein ganz leises Maulwurfbabybrüllen. Leerschneisen öffneten sich über ihnen, gehetzt von einer beweglichen Dunkelheit, die für Augenblicke die Sterne ihrer Sicht entzog. Sie schliefen ein, ohne zu sprechen, den Körper auf der warmen Erde, im Duft der blutroten Blumen. Der Tag würde bald anbrechen. Vom Haus drang ein ungewisses Stimmengewirr herüber, verfälscht wie blaues Kammgarn. Ein Grashalm bog sich unter dem unmerklichen Atem Folavrils.

## *SECHSTES KAPITEL*

Überdrüssig, noch länger auf Lils Erwachen zu warten, das möglicherweise erst am Abend erfolgte, kritzelte Wolf ein kleines Briefchen, das er neben ihr liegen ließ, und ging aus dem Haus, bekleidet mit seinem grünen Anzug, speziell entworfen, um »Klotz« zu spielen.

Senator Dupont, von dem Dienstmädchen schon angeschirrt, folgte ihm und zog dabei den kleinen Wagen hinter sich her, in den man die Kugeln und die Fähnchen legte, die Schürf-Schaufel und die Pflanzspitze, ohne den Stoß-Zähler und den Kugel-Siphon zu vergessen, für den Fall, daß das Loch zu tief war. Wolf hatte seine Klotz-Stöcke in einem Etui umgehängt: den mit dem offenen Winkel, den mit dem toten Winkel und den, den man nie benutzt, der aber sehr stark glänzt.

Es war elf Uhr. Wolf fühlte sich ausgeruht, aber Lil hatte bis zum Morgen getanzt, ohne innezuhalten. Saphir mußte an der Maschine arbeiten. Folavril schlief wahrscheinlich auch.

Der Senator fluchte wie ein richtiger Teufel. Er mochte Klotz überhaupt nicht und empörte sich vor allem gegen den kleinen Wagen. Wolf bestand darauf, daß er ihn von Zeit zu Zeit zog, damit sein Bauch abnahm, als Ergebnis der Leibesübung. Senator Duponts Seele trug einen Trauerflor; abgesehen davon, daß sein Bauch nie abnehmen würde, war er viel zu angespannt. Alle drei Meter machte der Senator halt und verzehrte ein Büschel Quecke.

Das Klotz-Gelände erstreckte sich am Rande des Karrees, hinter der südlichen Mauer. Das Gras war dort nicht rot, sondern von einem schönen künstlichen Grün, verziert mit Gehölz und Geländen für schielende Kaninchen. Man konnte hier stundenlang klotzen, ohne daß man wieder umkehren mußte; dies stellte eines seiner Hauptvergnügen dar. Wolf schritt schnell aus, genoß die Luft des frisch gelegten Morgens. Ab und zu rief er Senator Dupont etwas zu und machte sich über ihn lustig.

»Hast du noch Hunger?« fragte er ihn, als sich der Senator wieder auf eine besonders hohe Quecke stürzte. »Man muß es annehmen! Dann wirst du eben hin und wieder Quecke bekommen.«

»Schon gut, schon gut«, brummte der Senator. »Ich finde das sehr witzig, sich über einen unglücklichen Alten lustig zu machen, der kaum die Kraft hat, sich selber dahinzuschleppen, und den man zu allem Überfluß auch noch schwere Karren ziehen läßt.«

»Das hast du auch bitter nötig«, sagte Wolf. »Du setzt Bauch an. Du wirst alle Haare verlieren und dir die Röte holen und ekelhaft sein.«

»Für das, was ich mit dem Vieh mache, genügt mir das«, sagte der Senator. »Auf jeden Fall wird mir das Dienstmädchen das, was mir noch bleibt, mit ihrem wilden Kämmen ausreißen.«

Wolf ging voraus und sprach, ohne sich umzudrehen, die Hände in den Taschen.

»Immerhin«, sagte er. »Nehmen wir einmal an, es läßt sich hier jemand nieder und er hat, sagen wir ... eine Hündin ...«

»Auf die Tour kriegen Sie mich nicht«, sagte der Senator, »ich habe das alles hinter mir.«

»Ausgenommen die Quecke«, sagte Wolf. »Komischer Geschmack. Ich würde eine hübsche kleine Hündin vorziehen.«

»Sie brauchen sie sich nicht zu versagen«, sagte der Senator. »Ich bin nicht eifersüchtig. Mir tun nur die Eingeweide etwas weh.«

»Aber als du das alles gegessen hast«, sagte Wolf, »hast du im Grunde doch fürs erste deinen Spaß dabei gehabt.«

»Hm…«, sagte der Senator. »Abgesehen von dem Brei auf dem Boden und dem Senf im Ohr ging es.«

»Du kannst dich ja wehren«, sagte Wolf. »Du könntest ihr sehr gut beibringen, dich zu respektieren.«

»Ich bin nicht respektabel«, sagte der Senator. »Ich bin ein alter, stinkender Hund, und ich fresse den ganzen Tag über. Pah! …« fügte er hinzu und führte eine schlaffe Pfote an seine Schnauze … »Entschuldigen Sie bitte eine Sekunde … Diese Quecke war von guter Qualität … Sie wirkt … Machen Sie den Wagen los, wenn Ihnen das nichts ausmacht, es könnte sein, daß er mich stört.«

Wolf beugte sich vor und befreite ihn von dem Ledergeschirr, das ihn an die Deichsel fesselte. Der Senator zog ab, die Nase am Boden, auf der Suche nach einem kleinen Gebüsch mit entsprechendem Geruch und geeignet, den Augen Wolfs die entehrende Tätigkeit zu verbergen, die folgen sollte. Wolf blieb stehen, um auf ihn zu warten.

»Laß dir Zeit«, sagte er zu ihm. »Es kommt uns nicht auf die Minute an.«

Sehr damit beschäftigt, seinem Schluckauf einen Rhythmus zu geben, antwortete Senator Dupont nicht. Wolf setzte sich auf den Boden, die Fersen unterm Hintern, und begann, von vorn nach hinten sich hin- und herzuwiegen, wobei er seine Knie mit seinen Armen umklammerte. Er trällerte, um das Interesse an der Handlung zu verstärken, eine gefühlvolle Melodie.

Hier fand ihn Lil fünf Minuten später. Der Senator fand kein Ende, und Wolf wollte gerade aufstehen, um ihm auf den Rücken zu klopfen. Die eiligen Schritte Lils hielten ihn zurück; er wußte, ohne hinzuschauen, wer es war. Sie trug ein Kleid aus feinem Tuch, und ihr aufgelöstes Haar hüpfte auf ihren Schultern. Sie hängte sich an Wolfs Hals, kniete sich neben ihn und sprach ihm ins Ohr.

»Warum hast du nicht auf mich gewartet? Ist das etwa mein Ferientag?«

»Ich wollte dich nicht wecken«, sagte Wolf. »Du sahst so müde aus.«

»Ich bin sehr müde«, sagte sie. »Wolltest du heute morgen wirklich Klotz spielen?«

»Ich wollte vor allem ein wenig gehen«, sagte Wolf. »Der Senator ebenfalls, aber er hat unterwegs seine Meinung geändert. Abgesehen davon bin ich bereit, alles zu tun, was du mir vorschlägst.«

»Du bist lieb«, sagte Lil. »Ich wollte dir nämlich gerade sagen, daß ich eine sehr wichtige Besorgung vergessen habe und daß du deshalb ruhig und ohne Gewissensbisse Klotz spielen kannst.«

»Hast du noch zehn Minuten Zeit?« fragte Wolf.

»Es handelt sich um eine Besorgung«, erklärte Lil. »Ich muß, ich habe eine Verabredung.«

»Hast du noch zehn Minuten Zeit?« fragte Wolf.

»Natürlich«, gab Lil zur Antwort. »Armer Senator. Ich wußte, daß er krank werden würde.«

»Nicht krank«, vermochte der Senator hinter seinem Gebüsch zu sagen. »Vergiftet, das ist was anderes.«

»Jawohl«, protestierte Lil. »Sag bloß noch, daß die Küche schlecht war.«

»Die Erde war schlecht«, brummte der Senator und begann wieder zu kläffen.

»Wir werden zusammen spazierengehen, bevor ich weg muß«, sagte Lil. »Wo gehen wir hin?«

»Wohin wir wollen«, sagte Wolf.

Er stand gleichzeitig mit Lil auf und ließ seine Stöcke in den kleinen Wagen fallen.«

»Ich komme gleich zurück«, sagte er zum Senator. »Laß dir Zeit und überanstrenge dich nicht.«

»Keine Gefahr«, sagte der Senator. »Mein Gott! Mir zittern ganz abscheulich die Beine.«

Sie gingen in der Sonne. Große Wiesen schoben sich wie Golfplätze tief in dunkelgrüne Hochwälder. Von weitem schienen die Bäume dicht nebeneinanderzustehen, und man wäre gern einer von ihnen gewesen. Auf dem Boden war es trocken und reisigbedeckt. Sie hatten das Klotz-Gelände links liegen gelassen, ein wenig unterhalb, weil der Boden anstieg. Zwei oder drei Personen klotzten gewissenhaft unter Gebrauch aller Requisiten.

»Um von gestern zu reden«, sagte Wolf, »hast du dich gut amüsiert?«

»Sehr gut«, sagte Lil hüpfend, »ich habe die ganze Zeit über getanzt.«

»Ich habe das gesehen«, sagte Wolf, »mit Lazuli. Ich bin sehr eifersüchtig.«

Sie wandte sich nach rechts, um in den Wald einzudringen. Sie hörten, wie die Grünspechte das Morsestreifenspielchen spielten.

»Und was hast du mit Folavril getan?« fragte Lil im Gegenangriff.

»Im Gras geschlafen«, gab Wolf zur Antwort.

»Küßt sie gut?« fragte Lil.

»Du bist dumm«, sagte Wolf, »ich war nicht einmal auf den Gedanken gekommen.«

Lil lachte und preßte sich an ihn, während sie im gleichen Schritt neben ihm herging, und dies zwang sie zu bedenklichem Hin- und Hergerissensein.

»Ich möchte, daß immer Ferien sind«, sagte sie. »Ich möchte die ganze Zeit über mit dir spazierengehen.«

»Davon wirst du gleich genug haben«, sagte Wolf.»Du siehst doch, schon hast du eine Besorgung zu machen.«

»Das ist nicht wahr«, sagte Lil. »Das ist reiner Zufall. Du ziehst deine Arbeit vor. Du kommst gar nicht aus, ohne zu arbeiten. Das macht dich verrückt.«

»Es ist nicht das Nichtarbeiten, das mich verrückt macht«, sagte Wolf. »Ich bin es natürlich. Nicht richtig verrückt, aber ich fühle mich nicht wohl in meiner Haut.«

»Nicht, wenn du mit Folavril schläfst«, sagte Lil.

»Auch nicht, wenn ich mit dir schlafe«, sagte Wolf. »Aber heute morgen hast du geschlafen, und ich bin lieber weggegangen.«

»Warum?« sagte Lil.

»Andernfalls«, sagte Wolf, »hätte ich dich wach gemacht.«

»Warum?« wiederholte Lil unschuldig.

»Darum«, sagte Wolf und tat das, was er sagte, und sie lagen nun ausgestreckt im Gras des Waldes.

»Nicht hier«, sagte Lil, »hier ist alles voller Leute.«

Sie sah überhaupt nicht so aus, als glaube sie an ihre Erklärung.

»Du wirst hinterher nicht mehr Klotz spielen können«, sagte sie.

»Ich mag dieses Spiel auch«, flüsterte ihr Wolf ins Ohr, ein übrigens eßbares Ohr.

»Ich möchte, daß du immer Urlaub hast«, seufzte Lil fast glücklich.

Dann völlig glücklich, mit verschiedenen Seufzern und einer gewissen Aktivität.

Sie öffnete wieder die Augen.

»Ich mag das sehr, sehr …«, schloß sie.

Wolf küßte sie sanft auf die Wimpern, um die Unannehmlichkeit einer auch nur örtlichen Trennung zu mildern.

»Was ist denn das für eine Besorgung, die du da zu machen hast?« fragte er.

»Es ist eine Besorgung«, sagte Lil. »Komm schnell … Sonst komme ich zu spät.«

Sie stand auf, nahm ihn bei der Hand. Sie liefen bis zu dem kleinen Wagen. Senator Dupont lag zerschlagen, alle viere von sich streckend, auf den Kieselsteinen und trielte vor sich hin.

»Steh auf, Senator«, sagte Wolf. »Wir gehen Klotz spielen.«

»Auf Wiedersehen«, sagte Lil. »Komm früh zurück.«
»Und du?« sagte Wolf.
»Ich werde da sein!« rief Lil und machte sich davon.

# SIEBTES KAPITEL

»Hmmm … ein hübscher Schlag!« urteilte der Senator.

Die Kugel war gerade sehr hoch in die Lüfte gestiegen, und die rote Rauchspur, die sie gezogen hatte, dauerte fort. Wolf ließ seinen Stock zurückfallen, und sie setzten ihren Gang fort.

»Ja«, sagte Wolf gleichgültig, »ich mache Fortschritte. Wenn ich üben könnte …«

»Niemand hindert Sie daran«, sagte Senator Dupont.

»Auf jeden Fall«, gab Wolf zur Antwort, »wird es immer Leute geben, die besser spielen werden als ich. Also? Wozu?«

»Das macht nichts«, sagte der Senator. »Es ist ein Spiel.«

»Eben«, sagte Wolf, »weil es ein Spiel ist, muß man der erste sein. Andernfalls ist es dumm, und das ist alles. Oh! Und außerdem spiele ich schon seit fünfzehn Jahren Klotz … du kannst dir wohl denken, wie mich das noch reizt …«

Das Wägelchen schwankte hinter dem Senator her und nutzte ein leichtes Gefälle aus, um ihn heimtückisch in den Hintern zu stoßen. Der Senator beklagte sich.

»So eine Folter!« wimmerte er. »In spätestens einer Stunde habe ich kein einziges Haar mehr am Arsch! …«

»Sei nicht so zimperlich«, sagte Wolf.

»Immerhin«, sagte der Senator, »in meinem Alter! Das ist demütigend!«

»Es tut dir gut, ein wenig herumzulaufen«, sagte Wolf, »glaub' mir.«

»Wie kann mir etwas guttun, das mich zu Tode langweilt.«

»Alles ist langweilig«, sagte Wolf, »und trotzdem tut man die Dinge …«

»Ach Sie!« sagte der Senator. »Nur weil nichts Sie amüsiert, glauben Sie, jeder sei von allem angewidert.«

»Gut«, sagte Wolf, »worauf hast du im Augenblick Lust?«

»Wenn man Ihnen die gleiche Frage stellen würde«, brummte der Senator, »würde es Ihnen sehr schwer fallen, darauf zu antworten, wie?«

Tatsächlich antwortete Wolf nicht sofort. Er schwang seinen Stock hin und her und vergnügte sich damit, die Stiele grimassenschneidender Blumen zu köpfen, die hier und da auf dem Klotz-Gelände wuchsen. Aus jedem geköpften Stiel trat ein klebriger Strahl schwarzen Saftes, der sich zu einem kleinen schwarzen Ballon mit Goldmonogramm aufblähte.

»Es würde mir gar nicht schwerfallen«, sagte Wolf. »Ich würde dir ganz einfach sagen, daß ich auf gar nichts mehr Lust habe.«

»Das ist neu«, höhnte der Senator, »und die Maschine?«

»Das wäre eher eine hoffnungslose Lösung«, spottete Wolf seinerseits.

»Aber, aber«, sagte der Senator, »Sie haben noch nicht alles versucht.«

»Das stimmt«, sagte Wolf. »Noch nicht. Aber das kommt noch. Ich muß zuerst einmal eine klare Vorstellung von den Dingen haben. Aber damit weiß ich immer noch nicht, worauf du Lust hast.«

Der Senator wurde ernst.

»Werden Sie sich auch nicht über mich lustig machen?« fragte er.

Die Winkel seiner Schnauze waren feucht und bebten.

»Unter keinen Umständen«, sagte Wolf. »Wenn ich wüßte, daß jemand wirklich Lust auf etwas hat, würde das meine Stimmung heben.«

»Seit ich drei Monate alt bin«, sagte der Senator in vertraulichem Ton, »hätte ich gern ein Ouapiti.«

»Ein Ouapiti«, wiederholte Wolf abwesend.

Und sogleich sagte er noch einmal:

»Ein Ouapiti! …«

Der Senator faßte wieder Mut. Seine Stimme wurde fester.

»Das«, erklärte er, »ist wenigstens eine klare, genau definierte Lust. Ein Ouapiti ist grün, es hat pikante Rundungen und macht plumps, wenn man es ins Wasser wirft. Das heißt … für mich … ist ein Ouapiti so.«

»Und das willst du?«

»Ja«, sagte der Senator stolz. »Und ich habe ein Ziel im Leben, und ich bin glücklich so. Ich meine, ich wäre glücklich ohne diese Schweinerei von Wägelchen.«

Wolf machte schnüffelnd ein paar Schritte und hörte auf, die Blumen zu köpfen. Er blieb stehen.

»Gut«, sagte er. »Ich werde dich von dem Wagen losmachen, und wir werden ein Ouapiti suchen gehen. Du wirst sehen, ob das auch nur das mindeste ändert, wenn man hat, was man will.«

Der Senator blieb stehen und wieherte vor Ergriffenheit.

»Was?« sagte er. »Das würden Sie tun?«

»Ich sage es dir doch …«

»Wirklich?« keuchte der Senator. »Sie dürfen einem müden alten Hund nicht einfach solche Hoffnungen machen.«

»Du hast das Glück, daß du Lust auf etwas hast«, sagte Wolf, »ich werde dir helfen, das ist ganz normal …«

»Meine Fresse!« sagte der Senator, »das nennt man im Katechismus amüsante Metaphysik.«

Zum zweiten Mal bückte sich Wolf und befreite den Senator. Er behielt einen Klotz-Stock und ließ die andern im Wagen. Niemand würde sich daran vergreifen, denn der Moral-Kodex des Klotz-Spiels ist besonders streng.

»Auf geht's«, sagte er. »Für den Ouapiti muß man gebückt und Richtung Osten gehen.«

»Selbst wenn Sie sich bücken«, sagte Dupont, »werden Sie immer noch größer sein als ich. Also laufe ich aufrecht weiter.«

Sie brachen auf, wobei sie vorsichtig den Boden beschnüffelten. Der Wind bewegte den Himmel, dessen silbriger, schwankender Bauch sich manchmal herabließ, um die blauen Dolden der Maihaferdistel zu liebkosen, die noch blühten und deren gepfefferter Geruch in der warmen Luft zitterte.

## ACHTES KAPITEL

Lil beeilte sich, nachdem sie Wolf verlassen hatte. Ein kleiner blauer Frosch begann vor ihr herzuhüpfen. Ein Laubfrosch ohne Komplementärpigment. Er war in Richtung zum Haus unterwegs und schlug Lil um zwei Sprünge. Der Laubfrosch setzte seinen Weg fort, doch Lil lief schnell die Treppe hinauf, um sich vor ihrem Frisierspiegel wieder zurechtzumachen. Tusche auf die Wimpern, mit der Bürste dort und da, Elixier für die Wangen, die Borsten geborstet, Nagellack, und es war getan. Nicht mehr als eine Stunde. Laufend sagte sie dem Dienstmädchen auf Wiedersehen, und draußen war sie. Durchquerte das Karree und trat durch eine kleine Tür auf die Straße.

Die Straße brach vor Langeweile in lange, originelle Spalten auf, der Versuch einer Ablenkung.

Auf dem Grund gewundener Schattenwellen leuchteten Steine in lebhaften Farben, ungewisse Glanzlichter, Lichtflecken, die je nach den Bewegungen des Bodens erloschen. Der Schimmer eines Opals und dann einer von diesen Bergkristallen, die Goldstaub versprühen, wenn man sie ergreifen will, wie Tintenfische, der knirschende Blitz eines ungeschliffenen Smaragds und plötzlich die zarten Streifen einer Kolonie getönter Berylle. Mit kleinen Schritten dachte Lil über die Fragen nach, die sie stellen würde. Und ihr Kleid folgte ihren Beinen, gefällig, eher geschmeichelt.

Es kamen Häuser, zuerst kaum gewachsene, dann große, und es war eine richtige Straße mit Wohnhäusern und Verkehr. An drei Querstraßen vorüber, nach rechts abbiegen; die Unkerin wohnte in einer hohen, auf drei großen krampfadrigen Beinen stehenden Hütte mit einer ganz gewundenen Treppe, an deren Geländer unappetitliche Lumpen hingen, die örtlich, so gut es ging, zur Verschönerung beitrugen. Ein Duft nach Curry, Knoblauch und Pumpernickel hing in der Luft, ab der fünften Stufe nuanciert mit Kohl und sehr altem Fisch. Oben auf der Treppe empfing ein Rabe mit einem durch extrastarkes Wasserstoffperoxyd frühzeitig weiß gewordenen Kopf die Besucher, indem er ihnen eine krepierte Ratte, die er vorsichtig am Schwanze hielt, entgegenstreckte. Die Ratte hielt lange, denn die Eingeweihten lehnten das Geschenk ab, und die andern kamen nicht.

Lil lächelte dem Raben huldvoll zu und schlug mit dem Empfangshammer, der, bitte schön, an einem Strick hing, dreimal gegen die Tür.

»Herein!« sagte die Unkerin, die gerade hinter ihr die Treppe heraufgekommen war.

Lil trat ein, hinter ihr folgte die Spezialistin. In ihrer Hütte stand das Wasser einen Meter hoch, und man bewegte sich auf Schwimmkissen, um das Bohnerwachs nicht zu ramponieren. Lil schob sich vorsichtig bis zu dem abgenutzten Ripssessel, der den Besuchern vorbehalten war, während die Unkerin mit einer rostigen Eisenpfanne fieberhaft das Wasser zum Fenster hinaus entleerte. Als alles einigermaßen trocken war, setzte sie sich ebenfalls an ihren Unktisch, auf dem ein Inhalierapparat aus synthetischem Glas stand. Unter dem Inhalierapparat war ein großer beigefarbener Schmetterling, leblos, von dem Gewicht des Inhalierapparats auf die verschossene Tischdecke genagelt.

Die Unkerin hob das Instrument hoch, und mit gespitzten Lippen blies sie auf den Schmetterling. Dann legte sie ihren Apparat zu ihrer Linken und zog aus ihrem Mieder ein Kartenspiel, das von dampfendem Schweiß triefte.

»Soll ich Ihnen die ganze Leier runterrasseln?« fragte sie.

»Ich habe nicht viel Zeit«, sagte Lil.

»Dann nur die halbe Leier und den Kaffeesatz?« schlug die Unkerin vor.

»Ja, den Kaffeesatz auch«, sagte Lil.

Der Schmetterling begann sachte zu zucken. Und er stieß einen leichten Seufzer aus. Das Tarockpäckchen strömte einen Geruch nach Menagerie aus. Die Unkerin breitete schnell die sechs ersten Karten auf dem Tisch aus. Sie roch heftig.

»Teufel, Teufel«, sagte sie. »Ich errieche nicht viel in Ihrem Spiel. Spucken Sie auf den Boden, hier, und stellen Sie den Fuß drauf.«

Lil gehorchte.

»Nehmen Sie Ihren Fuß jetzt weg.«

Lil nahm ihren Fuß weg, und die Unkerin brannte ein kleines bengalisches Feuer ab. Das Zimmer füllte sich mit leuchtendem Rauch und einem Duft nach grünem Puder.

»So ist es gut, so ist es gut«, sagte die Unkerin. »Jetzt kann man hier freier wittern. Gut, ich unkrieche für Sie Nachrichten von jemandem, den Sie mögen. Und außerdem Geld. Keine große Summe. Aber immerhin etwas Geld. Natürlich nichts Außergewöhnliches. Wenn man die Dinge objektiv betrachtet, könnte man fast sagen, daß sich Ihre Situation finanziell nicht ändert. Warten Sie.«

Sie breitete über die ersten sechs neue Karten aus.

»Aha!« sagte sie. »Genau, was ich Ihnen sagte. Sie werden gezwungen sein, eine Kleinigkeit auszugeben. Der Brief hingegen, das betrifft Sie ganz nahe. Vielleicht Ihr Mann. Das läuft darauf hinaus, daß er mit Ihnen reden wird, weil es natürlich sehr lächerlich von Ihrem Mann wäre, wenn er Ihnen einen Brief schriebe. Machen wir weiter. Wählen Sie eine Karte.«

Lil nahm die erstbeste, die fünfte im vorliegenden Falle.

»Halten Sie sich fest!« sagte die Unkerin. »Hier ist doch tatsächlich die genaue Bestätigung dessen, was ich Ihnen angekündigt habe! Ein großes Glück für eine Person aus

Ihrem Haus. Sie wird das finden, was sie seit sehr langem gesucht hat, nachdem sie krank geworden ist.«

Lil dachte, daß Wolf recht gehabt hatte, die Maschine zu konstruieren, und daß seine Mühen endlich belohnt werden würden, aber Vorsicht mit der Leber.

»Ist das wahr?« fragte sie.

»Wahrhafter und offizieller geht es nicht mehr«, sagte die Unkerin, »die Düfte lügen nie.«

»Ich weiß«, sagte Lil.

In diesem Augenblick schlug der wassserstoffperoxydierte Rabe mit dem Schnabel an die Tür und ahmte dabei das Lied des ungeordneten Aufbruchs nach.

»Ich muß mich beeilen«, sagte die Unkerin. »Bestehen Sie wirklich auf dem Kaffeesatz?«

»Nein«, sagte Lil. »Es genügt mir, daß ich weiß, daß mein Mann endlich das bekommt, was er sucht. Was schulde ich Ihnen, Madame?«

»Zwölf Penunzen«, sagte die Unkerin.

Der große beigefarbene Schmetterling bewegte sich immer heftiger. Plötzlich erhob er sich in einem schweren, ungewissen Flug in die Lüfte, wie eine sehr entkräftete Fledermaus. Lil wich zurück. Sie hatte Angst.

»Das hat nichts zu bedeuten«, sagte die Unkerin.

Sie zog ihre Schublade auf und ergriff einen Revolver. Ohne aufzustehen, zielte sie auf das Samttier und schoß. Man hörte ein sehr unangenehmes Krachen. Der Schmetterling, mitten in den Kopf getroffen, faltete seine Flügel über dem Herzen und stürzte leblos herab. Auf dem Boden gab es ein schlaffes Geräusch. Ein Puder von seidigen Schuppen stieg hoch. Lil stieß die Tür auf und ging hinaus. Höflich sagte der Rabe auf Wiedersehen zu ihr. Eine andere Person wartete. Ein kleines, mageres Mädchen mit schwarzen, unruhigen Augen, das in seiner schmutzigen Hand ein Geldstück preßte. Lil ging die Treppe hinunter. Das kleine Mädchen zögerte und folgte ihr.

»Verzeihung, Madame«, sagte es. »Sagt sie die Wahrheit?«

»Aber nein«, sagte Lil, »sie sagt die Zukunft. Das ist nicht dasselbe, wissen Sie.«

»Kann man Vertrauen haben?« fragte das kleine Mädchen.

»Manchmal kann man Vertrauen haben«, sagte Lil.

»Der Rabe macht mir angst«, sagte das kleine Mädchen. »Diese krepierte Ratte stinkt furchtbar. Ich mag Ratten überhaupt nicht.«

»Ich auch nicht«, sagte Lil. »Aber sie ist eine Unkerin, die nicht übertrieben viel verlangt … Sie kann sich keine krepierten Eidechsen leisten, wie die Unkerin der Hautevolee.«

»Dann gehe ich zu ihr zurück, Madame«, sagte das kleine Mädchen. »Danke schön, Madame.«

»Auf Wiedersehen«, sagte Lil.

Das kleine Mädchen lief schnell die gepeinigten Stufen hinauf. Lil beeilte sich, wieder nach Hause zu kommen, und auf dem ganzen Weg warfen gekräuselte Karfunkeln einen Lichtschimmer auf ihre hübschen Beine, während der Tag begann, sich mit den Amberstreifen und dem schrillen Zirpen der Abenddämmerung zu schmücken.

# *NEUNTES KAPITEL*

Senator Dupont beschleunigte seinen Schritt, denn Wolf ging schnell; und wenn der Senator vier Beine hatte, so waren die Wolfs zwar zweimal kleiner an Zahl, aber dafür jedes dreimal länger; daher sah sich der Senator auch gezwungen, von Zeit zu Zeit die Zunge herauszustrecken und wumm! wumm! zu machen, um seine Müdigkeit zum Ausdruck zu bringen.

Jetzt war der Boden steinig und bedeckt mit einem harten Moos voller kleiner Blüten wie duftende Wachskugeln. Insekten flogen zwischen den Stielen umher, rissen die Blumen mit dem Unterkiefer auf, um den Likör aus dem Innern zu trinken. Der Senator verschlang unaufhörlich knusprige Tierchen und zuckte jedesmal zusammen. Wolf machte große Schritte, in der Hand seinen Klotz-Schläger, und seine Augen suchten die Umgebung mit der gleichen Sorgfalt ab, die sie aufgewendet hätten, um das Kalevala im Original zu lesen. Er vermischte das, was er von den Dingen sah, bereits in seinem Kopf, wobei er suchte, an welche Stelle das hübsche Gesicht Lils am besten hinpasse. Ein- oder zweimal versuchte er sogar, der Landschaft das Bild Folavrils einzuverleiben, aber nur eine halbformulierte Scham ließ ihn diese Montage ausschneiden. Als er sich anstrengte, gelang es ihm, sich auf die Idee mit dem Ouapiti zu konzentrieren.

An verschiedenen Anzeichen, wie etwa spiralenförmiger Kot und schlecht verdaute Schreibmaschinenfarbbänder, erkannte er übrigens die Nähe des Tieres und befahl dem Senator, der höchst aufgeregt war, seine Ruhe zu bewahren.

»Werden wir eins finden?« schnaufte Dupont.

»Natürlich«, gab Wolf leise zur Antwort. »Und jetzt keine Dummheiten. Beide auf den Bauch.«

Er preßte sich an den Boden und rückte im Zeitlupentempo vor. Der Senator brummte: »Das kratzt mich zwischen den Schenkeln«, aber Wolf verordnete ihm Schweigen. In drei Metern Entfernung entdeckte er plötzlich, was er suchte: einen zu Dreiviertel vergrabenen dicken Stein, der oben von einem kleinen, vollkommen viereckigen Loch durchbohrt war, das sich in seine Richtung öffnete. Er erreichte den Stein, packte seinen Schläger und schlug damit dreimal drauf.

»Beim vierten Zeitzeichen ist es genau die richtige Uhrzeit! ...«, sagte er und ahmte die Stimme des Herrn nach.

Er gab das vierte Zeitzeichen. In der gleichen Sekunde kam das erschrockene Ouapiti mit großen Verrenkungen aus dem Loch heraus.

»Gnade, Euer Gnaden!« wimmerte es. »Ich werde die Diamanten herausgeben. Mein Wort als Edelmann! ... Ich habe nichts getan! ... Glauben Sie mir ...«

Sich die Lefzen leckend, sahen ihn die vor Begehrlichkeit funkelnden Augen von Senator Dupont an, wenn man so sagen kann. Wolf setzte sich und musterte das Ouapiti.

»Ich habe dich reingelegt«, sagte er. »Es ist erst halb sechs. Du wirst mit uns kommen.«

»Quatsch mit Sauce«, protestierte das Ouapiti. »Das geht unter keinen Umständen. Das gehört nicht zum Spiel.«

»Wenn es zwanzig Uhr zwölf gewesen wäre«, sagte Wolf, »und wir dagewesen wären, wärst du sowieso dran gewesen.«

»Sie machen sich zunutze, daß ein Vorfahre sich versündigt hat«, sagte das Ouapiti. »Das ist feige. Sie wissen genau, daß wir von einer schrecklichen Zeitempfindlichkeit sind.«

»Das ist kein Grund, auf den du dich berufen kannst«, sagte Wolf, um ihn durch eine adäquate Sprache zu beeindrucken.

»Gut, ich komme mit«, sagte das Ouapiti. »Aber halten Sie dieses Vieh mit dem scheelen Blick, das mich augenblicklich zerquetschen zu wollen scheint, auf Distanz.«

Der struppige Schnurrbart des Senators begann herabzuhängen.

»Aber …«, stammelte er. »Ich bin mit den besten Absichten von der Welt gekommen …«

»Was liegt mir an der Welt!« sagte das Ouapiti.

»Willst du endlose Reden halten?« fragte Wolf.

»Ich bin Ihr Gefangener, Monsieur«, sagte das Ouapiti, »und ich vertraue mich Ihrem Wohlwollen an.«

»Bestens«, sagte Wolf. »Dann drück dem Senator die Hand und komm.«

Ganz aufgeregt hielt Senator Dupont dem Ouapiti schnüffelnd seine dicke Pfote hin.

»Darf ich auf den Rücken des Herrn steigen«, schlug das Ouapiti vor und zeigte auf den Senator.

Letzterer stimmte zu, und das Ouapiti machte es sich hochzufrieden auf seinem Rücken bequem. Wolf setzte sich in umgekehrter Richtung wieder in Gang. Erschüttert und entzückt folgte ihm der Senator. Endlich nahm sein Ideal Gestalt an … es hatte sich verwirklicht … Eine gesalbte Heiterkeit erfüllte seine Seele, und er spürte seine Füße nicht mehr.

Wolf ging traurig dahin.

## *ZEHNTES KAPITEL*

Die Maschine hatte das fadenförmige Aussehen eines von weitem gesehenen Spinnennetzes. Stehend überwachte Lazuli das Funktionieren, das seit dem Vortag normal verlaufen war. Er inspizierte das heikle Räderwerk des Motors. Ganz nahe dabei, im kahlgeschorenen Gras liegend, träumte Folavril vor sich hin, eine Nelke zwischen den Lippen. Um die Maschine herum zitterte die Erde ein wenig, aber es war nicht unangenehm.

Lazuli richtete sich wieder auf und betrachtete seine ölverschmierten Hände. Mit diesen Händen konnte er sich Folavril nicht nähern. Er öffnete einen Blechschrank, nahm eine Handvoll Putzwolle und entfernte das Gröbste. Dann bestrich er sich die Finger mit Mineralseife und rieb. Die Körner des Bimssteins wirkten rauh auf seinen Handflächen. In einem verbeulten Eimer spülte er nach. Unter jedem Fingernagel blieb ein blauer Streifen Schmierfett zurück; abgesehen davon war alles sauber. Er schloß den Schrank wieder ab und drehte sich um. Folavril ließ sich anschauen, groß und schlank, mit ihren langen, gelben, über der Stirn spitz zulaufenden Haaren, ihrem runden, fast eigensinnigen Kinn und ihren Ohren, die fein waren wie Lagunenperlmutt. Ihr Mund mit den dicken, fast gleichen Lippen; ihre Brüste spannten das Vorderteil ihres gelben, zu kurzen Pullovers, der bis über die Hüften hochrutschte und braungebrannte Haut entblößte. Lazuli folgte der erregenden Linie ihres Körpers. Er hatte sich gerade neben sie gesetzt und beugte sich herüber, um sie zu küssen. Und dann zuckte er zusammen, und mit einem Schlag stand er wieder. Neben ihm war ein Mann, der ihn ansah. Lazuli wich zurück und lehnte sich an das Metallgerippe; seine Finger umklammerten die Kälte des Metalls; er sah nun ebenfalls den Mann starr an; der Motor vibrierte in seinen Händen und verlieh ihm seine Stärke. Der Mann bewegte sich nicht, wurde vernebelt, schmolz schließlich dahin, er schien sich in der Luft aufzulösen, und man sah nichts mehr.

Lazuli wischte sich die Stirn ab. Folavril hatte nichts gesagt, sie wartete, nicht einmal erstaunt.

»Was will er von mir?« schimpfte Lazuli wie zu sich selber. »Jedesmal, wenn wir zusammen sind, ist er da.«

»Du hast zuviel gearbeitet«, sagte Folavril, »und du bist noch müde von der letzten Nacht. Du hast die ganze Zeit über getanzt.«

»Während du weg warst«, sagte Lazuli.

»Ich war nicht weit weg«, sagte Folavril, »ich habe mich mit Wolf unterhalten. Komm zu mir. Beruhige dich. Du mußt dich ausruhen.«

»Das will ich gern«, sagte Lazuli.

Er fuhr sich mit der Hand über die Stirn.

»Aber da ist ständig dieser Mann.«

»Ich versichere dir, daß niemand da ist«, sagte Folavril. »Warum sollte ich denn nie etwas sehen?«

»Du schaust ja auch nie nach etwas hin ...«, sagte Lazuli.

»Nie nach etwas, das mich langweilt«, sagte Folavril.

Lazuli ging wieder zu ihr und setzte sich neben sie, ohne sie zu berühren.

»Du bist schön«, murmelte er, »schön wie ... wie eine japanische Laterne ... die brennt.«

»Sag keinen Blödsinn«, protestierte Folavril.

»Ich kann nicht zu dir sagen, daß du schön bist wie der Tag«, sagte Lazuli, »das kommt nämlich auf die Tage an. Aber eine japanische Laterne, die ist immer hübsch.«

»Das ist mir völlig egal, ob ich häßlich bin oder schön«, sagte Folavril. »Ich muß eben nur den Leuten gefallen, die mich interessieren.«

»Du gefällst allen«, sagte Lazuli. »Deshalb kann man die mit Sicherheit dazurechnen.«

Von ganz nahem hatte sie winzige Sommersprossen und an den Schläfen goldene Glasfäden.

»Denk nicht an all das Zeug«, sagte Folavril, »denk an mich, wenn ich da bin, und erzähl mir Geschichten.«

»Was für Geschichten?« fragte Lazuli.

»Oh! dann eben keine Geschichten«, sagte Folavril, »willst du mir lieber Lieder vorsingen?«

»Wozu das alles?« sagte Lazuli. »Ich will dich in meine Arme nehmen und den Himbeergeschmack deines Lippenstiftes schmecken.«

»Ja«, murmelte Folavril, »das ist sehr gut, das ist besser als die Geschichten ...«

Folavril ließ alles mit sich machen und machte auch.

»Folavril ...«, sagte Lazuli.

»Saphir ...«, sagte Folavril.

Und dann begannen sie, sich wieder zu küssen. Der Abend fiel herein. Er sah sie und machte kurz vor ihnen halt, um sie nicht zu verwirren. Er würde lieber Wolf begleiten, der in diesem Augenblick nach Hause ging. Eine Stunde später war alles dunkel, außer in einem Sonnenkreis, der zurückblieb und in dem sich Folavrils geschlossene Augen und Lazulis Küsse befanden, durch einen Dampf hindurch, der von ihren Körpern kam.

## ELFTES KAPITEL

Halb bewußt unternahm Wolf eine letzte Anstrengung, das Läuten seines Weckers abzustellen, aber klebrig rutschte ihm das Ding aus der Hand und kuschelte sich in eine Ecke des Nachttisches, wo es keuchend und wütend weiterrasselte, bis es völlig erschöpft war. Darauf entspannte sich Wolfs Körper in der viereckigen, mit weißen Pelzstücken gefüllten Senke, in der er ruhte. Er öffnete einen Spalt die Augen, und die Wände des Zimmers schwankten, stürzten auf den Fußboden und wirbelten beim Fallen große Wellen weichen Teigs auf. Und dann gab es übereinandergelagerte Membranen, die dem Meer glichen ... in der Mitte, auf einer unbeweglichen Insel, drang Wolf langsam ins Dunkel ein, zwischen dem Geräusch des Windes, der große kahle Räume durchfegte, ein Geräusch, das nie aussetzte. Die Membranen zuckten wie durchsichtige Flossen; von der unsichtbaren Decke fielen Ätherschwaden herab, breiteten sich um seinen Kopf herum aus. Mit der Luft vermischt, fühlte sich Wolf durchdrungen, durchtränkt von dem, was ihn umgab; und plötzlich gab es einen grünen, bitteren Geruch, den Geruch der brennenden Herzen der Königinnen-Margeriten, während der Wind sich beruhigte.

Wolf öffnete die Augen wieder. Alles war still. Er machte eine Anstrengung, und dann stand er da mit seinen Socken. Das Sonnenlicht strömte ins Zimmer. Aber Wolf fühlte sich immer noch unwohl in seiner Haut; um sich wohler zu fühlen, nahm er ein Stück Pergament, bunte Kreide und machte sich eine Zeichnung, die er betrachtete; aber die Kreide zerfiel vor seinen Augen zu Staub: auf dem Pergament blieben nur noch einige undurchsichtige Winkel, einige dunkle Lücken zurück, deren allgemeines Aussehen erinnerte ihn an einen Totenkopf, der seit langem tot war. Entmutigt ließ er seine Zeichnung fallen und ging zu dem Stuhl, auf dem zusammengefaltet seine Hose lag. Er schwankte, als ob der Boden sich unter seine Füßen zurückgezogen hätte. Der Geruch der Königinnen-Margeriten war nicht mehr so deutlich; ein süßliches Aroma mischte sich jetzt darunter, der Duft des Pfeifenstrauchs im Sommer, mit den Bienen. Eine etwas widerliche Zusammenstellung. Er mußte sich beeilen. Es war der Tag der Einweihung, und die Stadträte würden warten. Schnell machte er sich an seine Toilette.

## *ZWÖLFTES KAPITEL*

Er war trotzdem einige Minuten vor ihnen da, und er nutzte das aus, um die Maschine nachzusehen. Es blieben noch Dutzende von Elementen im Graben zurück, und der Motor, von Lazuli sorgfältig überprüft, drehte sich. Nichts anderes zu tun, als zu warten. Er wartete.

Der Boden, leicht, trug noch den Abdruck von Folavrils elegantem Körper, und die Nelke, die sie zwischen den Lippen gehalten hatte, lag da, schäumend und gezackt, durch tausend unsichtbare Bande schon der Erde verbunden, weiße Spinnenfäden. Wolf bückte sich, um sie aufzuheben, und der Geschmack der Nelke überraschte und betäubte ihn. Er verfehlte sie. Die Nelke erlosch, und ihre Farbe verschmolz mit der des Bodens. Wolf lächelte. Wenn er sie da liegenließe, würden die Stadträte sie zertreten. Seine Hand irrte über den Boden und stieß auf den dürren Stiel. Als sie sich gepackt fühlte, bekam die Nelke wieder ihre natürliche Farbe. Vorsichtig brach Wolf eine der knotigen Beulen ab und steckte sie an seinen Kragen. Er atmete sie ein, ohne den Kopf zu neigen.

Hinter der Mauer des Karrees gab es ein unbestimmbares Musikgeräusch, das Geschmetter bretonischer Dudelsäcke und laute, dumpfe Schläge von Pauken; dann stürzte unter dem Druck des städtischen Mauereinbrechers, gesteuert von einem bärtigen Amtsdiener im schwarzen Frack mit Goldkette, ein Stück der Backsteinwand ein. Durch die Einbruchstelle kamen die ersten Vertreter der Menge herein, die sich respektvoll auf beiden Seiten aufstellten. Die Musik erschien bauschig und volltönend, Töff, Töff und Tsching. Die Chorsänger würden loskreischen, sobald sie in Stimmweite wären. Ein grün angestrichener Tambourmajor marschierte voraus, wobei er eine

Zwergtrappe hin- und herbewegte, mit der er ohne Hoffnung die Sonne anzielte. Er machte ein großes Zeichen, gefolgt von einem doppelten Salto mortale, und die Chorsänger begannen mit der Hymne:

Der Bürgermeister selbst
Und Töff und Töff und Tsching
Aus dieser schönen Stadt
Und Töff und Töff und Tsching
Kommt heut zu Ihnen her
Und Töff und Töff und Tsching
Um Sie ganz schlicht zu fragen
Und Töff und Töff und Tsching
Ob Sie die Absicht haben
Und Töff und Töff und Tsching
All Ihre alten Steuern
Und Töff und Töff und Tsching
In Kürze zu bezahlen
Und Töff und Töff und Tsching und Tsching und Tikotikoto.

Das Tikotikoto wurde erzeugt durch das Aufeinanderprallen von Metallstücken in Form einer Kokosnuß auf einen Titito, der sie teilweise angestoßen hatte. Das Ganze bildete einen sehr alten Marsch, der ein wenig ins Blaue hinein gespielt wurde, denn seit langem schon bezahlte niemand mehr seine Steuern; doch man konnte die Musikkapelle nicht daran hindern, die einzige Melodie zu spielen, die sie kannte.

Der Bürgermeister tauchte hinter der Musik auf, sein Hörrohr in der Hand haltend, in das er eine Socke zu stopfen sich bemühte, um diesen furchtbaren Krach nicht zu hören. Seine Frau, eine sehr dicke, ganz rote und ganz nackte Person, zeigte sich dann auf einem Wagen, mit einer Reklametafel für den größten Käsehändler der Stadt, der eine Menge Geschichten über die Stadtverwaltung wußte und sie zwang, allen seinen Launen nachzugeben.

Sie hatte dicke Brüste, die ihr wegen der schlechten Federung des Wagens, aber auch, weil der Sohn des Käsehändlers Pflastersteine unter die Räder legte, auf den Bauch klatschten.

Hinter dem Wagen des Käsehändlers kam der des Haushaltswarenhändlers, der nicht wie sein Rivale mit politischer Unterstützung rechnen konnte und sich mit einem großen, prächtigen Tragebett begnügen mußte, in dem das Rosenmädchen sich von einem dicken Affen kampfunfähig machen ließ. Die Miete für den Affen war sehr hoch, und das Ergebnis war gar nicht so toll, da das Rosenmädchen seit zehn Minuten ohnmächtig war und nicht mehr schrie; während die Frau des Bürgermeisters gerade violett wurde und immerhin viele sehr schlecht gekämmte Haare hatte.

Dann kam der Wagen des Babyhändlers, angetrieben von einer Batterie Düsenschnuller; ein Babychor skandierte ein altes Trinklied.

Damit hörte der Zug auf, denn die Züge amüsieren niemanden; und der vierte Wagen, auf dem sich die Sargverkäufer niedergelassen hatten, war kurz zuvor ausgefallen, weil der Fahrer gestorben war, ohne die Beichte abzulegen.

Wolf, von der Blaskapelle halb betäubt, sah die Offiziellen auf sich zukommen, eingerahmt von den Männern der Wache, die mit großen, heimtückischen Flinten bewaffnet waren. Er empfing sie, wie er mußte, und währenddessen errichteten Spezialisten innerhalb weniger Minuten ein kleines Holzpodium mit Stufen, auf dem der Bürgermeister und die Unterbürgermeister Platz nahmen, während die Bürgermeisterin weiterhin auf ihrem Wagen herumtobte. Der Käsehändler nahm ihren offiziellen Platz ein.

Es gab einen großen Trommelwirbel, in dessen Verlauf der Pfeiffer verrückt wurde und wie eine Rakete in die

Luft ging, wobei er sich mit beiden Händen die Ohren zuhielt; alle Augen folgten seiner Bahn, und jeder zog den Hals ein, als er, mit dem Kopf voraus und dem Geräusch einer Schnecke, die Selbstmord begeht, wieder herunterfiel. Danach atmete man auf, und der Bürgermeister erhob sich.

Die Blaskapelle war verstummt. Dichter Staub stieg in den vom Rauch der sonntäglichen Drogenzigaretten gebläuten Himmel, und es roch nach Menge, bei all den Füßen, die dieses Wort impliziert. Einige Eltern hatten sich von dem Flehen ihrer Kinder rühren lassen und sie auf ihre Schultern gesetzt, doch sie hielten sie mit dem Arsch nach oben und dem Kopf nach unten, um sie nicht allzusehr in ihrer Neigung zur Gafferei zu bestärken.

Der Bürgermeister hüstelte in sein Hörrohr und ergriff das Wort am Hals, um es zu erwürgen, doch es hielt stand.

»Meine Herren«, sagte er, »und liebe Geschaftlhuber. Ich werde nicht auf die Feierlichkeit dieses Tages zurückkommen, der nicht reiner ist als der Grund meines Herzens, denn Sie wissen genausogut wie ich, daß zum ersten Mal, seit eine stabile und unabhängige Demokratie an die Macht gekommen ist, zweideutige politische Machenschaften und gemeine Demagogie, die die vergangenen Jahrzehnte mit Verdächtigungen befleckt haben, hm, Teufel, verdammt schwer zu lesen, dieses Hurenpapier, der Text ist ganz verwischt. Ich möchte noch hinzufügen, daß, wenn ich Ihnen alles sagen würde, was ich weiß, und vor allem über diesen anderen Lügenbold, der behauptet, Käsehändler zu …«

Die Menge klatschte laut Beifall, und der Händler stand nun ebenfalls auf. Er begann, das Original eines großzügigen Schmiergeldes zu verlesen, das dem Stadtrat auf Empfehlung des größten Sklavenhändlers gewährt worden war. Die Blaskapelle setzte ein, um seine Stimme zu übertönen, und die Frau des Bürgermeisters, die ihren Mann durch eine Ablenkung retten wollte, verdoppelte ihre Aktivität. Wolf zeigte ein unbestimmtes Lächeln. Er hörte überhaupt nicht zu. Er war anderswo.

»Mit grämlicher Freude«, fuhr der Bürgermeister fort, »sind wir stolz, heute die bemerkenswerte, von unserem hier anwesenden großen Geschaftlhuber Wolf ersonnene Lösung begrüßen zu dürfen, die dazu bestimmt ist, die Schwierigkeiten, die aus einer Überproduktion von Metall zur Herstellung von Maschinen resultieren, völlig zu eliminieren. Und da ich Ihnen nicht mehr darüber sagen kann, da ich persönlich, wie es üblich ist, überhaupt nicht weiß, worum es da eigentlich geht, in Anbetracht dessen, daß ich ein Offizieller bin, erteile ich der Blaskapelle das Wort, die ein Stück aus ihrem Repertoire spielen wird.«

Gelenkig versetzte der Tambourmajor dem Mond einen Fußtritt, mit einer halbe Tonne dahinter und auf die Sekunde genau, da er den Boden berührte, ließ die Tuba einen Rieseneröffnungston los, der anmutig zu flattern begann. Und dann schlängelten sich die Musiker in die Zwischenräume, und man erkannte die traditionelle Melodie. Da die Menge zu nahe herankam, gaben die Männer von der Wache eine allgemeine Salve ab, die den größten Teil entmutigte, während die Körper der andern in Fetzen zerfielen.

Innerhalb weniger Sekunden war das Karree leer. Zurück blieb Wolf, der Leichnam des Pfeifers, einige fettige Papiere, ein kleines Stück vom Podium. Die Rücken der Männer von der Wache entfernten sich in Reih und Glied, im Gleichschritt, und verschwanden.

Wolf seufzte. Das Fest war vorbei. Hinter der Mauer des Karrees, ganz dort hinten, erriet man noch das Getöse der Blaskapelle, das sich ruckweise entfernte und immer wieder neu auflebte. Der Motor begleitete die Musik mit seinem unerschöpflichen Schnurren.

In der Ferne sah er Lazuli, der zu ihm wollte. Folavril begleitete ihn. Sie verließ ihn, bevor er Wolf erreichte. Beim Gehen neigte sie den Kopf, und in ihrem gelb und schwarz gemusterten Kleid sah sie aus wie ein blonder Salamander.

## *DREIZEHNTES KAPITEL*

Und jetzt waren Wolf und Lazuli wieder allein wie an dem Abend, an dem der Motor angesprungen war. Wolf trug rote Lederhandschuhe und mit Hammelfett gefütterte Lederstiefel. Er hatte einen ausgepolsterten Monteuranzug angezogen sowie einen Sturzhelm, der den oberen Teil seines Gesichtes frei ließ. Er war bereit. Ein wenig bleich sah Lazuli ihn an. Wolf hatte die Augen niedergeschlagen.

»Funktioniert alles?« sagte er, ohne aufzusehen.

»Alles«, sagte Lazuli. »Der Koffer ist leer. Die Elemente wieder an ihrem Platz.«

»Ist es soweit?« fragte Wolf.

»In fünf oder sechs Minuten«, sagte Lazuli. »Werden Sie sich auch halten?«

Sein etwas schroffer Ton rührte Wolf.

»Du brauchst keine Angst zu haben«, sagte er. »Ich werde mich halten.«

»Haben Sie Hoffnung?« fragte Lazuli.

»Die größte seit langem«, sagte Wolf. »Aber ich glaube nicht daran. Es wird wieder genauso ausgehen wie die andern Male.«

»Was ist denn die andern Male passiert?« sagte Lazuli.

»Nichts«, gab Wolf zur Antwort. »Als es vorbei war, blieb nichts mehr davon zurück. Nur die Enttäuschung. Na ja … man kann nicht ständig dicht über dem Erdboden bleiben.«

Lazuli schluckte mühsam.

»Jeder hat seine kleinen Probleme«, sagte er.

Und in Gedanken sah er den Mann wieder, der ihm zuschaute, wie er Folavril küßte.

»Sicher«, sagte Wolf.

Er blickte auf.

»Diesmal«, sagte er, »werde ich es schaffen. Von da drinnen aus kann es nicht das gleiche sein.«

»Es ist trotzdem etwas gewagt«, murmelte Lazuli. »Passen Sie gut auf, die Winde sind sicherlich gefährlich.«

»Es wird schon gehen«, sagte Wolf.

Und ohne Logik fügte er hinzu:

»Du liebst Folavril, sie liebt dich ebenfalls. Nichts kann euch daran hindern.«

»Fast nichts ...«, gab Lazuli wie ein falsches Echo zur Antwort.

»Also?« sagte Wolf.

Er hätte gern eine Leidenschaft erlebt. Zuerst sehen, das würde Klarheit in seine Gedanken bringen. Er machte die Kabinentür auf, setzte einen Fuß ins Innere, und seine behandschuhten Hände verkrampften sich über dem Steuerknüppel. Er spürte in seinen Fingern die Vibrationen des Motors. Er kam sich vor wie eine Spinne in einem Netz, das nicht für sie bestimmt war.

»Es ist soweit«, sagte Lazuli.

Wolf machte ein Zeichen mit dem Kopf, und mechanisch nahm er die Position ein. Die graue Stahltür schlug zu. In dem Kasten begann der Wind zu wehen. Zuerst sanft, dann wurde er fest wie Öl, das in der Kälte steif wird. Ohne Vorwarnung änderte er die Richtung, und als die Luft ihm ins Gesicht schlug, mußte Wolf sich mit seinem ganzen Gewicht festklammern, und er spürte auf dem Gesicht die Kälte des matten Eisens. Um sich nicht zu verausgaben, atmete er in langsamerem Rhythmus. Sein Blut schlug gleichmäßig in seinen Kanälen.

Wolf hatte es noch nicht gewagt, unter sich zu schauen. Er wartete, bis er besser daran gewöhnt war, und zwang sich, die Augen geschlossen zu halten, und zwar immer dann, wenn die Müdigkeit ihn dazu nötigte, den Kopf zu senken. An seinen Hüften hingen zwei mit Talg eingeschmierte Lederriemen, die in Eisenhaken ausliefen, welche er an zwei nahen Ringen befestigte, damit seine Hände sich erholen konnten.

Er keuchte angestrengt, und seine Knie fingen an, ihm weh zu tun. Die Luft wurde leichter, Wolfs Puls ging schneller, und er spürte, wie eine Art Mangel seine Lungen füllte.

Am rechten Pfosten erblickte er plötzlich einen dunklen, glänzenden Streifen wie ein Strom geschmolzenen Steinguts an den gewölbten Wänden eines Tonkrugs. Er hielt inne, hakte seine Riemen fest und tastete vorsichtig mit dem Finger. Es war klebrig. Als er die Hand hochhob, stellte er im Gegenlicht fest, daß am Ende seines Zeigefingers ein dunkelroter Tropfen hängenblieb. Er zog sich zusammen und dehnte sich birnenförmig aus und löste sich plötzlich von seinem Finger, wie Öl fließend. Es war ohne Grund unangenehm. Er überwand sein Unbehagen und schickte sich an, eine weitere Minute standzuhalten, bevor die Müdigkeit seiner zitternden Beine ihn zwänge, völlig innezuhalten.

Schwerfällig und mühselig durchstand er die Frist und hakte seine beiden Riemen ein. Diesmal ließ er sich völlig gehen, hing ganz weich an seinen Lederbändern. Er spürte, wie sein Gewicht seine Taille zusammenpreßte. In der Ecke des Kastens, vor seinen Augen, rann die rote Flüssigkeit immer noch, träge und langsam, sich einen gewundenen Weg auf dem Stahl bahnend. Nur eine örtliche Verdickung zeigte manchmal ihre Bewegung an; ansonsten hier und da ein Reflex, ein Schatten, man hätte meinen können, eine unbewegliche Linie.

Wolf wartete. Die ungleichmäßigen Bewegungen seines Herzens wurden ruhiger. Seine Muskeln begannen, sich an den schnelleren Rhythmus seines Atems zu gewöhnen. Er war allein in dem Kasten, und weil ihm ein Bezugspunkt fehlte, nahm er seine Bewegung nicht mehr wahr.

Er zählte noch etwa hundert Sekunden. Trotz der Handschuhe nahmen seine Finger die knirschende Berührung mit dem Rauhreif wahr, der sich bildete. Jetzt war es sehr hell. Es fiel ihm schwer zu schauen, seine Augen tränten. Eine Hand loslassend, richtete er mit der anderen seine Schutzbrille, die bis dahin über den Sturzhelm geschoben war. Seine Augenlider hörten auf, zu blinzeln und ihm weh zu tun. Alles war so klar geworden wie in einem Aquarium.

Schüchtern warf er einen Blick zu seinen Füßen. Die schwindelerregende Flucht des Bodens schnitt ihm den Atem ab. Er war im Mittelpunkt einer Spindel, deren eine Spitze sich im Himmel verlor, während die andere aus dem Graben hervorbrach.

Tastend, mit geschlossenen Augen, um sich nicht zu erbrechen, machte er seine Haken los und drehte sich um, um sich an die Wand zu lehnen. Er band sich in der neuen Stellung wieder fest, und mit auseinandergestellten Fersen beschloß er, die Augenlider wieder zu heben. Er preßte seine Fäuste wie Kieselsteine zusammen.

Aus den oberen Regionen fielen unbestimmte glänzende Staubstreifen, ungreifbar, und der fiktive Himmel, von Lichtern durchlöchert, wogte im Unendlichen. Wolfs Gesicht war feucht und eisig.

Seine Beine zitterten jetzt, und es war nicht die Vibration des Motors, der sie zum Zittern brachte. Allmählich gelang es ihm jedoch, sich methodisch unter Kontrolle zu bringen.

In diesem Augenblick stellte er fest, daß er sich erinnerte. Er kämpfte nicht gegen die Erinnerungen und beherrschte sich gründlicher, eingebettet in die Vergangenheit. Der knisternde Rauhreif panzerte seine Lederkleidung mit einer glänzenden Kruste, die an den Handgelenken und an den Knien gebrochen war.

Die Fetzen der früheren Zeit drängten sich um ihn herum, bald leuchtend voll Leben und Sonne – andere flossen zart und langsam, flüssig ohne Schlaffheit und leicht, ähnlich der Gischt der Wellen.

Manche hatten die Präzision, die Beständigkeit der falschen Bilder der Kindheit, die hinterher nach Fotografien zustande kommen oder durch die Gespräche jener, die sich erinnern, und welche man unmöglich von neuem nachempfinden kann, da ihre Substanz seit langem vergangen war.

Und andere lebten wieder auf, ganz neu, als er sie zu sich rief, die der Gärten, des Grases und der Luft, deren tausend Nuancen aus Grün und Gelb sich mit der Smaragdfarbe des Rasens verschmolzen, im frischen Schatten der Bäume ins Schwarze spielend.

Wolf zitterte in der fahlen Luft und erinnerte sich. Sein Leben klärte sich vor ihm in den wellenförmigen Pulsierungen seines Gedächtnisses auf.

Zu seiner Rechten und zu seiner Linken bestrich das schwere Dahinströmen die Pfosten des Kastens.

## VIERZEHNTES KAPITEL

Und zuerst liefen sie in unorganisierten Horden wie eine große Feuersbrunst von Düften, Licht und Gemurmel herbei.

Es gab die Kugelträger, deren rauhe Früchte man trocknen läßt, um daraus das störrische Haar zu gewinnen, das man in den Halsausschnitt werfen kann. Es gibt Leute, die sie Platanen nennen. Dieses Wort ändert nichts an ihren Eigenschaften.

Es gab die tropischen Blätter, die mit langen braunen, hornartigen Häkchen versehen waren, ähnlich denen von Kampfinsekten.

Es gab die kurzen Haare des kleinen Mädchens in der dritten Klasse und den Schulkittel des Jungen, auf den Wolf eifersüchtig war.

Die großen roten Töpfe auf beiden Seiten der Freitreppe, die von der hereinfallenden Nacht in Indianer verwandelt wurden, und die Unsicherheit der Orthographie.

Die Jagd auf die Erdwürmer mit einem langen Besenstiel.

Dieses riesige Schlafzimmer, dessen rundes Gewölbe man von der Ecke eines Federbettes aus sah, das gewölbt war wie der mächtige Bauch des Riesen, der die Schafe fraß.

Die Melancholie der leuchtenden Kastanien, die man jedes Jahr fallen sah, Roßkastanien, die zwischen den gelben Blättern versteckt waren, mit ihrer weichen, mehrfach aufgeplatzten Schale voller harmloser Stacheln, und die für Spiele benutzt wurden, wie kleine Gnome zu Masken geschnitzt, zu drei- oder vierreihigen Halsketten aufgefädelt waren, faule Kastanien, die in einem ekelerregenden

Saft platzten, Kastanien, die in Fensterscheiben geworfen wurden.

Das war in dem Jahr nach der Rückkehr aus den Ferien, in dem die Mäuse in der unteren Schublade bedenkenlos die Miniaturkerzen angeknabbert hatten, die gestern den Modellkaufladen geschmückt hatten – und man empfindet noch die Freude, als man die nächste Schublade aufzieht und feststellt, daß sie das Paket mit den kleinen Teigbuchstaben unberührt gelassen hatten, mit denen man abends, wenn man die Suppe löffelt, seinen Namen auf den Teller schreibt.

Wo waren die reinen Erinnerungen? Bei fast allen vermischten sich die Eindrücke anderer Zeiten, die sich überlagern und ihnen eine andere Wirklichkeit geben. Es gibt keine Erinnerungen, es ist ein anderes, noch einmal gelebtes Leben mit einer anderen Persönlichkeit, die zum Teil die Folge dieser Erinnerungen selbst ist. Man verkehrt nicht den Sinn der Zeit, es sei denn, man lebt mit geschlossenen Augen, mit tauben Ohren.

In der Stille schloß Wolf die Augen. Er sank immer weiter nach vorn, und vor ihm lief die vierdimensionale Tonkarte seiner fiktiven Vergangenheit ab.

Er war sicherlich ziemlich schnell vorangekommen, denn in diesem Augenblick sah er die Wand des Kastens, die vor ihm war, verschwinden.

Die Haken lösend, die ihn noch hielten, faßte er auf der anderen Seite Fuß.

# *FÜNFZEHNTES KAPITEL*

Eine leichte Herbstsonne schien zwischen dem gelben Laub der Kastanienbäume.

Vor Wolf verlief eine Allee in sanftem Gefälle. In der Mitte war der Boden trocken und ein wenig staubig, dunkler jedoch an den Rändern, wo noch einige Ausläufer eines feinen Schlamms zurückblieben, die Überbleibsel der Wasserlachen eines vor kurzem heruntergegangenen Regenschauers.

Zwischen den knarrenden Blättern leuchteten die Mahagonirücken der Roßkastanien, eingehüllt bisweilen in ihre Schalen mit den unbestimmten Farben, vom Rostbeige bis zum Mandelgrün.

Auf beiden Seiten der Allee bot ungepflegter Rasen seine ungleichmäßige Oberfläche der Liebkosung der Sonne dar. Das vergilbte Gras war sporadisch von Disteln durchsetzt und von kräftigen Pflanzen, die in Samen geschossen waren.

Die Allee schien zu irgendwelchen Ruinen zu führen, die von einer nicht sehr hohen Dornenhecke eingesäumt waren. Auf einer Bank aus weißem Stein vor den Ruinen erkannte Wolf die sitzende Silhouette eines alten, in Linnen gekleideten Mannes. Als er näher gekommen war, stellte er fest, daß das, was er für ein Kleidungsstück gehalten hatte, in Wirklichkeit ein Bart war, ein riesiger silberweißer Bart, der fünf- oder sechsmal um den Körper des Mannes gewickelt war.

Neben ihm auf der Bank war ein kleines, blankgeputztes Kupferschild angebracht, das in der Mitte in schwarzen, tiefliegenden Buchstaben einen Namen trug: Monsieur Perle.

Wolf ging auf ihn zu. Als er noch näher war, sah er, daß

das Gesicht des Alten so runzlig war wie ein roter Ballon, aus dem zur Hälfte die Luft herausgelassen war. Er hatte eine dicke Nase, in die beachtliche Nasenlöcher hineingetrieben waren, aus denen dichtes Haar hervorsah, vorspringende Augenbrauen über zwei funkelnden Augen und Backenknochen, die wie kleine Backäpfelchen leuchteten. Sein weißes Haar im Bürstenschnitt erinnerte an eine Baumwollkratze. Seine vom Alter deformierten Hände mit den dicken, eckigen Fingernägeln lagen auf seinen Knien. Seine einzige Kleidung war ein altmodisches, grün und weiß gestreiftes Badekostüm und Sandalen, die für seine verhornten Füße viel zu groß waren.

»Ich heiße Wolf«, sagte Wolf.

Er zeigte auf das beschriftete Kupferschild:

»Ist das Ihr Name?«

Der Alte bejahte.

»Monsieur Perle bin ich«, sagte er. »Genau Léon-Abel Perle. Dann sind Sie jetzt an der Reihe, Monsieur Wolf. Na, wollen mal sehen, worüber könnten Sie denn mit mir reden?«

»Ich weiß nicht«, sagte Wolf.

Der Alte schien erstaunt und machte das ein wenig herablassende Gesicht dessen, der seine Frage an sich selber richtet und nicht den geringsten äußeren Abprall erwartet.

»Natürlich, natürlich, Sie wissen es nicht«, sagte er.

In seinen Bart murmelnd, zog er plötzlich, keiner weiß, woher, einen Stoß Karteikarten hervor, die er zu Rate zog.

»Mal sehen …«, sagte er. »Monsieur Wolf … ja … geboren am … in … sehr gut, also … Ingenieur … ja … ja, alles sehr gut. Also, Monsieur Wolf, können Sie mir im einzelnen von Ihren ersten Äußerungen eines Nonkonformismus erzählen?«

Wolf fand den alten Herrn ein wenig wunderlich.

»Was … inwiefern kann Sie das interessieren?« fragte er schließlich.

Der Alte machte ttt … ttt … mit seiner Zunge über den Zähnen.

»Na, na«, sagte er, »ich nehme an, daß man Ihnen beigebracht hat, anders zu antworten.«

Er gebrauchte den Ton, mit dem man sich bei einem stark von Minderwertigkeitskomplexen beseelten Gesprächspartner verständlich macht.

Wolf zuckte die Achseln.

»Ich sehe nicht ein, inwiefern Sie das interessieren kann«, gab er zur Antwort. »Um so weniger, als ich nie protestiert habe. Ich habe triumphiert, wenn ich glaubte, es tun zu können, und im gegenteiligen Falle habe ich stets die Dinge ignoriert, von denen ich wußte, daß sie mir widerstehen würden.«

»Sie ignorierten sie allerdings nicht so sehr, daß Sie nicht wenigstens das wußten«, sagte der Alte. »Sie kannten sie gut genug, um so zu tun, als ignorierten Sie sie. Los, versuchen Sie, ehrlich zu antworten und sich nicht in Allgemeinheiten zu verlieren. Und gab es die Dinge eigentlich nur, um Ihnen zu widerstehen?«

»Monsieur«, sagte Wolf, »ich weiß weder, wer Sie sind, noch mit welchem Recht Sie mir diese Fragen stellen. Da ich in einem gewissen Maße bemüht bin, älteren Menschen gegenüber nachsichtig zu sein, will ich Ihnen mit zwei Worten antworten. Also, ich habe immer behauptet, daß ich mich objektiv in die Lage all dessen versetzen kann, was sich antagonistisch zu mir verhält; daher habe ich auch nie gegen das kämpfen können, was sich mir widersetzte, denn ich verstand, daß das korrespondierende Weltbild das meine, da ich keinen subjektiven Grund hatte, das eine dem andern vorzuziehen, nur ins Gleichgewicht bringen konnte. Das ist alles.«

»Das scheint mir etwas dick aufgetragen«, sagte der Alte. »Nach meinen Unterlagen ist es trotzdem vorgekommen, daß Sie subjektive Gründe hatten und wählten. Hm ... schau an ... ich sehe hier einen Umstand ...«

»Ich habe Kopf oder Schrift gespielt«, sagte Wolf.

»Oh«, sagte der Alte angewidert. »Sie sind ekelhaft. Können Sie mir wenigstens sagen, warum Sie hierhergekommen sind?«

Wolf schaute nach rechts und nach links, zog die Nase hoch und rückte mit der Sprache heraus.

»Um mir über meine Lage klarzuwerden.«

»Nun«, sagte Monsieur Perle, »genau das schlage ich Ihnen vor, und Sie werfen mir Knüppel zwischen die Beine.«

»Sie sind zu unordentlich«, sagte Wolf. »Ich kann nicht jedem Beliebigen alles stückweise erzählen. Sie haben weder Plan noch Methode. Seit zehn Minuten verhören Sie mich schon, und Sie sind noch keinen Daumenbreit weitergekommen. Ich will klare Fragen haben.«

Monsieur Perle strich sich durch seinen großen Bart, bewegte das Kinn von oben nach unten, hielt es ein wenig schief und sah Wolf streng an.

»Aha!« sagte er, »ich sehe, daß es mit Ihnen nicht von alleine geht. Sie haben sich also eingebildet, daß ich Sie aufs Geratewohl und planlos verhört habe.«

»Das sieht man doch«, sagte Wolf.

»Sie wissen, was ein Schleifstein ist«, sagte Monsieur Perle. »Wissen Sie, wie er beschaffen ist?«

»Ich habe mich nicht besonders mit Schleifsteinen befaßt«, sagte Wolf.

»Bei einem Schleifstein«, sagte Monsieur Perle, »gibt es die Schleifkörner, die die Arbeit tun, und das Bindemittel, das sie zusammenhält und sich schneller verbrauchen muß als sie, um sie dadurch freizusetzen. Gewiß, es sind Kristalle, die wirken: aber das Bindemittel ist dennoch genauso notwendig; ohne es gäbe es nur eine Summe von Einzelteilen, denen es zwar weder an Glanz noch an Härte fehlt, die jedoch desorganisiert und nutzlos sind wie ein Band Maximen.«

»Ja«, sagte Wolf, »und ansonsten?«

»Ansonsten«, sagte Monsieur Perle, »habe ich einen Plan, jawohl, und ich werde Ihnen sehr klare, harte und scharfe Fragen stellen; aber die Sauce die Sie über die Fakten gießen, ist für mich ebenso notwendig wie die Fakten selbst.«

»Klar«, sagte Wolf. »Erzählen Sie mir ein wenig von diesem Plan.«

## SECHZEHNTES KAPITEL

»Der Plan«, sagte Monsieur Perle, »ist klar. Zunächst einmal haben wir es mit zwei determinierenden Faktoren zu tun: Sie sind Abendländer und Katholik. Daraus ergibt sich, daß wir uns chronologisch an diese Reihenfolge halten müssen:

1. Verhältnis zu Ihrer Familie;
2. Schularbeit und spätere Studien;
3. Erste Erfahrungen auf dem Gebiet der Religion;
4. Pubertät, Sexualleben als Heranwachsender, eventuelle Heirat,:
5. Aktivität als Zelle eines Gesellschaftskörpers;
6. Falls stattgefunden, sonstige metaphysische Unruhen, die entstanden sind aus einer engeren Kontaktaufnahme mit der Welt und die mit Nummer 2 in Verbindung gebracht werden können, falls Sie nicht wie der Durchschnitt der Menschen Ihrer Art jeden Kontakt mit der Religion in den Jahren, die auf Ihre erste Kommunion folgten, abgebrochen haben sollten.«

Wolf dachte nach, überlegte reiflich, wägte ab und sagte:

»Das ist ein möglicher Plan. Natürlich ...«

»Gewiß«, unterbrach Monsieur Perle. »Man könnte sich auch auf einen völlig anderen Standpunkt als den chronologischen stellen und die Reihenfolge gewisser Nummern sogar umkehren. Was mich angeht, so bin ich beauftragt, Ihnen Fragen über den ersten Punkt, und nur über diesen, zu stellen. Verhältnis zu Ihrer Familie.«

»Das ist eine bekannte Frage«, sagte Wolf. »Alle Eltern sind sich gleich.«

Monsieur Perle stand auf und begann hin und her zu gehen. Der Hosenboden seines alten Badekostüms hing wie ein Segel bei völliger Windstille über seine mageren Schenkel.

»Zum letzten Mal«, sagte er, »bitte ich Sie, sich nicht wie ein Kind anzustellen. Jetzt wird es ernst. Alle Eltern sind sich gleich! Wirklich! Weil Sie also von den Ihren nicht belästigt worden sind, ziehen Sie sie erst gar nicht in Betracht.«

»Meine Eltern waren gut, das stimmt«, sagte Wolf, »aber bei den schlechten reagiert man viel heftiger, und das ist letzten Endes nützlicher.«

»Nein«, sagte Monsieur Perle. »Man verbraucht mehr Energie, aber da man schließlich von weiter unten herkommt, gelangt man am gleichen Punkt an; es ist ein Schlamassel. Natürlich, wenn man mehr Hindernisse überwunden hat, ist man versucht zu glauben, daß man weitergekommen ist. Das ist falsch. Kämpfen heißt nicht weiterkommen.«

»Das alles gehört doch der Vergangenheit an«, sagte Wolf. »Kann ich mich setzen?«

»Also«, sagte Monsieur Perle, »ich sehe, daß es Ihnen Spaß macht, sich unverschämt und anmaßend mir gegenüber zu verhalten. Auf jeden Fall, wenn Sie etwa über meinen Badeanzug lachen müssen, so vergessen Sie nicht, daß ich auch überhaupt keinen tragen könnte.«

Wolfs Gesicht verfinsterte sich.

»Ich lache nicht«, sagte er vorsichtig.

»Sie können sich setzen«, ergänzte Monsieur Perle.

»Danke«, sagte Wolf.

Gegen seinen Willen ließ er sich von dem ernsthaften Ton Monsieur Perles beeinflussen. Vor seinen Augen sah er, wie sich das gutmütige Gesicht von den vom Herbst wie kleine Kupferschlacken oxydierten Blättern abhob. Eine Kastanie fiel herab und durchlöcherte sie mit dem Geräusch eines Vogels, der auffliegt. Die Schale und die Frucht landeten mit einem sanften Klatschen auf dem Boden.

Wolf sammelte seine Erinnerungen. Er stellte jetzt fest, daß Monsieur Perle recht gehabt hatte, daß er sich nicht übermäßig um seinen Plan gekümmert hatte. Die Bilder kamen ihm bruchstückhaft wieder, aufs Geratewohl, so wie man aus einem Sack Nummern zieht. Er sagte es ihm.

»Alles wird durcheinandergemischt sein!«

»Ich werde schon klarkommen«, sagte Monsieur Perle. »Los, sagen Sie alles. Das Schleifmaterial und das Bindemittel. Und vergessen Sie nicht, daß das Bindemittel dem Schleifmaterial seine Form gibt.«

Wolf setzte sich hin und legte sein Gesicht in beide Hände. Er begann mit neutraler Stimme zu sprechen, ohne Nuancen, gleichgültig.

»Es war ein großes Haus«, sagte er. »Ein weißes Haus. Ich erinnere mich nicht mehr so genau an den Anfang, ich sehe die Gesichter der Dienstboten wieder vor mir. Morgens kroch ich oft in das Bett meiner Eltern, und von Zeit zu Zeit küßten sich mein Vater und meine Mutter in meiner Gegenwart auf den Mund, und das war mir sehr unangenehm.«

»Wie waren sie zu Ihnen?« fragte Monsieur Perle.

»Sie haben mich nie geschlagen«, sagte Wolf. »Man konnte sie nicht ärgern. Man mußte es absichtlich tun. Man mußte mogeln. Jedesmal, wenn ich gern zornig gewesen wäre, mußte ich so tun, als ob, und jedesmal wählte ich so nichtige und unnütze Motive, daß es mir nicht gelang, eines zu finden.«

Er schöpfte Atem. Monsieur Perle sagte nichts, und sein altes Gesicht war ganz faltig von Aufmerksamkeit.

»Sie hatten immer Angst um mich«, sagte Wolf. »Ich konnte mich nicht zum Fenster hinauslehnen, ich durfte nicht allein die Straße überqueren, es brauchte nur ein leichter Wind aufzukommen, und schon zog man mir mein Ziegenfell an, und sommers wie winters trug ich immer meine Wollweste; es waren gelbliche, verzogene Strickwesten, die aus heimischer Wolle für uns angefertigt wurden. Meine Gesundheit war ein erschreckendes Kapitel. Bis zu meinem fünfzehnten Lebensjahr durfte ich nichts anderes trinken als abgekochtes Wasser. Aber die Feigheit meiner Eltern lag darin, daß sie selber sich nicht schonten und sich durch ihr Verhalten sich selber gegenüber in ihrem Benehmen zu mir ins Unrecht setzten. Weil sie mir immer wieder sagten, daß ich sehr anfällig sei, hatte ich schließlich selber Angst, und ich war fast froh, wenn ich im Winter schwitzend in zwölf Wollschals herumlief. Während meiner ganzen Kindheit haben es sich mein Vater und meine Mutter angelegen sein lassen, mir alles zu ersparen, was mich verletzen konnte. Moralisch empfand ich deswegen eine unbestimmte Verlegenheit, doch mein schlaffes Fleisch freute sich heuchlerisch darüber.«

Er lachte höhnisch.

»Eines Tages, als ich auf der Straße jungen Leuten begegnet war, die, ihren Regenmantel auf dem Arm, spazierengingen, während ich in einem dicken Wintermantel schwitzte, schämte ich mich. Als ich mich im Spiegel betrachtete, sah ich einen linkischen Tolpatsch, zugeschnürt und behütet wie ein Engerling. Als es zwei Tage später regnete, habe ich meine Jacke ausgezogen und bin aus dem Haus gegangen. Ich ließ mir viel Zeit, damit meine Mutter genügend Muße hatte, den Versuch zu unternehmen, mich zurückzuhalten. Doch ich hatte gesagt ›Ich werde ausgehen‹, und ich habe es tun müssen. Und trotz dieser Angst, mich zu erkälten, die mir die Freude verleidete, meine Scham besiegt zu haben, bin ich aus dem Haus gegangen, weil ich mich schämte, daß ich Angst hatte, mich zu erkälten.«

Monsieur Perle hustete.

»Hm, hm«, sagte er. »Das ist alles sehr gut.«

»Ist es das, was Sie mich gefragt haben?« sagte Wolf, der sich seiner plötzlich wieder bewußt wurde.

»Fast«, sagte Monsieur Perle. »Sie sehen, es ist sehr einfach, wenn man einmal anfängt. Und was ist passiert, nachdem Sie aus dem Haus gegangen sind?«

»Es hat eine furchtbare Szene gegeben«, sagte Wolf. »Verhältnismäßig.«

Er überlegte und blickte dabei in die Luft.

»Da sind mehrere deutliche Dinge«, sagte er. »Mein Wunsch, meine Schlaffheit zu besiegen, und das Gefühl, daß ich diese Schlaffheit meinen Eltern zu verdanken hatte, und die Neigung meines Körpers, sich ganz dieser Schlaffheit zu überlassen. Es ist komisch, wissen Sie, mein Kampf gegen die bestehende Ordnung hat mit der Eitelkeit begonnen. Wenn ich mir in diesem Spiegel nicht lächerlich vorgekommen wäre ... Das Groteske meines Aussehens hat mir die Augen geöffnet. Und die offensichtliche Groteskheit gewisser Familienfreuden hat mich dann vollends angewidert. Sie wissen doch, die Picknicks, bei denen man sein Gras mitbringt, damit man auf der Straße sitzen bleiben kann, um dem Ungeziefer aus dem Weg zu gehen. In einer Wüste hätte mir das Spaß gemacht ... der russische Salat, die Schneckenimbisse, das Makkaronigestänge ... aber wenn jemand vorbeikommt, jedenfalls stiegen mir alle diese demütigenden Formen der Familienzivilisation, die Gabeln, die Aluminiumbecher zu Kopf – ich sah rot – darauf ließ ich meinen Teller fallen und entfernte mich, damit es so aussah, als sei ich anderswo – oder ich setzte mich ans Steuer des leeren Autos, das mir eine mechanische Männlichkeit verlieh. Und unterdessen flüsterte mir mein schlaffes Ich ins Ohr ... ›Hoffentlich bleibt noch russischer Salat und Schinken übrig‹ ... darauf schämte ich mich meiner selbst, schämte mich meiner Eltern und haßte sie.«

»Aber Sie liebten sie sehr!« sagte Monsieur Perle.

»Gewiß«, sagte Wolf. »Und doch genügt noch heute der Anblick eines Weidenkorbs mit zerbrochenem Handgriff, aus dem die Thermosflasche und das Brot hervorsehen, daß sich mir der Magen umdreht und ich am liebsten jemanden umbringen möchte.«

»Es störte Sie gegenüber möglichen Beobachtern«, sagte Monsieur Perle.

»Von diesem Augenblick an«, sagte Wolf, »spielte sich mein Leben im Hinblick auf diese Beobachter ab. Das ist meine Rettung gewesen.«

»Finden Sie, daß Sie gerettet sind?« sagte Monsieur Perle. »Um Ihre Ausführungen zusammenzufassen, Sie beschuldigen Ihre Eltern, in einer ersten Phase Ihrer Existenz bei Ihnen eine Neigung zur Furchtsamkeit gefördert zu haben, der Sie, aus physischer Schwäche, nachzugeben gewillt waren, während Sie moralisch davon abgestoßen wurden. Das hat Sie dazu veranlaßt, Ihrem Leben einen Glanz geben zu wollen, der ihm fehlte, und daher dem Verhalten anderer Ihnen gegenüber eine größere Aufmerksamkeit zu widmen, als nötig gewesen wäre. Da Sie sich in einer von sich widersprechenden Belangen beherrschten Lage befanden, mußte es notgedrungen zur Enttäuschung kommen.«

»Und das Gefühl«, sagte Wolf. »Ich wurde in Gefühlen ertränkt. Man liebte mich zu sehr; und da ich mich nicht liebte, schloß ich daraus logischerweise auf die Dummheit derer, die mich liebten ... selbst auf ihre Boshaftigkeit – und nach und nach habe ich mir eine Welt nach meinem Maß gezimmert ... ohne Schal, ohne Eltern. – Leer und leuchtend wie eine Nordlandschaft, und ich irrte darin umher, unermüdlich und unfreundlich, mit hoch erhobener Nase und scharfem Blick ... ohne je mit den Augenlidern zu zucken. Ich übte mich darin stundenlang hinter einer Tür, und es kamen mir schmerzliche Tränen, die ich, ohne zu zögern, auf dem Altar des Heldentums vergoß; unbeugsam, beherrschend, verächtlich, lebte ich heftig ...«

Er lachte fröhlich.

»Ohne mir auch nur einen Augenblick lang bewußt zu werden«, schloß er, »daß ich nur ein ziemlich fetter kleiner Jung war und daß die verächtliche Falte meines Mundes, eingerahmt von meinen runden Wangen, mir lediglich ein Aussehen gab, als hielte ich das Verlangen zurück, Pipi zu machen.«

»Aber, aber«, sagte Monsieur Perle, »die Heldenträume sind bei jungen Kindern häufig. Das alles genügt mir übrigens, um Sie zu beurteilen.«

»Es ist merkwürdig ...«, sagte Wolf. »Diese Reaktion auf die Zärtlichkeit, dieses Bedachtsein auf das Urteil der andern, war ein Schritt zur Einsamkeit hin. Weil ich Angst hatte, weil ich mich schämte, weil ich enttäuscht worden war, habe ich den gleichgültigen Helden gespielt. Was ist wohl einsamer als ein Held?«

»Was ist wohl einsamer als ein Toter?« sagte Monsieur Perle mit gleichgültigem Gesicht.

Vielleicht hatte Wolf nicht gehört. Er sagte nichts.

»Also«, schloß Monsieur Perle, »ich danke Ihnen, hier geht's entlang.«

Mit zitterndem Finger zeigte er auf die Biegung der Allee.

»Auf Wiedersehen?« sagte Wolf.

»Das glaube ich nicht«, sagte Monsieur Perle. »Viel Glück.«

»Danke«, sagte Wolf.

Er sah, wie Monsieur Perle sich in seinen Bart einrollte und sich bequem auf seiner Bank aus weißem Stein ausstreckte. Dann ging er auf die Biegung der Allee zu. Die Fragen von Monsieur Perle hatten tausend Gesichter, tausend Tage in ihm aufsteigen lassen, die wie Feuer eines irren Kaleidoskops in seinem Kopfe tanzten.

Und dann war es plötzlich dunkel.

## *SIEBZEHNTES KAPITEL*

Lazuli klapperte mit den Zähnen. Der Abend war, kompakt und windig, auf einen Schlag hereingebrochen, und der Himmel nutzte die Gelegenheit, um näher an den Boden heranzukommen, den er mit seiner schlaffen Drohung verschlang. Wolf war nicht wieder heruntergekommen, und Lazuli fragte sich, ob er ihn nicht suchen gehen müsse. Wolf würde sich vielleicht ärgern. Er trat an den Motor heran, um ihm etwas Wärme zu nehmen, doch der Motor wärmte kaum.

Seit einigen Stunden waren die Mauern des Karrees in der flockigen Masse des Dunkels verschwunden, und ganz in der Nähe sah man die roten Augen des Hauses blinzeln. Wolf hatte Lil sicherlich Bescheid gesagt, daß er später nach Hause kommen würde, und trotzdem war Lazuli jeden Augenblick darauf gefaßt, eine kleine stürmische Laterne näher kommen zu sehen.

Daher ließ er sich, weil er nicht darauf vorbereitet war, von der Ankunft Folavrils überraschen, die allein war in der Dunkelheit. Er hatte sie erkannt, als sie ganz dicht neben ihm war, und er hatte warme Hände bekommen. Liebenswürdig und ein wenig lianenhaft ließ sie sich küssen. Er streichelte ihren anmutigen Hals, drückte sie an seinen Körper und flüsterte mit halbgeschlossenen Augen Litaneiworte; doch sie spürte, wie er sich plötzlich zusammenzog und erstarrte.

Fasziniert sah Lazuli neben sich einen Mann mit blassem Teint, dunkel gekleidet, der ihn ansah. Sein Mund bildete einen schwarzen Balken in seinem Gesicht, und seine Augen kamen von weit her. Lazuli keuchte. Er konnte es nicht ertragen, daß man dem, was er Folavril sagte, lauschte. Er entfernte sich von ihr, und seine Gelenke wurden weiß.

»Was wollen Sie?« sagte er.

Ohne es zu sehen, spürte er das Erstaunen des blonden Mädchens, und für den Bruchteil einer Sekunde wandte er den Kopf um. Überrascht war sie, mit einem Halblächeln der Überraschung. Noch nicht beunruhigt. Er hatte gerade so viel Zeit gehabt, den Mann anzusehen … und schon war niemand mehr da. Lazuli begann mit den Zähnen zu klappern, die Kälte des Lebens ließ sein Herz zu Eis erstarren. Niedergeschlagen, alt, stand er bei Folavril. Sie sprachen nichts miteinander. Das Lächeln war von Folavrils Lippen verschwunden. Sie legte ihm ihren schmalen Arm um den Hals und hätschelte ihn wie ein Baby, streichelte seinen kurzgeschorenen Haaransatz hinterm Ohr.

In diesem Augenblick hörten sie den dumpfen Aufprall von Wolfs Absätzen auf dem Boden, und schwerfällig fiel er neben sie. Zusammengekrümmt, kraftlos kniete er da, den Kopf zwischen den Händen. Auf seiner Wange sah man einen großen schwarzen, dicken und schmierigen Streifen, wie ein Tintenkreuz auf einer schlechten Hausaufgabe; seine schmerzenden Finger verkrafteten kaum ihre lange Umklammerung.

Seinen eigenen Alptraum vergessend, entzifferte Saphir auf dem Körper Wolfs die Spuren einer anderen Unruhe. Der Stoff seiner Schutzkleidung glänzte von mikroskopischen Tröpfchen, wie Perlen, und zusammengesackt, wie ein Leichnam, verharrte er am Fuße der Maschine.

Folavril machte sich von Saphir los und ging zu Wolf. Sie nahm seine Handgelenke in ihre warmen Finger und ohne zu versuchen, sie auseinanderzunehmen, drückte sie sie freundschaftlich. Gleichzeitig sprach sie mit einschmeichelnder, singender Stimme, sie sagte zu ihm, er solle nach Hause gehen, wo es warm sei, wo ein großer Lichtkreis auf dem Tisch sei, wo Lil auf ihn warte; und Saphir beugte sich zu Wolf herab und half ihm aufzustehen. Schritt für Schritt führten sie ihn in die Dunkelheit. Wolf konnte kaum gehen. Er zog ein wenig das rechte Bein nach, wobei er sich mit einem Arm auf Folavrils Schulter stützte. Saphir stützte ihn auf der anderen Seite. Sie legten den ganzen Weg zurück, ohne ein Wort zu sagen. Aus den Augen Wolfs fiel auf das Blutgras ein feindseliges, kaltes Licht, das die leichte Spur seines von Sekunde zu Sekunde schwächer werdenden doppelten Kegels vor sie setzte; als sie an der Haustür ankamen, hatte die massive Undurchsichtigkeit der Nacht sie gerade eingeschlossen.

## *ACHTZEHNTES KAPITEL*

Mit einem leichten Morgenrock bekleidet saß Lil vor ihrem Frisiertisch und brachte ihre Fingernägel in Ordnung. Sie hatte sie gerade drei Minuten lang in entkalkten Windensaft getaucht gehabt, um die Häutchen weich zu machen und das Möndchen genau ins erste Viertel zu bringen. Sie bereitete sorgfältig den kleinen Käfig mit dem beweglichen Boden vor, in dem zwei spezialisierte Käfer sich die Kinnladen schärften, bis sie, an die Einsatzstelle gebracht, die Aufgabe hätten, die Häute zum Verschwinden zu bringen. Sie mit einigen ausgewählten Worten aufmunternd, setzte Lil den Käfig auf den Fingernagel ihres Daumens und zog an der Zugschnur. Mit einem zufriedenen Schnurren machten sich die Insekten an die Arbeit, von einem krankhaften Wetteifer beseelt. Die Häute verwandelten sich in feinen Staub unter den schnellen Bissen des ersten, während der andere die Arbeit ausfeilte, die von seinem kleinen Kameraden zerschnittenen Ränder putzte und glättete.

Man hörte ein Geklöpfel an der Tür, und Wolf kam herein. Er war rasiert und geschabt, sah gut, aber etwas blaß aus.

»Kann ich mit dir reden, Lil?« fragte er.

»Komm«, sagte sie und machte ihm Platz auf dem mit gestepptem Satin überzogenen Polsterbänkchen.

»Ich weiß nicht, worüber«, sagte er.

»Das ist nicht schlimm«, sagte Lil. »Wir reden sowieso nie viel ... Es wird dir nicht schwerfallen, was zu finden. Was hast du in deiner Maschine gesehen?«

»Ich bin nicht gekommen, um dir das zu sagen«, protestierte Wolf.

»Natürlich nicht«, sagte Lil. »Aber es ist dir dennoch lieber, daß ich dich danach frage.«

»Ich kann dir nicht antworten«, sagte Wolf, »weil es nicht lustig ist.«

Lil setzte den Käfig vom Fingernagel des Daumens auf den des Zeigefingers.

»Du wirst doch diese Maschine nicht so tragisch nehmen«, sagte sie. »Schließlich ist es eine Initiative, die nicht von dir gekommen ist.«

»Wenn ein Leben«, sagte Wolf, »einen Wendepunkt erreicht, so war es in der Regel nicht das Leben, das das vorher bedacht hat.«

»Diese Maschine ist gefährlich«, sagte Lil.

»Man muß sich in eine gefährliche oder eine klein wenig verzweifelte Situation begeben«, sagte Wolf. »Das ist ausgezeichnet, vorausgesetzt, daß man es nicht ganz absichtlich tut, wie es bei mir der Fall ist.«

»Warum nur ein bißchen absichtlich?« sagte Lil.

»Das kleine bißchen, das nötig ist, um sich, wenn man Angst hat, die Antwort geben zu können«, sagte Wolf, »ich habe es gewollt.«

»Das ist doch Kinderei«, sagte Lil.

Der Käfig flog vom Zeigefinger auf den Mittelfinger. Wolf betrachtete die Käfer.

»Alles, was weder Farbe noch Duft, noch Musik ist«, sagte er und zählte an seinen Fingern ab, »ist Kinderei.«

»Und eine Frau?« protestierte Lil. »Seine eigene Frau?«

»Eine Frau infolgedessen nicht«, sagte Wolf, »sie zumindest alle drei zusammen ist.«

Sie schwiegen einen Augenblick.

»Du bist voll darauf abgefahren, mir entsetzlich überlegene Dinge zu sagen«, sagte Lil, »und es gibt auch ein Mittel, dich zu stoppen, aber ich will nicht Fingernägel in Mitleidenschaft ziehen, auf die ich so viel Mühe verwendet habe. Deshalb wirst du mit Lazuli ausgehen. Du wirst dir Geld nehmen, und dann werdet ihr euch beide zerstreuen gehen, das wird euch guttun.«

»Die Dinge von dort drinnen sehen«, sagte Wolf, »das schränkt ganz beachtlich den Bereich des Interesses ein.«

»Du bist ein ewig Entmutigter«, sagte Lil. »Das Komische ist nur, daß du mit dieser Mentalität weiterhin Dinge tust. Immerhin hast du noch nicht alles versucht …«

»Meine Lil«, sagte Wolf.

Sie war ganz warm in ihrem blauen Morgenrock. Sie roch nach Seife und auf der Haut warm gewordenem Parfum. Er küßte sie auf den Hals.

»Habe ich mit dir vielleicht schon alles versucht?« fügte er neckisch hinzu.

»Aber gewiß«, sagte Lil, »und ich hoffe, daß du noch weiter versuchen wirst, aber du kitzelst mich, und du wirst meine Fingernägel beschädigen, deshalb ist es mir lieber, wenn du gehst, um mit deinem Gehilfen den Blödmann zu spielen. Laß dich vor heute abend nicht hier blicken, ja … und erzähl mir nicht alles, was ihr getrieben habt. Und heute keine Maschine. Lebe ein wenig, statt immer dasselbe wiederzukäuen.«

»Ich brauche heute keine Maschine«, sagte Wolf. »Ich habe für mindestens drei Tage Dinge vergessen. Warum willst du, daß ich ohne dich ausgehe?«

»Du gehst nicht sonderlich gern mit mir aus«, sagte Lil, »und heute bin ich guter Stimmung, deshalb ist es mir lieber, wenn du gehst. Los, such Lazuli. Und laßt mir Folavril, ja? Du wärst überglücklich, wenn du diesen Vorwand hättest, um mit ihr auszugehen und Lazuli zu sagen, er solle an deinem schmutzigen Motor herumfummeln.«

»Du bist dumm … und machiavellistisch«, sagte Wolf.

Er stand auf und bückte sich wieder, um eine der Brüste Lils zu küssen, die, nachdem er, Wolf, einmal stand, besonders küssenswert war.

»Zieh Leine!« sagte Lil und gab ihm einen Klaps mit der anderen Hand.

Wolf ging hinaus, machte die Tür zu und ging eine Etage höher. Er klopfte bei Lazuli an. Der »Herein« sagte und auf seinem Bett erschien, mürrisch.

»Ja?« sagte Wolf. »Das ist traurig, wie?«

»Ach ja!« seufzte Lazuli.

»Komm«, sagte Wolf. »Wir machen mal einen Bummel unter Junggesellen.«

»Welches Genre?« sagte Lazuli.

»Unter unseriösen Junggesellen«, sagte Wolf.

»Dann kann ich Folavril nicht mitnehmen?« sagte Lazuli.

»Kommt nicht in Frage«, sagte Wolf. »Wo ist sie eigentlich?«

»In ihrem Zimmer«, sagte Lazuli. »Macht ihre Fingernägel. Puh!«

Sie gingen die Treppe hinunter. Als sie auf dem Treppenabsatz ankamen, wo Wolf wohnte, blieb dieser stehen.

»Du bist nicht gut gelaunt«, stellte er fest.

»Sie auch nicht«, sagte Lazuli.

»Nehmen wir was Kräftiges zu uns«, sagte Wolf. »Ich habe einen Rachenputzer 1924, der besonders geeignet ist. Der tröstet.«

Er schleppte Lazuli mit ins Eßzimmer und machte den Wandschrank auf. Es gab eine volle Flasche Rachenputzer, die halb leer war.

»Das genügt«, sagte Wolf. »Direkt aus der Flasche?«

»Jaaa«, sagte Lazuli. »Wie Männer.«

»Die wir sind«, fügte Wolf hinzu, um ihren Entschluß noch zu verstärken.

»Und den Knüppel noch«, sagte Lazuli, während Wolf trank. »Den Knüppel noch, und um so schlechter für die Glocken. Mögen die Akademiekandidaten recht lange leben. Reichen Sie mir das rüber und trinken Sie nicht alles.«

Mit einem Handrücken putzte sich Wolf die Lefzen ab.

»Du siehst etwas nervös aus«, sagte er.

»Gluck!« machte Lazuli.

Und er fügte hinzu:

»Ich bin ein furchtbarer Simulant.«

Die leere Flasche war sich ihrer totalen Nutzlosigkeit bewußt, sie wurde enger und zog sich zusammen, verdünnisierte sich und verschwand.

»Gehen wir!« sagte Wolf.

Sie brachen auf und traten dennoch auf der Stelle. Das lenkt ab.

Zu ihrer Linken verschwand die Maschine.

Sie überquerten das Karree.

Stiegen durch die Bresche.

Da war die Straße.

»Was werden wir tun?« sagte Lazuli.

»Die Nutten aufsuchen«, sagte Wolf.

»Prima!« sagte Lazuli.

»Wieso prima?« protestierte Wolf. »Das kann ich sagen. Du bist Junggeselle.«

»Richtig«, sagte Lazuli. »Ich darf ohne Reue genießen.«

»Ja«, sagte Wolf. »Aber du wirst es Folavril nicht sagen.«

»Bestimmt nicht!« brummte Lazuli.

»Sie würde nichts mehr von dir wissen wollen.«

»Ich weiß nicht«, sagte Lazuli scheinheilig.

»Soll ich es ihr für dich sagen?« schlug Wolf scheinheilig vor.

»Lieber nicht«, gestand Lazuli ein. »Obgleich ich ja darf, Herrgott noch mal!«

»Ja«, sagte Wolf.

»Bei ihr«, sagte Lazuli, »habe ich Ärger. Ich bin nie allein. Jedesmal, wenn ich anfange, mich sexuell um sie zu kümmern, das heißt mit meiner Seele, ist ein Mann da ...«

Er unterbrach sich.

»Ich bin bekloppt. Das sieht so blöd aus. Sagen wir, daß ich nichts gesagt habe.«

»Es ist ein Mann da?« wiederholte Wolf.

»Das ist alles«, sagte Lazuli. »Es ist ein Mann da, und man kann nichts dagegen tun.«

»Was tut er denn?«

»Er schaut zu«, sagte Lazuli.

»Wobei?«

»Bei dem, was ich tue.«

»So was ...«, murmelte Wolf, »sicherlich geniert er sich.«

»Nein ...«, sagte Lazuli. »Weil ich nämlich seinetwegen nichts Genierliches tun kann.«

»Das ist ein guter Witz«, sagte Wolf. »Wann bist du auf diese Idee gekommen? Wäre es nicht einfacher, wenn du

Folavril sagen würdest, daß du nichts mehr von ihr wissen willst?«

»Aber ich will ja! ...«, seufzte Lazuli. »Und frag nicht, wie! ...«

Die Stadt näherte sich ihnen. Die kleinen knospenden Häuser, die fast großen Halbhäuser mit einem noch halb vergrabenen Fenster und alle in verschiedenen Farben und Düften gewachsen. Sie gingen die Hauptstraße entlang und bogen zum Liebesviertel ein. Man ging durch ein goldenes Tor, und alles wurde Luxus. Die Fassaden der Häuser waren mit Türkis oder rosa Lava verkleidet, und auf dem Boden lag dichter, fettiger, zitronengelber Pelz. Über den Straßen gab es Kuppeln aus dünnem Kristall und malven- und wasserfarbenem ziselierten Glas. Parfümierte Gaslaternen beleuchteten die Nummernschilder der Häuser, vor denen man auf einem kleinen farbigen Bildschirm die Aktivitäten der Bewohnerinnen in mit schwarzem Samt ausgeschlagenen und blaßgrau beleuchteten Boudoirs kontrollieren konnte. Die Musik knotete einem die sechs letzten Wirbel zusammen, sehr sanft und schwefelig. Jene, die nicht bei der Arbeit waren, befanden sich vor ihren Türen, in Glasnischen, wo rosafarbene Wasserspiele herabrieselten, um sie zu entspannen und zu besänftigen.

Ein Schleier aus rotem Nebel über ihren Köpfen verbarg und enthüllte in Abständen die eigensinnigen Zeichnungen des Glases der Kuppeln.

Auf der Straße waren einige etwas leichtsinnige Männer, die mit unbestimmten Schritten näher kamen. Andere, die vor den Häusern lagen, träumten, während sie neue Kräfte schöpften. Der Bordstein des Bürgersteigs, unter dem zitronengelben Pelz, war aus Schaumgummi, das sich angenehm anfühlte, und die Abwässer aus rotem Dampf flossen an den Häusern entlang, folgten den Abflußrohren aus dickem Glas, durch die man leicht das Tun in den Badezimmern überprüfen konnte.

Verkäuferinnen von Pfeffer und spanische Fliegen liefen umher, eine große Blütenschleife im Haar, und sie trugen kleine Tabletts aus mattem Metall mit Sandwichs drauf.

Wolf und Lazuli setzten sich auf den Bürgersteig. Eine hochgewachsene, dunkelhaarige und schlanke Verkäuferin, die einen langsamen Walzer trällerte und deren glatter Schenkel Wolfs Wange berührte, ging nahe an ihnen vorbei. Sie roch nach dem Sand der Inseln. Wolf hielt sie zurück, indem er die Hand ausstreckte. Und er streichelte ihre Haut, indem er den Konturen der Muskeln folgte. Sie setzte sich zwischen sie. Sie begannen alle drei Pfeffersandwichs zu essen.

Beim vierten Bissen begann die Luft um ihre Köpfe herum zu vibrieren, und Wolf legte sich bequem in die Gosse. Die Verkäuferin legte sich neben ihn. Wolf lag auf dem Rücken, und sie, auf dem Bauch liegend, sich auf die Ellbogen stützend, schob ihm hin und wieder ein neues Sandwich zwischen die Zähne. Lazuli stand auf und suchte mit den Augen eine Getränketrägerin. Sie kam, und sie tranken becherweise gewürzten, kochenden Ananasalkohol.

»Was sollen wir tun?« fragte Wolf sinnlich.

»Wir fühlen uns zwar wohl hier«, sagte Lazuli, »aber in diesen hübschen Häusern würden wir uns noch wohler fühlen.«

»Habt ihr keinen Hunger mehr?« fragte die Pfefferverkäuferin.

»Und keinen Durst mehr?« ergänzte ihre Kollegin.

»Ihr«, sagte Wolf, »können wir mit euch in diese Häuser gehen?«

Nein sagten die beiden Verkäuferinnen. »Wir sind mehr oder weniger Vestalinnen.«

»Darf man dranfahren?« sagte Wolf.

»Ja«, sagten die beiden Mädchen. »Anfahren, ranfahren, dranfahren, aber nicht reinfahren.«

»Oh, verflixt!« sagte Wolf. »Wozu regen wir dann unseren Appetit an, wenn wir genau im richtigen Augenblick aufhören müssen! ...«

»Wir haben Funktionen«, erklärte die Getränketrägerin. »Wir müssen in unserem Beruf achtgeben. Und außerdem stellen die aus den Häusern uns ein wenig auf die Probe.«

Mit elastischem Kreuz standen sie auf. Wolf setzte sich und fuhr sich mit unsicherer Hand durchs Haar. Er blieb dort, wo er war, umschlang die Beine der Sandwichverkäuferin und drückte seine Lippen auf das Fleisch, das willig war. Dann stand er auf und zog Lazuli mit.

»Komm«, sagte er. »Lassen wir sie arbeiten.«

Schon entfernten sie sich mit Abschiedsgesten.

»Wir zählen fünf Häuser«, sagte Lazuli, »und gehen dann rein.«

»Einverstanden«, sagte Wolf. »Warum fünf?«

»Weil wir zu zweit sind«, sagte Lazuli.

Er zählte:

»... vier ... fünf. Gehen Sie vor.«

Es war eine kleine Achattür, die von leuchtender Bronze eingerahmt war. Auf dem Bildschirm sah man, daß sie schliefen. Wolf stieß die Tür auf. In dem Raum war beiges Licht, und auf einem Ledersofa lagen drei Mädchen.

»Das ist sehr gut«, sagte Wolf. »Wir ziehen uns aus, ohne sie wach zu machen. Die in der Mitte dient als Trennwand.«

»Da werden wir wieder auf klare Gedanken kommen«, sagte Lazuli entzückt.

Wolf ließ seine Kleider fallen. Lazuli schlug sich mit einem Schnürsenkel herum und riß alles heraus. Sie waren beide nackt.

»Und wenn die in der Mitte wach wird?« sagte Wolf.

»Machen Sie sich nur keine Gedanken«, sagte Lazuli. »Wir werden schon eine Lösung finden. Sie weiß sicher, wie sie sich in einem solchen Fall zu verhalten hat.«

»Ich liebe sie alle«, sagte Wolf. »Sie riechen gut nach Frau.«

Er legte sich an die Rothaarige, die ganz nahe vor ihm war. Sie war warm von Schlaf und machte die Augen nicht auf. Ihre Beine wurden bis zum Bauch wach. Der Oberkörper schlief weiter, während Wolf, geschaukelt, wieder wahnsinnig jung wurde. Und niemand schaute Lazuli zu.

## *ZWANZIGSTES KAPITEL*

Als Wolf wieder zu Bewußtsein kam, streckte er sich und löste sich vom Körper seiner Liebhaberin, die wieder völlig eingeschlafen war. Er stand auf, ließ seine Muskeln spielen und beugte sich zu ihr herab, um sie hochzuheben. Sie klammerte sich an seinen Hals, und er trug sie bis zur Badewanne, in die ein undurchsichtiges und parfümiertes Wasser lief. Er setzte sie bequem hinein und ging zurück, um sich wieder anzuziehen. Lazuli, der schon fertig war, wartete auf ihn, während er die beiden anderen Mädchen streichelte, die das eher gern mit sich geschehen ließen. Als sie hinausgingen, küßten die Mädchen sie und schlossen sich dann wieder ihrer Gefährtin an.

Wolf und Lazuli traten den gelben Boden mit ihren Füßen, die Hände in den Taschen, wobei sie mit vollen Lungen die milchige Luft einatmeten. Andere Männer begegneten ihnen voller Heiterkeit. Ab und zu setzte sich der eine oder andere auf den Boden, zog seine Schuhe aus und lehnte sich bequem gegen den Bürgersteig zu einem Schläfchen, bevor er wieder anfing. Manche verbrachten ihr ganzes Leben im Liebesviertel und ernährten sich von Pfeffer und Ananasalkohol. Sie waren mager und zäh, mit flammenden Augen, ausgewogenen Gebärden und friedlichem Geist.

An einer Straßenecke stießen Wolf und Lazuli mit zwei Matrosen zusammen, die aus einem blauen Haus kamen.

»Seid ihr von hier?« fragte der größere.

Er war groß, dunkelgelockt, mit einem muskulösen Körper und einem Römerkopf.

»Ja«, sagte Lazuli.

»Könnt ihr uns sagen, wo man spielen kann?« fragte der andere Matrose, mittelgroß und -mäßig.

»Was?« fragte Wolf.

»Schröpfung und Aufschlag«, gab der erste Matrose zur Antwort.

»Das Spielviertel ist dort …«, sagte Lazuli und zeigte vor sich. »Wir gehen hin.«

»Wir folgen euch«, sagten die beiden Matrosen im Chor.

Redend setzten sie ihren Weg fort.

»Wann seid ihr an Land gegangen?« fragte Lazuli.

»Vor zwei Jahren«, antwortete der große Matrose.

»Wie heißt ihr denn?« fragte Wolf.

»Ich heiße Sandre«, sagte der große Matrose, »und mein Kumpel heißt Berzingue.«

»Seid ihr schon seit zwei Jahren hier im Viertel?« fragte Lazuli.

»Ja«, sagte Sandre. »Wir fühlen uns hier wohl. Wir lieben das Spiel sehr.«

»Die Schröpfung?« fragte Wolf zurück, der Seemannsgeschichten gelesen hatte.

»Die Schröpfung und den Aufschlag«, sagte Berzingue, der wenig zu reden schien.

»Kommt mit und spielt mit uns«, schlug Sandre vor.

»Schröpfung?« sagte Lazuli.

»Ja«, sagte Sandre.

»Ihr seid sicherlich zu stark für uns«, sagte Wolf.

»Es ist ein gutes Spiel«, sagte Sandre. »Es gibt keine Verlierer. Es gibt nur mehr oder weniger Gewinner, und man zieht Nutzen daraus, daß die andern dabei ebenso gewinnen wie man selber.«

»Ich würde mich fast in Versuchung führen lassen«, sagte Wolf. »Pfeifen wir auf die Zeit. Man muß alles versucht haben.«

»Es gibt keine Zeit«, sagte Berzingue. »Ich habe Durst.«

Er rief eine Getränketrägerin, die herbeigelaufen kam. Auf ihrem Tablett kochte der Ananasalkohol in Silberbechern. Sie trank mit ihnen, und sie küßten sie auf ihre frischen Lippen.

Sie trampelten immer noch über die dicke gelbe Wolle, die ab und zu von Nebel umgeben war. Sie waren völlig entspannt, quicklebendig bis in die Zehen.

»Vor hier«, sagte Lazuli, »seid ihr da viel zur See gefahren?«

»Nie, nie, niemals«, sagten die beiden Matrosen.

Dann ergänzte Berzingue:

»Wir lügen.«

»Ja«, sagte Sandre. »In Wirklichkeit haben wir nie aufgehört. Wir sagten nie, nie, niemals, weil das in unserer Vorstellung quasi geflötet auf'n Leierleid rausgummen sollt.«

»Damit wissen wir immer noch nicht, wo ihr gewesen seid«, sagte Lazuli.

»Wir haben die hohlen Inseln gesehen«, sagte Sandre, »und wir sind drei Tage dort geblieben.«

Wolf und Lazuli sahen sie respektvoll an.

»Und wie sind sie?« sagte Wolf.

»Sie sind hohl«, sagte Berzingue.

»Meine Fresse!« sagte Lazuli.

Er war ganz blaß geworden.

»Man darf nicht daran denken«, sagte Sandre. »Das ist jetzt vorbei. Außerdem haben wir es damals gar nicht gemerkt.«

Er blieb stehen.

»Wir sind angelangt«, sagte er. »Hier ist der Ort. Ihr hattet recht, es ging wirklich da entlang. Wir sind jetzt schon seit zwei Jahren hier, und wir finden uns immer noch nicht zurecht.«

»Wie macht ihr es denn auf See?« fragte Wolf.

»Auf See«, sagte Sandre, »herrscht Abwechslung. Es gibt keine zwei Wellen, die sich gleichen. Hier ist es immer das gleiche. Häuser und nochmals Häuser. Da kommen wir nicht klar.«

Er stieß die Tür auf, und sie akzeptierten dieses Argument.

Im Innern war es groß und gekachelt, alles abwaschbar. Auf der Seite der Spiele setzte man sich in Ledersessel, auf der anderen standen Leute, nackt und angekettet, Frauen oder Männer, je nach Geschmack. Sandre und Berzingue hatten schon Schröpfungspfeifen mit ihren Initialen bei sich, und Lazuli nahm zwei auf einem Tablett für Wolf und sich, zusammen mit einer Schachtel Punktionsnadeln.

Sandre setzte sich, führte seine Pfeife an den Mund und blies. Dort, vor ihm, stand ein fünfzehn- oder sechzehnjähriges Mädchen. Die Nadel schlug in das Fleisch ihrer linken Brust, und ein dicker Blutstropfen bildete sich und lief an ihrem Körper herunter.

»Sandre ist lasterhaft«, sagte Berzingue. »Er zielt nach den Brüsten.«

»Und Sie?« fragte Lazuli.

»Ich«, sagte Berzingue, »tue das nur bei den Männern. Ich liebe nämlich die Frauen.«

Sandre war bei seiner dritten Nadel. Sie traf so nahe bei den beiden ersten auf, daß man das schwache Klirren des Stahls hörte.

»Willst du mitspielen?« fragte Wolf Lazuli.

»Warum nicht?« sagte Lazuli.

»Ich«, sagte Wolf, »habe keine Lust mehr.«

»Eine Alte?« schlug Lazuli vor. »Das kann dir doch nicht weh tun, so eine Alte … unterm Auge.«

»Nein«, sagte Wolf. »Ich mag das nicht. Nicht lustig.«

Berzingue hatte seine Zielscheibe gewählt, ein von Stahl durchsiebter Junge, der mit gleichgültigem Gesicht auf seine Füße herabsah. Er nahm tief Atem und blies aus Leibeskräften. Die Spitze landete mitten im Fleisch und verschwand in der Leistengegend des Jungen, der zusammenzuckte. Ein Wächter trat zu ihm.

»Sie spielen zu heftig«, sagte er zu Berzingue. »Wie

sollen wir sie ihm herausziehen, wenn Sie sie so heftig spielen?«

Er beugte sich über die blutende Stelle, und aus seiner Tasche eine Pinzette aus verchromten Stahl ziehend, wühlte er vorsichtig im Fleisch. Er ließ die glänzende und rote Nadel auf die Fliesen fallen.

Lazuli zögerte.

»Ich habe große Lust, es zu probieren«, sagte er zu Wolf. »Aber ich bin mir gar nicht so sicher, ob ich das so mag wie sie.«

Sandre hatte seine zehn Nadeln verschossen. Seine Hände zitterten, und sein Mund schluckte behaglich. Man sah nur noch das Weiße seiner Augen. Er bekam eine Art Krampf und ließ sich in seinem Ledersessel nach hinten fallen.

Lazuli betätigte die Kurbel, die die Zielscheibe vor ihm auswechselte. Plötzlich hielt er inne.

»Wolf!« hauchte er. »Sehen Sie ihn?«

»Wen?« sagte Wolf.

»Den Mann vor mir.«

Wolf sah hin. Er langweilte sich. Er wollte weggehen.

»Du bist bekloppt!« sagte er zu Lazuli.

Neben ihnen hörte man ein Geräusch. Berzingue hatte wieder zu stark geblasen und bekam nun als Vergeltungsmaßnahme fünfzig Nadeln ins Gesicht. Seine Vorderfront war nur noch ein einziger roter Fleck, und er schluchzte laut, während zwei Wächter ihn wegführten.

Lazuli, von diesem Schauspiel verwirrt, hatte die Augen abgewandt. Er richtete sie wieder nach vorn. Die Zielscheibe war leer. Er stand auf.

»Ich gehe mit Ihnen ...«, murmelte er an Wolf gerichtet.

Sie gingen hinaus. Ihr ganzer Schwung war dahin.

»Warum sind wir nur diesen Matrosen begegnet?« sagte Lazuli.

Wolf seufzte.

»Es gibt überall so viel Wasser«, sagte er. »Und so wenige Inseln.«

Sie entfernten sich mit großen Schritten aus dem Spielviertel, und vor ihnen richtete sich das schwarze Stadttor auf. Sie durchschritten das Hindernis und befanden sich wieder in der aus dunklen Fäden gewebten Dunkelheit; sie hatten noch eine Stunde Marsch vor sich, um wieder nach Hause zu gelangen.

## *EINUNDZWANZIGSTES KAPITEL*

Sie gingen, ohne sich um den Weg zu kümmern, Seite an Seite nebeneinander her. Lazuli zog ein Bein etwas nach, und sein Monteuranzug aus Rohseide schlug Falten. Wolf ging mit gesenktem Kopf dahin und zählte seine Füße. Nach einer Weile sagte er mit einer Art von Hoffnung:

»Sollen wir bei den Höhen vorbeigehen?«

»Ja«, sagte Lazuli. »Hier ist zuviel Betrieb.«

Tatsächlich waren sie gerade zum dritten Mal innerhalb von zehn Minuten einem nicht mehr frischen Greis begegnet. Wolf streckte den linken Arm aus, um zu zeigen, daß er abbiegen würde, und sie betraten das erste Haus. Es war ein kaum gewachsenes Haus, ein Stockwerk ungefähr. Denn sie näherten sich den Vororten. Sie stiegen die Kellertreppe hinunter, die grün von Moos war, und gelangten zum Hauptkorridor, der die Verbindung herstellte. Von dort aus erreichte man mühelos die Höhlen. Man brauchte lediglich den Wächter niederzuschlagen, was leicht war, da er nur noch einen Zahn hatte.

Hinter dem Wächter öffnete sich eine schmale Tür mit einem Rundbogen und dahinter eine neue Treppe, die von winzigen Kristallen glänzte. Lampen dann und wann lenkten die Schritte Wolfs und Lazulis, die unter ihren Sohlen die blendenden Versteinerungen knirschen ließen. Am Fuße der Treppe wurde der Stollen breiter, und die Luft wurde warm und pulsierte wie in einer Schlagader.

Sie legten zwei- oder dreihundert Meter zurück, bevor sie miteinander sprachen. Stellenweise war die Mauer von niedrigeren Öffnungen unterbrochen, Verzweigungen des Hauptdurchgangs, und jedesmal änderten sich die Farben der Kristalle. Es gab malvenfarbene, grellgrüne, manche waren wie Opale, mit zugleich milchblauen und orangen

Reflexen; Gänge sahen aus, als seien sie mit Katzenaugen ausgelegt. In anderen zitterte das Licht sanft, und der Mittelpunkt der Kristalle zuckte wie ein kleines Mineralherz. Sie liefen keine Gefahr, sich zu verirren, da sie nur dem Hauptdurchgang zu folgen brauchten, um aus der Stadt zu kommen. Sie blieben manchmal stehen, um mit dem Blick den Lichtaugen in einer der Verzweigungen zu folgen. An den Verbindungsstellen standen Bänke aus weißem Stein, um sich zu setzen.

Wolf dachte, daß die Maschine weiterhin im Dunkel auf ihn wartete, und er fragte sich, wann er dorthin zurückkehren würde.

»Aus den Pfosten der Kabine sickert eine Flüssigkeit«, sagte Wolf.

»Meinen Sie das, was Sie im Gesicht hatten, als Sie ausstiegen?« fragte Lazuli. »Dieses schwarze, klebende Zeug?«

»Es ist erst schwarz geworden, als ich ausgestiegen bin«, sagte Wolf. »Drinnen war es rot. Rot und schmierig wie dickes Blut.«

»Das ist kein Blut«, sagte Lazuli, »es ist wahrscheinlich eine Kondensierung ...«

»Das heißt doch nur ein Geheimnis durch ein Wort ersetzen«, sagte Wolf. »Das ist dann ein anderes Geheimnis, sonst nichts. So fängt es an, und schließlich betreibt man Magie.«

»Ja und?« sagte Lazuli. »Ist diese Kabinengeschichte etwa keine Magie? Es ist das Überbleibsel eines alten gallischen Aberglaubens.«

»Welchen meinen Sie?« sagte Wolf.

»Sie sind wie die andern Gallier«, sagte Lazuli. »Sie fürchten, der Himmel könne Ihnen auf den Kopf fallen, und deshalb beugen Sie vor. Sie schließen sich ein.«

»Mein Gott«, sagte Wolf, »es verhält sich doch umgekehrt. Ich will sehen, was dahinter ist.«

»Wie kommt es denn, daß das rot tropft«, sagte Lazuli,

»da es nirgendwo herkommt? Es muß ganz einfach Kondenswasser sein. Aber das kümmert Sie ja überhaupt nicht. Was haben Sie denn dadrin gesehen? Sie sind ja nicht mal in der Lage, mir das zu sagen«, protestierte Lazuli, »dabei arbeite ich von Anfang an mit Ihnen zusammen. Sie wissen ganz genau, daß es Ihnen völlig wurscht ist, was da ...«

Wolf gab keine Antwort. Lazuli zögerte. Er faßte sich ein Herz.

»Bei einem Wasserfall«, sagte er, »was da zählt, ist der Fall und nicht das Wasser.«

Wolf hob den Kopf.

»Dadrinnen«, sagte er, »sieht man Dinge, wie sie gewesen sind. Das ist alles.«

»Und Sie haben Lust, dorthin zurückzukehren?« sagte Lazuli mit einem sarkastikalen Hohngelächter.

»Es ist etwas anderes als Lust«, sagte Wolf. »Es ist unvermeidlich.«

»Puh! ...«, kicherte Lazuli. »Da muß ich ja lachen.«

»Warum machst du eigentlich so ein dummes Gesicht, wenn du mit Folavril zusammen bist?« sagte Wolf, um einen Gegenangriff zu führen. »Willst du mir das vielleicht sagen?«

»Keineswegs«, sagte Lazuli. »Ich habe Ihnen darüber nichts zu sagen, da nichts Anormales passiert.«

»Du hast dich wohl wieder in der Gewalt?« sagte Wolf. »Weil du das mit einer Liebhaberin aus dem Viertel gemacht hast? Und jetzt glaubst du, daß es auch mit Folavril klappen wird? Gut, du kannst ruhig schlafen. Sobald du wieder mit ihr zusammensein wirst, wird dein Knabe zurückkommen, um dich zu ärgern.«

»Nein«, sagte Lazuli. »Nicht nach dem, was ich getan habe.«

»So, und vorhin bei der Schröpfung, hast du da den Kerl nicht wiedergesehen?« sagte Wolf.

»Nein«, sagte Lazuli, der dreist log.

»Du lügst«, sagte Wolf.

Und er fügte hinzu:

»Dreist.«

»Sind wir bald da?« sagte Lazuli und wechselte den Ton, weil das peinlich wurde.

»Nein«, sagte Wolf. »Noch eine gute halbe Stunde.«

»Ich will den tanzenden Neger sehen«, sagte Lazuli.

»Das ist bei der nächsten Abzweigung«, sagte Wolf. »In zwei Minuten. Das wird uns nicht weh tun, du hast recht. Diese Schröpfung ist ein dummes Spiel.«

»Das nächste Mal«, sagte Lazuli, »spielen wir lieber Aufschlag.«

## *ZWEIUNDZWANZIGSTES KAPITEL*

Und in diesem Augenblick kamen sie dann an der Stelle an, von wo aus man den Neger tanzen sah. Die Neger tanzen nicht mehr draußen. Es gibt immer einen Haufen Dummköpfe, die kommen, um sie anzustarren, und die Neger glauben, daß sie das tun, um sich über sie lustig zu machen. Denn die Neger sind sehr empfindlich, und sie haben recht. Im Grunde bedeutet Weißsein doch nur das Fehlen von Pigmenten und keine besondere Eigenschaft, und es ist nicht einzusehen, warum die Kerle, die das Pulver erfunden haben, vorgeben sollten, daß sie allen andern überlegen sind, und das Recht haben sollten, die auf andere Weise interessanten Tätigkeiten des Tanzes und der Musik zu stören. Dies, um klarzumachen, daß der Neger nur diese Ecke gefunden hatte, um seine Ruhe zu haben; die Höhle wurde von einem Wächter bewacht; man mußte also, wenn man den Neger sehen wollte, den Wächter loswerden, und diese Handlung stellte in den Augen des Negers so etwas wie ein Beglaubigungsschreiben dar: wenn die Lust, ihn zu sehen, wirklich so groß war, daß man den Wächter zu Boden schlug, dann verdiente man sich das Recht, es zu tun, weil man damit bewies, daß es einem weitgehend an Vorurteilen fehlte.

Übrigens hatte er sich komfortabel eingerichtet, und eine Spezialröhre brachte ihm echte Sonne und Luft von draußen. Die Abzweigung, die er ausgesucht hatte, mit schönen, orangefarbenen, chromgefaßten Kristallen, war ziemlich großzügig und hatte eher eine hohe Decke, es wuchsen dort tropische Kräuter und Kolibris und in der Regel die unerläßlichen Gewürze. Der Neger machte Musik auf einer perfektionierten Maschine, die lange spielte.

Er übte morgens teilweise Tänze ein, die er abends vollständig und in allen Einzelheiten aufführte.

Als Wolf und Lazuli erschienen, wollte er gerade mit dem Schlangentanz beginnen, der von den Hüften bis zu den Zehen ohne Hilfe des Rests ausgeführt wird. Er wartete höflich, bis sie in seiner Nähe waren, und begann. Seine Musikmaschine bildete eine bezaubernde Begleitung, bei der man das tiefe Timbre einer Dampfersirene erkannte, die, als die Platte aufgenommen worden war, im Handumdrehen das Baritonsaxophon des Orchesters ersetzte.

Wolf und Lazuli schwiegen und schauten zu. Der Neger war sehr geschickt, er kannte gut fünfzehn Arten, seine Kniescheiben zu bewegen, was selbst für einen Neger eine beachtliche Anzahl ist. Allmählich ließ das alle Unannehmlichkeiten und allen Ärger vergessen, die Maschine, den Stadtrat, Folavril und die Schröpfung.

»Ich bedauere es nicht, daß ich durch die Höhle nach Hause gegangen bin«, sagte Lazuli.

»Sicherlich«, gab Wolf zur Antwort. »Vor allem wo es draußen um diese Zeit stockdunkel ist. Und er hat noch Sonne.«

»Wir sollten herkommen und bei ihm wohnen«, meinte Lazuli.

»Und die Arbeit?« sagte Wolf, keineswegs überzeugt.

»Oh, die Arbeit! ja! wie?« sagte Lazuli. »Aber nein, Sie wollen in Ihre verfluchte Kabine zurückkehren. Die Arbeit ist ein guter Vorwand. Und ich, ich will sehen, ob der Mann zurückkommt.«

»Pst!« sagte Wolf. »Sieh ihn an und laß mich in Ruhe. Er hindert einen daran, an die Sache zu denken.«

»Natürlich«, sagte Lazuli, »aber ich hatte einen Rest von Berufsethos.«

»Scher dich zum Teufel mit deinem Berufsethos«, sagte Wolf.

Der Neger lächelte sie breit an und hörte auf. Der Schlangentanz war zu Ende. Auf seinem Gesicht sah man dicke Schweißtropfen, und er trocknete sich mit einem riesigen karierten Taschentuch ab. Dann begann er, ohne länger zu warten, den Straußentanz zu tanzen. Er vertat sich nicht ein einziges Mal, und jeden Augenblick erfand er mit dem Geklapper seiner Füße neue Rhythmen.

Am Ende dieses neuen Tanzes lächelte er sie breit an.

»Sie sind jetzt schon seit zwei Stunden da«, sagte er sehr objektiv.

Wolf sah auf seine Uhr. Es stimmte.

»Sie dürfen uns deswegen nicht böse sein«, sagte er. »Wir waren fasziniert.«

»Dazu dient das«, stellte der Neger fest.

Doch Wolf spürte an ich weiß nicht, woran – man spürt sehr schnell, wenn ein Neger empfindlich wird –, daß sie schon zu lange geblieben waren. Mit einem Murmeln des Bedauerns verabschiedete er sich.

»Auf Wiedersehen«, sagte der Neger.

Und erneut fuhr er fort, diesmal mit dem Tanz des hinkenden Löwen. Bevor sie den Hauptstollen erreichten, drehten sich Wolf und Lazuli ein letztes Mal um, und zwar in dem Augenblick, in dem er den Ansturm der Gazelle aus den Hochebenen nachahmte. Dann bogen sie ab und sahen ihn nicht mehr.

»Verflixt!« sagte Wolf. »Wie schade, daß wir nicht mehr länger bleiben können!«

»Wir haben uns bestimmt schon ganz schön verspätet«, sagte Lazuli, ohne sich deshalb im allergeringsten zu beeilen.

»Alles nur Enttäuschungen«, sagte Wolf. »Weil das alles keine Dauer hat.«

»Man fühlt sich frustriert«, sagte Lazuli.

»Aber wenn es Dauer hätte«, sagte Wolf, »wäre es das gleiche Ende.«

»Das hat nie Dauer«, sagte Lazuli.

»Doch«, sagte Wolf.

»Nein«, sagte Lazuli.

Es war schwierig, ein Ende zu finden, deshalb wechselte Wolf das Thema.

»Wir haben einen guten Arbeitstag vor uns«, sagte er.

Er dachte nach und fügte hinzu:

»Die Arbeit, das hat Dauer.«

»Nein«, sagte Lazuli.

»Doch«, sagte Wolf.

Diesmal waren sie gezwungen, den Mund zu halten. Sie gingen schnell, und der Boden begann anzusteigen. Plötzlich war da eine Treppe. In einem Schilderhaus, zur Rechten, stand ein alter Wächter in Habachtstellung.

»Was treibt ihr denn hier?« fragte er sie. »Habt ihr meinen Kollegen auf der anderen Seite zusammengeschlagen?«

»Nicht schlimm«, versicherte Lazuli. »Morgen kann er wieder laufen.«

»Sein Pech«, sagte der alte Wächter. »Ich muß gestehen, daß es mir nicht unlieb ist, Leute zu sehen. Viel Glück, Jungs.«

»Wenn wir zurückkommen«, sagte Lazuli, »werden Sie uns dann hinuntergehen lassen?«

»Kommt nicht in Frage«, sagte der alte Wächter. »Befehl ist Befehl. Man kommt hier nur über meine Leiche durch.«

»Einverstanden«, versprach Lazuli. »Bis bald.«

Draußen hatte der Mond einen grauen, bleichen Hof. Es war windig. Bald würde es Tag werden.

Als Wolf an der Maschine vorüberging, blieb er stehen.

»Geh allein nach Hause«, sagte er zu Lazuli. »Ich gehe wieder rein.«

Lazuli entfernte sich schweigend. Wolf öffnete den Schrank und begann sich auszustaffieren. Seine Lippen bewegten sich undeutlich. Er zog an dem Hebel, der die Tür öffnete, und stieg in die Kabine. Die graue Tür fiel hinter ihm mit einem hellen Knall zu.

## DREIUNDZWANZIGSTES KAPITEL

Diesmal hatte er den Zeiger auf die Höchstgeschwindigkeit eingestellt, und er spürte nicht, wie die Zeit verging. Als sich sein Geist klärte, befand er sich wieder im oberen Teil der großen Allee, genau an der Stelle, an der er Monsieur Perle verlassen hatte.

Es war der gleiche graugelbe Boden mit den Kastanien, den welken Blättern und dem Rasen. Aber die Ruinen und das Dornengestrüpp lagen verlassen. Er entdeckte die Biegung, der er folgen mußte. Ohne zu zögern, ging er weiter.

Fast im gleichen Augenblick wurde ihm bewußt, daß sich plötzlich die Landschaft verändert hatte; trotzdem hatte er nicht das Empfinden einer Unterbrechung, irgendeiner Änderung. Jetzt lag vor ihm eine gepflasterte, ziemlich steife, öde Straße, rechts entlang eines mächtigen grauen Gebäudes, mit runden Linden bestanden, links von einer strengen, mit Glasscherben gekrönten Mauer gesäumt. Über allen Dingen herrschte völlige Stille. Wolf ging mit langsamen Schritten an der Mauer entlang; nach ein paar Dutzend Metern stand er vor einer Schaltertür, die einen Spalt offenstand. Ohne zu zögern, stieß er sie auf und trat ein. In diesem Augenblick ertönte ein kurzes Läuten und hörte auf. Er war in einem riesigen viereckigen Hof, der ihn an den Hof des Gymnasiums erinnerte. Die Anordnung der Örtlichkeiten schien ihm vertraut. Der Tag ging langsam zur Neige. Dort, in dem, was das Büro des Direktors gewesen war, schien ein gelbes Licht. Der Boden war sauber, ziemlich gut gepflegt. Eine Wetterfahne knarrte auf dem großen schiefergedeckten Dach.

Wolf ging auf das Licht zu. Als er nahe genug war, sah er durch die Glastür einen Mann, der an einem kleinen Tisch saß und zu warten schien. Er klopfte an und trat ein.

Der Mann sah auf seine Uhr, eine runde Uhr aus Stahl, die er aus der Tasche seiner graue Weste zog.

»Sie haben sich um fünf Minuten verspätet«, sagte er.

»Entschuldigen Sie bitte«, sagte Wolf.

Das Büro war trostlos, typisch, es roch nach Tinte und Desinfektionsmittel. Neben dem Mann konnte man auf einem kleinen rechteckigen Schild in schwarzen, tiefliegenden Buchstaben einen Namen lesen: Monsieur Brul.

»Setzen sie sich«, sagte der Mann.

Wolf setzte sich und sah ihn an. Monsieur Brul hatte einen Umschlag aus dickem Konzeptpapier, der verschiedene Papiere enthielt, geöffnet vor sich liegen. Er war etwa fünfundvierzig Jahre alt, er war mager, seine Kieferknochen traten unter seinen gelben Wangen hervor, und seine spitze Nase wirkte traurig. Er hatte zwei mißtrauische Augen unter mottenzerfressenen Augenbrauen, und eine runde Druckstelle auf seinen grauen Haaren zeigte die Spur eines zu häufig getragenen Hutes an.

»Sie haben bereits bei meinem Kollegen Perle vorgesprochen«, sagte Monsieur Brul.

»Ja, Monsieur«, sagte Wolf. »Léon-Abel Perle.«

»Um dem Plan zu folgen«, sagte Monsieur Brul, »müßte ich Sie jetzt über Ihre Arbeit als Schüler und über Ihre Schulzeit befragen.«

»Ja, Monsieur«, sagte Wolf.

»Das ist mir unangenehm«, sagte Monsieur Brul, »denn mein Kollege Abbé Grille wird wieder darauf zurückkommen müssen. Ihre Beziehungen zur Religion haben nämlich nur sehr kurze Zeit gedauert, während Ihre Schulzeit sie bis weit über Ihr zwanzigstes Lebensjahr hinaus in Beschlag genommen hat.«

Wolf stimmte zu.

»Sie werden jetzt weitergehen«, sagte Monsieur Brul, »und dem Innenflur bis zur dritten Abzweigung folgen. Dort werden Sie mühelos Abbé Grille finden und ihm diese Zeilen übergeben. Dann kommen Sie wieder zu mir.«

»Ja, Monsieur«, sagte Wolf.

Monsieur Brul füllte ein Formular aus und hielt es Wolf hin.

»Auf diese Weise«, sagte er, »haben wir genügend Zeit, uns in der Sache zurechtzufinden. Gehen Sie den Flur entlang. Der dritte Seitengang.«

Wolf stand auf, grüßte und ging hinaus.

Er fühlte sich ein wenig bedrückt. Der lange, hallende Flur mit der gewölbten Decke bezog sein Licht von einem Innenhof, einem trübseligen Garten mit Kieswegen, die von Zwergbuchsbaumsträuchern bestanden waren. Abgestorbene Rosensträucher ragten aus den ausgetrockneten Beeten, auf denen jämmerliche Gräschen krochen. Wolfs Schritte hallten im Flur wider, und am liebsten wäre er gelaufen, so wie er lief, wenn er sich verspätet hatte, früher, wenn er durch die Hausmeisterloge ging, weil das mit undurchsichtigem Blech gepanzerte große Tor geschlossen war. Der körnige Betonboden war rechts von Säulen unterbrochen, die das Gewölbe stützten, Streifen aus weißem Stein, die abgenützter waren als das übrige und an denen man die Spuren von fossilem Muschelwerk erkennen konnte. Auf der anderen Seite des Hofes standen die Türen leerer Klassenzimmer mit stufenförmig angeordneten Bänken weit offen; von Zeit zu Zeit erblickte Wolf die Ecke einer Tafel und, starr und streng, einen Katheder auf seinem abgenutzten Podium.

Bei der dritten Abzweigung entdeckte Wolf sogleich ein kleines weißes Emailleschild: Katechismus. Er klopfte schüchtern an und trat ein. Es war ein Saal wie ein Schulsaal ohne Tische, mit harten Bänken voller Schnitzereien und Gekritzel und Lampen, die an langen Leitungen hingen, mit emaillierten Lampenschirmen; die Wände, die bis zu einer Höhe von ein Meter fünfzig braun waren, wurden darüber schmutziggrau. Eine dicke Staubschicht bedeckte die Dinge. An seinem Tisch schien Abbé Grille, schmal und distinguiert, ungeduldig zu werden. Er hatte einen kleinen Spitzbart und trug eine Soutane von gutem Schnitt; eine leichte schwarze Ledertasche lag neben ihm auf dem Tisch. In seinen Händen sah Wolf ohne Erstaunen die Akte, die Monsieur Brul einige Augenblicke zuvor gehabt hatte.

Er hielt sein Schreiben hin.

»Guten Tag, mein Sohn«, sagte der Abbé.

»Guten Tag, Monsieur l'Abbé«, sagte Wolf. »Monsieur Brul hat mich ...«

»Ich weiß, ich weiß«, sagte Abbé Grille.

»Haben Sie es eilig?« fragte Wolf. »Ich kann auch wieder gehen.«

»Aber keineswegs, keineswegs«, sagte Abbé Grille. »Ich habe viel Zeit.«

Seine gekünstelte und allzu vornehme Stimme traf Wolf wie lästiges Glas.

»Mal sehen«, murmelte Abbé Grille. »Was mich angeht ... mh ... Sie glauben nicht mehr an viel, nicht wahr. Na, dann sagen Sie mal, wann Sie aufgehört haben zu glauben. Das ist doch eine einfache Frage, nicht wahr?«

»Jaa ...«, sagte Wolf.

»Setzen Sie sich, setzen Sie sich«, sagte der Abbé. »Hier ist ein Stuhl ... Lassen Sie sich Zeit, verlieren Sie nicht den Kopf ...«

»Es besteht kein Grund, den Kopf zu verlieren ...«, sagte Wolf ein wenig müde.

»Ist es Ihnen unangenehm?« fragte Abbé Grille.

»O nein«, sagte Wolf, »... es ist nur etwas zu einfach, das ist alles.«

»Es ist gar nicht so einfach ... Sie müssen nur suchen ...«

»Man nimmt die Kinder viel zu früh«, sagte Wolf. »Man nimmt sie in einem Alter, in dem sie noch an Wunder glauben; sie möchten gern eins sehen; sie bekommen keins zu sehen, und damit ist für sie alles aus.«

»Sie waren nicht so«, sagte Abbé Grille. »Ihre Antwort mag vielleicht auf irgendein beliebiges Kind zutreffen… Sie geben sie mir nur, damit Sie sich nicht eingehend zu rechtfertigen brauchen, und ich kann Sie auch verstehen … ich kann Sie verstehen, aber in Ihrem Fall, nicht wahr, ist noch etwas anderes … etwas anderes.«

»Oh«, sagte Wolf wütend, »wenn Sie so gut über mich Bescheid wissen; Sie kennen ja schon die ganze Geschichte.«

»In der Tat«, sagte Abbé Grille, »aber ich brauche auch gar nicht über Sie aufgeklärt zu werden. Das gilt eher für Sie … nur für Sie …«

Wolf zog einen Stuhl an sich heran und setzte sich.

»Ich hatte wie Sie einen Abbé im Katechismusunterricht«, sagte er. »Aber der hieß Vulpian de Naulaincourt de la Roche-Bizon.«

»Grille ist nicht mein vollständiger Name«, sagte der Abbé und lächelte selbstgefällig. »Ich besitze auch das Adelsprädikat …«

»Und in seinen Augen waren die Kinder nicht alle gleich«, sagte Wolf. »Jene, die schöne Kleider trugen, interessierten ihn sehr, und ihre Mütter ebenfalls.«

»Nichts von alldem kann ein zureichender Grund sein, nicht zu glauben«, sagte Abbé Grille konziliant.

»Ich habe am Tag meiner ersten Kommunion sehr inbrünstig geglaubt«, sagte Wolf. »Ich bin in der Kirche beinahe ohnmächtig geworden. Ich habe das Jesus angelastet. In Wirklichkeit mußten wir drei Stunden in einer stickigen Luft warten, und ich kam vor Hunger um.«

Abbé Grille begann zu lachen.

»Sie haben einen Klein-Buben-Groll auf die Religion«, sagte er.

»Sie haben eine Klein-Buben-Religion«, sagte Wolf.

»Sie sind nicht dazu qualifiziert, das zu beurteilen«, fuhr Abbé Grille fort.

»Ich glaube nicht an Gott«, sagte Wolf.

Er schwieg einige Augenblicke.

»Gott ist der Feind der Leistung«, sagte er.

»Die Leistung ist der Feind des Menschen«, sagte Abbé Grille.

»Des Körpers des Menschen …«, gab Wolf rasch zur Antwort.

Abbé Grille lächelte.

»Das fängt schlecht an«, sagte er. »Wir reden um die Sache herum, und Sie antworten nicht auf meine Fragen … Sie antworten nicht …«

»Die Formen Ihrer Religion haben mich enttäuscht«, sagte Wolf. »Das ist zu willkürlich. Fisimatenten, Liedchen, hübsche Kostüme … Katholizismus und Varieté, das ist doch alles das gleiche.«

»Versetzen Sie sich wieder in Ihre Geistesverfassung von vor zwanzig Jahren«, sagte Abbé Grille. »Nur zu, ich bin hier, um Ihnen zu helfen … ob Priester oder nicht Priester … auch das Varieté ist sehr wichtig.«

»Man hat kein Argument dafür oder dagegen«, murmelte Wolf. »Man glaubt oder man glaubt nicht. Es hat mich immer peinlich berührt, in eine Kirche zu gehen. Es hat mich immer peinlich berührt, wenn ich sah, wie Männer, die das Alter meines Vaters hatten, ein Knie auf den Boden setzten, wenn sie an einem kleinen Schrank vorbeikamen. Ich schämte mich für meinen Vater. Ich bin nicht mit schlechten Priestern in Berührung gekommen, mit solchen, von deren Schändlichkeiten man in Büchern über Päderasten liest, ich habe keine Ungerechtigkeit erlebt – ich hätte sie auch kaum ausmachen können, aber Priester haben mich immer peinlich berührt. Vielleicht die Soutane.«

»Als Sie gesagt haben ›Ich widersage dem Satan und all seiner Pracht und all seinen Werken?‹« sagte Abbé Grille.

Er versuchte Wolf zu helfen.

»Ich habe an eine Tracht gedacht«, sagte Wolf … »stimmt, ich erinnerte mich nicht mehr … an eine Tracht, die unsere Nachbarin sonntags trug. Wissen Sie, der Katechismus hat mich kaum berührt … ich konnte einfach nicht glauben, erzogen, wie ich erzogen war. Es war eine Formalität, damit ich eine Golduhr bekam und bei meiner Hochzeit auf keine Hindernisse stieß.«

»Wer zwang Sie denn, sich kirchlich trauen zu lassen?« sagte Abbé Grille.

»Die Freunde freuen sich darüber«, sagte Wolf. »Es bedeutet ein Kleid für die Frau und … oh, das geht mir alles auf die Nerven … es interessiert mich nicht. Es hat mich nie interessiert.«

»Wollen Sie ein Foto vom lieben Gott sehen?« schlug Abbé Grille vor. »Ein Foto?«

Wolf sah ihn an. Der andere machte keinen Witz. Er saß da, aufmerksam beflissen, ungeduldig.

»Ich glaube nicht, daß Sie eins haben«, sagte er.

Abbé Grille steckte die Hand in eine Innentasche seiner Soutane und zog eine hübsche Brieftasche aus kastanienbraunem Krokodilleder daraus hervor.

»Ich habe hier eine ausgezeichnete Serie …«, sagte er.

Er nahm drei davon und hielt sie Wolf hin. Der betrachtete sie gleichgültig.

»Das habe ich mir gleich gedacht«, sagte er. »Es ist mein Freund Ganard. Er hat immer den lieben Gott gespielt, wenn wir in der Schule ein Theaterstück aufführten oder wenn wir eine Freistunde hatten.«

»Genau«, sagte Abbé Grille. »Ganard, wer hätte das geglaubt, nicht wahr? Er war ein schlechter Schüler. Ein schlechter Schüler. Ganard. Der liebe Gott. Wer hätte das geglaubt? Hier, sehen Sie sich das an, im Profil. Es ist schärfer. Erinnern Sie sich?«

»Ja«, sagte Wolf. »Er hatte einen großen Schönheitsfleck neben der Nase. Manchmal machte er im Unterricht Flügel und Beine dran, damit man glauben sollte, es sei eine Fliege. Ganard … armer Kerl.«

»Sie dürfen ihn nicht bedauern«, sagte Abbé Grille. »Er hat eine schöne Position. Eine schöne Position.«

»Ja«, sagte Wolf. »Eine hübsche Position.«

Abbé Grille steckte die Fotos in seine Brieftasche zurück. In einem anderen Fach fand er ein kleines rechteckiges Stück Pappe, das er Wolf hinhielt.

»Hier, mein Junge«, sagte er zu ihm. »Im großen ganzen haben Sie gar nicht schlecht geantwortet. Hier haben Sie einen Punkt. Sobald Sie zehn zusammenhaben, werde ich Ihnen ein Bild geben. Ein hübsches Bild.«

Wolf sah ihn verblüfft an und schüttelte den Kopf.

»Das ist nicht wahr«, sagte er. »So seid ihr nicht. Ihr seid nicht so tolerant. Das ist Tarnung. Unterwanderung. Propaganda. Wind.«

»Aber nein, aber nein«, sagte der Abbé, »darin irren Sie sich. Wir sind sehr tolerant.«

»Na, na«, sagte Wolf, »wer ist denn toleranter als ein Atheist?«

»Ein Toter«, sagte Abbé Grille gleichgültig und steckte seine Brieftasche wieder in die Tasche. »Also, ich danke Ihnen, ich danke Ihnen. Der nächste bitte.«

»Auf Wiedersehen«, sagte Wolf.

»Werden Sie den Weg wieder herfinden?« sagte Abbé Grille, ohne auf die Antwort zu warten.

## *VIERUNDZWANZIGSTES KAPITEL*

Wolf war schon hinausgegangen. Er dachte jetzt an alles das. Alles das, was gerade die Person des Abbé Grille zu erinnern ihm verboten hatte … die Stationen des Kreuzwegs in der dunklen Kapelle, bei denen man niederknien mußte und die ihn so quälten, an die er sich jedoch ohne Mißfallen erinnerte. Die Kapelle selbst kühl, ein wenig geheimnisvoll. Rechts vom Eingang stand der Beichtstuhl; er erinnerte sich an seine erste Beichte, die unbestimmt und allgemein war – wie die andern, die darauf folgten –, und an die Stimme des Priester hinter dem kleinen Gitter, die ihm ganz anders vorkam als seine gewöhnliche Stimme – unbestimmt, ein wenig verschleiert, gelassener, als erhebe ihn seine Funktion als Beichtvater wirklich über seinen Stand – oder besser gesagt, als nehme sie ihm seinen Stand, um ihm eine subtile Fähigkeit des Verzeihens zu verleihen, ein umfassendes Verständnis und die Befähigung, mit aller Sicherheit das Gute vom Bösen unterscheiden zu können. Das Amüsanteste war der Rückzug vor der ersten Kommunion; mit einer Holzklapper versehen brachten ihnen Priester, wie kleinen Soldaten, die Bewegung bei, damit es am Tag der feierlichen Handlung keine Pannen gab; und aus diesem Grund verlor die Kapelle etwas von ihrer Macht, wurde ein vertrauterer Ort; so etwas wie ein Einverständnis stellte sich ein zwischen den alten Steinen und den Schülern, die, rechts und links vom Hauptgang aufgestellt, sich darin übten, zwei Reihen zu bilden, die sich zu einer dichteren Kolonne zusammenschlossen, die dann den Gang entlangging bis zu den Stufen und sich wieder in zwei Reihen aufteilte, um aus den Händen des Abbés und eines Vikars, der ihm an dem besagten Tag assistieren sollte, die Hostie zu empfangen.

Wird mir der Abbé oder der Vikar die Hostie hinhalten? fragte sich Wolf, und er faßte sehr komplizierte Manöver ins Auge, um sich im entscheidenden Augenblick an die Stelle eines seiner Kameraden zu setzen und sie von dem richtigen zu empfangen, denn wenn es der andere war, lief man Gefahr, vom Blitz getroffen zu Boden zu sinken oder für immer dem Satan zu verfallen. Außerdem hatte man Choräle gelernt. Die Kapelle ertönte von so sanften Lämmern, von Glorie, von Hoffnung und von Beistand!…, und Wolf wunderte sich jetzt, als er sah, wie sinnleer alle diese Worte von Liebe und Anbetung blieben, wie sie sich ausschließlich auf ihre Klangfunktion im Munde der Kinder um ihn herum wie auch in seinem eigenen Mund beschränkten. Zu diesem Zeitpunkt war es lustig, zur ersten Kommunion zu gehen; man hatte gegenüber den Jungen – den Jüngeren – den Eindruck, daß man auf der gesellschaftlichen Leiter um eine Stufe höher gestiegen war, daß man aufrückte, und gegenüber den Älteren, daß man nun ihren Stand erreicht hatte, daß man nun von gleich zu gleich mit ihnen reden konnte. Und außerdem die Armschleife, der blaue Anzug, der gestärkte Kragen, die Lackschuhe – und trotz allem die Aufregung des großen Tages, die geschmückte Kapelle, voller Leute, der Geruch des Weihrauchs und die tausend Lichter der Kerzen, das gemilderte Gefühl, einer Aufführung beizuwohnen und sich einem großen Mysterium zu nähern, der Wunsch, durch seine Frömmigkeit zu erbauen, die Furcht, »Sie« zu kauen – das »wenn es doch wahr wäre« – das »es ist wahr« … und dann, mit vollem Magen wieder zu Hause, der bittere Eindruck, daß man angeschmiert worden ist. Es blieben die vergoldeten Bilder, die man mit den Kameraden austauschte, der Anzug, den man abnützen würde, der gestärkte Kragen, mit dem man nie etwas tun würde, und eine goldene Uhr, die nur dazu taugte, später verkauft zu werden, wenn's einem mal miserabel ginge, und die man nicht bedauern würde. Auch ein Meßbuch, das Geschenk einer frommen Kusine, das man sich nie wegzuwerfen traut, wegen des hübschen Einbands, und mit dem man nie etwas anzufangen weiß … Enttäuschung ohne Tiefe … lächerliche Komödie … und ein kleines Bedauern, daß man nicht weiß, ob man Jesus gesehen hat oder ob es einem schlecht geworden ist wegen der Hitze, den Gerüchen, dem frühen Aufstehen am Morgen oder dem Kragen, der zu stark drückte … Leere. Eine vergebliche Maßnahme.

Dann stand Wolf wieder vor der Tür von Monsieur Brul und vor Monsieur Brul selber. Er fuhr sich mit der Hand über die Stirn und setzte sich.

»Fertig? …«, sagte Monsieur Brul.

»Fertig«, sagte Wolf. »Ohne Ergebnis.«

»Wieso?« sagte Monsieur Brul.

»Ich kam nicht klar mit ihm«, sagte Wolf. »Wir haben nur dummes Zeug geredet.«

»Aber hinterher?« fragte Monsieur Brul. »Sie haben sich doch alles selbst erzählt. Das ist doch das Wichtigste.«

»Ach?« sagte Wolf. »Ja. Gut. Trotzdem ist es eine Nummer, die man aus dem Plan hätte herausnehmen können. Sie ist leer, substanzlos.«

»Das ist der Grund«, sagte Monsieur Brul, »weshalb ich Sie gebeten habe, zuerst bei ihm vorbeizuschauen. Um schnellstens mit etwas Unwichtigem fertig zu werden.«

»Völlig unwichtig«, sagte Wolf. »Das hatte mich nie belastet.«

»Natürlich nicht, natürlich nicht«, murmelte Monsieur Brul vor sich hin, »aber so ist es halt vollständiger.«

»Der l iebe Gott«, erklärte Wolf, »war Ganard, einer meiner Klassenkameraden. Ich habe sein Foto gesehen. Das führt die Sache genau auf ihr richtiges Maß zurück. Im Grunde war diese Unterhaltung nicht nutzlos.«

»Jetzt«, sagte Monsieur Brul, »wollen wir ernsthaft reden.«

»Das erstreckt sich über so viele Jahre …«, sagte Wolf. »Alles ist durcheinandergemischt. Man wird erst einmal Ordnung in das Ganze bringen müssen.«

## *FÜNFUNDZWANZIGSTES KAPITEL*

»Der wichtigste Punkt«, sagte Monsieuer Brul und zog dabei sorgfältig die Worte auseinander, »besteht darin herauszufinden, inwiefern Ihre Schulzeit zu Ihrem Ekel am Dasein beigetragen hat. Denn das ist doch der Grund, der sie hierhergeführt hat?«

»So in etwa«, sagte Wolf. »Denn ich bin auch in dieser Hinsicht enttäuscht worden.«

»Zunächst jedoch«, sagte Monsieur Brul, »wie groß ist Ihre Verantwortung für diese Schulzeit?«

Wolf erinnerte sich sehr gut, daß er in die Schule hatte gehen wollen. Er sagte es Monsieur Brul.

»Aber«, ergänzte er, »ich glaube, es ist redlich hinzuzufügen, daß ich doch in die Schule gegangen wäre, auch wenn ich es nicht gewünscht hätte.«

»Ist das ganz sicher?« fragte Monsieur Brul.

»Ich habe schnell gelernt«, sagte Wolf, »und ich wollte Schulbücher haben, Federn, einen Ranzen und Papier, das stimmt. Aber meine Eltern hätten mich sowieso nicht zu Hause behalten.«

»Man kann auch was anderes tun«, sagte Monsieur Brul. »Musik. Zeichnen.«

»Nein«, sagte Wolf.

Er betrachtete zerstreut das Zimmer. Auf einem staubigen Ordner thronte eine alte Gipsbüste, der eine unerfahrene Hand einen Schnurrbart angemalt hatte.

»Mein Vater«, erklärte Wolf, »hatte in ziemlich jungen Jahren sein Studium abgebrochen, denn seine Mittel erlaubten es ihm, ohne auszukommen. Deshalb legte er so großen Wert darauf, daß ich meines abschließe. Und daß ich folglich erst einmal damit anfange.«

»Mit einem Wort«, sagte Monsieur Brul, »man hat Sie aufs Gymnasium geschickt.«

»Ich sehnte mich nach Kameraden meines Alters«, sagte Wolf. »Das spielte auch eine Rolle.«

»Und alles ist gut verlaufen«, sagte Monsieur Brul.

»In einem gewissen Sinne schon ...«, sagte Wolf. »Doch die Neigungen, die bereits mein Kinderleben beherrschten, haben sich immer stärker entwickelt. Verstehen wir uns richtig. Zum einen hat das Gymnasium mich befreit, denn ich bekam hier Menschen zu sehen, deren von ihrem Milieu abgeleitete Gewohnheiten und Schrullen nicht identisch waren mit denen meines Milieus; was mich indirekt dazu brachte, an der Gesamtheit der Gewohnheiten zu zweifeln und unter allen die zu wählen, die am geeignetsten waren, mich zufriedenzustellen, um mir damit eine Persönlichkeit zu schaffen.«

»Sicherlich«, sagte Monsieur Brul.

»Zum andern«, fuhr Wolf fort, »hat das Gymnasium dazu beigetragen, die Unterscheidungsmerkmale zu verstärken, von denen ich Monsieur Perle erzählt habe: Wunsch nach Heldentum zum einen, physische Schlaffheit zum andern und folglich Enttäuschung, die verursacht wurde durch meine Unfähigkeit, mich dem einen oder dem andern der beiden vollständig zu überlassen.«

»Ihr Gefallen am Heldentum trieb Sie dazu, nach dem ersten Platz zu trachten«, sagte Monsieur Brul.

»Doch meine Faulheit verbot mir, ihn ständig zu behalten«, sagte Wolf.

»Das bedeutet ein ausgewogenes Leben«, sagte Monsieur Brul. »Was ist daran schlecht?«

»Es ist ein unbeständiges Gleichgewicht«, versicherte Wolf. »Ein erschöpfendes Gleichgewicht. Ein System, bei dem alle Antriebskräfte fehlen, wäre viele eher nach meinem Geschmack gewesen.«

»Was gibt es Beständigeres ...«, begann Monsieur Brul

… dann sah er Wolf ganz seltsam an und sagte nichts mehr.

»Meine Heuchelei wurde immer nur größer«, sagte Wolf, ohne mit der Wimper zu zucken, »ich war kein Heuchler in dem Sinne, daß man etwas verheimlicht: die Heuchelei beschränkte sich auf meine Arbeit. Ich hatte das Glück, begabt zu sein, und ich tat so, als arbeitete ich, obgleich ich ohne die geringste Anstrengung über dem Durchschnitt lag. Aber die begabten Leute sind nicht beliebt.«

»Wollen Sie, daß man Sie liebt?« sagte Monsieur Brul, der ein Gesicht machte, als hätte er nichts gesagt.

Wolf wurde blaß, und sein Gesicht schien verschlossen zu werden.

»Lassen wir das beiseite«, sagte er. »Wir sprechen von der Schulzeit.«

»Dann sprechen wir von der Schulzeit«, sagte Monsieur Brul.

»Stellen Sie mir Fragen«, sagte Wolf, »und ich werde sie beantworten.«

»In welchem Sinne«, fragte Monsieur Brul sogleich, »hat Ihre Schulzeit Sie gebildet? Aber begnügen Sie sich bitte nicht damit, zu Ihrer frühen Kindheit zurückzugehen. Was war das Ergebnis all dieser Arbeit – denn es gab Ihrerseits Arbeit und mit Sicherheit einen vielleicht äußerlichen Fleiß; nun ist es aber so, daß eine Regelmäßigkeit von Gewohnheiten unweigerlich auf einen Menschen wirkt, sofern diese Regelmäßigkeit ziemlich lange dauert.«

»Ziemlich lange …«, wiederholte Wolf. »Was für ein Leidensweg! Sechzehn Jahre lang … sechzehn Jahre lang mit dem Arsch auf harten Bänken … sechzehn Jahre lang abwechselnd Tricks und Ehrlichkeit. – Sechzehn Jahre Langeweile und Ärger – und was bleibt davon übrig? Winzige Einzelbilder … der Geruch von neuen Büchern am ersten Oktober, die Blätter, die man bemalte, der ekelhafte Bauch des Froschs, der beim Biologieunterricht seziert wurde, mit seinem Formolgeruch, und die letzten Tage im Schuljahr, wo man merkte, daß die Lehrer auch nur Menschen sind, weil sie in Urlaub fahren werden und weil wir nicht mehr so viele sind. Und alle diesen großen Ängste, deren Ursachen man nicht mehr kennt, die Tage vor den Prüfungen ... Eine Regelmäßigkeit von Gewohnheiten ... darauf beschränkte sich das ... aber wissen Sie auch, Monsieur Brul, daß es gemein ist, Kindern eine Regelmäßigkeit von Gewohnheiten aufzuzwingen, die sechzehn Jahre dauert? Die Zeit ist verfälscht, Monsieur Brul. Die wirkliche Zeit ist nicht mechanisch, aufgeteilt in Stunden, die sich alle gleich sind ... die wirkliche Zeit ist subjektiv ... man trägt sie in sich ... Stehen Sie jeden Morgen um sieben Uhr auf ... Essen Sie um zwölf Uhr zu Mittag und gehen Sie um neun Uhr zu Bett ...und Sie werden nie eine Nacht für sich haben ... niemals werden Sie wissen, daß es einen Augenblick gibt, wo das Meer aufhört, sich herabzustürzen, und für eine kurze Weile stillsteht, bevor es wieder ansteigt, in dem die Nacht und der Tag sich vermischen und verschmelzen und eine Flutwelle bilden, ähnlich der, wie sie die Flüsse beim Zusammentreffen mit dem Ozean entstehen lassen. Man hat mir sechzehn Jahre Nacht gestohlen, Monsieur Brul. Und das ist nur eins unter anderen, was man mir gestohlen hat ... Man hat mir mein Ziel gestohlen, Monsieur Brul. Man hat mich in der Sexta glauben gemacht, in die Quinta zu kommen habe mein einziger Fortschritt zu sein ... in der Prima mußte ich das Abitur haben ... und dann ein Diplom ... Ja, ich habe geglaubt, ich hätte ein Ziel, Monsieur Brul ... und ich hatte nichts ... Ich lief durch einen Korridor ohne Anfang, ohne Ende, im Schlepptau von Dummköpfen, anderen Dummköpfen vorausgehend. Man rollt das Leben in Diplome ein. So wie man die bitteren Pülverchen in Pillen verpackt, damit man sie mühelos schluckt … aber sehen Sie, Monsieur Brul, ich weiß jetzt, daß ich gern den richtigen Geschmack am Leben gehabt hätte.«

Monsieur Brul rieb sich die Hände, ohne etwas zu sagen, dann zog er an seinen Fingern und ließ sie kräftig knacken, etwas Unangenehmes, dachte Wolf.

»Deshalb habe ich gemogelt«, schloß Wolf. »Ich habe gemogelt … um nur der zu sein, der in seinem Käfig nachdenkt, denn schließlich steckte ich da drin, zusammen mit den andern, die träge blieben … und ich bin keine Sekunde früher herausgekommen. Gewiß, sie mögen geglaubt haben, daß ich mich unterwerfe, daß ich es genauso mache wie sie, und das kam meinem Bedachtsein auf die Meinung der andern entgegen. – Dennoch lebte ich während dieser ganzen Zeit anderswo … ich war ein Faultier und dachte an was anderes.«

»Hören Sie«, sagte Monsieur Brul, »ich kann darin keine Mogelei sehen. Ob faul oder nicht, Sie haben Ihr Studium abgeschlossen, und zwar mit einem achtbaren Ergebnis. Daß Sie an etwas anderes gedacht haben, ist doch in keiner Weise Ihre Schuld.«

»Das hat mich verbraucht, Monsieur Brul«, sagte Wolf. »Ich hasse meine Studienjahre, weil sie mich verbraucht haben. Und ich hasse den Verschleiß.«

Er schlug mit der flachen Hand auf den Schreibtisch.

»Sehen Sie«, sagte er. »Dieser alte Schreibtisch. Alles, was das Studium umgibt, ist so. Alte, schmutzige, verstaubte Dinge. Farbe, die als ungesunder Grind herabfällt. Lampen voller Staub und Fliegendreck. Überall Tinte. Löcher, die mit dem Taschenmesser in die Tische geschnitten wurden. Vitrinen mit ausgestopften Vögeln, voller Würmer. Chemielabore, die stinken, dürftige, schlecht gelüftete Turnhallen, Schlacke auf den Höfen. Und alte, schwachsinnige Lehrer. Vergreiste. Eine Schule der Vergreisung. Der Unterricht … Und das alles altert schlecht.

Es wird aussätzig. Es nutzt sich an der Oberfläche ab, und man sieht, was darunter ist. Mieses Material.«

Monsieur Brul schien leicht die Stirn zu runzeln, und seine lange Nase legte sich mit einer Andeutung von Mißbilligung in Falten.

»Wir nutzen uns alle ab …«, sagte er.

»Ja, gewiß«, gab Wolf zur Antwort, »aber nicht ganz auf diese Weise. Wir blättern ab … unsere Abnutzung kommt vom Mittelpunkt her. Das ist nicht so häßlich.«

»Die Abnutzung ist kein Makel«, sagte Monsieur Brul.

»Doch«, gab Wolf zur Antwort. »Man muß sich schämen, daß man sich abnutzt.«

»Aber«, wandte Monsieur Brul ein, »jedem ergeht es so.«

»Das ist ohne Bedeutung«, sagte Wolf, »wenn man gelebt hat. Aber daß man damit schon anfängt, dagegen habe ich mich aufgelehnt. Sehen Sie, Monsieur Brul, mein Gesichtspunkt ist einfach: solange es einen Ort gibt, an dem man Luft, Sonne und Gras findet, soll man es bedauern, daß man nicht dort ist. Vor allem, wenn man jung ist.«

»Kommen wir auf unser Thema zurück«, sagte Monsieur Brul.

»Wir sind mittendrin«, sagte Wolf.

»Finden Sie denn nichts, was Sie Ihrem Studium zugutehalten könnten?«

»Ach …«, sagte Wolf, »wissen Sie, Monsieur Brul, es ist ein Fehler, daß Sie mich das fragen …«

»Warum?« sagte Monsieur Brul. »Mir ist das, wie Sie wissen, unwahrscheinlich gleichgültig.«

Wolf sah ihn an, und der Schatten einer weiteren Enttäuschung zog an seinen Augen vorüber.

»Ja«, sagte er, »entschuldigen Sie bitte.«

»Dennoch«, sagte Monsieur Brul, »muß ich es wissen.«

Wolf nickte mit dem Kopf und biß sich in die Unterlippe, bevor er begann.

»Man lebt nicht ungestraft«, sagte er, »in einer abgeteilten Zeit, ohne dabei einen billigen Gefallen an einer gewissen Scheinordnung zu finden. Und was ist dann natürlicher, als sie auf alles auszudehnen, was einen umgibt ...«

»Nichts ist natürlicher«, sagte Monsieur Brul, »obgleich Ihre Behauptungen in Wirklichkeit charakteristisch sind für Ihren eigenen Geist und nicht für den der andern, aber lassen wir das.«

»Ich klage meine Lehrer an«, sagte Wolf, »daß sie mich durch ihren Ton und den ihrer Lippen an eine mögliche Unbeweglichkeit der Welt glauben ließen. Daß sie meine Gedanken in einem bestimmten Stadium erstarren ließen (das übrigens nicht ohne ihren Widerspruch festgelegt wurde) und daß sie mich in dem Glauben wiegten, es könne irgendwo eines Tages eine ideale Ordnung geben.«

»Nun«, sagte Monsieur Brul, »das ist ein Glaube, der Sie anfeuern kann, meinen Sie nicht auch?«

»Wenn man merkt, daß man sie nie erreicht«, sagte Wolf, »und daß erst Generationen, die ebenso fern sind wie die Nebelsterne am Himmel, in den Genuß dieser Ordnung kommen, dann schlägt diese Ermunterung in Verzweiflung um und fällt einem tief ins eigene Innere, so wie die Schwefelsäure die Baryumsalze fällt. Dies, um im Schulbereich zu bleiben. Obgleich im Falle des Baryums der Niederschlag weiß ist.«

»Ich weiß, ich weiß«, sagte Monsieur Brul. »Verlieren Sie sich nicht in Kommentare, die ohne Interesse sind.«

Wolf sah ihn gehässig an.

»Es reicht«, sagte er. »Ich habe Ihnen jetzt genug gesagt. Sehen Sie zu, wie Sie so klarkommen.«

Monsieur Brul runzelte die Stirn, und seine Finger klopften auf den Tisch.

»Sechzehn Jahre Ihres Lebens«, sagte er, »und Sie haben genug darüber gesagt. Das war also der ganze Eindruck, den das auf Sie gemacht hat. Sie brechen das einfach über dem Knie ab.«

»Monsieur Brul«, sagte Wolf und betonte seine Worte, »nun hören Sie mal gut zu, was ich Ihnen darauf zu antworten habe. Hören Sie gut zu. Eure Schuldbildung ist ein Witz. Es ist das Oberflächlichste von der Welt. Seit Generationen versucht man, den Leuten weiszumachen, daß ein Ingenieur ein Gelehrter, ein Elitemensch ist. Da kann ich nur lachen; und niemand macht sich da was vor – außer den angeblichen Elitemenschen –, Monsieur Brul, es ist schwerer, boxen zu lernen als Mathematik. Andernfalls gäbe es in den Schulen mehr Boxunterricht als Rechenunterricht. Es ist schwerer, ein guter Schwimmer zu werden, als französisch schreiben zu können. Andernfalls gäbe es mehr Schwimmlehrer als Französischlehrer. Jeder kann Abiturient werden, Monsieur Brul ... und außerdem gibt es viele Abiturienten, aber nun zählen Sie einmal, wie groß die Anzahl derer ist, die in der Lage sind, am Zehnkampf teilzunehmen. Monsieur Brul, ich hasse meine Schulzeit, weil es zu viele Dummköpfe gibt, die lesen können; und diese Dummköpfe wissen darüber genau Bescheid, sie reißen sich gegenseitig die Sportzeitungen aus der Hand und verherrlichen die Leute vom Sportplatz. Es wäre immer noch besser, wenn man lernte, wie man richtig Liebe macht, als mit einem Geschichtsbuch zu verblöden.«

Monsieur Brul hob schüchtern eine Hand.

»Es ist nicht mein Amt, Sie darüber zu verhören«, sagte er. »Noch einmal, weichen Sie nicht vom Thema ab.«

»Die Liebe ist eine physische Tätigkeit, die genauso vernachlässigt wird wie die andern«, sagte Wolf.

»Möglich«, gab Monsieur Brul zur Antwort, »aber in der Regel widmet man ihr ein besonderes Kapitel.«

»Gut«, sagte Wolf, »reden wir nicht mehr davon. Sie wissen jetzt, was ich von eurer Schulzeit halte. Von eurer

Vergreisung. Von eurer Propaganda. Von euren Büchern. Von euren stinkenden Klassenzimmern und euren masturbierenden Faulpelzen. Von euren Lokussen voller Scheiße und von euren heimtückischen Radaubrüdern, von euren blaßgrünen und brillentragenden Gymnasiasten, von euren wichtigtuerischen Polytechnikern, von eurem im Bürgertum versackten Absolventen der Kunstschulen, von euren diebischen Ärzten und euren anrüchigen Richtern ... mein Gott ... erzählen Sie mir lieber was von einem anständigen Boxkampf ... der ist zwar auch nicht echt, aber es erleichtert wenigstens.«

»Das erleichtert nur wegen des Kontrasts«, sagte Monsieur Brul. »Wenn es ebenso viele Boxer gäbe wie Studenten, würde man den ersten Preisträger des Schülerwettbewerbs auf den Schultern im Triumph tragen.«

»Vielleicht«, sagte Wolf, »aber man hat sich nun einmal dafür entschieden, die intellektuelle Kultur zu propagieren. Um so besser für die Körperkultur ... Und wenn sie mich jetzt in Frieden lassen könnten, käme mir das verdammt gut zupaß.«

Er vergrub den Kopf in seinen Händen und hörte einige Augenblicke lang auf, Monsieur Brul anzusehen. Als er wieder aufsah, war Monsieur Brul verschwunden, und er saß mitten in einer Wüste aus goldgelbem Sand; das Licht schien von überall hervorzuquellen, und ein schwaches Geräusch von Wellen kam von hinter ihm. Als er sich umdrehte, sah er in einer Entfernung von hundert Metern das Meer, blau, warm, wesentlich, und er spürte, wie ihm das Herz aufging. Er zog seine Schuhe aus, ließ sein Schuhwerk, seine Lederjacke und seinen Helm dort liegen und lief dem glänzenden Gischtstreifen entgegen, der die azurblaue Fläche säumte. Und plötzlich verschwamm alles, verschwand. Und wieder war es der Taumel, die Leere und die eisige Kälte der Kabine.

## SECHSUNDZWANZIGSTES KAPITEL

Wolf war wieder in seinem Büro und spitzte die Ohren. Über sich hörte er die ungeduldigen Schritte Lazulis in seinem Zimmer. Lil kümmerte sich wohl um das Haus, ganz in der Nähe. Wolf fühlte sich eingekreist, er hatte in so kurzer Zeit eine solche Menge von Zerstreuungen ausgeschöpft, daß er keine Ideen mehr hatte, nur noch einen großen Überdruß, nur noch die eiserne Kabine; und der Ausgang des Versuchs gegen die Erinnerungen schien jetzt zweifelhaft.

Er stand auf, er fühlte sich unwohl in seiner Haut und suchte Lil von Zimmer zu Zimmer. Sie kniete vor der Kiste des Senators in der Küche. Sie sah ihn an, und ihre Augen schwammen in Tränen.

»Was ist los?« fragte Wolf.

Zwischen den Pfoten des Senators schlief das Ouapiti; der Senator trielte mit hügligen Augen und sang undeutliche Bruchstücke von Liedern.

»Es ist wegen Senator«, sagte Lil, und ihre Stimme brach.

»Was hat er denn?« sagte Wolf.

»Ich weiß nicht«, sagte Lil. »Er weiß nicht mehr, was er sagt, und gibt keine Antwort, wenn man mit ihm spricht.«

»Aber er scheint zufrieden zu sein«, sagte Wolf. »Er singt.«

»Man könnte meinen, er sei vergreist«, murmelte Lil.

Der Senator wedelte mit dem Schwanz, und ein Anschein von Verständnis ließ seine Augen für einen flüchtigen Augenblick aufleuchten.

»Richtig!« bemerkte er. »Ich bin vergreist, und ich gedenke es zu bleiben.«

Dann fing er wieder mit seiner entsetzlichen Musik an.

»Alles in Ordnung«, sagte Wolf. »Du weißt, daß er alt ist.«

»Er schien so froh zu sein, daß er ein Ouapiti hat«, gab Lil voller Tränen zur Antwort.

»Ob man froh ist oder vergreist«, sagte Wolf, »das ist doch wirklich das gleiche. Wenn man auf nichts mehr Lust hat, kann man auch genausogut vergreist sein.«

»Oh!« sagte Lil. »Mein armer Senator.«

»Wohlgemerkt«, sagte Wolf, »es gibt zwei Arten, auf nichts mehr Lust zu haben: alles haben, was man wollte, oder entmutigt zu sein, weil man es nicht bekommen hat.«

»Aber er wird doch wohl nicht so bleiben!« sagte Lil.

»Das hat er dir doch gesagt«, sagte Wolf. »Das nennt man Glückseligkeit. Bei ihm ist es, weil er es wollte. Ich glaube, daß es in beiden Fällen mit einem Zustand der Unbewußtheit endet.«

»Das bringt mich um«, sagte Lil.

Der Senator unternahm eine letzte Anstrengung.

»Hören Sie«, sagte er, »ich habe jetzt einen letzten Lichtschimmer. Ich bin zufrieden. Verstehen Sie? Ich brauche nicht mehr zu verstehen. Es ist eine völlige Zufriedenheit, also etwas Vegetatives, und dies werden meine Schlußworte sein. Ich nehme wieder Kontakt auf ... ich gehe zu den Quellen zurück ... sobald ich lebe und nichts mehr begehre, brauche ich nicht intelligent zu sein. Und ich möchte noch hinzufügen, daß ich damit hätte anfangen sollen.«

Er leckte sich leckermäulisch die Nase und brachte einen ungebührlichen Ton hervor.

»Ich funktioniere«, sagte er. »Alles andere ist ein Witz. Und jetzt trete ich wieder ins Glied zurück – ich mag euch beide, ich werde euch vielleicht auch weiterhin noch verstehen, aber ich werde nichts mehr sagen. Ich habe mein Ouapiti. Seht zu, daß ihr das eure findet.«

Lil schneuzte sich und streichelte den Senator, der mit

dem Schwanz wedelte, seine Nase auf den Hals des Ouapitis legte und einschlief.

»Und wenn es keine Ouapitis für alle gäbe?« sagte Wolf.

Er half Lil beim Aufstehen.

»Oh«, sagte sie, »ich kann mich nicht daran gewöhnen.«

»Lil«, sagte Wolf. »Ich liebe dich so sehr. Warum macht mich das nicht ebenso glücklich wie den Senator?«

»Weil ich zu klein bin«, sagte Lil und preßte sich an ihn. »Oder aber du siehst die Dinge falsch. Du hältst sie für andere.«

Sie verließen die Küche und gingen sich auf ein großes Sofa setzen.

»Ich habe fast alles ausprobiert«, sagte Wolf, »und es gibt nichts, was ich wieder tun möchte.«

»Nicht einmal mich küssen«, sagte Lil.

»Doch«, sagte Wolf und tat es.

»Und deine alte, schreckliche Maschine«, sagte Lil.

»Das macht mir angst«, murmelte Wolf. »Die Art, wie man dadrin wieder an die Dinge denkt ...«

Er bekam in der Nackengegend vor lauter Mißfallen eine Verkrampfung.

»Sie ist gemacht, um zu vergessen, aber zunächst einmal denkt man an alles zurück«, fuhr er fort. »Ohne etwas auszulassen. Mit noch mehr Einzelheiten. Und ohne daß man das empfindet, was man empfand.«

»Ist das so langweilig?« sagte Lil.

»Es ist stinklangweilig, wenn man das mit sich herumschleppt, was man vorher gewesen ist«, sagte Wolf.

»Willst du mich nicht mitnehmen?« sagte Lil und hätschelte ihn.

»Du bist hübsch«, sagte Wolf. »Du bist nett. Ich liebe dich. Und ich bin enttäuscht.«

»Du bist enttäuscht?« wiederholte Lil.

»Es ist einfach unmöglich, daß es nur das ist«, sagte

Wolf mit einer unbestimmten Gebärde. »Der Klotz, die Maschine, die Liebesdienerinnen, die Arbeit, die Musik, das Leben, die anderen Leute …«

»Und ich?« sagte Lil.

»Ja«, sagte Wolf. »Da gäbe es zwar dich, aber man kann nicht in der Haut eines andern stecken. Das sind zwei. Du bist vollständig. Du ganz, das ist zuviel; und alles ist wert, aufgehoben zu werden, deshalb mußt du anders sein.«

»Versetz dich doch mit mir in meine Haut«, sagte Lil. »Ich werde glücklich sein, wenn es nur uns beide gibt.«

»Das ist unmöglich«, sagte Wolf. »Man kann sich nicht in die Haut eines andern versetzen, es sei denn, man tötet ihn und zieht ihm die Haut ab, um sie ihm zu nehmen.«

»Zieh mir die Haut ab«, sagte Lil.

»Hinterher«, sagte Wolf, »hätte ich dich nicht mehr; das bin dann immer noch ich in einer anderen Haut.«

»Oh!« sagte Lil ganz traurig.

»So ist es, wenn man enttäuscht ist«, sagte Wolf. »Und alles kann zur Enttäuschung werden. Das ist unabänderlich. Da kannst du Gift drauf nehmen.«

»Hast du überhaupt keine Hoffnung mehr?« sagte Lil.

»Diese Maschine …«, sagte Wolf. »Ich habe diese Maschine. Im Grunde bin ich gar nicht so lange drin gewesen.«

»Wann wirst du wieder hingehen?« sagte Lil. »Ich habe eine solche Angst vor der Kabine. Und du erzählst mir nichts.«

»Ich mache morgen weiter«, sagte Wolf. »Jetzt muß ich arbeiten gehen. Und dir etwas erzählen, das kann ich nicht.«

»Warum nicht?« fragte Lil.

Wolfs Gesicht wurde verschlossen.

»Weil ich mich an nichts mehr erinnere«, sagte er. »Ich weiß nur, wenn ich einmal dadrin bin, kommen die Erinnerungen wieder; doch die Maschine ist dazu da, sie sofort zu zerstören.«

»Macht dir das keine Angst«, fragte Lil, »alle deine Erinnerungen zu zerstören?«

»Oh«, sagte Wolf ausweichend, »ich habe noch nichts Wichtiges zerstört.«

Er spitzte die Ohren. Die Tür oben drüber, bei Lazuli, war gerade zugeschlagen, und auf der Treppe hörte man ein lautes Geräusch von Schritten. Sie standen auf und schauten aus dem Fenster. Lazuli entfernte sich fast laufend in Richtung auf das Karree. Bevor er dort ankam, warf er sich in das rote Gras und verbarg seinen Kopf in den Händen.

»Geh rauf und sieh nach Folavril«, sagte Wolf. »Was hat er nur? Er ist überarbeitet.«

»Willst du ihn nicht trösten«, sagte Lil.

»Ein Mann tröstet sich ganz allein«, sagte Wolf und ging in sein Büro zurück.

Er log ungezwungen und ehrlich. Ein Mann muß genauso getröstet werden wie eine Frau.

# SIEBENUNDZWANZIGSTES KAPITEL

Lil war es ein wenig unangenehm, daß sie zu Folavril gehen sollte, um sie aufzumuntern, weil das nicht diskret ist, aber zum andern lief Lazuli für gewöhnlich nicht so weg, und seine Gangart war eher die eines erschreckten Mannes als die eines zornigen Mannes.

Lil trat auf den Treppenabsatz hinaus und stieg die achtzehn Stufen hinauf. Sie klopfte bei Folavril. Folavrils Schritt kam ihr aufmachen, und Folavril sagte ihr guten Tag.

»Was ist los?« fragte Lil. »Hat Lazuli Angst, oder ist er krank?«

»Ich weiß es nicht«, sagte Folavril, immer sanft und verschlossen. »Er ist plötzlich weggegangen.«

»Ich will nicht indiskret sein«, sagte Lil. »Aber er sah ganz anders aus.«

»Er küßte mich«, erklärte Folavril, »und dann hat er wieder jemand gesehen, und diesmal hat er es nicht mehr ausgehalten. Er ist weggelaufen.«

»Und es war niemand da?« sagte Lil.

»Mir ist das egal«, sagte Folavril. »Aber er hat sicherlich jemand gesehen.«

»Was sollen wir tun?« sagte Lil.

»Ich glaube, daß er sich meiner schämt«, sagte Folavril.

»Nein«, sagte Lil, »er schämt sich sicherlich, daß er verliebt ist.«

»Dabei habe ich nie etwas Schlechtes über seine Mutter gesagt«, protestierte Folavril.

»Ich glaube Ihnen«, sagte Lil. »Aber was sollen wir tun?«

»Ich habe Bedenken, ihn suchen zu gehen«, sagte Folavril. »Ich habe den Eindruck, daß ich die Ursache seines Martyriums bin; und ich will ihn nicht quälen.«

»Was sollen wir tun …«, sagte Lil noch einmal. »Wenn Sie wollen, kann ich ihn suchen gehen.«

»Ich weiß nicht«, sagte Folavril. »Wenn er bei mir ist, hat er eine solche Lust, mich zu berühren, mich zu küssen, mich zu nehmen, ich spüre es, und ich hätte so gern, daß er es tut; aber dann traut er sich nicht, er hat Angst, daß dieser Mann wieder kommt, dabei macht das gar nichts, mir ist das egal, denn ich sehe ihn ja nicht; aber ihn lähmt das, und jetzt ist es noch schlimmer, jetzt hat er Angst.«

»Ja«, sagte Lil.

»Und bald«, sagte Folavril, »wird es ihn in Wut versetzen, weil er immer größeres Verlangen nach mir hat. Und ich nach ihm.«

»Ihr seid beide zu jung dazu«, sagte Lil.

Folavril begann zu lachen, es war ein hübsches, leichtes und kurzes Lachen.

»Sie sind auch zu jung, für diesen Ton«, bemerkte sie.

Lil lächelte, aber es war kein fröhliches Lächeln.

»Ich will mich nicht als Großmutter aufspielen«, sagte sie, »aber ich bin seit einigen Jahren mit Wolf verheiratet.«

»Lazuli ist nicht dasselbe«, sagte Folavril. »Ich will nicht sagen, daß er besser ist; ihn quält etwas anderes als Wolf; aber auch Wolf wird von etwas gequält, sagen Sie nicht das Gegenteil.«

»Ja«, sagte Lil.

Folavril sagte ihr ungefähr das gleiche, was Wolf ihr gerade gesagt hatte, und das schien ihr merkwürdig.

»Alles wäre so einfach«, seufzte sie.

»Ja«, sagte Folavril, »aber es gibt so viele einfache Dinge, es ist die Gesamtheit, die kompliziert wird und die man aus den Augen verliert. Man müßte das alles von ganz oben herab ansehen können.«

»Und dann«, sagte Lil, »ist man entsetzt, wenn man sieht, daß alles ganz einfach ist, daß aber kein Kraut dagegen gewachsen ist und daß man die Illusion nicht an Ort und Stelle zerstören kann.«

»So ist es wahrscheinlich«, sagte Folavril.

»Was macht man, wenn man erschreckt ist?« sagte Lil.

»Man macht es wie Lazuli«, sagte Folavril. »Man hat Angst und läuft weg.«

»Oder ein anderes Mal wird man wütend«, murmelte Lil.

»Die Gefahr besteht«, sagte Folavril.

Sie schwiegen.

»Aber was könnte man tun, um sie wieder für etwas zu interessieren?« sagte Lil.

»Ich tue mein Bestes«, sagte Folavril. »Sie ebenfalls. Wir sind hübsch, wir versuchen, ihnen ihre Freiheit zu lassen, wir versuchen, so dumm zu sein, wie es sich gehört, da eine Frau dumm zu sein hat – das ist Tradition –, und das ist genauso schwierig wie irgend etwas anderes, folglich nicht unehrenhaft. Wir lieben sie, wir überlassen ihnen unsere Körper und wir nehmen den ihren; das ist zumindest ehrlich, und sie gehen weg, weil sie Angst haben.«

»Dabei haben sie nicht einmal Angst vor uns«, sagte Lil.

»Das wäre zu schön«, sagte Folavril. »Selbst ihre Angst muß noch von ihnen selber kommen.«

Die Sonne streifte um das Fenster herum und schickte von Zeit zu Zeit einen großen weißen Lichtstrahl auf den blanken Fußboden.

»Warum haben wir mehr Widerstandskraft?« fragte Lil.

»Weil wir ein Vorurteil gegen uns haben«, sagte Folavril, »und das gibt einer jeden von uns die Kraft eines Ganzen. Und sie glauben, daß wir kompliziert seien wegen diesem Ganzen. Das habe ich ihnen gesagt.«

»Dann sind sie dumm«, sagte Lil.

»Nun verallgemeinern Sie sie nicht ebenfalls«, sagte Folavril. »Das macht sie dann ebenfalls kompliziert. Und keiner von ihnen verdient es, man darf nie denken ›die Männer‹. Man muß denken ›Lazuli‹ oder ›Wolf‹. Sie denken immer ›die Frauen‹, und das ist ihr Untergang.«

»Wo haben Sie denn das her?« fragte Lil erstaunt.

»Ich weiß nicht«, sagte Folavril. »Ich höre ihnen zu. Außerdem ist das, was ich sage, sicherlich dumm.«

»Vielleicht«, sagte Lil, »aber es ist auf jeden Fall klar.«

Sie traten ans Fenster. Dort unten, auf dem scharlachroten Gras, bildete der beige Fleck von Lazulis Körper ein hervortretendes Loch. Einen Buckel, sagen mache. Und Wolf kniete neben ihm, eine Hand auf seiner Schulter. Er beugte sich zu ihm herab, sicherlich sprach er mit ihm.

## ACHTUNDZWANZIGSTES KAPITEL

Es war ein anderer Tag. In Lazulis Zimmer, das gut nach nordischem Fichtenholz und Harz roch, träumte Folavril vor sich hin. Lazuli würde gleich zurückkommen.

An der Decke verliefen ziemlich parallel Nuten, die Faser des Holzes, gefleckt von dunklen und glatteren Ästen, vom Metall der Säge poliert.

Der Wind trieb sich draußen im Staub der Landstraße herum und strich um die lebenden Hecken. Er kräuselte das scharlachrote Gras in schlängelnden Wellen, deren Krone von neuen Blümchen schäumte. Lazulis Bett war kühl unter dem Körper Folavrils. Sie hatte die Decke zurückgeschlagen, damit ihr Hals mit dem Linnen des Kopfkissens in Berührung war.

Lazuli würde kommen. Er würde sich neben sie legen und seinen Arm hinter ihr blondes Haar schieben. Lazulis rechte Hand würde die Schulter halten, die sie sanft befühlte.

Er war schüchtern.

Träume liefen vor Folavril dahin; beim Vorüberkommen haftete sie ihre Augen daran fest; da sie faul war, folgte sie ihnen nie bis zum Ende. Wozu sollte sie träumen, da Lazuli kommen würde und er kein Traum war. Folavril lebte wirklich. Ihr Blut klopfte, sie spürte es unter ihrem Finger längs der Schläfe, sie schloß und öffnete gern die Hände, um ihre Muskeln zu entspannen. Gerade in diesem Augenblick war sie sich ihres linken Beines nicht mehr bewußt, das eingeschlafen war, und sie zögerte den Augenblick hinaus, in dem sie es bewegte, denn sie kannte das Gefühl, das sie in diesem Augenblick empfinden würde, und es war ein doppeltes Vergnügen, es bereits im voraus zu empfinden.

Die Sonne materialisierte die Luft in Millionen von Luftpunkten, in denen einige geflügelte Tiere tanzten. Manchmal verschwanden sie urplötzlich in einem leeren Schattenstrahl, wie verschluckt, und Folavril verspürte jedesmal ein kleines Stechen in der Herzgegend. Und dann kam sie wieder zu ihrem Traum zurück und schenkte dem Tanz der glänzenden Pailletten keine Aufmerksamkeit mehr. Sie hörte die vertrauten Geräusche des Hauses, der Türen untendrunter, die zugingen, das Wasser, das man laufen ließ, sang in den Leitungen, und durch die geschlossene Tür hindurch hörte man das unregelmäßige Klatschen des Seils, an dem man zog, um die Fensterklappe des widerhallenden Flurs zu öffnen, und das jetzt von einem wechselnden Luftzug bewegt wurde.

Im Garten pfiff jemand. Folavril bewegte ihr Bein, und ihr Bein setzte sich Zelle um Zelle neu zusammen; es kam der Augenblick, in dem das Kribbeln der Zellen fast unerträglich wurde. Es war köstlich. Sie streckte sich mit einem leisen Stöhnen der Lust.

Lazuli stieg die Treppe hinauf, ohne sich zu beeilen, und Folavril spürte, wie ihr Herz erwachte. Es schlug nicht schneller – im Gegenteil, es bekam einen beständigen, starken und mächtigen Rhythmus. Sie spürte, wie ihre Wangen rosig wurden, und seufzte vor Behagen. Das hieß leben.

Lazuli klopfte an die Tür und trat ein. Er hob sich von der Leerfüllung ab, mit seinen sandbedeckten Haaren, seinen breiten Schultern und seiner schmalen Taille. Er trug seinen Monteuranzug aus tabakbraunem Tuch, und sein Hemd stand offen. Seine Augen waren grau wie das metallische Grau mancher Emaillen, sein Mund war gut gezeichnet, mit einem kleinen Schatten unter der Unterlippe, und die Linien seines muskulösen Halses verliehen dem Kragen seines Hemdes eine romantische Bewegung.

Er hob seine Hand und stützte sich gegen den Türrahmen. Er sah Folavril an, die auf dem Bett lag. Sie lächelte mit halbgeschlossenen Augenlidern. Er sah von ihren Augen nur einen funkelnden Punkt unter den gelockten Wimpern. Sie hatte ihr linkes Bein angewinkelt, und ihr leichtes Kleid war etwas hochgeschoben. Verwirrt folgte Lazuli der Linie des andern Beins, von dem kleinen durchbrochenen Schuh bis zu dem Schatten über dem Knie.

»Guten Tag...«, sagte Lazuli, ohne einen Schritt zu machen.

»Guten Tag, du«, sagte Folavril.

Er rührte sich nicht. Folavrils Hände wandten sich ihrer gelben Blumenkette zu, die sie langsam aufmachten. Mit ausgestrecktem Arm, ohne Lazuli aus den Augen zu lassen, ließ sie den schweren Faden auf den Fußboden gleiten. Jetzt zog sie einen Schuh aus, ohne Hast, ein wenig um die verchromte Schnalle herumtastend.

Sie hielt ein, und der Absatz schlug leicht auf dem Boden auf, und sie machte die andere Schnalle auf.

Lazuli atmete stärker. Fasziniert folgte er Folavrils Gebärden. Sie hatte saftige Lippen, die scharlachrot waren wie das Dunkel im Innern einer warmen Blume.

Jetzt rollte sie einen Strumpf mit staubfeinen Maschen, der sich zu einer kleinen grauen Flocke verdichtete, bis zum Knöchel herunter. Eine zweite Flocke folgte ihm, und beide kamen zu den Schuhen.

Folavrils Zehennägel waren perlmuttblau lackiert.

Sie trug ein Seidenkleid, das an der Seite von der Achsel bis zur Wade geknöpft war. Sie fing an der Achsel an und machte zwei Knöpfe auf. Dann ging sie zum anderen Ende, löste drei Laschen – eine oben, eine unten, zwei auf jeder Seite. Es blieb nur noch eine, an der Gürtellinie. Die Stoffbahnen des Kleides fielen auf beiden Seiten ihrer glatten Knie zurück, und an der Stelle ihrer Beine, auf die die Sonne fiel, sah man einen goldenen Flaum zittern.

Ein doppeltes Dreieck aus schwarzer Spitze blieb an der Nachttischlampe hängen, und es blieb nur noch der letzte Knopf aufzumachen, denn das leichte, duftige Kleidungsstück, das Folavril am Ende ihres flachen Bauches noch trug, war integrierender Bestandteil ihrer Person.

Folavrils Lächeln zog plötzlich die ganze Sonne ins Zimmer. Fasziniert trat Lazuli mit hängenden Armen unsicher näher. In diesem Augenblick knöpfte Folavril ihr Kleid ganz auf und blieb wie erschöpft mit ausgestreckten Armen liegen. Während der Zeit, die Lazuli brauchte, um sich auszuziehen, machte sie keine Bewegung, doch ihre harten Brüste, voll entfaltet durch ihre Ruhestellung, richten unerbittlich ihre rosigen Warzen auf.

Er legte sich neben sie und umarmte sie. Folavril drehte sich auf die Seite, gab ihm seine Küsse zurück. Sie streichelte seine Wangen mit ihren feinen Händen, und ihre Lippen folgten Lazulis Wimpern, berührten sie knapp. Lazuli schauderte zusammen und spürte, wie sich eine große Hitze in seinen Lenden festsetzte und die dauerhafte Form der Begierde annahm. Er wollte sich nicht beeilen, er wollte seine Fleischeslust nicht ganz allein dahingehen lassen, und da war noch etwas anderes, eine reale Unruhe, die hinter seiner Stirn bohrte und ihn daran hinderte, sich hinzugeben. Er schloß die Augen, das sanfte Gemurmel von Folavrils Stimme wiegte ihn in einen falschen Sinnenschlaf. Er lag ausgestreckt auf der rechten Seite, sie ihm zugewandt. Als er die linke Hand hob, stieß er auf ihren weißen Oberarm, und er folgte ihrem Arm bis zur blonden Achselhöhle, die kaum mit einem winzigen elastischen Haarbüschel bekleidet war. Als er die Augen öffnete, sah er eine durchsichtige flüssige Schweißperle an Folavrils Brust herablaufen, und er beugte sich herunter, um sie zu schmecken; sie schmeckte nach salzigem Lavendel; er drückte seine Lippen auf die gespannte Haut, und Folavril, gekitzelt, preßte lachend ihren Arm an die Seite. Lazuli schob seine rechte Hand unter ihre langen Haare und packte sie beim Hals. Folavrils aufgerichtete Brüste nisteten sich an Lazulis Brust ein, sie lachte nicht mehr, ihr Mund war halb geöffnet, und sie sah noch jünger aus als gewöhnlich, wie ein Baby, das gleich erwacht.

Über Folavrils Schulter stand ein Mann mit traurigem Gesicht, der Lazuli ansah.

Er rührte sich nicht. Seine Hand suchte sacht hinter sich. Das Bett war niedrig, und er konnte seine Hose erreichen, die ganz nahe ans Bett gefallen war. Am Gürtel steckend, fand er den kurzen Dolch, dessen Klinge eine tiefe Rille hatte, sein Dolch aus der Zeit, als er Pfadfinder war.

Er ließ den Mann nicht aus den Augen. Folavril lag unbeweglich, sie seufzte, ihre Zähne glänzten zwischen den dargebotenen Lippen. Lazuli machte seinen rechten Arm frei. Der Mann bewegte sich nicht. Er stand nahe am Bett, auf der anderen Seite von Folavril. Langsam, ohne ihn aus den Augen zu verlieren, kniete sich Lazuli hin und nahm das Messer in die richtige Hand. Er schwitzte, kleine Tröpfchen erschienen auf seinen Schläfen und auf seiner Oberlippe. Seine Augen stachen ihn wegen des Schweißes. Mit einer lebhaften Bewegung der linken Hand schnappte er den Mann am Kragen und legte ihn aufs Bett. Er spürte eine grenzenlose Kraft in sich. Der Mann blieb reglos liegen, wie ein Leichnam, und an gewissen Anzeichen spürte Lazuli, daß er sich in der Luft auflösen würde, daß er sich auf der Stelle verflüchtigen würde. Darauf stieß er ihm wild den Dolch ins Herz, über Folavrils Körper hinweg, die Worte der Beruhigung sprach. Seine Gebärde machte ein dumpfes Geräusch, wie ein Schlag auf eine Sandtonne, und die Klinge drang bis zum Schaft ein, drückte den Stoff in die Wunde. Lazuli zog die Waffe heraus – klebriges Blut gerann schon an der Klinge. Lazuli wischte sie am Revers der Jacke des Mannes ab.

Sein Messer in Reichweite, stieß er den leblosen Körper bis an den anderen Bettrand. Der Leichnam glitt lautlos auf den Teppich. Lazuli fuhr sich mit dem rechten Vorderarm über seine schweißtriefende Stirn. Er hatte in allen seinen Muskeln eine wilde Kraft, die nahe daran war überzusprudeln. Er hob seine Hand vor die Augen, um zu sehen, ob sie zitterte. Sie war hart und ruhig wie eine Stahlhand.

Draußen begann der Wind aufzukommen. Staubwirbel stiegen schräg vom Boden auf und liefen über die Gräser.

Der Wind klammerte sich an den Balken und an den Kanten des Daches fest, und an jeder Stelle ließ er eine leise gejammerte Klage, eine tönende Laufmasche aufleben. Das Fenster im Flur schlug zu, ohne es vorher anzukünden. Vor Wolfs Büro bewegte sich der Baum und lärmte unaufhörlich.

In Lazulis Zimmer war alles ruhig. Die Sonne drehte sich allmählich und begann die Farben eines Bildes über der Kommode zu befreien. Ein hübsches Bild, die Schnittzeichnung eines Flugzeugmotors mit dem Grün für das Wasser, dem Rot für das Benzin, dem Gelb für die verbrannten Gase und dem Blau für die Luftzufuhr. An der Verbrennungsstelle ergab die Überlagerung des Rot und des Blau die schöne purpurrote Farbe roher Leber.

Lazulis Augen ruhten auf Folavril. Sie hatte aufgehört zu lächeln. Sie sah aus wie ein grundlos frustriertes Kind.

Der Grund lag zwischen Bett und Wand und blutete aus einem schwarzen Spalt in Höhe des Herzens dickes Blut. Lazuli, befreit, beugte sich über Folavril. Er drückte einen unmerklichen Kuß seitlich auf ihren Hals, und seine Lippen glitten an ihrer dargebotenen Schulter entlang, erreichten die von den Rippen kaum gewellte Flanke, tauchten in die Mulde der Taille hinab und stiegen dann wieder zur Hüfte hoch. Folavril, die auf der linken Seite lag, ließ sich plötzlich auf den Rücken gleiten, und Lazulis Mund drückte sich in die Leistenbeuge; unter der durchsichtigen Haut bildete eine Ader eine feine blaue, verschwommene Linie. Folavrils Hände packten Lazulis Kopf und führten ihn – aber schon brach Lazuli den Kontakt ab und richtete sich wild wieder auf.

Am Fuße des Bettes, direkt vor ihm, stand ein dunkel gekleideter Mann mit traurigem Gesicht, der sie ansah.

Sich auf den Dolch stürzend, sprang Lazuli auf und schlug zu. Beim ersten Stoß schloß der Mann die Augen. Seine Augenlider fielen deutlich herab wie Metalldeckel.

Er blieb stehen; Lazuli mußte ihm ein zweites Mal seine Klinge zwischen die Rippen stecken, damit der Körper schwankte und am Fuße des Bettes wie ein gerissenes Tau niederfiel.

Seinen Dolch in der Hand, nackt, betrachtete Lazuli den unheimlichen Leichnam mit einer Grimasse des Hasses und der Wut. Er wagte es nicht, ihm einen Fußtritt zu geben.

Folavril, auf dem Bett sitzend, sah Saphir beunruhigt an. Ihre nach einer Seite zurückgeworfenen blonden Haare verbargen zur Hälfte ihr Gesicht, und sie neigte ihren Kopf auf die andere Seite, um besser zu sehen.

»Komm«, sagte sie zu Lazuli und hielt ihm eine Hand hin, »komm, laß das, du wirst dir weh tun.«

»Das sind schon mal zwei weniger«, sagte Lazuli.

Er hatte die ausdruckslose Stimme, wie man sie in einem Traum hat.

»Beruhige dich«, sagte Folavril. »Es ist nichts. Glaub mir. Es ist nichts mehr. Entspann dich. Komm zu mir.«

Lazuli senkte mit mutlosem Gesicht die Stirn. Er kam und setzte sich neben Folavril.

»Schließ die Augen«, sagte sie. »Schließ die Augen und denke an mich … und nimm mich jetzt, nimm mich, bitte, ich habe ein zu großes Verlangen nach dir. Saphir, mein Lieber.«

Lazuli hatte noch seinen Dolch in der Hand. Er legte ihn hinter das Kopfkissen, und Folavril umkippend, ließ er sich neben sie gleiten. Sie klammerte sich an ihn wie eine blonde Pflanze und murmelte Worte, um ihn zu beruhigen.

Im Zimmer war nur noch das Geräusch ihres vermischten Atems und die Klage des Windes, der draußen heulte und die Bäume mit heftigen, kurzen Schlägen ohrfeigte. Jetzt bedeckte sich die Sonne zeitweise mit schnellen Wolken, die wie Streikende von der Polizei gegeneinandergejagt wurden.

Eng umschlangen Lazulis Arme den nervigen Oberkörper Folavrils. Als er die Augen aufmachte, sah er, an sein Fleisch gedrückt, Folavrils von ihrer Umarmung angeschwollene Brüste und die Schattenlinie, die sie zwischen sich bildeten, eine runde, etwas feuchte Linie.

Ein anderer Schatten ließ ihn zusammenzucken. Die Sonne, die plötzlich wieder zurückgekommen war, schnitt am Fenster schwarz die Silhouette eines dunkel gekleideten Mannes mit traurigem Gesicht aus, der ihn ansah.

Lazuli wimmerte leise und drückte das goldene Mädchen noch fester. Er wollte wieder die Augen schließen, aber sie weigerten sich, ihm zu gehorchen. Der Mann rührte sich nicht. Gleichgültig, kaum tadelnd, wartete er.

Lazuli ließ Folavril los. Er tastete hinter das Kopfkissen und fand wieder sein Messer. Sorgfältig zielte er und warf es. Die Waffe drang mit einem Wurf in den fahlen Hals des Mannes. Der Griff sah hervor, und Blut begann zu fließen. Unerschütterlich blieb der Mann dort stehen. Als das Blut den Fußboden erreichte, wankte er und fiel mit einem Schlag. In dem Augenblick, in dem er mit dem Boden Berührung aufnahm, stöhnte der Wind stärker und überdeckte das Geräusch des Falles, doch Lazuli spürte die Vibration des Fußbodens. Er riß sich aus den Armen Folavrils, die ihn zurückhalten wollte, und taumelnd ging er auf den Mann zu. Mit einer brutalen Bewegung zog er das Messer aus der Wunde.

Als er sich zähneknirschend umdrehte, sah er zu seiner Linken einen düsteren Mann, der mit den drei andern identisch war. Mit erhobenem Dolch stürzte er sich auf ihn. Diesmal traf er ihn von oben herab und bohrte ihm die Klinge zwischen die beiden Schultern. Und in diesem Augenblick tauchte ein Mann zu seiner Rechten auf, dann ein anderer vor ihm.

Folavril, die mit schreckgeweiteten Augen auf dem Bett saß, hielt sich den Mund zu, um ruhig zu bleiben. Als sie sah, wie Lazuli seine Waffe gegen sich richtete und sich im Herzen herumbohrte, begann sie zu schreien. Saphir fiel auf die Knie. Er machte eine Anstrengung, um den Kopf zu heben, und seine Hand, rot bis zum Handgelenk, drückte ihren Stempel auf den bloßen Fußboden. Er grunzte wie ein Tier, und sein Atem machte ein Geräusch wie Wasser. Er wollte etwas sagen und begann zu husten. Blut spritzte bei jedem Hustenanfall in Tausenden scharlachroten Punkten auf den Boden. Er gab so etwas wie ein Schluchzen von sich, das seinen Mundwinkel nach unten zog, und sein Arm gab nach. Er brach zusammen. Der Griff des Messers stieß von vorn gegen den Boden, und die blaue Klinge ragte aus seinem nackten Rücken, wobei sie die Haut zuerst hochgehoben hatte, bevor sie sie durchstach. Er rührte sich nicht mehr.

Darauf waren auf einen Schlag alle Leichen für Folavril sichtbar. Der erste lag ausgestreckt auf dem Bettvorleger, es gab den, der am Fuß des Bettes schlief, den vom Fenster mit seiner entsetzlichen Wunde am Hals ... und jedesmal las sie die gleiche Wunde auf dem Körper Lazulis. Er hatte den letzten Mann mit einem Messerstich ins Auge getötet, und als sie sich auf ihren Freund stürzte, um ihn wiederzubeleben, sah sie, daß sein rechtes Auge nur noch eine schwarze Kloake war.

Draußen entstand nun eine große, unbestimmte Unruhe unter dem fahlen Licht, wie es vor dem Gewitter herrscht.

Folavril schwieg. Ihr Mund zitterte, als ob ihr kalt sei. Sie stand auf, zog sich mechanisch wieder an. Sie ließ die Leichen im Zimmer, die alle gleich waren, nicht aus den Augen. Sie schaute genauer hin.

Einer der dunklen Männer lag auf dem Bauch, etwa in der gleichen Stellung wie Lazuli, und ihre beiden Profile schienen sich merkwürdig ähnlich zu sein. Die gleiche Stirn, die gleiche Nase. Der Hut des Mannes war auf den Boden gerollt und entblößte dabei das gleiche Haar.

Folavril spürte, wie ihr Geist dahinschwand. Sie weinte lautlos aus allen Augen, und sie wagte sich nicht mehr zu rühren. Alle Männer waren mit Lazuli identisch. Und dann erschien der Leichnam des ersten Toten nicht mehr so deutlich. Die Konturen verschwammen in einem dunklen Nebel. Die Metamorphose vollzog sich schneller. Vor ihr begann der Leichnam sich aufzulösen. Die schwarzen Kleider fransten in Schattenstreifen aus. Bevor er verschwand, hatte sie die Zeit gehabt zu sehen, daß der Leichnam des Mannes der gleiche war wie der Lazulis, doch er schmolz dahin, und der graue Rauch zog dicht über den Fußboden, zog durch die Spalten des Fensters. Schon hatte die Veränderung des zweiten Leichnams begonnen. Folavril, von der Furcht niedergeschmettert, wartete ohne eine Handbewegung. Sie wagte es, Lazuli anzuschauen. Auf seiner verbrannten Haut verschwanden die Wunden eine um die andere in dem Maße, in dem sich die Männer, einer um den anderen, in Nebel verwandelten.

Als nur noch Folavril und Lazuli im Zimmer waren, war Lazulis Körper wieder jung und schön geworden im Tod, wie er zu seinen Lebzeiten gewesen war. Sein Gesicht war entspannt, unversehrt. Das rechte Auge funkelte matt unter den langen, geschlossenen Augenwimpern. Nur ein kleines blaues Stahldreieck markierte den mächtigen Rücken mit einem ungewöhnlichen Fleck.

Folavril machte einen Schritt zur Tür hin. Nichts rührte sich. Eine letzte Spur des grauen Dampfes schob sich langsam, einschmeichelnd, auf die Fensterbank. Darauf lief sie zur Tür, machte sie auf und schloß sie wieder im Handumdrehen und stürzte sich in den Flur, der Treppe entgegen. In diesem Augenblick begann draußen der Wind zu toben mit einem furchtbaren Donnerschlag und schwerem, heftigem Regen, der gegen die Ziegel schlug. Es gab einen grellen Blitz, von neuem ein Donnerschlag. Folavril lief die Treppe hinunter, sie erreichte Lils Zimmer und trat ein. Dort schloß sie die Augen. Es hatte gerade einen Lichtschein gegeben, der heller und stärker war als alle andern, worauf unmittelbar der Knall eines fast unerträglichen Lärms folgte. Das Haus zitterte in seinen Grundfesten, als ob eine ungeheure Faust gerade auf das Dach niedergegangen wäre. Und plötzlich herrschte totale Stille, doch ihre Ohren dröhnten, wie wenn man in ein allzu tiefes Wasser getaucht ist.

## DREISSIGSTES KAPITEL

Jetzt ruhte Folavril auf dem Bett ihrer Freundin. Lil saß neben ihr und sah sie mit zärtlichem Mitleid an. Folavril weinte noch ein wenig, schnüffelte dabei dicke, bedrükkende Seufzer und hielt die Hand Lils.

»Was hat es gegeben?« sagte Lil. »Es ist nur ein Gewitter, Folle, Sie dürfen das nicht tragisch nehmen.«

»Lazuli ist tot ...«, sagte Folavril.

Und ihre Tränen vesiegten. Sie setzte sich auf das Bett. Sie hatte einen verschwommenen Blick, sah aus, als verstünde sie nicht.

»Aber, aber«, sagte Lil. »Das gibt's doch nicht.«

Sie verspürte eine allgemeine Verlangsamung aller ihrer Reflexe. Lazuli war nicht tot, Folavril mußte sich irren.

»Er ist tot«, sagte Folavril. »Dort oben liegt er auf dem Boden, nackt, mit einer Messerklinge, die ihm aus dem Rücken ragt. Und alle andern sind weg.«

»Welche andern?« sagte Lil.

Ob Folavril wohl phantasierte? Ihre Hand war gar nicht so warm.

»Die schwarzgekleideten Männer«, sagte Folavril. »Er hat versucht, sie zu töten, alle, und als er gesehen hat, daß er das nicht konnte, hat er sich selber umgebracht. Und in diesem Augenblick habe ich sie gesehen. Und ich habe immer geglaubt, mein Lazuli sei verrückt ... aber ich habe sie gesehen, Lil. Ich habe sie gesehen, als er zu Boden stürzte.«

»Wie sahen sie denn aus?« fragte Lil.

Sie wagte es nicht, von Lazuli zu sprechen. Lazuli war noch dort oben, mit dieser Messerklinge. Tot. Sie stand auf, ohne ihre Antwort abzuwarten.

»Wir müssen hingehen ...«, sagte sie.

»Ich traue mich nicht ...«, sagte Folavril. »Sie haben sich

aufgelöst … wie Rauch, und sie sahen alle aus wie Lazuli. Sie waren alle gleich.«

Lil zuckte mit den Achseln.

»Das sind doch Kindereien«, sagte sie. »Was ist denn vorgefallen? Sie haben nichts von ihm wissen wollen, und darauf hat er sich umgebracht … War es so?«

Folavril sah sie betroffen an.

»Oh! Lil!« sagte sie und begann wieder zu weinen.

Lil stand auf.

»Wir können ihn nicht allein dort oben liegen lassen«, murmelte sie. »Wir müssen ihn herunterbringen.«

Folavril stand nun ebenfalls auf.

»Ich komme mit Ihnen.«

Lil war benommen und unsicher.

»Lazuli ist nicht tot«, murmelte sie. »Man stirbt nicht einfach so.«

»Er hat sich umgebracht …«, sagte Folavril. »Und ich mochte es so sehr, wenn er mich küßte.«

»Armes Kind«, sagte Lil.

»Sie sind zu kompliziert«, sagte Folavril. »Oh, Lil, ich möchte so sehr, daß es nicht passiert wäre, daß noch gestern ist … oder kurz vorher, als er mich in seinen Armen … Oh … Lil …«

Und sie folgte Lil, die die Tür aufmachte und hinausging. Sie lauschte und ging dann selbstsicher die Treppe hinauf. Oben war links Folavrils Zimmer und rechts Lazulis Zimmer. Da war Folavrils Zimmer … Dort, links … und da war …

»Folavril«, sagte Lil, »was ist passiert?«

»Ich weiß es nicht«, sagte Folavril und klammerte sich an sie.

An der Stelle, an der sich Lazulis Zimmer befunden hatte, war nichts mehr übriggeblieben als das Dach des Hauses, das jetzt über den Flur hinweggezogen war, der einer Loggia glich.

»Lazulis Zimmer?« fragte Lil.

»Ich weiß nicht«, sagte Folavril, »ich weiß nicht. Ich will weggehen. Lil, ich habe Angst.«

Lil machte die Tür zu Folavrils Wohnung auf. Nichts hatte sich geändert; der Frisiertisch, das Bett, der Wandschrank. Ordnung und das leichte Jasminparfum. Sie gingen wieder hinaus. Vom Flur aus sah man jetzt die Ziegel von der Hälfte des Daches, einer davon war ein wenig kaputt, und zwar in der sechsten Reihe.

»Es ist der Blitzschlag…«, sagte Lil. »Es ist der Blitzschlag, der Lazuli und sein Zimmer verflüchtigt hat.«

»Nein«, sagte Folavril.

Jetzt waren ihre Augen trocken. Sie straffte sich.

»Das ist schon immer so gewesen …«, zwang sie sich zu sagen. »Es hat kein Zimmer gegeben, und Lazuli existiert nicht. Und ich liebe niemanden. Und ich will fortgehen. Lil, Sie müssen mit mir kommen.«

»Lazuli …«, murmelte Lil verdutzt.

Wie betäubt ging sie wieder die Treppe hinunter. Als sie die Tür zu ihrem Zimmer aufmachte, wagte sie kaum, den Türknauf zu berühren, aus Angst, alles könne sich in einen Schatten verwandeln. Als sie vor dem Fenster vorbeiging, zitterte sie.

»Dieses rote Gras«, sagte sie, »ist unheilvoll.«

## *EINUNDDREISSIGSTES KAPITEL*

Als er am Wasser angekommen war, atmete Wolf tief die salzige Luft ein und streckte sich. So weit das Auge reichte, dehnte sich, beweglich, ruhig, der Ozean und der flache Sand aus. Wolf zog sich fertig aus und stieg ins Meer. Es war warm und erquickend, und unter seinen bloßen Füßen war es wie ein graubeiger Velours. Er stieg hinein. Das Ufer senkte sich unmerklich in einen Flachhang ab, und er mußte lange gehen, bis ihm das Wasser bis an die Schultern reichte. Es war sauber und durchsichtig; er sah seine weißen Füße größer, als sie in Wirklichkeit waren, und die kleinen Sandwolken, die von seinen Schritten aufgewirbelt wurden. Und dann begann er zu schwimmen, mit halb geöffnetem Mund, um das brennende Salz zu schmecken, und von Zeit zu Zeit tauchte er, um sich ganz im Wasser zu fühlen. Er tollte lange herum und schwamm dann zum Ufer zurück. Jetzt waren neben seinen Kleidern zwei schwarze Formen, die unbeweglich auf zwei schmächtigen Klappstühlen mit gelben Beinen saßen. Weil sie ihm den Rücken zukehrten, schämte er sich nicht, nackt aus dem Wasser zu steigen, und näherte sich ihnen, um sich anzuziehen. Als er korrekt war, drehten sich die beiden alten Damen, wie von einem geheimen Instinkt benachrichtigt, um. Sie trugen unförmige schwarze Strohhüte und verwaschene Umschlagtücher, wie die alten Damen am Meeresstrand sie haben. Jede von ihnen hatte eine Handarbeitstasche in Kreuzstichstickerei dabei mit einem Verschluß aus heller Schildpattimitation. Die Älteste trug weiße Wollstrümpfe in ausgetretenen Opanken nach Art Charles IX. aus schmutziggrauem Leder. Die andere hatte alte Strandschuhe an den Füßen, und unter ihren schwarzen Zwirnstrümpfen sah man die Spur von Krampfaderbandagen. Wolf bemerkte zwischen ihnen ein kleines beschriftetes Kupferschild. Die mit den flachen Schuhen hieß Mademoiselle Héloise und die andere Mademoiselle Aglaé. Sie hatten Kneifer aus blauem Stahl.

»Sie sind Monsieur Wolf?« sagte Mademoiselle Héloise. »Wir sind damit beauftragt, Sie zu verhören.«

»Ja«, pflichtete Mademoiselle Aglaé bei, »Sie zu verhören.«

Wolf machte eine große Gedächtnisanstrengung, um sich an den Plan zu erinnern, der ihm ein wenig aus dem Sinn gekommen war, und er erschauderte vor Entsetzen.

»Mich ... mich über die Liebe zu verhören?«

»Ganz richtig«, sagte Mademoiselle Héloise, »wir sind Spezialistinnen.«

»Spezialistinnen«, schloß Mademoiselle Aglaé.

Sie bemerkte rechtzeitig, daß man etwas zuviel von ihren Knöcheln sah, und zog züchtig an ihrem Kleid.

»Ich kann Ihnen nichts sagen ...«, murmelte Wolf ..., »ich werde es nie wagen ...«

»Oh«, sagte Héloise, »wir könne alles verstehen.«

»Alles!« versicherte Aglaé.

Wolf betrachtete den Sand, das Meer und die Sonne.

»Wir werden doch nicht an diesem Strand darüber reden«, sagte er.

Dabei hatte er gerade an einem Strand eine seiner ersten Verwunderungen erlebt. Er ging mit seinem Onkel an den Kabinen vorbei, und eine junge Frau war herausgekommen. Wolf fand es nicht normal, eine Frau von mindestens fünfundzwanzig Jahren anzusehen, aber sein Onkel hatte sich wohlgefällig umgedreht und dabei eine Bemerkung über die Schönheit der Beine der Person gemacht.

»Woran siehst du das?« fragte Wolf.

»Das sieht man«, sagte der Onkel.

»Ich bin nicht in der Lage, das festzustellen«, sagte Wolf.

»Du wirst schon sehen«, sagte der Onkel, »später wirst du es auch können.«

Es war beunruhigend. Vielleicht könnte man eines Tages beim Wachwerden sagen: diese hat schöne Beine und diese nicht. Und was empfand man, wenn man von der Kategorie derer, die es nicht wissen, zur Kategorie derer gelangt, die es wissen?

»Also?« sagte die Stimme von Mademoiselle Aglaé und brachte ihn zur Gegenwart zurück, »Sie haben immer die kleinen Mädchen gemocht, als Sie selber ihr Alter hatten.«

»Sie verwirrten mich«, sagte Wolf. »Ich mochte es gern, wenn ich ihre Haare und ihren Hals berühren konnte. Weiter zu gehen, traute ich mich nicht. Alle meine Freunde haben mir versichert, daß sie mit zehn bis zwölf Jahren gewußt hätten, was ein Mädchen ist; ich muß wohl ganz besonders zurückgeblieben gewesen sein, oder aber es hat mir an Gelegenheiten gefehlt. Ich glaube jedoch, selbst wenn ich Verlangen danach gehabt hätte, würde ich mich freiwillig enthalten haben.«

»Und warum?« fragte Mademoiselle Héloise.

Wolf überlegte ein wenig.

»Hören Sie«, sagte er, »ich habe Angst, daß ich mich verzettele und abschweife bei alldem. Wenn Sie wollen, werde ich einige Augenblicke darüber nachdenken.«

Sie warteten geduldig. Mademoiselle Héloise zog aus ihrer Tasche eine Dose mit grünen Pastillen, von denen sie Aglaé eine anbot. Wolf lehnte ab.

»Also folgendermaßen«, sagte Wolf, »haben sich im großen und ganzen meine Beziehungen zu ihnen bis zu dem Zeitpunkt entwickelt, an dem ich geheiratet habe. Am Anfang hatte ich sicherlich immer … den Wunsch gehabt, ich erinnere mich nicht, wann ich das erste Mal verliebt war … das muß schon sehr weit zurückliegen … ich war fünf oder sechs Jahre alt, und ich erinnere mich nicht mehr, wer es war … eine Dame im Abendkleid, die ich auf einem Empfang bei meinen Eltern flüchtig gesehen hatte.«

Er lachte.

»Ich habe mich an diesem Abend nicht erklärt«, sagte er. »So wenig wie die andern Male. Und dabei habe ich sie viele andere Male begehrt ... ich war schwierig, glaube ich, aber gewisse Einzelheiten faszinierten mich. Die Stimme, die Haut, die Haare ... Das ist etwas sehr Hübsches, eine Frau.«

Mademoiselle Héloise hüstelte, und Mademoiselle Aglaé machte ebenfalls ein bescheidenes Gesicht.

»Die Brüste berührten mich ebenfalls ganz enorm«, sagte Wolf. »Ansonsten erfolgte mein ... sagen wir sexuelles Erwachen erst so mit vierzehn oder fünfzehn Jahren. Trotz der derben Gespräche mit den Schulkameraden vom Gymnasium blieben meine Kenntnisse sehr verschwommen ... ich ... wissen Sie, es ist mir unangenehm, Mesdemoiselles ...«

Héloise machte eine beruhigende Handbewegung.

»Wir können wirklich alles verstehen«, sagte sie, »ich sage es Ihnen noch einmal.«

»Wir sind Krankenschwestern gewesen ...«, fügte Aglaé hinzu.

»Dann fahre ich fort«, sagte Wolf. »Ich hatte vor allem Lust, mich an ihnen zu reiben, ihre Brust und ihren Hintern zu berühren. Nicht so sehr ihr Geschlecht. Ich habe von sehr dicken Frauen geträumt, auf denen ich mich wie auf einem Federbett gefühlt hätte. Ich habe von sehr festen Frauen geträumt, von Negerinnen. Oh, ich nehme an, daß es allen Jungen einmal so ergangen ist. Aber der Kuß spielte bei meinen eingebildeten Orgien eine viel wichtigere Rolle als der eigentliche Akt ... ich möchte noch hinzufügen, daß ich für den Kuß ein sehr weites Betätigungsfeld ins Auge faßte.«

»Gut, gut«, sagte Aglaé schnell, »diesen Punkt können

wir also abhaken. Sei liebten die Frauen. Und wie hat sich das geäußert?«

»Nicht so schnell, nicht so schnell«, protestierte Wolf. »Um mich zu bremsen … wie viele Dinge gab es da …«

»Wirklich so viele Dinge?« sagte Héloise.

»Es ist irre«, seufzte Wolf. »Und wie viele dumme Dinge … wahre Dinge … und Vorwände. Vor allem die. Mein Studium zum Beispiel … ich sagte mir, daß es wichtiger sei.«

»Glauben Sie das immer noch?« sagte Aglaé.

»Nein«, gab Wolf zur Antwort, »aber ich mache mir keine Illusionen. Wenn ich mein Studium vernachlässigt hätte, würde ich das heute genauso bedauern, wie ich es jetzt bedauere, daß ich ihm zuviel von meiner Zeit geopfert habe. Dazu kommt der Stolz.«

»Der Stolz?« fragte Héloise.

»Wenn ich eine Frau sehe, die mir gefällt«, sagte Wolf, »kommt es mir nie in den Sinn, es ihr zu sagen. Denn ich finde, daß, wenn ich Verlangen nach ihr habe, ein anderer sicherlich schon vor mir Verlangen nach ihr gehabt hat … und ich habe einen Horror davor, den Platz von jemandem einzunehmen, der zweifellos ebenso liebenswürdig ist wie ich.«

»Wo sehen Sie darin Stolz?« sagte Aglaé. »Mein lieber junger Mann, das ist nur Bescheidenheit.«

»Ich verstehe, was er sagen will«, erklärte Héloise. »Was für eine Vorstellung auch, sich zu sagen, daß, wenn Sie sie gut finden, die andern sie ebenfalls gut finden … das bedeutet doch, Ihr Urteil zum allgemeinen Gesetz zu erheben und Ihrem Geschmack ein Vollkommenheitszeugnis auszustellen.«

»Ich sagte mir also«, räumte Wolf ein, »und ich dachte es trotz allem, daß mein Urteil ebensogut war wie das eines anderen.«

»Sie gefielen sich darin«, sagte Héloise.

»Genau das habe ich Ihnen gesagt«, gab Wolf zur Antwort.

»Und was für ein wunderliches Verfahren«, fuhr Héloise fort. »War es denn nicht einfacher, wenn eine Frau Ihnen gefiel, es ihr freiheraus zu sagen?«

»Hier rühren wir an den dritten meiner Vorwandgründe zur Zurückhaltung«, sagte Wolf. »Wenn ich eine Frau kennenlerne, die mich reizt, führt mich mein erster Reflex tatsächlich dazu, offen mit ihr zu sprechen. Aber nehmen Sie einmal an, ich sage zu ihr: ›Wollen Sie mit mir schlafen?‹ Wie oft wird sie wohl mit der gleichen Offenheit antworten? Wäre ihre Antwort ›Ich auch‹ oder ›Ich nicht‹, wäre alles so einfach – aber sie antworten mit einer Ausflucht ... einer Dummheit ... oder sie spielen die Prüden ... oder sie lachen ...«

»Wenn eine Frau einen Mann das gleiche fragt«, protestierte Aglaé, »ist das anständiger?«

»Ein Mann akzeptiert immer«, sagte Wolf.

»Gut«, sagte Héloise, »aber verwechseln Sie Offenheit nicht mit Brutalität ... Ihre Art, sich auszudrücken, ist ein wenig ... burschikos, bei Ihrem Beispiel.«

»Ich darf Ihnen versichern«, sagte Wolf, »daß auf die gleiche Frage, ausgedrückt mit der gleichen Klarheit, jedoch in höflichere Formen gekleidet, die Sie dabei zu vermissen scheinen, die Antwort nie deutlich ist.«

»Man muß galant sein! ...«, zierte sich Aglaé.

»Hören Sie«, sagte Wolf, »ich habe nie eine Unbekannte angesprochen – ob sie nun Verlangen danach hatte oder nicht –, weil ich finde, daß sie genauso das Recht hat zu wählen, zum einen, und weil ich immer einen Horror davor habe, einer Person nach dem bewährten Verfahren den Hof zu machen, das darin besteht, daß man ihr vom Mondschein erzählt, vom Geheimnis ihres Blickes und von der Tiefe ihres Lächelns. Was wollen Sie da machen, ich dachte an ihre Brüste, an ihre Haut – oder ich fragte mich, ob sie ausgezogen eine echte Blonde wäre. Was das Galantsein angeht … wenn man von der Gleichheit zwischen Mann und Frau ausgeht, genügt die Höflichkeit, und es gibt keinen Grund, zu einer Frau höflicher zu sein als zu einem Mann. Nein, sie sind nicht offen.«

»Wie könnten sie auch so direkt sein in einer Gesellschaft, die sie schikaniert?« sagte Héloise.

»Sie sind unvernünftig«, überbot Aglaé. »Sie wollen sie so behandeln, wie sie behandelt werden sollten, wenn sie nicht durch Jahrhunderte der Sklaverei konditioniert wären.«

»Möglich, daß sie genauso sind wie die Männer«, sagte Wolf, »und das glaubte ich auch, wenn ich wünschte, daß sie genauso wählen sollen wie ich, aber leider sind sie an andere Methoden gewöhnt, und von dieser Sklaverei werden sie sich nie frei machen, wenn sie nicht damit anfangen, sich anders zu verhalten.«

»Wer mit etwas anderem anfängt, hat immer große Mühe«, sagte Aglaé schulmeisterlich. »Sie haben es ja selbst erlebt, als sie versuchten, sie so zu behandeln, wie Sie es taten – und Sie hatten recht.«

»Ja«, sagte Wolf, »aber die Propheten haben immer unrecht, daß sie recht haben: daß man sie in Stücke schlägt, ist der Beweis dafür.«

»Geben Sie zu«, sagte Héloise, »daß alle Frauen trotz einer vielleicht realen, aber entschuldbaren, ich sage das noch einmal, Vorstellung offen genug sind, Ihnen zu verstehen zu geben, daß Sie ihnen gefallen, wenn das der Fall ist …«

»Und wie das?« sagte Wolf.

»Durch ihre Blicke«, sagte Héloise schmachtend.

Wolf lachte höhnisch auf.

»Entschuldigen Sie bitte«, gab er zur Antwort, »aber ich habe in meinem ganzen Leben nicht das geringste in einem Blick lesen können.«

Aglaé sah ihn streng an.

»Sagen Sie lieber, daß Sie es nicht gewagt haben«, gab sie verächtlich zur Antwort. »Oder daß Sie Angst gehabt haben.«

Verwirrt sah Wolf sie an. Das alte Mädchen kam ihm plötzlich etwas beunruhigend vor.

»Natürlich«, sagte er mit Nachdruck. »Darauf wollte ich gleich kommen.«

Er seufzte.

»Wieder etwas, das ich meinen Eltern verdanke«, sagte er, »die Angst vor den Krankheiten. Ja, meine Angst, mir etwas aufzugabeln, ließ sich nur noch mit meinem Verlangen vergleichen, mit allen Mädchen zu schlafen, die mir gefielen. Gewiß, ich schläferte mich ein mit diesen Vorwandgründen, von denen ich Ihnen vorher erzählt habe: meinem Wunsch, meine Arbeit nicht zu vernachlässigen, meiner Furcht, mich aufzudrängen, meinem Widerwillen, nach verächtlichen Methoden Frauen den Hof zu machen, die ich gern offen und ehrlich behandelt hätte – aber der wahre Grund all dessen war eine tiefe Angst als Folge der Legenden, mit denen ich unter dem Deckmantel liberaler Gesinnung eingelullt worden war und die mir seit meinen Jugendjahren klarmachten, was ich alles riskierte.«

»Daraus folgt?« sagte Héloise.

»Daraus folgt, daß ich trotz meiner Begierden keusch blieb«, sagte Wolf, »und daß mein schwacher Körper im Grunde, wie damals mit sieben, froh war über die Verbote, mit denen er sich abfand und gegen die mein Geist zu kämpfen sich den Anschein gab.«

»Sie sind in allem der gleiche gewesen …«, sagte Aglaé.

»Im Kern«, sagte Wolf, »sind sich die physischen Körper ziemlich gleich, mit gleichen Reflexen und Bedürfnissen – hinzu kommt eine Summe von Begriffen, die vom Milieu herrühren und die mehr oder weniger mit den betreffenden Reflexen und Bedürfnissen übereinstimmen.

Gewiß kann man versuchen, die erworbenen Begriffe zu modifizieren. Manchmal gelingt es einem, aber es gibt ein Alter, in dem auch das moralische Skelett aufhört, biegsam zu sein.«

»Schön«, sagte Héloise, »Sie werden seriös. Erzählen Sie uns von Ihrer ersten Leidenschaft ...«

»Was Sie da von mir verlangen, ist dumm«, bemerkte Wolf.« »Sie werden verstehen, daß ich unter diesen Umständen keine Leidenschaft empfinden konnte. Durch das Spiel meiner Verbote und meiner falschen Vorstellungen wurde ich zunächst einmal dazu gebracht, mir meine Flirts mehr oder weniger bewußt in einem ›angemessenen‹ Milieu auszusuchen – dessen Erziehungsbedingungen mehr oder weniger den meinen entsprachen –, so daß ich fast mit Sicherheit an ein gesundes, vielleicht jungfräuliches Mädchen geriet, von dem ich mir sagen konnte, daß es im Falle einer Dummheit heiratsfähig war ... immer noch dieses von meinen Eltern eingetrichterte Sicherheitsbedürfnis: ein Pullover mehr kann nicht schaden. Sehen Sie, damit es zu einer Leidenschaft kommt, das heißt zu einer explosiven Reaktion, muß die Vereinigung brutal sein, muß einer der Körper sehr begierig sein auf das, was ihm fehlt und was der andere in sehr großer Menge besitzt.«

»Mein lieber junger Mann«, sagte Aglaé lächelnd, »ich bin Chemielehrerin gewesen, und ich möchte Sie drauf hinweisen, daß es Kettenreaktionen geben kann, die ganz sanft beginnen, die sich selbst versorgen und sehr heftig enden können.«

»Meine Grundsätze bildeten eine solide Einheit von Antikatalysatoren«, sagte Wolf nun ebenfalls lächelnd. »Auch in diesem Falle keine Kettenreaktion.«

»Also keine Leidenschaft?« sagte Héloise, sichtlich enttäuscht.

»Ich habe Frauen kennengelernt«, sagte Wolf, »für die

ich Leidenschaft hätte empfinden können; vor meiner Heirat hat der Angstreflex eine Rolle gespielt. Danach war es reine Schlappheit ... ich hatte einen Grund mehr ... die Furcht, Kummer zu bereiten. Das ist schön, nicht? Das hieß Opfer bringen. Aber wem? Für wen? Wer hatte den Nutzen davon? Niemand. In Wirklichkeit war es kein Opfer, sondern eine bequeme Lösung.«

»Das stimmt«, sagte Aglaé. »Ihre Frau. Erzählen Sie.«

»Oh, oh, hören Sie mal«, sagte Wolf, »nach dem, was ich Ihnen alles erzählt habe, ist es doch leicht, die Bedingungen meiner Ehe und ihre Merkmale zu erfassen ...«

»Es ist leicht«, sagte Aglaé, »aber wir möchten, daß sie es selber tun. Wir sind Ihretwegen hier.«

»Gut«, sagte Wolf. »Also. Die Gründe? Ich habe geheiratet, weil ich physisch eine Frau brauchte; weil mein Widerwille, zu lügen und den Hof zu machen, mich dazu zwang, ziemlich jung zu heiraten, um physisch zu gefallen, weil ich eine gefunden hatte, von der ich meinte, daß ich sie liebe, und deren Milieu, Meinungen und Merkmale angemessen waren. Ich habe geheiratet, fast ohne die Frauen zu kennen – das Ergebnis von allem? Keine Leidenschaft, die langsame Initiation einer allzu jungfräulichen Frau, der Überdruß meinerseits ... in dem Augenblick, in dem sie anfing, sich dafür zu interessieren, war ich viel zu müde und erschöpft, um sie glücklich zu machen; zu müde, weil ich auf die heftigen Erregungen gewartet hatte, die ich mir entgegen aller Logik erhoffte. Sie war hübsch, ich mochte sie gern, ich wollte ihr Bestes. Das genügt nicht. Und jetzt werde ich nichts mehr sagen.«

»Oh!« protestierte Héloise. »Es ist so hübsch, von Liebe zu reden.«

»Ja, vielleicht«, sagte Wolf. »Sie sind jedenfalls sehr nett, aber wenn ich mir's recht überlege, finde ich es schockierend, alle diese Dinge Fräuleins zu erzählen. Ich gehe schwimmen. Nehmen Sie meine Huldigung entgegen.«

Er drehte sich um und ging zurück zum Meer. Er tauchte tief der hohen See entgegen, wobei er in dem vom Sand getrübten Wasser die Augen öffnete.

Als er wieder zu sich kam, war er allein mitten im roten Gras des Karrees. Hinter ihm stand die Tür der Kabine unheilvoll klaffend weit auf.

Schwerfällig stand er auf, zog seine Ausrüstung aus und verstaute sie in dem Wandschrank neben der Kabine. Nichts von dem, was er gesehen hatte, blieb in seinem Kopf. Er war trunken, wie aus dem Gleichgewicht geraten. Zum ersten Mal fragte er sich, ob er weiterleben könne, nachdem er alle seine Erinnerung zerstört hatte. Es war nur ein flüchtiger Gedanke, der für die Zeitspanne eines Augenblicks durch ihn hindurchgegangen war. Wie viele Sitzungen würde er noch brauchen? …

## *ZWEIUNDDREISSIGSTES KAPITEL*

Undeutlich wurde ihm ein Hin- und Hergeschiebe in der Nähe des Hauses bewußt, als sich das Dach hob, um dann etwas tiefer herabzufallen. Er ging dahin, ohne an etwas zu denken, ohne etwas zu sehen. Er hatte nur den Eindruck einer Erwartung. Etwas würde bald geschehen.

Als er ganz nahe am Haus angekommen war, bemerkte er ein seltsames Aussehen und das Verschwinden der Hälfte des zweiten Stockwerks.

Er ging hinein. Lil war da, sie kümmerte sich um unwichtige Dinge. Sie war gerade heruntergekommen.

»Was ist los?« fragte Wolf.

»Hast du gesehen ...«, sagte Lil mit Baßstimme.

»Wo ist Lazuli?«

»Es ist nichts mehr da«, sagte Lil. »Sein Zimmer ist mit ihm verschwunden, das ist alles.«

»Und Folavril?«

»Sie ruht sich in unserem aus. Stör sie nicht, das hat sie sehr erschüttert.«

»Lil, was soll diese Geschichte?« sagte Wolf.

»Oh, ich weiß nicht«, sagte Lil. »Frag lieber Folavril, sobald sie imstande ist, dir zu antworten.«

»Ja, hat sie denn nichts zu dir gesagt«, beharrte Wolf.

»Doch«, sagte Lil, »aber ich habe nichts begriffen. Wahrscheinlich bin ich dumm.«

»Aber nein«, sagte Wolf höflich.

Er schwieg einige Augenblicke.

»Sein Knirps hat ihn bestimmt wieder angesehen«, sagte er. »Darauf hat er sich erregt und sich mit ihr gestritten?«

»Nein«, sagte Lil. »Er hat mit ihm gekämpft und hat sich schließlich selber verletzt, als er auf sein Messer gefallen ist. Folavril behauptet zwar, er habe sich willentlich Messerstiche zugefügt, aber es ist mit Sicherheit ein Unfall. Es hat den Anschein, daß es ein Haufen Männer war, und alle waren ihm gleich, und sie sind verschwunden, als er gestorben ist. Eine Geschichte, bei der man im Stehen schlafen kann.«

»Wir stehen alle«, sagte Wolf, »für etwas müssen wir die Gelegenheit schließlich nützen. Um zu schlafen, zum Beispiel.«

»Und der Blitz ist in das Zimmer eingeschlagen«, sagte Lil, »und alles ist mit ihm verschwunden.«

»Folavril war also nicht drin?«

»Sie war gerade heruntergekommen, um Hilfe zu holen«, sagte Lil.

Wolf dachte nach, der Blitzschlag zeitigt wunderliche Folgen.

»Der Blitzschlag zeitigt seltsame Folgen«, sagte er.

»Ja«, sagte Lil.

»Ich erinnere mich«, sagte Wolf, »als ich eines Tages einmal auf der Fuchsjagd war, hat es ein Gewitter gegeben, und der Fuchs hat sich in einen Erdwurm verwandelt.«

»Ach ...«, sagte Lil uninteressiert.

»Und ein andres Mal«, sagte Wolf, »ist ein Mann auf einer Landstraße völlig entkleidet und blau angestrichen worden. Außerdem ist seine Form verändert worden. Man hätte meinen können, ein Auto. Und wenn man einstieg, ist es gefahren.«

»Ja«, sagte Lil.

Wolf schwieg. Kein Lazuli mehr. Trotzdem mußte er hinaufgehen, obgleich das überhaupt nichts ändern würde. Lil hatte eine Tischdecke über den Tisch gebreitet, sie öffnete den Geschirrschrank, um die Gedecke aufzulegen. Sie nahm Teller und Gläser und ordnete sie an.

»Gib mir die große gläserne Salatschüssel«, sagte sie.

Es war ein Geschirr, auf das Lil ungeheuren Wert legte. Ein großes, helles, ziemlich schweres und solide gearbeitetes Ding.

Wolf bückte sich und nahm die Salatschüssel. Lil stellte gerade die Gläser auf den Tisch. Er hob die Salatschüssel zwischen seine Augen und das Fenster, um die vielfarbigen Sonnenspektren zu sehen. Und dann langweilte ihn das, und er ließ sie los. Die Salatschüssel fiel auf den Boden und verwandelte sich mit einer schrillen Note in weißen, knirschenden Staub.

Erstarrt sah Lil Wolf an.

»Es ist mir gleichgültig«, sagte er. »Ich habe es absichtlich getan, und ich sehe, daß es mir gleichgültig ist. Selbst wenn es dir unangenehm ist, und trotzdem empfinde ich nichts. Deshalb gehe ich weg. Es ist Zeit.«

Er ging hinaus, ohne sich umzudrehen. Der obere Teil seines Oberkörpers ging am Fenster vorbei.

Lil war wie versteinert, sie machte keine Bewegung, um ihn zurückzuhalten. Plötzlich kristallisierte sich in ihr ein klares Begreifen. Sie würde zusammen mit Folavril das Haus verlassen. Sie würden beide ohne jemanden fortgehen.

»In Wirklichkeit«, sagte sie laut, »sind sie nicht für uns geschaffen. Sie sind für sich selber geschaffen. Und wir für nichts.«

Sie würde Marguerite, das Dienstmädchen, zurücklassen, damit sie sich um Wolf kümmere.

Falls er zurückkäme.

# DREIUNDDREISSIGSTES KAPITEL

Sobald sich die Kabinentür hinter ihm geschlossen hatte, spürte Wolf, wie ihn eine furchtbare Angst überwältigte; er keuchte; die hart gewordene Luft drang kaum in seine gierigen Lungen ein, und ein Eisenring drückte seine Schläfen zusammen. Leichte Fäden zogen über sein Gesicht, und mit einemmal befand er sich in dem mit Sand getrübten Wasser des Strandes. Über sich sah er das blaue Häutchen der Luft, er schwamm verzweifelt; eine von weißer Seide eng umschlossene Silhouette streifte ihn. Durch einen Elementarreflex legte er seine Hand aufs Haar, bevor er aufstieg. Triefend und atemlos tauchte er auf und sah vor sich das Lächeln und die gelockten Haare eines dunkelhaarigen Mädchens, dem die Sonne einen braungebrannten Teint geschenkt hatte. Sie schwamm mit schnellen Stößen dem Ufer zu – er machte kehrt und folgte ihr. – Er stellte fest, daß die beiden alten Damen nicht mehr da waren. Doch in einiger Entfernung stand mitten auf dem Strand ein kleiner Strandkorb, den er zuvor nicht bemerkt hatte. Er würde sich später damit beschäftigen. Er faßte wieder Fuß auf dem gelben Boden und ging zu dem Mädchen hinüber. Sie kniete auf dem Sand und knotete auf dem Rücken das Band ihres Badeanzugs auf, um mehr Sonne zu bekommen. Wolf ließ sich neben sie fallen.

»Wo ist denn Ihr Kupferschild?« fragte er.

Sie streckte ihren linken Arm aus.

»Ich trage es am Handgelenk«, sagte sie. »Das ist nicht so offiziell. Ich heiße Carla.«

»Kommen Sie für das Ende des Interviews?« fragte Wolf, ein wenig bitter.

»Ja«, sagte Carla. »Vielleicht werden Sie mir sagen, was Sie meinen Tanten nicht sagen wollten.«

»Waren diese beiden Damen Ihre Tanten?« fragte Wolf.

»Das sieht man ihnen doch an«, sagte Carla. »Oder finden Sie nicht?«

»Es sind entsetzliche Wanzen«, sagte Wolf.

»Na, na«, sagte Carla, »früher waren sie liebevoller.«

»Es sind alte Wutzen«, sagte Wolf.

»Oh!« sagte Carla, »Sie übertreiben. Sie haben nichts Lüsternes von Ihnen wissen wollen ...«

»Sie brannten vor Verlangen danach«, sagte Wolf.

»Wen erachten Sie eigentlich Ihrer Zuneigung für wert?« fragte Carla.

»Ich weiß nicht mehr«, sagte Wolf. »Es gab einen Vogel, auf der Kletterrose vor meinem Fenster, der machte mich jeden Morgen wach, indem er mit dem Schnabel leise gegen die Scheibe klopfte. Es gab eine graue Maus, die nachts kam und um mich herumlief und den Zucker fraß, den ich für sie auf den Nachttisch legte. Es gab eine schwarzweiße Katze, die mich nicht verließ und die meine Eltern warnen ging, wenn ich zu hoch auf einen Baum hinaufkletterte.«

»Nichts als Tiere«, stellte Carla fest.

»Deshalb habe ich auch versucht, dem Senator eine Freude zu machen«, erklärte Wolf. »Wegen des Vogels, der Maus und der Katze.«

»Sagen Sie mal«, fragte Carla, »hat es Ihnen weh getan, wenn Sie in ein Mädchen verliebt waren – ich meine, leidenschaftlich verliebt –, daß Sie sie nicht bekommen haben?«

»Es hat mir weh getan«, sagte Wolf, »und dann hat es aufgehört, mir weh zu tun, weil ich es armselig fand, daß man Liebeskummer haben kann und nicht daran stirbt, und ich war es leid, armselig zu sein.«

»Sie widerstanden Ihren Begierden«, sagte Carla. »Das ist seltsam ... warum ließen Sie sich nicht einfach gehen?«

»Meine Begierden zogen immer jemand anderes in die Sache hinein«, sagte Wolf.

»Und Sie haben selbstverständlich nicht in einem Blick zu lesen verstanden«, ergänzte Carla.

Er sah sie ganz nahe vor sich, frisch, braungebrannt, und ihre gebogenen Wimpern beschatteten ihre gelben Augen. Ihre Augen, in denen er jetzt besser las als in einem aufgeschlagenen Buch.

»Das Buch«, sagte er, um sich von der Anziehungskraft frei zu machen, die auf ihn einwirkte, »ist nicht unbedingt in einer Sprache geschrieben, die man versteht.«

Carla lachte, ohne den Kopf umzudrehen; ihr Ausdruck hatte sich geändert. Jetzt war es zu spät. Ganz eindeutig.

»Sie haben immer Ihren Begierden widerstehen können«, sagte sie. »Und Sie können es immer noch. Deshalb werden Sie auch enttäuscht sterben.«

Sie stand auf, streckte sich und stieg ins Wasser. Wolf folgte ihr mit den Augen bis zu dem Augenblick, in dem der braune Kopf unter dem blauen Fußboden des Meeres verschwand. Er begriff nicht. Er wartete ein wenig. Nichts tauchte wieder auf.

Benommen richtete er sich nun ebenfalls auf. Er dachte an Lil, seine Frau. Was war er für sie anderes gewesen als ein Fremder? Als ein schon Toter?

Wolf ging weich durch den weichen Sand. Enttäuscht, leergebrannt – durch sich selber. Er ging dahin mit hängenden Armen und schwitzte unter der grausamen Sonne. Ein Schatten zeichnete sich vor ihm ab. Der Schatten eines Schilderhauses. Er stellte sich dort unter. Ein Schalter war darin eingelassen, hinter dem er das Gesicht eines völlig gebrochenen Beamten erkannte, der einen gelben, flachen Strohhut auf dem Kopf hatte und dazu einen steifen Kragen und eine kleine schwarze Krawatte trug.

»Was tun Sie hier?« fragte der Alte.

»Ich warte, bis Sie mich verhören«, sagte Wolf mechanisch und lehnte sich an den Schalter.

»Sie müssen mir die Gebühr bezahlen«, sagte der Beamte.

»Welche Gebühr?« fragte Wolf.

»Sie sind geschwommen, also müssen Sie die Gebühr bezahlen.«

»Womit?« fragte Wolf. »Ich habe kein Geld.«

»Sie müssen mir die Gebühr bezahlen«, sagte der andere noch einmal.

Wolf dachte angestrengt nach. Der Schatten des Schilderhäuschens tat ihm gut. Es war sicherlich das letzte Verhör. Oder das vorletzte nach dem verteufelten Plan.

»Wie lautet Ihr Name?« fragte er.

»Die Gebühr …«, verlangte der andere hingegen.

Wolf begann zu lachen.

»Es gibt keine Gebühr«, sagte er. »Ich brauche nur wegzugehen, ohne zu bezahlen.«

»Nein«, sagte der andere. »Sie sind nicht allein. Alle Welt bezahlt die Gebühr. Sie müssen es genauso machen wie alle Welt.«

»Wozu dienen Sie?« fragte Wolf.

»Zur Eintreibung der Gebühr«, sagte der kleine Alte. »Ich tue meine Arbeit. Haben Sie die Ihre getan? Wozu haben Sie überhaupt gedient?«

»Es ist schon genug, daß man existiert …«, sagte Wolf.

»Ganz und gar nicht …«, antwortete der Alte. »Man muß seine Arbeit tun.«

Wolf zog leicht an dem Schilderhäuschen. Es hielt nicht sonderlich gut.

»Hören Sie«, sagte Wolf, »bevor ich weggehe. Die letzten Kapitel des Plans sind in Ordnung, ich schenke sie Ihnen. Ich werde etwas ein wenig ändern.«

»Seine Arbeit tun«, wiederholte der Alte. »Notwendig.«

»Keine Arbeit, keine Arbeitslosigkeit«, sagte Wolf. »Stimmt das oder stimmt das nicht?«

»Die Gebühr«, sagte der Alte. »Bezahlen Sie die Gebühr. Keine Interpretationen.«

Wolf lachte höhnisch.

»Ich werde meinen Instinkten nachgeben«, sagte er emphatisch. »Zum ersten Mal. Nein, zum zweiten, es stimmt. Ich habe schon eine gläserne Salatschüssel zerbrochen. Sie werden jetzt sehen, wie eine beherrschende Leidenschaft meiner Existenz entfesselt wird: der Haß auf das Nutzlose.«

Er stemmte sich gegen das Schilderhäuschen, strengte sich heftig an, und das Schilderhäuschen schwankte. Der kleine Alte blieb mit seinem flachen Strohhut auf einer Kiste sitzen.

»Mein Schilderhäuschen«, sagte er.

»Ihr Schilderhäuschen liegt am Boden«, gab Wolf zur Antwort.

»Das wird Ihnen bitter aufstoßen«, sagte der Alte. »Ich werde einen Bericht schreiben.«

Wolfs Hand schlug auf den Halsansatz des Greises herab, der wimmerte. Wolf zwang ihn aufzustehen.

»Kommen Sie«, sagte er. »Wir werden den Bericht zusammen schreiben.«

»Lassen Sie mich los«, protestierte der Alte und schlug um sich. »Lassen Sie mich sofort in Ruhe, oder ich rufe.«

»Wen?« fragte Wolf. »Kommen Sie mit. Lassen Sie uns ein wenig gehen. Man muß seine Arbeit tun. Und die meine besteht zunächst einmal darin, Sie mitzunehmen.«

Sie gingen durch den Sand, wobei Wolfs Hand den Hals des gebeugten alten Mannes, dessen gelbe Stiefel häufig ins Stolpern gerieten, wie eine Kralle gepackt hielt. Die bleierne Sonne fiel wie eine Masse auf Wolf und seinen Begleiter herab.

»Zunächst einmal darin, Sie mitzunehmen«, sagte Wolf noch einmal. »Und dann … Sie auf den Boden zu werfen.«

Er tat es. Der Alte wimmerte vor Angst.

»Weil Sie nutzlos sind«, sagte Wolf. »Und weil Sie mich stören. Und jetzt mache ich mich von allem frei, was mich stört. Von allen Erinnerungen. Von allen Hindernissen. Anstatt mich zu beugen, mich zu überwinden, mich verblöden zu lassen … mich zu verschleißen … ich habe einen Horror davor, mich mit alldem zu verschleißen … Denn ich verschleiße mich, hören Sie!« brüllte Wolf. »Ich bin schon älter als Sie.«

Er kniete neben dem alten Herrn nieder, der ihn mit entsetzten Augen anstarrte und die Kiefer aufsperrte wie ein Fisch auf dem Trockenen. Und dann nahm er eine Handvoll Sand und stopfte sie in den zahnlosen Mund.

»Eine für die Kindheit«, sagte er.

Der Alte spuckte, sabberte und würgte.

»Eine für die Religion.«

Bei der dritten fing der Alte an, blaß zu werden.

»Eine für die Schulzeit«, sagte Wolf. »Und eine für die Liebe. Und schlucken Sie das alles herunter, Herrgott noch mal.«

Mit der linken Hand nagelte er das jämmerliche Wrack, das vor ihm erstickte und dabei ein gedämpftes Knurren von sich gab, auf den Boden.

»Und noch eine«, sagte er und parodierte Monsieur Perle, »für Ihre Tätigkeit als Zelle eines Gesellschaftskörpers …«

Seine rechte Hand, zur Faust geschlossen, stampfte den Sand zwischen das Zahnfleisch seines Opfers.

»Und die letzte«, schloß Wolf, »die habe ich für Ihre eventuellen metaphysischen Ängste reserviert.«

Der andere rührte sich nicht mehr. Die letzte Handvoll Sand breitete sich über seinem schwärzlichen Gesicht aus und sammelte sich in den eingefallenen Augenhöhlen und bedeckte die blutunterlaufenen, aus ihren Höhlen gesprungenen Augen. Wolf sah ihn an.

»Wer ist einsamer als ein Toter …«, murmelte er. »Aber wer ist zugleich toleranter? Wer ist beständiger … wie, Monsieur Brul, und wer ist liebenswürdiger? Wer ist seiner Funktion angepaßter … und freier von jeglicher Angst?«

Er hielt inne, stand auf.

»Man macht sich von dem frei, was einen stört, erster Punkt«, sagte er, »und macht einen Leichnam daraus. Also etwas Vollkommenes, denn nichts ist vollkommener, vollendeter als ein Leichnam. Das ist eine nutzbringende Operation. Zwei Fliegen auf einen Schlag.«

Wolf ging dahin. Die Sonne war verschwunden. Ein langsamer Nebel stieg vom Boden auf und zog in grauen Schwaden dahin. Bald sah er nicht mehr seine Füße. Er spürte, daß der Boden hart wurde und gegen den spröden Felsen stieß.

»Ein Toter«, fuhr Wolf fort, »ist etwas Gutes. Etwas Vollständiges. So was hat kein Gedächtnis. *Es ist abgeschlossen.* Man ist nicht vollständig, solange man nicht tot ist.«

Er spürte, daß der Boden steil anstieg. Ein Wind erhob sich, der den Nebel vertrieb. Wolf, tief gekrümmt, kämpfte und kletterte, wobei er sich jetzt seiner Hände bediente, um vorwärts zu kommen. Es war dunkel, doch er erkannte über sich eine fast senkrechte Felswand, an die sich Kriechpflanzen klammerten.

»Natürlich bräuchte man nur zu warten, um zu vergessen«, sagte Wolf. »Das würde auch gehen. Aber hier wie überall sonst … gibt es Leute, denen es schwerfällt zu warten.«

Er klebte fast an der senkrechten Wand und stieg nur langsam auf. Einer seiner Fingernägel verklemmte sich in einer Spalte des Steins. Mit einem kurzen Ruck zog er seine Hand zurück. Sein Finger begann zu bluten, und im Innern klopfte das Blut schneller.

»Und wenn es einem schwerfällt zu warten«, sagte Wolf, »und wenn man sich selber stört, hat man den Grund und den Vorwand – und wenn man sich frei gemacht von dem, was einen stört … von sich selber … dann reicht man an die Vollkommenheit heran. Ein Kreis, der sich schließt.«

Seine Muskeln verkrampften sich in unsinnigen Anstrengungen, und er stieg immer noch bergan, wie eine Fliege an der Mauer klebend. Pflanzen mit scharfen Krallen zerrissen seinen Körper an tausend Stellen. Kurzatmig, erschöpft näherte sich Wolf dem Gipfel.

»Ein Feuer aus dem Holz eines Wacholderstrauchs … in einem Kamin aus blassen Ziegeln …«, sagte er noch.

In diesem Augenblick erreichte er den Gipfel der Felswand, und wie in einem Traum spürte er unter seinen Fingern die Kälte der Stahlkabine und auf seinem Gesicht die Ohrfeige des von vorn kommenden Winds. Nackt in der eisigen Luft zitterte er und klapperte mit den Zähnen. Unter der Wucht eines heftigen Windstoßes hätte er beinahe losgelassen.

»Wann ich will …«, brummte er mit zusammengepreßten Zähnen. »Ich habe meinen Begierden immer zu widerstehen vermocht …«

Er machte die Hände auf, sein Gesicht entkrampfte sich, und seine Muskeln entspannten sich.

»Aber ich sterbe, weil ich sie verbraucht habe …«

Der Wind riß ihn von der Kabine los, und sein Körper wirbelte in der Luft.

# VIERUNDDREISSIGSTES KAPITEL

»Na«, sagte Lil, »sollen wir die Koffer packen?«

»Wir packen sie«, antwortete Folavril.

Sie saßen in Lils Zimmer auf dem Bett. Sie sahen müde aus. Beide.

»Und außerdem gibt es keine ernsten Männer mehr«, sagte Folavril.

»Nein«, sagte Lil. »Nur noch abscheuliche Schürzenjäger. Welche, die tanzen, welche, die sich schön anziehen, die gut rasiert sind und die Socken aus rosa Seide tragen.«

»Oder aus grüner Seide, für mich«, sagte Folavril.

»Und fünfundzwanzig Meter lange Autos«, sagte Lil.

»Ja«, sagte Folavril. »Und wir werden sie kriechen lassen.«

»Auf den Knien. Und auf dem Bauch. Und sie werden uns Nerzmäntel kaufen, Spitzen, Schmuck und uns Putzfrauen bezahlen.«

»Mit Organdyschürzen.«

»Und wir werden sie nicht lieben«, sagte Lil. »Und wir werden ihnen ganz schön Bescheid stoßen. Und wir werden sie nie fragen, wo ihr Geld herkommt.«

»Und wenn sie intelligent sind«, sagte Folavril, »lassen wir sie sitzen.«

»Es wird wunderbar sein«, strahlte Lil.

Sie stand auf und ging für einige Augenblicke hinaus. Dann kam sie zurück und schleppte zwei riesige Koffer an.

»Hier«, sagte sie. »Einen für jede.«

»Den bekomme ich nie voll«, versicherte Folavril.

»Ich auch nicht«, gab Lil zu, »aber das macht mehr daher. Und außerdem ist es nicht so schwer zu tragen.«

»Und Wolf«, fragte Folavril plötzlich.

»Er ist jetzt seit zwei Tagen fort«, sagte Lil sehr ruhig. »Er wird nicht mehr zurückkommen. Außerdem brauchen wir ihn nicht.«

»Mein Traum«, sagte Folavril, während sie nachdachte, »mein Traum wäre es, einen Päderasten mit einem Sack voll Geld zu heiraten.«

## *FÜNFUNDDREISSIGSTES KAITEL*

Die Sonne stand schon sehr hoch, als Lil und Folavril aus dem Haus gingen. Sie waren beide sehr gut angezogen. Vielleicht ein wenig zu auffällig, aber geschmackvoll. Die allzu schweren Koffer hatten sie schließlich in Lils Zimmer zurückgelassen. Man würde sie abholen lassen.

Lil trug ein immergrünes Wollkleid, das ihren Oberkörper und ihre Hüften stramm hervortreten ließ; ein langer Seitenschlitz ließ ihre rauchgrauen Strümpfe sehen. Kleine blaue Schuhe mit großen Schleifenbändern, eine große Wildledertasche in dazu passender Farbe und ein Perlenstrauß in ihrem blonden Haar vervollständigten ihre Toilette. Folavril hatte ein sehr strenges schwarzes Schneiderkostüm und eine Hemdbluse mit einer duftigen Brustkrause an, dazu trug sie lange schwarze Handschuhe und einen schwarzweißen Hut. Es fiel schwer, sie nicht zu bemerken; aber auf dem Karree war niemand außer der Maschine, die unheilvoll in den leeren Himmel ragte.

Sie gingen aus einem Rest an Neugierde an ihr vorbei. Der Graben, der die Erinnerungen empfangen hatte, klaffte dunkel, und als sie sich vorbeugten, sahen sie, daß eine dunkle Flüssigkeit ihn jetzt fast ganz füllte. Auf dem Metall der Pfosten entdeckte man ganz allmählich seltsame Korrosionsspuren. Das rote Gras begann wieder überall zu wachsen, wo Wolf und Lazuli das Gelände abgemäht hatten, um die Apparate aufzustellen.

»Das wird nicht lange halten«, sagte Folavril.

»Nein«, sagte Lil. »Wieder etwas, das ihm mißlungen ist.«

»Vielleicht hat er erreicht, was er wollte«, bemerkte Folavril abwesend.

»Ja«, sagte Lil zerstreut. »Vielleicht. Gehen wir.«

Sie setzten ihren Weg fort.

»Wir werden ins Theater gehen, sobald wir angekommen sind«, sagte Lil. »Ich bin schon seit Monaten nicht mehr ausgegangen.«

»O ja!« sagte Folavril. »Ich habe ein solches Verlangen danach. Und dann werden wir uns eine hübsche Wohnung suchen.«

»Gott!« sagte Lil. »Wie haben wir nur so lange mit Männern zusammenleben können.«

»Reiner Wahnsinn«, bestätigte Folavril.

Ihre kleinen Absätze klapperten auf der Straße, als sie über die Mauer des Karrees stiegen. Das riesige Viereck lag verlassen, und die große Stahlmaschine löste sich, den Gewittern des Himmels preisgegeben, sachte auf. Einige hundert Schritte weiter, nach Westen zu, lag Wolfs Körper, nackt, fast unversehrt, mit dem Gesicht zur Sonne gewandt. Sein Kopf, in einem kaum wahrscheinlichen Winkel gegen die Schulter gepreßt, schien unabhängig von seinem Körper.

Nichts hatte in seinen weit geöffneten Augen bleiben können.

## *ZU DIESER AUSGABE*

»Das rote Gras« (L'Herbe rouge) schrieb Boris Vian 1948/1949. Während der Arbeit wechselte er mehrfach den Titel, so hieß der Roman erst »Tote Bilder«, dann »Der leere Kopf« und schließlich »Der krepierte Himmel«. Der Übersetzung von Eugen Helmlé liegt der Text der 1950 bei Éditions Toutain erschienenen Erstausgabe zugrunde. Korrigiert wurde lediglich die Numerierung der Kapitelabfolge: In der Originalausgabe, die 36 Kapitel umfaßt, fehlt die Nummer VIII.

K.V.

BORIS VIAN

# Drehwurm, Swing und das Plankton

*– VERCOQUIN ET LE PLANCTON –*

Deutsch von Eugen Helmlé

*Für Jean Rostand*
*mit der Bitte um Nachsicht*

# AUFTAKT

Wenn man seine Jugend damit zugebracht hat, im Deux-Magots Kippen aufzulesen, in einem düsteren, schmutzigen Hinterhofschuppen, Gläser zu spülen, sich im Winter mit alten Zeitungen zuzudecken, um auf der eisigen Bank, die einem als Schlafzimmer, Behausung und Bett dient, warm zu bekommen, wenn man mal von zwei Polizisten aufs Revier geführt worden ist, weil man beim Bäcker ein Brot gestohlen hat (nicht wissend damals, daß es viel einfacher ist, es einer alten Frau, die vom Markt kommt, aus dem Einkaufsnetz zu klauen); wenn man dreihundertfünfundsechzigeinviertel Mal im Jahr von der Hand in den Mund gelebt hat wie der Kolibri auf dem Zweig des Zürgelbaums (falls das Bild erlaubt ist), mit einem Wort, wenn an sich von Plankton ernähren mußte, dann hat man wohl Anspruch auf den Namen realistischer Schriftsteller, und die Leute, die dich lesen, denken bei sich: dieser Mann hat erlebt, was er erzählt, er hat empfunden, was er schildert. Manchmal denken sie auch was anderes oder überhaupt nichts, aber für die Fortsetzung ist das unerheblich.

Doch ich habe immer in einem guten Bett geschlafen, ich rauche nicht gern, das Plankton reizt mich in keiner Weise, und wenn ich etwas gestohlen hätte, dann wäre es Fleisch gewesen. Nun führen dich aber die Metzger, die von Natur aus blutrünstiger sind als die Bäcker (deren Blut eher an Blutwurst erinnert), nicht wegen eines armseligen Abfallsteaks – das es beim Bäcker nicht gibt – aufs Polizeirevier, sondern halten sich eher mit kräftigen Stiefeltritten ins verlängerte Rückgrat an dir selber schadlos.

Außerdem ist dieses Meisterwerk – ich meine damit: Drehwurm und so weiter, kein realistischer Roman in dem

Sinne, daß sich alles, was darin erzählt wird, auch wirklich zugetragen hat. Könnte man das Gleiche auch von den Romanen Zolas sagen?

Infolgedessen ist dieses Vorwort völlig unnötig und erreicht damit genau das angestrebte Ziel.

*BORIS VIAN*

## *ERSTER TEIL*
## *BEIM MAJOR WIRD GESWINGT*

## *KAPITEL I*

Da der Major alles richtig und korrekt machen wollte, beschloß er, daß seine Abenteuer diesmal genau in dem Augenblick beginnen sollten, in dem er Zizanie kennenlernen würde.

Es herrschte strahlendes Wetter. Der Garten strotzte von gerade aufgebrochenen Blüten, deren Schalen auf den Gehwegen einen unter den Füßen knackenden Teppich bildeten. Ein riesiger Kleinkratzer aus den Tropen bedeckte mit seinem dichten Schatten den durch das Aufeinanderstoßen der Süd- und der Nordmauer gebildeten Winkel des prächtigen Parks, der den Wohnsitz – einen der zahlreichen Wohnsitze – des Majors umgab. In dieser gemütlichen Atmosphäre hatte Antioche Tambrétambre, der rechte Arm des Majors, am gleichen Morgen, beim Ruf des weltlichen Kuckucks, die grün gestrichene Bank aus Erdbeerbaumholz aufgestellt, die man bei solchen Gelegenheiten benutzte. Um welche Gelegenheit handelte es sich? Nun, die Zeit ist gekommen es zu sagen: Man war im Monat Februar, mitten in den Hundstagen, und der Major wurde einundzwanzig Jahre alt. Also gab er eine Surprise-Party in seinem Haus in Ville d'Avrille.

## *KAPITEL II*

Auf Antioche ruhte die gesamte Verantwortung für die Organisation des Festes. Er verstand sich bestens auf diese Art Zeitvertreib, und da er außerdem großartig darauf trainiert war, ohne Schaden zu nehmen, Hektoliter gegärten Gebräus zu konsumieren, eignete er sich besser als jeder andere für die Vorbereitung der Surprise-Party. Das Haus des Majors kam den Absichten Antioches, der seinem kleinen Fest einen strahlenden Glanz verleihen wollte, sehr entgegen. Antioche hatte an alles gedacht. Ein Plattenspieler mit vierzehn Röhren, davon allein zwei, um bei Stromausfall durchzugucken, thronte, von ihm höchstpersönlich aufgestellt, im großen Salon des Majors, reich geschmückt mit Skulpturen auf endokrinen Drüsen, die Professor Marcadet-Balagny, der berühmte Assistenzarzt des Lycée Condorcet, im Sonderkrankenrevier der Polizeiverwahrungsanstalt eigens für die beiden Kumpane herstellen ließ. In dem riesigen Raum, den man für diesen Anlaß umgeräumt hatte, standen nur noch einige mit glänzenden Narvikleder bezogene Sofas, die unter den schon sehr warmen Sonnenstrahlen rosafarbene Reflexe warfen. Ferner sah man darin zwei mit Leckerbissen überladene Tische: Kuchenpyramiden, Grammophonzylinder, Eiswürfel, Freimaurerdreiecke, magische Quadrate, hohe politische Kreise, Kegel, Reis usw. Flaschen mit tunesischem Nansouk standen neben Flakons mit Überschnapp, Funèbre-Fils-Gin (aus Tréport), Lapupacé-Whisky, Ordener Wein, Thüringer Wermuth und sovielen köstlichen Getränken, daß man sich nur mit Mühe darin zurechtfand. Braungebrannte Kristallgläser standen in dichten Reihen vor den Flaschen, um die astringierenden Mixturen in sich aufzunehmen, die Antioche zusammenzubrauen sich anschickte. Blumen schmückten die Kronleuchter, und ihre penetranten Düfte ließen einen fast sofort in Ohnmacht fallen, so stark packte einen ihr unvorhergesehener Wohlgeruch. Antioches Auswahl, wie immer. Schließlich stapelweise Schallplatten, auf der Oberfläche mit symmetrischen und dreieckigen Reflexen moiriert, die voller Gleichgültigkeit auf den Augenblick warteten, in dem die Nadel des Plattenspielers ihnen die Haut mit ihrer spitzen Liebkosung zerreißen und ihrer spiralenförmigen Seele den in der Tiefe ihrer schwarzen Rille eingefangenen Lärm entreißen würde.

Es gab da vor allem *Chant of the Booster* von Mildiou Kennington und *Garg arises often down South* von Krüger und seinen Boërs …

## *KAPITEL III*

Das Haus lag ganz in der Nähe des Parks von Saint-Cloud, zweihundert Meter vom Bahnhof von Ville d'Avrille entfernt, und es hatte die Nummer einunddreißig der Rue Pradier.

Eine chemisch dreißigprozentig reine Glyzinie beschattete die majestätische Toreinfahrt, die von einem zweistufigen Treppenstück verlängert wurde, das in den großen Salon des Majors führte. Um zur Toreinfahrt selbst zu gelangen, mußte man zwölf Stufen aus eng ineinander verzahnten Natursteinen, die durch diesen Kunstgriff eine Treppe bildeten, hinaufsteigen. Der Park, zehn Hektar groß (und teilweise im ersten Kapitel beschrieben), war mit mannigfaltigen Baumarten und Treibhölzern bestanden, zwischen denen man Treibjagden veranstalten konnte, bevor sie zu Treibstoff wurden. Wildkaninchen trieben sich zu jeder Tages- und Nachtzeit auf dem Rasen herum, wo sie nach Erdwürmern suchten, auf die diese Tiere ganz besonders versessen sind. Ihre langen Schwänze schleiften hinter ihnen her und verursachten dieses charakteristische Geraschel, dessen völlige Unschädlichkeit die Forscher mit Vergnügen festgestellt haben.

Ein gezähmter Mackintosh, der ein Halsband aus rotem, mit Alabasternägeln beschlagenem Leder trug, spazierte mit melancholischem Ausdruck auf den Wegen umher und trauerte seinen heimatlichen Hügeln nach, auf denen der Bagpiper wuchs.

Die Sonne warf auf alle Dinge ihren klaren Blick gekochten Ambers, und die feiernde Natur zeigte beim Lachen alle ihre südlichen Zähne, die zu dreiviertel goldplombiert waren.

## *KAPITEL IV*

Da der Major Zizanie noch nicht begegnet ist, haben seine Abenteuer auch noch nicht begonnen und infolgedessen kann er noch nicht auftreten. Daher versetzen wir uns jetzt auf den Bahnhof von Ville d'Avrille, und zwar genau zu dem Zeitpunkt, wo der Zug aus Paris aus dem schattigen Tunnel herauskam. Dieser Tunnel war dazu bestimmt, einen Teil der Eisenbahnlinie, die Ville d'Avrille mit Saint-Cloud verbindet, vor dem Regen zu schützen.

Lange bevor der Zug vollständig hielt, begann eine dichte Menge aus den automatisch schließenden Türen zu rieseln, auf die die regelmäßigen Benutzer der Gare Saint-Lazare seit der Inbetriebnahme dieser rostfrei genannten Wagen auf der Linie Montparnasse mächtig stolz waren – obgleich es überhaupt nicht ihr Verdienst war. Die Wagen verfügen über mehrere automatische Türen und über hochklappbare (oder nach Wunsch herunterklappbare) Trittbretter, was gegen die Regel ist.

Diese dichte Menge begann stoßweise zu der einzigen Bahnsteigsperre hinzuströmen, die von Pustoc und seiner roten Mähne bewacht wurde. Diese dichte Menge enthielt eine große Anzahl junger Leute beiderlei Geschlechts, die einem völligen Mangel an Persönlichkeit ein solch ungezwungenes Verhalten hinzufügten, daß der Mann an der Sperre zu ihnen sagte: »Um zum Major zu kommen, überqueren Sie die Fußgängerbrücke, nehmen die Straße gegenüber dem Bahnhof, dann die erste rechts, die erste links, und schon sind Sie da.« »Danke«, sagten die jungen Leute, die mit sehr langen Anzügen versehen waren und mit sehr blonden Begleiterinnen. Es waren etwa dreißig. Weitere würden mit dem nächsten Zug kommen. Weitere würden mit dem Auto kommen. Alle gingen zum Major.

Sie gingen mit langsamen Schritten die Avenue Gambetta hinauf, wobei sie kreischten wie Pariser auf dem Lande. Sie konnten keinen Flieder sehen ohne zu rufen: »Oh! Flieder!« Es war überflüssig. Aber das zeigte den Mädchen, daß sie was von Botanik verstanden.

Sie kamen in der Rue Pradier einunddreißig an. Antioche hatte dafür gesorgt, daß die Gartentür aufstand. Sie betraten den schönen Park des Majors. Der Major war nicht da, weil Zizanie mit dem Auto kommen sollte. Sie hänselten den Mackintosh, der »Pssh« machte und abhaute. Sie schritten die Stufen der Freitreppe hinauf und betraten den Salon. Darauf löste Antioche den harmonischen Taumel des Plattenspielers aus, und die Surprise-Party, oder was dafür galt, begann.

In diesem Augenblick dröhnte ein Auto vor dem Gartentor, fuhr in den Park, die linke Allee hinauf, wendete, um vor der Freitreppe haltzumachen, machte tatsächlich halt und fuhr rückwärts wieder los, weil der Fahrer vergessen hatte, die Bremsen anzuziehen, fuhr wieder nach vorn, hielt vor der Freitreppe und blieb endgültig stehen.

Ein junges Mädchen stieg aus. Es war Zizanie de La Houspignole. Und hinter ihr kam Fromental von Drehwurm.

Darauf entstand eine große Stille, und der Major erschien oben auf der Freitreppe.

Er sagte: »Guten Tag« … und man sah, daß er beeindruckt war.

## *KAPITEL II*

(Das ist nunmehr das Kapitel II, weil die Abenteuer des Majors im vorigen Kapitel mit der Ankunft Zizanies begonnen haben.)

Beeindruckt ging der Major also einige Stufen hinab, drückte den beiden Ankömmlingen die Hand und führte sie in den großen Salon, der vollgestopft war mit Paaren, die beim Klang von *Keep my wife until I come back to my old country home in the beautiful pines, down the Mississippi river that runs across the screen with Ida Lupino*, dem letzten Modeschlager, sich prustend schüttelten. Es war ein elftaktiger Blues, in den der Komponist geschickt einige Stellen eines Swing-Walzers einbezogen hatte. Eine Schallplatte für einen Surprise-Party-Anfang, nicht zu langsam, mitreißend, die ausreichend Lärm machte, um das Stimmengewirr und die Geräusche unruhiger Füße zu überdecken.

Der Major, der plötzlich nichts mehr von der Gegenwart Fromentals wußte, packte Zizanie mit beiden Händen um die Taille und sagte zu ihr: »Tanzen Sie mit mir?« Sie antwortete: »Aber ja …« Und er schob ihr seine rechte Hand an den Hals, während er mit der linken die Finger des blonden Kindes drückte, die auf seiner muskulösen Schulter lagen.

Der Major hatte eine ziemlich persönliche, auf den ersten Blick etwas verwirrende Art zu tanzen, an die man sich aber ziemlich schnell gewöhnte. Ab und zu blieb er auf dem rechten Fuß stehen und hob das linke Bein so, daß der Oberschenkelknochen mit dem senkrecht gehaltenen Körper einen Winkel von 90 Grad bildete. Das Schienbein stand parallel zum Körper, entfernte sich dann mit einer krampfartigen Bewegung leicht von ihm weg, wobei der Fuß während dieser Zeit völlig waagrecht blieb. Nachdem das Schienbein wieder senkrecht geworden war, ließ der Major seinen Oberschenkelknochen herunter und tanzte weiter, als ob nichts wäre. Er vermied die allzu großen Schritte, die ermüdend sind und blieb immer deutlich auf der gleichen Stelle stehen, ein seliges Lächeln auf den Lippen.

Unterdessen regte ihn sein aktiver Geist zu einer originellen Gesprächseinleitung an.

»Tanzen Sie gern, Mademoiselle?«

»Oh ja!« antwortete Zizanie.

»Tanzen Sie oft?«

»Äh … Ja«, antwortete Zizanie.

»Was tanzen Sie am liebsten? Swing?«

»Oh ja!« antwortete Zizianie.

»Tanzen Sie schon lange Swing?«

»Aber … Ja«, antwortete Zizanie erstaunt.

Diese Frage schien ihr überflüssig.

»Glauben Sie keine Minute«, fuhr der Major fort, »daß ich Ihnen diese Frage stelle, weil ich finde, daß Sie schlecht tanzen. Das wäre sicherlich falsch. Sie tanzen wie jemand, der daran gewöhnt ist, oft zu tanzen. Aber das könnte eine Naturbegabung sein, und es könnte sein, daß Sie erst seit kürzester Zeit tanzen …«

Er lachte dumm. Zizanie lachte ebenfalls.

»Kurz und gut«, fuhr er fort, »tanzen Sie oft?«

»Ja«, antwortete Zizanie voller Überzeugung.

In diesem Augenblick brach die Platte ab, und Antioche begab sich zum Instrument, um die Störenfriede zu vertreiben. Der Plattenspieler stellte sich automatisch ab und niemand brauchte sich ihm zu nähern. Aber eine gewisse Janine, die für die Schallplatten ziemlich gefährlich war, stand da, und Antioche wollte jegliche Komplikation vermeiden.

Unterdessen sagte der Major:

»Danke, Mademoiselle«, und blieb stehen.

Darauf sagte Zizanie:

»Danke, Monsieur«, und trat leicht zur Seite, wobei sie mit den Augen jemanden suchte. Da tauchte Fromental von Drehwurm auf und bemächtigte sich Zizanies. Genau in diesem Augenblick ertönten die ersten Takte von *Until my green rabbit eats his soup like a gentleman*, und der Major wurde vom Stachel eines Flohs, der zwischen seinem Hemd und seiner Epidermis eingeklemmt war, ins Herz gebissen.

Und Fromental, der Zizanie, dem Anschein zum Trotz und obgleich er sie in seinem Wagen mitgebracht hatte, kaum kannte und ihr erst acht Tage zuvor bei gemeinsamen Freunden begegnet war, sah es als seine Pflicht an, während dieses Tanzes Konversation mit ihr zu machen.

»Sind Sie noch nie beim Major gewesen?«

»Oh nein«, antwortete Zizanie.

»Man langweilt sich hier nicht«, sagte Fromental.

»Nein …«, antwortete Zizanie.

»Hatten Sie den Major noch nie gesehen?«

»Aber nein«, sagte Zizanie.

»Erinnern Sie sich an den Kerl, den wir letzte Woche bei den Popeyes gesehen haben? Der Große, mit dem welligen kastanienbraunen Haar … Sie wissen doch? Der geht hier ein und aus … Wissen Sie, wen ich meine?«

»Nein …«, sagte Zizanie.

»Mögen Sie keine Walzer?« sagte er, um das Thema zu wechseln.

»Nein«, sagte Zizanie voller Überzeugung.

»Glauben Sie nicht«, sagte Fromental, »daß ich Sie das frage, weil ich finde, daß Sie den Swing schlecht tanzen. Ganz im Gegenteil, ich finde, daß Sie wunderbar tanzen. Sie haben eine Art mitzugehen … die ›hinhaut‹. Man könnte glatt meinen, daß Sie bei Profis Unterricht genommen haben.«

»Nein …«, antwortete Zizanie.

»Tanzen Sie eigentlich schon lange?«

»Nein …«, antwortete Zizanie.

»Schade …«, fuhr Fromental fort; »aber Ihre Eltern lassen Sie doch ohne weiteres ausgehen?«

»Nein«, antwortete Zizanie.

Ihr Tanz endete mit der Schallplatte. Er hatte länger gedauert als der mit dem Major, denn als dieser die Schöne in seinen Bannkreis gezogen hatte, hatte die vorangegangene Melodie bereits begonnen.

Fromental sagte:

»Danke, Mademoiselle«, und Zizanie sagte:

»Danke, Monsieur«; dann legte Antioche, der gerade vorbeikam und nie besondere Umstände machte, seinen Arm um die Taille des Frauenzimmers und schleppte sie zur Bar.

»Heißen Sie Zizanie?« sagte er.

»Ja, und Sie?«

»Antioche«, antwortete Antioche, der tatsächlich Antioche hieß, es ließ sich nicht leugnen.

»Das ist aber komisch, Antioche … Also gut, Antioche, geben Sie mir reichlich zu trinken.«

»Und was wollen Sie trinken?« fragte Antioche. »Vitriol oder Blausäure?«

»Eine Mischung«, antwortete Zizanie. »Ich verlasse mich da ganz auf Sie.«

Der Major sah Antioche düster an, während die dritte Schallplatte *Toddlin' with some skeletons* ihre einleitenden Arpeggios herunterleierte.

»Wie finden Sie den Major?« fragte Antioche.

»Sehr sympathisch …«, antwortete Zizanie.

»Und Ihr Freund Fromental«, sagte Antioche, »was treibt der?«

»Das weiß ich nicht«, sagte Zizanie, »er ist dumm. Man kann sich nicht mit ihm unterhalten. Aber unter dem Vorwand, daß seine Eltern meine Eltern kennen, geht er mir seit acht Tagen aufs Gemüt.«

»Ach was?« sagte Antioche. »Hier ... trinken Sie das schön, mein blondes Kind. Und haben Sie keine Angst, es gibt Nachschlag.«

»Wirklich?«

Sie trank. Und ihre Augen begannen zu glänzen.

»Das ist aber verdammt gut ... Sie verstehen was davon, Sie sind ein toller Typ.«

»Das will ich meinen!« stimmte Antioche zu, der ein Meter fünfundachtzig groß war, keinen Zentimeter weniger, und alle seine Zähne hatte.

»Tanzen Sie mit mir?« fragte Zizanie kokett.

Antioche, der die bequeme Form ihres Kleides bemerkt hatte, dessen Oberteil aus einem ziemlich lockeren Faltenwurf bestand, der im Kreuz zusammengeknotet wurde, nachdem er sich zuvor in Höhe der Brüste verschränkt hatte, schleppte sie in die Mitte des Raums.

Der Major tanzte mit abwesendem Ausdruck mit einer dicken Brünetten, die sicherlich aus den Achselhöhlen roch und mit gespreizten Beinen tanzte. Wahrscheinlich damit es schneller trocknet.

Antioche knüpfte eine Unterhaltung an.

»Haben Sie nie daran gedacht«, sagte er, »daß es etwas sehr Praktisches ist, wenn man einen Führerschein besitzt?«

»Doch«, sagte Zizanie. »Übrigens habe ich meinen seit vierzehn Tagen.«

»Aha! Aha!« sagte Antioche. »Wann werden Sie mir Unterricht erteilen?«

»Aber ... wann Sie wollen, lieber Freund.«

»Und was ist Ihre ganz ehrliche Meinung über die Schnecken?«

»Sehr gut!« sagte sie. »Mit Weißwein in den Nasenlöchern.«

»Also«, sagte Antioche, »Sie werden mir nächste Woche eine Fahrstunde geben.«

»Haben Sie keinen Führerschein?« sagte Zizanie.

»Doch! Aber was macht das schon?«

»Sie, Sie machen sich über mich lustig.«

»Meine Liebe«, sagte Antioche, »das würde ich mir nie erlauben.«

Er drückte sie etwas fester an sich und genau genommen ließ sie es geschehen. Aber er lockerte ganz schnell seine Umarmung, denn sie lehnte ihre Wange an die Wange Antioches, und der hatte den ganz deutlichen Eindruck, daß sein Slip das nicht aushalten würde.

Abermals setzte die Musik aus, und es gelang Antioche, den Schein zu wahren, indem er diskret die rechte Hand in seine Hosentasche steckte. Er machte sich die Tatsache zunutze, daß Zizanie eine Freundin getroffen hatte und ging zum Major hinüber, der in einer Ecke stand.

»Du Schuft«, sagte der Major. »Du spannst sie mir aus!«

»Sie ist nicht übel! …« antwortete Antioche. »Hattest du Absichten?«

»Ich liebe sie!« sagte der Major.

*KAPITEL III*

Antioche machte ein nachdenkliches Gesicht.

»Hör zu«, sagte er, »ich habe nicht die Absicht, dich Dummheiten begehen zu lassen. Ich werde mich heute ein wenig mit ihr beschäftigen und dann werde ich dir sagen, ob sie etwas für dich ist.«

»Du bist wirklich ein guter Freund«, sagte der Major.

## *KAPITEL IV*

Die Surprise-Party fing gut an. Ein normales Phänomen, wenn alle Gäste ungefähr zur gleichen Zeit kommen. Ist das Gegenteil der Fall, dann sind es in den ersten zwei Stunden die uninteressanten Flaschen und Pflaumen, die immer als erste kommen und selbstgemachten Kuchen mitbringen, der zwar mißlungen, aber trotzdem ausgezeichnet ist.

Der Major mochte diese Art Kuchen nicht, daher waren seine Surprise-Partys insofern gezinkt, als er das Flüssige und das Feste stellte. Das gab ihm eine gewisse Unabhängigkeit gegenüber seinen Gästen.

Es ist äußerst deprimierend, wenn man sich aus Versehen auf einer Surprise-Party befindet, die einen Fehlstart hat.

Denn der Hausherr – oder die Hausherrin – steht mit zwei oder drei zu früh gekommenen Freunden im Raum, ohne das geringste hübsche Mädchen, denn hübsche Mädchen kommen immer zu spät.

Es ist genau der Augenblick, den sich der jüngere Bruder für seine gewagten Vorführungen aussucht – nachher wird er sich nicht mehr trauen. Und vor allem hat man ihn dann eingesperrt.

Und man sieht zu, wie diese zwei oder drei Unglücklichen in dem Raum mit dem frisch gewachsten Fußboden plastische Stellungen einnehmen, indem sie diesen oder jenen nachahmen – aber diese können wirklich tanzen.

Auch sie werden sich nachher nicht mehr trauen …

Stell dir nun vor, daß du später gekommen bist. Wenn das Fest auf vollen Touren ist.

Du kommst herein. Die guten Kumpels schlagen dir auf den Rücken. Die anderen, denen du nicht die Hand drükken willst, tanzen bereits – sie tanzen immer, und deshalb bist du nicht ganz mit ihnen einverstanden – und auf einen Blick siehst du, ob irgendwelche verfügbaren Mädchen da sind. (Ein Mädchen ist verfügbar, wenn es hübsch ist.) Wen welche da sind, ist alles in Ordnung: die Surprise-Party hat erst angefangen, sie sind noch nicht sehr oft zum Tanzen aufgefordert und auch nicht sehr gefährlich ausgebeutet worden, denn die Burschen, die allein gekommen sind – zum größten Teil aus Schüchternheit – haben noch nicht genug getrunken, um sich Schwachheiten herauszunehmen.

Du brauchst allerdings nicht zu trinken, um dir

Schwachheiten herauszunehmen, deshalb kommst du immer allein.

Versuch nicht geistreich zu tun. Die Weiber verstehen das nie. Und die, die es verstehen, sind schon verheiratet.

Sie zu, daß sie mit dir trinkt. Das ist alles.

Du hast dann Gelegenheit, Wunder an Gerissenheit zu entfalten, um eine Flasche mit irgendwas aufzutreiben.

(Du holst sie ganz einfach aus dem Versteck, auf das du gerade irgendeinen Neuankömmling hingewiesen hast, der nicht ganz im Bilde ist.)

Versteck sie in deiner Hose. Nur der Flaschenhals schaut aus dem Gürtel. Kehr zu deinem Opfer zurück. Mach ein harmloses Gesicht mit einem Anflug von Geheimniskrämerei. Nimm sie am Arm, selbst um die Taille, und sag ganz leise zu ihr: »Sehen Sie zu, daß Sie ein Glas finden, ein einziges genügt für uns beide, ich habe was aufgetrieben ... Pst ...«

Dann schleich dich heimlich in das Zimmer nebenan. Es läßt sich abschließen? Sieh an! So ein Zufall! Der Admiral ist drin. Er ist ein Kumpel. Natürlich ist er nicht allein. Du klopfst an die Tür, dreimal kurz und einmal lang oder siebenmal mittel und zweimal kurz, je nach der mit dem Admiral getroffenen Vereinbarung. Sobald du im Zimmer bist, schließ die Tür schnell wieder ab und schiel nicht allzu auffällig zum Admiral hinüber, der wieder in die vorderste Linie rückt. Er kümmert sich nicht um dich, da er ganz in Anspruch genommen ist von dem heiklen Manöver, das darin besteht, seine Hand geschickt im Seitenschlitz des Rocks seiner Partnerin unterzubringen, eines intelligenten und intelligent gekleideten Mädchens. Hol deine Flasche, die für Abkühlung sorgt, ohne übertriebene Vorsichtsmaßnahme hervor, denn der Admiral hat selber eine. Bleib in der Nähe der Tür, damit du sie anklopfen hörst, wenn sie zurückkommt ...

Aber sie kommt nicht zurück ...

Um dich von diesem Schock zu erholen, mußt du die Flasche entkorken. Trink einen anständigen Schluck aus der Flasche. Aber aufgepaßt! Nicht mehr als die Hälfte! Vielleicht bleibt noch eine Hoffnung ...

Poch! Poch! Es klopft an der Tür ...

*DU (brutal, um sie Mores zu lehren):* »Hätten Sie sich nicht etwas beeilen können?«

*SIE (zum Schein überrascht und ziemlich zufrieden):* »Sind Sie aber böse!«

*DU (sie leicht an der Taille an dich heranziehend):* »Aber nein, ich bin nicht böse ... das wissen Sie doch genau ...«

*SIE (tut so, als mache sie sich frei, was dir Gelegenheit bietet, dir so nebenbei die rechte Brust anzusehen):* »Aber aber, seien Sie brav ...«

*DU (immer noch mit der rechten Brust beschäftigt, dabei ostentativ an etwas anderes denkend und sehr unbefangen):* »Haben Sie das Glas?«

*SIE (zeigt triumphierend einen Fingerhut vor):* »Na klar, hier ist es!«

*(Sie fährt fort):* »Verstehen Sie, Jacques hat mich zum Tanzen aufgefordert, und ich konnte ihm keinen Korb geben ...«

*DU (mürrisch):* »Wer ist denn Jacques?«

*SIE:* »Jacques ist eben Jacques! Es ist der Junge, mit dem ich hergekommen bin!«

*DU:* »Ach, dieser Kretin mit dem strohblonden Haar?«

*SIE:* »Erstens ist er sehr nett und zweitens hat er kein strohblondes Haar ...«

*DU:* »Mit anderen Worten, Sie mögen sein strohblondes Haar ...«

*SIE (kokett und lachend):* »Na klar!«

*DU (verärgert, denn du bist dunkelhaarig):* »Das ist eben Geschmackssache ...«

*SIE:* »Seien Sie doch nicht dumm ...«

(Sie lacht und rückt ein klein wenig näher, wobei sie mit angewinkeltem Arm ihre rechte Hand auf deinen linken Bizeps legt. Du legst den rechten Arm um sie und drückst sie ein wenig und sagst:)

»Aber Sie trinken ja nicht?«

»Aber Sie haben mir ja nichts gegeben.«

Darauf schenkst du mit der linken freien Hand ein, ihr trinkt zusammen, und du schüttest dir alles auf die Krawatte. Du hast kein Taschentuch bei dir. Angeekelt setzt du dich auf den einzigen freien Sitz (der Admiral hat fast das ganze Sofa in Beschlag genommen). Vor dir stehend, reibt sie deine Krawatte mit ihrem Taschentuch ab.

»So ist es bequemer, Sie sind so groß…«

Sie dreht sich ein wenig, um dir ihre linke Seite zuzukehren, und ein ganz leichter Stoß genügt, damit sie auf dein rechtes Knie fällt.

Das übrige hängt von deiner jeweiligen Inspiration ab.

Schließlich gibt sie dir eine ergreifende Beschreibung der Art Jungens, die sie mag, nachdem sie sich zuerst deine Augen angesehen hat, um nicht braun zu sagen, wenn deine blau sind.

Das geschieht auf Surprise-Partys, auf denen du nicht gleich von Anfang an von der echt extravaganten Visage einiger Möglichkeiten abgestoßen wirst.

Dieser Fall kann vorkommen. Die Technik wird dadurch äußerst kompliziert.

Anmerkung:

Es handelt sich immer um jene anständigen Surprise-Partys, auf denen man als Einzelpaar bumst, und auch nur in Räumen, die mindestens durch einen Vorhang von dem Zimmer getrennt sind, in dem getanzt wird.

Die andern Surprise-Partys sind bei weitem nicht so interessant und führen nie zu den Ergebnissen, die sich erzielen lassen, wenn man sich an die Profis dieser Sportart wendet.

## *KAPITEL V*

Der Major hatte sich in seiner Jugend eingehend mit der theoretischen Lösung des am Ende des letzte Absatzes der obigen Abweichung gestellten Problems befaßt.

Zwei Varianten können zusammentreffen:

A) ES GIBT KEIN EINZIGES HÜBSCHES MÄDCHEN.

Diese Eventualität ist relativ häufig, vor allem, wenn du etwas anspruchsvoll bist.

*a) Die Surprise-Party ist gut organisiert.*

Halte dich am Büffet schadlos, und damit ist alles gesagt. In der Tat tritt dieser Fall nur dann ein, wenn du nicht bei dir zu Hause bist, denn zu Hause wirst du nur dann eine Surprise-Party organisieren, wenn du sicher bist, daß hübsche Mädchen kommen werden, und es gibt überhaupt keinen Grund, daß du dich am Büffet von Leuten zurückhältst, die nicht einmal in der Lage sind, dir diese unentbehrliche Ware zu besorgen.

*b) Die Surprise-Party ist schlecht organisiert.*

Geh weg und versuche, ein Möbelstück mitzunehmen, um dich schadlos zu halten.

B) ES GIBT HÜBSCHE MÄDCHEN, ABER SIE SIND IN FESTEN HÄNDEN.

Bei dieser Sachlage kann man sich wirklich amüsieren.

***a) Du arbeitest als Einzelgänger (oder als Freischärler).***

*1. Bei dir zu Hause.*

Sieh zu, daß du den Störenfried durch Methoden entfernst, die sich jeweils seiner eigentlichen Wesensart entsprechend ändern, wobei du dich bemühen sollst, dich solange wie möglich gut mit ihm zu stellen.

Wenn du allein arbeitest, besteht deine einzige Möglichkeit darin, ihm zu trinken zu geben, wobei du darauf achten mußt:

a) seine Partnerin, die du begehrst, daran zu hindern, daß sie zuviel oder zu dicht neben ihm trinkt;

b) nicht soviel zu trinken wie er.

Gib ihm eine Mischung aus den Resten der Gläser zu trinken, von der selbst ein erwachsener Senegalneger lachsrot werden könnte. Sobald er nicht mehr ganz klar sieht, färbst du ihm diese Mischung mit rotem Portwein dunkel und schüttest noch Zigarettenasche dazu. Zum Kotzen führ ihn:

a) entweder in den Waschraum, wenn er nur getrunken hat;

b) oder aufs Klo, wenn er Kuchen gegessen hat, weil die Apfelstücke den Spülstein verstopfen würden;

c) oder nach draußen, wenn du einen Garten hast und es regnet.

Achte darauf, daß euch seine Partnerin begleitet. Vielleicht wird sie sich vor ihm ekeln. Sieh auf jeden Fall zu, daß er sich mit Schande bedeckt. Leg ihn dann an einen Ort, wo keine Gefahr besteht.

Nun können zwei neue Varianten zusammentreffen:

a) seine Freundin läßt ihn schlafen.

In diesem Augenblick hast du gewonnen. Wenn er den Auftrag hat, sie wieder nach Hause zu bringen, mach ihn rechtzeitig nüchtern, indem du ihm einen nassen Lappen fest auf die Nase drückst und ihm ein Glas Enós oder eine Tasse Kaffe mit Vitriol (nicht zu viel Vitriol) zu trinken gibst.

b) sie ist von hartnäckiger Opferbereitschaft und bleibt bei ihm. Sie sind wahrscheinlich verlobt. Dann bleibt dir die Chance, daß du sie ficken* siehst, wenn du eine Stunde danach ohne Lärm zu machen zurückkommst. Wenn du ein Dienstmädchen zum Saubermachen hast, kannst du einen angenehmen Augenblick verbringen.

*Störfall:* der Bursche ist nicht nüchtern zu kriegen.

Keine Lösung, es sei denn, daß du wirklich viel stärker bist als er.

*2. Bei den andern.*

*A) Bei dem Individuum, dessen Partnerin du begehrst.*

Er hat wirklich eine sehr starke Position, denn es ist wenig wahrscheinlich, daß er sich bis zur Besinnungslosigkeit besäuft. Versuche, ihn durch eine der folgenden Methoden auszuschalten:

1.) Indem du im Badezimmer eine anständige Überschwemmung verursachst:

a) mit einem Stück Fahrradschlauch (sich vorher besorgen);

b) mit einem Stück Gummirohr (das man an Ort und Stelle, auf einer Bierflasche oder einem Gaskocher gefunden hat, das aber häufig viel zu klein ist);

c) indem du ein Zahnglas unter einen der Wasserhähne der Badewanne klemmst (eine einfache, elegante und wirksame Lösung).

2.) Indem du das Abflußrohr des W. C. mit Hilfe zweier zu einer Kugel zusammengerollter Zeitungen verstopfst (führt zu ausgezeichneten Ergebnissen).

3.) Indem du durch die weiter oben angegebenen Methoden einen engen Freund des Hausherrn besinnungslos betrunken machst. Allerdings besteht die Gefahr, daß Letzterer dir sein Eigentum wieder abnimmt, sobald er erste Hilfe geleistet hat. Ebenso besteht die Gefahr, daß

* Ich bitte um Entschuldigung, aber es ist nun einmal das Wort.

sein Eigentum überhaupt keine Lust hat, den Kerl zu wechseln, weil er den Schlüssel zu den Zimmern hat. Oder weil er vielleicht genau so beschlagen ist wie du?

*B) Bei einem völlig nichtssagenden Gastgeber.*

Hier kämpfst du ungefähr mit gleichen Waffen. Das heißt, daß du nicht ungeheuer viele Chancen hast. Versuche trotzdem, ihn vollzumachen, eine heikle Geschichte, wenn du nichts mitgebracht hast (daher Ausgaben in Betracht ziehen), aber er kann so brüderlich zu dir werden und dir so rührend sein Herz ausschütten über dein Ziel, daß dir das eigene Herz bricht und du an nichts anderes mehr denkst, als diese beiden Turteltauben zu segnen. Man kann seine natürliche Menschlichkeit nicht immer unter die Glasglocke stellen.

Daher ist die Aufgabe sehr heikel, wenn man ganz allein arbeitet.

***b) Du arbeitest im Team.***

In diesem Fall ist es ohne Bedeutung, ob du zu Hause bist oder bei Tartempion. Die Arbeit ist äußerst einfach, und es ist unnötig, daß ihr mehr als vier seid, um ausgezeichnete Ergebnisse zu erzielen. Das Hauptrisiko besteht darin, daß einer deiner drei Mitspieler sich den Einsatz des Unternehmens unter den Nagel reißt. Verlier das nie aus den Augen, wenn du sie aussuchst. Die allzu einfache Lösung der Trunkenheit, die den bereits behandelten Fällen vorbehalten bleibt, wird ausgeschlossen. Sie erscheint hier nur der Vollständigkeit halber, um die Sorgfalt der Arbeit zu charakterisieren.

*Grundsatz:* deinen Feind verschwinden lassen:

*1. Unter einer dicken Schicht Schande,* durch eines der folgenden Mittel:

a) Stifte ihn dazu an, mit dem kleinen schmächtigen Kerl dort hinten (einer der vier), der nach nichts aussieht, eine Brille trägt und seit sechs Jahren Judo macht, Streit anzufangen. Die beiden andern vom Team geben ihm dann den Rest mit großen Gläsern voller Schnaps zur Stärkung;

b) Laß ihn jene kleinen, unschuldigen Spiele spielen, bei denen man sich auszieht (und mogele natürlich). Allerdings ist das nicht empfehlenswert, wenn er besser mogelt als du (zieh auf jeden Fall einen Slip und saubere Socken an), oder falls sich, ist er erst einmal nackt, herausstellt, daß er mit einem ganzen Haufen jener verdammten kleinen Muskelpakete bestückt ist … Bedenke zusammenfassend, daß er angezogen bleiben kann, während du es nicht mehr bist, folge deiner Inspiration, aber sei bescheiden.

Falls er Sockenhalter und lange Unterhosen trägt, lohnt sich das Spiel.

2. *Aus dem Verkehr ziehen.*

Dieses Verfahren, richtig angewendet, führt unweigerlich:

a) Zur Sicherheitsverwahrung des Patienten im Keller oder im Klo;

b) Zu seinem Weggang in deiner Begleitung (im Wagen eines Freundes). Gib ihm in der Kneipe an der Ecke viel Bier zu trinken und lasse ihn elf Kilometer von dort entfernt an einen Baum pissen. Oder mache ihm den Vorschlag baden zugehen und laß seine Hose sich in nichts auflösen. Sehr zahlreiche Varianten:

c) Schließlich, als höchster Triumph, seine Auslieferung an eine erfahrene und vorurteilsfreie Operateurin.

Not hat Bene:

DIESE GANZE UNTERSUCHUNG VERLIERT EINEN GROSSTEIL IHRES NUTZENS, WENN DU

PÄDERAST BIST. IN DIESEM FALLE RATEN WIR DIR LEBHAFT, DICH AUF DAS WEITHIN BEKANNTE BUCH VON GENERAL PIERRE WEISS ZU BEZIEHEN: DER RHEINPHALL.

## *KAPITEL VI*

Diese unbedingt notwendige Abschweifung macht wohl jedem mühelos klar, daß die Empfänge des Majors keine vulgären Surprise-Partys waren und daß das Vorausgegangene infolgedessen überhaupt nichts mit dem Abenteuer zu tun hat, das dem Major mit Sicherheit zustoßen wird.

# KAPITEL IV

Da die Kapitel IV und V, wie in Kapitel VI dargelegt, nur am Rande mit dem Major zu tun haben, scheint es vernünftig und klug, wieder zu Kapitel IV zurückzukehren.

Nachdem der Major gesagt hatte: »Du bist wirklich ein guter Freund«, küßte er Antioche liebevoll auf die Stirn, wozu besagter Antioche sich leicht bückte, und entfernte sich dann in den Park auf der Suche nach seinem Mackintosh, da er Antioche bei seinen Versuchen nicht stören wollte.

Der Mackintosh saß vor einer madagassischen Rottanne und blökte mit klagender Stimme. Ihm gefiel dieses Drunter und Drüber überhaupt nicht, und seine Fingernägel taten ihm weh.

»Du langweilst dich, wie?« fragte der Major liebenswürdig und kraulte ihn zwischen den Schenkeln.

Der Mackintosh vergoß einige Tropfen einer stinkigen Flüssigkeit und entfloh, wobei er »Psssh!« machte.

Allein geblieben, gab sich der Major seinen verliebten Gedanken hin.

Er pflückte eine Margerite, zählte sorgfältig ihre Blütenblätter, um sicherzugehen, daß er keine Gefahr lief, und nachdem er ihre Anzahl auf den Wert eines Vielfachen von fünf weniger eins gebracht hatte, begann er sie zu entblättern.

»Sie liebt mich …«, seufzte er,

Von Herzen
Mit Schmerzen
Auf ewig
Klein wenig
Gar nicht

Von Herzen
Mit Schmerzen
Auf ewig
Klein wenig
Gar nicht

Von Herzen
Mit Schmerzen
Auf ewig
Klein wenig
Gar nicht …

»Scheiße!« rief er …
Ganz klar, er hatte eins zuviel dran gelassen.

## KAPITEL V

»Sie kann mich noch gar nicht lieben«, dachte der Major, um sich zu trösten, »weil sie mich noch nicht richtig kennt ...«

Aber die ausgesprochene Bescheidenheit dieser Betrachtung tröstete ihn nicht.

Er ging rasch den Gehweg hinauf und kam bei Fromentals Auto an. Es war ein in sachkundigem Rot lackierter Cardebrye mit einem breiten verchromten Metallstreifen um den Deckel des Benzintanks. Letztes Modell natürlich, zwölf Zylinder zu einem Hemistichion angeordnet, V-Motor; dem Major waren die ungeraden Zahlen lieber.

In diesem Augenblick erschien Fromental von Drehwurm auf der Freitreppe und er tanzte mit Zizanie. Das Herz des Majors machte »Plumps« in seiner Brust und blieb plötzlich mit der Spitze nach oben stehen. So empfand es der Major jedenfalls.

Er folgte dem Paar mit den Augen. Die Schallplatte brach ab. Es war: *Give me that bee in your trousers*. Sofort setzte eine andere Melodie ein: *Holy pooh doodle dum dee do,* und Antioche tauchte plötzlich auf der Freitreppe auf, um Zizanie zum Tanzen aufzufordern, die zur großen Erleichterung des Majors, dessen Herz wieder zu schlagen anfing, akzeptierte.

Drehwurm, allein auf der Freitreppe, zündete sich eine Zigarette an und begann lässig die Stufen hinabzuschreiten.

Er kam zum Major, der sich immer noch für den Cardebrye interessierte, und da er eine große Sympathie für ihn empfand, sagte er vergnügt:

»Machen wir eine kleine Spritztour? Wollen Sie ihn mal ausprobieren?«

»Gern«, sagte der Major mit einem liebenswürdigen Lächeln, und verhüllte unter dieser scheinbaren Liebenswürdigkeit eine Hölle von fünfhundert girondistischen Teufeln.

Dreihundert Meter vom Haus des Majors entfernt, am unteren Ende der Avenue Gambetta, bog Fromental auf Anweisung des Majors nach rechts ab. Als er an der Kirche von Ville d'Avrille angekommen war, bog er nach links ab auf die Schotterstraße, die nach Versailles führte.

Am Restaurant von Père Otto gab der Major Drehwurm ein Zeichen, daß er halten solle.

»Kommen Sie, wir trinken einen«, sagte er. »Hier gibt es ein ganz tolles Bier.«

Sie stützten sich mit dem Ellbogen auf die Theke.

»Ein Bier für den Herrn und ein Portwein für mich!« bestellte der Major.

»Trinken Sie kein Bier?« fragte Drehwurm ein wenig verwundert.

»Nein«, antwortete der Major, »das ist schädlich für meine Gelenke.«

Aber das stimmte weder vorne noch hinten. Das Bier hatte nie eine andere Wirkung auf den Major gehabt als ein schnelles, momentanes Wachstum der unteren Gliedmaßen.

Drehwurm trank sein Bier.

»Noch eins!« bestellte der Major.

»Aber ...«, protestierte Fromental und stieß geräuschvoll auf.

»Pssst ... Verzeihung«, sagte der Major. »Ich bitte Sie ... das ist doch das mindeste.«

Drehwurm trank sein zweites Bier, und der Major bezahlte die Getränke, dann gingen sie hinaus, setzten sich wieder in den Cardebrye und fuhren in Richtung Versailles weiter.

Sie fuhren durch diese alte Stadt, die noch durchdrungen ist vom Geruch des Großen Königs, einem starken und charakteristischen Geruch, dann jagten sie bis zum Wald von Marly.

»Der Wagen fährt wunderbar«, bemerkte der Major höflich.

»Ja«, erwiderte Fromental, »aber ich halts kaum noch aus, so stark muß ich pinkeln ...«

## *KAPITEL VI*

Am Steuer eines herrlichen Cardebryes in gehörigem Rot fuhr der Major im vierten Gang die Allee seines Gartens hinauf und hielt mit bemerkenswerter Meisterschaft vor der Freitreppe. Der Wagen fuhr rückwärts weiter, aber der Major war schon ausgestiegen, und prallte gegen die Mauer, die das Parktor fortsetzte, ohne etwas anderes kaputtzumachen als einen japanischen Firnisbaum, der noch nicht ganz trocken war und leicht zerschrammt wurde.

Antioche empfing den Major auf der Freitreppe.

»Er hatte Kapitel V nicht gelesen …«, sagte der Major ganz schlicht.

»Aber das zählt doch gar nicht«, antwortete Antioche.

»Das stimmt«, sagte der Major. »Armer Junge!«

»Du hast zuviel Mitleid«, versicherte Antioche.

»Das stimmt«, sagte der Major.» So ein nichtswürdiges Individuum! So ein halsstarriger Kretin!« (Der Major verschluckte das eine r.)

»Richtig«, pflichtete Antioche bei.

»Und Zizanie?« fragte der Major.

»Sie ist weggegangen, um sich schön zu machen.«

»Schon lange?«

»Vor einer Viertelstunde. Ich habe Mühe gehabt, eine Nadel und Faden für sie zu finden«, fuhr Antioche fort.

»Was für Faden?« fragte der Major diskret hintenherum.

»Von der gleichen Farbe wie ihr Slip«, antwortete Antioche mit der gleichen Diskretion.

»Ist er reißfest, dieser Faden?« fuhr der Major beunruhigt fort.

»Doch nicht verrückt«, sagte Antioche. »Es ist Kunstseide. Wenn die feucht ist, hält sie überhaupt nichts aus.«

# *KAPITEL VII*

Im großen Salon des Majors war die Stimmung auf ihrem Höhepunkt. Der Herr dieser Örtlichkeiten kam mit Antioche im Gefolge herein und begab sich an die Bar, denn er fühlte sich trocken wie der Kleiderbügel eines Landwirtschaftsausschusses.

Er goß sich eine Orangeade ein, trank und spuckte einen Kristallkern aus, der ihm unter die Zunge gerutscht war. Antioche mixte sich einen kleinen »Monkey's Gland« von der besten Worte. Er roch stark nach Schlummerrolle (wie Edith sagt, die eine Neigung für lasterhafte Gerüche hat).

Nachdem er getrunken hatte, glitt Antioche hinter Zizanie, die, wie der übliche Ausdruck lautet, munter mit einer Freundin plauderte. Übrigens gar nicht schlecht, die Freundin, dachte der Major, der nach einem Schwesternseelenersatz suchte, während er seinen Komplizen die Probearbeit machen ließ.

Nachdem er hinter Zizanie geglitten war, packte Antioche sie mit beiden Händen sehr taktvoll und auf vollkommen natürliche Weise um den Brustkorb, hauchte ihr einen Kuß auf die linke Schläfe und bat sie zum Tanzen.

Sie machte sich los und folgte ihm zur Mitte des Raums. Er umschlang sie eng genug, um mit Hilfe des plissierten Schottenrocks des blonden Kindes den Teil seines Profils zwischen Gürtellinie und Knien zu verstecken. Dann saugte er sich mit dem Rhythmus von *Cham, Jonah and Joe Louis playing Monopoly tonight* voll, dessen harmonische Akkorde immer eindringlicher wurden.

Und der Major verbeugte sich vor Zizanies Freundin, der er unheimlich auf die Nerven ging, weil er sie sechs Tänze lang über den Stammbaum Zizanies, ihre Geschmäcker und Neigungen, die Häufigkeit ihrer Ausgänge, ihre Kindheit usw. usw. ausfragte.

Unterdessen ertönte die Klingel des Gartentors, und der Major, der sich an die Tür wagte, erkannte von weitem die bemerkenswerte Silhouette von Corneille Leprince, eines seiner Nachbarn, den er nicht einzuladen vergessen hatte. Corneille, dessen Wohnsitz zwanzig Meter von dem des Majors entfernt lag, kam immer als letzter, weil er, da er so nahe wohnte, sich nicht zu beeilen brauchte, um pünktlich zu sein. Daher seine Verspätung.

## KAPITEL VIII

Corneille war mit einem periodischen Bart behaftet, dessen Wachstumsgeschwindigkeit nur noch der Schnelligkeit des Entschlusses gleichkam, mit der er ihn, nachdem er ihn sechs Monate getragen hatte, zwar widerwillig, aber ohne vorher etwas zu sagen, opferte.

Corneille trug einen marineblauen Anzug, furchtbar spitze gelbe Schuhe und sehr lange Haare, die er am Tag zuvor zu waschen Sorge trug.

Corneille hatte vielerlei Talente beim poitou'schen Virelai und beim Verseschmieden, beim Schlägerball und Tennisschlagen, beim Ping-Pong, der Mathematik, dem scheußlichen Klavier und einem Haufen Dinge, die weiterzuverfolgen er sich nie die Mühe nahm. Aber er mochte weder Hunde noch Farben noch Röteln, auch keine anderen Rötel-Farben und keine anderen Krankheiten, denen gegenüber er sich von einer geradezu empörenden Parteiischkeit zeigte.

Insbesondere hatte er einen Horror vor dem Mackintosh des Majors. Er begegnete ihm an der Biegung der Allee und wich ihm voller Ekel aus.

Entrüstet machte der Mackintosh »Psssh!« und verdrückte sich.

Ansonsten erkannten die Mädchen übereinstimmend an, daß Corneille ein charmanter Junge gewesen wäre, wenn er sich regelmäßig seinen Bart geschnitten und acht Tage vor der Verringerung des Volumens seiner üppigen Behaarung Bescheid gesagt hätte und wenn er nicht jedesmal, wenn er einen Anzug seit mehr als zwei Tagen trug, ausgesehen hätte, als wälze er sich ständig im Dreck herum.

Dieser verfluchte Corneille kümmerte sich wirklich so wenig um seine Toilette.

Corneille kam also herein und drückte dem Major nach einem Spezialritus die Hand: Daumen gegen Daumen, während ein Zeigefinger am andern Zeigefinger zog, wobei diese beiden Anhängsel wie zum Fingerhakeln gekrümmt waren und senkrecht zum Daumen standen und die beiden Hände gleichzeitig mit einer gleichmäßigen Bewegung hochhingen.

Ebenso drückte er Antioches Hand und dieser sagte zu ihm:

»Na, Corneille, da sind Sie ja! Und Ihr Bart?«

»Ich habe ihn heute morgen abrasiert!« sagte Corneille. Und es war ein furchtbarer Eindruck.

»Ist es wegen Janine?« fragte Antioche.

»Na klar, Mann«, sagte Corneille knirschend. Das war ein wenig seine Art zu lächeln.

Dann ging er ganz formlos zu Janine hinüber, die sich gerade *Palookas in the milk* unter den Nagel reißen wollte, eine der letzten Schallplatten von Bob Grosse-Bi, die Antioche kürzlich gekauft hatte. Sie sah ihn nicht kommen und Corneille streckte seinen Zeigefinger aus und bohrte ihn ihr grausam in die fleischige rechte Schulter. Sie zuckte zusammen und begann ohne ein Wort zu sagen mit verbittertem Gesicht mit ihm zu tanzen. Sie trauerte der Platte nach.

Von Zeit zu Zeit ließ er sich nach hinten fallen, wobei er den fünfundsiebzig Grad in die Waagerechte geneigten Körper auf den Absätzen drehte und schraubte, wenn man so sagen kann. Er fing sich wie durch ein Wunder in dem Augenblick, in dem er zu fallen drohte, mit der Spitze seiner unentwegt zum Himmel gerichteten Schuhe wieder auf, wobei er plötzlich die Richtung änderte, seine Tänzerin in respektvoller Entfernung in Schach haltend. Er ging fast nie nach vorn, sondern zog seine Tänzerin wie eine kleine Hilfsgaslaterne, um sich an sie zu klammern. Es verging keine Sekunde, in der er nicht ein unvorsichtiges

Paar knock-out auf den Boden streckte, und nach zehn Minuten gehörte ihm unbestritten der Raum.

Wenn er nicht tanzte, ahmte Leprince den Schrei des Schuschus nach oder bemühte sich, den bei einem Elftel liegenden Bruchteil eines mit verdünntem Alkohol gefüllten Glases zu trinken, um sich nicht zu rasch zu berauschen.

Der Major tanzte immer noch mit Zizanies Kameradin, und Antioche war gerade in dem kleinen Bumsraum verschwunden, der unmittelbar an den Tanzsaal anstieß, und in dem die Mäntel sich türmten.

Begleitet natürlich von Zizanie.

## *KAPITEL IX*

Da ihm die Fröhlichkeit der Anwesenden nachzulassen schien, versuchte ein rothaariger Kerl von hoher Statur, der feste lispelte, obgleich er den ausgesprochen amerikanischen Vornamen Willy oder Billy trug, je nach Laune, die Anwesenden freudig zu stimmen.

Er setzte den Plattenspieler mit einer diabolischen Geschicklichkeit außer Betrieb, indem er den Stecker herauszog, eine Finte, die Antioche nicht vorhergesehen hatte, und stellte sich mitten in den Raum.

»So«, sagte er, »ich schlage zur Abwechslung vor, daß jeder ein paar Geschichten erzählt oder ein Lied singt. Und weil ich kein Feigling bin, werde ich den Anfang machen.«

Er lispelte derart, daß man beim Zuhören gezwungen war, seine Orthographie zu ändern.

»Esch ischt die Geschischte«, sagte er, »einesch Kerlsch, der einen Auschschprachefehler hat.«

»Schag nur«, sagte Antioche, der die Tür des Bumsraums einen Spalt geöffnet und laut genug gesprochen hatte, damit man ihn hörte.

Es entstand eine leichte Kälte.

»Auscherdem«, sagte der Rothaarige, »erinnere isch misch nischt mehr genau. Isch erschähle eusch eine andere. Ein Kerl geht in einen Laden, über dem schteht: ›Schweischbedarf.‹«

»Was ist'n das?« fragte eine anonyme Stimme.

»Darauf«, fuhr Willy fort, ohne sich um den Zwischenrufer zu kümmern, »sagte er: ›Guten Tag, Fräulein, wie isch lesche, haben Schie Bedarf an Schweisch‹. ›Oh nein!‹ antwortet die Dame (die auch lispelte), ›mit Schwitschen haben wir nischtsch am Hut, wir schind schuschtändig für

Schweischen und Löten.‹ ›Macht nischtsch, isch kann auch gut löten‹.«

Und Willy lachte schisch einen Ascht.

Da alle die Geschichte kannten, hörte man nur hier und da ein verlegenes Lachen.

»Alscho, wenn ihr unbedingt drauf beschteht«, fuhr Willy fort, »erschähl ich noch'n Witsch. Aber dann ischt ein anderer an der Reihe, Ja, Veorves zum Beispiel.«

Während Veorves protestierte, gelang es Antioche hinter seinem Rücken, den Stecker des Plattenspielers, an den er sich herangeschlichen hatte, tastend wieder in die Steckdose zu bekommen, die Tänzer tanzten weiter, und Willy zuckte angewidert die Schultern, wobei er murmelte:

»Auch gut ... Ich wollte ja nur etwasch Schwung in den Laden bringen.«

Der Major packte wieder seine Tänzerin, und Antioche ging in seinen Bumsraum zurück, wo Zizanie sich wehleidig wieder das Gesicht puderte.

## *KAPITEL X*

Mitten im Wald von Marly saß Fromental am Fuße eines Kautschukbaumes und fluchte seit einer geschlagenen halben Stunde halblaut vor sich hin. Halblaut, weil er in der ersten halben Stunde laut geflucht hatte und sein linkes Stimmband klemmte.

## *KAPITEL XI*

Als Antioche erneut den Bumsraum betrat, erblickte er ganz oben auf dem Stapel der in einer Ecke aufeinandergetürmten Mäntel vier Beine, die er zuerst nicht bemerkt hatte. Es waren zwei, die dort oben ihren spezifischen Unterschied nach der Methode »paßt« und »paßt nicht«, wie es das Normenbüro für den Maschinenbau empfiehlt, überprüften.

Das Mädchen hatte schöne Knie, aber auch knallrotes Haar, wie Antioche feststellen konnte, als er hochblickte. Diese grelle Farbe schockierte ihn, und verschämt wandte er den Blick ab.

Da der obere Mantel ein Regenmantel war, störte Antioche die beiden Liebhaber der Physiologie nicht. Außerdem taten sie nichts Böses. In diesem Alter ist es gut, wenn man selber Erkundigungen über die natürlichen Probleme einholt. Antioche half Zizanie, ihr Kleid in Ordnung zu bringen, das nahe daran schien, sich selbständig zu machen, und sie erschienen beide wieder im Saal, als ob nichts passiert wäre. Es war auch so wenig passiert …

Der Major stand mit düsterem Gesicht neben dem Plattenspieler.

Antioche ging zu ihm.

»Du kannst jetzt ran«, sagte er zu ihm.

»Nicht wahr, sie ist doch ein gut erzogenes Mädchen?« sagte der Major.

»Ja, aber nicht nur das«, sagte er Major. »Sie ist ein Mädchen mit Fingerspitzengefühl.«

»Ich wette, daß sie noch Jungfrau ist!« behauptete der Major.

»Vor zwanzig Minuten«, sagte Antioche, »hättest du gewonnen.«

»Ich verstehe zwar nicht«, sagte der Major, »aber es geht mich auch nichts an. Sag mal, glaubst du, daß sie ein anständiges Mädchen ist?«

»Überaus anständig, Alter«, versicherte Antioche.

»Glaubst du, daß ich eine Chance habe?« fügte der Major voller Hoffnung hinzu.

»Aber gewiß doch, Alter«, versicherte abermals sein Komplize, der in diesem Augenblick innehielt, um ein Paar zu beobachten, das wirklich sehr Swing war.

Der Mann trug eine gelockte Mähne und einen himmelblauen Anzug, dessen Jackett ihm bis zu den Waden ging. Drei Schlitze hinten, sieben Zwickel, zwei übereinanderliegende Rückengurte und ein einziger Knopf zum Schließen. Die Hose, die kaum unter dem Jackett hervorsah, war so eng und schmal, daß die Wade ganz obszön unter dieser Art seltsamem Futteral hervorsprang. Der Kragen ging bis zum oberen Teil der Ohren. Durch einen kleinen, auf beiden Seiten angebrachten Ausschnitt konnte man die Ohren hindurchstecken. Er hatte eine kunstvoll geknotete Krawatte, die aus einem einzigen Kunstseidenfaden bestand und ein rosa- und malvenfarbenes Ziertüchlein. Seine senffarbenen Socken, von der gleichen Farbe wie die des Majors, aber bei weitem nicht so elegant getragen, verloren sich in beigen Wildlederschuhen, die von gut einem Tausend verschiedener Stiche verwüstet waren. Er war einfach Swing.

Die Frau trug ebenfalls ein Jackett, unter dem ein weiter Faltenrock aus Tarlatan von der Insel Mauritius mindestens einen Millimeter hervorsah. Sie war wunderbar gebaut und trug hinten schwänzelnde Gesäßbacken auf kleinen, kurzen und dicken Beinen. Sie schwitzte unter den Armen. Ihre Aufmachung, die nicht so exzentrisch war wie die ihres Begleiters, viel fast gar nicht auf: eine leuchtend rote Hemdbluse, schokoladenbraune Seidenstrümpfe, flache Schuhe aus hellgelbem Schweinsleder, neun vergoldete Armbänder am linken Handgelenk und einen Ring durch die Nase.

Er hieß Alexandre und er hatte den Spitznamen Coco. Sie nannte sich Jacqueline. Ihr Spitzname war Coco.

Coco packte Coco am Knöchel, ließ sie geschickt in der Luft kreisen, fing sie rittlings auf dem linken Knie auf, hob das rechte Bein über den Kopf seiner Partnerin, ließ sie dann plötzlich los und schon stand sie wieder, das Gesicht dem Rücken des Jungen zugewandt. Er fiel plötzlich nach hinten, machte eine Brücke, schob den Kopf zwischen die Schenkel des Mädchens, stand ganz schnell auf, wobei er sie vom Boden hochhob, ließ sie mit dem Kopf nach vorn zwischen seinen Beinen hindurch und fand sich darauf in der gleichen Stellung wieder, mit dem Rücken an der Brust seiner Gefährtin. Dann drehte er sich um, damit er ihr gegenüberstand, stieß ein schrilles »Yeah!« aus, bewegte den Zeigefinger, trat drei Schritte zurück, um sogleich wieder vier nach vorne zu machen, dann elf zur Seite, sechs sich drehend, zwei bäuchlings, und der Zyklus begann wieder von vorn. Die beiden schwitzten dicke Tropfen, sie waren konzentriert und ein wenig gerührt über die mit Respekt versehene Aufmerksamkeit, die man auf den Gesichtern der bewundernden Zuschauer lesen konnte. Sie waren sehr sehr Swing.

Antioche stieß einen Seufzer des Bedauerns aus. Er war zu alt für solche Geschichten und sein Slip hielt wirklich schlecht.

Er setzte sein Gespräch mit dem Major fort.

»Warum forderst du sie nicht zum Tanzen auf?« fragte er.

»Ich trau mich nicht …«, sagte der Major, »sie schüchtert mich ein. Sie sieht zu gut aus.«

Antioche ging zu dem jungen Mädchen hinüber, dessen große, umränderte Augen ihn mit einer nicht verhehlten Freude zurückkommen sahen.

»Hör zu«, sagte er zu ihr, »du mußt unbedingt mit dem Major tanzen; er liebt dich.«

»Oh! Das wirst du mir doch nicht ausgerechnet jetzt sagen!« sagte Zizanie bewegt und beunruhigt.

»Glaub mir, es ist besser so ... Er ist sehr nett, er hat viel Kies, er ist vollkommen blöd, er ist wirklich der Traum von einem Ehemann.«

»Was? Muß ich ihn heiraten?«

»Aber natürlich!« sagte Antioche wie selbstverständlich.

## *KAPITEL XII*

Fromental, der sich entschlossen hatte, aufzustehen, näherte sich dem Haus des Majors. Er hatte nur noch neun Kilometer und achthundert Meter zurückzulegen. Sein linkes Bein tat ihm weh. Es war vielleicht ein wenig stärker belastet als das andere, da Fromentals Schneider seinen Kunden immer als normal konstituiert angesehen hatte.

Kurz vor halb sieben zog er in Versailles ein und gewann auf seinem theoretischen Fußweg zehn Minuten, indem er eine komplizierte Reihe kleiner, blaugrauer Straßenbahnen von übertrieben lärmendem Temperament nahm.

Die letzte von ihnen setzte ihn nicht weit von den Zufahrtsstraßen zur berühmten Côte de Picardie ab.

Er beschloß, sein Glück als Anhalter zu versuchen. Er hob also verzweifelt die Arme zum Himmel, als ein alter, kleiner drei PS-Zébraline vorbeikam, der von einer dicken Dame gesteuert wurde.

Sie machte vor ihm halt.

»Danke, Madame«, sagte Fromental. »Fahren Sie nach Ville d'Avrille?«

»Aber nein, Monsieur«, sagte die Dame. »Warum sollte ich nach Ville d'Avrille fahren, wo ich doch hier wohne?«

»Sie haben recht, Madame«, pflichtete Fromental bei.

Er entfernte sich widerwillig.

Hundert Meter weiter hatte er erst ein Drittel der Anhöhe hinter sich und begann mächtig zu schnaufen. Er blieb erneut stehen.

Ein Wagen kam vorbei. Es war ein Duguesclin Modell 1905, mit Ventilen auf dem Kühler und zerstückelter Hinterachse.

Er hielt nach weniger als einem Meter (es ging bergan), und ein sehr bärtiger Greis streckte den Kopf durchs Wagenfenster.

»Na klar, junger Mann«, sagte er, noch bevor Fromental Zeit gehabt hatte, ein Wörtchen anzubringen, »steigen Sie nur ein, aber drehen Sie zuvor ein wenig an der Kurbel.«

Zwölf Minuten lang drehte er an der Kurbel, und der Wagen startete in dem Augenblick wie ein Pfeil, als er die Tür aufmachen wollte, um einzusteigen. Der Alte konnte den Wagen erst oben auf der Anhöhe zum Halten bringen.

»Entschuldigen Sie bitte«, sagte er zu Drehwurm, als der ihn im Laufschritt erreicht hatte. »Er ist bei schönem Wetter etwas nervös.«

»Ganz normal«, sagte Fromental. »Sicherlich die Wechseljahre.«

Er setzte sich links neben den Alten, und der Duguesclin fuhr im Eiltempo den Abhang hinunter.

Als sie unten ankamen, platzten die beiden Reifen auf der linken Seite.

»Ich muß mir einen anderen Schneider suchen«, dachte Fromental ohne ersichtlichen Grund und mit einem unglaublichen Mangel an Logik.

Der Alte war wütend.

»Sie sind zu schwer!« schrie er. »Es ist Ihre Schuld. Seit 1911 habe ich keine Reifenpanne mehr gehabt.«

»Und immer die gleichen Reifen?« fragte Fromental interessiert.

»Selbstverständlich! Ich habe ja erst seit letztem Jahr einen Wagen. Die Reifen sind neu!«

»Und Sie sind 1911 geboren?« fragte Fromental, der verstehen wollte.

»Jetzt fügen Sie der Reifenpanne nicht noch eine Beleidigung hinzu!« brüllte der Greis, »und flicken Sie die Reifen.«

## KAPITEL XIII

In dieser gleichen Minute schritt der Major, zärtlich Zizanies Taille umschlingend, mit langsamen Schritten die Stufen der Freitreppe hinunter. Er bog in die rechte Allee ein und gelangte, ohne sich zu beeilen, ans Ende des Parks, wobei er in seinem Kopf fieberhaft nach einem Gesprächsstoff suchte.

Die Parkmauer war an dieser Stelle ziemlich niedrig, und elf Kerle in marineblauen Anzügen und weißen Socken kotzten über die besagte Mauer hinweg, auf die sie sich bequem aufstützten.

»Gut erzogene Kerle!« bemerkte der Major im Vorbeigehen. »Sie tun das lieber bei meinen Nachbarn. Aber es ist schade, soviel guten Alkohol zu verlieren.«

»Sind Sie aber kleinlich«, sagte Zizanie mit Vorwurf in ihrer sanften Stimme.

»Mein Liebling!« sagte der Major, »für Sie würde ich alles hergeben, was ich habe!«

»Sind Sie aber großzügig«, sagte Zizanie lächelnd und preßte sich an ihn.

Das Herz des Majors schwamm mit einem lauten Spritzgeräusch in der Freude wie ein kleiner Tümmler. Es war das Geräusch der Feld- und Wiesenkotzerei, aber er merkte es nicht.

Ihre Gegenwart schien die elf zu stören, deren Rücken einen vorwurfsvollen Ausdruck bekamen, und der Major und die schöne Blonde entfernten sich sachte in den Alleen des Parks.

Sie setzten sich auf die Bank, die Antioche am Morgen in den Schatten des Kleinkratzers gestellt hatte. Zizanie schlief ein wenig ein. Der Major ließ seinen Kopf auf die Schulter seiner Gefährtin sinken, die Nase in ihrem Goldhaar verloren, aus dem ein heimtückischer Duft kam, ein muffiger Geruch von Rue Royale und Place Vendôme. Das Zeug hieß Brouyards und war von Lenthérite.

Der Major nahm die Hände seiner sanften Freundin in die seinen und verlor sich in einem inneren Traum, der bevölkert war von verwirrenden Glückseligkeiten.

Eine feuchte und kalte Berührung auf seiner rechten Hand ließ ihn zusammenfahren, wobei er einen Schrei ausstieß wie ein Schischnuff in der Ekstase. Zizanie wurde wach.

Der Mackintosh, der gerade dabei war, die Hand des Majors abzulecken, sprang ebenfalls zwölf Fuß hoch, als er den Schrei des Majors hörte und entfernte sich gekränkt, wobei er »Psssh!« machte.

»Armer Kerl!« sagte der Major, »ich habe ihm Angst gemacht.«

»Aber nein, er hat Ihnen Angst gemacht, mein Liebling, und nicht umgekehrt«, sagte Zizanie. »Er ist dumm, ihr Mackintosh.«

»Er ist halt noch so jung«, seufzte der Major. »Und er liebt mich so sehr. Aber Herrgottnochmal! Sie haben eben ›mein Liebling‹ zu mir gesagt!«

»Ja, entschuldigen Sie bitte«, sagte Zizanie. »Wissen Sie, ich bin aus dem Schlaf hochgefahren.«

»Sie brauchen sich nicht zu entschuldigen!« sagte der Major mit einem inbrünstigen Murmeln … »Ich bin ihr Ding.«

»Dann laß uns schlafen, mein Ding!« folgerte Zizanie und nahm eine bequeme Stellung ein.

## *KAPITEL XIV*

Antioche, der allein geblieben war, hatte gerade ein Trio von Nachzüglern empfangen, das, o Wunder, eine strahlend schöne Rothaarige mit grünen Augen enthielt. Der andere Bruchteil des Trios, ein Mannsbild und ein Weibsbild ohne Bedeutung, entfernte sich bereits in Richtung Theke. Antioche forderte die Rothaarige zum Tanzen auf.

»Kennen Sie niemanden hier?« sagte er.

»Nein!« sagte die schöne Rothaarige, »und Sie?«

»Nicht alle, leider!« seufzte Antioche und drückte sie mit Nachdruck an sein Herz.

»Ich heiße Jacqueline!« sagte sie und versuchte, einen ihrer Schenkel zwischen die Beine Antioches zu schieben, der sich dementsprechend verhielt und sie während des ganzen Schlusses der Schallplatte auf den Mund küßte; es war *Baseball after midnight,* einer der letzten Erfolge von Crosse und Blackwell.

Antioche tanzte die beiden folgenden Tänze mit seiner neuen Partnerin, und er achtete sorgfältig darauf, sie während der kurzen Zeit, die das Ende einer Schallplatte vom Anfang der folgenden trennte, nicht loszulassen.

Er schickte sich an, den dritten mit ihr zutanzen, als ein Bursche im Hahnentrittanzug mit besorgtem Gesicht zu ihm kam und ihn in den ersten Stock schleppte.

»Sehen Sie sich das an!« sagte er und zeigte auf die Tür der Toiletten. »Die Klos laufen über.«

Er machte Anstalten sich zu entfernen.

»Moment! ...« sagte darauf Antioche und hielt ihn am Ärmel zurück. »Kommen Sie mit. Es ist nicht lustig, allein zu sein.«

Sie betraten das stille Örtchen. Es lief tatsächlich über. Man erkannte genau die zu einer Kugel zusammengeknüllten Zeitungen.

»Na, wenn das so ist«, sagte Antioche und krempelte die Ärmel hoch, »dann wollen wir mal die Verstopfung beseitigen. Krempeln Sie die Ärmel hoch!«

»Aber … Sie sind doch schon so weit …«

»Nein! Ich habe die Ärmel nur hochgekrempelt, um Ihnen die Fresse zu polieren, wenn Sie nicht fertig sind, bis der kleine Zeiger fünf Runden gedreht hat. Verstehen Sie«, fügte Antioche hinzu, »einem alten Hasen wir mir brauchen sie nicht beizubringen, wie man ums Cap Horn segelt …«

»Ach? …« machte der andere und tauchte seine Finger in etwas Weiches, das ganz unten im Siphon steckte, worauf er von Kopf bis Fuß zu zittern anfing und augenblicklich rahmweiß wurde.

»Sie haben zu Ihrer Rechten ein Spülbecken …«, schloß Antioche in dem Augenblick, als der Unglückliche sich unter dem Fenster erhob, das sein Peiniger gerade aufgemacht hatte. Das Fenster hielt den Schlag aus und der Schädel auch.

Dann ging Antioche wieder hinunter.

Wie erwartet stand Jacqueline an der Theke, eingerahmt von zwei Kerlen, die darum kämpften, ihr etwas zu trinken einzugießen. Antioche ergriff das Glas, das zu füllen ihnen gelungen war und hielt es Jacqueline hin.

»Danke!« sagte sie lächelnd und folgte ihm zur Mitte der Tanzpiste, die Corneille wie durch ein Wunder gerade verlassen hatte.

Er umschlang sie erneut. Die beiden an der Theke Zurückgebliebenen machten böse Gesichter.

»Sehen Sie sich das mal an! …« höhnte Antioche. »Das hat die Nasenlöcher noch voller Plazenta und sowas will einen Profi meines Kalibers reinlegen! …«

»Ach ja?« antwortete Jacqueline, ohne so recht zu verstehen. »Oh! aber wer ist denn das da?«

Fromental war gerade an der Tür des Salons aufgetaucht.

## *KAPITEL XV*

Zum Glück startete *Muschrooms in my red nostrils*, und der Lärm der Blechinstrumente überdeckte das provokatorische Gebrüll des Unglücklichen; er stürzte sich auf die Theke und leerte zwei Drittel eines Ginfläschchens, bevor er wieder zu Atem kam.

Da er daraufhin alles vergessen hatte, ließ er ein glückliches Lächeln über die Anwesenden schweifen wie eine Ziege, die in eine ihrer Hufe Heu gefunden hat.

Er bemerkte in einer Ecke des Saals eine kleine Blondine, die bis zu den Brustwarzen dekolltiert war und ging mit sicherem Schritt zu ihr hinüber. Ohne auf ihn zu warten, strebte sie der Tür zu. Er lief hinter ihr her, wobei er ab und zu einen zwei Meter sieben hohen Sprung machte, um einen gelben Schmetterling zu fangen. Sie verlor sich – nicht für alle Welt – in einem Büschel wildwüchsigen Lorbeers, und die Zweige schlossen sich über Fromental, der ihr gefolgt war.

## *KAPITEL XVI*

Nach einer halben Stunde wurde der Major, von einem fernen Gebrüll aus seiner Benommenheit gerissen – es war der Augenblick, in dem Fromental den Salon betrat – plötzlich wach. Zizanie wurde ebenfalls wach.

Er sah sie voller Liebe an und stellte fest, daß ihr Bauch sich in beängstigendem Ausmaß rundete.

»Zizanie!« rief er. »Was ist los?«

»Oh, mein Liebling!« sagte sie, »ist es möglich, daß Sie sich im Schlaf so benommen haben und daß das weiter keine Erinnerung in Ihnen hinterläßt?«

»So ein Mist!« sagte der Major ganz trivial, »ich habe nichts gemerkt. Entschuldige bitte, mein Liebes, aber wir müssen diese Sache in Ordnung bringen.«

Der Major war in Dingen der Liebe sehr naiv und er wußte nicht, daß es mindestens zehn Tage dauert, bis man anfängt etwas zusehen.

»Das ist ganz einfach«, sagte Zizanie ... »Heute ist Donnerstag. Es ist sieben Uhr. Antioche wird losfahren, um für Sie bei meinem Onkel, der noch in seinem Büro ist, um meine Hand anzuhalten.«

»Du duzt mich ja gar nicht, mein gregorianisches Prachtstück?« sagte der Major, zu Tränen gerührt und von der Schulter bis zum Sitzbein von einem ungleichmäßigen Beben geschüttelt.

»Aber doch, mein Liebling«, antwortete Zizanie, »im Grunde, ich hab mir's genau überlegt ...«

»Es ist doch irre, was man im Schlaf nicht alles machen kann«, unterbrach der Major.

»Ich hab mir's genau überlegt und ich meine, daß ich nie einen besseren Mann bekommen kann ...«

»Oh, Engel meines Lebens!« rief der Major ... »Endlich

hast du mich geduzt. Aber warum gehen wir nicht direkt zu deinem Vater, um ihn um deine Hand zu bitten?«

»Ich habe keinen.«

»Es ist also einer der deinen?«

»Es ist der Bruder meiner Mutter. Er verbringt sein Leben in seinem Büro.«

»Was sagt deine Tante dazu?«

»Darum kümmert er sich nicht. Er erlaubt ihr nicht einmal, mit ihm zusammenzuwohnen. Sie lebt in einer kleinen Wohnung, wo er sie manchmal besucht.«

»Verdammtes Bißniß!« schloß der Major.

»Mir wäre Biß-Nicht(e) lieber«, murmelte Zizanie und rieb sich an ihm, »weil er mein Onkel ist.«

Darauf biß sie der Major mit einer so unverhohlenen Freude, daß ihm drei Knöpfe absprangen, die Zizanie beinahe ein Auge ausschlugen.

»Suchen wir Antioche auf«, schlug letztere, ein wenig beruhigt, vor.

# *KAPITEL XVII*

Als sie an der Gruppe der Lorbeersträucher vorbeigingen, in die sich Fromental gerade hineingestürzt hatte, bekam der Major nacheinander eine Socke, einen linken Schuh, einen Slip, eine Hose, an der er die Identität des Werfers erkannte, eine andere Socke, einen rechten Schuh, ein Paar Hosenträger, eine Weste und ein Hemd mit einer Krawatte dran auf den Kopf. Ihnen folgte augenblicklich ein Kleid, ein Büstenhalter, zwei Frauenschuhe, ein Paar Strümpfe, ein kleiner Spitzengürtel, der wahrscheinlich dazu bestimmt war, die besagten Strümpfe festzuhalten, und ein Ring von neunundsechzig Karat aus einem wurmstichigen Menhirsplitter mit Goldschnitt und auf Nadellager, der dem Mackintosh beinahe ein Auge ausgeschlagen hätte, der unvermutet auftauchte und gleich wieder wegging, wobei er ein »Psssh!« machte.

Der Major folgerte aus dieser Lawine:

1. Daß sie Fromentals Jacke als Bodenteppich benutzt hatten.

2. Daß die Partnerin keinen Slip trug und infolgedessen wußte, daß Sie auf eine Surprise-Party ging.

Er hätte noch einen Haufen anderer Dinge daraus schließen können, aber er beschränkte sich nun mal auf diese.

Man amüsierte sich bei ihm und das freute ihn.

Er war auch glücklich, als er sah, daß Fromental nicht mehr an sein Auto dachte.

# *KAPITEL XVIII*

Übrigens hatte Fromental es noch gar nicht gesehen.

## *KAPITEL XIX*

Der Major nutzte die Eigenschaft von Zizanies Kleid, die gleich zu Anfang schon die Aufmerksamkeit Antioches auf sich gezogen hatte, um seinen Weg in enger Tuchfühlung fortzusetzen. Der Nutzeffekt war ausgezeichnet.

Er kletterte die Stufen der Freitreppe hinauf und rief: »Antioche!«

Der gab keine Antwort, und der Major hatte sehr bald begriffen, daß er nicht da war. Der Major ging also hinein und begab sich geradewegs zum Bumsraum. Er ließ Zizanie auf der Türschwelle stehen.

Er fand Antioche, der sich erleichtert aufrichtete, denn es war die elfte Wiederholung, und es hatte den Anschein, als genüge das. Jacqueline schlug bedächtig ihren Rock herunter und stand schwungvoll auf..

»Tanzen Sie mit mir?« schlug sie dem Major vor und warf ihm einen Blick von 1300 Grad zu.

»Eine Minute ...«, flehte der Major.

»Gut, dann werde ich eben versuchen, jemanden anderen zu finden ...«, sagte sie und entfernte sich voller Takt und voller Ziegenhaare, die vom Sofa des Bumsraums herrührten.

»Antioche!« murmelte der Major, sobald sie Fersengeld gegeben hatte.

»Hier!« antwortete Antioche, der in einer tadellosen strammen Haltung erstarrte, den Oberkörper im rechten Winkel durchgedrückt und den Zeigefinger an der Halsschlagader.

»Ich muß sie sofort heiraten ... Sie ist ...«

»Was?« wunderte sich Antioche. »Schon!«

»Ja ...«, seufzte der Major bescheiden. »Und ich habe es nicht selber gemerkt. Ich habe es im Schlaf getan.«

»Du bist wirklich ein ungewöhnlicher Typ!« sagte Antioche.

»Danke, Alter«, sagte der Major. »Kann ich auf dich zählen?«

»Sicherlich um bei ihrem Vater um ihre Hand anzuhalten?«

»Nein, bei ihrem Onkel.«

»Wo haust das Wirbeltier?« fragte Antioche.

»In seinem Büro, inmitten kostbarer Akten, die er persönlich zusammengetragen hat und die die uninteressanten Aktivitäten des menschlichen Treibens betreffen.«

»Also gut!« sagte Antioche, »ich werde morgen hingehen.«

»Sofort!« insistierte der Major. »Sieh dir ihren Umfang an.«

»Ja und?« sagte Antioche und öffnete die Tür des Bumsraums einen Spalt, um sie zu betrachten. »Was ist denn da so ungewöhnlich dran?«

Zizanie war in der Tat ganz schmal, wie sich der Major nun ebenfalls überzeugen konnte.

»Verflixt und zugenäht!« sagte er. »Sie hat mir den Pylorustrick vorgemacht …«

Es war ein Kunststück, das die Fakire praktizierten, das er seit Jahren übte und das darin bestand, seinen Magen auf eine fast unmenschliche Weise vorspringen zu lassen.

»Vielleicht warst du einfach nur mit Blindheit geschlagen …«, sagte Antioche. »Verstehst du, nach einer solchen Begegnung …«

»Du hast sicherlich recht«, räumte der Major ein. »Meine Nerven sind richtig aufgeringelt. Morgen ist auch noch Zeit, ihren Onkel aufzusuchen.«

## *KAPITEL XX*

Im Saal, indem sich die Tänzer immer noch drehten, ergriff der Major wieder Besitz von Zizanie, aber Antioche fand Jacqueline nicht wieder. Er ging also hinaus in den Park und erblickte an der Ecke eines viereckigen Baums einen Fuß, der hervorsah … und am Ende dieses Fußes fand er einen ersten Gast, kraftlos, erschöpft … etwas weiter einen anderen im gleichen Zustand, dann fünf andere in einer ungeordneten Gruppe und dann noch zwei Einzelgänger.

Im Gemüsegarten sah er endlich die Rothaarige, die eine Stange Lauch ausgerissen hatte und sich in der mazedonischen Schikane übte.

Er rief sie von weitem an. Sie ließ ihren Rock fallen und voller Unternehmungsgeist kam sie auf ihn zu.

»Immer noch swing?« fragte er sie.

»Ja, natürlich; und Sie?«

»Ein bißchen noch, aber wirklich nur ganz wenig …«

»Armer Freund …« murmelte sie liebevoll, wobei sie sich auf die Zehen stellte, um ihn zu umarmen.

Man hörte ein verhängnisvolles Krachen, und Antioche schob nacheinander die rechte Hand in jedes seiner Hosenbeine, um die beiden Hälften eines entsetzlich zerfetzten Slips daraus hervorzuziehen.

»Mir fehlen einfach die Mittel …«, folgerte er. »Aber vielleicht könnte ein anderer Sie in Ermangelung meiner Person befriedigen …«

Sie mit dem Arm in respektvoller Entfernung haltend, gelangte er bei dem Lorbeerstrauch an, in dessen Schutz Fromental, ganz nackt, mit dem Boden zu bumsen schien. Er hatte sich so freudig hineingekniet, daß seine Eroberung unter dem wiederholten Druck allmählich unter einer dicken Humusschicht verschwunden war, immer tiefer in fettem Mutterboden versinkend. Antioche befreite sie aus ihrer unbequemen Lage und nachdem er sie im kühlen Gras hatte zu sich kommen lassen, machte er die Herrschaften miteinander bekannt.

## *KAPITEL XXI*

Beim hundertvierzehnten Versuch brach Fromental, besiegt und überwunden, über dem duftenden Körper Jacquelines zusammen, die mit zweifelndem Gesicht an einem Lorbeerstiel schnüffelte.

## *KAPITEL XXII*

Die Party ging dem Ende zu. Janine war es gelungen, die während des Nachmittags sorgfältig ausgesuchten neunundzwanzig Schallplatten in ihrem Büstenhalter zu verstecken. Corneille, der schon lange weggegangen war, um einen Brei zu essen, war zurückgekommen, dann wieder weggegangen, und niemand wußte, wo er abgeblieben war. Seine Eltern, die außer sich waren, drehten sich mitten im Saal im Kreise, und alle glaubten, es handele sich um ein noch nie dagewesenes Swing-Ballett.

Antioche ging in die oberen Stockwerke hinauf. Er zog zwei Paare aus dem Bett des Majors, zwei andere und einen Päderasten aus seinem eigenen, drei aus dem Besenschrank, eins aus dem Schuhschrank (es war ein ganz kleines Paar). Er fand sieben Mädchen und einen Jungen im Kohlenkeller, alle nackt und mit malvenfarbener Kotze bedeckt. Er zog eine kleine Brünette aus dem Heizkessel, der zum Glück noch nicht ganz erloschen war, was sie vor einer Lungenentzündung bewahrt hatte, sammelte zehn Francs fünfundvierzig in Scheidemünzen ein, als er an einem Kronleuchter schüttelte, in dem zwei betrunkene Individuen von unbestimmbarem Geschlecht seit fünf Uhr nachmittags Bridge spielten, sammelte die Stücke von siebenhundertzweiundsechzig geschliffenen Kristallgläsern ein, die während des Empfangs in die Brüche gegangen waren. Er fand Kuchenreste sogar auf Tellern, eine Puderdose in einem Toilettenpapierspender, ein paar nicht zusammengehörende karierte Wollsocken im Elektroofen, gab einem Jagdhund, den er nicht kannte und der im Fliegenschrank eingeschlossen war, die Freiheit zurück und löschte fünf beginnende Brände wegen hartnäckigen Brennens liegengelassener Kippen. Dreiviertel aller Sofas im Tanzsaal waren mit Portwein befleckt; das andere Viertel mit Mayonnaise. Der Plattenspieler hatte seinen Motor und seinen Arm verloren. Es blieb nur noch der Schalter übrig.

Antioche kam in dem Augenblick in den Saal zurück, als die Gäste gingen. Es blieben drei überschüssige Regenmäntel übrig.

Er sagte ihnen allen auf Wiedersehen und ging weg, um sie am Parktor zu erwarten, wo er, um sich zu rächen, jeden vierten, so wie sie herauskamen, mit dem Maschinengewehr niederschoß. Dann ging er wieder die Allee hinauf und kam an der Gruppe der Lorbeersträucher vorbei.

Der Mackintosh saß rittlings auf der ohnmächtig gewordenen Jacqueline und stieß kleine Freudenschreie aus. Antioche streichelte ihn mit der Hand, zog den immer noch leblosen Fromental und seine ursprüngliche Partnerin, die im Gras schlief, an und weckte sie mit großen Fußtritten in den Arsch auf.

»Wo ist mein Auto?« fragte Fromental, als er wieder zu Bewußtsein kam.

»Dort«, sagte Antioche und zeigte auf einen Trümmerhaufen, aus dem ein ganz verbogenes Steuer hervorsah.

Fromental setzte sich vor das Steuer und hieß das junge Mädchen sich neben ihn setzen.

»Ein Cardebrye springt immer sofort an«, röhrte er. Er zog an einem Hebel, und das Steuer fuhr an, ihn mitziehend ... Die kleine Blondine lief hinterher ...

*ENDE DES ERSTEN TEILS*

# *ZWEITER TEIL*
# *IM SCHATTEN DER VERVIELFÄLTIGUNGSGERÄTE*

## *KAPITEL I*

Der Hauptunteringenieur Léon-Charles Miqueut hielt inmitten seiner sechs Stellvertreter seine wöchentliche Ratssitzung in dem stinkenden Büro ab, das er im letzten Stockwerk eines modernen Gebäudes aus Quadersteinen innehatte.

Der Raum war höchst geschmackvoll möbliert mit sechzehn Aktenschränken aus sodomisiertem Eichenholz, das mit einem leicht gänsekackefarbenen Bürokratenlack behandelt worden war, Stahlmöbeln mit Rollschubladen, in denen man die ganz besonders vertraulichen Papiere ablegte, mit dringlichen Akten überladenen Tischen, einer drei auf zwei Meter großen Planungstafel, die ein perfektioniertes System bunter Karteikarten enthielt, die nie auf dem neuesten Stand waren. Ein Dutzend Bretter trug die Früchte des nie erlahmenden Fleißes der Abteilung, die Gestalt angenommen hatten in Form kleiner, mausgrauer Hefte, die alle Formen der menschlichen Aktivität zu regeln versuchten. Man nannte sie Nothons. Stolz versuchten sie die Produktion zu organisieren und die Verbraucher zu schützen.

In der hierarchischen Rangfolge stand der Hauptunteringenieur Miqueut unmittelbar hinter dem Hauptingenieur Toucheboeuf. Beide befaßten sich mit den technischen Problemen.

Die Behandlung der Verwaltungsfragen oblag ganz natürlich dem Verwaltungsdirektor, Joseph Brignole, und zu einem Teil dem Generalsekretär.

Generaldirektor Emile Gallopin koordinierte die Aktivitäten seiner Untergebenen. Ein Dutzend Verwaltungsräte aller Art vervollständigte das Ganze, das sich CONSORTIUM NATIONALE DE L'UNIFICATION (Nationales Konsortium für die Unifikation) oder abgekürzt C. N. U. nannte.

Das Gebäude beherbergte noch einige Generalinspekteure, alte Haudegen im Ruhestand, die den größten Teil ihrer Zeit damit zubrachten, bei den technischen Sitzungen zu schnarchen und den restlichen Teil, unter dem Deckmantel von Aufträgen durchs Land zu eilen, die ihnen einen Vorwand lieferten, die Mitglieder zu prellen, deren Beiträge es der C. N. U. ermöglichten, sich recht und schlecht über Wasser zu halten.

Um jeden Mißbrauch zu verhindern, hatte die Regierung, die die hartnäckige Verbissenheit der Hauptingenieure Miqueut und Toucheboeuf, Nothons zu erarbeiten, nicht auf einen Schlag bremsen konnte, einen glänzenden Polytechniker und zwar den Zentraldelegierten der Regierung, Requin, delegiert, um sie zu überwachen. Seine Aufgabe bestand darin, den Erfolg der Nothons so lange wie möglich hinauszuzögern. Das gelang ihm mühelos dadurch, daß er mehrmals wöchentlich die Spitzen der C. N. U. zu hundertmal wiedergekäuten Diskussionen, auf die er aber, schon aus Gewohnheit, nicht mehr hätte verzichten können, in sein Büro kommen ließ.

Ansonsten bezog Monsieur Requin von mehreren Ministerien Gehälter und gab unter seinem Namen technische Werke heraus, mit deren Ausarbeitung unbekannte Ingenieure mühselige Stunden zubrachten.

Trotz der Regierung, trotz der Hindernisse, trotz allem stand man am Ende eines jeden Monats vor dieser Gewißheit: wieder hatten einige Nothons mehr das Licht der Welt erblickt. Ohne die von den Industriellen und Kaufleuten ergriffenen weisen Vorsichtsmaßregeln wäre die Lage gefährlich geworden: Was soll man von einem Land halten, wo man hundert Zentiliter für einen Liter ausgibt und wo ein Schraubenbolzen, der garantiert fünfzehn Tonnen aushält, eine Last von 15 000 Kilo zu halten vermag? Zum Glück nahmen die betroffenen Berufe mit Unterstützung der Regierung einen gewichtigen Anteil an der Schaffung der Nothons, und faßten sie so ab, daß Jahre zu ihrer Entzifferung notwendig wurden: nach dieser Zeit bereitete man ihre Änderung vor.

Um bei dem Delegierten gut angeschrieben zu sein, hatten auch Miqueut und Toucheboeuf versucht, den Eifer ihrer Untergebenen zu bremsen und den Vormarsch der Nothons aufzuhalten, doch seitdem man die Harmlosigkeit dieser Nothons erkannt hatte, beschränkten sie sich auf häufige Empfehlungen, Vorsicht und auf das Beispiel des Delegierten Requin, beriefen immer häufiger Versammlungen ein, durch die ein Höchstmaß an Zeit verlorenging.

Übrigens standen die Nothons dank einer geschickten Propaganda beim Publikum – das sie zu schützen vorgaben – in sehr schlechtem Ruf.

## *KAPITEL II*

»Nun!« sagte Miqueut stammelnd, denn er war nicht sehr redegewandt, »äh ... ich werde heute mit Ihnen über ... äh ... verschiedene Dinge sprechen, von denen ich glaube, daß Ihre Aufmerksamkeit ... zumindest die einiger von Ihnen, darauf gelenkt werden sollte.«

Er sah sie alle mit dem Blick eines Maulwurfs an, der ein ausschweifendes Leben geführt hat, befeuchtete seine Lippen mit etwas weißlichem Speichel und fuhr fort:

»Zunächst einmal die Frage der Kommas ... Ich habe festgestellt, und zwar mehrmals ... wohlgemerkt, ich spreche nicht speziell für unsere Abteilung, wo man im Gegenteil, bis auf wenige Ausnahmen, in der Regel achtgibt, daß das Fehlen von Kommas sich in gewissen Fällen als äußerst störend erweisen kann ... Sie wissen, daß die Kommas, deren Bestimmung es ist, in dem zu schreibenden Satz eine Ruhepause anzuzeigen, die von der Stimme des Lesenden, für den Fall selbstverständlich, daß dieses Schriftstück laut vorgelesen werden muß, einzuhalten ist ... ich möchte Sie also im Grundprinzip daran erinnern, sehr streng darauf zu achten, denn, vor allem, in dem Falle, nicht wahr, wo es sich um Schriftstücke handelt, die an die Delegation geschickt werden müssen.«

Die Delegation war der Regierungsorganismus, an dessen Spitze Monsieur Requin stand, der den Auftrag hatte, die Anregungen und Projekte der Nothons, die aus der C.N.U. hervorgingen, und vor dem Miqueut einen heiligen Bammel hatte, weil er die Verwaltung repräsentierte, gründlich zu untersuchen.

Miqueut hielt inne. Er wurde immer ein wenig bleich und feierlich, wenn er von der Delegation sprach und senkte dann die Stimme um mehrere Töne.

»Ich möchte Sie daran erinnern, vor allem, wenn es sich um Berichte handelt, daß Sie also genau achtgeben müssen, und ich zähle fest darauf, daß Sie alles Notwendige unternehmen, um diese Ermahnung nicht aus den Augen zu verlieren, die, das sage ich noch einmal, nicht unsere Abteilung betrifft, wo man, von wenigen Ausnahmen abgesehen, ziemlich achtgibt. Ich habe kürzlich Gelegenheit gehabt, mit einer Person zu plaudern, die diese Probleme häufig untersucht, und ich darf Ihnen versichern, daß das, was bei den Nothons zählt, der Begleittext ist, durch den sie vorgestellt werden, und es ist, nicht wahr … äh … höchst wünschenswert, noch besser achtzugeben, denn, was man beim Nothon liest, ist der Bericht, und deshalb bestehe ich immer darauf, daß Sie genau achtgeben, denn in den Beziehungen zur Außenwelt und ganz besonders, ich möchte noch einmal auf diesem Punkt bestehen, zur Delegation, müssen wir uns hüten, Ungeschicklichkeiten zu begehen, weil das Dramen heraufzubeschwören droht, und das ist dann eine Riesenaffäre … und auf jeden Fall rate ich Ihnen lebhaft, nicht mit unserem Kontrollorganismus zu rechnen, der zwar kontrollieren soll, in Wirklichkeit aber nichts zu tun haben darf, und außerdem haben manche von Ihnen, mit denen ich schon gesprochen habe, zu ihrem Schaden festgestellt, daß es ein gewisses Risiko bedeutet, der Kontrolle zu vertrauen, die, ich sage das noch einmal, da ist, um zu kontrollieren, in Wirklichkeit aber nichts mehr zu kontrollieren haben darf, wenn die Schriftstücke hinausgehen.«

Er hielt zufrieden inne und ließ seinen Blick in die Runde der sechs Stellvertreter schweifen, die vor sich hindösten, während sie einfältig zuhörten, ein unbestimmtes Lächeln auf den Lippen.

»Im Grundprinzip fuhr er fort, »ich sage Ihnen das noch einmal, müssen Sie genau achtgeben. Und jetzt möchte ich über eine andere Frage mit Ihnen reden, die fast genauso wichtig ist wie die der Kommas, und zwar über die Frage des Semikolons ...«

Drei Stunden danach war die wöchentliche Ratssitzung, die im Prinzip zehn Minuten dauern sollte, immer noch im Gange und Miqueut sagte:

Nun, ich glaube, daß ... äh ... wir unser Programm für heute Morgen annähernd erschöpft haben ... Fällt Ihnen noch eine andere Frage ein, mit der wir uns eingehend befassen könnten?«

»Ja, Monsieur«, sagte Adolphe Troude, der aus dem Schlaf aufschreckte. »Da ist noch die Frage der Zeitschriften *Epatant* und *Petit Illustré*.«

»Was klappt da nicht?« fragte Miqueut.

»Mit dem Umlauf klappt es überhaupt nicht«, behauptete Troude. »Die Stenotypistinnen mopsen sie uns und die Generalinspekteure finden mit der Lektüre kein Ende.«

»Sie wissen, daß wir, ich wie sie, auf die Generalinspekteure, die immerhin ehemalige Haudegen sind, die größte Rücksicht nehmen müssen ...«

»Das ist kein Grund«, sagte Troude ohne ersichtliche Logik, »daß die Stenotypistinnen uns den *Epatant* mopsen.«

»Auf jeden Fall haben sie recht, daß Sie mich davon in Kenntnis setzen«, sagte Miqueut, der die Information auf seinem Spezialblock notierte. »Ich werde Madame Lougre dieserhalb befragen ... Sonst gibt es nichts?«

»Nein«, sagte Troude, und die andern machten »nein« mit dem Kopf.

»Dann ist die Sitzung beendet, meine Herren ... Léger, Sie bleiben noch eine Minute, ich habe mit Ihnen zu reden.«

»Sofort, Monsieur«, sagte Léger. »Ich gehe nur noch meinen Notizblock holen.«

## *KAPITEL III*

Nachdem er im Karacho in sein Büro geeilt war, rieb Léger einige Augenblicke lang seinen Schnurrbart, den die Motten während des Winters wegen der Paradichlorobenzolknappheit, hervorgerufen durch die gerade in der Lyoner Gegend wütende Grippeepidemie, ein wenig angefressen hatten. Er richtete seine lachsfarbenen Gamaschen, ergriff eine dicke Mappe mit dringender Post, die er auf seinen Schenkel schlug, um den Staub davon abzuschütteln und eilte zu Miqueut.

»Hier bin ich, Monsieur«, sagte er und setzte sich zur Linken dieses gefährlichen Mannes. »Ich habe die hundertsiebenundzwanzig Antworten für die Morgenpost vorbereitet, und ich habe zweiunddreißig Vermerke für die Delegation, um die sie mich für morgen gebeten haben.«

»Wunderbar!« sagte Miqueut. »Haben Sie die sechshundertvierundfünfzig Seiten starke Matrize abtippen lassen, die wir vorgestern bekommen haben?«

»Mademoiselle Rouget tippt sie gerade ab«, sagte Léger. »Ich habe sie etwas zusammenstauchen müssen ... Ich bin mit ihrer Arbeit nicht sehr zufrieden.«

»In der Tat«, sagte Miqueut, »es geht nicht sehr schnell. Nun, sobald die Zeiten wieder besser sind, wollen wir versuchen, eine Sekretärin für Sie zu finden ... die ihrer Aufgabe gewachsen ist. Im Augenblick, nicht wahr, müssen wir nehmen, was wir finden. So, und jetzt sehen wir uns diese Briefe an.«

»Der erste«, sagte Léger, »ist die Antwort an das Kautschukinstitut wegen der Versuche mit den Eisbeuteln.«

Hauptunteringenieur Miqueut rückte seinen Zwicker zurecht und las:

»Monsieur,
in Beantwortung Ihres oben angeführten Schreibens …«

»Nein«, sagte er, »schreiben Sie: ›Wir haben die Ehre, Ihnen den Empfang Ihres oben angeführten Schreibens zu bestätigen …‹ das ist doch die übliche Formel, nicht wahr?«

»Ach ja!« sagte Léger, »entschuldigen Sie bitte, ich hatte es vergessen.«

Miqueut fuhr fort:

»… wir haben die Ehre, Sie davon zu unterrichten, daß …«

»Gut!« pflichtete er bei, »Sie haben die Formel erfaßt. Im Grundprinzip wäre auch Ihre erste Fassung gegangen … Sie ändern das wieder um, nicht wahr? …«

»… Sie davon zu unterrichten, daß wir beabsichtigen, demnächst Versuche mit Eisbeuteln unter normalen Einsatzbedingungen anzustellen. Wir wären Ihnen sehr dankbar, wenn Sie uns wissen ließen …«

»Nein, nicht wahr, im Grundprinzip sind die doch mehr oder weniger von uns abhängig, und wir brauchen nicht allzu … äh … übertrieben höflich zu sein, nein … Sie sehen also, nicht wahr, es ist nicht genau das richtige Wort … aber Sie wissen Bescheid, ja?«

»Ja«, antwortete Léger.

»Sie schreiben was anderes, ja? Ich zähle auf Sie … Schreiben Sie: ›Wir bitten Sie‹ … oder na ja, Sie wissen schon …«

»… wenn Sie uns wissen ließen …«

»Gut, Sie werden das schon hinkriegen, ja!«

»… wenn es Ihnen möglich ist, an dieser Versammlung teilzunehmen, an der auch Seine Eminenz, Kardinal Baudrillon, der Direktor des Latex und der Nachschubwege vom Zentralministerium der Torfmoore und der Wasserwege und der Direktor der Unschuldigen Spiele des Departements Seine teilnehmen werden. Wir bitten Sie, uns wissen zu lassen …«

»Das macht sich nicht gut, zweimal ›wir bitten Sie‹, man sollte den vorhergehenden Satz ändern«, bemerkte Léger, der ein Luchsauge hatte.

»Nun … äh … Sie werden das schon hinkriegen, nicht wahr, ich verlasse mich da ganz auf Sie …«

»… uns so früh wie möglich wissen zu lassen, ob Sie teilnehmen können …«

»Oh nein!« protestierte Miqueut, »Ihre Fassung ist nicht gut …«

Sich mit einem jämmerlichen Direktorenbleistiftstummel – einer Marke, die den Führungskräften des Konsortiums vorbehalten war – bewaffnend, schrieb er in engen Buchstaben zwischen die Zeilen:

»… uns umgehendst wissen zu lassen« – nicht wahr – »ob es Ihnen möglich ist, teilzunehmen …«

»Verstehen Sie, so ist es im Grundprinzip mehr … das heißt, begreifen Sie …«

»Ja, Monsieur«, sagte Léger.

»Nun«, schloß Miqueut, wobei er den Schluß des Briefes rasch mit den Augen überflog. »Ihr Brief ist mit dieser einen Ausnahme völlig in Ordnung … Sehen wir uns die andern an …«

Das Haustelefon läutete und unterbrach ihn plötzlich.

»Ach, zu dumm«, sagte er mit einer Gebärde des Verdrusses. Er hob ab.

»Hallo? Ja! Guten Tag, mein Lieber! … Sofort? Gut! Ich komme herunter!«

»Ich werde zur Skatrunde benötigt«, sagte er mit einer Gebärde der Entschuldigung. »Den Rest sehen wir uns dann eben später an …«

»Sehr wohl, Monsieur«, antwortete Léger, der hinausging und die Tür hinter sich schloß …

## *KAPITEL IV*

Die Abteilungen des Hauptunteringenieurs Miqueut waren im letzten Stockwerk des Gebäudes zusammengefaßt, in dem das gesamte Konsortium untergebracht war. Ein Mittelgang erschloß eine gewisse Anzahl von Büros, die untereinander durch eine Reihe von Innentüren verbunden waren. Im Baryzentrum thronte Léon-Charles, eingerahmt von René Vidal zur Rechten und Emanuel Pigeon auf der anderen Seite. An das Büro Vidals angrenzend lag das von Victor Léger, das er mit Henri Levadoux teilte. Pigeon hatte Adolphe Troude als Gegenüber, und Jacques Marion hatte neben ihnen ein Büro, das ganz am Ende des Flurs lag. Auf der anderen Seite waren die Büros der Stenotypistinnen und die Telefonzentrale.

Léger vollzog seinen Abgang durch Vidals Büro.

»Er ist hinuntergegangen!« rief er im Vorbeigehen.

Vidal hatte Miqueut schon hinausgehen und vor der Toilette zum Pinkeln haltmachen gehört, was er immer tat, wenn er sein Büro verließ, um dann die Treppe hinunterzugehen. Pigeon, der feine Ohren hatte, stieß zu den beiden andern, und Levadoux vervollständigte die Versammlung.

Sie fanden sich bei Vidal zusammen, wenn der Hauptunteringenieur zu einer Besprechung mit Toucheboeuf hinunterging oder zu einer Sitzung mußte.

Gewöhnlich blieb Adolphe Troude in seinem Büro und bekritzelte zahlreiche, von ehemaligen, annulierten Nothons stammende Konzeptblätter mit einer Folge von Zeichen, die vergleichbar waren mit den Ausgeburten eines analphabetischen und trunksüchtigen Hautflüglers.

Marion schlief, das Kinn bequem auf das äußerste Ende eines Lineals aus gegabeltem Birnbaumholz gestützt. Er war gerade in den Stand der heiligen Ehe getreten; das schien ihm nicht gut zu bekommen. Er war allerdings lange bei der Armee gewesen, bevor er zur C.N.U. kam, und es ist nicht ausgeschlossen, daß alle diese Schläge zusammen ihre Wirkung taten.

»Meine Herren«, erklärte Pigeon, »unsere früheren Gespräche haben uns wertvolle Auskünfte über das Verhalten von Hauptunteringenieur Miqueut gebracht. Wir wollen noch einmal zusammenfassen, was wir, dank unserer persönlichen Beobachtungen, bereits wissen:

a) Er sagt ›Viel Spaß‹ am Telefon;

b) Er benutzt oft den wohlbekannten Ausdruck ›dergestalt daß‹;

c) Er kratzt sich gern in der Hosenlatzgegend;

d) Er hört mit dem Kratzen nur auf, um an den Fingernägeln zu kauen.«

»Wir sind einer Meinung«, antwortete Vidal.

»Meine kürzlichen Überlegungen«, fuhr Pigeon fort, »veranlassen mich im Gegenteil zu der Behauptung, daß wir über diesen letzten Punkt nicht einer Meinung sind:

Er kaut nicht an den Fingernägeln.«

»Er lutscht doch immer an den Fingern herum!« protestierte Léger.

»Ja«, antwortete Pigeon unerschütterlich, »nachdem er sie zuvor in die Nase gesteckt hat.«

Der Vorgang spielt sich folgendermaßen ab: er kratzt mit den Fingernägeln an den Zähnen herum, um diese zu schärfen, dann führt er die Finger in die Nase und holt sie anschließend wieder mit ihrer Ladung heraus. Er glättet seinen Schnurrbart mit Hilfe des Speichels, der das äußere Ende seiner Fingerglieder bedeckt und kostet schließlich die Frucht seines Suchens.

»Angenommen!« sagte Levadoux. »Dem ist nichts hinzuzufügen.«

Im Augenblick jedenfalls nichts.

»Trotzdem«, schloß Vidal, »langweilt man sich hier unglaublich!«

»Es ist irre, wie man sich hier langweilt!« pflichtete Pigeon bei.

»Wir würden uns draußen so wohlfühlen!« sagte Levadoux, und diese originelle Bemerkung ließ in seine rosa Topasaugen eine Wolke galoppierender Nostalgie treten.

»Ich«, sagte Léger, »langweile mich nicht. Im Gegenteil, ich bin gerade dank einer raffinierten Berechnung, die ich in einem *Bulletin der heretischen Versicherungsträger-Vorstände Frankreichs* gelesen habe, zu der Erkenntnis gelangt, daß ich bereits die Hälfte meines normalen Daseins hinter mir habe. Das Schlimmste ist getan.«

Mit dieser tröstenden Vorstellung trennten sie sich dann. Pigeon kehrte in sein Büro zurück, um ein Nickerchen zu machen, Victor machte sich wieder an das Studium der englischen Sprache und Levadoux an die Vorbereitungen zum Hauptschulabschluß, einer sehr schwierigen Prüfung, die er am Jahresende ablegte. Er faßte in der Tat die Möglichkeit ins Auge, die C. N. U. zu verlassen und das Abschlußzeugnis der Volksschule wäre für ihn höchst nützlich, um später wieder zurückzukommen.

René Vidal machte sich wieder an die Kopie einiger Partituren. Er spielte die harmonische Trompete im Amateur-Jazz-Orchester Claude Abadies, und das nahm viel Zeit in Anspruch.

Nebenher fertigten sie auch noch Nothonprojekte an, für die Hauptunteringenieur Miqueut in unvergleichlicher Seelengröße die volle Verantwortung übernahm, sobald sie ausgereift waren.

## KAPITEL V

Wieder allein in seinem Büro, machte sich René Vidal erneut an seine augenblickliche Arbeit, die in der Perforierung einer gewissen Anzahl von Bogen bestand, auf die persönliche Anmerkungen eingetragen werden sollten.

Er machte seit kaum zehn Minuten Löcher, als das Zirpen des Haustelefons ertönte.

Er hob ab.

»Hallo? Monsieur Vidal? Hier Madmeoiselle Alliage.«

»Guten Tag, Mademoiselle«, sagte Vidal.

»Guten Tag, Monsieur. Monsieur, hier ist ein Besucher, der Monsieur Miqueut sprechen möchte.«

»In welcher Angelegenheit?« fragte Vidal.

»Es ist von weißen Handschuhen die Rede, aber man kann seiner Unterhaltung nur schwer folgen.«

»Weiße Handschuhe?« murmelte Vidal. »Leder oder Tuch? … Dann ist es für mich. Schicken Sie ihn herauf, Mademoiselle. Ich werde ihn empfangen, denn Monsieur Miqueut ist beim Chef. Wie heißt er denn?«

»Es ist Monsieur Tambrétambre, Monsieur. Ich schicke ihn rauf.«

»Tun Sie das.«

Vidal legte auf.

»Es ist zum Kotzen, Jungs«, sagte er und öffnete die Tür Légers und Levadoux' einen Spalt. »Ich habe einen Besucher.«

»Amüsieren Sie sich gut!« höhnte Léger, der ohne Übergang zu deklamieren begann: »My tailor is rich«, die erste Lektion seines Sprachlehrbuches.

Mit einer kreisförmigen und zentripetalen Bewegung des rechten Armes fegte Vidal die überfüllte Oberfläche seines Schreibtisches leer und stopfte den Haufen Papierkram, der dadurch zusammenkam, in die linke Schublade, was dem Ganzen ein würdevolleres Aussehen verlieh. Dann ergriff er ein vervielfältigtes Schriftstück und begann es aufmerksam zu lesen. Es war zwar schon sieben Jahre alt, aber es war sehr dick und wirkte sehr seriös. Es behandelte die Vereinheitlichung der Keile für die Hinterräder leichter Handwagen zum Transport von Baumaterialien mit einem Ausmaß unter 17.30.15 Zentimetern, die beim Verladen keine nennenswerte Gefahr bilden. Das Problem war zwar noch nicht gelöst, aber das Schriftstück blieb unverwüstlich.

Es klopfte zweimal an der Tür.

»Herein!« rief Vidal.

Antioche kam herein.

»Gute Tag, Monsieur«, sagte Vidal. »Bitte, setzen Sie sich.«

Er rückte ihm einen Stuhl heran.

Die beiden Männer sahen sich einige Augenblicke lang an und stellten fest, daß sie sich auf ganz merkwürdige Art glichen, was ihnen sehr über ihre Befangenheit hinweghalf.

»Monsieur«, sagte Antioche, »ich möchte Monsieur Miqueut gern in einer persönlichen Angelegenheit sprechen. Genau genommen möchte ich bei ihm um die Hand seiner Nichte anhalten.«

»Gestatten Sie, daß ich Ihnen herzlich dazu gratuliere ...«, sagte René Vidal und verbarg dabei ein mitleidiges Lächeln.

»Tun Sie das nicht, es ist nämlich für einen Freund«, sagte Antioche lebhaft hinzu.

»Nun, wenn Ihre Freundschaft in solchen Freundschaftsdiensten zum Ausdruck kommt, dann wäre ich Ihnen unendlich dankbar, wenn Sie mich von nun an als einen möglichen Freund betrachten möchten«, sagte Vidal im reinsten Stil der C.N.U.

»Mit anderen Worten«, folgerte Antioche, der eine einfache Srpache schätzte, »Unteringenieur Miqueut ist eine Nervensäge.«

»Von der schlimmsten Sorte«, sagte Vidal.

In diesem Augenblick ging die Tür auf, die in das Büro Levadoux' und Légers führte.

»Entschuldigen Sie bitte«, sagte Levadoux und steckte den Kopf durch die Öffnung der Tür, »wissen Sie, was Miqueut heute nachmittag macht?«

»Ich glaube, daß er mit Troude zu einer Sitzung geht«, sagte Vidal, »aber es wäre klug, wenn Sie sich dessen vorher vergewisserten.«

»Danke«, sagte Levadoux und machte die Tür wieder zu.

»Kommen wir zu unserem Thema zurück«, sagte Antioche. »Ich glaube, daß ich Schwein gehabt habe, heute morgen nicht Miqueut anzutreffen. Es ist immer besser, wenn man die Leute, mit denen man verhandeln will, vorher schon ein bißchen kennt.«

»Sie haben recht«, sagte Vidal. »Aber ich wußte nicht, daß Miqueut eine Nichte hat.«

»Sie ist recht sympathisch ...«, gab Antioche zu, wobei er an die Surprise-Party dachte.

»Dann gleicht sie ihrem Onkel überhaupt nicht.«

Er hatte in der Tat das Aussehen eines leicht ergrauten Einfaltspinsels mit chinesischem Einschlag, was durch ein höchst unangenehm anzusehendes Augenzwinkern noch verstärkt wurde; er war kurzsichtig und zeigte sich aus Koketterie häufig ohne Brille.

»Sie machen mir ein wenig Angst«, sagte Antioche. »Na ja, der Major wird schon klarkommen.«

»Ach! Ist es für den Major?« sagte Vidal.

»Kennen Sie ihn?«

»Als ob ich ihn selbst gemacht hätte. Wer hat noch nichts vom Major gehört? Naja ... Ich will nicht länger mit Ihnen über meinen verehrten Chef sprechen, weil ich es verabscheue, schlecht über die Leute zu reden. Soll ich Sie für heute nachmittag bei ihm anmelden? Um drei Uhr? Um diese Zeit ist er noch da.«

»Einverstanden!« sagte Antioche. »Ich bleibe im Viertel. Aber bevor ich zu ihm gehe, komme ich erst wieder zu Ihnen. Auf Wiedersehen, alter Junge und besten Dank!«

»Auf Wiedersehen!« sagte Vidal und stand von neuem auf, um ihm die Hand zu drücken.

Antioche ging hinaus und stolperte über eine fünf- bis sechsjährigen Knaben, der durch den Flur galoppierte wie ein Wildesel durch die kanadische Pampa.

Es war ein junger Spion, den Levadoux angeheuert hatte, um Miqueut Tag und Nacht zu überwachen, damit er wußte, in welchen Augenblicken es möglich war, heimlich wegzugehen, um einen zu heben oder sich in zweifelhaften Lokalen herumzutreiben. Tagsüber versteckte ihn Levadoux in seinem Büro.

René Vidal brachte, als er erneut vor seinem Tisch saß, den Haufen Papierkram wieder ans Tageslicht, den er in die linke Schublade gestopft hatte.

Fünf Minuten später hörte er einen Karnickelschritt im Flur, und Miqueuts Tür schlug zu. Er war zurückgekommen.

## *KAPITEL VI*

Vidal öffnete die Verbindungstür einen Spalt und sagte zu seinem Chef:

»Monsieur, ich habe vorhin Besuch empfangen, der für Sie bestimmt war.«

»In welcher Angelegenheit?« fragte der Hauptunteringenieur.

»Dieser Monsieur ... Tambrétambre, glaube ich, möchte eine Verabredung mit Ihnen treffen. Ich habe ihm heute nachmittag drei Uhr vorgeschlagen. Sie hatten mir gesagt, Sie seien frei.«

»In der Tat ...«, sagte Miqueut. »Sie haben recht gehabt, aber ... im Grundprinzip, nicht wahr, muß ich Sie daran erinnern, mich immer vorher zu fragen, bevor Sie eine Verabredung für mich treffen. Sie wissen, daß ich einen vollen Terminkalender habe, und es hätte unter Umständen sein können, daß ich gar nicht frei bin; verstehen Sie, das würde nach außen einen sehr schlechten Eindruck machen. Wir müssen sehr vorsichtig sein. Na schön, diesmal heiße ich Ihr Verhalten letztendlich gut, aber an und für sich müssen Sie in Zukunft genau achtgeben.«

»Jawohl, Monsieur«, sagte Vidal.

»Haben Sie mir nichts anders zu zeigen?«

»Ich habe die Untersuchung des Referenten Cassegraine über das Fell des Wauwaus in Form eines Nothons abgefaßt.

»Ausgezeichnet. Das werden Sie mir zeigen. Nicht sofort, denn ich erwarte Besuch ... morgen zum Beispiel.«

Er öffnete seine Brieftasche und zog ein besonderes Karteiblatt heraus, auf das er den Tag, die Stunde und den Ort seiner Verabredungen eintrug.

»Morgen ...«, brummte er vor sich hin ... »Nein, morgens gehe ich mit Léger ins Büro des Schlagzeilen machenden Kautschuks und abends … Aber ich kann ja diesen Besucher gar nicht empfangen … Sehen Sie, Vidal, ich sagte Ihnen ja, daß Sie keine Verabredungen ausmachen sollen, ohne mich vorher gefragt zu haben. Heute abend gehe ich ins Haus der Kaugummihersteller wegen eines Vortrags von Professor Viédaze. Ich kann ihn nicht empfangen … Der Kautschuk ist im Augenblick stark in Bewegung.«

»Dann werde ich ihn anrufen«, sagte Vidal, der keineswegs die Absicht hatte, das zu tun.

»Ja, aber sehen Sie, im Grundprinzip wäre es besser gewesen, Sie hätten mich vorher gefragt. Verstehen Sie, damit hätten wir einen Zeitverlust vermieden, der für die Funktionstüchtigkeit der Abteilung immer nachteilig ist…«

»Für welches Datum kann ich ihn herbestellen?« sagte Vidal.

Miqueut sah in seinen Karteizetteln nach. Eine gute Viertelstunde verging.

»Also gut!« sagte er, »am neunzehnten März zwischen drei Uhr sieben und drei Uhr dreizehn … Und legen Sie ihm ans Herz, daß er pünktlich ist.«

Es war der elfte Februar.

## *KAPITEL VII*

René Vidal rief unverzüglich nicht an. Er wußte Antioches Telefonnummer nicht, und seine Absicht zielte einzig und allein darauf hin, einer langweiligen und lästigen Predigt Miqueuts über die Notwendigkeit von Leuten, mit denen man in Verbindung steht, die für eine Kontaktaufnahme notwendigen Auskünfte zu verlangen, was sich in gewissen Fällen als nützlich erweisen kann, aus dem Weg zu gehen.

Miqueut machte einige Augenblicke darauf wieder die Tür auf.

»Mein Telefon scheint kaputt zu sein«, sagte er, »es ist zum Auswachsen. Schicken Sie mir bitte Levadoux.«

»Er hat gerade sein Büro verlassen, Monsieur«, antwortete Vidal (der ganz genau wußte, daß Levadoux schon vor über eine Stunde abgeschoben war). »Ich habe ihn gehört.«

»Dann sagen Sie ihm Bescheid, sobald er zurück ist und schicken Sie ihn zu mir …«

»Geht in Ordnung, Monsieur«, sagte Vidal.

## KAPITEL VIII

Während dieser Ereignisse ging der Major, mit einem Hahnentrittmusteranzug bekleidet und seinen flachsten Hut tragend, mit melancholischem Gesicht in den Alleen seines Parks auf und ab. Er wartete auf die Rückkehr Antioches, der die gute Nachricht bringen sollte.

Mit noch melancholischerem Gesicht folgte ihm der Mackintosh in drei Meter Entfernung und kaute dazu an einem Blatt Zigarettenpapier.

Plötzlich spitzte der Major die Ohren. Er erkannte das charakteristische Brummen von Antioches Kanibal-Super, das Motorrad, mit dem er immer unterwegs war: drei lange Noten, drei kurze Noten und eine Fermate in G-Dur.

Antioche fuhr mit Volldampf die Alleen hinauf und gelangte beim Major an.

»Sieg!« rief er. »Ich habe ...«

»Hast du Miqueut gesehen?« unterbrach ihn der Major.

»Nein ... Aber ich werde ihn heute nachmittag sehen.«

»Ach!« seufzte der Major bitter. »Wer weiß? ...«

»Du kotzt mich an«, sagte Antioche. »Ein solcher Schwarzseher ist mir noch nie untergekommen.«

»Sei gnädig«, flehte der Major. »Um wieviel Uhr siehst du ihn?«

»Um drei!« antwortete Antioche.

»Kann ich dich begleiten?«

»Nicht gefragt ...«

»Ruf an, bitte. Ich will mitkommen.«

»Gestern wolltest du nicht.«

»Was macht das schon? Das war gestern ...«, sagte der Major mit einem tiefen Seufzer.

»Ich werde anrufen ...«, pflichtete Antioche bei.

Antioche kam eine Viertelstunde danach zurück.

»Geht in Ordnung, du kannst mitkommen!« sagte er.

»Ich mache mich fertig!« rief der Major und machte im Übermaß seiner Freude einen Sprung.

»Nicht nötig… Es ist erst für den neunzehnten März…«

»Scheiße!« schloß der Major. »Die stinken mir.«

Gleich darauf bereute er seine ungeschliffene Ausdrucksweise.

»Dann«, sagte er mit einem rührenden Seufzer, »werde ich Zizanie also nicht vor mehr als einem Monat sehen …«

»Warum?« fragte Antioche.

»Versprochen, sie nicht mehr wiederzusehen, bevor ich bei ihrem Onkel um ihre Hand angehalten habe…«, erklärte der Major.

»Ein blödes Versprechen!« kommentierte Antioche.

Der Mackintosh, der allem Anschein nach der gleichen Meinung war, schüttelte mit angewidertem Gesicht den Kopf und deutete ein verächtliches »Psssh!« an.

»Was mir am Treponema frißt«, sagte der Major noch, »ist die Tatsache, daß ich nicht weiß, was dieser gräßliche und halsstarrige Schuft von Fromental macht.«

»Das kann dir doch egal sein«, meinte Antioche, »da sie dich liebt.«

»Ich bin beunruhigt und verstört…«, sagte der Major. »Ich habe Angst…«

»Du läßt nach!« sagte Antioche, der sich an die notorische Sorglosigkeit erinnerte, die sein Freund in der gefährlichen Episode von der Verfolgung des Eumel an den Tag gelegt hatte.

Und die Zeit verging.

## *KAPITEL IX*

Am sechzehnten März rief Miqueut Vidal in sein Büro.

»Vidal«, sagte er zu ihm, »Sie hatten doch, glaube ich, diesen Monsieur ... Tambrétambre, glaube ich, empfangen, nicht wahr? Sicherlich haben Sie, wie ich Ihnen das immer empfohlen habe, den Grund seines Besuches vermerkt. Machen Sie mir eine kleine Notiz darüber ... wobei Sie die wesentlichen Punkte, auf die zu achten ist, zusammenfassen und die zu gebenden Antworten, nicht wahr, gegenüberstellen ... verstehen Sie, etwas an und für sich Kurzes, aber doch ausführlich genug ...«

»Geht in Ordnung, Monsieur«, sagte Vidal.

»Es ist von größtem Nutzen, verstehen Sie«, fuhr Miqueut fort, »alle Telefongespräche und alle Berichte über Besuche, die zu empfangen Sie veranlaßt sein können, regelmäßig aufzuschreiben, mit einer kurzen Zusammenfassung der Hauptpunkte, die diskutiert worden sind, verstehen Sie? Man erkennt auf diese Weise alle Vorteile, die sich daraus ziehen lassen.«

»Ja, Monsieur«, sagte Vidal.

»So ist es im Grundprinzip äußerst nützlich, alles aufzuschreiben und nach einem solchen Besuch die interessanten Gedanken, die Sie im Verlaufe des Gesprächs möglicherweise zusammentragen, festzuhalten und sich so eine kleine, persönliche Akte anzulegen, von der Sie mir selbstverständlich eine Kopie geben werden, so daß ich über alles, was in der Abteilung vorgeht, Bescheid weiß, für den Fall, daß ich einmal nicht da bin, und an und für sich ... äh ... ist das sehr nützlich.«

»Abgesehen davon, wieweit sind Sie mit Ihrer Arbeit?« fuhr Miqueut fort.

»Ich habe etwa fünfzehn Nothon-Projekte vorbereitet,

die ich Ihnen vorlegen werde, sobald Sie eine Minute Zeit haben...« sagte Vidal. »Ich habe auch einige nicht sehr dringende Briefe.«

»Ach ja! Schön, wenn sie wollen, werden wir heute nachmittag länger darüber reden.«

»Sie werden mich rufen, Monsieur«, legte Vidal ihm nahe.

»Ganz richtig, mein braver Vidal. Ach ja, hier, nehmen Sie diese Zeitungen und bringen Sie sie in Umlauf... und schicken Sie mir Levadoux.«

Dieser, von seinem Spion über die Anwesenheit Miqueuts in seinem Sektor in Kenntnis gesetzt, lief in diesem Augenblick die Treppe hinauf und kam genau in der Sekunde an seinem Posten an, in der Vidal die Tür aufmachte.

Miqueut empfing ihn überschwenglich, doch in diesem Augenblick schickte ihn ein Anruf eilends in den dritten Stock, denn Hauptingenieur Tocheboeuf brauchte einen vierten Mann für das vereinheitlichte Kartenspiel (nach den Regeln des Bridge), das jeden Morgen im Büro des Generaldirektors gespielt wurde und bei dem der Einsatz eine Reihe von Nothon-Projekten war, deren Zuschreibung man sich gegenseitig streitig machte.

Levadoux ging mit wütendem Gesicht wieder in sein Büro zurück. Vidal fing ihn unterwegs ab.

»Wo fehlts denn, alter Junge?« fragte er ihn.

»Er geht mir auf die Nerven!« antwortete Levadoux. »Wenn ich schon mal da bin, muß er doch genau in dem Augenblick Leine ziehen, in dem wir anfangen wollten.«

»Er ist wirklich eine Nervensäge!« pflichtete Emmanuel bei, der zufällig hereinkam, da er gehört hatte, daß Miqueut wegging.

»Ja, er geht uns auf die Nerven«, schloß Victor energisch, dessen Lippen, trotz dieser Energie, kein unanständigeres Wort hätten ausstoßen können. »Aber im Grunde ist es sehr angenehm, wenn einem jemand auf die Nerven geht. Es ist bei weitem nicht so ermüdend, als wenn man sich ganz allein auf die Nerven geht.«

»Sie sind ein gemeiner Kapitalist!« sagte Vidal.»Aber warten Sie nur, Sie kommen auch noch an die Reihe.«

René Vidal und Victor Léger hatten die gleiche Schule absolviert und nutzten das häufig aus, um kleine, liebenswürdige Wörter auszutauschen.

Sie trennten sich, denn Sekretärinnen betraten Miqueuts Büro, um Akten abzulegen und einzuordnen, und man mußte sich vorsichtshalber vor Klatschereien in acht nehmen.

Levadoux sah auf seinem Block nach, stellte fest, daß Miqueut aller Wahrscheinlichkeit nach nicht vor einer Stunde zurückkommen würde und schob ab.

Fünf Minuten danach machte sein Chef, der wegen einer unvermuteten Unterbrechung des Kartenspiels wie ein Wirbelwind zurückgekommen war, Vidals Tür einen Spalt weit auf.

»Ist Levadoux nicht da?« fragte er mit einem Gebärmutterlächeln.

»Er hat gerade sein Büro verlassen, Monsieur. Ich glaube er ist in die Rue du Trente-neuf-Juillet gegangen.«

Das war eine Filiale der C.N.U.

»Das ist dumm!« sagte Miqueut.

Absolut gesehen war es um so dümmer, als es völlig falsch war.

»Schicken Sie ihn zu mir, sobald er da ist«, schloß Miqueut.

»Geht in Ordnung, Monsieur«, sagte Vidal.

# *KAPITEL X*

Der neunzehnte März fiel wie zufällig auf eine Montag.

Um viertel vor neun versammelte Miqueut seine sechs Stellvertreter zur wöchentlichen Ratssitzung um sich.

Als sie, einen aufmerksamen Halbkreis bildend, alle saßen, wobei jeder in der rechten Hand einen Bleistift oder einen Dauerschreiber und auf dem linken Knie ein unbeschriebenes Blatt hielt, das dazu bestimmt war, schriftlich die Frucht der fruchtbaren geistige Arbeit Miqueuts zu speichern, kratzte dieser tief hinten in seinem Schlund, um sich zu räuspern und begann mit diesen Worten:

»Nun! Äh ... Ich möchte heute über etwas sehr Wichtiges mit Ihnen reden ... über das Problem des Telefons. Sie wissen, daß uns nur wenige Leitungen zur Verfügung stehen ... selbstverständlich, wenn sich die C.N.U. einmal vergrößert hat, wenn wir bekannt genug sind und einen Platz einnehmen, der unserer Bedeutung entspricht, zum Beispiel ein Arrondissement von Paris, was übrigens auch vorgesehen ist, wenn unsere Finanzen besser sind ... was, wie ich hoffe, eines Tages auch geschehen wird ... äh ... auf Grund ... und letztendlich in Anbetracht des Nutzens unserer Aktion ... nicht wahr, empfehle ich Ihnen im Grundprinzip, das Telefon nur mit allergrößter Zurückhaltung zu benutzen, und ganz besonders bei Ihren persönlichen Telefongesprächen ... Wohlgemerkt, ich sage Ihnen das an und für sich ganz allgemein ... In unserer Abteilung wird nicht übertrieben, aber man hat mir den Fall eines Ingenieurs genannt, in einer anderen Abteilung, der innerhalb eines Jahres zwei persönliche Telefongespräche empfangen hat, ... nun, das ist im Grundprinzip übertrieben. Telefonieren Sie nur, wenn es unbedingt notwendig ist und so kurz wie möglich. Verstehen Sie, wenn man von außerhalb bei uns anruft, insbesondere die offiziellen Dienststellen, und vor allem die, deren Gunst zu gewinnen wünschenswert ist, und dann letztendlich keine Leitung frei ist, nun, das macht einen schlechten Eindruck … und ganz besonders dann, wenn es sich um Kommissar Requin handelt. Daher wollte ich Ihre Aufmerksamkeit darauf lenken, daß, nun ja … es augenblicklich in unserem Interesse ist, das Telefon nicht zu mißbrauchen, außer selbstverständlich in dringenden Fällen und in solchen, wo es unbedingt benutzt werden muß … Ansonsten wissen Sie sicherlich, daß, wenn ein Telefongespräch auch billiger ist als ein gewöhnlicher Brief, es jedoch teuerer wird, sobald es eine gewisse Dauer überschreitet, und daß so letztendlich ein Telefonanruf am Ende im Budget der C.N.U. zählt.«

»Man könnte«, schlug Adolphe Troude vor, »Rohrpostbriefe benutzen, um die Leitungen zu entlasten …«

»Schlagen Sie sich das schnell aus dem Kopf«, protestierte Miqueut, »ein Rohrpostbrief kostet drei Francs; nein, sehen Sie, das ist unmöglich. Was wir im Grundprinzip letztendlich tun müssen, daran möchte ich Sie noch einmal erinnern, ist genau achtgeben.«

»Außerdem«, ließ Troude nicht locker, »funktionieren die Telefone sehr schlecht, und es ist lästig, keine zur Hand zu haben, wenn sie kaputt sind. Manche müßten ausgewechselt oder zumindest in Ordnung gebracht werden.«

»Im Grundprinzip«, sagte Miqueut, »gebe ich Ihnen nicht unrecht, aber haben Sie sich schon einmal überlegt, was das für Kosten verursachen würde in Anbetracht, nicht wahr … an und für sich ist es das Einfachste, sehen Sie, zum einen die Zeit und zum andern die Häufigkeit der Telefongespräche so weit wie möglich einzuschränken … so daß letztendlich alle klarkommen.«

»Noch andere Einwände«, fuhr er fort, »die zum gleichen Problemkreis gehören?«

»Es gibt da«, sagte Emmanuel,»das Problem der Sekretärinnen …«

»Ach ja!« sagte Miqueut, »ich wollte gerade darauf zu sprechen kommen.«

Das Telefon klingelte. Er hob ab.

»Hallo?« sagte er. »Ja, ich bins. Ach, Sie sinds, Herr Präsident … Schönen guten Tag, Herr Präsident.«

Mit einer Gebärde forderte er Geduld von seinen Stellvertretern.

Der andere am andern Ende der Leitung vokalisierte so laut, daß man im Flug einen Gesprächsfetzen erhaschen konnte: »Mühe gehabt, Sie zu erreichen …«

»Ach, Herr Präsident!« rief Miqueut, »wem sagen Sie das! Sehen Sie, die augenblickliche Anzahl unserer Leitungen ist völlig unzureichend für unsere Bedeutung …«

Er hielt inne, um zuzuhören.

»Genau, Herr Präsident«, fuhr er fort, »das kommt daher, daß die C.N.U. ein Organismus ist, der viel zu schnell gewachsen ist und dessen äußere Entwicklung, wenn ich mal so sagen darf, damit nicht Schritt gehalten hat … Wir sind mitten in eine Wachstumskrise … Hin! Hin!«

Er begann zu glucksen wie eine hermaphroditische Henne, die drei Tintenfischknochen gegen einen Korb Datteln eingetauscht hat.

»Hin! Hin! Hin!« machte er noch einmal bei einer neuen Bemerkung seines Gesprächspartners. »Sie haben vollkommen recht, Herr Präsident.«

»… Ich höre, Herr Präsident.«

Darauf begann er in regelmäßigen Abständen verständnisvolle »Jaaa, Herr Präsident« auszustoßen, wobei er jedesmal, wahrscheinlich aus Ehrerbietung, leicht den Kopf neigte und sich mit der linken Hand an der Innenfläche der Schenkel kratzte.

Nach einer Stunde und sieben Minuten gab er seinen Stellvertretern ein Zeichen, daß sie gehen sollten, wobei er damit rechnete, die Sitzung später fortzusetzen. Troude fuhr unter dem Stoß Emmanuels aus dem Schlaf hoch, und Miqueut blieb allein mit seinem Telefon in der Hand. Von Zeit zu Zeit fuhr er mit der Linken in seine Schublade, um ein Kotelett, einen Zwieback, eine Scheibe Wurst und verschiedene andere Ingredenzien daraus zu entnehmen, auf denen er herumkaute, während er zuhörte.

## *KAPITEL XI*

Am Nachmittag des gleichen Tages stieg Antioche Tambrétambre um fünf Minuten vor drei von seiner Kanibal und betrat das Konsortium. Vom sechsten aus hörte René Vidal das dumpfe Geräusch des Fahrstuhlmotors, der das ganze Gebäude erzittern ließ. Er bereitete sich darauf vor, aufzustehen und den Besucher in Empfang zu nehmen.

Am Ende seiner Fahrt angelangt, bog Antioche in den engen Flur ein, an dem die Büros im sechsten Stock lagen und blieb vor der zweiten Tür links stehen die die Nummer 19 trug. Es gab zwar nur elf Räume auf dem Stockwerk, aber die Numerierung begann erst bei neun, ohne daß jemals jemand verstanden hat warum.

Er klopfte an, trat ein und drückte Vidal, zu dem er sich durch eine unwiderstehliche Sympathie hingezogen fühlte, herzlich die Hand.

»Guten Tag!« sagte Vidal, »wie geht's?«

»Nicht schlecht, danke«, antwortete Antioche. »Kann man den Hauptunteringenieur Miqueut sehen?«

»Sollte der Major Sie nicht begleiten?«

»Ja, aber im letzten Augenblick hat er einen Rückzieher gemacht.«

»Daran hat er auch gut getan«, sagte Vidal.

»Warum?«

»Wie Miqueut seit neun Uhr zweiundzwanzig heute morgen am Telefonieren ist.«

»Donnerwetter!« sagte Antioche bewundernd. »Aber er wird doch bald fertig sein?«

»Das werden wir sehen!« sagte Vidal.

Er begab sich zu der Tür, die in das Büro von Victor und Levadoux führte.

Victor, der ganz allein war, schrieb.

»Ist Levadoux nicht da?« fragte Vidal.

»Er ist gerade aus seinem Büro gegangen«, sagte Léger. »Ich weiß nicht, wo er ist.«

»Verstanden!« sagte Vidal. »Sie brauchen bei mir nicht so zu tun als ob.«

Er ging wieder zu Antioche zurück.

»Levadoux ist nicht da, es besteht also eine schwache Chance, daß Miqueut aufhört zu telefonieren und nach ihm verlangt, aber das ist natürlich äußerst unsicher. Ich will Ihnen das nicht verhehlen.«

»Ich warte eine Viertelstunde«, sagte Antioche, »und dann gehe ich.«

»Wer drängt Sie?« fragte Vidal. »Bleiben Sie bei uns.«

»Ich muß«, sagte Antioche, »unbedingt zu meinem Zahnarzt, bei dem ich einen Termin habe.«

»Er mag hübsche Krawatten …«, bemerkte Vidal unschuldig und schielte beifällig nach Antioches Hals.

Sie war ein himmelblauer Seidenschal mit kleinen schwarz-roten Dessins.

»Sie sagen es!« pflichtete Antioche bei und wurde kaum rot.

Sie plauderten noch einige Minuten miteinander, und Antioche ging weg.

Miqueut telefonierte immer noch.

## KAPITEL XII

Antioche kam ein weiteres Mal am folgenden Montag so gegen halb elf.

»Guten Tag, alter Junge!« rief er, als er das Büro René Vidals betrat. »Oh, entschuldigen Sie bitte, ich störe wohl ...«

Vidal thronte auf seinem Schreibtisch, umgeben von den fünf anderen Stellvertretern.

»Kommen Sie nur herein! Es fehlt uns gerade noch einer«, sagte er.

»Ich verstehe nicht ...«, sagte Antioche ... »Telefoniert Miqueut immer noch?«

»Ganz genau!« gluckste Léger.

»Und deshalb«, schloß Adolphe Troude an, »halten wir unsere wöchentliche Ratssitzung ab.«

Levadoux, der die Wiederverkörperung Miqueuts zu sein schien, ergriff das Wort.

»Ich möchte ... äh ... heute mit Ihnen über ein Problem sprechen, das mir wichtig genug erschien, um es zum Thema eines unserer kleinen wöchentlichen Gespräche zu machen ... es ist das Problem des Telefons.«

»Oh nein, das hängt mir zum Hals heraus!« sagte Troude. »Ich habe die Nase voll.«

»Gut!« sagte Vidal, »dann verlieren wir keine Zeit und gehen geradewegs auf unser Ziel zu: Gehen Sie mit einen heben?«

»Keine Lust runterzugehen ...«, sagte Emmanuel.

»Dann langweilen wir uns eben weiter«, sagte Léger.

»Nein, was würden Sie«, schlug Vidal vor, »zu einem literarischen Wettbewerb sagen? Schnellfabeln zum Beispiel.«

»Also gut, schießen Sie los ...«, meinte Troude.

»Ein Mensch nur, der dir fehlt, und schon ist alles leer« …, deklamierte Vidal.

»Das ist nicht von Ihnen!« behauptete Léger.

»Moral?« fuhr Vidal fort …

Es folgte eine Stille.

»Konzentrisch! … säuselte er einfach.

Victor wurde rot und kratzte sich am Schnurrbart.

»Haben Sie noch andere auf Lager?« fragte Pigeon.

»Wir werden es schon herausfinden!« sagte Vidal.

»Ein Pferd, das schlecht beschlagen, mit Eisen voller Makel, schlägt Löcher in den Weg, auf dem es galoppiert.

Moral:

Wie das Eisen, so der Weg.«

»Einstimmig angenommen!« sagte Pigeon und faßte in diesen zwei Wörtern die ganze Zustimmung der Versammelten zusammen.

»Aber trotzdem«, fuhr er nach einer Stille fort, die fünf Minuten später unterbrochen wurde, »es ist einfach irre, wie wir uns hier langweilen … stimmts nicht, Levadoux?«

Er drehte sich nach diesem letzteren um und stellte fest, daß der abgeschoben war.

## *KAPITEL XIII*

Am neunzehnten Juni um sechzehn Uhr, auf den Tag genau drei Monate nach diesem Besuch Antioches, legte Miqueut den Hörer auf.

Er war zufrieden, er hatte gute Arbeit geleistet und es war ihm gelungen, zwei die Camembert-Prallheiten betreffende Rundschreibenprojekte für die Union Française der Hebewerksenthärter auszuarbeiten.

In der Zwischenzeit hatten Krieg und Okkupation stattgefunden, worüber er sich jedoch noch keine Gedanken machen konnte, da er es nicht wußte. In der Tat hatte der Angreifer das Telefonnetz von Paris intakt gelassen.

Auch der Sitz der C.N.U. blieb intakt.

Die Mitarbeiter, Kollegen und Chefs von Miqueut hatten sich in die Provinz zurückgezogen, ohne sich um ihn zu kümmern, denn man wußte, daß er gern als letzter ging, und seit zwei Tagen kamen sie einer nach dem andern wieder zurück. So daß Miqueut überhaupt nichts von ihrer vorübergehenden Abwesenheit gemerkt hatte.

Doch es war Zeit, daß der Krieg zu Ende ging oder daß zumindest die offiziellen Feindseligkeiten eingestellt wurden, denn während dieser drei Monate hatte er die Vorräte aufgebraucht, die sich in seiner Schublade auftürmten und die er, wie es seine Gewohnheit war, mechanisch knabberte.

Als einziger von allen war René Vidal noch nicht zurück, als Miqueut um sechzehn Uhr fünfzehn die Verbindungstür wischen ihren beiden Büros einen Spalt öffnete. Er stieg in diesem Augenblick mühselig die Treppe hoch, denn er kam zu Fuß aus Angoulême und fing an zu schnaufen.

Er kam genau in dem Augenblick herein, in dem Miqueut, nachdem er einen Blick in die Runde geworfen hatte, die Tür wieder schließen wollte.

»Guten Tag, Monsieur«, sagte Vidal höflich. »Geht's Ihnen gut?«

»Sehr gut, Vidal, danke«, sagte Miqueut, wobei er mit der Diskretion eines Gorillas auf seine Uhr schaute. »Hat Ihre Metro Verspätung gehabt?«

Vidal begriff blitzartig, daß Miqueuts Telefongespräch sehr viel länger gedauert hatte als vorgesehen. Er ging zum Gegenangriff über:

»Es stand eine Kuh auf den Gleisen«, erklärte er.

»Diese Metroangestellten sind wirklich merkwürdig!« sagte Miqueut voller Überzeugung. »Sie können auf ihr Vieh aufpassen. Trotzdem erklärt das nicht Ihre Verspätung ... Es ist sechzehn Uhr zwanzig, und Sie sollten dreizehn Uhr dreißig da sein. Eine einzige Kuh, ich bitte Sie!«

»Diese Kuh wollte einfach nicht weggehen«, behauptete Vidal. »Diese Tiere sind sehr eigensinnig.«

»Ah!« sagte Miqueut, »das, das stimmt. Die zu vereinheitlichen wird uns einige Mühe kosten.«

»Die Metro war gezwungen, um sie herumzufahren«, schloß Vidal, »und das braucht Zeit.«

»Ich verstehe!« sagte Miqueut, »und in diesem Zusammenhang scheint mir, daß man ein Gleissystem vereinheitlichen könnte, durch das diese Art von Unfällen zu vermeiden wäre. Machen Sie mir doch darüber eine kleine Notiz ...«

»Geht in Ordnung, Monsieur.«

Und da er den Grund vergessen hatte, weshalb er hereingekommen war, kehrte Miqueut in seinen Stall zurück.

Fünf Minuten danach machte er die Tür wieder auf.

»Wohlgemerkt, Vidal, wenn ich Sie darauf hingewiesen habe, wie wichtig es ist, pünktlich zu kommen, so ist das nicht so sehr wegen ... Sie verstehen ... als wegen der Disziplin. Man muß sich einer Disziplin beugen, und gegenüber den kleinen Angestellten müssen wir uns streng an den genauen Stundenplan halten sehen Sie, wir müssen letztendlich genau darauf achten, pünktlich zu sein, vor allem in Augenblick, bei diesen Kriegsgerüchten, und wir, die wir ganz besonders dazu bestimmt sind, Chefs zu sein, wir müssen letztendlich mehr als die anderen ein Beispiel geben …«

»Ja, Monsieur«, sagte Vidal mit einem Schluchzer in der Stimme, »ich werde es auch bestimmt nie wieder tun.«

Er fragte sich, wer die »anderen« waren und auch, was Miqueut sagen würde, wenn er vom Waffenstillstand erführe.

Dann machte er sich wieder an die Aufstellung eines Northon-Projekts für die städtischen Straßenkehrer mit Schnurrbart, das er aufgegeben hatte, als er aufbrach, um in den Konditoreien Angoulêmes Krieg zu führen. (Er war zu jung und zu unverdorben, um ihn in den Kneipen zu führen wie die höheren Chargen.)

Bei dieser Arbeit achtete er sorgfältig darauf, daß er mitten auf jeder Seite einen groben Schnitzer zum Verbessern machte, den Miqueut wahrscheinlich schon im Verlaufe der ersten Stunde der eingehenden Prüfung, die er dem Projekt angedeihen ließe, entdecken würde, was für ihn wiederum ein Vorwand wäre für angenehme Abschweifungen über die Aneignung der Wörter der französischen Sprache an den Gedanken, den man in einem Satz auszudrücken wünscht und die daraus zu ziehenden Folgerungen, insbesondere was die Entwicklung eines Nothon-Projekts betrifft.

## *KAPITEL XIV*

Eine Woche verging und im Konsortium nahm das normale Leben allmählich wieder seinen Lauf. Schlag auf Schlag ließ der Hauptunteringenieur Miqueut neun neue Klingeln hinter seinem Sessel an der Wand anbringen, um dank einer einfallsreichen Kombination von Klangfarben und Häufigkeit der Klingelzeichen alle Stenotypistinnen des Stockwerks herbeirufen zu können. Dieses wunderbare System bereitete ihm unendliche innere Freuden.

Er erfuhr während dieser Zeit auch von den außerordentlichen Ereignissen, die während seines Telefongesprächs eingetreten waren: Krieg, Niederlage, strenge Rationierung, ohne daß er dabei andere Sorgen zum Ausdruck brachte, als die, rückblickende, seine Akten den furchtbaren Gefahren der Plünderung, der Verwüstung, der Feuersbrunst, der Zerstörung, des Diebstahls, der Vergewaltigung und des Massakers ausgesetzt gesehen zu haben. Er versteckte schnell eine Stopfenpistole im Knauf seiner Küchentür und fand sich von da an würdig, alle nasenlang seine Meinung als Patriot abzugeben.

Doch obgleich Miqueut Freßpakete vom Lande bekam, lief für die anderen nicht alles zum besten. Das Leben war außergewöhnlich teuer geworden, und die Stenotypistinnen der Stellvertreter Miqueuts, die bei vorsichtiger Schätzung zwölfhundert Francs monatlich verdienten und von Tag zu Tag magerer wurden, verlangten Gehaltserhöhungen.

Miqueut rief sie eine nach der andern in sein Büro, um sie ein bißchen abzukanzeln.

»Hören Sie mal«, sagte er zu der ersten, »es hat den Anschein, daß Sie sich darüber beklagen, nicht genug zu verdienen? Aber lassen Sie sich gesagt sein, daß die C.N.U. gar nicht die Mittel hat, Ihnen mehr zu bezahlen.«

(Die C.N.U. bekam seit kurzem eine Subvention von den Desorghanisations-Khomités, die sich auf mehrere Millionen belief.)

»Und lassen Sie sich auch gesagt sein«, fuhr der Hauptuntaringenieur fort, »daß Sie im Verhältnis mehr verdienen als ich.«

(Das war sicher, wenn man die Anzahl der Überstunden in Betracht zog, die er damit zubrachte, sich in seinem Papierkram zu suhlen und die Fliegen wegen, sagen wir, anfechtbarer … Auslegungspunkte zu inthronisieren.)

»Übrigens brauchen Sie ja nur zu heiraten!« fuhr Miqueut fort, wenn sich herausstellte, daß seine Gesprächspartnerin noch Jungfrau war. »Dann werden Sie sehen, daß Sie genug verdienen.«

(Er jedenfalls sparte, seit er verheiratet war, eine schöne Stange Geld: kostenloses Stopfen der Socken, anständiger Fraß zu Hause ohne Zugehfrau, die, eine gute Ausrede, so schwer zu finden ist. Die durch den Krieg verursachte Verknappung würde es ihm erlauben, seine Schuhe bis zur Brandsohle durchzulaufen und schmutzig zu bleiben, ohne sich der Gefahr auszusetzen, der Knauserei bezichtigt zu werden. Mit einem Wort, Miqueut vernachlässigte sich und erwies sich als immer weniger vorzeigbar. Er sparte, um sich eine Nothon-Dose aus galvanisiertem Silber zu kaufen.)

Nachdem er der Sekretärin so ihre Befangenheit genommen hatte, warf er ihr innerhalb weniger Minuten alle Schnitzer oder Fehler an den Kopf, die sie seit ihrem Dienstantritt im Konsortium möglicherweise begangen haben mochte. Alles wurde sorgfältig kommentiert; danach warf er die in Tränen aufgelöste Patientin hinaus und ging zur nächsten über.

Nachdem er die ganze Abteilung hinausbefördert und

zwei von zwölf das Versprechen einer massiven Gehaltserhöhung von mindestens zweihundert Francs gegeben hatte, machte es sich Miqueut zufrieden in seinem Sessel bequem und schickte sich an, eine umfangreiche Akte durchzusehen, während er darauf wartete, daß sein alter Feind Toucheboeuf ihn zum vereinheitlichten Kartenspiel zum Generaldirektor rufen ließ.

## *KAPITEL XV*

Der Krieg, Miqueut sollte es auf seine Kosten merken, hatte viele Dinge umgekrempelt und völlig durcheinander gebracht. Die Stenotypistinnen, von den Desorghanisations-Khomités für viel Geld abgeworben, wurden auf dem Markt immer seltener und verkauften sich nur noch dem Meistbietenden, wie es jede Ware tun soll, die sich ihres Wertes bewußt ist. Diese Schönen der Tastatur trugen den Kopf wieder hoch, stolz auf ihre Unentbehrlichkeit; so kündigten am Tag nach der Auseinandersetzung mit Miqueut elf von zwölf der Getadelten gleichzeitig.

Miqueut schimpfte auf das undankbare Verhalten seiner Untergebenen und rief umgehend den Personalchef an, eine schlecht rasierte, leicht ergraute Persönlichkeit namens Cercueil, deren Sonderstellung – sie war gleichzeitig Sekretär des Generaldirektors – den Umgang mit ihr schwierig machte.

»Hallo?« sagte Miqueut. »Hier Miqueut. Bin ich mit Monsieur Cercueil verbunden?«

»Guten Tag, Monsieur Miqueut«, sagte Monsieur Cercueil.

»Ich bräuchte dringend elf Sekretärinnen! Die meinen sind alle weggegangen, außer Madame Lougre. Sie hatten sicherlich keine gute Wahl mit ihnen getroffen.«

»Wissen Sie nicht, warum sie weggegangen sind?«

»Sie verstanden sich nicht gut mit meinen Stellvertretern und stritten ständig miteinander,« log Miqueut schamlos.

Cercueil, der die Sache gleich durchschaute, stieß einen Seufzer aus wie ein Ozeanriese, der sich von den Tauen losreißt.

»Wir werden versuchen, andere für Sie zu finden …«,

sagte er. »Ich werde Ihnen vorübergehend ein paar junge Mädchen schicken, die gerade in unseren Filialabteilungen eingestellt worden sind.«

Cercueil trug dafür Sorge, daß er Miqueut die schlechtesten Stenotypistinnen gab, denn er legte keinen Wert darauf, daß die guten alle gingen. Außerdem warnte er die Neuankömmlinge:

»Ich werde Sie jetzt in eine sehr interessante aber ... ziemlich schwierige Abteilung stecken, und zwar in die Abteilung von Monsieur Miqueut. Sollte es Ihnen dort jedoch nicht gefallen, nicht wahr, so ist das selbstverständlich kein Grund, das Konsortium zu verlassen, kommen Sie lieber zu mir, ich werde Sie in eine andere Abteilung versetzen.«

Es nützte nichts, Miqueut hätte einen Bock abgestoßen. Er hatte früher innerhalb von zwei Monaten siebenunddreißig Sekretärinnen vergrault, und ohne den von der Vorsehung geschickten Telefonanruf des Präsidenten, der ihn ein wenig neutralisiert hatte, wäre die Anzahl noch weitaus höher gewesen.

Die Stellvertreter versammelten sich im Büro René Vidals.

»Na«, sagte dieser, »haben wir Ferien?«

»Wieso?« fragte Léger.

»Wir haben keine Stenotypistinnen mehr«, erklärte ihm Emmanuel.

»Nun ja!« sagte Léger, »das hindert uns nicht am Arbeiten.«

»Es hindert uns an gar nichts, nicht einmal daran, Blödsinn zu verzapfen, wie ich sehe«, kommentierte Vidal liebenswürdigerweise.

»Dann können wir uns ja gleich verdrücken«, sagte Levadoux.

»Trotzdem«, sagte Emmanuel, »es ist einfach irre, wie man sich hier langweilt.«

»Was soll's«, sagte Vidal,»im Grunde würden wir uns anderswo genauso langweilen, und dort würden wir vielleicht eine weniger ruhige Kugel schieben. Das einzig Unangenehme hier ist Miqueut!«

»Das stimmt«, riefen die drei andern im Chor. Léger machte ein g, Emmanel ein e und Levadoux ein Cis. Marion schlief in seinem Büro, und Adolphe Troude war beim Papier-Komitee. Das Haustelefon unterbrach die Harmonie.

»Hallo!« sagte Vidal. »Guten Morgen, Mademoiselle Alliage ... Ja, schicken Sie ihn herauf.«

»Jungens«, sagte er und wandte sich nach seinen Kollegen um, »Sie müssen mich entschuldigen, ich habe Besuch.«

Es war Antioche Tambrétambre. Und fünf Minuten zuvor war Miqueut zum Kartenspiel hinuntergegangen.

# KAPITEL XVI

Als Antioche Vidals Büro betrat, empfand er bei dem Gedanken, endlich Miqueut zu sehen, eine heftige Gemütsbewegung. Während des gerade zu Ende gegangenen Krieges hatte er an der Seite des Majors gekämpft. Sie hatten ganz allein acht Tage lang eine Kneipe auf der Straße nach Orléans verteidigt. Im Keller verbarrikadiert, bewaffnet mit zwei Gras-Gewehren und fünf Patronen, von denen nicht eine einzige hineinpaßte, hatten sie ihre Stellung dank eines Ausbunds an Mut gehalten und nicht ein Feind war bis zu ihnen vorgedrungen. Während dieser acht Tage tranken sie alle Vorräte der Kneipe und aßen kein einziges Gramm Brot. Sie ergaben sich um keinen Preis. Übrigens wagte niemand sie anzugreifen, was ihnen den Sieg erleichterte, doch ihre Leistung war deshalb nicht weniger aufsehenerregend und hatte ihnen das Kriegskreuz mit Palmen eingetragen, das sie stolz um die Schulter trugen, wobei sie sich mit den Palmen Luft zufächelten.

Antioche und Vidal drückten sich herzlich die Hand und waren glücklich, daß sie sich nach diesen furchtbaren Ereignissen wiedersahen.

»Gehts dir gut«, sagte Vidal.

»Und dir?« antwortete Antioche.

Einmütig duzten sie sich.

»Ist Miqueut da?« fragte Antioche.

»Er ist beim Chef …«

»Hoffentlich spucken ihm die Kojoten ins Gesicht!« grölte Antioche wütend.

»Die verschwenden ihre Spucke sicherlich nicht für so was …«, meinte Vidal.

»Kannst du wieder einen Termin mit ihm ausmachen?« sagte Antioche.

»Gern«, sagte Vidal. »Wann?«

»Nächste Woche, wenn möglich … oder noch früher … aber ich wage gar nicht zu hoffen.«

»Wer weiß?« schloß René Vidal.

# *KAPITEL XVII*

Emmanuel hatte die Giraffe an diesem Morgen so stark gekämmt, daß das arme Tier darüber gestorben war. Büschel seiner Haare lagen so ziemlich überall herum, und sein Kadaver, dessen Kopf man durchs Fenster geschoben hatte, damit man hin- und hergehen konnte, lag unter Adolphe Troudes Schreibtisch, der schon mit vier Tonnen verschiedenen in kleine Leinwandsäckchen abgepackten Düngers überladen war, denn dieses achtbare Individuum frönte in seinem Garten in Clamart dem Gemüseanbau.

Emmanuel tröstete sich, indem er eine Brotkruste verschlang und nachdem er sich an verschiedenen Stellen abgetastet hatte, beschloß er, an die Tür seines Chefs zu klopfen, der zufälligerweise da war.

»Herein«, sagte Miqueut.

»Darf ich eine Minuten mit Ihnen reden?« sagte Emmanuel.

»Aber ... selbstverständlich, Monsieur Pigeon ... setzen Sie sich, ich kann Ihnen mindestens vier Minuten widmen ...«

»Ich möchte Sie«, sagte Emmanuel und kam herein, »fragen, ob ich nicht die Erlaubnis bekommen könnte, meinen Urlaub drei Tage früher zu nehmen.«

»Sie sollten am fünften Juli wegfahren?« sagte Miqueut.

»Ja«, antwortete Emmanel, »und ich möchte nun schon am zweiten wegfahren.«

Es war ein Gedanke, der ihm beim Anblick seiner toten Giraffe so gekommen war.

»Hören Sie, Monsieur Pigeon«, sagte Miqueut, »im Grundprinzip, nicht wahr, komme ich Ihren Wünschen natürlich mit dem größten Vergnügen entgegen ..., aber diesmal fürchte ich, daß das, worum Sie mich bitten, ziemlich schwierig ist. Nicht etwa daß ... verstehen Sie, ich möchte der letzte sein, der Sie daran hindert, Ihren Urlaub früher zu nehmen ... aber jetzt, wo die Dienstanweisung ergangen ist, möchte ich gern Ihre Gründe wissen ... damit ich feststellen kann, ob sie triftig sind ... woran ich übrigens keineswegs zweifele, aber aus Prinzip, nicht wahr, ist es besser, wenn Sie es mir sagen.«

»Hören Sie, Monsieur«, sagte Emmanuel, »es sind ganz persönliche Gründe und es würde mir schwerfallen, Ihnen das ausführlich zu erklären. Ich habe Ihnen nie auch nur das geringste verheimlicht, aber meiner Meinung nach hat das überhaupt nichts mit der Arbeit zu tun, und es ist völlig unnötig, daß ich mich in Erklärungen verliere, die für Sie ohne jegliches Interesse sind.«

»Daran, mein braver Pigeon, zweifle ich natürlich nicht, aber, verstehen Sie, wir müssen gegenüber den Besatzungsbehörden sehr vorsichtig sein. Es muß ständig nachgeprüft werden können, daß das Personal auch wirklich da ist, und Sie wissen, daß eine Feststellung der Art, wie sie möglicherweise getroffen werden würde, wenn Sie zum Beispiel, wie Sie es verlangen, einige Tage vor dem normalen Daum wegführen, und zwar aus Gründen, die natürlich ... äh ... die ... äh, ausgezeichnet sind, die ich aber ... letztendlich, eben nicht kenne ... und die ... nun, Sie sehen die nachteiligen Folgen, wenn man sich nicht an eine strenge Disziplin hält. Und in dieser Hinsicht, nicht wahr, ist es wie mit der Präsenzzeit ... wohlgemerkt, das ist jetzt nicht auf Sie gemünzt, aber man muß im Leben eben diszipliniert sein und pünktlich kommen, das ist eine ganz wesentliche Bedingung, um von den kleinen Angestellten respektiert zu werden, die, wenn ... wann ... im Falle da ... wenn Sie also zufällig nicht in Ihrem Büro wären, immer die Neigung haben, es sich bequem zu machen, und so ist das im Grundprinzip, sehen Sie, mit Ihrem Urlaub ein wenig das gleiche, was natürlich wohlgemerkt letztendlich nicht heißen soll, daß ich nein sage, aber ich möchte Sie doch bitten, dieses Problem im Lichte dieser wenigen Betrachtungen gründlich zu überdenken und ansonsten, sind Sie mit Ihrer Arbeit auf dem neuesten Stand?«

Es entstand eine Stille.

Und dann sagte Emmanuel eine volle Stunde lang alles, was er auf dem Herzen hatte.

Er sagte, wie ihn das ankotze, immer offen und ehrlich zu sein und immer nur auf Heuchler zu treffen, und daß es auf seiner vorigen Stelle schon das gleiche gewesen sei.

Er sagte, daß Eifer an den Tag zu legen, nicht seine Art sei und liebdienern auch nicht …

Er sagte, daß er gewöhnt sei, zu sagen, was er denke und wenn Miqueut der Meinung sei, daß er nicht genug tue, dann solle er es eben sagen. Er fügte noch hinzu, daß er deshalb übrigens nicht mehr tun würde. Weil er nämlich schon tue, was er könne.

Er sagte immer noch mehr, und Miqueut gab keine Antwort.

Und am Ende, als er aufgehört hatte, ergriff Miqueut das Wort.

Und sagte:

»An und für sich haben Sie im Grundprinzip nicht unrecht, aber nun trifft es sich, daß ich ausgerechnet dieses Jahr meinen Urlaub etwas früher nehme und vor dem fünften Juli nicht zurücksein werde, und es würde mir letztendlich schwerfallen, verstehen Sie, Sie vor meiner Rückkehr gehen zu lassen, weil Sie der einzige sind, nicht wahr, der über Ihre Geschäfte Bescheid weiß, und es muß während meiner Abwesenheit jemand über das Problem der Nugatsiebe Bescheid wissen, weil, gegenüber außen, wenn da jemand anrufen würde, da muß die Abteilung Antwort geben können, nicht wahr … Sie sehen also, im Grundprinzip …«

Und er lächelte ihn strahlend an, legte ihm die Hand auf die Schulter und schickte ihn wieder in sein Büro.

Denn er erwartete den Besuch Antioche Tambrétambres.

# *KAPITEL XVIII*

Darauf kehrte Emmanuel in sein Büro zurück. Er ergriff sein Saxophon und blies ein tiefes B von einer Tonstärke von neunhundert Dezibel.

Und dann hielt er inne mit dem Eindruck, daß seine linke Lunge die Form der Zahl 373 annahm.

Er irrte sich um eine Einheit.

Miqueut machte die Tür auf und sagte:

»Verstehen Sie, Pigeon, im Grundprinzip muß während der Arbeitsstunden vermieden werden ... äh ... nun ja, daß, verstehen Sie, letztendlich was anderes ... Ich wollte Ihnen sagen, daß Sie mir eine kleine Aufstellung machen, in der Sie mir ganz genau ... äh ... die Sitzungen angeben, die Sie vor meinem Urlaub abhalten könnten ... mit der ungefähren Angabe der Zeit, in der Sie sie stattfinden zu lassen beabsichtigen, einer kurzen Liste der Persönlichkeiten, die dazu eingeladen werden könnten, der annähernden Tagesordnung ... selbstverständlich keine Einzelheiten, ein kurzer Entwurf von zwölf bis fünfzehn Seiten pro Sitzung genügt mir vollauf ... Und zwar möchte ich diese Aufstellung für in ... sagen wir ... einer halben Stunde? Es ist so gut wie keine Arbeit ... Sie brauchen dazu fünf Minuten ... Selbstverständlich«, fügte er hinzu und wandte sich nach Adolphe Troude um, »das gleiche gilt auch für Sie und Marion ...«

»Geht in Ordnung, Monsieur«, sagte Troude.

Pigeon sagte nichts.

Marion schlief.

Miqueut schloß wieder die Tür und ging in sein Büro zurück.

Antioche wartete im Büro Vidals seit eineinviertel Stunden. Der Major war bei ihm.

Als sie hörten, daß Miqueut sich wieder setzte, liefen sie schnell in den Flur und klopften an seine Tür.

»Herein«, sagte Miqueut.

## KAPITEL XIX

In dem Augenblick, in dem Antioche in das Kabuff des Hauptunteringenieurs eindrang, wurde er von Adolphe Troude angerempelt, der, nachdem er gleich nach Miqueuts Weggang wie ein Wirbelwind hinausgestürzt war, unter der Last eines riesigen graubraunen Leinwandsacks gebeugt zurückkam. Antioche und der Major ließen ihn vorbei, und Troude verschwand an der Biegung des Flurs. Fünf Sekunden danach ließ eine dumpfe Erschütterung das Gebäude erbeben.

Beeindruckt floh der Major in das Büro Vidals und ließ seinen Freund allein dem Onkel seiner Angebeteten gegenübertreten.

»Guten Tag, Monsieur«, sagte Miqueut, wobei er sich leicht erhob und dabei eine Reihe glanzloser Zähne inmitten eines grimassierenden Lächelns zeigte.

»Guten Tag, Monsieur«, antwortete Antioche. »Geht es ihnen gut?«

»Danke, und Ihnen?« sagte Miqueut. »Mein Stellvertreter, Monsieur Vidal, hat zwar von Ihrem Besuch gesprochen, aber er hat mir nicht genau gesagt, worum es sich handelt.«

»Das ist eine ziemlich spezielle Frage«, sagte Antioche … »Also, in wenigen Worten, worum es sich handelt. Im Verlaufe einer Zusammenkunft …«

»Welcher Kommission?« unterbrach ihn Miqueut interessiert.

»Sie mißverstehen mich«, sagte Antioche, der sich wegen des Geruchs allmählich etwas gehemmt fühlte. Dadurch verlor er seine Kaltblütigkeit, und eine feuchte Unruhe umspülte seine Schläfen. Er faßte sich wieder und fuhr fort: »Im Verlaufe einer Surprise-Party bei meinem …«

»Ich unterbreche Sie sofort«, sagte der Baron, »und erlaube mir, Sie darauf hinzuweisen, daß es vom Standpunkt der Vereinheitlichung aus bedauerlich ist, Wörter und Begriffe zu benutzen, die nicht völlig definiert sind, und Fremdwörter sollten auf jeden Fall sowieso soweit wie möglich verboten werden. Deshalb haben wir im Konsortium Terminologie-Sonder-Kommissionen gründen müssen, die sich in jedem Bereich damit beschäftigen, alle diese Probleme, die sehr interessant sind, nicht wahr, zu lösen, und die wir uns im Grundprinzip in jedem besonderen Falle zu lösen bemühen, wobei wir uns selbstverständlich mit allen möglichen Garantien umgeben, so daß man uns letztendlich keine Märchen erzählen kann. Deshalb wäre es meiner Meinung nach besser, ein anderes Wort zu benützen als Surprise-Party… außerdem verwenden wir gerade in diesem Hause zum Beispiel gewöhnlich neben dem Wort ›Unifikation‹ das Wort ›Vereinheitlichung‹, das hierzu geschaffen worden ist, und das in dieser Hinsicht … äh … auch vorzuziehen ist, nicht aber das englische Wort ›Unification‹, das leider allzu oft von den Betroffenen und selbst von denen, die sich im Grundprinzip bemühen sollten, die Regeln der Vereinheitlichung oder Unifikation peinlich genau zu beachten … äh … nicht wahr, benutzt wird, während es ein einheimisches Wort dafür gibt. Es ist immer besser, Wörter nicht zu benutzen, deren Gebrauch sich in gewissen Fällen als nicht gerechtfertigt erweisen kann.«

»Sie haben recht, Monsieur«, sagte Antioche; »ich bin vollkommen Ihrer Meinung, aber mir fällt kein französisches Wort ein, das den Begriff Surprise-Party widergeben könnte.«

»Nun, hier muß ich Sie unterbrechen!« sagte Miqueut. »Es ist uns nämlich im Verlaufe unserer Arbeiten schon vorgekommen, daß wir auf unpassende Wörter gestoßen sind oder auf solche, die zur Verwechslung führen und je nach dem Anlaß für unterschiedliche Interpretationen sein können. Mehrere unserer Kommissionen haben sich dieser Probleme angenommen, die, wie man zugeben muß, sehr heikel sind und … äh … nicht wahr, die gefundenen Lösungen sind in der Regel zufriedenstellend … Wir haben zum Beispiel in einem so andersartigen Bereich, wie es der der Eisenbahnen sein kann, nach einer Entsprechung für das englische Wort ›wagon‹ gesucht. Wir haben eine technische Kommission zusammengerufen und nach einem Jahr des Suchens, was wenig ist in Anbetracht der Tatsache, daß das Abziehen der Schriftstücke, die Versammlungen und die öffentlichen Umfragen, denen wir unsere Nothon-Projekte unterziehen, die tatsächliche Dauer der eigentlichen Arbeiten letztendlich beträchtlich verkürzen, sind wir zur Vereinheitlichung oder Unifikation des Wortes ›Wagen‹ gelangt … Nun, das Problem, nicht wahr, ist hier analog, und wir könnten es, glaube ich, auf die gleiche Weise lösen.«

»Natürlich«, sagte Antioche, »aber …«

»Selbstverständlich«, sagte Miqueut, »stehen wir Ihnen mit allen Ihnen dienlichen Auskünften betreffs der Arbeit unserer Kommissionen zur Verfügung. Ich werde Ihnen übrigens eine Mappe mit Unterlagen über die Nothons aushändigen lassen, damit Sie sich …«

»Entschuldigen Sie bitte, daß ich Sie unterbreche«, sagte Antioche, »aber die Frage, über die ich mich mit Ihnen unterhalten wollte, betrifft mich nicht eigentlich … Ich habe einen meiner Freunde mitgebracht, und wenn Sie es erlauben, werde ich ihn bitten, herzukommen …«

»Tun Sie das bitte!« sagte Miqueut. »Dann wird er also die kleine Vorstudie ausarbeiten, die als Grundlage für unsere Arbeiten dienen könnte?«

Antioche gab keine Antwort und ließ den Major hereinkommen.

Nach den vorschriftsmäßigen Höflichkeiten fuhr Miqueut, sich an den Major wendend, fort:

»Ihr Freund hat mir den Zweck Ihres Besuchs dargelegt, und ich finde Ihren Vorschlag äußerst interessant. Das bedeutet für uns eine Reihe von Nothon-Projekten, die wir der zuständigen Kommission in ... sagen wir drei Wochen unterbreiten könnten ... Ich nehme an, daß Sie uns einen ersten Entwurf in etwa acht Tagen zuschicken können, wodurch uns genügend Zeit bliebe, nicht wahr, die notwendigen Abzüge zu machen ...«

»Aber ...«, begann der Major.

»Sie haben recht«, sagte Miqueut, »aber ich glaube, daß wir uns zunächst mit der Terminologie zufriedengeben können, die die Grundlage eines jeden neuen Entwurfs ist ... das Produkt-Nothon kommt danach ... was uns genügend Zeit ließe, mit den Persönlichkeiten, die an diesem Projekt interessiert sein könnten, den notwendigen Gedankenaustausch zu pflegen.«

Das Haustelefon klingelte.

»Hallo ...«, sagte Miqueut. »Ja! ... Nein, nicht jetzt, ich habe Besuch ... Ach ja? Hören Sie, das ist zwar sehr unangenehm, aber ich kann nicht ... Ja ... so schnell wie möglich ...«

Er warf Antioche und dem Major einen giftigen und vorwurfsvollen Blick zu.

Sie hatten beide verstanden und standen gleichzeitig auf.

»Also, Monsieur«, sagte Miqueut, wieder aufgeheitert, und wandte sich dem Major zu, »ich bin sehr glücklich über diese äh ... Kontaktaufnahme und ich hoffe, nicht wahr, daß wir diese Untersuchung ziemlich schnell zu Ende bringen können ... Viel Vergnügen, Monsieur ... Auf Wiedersehen, Monsieur«, sagte er zu Antioche, »viel Vergnügen ...«

Er begleitete sie zum Ausgang, machte eiligst wieder kehrt, um Pipi zu machen, und ging dann weg, um den Generaldirektor aufzusuchen ...

Antioche und der Major gingen die Treppe hinunter und verloren sich in der Menge …

## *KAPITEL XX*

In der Rue Pradier Nummer einunddreißig ertönte kein Vogelgesang in den Waschräumen, zirpte kein Heimchen gedämpft *Die Frau des Fuhrmanns*, entfaltete keine Blume ihren bunten Fächer, um den unvorsichtigen geflügelten Chechaquo zu fangen, und der Mackintosh selbst hatte seinen Schwanz in acht ungleiche Teile zusammengefaltet, wobei er seinen Unterkiefer bis zum Boden hängen ließ, während dicke Tränen in die eingefallenen Augenhöhlen kullerten.

Der Major arbeitete an seinem Nothon-Projekt.

Er war allein in seiner Bibliothek und saß im Schneidersitz auf einem kleinen Sommerteppich aus Lapislazuli von schönem Orangengelb. Er hatte das traditionelle Kostüm der Araber angelegt: Knochenpfeife, Levit aus Tussorseide, Kompressorturban und Sandalen aus unverarbeitetem Gießereischaftsleder. Das Kinn in der rechten Hand, die Haare zerzaust, dachte er kräftig nach. Auf dem Tisch häuften sich Stapel von Einzelbänden. Man zählte mindestens vier, eingebunden in fünfbeiniges Kalbsleder, deren Seiten mit den Eselsohren von der Verehrung des Majors für diese lebendige Erinnerung an seinen Großvater zeugten, der, wie ein Schwein, seinen Finger naß machte und die Ecken umbog.

Es waren:

*Das Handbuch des trunkenen Eilands*, von Saint Raphael Quinquennal;

*Die Betrachtungen über die Größe und den Verfall der Rumänen*, von Professor Antonescu Meleanu;

*Fünf Wochen in Unter-Röggen*, von Comtesse d'Anteraxe, Laboratoriumsleiterin der Firma Dugommier und Co., bearbeitet von Jules Verne;

*Die Äußerungen über das Antimon* oder *Nieder mit den Pfaffen* von Pater Nambouc.

Der Major hatte sie nie gelesen. Infolgedessen dachte er, dort nützliche Auskünfte zu finden, da er die beiden anderen Bände seiner Bibliothek genau kannte, nämlich das aus zwei Bänden bestehende Telefonbuch und den *Kleinen illustrierten Larousse*, und daher wußte, daß er dort auf nichts wirklich Originelles stoßen würde.

Er arbeitete seit acht Tagen. Das Problem der Terminologie war bereits gelöst.

Er wurde für seine Anstrengungen mit dem dumpfen Schmerz belohnt, den er an der Basis seines Kleinhirns empfand.

Und das war nur allzu gerecht. Denn sein ganzes natürliches Genie war in Anspruch genommen worden.

Da er das Englische perfekt beherrschte, hatte er in sehr kurzer Zeit feststellen können, daß der einzige Nachteil des Wortes ›Surprise-Party‹ darin besteht, daß es ein Y enthält. Nach einer zweistündigen Untersuchung bot sich, grell in die Augen springend, die Lösung: er ersetzte Party durch Partie.

Zwar sind die genialen Dinge nicht immer so einfach, doch wenn sie diese Einfachheit erreichen, sind sie wirklich genial.

Doch der Major blieb dabei nicht stehen.

Er ging vom Allgemeinen zum Besonderen über und behandelte das Problem im Raum und in der Zeit.

Er untersuchte die geographischen Bedingungen der Standorte, die sich am besten für Surprise-Parties eignen:

– Orientierung der Räumlichkeiten mit Untersuchung der vorherrschenden Winde und der geophysischen Beschränkungen, die sich aus der Höhe und aus der granulometrischen Zusammensetzung des Bodens ergeben.

Er untersuchte die architektonischen Bedingungen der Konstruktion des Gebäudes:

– Wahl der die tragenden Wände bildenden Baumaterialien;

– Art der Antikotz- und Parabrillantineschicht, die auf die verschiedenen Wände aufgetragen werden muß;

– Standort der Bumsräume und der eventuellen Eltern-Schutz-Freiräume;

– et kohetera, et kohetera.

Er dehnte seine Untersuchung auf die allerkleinsten Einzelheiten aus.

Er vernachlässigte nicht einmal die Nebengebäude.

Und er bekam ein wenig Angst.

Aber er gab die Hoffnung nicht auf.

Er gab nie die Hoffnung auf.

Er zog es vor zu schlafen …

*ENDE DES ZWEITEN TEILS*

# *DRITTER TEIL*
# *DER MAJOR IM HYPOID*

## *KAPITEL I*

An jenem Morgen hatte René Vidal den zweiten Knopf seiner Jacke während der wöchentlichen Ratssitzung geöffnet, denn es war ziemlich warm: das Thermometer war in der Tat gerade explodiert; es hatte dabei drei Fensterscheiben zerstört und den Raum mit seinen mephitischen Dünsten erfüllt. Als die Ratssitzung zu Ende war, hatte Miqueut Vidal bedeutet, daß er noch bleiben solle, worauf er leicht hätte verzichten mögen, wie Racine sagte, verständlich in Anbetracht der belzebubischen Temperatur, die in der Höhle des Hauptunteringenieurs herrschte, deren Fenster alle sorgfältig geschlossen waren: Miqueut fürchtete um seine empfindlichen Organe.

Die fünf Kollegen Vidals verließen den Raum: Miqueut bat Vidal sich zu setzen und sagte zu ihm:

»Vidal, ich bin nicht mit Ihnen zufrieden.«

»Ach!« sagte Vidal und hatte Lust, ihm einen Federhalter ins Auge zu stoßen. Aber das Auge entzog sich.

»Nein! Ich hatte es Ihnen schon letztes Jahr gesagt, als Sie Ihre Socken heruntergerollt und statt Hosenträger einen Gürtel benutzt haben, daß wir uns nach außen hin nicht die mindeste Unkorrektheit in unserer Kleidung erlauben dürfen.«

»Wenn du was anderes in den Adern hättest als Krötenblut«, sagte Vidal, allerdings innerlich »dann wäre dir genauso heiß wie mir.«

»Daher bitte ich Sie, Ihre Jacke wieder zu schließen. Ihre Kleidung ist so nicht korrekt. Wenn Sie in mein Büro kommen, möchte ich Sie bitten, darauf etwas zu achten. Das ist eine Frage der Disziplin. Nur so sind wir dort hingekommen, wo wir heute sind.«

Miqueut fügte nicht hinzu, daß er die Disziplin völlig

vergaß, wenn es darum ging, dem Ruf der Alarmsirenen zu gehorchen, deren Gekreisch in variablen Abständen über den Dächern ertönte.

Er ging Vidal noch einige Minuten lang mit extraluziden Betrachtungen über den Nutzen, die Anzahl der Exemplare eines Schriftstücks unter Berücksichtigung der Anzahl der damit zu bedenkenden Personen und der zu lagernden Vorräte vorauszusehen, auf die Nerven. Vidal rächte sich, indem er die Spitze des linken Schuhs von Miqueut, der sich ihm zur Hälfte zugewandt hatte, um ihm diese Erläuterungen zuteil werden zu lassen, mit Schweiß berieselte. Als die Schuhspitze nur noch ein feuchter Brei war (was das natürliche Charakteristikum eines jeden Breis ist), hörte Miqueut zu sprechen auf.

Vidal verließ seinen Chef und fand den Major auf seinem Platz sitzend, beide Füße bequem auf dem Telefon ausgestreckt. Eine kleine Lache hatte sich unter seiner linken Hinterbacke gebildet, und Vidal merkte es erst, als er seinen Stuhl wieder in Besitz nahm. Der Major nahm einen Stuhl.

»Ich hatte eine Blasenoperation«, erklärte er, »und das ist jetzt die Folge davon.«

»Das ist sehr angenehm«, versicherte Vidal, den diese Feuchtigkeit am Hintern erfrischte. »Was kann ich für dich tun?«

»Ich brauche Tips«, sagte der Major.

»Für was?«

»Für mein Nothon-Projekt über die Surprise-Parties.«

»Was fehlt dir?«

»Heizung!« sagte der Major lakonisch. »Ich habe bei dieser ganzen Untersuchung die Heizung vergessen. Kein Wunder, bei dieser Temperatur und dieser Kohleknappheit. Mein Unterbewußtsein hat das sicherlich überflüssig gefunden.«

Er grinste bei dem Gedanken an sein Unterbewußtsein.

»Das ist dumm«, sagte Vidal. Hoffentlich macht dir das nicht alles zunichte … Hast du an die Kühlung gedacht?«

»Verflucht und zugenäht, nein«, sagte der Major.

»Na, dann geh ruhig mal zu Emmanuel rüber«, sagte Vidal.

Innerhalb von zehn Minuten hatte Emmanuel dank seiner großen Kompetenz in Kühlungsfragen das gestellte Problem gelöst, das in der Löschung des Feuers am Dings mittels frischem Wasser bestand.

»Hast du sonst nichts vergessen?« fragte Vidal.

»Ich kann das nur schlecht beurteilen …«, sagte der Major. »Da … Sieh nach …«

Er zeigte ihm sein Projekt, das fünfzehnhundert großformatige Seiten zählte.

»Ich denke, das muß genügen …«, sagte Vidal.

»Ich frage mich, ob Miqueut merken wird, daß ich die Heizung vergessen habe …«

»Auf den ersten Blick«, versicherte Vidal.

»Dann muß ich das Ding da ergänzen …«, sagte der Major. »Wer kümmert sich denn hier um die Heizung?«

»Das ist Levadoux«, sagte Vidal beunruhigt.

»Oh Scheiße!« seufze der Major voller Überzeugung, aber auch voller Traurigkeit.

Den Levadoux war ganz sicher abgeschoben.

## *KAPITEL II*

Als Ersatz für die Stenotypistinnen, die ihn kurz zuvor verlassen hatten, war es Miqueut gelungen, von Cercueil sieben unschuldige Jungfrauen anstellen zu lassen, deren Verdienste, fühlbar analog, in der Nähe von Null lagen.

Miqueut, der glücklich war, dieser Jugend seine Auffassung von der Rolle eines Chefs demonstrieren zu können, machte sich den Spaß, sie die Schriftstücke acht bis zehn Mal hintereinander neu schreiben zu lassen.

Er bedachte nicht die Gefahr, die die Verteilung von wasserspülungszuckerüberzogenen Vitamindragées mit Weichkäsehormonen durch den nationalen Kuddelmuddel für seine überarbeitete Abteilung bilden sollte. Dieses superenergetische Erzeugnis rief bei diesen siebzehn- bis zwanzigjährigen Organismen verblüffende Wirkungen hervor. Eine wilde Glut strömte aus der kleinsten Gebärde dieser jungen Mädchen. Nach vier Verteilungen war die Temperatur ihres gemeinsamen Büros in einem solchen Ausmaß gestiegen, daß der unschuldige Besucher, der ohne besondere Vorsichtsmaßregeln dieses Büro betrat, fast hingefallen wäre, niedergeschmettert von der unmenschlichen Energie der Umweltatmosphäre. Es blieb kein anderes Mittel als zu fliehen oder sich ganz schnell auszuziehen, um es auszuhalten, ohne sich dabei Illusionen über den Fortgang der Ereignisse zu machen.

Aber der immer noch vom Krötenblut durchströmte Nukleolenkörper des Hauptunteringenieurs ging durch all das hindurch wie ein Salamander durch die Flamme, und sein Fenster blieb, so groß die Hitze der Luft auch sein mochte, Tag und Nacht geschlossen. Miqueut hatte sogar eine zusätzliche kleine Weste angezogen, um die eventuellen Wirkungen einer möglichen Senkung der Temperatur zu bekämpfen.

In seinem Sessel auf seinem geblümten Cretonne-Kissen sitzend las er ein Sitzungsstenogramm, und plötzlich stieß sein Auge auf einen kleinen Satz, der dem Anschein nach zwar harmlos, ihm bei der Berührung aber so unangenehm war, daß er seine Brille abnehmen und zehn Minuten lang das Augenlid reiben mußte, ohne dabei eine andere Erleichterung zu empfinden als die, die mit der Verwandlung von einem Stich zu einer Brandwunde einhergeht. Er rotierte auf seinem Drehsessel und drückte mit dem Fingern nach einem komplizierten Rhythmus auf den Knopf.

Es war das Madame Balèze, seiner zweiten Sekretärin vorbehaltene Signal.

Sie kam herein. Ihr Magen, von den Vitamindragées aufgebläht, sprang unter einem levantinischen, mit großen, petrolgelben Blumen geschmückten Trü-Trü-Kleid hervor.

»Madame«, sagte Miqueut, »ich bin mit Ihrem Stenogramm überhaupt nicht einverstanden. Ich habe das Gefühl, daß Sie es … äh … letztendlich vielleicht nicht mit der notwendigen Aufmerksamkeit aufgenommen haben.«

»Aber Monsieur«, protestierte Madame Balèze, »ich habe das Gefühl, daß ich es mit der nötigen Sorgfalt aufgenommen habe.«

»Nein«, sagte Miqueut in schneidendem Ton. »Das ist nicht möglich.«

»So haben Sie auf Seite zwölf das, was ich gesagt habe, so aufgeschrieben: ›Wenn Sie nichts dagegen haben, glaube ich, daß man vielleicht in der elften Zeile der siebten Seite des Schriftstücks K-9-786 CNP-Q-R-2675 das Wort *vorkommendenfalls* durch die Wörter *vorbehaltlich gegenteiliger Spezifizierung* ersetzen und in der folgenden Zeile zum besseren Verständnis des Textes *und insbesondere für den Fall, daß* hinzufügen könnte‹. Nun, das habe ich nie gesagt, daran erinnere ich mich ganz genau. Ich habe vorgeschlagen, *ausgenommen gegenteiliger Spezifizierung* zu schreiben, was nicht ganz das gleiche ist und im übrigen habe ich nicht gesagt *und insbesondere für den Fall, daß,* sondern *und ganz besonders für den Fall, daß,* und daß es da eine Nuance gibt, das sehen Sie ja wohl ein. Und in Ihrem Stenogramm stehen mindestens drei Fehler dieses Kalibers. So geht das nicht, so kann das nicht gehen. Und hinterher kommen Sie, und wollen Gehaltserhöhung …«

»Aber, Monsieur …«, protestierte Madame Balèze.

»Von Ihnen ist eine wie die andere«, fuhr Miqueut fort. »Soviel gesteht man Innen zu und soviel wollen Sie haben. Sehen Sie zu, daß das nicht wieder vorkommt, andernfalls kann ich Sie nicht für die Gehaltserhöhung von zwanzig Francs vorschlagen, an die ich ab nächsten Monat für Sie gedacht habe.«

Madame Balèze verließ das Büro ohne ein Wort zu sagen und kam in dem Augenblick wieder im Saal der Stenotypistinnen an, in dem die Jüngste der Abteilung – die, die die ganze Dreckarbeit machen mußte – die Dragèes vom Tag heraufbrachte.

Eine Viertelstunde danach kündigten die sieben Sekretärinnen bei Cercueil und verließen alle zusammen das Konsortium, um einen trinken zu gehen und sich Mut zu machen. Auf Grund ihres Vertrages konnten sie ihre Stelle nicht vor Ablauf des Monats endgültig verlassen, und es war erst der siebenundzwanzigste.

Sie tranken und gingen also wieder die Treppe hinauf, nachdem sie den Wirt bezahlt hatten.

Sie machten sich wieder an die Arbeit und unter dem Druck ihrer mächtigen Finger flogen die Schreibmaschinen eine nach der andern auseinander. Wieder einmal richteten die Vitaminbonbons heftigen Schaden an. Die Matrizen, die beim dritten Anschlag barsten, flogen in einer Wolke überhitzter Metalltrümmer im Büro herum, und der Geruch des roten Radierers vermischte sich mit dem der rasenden Weiber. Als alle Maschinen außer Gebrauch waren, setzten sich die sieben Sekretärinnen mitten in den Trümmerhaufen und begannen im Chor zu singen.

In diesem Augenblick klingelte Miqueut seiner ersten Sekretärin, der unabsetzbaren Madame Lougre. Sie lief herbei und informierte ihn über die schweren Schäden, die an den Betriebsanlagen entstanden waren. Miqueut kratzte sich an den Zähnen, nutzte die Gelegenheit, um ein wenig an den Fingernägeln zu kauen und flog zu Toucheboeuf, um Kriegsrat zu halten.

Er gelangte im dritten Stock an, als er einen dumpfen Schlag vernahm, der das ganze Gebäude erschütterte. Der Fußboden zitterte unter seinen Schritten; er verlor das Gleichgewicht und mußte sich am Geländer festhalten, um nicht hinzufallen, während eine Lawine von Balken und Bauschutt kaum fünf Meter vor seinen Füßen in den Flur stürzte, in den er einbiegen wollte.

Unter dem Gewicht der Düngersäcke war der Schreibtisch Troudes eingestürzt und hatte in seinem Fall eine Akte von außergewöhnlicher Wichtigkeit mitgerissen, die eine Vorstudie zu einem Nothon-Projekt über Holzdosen für Kokosflocken aus dem Sudan enthielt. Eine Talfahrt über drei Stockwerke war notwendig gewesen, um den Fall der Düngersäcke zu bremsen, und Adolphe Troude, der darüber hinaus noch mitgefallen war, stand mitten in dem Trümmerhaufen. Nur sein Kopf und der obere Teil seines Oberkörper ragten heraus.

Miqueut machte zweimal fünf Schritte nach vorn und betrachtete bestürzt seinen Stellvertreter, der bei dem Gerangel sein Hemd und seine Krawatte verloren hatte.

»Ich habe Vidal schon die Notwendigkeit in Erinnerung gerufen«, sagte er, »streng auf die Bedeutung einer korrekten Kleidung zu achten. Gegenüber immer möglichen Besuchern dürfen wir uns nicht die geringste Nachlässigkeit erlauben … obgleich … äh … Sie letztendlich selbstverständlich im vorliegenden Falle … vielleicht nicht ganz … nun ja, nicht wahr, wir müssen sehr achtgeben.«

»Es war eine Taube …«, erklärte Troude.

»Was?« sagte Miqueut. »Ich verstehe Sie nicht … Verdeutlichen Sie Ihren Gedanken …«

»Sie ist hereingeflogen«, fuhr Adolphe Troude fort, »und hat sich auf die Kugelleuchte gesetzt, die heruntergefallen ist …«

»Das ist kein Grund, lassen Sie sich das noch einmal gesagt sein«, sprach Miqueut weiter, »Ihre Kleidung zu vernachlässigen. Das ist eine Frage der Korrektheit und des Respekts gegenüber Ihrem Gesprächspartner. Sie sehen ja, wo man ohne den Respekt vor den Regeln hinkommt. Leider haben wir um uns herum nur allzu viele Beispiele und … äh … Kurzum, ich denke, daß Sie in Zukunft achtgeben werden.«

Er drehte sich um, kehrte zum Treppenabsatz zurück und betrat das Büro Toucheboeufs, das dem Fahrstuhlschacht gegenüberlag.

Es gelang Adolphe Troude, sich zu befreien und er begann, seine unbeschädigten Säcke einzusammeln.

## *KAPITEL III*

Trotz der Versuche Miqueuts und Toucheboeufs, die sieben Sekretärinnen zu besseren Gefühlen zu überreden, verließen diese drei Tage danach das Konsortium, um nicht mehr wiederzukommen. Ihre Herzen waren in festlicher Stimmung und sie sagten dem Hauptingenieur nicht einmal Adieu.

An diesem Tag hatte der Major um halb zwei einen Termin beim Onkel seiner Angebeteten.

Wie gewöhnlich ging er gleich, nachdem er angekommen war, zuerst einmal zu Vidal.

»Na?« fragte dieser letztere.

»Fertig!« antwortete der Major stolz. »Ich habe Levadoux vorgestern in einer Nahkampfdiele getroffen und ihn um Tips gebeten. Schau her …«

Er hielt ihm das Projekt hin, das jetzt mindestens achtzehnhundert Seiten umfaßte.

»Es ist doch hoffentlich immer noch nach dem Nothon-Plan?« sagte Vidal.

»Aber selbstverständlich!« antwortete der Major voller Stolz.

»Dann geh rein«, sagte Vidal und machte ihm die Tür auf, die sein Bpro von dem Miqueuts trennte.

»Monsieur, hier ist Monsieur Loustalot«, sagte er zu Miqueut.

»Ah, da sind Sie ja, Monsieur Loustalot«, rief der Hauptunteringenieur und stand auf. »Ich bin sehr froh, Sie zu sehen …«

Er schüttelte ihm dreißig Sekunden lang die Hand, wobei er seiner Birne ein grimassierendes Lächeln entlockte.

Mehr hörte Vidal nicht mehr, denn er machte die Tür wieder zu und setzte sich von neuem an seinen Schreibtisch. Er schlief bequem eineinhalb Stunden und wurde von dem gezwungenen Lachen Miqueuts geweckt, das durch die dünne Wand sickerte.

Diskret ging er zur Tür, um zu horchen.

»Verstehen Sie«, sagte sein Chef, »das ist zwar eine sehr interessante Arbeit, aber ... äh ... im Grundprinzip, nicht wahr, darf am nicht damit rechnen, das Verständnis aller zu finden. Wir stoßen in der Regel, und das auf fast allen Gebieten, auf Forderungen eher kommerzieller Art, wenn ich einmal so sagen darf, die wir nach Möglichkeit bekämpfen müssen, aber selbstverständlich ohne sie von vorne anzugehen und wobei wir, nicht wahr, im Rahmen des Möglichen die ganze Diplomatie zeigen müssen, die wir entfalten können... Das ist eine Arbeit, die im Grundprinzip Fingerspitzengefühl und eine ziemlich große Geschicklichkeit verlangt. So kommt man uns sehr oft mit Argumenten, die im guten Glauben vorgebracht zu werden scheinen. Nun, in drei von vier Fällen stellen wir hinterher fest...«

»Wenn das Nothon amtlich bestätigt ist?« warf der Major ein.

»Han! Han! Nein, zum Glück nicht«, sagte Miqueut mit der Stimme eines Mannes, der rot wird. »Nun, stellen wir also fest, daß diese Argumente von Gesichtspunkten diktiert worden waren, die von reinen Privatinteressen bestimmt sind. Deshalb müssen wir fortwährend kämpfen, um zu versuchen, daß letztendlich der Gesichtspunkt der Vereinheitlichung triumphiert.«

»Im Grundprinzip«, schloß Miqueut, »müssen wir Apostel sein und dürfen nie den Mut verlieren.«

»Apostel...«, sagte der Major. »He! Warum eigentlich nicht?«

»So werden Sie gleich sehen«, sagte Miqueut, »ob Ihnen die Arbeit zusagen wird. Ich werde versuchen, eine Sekretärin für Sie zu finden. Im Augenblick bin ich mit

Hilfspersonal etwas knapp dran … Hilfspersonal, nicht wahr, ist im Augenblick sehr schwer zu finden und stellt letztendlich solche Forderungen … wir können uns einfach nicht erlauben … nicht wahr, ihnen mehr zu bezahlen, als sie verdienen. Wir würden ihnen damit einen schlechten Dienst erweisen …«

»Ich glaube übrigens«, sagte der Major, »daß ich mich in der ersten Zeit erst einmal informieren muß.«

»Ja, nicht wahr, im Grundprinzip ist das zum Teil richtig … und ansonsten hat mir der Personalchef für in etwa einer Woche sieben Stenotypistinnen versprochen. Da ich sechs andere Stellvertreter habe, glaube ich nicht, daß Sie sofort eine bekommen werden, weil ich außer Madame Lougre, die die einzige treue Seele ist, noch eine brauche, aber ich … äh … anschließend denke ich, daß wir uns vervollständigen können, nicht wahr … Ich beabsichtige übrigens … ich habe eine Nichte, die eine ziemlich gute Stenographin ist … kurzum, ich beabsichtige, sie in die Abteilung zu nehmen … sie wird Ihnen zugeteilt werden …«

Vidal hörte ein leises, wunderliches Geräusch, wie der Schluckauf eines Labadans, und den Aufprall eines Falls auf den Fußboden. Fast gleich darauf ging die Tür auf.

»Vidal«, sagte sein Chef, »helfen Sie mir, ihn wegzuschaffen … ihm ist schlecht geworden … wahrscheinlich die Erschöpfung, verursacht durch die Ausarbeitung des Projekts … Nun, sein Entwurf scheint mir sehr interessant zu sein … Ich werde ihn in Ihr Büro schaffen …«

»Den Entwurf?« fragte Vidal, als hätte er nichts begriffen.

»Nein, nein«, sagte Miqueut und lachte sich einen Ast … »Monsieur Loustalot! Er fängt bei der C.N.U. an.«

»Es ist Ihnen gelungen, ihn zu überzeugen«, sagte Vidal in einem Ton, den er bewundernd zu machen sich bemühte.

»Ja«, gab Miqueut mit falscher Bescheidenheit zu … »Ich denke, daß ich ihm die Sonderkommission für Surprise-Parties anvertrauen werde, die demnächst gegründet wird.«

Unterdessen war der Major ganz von allein aufgestanden.

»Entschuldigen Sie bitte«, sagte er … »Ich bin total erschöpft.«

»Aber ich bitte Sie, Monsieur Loustalot … Ich hoffe, sie fühlen sich jetzt wieder wohl. Gut, dann viel Vergnügen! … Und bis nächsten Montag.«

»Viel Vergnügen«, wiederholte der Major, wobei er sich innerlich sammelte, um von einer solchen Sprache Gebrauch zu machen.

Miqueut ging wieder in sein Büro zurück.

## *KAPITEL IV*

Nun, Fromental war nicht tot.

Er hatte seinen Cardebrye reparieren, das heißt, wieder einen Wagen hinter dem Steuer anbringen lassen, das ich nach Hause gebracht hatte. Diese neue Anordnung erwies sich als bequemer, um Freunde zu befördern.

Er hatte sich beim Racing-Club einschreiben lassen und trainierte dort in einem fort, um ein prächtiges Paar Bizeps zu bekommen und dem Major bei der ersten Gelegenheit die Fresse vollzuhauen.

Im Racing-Club hatte er mit André Vautravers, dem Generalsekretär der Delegation, Freundschaft geschlossen ... Wie der Zufall so spielt ...

Er verkehrte auch mit dem berühmten Claude Abadie, einem schamlosen Basketballspieler und Schwimmer und Amateur-Klarinettisten.

Er traf Vautravers so oft, daß er, nicht allein damit zufrieden, ihn beim Training zu sehen, durch seine Vermittlung eine Stelle bei der Delegation bekam ... Er sollte also in gewissem Maße die Tätigkeiten des Konsortiums überwachen.

Fromental trat sein Amt eine Woche vor dem Besuch des Majors bei Miqueut an. Seine Arbeit bestand darin, ganz schlicht und einfach die von der C. N. U. übergebenen Schriftstücke zu ordnen, um dicke Aktenordner damit zu füllen.

Fromental war übereifrig. Und in einem dunklen Winkel seiner Gehirnlappen ringelte sich ein teuflischer Gedanke.

Er würde Miqueut schmeicheln indem er ihn wegen seiner ausgezeichneten Arbeit beglückwünschte und sich so langsam bei ihm beliebt machen. Dann würde er die Katze aus dem Sack lassen und um die Hand seiner Nichte anhalten. Ein einfacher, aber erfolgreicher Plan, erleichtert noch durch die häufigen Begegnungen, die Fromental bestimmt mit dem Hauptunteringenieur haben würde.

Drei Wochen nach seinem Dienstantritt bei der Delegation bekam Fromental das vom Major ausgearbeitete Nothon-Projekt über die Surprise-Parties.

Ohne Argwohn und auf Grund der außergewöhnlichen Bedeutung dieses Schriftstücks schrieb er an die Adresse Miqueuts einen Brief, in dem er den Empfang des Projekts bestätigte und einige auf den Autor gemünzte dithyrambische Lobeshymnen zum Ausdruck brachte.

Sein Schriftsatz wurde ohne Änderung gebilligt, weil sein Chef sehr mit seiner Sekretärin beschäftigt war, und das Handschreiben ging mit der nächsten Verbindung ab.

Um der Sache noch Nachdruck zu verleihen, nahm Fromental den Hörer ab.

Er wählte die bekannte Nummer: MIL. 00-00, kam wie durch ein Wunder sofort durch und fragte nach Monsieur Miqueut.

»Er ist nicht da«, antwortete ihm die Telefonistin (die einzige liebenswürdige Person des Hauses). »Wollen Sie mit einem seiner Stellvertreter sprechen? In welcher Angelegenheit?«

»Surprise-Parties«, antwortete Fromental.

»Ah! Gut! Ich werde Ihnen den Major geben.«

Im Kopf Fromentals entstand ein Geräusch wie wenn sich ein Kesselflicker mit seiner Frau auseinandersetzt, und noch bevor er Zeit gehabt hatte, sich zu fragen, ob es sich um »seinen« Major handelte, hatte er ihn schon am andern Ende der Leitung.

»Hallo?« sagte der Major. »Hier ist unser glücklicher Major.«

»Hier Drehwurm ...«, stammelte der andere und verriet sich in seiner Verwirrung.

Bei diesen Worten stieß der Major ein sorgfältig berechnetes Geheul in die Sprechmuschel, um zu Drei-Viertel das rechte Trommelfell Fromentals zu zerstören, der den Hörer fallen ließ und sich mit beiden Händen wimmernd den Kopf hielt.

Als der Unglückliche den Hörer wieder in die Hand genommen hatte, fuhr der Major fort:

»Entschuldigen Sie bitte«, sagte er höhnisch, »mein Telefon funktioniert ganz schlecht. Womit kann ich Ihnen behilflich sein?«

»Ich wollte mit Hauptunteringenieur Miqueut sprechen und nicht mit einem seiner Stellvertreter«, sagte Fromental.

Verärgert spuckte der betreffende Stellvertreter in die Sprechmuschel und unmittelbar darauf war Fomentals linkes Ohr von einer dicken Flüssigkeit verstopft. Dann legte der Major auf.

Fromental legte ebenfalls auf und ausgerüstet mit einer geradegebogenen und mit Verbandswatte umwickelten Posaune, machte er sich den Gehörgang mit großer Mühe wieder frei.

Das Unwetter, das zwischen seinen Scheitelbeinen tobte, brauchte zwei Stunden bis es sich beruhigt hatte. Als er wieder klar bei Verstand war, stellte er einen sorgfältigen Arbeitsplan aller Scherereien auf, die dem Major zu bereiten in seiner Macht stand, damit dieser sich schließlich bei Miqueut verhaßt machen würde.

Er kannte nur allzu gut den unsagbaren Charme des Majors, um keine Minute daran zu zweifeln, daß dieser sein Ziel erreichen würde, das darin bestand, Miqueut von sich einzunehmen, sofern günstige Umstände oder das Fehlen ungünstiger Umstände ihm die Muße dazu ließen.

Er mußte also zum Gegenangriff übergehen und zwar dalli dalli.

Drehwurm schloß seine Schublade ab, stand auf, rückte sorgsam seinen Drehstuhl an den Schreibtisch heran (das alles, um sich Zeit zum Nachdenken zu geben) und verließ den Raum, wobei er seinen rechten Handschuh vergaß.

Er ging die Treppe hinunter. Sein Cardebrye, für den er einen ordnungsgemäßen S. P. bekommen hatte, erwartete ihn brav am Bürgersteig.

Er kannte – dank unsäglicher Tricks – die Adresse Zizanies. Er setzte seinen Motor in Gang, ließ die Kuppelung kommen und fuhr im Karacho zur Wohnung der Schönen.

Um fünf Uhr nachmittags bezog er vor dem Haus Zizanies Posten. Um Punkt fünf Uhr neunundvierzig sah er sie nach Hause kommen.

Er ließ den Motor wieder an, fuhr vier Meter zwei weiter und stand nun direkt vor der Toreinfahrt, wo er von neuem hielt.

Er fluchte siebenmal den Namen Gottes herunter, weil er Hunger und Durst hatte und Pipi machen mußte, und blieb, die Augen auf die Tür gerichtet, am Steuer sitzen.

Er wartete auf etwas.

## *KAPITEL V*

Morgens um halb acht wartete er immer noch. Sein linkes Auge war vor Müdigkeit völlig verklebt. Es gelang ihm, es mit einer Kombizange aufzubringen, und er fand sich nun wieder im Besitz eines korrekten Sehvermögens.

Er streckte seine gekrümmten Beine mit solcher Macht aus, daß das Armaturenbrett des Cardebrye in die Brüche ging. Da es auf eine Reparatur mehr oder weniger nicht mehr ankam, gab er nicht weiter darauf acht.

Es verging eine Viertelstunde und Zizanie kam heraus. Sie bestieg ein bezauberndes Fahrrad aus Hornriegelholz, Kriegsfabrikation. Die Reifen bestanden aus mit Azetylen aufgepumpten Otterschläuchen und der Sattel aus einer dicken Schicht mageren Schweizerkäses, der ziemlich bequem und praktisch unzerstörbar war. Ihr leichter Rock flatterte hinter ihr und ließ einen kleinen, weißen Slip sehen, der an den Oberschenkeln mit einer kurzen, kastanienbraunen Franse gesäumt war.

Fromental folgte Zizanie im Zeitlupentempo.

Sie nahm die Rue du Cherche-Midi, bog in die Rue du Bac ein, fuhr durch die Rue La Boétie, über den Boulevard Barbès, die Avenue de Tokio und kam direkt an der Place Pigalle heraus. Das Konsortium stand dort ganz in der Nähe, hinter der Militärschule.

Das Ziel Zizanies ahnend, beschleunigte Fromental plötzlich das Tempo und kam zwei Minuten vor ihr in der C.N.U. an. Rechtzeitig genug, um die Treppe hinunterzustürzen und den Fahrstuhl aus dem zweiten Untergeschoß kommen zu lassen.

Zizanie, die ihn nicht gesehen hatte, begab sich bedächtig zu dem dafür bestimmten Schuppen und band sorgfältig ihr Fahrrad an einen der Stahlgerüstpfeilfer, die das

Wellblechdach trugen. Sie nahm ihre Handtasche. Als sie am Schacht des Förderapparats angekommen war, der in Erfüllung der geltenden Vorschriften nur die beiden oberen Stockwerke bediente, drückte sie auf den Knopf.

Von unten untersagte Fromental der Maschine jegliche Bewegung, indem er die Tür offen hielt. Daher rührte sich nichts.

»Kein Strom!« dachte Zizanie.

Und sie machte sich daran, die sechsmal zweiundzwanzig Stufen, die zur Abteilung ihres Onkels führten, zu Fuß hinaufzusteigen.

Sie war gerade am vierten Stockwerk vorbei, als der Fahrstuhl sich in Bewegung setzte. Er kam genau in dem Augenblick im sechsten Stock an, als sie den Fuß auf die letzte Stufe setzte. Die schmiedeeiserne Tür aufmachen, sich der Kleinen bemächtigen, sie in die Kabine ziehen und auf den Knopf für die Abwärtsfahrt zu drücken – waren nur ein Kinderspiel für Fromental, dessen Leidenschaft, deutlich sichtbar unter dem leichten Stoff einer Sommerhose, seine Energie verzehnfachte, wenn sie auch die natürliche Ungezwungenheit seiner Bewegungen ein wenig behinderte.

Der Fahrstuhl hielt im Erdgeschoß. Fromental packte Zizanie, die er während der Abwärtsfahrt losgelassen hatte, von neuem und klappte die innere Schiebetür nach links. Die Außentür ging von allein auf, denn der Major war gerade angekommen.

Und der Major packte Zizanie flugs mit der rechten Hand. Mit der linken zog er Fromental aus der Kabine und warf ihn die Treppe hinunter, in Richtung Untergeschoß. Dann betrat er, gefolgt von Zizanie, ruhig den Aufzug, der sie kurz darauf im sechsten Stock absetzte.

Im Verlauf von sechs Stockwerken hatte er genügend Zeit gehabt, gute Arbeit zu leisten. Doch er rutschte darauf aus, als er ausstieg und wäre beinahe mit der Schnauze auf die Steinfliesen des Treppenabsatzes gefallen. Zizanie hielt ihn rechtzeitig zurück.

»Du hast mich ebenfalls gerettet, jetzt sind wir quitt, mein Engel!« sagte der Major und küßte sie zärtlich auf die Lippen.

Sie benutzte einen sehr fetten Lippenstift, der dem Major Schmisse beibrachte. Bevor dieser die kompromittierenden Spuren hatte verschwinden lassen können, tauchte Miqueut, der sich anschickte, nach unten zu gehen, um Toucheboeuf aufzusuchen, plötzlich im Flur auf und stand vor ihnen.

»Ach! Guten Tag, Monsieur Loustalot ... Sieh an, Sie sind ja zur gleichen Zeit angekommen wie meine Nichte ... Darf ich Ihnen Ihre Sekretärin vorstellen ... Han ... Han ... Mach dich an die Arbeit«, fuhr er an Zizanie gewandt fort. »Madame Lougre wird dir die notwendigen Anweisungen geben. Haben Sie Himbeeren gegessen?« plapperte dieser geschwätzige Mann weiter und betrachtete aufmerksam den Mund des Majors. »Ich hätte nicht gedacht, daß man jetzt schon welche findet ...«

»Bei mir gibt es viele«, erklärte der Major.

»Da haben Sie großes Glück ... Han ... Han ... Ich gehe hinunter zu Toucheboeuf. Informieren Sie sich schon mal ein bißchen, bis wir letztendlich ein kleines Gespräch führen können ... um uns einen Überblick zu verschaffen.«

Während dieses Austauschs von Liebenswürdigkeiten war der Fahrstuhl wieder hinuntergefahren. Er kam jetzt mit einem rasenden Fromental zurück, der zusammenzuckte, als er Miqueut sah.

»Guten Tag, mein Lieber«, rief dieser, der ihm ein erstes Mal bei der Delegation begegnet war. »Na? Was gibt's Neues? Sie wollten mich sicherlich abholen kommen, um zu Toucheboeuf zu gehen?«

»Äh ... Ja!« stammelte Fromental, hochbeglückt über diese Ausrede.

»Übrigens, darf ich Ihnen Monsieur Loustalot vorstellen, meinen neuen Stellvertreter«, sagte der Baron. »Monsieur Drehwurm von der Delegation. Monsieur Loustalot hat das Nothon-Projekt aufgestellt, für das wir von der Delegation einige lobende Worte entgegennehmen durften …« fuhr Miqueut fort.

Daß er das Wort ›Delegation‹ zweimal hintereinander aussprechen durfte, füllte ihn ganz aus. Er erstickte fast daran.

Fromental brummte etwas in den Bart, was man für das halten konnte, was man wollte. Die Interpretationen des Majors und Miqueuts waren sehr verschieden.

»Na!« schloß letzterer, »nutzen wir also den Aufzug, mein lieber Drehwurm. Bis nachher Monsieur Loustalot.«

Sie entschwanden den Augen des heiteren Majors.

Als er in den Flur des sechsten Stocks kam, brach der Major in Gelächter aus und zwar auf die dämonische Art, die ihm eigen war, was die Sekretärin Vincents, eines Ingenieurs aus Toucheboeufs Abteilung, beinahe in Ohnmacht fallen ließ, da diese, eine leicht ergraute Hopfenstange, überall unzüchtige Handlungen sah …

Der Major machte es sich bequem in dem geräumigen Büro von Vidal, der irgendwo im sechsten Stock unterwegs war. Er wußte bereits über die Gewohnheiten des Hauses Bescheid und war vor allem darüber informiert, daß der Weggang des Barons in die unteren Stockwerke das Signal für einen allgemeinen Aufbruch seiner Stellvertreter bedeutete.

Er nahm den Hörer ab und rief die 24 an.

»Hallo? Mademoiselle Zizanie, bitte zu Monsieur Loustalot.«

»Jawohl, Monsieur«, antwortete eine weibliche Stimme.

Eine Minute … und Zizanie betrat sein Büro.

»Gehen wir runter und trinken einen Himalaya«, schlug der Major vor.

Nicht weit vom Konsortium entfernt gab es eine Milch-Bar, wo man einen Haufen sehr kalter Dinge fand, die in verschiedenen Säften schwammen, sehr köstlich waren und hochtrabende und aufsteigende Namen trugen.

»Aber … Mein Onkel!« wandte Zizanie ein.

»Der kann uns mal«, antwortete der Major kalt. »Gehen wir.«

Sie gingen jedoch nicht sofort. Als Pigeon und Vidal hereinkamen, drehten sie sich diskret um, damit sich der Major in aller Ruhe die Hose zuknöpfen konnte, und sobald auch Zizanie bereit war, schlossen sie sich ihnen an, denn sie hatten ebenfalls Durst.

»Na?« fragte Vidal, während sie langsam die Stufen hinuntergingen. »Deine ersten Eindrücke?«

»Ausgezeichnet«, sagte der Major und brachte seinen Plunder wieder an seinen Platz.

»Na, umso besser«, lobte Emmanuel, dem Zizanie in der Tat geeignet schien, gute Eindrücke zu hinterlassen.

Sobald sie draußen waren, bogen sie nach links ab (aber nicht so weit wie der Major) und benutzten eine Passage, die durch eine armierte Verglasung, deren innere Gitterkonstruktion aus verschweißten Drähten eine Quadratmasche von seitlich annähernd 12,5 mm darstellte, vor dem Fall der verschiedenen Meteore schützte. Es war der übliche Weg Vidals und Pigeons, die darauf achteten, sowohl zufällige als auch unerwartete und ebenso unangenehme wie eventuelle Begegnungen mit Individuen zu vermeiden, die möglicherweise aus einer Metrostation auftauchen und außerdem zum Personal des Konsortiums gehören könnten, wo sie vielleicht eine Stellung innehätten, die es ihnen zu einem späteren Zeitpunkt erlauben würde, diesen beiden interessanten Persönlichkeiten diverse Scherereien zu bereiten. Außerdem hatte das den Vorteil, den Weg in die Länge zu ziehen.

In der Passage wimmelte es nur so von Buchhandlungen, und dieser zusätzliche Vorteil erhöhte noch den Reiz des heimlichen Weges.

In der Milchbar bereitete ihnen eine etwas rothaarige und nicht schlecht gebaute Serviererin vier Schüsseln mit Eis zu. Und hierauf entdeckte Emmanuel André Vautravers. Sie waren Schulfreunde gewesen und hatten sich früher einmal gemeinsam auf den Hauptschulabschluß vorbereitet.

»Wie gehts, alter Junge?« rief Vautravers.

»Und dir?« antwortete Pigeon. »Aber das brauche ich dich gar nicht erst zu fragen; wie ich sehe, gehen die Geschäfte gut.«

Vautravers trug in der Tat einen prachtvollen neuen Anzug und helle Wildlederschuhe.

»Die Delegation bringt wohl allerhand ein«, fuhr Emmanuel fort.

»Ich kann nicht klagen«, gab Vautravers zu. »Und du, was verdienst du?«

Leise nannte Emmanuel ihm eine Zahl.

»Aber Junge«, brüllte Vautravers, »das ist ja lächerlich ... Hör zu, ich habe jetzt soviel Einfluß in der Delegation, daß ich bei Kommissar Requin eine Gehaltserhöhung für dich durchsetzen kann. Er braucht deinem Generaldirektor nur ein Wort zu sagen ... Dann klappt das schon ... Verstehst du, es ist einfach unannehmbar, daß zwischen unseren beiden Gehältern ein solcher Unterschied besteht ...«

»Ich danke dir, alter Junge«, sagte Emmanuel. »Trinken wir einen?«

»Nein, entschuldige bitte, ich treffe mich mit Kumpels, die auf mich warten ... Auf Wiedersehen, alle zusammen.«

»Na ja!« sagte der Major, als Vautravers gegangen war, »wenn ich recht verstehe, eine interessante Bekanntschaft?«

»Ziemlich interessant«, gab Emmanuel zu.

»Wenn Sie nichts dagegen haben«, unterbrauch Vidal, »könnten Sie sich vielleicht ein bißchen beeilen, denn …«

»Es besteht die Gefahr, daß Miqueut wieder heraufkommt«, ergänzte der Major.

»Nein«, sagte Vidal, »das ist es nicht, aber ich möchte sehr gern noch einen kleinen Gang zu meinem Stammbuchhändler machen.«

## *KAPITEL VI*

Seit einem Monat gehörte der Major bereits zu Miqueuts Abteilung, aber seine Herzensangelegenheiten machten keine Fortschritte. Er wagte es nicht, mit dem Onkel über seine Neigung zur Nichte zu sprechen.

Der besagte Onkel dachte an nichts anders als an die erste Sitzung der Hauptkommission für die Surprise-Parties, die stattfinden sollte, um das Nothon-Projekt des Majors zu überprüfen.

Alles war bereit.

Die vorschriftsmäßig durchgesehenen, abgezogenen und gefalzten Matrizen.

Die Illustrationen, die dazu bestimmt waren, wie Miqueut gesagt hätte, »ein korrektes Verstehen der Dispositionen des Projekts zu erlauben«.

Die hundertfünfzig Einberufungsschreiben, die frühzeitig genug verschickt worden waren, damit man hoffen konnte, daß wenigstens neun Personen kämen.

Und schließlich die von Major fieberhaft für den Präsidenten ausgearbeitete Gedächtnisstütze.

Der Präsident, Professor Epaminondas Lavertu, Mitglied des Instituts, war in der ganzen Welt berühmt wegen seiner Arbeiten über den samstagabendlichen Einfluß des Alkohols auf die Zeugungsfunktion der Grubenschlosser.

Die Abteilung von Madame Triquet, der Organisatorin der Sitzungen, die seit langem alarmiert war, quoll über von Verkehrsschildern, die auf den Zugängen zum Saal aufgestellt werden sollten, der von der Pariser Innung der lebensmittelmarkenfreien Marmeladenhersteller zuvorkommenderweise zur Verfügung gestellt worden war.

Eine Stunde vor der Sitzung hüpfte der Major wie eine Ziege in den Fluren und auf den Treppen herum, wobei er alles überprüfte, die Akten zusammenstellte, die Schriftstücke durchlas, um eventuellen Neugierigen antworten zu können und sich versicherte, daß alles stimmte.

Als er in sein Büro zurückkam, blieben ihm kaum noch zehn Minuten. Er wechselte schnell das Hemd, ersetzte seine Brille mit dem hellen Gestell durch einen schwarzen Zwicker aus gestanztem Hartgummi, der seriöser wirkte und ergriff einen Block, um einen detaillierten Bericht über die Sitzung aufzunehmen.

In der Tat verlangte Hauptunteringenieur Léon-Charles Miqueut, daß die Diskussionen vollständig mitstenographiert wurden doch verbot er im Prinzip seinen Stellvertretern, die mit der Niederschrift des Protokolls beauftragt waren, dieses Stenogramm zu benutzen, dessen Übertragung mehrere Tage dauerte und zu umfangreichen Packen Makulatur führte, deren sich niemand je bediente.

Der Major warf einen schnellen Blick zu seinem Chef hinüber und stellte fest, daß er hinuntergegangen war. Er erinnerte sich, daß der Generaldirektor an der Sitzung teilnehmen sollte: bei diesen Anlässen gingen Miqueut und Toucheboeuf lange vor der Zeit bei ihm vorbei, um ihm zu erklären, was er nicht sagen durfte. In der Tat passierte es dem Direktor häufig, daß ihn der Rausch des Tribunen packte und er so vernünftige Gedanken vorbrachte, daß die Kommission schlicht und einfach die vorgelegten Nothon-Projekte verwarf.

Ohne auf Miqueut zu warten, begab sich der Major geradewegs in den Sitzungssaal. Zizanie war ihm schon vorausgegangen. Sie sollte mitstenographieren.

Um den Tisch herum saßen verstreut einige Mitglieder der Kommission. Andere hingen in der Garderobe ihren Hut auf, tauschten tiefsinnige Betrachtungen über aktuelle Themen aus. Es kamen zu diesen Sitzungen immer die gleichen, die sich alle kannten.

Es erschien der Generaldirektor, gefolgt von Miqueut,

der, die Nase in der Luft, den guten Sitzungsgeruch schnupperte. Im Vorübergehen wurde dem Major die Ehre eines Händedrucks zuteil und Schlag auf Schlag wurde er dem Präsidenten Lavertu und einigen unbedeutenderen Persönlichkeiten vorgestellt.

Vierundzwanzig von hundertneunundvierzig geladenen Personen waren da, so daß der Generaldirektor, entzückt über diesen noch nie dagewesenen Erfolg, sich die Hände rieb.

Dann trat der Hauptdelegierte Requin auf, begleitet von Drehwurm, beide ausgerüstet mit würdigen Lederaktenmappen. Hauptunteringenieur Miqueut, der sich in Bücklingen erging, ließ den zweiten allein sich durchwursteln und führte den ersten zur Tribüne.

In der Mitte der Präsident. Zu seiner Rechten der Delegierte, dann der Generaldirektor. Zu seiner Linken Miqueut, dann der Major.

Irgendwo im Saal Drehwurm, dem es nicht gelungen war, an Zizanie heranzukommen.

Eine Stenotypistin ließ jeden seine Unterschrift in eine Anwesenheitsliste setzen. Das verworrene Tohuwabohu verrückter Stühle und undeutlichen Gemurmels wurde schwächer, beruhigte sich dann und der Präsident, die vom Major vorbereitete Gedächtnisliste zu Rate ziehend, eröffnete die Sitzung.

»Meine Herren, wir haben uns heute hier versammelt, um im Hinblick auf seine eventuelle Überweisung an die öffentliche Beratung ein Nothon-Vorprojekt über Surprise-Parties zu überprüfen, von dem Sie, wie ich glaube, alle ein Exemplar erhalten haben. Dieses Schriftstück erschien mir sehr interessant, und so möchte ich Monsieur Miqueut, der das sehr viel besser kann als ich, bitten, Ihnen das eingeleitete Verfahren und … äh … die Ziele dieser Sitzung darzulegen …«

Miqueut spuckte Schleim, um sich zu räuspern.

»Nun … Meine Herren, nicht wahr, es ist das erste Mal, daß die Kommission für die Surprise-Parties, bei der Sie alle wohlwollenderweise mit von der Partie sind …«

»Ohne Wortspiele«, unterbrach ihn mit einem breiten Lachen der Generaldirektor.

Die Kommission würdigte diskret diesen humoristischen Zug und Miqueut fuhr fort:

»Ich möchte Sie also noch einmal daran erinnern … äh … daß diese Kommission auf Verlangen zahlreicher Konsumenten und in Übereinstimmung mit dem Herrn Generaldelegierten der Regierung, Requin, der diese erste Sitzung freundlicherweise mit seiner Anwesenheit beehrte, konstituiert worden ist … und zunächst werden wir Ihnen die Liste der Mitglieder der Kommission vorlesen.«

Er gab dem Major ein Zeichen, der in einem Rutsch und auswendig die ganze Liste mit den hundertneunundvierzig Mitgliedern aufsagte.

Diese Leistung machte großen Eindruck, und die Atmosphäre erstrahlte in besonderem Glanz.

»Hat die Kommission zu dieser Liste irgendwelche eventuellen Anregungen oder irgendwelche Änderungen vorzuschlagen?« fuhr Miqueut sogleich in seinem reinsten Französisch fort.

Niemand antwortete und er sprach weiter.

»Nun, meine Herren, ich werde, bevor wir uns das Schriftstück SP Nr. 1 näher ansehen, nicht wahr … äh, für, letztendlich, ganz besonders den Personenkreis, der mit unseren Arbeitsmethoden nicht vertraut ist, das vom Konsortium bei der Ausarbeitung eines neuen Nothons eingeschlagene Verfahren …«

In großen Zügen und in einem sehr persönlichen Stil zeichnete Miqueut den Gang der Operationen nach. Fünf Personen, darunter ein Generalinspekteur, der sich, niemand weiß wie, in den Saal eingeschlichen hatte, schliefen rücksichtslos ein.

Als er schweig, ertönte die vollständigste Stille.

»Nun, meine Herren«, fuhr Miqueut fort, der seine Einleitungen wenig variierte, »wenn Sie einverstanden sind, machen wir uns jetzt Punkt für Punkt an die Überprüfung des Schriftstücks … äh … das Gegenstand dieser Sitzung ist.«

Bei diesem Stand der Dinge stand Drehwurm diskret auf und flüsterte dem Generaldelegierten etwas ins Ohr, der mit einem Kopfnicken zustimmte.

»Ich schlage vor«, sagte der Delegierte, »daß der Referent dieser wichtigen Untersuchung sie uns selber vorliest. Wer ist das, Monsieur Miqueut?«

Verwirrt antwortete Miqueut nur mit einem undeutlichen Brummen.

»Ich möchte Sie daran erinnern«, sagte der Generaldirektor, glücklich, eine Rede schwingen zu können, die er bestens kannte, »daß nach dem Wortlaut der vorläufigen Dienstvorschrift vom fünften November neunzehnhundertsoundsoviel die Ausarbeitung der Nothon-Vorprojekte entweder den in jedem Profi-Komitee konstituierten Unifikations-Büros oder dem von den technischen Kommissionen der C. N. U. designierten Referenten obliegt und deren Bildung und Zusammensetzung der Zustimmung des betroffenen Staatssekretärs bedürfen.«

Die Anwesenden, die jetzt alle halb vor sich hindösten, folgten der Diskussion nicht mehr.

»Ich erlaube mir meinerseits daran zu erinnern«, sagte Fromental, nachdem er mit einer Gebärde um das Wort gebeten hatte, »daß die Mitglieder oder die Ingenieure des Konsortiums unter keinen Umständen an die Stelle der besagten technischen Kommissionen treten dürfen.«

Er warf dem Major einen so giftigen Blick zu, daß das Hartgummigestell seines Zwickers an drei Stellen zersetzt wurde. Nebenbei zerbrach die Mine von Zizanies Bleistift glatt und sauber.

Kalter, übelriechender Schweiß bedeckte die mageren Schläfen Miqueuts. Die Situation war kritisch.

Und der Major stand auf. Er schickte seinen Monokularfeldstecherblick über die Anwesenden und sprach in diesen Worten:

»Meine Herren, ich bin der Major. Ich bin Ingenieur bei der C.N.U. und Autor des Projekts SP Nr. 1.«

Fromental triumphierte.

»Das Projekt SP Nr. 1«, fuhr der Major fort, »stellt eine beachtliche Arbeit dar.«

»Das ist hier nicht die Frage«, unterbrach ihn Requin, aufgebracht durch dieses Geschwätz.

»Nun«, sprach der Major weiter,

»1.) Als ich sie in Angriff nahm, war ich noch nicht Ingenieur bei der C.N.U. Der Bericht über den Besuch, den ich Monsieur Miqueut abgestattet habe und der in der Akte SP abgelegt ist, bezeugt das.

2.) Ich wurde bei der Ausarbeitung dieses Projekts von einem Vertreter der Konsumenten und Produzenten unterstützt, der Surprise-Parties organisierte, um daran teilzunehmen. Die technische Kommission wurde also, wenn auch im verkleinerten Maßstab, ins Leben gerufen.

3.) Ich möchte den Herrn Generaldelegierten der Regierung respektvoll darauf hinweisen, daß das Schriftstück SP Nr. 1 gemäß dem Nothon-Plan erstellt worden ist.«

Das Auge des Delegierten leuchtete auf.

»Sehr interessant!« meinte er. »Sehen wir uns das einmal an.«

Er vertiefte sich in die Lektüre des Schriftstücks. Große Hoffnungsseufzer füllten die Brust Miqueuts und kamen in langsamen Spiralen aus seinem halbgeöffneten Mund.

»Diese Untersuchung«, sagte der Delegierte und hob dabei den Kopf«, scheint mir vollkommen zu sein und in allen Punkten dem Nothon-Plan zu entsprechen.«

Die Mitglieder der Kommission, den Blick in verschwommene Fernen gerichtet, verharrten unter dem Zauber, den die sanfte Stimme des Majors verbreitete, reglos.

Die Atmosphäre verdichtete sich und teilte sich in verbogene und leicht gewellte Lamellen.

»Nun, da kein Einwand erhoben wird«, sagte der Delegierte, »glaube ich, Herr Präsident, daß wir das Projekt ohne Abänderung der Öffentlichen Beratung zuleiten können. Umso mehr, als die Anordnung nach dem Nothon-Plan die Lektüre ganz besonders einfach macht.«

So stark biß sich Fromental in die Unterlippe, daß er wie ein Tapir blutete.

»Herr Delegierter«, schloß Präsident Lavertu, der es eilig hatte, zu seiner kleinen Freundin in einer Jazz-Bar zu kommen, »ich bin völlig Ihrer Meinung, und ich sehe, daß nichts mehr auf der Tagesordnung steht. Meine Herren, ich danke Ihnen für Ihre Aufmerksamkeit. Wir können die Sitzung aufheben.«

Die Worte »die Sitzung aufheben« hatten eine magische Resonanz und unter bestimmten günstigen Wirkungsverhältnissen vermochten sie die Generalinspekteure aufzuwecken.

Der Delegierte blieb in einer Ecke bei Miqueut stehen.

»Dieses Projekt ist ausgezeichnet, Monsieur Miqueut, ich nehme an, Sie hatten Ihre Hand da mit im Spiel? …«

»Mein Gott«, sagte Miqueut und lächelte bescheiden, was nicht so gefährlich war, weil seine Zähne auf diese Weise bedeckt blieben … »es ist von meinem Stellvertreter, Monsieur Loustalot, ausgearbeitet worden … im Grundprinzip …«

Nachdem die Gefahr vorüber war, bekam er wieder Auftrieb.

»Ich weiß Bescheid«, sagte der Delegierte. »Sie sind immer bescheiden, Monsieur Miqueut … es tut mir leid, daß ich vorhin diese Diskussion ausgelöst habe, da sie völlig unbegründet war, aber ich bekomme soviele Schriftstücke, daß ich nie die Zeit habe, sie zu lesen und die Andeutungen Drehwurms – der ein Anfänger und folglich übereifrig und entschuldbar ist – erschienen mir … kurzum, der Zwischenfall ist erledigt. Auf Wiedersehen, Monsieur Miqueut.«

»Auf Wiedersehen, Monsieur, viel Vergnügen, und vielen Dank für Ihre Liebenswürdigkeit …«, sagte Miqueut mit erhobener Nase, wobei er wie einen Pflaumenbaum die Hand des Delegierten schüttelte, der sich entfernte, gefolgt von dem kraftlosen Fromental. »Auf Wiedersehen, Herr Präsident, viel Vergnügen … Auf Wiedersehen, Monsieur … Auf Wiedersehen, Monsieur …«

Der Saal leerte sich langsam. Der Major wartete, bis alle hinausgegangen waren, dann folgte er seinem Chef auf dem Fuß und ging wieder in den sechsten Stock des Konsortiums hinauf.

»Er sah ja doch verdammt schlecht aus«, sagte Zizanie mit einem Hauch Mitleid in der Stimme.

Es war am Nachmittag des gleichen Tages. Der Major und seine Maus hielten sich in der Höhle Miqueuts auf, der gerade zum Kartenspiel hinuntergegangen war. Der Major zitterte vor Erregung. Er hatte die Schlacht gewonnen und gedachte Nutzen daraus zu ziehen. Alles sprach dafür, daß Miqueut wohl oder übel seine Verdienste anzuerkennen wüßte.

»Er hat genau das, was er verdient!« sagte er. »Der wird sich in Zukunft hüten, Streit mit mir anzufangen, dieser Halunke, dieser Belukenschischnuf.«

Diese Hindustanie-Ausdrücke, mit denen er seine Reden durchwirkte, waren für Zizanie eine unversiegbare Quelle des Entzückens.

»Sei nicht so streng, mein Liebling«, sagte sie. »Du solltest dich mit ihm versöhnen. Er hat immerhin ein SP.«

»Ich auch«, sagte der Major, »und ich bin viel reicher als er.«

»Das tut nichts zur Sache«, sagte Zizanie. »Das Ganze bekümmert mich. Im Grunde hat er ein gutes Gemüt.«

»Woher willst du das wissen?« sagte der Major. »Na gut! Ich will dir das nicht abschlagen. Ich werde ihn noch heute zum Mittagessen einladen. Bist du jetzt zufrieden?«

»Aber, es ist drei Uhr … Du hast doch schon zu Mittag gegessen …«

»Eben!« folgerte der Major. »Dann werden wir ja sehen, ob er konziliant ist.«

Fromental, der telefonisch befragt wurde, nahm sofort an. Auch er hatte es eilig, den Streit beizulegen.

Der Major verabredete sich mit ihm für halb vier in seiner gewohnten Milchbar. Sie kamen um vier Uhr gleichzeitig an.

»Zwei dreifache Himalayas für hundert Francs!« bestellte der Major an der Kasse und legte die notwendigen Brotmarken und das Geld hin.

Fromental wollte seinen Anteil bezahlen, aber der Major durchbohrte ihn mit dem Blick, der scheppernd auf die Fliesen fiel, wo er ihn mit seinem Seidentaschentuch vorsichtig wieder aufhob.

Sie setzten sich auf die hohen, mit Kunstleder bezogenen Schemel und begannen an ihrem Eis zu schlecken.

»Ich glaube, es wird einfacher sein, wenn wir uns duzen«, sagte der Major geradeheraus. »Was hast du gerade getan?«

Die Frage brüskierte Fromental.

»Das geht dich nichts an!« antwortete er.

»Nun ereifere dich mal nicht«, fuhr der Major fort und drehte ihm mit vollendeter Geschicklichkeit das linke Handgelenk um. »Sag schon.«

Fromental stieß ein schrilles Geheul aus, das er für einen Hustenanfall auszugeben sich bemühte, als er sah, daß er in den Mittelpunkt der allgemeinen Neugierde geriet.

»Ich habe Verse gemacht«, gestand er schließlich.

»Magst du das?« fragte der Major erstaunt.

»Wahnsinnig gern ...« seufzte Fromental und sah dabei mit ekstatischem Ausdruck zur Decke, während sein Adamsapfel wie ein Stehaufmännchen auf und ab ging.

»Magst du das?« sagte der Major und er deklamierte:

*Und die lästigen Winde stammelten die alte Leier*
*Beim geheimnisvollen Sprung des westlichen Toten ...*

»Unwahrscheinlich gut!« sagte Fromental und begann zu weinen.

»Kanntest du sie nicht?« fragte der Major.

»Nein!« sagte Fromental schluchzend.»Ich habe in meinem ganzen Leben nur einen einzigen Band von Verhaeren gelesen.«

»Ist das alles?« fragte der Major.

»Ich habe mich nie gefragt, ob es noch andere gibt ...« gestand Fromental. »Ich bin nicht neugierig und es fehlt mir ein wenig an Initiative, aber ich hasse dich ... Du hast mir meine Liebste weggenommen ...«

»Zeig mir, was du vorhin gemacht hast!« befahl der Major.

Fromental zog schüchtern ein Blatt Papier aus der Tasche.

»Lies!« sagte der Major.

»Ich trau mich nicht! ...«

»Dann lese ich es!« sagte der Major, der mit einer wunderbar klangvollen Stimme zu deklamieren begann:

### DIE PHÄNOMENALEN ABSICHTEN

*Der Mann an seinem Schreibtisch schrieb,*
*Eilig und voll steriler Wut.*
*Er schrieb, die Spinne seiner Feder*
*Spulte den Faden ab der starren Wörter.*

*Als dann die Seite voll war,*
*Drückt, Peng! Er mit dem Finger auf den Knopf.*
*Auf ging die Tür, ein Bole kam herein. Bizarr! ... Eine Mütze?*
*Schnell! Telegraph! Zwanzig Francs.*

*Zwei Beine hoben sich und senkten sich, Füße*
*Wie ein Eichhörnchen. Die Pedalen ...*
*Bremse. Schalter. Formular. Es ist schon weg.*
*Zwanzig Francs verdient. Kam schlendernd nun zurück.*

*Und Kilometer an Leitung, Kilometer,*
*Bergauf bergab wie die Füße*
*Entlang der Züge, doch horizontal.*
*Nicht wie die Züge.*

*Kilometer an Telegraphenleitungen*
*Und darin Wörter, die an den Ecken,*
*Wo der Mast verstärkt ist, sich verklemmten,*
*Er muß eben halten.*

*Dreihunderttausend Kilometer ...*
*Aber in einer Sekunde? Was für ein Witz!*
*Ja, gäbe es nicht alle diese Spulen,*
*Alle diese Spulen, diese verfluchten Wortfallen.*

*In seinem Büro las erleichtert,*
*Im Munde eine Zigarre haltend,*
*Der Mann den »Illustrierten Sonntag«.*

*Kilometer, Kilometer an Telegrafenleitungen,*
*Und Drosseln, in denen die Wörter, verloren,*
*Sich krümmten wie Verdammte*
*In einer Hölle oder Mäuse*
*In einem alten Krug aus blau emailliertem Eisen ...*

*In seinem Büro raucht er die Zigarre auf,*
*Erleichtert, denn in einigen Stunden*
*Hätte er Nachrichten von Dudule.*

»Nicht schlecht«, sagte der Major nach einer Stille, aber man spürt die Nachwirkungen und den Einfluß deiner Lektüren. Oder besser deiner Lektüre ... Ein einziger Band Verhaeren ...«

Sie wußten beide nichts von dem Treiben der Serviermädchen der Milchbar, die sich zusammen hinter der Theke aufgestellt hatten, um besser zu hören.

»Machst du auch Verse?« fragte Fromental. »Wenn du wüßtest, wie ich dich hasse!«

Er rieb sich nervös die Schienbeine.
»Warte!« sagte der Major. »Hör dir das an …«
Er deklamierte von neuem:

*An den Füßen grüne Schuh', das Beret auf dem Kopf,*
*In seiner linken Tasch' ein kleines Fläschchen Fusel,*
*Es lebte Harmaniac der Säufer stets im Dusel,*
*Er trank und hurte nur und ging mal auf den Topf.*

*Er war geboren dort nahe an Frankreichs Küsten,*
*Wo selbst die Sonne noch nach Knoblauch furchtbar stinkt.*
*Und weil er Dichter war und sonst auch ungeschminkt,*
*Hielt nichts von Arbeit er, doch viel von prallen Brüsten.*

*Von fünf geschickten Mädchen wurde er gut versorgt*
*Dieweil sein wacher Geist an hehren Ufern schwebte,*
*Schrieb seine Verse er, die er an Wände klebte,*
*Wo Weinbeseelte lagen, die sich ihr Glück geborgt.*

*Und seine Schläuche die, gefüllt mit starkem Schnaps*
*Nachts sich entspannten dann in mächtig hohen Sätzen.*
*Gleich einem Hengst in Brunst, den wir auf Stuten hetzen,*
*Schob seine Nummern er, gab dann dem Gör 'nen Klaps.*

II

*Die grüne Krankheit kommt mit eiternden Geschwüren,*
*Die fahle Syphilis, das Auge schwarz umringt,*
*Als er im Bette liegend die Bumserei besingt,*
*Mit supergeilen Bienen, die leibend ihn verführen.*

*Der Schmerz der Krankheit ist viel schlimmer als gedacht,*
*Weil sie den Manne trifft bei glühendheißen Spielen**

* Professor Marcadet-Balagny, Etudes cliniques.

*Harmaniac todkrank, hing bläßlich in den Sielen,*
*Von Geistern bitterbös total zur Sau gemacht.*

*Die Tabes nahm Besitz von seinen müden Gliedern,*
*Er trieb dahin, verfault, dann kam die Analyse,*
*Sie nützte nichts, was lieb, war nur die Paralyse …*
*Doch Hoffnung gab es noch für ihn bei Seifensiedern.*

*Er konnte Heilung finden. Und Ärzte Tag für Tag,*
*Sie gaben Spritzen ihm, durchwalkten ihn mit Salben.*
*Machten Arzneien ihm vom Kote junger Schwalben,*
*Daß sein vergiftet Blut regenieren mag.*

III

*Indes die Verse, die in seinem Hirn verkrochen,*
*Sie kamen nicht heraus, weil es an Stimme fehlt*
*Dem Dichter, der gelähmt und halb auch schon entseelt,*
*Sie waren aber stark und völlig ungebrochen.*

*Alexandriner sinds mit zwölf und dreizehn Ringen*
*Achtsilber auch, die wild sich winden hin und her.*
*Die ungeraden Verse, schmal, spitz und etwas leer,*
*Sie waren ständig da, der Haufe ließ sich zwingen.*

*Vom Zentrum des Gehirns zum Rande seines Schädels*
*War nur ein Chaos noch, das ekelhaft und sterblich,*
*Der Verse rotes Aug' schoß Flammen, die verderblich*
*Und nicht zu löschen sind mit Hilfe eines Wedels.*

IV

*Harmaniac hielt stand. Kein Prosaschreiber hätte*
*Sich so zur Wehr gesetzt dem unheilvollen Sturm,*
*Der Dichter nämlich ist gemacht vom Himmelswurm,*
*Daß er auch hirnlos lebt. Die Ärzte mit Pinzette*

*Sie wühlten nach wie vor in seiner Wunden Eiter,*
*Jedoch die Verse all gaben nicht Rast noch Ruh,*
*Sie wuchsen fort und fort, vermehrten sich im Nu.*
*So platzte Harmaniac, es war mitnichten heiter.*

*Er wurde plötzlich steif, lag dann für immer still,*
*Das Volk, es wich zurück, entblößt dabei das Haupt,*
*Es war der Trauer voll, hätt' so was nie geglaubt.*
*Ein Mann trat näher her, es war schon bald April,*

*Sanft legte er seine Hand dem Toten auf die Brust,*
*Es pochet immer noch, sagt er, nimmt fort das Tuch,*
*Darauf erschien der Vers, es war fast wie ein Fluch,*
*War es nicht gar ein Wurm, nagt ihm am Herz mit Lust …*

Die Stimme des Majors war zunehmend leiser geworden, um das Entsetzen des letzten Verses hervorzuheben. Fromental wälzte sich schluchzend am Boden. Die Serviermädchen waren eine um die andere wie die Fliegen in Ohnmacht gefallen, aber zum Glück gab es um diese Stunde des Nachmittags nur sehr wenige Gäste, und zwei Krankenwagen, die vom Major alarmiert worden waren, genügten, um die gesamten Opfer wegzuschaffen.

»Du solltest nicht!« wimmerte Fromental bäuchlings in den Sägespänen und hielt sich den Kopf mit beiden Händen.

Er sabberte wie eine Schnecke.

Der Major, der ebenfalls ein wenig gerührt war, hob seinen Rivalen wieder auf.

»Haßt du mich immer noch?« fragte er ihn sanft.

»Du bist mein Meister!« sagte Fromental und hob seine beiden in Form eines Kelchs umgedrehten Hände hoch übers einen Kopf, wobei er sich vor ihm niederwarf, was bei den Hindus ein sicheres Zeichen der Verehrung ist.

»Bist du in Indien gewesen?« fragte der Major beim Anblick dieser seltsamen Operation.

»Ja«, antwortete Fromental … »Als ich ganz jung war.«

Der Major spürte, wie sein Herz von Liebe erfüllt wurde zu diesem fernen Reisenden, der soviele Neigungen mit ihm gemeinsam hatte.

»Ich mag auch deine Verse«, sagte er zu ihm. Laß uns Brüder sein statt Rivalen.«

Er hatte das im *Almanach Vermot* gefunden.

Fromental stand auf, und die beiden Männer küßten sich zum Zeichen der Zuneigung auf die Stirn.

Dann verließen sie die Milchbar, wobei sie sorgfältig die Tür abschlossen, denn es blieb keine lebende Person mehr im Schankraum. Der Major händigte im Vorübergehen den Schlüssel der Verkäuferin aus, die draußen stand (und dort die Sandwichs an den Mann brachte), von Geburt an taubstumm war und folglich nicht gelitten hatte.

## KAPITEL VIII

Gegen Ende des Abends kroch der Major langsam in Richtung auf Miqueuts Tür.

Gemäß seinen Anweisungen hatten Vidal und Emmanuel die Telefonleitungen durchgeschnitten und ihm so eine ziemlich lange Zeit der Ruhe gesichert. Daher hatte sich Miqueut seit einer halben Stunde nicht mehr gerührt.

Der Major erreichte die Tür, richtete sich auf, klopfte an und trat in Nullkommanichts ein.

»Ich hätte Sie um was zu bitten, Monsieur«, sagte er.

»Kommen Sie nur herein, Monsieur Loustalot. Das Telefon läßt mich gerade ein wenig in Ruhe.«

»Es ist wegen dieser Sitzung von heute morgen«, sagte der Major und unterdrückte einen Schluckauf der Freude bei dieser Bemerkung.

»Ach ja! … Eigentlich sollte ich Sie beglückwünschen, diese Sitzung war im Grundprinzip recht gut vorbereitet …«

»Mit einem Wort«, sagte der Major, »ich habe wenigstens Ihren Einsatz gerettet.«

»Monsieur Loustalot, ich möchte Sie daran erinnern, nicht wahr, daß Sie mir im Grundprinzip eine gewisse Ehrerbietung schulden …«

»Ja«, unterbrach ihn der Major, »aber schließlich würden Sie ohne mich in der Tinte sitzen.«

»Das stimmt«, gestand sein Gesprächspartner bezwungen ein.

»Es gibt überhaupt keinen Zweifel«, trumpfte der Major auf.

Miquet antwortete nicht.

»Meine Belohnung!« brüllte der Major.

»Was wollen Sie damit sagen? Eine Gehaltserhöhung?

Die bekommen Sie natürlich, mein lieber Loustalot, nach Ihrer dreimonatigen Probezeit … Ich werde zusehen, daß Sie, nicht wahr, im Rahmen der beschränkten Mittel des Konsortiums zufriedengestellt werden …«

»Das ist es nicht!« sagte der Major. »Ich will die Hand Ihrer Nichte.«

»? … ? … ? …«

»Ja, ich liebe sie, sie liebt mich, sie begehrt mich, ich begehre sie, wir werden heiraten.«

»Sie werden heiraten?« sagte Miqueut. »Sie werden heiraten …«, fügte er laut hinzu, verblüfft. »Aber was habe ich denn damit zu tun?«

»Sie sind ihr Vormund«, sagte der Major.

»Das stimmt, im Grundprinzip«, pflichtete der andere bei, »aber, nicht wahr, äh … an und für sich habe ich den Eindruck, daß, daß Sie etwas überstürzt handeln … Das wird sich mit Ihrer Arbeit nicht so einfach vereinbaren lassen. Es wird Sie … mindestens vierundzwanzig Stunden Abwesenheit kosten … und bei der Masse an Dingen, die wir im Augenblick zu erledigen haben … Sie müßten zusehen, daß alles an einem Morgen … oder an einem Nachmittag … erledigt wird … Ein Samstagnachmittag wäre natürlich wunderbar, nicht wahr, denn an und für sich wären Sie auf diese Weise letztendlich nicht gezwungen, Ihre Arbeit zu unterbrechen …«

»Selbstverständlich«, stimmte der Major zu, der nicht die Absicht hatte, nach seiner Heirat noch einmal einen Fuß in die C.N.U. zu setzen.

»Aber im Grundprinzip, nicht wahr, würde meine Nichte doch als Sekretärin hier bleiben?« sagte Miqueut mit einem gewinnenden Lächeln. »Oder aber, ich sehe da noch eine andere Lösung … sie würde zu Hause bleiben, und um sich zu zerstreuen – selbstverständlich ohne Bezahlung, da sie ja dann nicht mehr zum Konsortium gehört – könnte sie Ihre Schriftstücke tippen, ohne daß sie im Grundprinzip … ihre Wohnung verläßt … Hin … Hin … und sie hätte damit ihre Beschäftigung …«

»Das wäre sehr wirtschaftlich«, sagte der Major.

»Also gut, hören Sie zu, völlig einverstanden … Das geht in Ordnung … Sie haben freie Hand.«

»Danke, Monsieur«, sagte Loustalot und verließ den Raum.

»Dann bis morgen, mein braver Loustalot«, schloß Miqueut und hielt ihm eine etwas feuchte Hand hin.

## *KAPITEL IX*

Die Verlobung gab der Baron einige Tage später seinen Stellvertretern bekannt. Miqueut sagte Vidal und Pigeon vor den andern Bescheid, denn er sollte ihnen die Einladung Zizanies zu der aus diesem Anlaß arrangierten kleinen Feier übermitteln.

Er bestellte also Vidal in sein Büro und sagte zu ihm:

»Mein lieber Vidal, ich weise Sie darauf hin, daß … äh … wir … die Familie … auf Bitte meiner Nichte … glücklich wäre, wenn sie ab sieben Uhr abends zur Verlobungsfeier kommen würden …«

»Aber Loustalot hatte mir schon gesagt, ich solle um vier Uhr kommen.«

»Ja, im Grundprinzip fängt es schon um vier Uhr an, aber ich persönlich glaube nicht, daß man sich vor sieben Uhr amüsieren wird … Sie wissen ja, daß diese Art Feste … äh … an und für sich, nicht wahr … nicht, wenn ich mal so sagen darf, sehr interessant sind … Kurzum, ich rate Ihnen, nicht zu früh hinzugehen … außerdem könnte Sie das auch bei der Arbeit hindern …«

»Das ist ein Gesichtspunkt, den man sicherlich in Betracht ziehen muß«, sagte Vidal. »Wenn Sie wollen, werde ich um fünf Uhr hingehen und werde dem Konsortium nahelegen, an meinen monatlichen Bezügen eineinviertel Stunden Arbeitszeit abzuziehen.«

»Unter diesen Umständen«, sagte Miqueut, »glaube ich, wäre es natürlich prächtig … Es steht Ihnen übrigens frei, die verlorene Zeit an einem Samstagnachmittag nachzuholen …«

»Aber natürlich«, sagte Vidal, »und selbstverständlich ist es völlig unnötig, mir die Überstunden zu bezahlen … Genau genommen werden wir ja nicht auf die Stunde bezahlt.«

»Sie haben völlig recht. Wir müssen Apostel sein. Haben Sie mir nichts Dringenderes zu zeigen? Ihre Sitzungen? Klappt es?«

»Ja«, sagte Vidal, »es klappt.«

»Na schön, dann danke ich Ihnen.«

Miqueut, allein geblieben, rief über das Haustelefon, das wieder repariert worden war, Pigeon zu sich.

Emmanuel erschien.

»Setzen Sie sich, mein Lieber«, sagte Miqueut. »Also ... äh ... ich habe Ihnen verschiedene Dinge zu sagen. Zunächst möchte ich Sie darauf hinweisen, daß meine Nichte sie bittet, um sieben Uhr nächsten Mittwoch bei ihr zu Hause an ihrer Verlobungsfeier teilzunehmen. Sie können sich ja mit Vidal absprechen, der ebenfalls hingeht.«

»Loustalot hatte was von vier Uhr gesagt ...«, sagte Pigeon.

»Ja, aber, nicht wahr, wir haben bis dahin noch das Nothon-Projekt der metallenen Roudoudou-Bonbondosen zu entwickeln. Werden Sie überhaupt Zeit haben?«

»Ich denke schon«, sagte Emmanuel. »Notfalls kann ich ja früher kommen.«

»Das wäre eine ausgezeichnete Lösung. Übrigens hindert sie im Grundprinzip ja nichts daran, wenn Sie viel Arbeit haben, jeden Tag früher zu kommen ... Nicht wahr, wir haben so etwas wie ein Apostolat auszuüben, und sollte wirklich eines Tages, was ich mir wünsche, letztendlich ein goldenes Buch der Wohltäter unseres großen Konsortiums geschrieben werden, so müssen wir daran denken, auch die Biographie all derer darin aufzunehmen, die, nicht wahr, ihre Freuden, wie Sie mir das gerade vorgeschlagen haben, auf dem Altar der Unifikation oder Vereinheitlichung geopfert haben. Das ist übrigens keine bloße Vermutung und wäre durchaus interessant. Ich mache mir übrigens anheischig, demnächst mit dem Delegierten darüber zu sprechen. Auf jeden Fall freut mich Ihr

Vorschlag, Überstunden zu machen, denn er beweist mir, daß Sie Ihre Arbeit sehr ernst und wichtig nehmen. Übrigens, was ich noch sagen wollte, ich habe eine gute Nachricht für Sie. Erinnern Sie sich an das, was ich vor einigen Monaten zu ihnen gesagt habe: ich werde Ihnen in der C.N.U. eine Position verschaffen. Nun, dadurch, daß ich mich immer wieder beim Generaldirektor für Sie verwendet habe, ist es mir gelungen, eine Gehaltserhöhung für Sie durchzusetzen, die ab diesem Monat in Kraft tritt.«

»Vautravers hat gut gearbeitet«, dachte Emmanuel und laut sagte er:

»Ich danke Ihnen, Monsieur.«

»Nicht wahr, im Augenblick«, sagte Miqueut, »bei den augenblicklichen Schwierigkeiten denke ich, daß zweihundert Francs monatlich nicht zu verachten sind ...«

Pigeon, kurz darauf erlöst, begann mit großen Schritten und einer ohnmächtigen Wut im Bauch in den Fluren hin- und herzulaufen. ER trat plötzlich bei Levadoux und Léger ein.

Verblüffung: Levadoux war da. Und von Léger keine Spur.

»Nicht abgeschoben?« fragte Emmanuel.

»Unmöglich. Léger, dieser Kretin, hat gerade angerufen, daß er heute nachmittag nicht kommen kann.

»Und warum nicht?«

»Er trägt gerade einen Jiu-Jitsu-Kampf mit dem Kassierer der Léger-Senior-Werke aus. Dieser Schuft hat sich doch, wie es scheint, zwei Quadratdezimeter Vorkriegsgummi unter den Nagel gerissen, mit dem Victor seine Ameisenkäfige abdichtete.«

»Aus welchem Grund?«

»Um seine Schuhe neu zu besohlen!« sagte Levadoux. »Mit Gummi, wo es doch überall Holz gibt. Einfach unglaublich!«

»Aber warum protestieren Sie denn so?«

»Ja Mensch! An einem Tag, an dem Miqueut um vier Uhr abschiebt, wie es sowohl mein Block als auch mein Spion bezeugen und an dem ich mich mit ... mit meiner kleinen Schwester für viertel vor vier verabredet habe! Wenn Léger wenigstens da wäre, um zu sagen, daß ich gerade aus dem Büro gegangen bin ...«

Pigeon ging schallend lachend hinaus und entfernte sich in den Fluren.

Weit fort von da wälzte sich Léger mit einem alten spitzbärtigen Mann, dem er brutal ins rechte Schulterblatt biß, in den Sägespänen.

Und Levadoux machte Bereitschaftsdienst.

## *KAPITEL X*

Am Verlobungstag tauchten Pigeon und Vidal gegen halb drei nachmittags im Büro auf, schön wie Götter.

Pigeon trug einen hellen Anzug von verführerischer graublauer Nuance und gelbe Schuhe, die oben drauf mit Löchern übersät waren und unten drunter Sohlen hatten. Er hatte ein makellos weißes Hemd an und eine Krawatte mit breiten, schrägen, himmelblauen und perlgrauen Streifen.

Vidal hatte seinen marineblauen Jazzkeller-Anzug angezogen und einen kleinen hohen Kragen angelegt, der ihm ständig den peinlichen Eindruck verschaffte, er habe seinen Kopf versehentlich in eine zu enge Röhre gesteckt.

Die Stenotypistinnen fielen beinahe in Ohnmacht, als sie sie sahen, und Victor mußte dafür Sorge tragen, ihnen den Brustkorb ein wenig zu betätscheln, um eine normale Atmung wiederherzustellen, da sein Vater Feuerwehrhauptmann gewesen war, und das sind kompetente Männer. Nachdem er seine Hilfe gewährt hatte, war er färberdistelrosa, und sein Schnurrbart hielt sich ganz steif.

Vidal und Emmanuel taten eine Stunde lang so, als arbeiteten sie und fanden sich dann im Flur wieder, aufbruchbereit.

Beim Weggehen begegneten sie Vincent, der zufällig seinen aus einem alten Holzkohlensack geschnittenen Sonntagsanzug trug, dessen Jacke er vorübergehend und um sie nicht zu ramponieren durch ein altes Generatorfilter aus Baumwollstoff erster Wahl ersetzt hatte, in das an der Stelle der Ärmel Löcher hineingeschnitten waren. Er schob wie gewöhnlich seinen kleinen Bauch vor sich her. Er hatte kastanienbraunes und sehr schütteres Haar, und in einem lobenswerten Bemühen um Harmonie ließ er die Haut seines Schädels allmählich die gleiche Farbe annehmen. Um während der langen Winterabende eine Beschäftigung zu haben, ließ er auf seinem Gesicht eine Überfülle grüner Krusten erblühen, bei denen Berührung seine schwarzen Fingernägel sich angenehm erregt fühlten.

Vidal und Emmanuel drückten ihm vorsichtig die Hand und verließen schnell das Gebäude.

Zizanie lebte in einer schönen Wohnung, behütet von einer alten, mittellosen Verwandten, sie ihr als Gouvernante diente.

Sie hatte viel Geld und betagte, entfernte Vettern. Alle diese Leute waren ihrer Einladung bereitwillig gefolgt. Auch die Früchte von Miqueuts Zweig waren da, insgesamt eine beachtliche Anzahl jener unbestimmten Individuen, die die Jugend gewöhnlich unter dem Gattungsbegriff »Verwandte« zusammenfaßt.

Die »Verwandtenempfänge« sind vom Gesichtspunkt der Jungen aus von vornherein mißlungen. Der Empfang Zizanies verstieß nicht gegen diese Regel.

Die Mütter, die von dem Grundsatz ausgingen, daß die Jugend »auf so amüsante Weise tanzt«, ließen ihre Töchter nicht aus den Augen und umgaben die Gruppe der Jungen mit einer fast unüberwindlichen Mauer. Einige kühne Paare, persönliche Freunde Zizanies (wahrscheinlich Waisenkinder), wagten es, einige Schritte eines Außenviertelswings anzudeuten. Sie mußten gleich darauf aufhören, denn der Kreis der Verwandtenköpfe zog sich so bedrohlich zusammen, daß sie ihr Heil nur dem energischen Einsatz großer Fußtritte verdankten. Entmutigt zogen sie sich zum Plattenspieler zurück, das kalte Buffet, unerreichbar, wurde von einer dichten Menge »seriöser Leute« belagert, die dunkle Anzüge trugen und gierig die von Zizanie zusammengetragenen Vorräte verschlangen, während sie mit ernsten Blicken die jungen Leute betrachteten, die schlecht genug erzogen waren, um es zu wagen, sich ein Stück

Kuchen anzueignen. Es gelang einem unglücklichen Jazzfan, ein Glas Champagner ausfindig zu machen. Er wurde sogleich dank kluger, geschickter Bewegungen alter Schule zu einer widerlichen alten dick angemalten Schachtel hingelenkt, die ihm das Glas aus den Händen nahm und ihm als Gegenleistung ein klebriges Lächeln zugestand. Kaum kamen die Teller mit den Törtchen ans Tageslicht, wurden sie auch schon von den Vettern im Frack, die äußerst gefährliche Elemente sind, weggeputzt. Nach und nach gingen die »Verwandten« auf, und die Jungen, zusammengepfercht, gedemütigt, drangsaliert, in die Enge getrieben, ins Nichts gedrängt, sahen sich in die entlegensten Winkel verirrt.

Einem Freund des Majors, dem jungen Dumolard, gelang es, sich in einen kleinen Salon, der zufällig leer war, Einlaß zu verschaffen. Unbewußt und entzückt begann er anmutig mit einem kleinen Mädchen im kurzen Rock zu swingen. Zwei andere Paare schafften es, zu ihnen zu stoßen, ohne die Aufmerksamkeit auf sich zu lenken. Sie glaubten alle, sie hätten ihre Ruhe gefunden, doch es dauerte nicht lange, bis sich der beunruhigte Kopf der Mutter einer der Tänzerinnen zeigte. Fünf Sekunden später krachten die Sessel des kleinen Salons unter dem Gewicht der Frauen mit den gierigen Blicken, deren gerührtes Lächeln den Swingwalzer, dessen Akkorde im Salon nebenan nachhalten, zu einem jämmerlichen Boston verkümmern ließen.

Antioche, schwarz gekleidet (er hatte vorausgesehen wie es kommen würde), schob sich von Zeit zu Zeit dem kalten Buffet entgegen – im Dreiviertelprofil, um über sein Alter hinwegzutäuschen – und so gelang es ihm, sich einige Nahrungsstoffe zu besorgen, gerade genug, um nicht auf der Stelle zu sterben. Auch Vidal kam dank seines marineblauen Anzugs zu Rande, doch Emmanuel und die Jazzfans wurden unerbittlich überflutet.

Zizanie, in einer Gruppe alter Schachteln verborgen, die sie mit giftigen Komplimenten durchlöcherten, suchte allmählich das Weite.

Was Miqueut anging, so hatte er sich hinters kalte Buffet verdrückt, neben die Butler, wahrscheinlich um aufzupassen. Seine Kaninchenkinnbacken arbeiteten unaufhörlich. Von Zeit zu Zeit steckte er seine Hand in die Tasche, dann in den Mund und tat so, als ob er hustete, dann fingen die Kinnbacken wieder von neuem zu mahlen an.. Auf diese Weise bediente er sich nicht so oft am Buffet. Es genügte, wenn er seine Tasche jede Stunde füllte. Er interessierte sich nicht sonderlich für die Anwesenden: der Kommissar war nicht da. Und niemand, von dem er ein Nothon-Projekt verlangen konnte.

Und der Major war allein in seiner Ecke.

Dem Major war alles klar.

Der Major litt.

Emmanuel, Vidal und Antioche litten darunter, den Major leiden zu sehen.

Und das Fest ging weiter inmitten von Körben mit Lilien und Brasilhölzern aus Gabun, mit denen der Major die Räume gefüllt hatte.

Und die kleinen Jazzfans und ihre kleinen Gespusis verschwanden nach und nach in den Mauselöchern, denn die seriösen Leute hatten Hunger.

Und die Butler karrten dutzendweise Champagnerkisten herbei, aber der Champagner verflüchtigte sich, bevor er bei Zizanies Freunden ankam, die wie Trockengemüse zusammenschrumpften.

Darauf gab der Major Antioche ein kabbalistisches Zeichen. Antioche sprach leise mit Vidal und mit Pigeon, und die vier Männer verschwanden in Richtung Badezimmer.

Emmanuel blieb draußen, um aufzupassen.

Es war siebzehn Uhr zweiundfünfzig.

Miqueut, so vollgefressen, daß er nicht mehr papp sagen konnte, und pedantischer aussehend als gewöhnlich, wenn das überhaupt möglich ist, bemächtigte sich seines Halstuchs mit den weißen Streifen, seines schwarzen Mantels und seines schwarzen Huts, und zwar um siebzehn Uhr dreiundfünfzig. Er schnappte seine Aktentasche und empfahl sich französisch. Er ging zur C.N.U., wobei er seine Frau einfach zurückließ und weiterhin kleine Stückchen Kuchen kaute.

Um siebzehn Uhr neunundfünfzig betrat Emmanuel, von einer männlichen Stimme gerufen, das Badezimmer. Er kam um achtzehn Uhr fünf wieder heraus und schickte sich an, diskret die Außentüren der Wohnung zu schließen.

Um achtzehn Uhr elf kam der Major höchstpersönlich aus dem Bad zurück und ging einige Sekundenspäter wieder hinein, gefolgt von sechs stämmigen Jazzfans.

Diese kamen ihrerseits um achtzehn Uhr dreizehn wieder heraus und begannen die Anwesenden nach allen Regeln der Kunst zu unterwandern.

Der Major brachte Zizanie in Sicherheit, indem er sie auf dem Klo einsperrte.

Um achtzehn Uhr zweiundzwanzig wurde die Aktion ausgelöst.

Der Aufpasser am Plattenspieler stellte den Apparat ab und versteckte die Platten unter dem Möbelstück.

Und sechs Jazzfans, die ihre Jacken ausgezogen und die Ärmel bis zum Ellenbogen hochgekrempelt hatten jeder mit einem handfesten Küchenstuhl aus massivem Buchenholz bewaffnet, gingen in einer einzigen Linie auf das kalte Büffet zu. Auf Befehl des Majors fielen die sechs Stühle mit einem dumpfen Geräusch auf die erste Reihe der Männer im Frack herab, die in diesen raschen Vorbereitungen nichts anderes hatten sehen wollen als eine lächerliche Zerstreuung der Jugend.

Drei Männer fielen betäubt zu Boden. Ein Spitzbärtiger mit einer Goldkette begann wie eine Ziege zu glucksen und wurde sogleich gefangen genommen. Zwei andere standen wieder auf und stürzten in wilder Flucht auf die Butler zu.

Die zweite Reihe wurde von den besser abgestimmten Hieben der Stühle ganz niedergemäht.

Die Hilfsjazzfans blieben nicht untätig. Sich der alten Schachteln bemächtigend, brachten sie sie in die Küche, drehten sie kopfüber um und puderten ihre bärtigen Falten zum großen Mißfallen der Spinnen mit Pfeffer aus Cayenne ein.

Der vollständige Zusammenbruch der Fräcke und ihre Flucht war nur noch eine Frage von Minuten. Es gab überhaupt keinen Widerstandsversuch. Die Gefangenen wurden, nachdem sie geschert waren, die Treppe hinuntergestoßen, das Gesicht mit schwarzer Schuhwichse verschmiert. Die Weiber flohen Hals über Kopf und suchten einen Eimer mit kaltem Wasser, in den sie sich hineinsetzen konnten.

Die Toten, nicht sehr zahlreich, paßten sehr bequem in die Mülltonne.

Darauf ging der Major Zizanie holen. Mitten auf dem in Unordnung geratenen Schlachtfeld stehend, einen Arm um die Schultern seiner Gefährtin gelegt, hielt er an seine tapferen Truppen eine Ansprache.

»Meine Freunde!« sagte er. »Wir haben einen harten Kampf gekämpft. Wir haben ihn gewonnen. So gehen die zugrunde, die uns auf den Wecker gehen. Aber keine Phrasen. Zur Tat. Wir können nicht hier bleiben, das Durcheinander ist zu groß. Sammelt alle Nahrungsmittel ein und auf gehts zu einer zünftigen Surprise-Party.«

»Kommt mit zu meinem Onkel!« schlug ein hübsches, dunkelhaariges Mädchen vor. »Er ist nicht da. Es sind nur die Dienstboten da.«

»Ist er verreist?« fragte der Major.

»In der Mülltonne!« antwortete das Mädchen. »Und meine Tante kommt erst morgen abend aus Bordeaux zurück.«

»Wunderbar. Auf, meine Herren, ans Werk. Zwei Männer für den Plattenspieler. Einer für die Schallplatten. Zehn für den Champagner. Zwölf Mädchen für die Kuchen. Die übrigen tragen das Eis und die Schnapsflaschen. Ich gebe euch genau fünf Minuten.«

Und fünf Minuten danach verließ der letzte Jazzfan Zizanies Wohnung, unter einem riesigen Stück Eis, das ihm im Halsausschnitt schmolz, fast zusammenbrechend.

Antioche schloß die Tür zweimal ab.

Der Major ging an der Spitze seiner Truppen. An seiner Seite Zizanie. Hinter ihm sein Stab (Hi! Hi!).

»Auf zum Onkel«, brüllte er.

Er warf einen letzten Blick hinter sich, und der Zug stürmte mutig auf den Boulevard.

Bei der Nachhut tröpfelte das Eis ...

*ENDE DES DRITTEN TEILS*

# *VIERTER TEIL*
# *DIE LEIDENSCHAFT FÜR JITTERBUGS*

## *KAPITEL I*

Der Onkel bewohnte in der Avenue Mozart die zweite Etage eines luxuriösen Wohnhauses aus Kalkstein. Die Wohnung war geschmackvoll mit exotischem Nippes möbliert, der von einer fernen Expedition ins Herz der mongolischen Savanne stammte. Merowingische Teppiche mit hoher Wolle, die (wie die Katzen) Mitte August geschert wurden, dämpften die Reaktionen des Fußbodens aus getriebenem Eichenholz. Alles trug dazu bei, aus dem Ganzen ein gemütliches und komfortables Home zu machen.

Als die Concierge den Verband des Majors kommen sah, verschanzte sie sich in ihrer Loge. Die Nichte, Odilonne Duveau, da man sie bei ihrem Namen nennen muß, betrat kühn dieses Widerstandsnest und nahm die Verhandlungen mit der Besetzerin auf. Eine Banknote von fünf Möpsen, im passenden Augenblick zugeschoben, schliff die rauhen Kanten der Unterredung ab, die mit einem imponierenden Defilé auf der mit einem dicken Teppich belegten Steintreppe endete.

Die Karawane machte vor der Tür von Odilonnes Oheim halt, und die Nichte führte in das Schloß, das sich ganz dazu anbot, den phalloiden Stiel eines bronzenen Aluminiumschlüssels. Durch das mal alternative, mal kombinierte Wirken antagonistischer federnder und treibender Kräfte, begann der Riegel in der gewünschten Richtung die große Arie aus Aida zu spielen. Die Tür ging auf. Der Zug setzte sich erneut in Bewegung, und der letzte Jazzfan, der in Anbetracht der Eisschmelze nichts mehr trug, schloß sorgfältig den Türflügel und sperrte zweimal ab.

Antioche gab einige schnelle Anweisungen, und der Einfluß seines Organisationsgenies führte innerhalb von etwa sechs Minuten zur Aufstellung der gesamten Geräte.

Darüber hinaus fand man unter den Vorräten des Onkels ganze Kisten mit Cognac, deren Entdeckung den Major in grenzenloses Entzücken versetzten. Die zweiundsiebzig Flaschen kamen zu dem übrigen Proviant, den man von Zizanie mitgebracht hatte.

Die anonyme Menge der Jazzfans machte sich eifrig in den Salons zu schaffen, rollte die Teppiche auf, verrückte die Möbel, leerte die Zigarettenschachteln in die geeignetsten Taschen, bereitete den Tanz vor.

Der Major versammelte seine Braut, Antioche, Vidal und Pigeon zu einem dringenden Kriegsrat.

»Der erste Teil unserer Aufgabe ist erledigt. Es bleibt uns nur noch, dieser Veranstaltung den großartigen Glanz zu verleihen, den sie unbedingt haben muß. Was schlagt ihr vor?«

»Wir sollten Levadoux anrufen, daß er herkommt ...«, schlug Emmanuel vor.

»Versuchen wir es!« sagte Vidal.

»Das ist nebensächlich«, schnitt ihm der Major das Wort ab. »Du, Vidal, rufst besser im Hot-Club an, wegen eines Orchesters. Das macht mehr Krach als ein Plattenspieler ...«

»Nicht nötig!« sagte Vidal. »Es drängt sich Claude Abadie auf.«

Er bemächtigte sich des Apparats und wählte die bekannte Nummer: Molyneux, draisigachtnuldry.

Unterdessen setzte der Major seine Konferenz fort.

»Damit alles klappt, brauchen wir zwei Dinge:

1.) wir müssen ihnen was zu essen geben, damit sie nicht krank werden, wenn sie getrunken haben;

2.) wir müssen ihnen zu trinken geben, damit sie lustig werden.«

»Ich werde mich drum kümmern, daß sie was zu essen bekommen«, sagte Zizanie.

»Ein paar Mädchen, die guten Willens sind«, rief sie

und entfernte sich in Richtung Küche, wohin ihr bald die gewünschte Anzahl von Hilfen folgte.

»Abadie kommt«, verkündete Vidal. »Gruyer geht bei mir vorbei und bringt mir meine Trompete.«

»Gut«, sagte der Major.»Rufen wir Levadoux an.«

»Etwas spät«, bemerkte Vidal.

Es schlug achtzehn Uhr vierzig auf der vorsintflutlichen Kuckucksuhr.

»Man kann nie wissen«, sagte Emmanuel. »Versuchen wir es.«

Zum Glück war die Telefonistin des Konsortiums, die von Miqueut aufgehalten worden war, noch da.

»Monsieur Levadoux ist weggegangen«, sagte sie. »Geben Sie mir Ihre Telefonnummer … Falls er heute nacht wieder her kommen sollte, könnte er Sie zurückrufen.«

Sie lachte selber über diesen köstlichen Witz.

Emmanuel gab ihr seine Telefonnummer, und sie schrieb sie neben seinen Namen auf ein Stück Papier.

»Falls ich ihn beim Weggehen treffe, werde ich ihm sagen, daß er Sie anrufen soll«, versprach sie.

»Soll ich Ich Ihnen Monsieur Miqueut geben?«

Es bestand keinerlei Aussicht, daß Levadoux an diesem Abend in sein Büro zurückkommen würde, doch die Telefonistin begegnete ihm im Treppenhaus, als er hinaufging, um seine Handschuhe zu holen, die er bei seinem Weggang zum Unterricht für den Hauptschulabschluß auf seinem Schreibtisch vergessen hatte.

Sie setzte ihn von dem Anruf in Kenntnis, und Levadoux klingelte eine halbe Stunde später beim Onkel Odilonnes.

Die Anweisungen des Majors, die genau eingehalten wurden, brachten bereits gute Ergebnisse. Gespusis liefen umher, beladen mit schweren Tabletts, die die Basis der pyramidalen (oder pyramygdalen, wie die Oto-Rhino-Laryngolisten sagen) Stapel mit Schinkenbroten bildeten.

Andere stellten Teller mit Sahnetorten auf die Möbel, und der Major komponierte hinter einem makellos reinen Tischtuch einen Monkey's Gland mit rotem Pfeffer, sein Lieblingsgetränk.

An einem Nagel an der Decke der Speisekammer hing, vom Fleisch gelöst, der Knochen eines Schinkens. Fünf Männer (wie eindeutig zu sehen war) tanzten um ihn herum einen wilden Tanz. Die dumpfen Faustschläge der Köchin Berthe Planche, die man in einen Wandschrank eingesperrt hatte, schlugen den Takt zu diesem wilden Reigen. Da sie das aus dem Takt brachte, befreiten sie sie und vergewaltigten sie alle fünf, immer zwei und zwei. Dann setzten sie sie wieder in den Wandschrank, aber diesmal auf das untere Brett.

Und an der Eingangstür ertönte das große Durcheinander von Abadies Orchester, bei deren Lärm Zizanie hinstürzte.

## *KAPITEL II*

»Wo ist D'Haudyt?« fragte Vidal, nachdem die Tür auf war.

»Er ist gerade mit seinem Schlagzeug ein bißchen die Treppe runtergefallen!« antwortete Abadie, der immer über die kleinste falsche Note Bescheid wußte.

»Warten wir auf ihn.«

Und das vollständig versammelte Orchester hielt seinen Einzug, beklatscht von der ungeheueren Menge seiner Bewunderer.

»Wir können nicht im Salon spielen, wenn das Klavier in der Bibliothek steht«, bemerkte Abadie schlau, der seine Zeit am Polytechnikum nicht unnütz verplempert hatte. »Los, Jungens, schafft das Klavier rüber«, befahl er den vier untätigen Jazzfans, die in einer Ecke Maulpfeifen feilboten.

Darauf brennend, sich nützlich zu machen, stürzten sie sich auf das Klavier, einen Pleyel-Flügel, der einschließlich des Pianisten siebenhundert Kilo wog.

Die Tür erwies sich als zu eng, und das Klavier sträubte sich.

»Umkehren!« befahl Antioche, der gute Kenntnisse in Ballistik hatte. »Es wird scheibenweise durchgeschafft.«

Im Verlaufe der Operation verlor das Klavier nur den Deckel, zwei Füße und siebzehn kleine Stücke der Intarsien, von denen man acht am Ende des Transports wieder unterbringen konnte.

Es gelangte an seinen Bestimmungsort, als Abadie sich ihm von neuem näherte.

»Eigentlich«, sagte er, »glaube ich, daß wir zum Spielen besser in der Bibliothek wären. Die Akustik, wie wir in Carva sagen, ist adäquater.«

Da das Instrument noch auf der Seite lag, war die Fortsetzung der Arbeit sehr einfach. Man ersetzte die abgebrochenen Füße durch Stapel dicker Bücher aus der Sammlung des Onkels. Das Ganze hielt bestens stand.

»Jungens, ich glaube, daß wir jetzt spielen können«, sagte Claude. »Stimmt die Instrumente.«

»Kommt und trinkt erst mal einen Schluck, bevor ihr spielt!« schlug der Major vor.

»Das wird nicht abgeschlagen!« stimmte der Chef zu.

Während seine Kollegen tranken, nahm Gruyer mit geilen Augen hinter seiner Brille und zerzauster Mähne wieder Kontakt mit einer Medizinstudentin auf, die er mehr oder weniger kannte. Seine Nase bebte, und sein Hosenlatz wurde verführerisch

Die Stimmte seines Chefs hielt ihn auf dem seifenglitschigen Abhang des Lasters auf, und der Lärm nahm Gestalt an.

Innerhalb von zehn Minuten hatte der Major in ausgedörrte Schlünde etwa hundert Liter brennender Getränke gegossen.

Peter Gna, der bekannte Romantiker, gehörte zu den ersten, die diese unversiegbare Quelle nutzten. Nach vier bis zum Rand mit Cognac gefüllten Orangeade-Gläsern fing er an, sich in Form zu fühlen. Mit geblähten Nüstern machte er einige Runden im Saal, dann verschwand er hinter dem Vorhang eines Fensters und ließ sich bequem auf dem Balkon nieder.

Abadie spielte seinen großen Erfolg: *On est sur les roses*. Die Freude der Jazzfans erreichte ihren Höhepunkt. Ihre Beine verdrehten sich wie gabelförmige Okarinas, während die Holzsohlen kraftvoll diesen quadritemporellen Rhythmus skandierten der die eigentliche Seele der Negermusik ist, wie André Coeuroy sagen würde, der sich in der Musik ungefähr so auskennt wie der Zöllner Rousseau in der Geschichte. Das heimtückische Gejohle der Posaune gab den Tollereien der Tänzer einen quasi sexuellen Charakter und schien dem Schlund eines schlüpfrigen Stiers zu entspringen. Die Schamberge rieben sich kräftig, sicherlich, um diese haarigen Auswüchse abzuwetzen die beim Kratzen stören und in denen sich Nahrungsteilchen verkrümeln können, was schmutzig ist. Voller Anmut stand Abadie an der Spitze seiner Männer und stieß alle elf Takte ein aggressives Pfeifen aus, das die Synkope bildete. Da sich die Atmosphäre ganz besonders für die Entfesselung des Rhythmus eignete, gaben die Musiker ihr Bestes und brachten es zuwege, ungefähr wie Neger des siebenunddreißigsten Grades zu spielen. Ein Thema folgte dem andern und keines glich dem andern.

Es klingelte an der Tür. Es war ein Gendarm. Er beklagte sich, daß er einen zweiundvierzig und einige Kommas schweren Übertopf aus Bronze auf den Kopf bekommen hatte. Nachdem man Nachforschungen betrieben hatte, stellte er sich als eine Sendung Peter Gnas heraus, der allmählich auf seinem Balkon wach wurde.

»Es ist zum Kotzen!« wetterte der Gendarm. »Ein Übertopf aus der Ming-Zeit! So ein Vandale!«

Sein Schädelbruch störte ihn ein wenig beim Tanzen, daher blieb er nicht lange. Man bot ihm Cognac an, den er zufrieden trank, dann wischte er sich den Schnurrbart ab und fiel steif und mausetot ins Treppenhaus.

Abadie spielte jetzt *Les Bigoudis* von Guère Souigne, ein weiterer alter Erfolg. Als der Major das sah, goß er sich zwei Gläser Cognac ein.

»Auf sein Wohl, Major!« sagte er liebenswürdig und stieß die beiden Gläser aneinander, trank aus Höflichkeit das zweite zuerst und dann da erste. Worauf er sich in der Absicht, den guten Fortgang der Operationen zu kontrollieren, in die Flure entfernte …

Auf dem großen Tisch im Eßzimmer erblickte er einen haarigen Hintern, den zwei knotige Beine verlängerten und der sich auf zwei feineren, haarlosen und mit einem bräunlichen Überzug bedeckten (Perte de Créole, von Rambaud Binet) Beinen bewegte. Da es ziemlich dunkel war, verstand er nicht.

»Bleiben Sie bedeckt!« sagte er jedoch liebenswürdig, denn er sah, daß das junge Mädchen Anstalten machte, sich freizumachen.

Diskret kehrte er in den Flur zurück.

Sein geübtes Ohr bemerkte seit einigen Augenblicken eine beachtliche Verringerung der Lautstärke der Musik. Nur der Weggang Gruyers konnte eine solche Wirkung haben. Ausgestattet mit einer Vorsicht experimentellen Ursprungs, stieß er vorsichtig die Tür des nächsten Raums auf.

Er bemerkte im Halbdunkel der vorgezogenen Vorhänge einen Schatten mit gelockter Mähne und spiegelnder Brille, den er auf der Stelle identifizierte. Ein hellerer und anständig molliger Schatten lag auf einem nahen Sofa, von allem Überflüssigen befreit. Ein Fluch, der seit langem wartete, begrüßte das Erscheinen des Majors und verließ den Raum mit ihm, der sorgfältig die Tür wieder schloß.

Der Major setzte seinen Gang ins Blaue fort.

Als er Lhuttaire, dem Vibrrrattto-Klarrinnnettisstten, begegnete, der sich gerade ein Krügelchen hatte schmekken lassen, wies er ihn leise auf den Nutzen eines periodischen Besuchs in der Höhle Gruyers hin, der bestimmt bald schon, wenn die erste Aufregung verflogen sei, in Aktion treten würde. Lhuttaire stimmte sofort zu.

Zum Schluß ging der Major noch das Badezimmer kontrollieren, von dem er aus Erfahrung wußte, daß es bei Surprise-Parties ein ziemlich oft und gern besuchter Ort ist. Er blieb nicht lange dort. Die Gegenwart eines völlig bekleideten Mannes in einer Badewanne mit eisigem Wasser, zusammen mit einem Hund, genügte in der Regel, um ihn zu entmutigen.

Da nun setzte sich das Läutwerk des Telefons in Bewegung, traf die Kette seiner Gehörknöchelchen und setzte den Haufen kleiner Dinger in Vibration, die man in den Ohren hat, und daraufhin hörte er es, als er die Diele überquerte, um wieder an den Ort der Tänze zurückzukehren.

## *KAPITEL III*

»Hallo? Monsieur Loustalot?«

»Guten Abend, Monsieur Miqueut«, sagte der Major, da er das harmonische Organ seines Chefs erkannte.

»Guten Abend, Monsieur Loustalot. Geht es Ihnen gut? Könnten Sie mir, nicht wahr … Monsieur Pigeon geben?«

»Ich will mal sehen, ob er da ist!« sagte der Major.

Pigeon stand schon hinter ihm.

Und er machte dem Major Zeichen heftiger Verneinung.

Der Major wartete eine Minute, dann:

»Ich finde ihn nicht, Monsieur«, sagte er. »Sie haben sicherlich große Mühe gehabt, unsere Nummer herauszufinden …«, fuhr er fort, wobei ihm plötzlich die Anomalie klar wurde, die darin bestand, daß … usw. …

»Aber … äh … letztendlich, nicht wahr … habe ich Ihre Telefonnummer in der Telefonzentrale gefunden, wo Madame Legeai sie auf ein Stück Papier geschrieben hatte. Das ist sehr dumm … Ich hätte Pigeon gebraucht, um mit ihm eine dringende Angelegenheit zu besprechen.«

»Ist es nicht etwas spät?« sagte der Major.

»Äh … natürlich, gewiß, aber im Grundprinzip … da er schon mal da ist, nicht wahr. Na schön, ich rufe Sie in einer halben Stunde noch einmal an. Bis nachher, mein braver Loustalot.«

Der Major legte auf. Pigeon war niedergeschmettert.

»Sie hätten sagen sollen, daß ich nicht da bin, alter Junge …«

»Das ist ohne Bedeutung«, sagte der Major. »Ich werde das Telefon nämlich vernageln.«

Er packte den Apparat und warf ihn energisch auf den Fußboden. Mit der Fußspitze stieß Pigeon die fünf Teile unter ein Möbelstück.

Es klingelte erneut.

»Herrzeusnochmal!« rief der Major. »Wir haben es nicht gut vernagelt.«

»Sie irren sich«, sagte Pigeon. »Das ist die Eingangstür.«

Er machte auf. Der Mieter von untendrunter, bis zum Gürtel in einem verzierten Kronleuchter aus Neusilber steckend, beklagte sich und brachte den Kronleuchter zurück, der manche seiner Bewegungen lähmte, zusammen mit einem Jazzfan, der im Augenblick des Kronleuchterfalls Tarzan gespielt hatte.

Diese beiden Gegenstände gehören Ihnen!« sagte der Mieter.

»Aber …«, sagte der Major, »ist das nicht Ihr Kronleuchter?«

»Nein«, sagte der Mieter, »ich habe meinen unten gelassen.«

»Ach so«, sagte der Major. »Dann ist es unser Kronleuchter.«

Der Major beglückwünschte den Mieter zu diesem Beweis von Redlichkeit und bot ihm ein Glas Cognac an.

»Monsieur«, sagte der andere, »ich verachte Sie viel zu sehr, Sie und Ihre Bande von Jazzfans, um in Ihrer Gesellschaft Ihre gepanschten Getränke zu trinken.«

»Monsieur«, sagte der Major, »ich hatte keineswegs die Absicht, Sie zu beleidigen, als ich Ihnen dieses Glas Alkohol anbot.«

»Entschuldigen Sie bitte«, sagte der andere und nahm das Glas, »ich hatte es für Traubensaft gehalten. Ich bin es gar nicht mehr gewohnt, soviel Cognac auf einmal zu sehen.«

Er trank auf einen Zug.

»Stellen Sie mich doch dem Fräulein vor!« sagte er zum Major und zeigte auf ein dickes Mädchen, das durch die Diele ging. »Ich heiße Juste Métivier.«

Das betreffende Geschöpf machte keine Schwierigkeiten, um sich von dem keuchenden Vierziger engagieren zu lassen, der beim dritten Anlauf in dem vom Fall des Kronleuchters hinterlassenen Loch verschwand.

Um einen weiteren Unfall zu vermeiden, rollte der Major ein Möbelstück über die Öffnung, das allerdings ein wenig zu klein war und ebenfalls verschwand. Es landete mit einem dumpfen Geräusch. Dann versuchte er es mit einem echten Lappländer Schrank, den der Onkel sorgfältig in einem Kühlraum aufbewahrte und der genau in die Form des Loches paßte.

Er ging auf die Suche nach Lhuttaire, nach dessen Befinden man ihn mit einer hübschen Stimme und blauen Augen fragte. Er ärgerte sich zwar krumm, daß er sich nicht in aller Ruhe um seine liebe Braut kümmern konnte, aber sie tanzte so gern mit Hyanipouletos, dem Gitarristen Claudes, daß er nicht die Traute hatte, sie herbeizurufen.

Im Flur wartete eine lange Reihe von Jungens vor der Tür des Raums, in dem sich Gruyer verschanzt hatte.

Der erste in der Reihe, mit einem Sehrohr ausgerüstet, beobachtete das Innere des Raums durch eine Öffnung, die mit Dynamit in die obere Türfüllung gesprengt worden war. Der Major erkannte Lhuttaire.

Beruhigt beobachtete er. Auf den von letzterem mit energischer Stimme hervorgebrachten Befehl stürzten sich die vier, die die Reihe bildeten, als Masse ins Innere des Zimmers.

Man hörte den Lärm einer süßsaueren (sauer von Seiten Gruyers) Diskussion, die klagende Stimme eines Mädchens, das gegen alle Wahrscheinlichkeit behauptete, Schlaf zu haben und die Proteste der Vier, die behaupteten, kein anderes Ziel zu haben als an einem ruhigen Ort eine Partie Bridge zu spielen. Man erblickte ein gelocktes Individuum mit Brille und keiner Hose, dessen Hemd vorne lustig abstand. Man sah die vier Eindringlinge brummend herauskommen. Die Tür ging wieder zu, und der zweite nahm nun seinerseits das Sehrohr.

Der Major schnappte sich Lhuttaire, der sich diesmal ans Ende der Schlange gestellt hatte.

»Du wirst verlangt!« sagte er zu ihm.

»Wo?« sagte Lhuttaire.

»Dort!« sagte der Major.

»Ich gehe hin!« sagte Lhuttaire, und er flitzte nach der andern Seite, den Major mit sich ziehend.

Im Badezimmer schüttelte sich der Hund, der müde war, kräftig auf dem Gummiteppich. Der Mann war gerade eingeschlafen, und sein Atem bohrte einen kleinen Trichter in das Wasser, das bei der Berührung mit dem Körper wärmer wurde.

Sie kämmten sich beide vor dem Spiegel, ohne ihn wachzumachen. Dann zogen sie vorsichtig den Stöpsel aus der Badewanne und ließen den Schläfer auf dem Trockenen liegen. Seine Kleider rauchten jetzt, und der Dampf erfüllte allmählich den Raum.

Gefolgt von dem Hund, der einige Schwierigkeiten beim Laufen hatte, gingen sie hinaus und zogen auf Abenteuer aus, wobei sie sich übers Kino unterhielten.

An der Biegung des Flurs bekam der Major ein Mayonnaisesandwich, das wie eine Amsel pfeifend fröhlich durch die Atmosphäre flog, mitten ins Gesicht.

»... Hayakawa ... so was kommt vor! « schloß er, mitten in einer Tirade über den japanischen Film jählings unterbrochen.

Lhuttaire hob das Sandwich auf und beförderte es mit Schwung in die Richtung, aus der es zu kommen schien. Er konnte zugleich feststellen, was für eine wunderbare Wirkung Mayonnaise auf langen, roten Haaren zeitigt.

Der Kamm des Majors, der nicht nachtragend war, ebnete die Mischung ein, und Lhuttaire und er stürzten sich auf das Individuum, für das das Geschoß ursprünglich bestimmt war. Sie verdroschen dieses Stinktier mit wilden Nasenstübern, und jeder die Rothaarige an einem Arm packend, gingen sie weg, um sich in einer bequemen Ecke eine halbe Stunde lang unschuldigen Spielen hinzugeben.

## *KAPITEL IV*

Der Einbruch der Nacht schien die Raserei der mit Cognac vollgeschütteten Jazzfans zu verstärken. Schweißtriefende Paare machten Kilometer im Laufschritt, faßten sich, ließen sich los, warfen sich einander zu, fingen sich auf, drehten sich um die eigene Achse, drehten sich wieder zurück, spielten Heuschrecke, Watschelente, Giraffe, Wanze, Springmaus, Wanderratte, Faß-mich-da-an, Halt-mal-das, Nimm-deinen-Fuß-weg, Heb-dein-Untergestell. Bewegdeine-Beine, Komm-näher, Geh-weiter-weg, wobei sie neben Neger- und Hottentottenflüchen englische, amerikanische, bulgarische, patagonische, feuerländische und kohetera Flüche losließen. Sie waren alle gelockt, sie hatten alle weiße Socken und enge Hosen, sie rauchten alle helle Zigaretten. Auf den Gesichtern der Dümmsten breitete sich hochmütiger Dünkel aus, wie sich das so gehört, und interessante Betrachtungen über die dämpfende Rolle der mit Banknoten gefüllten dicken Brieftaschen gegen Fußtritte in den Dingsbums kamen dem Major zu Ohren, während er interessiert die kombinierten Luftsprünge eines Dutzends zerzauster Fanatiker beobachtete. Um etwas Schwung hineinzubringen, entkorkte er einige neue Flaschen und goß sich ein bis zum Rand gefülltes Glas ein. Er spülte sein Glasauge auf dem Boden des Glases ab und mit einem Blick, der glänzender war denn je, stürmte er einem kleinen Mädchen entgegen.

Zizanie hatte den Raum in Gesellschaft von Hyanipouletos verlassen.

Doch mitten in der Arbeit wurde der Major von heftigen Schlägen gestört, die an die Tür ballerten.

Es waren zwei neue Vertreter der Ordnung. Sie hatten gerade einen großformatigen Blumenkasten aus kupferplattiertem Eichenholz auf den Kopf bekommen. Die Verwertungshauptstelle für nicht eisenhaltige Metalle war fünfzig Meter weiter, und sie protestierten und schworen, ihre Aufgabe bestehe darin, die Ordnung aufrechtzuerhalten und nicht Blei durch die Gegend zu schleppen.

»Sie haben recht!« sagte der Major. »Gestatten Sie bitte, eine Minute …«

Er ging zum Balkon, auf dem sich Peter Gna, ein wenig erschöpft von seiner neuerlichen Anstrengung, eine Zigarette rauchend ausruhte.

Der Major packte ihn an Kragen und Gürtel und schmiß ihn hinab. Er warf ihm seine pelzgefütterte Lederjacke hinterher, um ihm eine Erkältung zu ersparen, und ein Mädchen, um ihm Gesellschaft zu leisten und kam dann wieder zurück, ums ich um seine neuen Gäste zu kümmern.

»Etwas Cognac?« fragte er sie aus Gewohnheit.

»Gern«, sagten die beiden Gendarmen mit einer einzigen Stimme. Der Stimme der Pflicht.

Nach zwei Flaschen fühlten sie sich wohler.

»Soll ich Sie jungen Mädchen vorstellen?« schlug ihnen der Major vor.

»Wir bitten tausendmal um Entschuldigung«, sagte der dickste, der einen roten Schnurrbart hatte, »aber wir sind, wie man so schön sagt, Pödörasten aus Neigung.«

»Gehen Sie gemeinsam vor?« fragte der Major.

»Na ja … ausnahmsweise können wir uns ja mal ein … bißchen gemeinmachen!« sagte der magerste, dessen Adamsapfel sich wie eine Ratte in einem Ofenrohr ab und ab bewegte.

Der Major winkte zwei Jazzfans heran, Schüler des großen Maurice Escande, und stellte sie den beiden Gendarmen zur Verfügung.

»Wir verhaften euch!« sagten diese letztere. »Kommt mit, damit wir euch in die Mangel nehmen …«

Sie verschwanden in einem Besenschrank, den der Major ihnen überließ. Besenstiele sind nützlich für den Fall, daß die Beleuchtung ausfällt und Bohnerwachs bildet ein gutes Ersatzerzeugnis.

Immer zufriedener über den Erfolg seiner Surprise-Party, machte der Major einen Vorstoß ins Badezimmer, brachte Hyanipouletos, der gerade wieder aufgetaucht war und dessen Hose anfing zusammenzukleben, ein trockenes Handtuch mit und machte sich auf die Suche nach Pigeon, während Claude Abadies Orchester, das seine Gitarristen wiedergefunden hatte, erneut loslegte.

Er fand Emmanuel in einem der hinteren Zimmer. Er bog sich vor Lachen, als er drei unheimlich besoffene Jazzfans sah, die sich jeder in zwei Hüte erleichterten einer vorne und einer hinten.

Er schenkte diesem ziemlich alltäglichen Phänomen keine Aufmerksamkeit, sondern machte das Fenster auf wegen dem Geruch, warf die Jazzfans und die Hüte in den Innenhof des Gebäudes und setzte sich neben Emmanuel, der zu husten anfing, so mußte er lachen.

Er klopfte ihm auf die Schulter.

»Na, alter Junge, läuft alles nach Wunsch?«

»Bestens!« sagte Emmanuel. »Nie so gelacht. Gesellschaft von sehr gutem Geschmack. Sehr distinguiert. Alle Achtung.«

»Haben Sie«, sagte der Major, »einen passenden Partner gefunden?«

»In der Regel suche ich mir keine Partner, sondern Partnerinnen, und die habe ich gefunden, aber ich muß Ihnen gestehen, ich hatte da eine wüste Nummer mit ...«

»Wem?« fragte der Major.

»Es ist besser, ich sage es gleich«, sagte Emmanuel. »Mit Ihrer Braut.«

»Sie haben mir Angst gemacht!« sagte der Major. »Ich hatte schon geglaubt, Sie hätten den Hund ramponiert.«

»Das habe ich auch geglaubt!« sagte Emmanuel. »Ich habe es erst hinterher gemerkt ...«

»Es stimmt schon, daß sie komisch gebaut ist!« sagte der Major. »Aber ich bin letztlich doch droh, daß sie Ihnen gefallen hat.«

»Sie sind ein sympathischer Bursche!« schloß Pigeon, dessen Atem, wenn man es sich recht überlegte, ziemlich stark an die Atmosphäre der Firma Hennessy erinnerte (Cognac, Charente).

»Kommen Sie, machen wir einen Rundgang«, schlug der Major vor. »Ich möchte Antioche wiederfinden.«

»Wissen Sie nicht, wo er ist?« wunderte sich Emmanuel.

»Nein ...«

»Er schläft im Zimmer nebenan.«

»Nicht blöd der Junge!« lobte der Major bewundernd. »Ich vermute, er ist eingesperrt?«

»Ja«, sagte Emmanuel. »Und ganz allein«, fügte er hinzu.

»Der Glückspilz ...«, murmelte der Major. »Dann kommen Sie, machen wir trotzdem einen Rundgang. Wir werden ihn schlafen lassen.«

Im Flur sprach Lhuttaire sie an.

»Es ist einfach toll«, sagte er zu ihnen. »Ich habe gerade Gruyer einen Besuch abgestattet. In voller Aktion. Bis zum Handgelenk ... Er hat seine Hand nicht schnell genug zurückziehen können, sonst hätte er mir eine Flasche in die Fresse gewuchtet, aber es war Spitze!«

»Du hättest ruhig auf uns warten können!« sagte der Major. »Was sollen wir jetzt noch Lustiges machen?«

»Wir können ja einen trinken gehen«, sagte Lhuttaire.

»Gehen wir.«

Als sie in die Diele kamen, blieben sie stehen, denn sie glaubten Rufe zu hören.

Es kam von der Eingangstür.

»Miqueuts Stimme!« murmelte der Major … und Emmanuel verschwand wie leichter Rauch, nahm die Beine in die Hand zu einem furchtbaren Sprint im Flur und setzte sich schließlich auf die Wasserspülung im Klo, schön in sich zusammengekrümmt und mit Hilfe eines alten Schuhs geschickt getarnt.

Der Major dachte ganz schnell nach.

Er machte die Tür auf.

»Guten Abend, Monsieur Loustalot«, sagte Miqueut. »Geht es Ihnen gut?«

»Danke, Monsieur«, sagte der Major. »Und Ihnen?«

»Äh … nicht wahr, ich habe im Augenblick im Konsortium ein Mitglied der Kommission für Wegwerfpackungen an der Strippe, und ich wollte Pigeon um gewisse Auskünfte bitten … Deshalb bin ich hergekommen und habe mir erlaubt, Sie zu stören … Hin … Hin …«

»Geh ihn holen!« sagte der Major mit einem Augenzwinkern zu Lhuttaire. »Kommen Sie hier entlang, Monsieur«, sagte er zu Miqueut. »Hier ist es gemütlicher.«

Zwischen dem Badezimmer und dem Verschlag, in dem die beiden Gendarmen und ihre Arschgeigen immer noch am Werk waren, gab es eine Abstellkammer, die zwei Stühle und ein gebrauchtes Senfpflaster enthielt.

Der Major führte Miqueut dorthin.

»Hier werden Sie Ihre Ruhe haben«, sagte er zu ihm.

Er stieß ihn sanft hinein.

»Ich schicke Ihnen Pigeon sofort.«

Er machte die Tür zu, schloß zweimal ab und verlor umgehend den Schlüssel.

## *KAPITEL V*

Um halb drei in der Früh war die Surprise-Party auf ihrem Höhepunkt. Die Jazzfans waren aufgeteilt in zwei gleich starke Gruppen: jene, die tanzten und die Stöber- und Schnüffeltypen. Letztere verteilten sich aufs Geradewohl in den Zimmern, auf den Betten, auf den Sofas, in den Schränken, unter den Möbeln, hinter den Möbeln, hinter den Türen, unter dem Klavier (es gab insgesamt drei davon), auf den Balkonen (mit Decken), in den Ecken, auf den Teppichen, auf den Schränken, unter den Betten, in den Betten, in den Badewannen, in den Schirmständern, hier und da, auf beiden Seiten, im Gänsemarsch, auch sonstwo noch und so ziemlich überall. Jene, die tanzten, hatten sich in einem einzigen Raum um das Orchester herum versammelt.

Claude Abadie hörte gegen drei Uhr zu spielen auf. Er wollte sich am nächsten Tag einen Kampf von Lokalinteresse um den ovalen Ball der Generatorspediteure gegen die Eisenbahner ansehen, Rugby Straße gegen Rugby Schiene, und es lag ihm daran, ein wenig zu schlafen.

Vidal ließ seine Trompete los, zog sein Futteral unter den Hinterbacken D'Haudyts hervor, der zwei komische Löcher hineingebohrt hatte, machte sich auf die Suche nach Emmanuel und kehrte, nachdem er dem Major auf die Stirn geküßt hatte, zum Orchester zurück, das aufbrach. Die Jazzfans setzten den Plattenspieler wieder in Gang und tanzten noch wilder.

Antioche war gerade wach geworden und tauchte in Gesellschaft des Majors wieder auf.

Im Badezimmer stand der Mann in der Wanne auf, öffnete den Gashahn, drehte den Warmwasserhahn auf und schlief in der Badewanne wieder ein, wobei er ganz schlicht vergaß, das Gas anzuzünden.

Eine halbe Stunde verging …

Miqueut roch in seiner Zelle den Geruch des Gases und sein nahes Ende. Fieberhaft zog er einen Notizblock aus der Tasche, nahm seinen Dauerschreiber und begann zu schreiben:

1.) Allgemeines, a) Zweck des Nothons. Der Zweck des vorliegenden Nothons ist die Definierung der Bedingungen, unter denen ein Hauptunteringenieur seinen Geist aufgeben muß, wenn er den Erstickungstod erleidet, der ihm durch Niedrigdruckleuchtgas auferlegt wird …

Er schrieb ein Vor-Nothon und dann folgte der Nothon-Entwurf …

Nun, die Katastrophe trat ein …

Zwei Jazzfans gingen am Badezimmer vorbei. Ein Streit wegen nichts entzweite sie. Es kam zu einem Faustschlag aufs Auge, ein Funke … ein furchtbarer Blitz … ein Wohnhaus ging in die Luft …

## *KAPITEL VI*

Der Major saß auf dem Pflaster des Innenhofes, von Trümmern übersät, und betupfte sich das linke Auge mit einem Stück Heftpflaster.

Neben ihm trällerte Antioche einen Blues.

Sie waren die einzigen Überlebenden der Katastrophe. Der ganze Häuserkomplex war in die Luft gegangen, ohne irgend jemanden zu stören, denn in der Gegend von Billancourt war ein kleiner Bombenangriff in Gang.

Dem Major blieb nur noch sein Hut, sein Slip und sein Glasauge. Antioche hatte seine Krawatte. Einige Meter weiter verbrannte der Rest ihrer Kleider mit rußiger Flamme. Die Luft roch nach Teufel und Cognac. Staub und Bauschutt fielen langsam in dichten Wolken wieder herunter.

Antioche, dessen Körper früher mit einer üppigen Behaarung bedeckt war, funkelte jetzt, glatt wie eine Regenmantelhaut, und das Kinn in der Hand dachte er nach.

Und der Major sprach.

»Eigentlich«, sagte er, »frage ich mich, ob ich wirklich für die Ehe geschaffen bin …«

»Das frage ich mich auch …«, sagte Antioche.

»Drehwurm, Swing und das Plankton« (Vercoquin et le plancton) schrieb Boris Vian 1943/44. Die erste Fassung nennt als Autor »Hochwürden Boris Vian von der Gesellschaft Jesu«. Die 1945 überarbeitete Version des Romans erschien, vermittelt durch Jean Rostand, in der von Raymond Queneau betreute Reihe »La Plume au vent« bei Gallimard. Jean Rostand, der Sohn des berühmten Dramatikers Edmond Rostand, bewohnte die dem Vianschen Grundstück in Ville D'Avray benachbarte Villa. Sein Sohn François, der »Mon Prince« genannt wurde und der ein Buch mit dem Titel »L'Imitation de soi chez Corneille« verfaßt hatte, ist in »Drehwurm, Swing und das Plankton« als Corneille Monprince portraitiert (in Kapitel VII und VIII des Ersten Teils). Boris Vian und sein Freund Jacques Loustalot treten wiederum wie schon in »Aufruhr in den Andennen« als Antioche Tambrétambre und der Major in Erscheinung.

Als Boris Vian 1942 Trompeter in der Amateurjazzband von Claude Abadie wurde, wirkte dort bereits sein Bruder Alain als Schlagzeuger mit, und Lélio Vian schloß sich ebenfalls der Band als Guitarrist an. Die Vians huldigten dem New-Orleans-Stil, veranstalteten Swing-Festivals und wurden zu Vorkämpfern des Bebops. Alle Bandmitglieder arbeiteten tagsüber in anderen Berufen; Boris Vian war Ingenieur in der Abteilung Glas des Französischen Normenausschusses, später beim Verband der Papier- und Pappeindustrie. Abadie, als Polytechniker ausgebildet, arbeitete als Direktionssekretär bei der Bank von Paris. Die Musiker nahmen fast jede Einladung zum Spielen an, sei es, wenn ein Wirt in seinem Lokal eine unkonventionell Attraktion bieten wollte, sei es, wenn es eine Hochzeit zu feiern oder eine »Surprise-Party« musikalisch zu umrahmen galt. In marineblauen Anzügen mischten sie sich unter die Gäste und tanzten mit, wenn es ihnen Spaß machte. Ihr Lohn war oft nur ein Drink oder ein Sandwich. Erlaubt war alles, die einzige Moral, die alle Bandangehörigen strikt befolgten, war die Weigerung, einen Titel zu spielen, den sie für schlecht hielten.

Die Verse in Kapitel III des Dritten Teils parodieren Gedichte von José Maria de Hérédia, Émile Verharen und Victor Hugo.

Der Übersetzung von Eugen Helmlé liegt die im Oktober 1946 imprimierte Erstausgabe zugrunde. Korrigiert wurde lediglich die fehlerhafte Kapitelnumerierung im Ersten Teil, der in der Originalausgabe zwei Kapitel X, aber kein Kapitel IX hat, sowie im Dritten Teil, der kein Kapitel VI hat, so daß sich bei fortlaufender Numerierung nur noch elf Kapitel ergeben.

K.V.

*INHALT*

*BORIS VIAN*

Geboren 1920 in Ville d'Avray. 1939 École Centrale des Arts et Manufactures in Agoulême. 1942 Ingenieursexamen. Begründet eine Amateurjazzband mit Claude Abadie. 1946/47 erscheinen seine ersten Romane, gefördert von Raymond Queneau und Jean-Paul Sartre. Bis 1947 Ingenieur; daneben und in den folgenden Jahren Schriftsteller, Jazztrompeter, Chansonnier, Schauspieler, Übersetzer und Leiter der Jazzplattenabteilung bei Philips. Starb 39-jährig in Paris während einer Vorab-Vorführung der Verfilmung von *Ich werde auf eure Gräber spucken* an Herzversagen.

65 Auflagen der Romane
bei Zweitausendeins